2021中国年度　中篇小说㊤

中国作协《小说选刊》　选编

漓江出版社
·桂林·

图书在版编目（CIP）数据

2021中国年度中篇小说：上下 / 中国作协《小说选刊》选编 .-- 桂林：漓江出版社，2022.1

ISBN 978-7-5407-9199-5

Ⅰ. ① 2… Ⅱ. ①中… Ⅲ. ①中篇小说－小说集－中国－当代 Ⅳ. ① I247.5

中国版本图书馆 CIP 数据核字（2021）第 266500 号

2021 ZHONGGUO NIANDU ZHONGPIAN XIAOSHUO ［SHANG XIA］

2021中国年度中篇小说［上下］

选编者：中国作协《小说选刊》

出版人：刘迪才

责任编辑：辛丽芳

书籍设计：石绍康

责任监印：张璐

出版发行：漓江出版社有限公司

社址：广西桂林市南环路22号　邮编：541002

发行电话：010-65699511　0773-2583322

传真：010-85891290　0773-2582200

邮购热线：0773-2582200

电子信箱：ljcbs@163.com

微信公众号：lijiangpress

印制：三河市中晟雅豪印务有限公司

［河北省三河市泃阳镇错桥村　邮编：065200］

开本：690 mm × 1000 mm　1/16

印张：55.75　字数：788千字

版次：2022年1月第1版

印次：2022年1月第1次印刷

书号：ISBN 978-7-5407-9199-5

定价：89.80元（全二册）

目 录
contents

[上]

001 / 多瑙河峡谷　冯骥才
041 / 过　往　艾　伟
101 / 铜离子　杨少衡
159 / 我们的娜塔莎　蒋　韵
207 / 青城山记　程永新
260 / 我们服了魏红霞　范小青
301 / 走出草地　徐贵祥
353 / 寒风中的杨啸波　叶兆言
390 / 丛　林　胡学文

[下]

435 / 棋语·见合　储福金
471 / 三把刀　胡性能
524 / 从炭火到灰烬　陈　玺

557 / 祛魅者　　老　藤
593 / 汪家的宝贝　　陶　纯
629 / 乌龙球　　尹学芸
687 / 你的名字　　肖　勤（仡佬族）
733 / 苏州河　　海　飞
837 / 唯水年轻　　林　森

877 / 编后记
881 / 附　录

多瑙河峡谷

冯骥才 *

1

我喜欢这年轻人的气质。

当表妹肖莹把他领来时，我感觉我的眼睛一亮——他像芭蕾舞中的王子。修长而挺拔的身子，长长的腿，更准确地说是长长的小腿，我喜欢这种小腿长的人。我说他像王子，是他高耸的额头和直鼻梁的线条清晰优美，下巴微微翘着，使他的脸上平添了一点王子特有的“高贵”，还有一种雕塑感。他明澈与柔和的目光在深陷的眼窝的阴影里闪着光亮。青春的气息向来是年轻人特有的优势。青春使这个年轻人富于生命的魅力。我感觉他身上有一股冲劲。

肖莹对我说：“这就是我跟您说的江晓初。”

江晓初冲我一笑。这一笑也讨人喜欢。

我对他说：“你看上去更像一个搞艺术的。”

笑容出现在肖莹白净又清秀的脸上。她很高兴我这么说。

我这么说，是因为我知道江晓初是学医的，是一位年轻的牙医。牙医需要

---

* 冯骥才，男，1942 年生于天津，祖籍浙江宁波。作家、画家、文化学者。已出版各类作品集二百余种，代表作有《啊！》《雕花烟斗》《高女人和她的矮丈夫》《神鞭》《三寸金莲》《珍珠鸟》《一百个人的十年》《俗世奇人》《艺术家们》等。作品被译成英、法、德、意、日、俄、荷、西、韩、越等十余种文字，在海外出版各种译本近六十种。

这么漂亮吗？

我这表妹是舞蹈演员。我想，她可真会找男朋友。她从来没有交过男朋友，愈没有朋友就会愈猜不透她择友的标准。现在明白了，原来她一直等待这样一个男子的出现。这男子更像她的舞伴，她选择男朋友是舞台选演员的标准吗？这江晓初愈看愈和舞剧中的王子一模一样。她可真有本事！究竟用什么办法才从芸芸众生中把这个“王子一般”的年轻人找出来的。我怎么从来没碰见过这种形象的人？

而这个年轻人和肖莹又是如此般配，无论身材、体形、形象还是气质，他们都是天生一对。

我说话喜欢开门见山。尤其今天肖莹和江晓初不是来串门的，而是有事请我帮忙。我接下来的话便直入主题，我对江晓初说：“说说你的想法。”

他的回答出乎我意料，甚至叫我有点吃惊。他说：“我没有太多想法，只想出国。”

出国是二十世纪九十年代年轻人中一种极时髦的潮流，一个充满欲望的痴人的梦。没想到他表达得如此直接，如此急切。我有点吃惊。社会发展真快，相隔五六岁居然就有“代沟”了。

我告诉他，我没办法帮助他到国外去当医生，在国外当一个职业医生很难，需要很多硬性的条件，我只能介绍他去国外上学，而且只能是去欧洲的几个国家留学，美洲那边我没熟人，日本也没有。在随后的交谈中，我得知他的身世——他是孤儿！从年龄上看，他应该是唐山大地震的孤儿。初次见面，我没有深问，孤儿身上总有看不见的伤痕，怕被触及。我问他到国外是否还学医。他说自己从医学院毕业后就一直在医院工作，已经极其厌烦医院了。他笑道：“我真受不了每天一上班，就有许多嘴朝我张开。”他接着说：“我还受不了医院天天都是一样、没完没了重复的事。还有咱中国人之间的琐琐碎碎，弄不好就裹进是非里。”

肖莹说："他想出去重新上大本。上大本时再选择专业。他爱好很多，文学、艺术、摄影，他还喜欢当摄影记者。"

肖莹把他说成文艺青年了。她知道我喜欢热爱文化和艺术的年轻人。

我笑着对江晓初说："我不明白你当初为什么学医。"

"我听信了一种说法：学艺术不如学技术。技术学到手，就有饭吃，艺术虚无缥缈，很多人干了半辈子艺术，还是不上不下，没有着落。"他说。

"你说得有道理，但还是因人而异，肖莹不是很成功吗？"我说，大家全笑了。我接着对江晓初说："看来你现在的目标是先出国，一切走着瞧？"

江晓初点头说："是这样。出去闯，相信我能行。"

我对肖莹笑道："你是不是放行？"

肖莹说："关键是这事是不是很难办？"

我打着趣说："你要开红灯，这事就没法办；你要开绿灯，这事就不难办。"随后我扭脸对江晓初说："我来帮你吧。"

听到我这话，他俩都笑了，笑得释然，这一笑我发现他俩很像。是因为这笑里有同样的心情，同样的谢意，还是他们确实很般配，连笑都一样？

肖莹说："表哥更是帮我。"

我对她开玩笑地说："我在帮他，怎么是帮你？"

这句话叫肖莹一边笑眯眯一边羞得不知何以作答。

我这表妹很可爱。她很美，她不仅在舞台上美，所有姿态全美；款款地走在街上美，静静地坐在那里也美。这种美不是外表的，而是骨子里的、生命气质里的，也有渐渐从艺术里滋养出来的。我这么说，可别以为我对这个表妹有什么暗恋。她是我姑姑的独生女，姑姑家和我家同住在一条街上。我们两家隔着十来个门。她小我六岁，比我妹妹家慧大一岁，自小我们三人就在这条树影婆娑的老街上跑来跑去。从与同一条街上的孩子们在各家的门洞之间玩捉迷藏，直到后来背着书包上学，再往后便是长大有了各自的生活。我们没有疏远和陌生，始终来来往往。童年那根悠远绵长、看不见的绳子始终牵扯着我们彼此。她与我有联系，是因为她与我有共同的热爱——音乐与文学。她与家慧则像闺蜜一样一直无话不谈。特别是肖莹的母亲闹病去世，姑父另娶，肖莹的继母是一个话多和嘴碎的女人，爱挑刺儿，难以接近。肖莹每每碰到了费琢磨的事，都会来我家找家慧说说。家慧虽然岁数小一点，却比肖莹更有主意，有决断力，脑袋灵光，性情爽快，像个男孩儿。肖莹的性格似乎刚好相反。她文气，内在，安静，不喜欢与人交往，也就不大会看人，待人处事全凭感觉，就像她跳舞。她跳舞绝非表演，不是跳给人看，而是在释放自己身心的能量和对美的感觉。然而，太凭感觉的人就容易太自我。尽管她的舞蹈感觉极好，由于平日不去观察别人，也就不能深入和演好角色；她很难成为一个舞剧的主角，只能跳独舞。她的独舞跳得十分出色，在国内的舞坛已经相当惹人注目了。她跳的《观音》有一种至高至纯至美的神圣感。每逢碰到舞蹈大赛或者国际交流，她都是团里最硬的一张牌。但舞蹈团中向例有个不成文的规矩，如果不能出演舞剧中的“女一号”，就不能成为团里的头牌。

可是她不在乎这些，跳舞在她身上，好像自小就是一种自娱和自享。她活得自我。她有一点封闭。她一直没有男朋友，是不是在等她的“白马王子”？今天我第一眼看到江晓初，便知道伴侣中的“神品”绝不是从人世间找来的，而是上天恩赐的。于是，我总觉得今天自己答应给他们帮忙，不是帮助他们走到一起，而是促使他们分开，天各一方。想到这里，有点不安。过后我找来肖莹问道：

“你想和他一起出去吗？”

“他说，他先把自己安稳好，再接我去。”

“那你就要离开你热爱的舞蹈了？”

她迟疑了一下，说：“没想那么多，还不知他将来会做什么呢。他除去做医生，没有其他专长，但他说他会在国外找到满意的工作。”

看来，他们对自己的未来并没有计划，种种想法都是一种愿望，一种一厢情愿，这可不大妙。我问她：

“我看晓初一门心思要出国，并没有充分准备，你凭什么相信他行？”

“他从小一个人，一切全是自己闯出来的。他确实有能力。他才到口腔医院两年多，已经是门诊部绝对的骨干了。”

“现在他干的是他的专业，出去可要重新从零开始。他没有目标，国外的环境并不一定像他想象的。如果要等到他在外边一切安稳下来，可能会很久，你想到了吗？”我说。看到她眉心微蹙，便笑着问她：“他是不是有点任性？你是不是有点宠着他？”

肖莹露出笑容，未答。这叫我生出一点担心了。我不好直说，换了一个很感性却又是最根本的话题问她：“他很爱你吗？”

对于我这个大表哥，肖莹一直肯说心里话。她说：“就像我爱他一样。”她说得郑重其事。

我是“过来人”，我知道初恋者都以为他们心中的爱情像一张纸的两面。虽然肖莹是大姑娘了，这次仍是初恋。

这反而使我更加不踏实了。

我一直想找个时间与她好好聊聊，总也找不着合适的时间。一方面这阵子我负责长江三角地区一个园林设计的项目，开工在即，需要不断地赶飞机赶火车跑过去；一方面是肖莹正在编一个新的独舞，她一进入创作，就如同走火入魔，别想把她从中拉出来；另一方面是给江晓初联系的事进行得十分顺利，愈顺利，办各种出国手续的时间要求就愈紧。

为晓初联系出国这件事情之所以如此顺利，是因为我想到一位老朋友乔一鸣，这人岁数比我大七八岁，我叫他“老乔”。人长得又黑又壮，年轻时好踢足球。上海出生，在东北长大，说话已经没有上海口音了；性格也更像北方人，热情义气，喜欢社交，爱帮人忙。当年他在北京一家报纸做新闻记者，我和他彼此有缘，见两面就像老友，只要去北京办事开会，就约他聚聚。有时有事，彼此帮忙。他是一个把别人的事当作自己的事的人，没有任何功利念头，这种人做朋友靠得住，甚至很难得。可是后来他辞职跑到奥地利，帮一位朋友办了一家木材公司，他人厚道、能干，却不适合做买卖，公司没有办下去，人却留在那里了。现在与寓居在法国、德国的几个熟人合办一张华文小报，取名叫《欧华周报》。老乔有记者经验，做报纸是行家里手，报纸的“总部”就设在奥地利，实际上就在他家里。据说他这份小报在欧洲华人圈中还小有名气。他常年住在维也纳，我没去过那里，只听说维也纳是欧洲音乐之都，古老又漂亮，历史上活跃在维也纳的音乐大师多得数不过来。但我对于乔一鸣个人的“风景”，却知之不多。

我给乔一鸣发了邮件，说了江晓初的事，求他协助。原本只是投石问路，没抱希望。谁想到他立即答应了，并立即行动起来。就像蹲在起跑线上的运动员，听到我一开枪就飞奔起来，而且不到一个月就办好了三件大事。一是联系好一所兼学习德文的补习学校，这是考取奥地利大学必须经过的跳板。二是有了住处，老乔说晓初初到维也纳可以暂住他家。他新近在市内三区买了一所小楼，上下两层，楼上住人，楼下办公办报，而且有空房，晓初可以“落脚”。三是晓初还可以帮他的报纸做点事，他管他吃饭。

这三件事，可就把那时代一个年轻人出国在外“人吃马喂”最挠头的事一揽子全解决了。我打电话把肖莹叫来一说，我可从来没见肖莹这么高兴、这么喜形于色过。她没听我把话说完，就要去给晓初报信，她转身过猛，咣当一声撞在门框上。我这屋原先是库房，门框包着铁。我吓坏了，怕撞伤她的脸。她扭过头，幸好脸没破，没流血，但额头很快就鼓起一个包来。她依然笑着。这笑是为了告诉我她没有伤着，还是撞了这一下也丝毫没有惊走她心中的喜悦？跟着她摆摆手跑了。

江晓初出国之前的两天，与肖莹一起请我和家慧在起士林二楼吃西餐，表达对我的谢意，这也是大家为晓初送行的晚宴。当然，对于肖莹就有告别的意义了。

她在餐桌上点起蜡烛。我发现，烛光亮起时，在她眼眶中有一点晶莹的闪光。

这天，肖莹对晓初明显表现得有点“黏”。肖莹是个羞于表露内心情感的女孩儿，有人说她这个性格限制了她的舞台魅力。舞蹈团的齐长松导演说肖莹如果早恋就好了，唯有恋爱可能改变她；谁料她的天性反而致使她晚恋。可是，今天不同了。她的恋人马上就要相去万里。两块磁铁在拉开之时磁力最大。家慧说：“肖莹姐，你能不能坐得挨我近一点？我和你二十多年没分开过，他与你可才一年。”

肖莹只笑不答，反而挪动一下身子，更靠近晓初。这使我有点吃惊。她从来不这样大方和外露。她担心将来这样的机会不多了吗？我对江晓初说：“你可要保证，将来一定把肖莹接到维也纳去。除非你在那边待不住——回来！”

江晓初带着即将奔赴理想而远行的兴奋，也带着被葡萄酒激发起来的冲动，大声说：“我无论在哪儿，肖莹都在我身边，在我心里——有她我才有目标。我一定要让她坐到维也纳的金色大厅里，我发誓！”

他的话，他的誓言，他的真挚，在灯光、烛光和美酒佳肴的五彩缤纷中闪耀着光芒，更在他自己眼睛里闪烁着光芒。这光芒是美丽的、真纯的、不容置疑的。可是如果把它放在漫长的时间里，放在曲折复杂、充满尘污、难以预知的生活现实里，还能永葆这样的明洁与清纯吗？我比他们年长一些，经历得多一些，我已经不敢轻易地发出人生的誓言了。我们谁也不知道明天什么样子，对明天毫无准备。我们多半时间是在盲目地前行，看不见水下的险滩与潮流的暗转。爱情就更不可靠。因为，爱是个人的事，爱情是两人的事。爱情是把自己的一半交给对方。如果对方把这一半带走了怎么办？

看着笑盈盈的肖莹额头上前两天撞起的那个疙瘩，在跳动的烛光中一闪一闪地异常发亮，我心里隐隐有一点不安。

跟着，我又笑话自己——无缘无故担忧什么？江晓初不是和肖莹正在挚爱彼此，追求着他们美好的未来吗？他们的真诚应该被怀疑和猜疑吗？应该举起酒杯祝福他们才是。

2

既然是为自己喜欢的人办事，那就一定要办好。

江晓初刚到维也纳的一段时间，我好像在天天监控着他，我知道他的全部信息。从他闹时差，吃维也纳炸鸡，坐错地铁，以及他所有的衣食住行。这些信息一半来自老乔，一半来自肖莹。更私密的信息是肖莹告诉家慧，家慧又透露给我的。

晓初说，一天空闲，他拿出多半天时间，徒步游览了维也纳市中心那条闻名世界的环形大道——戒指路。当他穿行于那些千姿万态、华美近于奢侈的巴洛克建筑之间，仰望蓝天白云下伫立在楼顶与墙巅的无以数计的古典雕像时，他心里只有一个渴望——肖莹快快来到身边。他要和她共赏。

这个心灵的信息自然来自肖莹。

这一阵子，老乔不断地给我发来邮件。从老乔的字里行间看得出他和我一样——很喜欢晓初。他夸赞他聪明勤快，做事积极主动，不怵与人打交道，而且文笔也不错，写东西不费劲，叫老乔高兴。他这些优点，正适合办报。很快，他就成为老乔一个助手了。办报事杂，既有内勤也有外勤。晓初无论学什么一学就会，不仅能在电脑上处理一些文字的收发，编务上的事也全能上手。晓初喜欢摄影，也在报纸派上了用场。老乔说，这种人才在奥地利花钱也雇不到。老乔说不能白使唤人，每月支给他一些零花钱。人在异地，总得用钱。晓初口袋里有钱，便不时去逛街，维也纳是旅游名城，诱人的小店小铺多的是，他经常买些好玩好看又有欧洲风情的小东西寄给远在天边的肖莹。如此顺顺当当开始的海外生活叫江晓初天天兴致勃勃。

在晓初心里，老乔是恩人。老乔的夫人待他也十分好。乔夫人的中文名字很美，叫知春，是一位匈牙利血统的奥地利人。金头发，黑眼睛，瘦而轻快，人在好看和不太好看之间，微笑几乎就是她的面容；而且知春是个善解人意和体贴的女人。她和老乔没孩子，全部精力用于操持家务，兼也肩负报纸中与德文相关的工作。她的中文很好，平时在家与老乔用华语说话。

现在，知春多了一份差事，就是照顾初来乍到的江晓初的生活起居。她在用华语与他交谈时，有意加进一些德语语汇。他不懂时，她就教给他。她成了他的德语教师。用这样的方式学习外语成效极好。现在，晓初在他的补习学校语言课的德语成绩是最优秀的了。

身在异国的晓初，真的没有把肖莹撇在万里之外的国内，而是时时刻刻放在身边——心里。他几乎天天通过网络与她交谈。把他的一切新奇的所见所闻，感受和感动，尤其是对她的思念告诉她。他告诉她“现在才知道，真正的折磨是思念”。这叫她流下泪来。肖莹很少流泪。家慧只见过几次，一是她失去母亲，一是由于继母过分地欺负她。这一次，当家慧把她抹泪的事告诉我，我吓了一跳：“怎么，他们出了问题吗？”

“你想到哪儿去了。”家慧说，“她想他，想得受不了。”

有一次，老乔与我通电话时告诉我，他和知春在晓初外出办事、没有关机的电脑屏幕上看见一个女孩子的照片。他问是不是我表妹肖莹。他们说从没有看见这么美的女孩子的照片，不是漂亮，而是美。既有东方的美，也有现代的美。知春说绝对比你们那些炒得火热、搔首弄姿的女明星美。她的美没有任何包装，是一种本色的美。

我说，她气质和品质更好。

老乔问我：“晓初与她很要好吗？恋人吗？”

“当然。”

“晓初为什么撇下她跑出来？”老乔说，“你表妹为什么同意他出来，他连专业也没有，一切要从零起步。”

“他对国外有很大的幻想，他要去闯一闯。”

“你表妹为什么不跟他一起出来？”

“放不下她的舞蹈吧。她太爱舞蹈了。”

老乔沉下声来，没再说话。

3

女人因爱情而美丽。

爱情使她容光焕发，使她变活泼了，使她的声音提高了两个音阶；肖莹过去笑时是不发声的，现在居然发出笑声了。她还倾心于外表。或者用一个音符造型的发卡把脑袋后边的头发推上去，露出发际线下长长的粉颈；或者把阿尔卑斯山的山民草编的两三枝花朵的小别针，别具风味地别在淡朱砂色毛衣胸前的地方。先前，她穿什么戴什么，只是一种自享，与他人无关；现在是希望别人看到。这不只是炫耀美，更是想把带着晓初的影子的奥地利风情的小东西戴在身上，叫人看见。

她关不住自己心中的爱了。小小的院子关不住满园的春色了。她想叫心中的秘密公开？

自我们长大之后，肖莹不常来我家。可是从晓初出国后，她三天两头会来，当然更多时间是来找家慧。过去她心里的事很少与人说，甚至不与我们说，现在心里的事却忍不住要说。不过，她们女孩子的事如果不对我说，我也不问。反正都是与他人无关的悄悄话吧！可是一次家慧告诉我一件事，引起我的关注。这是在晓初出国之前，肖莹和他闹过一次别扭。根由是肖莹不愿意他出国。她不同意晓初扔掉自己的专业，到海外去闯荡，没有目标，而且充满风险。但这还不是她最根本的理由。两人吵着吵着，肖莹把压在心里的理由喊了出来：“一个人真爱一个人时，会抛下她去追求一个不切合实际的空想吗？”

可是，晓初反问她：“一个人真的把自己交给另一个人，为什么不跟着他一起走？”

“你想叫我放弃舞蹈？”

“你想叫我永远给人拔牙、镶牙？”

家慧说，现在我才知道，他俩曾一度争执得各不相让。虽然没有出现裂痕，但谁也说服不了谁。

我说：“我们可一点也没看出来。”

家慧说：“等到他俩彼此妥协，就笑嘻嘻来请你帮忙了。”

我说：“不是彼此妥协，最后还是肖莹妥协了，所以现在是一个走，一个不走，把问题交给未来了。这样一来，他们的将来充满未知数了。肖莹是事业型的女孩子，舞蹈是她的生命，她决不会轻易放弃舞蹈；可是江晓初为什么偏要出国，我还是不太明白。”

“国外的条件好呗！成功的机会多呗！谁不想？但是有比肖莹还重要吗？这才是关键。”家慧说，“肖莹姐表面温顺，骨子里很拗，但是她最后能对他做出妥协，让他走，还求你来帮他，是因为她太爱他了。”

“所以我说肖莹有点宠他。”我说。

“只求老天善待肖莹姐。”家慧说。

“老天是靠不住的。”我说。

一天肖莹抱来一个大纸盒。解开亮光光的丝带，掀开盒盖，随同着喷涌上来的五光十色是一种异香，令人愉快地扑在脸上。她伸手从盒中拿出一件颜色搭配得很协调的毛衣和毛线帽，还有一盒莫扎特巧克力糖球，往家慧怀里一塞；跟着把一包花种也塞给家慧，说是这些花都是上奥州田野里的花，非常好看，是晓初送给我母亲的。花种的包装袋上印着各种各样诱人的奇花异卉。晓初怎么知道我母亲喜欢种花养花，显然是肖莹告诉给他的。晓初送给我的礼物有点重。其中一盒是音乐光盘，是我最喜欢的奥地利指挥家卡洛斯·克莱伯的作品。我痴迷小克莱伯胜于卡拉扬——这一定也是肖莹对他说的。还有一本厚厚的《奥地利古典建筑》，既精美又专业，细节很多，更是我需要的。我明白，这里边表达着他们对我的谢意。

肖莹一边把礼物从盒子里一样样拿出来，像圣诞老人那样分给我们，一边说："喜欢吗？真的喜欢吗？"我们说喜欢，她便说："太好了，我回头告诉晓初，再买些好玩的东西给你们！"我很高兴她现在这样子。她是他们的主人。

这时，她突然向我们伸出左手。

她的手很美，白嫩的手指又细又长，指尖向上翘。忽见，她中指上有一个东西，晶莹夺目，像阳光下的水滴散发着细碎而璀璨的光，是一颗戒指！家慧叫道："订婚戒指吗？这就是奥地利水晶吗？"

肖莹眯着眼笑，什么也不说，好像期待着家慧说出过分的玩笑。

江晓初一帆风顺，时过半年，已经是《欧华周报》一员得力的干将了。从组稿、校对、编发、请人排版，到跑印厂和组织运输，全拿得起来了。

人的能力一半是老天赋予的，一半是命运造就的。勤快、主动、奋取，大概都与他孤儿的身世相关。当命运夺走他的一切的同时，一定还把个人的能动性灌注到他的身上。

老天赋予他的还不止于此。还有亲和力，足够的精明，人又长得英俊，如果合作方是女人，他办事就若有神助。他有点女人缘。而且，不知为什么，他在拉广告方面似乎很擅长，他还有经济头脑吗？这半年多，《欧华周报》在他手里广告收益直线飙升，报纸的广告版面已经不够用了。报纸广告愈多愈好，这便加了一张报，扩了四个广告版面，可是广告还是挤得满满的。这些广告无形中催动了欧洲华人圈经济相互的沟通与往来，报纸的经济潜能便被开发出来。这意想不到的效应也给老乔开了窍，他决意用报纸给欧洲的华人经济搭台。报纸随之大大获益。

多年来，联系法德一些国家办报的事都由老乔亲力亲为，他里里外外早跑累了，现在就把这些差事交给这个颇有创业欲望的年轻人干。晓初出差跑了几趟法国和德国，很快就把那里实力雄厚的唐人街调动起来。他虽然不懂报纸，但他凭着悟性明白，谁被报纸“弘扬”，谁就会关心报纸。他给老乔出主意，明年要扩大董事会，拉几个欧洲最强势的华人企业、华人商会、中国餐馆的老板进入董事会。

这期间，相邻老乔家不远的一个小楼出租，虽然这两层小楼房间不多，但有个挺宽敞的小院，租金便宜，现在老乔手里有钱，报纸的前程光明，就租下了。跟着又买了一辆二手的大众牌商务车，深蓝色面漆，八成新，又能用来办事，又能拉货。看来，老乔野心勃勃，真的要升旗击鼓大干一番了。

他把报纸的办公室从自己家中搬进了新楼。晓初也随之搬了过去，这一来无论生活和做事都独立起来。老乔和知春还教会晓初开车，出门办事方便得多了。自晓初来到维也纳，才大半年时间，居然有一个单独的小房小院，有车开。家慧说，她从肖莹那里看到一张照片，晓初站在报社小楼前，穿一件棕色的粗呢西服外套，倚在车前，神气十足。老乔和知春把这个突然降临到身边的极具才干的英俊年轻人，看作是上天对自己的恩赐。他们决不肯亏待他，一改原先的零花钱为一份不薄的工资，还给他买了保险。他已经不再上补习学校了，吃穿不愁了，这算不算“稳定”了？是不是该把肖莹接来——哪怕先接来看一看呢？

我知道的这些事都是老乔时而发来的邮件告诉我的。打肖莹嘴里却听不到多少信息。她天天依旧如常地上班、忙着团里的事、练舞、在市里或到外地演出。偶尔从报上得知她新创作的舞蹈《孤独的白孔雀》很成功，受到好评。一句评论说她“意象地塑造出一种孤独美”，给我印象很深。以往肖莹有新的作品，都会邀请我们去看。这次可能她忙，没有送票给我们。我便叫家慧买票，我们悄悄去看。这个舞蹈是她的独舞，从头到尾舞台上只她一个人，像杨丽萍的《雀之灵》。她用绝对纯粹、柔软又坚韧的身体语言，一种含着苦涩的柔韧的律动，表达出一个灵魂的无依无靠。在背景浩荡的江天中，这只失群而落寞的白孔雀，经历苦苦寻找，不断挣扎，求助无应，陷入绝望，最后在一片虚幻中渐渐化为一种孤独的“美”。这美是从孤独中升华出来的吗？

我真的被她这个舞蹈强烈地感染了。

我带着诧异对家慧说：“她从哪里获得灵感呢？”

“反正不是从她自己身上。”家慧说，“她说，晓初想接她去维也纳过新年呢。”

这可是好事。他们之间纠结的难题是否会由此一点点松解开？

4

怀疑是事物第一条裂缝。

十二月中旬，肖莹打算去维也纳了。各种兴奋的想象使她的脸上藏不住笑容。晓初在维也纳那边把机票已经订好了。订的是奥航。肖莹向团里请了假，她要在一月中旬回来，晓初给她买了一月二日金色大厅新年音乐会的票，兑现他当初的诺言。这件事可在团里闹开锅。团里谁也没见过江晓初，到处打听。舞蹈团里的几个平日与肖莹相好的姐妹还要在成桂餐厅和她撮一顿，给她送行。

晓初告诉肖莹，说他这两天要去一趟法国，办一件急事。由于这件事与新年第一期报纸的出报相关，他必须亲自去解决。他一定快去快回，保证三天后回到维也纳，转一天一准站在施威夏特机场的候机厅里迎接她。

算起来，加上飞机飞行的九小时，还有七天半。又短暂又漫长。可是，就在晓初到了巴黎的第二天，老乔发来一个加急的邮件，说晓初被巴黎那边的事绊住腿了。这几天回不来，哪天回来说不好，请我通知肖莹先把机票退了，具体改在哪天再说。我一听到这消息有点懊丧，但事出意外，总要顺应。我提醒老乔一句“年前机票会很紧”，老乔只回答两个字“知道”。

这个变化很突然！有点猝不及防，使肖莹一阵手忙脚乱，但忙乱过后，海外并无信息。老乔说晓初还在巴黎，那边事情棘手，正在排难解纷。可是晓初在巴黎自己可以来个电话呀，以往他去德国法国，都会给肖莹来电话，有时一天两个电话。肖莹请我催问，会不会出什么事？“出事”这两个字一说出口，立即叫人不安。

我觉得肖莹的想法合理，我当即给老乔发了一个邮件，追问究竟。没想到竟然得到一个莫名其妙的回答：“告诉肖莹别着急，现在来帮不上忙，只有帮乱。”

帮不上忙，什么忙？什么乱？难道真的出了什么意外？是麻烦，还是祸事？我感觉不对，我能直接得到消息的只有老乔，但老乔为什么不回答我？连对我也不能说的一定不是好事。

可糟糕的是，当时肖莹就在我身边。老乔写在电脑屏幕上的这句回答肖莹全看见了。

家慧在一边说：“乔大哥怎么这么说话，什么事还要瞒着大哥吗？肖莹姐去怎么会是帮乱？再问问他，晓初这是什么意思？”

肖莹没出声。我扭头见她脸色发青，嘴巴闭得很紧，似乎憋着一股气。我悄悄打手势叫家慧别再出声，我也不发表意见。冷了一会儿，肖莹忽然说：“我先回去了。请帮我告诉他们——我不去了！”不等我再说什么，她围上围巾，走了。

她关门的声音很响。

接下来的一些天，感觉不好。空无信息，出奇平静，莫名其妙。尤其是老乔，支支吾吾，躲躲闪闪，似有难言之隐。他说的远没有我问的多。他愈说“其实没有什么大事”，我愈胡乱猜疑。后来他向我透露出一点“麻烦的原因”，是他们与报纸的法国合作方产生纠纷，很麻烦，很缠手。这话还靠点谱。这纠纷是不是晓初工作的不当造成的？如果源自晓初，晓初理所当然要去处理，排难解纷，把事情摆平。但是晓初自己为什么没有消息呢？其实如果他打一个电话，一切释然。谁都可以理解。特别是只要给肖莹打个电话，哪怕只说一句话几个字：“我一切都好，你放心。”各种猜疑、担心和不安就都没有了。他为什么不给肖莹打一个电话，为什么不露面，他不知道肖莹最希望什么吗？爱，对于双方都是心领神会的。

但是没有。只有一句不要帮乱，形同一个拒绝的手势，伸到她的面前。

这使她内心生出的委屈、愤怒、自尊走到前面。她不再询问，甚至不再猜测。晓初愈没有消息，她心里的犟劲愈强。她好像需要这种犟劲保护自己。她决不给晓初那边打电话，甚至不到我家来了，显然只有我们关切她这件事。

她不提，我们不提，但有人关心。不多天前，她向舞蹈团里兴致勃勃请了假，马上远赴重洋，去上演自己人生华彩的乐章，现在却一下，像一片灯全关了，了无声息，只有她自己孤单和沉寂的身影，就像舞台上那只白孔雀在音乐戛然而止时定格的画面。私下里，一定议论纷纷。人们猜到她突然遭遇变故，却无人敢问一问这位十分自尊的女子。

此时她是超敏感的，这一切她都感觉到了。

新年过去了，春节一天天临近。本来晓初与她说好，在维也纳过了新年，然后一起回国过春节。整个行程包括每天的节目他们都定好，甚至中餐和晚餐在哪里吃都确定了。晓初给她安排在分离主义美术馆附近的一个四星级小旅店，叫贝多芬旅店。分外优雅和舒适，具有美妙的古典音乐的氛围。据说二楼古色古香的客厅里摆着一架黑色的钢琴，还是贝多芬弹过的。晓初说，一定还要用一天时间带她出城去瓦豪河谷，叫她感受到一次“多瑙河的震撼”。一切都说得言之凿凿，现在全成了空话甚至是谎言！

一天，她一个人坐在屋里，忽然忍不住了，就像满天堆积的乌云忍不住要下雨那样。她抓起电话，一下子打到维也纳《欧华周报》的办公室。事情刚出来时，她从早到晚不停地、发疯般地拨打这个电话，但电话像死了一样，始终没人接。今天一定还是这样，但这次铃声只响了三下，立刻接通。对方有人在咔嚓声中拿起听筒。肖莹怔住，说不出话来，只听听筒传来一个声音。是一个女人的声音，用德语。肖莹不懂德语，以为是对方的接听录音。她下意识地问了一句："是《欧华周报》吗？"

对方竟改用华语："我是《欧华周报》，您找哪一位接听？"

这是一个中国女人！听口音是港台腔，很柔和、客气、彬彬有礼，语速缓慢。报社哪来的女人，怎么没听晓初说过。

肖莹说："我找江晓初。"

对方说："噢，您找江晓初先生，对不起，他现在不能接听，他在睡觉。"

肖莹先是一怔，原来晓初在维也纳，而且就在报社！他为什么不给自己打电话？她有点冒火，心想这女人是谁，怎么能拦着晓初与自己通话？她说："我就要他现在接电话！"

对方似乎含着笑说："对不起，女士，现在凌晨五点。您是哪一位？"

对了，中欧之间有时差，维也纳正是凌晨。可是凌晨这女人怎么会和晓初在一起？睡在一起？她脑袋轰地好似热血冲上来，她直问："你是谁？"

"聂宛如。"她柔柔地说，"我是报社办公室的秘书。您呢？"

肖莹已经控制不住自己。她好像已经看见晓初在床上拥着被子呼呼大睡的样子。完了。自己彻底被欺骗了！她啪地摔了电话。

我是十多天之后知道的这件天塌地陷的事。是肖莹主动告诉给家慧的。她不主动对我说，她知道家慧会告诉我。家慧说，她约家慧到一个日本料理馆子里，把那天凌晨通电话的全过程原原本本告诉给家慧。她出奇地平静，说话不动声色，好像说别人的事。她能在十天时间就把心中的一块腐肉剜出来扔掉，中间经过怎样的痛苦与抉择，可以想象得到。现在她浑身上下已经没有一点奥地利的影子了。她穿一身深灰，墨色的长大衣，一条浅灰色的围巾。没有任何饰品。苍白的脸有些瘦削。她似乎为自己的昨日送葬。

家慧说："我蛮佩服她的。这件事对于她像脱了一层皮，但裹着这层死皮她没法活下去。"

我惊讶又愤怒，可是我还是觉得这件事挺蹊跷。原本肖莹即刻就要奔赴维也纳，开始她与晓初的浪漫之旅，怎么会突然蹦出这个聂宛如？不可思议的变化！一件事从一个极端跳向另一个极端，中间一定有一个非同寻常的缘故。这里边会不会有一个天大的误会？可是晓初人在维也纳，却一直没有电话，而且凌晨与一个陌生女子同睡在房间里，这是事实，千真万确的事实！怎么解释这个事实？只有问老乔。我给老乔打电话，把肖莹与这位聂宛如通话冲突的事，以及肖莹现在的态度统统告诉老乔。没料到老乔竟然说："只能是这样的结局了，肖莹认可了，便是最好的结局。"

他还是没告诉我事情的真相，也不对晓初的态度做任何解释，甚至绝口不提聂宛如是什么人，似有难言之隐。我想不出这件事的真正原因。凡我能想出的种种可能，最后都被我自己否定。我甚至想远赴奥地利去探明究竟，但我还能够拯救这场情感的灾难吗？能使这已经摧折的树木生还如初吗？看来一切无可挽回了。事已如此，只能顺其自然。我无须再刨根问底，只望我的表妹少受伤害。

5

生活不知不觉地翻过了一页。

在它万花筒般眼花缭乱的变化中，最根本的变化还是在我自己身上。

我的妻子费尽心机，终于从她工作所在的无锡调回到我身边。我们买了房子，由父母的家里搬了出去。我们把存款几乎用光，加上贷款，只能在接近西郊的新社区柳江东买到一个两室一厅的公寓房。还好！这个新建小区的风格倾向于当今世界流行的简约明快的现代风格，很契合我们的口味。这一来，我们的兴趣与时间便全投入到新居的室内设计与装修上了。

我从父母家里搬走之后的一年，妹妹用我腾空的那间屋子结婚了。跟着是父亲患病，半年后离世。母亲由家慧陪伴。家中的男主人换成妹夫，几十年里形成的家庭格局根本地改变了。

我离开了自己出生，童年、少年和青年时代经历过的老街，也离开了街上昔日的邻居与熟人。其实这些年来，街上其他人家也在渐渐改换门庭。每个家庭变化的原因不一样，有的老人走了，有的人嫁出去，有的南下求财，有的换了新居搬到外边去住，那时全国城市都在大拆大建。肖莹也搬走了，她的原因是一种被迫。随着她年龄增长，又一直单身，来自继母的压力一天天加大。在她离开老街的那天，感觉自己有点像逃跑。她经济能力有限，买了河西老居民区一个二手房的独单。家慧去过她家两三趟，据说“挺惨”。幸亏肖莹是情调主义者，把一间小破屋收拾得还有格调，还温馨。

经过那场变故，我们的关系变得渐渐疏远。可能我们都怕再碰那件事，不能谈，也无法谈。我总觉得有愧于她，如果不是我当初把晓初介绍到维也纳的老乔那里，也许就不是这样的结果。她似乎也在回避我，为什么回避就猜不透了。这种非常不舒服又无法说清的感觉成为我们之间的障碍。障碍愈被搁置就愈无法逾越。家慧劝我不要多疑，肖莹其实在回避所有人，回避所有知道她这件事的人。听说现在她还很少到团里去了。

我每周差不多一次回到老街上看望母亲。肖莹很少来我家，很难碰上。只有逢到中秋和春节两家老小相互探望时，偶然能见到她，聊一会儿。一开始，总会话锋躲躲闪闪，好像什么地方有个伤口，害怕碰上。聊着聊着，便没什么可聊的了。

每次见面，都是她自己。她一直一个人？这两年，我在报上几乎没有看到有关她跳舞的消息。

过了许久许久之后的一天，忽然收到一封信，这大概是我有生以来收到她的第一封信。打开信封，是一场音乐舞蹈晚会的请柬。封皮淡蓝色，印得清新、素雅又精致。上边只印了晚会的名称："春天来了！"还有一封超短的信，更像便条，夹在请柬里，只写了一句话：

"表哥表嫂：今晚是我的告别演出，欢迎你们光临。肖莹。"

我一怔，"告别"二字很刺眼！为什么是告别演出？她要离开舞蹈，永别舞蹈吗？这不可思议。当年在她纠结在挚爱的男人与舞蹈之间时，她都没有离开舞蹈，现在为什么？是被迫还是源自一种抉择？什么理由叫她做出这样自杀式的抉择？

这晚，她出演的节目仍是《孤独的白孔雀》。随着音乐她一跳起来，我就感觉已经不再是先前那只白孔雀了。

这只孤独的白孔雀一开始就不再痛苦地挣扎，而只是陷入一种迷茫。苦无出路的彷徨，失魂落魄的游荡，漫无目的的寻求。但如今的它，不再被孤独折磨。孤独不应该是终结。生活有无限可能。当昨天成了绑在身上沉入江底的沉重的巨石，为什么不解开绳索，卸下重负，凤凰涅槃，迎接新生？

她用舞蹈语言诉说自己不同于以往的全新的思考。她自我表述的能力很强。我看明白了。

在独舞的结局中，它竟然在一片烟花般夺目又绚丽的光彩中，战胜自我，获得解脱，腾身飞旋，翩然起舞。说实话，这个结尾丝毫没有打动我。上一次看过她这个独舞，那只白孔雀在绝望的黑暗中陷入孤独、苦苦挣扎的形象曾扎进了我的心，我有去营救的感觉；但现在这只孔雀叫我感到浮浅，落入俗套，空洞无物。

我对这个舞蹈的结局更加莫名其妙。

原先，她把孤独作为人生一个哲学的命题，她把孤独的灵魂深切地演绎出来，答案交给观众去寻找。现在她自己站出来。她在用一种世俗的欢娱来破解自己吗？

我不喜欢这个舞蹈，舞蹈后边没有思想。可能是我们疏离已久，有隔膜了，我已经不大了解她了。

生活本身从来是强势的。现在更是一个生活强势的时代。不服从它一定是悲剧，顺从它往往也是悲剧。

四个月后，我又接到一封信，里边还是一个请柬，仍然是肖莹寄来的。一看请柬我就傻了——肖莹的结婚请柬！地点在五大道的玫瑰别墅，时间就在本周末的傍晚。男方的名字有点熟，马上又想不起来，叫作梁丰登。请柬里依然夹着一张纸条，依然是只写了几个字："希望你自己来。"

什么意思？猜不出来。

周末五时，我开着车从马场道桂林路口驶入五大道地区。这个自二十世纪初叶租界时代开辟的富人区，现在已过去百年，里边充满了历久年深、厚重又沧桑的历史气息。驱车穿街而行，风格不同的历经百年的花园洋房从车子两边掠过。虽然这些建筑在我上大学时做过调查，都很熟悉，但有时历史的事物反而比新事物更有"新鲜感"。时值初夏，天气和好，摇下车窗，马路两边的槐花盛开，浓郁的花香涌进车子，沁入心肺，好舒服！这时，我发现街上车子渐渐多起来，而且都是好车、名车。这些车都是来参加肖莹婚礼的吗？玫瑰别墅可是个超级的五星酒店啊，这绝不是一般规格的婚礼。这时，我忽然记起肖莹这位新郎梁丰登是一位大地产商。我脑袋有点发蒙，来不及把一时乱糟糟的思绪理清，站在街道中央几个穿黑色制服的交管已经伸手把我的车子拦住。

一个胖胖的中年交管向我要请柬，我拿给他。他看了看印在请柬左下角的编号，扭头对他身后另一个交管说："前五十号的，放行！"

噢，前五十号，大概我是贵宾。

玫瑰别墅就在前边不远，这条街已被临时禁行，只准要客进入和停车。谁能请来交管把一条街管控起来？这足见婚礼主办者的势头之大，非同一般。

玫瑰别墅是五大道规模上数一数二的花园洋房。建筑是西班牙地中海风格，结构错落分明，铺着深红色粗大的筒式陶瓦的屋顶，淡米黄色的抹灰墙，使得中间黑色铁艺的门窗和护栏醒目、大气、优美；前院有石雕的喷水池和爬满紫花的藤萝廊架，后院是开阔的草坪与高大的郁郁葱葱的黑色杉木。谁都知道，在这里举办婚礼不是为了婚礼本身，而是为了摆一个场面给人看。据说这房子是民国时期一位大盐商的旧居，此地是闻名海内的盐都，大盐商们富可敌国，个个家中都极尽奢华。虽然经多世变，房屋易人，豪门贵胄的气息却犹然未已。这里我只来过两次，都是陪外地的访客来用餐。我喜欢一楼客厅铺地的釉面的红缸砖，城堡一样浓重的墙，石头砌的大壁炉和粗粝的铸铁饰件。再有，便是它宏大的院落，前后临着两条街，自然构成了一块鸟儿们的安栖之地。虽然这房子地处城市的腹地，却可以听到许多鸟叫。

穿过长长的用玫瑰花枝编织成的甬道，随同纷纷而至的来宾一起来到后院。天色未晚，一些聚光灯已经把草坪中央一大片照得鲜碧耀目。四外全是餐桌。五颜六色的酒食、华服盛装的宾客、生气盈盈的鲜花气球，被四边高耸的杉木衬托得鲜明又华丽。男侍者一色黑色的燕尾服，女侍者一色白色长裙。男女侍者胸前一律别着一朵此处具有标志性的红玫瑰。一支小乐队在花园一角舒缓地演奏着背景音乐。

这样的婚礼场面十分罕见，看上去很像欧洲豪门庄园在举办什么家庭盛事。

我看看现场的人基本上全不认识，看得出来大多来宾都是新郎一方请来的商场中人，全是盛装艳服，珠光宝气，叫人不好接近。我拿了一杯香槟，找到人少的一张桌旁坐下。

来宾愈来愈多，渐渐开始遮挡视线。一直没有人认识我。忽然一个胖胖的、秃顶的人朝我笑嘻嘻地说：

“您是不是大华的冯总？”

这胖子不等在尴尬中的我摇头否定，便说：“哈，错了错了，对不住！”扭身走了。他走路的姿势有点好笑。

这时，忽然掌声四起，坐在椅子上的人全站起来，好像要升国旗。站在后边的人踮脚引颈，向前看。

在灯光的聚焦中，今天的主角从楼里走了出来，音乐伴奏随之而起。由于很多人向前簇拥，半天才看出新郎，一个穿着深色西服、系大红领带、身材挺高的人，面孔无法看清。还有主持人，我一眼就认出来，这是一位太出名的电视主持人。他不在北京吗？高价钱请来的吗？怎么看不见肖莹呢？她被挤在人群中间了。

忽然，我这边的人群往后退，肖莹在那边现出了身影。她像在舞台上那样一露面就光彩夺目。但是她没有如想象的那样身穿雪白的婚纱，只穿一件缀满金色小花的淡紫色的连衣长裙，反而更美，更贵气，也更适合她的气质。我注意到，她今天的着装，没有刻意显露她可以为之自豪的线条优美的身材；略松的衣裙似乎想使自己年龄大一些，刻意要接近新郎梁丰登的年龄吗？

第一次见梁丰登。

这个人的形象能够清晰地传达出他的信息。他肌沉肉重的脸饱经风霜，结实的筋骨久经历练，摇摇摆摆的走路的架势显现出心中的志得意满。他没有初做新郎的拘谨，他现在的神气好像在企业的年会上看望他的职工。他是二婚吧，应该是吧，他绝对有五十开外了。

没等我去想他和肖莹是怎样形成的结合，来自京华的仪表堂堂的主持人，以他出色的口才和悦耳的男中音，把所有人的注意力都吸引过去。婚礼没有惯常的俗套的证婚人讲话、开香槟酒、致敬双亲、放烟花等仪式。这恐怕是肖莹的风格。她讨厌这一套。于是，这个婚礼的全过程便在主持人出色的串场、即兴的发挥与优雅的玩笑而引起的阵阵欢笑中完成。

婚礼仪式的最后，主持人请新郎“梁总”出面表示答谢时，梁总一开口，便叫我一怔。他说：“我梁丰登一辈子有三件福事。头一福是我娘生了我。”

这话说得简单，却有情有义。于是有人叫好，有人鼓掌。

新郎梁总接着说：“我的第二福，是我拿下了金街上那块地。那块地叫我梁某人走上了金光大道。”

这话一出，没多少人呼应。发财是个人的事，跟别人也没关系。再说，这事跟你娘生你怎么比？

我是做建筑设计的，常跑工地，和不少干建筑的老板都熟。这些人都是直肠子，就这么说话，尤其他是大老板，说话更是由着性子。可是肖莹怎么会决定和这样的人一起生活？

下边他要说的第三件福事肯定就是肖莹了，只见他兴高采烈说起来："我第三个福就在眼前。我一辈子做梦都想要这样的老婆，前半辈子打灯笼都找不着；今天天上掉馅饼了，我梁某人不再做梦了。"他在大家的笑声中，说出他下边更痛快的话："我梁某人从今天决不叫她再跳舞了，我叫她在家里享清福，给我老梁生儿子！"说完手一挥，很爽。

有人叫好，有人给他鼓掌，有人议论。我听呆了。这是肖莹要的吗？她知道他的想法吗？想到前几个月去看她"告别演出"，想到她那只莫名其妙的白孔雀，今天有了答案。但是她为什么做出这样的选择，她现在应是什么心情？

乱哄哄的婚礼晚宴中，开始了草地舞会。人们的注意力都在舞会上，我想悄悄溜掉。这时忽然听梁总在前边拿起话筒说话。他可能酒喝多了，声音有酒劲，话筒离嘴太近，声音很响，说的话没头没脑。他说："有人对我不叫肖莹跳舞，对我有意见。今天是大喜日子，我不跟人争，而且我开禁！我叫肖莹再跳最后一次。谁想跟她跳，跟我说！"

他说得慷慨，又随便。

不等有人开口，肖莹忽然说："我自己挑舞伴！"

大家全怔住，静场，瞪大眼等着看谁是这个幸运者。肖莹忽然一指我这边说："我请我表哥跟我跳。"

整个花园里的人都望着我。我奇怪，我一直躲在人群里，她怎么知道我在这边？我不知所措，只见肖莹从草坪上过来，她很美，含笑地走来，牵起我的手，我们一起走到草坪中间，乐队奏起了音乐，轻快、优美、一如流水般的《在水波上》。我们一同随同音乐起舞。我的华尔兹还可以，但许久不跳，又当着这么多人，心里发怵，步子就不顺畅了。所幸肖莹浑身全是舞蹈的感觉，不知她用什么办法，很快就把我融入音乐的节拍与跳舞的韵律中，并神奇地使我渐渐产生跳舞的快感。

我开始定下心来，去注意她的神情了。我发现，在这世俗的场面里，她没有任何被动、反感、勉强，也没有任何隐含的不适。可是我不相信她会安于这样的现状，乐于这样的生活，选择这样的未来，这不是她！除非她已经不再是原先的肖莹。如果她真的改变了——到底是生活改变了她，还是她改变了自己，为什么？就因为江晓初的背叛，就从一个极端跳向另一个极端，不再相信自己昨天的高尚，抛弃心中一切金银绯紫，向原本对立的东西投诚，这不是毁掉自己？我不相信！我忍不住要问她，但我对她的问号太多，从哪里问起？怎么开口？这时，我发现，她似乎不想与我做任何交流。她约我来参加这个婚礼，就是想叫我看到她选择的生活。她把她的明天也告诉我了。我还发现，她眼睛的深处原先那个不停跳跃着的、亮闪闪的、充满魔力的精灵——舞者的精灵，现在没有了，空了。

在音乐旋律的起伏中，我望着这个与我相拥起舞的女人，她的气质还是那样优雅脱俗，脸儿略施粉黛，依旧娴静姣好，只是少了一点东西，一种孤芳自赏的孤高的东西？属于她灵魂的东西？灵魂这个东西看不见抓不住，原来说没就没，你甚至不知它何时、因为什么没有的。

一旦没有了，一种曾经无限美好的东西像一片灿烂的光和影倏然远去。

6

有时，生活的真相不如不知。

我用手机上的电筒挨门挨户地寻找门牌号。

维也纳城中这些老街是一种真正的活着的历史。参差错落的老房子们全都斑驳如画；蜿蜒的街面不是铺着石板，就是凿满小而方又坚硬的石钉，这些石板和石钉历久磨光，古老苍劲，好像条条街道都通往哈布斯堡王朝。街面下陷的地方，雨后积水，在路灯幽暗的照射中，反着光亮。

我终于在手机射出的光束里，找到了“47”号。一个蓝底白字的搪瓷的门牌钉在暗红色的老门板上。一株很粗壮的大叶梧桐高出院墙，并把它凋落的黄黄的叶子，随意地洒落在院墙内外和墙头上。树后边是一幢两层小楼。灯火依稀，树影模糊。这显然就是老乔在异国的老巢了。

我第一次到维也纳，我最关心的自然是奥式的建筑，他们的古典和现代的建筑，还有这次在维也纳举办的国际研讨会的主题“城市个性与建筑师的个性”，对我有分外的吸引力。我平日在这方面思考得很多，我为这次会议准备的论文得到各国同行的好评。

这是我来维也纳的公务。我还有一个藏在心里的“私务”——寻找昨天留下的那桩不幸事情的真相。尽管此事早已时过境迁，一切全都木已成舟，而且人家肖莹自婚礼那天的舞会之后，即与舞蹈绝缘，销声匿迹，早已是一位标准的富家女子，而且生下一儿一女，锦衣玉食，活得滋润快活。这世上，偶尔为她遗憾和发出叹息的只有我和家慧了。我为什么还要来老乔这里探寻究竟，还想追回昨天吗？

在老乔堆满书籍、报纸和资料的客厅里，我望着这位十多年未见的老友。不用回忆，昔日的交情又来到身上。在不大明亮的光线里，他的脸色昏暗，皱纹显得很深。我们都说自己老了，其实他真的更“老”一些。在世界任何地方，普通人都不会养尊处优，很难白白胖胖，更何况在异国他乡。文化的磨砺看不见，却会更深刻。我们相互关切地询问了对方的家庭、工作，也谈了谈自己。我初识知春，这个奥地利女人给我的印象分外好，她显然是个善解人意的女人。她给我们烧好茶，桌上放些零食水果之后，便说要去帮老乔看稿子上楼了。她知道我们有话要说，把空间留给我们会更方便。

进入一个不知深浅的话题总有些费劲。何况这个话题里遗留过去一些磋磳与别扭，当然更多的还是谜。还好，老乔比我强，他天性爽直、性急，在我支支吾吾不知怎么开始说的时候，他忽然说：“不管在这中间有多少误解、避讳、无法说、不能说，都是过去的事了。原本怎么回事一揭开就全明白了。”老乔接着说：“我托人打听了，知道你表妹现在都当两个孩子的妈妈了，过得挺好。你我还有什么不好说的，而且我应该叫你知道全部真相了。”

“我们高高兴兴，准备晓初从巴黎一回来，就迎接肖莹来维也纳。维也纳的新年非常具有古典气息，我们为肖莹准备好一系列别具风情的节目。晓初连金色大厅新年音乐会和音乐厅的新年舞会的票都拿到手了。就在这关口上，晓初出事了！是的，出事了！而且出了大事，几乎要了命！你别急，事情过去快十年了。这都是过去的事，你听我说。

“我一直后悔，如果当时不叫晓初去巴黎，一切事过了年再说，就什么事也没有了。但我们报纸在法国的合作方一定要晓初去一趟，研究第二年董事的名单。这里边的关键是，明年报社准备新增加两位董事，都是晓初个人在巴黎联系的企业老板，也是我们报纸最有实力的广告客户。可是，法国合作方认为这两位董事人在法国，应该归他们管，我们认为业务是我们联系的，不能给他们，这里边当然有利益问题。如果董事名单定不下来，明年第一期报纸就不能出报，只好派晓初去协商。晓初到了巴黎，怎么也谈不拢，双方争执不下，晓初有点年轻气盛，吵了起来，事情僵住了。据说当时吵得很僵。我电话叫他先回来，过年再说，因为肖莹马上就来了。谁料当晚晓初在他住的巴黎十三区那边吃点东西，回旅馆的路上，忽然几个人把晓初围起来打了。这几个下手很狠。当时街上黑，什么人根本看不清。这几个只打人，不说话，也不知是哪国人。等警察来了，打人的人全跑了。

“打得太厉害了，一个人用的是铁棍，晓初左边脸血肉模糊，耳朵打烂了，肾打坏了，膝盖也断了。

“不，不是打劫。打劫的人不伤人。我们又不是当地人，没仇人。我们想到可能是谁干的，但没有证据，无法告，告错了更麻烦。当时，晓初已经人事不省，警察从他身上的名片看到报社的电话，打过来，我连夜赶过去，急救三天，保住了性命，然后租一辆医用车把他弄回维也纳。你是没看见晓初那个样子，真是太可怕，太惨了。家智，当时我就在那种情况下，在巴黎、在车上、在医院，与你通的那些电话。你想，当时我能把真实情况告诉你吗？晓初醒过来时，对我说的第一句话就是千万千万别告诉肖莹、别告诉你……

“最初那些日子，我也无法向你解释这是怎样一件事。等到晓初的伤基本稳定，他那张脸无法看！那些可怕的伤口，缺一个耳朵，左肾割去，腿也瘸了。他像一个压烂了的破纸盒子。我看着他，心里明白，此生此世，他与肖莹的缘分算完了。我想，不管你怎么想，怎么责怪我，也决不能告诉你。叫肖莹知道真相就如同杀了她。晓初是孤儿，回去找谁去，还不是叫肖莹伺候他终身？我下决心，这事我担着了。他去巴黎是给报社出差，报社应该担着。但晓初和肖莹他俩的事怎么了结，我没办法。那天，肖莹的电话撞上了我们报社的女秘书聂宛如，产生了误会和冲突。我想，这也许是个歪打正着，就这么歪打正着吧！正好把他和肖莹的关系断了。

“这十年来，晓初一直在我这里。干报纸的事，报纸养着他。他不能再跑外勤，腿瘸了，脸上那样，怎么跑？他只做内勤，从编稿、排版到校对全是他干。聂宛如是个太好太好的女孩子，香港人，我的一个朋友——香港一位摄影家介绍来奥利地学音乐的，在我这儿打打零工。这女孩温顺善良，她同情晓初，常因他偷偷抹泪。这些年一直给他做饭，帮他生活，给他鼓励。他俩都住在报社。她从未想过离开他。她音乐也不学了。我也不知道这样下去怎么办。我想，她对他再好，也不会跟晓初结婚。晓初已经没法结婚了，结不结婚有意义吗？对他二人谁也没意义。可是，这么下去到哪一天？怎么终结？想也不敢想。如果有一天她真要远走高飞，晓初会不知道怎么活，为什么活……

“唉，我陪你去见一见晓初好吗？他已经知道你来了，你也给他一点力量吧。”

我没想好，怎么给他力量。这个突如其来的故事已经把我击昏。十年前天降的横祸，现在才真正落在我的头上；今天听起来，好像眼前刚刚发生的一般剧烈与刺激。我有一种扛不住的感觉，身体晃晃悠悠，脑袋里一片混乱，跟着老乔，从他那个小小的充溢着浓郁的木头气息的老楼里走出来，穿过透明的夜色，走到另一座同样古老的小楼前。老乔按响门铃，听到里边有人从楼里走出来。老乔忽对我加紧叮嘱一句：

“千万别提你表妹！”

这像一句警告。

没等我弄明白这句话，门儿开开，一个中等个子、微胖、身穿浅色长衣的女子站在门前，请我进去。她就是聂宛如，简单一两句见面话，从她的声音和语气中就知道是一位性情柔和的人了。

推门进去就是报社的办公室。房子又大又高，和老乔的客厅差不多，但这里有些阴冷。是由于这座楼朝北，还是没亮顶灯，光线昏暗？屋里到处堆满报纸、材料和文件，中间几张办公桌，黑影重重中只一台电脑亮着，有点冷寂和怪异的感觉。没看见晓初，他在另一间屋里吗？忽然听到前面一个声音：“您请坐吧。”

声音是从靠里边的一张桌前发出的。我的目光从一摞摞码得很高的报纸上边越过去，看到一个人坐在那边，只有上半身的身影，他侧对着我，他肯定就是江晓初。但我从他的声音已经听不出是晓初。我记得当年他的声音兴冲冲，但现在的声音低沉而疏远。

他显然早已坐在那里了。他是不是坐在一张轮椅上，我看不清。他侧对着我，显然为了避开他左边受伤而难看的脸。他的头发很长，像个披头士。右边的灯光映照着他，他似乎很瘦，腮部塌陷，眼窝是一块黑影，只有从他高高的额头顺着鼻梁直到微翘的下巴这条清晰而优美的直线，能够认出那个曾经清俊、轩昂、带着高贵感的年轻人。

但现在他显然在用身体的全部力量，支撑着自己的坐姿。他一动不动，也不看我，低垂的目光隐蔽在眼窝的阴影里。

老乔："家智来看看你，他后天就回去了。"

他不吭声。

我说："你的事我都知道了。老乔和知春称赞你的顽强，你的精神。他们还夸赞你办报的能力，如今你们的报纸在欧洲华人中非常受欢迎。"

我记着老乔叫我给他一点力量，我努力说出一些鼓劲和带劲儿的话，由于一切来得突兀，又对他的生活现状与心理一无所知，说完之后感觉自己的话空洞、乏味，甚至有些虚假。对于失去了前程和所有的生命乐趣、形同废人的人，谁还要赞美诗？只用一些绚丽的语言就可以把这个枯索的生命重新点燃？我还能给他什么呢？当我看到，聂宛如从里屋拿来一条毯子给他蒙在腿上，我想，他需要而且不可缺少的也就是这些——实实在在的一点点生命的支持了。

下边该说什么，我完全不知道了。他显然也不知道该对我说什么。我们见面只为了见一面吗？而这见面有什么意义吗？

老乔似乎也无话可说。

其实，最应该说的是肖莹！没有肖莹，我与他，与老乔相互又有什么关系？但是，当事情的真相摆在我面前，这里边曾经的误会、错怪、恩恩怨怨还需要再解释吗？解释明白又于事何补？想到老乔刚刚那句"警告"，我提醒自己绝不能提到肖莹！千万别惹出事端！只有匆匆告别，走出尴尬。

临出门时，我瞥他一眼。他依旧侧身坐着，动也未动，一声未吭，有如一尊黑色的冷冰冰的雕像。如果我是雕塑家，我一定要把他塑造出来。我想告诉人们，真正的痛苦是无可救助和无法言说的。

从报社出来，老乔想开车送我回旅店，我坚持独自散步去到大教堂那边逛逛。我说，听说教堂周围的广场上有个夜市不错，逛完教堂搭地铁可直接回旅店。老乔心里明白我想一个人走走，消化一下刚刚堆满心中的疙里疙瘩。他便说：

“我和一位司机小彭说好，明天上午九时去接你。他和我报社有长期合同，只要我这边有客人，他就出车，随叫随到。明天一天这车你随便用。小彭是旅行社的老‘地接’，开车技术好，甭说维也纳，整个奥地利的地图都在他肚子里。我明天有事不陪你了，后天我送你登机。”

我俩相互拥抱一下分手，拥抱时彼此拍了拍后背。我感觉“啪、啪”拍打对方后背的时候，都有许多难言的话，都各自有一种很深的歉意：我感觉，老乔认为一切祸事都源于当年他派晓初去巴黎那个决定；而我觉得，这天大的麻烦还是我给老乔招致的。

大教堂高耸峻拔的尖顶与上半部分华美的装饰都消失在银蓝色的夜色里，下半部分建筑的光彩则被广场上临时举办的夜市夺去了。一大片灯光把相互错落的布棚映照得白晃晃，耀眼夺目。每逢周六，大教堂周围的广场都归夜市使用。夜市的卖家是城郊的农家与山民。他们拿来新酿的葡萄酒、新烤好的面包、蜂蜜、果酱、奶酪、坚果、香料、调味汁等等乡间土产以及各式各样民间的手工物品与艺术品。这些带着阿尔卑斯山气质与多瑙河风情的本土特产极其诱人。如果外来游客在维也纳赶上周末，一准儿要来夜市里串来串去游一遭。

然而，今天在这夜市里，眼前任何新奇的东西都没有魅力。我如游魂一般，抓不住自己的注意力与兴趣，脑袋被今天的所见所闻完全打乱。当十年前经过的一切掉头回来，今天的真相颠覆了昨天的判定，到底谁是谁的因、谁致谁的果？那场突如其来的灾难之后，到底怎样一步步发展到悲剧的今天？在网络时代还会有如此的信息艰难，是信息艰难还是人心相通的艰难？是由于爱而相瞒导致的误判，还是因为意气用事而各走极端？命运是一种暗中注定和不可抗拒的吗？当我想到了“命运”二字，并实实在在触摸它时，它竟如此坚硬如此阴冷如此不公。命运的本质是不公的。

那么，遭遇到命运不公的人，其中有没有自己选择上的失误?

一度我完全陷入思考，忘掉了自己。浑然不知自己从一个小摊上，拿起一束缠绕着彩带的美丽的松果，走到另一个卖蜂蜜的小摊前放在那里，弄得那里的人莫名其妙。

我回到旅店，洗过澡躺在床上，脑袋里还是静不下来。一个想法叫我的联想愈来愈激烈：如果当年肖莹知道了真相，她会怎样？她会不会立即乘飞机来到维也纳，一直陪伴他到今天？如果今天肖莹知道了这个迟到的真相，她还会立即飞到维也纳来吗？

跟着，我又暗暗笑话自己，这只是个浪漫的想法。浪漫是一种一厢情愿的想象。想象最终全要安于现实；或者说，现实会从我们身上摘下浪漫的翅膀。

这样，我便呼吸着维也纳秋天清凉又柔和的空气安然入睡。

7

凌晨五时我就离开维也纳，前往多瑙河峡谷。

昨天夜里小彭来电话，问我是不是初来维也纳，想看哪里，去没去过戒指路、皇宫、美泉宫、施特劳斯公园以及艺术史博物馆等等。我说这几天会议闲暇时，抓紧时间，把这些地方都跑过来了。我叫他推荐一个地方，保证我看了之后永远难忘。说实话，我也是想去一个特别吸引人的地方，好散一散心。他说那就去瓦豪河谷吧，那里是多瑙河流经奥地利一段“天堂般”的地方，是世界遗产。只是这地方离着维也纳三百多里，去玩一趟，来回需要一整天的时间。我说我就拿出这次赴奥行程的最后一天吧，只是傍晚前要赶回来，我看好皇宫后的一家古董店里的一个石雕的小天使，雕工十分精美，早期巴洛克风格，局部有贴金，难得的古代宗教建筑的装饰构件，我想把它买回去，放在我书桌对面的条案上。我对东西方的建筑雕塑都很痴迷。

小彭说："那咱尽量早一点出发，我带上牛奶面包，早餐在车上吃。"

这主意好。

清晨五点我钻进汽车时，车子在外边搁了一夜，车厢里还挺凉呢。可是这并不能叫我清醒起来，昨天一夜我时睡时醒，现在精神和身子都很乏，眼皮打架，待吃了东西，加上车子摇摇晃晃便很快睡着了。

我从来没有在汽车里睡这么长一觉。我在小彭的呼叫声中醒来，只听他叫着："您要再睡可就回维也纳了！"

我睁开眼睛，外边的世界在左右两边的车窗上。啊，我在天国里？

高山、丛林、深谷、烟岚、白云、花原、葡萄园、山村、古堡，然后是翠绿、幽蓝、雪白、银灰、墨黑、赤黄、红棕以及花的夺目的五彩，这些风景这些色彩在车窗上相互交换然后五彩缤纷地掠过。不断地有一个不可思议的神奇的景象出现，随即又被另一个无限美妙的风景代替；左边车窗上的美景还没看清，右边车窗上的奇景已经飞驰而过。这些只在儿时的童话书里见过的图画，现在变成了真实的情景，而我竟然身在其中了。

当我们的车子行驶在谷底，我发现多瑙河的河水竟如此丰沛、明亮、急速、幽蓝；河中溢满河水，河面与河岸同在一个水平线上，我从未见过哪条江河这样与人亲近——它就像在我的车窗上流淌。

小彭几次想问我的感受，见我目瞪口呆，不停地发出感叹，他得意地笑了。

能从客人的惊喜中感到自豪的，一定是主人。小彭已经完全融入了奥地利。他不避讳自己已加入了奥籍。这个机灵、干练、黄头发、小个子的司机兼地接是湖南湘中人，早在九十年代初就来到这个国家，他和那个时代许多年轻人一样，没有专业向往，只想出国闯荡，浑身有发烫的一股劲儿。到奥地利的最初几年，他在中国餐馆里天天一连六七个小时洗盘子，在商店瞪大眼睛售货，开车长途跋涉去运输，干的全是卖力气赚钱糊口的苦差事。自从九十年代末中国人有了多余的钱，出国游玩的人愈来愈多，旅游业成了热门生意。中国人在外边语言不行，旅游要靠中国导游；而对于跑到海外谋生的人，干旅游和干中餐馆这两样是最容易的，而且可以马上拿到现钱。小彭说，干中餐馆需要店面，还要买菜做饭，照应客人，很琐碎。干旅游只一辆车就够了，而且天天内容不一样，还能借机玩遍四方。他天性喜欢玩，干这种事玩玩乐乐，见多识广，还赚钱，最多付出一点奔波之苦，他年轻不在乎。现在他不单成了跑遍奥地利的“第一游客”，而且跑出来房子、老婆和家，天天都有收入，口袋里总有不少的钱。

我说：“现在旅游市场这么好，你称得上得风得水。但只有一样你要注意，必须保住身体，关键是开车要小心。”

没料到他回答说：“您这话千真万确。前些年乔先生报社有位能人，非常能干，大家都看好他。正干得风风火火，可是出了一件事，身体完了，结果全完了。”他停了一下，问我：“您昨天在乔先生家见到这个人了吗？”

我不想和他谈晓初，打岔说：“什么人？”

小彭说：“这人叫江晓初。他不会与生人见面的。他叫人打断了腿，还打坏了半张脸。据说他平时都是侧身坐着，用半边好脸对着人。听说他那边连耳朵都没有了。有人看过他那半张脸，吓死人！”

“怎么会打成这样？”

“在巴黎出差时叫人打的。听说是一帮人喝醉闹事，叫他赶上了。”小彭说。

看来他对晓初的事也不深知，我便说：“你常年给报社开车，应该和他很熟。”

小彭笑道：“维也纳的华人圈子很小，互相全认识。中国人在国内认为外国人彼此谁也不管谁，关系简单，容易相处。可是到了国外才发现，外国人根本不管你的事，有事还得回到中国人堆儿里来。”他告诉我：“江晓初刚到维也纳时我见过他，自打出了那事后，不再露面，不见外人，憋在屋里干活。外边的事全叫一个女秘书聂小姐包了。你昨天见到她了吧？”

“打个照面，没说几句话，觉得人挺温和，挺不错。”我说。

“何止不错，那个人没处找去。我们都说乔老总运气好。当年的江晓初，又聪明又能干，人也好，这个人百里挑一。后来江晓初出了事，又顶上来一位聂小姐，勤快肯干，性情好，不单报社里里外外的事全揽过去，连照顾江晓初也包了下来。这种人哪儿去找，都说是老天派下来的。”小彭说。

我说：“听老乔说，她是来维也纳学音乐的。”

“她哪还上学？早不上了，今年四十过了。不单报社离不开她，江晓初更离不开她。报社离开她就垮了，江晓初离开她一天活不下去。”

“她总得有自己的生活。”我说。这是我担心的。

“最担心她离开的恐怕是乔总。”小彭说，“前几天乔总叫我想办法给聂小姐找一架钢琴。这事不难办，维也纳人唯一不缺的就是钢琴。我心里明白，乔总怕聂小姐在报社待不长，想拿钢琴留住她。”

我没说话，我想老乔还是没明白聂小姐这个人，能留住聂小姐的绝不是一架钢琴。究竟靠什么，是极致的善良，是大义，还是爱？我不了解她，我想不出来。反正她靠自己一种纯精神的东西。是这种东西把她留下来。反正一般人没有这种东西。

我又想，不幸的晓初又是幸运的，这世界上有这么好的两个女人至真至诚于他。一个是现在的聂宛如，一个是曾经的肖莹。现在肖莹对世俗享乐的偏激的选择，也是由于对他的误解而招致的吧！

如果当初肖莹知道这件事情的真相，现在背负这个终身苦难的女主角就一定换作肖莹了。

这样一来，我的多瑙河峡谷的游赏就不再纯粹了。我的眼前不断涌现出人间破碎的景象，我的心弥漫着人生中的浑浑噩噩。我的心仿佛听见这些悲剧主人公的嘶叫。十年来，在这件事上，我好像一直被裹挟在各种谜团中间找不到出口，总憋在一条令人窒息的死胡同里。今天，真相更叫我绝望！于是，眼前充满大自然性灵的山光水色对于我已然没有多少感觉了，任何美丽的事物都与我无关。

小彭说："我们聊得太多了，好几个特别好看的地方都错过去了。您右边，河对岸那一片红色建筑是梅尔克修道院，是世界文化遗产，世界上最著名的巴洛克风格的教堂。您不想过去看看吗？来回要两个小时，但非常值得一看。"

此刻我们在这边一座山上，透过车窗俯瞰，梅尔克半隐在一片层层丛林簇拥的郁郁葱葱的山峦之间，整座修道院太壮观了。宏大、华美又繁复。当我们的车子随着山路而下驶入深谷时，它渐渐转向群山的那一边，然后远远的，像停在多瑙河那一边一艘暗红色豪华的巨轮。然而，不知为什么，我此时竟然失去过去看一看这座经典的巴洛克建筑的兴致。我说："我还要在傍晚前赶回维也纳呢，下次吧，留点遗憾会更叫我想着再来。"

"那我带你去近处另一地方。今天的旅行总得在一高潮中结束，就像交响乐。"小彭说。

在维也纳待长了的人都懂得音乐了。

车子在一个高高的山坡前停下。我们下车顺着一道台阶往上爬。这里的一部分台阶是从岩石上凿出来的，高矮不一，登起来挺吃力。用了不少时间，我们站在一堵石墙前，中间一个门洞，没有门。右上边是一座巍峨的灰色的古堡，它一定历时久远，经历过无数次金戈铁马和烈火烽烟，早已荒废成废墟；一片散落的断壁残垣，与荒木野林混杂一起，无声地散发着一种历史沉寂之后的荒凉感。待穿过门洞，竟别有洞天。一瞬间，我有一种穿越时光隧道般的惊奇，眼睛和心头同时一亮：我看到了一个超小的山城。它令我更惊奇的是，古老，古老，古老，却又充满着生活的光鲜！

一条碎石板拼成的小路，从我脚下蜿蜒向前，伸向一片简朴的老房子的深处；与这些歪歪扭扭、模样笨拙、式样各异的村舍混在一起的，是繁盛的林木与艳丽的花丛。有的花爬满门洞的四周，几乎要将这门洞吞没；有的花从院内喷涌上来，翻越过墙，如同彩色的瀑布。我欣赏着沿街石墙上隔不远就有一个的一米大小的洞穴，小彭告诉我，这是古代放油灯的地方，如同现在的路灯；如今有路灯了，人们就在这里放上一盆花。从这些花盆的造型和所选鲜花的品种看，我十分欣赏这里山民审美的眼光。

过去我对欧洲建筑的关注，多是历史建筑、宗教建筑和城市建筑，多是学院派的角度，很少去关注这些村落民居，在这里，我感到我的知识用不上，还感到历史和文明都在嘲笑我的无知。现在剩给我的，只有痴迷和神往了。叫我奇怪的是，这里的山民是怎么能叫历史活着的？是人为刻意的，是自然而然的，还是一种传统的精神或精神的传统？

我发现街上没有电线。

我还发现大门上没有锁。

我看到一个俊俏的女子远远走来。她金色的头发梳在头顶上，随便一绾；雪白的衣衫外边套着一条宽松的棕色的连衣裙，手里拿一个很大的铁环，环上一串老式的大钥匙，走路时一颠，手里的钥匙串便哗地一响。她耳朵戴着白色的灵巧的小耳机，还挺时髦呢。但一看就知道不是旅客，而是原住民。她走到街角，扭身走到一个拱形的大木门前站住，从手里的铁环中找到一把长柄的大号的钥匙插入锁孔中，嘎嘎一拧，把门打开。这当儿我们正好从这门前走过，扭脸一看，室内好似放满古董，古朴又厚重，这是对游客开放的，还是他们自己生活的居所？小彭笑着说，这里家家户户都是这样。

一只白鹳站在屋顶的烟囱上向远处张望；二楼上一个剧院包厢似的阳台，一个老妇人用藤条拍打着晾晒的棉被；街边石台阶上，半瓶葡萄酒扔在那里。这时，从前边忽然飞来一只红肚皮的小鸟儿，它居然一下站在我的肩头上；我的吃惊吓了它一跳，它一扬翅膀飘然而去。

这时，此地的一种东西，一种活生生的精灵吧，自然而然地把我感动了。我在其他地方，还有过同样的感受吗？

于是，刚刚一直缠绕在我脑袋里的那些悲凉、那些无解的烦恼，不知不觉不见了。神奇的瓦豪河谷把我拥抱起来。

我跟随小彭走进一座山村的小教堂。

教堂是西方古代村落的中心，就像中国村落的中心是庙宇。我喜欢这座教堂以天蓝色和白色为外墙的颜色。它在绿幽幽的河谷里分外明亮分外纯洁，当多瑙河缓缓流动时，它的倒影像一块也在缓缓流动却不会流走的白云。我还喜欢这种乡村小教堂特有的一种单纯而虔敬的气质。它没有那些身负盛名的大教堂的豪贵与威严，只有小百姓们的至诚至信与一往情深。教堂里有一幅十九世纪描绘关于天主降生的油画《基督诞生》，这个原本庄严而神圣的题材被当时红极一时的彼德迈耶的画家们描绘得像一幅世俗生活的温馨写照。它给小教堂平添了一种亲和又温暖的气息。我想在这教堂长长的木凳上坐一坐，小彭把我拉起来，好像下边还有什么更好的事情等着我。果然，在教堂后边下临河谷的一块高地上，我体验到了一种绝美的震撼……

多瑙河从远处山影重重的蔚蓝色的深谷里无声地流淌而来，它在河谷口转折处扭转过身，静静的河水陡然变得激流汹涌，从我们的脚下流过，奔泻而去，消失在身后峡谷深浓的绿色里。就在它转折处，刚好日光下澈，波峰的反光强烈刺眼，波谷的阴影漆黑如墨。两岸的风物仿佛被这条大河的激情感染，一拥而来，参与了这天地间美的创造。于是，重重叠叠的森林腾起形态万千的云烟，五彩缤纷的山花野卉肆意地散放着芬芳。大自然也懂得像艺术家那样用美去征服世界、征服人心吗？

我相信世界上如此至美的风景是绝无仅有了，若要再见，只有再来。

我频频拍照给它留影，并叫小彭帮我拍照留念。

我叫小彭把我身后远处斑斓的花影一起摄入镜头。小彭说，那是墓地。西方人喜欢把过世的人安葬在教堂后边的墓地里，据说那里是距离上帝最近的地方。

我说："还用到天上去寻找，这里的大自然就是人间的天堂了。"

小彭忽说："我想起来，您说的这话，江晓初也说过。他刚来奥地利时，我陪乔总和他到这里玩，他傻了。他还说他将来死了，就埋在这里。”

我听了，半天说不出话来，而且再没了游兴，也没了感觉，或者说感觉变得异样。晓初那个侧身坐着的黑黑的雕塑般的形象又出现在我眼前。我说我想赶紧离开这里回维也纳，小彭不知道我的心理，于是我们回到村口，上了车。

8

我出访归来，见人便谈维也纳，但与任何人都没说过江晓初，尤其对家慧，还有我妻子。我要把往日的秘密永远封锁在自己的心里，让生活永远延续着昨日的误解与误判，把昨天的句号变为永久的句号。我知道只要从我嘴里走漏出一点昨日的真相与今日的真情，都会把已经过去的悲剧拉回来重演一次，结果只会更糟。

肖莹似乎更需要与过去彻底切割，她从家慧那里知道我访奥。但过年来我家拜年时却只字不提，我桌上明明放着在维也纳的照片，她见如没见，绝口不问，她最有兴趣的话题是儿子的聪明，兴致勃勃地为聪明的儿子高唱赞歌，甚至连“舞蹈”二字也不去碰了。她明显要与昨天一刀两断。决不会再碰昨天的痛处而对昨天漠然。

昨天的事与昨天的人，总会被生活一页页掀过去。

特别是老乔，渐渐与我联系寥寥，快要淡出了。严冬的一天忽然接到他从维也纳寄来的一封信。这几年，万能的手机取代了生活中的一切，绝少收到私人信件了。什么特别重要的事需要写一封信？打开一看，是一封短信，只写了几句话：

“家智：你好。晓初今年秋天急症去世了，这个可怜的人，他解脱了！遵他生前所愿，将他安葬在多瑙河峡谷。这是我最近去到那里看他时拍的一张照片。留个纪念吧。这世上没几个人记得他了。知春问候你和夫人。老乔。”

原来信封里还有照片，我忙掏出来看。

照片的风景是瓦豪河谷，墓地在山坡上，守着河谷。晓初的坟墓在一角，正好俯瞰多瑙河上最绮丽的风光。墓地很简朴，只有一块方形的黑色碑石，上边有晓初的名字和生卒年月，无任何装饰。这里原本是碧山蓝水，鲜花白云，胜似画图。大概老乔去墓地这天是在一场大雪之后，风景骤变苍劲，整个墓地一片白皑皑，只有这位东方陌生的逝者沉默的碑石，穿过厚厚的雪被，孤零零裸露在峡谷寒冷的空气里。

在晓初墓碑前的白雪上，斜放着一束夹杂着几朵黄菊的淡紫色的勿忘我，很惹眼，也很凄凉。这是老乔放在这里的。老乔是如今唯一还去看望他的人吧。那么聂宛如呢？另奔前程而去了？她先离他而去，还是他先离她而去的？

为什么还去追问生活？什么样的生活才经得起追问？

过 往

艾 伟*

蓝山咖啡馆晚上十点半后生意好了起来。它在永城大剧院北侧的一个小巷子里。有演出的晚上，一些观众（大都是年轻人）会来这儿喝一杯咖啡，吃一碟点心，讨论一会儿剧情，然后回家。演出结束后，演员们喜欢去永江边的大排档庆祝，平常他们更多在中午或排练的间隙来这儿讨论，顺便填饱肚子。广济巷曲折幽深，道边的香樟树树冠彼此交叉，快把天空遮蔽了，巷子里的中式旧建筑在这个城市里可算是硕果仅存，让这条巷子显出古雅之意。蓝山咖啡馆闹中取静，生意不错。

黄德高和另外一个人在咖啡馆已待了一阵子。黄德高胃口惊人，每次来这儿他都会点一份商务套餐，外加一个汉堡、一杯咖啡。小小的咖啡杯子和汉堡放在一起显得相当突兀。他是个喜欢说话的人，一直和对面的人在滔滔不绝。对面的那个男人三十多岁，寡言沉静，一刻不停注视着黄德高。他的左眼混浊，看人的时候仿佛对不准焦距。不过另一只眼睛倒是特别明亮。

“你的左眼瞎了吗？”黄德高问。

“模模糊糊看得见。”对方说。

“你看我时，左边那只眼睛好像在看另一个地方。”黄德高说。

---

* 艾伟，男，1966 年出生，浙江省作家协会主席。著有长篇小说《风和日丽》《爱人同志》《爱人有罪》《越野赛跑》《盛夏》《南方》，小说集《乡村电影》《水上的声音》《小姐们》《战俘》《整个宇宙在和我说话》《妇女简史》等多种，另有《艾伟作品集》五卷。

一个时髦的女人正从左边过来，衣着鲜艳，超出她年龄，脸上还留有演出彩妆的痕迹。黄德高猜想她应该是一个演员。这年龄的演员大概过气了。

今天黄德高心情有些复杂。这是他最后一单生意。早些年他在省城接单，生意越来越不好做，他已被挤到永城这地界了。干完这单他想金盆洗手，从此远走他乡，隐姓埋名，过另一种生活。他的另一个身份是诗人。以往每次他把单子放出去之前，都会和对方谈诗，不管对方听得懂听不懂，他会把自己写的诗念给对方听。他经常重复的诗句是：我可怜的身体，如此消瘦，像这块土地一样贫瘠，一如我的出身，饥饿是我的灵魂。忍受匮乏，罪孽深重。亲爱的，你是我渴望的甘泉，让我清洁……是一句情诗，不过他早已把这句诗当成他的《心经》，他的大明咒。他相信这句话从他口中念出来后，一切便可以完美达成。今天，他没念。这是最后一单生意，他不准备念，以此表明他诀别江湖的决心。

他已把桌子上的食物吃完了。他心满意足地看了一眼杯盘狼藉的桌子，点上一支雪茄，深深吸了一口，吐出浓重的烟雾，然后把手伸进夹克前胸口袋，拿出一只信封，交到对方手中。虽然已是夏天，黄德高办事时喜欢穿这件黑色夹克，这是他办事的行头，他固执地相信这黑夹克会给他带来好运。

“所有的资料都在里面，包括定金，另一半完事后再付。”黄德高说。

对面的人打开信封，先把一张银行卡取出来，对着灯光看了一眼，好像借此可以辨别真伪。他把银行卡放到衬衫口袋里，然后抽出信封里的照片，看起来。有三张照片。一个板寸头男子，方脸，眉毛稀疏，此人戴着一副墨镜，有两只大号的招风耳朵，看上去气场逼人，有老大派头。第二张的人穿着黑色T恤，表情严肃地看着某处。再一张在某个澡堂，他上身赤裸，下半身浸泡在池子里，偌大的池子里只有他一个人，眼睛警觉地看着某处，好像他意识到有人正在偷拍他。

“仇家是谁？”对方问。

“这不是你该管的事。”黄德高说。

“我要知道他是不是命当该死。”对方很固执。

黄德高笑了。他觉得对方是个有原则的人。他喜欢有原则的人。有原则的人靠谱。不过黄德高的原则是他不会把委托人的信息告诉任何人。这是江湖规则。

“失子之恨。”黄德高胡乱编了一个。

对方似乎很满意，收起信封，站了起来，说：“知道了，给我三天时间。”

黄德高把抽了一半的雪茄按在咖啡杯子里，掐灭。“事成后通知我，下次见面还在这儿。”黄德高伸出手，那人犹豫了一下，也伸出手。两人敷衍地握了一下。这一握让黄德高心里颇不踏实。他想，也许今天犯了一个错误，他没念那句诗。一种毫无来由的不安让他一遍一遍默念起那诗句。他希望为时不晚。

走出蓝山咖啡馆，黄德高回头往咖啡馆内望了一眼。那个服饰艳丽的女人站起来看着他。他对她没兴趣。他的目光越过她的头顶，看到蓝山咖啡馆那台超大电视机上满屏烟花，因为电视机静音，使烟花看起来相当落寞，好像这个世界因此深不可测。

1

虽然每晚回家都已是凌晨，秋生还是每天早上九点钟准时到公司。办公室在锦瑟年华娱乐城的顶楼。这是娱乐城最安静的时刻，要到下午才会有一些客人来这儿唱歌或跳舞。当然高潮还是晚上，人们身体里的激情似乎到了晚上才蠢蠢欲动，好像夜晚对人们而言自带荷尔蒙，引导人们去追逐音乐、美酒或女人。有时候秋生想，要是没有夜晚这世界该有多么单调。

即便在办公室里秋生也喜欢戴着墨镜。他穿着衬衣，衬衫领子雪白挺括，板寸头让那两只招风耳朵更为显眼。保镖进来说，夏生在楼下有事找他。秋生皱了皱眉头。好久没见到弟弟夏生了，一年或者更久？记不得了。他们兄弟之间不来往很久了。秋生让保镖去把夏生带上来。

夏生站在秋生面前，面容苍白，显得有点拘谨。夏生知道秋生讨厌他是一名戏子。夏生在永城越剧团做演员，扮小生，混迹在一堆女演员中，身上一点男子气魄都没有了。秋生有一次对他出言不逊，说他最恨的一件事就是男人娘娘腔。秋生感到奇了个怪了，同父同母所生，他们兄弟俩完全是两种人。

夏生热爱演戏，舞台让他快乐。夏生对秋生的看法不以为然。秋生总喜欢把自己那套人生逻辑强加到他身上。秋生是错的。人生哪里可以如此单一，秋生也不是人生模板（事实上他也不配成为模板）。夏生自有夏生的活法。每次秋生像一位父亲一样训斥夏生时，夏生都是一只耳朵进一只耳朵出。有一次，秋生甚至要夏生辞了剧团的公职，到他的公司来做艺术总监。“你在这儿随便混混都比演戏强，现在谁还看你们的戏？”秋生说。自那以后，夏生不再愿意见秋生。秋生偶尔会电话他，问他近况，夏生都说很好。夏生知道秋生关心他，只是夏生反感秋生的关心里暗藏着一位父亲的角色。

一个星期之前夏生收到母亲的来信。母亲在信里说她得了重病。她没有详述自己得了什么病，只说自己弥留在世的时间不多，想在最后的时光同秋生和夏生生活在一起。母亲在信里没有提起冬好。这也算正常，冬好的状况在与不在没什么两样了。夏生收到信后心情复杂。母亲是她那一代最出色的戏曲演员。越剧演员无论小生旦角或是老生小丑，基本上清一色由女性出演，夏生作为一个男生成为这个剧种的一员，不能不说是受到母亲的影响。虽然夏生和母亲在同一个圈子里，见面的次数却不多。母亲晚年嫁了一个老干部，去了北京。据说老干部是她的戏迷。母亲定居北京后，夏生没去过她的家，母亲也不太和子女联络（没去北京前母亲也很少联系他们）。有几次夏生进京演出，请母亲看戏，母亲和秋生一个德性，看戏后没一句好话，挑的全是毛病。“你都演成什么样子！你的才华及不上秋生的小指头。”母亲说这话让夏生既生气又委屈。秋生五大三粗，对戏根本不感兴趣，母亲竟拿他同秋生比。夏生从来没见识过秋生有任何戏曲才华，没听秋生唱过一句戏。不过母亲一直偏爱秋生，偏爱到不讲常理。夏生也就见怪不怪了。后来夏生能不见母亲就不见。夏生偶尔会想起母亲，她在忙些什么呢？在北京过得好吗？不过也只是一个念头而已，转瞬即逝。那日突然收到母亲的信，夏生还是蛮吃惊的。

夏生坐在秋生大办公桌对面，低着头，一副丧气样。他能感受到墨镜背后秋生的目光。夏生不想先开口，等着秋生说话。兄弟俩沉默了好长一阵子。秋生问："碰到麻烦了？"夏生摇了摇头。秋生松了一口气，说："那就好。"

秋生问起庄凌凌："还同那个姓庄的女人搞在一起？"夏生没回答。夏生怕出乱子。秋生几年前派人警告过庄凌凌，要庄凌凌放过夏生。秋生传话给庄凌凌，说庄凌凌都可以当夏生妈的人，难道要耽误夏生一辈子？夏生对秋生的做派一向不以为然，即便是对他的关心，也过于粗暴。秋生振振有词，说你得有自己的生活。

夏生不想同秋生多拉家常。每次都是这样，聊到后来都是一个结果——不欢而散。好像他们彼此有仇似的。从前不是这样的，小时候秋生从母亲那里偷了钱，在街头买雪糕，总是不忘给夏生买一块最好的，然后到处找夏生，找到夏生时雪糕都融化了。秋生打他一记后脑勺，说，你快吃掉，否则我不给你吃了。说着自己咽一口口水。夏生乖巧地让秋生吃一口，秋生凶狠地白他眼，不再理他。

夏生从口袋里掏出母亲的信，递给秋生。秋生很快扫了一眼母亲的信，轻蔑地说："你就为这事来的？她也给我写过信，我没理她，我警告你，你也别理她。"

夏生直视秋生。秋生的反应他是料得到的。"她快要死了呀。"夏生说。"鬼才信她，她嘴里没一句真话。"秋生说。似乎说得还不够强烈，秋生又说："她要死了才想起我们来？早先呢？早先她只知道一个人找乐子，这辈子像没见过男人似的。"夏生低下头，秋生的说法他无法反驳。母亲这辈子有几次婚姻？五次还是六次？多得让夏生记不过来了。

夏生今天是硬着头皮来找秋生的。这事拖了一周了。母亲信里写得很清楚，她现在一个人生活，感到很孤单。母亲难道又离开了那老干部？不管怎么样，她快死了，做儿子的不能不管。他希望秋生能把母亲接来，秋生家大，又有保姆，可以照顾母亲。

秋生把那封信还给夏生。他转了话题，问："你那新戏排得怎样了？"夏生很吃惊。他没想到秋生关心起他的戏来。秋生一向以夏生是演员为耻的，他不知道秋生这是何意。

一个月前，庄凌凌弄来一个剧本，非常棒。夏生也没多想秋生何以知道此事，秋生总有办法知道他想知道的，他长着一对奇怪的耳朵，好像他的耳朵在整个永城飞，没有什么事瞒得了他。夏生说："没排呢，钱还没找到。现在排戏就是把钱倒水里，本都收不回来，没人愿意赞助。"秋生讥讽道："你们是把自己砸到了水里，你们一心想淹死，没人能救得了你们，早上岸早超生。"秋生还是老调调。

夏生再一次认定，和秋生谈戏就是鸡同鸭讲，自取其辱，千万不要涉及这个领域。夏生打算早些离开。他站起来准备告辞。秋生一动不动。他又打开抽屉，像在找什么。夏生本来打算走的，以为秋生改了主意，站着看秋生。秋生抬起头来说："我警告你，你不要把她接来，你要是接来，我饶不了你。"

夏生刚生起的希望一下子破灭。他艰难地咽了一口唾沫，低下了头，转身往办公室外走。他明白所谓的"饶不了你"的意思，就是秋生会揍他一顿。夏生从小没少挨秋生的揍，对他好也揍，教训他也揍。夏生往外走时，听到背后传来秋生的声音："如果你把她接回来，我也会把她赶走的。"夏生心里冷笑了一下，想，秋生管不了他，他完全可以自己做主。他决定把母亲接回来。

夏生走后，秋生颓然倒在沙发上。一会儿，他站起来，突然唱起戏来，尖细的曲调轻柔地从他嘴中出来，和他的形象形成奇怪的反差。好像这会儿他穿上了水袖戏服，成了舞台上的花旦，兰花指跷着，身段妖娆。这些戏都是秋生小时候在黑暗的剧场看着演员们排练学的。不过秋生从来没在任何人面前展示过他的"才艺"。那时候母亲到哪里都喜欢带着秋生。剧团排练时，秋生在黑暗的剧院里钻来钻去。有时候去化妆间，天热的时候，那些女人几乎袒胸露乳。她们喜欢把秋生叫成干儿子。母亲不愿意她们这么叫，她经常说的一句话就是，他差点要了我的命，生他时我难产，不许你们当他的干娘。母亲越是这么说，那些女人越要占秋生的便宜。

那时候他们一家还是团聚的。母亲的演戏事业是这个家庭的中心。父亲是永城文化馆的一位音乐老师，可他的心思都在母亲身上。他正在根据母亲的演艺特长编写一出新戏，希望此剧能挖掘母亲的所有优点。很多人认为父亲不谙世道，行为怪异。秋生也信不过父亲，不认为父亲能写出好看的戏来。只有母亲崇拜并相信父亲，他们很恩爱，甚至在兄妹三人前亲热。“他们是一对活宝。”秋生对妹妹冬好说。但冬好觉得很好，很浪漫。秋生说，浪漫个屁，是不要脸。母亲在永城声名大噪后，父亲建议母亲去省城发展。“永城对你来说太小了。”父亲对母亲说。父亲渴望母亲更大的成功，好像父亲这辈子的事业就是让母亲成名成家。母亲后来真的去了省城。父亲和母亲过起了两地分居的生活。一个男人愿意牺牲自己成全一个女人，虽然疯狂，也是一种美德。母亲去省城时，带走了秋生。

秋生唱完一段戏，屏住呼吸，稳定了一下情绪。他来到垃圾桶前，找一个星期前丢弃在那儿的母亲的来信。信居然还在。他拿了回来，摊开皱成一团的信，看起来。母亲给他的信，言辞和给夏生的完全不一样。在给夏生的信里，母亲对自己来永城显得理所当然，好像回到永城和他们生活是她应有的权利。不过在给秋生的信里，母亲是可怜巴巴的，几乎在乞求秋生收留她，母亲还表达了对秋生的想念。“你是我用命换来的。”一周以前，秋生看到这句话相当反感，这句话他听太多遍，在母亲那里就是一句顺口溜，他不相信里面有什么真情实感。秋生把信折好，放到写字台抽屉里。

保镖敲门后，悄然进来。保镖也是他工作中的助手。秋生想起来了，今天需要去处理一下娱乐城的事。不久前，消防突然来到锦瑟年华娱乐城，找出一堆问题，下面的人搞不掂。他起身，来到大楼下。坐到车上后，他改了主意，同司机说，去广济巷。司机不明所以，掉转车头，向广济巷开去。半个小时后，小车驰入那条著名的由香樟树树冠交叉而成的绿色通道，蓝山咖啡馆深绿色的门面一闪而过，咖啡馆的橱窗里放着做好的糕点和一幅巨大的话剧海报。蓝山咖啡馆的主人特别小资，喜欢各种戏剧，是标准的文艺青年。秋生让司机在蓝山咖啡馆前停下。保镖先下车打开车门。秋生出来后，没像往常那样让保镖跟着。他让他们在原地等。

永城越剧团在剧院后庭的一个院子里。就是夏生的单位。秋生怕见到熟人，从院子右侧一小道拐入，那儿有一个窗子，可以进入剧院内。凭着童年的记忆，秋生顺利进入剧院。没有演出的剧院黑暗一片，因为空气不流通，秋生被一股浑浊的霉味呛到了，打了一个响亮的喷嚏。他习惯性地看了看二楼，看管剧院的老头总是在二楼出现。他熟悉这个剧场的每一个角落，舞台后演员的化妆间、更衣室，剧场一楼和二楼中间的小小的电影放映室，虽然几年前剧院做了大的改造，但整体格局没多少变化。

秋生在最后一排坐下。现在他的目光适应了黑暗，剧场内的椅子和走道在黑暗中浮现出来。他默然坐着。他连自己都不清楚为什么来到这儿。他问自己，假设夏生接母亲回来（他断定夏生会这么干），他见不见她？

舞台上突然出现一对男女。两人是从幕后钻出来的，迅速黏在一起。舞台空旷，这对男女看起来很小。秋生看到这一切，很厌恶。这引起了秋生不快的回忆。母亲带着秋生来到省城，先是寄居在母亲同门姐妹家，后来省越剧团分给她一间宿舍。母亲在那个时候，背着父亲和一个男人好上了。

秋生下定决心，如果母亲到来，他决不见她。他悄悄从剧院的前门退出去。在剧场的大厅，他找到电箱，把电闸合上。他知道这会儿，剧场里灯光闪亮，那对赤裸的男女一定惊慌失措。秋生穿过二楼的一个出口，这儿有一个铁梯，可以通往刚才进来的窗口。

秋生给孙少波打了个电话。孙少波是红酒商，娱乐城的红酒都是孙少波提供的。这阵子永城流行喝红酒。红酒生意利润高得惊人，秋生方方面面帮过孙少波不少忙。秋生到蓝山咖啡馆门口，保镖就出来打开车门。秋生竖起食指，向他摇了摇，然后走进咖啡馆。保镖迅速关了车门，严肃地站在咖啡馆门前。蓝山咖啡馆的电视机正在播体育新闻，但只出画面，听不到声音。电视机是新装上去的，奥运会不久将开幕，到时候有很多年轻人会聚到这儿来看比赛。六月奥运火炬在永城传递，秋生无意中看到了直播，夏生竟然是火炬手。秋生心里有所触动。一个人不管干哪一行要干到夏生这份上也算不容易了，成为一名奥运火炬手无疑代表着对夏生戏曲生涯的认可。不过秋生依旧认为演戏不是什么好职业，这个职业经常会毁掉正常的人生。他们家就是个现成的标本。

保镖看到孙总急匆匆朝这边走来。孙总老远向保镖打招呼。保镖问孙总怎么来的，孙总说，车停在剧场门口，这巷子不太好停车。保镖点点头，拉开咖啡馆的小门，让孙总进去。孙少波一眼看见了坐在角落里的秋生。

孙少波在秋生对面坐下，脸上下意识露出谄媚之色。秋生替孙少波要了一扎啤酒，说："这里的黑啤不错，德国进口的，没掺水。"孙少波听了有点刺耳。有一次他被人告就是因为拉菲里掺水。其实不是掺水，是掺了同一个酒庄出产的红酒。秋生说："我小时就在这一带玩，现在这儿没人认得我了。"孙少波不知如何接口。他知道秋生不是和他来怀旧的。他喝了一大口啤酒。刚才跑得快，确实有点口渴了。

好一会儿，秋生终于说正事。秋生说："帮个忙可以吗？钱我会出的，你出个面就行。"孙少波很快就明白秋生的意思了。秋生想让孙少波出面赞助一笔钱给永城越剧团排一出新戏。孙少波没有理由不答应。秋生说："剧团就在那边，看见了吗？"孙少波说："原来这么有名的剧团在这个角落，我平时都没注意过。"秋生给了孙少波一张名片，说："你找他，是剧团团长。等会儿打电话给他吧。"秋生想了想又说："不要装得像施舍的样子，就说你从小喜欢唱戏，特别崇拜演员，现在有了点闲钱，想投资艺术，实现心愿。"说完秋生把服务生招了过来，结了账。孙少波要抢着结。秋生说："你少来，我拜托你办事，当然我来，再说这能花几个钱。"

2

从秋生的公司出来，夏生往庄凌凌家走去。一路上夏生心事重重。对夏生来说，生命中有一件事他绕不过去，像一个巨大的阴影笼罩着他，这件事就是父亲有一天失踪了。这个家的分崩离析是在父亲失踪后。关于父亲失踪这件事，夏生最初不无怨恨。后来夏生进入了演艺这一行，他听到各种各样来自戏曲界的传说，都是父亲所承受的种种屈辱，每次夏生听到，都有一种如鲠在喉之感，似乎稍稍理解了父亲。父亲在写完《奔月》后去了省城和母亲会合，那时候母亲在省城还没混出来，主角轮不到她。为了能把《奔月》搬上舞台，母亲求爷爷告奶奶，动用了各种手段。父亲几乎没有世俗能力，除了艺术，在别的方面他帮不上母亲。后来《奔月》一炮而红，还拍成了戏曲电影，母亲因此成了全国人民熟知的明星，然而父亲神奇地失踪了。如今二十六年过去了，父亲依旧下落不明，活不见人，死不见尸，这事想起来夏生心里就发怵。那是一种空落落的感觉，夏生的内心生出一种辽阔的空旷感，这人世间因为父亲的这一行为而变得更为不可捉摸。母亲在父亲失踪后不断换男人和婚姻，他们兄妹仨则在永城自生自灭。母亲偶尔想起他们来会寄一大笔钱过来（母亲在钱财方面一向大方），至于他们的生活从此不问不闻了。庄凌凌算得上是母亲的学生，她经常感叹，你们兄妹三个就像是你爸和你妈拉下的三粒屎，而他们像鸟儿那样飞走了。不过庄凌凌也劝慰过夏生，说，你妈啊，这辈子只喜欢一件事，就是演戏，别的对她来说都不重要。这正是夏生耿耿于怀的地方，他认为母亲被名利迷了心窍，到了对亲情缺乏概念的程度。

庄凌凌住在法院巷的一幢小洋房的阁楼里。这小洋房原来是永城越剧团的团部，后来团部搬到了大剧院，这幢小楼变成了公寓。庄凌凌一直住在这儿。前段听说要拆迁，后来这事就没影了。庄凌凌倒是安于住在这儿，什么都方便，去剧团也近。

夏生进去的时候，庄凌凌穿着睡衣，正在煲汤。这是她的美容汤。当演员的，特别是女演员，别的可以不在意，容颜是最看重的。用庄凌凌的话说，除了一口嗓子、一副皮囊还有什么呢？这是她们的命。

“庄老师。”夏生叫了一声。见夏生来，庄凌凌非常高兴，说：“你真有口福，煲了一小时了，野生的河鲫鱼。”

夏生没同庄凌凌说起过母亲来信的事。可能是夏生满脑子往事，脸上有些恍惚，庄凌凌警觉地问：“有心事？”夏生没回话。庄凌凌又问：“那本子团长不喜欢？”夏生意识到眼下庄凌凌最关心的就是那剧本的事。夏生说：“现在团里的状况你也清楚，即便团长看中了，要排出来也不容易，得有钱才行。”

半个月前，庄凌凌拿到一个打印得整整齐齐的本子，让夏生给团长。意思是明确的，她想演女一号。她多次说，要和夏生合作一次。“我们都没合过一台像样的戏。”她强调。庄凌凌已有多年未上舞台了。演戏这件事就是这么残酷，过了四十合适的角色就不多了。庄凌凌和团长关系一直不好，这几年心情差，牢骚就多，谈起团里的事，总是用“乱七八糟”形容。“你们排的都是什么烂戏，只盯着专家、评奖，这样搞下去，会把所有的观众都赶跑。”庄凌凌公开这么说。

团里的人都知道夏生和庄凌凌的关系，这让夏生有些为难，他不知道怎么同团长开口。这年头，靠市场养不活剧团，演出的资金基本上是政府拨下来的。政府倡导主旋律，鼓励排反映现实的戏，这些年夏生一直在演当代楷模。早几年，戏曲界也排过不少现代戏，不过那时候是为了寻求越剧的可能性，引进了很多别的艺术手段，音乐和舞蹈都搞得很先锋，结果是传统戏迷看不懂，年轻人也不接受，观众变得越来越少。不管这样的实践是成功还是失败，总还是值得的，现在的状况和当时的探索完全不同，现在直白地同你讲，戏曲就是“高台教化”，所以要多排现代戏，否则政府没理由资助。庄凌凌说，现代戏尝试一下我不反对，但全是这玩意儿，实在难以忍受，把越剧所有的程式都毁掉了。庄凌凌说的不无道理，没了水袖，演出时夏生常常不知怎么走台步。

庄凌凌说:“我明天找那土匪(庄凌凌私下叫团长为土匪)去。不是没钱吗?钱我去弄来，好不容易搞到这么好的本子，不排是瞎了眼。”夏生犹豫了一下，说:“你还是别去了，我去问团长吧。”庄凌凌脸上露出妩媚的笑容，说:“这就对了，你现在是团里的台柱子，你的话还是有分量的。”夏生说:“现在演员就是个屁。”庄凌凌表示同意，说:“戚老师在团里的时候，做演员才风光，演员是灵魂，导演、团长都捧着你妈。哪像现在，我们变得一钱不值了。”

庄凌凌突然提起母亲，夏生愣了一下。庄凌凌注意到夏生的表情，问:“怎么啦?”夏生说没事。他们一起吃鱼汤。庄凌凌给夏生喂鱼汤。庄凌凌这样做不仅仅是亲昵，还是习惯。夏生算得上是庄凌凌带大的，庄凌凌在夏生这儿有时候更像一位母亲。夏生说自己来吧。庄凌凌说肯定有心事。夏生就让庄凌凌喂鱼汤。庄凌凌继续着话题:“你妈妈这样的人，也就是在当年才过得好，要是现在，还不被踩得像蚂蚁一样。”

庄凌凌让夏生陪她睡一会儿。夏生没心情，不过还是上了床。天很热，一会儿两个人都汗津津的，庄凌凌整张脸都涨开了，双眼迷离。庄凌凌突然赤身裸体地在床上表演新剧本中的片断。床吱吱作响。夏生想象水袖在空中水波似的翻动。夏生觉得这时的庄凌凌特别美。

母亲来永城这件事一直压在夏生的心里。夏生的注意力涣散，眼前表演的庄凌凌成为模糊的一团。后来，庄凌凌揪着他的耳朵，他才醒过神来。

“你肯定有心事。是不是团长看了剧本不满意?”庄凌凌现在脑子里只有剧本，这会儿她的表情像是天要塌下来一样。夏生这次没办法，只好把母亲来信以及他早上找秋生商量的情况说给庄凌凌听。庄凌凌躺下来，难得温柔地问:“戚老师真的快要死了?”夏生双眼茫然，说:“不知道，她信里这么说。”“秋生不同意你妈回来?”庄凌凌问。夏生仰躺着，看着天花板。

“看来你妈也老了，折腾了一辈子，到底还是想起你们来了。”庄凌凌说。

夏生坐起来，穿上衬衫。他不喜欢在床上讨论母亲，好像母亲这会儿正看着他。

3

下午两点半，夏生去剧团。一路上，脑子里依旧是早上见秋生的情形。夏生理解秋生的反应，秋生曾同他说过，他这辈子不会再原谅母亲。夏生想，他要是秋生，一样不会原谅母亲。

虽然他们兄妹仨就像庄凌凌所说的是父母拉下的三粒屎，但他们还是暗自成长。秋生担起家长的角色。冬好不服管，因此经常被秋生暴君般对待，动不动要惩罚冬好。夏生被秋生揍怕了，倒是很乖。冬好十六岁那年，不再上学。冬好唱着“乌溜溜的黑眼珠和你的笑脸”和永城一帮时髦青年混。冬好喜欢唱这首歌，因为冬好也有一对乌溜溜的黑眼珠。冬好学着香港明星烫了一个爆炸头，打扮前卫，还学会了霹雳舞。冬好经常戴着露着五指的黑手套，穿着当时流行的宽裆窄口裤，在永城的舞厅出没。秋生受不了冬好不学好，有一次到舞厅把正在跳舞的冬好扛在肩上带回家，并把冬好锁在屋子里好几天。冬好让夏生替她把锁打开。夏生不敢。冬好骂夏生是一个奴才，秋生的奴才。后来，冬好从窗户爬了出去，从此经常夜宿在外，偶尔才回家睡觉。

半年后冬好被人睡大了肚子。冬好开始还想隐瞒，最终还是让秋生看了出来。在秋生的逼问下，冬好承认了，说出了那个男人的名字。冬好那时候还没死心，一心一意爱着那个男人，等着那个男人来娶她。她对秋生说，哥，你不要为难他，是我自己愿意的，错都在我。秋生找过那家伙，是个有家庭的人，这个流氓根本不认是他让冬好怀了孕。那家伙说，冬好的男朋友多得很，鬼知道肚子里的孩子是谁的。秋生终于明白了冬好的处境，这个人不会为冬好做任何事，他不会负责。可悲的是冬好却依旧存着痴念，纠缠其中，不肯放手。

没有任何办法，秋生唯一能想得起来解决这个问题的人只有母亲。那一年秋生带着冬好去省城找母亲。那时候父亲失踪已有八年，母亲则已声名远播，演艺事业如日中天。秋生带着妹妹来到省城，希望母亲可以联系一个医生把胎打掉。母亲突然接到北京的通知，某首长想听她唱戏，她不管不顾，抛下秋生和冬好去了北京。母亲说，随便哪家医院都可以的，手术不复杂。那一年秋生只有十八岁，一点经验也没有，他走投无路，感觉天都要塌下来了。冬好怀孕之后一直在崩溃中。

少年时母亲买给秋生的自行车还在车库里，那天晚上秋生决定带着冬好骑自行车回永城。省城和永城之间相隔一百多公里，他使劲全力踏着踏板，在黑夜中穿行。自行车后座上的冬好一直在哭个不停。自行车颠簸得太厉害了，那天晚上，冬好流产了。秋生并不知道，只听到冬好在喊叫。他厌烦冬好的叫声，都是她自找的。

秋生骑了整整一夜。第二天清晨到了永城，秋生才觉得不对头。那时冬好已经安静了，双手抱着他，脸贴在他的背上。前面是秋生就读的永城二中，二中的左侧有一条小河。秋生把自行车停在桥头，借着晨光，看到一大片血迹粘在冬好裤子上，也粘在自行车上。血迹已经干了，结成了黑色的块。愤怒就在那一刻彻底击垮了秋生的理智，好像是为了发泄愤怒，他把自行车抛入那条小河中。河水激起巨大的水花。

就是那天早晨，秋生带着几乎迈不动步子的冬好，找到那个男人，当着冬好的面，把那人打得半身不遂。可怜的冬好，还一心想着和那男人重归旧好，满脑子都是自我欺骗带来的幻想，以为男人最终会来娶她。看到这个残忍的场景，冬好当场崩溃。秋生因此坐了六年的牢。

秋生坐牢那阵子，是夏生照顾冬好。后来冬好的精神状态越来越不好，几次自杀送医院。夏生没有办法，只能把冬好送进精神病院。中间接出来几次，没多久旧病复发，只好再送进去。他们这个家就这样彻底毁掉了。

一会儿，夏生进入广济巷。走过蓝山咖啡馆时，他看到秋生从里面出来，一脸不高兴的样子。他怕秋生看到他，在一棵香樟树后面躲了一会儿，直到秋生的汽车开走。

剧团驻地就在广济巷垂直的那条巷子里，属于永城大剧院的附属建筑，办公条件局促。正南的两层小楼用于办公以及存放道具，小院子四周是宿舍，未婚的演员们大都住在宿舍里。一些演员不是本地人，或从艺校毕业，或从别的团调来。

团长办公室的门紧闭着。夏生敲了几下，里面没有动静。夏生朝对面的宿舍望了望，天气闷热，几个女演员的宿舍门敞开着，她们穿得很少，大大方方地在屋子里走来走去。剧团的女演员似乎从来不把男演员当男人，在化妆间换戏服时也不回避，在宿舍也一样。有一个女演员看到夏生，从屋子里出来，穿了一件男生的背心，连胸罩都没戴。她用手势暗示夏生，团长在里面。

夏生不好意思再敲门。夏生近半个月来隔三岔五来团里找团长。团长的门总也敲不开，夏生想，团长这是躲着他。这时，夏生看到团长和王静从剧院那边走出来。团长穿着整齐，还系着一条红色领带；王静穿着一件咖啡色吊带衫，不施粉黛。两人样子有点鬼祟。夏生假装没看见，走进自己的办公室。

作为剧院的台柱子，团长是很照顾夏生的，特地在剧院的道具室替夏生隔了一间办公室。夏生穿过堆放得杂乱无章的道具间，进入里屋。夏生是个爱干净的人，道具室这么乱实在让人难以忍受。刚分到办公室时，他把道具好好整了一遍。结果管道具的大发雷霆，因为他什么都找不到了。他说，我乱中有序，什么东西放哪儿一清二楚，被你一搞，这么多东西，哪里还找得着。从此后，夏生只好忍受道具间的乱。自己的办公室倒是弄得干干净净的。夏生烧了一壶水，替自己泡了一杯茶。团长在就好，今天无论如何要同团长谈谈。

响起了敲门声。夏生以为是团长，连忙站起身去开门。是王静。王静还是刚才的样子。夏生怀疑刚才团长和王静也看见了他。夏生看到王静素颜上长出一颗痘痘，想开一句玩笑，还是憋了回去。夏生有时候蛮感叹的，这些女演员在舞台上风情万种，走在街上也是人见人爱。在生活中，一个个邋里邋遢，宿舍也臭得要死。和她们同台演出，夏生偶尔会走神想起她们生活中的样子，情感就一下子恍惚了。

王静坐在夏生的办公桌上，说："最近来得很勤嘛。"夏生说："你坐好一点，你看你都走光了。"王静看了看自己的吊带衫，她乳房小，她觉得自己的乳房就是露出来也没人要看。王静说："团里好久没排戏了，我都闷死了。"越剧从开始戏迷者众到如今无人追捧，演出的机会是越来越少了。很多演员闲着也是闲着，到处去文艺晚会客串。现在各级政府喜欢搞晚会。服装节。晚会。开渔节。晚会。每场晚会虽以流行歌曲或相声小品为主，也总归需要戏曲点缀一下的。也有些演员干脆去唱堂会，赚些外快，不然都生活不下去了。夏生说："你每天晚上去给有头有脸的人唱堂会，还闷？"王静说："都是些附庸风雅的人，现在饭局上流行唱昆曲，我学了几句。"说着王静跷起兰花指，唱道："良辰美景奈何天，赏心乐事谁家院……"夏生说："行了行了，你这腔调，唱的哪门子昆曲？"王静说："反正这些暴发户也听不出来，只会一个劲叫好。"夏生感到无语。自从白先勇的青春版昆曲《牡丹亭》走红以来，唱腔古雅悠长的昆曲一时成了时尚，有钱有势的人更是趋之若鹜，很多越剧女演员到了饭桌上常常放弃自己的行当，反串着唱几句。夏生庆幸自己是男的，不然大概也不能免俗，同她们一样到处赶饭局，唱堂会。

王静直愣愣看着夏生。夏生问："你看什么？"王静说："听团长说，马上要排戏了，他手里拿到一个好剧本。"夏生愣了一下，问："什么剧本？"王静说："知道你会装傻，都在传剧本是你给团长的。"夏生欣喜，问："你从哪儿听说的？"王静不耐烦了，说："算了算了，当我没说，舞台上演得还不够吗？下了台还演戏，没劲。"夏生说："团长真的说剧本好？"王静说："这还能假？一个字，牛，团长都在找资金了。团长天天带着女演员请大小老板们吃饭呢。妈的，我乳房太小，团长不带我。喂，我就奇了怪了，男人怎么个个喜欢大乳房，你说我是不是去隆个胸啥的？"夏生见王静这么严肃，被她逗笑了，说："你算了，小胸挺好的，我就喜欢小胸。"王静说："吃我豆腐，谁信啊，庄老师的胸……"王静打住话头，靠过来，严肃地说："夏生哥，资金好像有眉目了，我听团长说有人愿意赞助这台戏了。"夏生不敢相信，问："真的？"王静岔开话题，问："听说庄老师想演主角？”夏生敷衍道：“这个团长定。”王静说：“晚上的饭局，团长让我去，听说那位孙老板，就是愿意投钱的那位冤大头，喜欢听昆曲。”说完，挺直腰板，转身出门了。夏生有些感慨，他曾听一位机关的朋友说，要是机关里一女同事突然霸道起来，一定是“上面”有人了。

夏生等不来团长，想回去了。团长好像在办公室装了监视器似的，从办公室出来，让夏生别走，晚上有饭局，一起去。夏生说：“那些老板不是喜欢美女吗？再说我又不会喝酒。”团长说：“你去就是。”

团长带着夏生、王静和另外几个女演员到了石浦大酒店。客人还没来，主位空着，团长坐在主位的右边，团长命王静坐在主位左边，并说：“王静，你等会儿和孙总好好喝几杯啊。”王静说：“怎么让我喝酒，不是唱戏来的吗？”团长刚要说话，红酒商孙少波到了。孙总只带了一位手下，应是办公室主任之类。孙总的架子大得不行，但还是客气了一番，说：“这是团长的位置，我怎么可以坐？”团长向王静使了个眼色，王静就拉着孙总入了主位。那办公室主任殷勤地打开热毛巾递给孙总。团长说：“王静，你怎么搞的，不是让你照顾好孙总嘛。”王静嗲声嗲气说：“孙总要么我替你擦脸？”

孙总首先打量今天饭局的美女们，最后把目光移到夏生这儿。夏生礼貌地对孙总笑了笑。孙总觉得夏生有点面熟，一时想不起来。他憋不住问：“我们在哪儿见过吗？”夏生摇摇头。团长说：“可能在海报上见过吧，他是名角。”孙总频频点头，说：“对对，有可能。”饭局像往常一样热闹，酒精让所有人兴奋。只有夏生，酒喝得少，冷眼旁观着这狂欢的场景。因为失神，某一刻好像周遭的喧嚣突然消失，他只看到团长、孙总、王静和别的女演员夸张而扭曲的表情，仿佛一幅变形的抽象画在风中飘荡。王静的昆曲倒是唱得清丽脱俗，大出夏生意料。他第一次发现王静嗓音的潜质，如果朝苍凉的方向发展，一定会有独特的面貌。孙总也被王静迷住了，他的手已经不老实了。王静知道团长凶巴巴盯着她，但她没有收敛，和孙总逢场作戏。团长一杯一杯敬酒，试图把孙总的注意力从王静那儿转到喝酒上。孙总喝高了，他晃晃悠悠站起来，做了两个宣布：

一、这戏他来兜底，剧团尽快打个预算给他；二、他虽然没看过剧本，但女主角让王静来演，他喜欢她的嗓音。夏生心一沉，想糟糕，这是要了庄凌凌的命啊，这可是庄凌凌最后的舞台心愿，她说，此剧后她不再演了，让年轻人折腾去吧。夏生看团长，团长回避了夏生的目光。团长端起酒杯，站起来，向孙总表示感谢。团长字正腔圆，念台词一般说："要是老板们都若孙总这样趣味高雅，我们戏曲就有救了。"到了此时，夏生才意识到团长找他赴饭局的目的。团长明摆着把球做给王静，然后通过夏生所见把情况传给庄凌凌，让庄凌凌有心理准备。

散席后又有了插曲，孙总要王静陪他去唱卡拉OK。团长反应快，说："好啊，孙总，确实余兴未尽，我们一起唱歌去。"孙总却板下脸来，说："我就喜欢同女主角一起唱，你们回去吧。"气氛刹那僵了。王静求救的目光投向团长。团长纠结了好长时间，又担心煮熟的鸭子飞了，咬了咬牙，打起哈哈："孙总啊，你可不能欺负女主角啊。"然后搂住夏生，大着舌头说："林夏生，你叫辆车送我回去。"孙总油亮亮的笑脸突然冻住了，换了个人似的，一下子变得十分严肃。他拉住团长问："他叫什么？"团长说："夏生啊，我们团的台柱子，演男主角。"孙总问："姓林？"团长点头，不明所以。孙总拍了一下自己的脑门子，暗想，怪不得先前觉得面熟，这个叫林夏生的演员原来有点儿像林秋生，虽然长得一个南一个北，气质完全不同，但总归是同一个爹娘生的，神似。孙总问夏生："你是不是有个哥哥叫秋生？"夏生没回答。孙总打了个长长的哈欠，对团长说："今天的酒劲儿挺大，我有点困了，这样吧，今晚就到这儿，都散了吧。"团长终于松了口气，赔着笑说："孙总放心，女主角一定让王静来演。"孙总不言语。夏生想，不管从哪个方向看，庄凌凌离主演越来越远了。形势比人强，想起庄凌凌一心盼着这个角色，夏生感到难过。他决定，要是庄凌凌最后真的没法上舞台，他就和她同进退，辞演男一，也许只有这样才能让庄凌凌好受一点。

送走了孙总，团长把夏生叫到一边，说要同他谈谈。夏生说："明天不行吗？"团长一定要今晚谈。夏生跟着团长向剧团走去。

夜已经很深了，街上行人不多。街灯昏暗，好像因为无人欣赏而显得无精打采。十分钟后，夏生和团长来到剧团。没去参加饭局的女孩子们都已睡了。在没有演出的日子，她们打发无聊的办法就是在宿舍睡大觉。

团长没有进自己办公室，而是进了夏生那道具间，进门前还看了看走道上有没有人，好像团长和他之间有见不得人的勾当似的。团长在沙发上坐下。团长的额头上渗着亮晶晶的汗珠。天虽热，但团长坚持着西装系领带，似乎他只有穿成这样，剧团才是体面的，才能让外界认为他们是国家正规单位，而不是野鸡部队。夏生办公室的空调不是很好，夏生怕团长中暑，从道具室搬了一台巨大的电扇（这台电扇是用来吹舞台上干冰蒸发的云雾的），对着团长。团长好像被吹出来的风爽到了，长长地舒出一口气。

“夏生啊，终于有人愿意赞助我们了，好事啊。”团长正了一下领带，说，“连续二十天啊，老子天天喝酒，喝得我汗里面都是茅台味，这话是王静说的，我说那你尝尝，她还来真的，我立马就尿了，奶奶的，我们团女人都不是省油的灯。”

夏生的手机响了起来。是庄凌凌打来的。夏生犹豫着要不要接。团长说：“你先接。”夏生给团长看手机来电显示，团长沉默了。夏生掐掉了电话。

夏生不再说话。团长坐在那儿，汗更加多了，西装内的衬衫都湿透了，贴着胸口，能见到里面白皙的肌肤。团长停住话头，叹了一口气，说：“夏生，今晚的场面你都看到了，你是不是劝劝庄老师？庄老师是好演员，可说实在的，演这个角色太老了，团里还是要多培养年轻演员。”夏生听了觉得刺耳，心想，借口而已，刘晓庆还演少女呢，还是电视剧呢，庄老师没那么老，戏服一穿，重彩一扮，谁又能看得出来？不过，夏生没有把这话说出来。团长看了一下夏生的脸色，知道自己说错话了，连忙说：“庄老师当然还很年轻，但我能有什么办法？这么同你说吧，今天的饭局是王静张罗的，孙总投钱完全是为了王静，不让王静演，钱不会到我们账上。没钱，再好的剧本有个屁用。”夏生有点疑惑，这说法似乎同王静说的不一样。庄凌凌说得没错，团长就是个笑面虎，城府深得很，没一句真话。

夏生伸出手，说："把剧本还我，我还给庄老师，这戏不演了。"团长一下子跳起来，说："夏生，你疯了！这么好的本子哪里去找？你怎么舍得放弃这样的角色？这么复杂的角色你一辈子都难得碰到。"团长这么说夏生不是没有动心，他从看剧本那一刻起就被这个角色迷住了。但是有一点他明白，他和庄凌凌是捆在一起的，再有诱惑力，得放弃还是要放弃，他不能没有良心。

团长看夏生不再言语，站起来拍了拍夏生的背，安慰他："等资金到账，我们就开排。你可要好好演啊，这戏一定会既叫好又叫座，到时候全国巡演，进京演出都不成问题。"

回家路上，夏生又接到庄凌凌一个电话，他还是掐掉了。他想当面同她说，又想，见了面肯定也不开心，索性回家睡觉了。

第二天，夏生一早醒了过来，钻入脑中的就是怎么同庄凌凌说这件事。手机就在床边，不过，他关机了。他怕自己还没把事情想好，庄凌凌就打电话来。母亲的事也让他心烦意乱。唉，一团乱麻。有时候夏生觉得现实的戏码比戏里面精彩百倍。

后来夏生又迷迷糊糊地睡了过去。等他醒来已近中午。他心一惊，马上起床，打开手机。一下子蹿进来八个未接来电短信。庄凌凌打来五个，团长打来三个。夏生不知道出了什么事，正在思考先给谁打回去，团长的电话进来了。团长说："夏生你终于开机了，你快来，这边打起来了。"一会儿夏生才听明白庄凌凌在剧团闹，和王静撕打成了一团，团长让夏生赶快去劝架。团长说："你把庄老师带回家吧，王静的一缕头发都被庄老师揪下来了，再不来要出人命了。"

夏生没回一句，挂了电话。他也没给庄凌凌回电。他一个人坐在床边，脑子一片空白。他想，他赶去又有什么用？庄凌凌脾气大着呢，是他可以劝得动的？再说，虽然让王静演是孙总的意思，但总归对庄凌凌不公。庄凌凌作为剧团的名角几年没演新戏了，剧团的人都明白真正的原因是庄凌凌和团长不对路。

想起庄凌凌的处境，夏生不免心里有些苍凉感。他和她正式在一起十多年了，庄凌凌除了照顾他，对他几乎没任何要求。他们也没有婚姻，是庄凌凌不同意领证，说，这样很好，要那张纸干吗。夏生知道这是庄凌凌给他留了后路。夏生免不了心生愧疚。

在十年前，无论作为女人还是作为演员，庄凌凌处于一生最好的年华，至少在永城的舞台上她大放异彩，卓然独立。那时候也有很多达官显贵觊觎她的美貌，频频暗示她。庄凌凌心气高傲，抵抗住了诱惑，或者她认为凭自己的才华足以在永城舞台上立足。好时光一去不返，转眼庄凌凌就四十多了，新来的团长更看重年轻演员，每次庄凌凌和团长闹得不愉快，她都会咬牙切齿地说，也许我应该去睡一个官儿，这样你也可以解脱了。夏生知道庄凌凌这是气话，从前红的时候都没动过念，更不要说现在了。可是每次听到这句话，夏生心底都百味杂陈，生出身为一名戏曲演员的苍凉感，庄凌凌说出这种狠话她得有多不甘啊。对演员来说，舞台就是生命，离开了舞台，等同于判她们死刑（尽管已没太多人在乎她们的演出）。庄凌凌对这部戏注入了太多的情感，她几乎对剧本的每个细节都了然于胸，如果不能登台，她因此遭受的打击恐怕要好长一段时间才能缓过气来。

夏生起床后，没有打开窗帘，室内依旧是昏暗的。一缕阳光从窗帘的缝隙射入，分外刺眼。小区的绿植在阳光的背后，好像它们是阳光的一部分。夏生看了一眼墙上的钟，十二点快要到了。他到现在还没吃早饭，奇怪的是他没有一点饥饿感。他目光呆滞地看着钟，脑子好像随着秒针在缓慢转动。夏生想起了孙总。昨晚孙总主动问起秋生，孙总应该是秋生的朋友。夏生从不和秋生的生意有任何瓜葛，也不纠缠到秋生的社交圈里，他和秋生就像两条平行线，无论想法还是行为都没有交叉点，唯一的交叉点就是他们还有一位共同的母亲。关于庄凌凌的事，他知道很难说服得了团长。团长辩才无碍，两件不挨边的事情他可以迅速建立起强大的逻辑，让人无从辩驳。夏生决定找孙总商量一下，也许没有希望，就算是死马当活马医吧。

夏生拿出昨晚孙总给的名片。他本想先打个电话过去，想了想，还是直接去他办公地算了。

夏生没想到孙总见到他会这么客气。孙总的办公室很气派，比秋生的要气派得多。办公桌后面一排书柜，都是精装本，有《二十四史》《史记》等，还有各类西方学术名著和文学名著。夏生在孙总办公桌对面坐下，孙总一定要他坐到办公室右边的一对沙发上，并亲自泡了杯茶。“正宗龙井御树上采摘下来的明前茶。”孙总说。坐定后，孙总客气道：“昨晚幸会，有什么事您说一声就行，不用大老远跑来。”很久没有人对夏生如此客气了。在一些场合，比如演出结束，谢幕时，他能感受到作为演员的光荣和尊贵，更多时候，哪怕在酒局上，他经常感到的是不被尊重，那些人喝醉了后总比画着要他唱上一曲。他知道很多演员享受这种点唱，没人让他们唱还难受，但他以此为耻。

孙总表面客气，实际上一直观察着夏生。他不知道夏生为何而来。赞助一事是秋生交代他办的，他必须办好。秋生虽然架子大，但秋生对他不薄，他有什么难处，秋生总能帮忙解决。不过他听说最近有人盯上了秋生，要秋生的人头。若秋生有什么意外，他得替自己找个后路。

夏生不善言辞，不过孙总马上弄清楚了夏生的来意。同时他还判断出夏生的到来无关秋生，是夏生的个人行为。孙总松了一口气，爽快地说：“你放心，我会同你们团长说的，就让庄老师演女一号。”

夏生不敢相信这事竟如此轻易地解决了。在回来的路上，夏生还觉得自己在做梦。

4

资金到位非常迅速，宴请后的第三天就到剧团账上。剧本的唱词还没有谱好曲，团长已等不及了，对导演说，先排练，需要演唱的地方，演员根据自己的流派唱腔自由发挥，到时候作曲完成了再照作曲的排，或者演员们自我发挥得好，就照演员们的发挥来。总之哪个效果好，用哪个。夏生觉得团长是真喜欢这出戏，他没见过团长如此投入。

庄凌凌今天显得特别高兴也特别得意。很久没有看到她这样满面春风和趾高气扬了。庄凌凌以为她出演主角是昨天她和王静打架的意外收获。昨天一整天她都认为自己与这部戏无缘了。她在团里和王静大打出手后，回到家里一个人放声大哭。她想过找夏生过来，倾诉自己的委屈。但她知道夏生的脾气，这样他会有压力，会放弃这次演出机会，和她共进退。这对夏生不公平。所以，她愿意一个人承受。没想到今天一早，团长就打来电话，让她去排戏。真是喜从天降。这“喜”来得过于突然，她一时不知如何反应，按掉了电话。团长第二次打电话来，她才多不愿意似的答应了，说：“刚睡醒，收拾一下就到。”这回是团长按掉了电话。她连早饭也没吃就赶到剧团排练厅了。

昨天从孙总那儿回来，夏生本来想去见庄凌凌的，到了法院巷口，他站住了，想，虽然孙总答应了，可经验告诉他商人善变，哪知道最后会是一个什么结果。他在法院巷一个台阶上坐下来，看着对面的这幢小洋房。小楼红色砖墙因经年失修沾上很多青苔斑痕，二楼阳台白色罗马栏杆也几乎变成乌黑色。母亲没调到省城的时候，也曾在这小楼排练。如今那间小排练厅被隔成许多间，住进了不知从哪里搬来的居民。夏生看着这幢熟悉的建筑，觉得这座衰败的小楼像是对他这个行业的一个隐喻——戏曲现如今已经没落了。

庄凌凌主演的是戏里的落难公主。戏开始的时候公主才知道自己的真实身份，他们家是皇族正脉，因为宫廷争斗只好隐姓埋名流落民间，几代之后这一族已变成了平民，连他们自己都不知道祖上曾经的光荣。然而突然有人找到这一家，说出了这个惊人的秘密。剧情就此展开。夏生演的是新科状元，他慢慢知晓他效忠的皇上的血脉出于异姓，是多年前一次阴谋的产物，皇上的祖先劫掠了宫廷和江山，是一位窃国之贼。在戏里，夏生有过非常艰难的选择，和落难公主有很多对手戏，这些对手戏表明状元心理的转折。

王静出演的是当今皇上的公主，她喜欢上了状元。只是此剧给她的戏份并不多。夏生听说团长要王静演 B 角，庄凌凌生病或有别的事由时可以顶替演主角，王静当场拒绝，说，你当我是要饭的？想让我在心里面天天咒 A 角暴毙？因为有情绪，王静在排练时相当散漫，配戏敷衍。团长训斥王静。王静不服气，转身就出了排练厅。团长跟着出去了。不知道团长施了什么魔法，一会儿王静笑吟吟回来继续排练。

庄凌凌既然是人生赢家，所以也放下身段，在排练间隙主动和王静交流。仔细看王静的头，昨天被她揪下头发的部位似乎真有些稀疏。庄凌凌有点过意不去，道歉当然是没有的，她从自己包里拿出两瓶雅诗兰黛晚霜，是出国的朋友从机场免税商店里买来送给她的。“特别好用。”庄凌凌说。王静客气了一番，还是收下了。夏生看不懂女人之间的事，奇怪王静竟会收下。因为王静收下礼物时脸色并不好看，夏生觉得王静收下的像是两枚定时炸弹，随时会把这出戏炸烂。夏生心里祈祷千万别节外生枝，不然会要了庄凌凌的命。

这一天的排练很顺利，毕竟有一段时间没排新戏了。有戏排对剧团来说就像注入了兴奋剂，平时再怎么不团结，演戏时只能相互依靠，彼此之间成了一个共同体。夏生喜欢这种共同体的感觉，至少将来开演的那一霎，每一个角色都是这部戏生命的一部分。

排练时演员们都不着戏服，不戴头饰，也没涂油彩。因为身段的需要，水袖还是要穿的，水袖就套在日常穿着的衣服袖子外。庄凌凌对本子研究过多遍，不用导演指导，她也知道这个落难公主的角色其实是小花旦慢慢转变成青衣。关键要演好这个转变过程，要不着痕迹，自然天成。戏鞋还是要穿的，为了使身材更显妖娆，庄凌凌在绣花鞋里面还特意加了增高垫，足足有五寸高，一上午排下来，鞋带把脚背都勒出瘀青。夏生则穿着一件深蓝色 T 恤，水袖吊在手臂上，水袖和 T 恤之间露着一截胳膊。夏生这次的行当是官生，程式中少不了官步，也穿着黑丝绒白厚底高靴。戏曲演员的日常就是练功。用行话说：一天不练自己知道，三天不练同行知道，一月不练观众知道。所谓的台上一分钟，台下十年功。是一桩苦活，好在是自己选的，自己喜欢的，总归苦中有乐，乐在其中了。因为演员们穿着奇特，排练场散乱而滑稽，人人都像抽风似的。不过他们习惯了，一个个无比投入，面色庄重，完全入戏了。有些人因为太投入，反而演得过火，被导演叫停，训斥一顿。

排练结束，夏生同庄凌凌说，先回一趟家，去拿一瓶玛歌红酒，再到庄凌凌那儿。这瓶红酒是上次去法国演出时买的，平时舍不得喝，今晚要好好庆贺一下。庄凌凌先回家做菜。

夏生刚进入小区大门，听到有人叫他名字。

夏生心头一热，是母亲在叫他。母亲正在门卫室里，两个管看小区大门的小伙子显得相当亢奋，显然母亲把他俩逗得很开心。夏生有多年没见到母亲了，平常都想不起母亲的样子，不过一见到她，所有的记忆都回来了。母亲没有大变，穿着一件绣着白色细花的浅绿色旗袍，身材没走样。一辈子做演员，在人群中总是提着一股子气，即使老了，举手投足总是透着一股子腔调。母亲看起来毫无病容，不像是得了不治之症的人。自接到母亲来信，夏生想起母亲，脑子里出现的是母亲卧床不起的画面。夏生松了一口气，母亲看来并无大碍。想起母亲信里的话，夏生觉得母亲可能撒谎了，只是为回来找借口罢了。演戏的人，以为靠表演就可以达成心愿，在旁人看来简直像小丑。

母亲从门卫室出来，一个门卫提着一只中号拉杆箱跟在后面。母亲这样的人，总是找得到愿意帮她的人。夏生把拉杆箱接了过来。拉杆箱不重，也许是夏季，母亲带的行头不多。

母亲说："西门街完全变了，一点也认不出了。当年，我回来，到了西门桥，到处都是我的戏迷，人山人海。现在都没一个人认得我了。"

夏生记得当时的场面。那时候母亲是真正的大明星，街道两边全是欢迎她的戏迷。母亲是个人来疯，她享受乡亲的夹道欢迎。穿过热情的人群，母亲把带来准备给孩子们的饼干、糖果都送给了街坊，见到年长者，母亲还施舍钞票。母亲足足花了两个小时才走完那条狭长的西门街。母亲回到家，精疲力竭，身无分文，连回省城买火车票的钱也没有了。母亲因此落下乐善好施的名声。

母亲跟在夏生后面，东张西望。前几年西门街旧城改造，老街坊都安置到了别的地方，夏生还是有点念旧的，虽然西门街的老屋拆掉了，但他有耐心等着新小区造好。三年等待期间夏生住庄凌凌家里。

夏生心里想着应该对母亲说些什么。想了半天，说不出一句话。

到了家，母亲突然疲劳了，无力地坐在沙发上。母亲在外面精神，回家就松懈了。夏生想，今天去不了庄凌凌那儿了，一是要照顾母亲，二是母亲不知道他和庄凌凌的关系，他也不想让母亲知道。夏生躲在一边，给庄凌凌发了一个短信，表达歉意。庄凌凌一直没回短信。平常庄凌凌回短信很快的。夏生想庄凌凌大概生气了，感到有点对不住庄凌凌，难得她今天好兴致，特意做了一桌菜。她一定很扫兴。

夏生说："小时候，天气热了，我经常给你打扇子，你记得吧？"母亲一脸茫然。夏生猜母亲不会记得这种小事。当年母亲的脑袋里都是戏，家里的三个孩子，除了秋生，她都叫不出名字，直接用老二老三替代了。

母亲指了指夏生的屋子："整得不错，多大？"夏生说："一百一十平。老屋拆掉，分了两套房，另有一套给了冬好。秋生不要。"母亲的眼睛红了，一会儿她说："秋生的公司做得怎样？他都好吧？可怜的秋生，白白坐了六年牢。"

夏生沉默了，他不知怎么同母亲说。兄妹三个，夏生算是最宽容母亲的，但心里面对母亲依旧有诸多不满。他们兄妹仨遭受的罪母亲的责任是逃不掉的。而母亲就是一只把头埋在沙子里的鸵鸟，从来不想了解事情的真相。冬好得病后，母亲去康宁医院探望过，回来大哭一场，难过得要死。之后却再也没去看过冬好，连提都不提起。这只有母亲才做得出来。比如这次，到目前为止，关于冬好，她没一句话。

母亲说："我这辈子就像做了一场梦。查出这个病，我才醒过来。"夏生将信将疑，几乎是机械地问："是什么病？"母亲不回答，眼泪大颗大颗地落下。母亲擦掉眼泪，说："我这不是为自己的病流泪，你们不会懂我的心思。"

夏生的手机响了一下，一看，是庄凌凌的短信，说她已在楼下，来看戚老师。一会儿庄凌凌敲门进来，手中拿着她刚做的几个菜，说，好久不见戚老师了，戚老师精神不错。又说，你们还没吃过饭吧？庄凌凌把菜放在桌上。母亲也不问庄凌凌是怎么知道她来永城的，母亲在这些事上迟钝到令人发指。母亲见到庄凌凌，一改先前的疲态，立马精神了。

第二天，夏生到了团里，刚坐下，团长就来到道具间。团长坐下来，对夏生特别客气，嘴上说："太好了，真是太好了，老天都帮我们忙，天时地利人和啊。"

夏生不知道团长在说什么。大概是遇到什么好事了。团长靠近夏生，问："戚老师回永城了？"

传得真快，大约是庄凌凌说的。夏生想不出母亲回永城，团长这么亢奋干吗。

团长说："夏生，我们这出戏得让戚老师当顾问，这是老天送我们礼物，戚老师的牌子一打，就不怕没观众，至少戚老师的老戏迷都会来捧场。"

原来兴奋点在这儿呢。夏生觉得团长是天真了，夏生对母亲现在还有那么强的号召力存疑。再说以母亲的脾气，要是让她掺和进来，少不得会矛盾四起，乱成一锅粥的。夏生刚要开口，团长打断他，好像怕夏生说出不吉利的话来。团长说："明天你在家等着，我来你家看望戚老师。聘书都备好了。你回去先同戚老师打个招呼，让她有个心理准备。"夏生这一点很佩服团长，要么不干，干起来雷厉风行。

晚上回家，母亲一个人坐在客厅，在生闷气。夏生以为是自己不替她问医，不关心她的缘故。但是她信中已经说了，她不就医，到时候死了拉倒。夏生误解了，不是为这个，白天母亲去秋生公司找过秋生，还带了特意为秋生买的礼物（一瓶男用香水）。秋生拒见，让手下的人把她赶走。母亲在大堂和保安对骂，说："我是他的娘，为什么不让我进去？"没有人相信母亲的话。有两个黑衣人抬着母亲，把母亲扔到大街上。母亲穿着旗袍倒在地上，双脚朝天的样子很是狼狈。

母亲对夏生说："他这样对我，我真是白生了他。"

母亲对秋生有一种奇怪的偏爱。也许就像她说的因为难产的缘故。小时候夏生倒经常拍母亲马屁。没用。有年母亲急着回省城，需要买一张火车票的钱。母亲知道秋生有钱，她给孩子们的生活费都寄给秋生的。她可怜巴巴向秋生要，秋生理都不理她。夏生知道秋生的钱藏在哪里，秋生房间的墙壁上有一个洞，洞口那块砖是活动的，钱藏在里面。母亲听夏生这么说高兴坏了，拿来凳子，踮着脚把手伸入洞里，取出一只盒子。里面除了有二十块钱，还藏着一块钻石牌手表。看到这块手表，母亲和夏生都吃了一惊。这表是失踪的父亲的啊，怎么会在秋生这儿。母亲因为赶火车，也没多想，带着夏生进了当铺，把手表换成了钱。后来又带着夏生进了商店，以最快的速度，给夏生买了一件红色T恤，给秋生买了一根金利来皮带，然后赶到火车站走了。夏生很嫉妒，觉得母亲就是偏心，好东西总是留给秋生，他也多么想要一根金利来皮带。夏生把金利来皮带交给秋生时，被秋生揍了一顿，下手从来没这么狠过。秋生还烧掉了皮带。烧掉皮带的那一刻，看着火光和浓烟，夏生是多么惋惜。

母亲一脸委屈看着夏生。夏生不知怎样劝慰她。夏生想，看来秋生真的对母亲恩断义绝。

母亲生气归生气，不过亲自上灶做了一桌菜。她说，从秋生那儿回来去菜场买了点海鲜。夏生看着母亲做的菜，竟有一些触动。他这辈子从来没有吃过母亲做的菜。这是太阳从西边出来了吗？母亲没有解释，做完菜后，坐下，让夏生吃，自己几乎不吃。母亲问，味道怎样？味道很一般，但夏生不想扫母亲的兴，点头说不错。母亲说，知道你骗我，我这辈子很少做饭，你要是不嫌弃，以后我做给你吃。夏生低着头，控制自己的情绪，虽然算不上可口，却是第一次吃母亲做的菜，他自己也弄不清楚，此时的情绪是多年来压抑着的委屈，还是一种突然被关心的软弱。

新小区很安静，窗外传来戏文声，伴着低沉的二胡演奏，大概是小区里的老年人在花园的亭子里娱乐。夏生有点吃惊听到这曲声，之前他从未听到过。他想，他可能对越剧这种曲调不敏感了。他因此想起团长要母亲做顾问一事，他考虑是不是要告诉母亲，他不确定母亲的身体是否可以胜任。

母亲默默看着夏生吃饭，双眼慢慢泛红，她说："秋生这么恨我吗？"夏生愣了一下，不知如何回答。母亲说："他坐牢时，我去看过他，不肯见我。"夏生想，难道母亲指望秋生见她时和她相拥哭泣？

母亲说，她去探望秋生那天下着雨。母亲很早就去了，填了约见单，在待见室外排队等候（很多家属比母亲到得早）。管教喊到名字，家属才能进去会见。那天母亲等了一整天，直到走廊上的人散尽。管教告诉母亲，秋生一整天都在车间做工。母亲哭着问秋生怎么不见她。又问管教，秋生在里面缺什么，她带给他。管教没有回答她。母亲从那幢建筑的大门出去，一直在流泪。

"我这三个孩子，就数秋生最有艺术天分。"母亲把头转向窗外，好像她这会儿也听到了曲声。

夏生低头吃菜，没看母亲。她怕看到母亲的眼泪。虽然演员的眼泪说来就来，夏生还是无法面对。

"秋生这孩子心思藏得深，不像我们家的人。我们家一个个二百五，就他什么都放在心里。"母亲说。

夏生惊讶母亲说出这话。看来母亲表面上无心无肝，也还是有洞察力的。

"那时候我还在永城，刚入行，心里不踏实，每次排好戏，都要在秋生面前表演一次。秋生这孩子，不知哪里来的天赋，每次都能指出问题所在，说到我心坎上去，还会像模像样给我示范，可他还是个孩子啊，怎么会懂那么多。那时候我想，要是秋生是个女孩，他一定会成为闪闪发亮的明星。"母亲说。

"你是说秋生会唱戏？我一次也没听过。"夏生觉得母亲在胡扯，太夸张了，她大概把幻象当成了真实，是母亲对秋生的情感投射吧。

"他不肯在人前唱戏。他喜欢摆臭男人的架子，讨厌自己变成一个女人。他啊，唱戏时很妖的。有一次我让秋生在我同行面前唱，他就翻脸了，有一个星期不理我。”母亲表情柔软，脸上露出一丝笑意。

夏生很难相信。他和秋生是兄弟，秋生怎么瞒得了他？一个人的天赋怎么可能深藏不露这么久？

夏生吃饱了，放下筷子。母亲正目光灼灼地看着他，那目光既热切，又带着某种谄媚。母亲说：“夏生，你可不可以同秋生说说，就说我快死了，想见他。”

夏生站起来，拿起遥控器，开启电视。他背对着母亲。他的背能感受到母亲的目光。夏生实在是不愿去找秋生，但还是心一软答应了：“我空了去找找他吧。”他的背部感受到母亲的兴奋。母亲站起来开始收拾桌子上的剩菜。夏生关掉电视，说：“你休息吧，我来收拾。”母亲说：“你看你的电视。”

晚上，从母亲房间传来越调，是《奔月》的唱段，母亲唱得很轻，但透着辽阔的清寂和无奈。

吞灵药，生翅膀，入了广寒门，
晓星沉，云母屏，独对烛影深，
寥廓天河生，
寂寞云裳赠，
空悔恨，
碧海青天夜夜凡尘心……

5

团长几乎没费功夫，母亲就答应做这出戏的顾问。第二天，母亲来到排练现场顾问起来。母亲本来是来看笑话的。她虽然是这个团出去的，可打心眼里瞧不起小剧团。况且现在的年轻演员太多心思花在别处，没几个会演戏的。当她看完第一场排练，神色严肃起来，向团长要了本子。团长其实昨天已给了她剧本，她放在家里，还没看。母亲坐在排练厅的一角，低头看起剧本来。夏生在排练的间隙，朝母亲坐着的角落里张望。母亲一动不动，专注地看着，好像眼前的喧哗于她根本不存在。直到母亲看完，她抬起头来，目光幽远，泪流满面。厚厚的底粉被泪水冲刷掉了，使她看起来苍老了许多。

中午吃饭的时候，母亲对夏生说："很棒，你的角色一直在两难之中，演员一生中很难有这样的好角色，这是运气，你要珍惜。"来自母亲的肯定，夏生竟有些受宠若惊。母亲很少肯定他的戏，在专业上，他自知和母亲还有差距。因不想让母亲知道和庄凌凌的关系，中午吃快餐时，夏生和庄凌凌坐得很远。这会儿，庄凌凌正和王静聊天。自从庄凌凌送了王静雅诗兰黛后，两个人又像姐妹了。在戏里，两人都是公主，是仇人，争夺同一个状元。戏外倒是一团和气。她俩正在聊着一则八卦，说的是孙总。那天孙总要带她走，把她吓坏了。庄凌凌说："现在的男人真的比不上戏里的男人，所以我愿意活在戏里。"王静却沉溺在自己的话题里，说："也奇怪，我以为孙总还会骚扰我，他好像忘了这事。"王静这么说像是很遗憾似的。这时候，母亲端着快餐盒，坐到庄凌凌边上，说："你的唱腔要纠结，不能太顺畅，你演的这个角色很复杂，她开始没野心，是一次一次的屈辱让她爆发。"母亲已进入顾问的角色了。

这之后，母亲是尽心尽力指点。夏生发现，母亲已经记得每一句台词。夏生很敬佩母亲的记忆力。

排练一周后，孙总来过排练厅。孙总是团长陪着进来的。团长一直赔着笑脸，孙总倒显得很安静，在排练厅角落的椅子上坐下，一言不发看演员们排戏。团长递一根烟给孙总，孙总接住。团长要点烟，孙总摆了摆手。王静暂时还没有戏份，过来同孙总打了声招呼。她上穿一件短袖束腰衫，下着一条裙裤，手里拿着水袖，眼巴巴望着孙总。孙总只是点点头，好像没认出王静来。王静坐到孙总身边。团长白了王静一眼。团长从椅子里站起来叫停排练，他说："夏生第一次见庄凌凌的戏，夏生正春风得意时，要显得趾高气扬，既要庄重，又要带些轻浮。”说完离开了排练厅。夏生愣了一下，庄重和轻浮完全矛盾，如何才能表演出来呢？王静叹了一口气，说：“孙总是答应了我的，结果主角还是别人的。”孙总没听见王静抱怨似的，说：“你把夏生叫过来，我有话同他说。”夏生下场休息时，王静挽住夏生的胳膊，同他耳语。庄凌凌目光疑虑地看着他俩。一会儿，夏生来到孙总边上，孙总让夏生坐下。两人看演员们继续排练。孙总感叹：“人生哪里如戏，现实丑陋无比，戏里的情感多么美好。”夏生没想到孙总这样的成功人士会发出此般感叹。孙总没看夏生一眼，继续说：“夏生，你哥秋生有情况，要是方便你告他一声，出门小心。”夏生说：“他出了什么事吗？”孙总说：“我只能说到这儿。他明白的。”说完孙总突然站了起来，态度同刚才一样严肃。王静已在台上，水袖正朝这边抛来，同时传来的是一阵香风。孙总站住，愣愣地看了看王静，喉结动了一下。

母亲特别喜欢王静。王静嘴巴比庄凌凌要甜得多，一口一个戚老师，语调像唱戏，婉转曲折。母亲纠正了王静好多动作。母亲对庄凌凌很严厉，一有不到位的地方，就开骂。从一介平民到确信自己是公主的心理转折时，庄凌凌演得很软弱。母亲骂道：“你要高傲，尊贵，想象你是帝王的女儿，别糟蹋这么好的角色。”作为母亲的学生，庄凌凌觉得母亲吃里扒外，对外人好，但心里还是暗自佩服母亲，意见一针见血。庄凌凌对剧本已经烂熟，以为吃透了戏，但演戏这件事真是深不见底，总是有深挖的空间。

看着母亲这么精神，夏生再次确认母亲信里说的都是扯淡，就不再惦记母亲生病的事了。这天排练，母亲从王静身上抽下水袖，自己套上，给庄凌凌示范身段及表演，大概是由于戏太激越，母亲的脸突然变得苍白，头上冒出汗珠。母亲停了下来，护着腰向休息椅走去，脚不小心踩到水袖，差点绊倒。她在椅子上坐下，大口喘息。排练停了下来，夏生的心抽了一下，不过也没多问。

晚上，夏生问起母亲的病情。母亲没理他，说：“暂时死不了，会活到你们这出戏开演。”语中带刺。夏生不甘心，说：“是不是明天陪你去一趟医院？你也没必要天天去做顾问。”母亲白了夏生一眼，说：“让我去医院不如你让秋生来见我。”

听到母亲的话，夏生感到内疚。他答应了母亲的，他生性拖拉，一直没去找秋生。他内心拒斥见到秋生，能不见最好不见。秋生和母亲一个德性，不会好好说话。

夏生想起孙总让传的话，也让他有点犯难，他若传话，免不了给秋生一顿臭骂，秋生讨厌别人管他闲事。不过关于孙总所说的事，夏生也没太当回事，他觉得对付这种事秋生有的是办法。

一会儿，夏生出门，进入永城的夜色之中，他拦了一辆的士，去永江边的锦瑟年华娱乐城找秋生。他知道自己此去更大的可能是无功而返，但无论如何他得替母亲跑这一趟。

刚下过一场大雨，这会儿小了一点。的士车窗被雨水淋湿，刮雨器机械地来回运动，夏生看到的街景模糊不清，街头的霓虹灯、路牌、透着光亮的建筑此刻像是河中的倒影，在波光中晃动。对面的车打着远光灯，在雨中射出一道惨白的光，刺得人心慌。的士司机减慢速度，诅咒了几句。

“先生经常去锦瑟年华吗？”司机问。

“不，我不喜欢那儿。”夏生说。

“都这么说，可谁都喜欢往那儿跑是不是？”司机从后视镜中看了看夏生，从口袋里拿出一张名片，递给夏生。“若有需要，你找我，包你满意。”司机说。

夏生看了看名片。名片上印着一个裸露的女人和一个电话号码。夏生把名片攥在手里。他看到那司机再一次通过后视镜观察他。

锦瑟年华到了。夏生付了费，下车。他站在雨中，抬头望了望这座建筑。北边，辽阔的永江完全被它遮挡住了。他看到“锦瑟年华”几个大字在雨中不停地闪烁，字后面的大楼则隐藏于黑暗之中，好像这几个字是凭空出现在空中的。有一个坐轮椅的人从另一个方向进入娱乐城。他的脸显然受过致命打击，面目狰狞，弓着的身子犹如弯弓似的，整个形象显得颇为古怪。夏生奇怪下这么大雨这人竟还有雅兴到这地方来。在娱乐城门口，可以看到一排小姐站在大厅里，每有客人进入，她们便弯腰鞠躬，口中喊“欢迎光临”。那张名片还捏在夏生的手中，夏生看到远处有一只垃圾箱，就把名片塞了进去。

秋生的保镖从里面出来，问夏生是不是找秋生。夏生说是的。保镖带着夏生来到电梯边。电梯停留在四楼，这会儿正缓缓下降。电梯的数字一直跳着，像某个倒计时装置。

“生意不错嘛。”夏生没话找话。“还行。”保镖说。“下这么大雨，都有人来？”夏生本来想说，这场面比戏曲演出票房好多了，连坐轮椅的也来。“夜很长，总归要找个地方打发的。”保镖说。叮的一声，电梯到了。夏生和保镖进入电梯。电梯四面是镜子，夏生看到自己脸色苍白，形迹可疑。怪不得刚才保镖带着夏生进大厅时，两边的小姐没有弯腰欢迎。她们应该凭直觉辨认得出他不是她们希望的恩客。

保镖带着夏生进了保安室，他让夏生先待会儿，自己则去了秋生那儿。夏生看到保安室有一个监控器，能看到进来的每一个人，还能见到每一个包厢里的情况。难怪保镖会知道夏生的到来。夏生看到刚才那个坐轮椅的人独自待在一个包厢内，不停有小姐进出供他挑选。那人很挑剔，没找到合意的。被拒绝的小姐出去时都松了口气，面带逃过一劫的微笑。

一会儿，保镖回来，告诉夏生，可以去了，秋生正等着他。

秋生还是那副居高临下的令人讨厌的模样，他指了指办公桌前的位置，让夏生坐下。夏生白了秋生一眼，坐在不远处的沙发上。他没说话，长时间看着秋生。母亲说眼前这个人会唱戏，他实在想象不出来。

“你在看什么？我哪里不对吗？”秋生问。

“她来了，在我家里。”夏生说。

“我知道，听说她身体好得很，在给你们的戏当顾问。”秋生说。

夏生想，秋生毕竟还是关心母亲的。他至少还打听了一下母亲的状况。

“听说戏效果好得不得了？”秋生问。

“还好。”夏生奇怪，这段日子秋生老是谈这出戏。夏生不想谈戏，他说：

“你什么时候来看她？”

秋生狠狠地看了夏生一眼，沉默不语。

“她老说你，她说你会唱戏，旦角唱得可好了，她说你是天才，你要是一个女的，会是一朵艺坛奇葩。”夏生觉得自己说这话时带着满满的挖苦。

秋生碰翻了桌子上的茶。他抽出几张餐巾纸，把桌子上的茶水擦干净。他一边抹桌子一边说：“你说什么？”秋生语调很轻，但内里有一股子狠劲。夏生了解这种语气意味着什么。当秋生这样说话时，可能会动拳头。

“我是不相信的，但她说你唱得好，说我同你比只有一个小指头的份。”夏生的话里透着不服气。

“你最好别信她。她的话没一句可信。”秋生陡然提高声量，像给夏生一个警告。夏生看着秋生，秋生一脸严正，看不出他在撒谎。夏生疑惑了，他不知该信谁。“她想同你说话，她每天叨念你。你不去看看她？”

“冒这么大雨就为这个来的？”

“是。”

门被敲响了。保镖同秋生耳语了几句，秋生神色严峻，同保镖出去了。秋生不忘回过头来对夏生说：“你等我一会，我有话同你说。”

空荡荡的办公室只留下了夏生。窗子外，雨依旧下个不停，这间办公室可以看见永江，雨中的永江是暗的，只看得见江边的路灯。偶尔有闪电从天边划过，不过没有雷声。或许是窗子隔音好，听不到。娱乐城在隔音设施方面应该很讲究吧，否则噪声污染会让四邻不得安生。秋生办公室几乎没有任何装饰，那张办公桌悬于一角，显得孤零零的。

秋生一直没回来。夏生想可能娱乐城出了什么事情。夏生从不来这种地方，脑子里的想象反倒更为丰富，他潜意识认为这种地方藏污纳垢，出现棘手问题应该是常态。他记起保安室的监控，想过去看看究竟发生了什么。保安室的门紧锁着。夏生等得也有点不耐烦了，觉得自己应该说服不了秋生的，不想再多费口舌，从电梯下去，走出了娱乐城。娱乐城的大厅空无一人。他想，大概出事了，他突然想起孙总让传的话，与此有关吗？他犹豫是不是应该留下来，把孙总的话传给秋生。最后，他决定什么也不说，坐上的士回西门街。

夏生进门时，母亲还没睡，她坐在客厅投来探询的目光。见夏生沉默不语，母亲的脸上露出失望的表情。“他说空下来会来看你的。”夏生撒了个谎。“真的吗？”母亲喜出望外。母亲就是这么天真。夏生进了自己的房间。

6

秋生回到办公室，夏生已经不在了。

刚才秋生去处理娱乐城的事。娱乐城不是个省心的地方，什么人都有。秋生不想娱乐城弄得乌烟瘴气，他给她们立下规矩。在娱乐城，和客人逢场作戏没关系。不能在这儿苟且。可以跟客人走，但出了这个门就同娱乐城无关。即便是这样，依旧会惹出是非。有人中意的小姐被人捷足先登，不乐意了，加上酒劲，就想闹事。有时候双方两队人马就直接开干。自古以来所谓的风月场所概莫能外吧。

今晚来了一帮人，明显不是来娱乐的。他们都是年轻人，穿着特别“社会”。他们喝了不少酒，开始在包厢里砸东西。在场的小姐都吓坏了。秋生到现场，看到地上到处都是破碎的酒瓶，红酒和啤酒流了一地，电视机和点唱机都被砸得粉碎，连骰子罐都被砸破了。他们站在那儿鄙夷地看着秋生。凭经验秋生认为他们没喝醉，他们就是来闹事的。秋生一直赔着笑脸，用近乎讨好的方式送他们走。秋生说，招待不周，多多谅解。秋生看到自己的手下一脸不服。不过没有秋生的命令，他们不敢动手。秋生告诉过他们，能用脑子解决的事，就不要动手。在摸清他们来历之前，秋生不能轻易挑起事端。秋生都没想过让他们赔偿。一台电视机和几瓶酒能值几个钱？

秋生送那几个年轻人去大厅的时候，看见一个坐在轮椅上的男人。那人扭曲的脸和残破的身体给秋生留下了深刻的印象。那人目光是明亮而尖利的，他肆无忌惮地看着秋生。秋生的心沉了一下，他认识我吗？秋生翻遍记忆，想不起那人是谁。那人应该是第一次出现在娱乐城。秋生站在雨中，看着大楼外闪烁着的“锦瑟年华”灯箱。他喜欢让霓虹灯彻夜亮着。

劳改时秋生在里面做灯泡。灯泡的玻璃以及钨丝都是成品，他要做的就是把这些成品安装在一起。日复一日，秋生不知做了多少大大小小的灯泡。那是一种单调的生活，机械重复的劳作让秋生内心的躁动慢慢平息了。在里面秋生最喜欢的事是装好灯泡后试验灯泡能不能发光，特别是试验五颜六色的小灯泡串成的装饰灯。当灯泡亮起来时，他的心也会跟着亮一下。秋生因此对以后的生活还存留着指望。

夏生第一次来探监，带来了冬好不幸的消息。秋生听了特别难过。夏生那天态度很差，不但不安慰秋生，反而指责起秋生来。夏生说，冬好是秋生害的，冬好对那男人还有情感，她怎么会受得了男人被打成那样，任谁都会崩溃。那时候秋生还没把心里的火气改造掉，不知反省，当场和夏生吵了起来，还给了夏生一记老拳。结果秋生被管教训斥一顿，还被关了禁闭。

要等到内心的戾气慢慢平复，秋生才意识到夏生讲得不无道理，冬好发疯自己是有责任的，他太冲动了，不但自己付出了代价，也把冬好毁掉了。在夜深人静的时候，秋生会想起冬好那张青春美丽的脸，内心充满懊悔。秋生开始明白这世上处理事情还有另一种方式。这世界并非黑白分明，有时候很难分出对错。秋生想，出去后无论如何不能再使用蛮力，要靠头脑生活。

刑满出来后秋生找不到正经工作，只好给人当马仔。他给老板处理了不少棘手事。他谨记牢里的教训，没再惹出事情。秋生因此深得老板信任。

老板对秋生不薄。五年前，老板看中了一幢楼，它北临永江，南边对着一条热闹的马路。原本是一幢烂尾楼，营建公司断了资金链破产了，那家公司在法院查封前和老板达成交易，老板以很低的价格买了这楼。老板经过一番装修，开了这家娱乐城。秋生也占了公司的股份。最初老板股份占了大头，不过老板一直在撤资，不着痕迹地慢慢把股份转给了秋生。半年前，老板告别江湖，对秋生说去了澳大利亚，可也有人说去了巴西。秋生处处谨慎，独自管理着锦瑟年华娱乐城。

夏生留了一张纸条。纸条上写着：“我不等你了，你哪天如果心血来潮想来看她，你电话我。”夏生用了“心血来潮”这个词。秋生想象夏生写这个词语时一定面带讥讽。秋生知道夏生对他的看法，夏生对他有很多不满。秋生很想为他做事，可不知怎么搞的，夏生现在越来越不想同他讲话了。每次夏生坐在秋生前面，秋生总觉得夏生好像穿着一件无形的隔绝衫，让人无法亲近。

秋生打开电脑，看孙少波带给他的排练录像。录像是孙少波今天向团长要来的。录像是固定机位，像一个监视器俯拍着排练厅，整个排练厅一览无余，每个人都显得很小，因此有些模糊不清。秋生一眼辨认出了母亲。

一周前秋生去过西门街新小区。秋生躲在小区大门对面的一家五金店里，他看着母亲从一辆的士上下来。母亲穿着一件丝质蓝底白细花旗袍，走路时腰板挺直。秋生一直看着母亲，直到母亲从小区大门口消失。他已经有十八年没见过母亲了。那次带着怀孕的冬好去省城见过母亲后，他再也没见过她。出狱后，母亲想见他，他拒绝了。几年前，秋生曾在电视新闻上看见过母亲，他本能地换台了，等他再想看她一眼，换回那台，母亲的镜头已经消失。

秋生看着录像，目光一直盯着排练中的母亲。这是秋生从小熟悉的场景，这些吊着水袖、穿着日常服装的演员，在录像里看起来既庄严又滑稽。他看出一些排练中的问题。他记录下来，看看有什么法子传给剧组。录像播放到中途，母亲突然支撑不住，在一张休息椅上坐了下来。秋生心里面竟然激发出奇怪的情感，专注而揪心地看着这一幕。他想，看来母亲真的病得不轻。秋生对自己的反应感到陌生。在里面，他几乎没想过母亲。他刻意把她从自己的记忆中抹去，把她当成不在世上的人。

可还是会有一些母亲的消息传入秋生的耳中。她又离婚了。她又结婚了。她很任性地在一次会议上和某个大人物吵了起来……这是件奇怪的事，为什么这些消息偏偏传到秋生的耳朵里？从里面出来不久，秋生得了一种少见的怪病，由于在里面试验过太多灯泡，用眼过度，出狱后的第二年，他的眼底开裂了，生了几个小孔。他为此需要戴墨镜，减少光线刺激。当秋生得了这种病后，发现很多人都有这种病。后来有一个孕妇告诉秋生，她没怀孕时，街头几乎没有孕妇，当她怀孕后，总是能在街头碰到孕妇。

秋生承认某些关系不是想抹去就可以抹去的，它比理智要顽固得多也深刻得多。

有一件事情，秋生从来不去想它。即便在牢里也不想。好像这件事不曾发生过。但它是发生过的。当秋生听到母亲回来的消息，这件事在他的心里慢慢苏醒了，它活了过来。

在省城，秋生撞见了母亲的不忠。母亲哀求他千万不要告诉父亲。他本来想隐瞒此事，但他发现母亲并未因此收敛。他受不了母亲如此“不要脸”。他告诉了父亲。父亲根本不信。那天父亲浑身震颤，拿着一根棍子要揍他。秋生冷冷地看着父亲，等待着棍子落下。对峙了一会，父亲扔下棍子，说，你妈是个好女人，你不可以这样侮辱她。当时他觉得父亲无可救药了，非常失望。谁能想得到，父亲在《奔月》搬上舞台后失踪了。母亲来永城找过秋生，问秋生是不是对父亲说过不好的话。秋生当即否定。母亲当年真的是悲伤，一夜之间变得十分憔悴，脸上泪痕斑斑，她不住地摇头，不肯相信秋生的话。母亲一遍一遍地问，你觉得你爸会回来吗？又说，他一定活着，有一天他会回来的。后来秋生才明白父亲一直是母亲的生命支柱，没有了父亲，母亲失去了主心骨，她的生活坍塌了，终于变成了连她自己也难以理解的人。母亲唯一正常的领域大概就是演戏了，一旦到了戏里，母亲又变成一个懂得人情世故的人。

秋生几乎一夜未睡，满脑子都是往事。第二天，秋生决定去看望冬好。从牢里出来，秋生做的第一件事就是去看望冬好。这些年他几乎每月都去一次康宁医院。

康宁病院在城北偏僻一隅，进入病院需要穿过一条长长的林荫道。行人和车辆不多，好像这条通往医院的路是不吉祥的，人们唯恐避之不及。

秋生和医院院长熟，院长为秋生安排了一间接待室。冬好见到秋生，问秋生：“你是谁啊？”秋生习惯了，冬好每次都这样，他把这句话当成问候。秋生试图去握冬好的手，冬好好像见到一条蛇，怕被咬似的，手迅速缩了回去。秋生只好摸了摸冬好的脸。药物使冬好显得有些浮肿。

“冬好，妈妈回来了。”秋生说。

“妈妈，妈妈……”冬好陷入沉思。

“冬好，你忘记妈妈了是不是？要是她不出现，我也忘记了。冬好，我不知道怎么面对她，你知道的，我一直恨她……”秋生摇了摇头，“可她总归是我们的母亲对不对？”秋生好像在说服自己。

冬好一直愣愣地听着，目光炯炯。秋生以为冬好听懂了自己的话，心里生出一丝希望。难道是母亲回来带来了好运？

冬好究竟什么也不懂。她目光瞬间变得黯淡，茫然看着墙上某个点，好像白墙是一块银幕，上面正在上演着什么。一会儿冬好打了个长长的哈欠，目光变得越来越呆滞，她肩膀耷拉着，双手紧张地贴在身上，好像细小的手臂正被什么东西缠住了。也许她正见到一些可怕的事，身子颤抖起来。

“冬好，你看到了什么？”秋生问。

冬好把目光收回来，凄惨地对秋生笑了笑。她的鼻腔里传出曲调，“乌溜溜的黑眼睛和你的笑脸……”秋生不忍再看冬好，他的内心一阵酸楚，突然失控，掩面抽泣起来。

秋生相信，因为他向父亲告密母亲的事，父亲才不堪忍受，在人间消失了。他觉得某种意义上是自己毁掉了这个家。要是父亲在，母亲也许不是现在这个样子。冬好也会健康成长，而他也不至于去坐牢。可人生没法假设。没人有能力回头重新活一次。所有的因都是果。

“冬好，哥对不起你。你知道吗？哥是个坏人，哥把一切都毁了……”

秋生说不下去。他已经有多少年没哭过了？自坐牢那天起，他没哭过一次。

他不明白自己怎么就失控了。他掩着脸，调整呼吸，让自己的心情平静下来。

冬好走过来，摸了一下他的头。他抬头看冬好，冬好正在傻笑，好像她刚才看见一件滑稽的事。

再次回到那条林荫道，秋生看到昨晚那个坐在轮椅上的男人，他突然反应过来，此人就是十八年前被他打残的那位。秋生的心紧了一下。

从牢里出来时，秋生打听过这个人。他想和那人和解。但秋生没有找到他。人们说，那个男人被打残后就在永城消失了。

7

母亲全身心投入排练中。关于秋生的事不再提起。也许是她健忘的毛病又犯了。或者在一出戏面前，无论秋生还是别的事情都不是重要的。

排练十分顺利。团长在一次排练会上宣布 9 月 1 号正式公演。海报竟然都做好了。海报中，母亲放在最中间的位置。边上是夏生和庄凌凌。夏生想，团长难道真的相信母亲有号召力吗？母亲看了海报当然很高兴，她谦虚道："怎么把我放在演员中，我是幕后。"团长说："戚老师是永远的演员。"

后来夏生想起演出那天出的状况，认定是这张海报惹的祸。是这张海报激起了母亲内心的渴望。夏生是事后知道的，演出那天，母亲派了王静，让王静偷偷给庄凌凌吃了几颗安眠药。庄凌凌昏睡了过去。母亲是这么对王静说的，你不想当配角对吗？你有一次首演的机会，如果你首演成功了，观众喜欢，谁也取代不了你。王静因为戏份不多，排练时也没太上心，要换成主角，那么多唱词要背熟哪来得及。母亲鼓动道，你有一个下午的时间记台词，你的角色我来演。王静内心惴惴，还是禁不住诱惑，愿意冒险。

到了开演前半小时，庄凌凌还没出现，团长问夏生，庄凌凌去哪里了？再不到，化装都来不及了。夏生也不知道庄凌凌下落，打了无数个电话，通了，没人接。夏生想，果然自己的预感没错，究竟还是出了状况。夏生长长叹了一口气。这时王静胆怯了，她没有准备好，她不敢向团长提出来自己可以取代庄凌凌演。眼看着首演要砸，团长着急，票都卖出去了啊，市领导也都请了啊，这可怎么办？他狠狠地骂了庄凌凌几句娘，关键时掉链子。这时，传来母亲笃定的声音，母亲说："如果实在没办法，我可以救场。我只演一场，以后还是庄凌凌的。"团长看了母亲足足有一分钟，脑子里转过排练时母亲指导的画面，长长地松了口气，命令化装："你们站着干吗，赶紧给戚老师化装。"

等庄凌凌醒来，赶到永城大剧院，戏差不多快结束了。她坐在最后一排，她以为是王静取代了自己，不是，是戚老师。在愤怒之际，她瞥见在她前面三排左侧坐着一个熟悉的身影，她认出是秋生。她没多想秋生何以在此，她的情绪在失控的边缘，几乎要哭出声来。她最终还是与这部戏擦肩而过。她付出了这么多心血，白忙一场。命运是多么不公。

庄凌凌定了定神，开始看戏。戏曲是重彩宽袍，戚老师扮相依旧姣好，岁月并没有减损戚老师的舞台风采。她承认戚老师演得非常好，同时，她因为错过了首演，杀人的心都有了。戏的高潮处，全场观众都在流泪，她也在流，只是她流的是愤怒之泪。但是她不能这时候冲上台去发飙，她忍着，等待着戏结束。

母亲在晚上十点四十分离开永城大剧院。她眼前还浮现着庄凌凌打向王静的那记闪电般的耳光，就好像真的有一道光在庄凌凌的手掌和王静的脸颊间闪过。她不意外。这是剧团里经常出现的场景。当庄凌凌把愤怒的目光转向母亲时，母亲非常冷静，说："庄凌凌，以后的戏都是你的，我只是救场。"团长热烈应和，对母亲感激不尽。母亲卸完装，离开了剧场。母亲知道这是首演，团长会带着演员们去永江边吃夜宵。团长叫母亲了，她当然不能去，天知道接下来还会闹出什么是非。另外，晚上的演出耗尽了她的体力，她只想早点回家。

路过蓝山咖啡馆，母亲想喝杯咖啡提提神，顺便歇一会儿。她推门进去，走过一个类似车厢的包间，看到两个人坐在那儿。正面坐着一个穿黑色夹克的男人，相貌堂堂，好像在哪里见过。也许没见过，长得像他这样的男人蛮多的。

另一个她只能看到后脑勺。她看到“后脑勺”手中拿着照片，上面竟然是秋生。她顿时警觉。她听到他们的谈话，她没怎么听清，她听到定金以及成事后在这儿支付之类的话。

母亲要了一杯咖啡，在他们边上坐下。现在她听清楚了，他们的谈话越来越让她相信秋生在危险之中。她喝了一口，咖啡太烫，她呛着了，轻咳了几声。那两个人站起来走了。她赶紧跟上去。她还没买单，被服务生叫住。那两个人回头。她看清那个“后脑勺”的脸，一只眼睛贼亮，另一只眼睛飘忽不定，好像在看另外一个地方。此人很瘦，骨架很大，双手会不自觉颤抖（刚才他拿着秋生的照片时就在不住抖动），看上去有些神经质。两人警觉地看了她一眼，转身走了。那台超大电视机这会儿正在重播奥运会开幕式，不过把声音调成了静音。此刻电视机上满屏的烟花，透着落寞的气息。

外面是深不可测的夜。街灯暗淡，车流已过了高峰，街头行人已稀。走出广济巷，到了解放路，看到城隍庙飞檐上的小灯泡展现庙宇的轮廓，其余部分都沉入黑暗之中。母亲想起当年带着秋生在城隍庙小吃摊前吃各种小吃，秋生食量惊人，令她惊叹。这段日子，她喜欢回忆从前，可能记起来的关于孩子们的事并不多。许多年来，她就像一束光，射向远方，从不回首。从前的生活都沉入重重黑暗之中。

夏生回来的时候，看到母亲一副心事重重的样子。夏生以为母亲在为抢了庄凌凌戏而不安。

庄凌凌没去吃夜宵，夏生也没去，晚上夏生一直在庄凌凌家安慰庄凌凌。庄凌凌忍无可忍，当着夏生的面对母亲口出恶言。庄凌凌一边哭，一边说，有一段日子，庄凌凌为了学戏，住在省城母亲家。那时候母亲在省城刚刚起步，每天很晚回家。母亲回家时，庄凌凌殷勤伺候母亲，给母亲打洗脚水，给母亲敲背。母亲往往在这样的放松中睡着了。庄凌凌来省城有自己的目的，她想让母亲带她去见见戏曲界的重要人物，她还想在省城的剧团发展。母亲没那么细心体察一个学生的梦想，真以为自己请了一个用人来。庄凌凌说：“你母亲就是个自私鬼，她老了才想起你们，天底下哪里有这种人？”夏生没辩驳。母亲确实自私。后来要不是团长来电话，要庄凌凌准备好演明天的戏，夏生恐怕现在都回不来。

母亲对今晚的事没有任何不安。母亲问了个奇怪的问题：“秋生的生意很危险吗？”夏生说：“我怎么知道，怎么了？”母亲说：“你怎么一点不关心秋生？”夏生想，秋生轮得到他关心？夏生没回话。

8

与往常一样，早晨，秋生走着去公司上班。接近永江时，秋生闻到了空气中特有的海腥味。永江的出口是大海，海水会通过潮汐灌入永江，江水带着咸味，阳光一照，海的气味会更浓烈一些。有一些人在往永江边跑，秋生猜想，江边可能出事了，即便是盛夏也难以抵御人们围观的热情。

昨天晚上，秋生偷偷溜进剧场看了夏生的新戏。他没告诉任何人。当他看到夏生和母亲同台演出时，惊讶得下巴都要掉下来。母亲怎么会登台演戏？一会儿他见怪不怪了，在母亲身上出什么幺蛾子都不足为奇。戏很精彩，秋生看录像时发现的一些问题都得到了改善。母亲还是保持着对戏曲的敏锐感受。

秋生怀着温柔之心看完了母亲和夏生主演的戏。秋生承认母亲身上天生具有一种让人原谅她的气质。母亲身上有一堆毛病，她自私、说谎、逃避责任，可她一旦穿上戏服，站到观众面前，这些毛病顿时变得不那么重要了，她的光芒让这些毛病显得无足轻重。这大概是母亲如此折腾还能走到今天的原因。

过了老江桥，那个坐在轮椅上的男人在马路的转弯处出现了。已经是第三次了。他不知道这男人想干什么。人世间时有死结，但也总能找到解决之道。秋生想了想，朝那人走去。男人对秋生发出古怪的微笑。秋生注意到这个丑陋男人的目光依旧带着冷酷和高傲。秋生站在那人面前，无话找话：“这鬼天气，越来越闷热了，从前可没这么热的。”那人对秋生搭讪没感到奇怪，只是抬头看了看天，没有回答秋生。天很蓝，有几朵白云在天边一动不动。好像是为了让那人看清他的脸，秋生蹲了下来，说：“还认得我吗？”那人一脸严肃看着秋生，一会儿突然笑了，他摇摇头，指着自己的脑袋，说：“我这儿坏了，被人打坏了，什么都记不得了。”秋生说：“我们是不是找个地方喝一杯？”那人低下头，看着人行道，几只蚂蚁在人行道砖块的缝隙间爬行，那人伸手把其中的一只掐死。他抬起头，轻声说：“我和你不认识，为何要坐在一起喝酒？”秋生很失望，既然这男人假装不认识自己，只好算了。人生的死结常在一念之间。一念成佛，一念成魔。梦幻泡影，如露如电，皆生于一念。秋生轻轻拍了拍男人的肩走了。

快到公司时，秋生回头朝那边张望，一个瘦长的家伙在问坐在轮椅上的男人一些什么事。不过从两人的表情看，他们显然是不认识的。秋生注意到那瘦长的家伙有一只眼睛好像患了白内障。

秋生进办公室，站在办公室窗口，看着街上的一切。他看到在办公室东边那个路边公园里母亲正神色紧张地往这边张望。秋生想，也许上次对母亲太过分了，母亲不敢再进公司。脱了戏服的母亲光芒不再，瘦弱，苍老，缩小了一号。母亲老了，孤单了，可她终究是位母亲，不管以前她多么折腾，老了总还是想得到儿女们的认同。一会儿，秋生看到那个瘦长的家伙出现在公园里，母亲向那家伙走去。

秋生吩咐保镖把母亲接上来。当他再次站到窗前时，母亲在街头消失了。

9

上午十点半，母亲出现在剧团。母亲变成了光头（原来母亲头上是假发，夏生和她一起生活了一个多月竟没发现），她的衣服沾满血迹，样子十分骇人。夏生从小害怕见血，见血就会晕过去。夏生努力让自己镇静下来，想，看来母亲重病不是假的。夏生很内疚，他一直不相信母亲已病入膏肓。母亲苍白的脸上表情庄重，甚至带着某种不明所以的骄傲，和母亲平常的不成熟判若两人。剧团的人围着母亲，问:“戚老师，你怎么啦？”王静因为受到母亲的欺骗，在一旁不以为然地冷笑，说:“大白天的，戏还没开演呢。”母亲没理王静，对夏生说:“夏生，你跟我来。”夏生说:“好，我这就送你去医院。”团长派了一辆车，要送。母亲拒绝，她说:“我找夏生有话说。”夏生跟着母亲来到一个角落。母亲说:“夏生，你听好，我杀人了，你送我去派出所自首。你不要担心，我是将死之人，我不怕。”

夏生再次来到秋生的办公室。秋生已听说了母亲的事。秋生非常震惊，不过秋生并不奇怪母亲做出这样的事。少年时在省城，秋生骑着自行车带着母亲在一条小巷子穿行，有一次秋生差点撞着一个小孩，幸好及时刹车。孩子的父亲身材魁梧，大概也被吓坏了，一把把秋生从自行车上揪下来，要揍秋生。就在这时，母亲冲过来揪住那个男人，高喊，你敢动一下我儿子看看，老娘杀了你。母亲的气势把那人镇住了。母亲的身体里面藏着惊人的能量。

秋生接过夏生递过来的一只用来装文件的信封。秋生看到信封，就想起黄德高。这是黄德高的单子。谁装在这个信封里谁就意味着死亡。昨天秋生看戏回来，在娱乐城见过黄德高，黄德高是特意来向他告别的，说明天他将飞去香港，不回来了。黄德高舒了一口长长的气，好像因为吐出这口气而感到无比的轻松。一会儿，黄德高带走了一位小姐。

秋生打开信封，从里面抽出三张照片。他看到自己的“尊容”。秋生不是没有想过这一出，但看到一个装入信封的自己，还是超出他的想象。最近娱乐城发生的一系列事情，让他警觉，但他没想到如此危险，竟有人想置他于死地。他思考背后的人是谁。是那个被他打残的男人吗？或者是某个对“锦瑟年华”另有所图的江湖中人？他了解过那天来店里打砸的那帮年轻人的身份，来自秋生从前老板的死敌。难道因为老板隐退江湖，他们就拿他来复仇泄恨？但如果那人想要解决他也不需要黄德高啊，他手下的人就足够。假如是坐在轮椅上的男人，也不合惯例，他已经出来这么多年了，为什么此时才来报仇？后来警察问秋生时，秋生并没有提起那个轮椅上的男人，老板的仇人也没有提及。江湖的事江湖解决。

“她在看守所？”秋生问。夏生点点头，说：“她生病是真的，她说，她会在一个月后死，是医生告诉她的。”秋生把头转向窗外。天越来越热了，街角的那个公园植物蓬勃，其中点缀的花盆开着缤纷的花朵。只是再也见不到母亲的身影。

“她想你去看她。”夏生说。秋生白了夏生一眼，他当然要去看的，难道他是一个如此铁石心肠的人吗？夏生总是对他充满误解。秋生又从信封里抽出照片，看了一眼。母亲经常说的一句话是“你是我拿命换来的”，这一次母亲真的是拿命换了他的命。

秋生在看守所看见母亲时，母亲的脸上露出天真的笑容，那是一种从心里涌出的笑容，一种满足感，根本看不出她刚杀了人。

“我知道你会来看我的。”这是母亲说的第一句话。

秋生强忍住自己的情感，握住母亲的手。母亲的手很小，很柔软，好像没有骨头，也没有重量。他很难想象这双手怎么有力气杀人。听说她包里藏着刀子，让那个左眼患白内障的家伙一刀毙命。

“你怎么找到那个人的？”秋生问。

“天意。”母亲说，“你相信有天意吗？”

秋生不信。不过他没说。

“现在你安全了吗？”母亲问。

秋生没回答。

“警察介入了，应该没事了。”母亲断定。

秋生仔细看着母亲，瘦弱的母亲给他一种轻如鸿毛的感觉，秋生想起放在手心的死去的麻雀（刚才握住母亲的手就是这种感觉），死去的麻雀没有一点点重量，好像因为死亡，麻雀的肉身也跟着消失了，只留下一身的羽毛。母亲没有把假发戴上，光头的母亲并不难看，母亲的头形匀称，看上去像画片上的尼姑。秋生看过母亲演尼姑的戏，不过那时候并没剃发，化妆师把母亲的头发藏在人造的头皮下，头形和现在完全不一样。他看到母亲神色安详，好像她因为终于做了一件早该做的事而心安理得。

母亲看到秋生瞅她的头，说："化疗的缘故，头发全掉光了。"

"为什么不治了？"秋生问。

"没必要。我倒想活。有一天我和医生闹，让医生告诉我还能活多久。医生被我烦死了，一生气就告诉我，最多三个月。我愣住了。我问他真的假的。医生没回答，我知道是真的。"母亲看了秋生一眼，又说，"我就从医院逃出来，回永城了，我得在死前看看你们。"

秋生一直知道母亲是勇敢的。比父亲要勇敢得多。秋生又想，母亲生这么重的病独自住在医院里也没告诉他和夏生，母亲表面上简单，实际上心里什么都明白的吧。

秋生搞到了母亲的病历，给母亲办了保外就医。母亲不肯去医院。秋生威胁母亲，不去医院就得去看守所。母亲还是乖乖听话了。进永城第一医院后，照例是一系列的检查，动用各种仪器。对于这种检查，母亲很不耐烦。秋生说："检查一下也好的，万一北京检查错了呢？"说着秋生把母亲从床上抱起来，放到检查床上。秋生抱着母亲，再一次想起死去的麻雀。母亲身体的瘦弱程度让秋生吃惊，真的没有一点分量了。母亲搂着秋生的脖子，诡异地笑起来，像一个孩子一样配合。秋生想，他和母亲从来没这么亲近过，这让秋生感到辛酸。

医生看到检查结果，非常吃惊，几乎不敢相信。医生说，照例来说母亲应该失去意识了的，但母亲看起来尚好，这是奇迹。

一天，病房里只有夏生和母亲，母亲突然说："我想去看看冬好。"夏生想，母亲终于想起冬好来了，他以为母亲早已把冬好排除在记忆之外了。夏生说："好，我向医生说明一下，明天上午我陪你去。"母亲说："不用同医生说，医生很烦。"夏生点了点头。母亲说："冬好能认出我来吗？"夏生不响。母亲说：

“上次她没认出我来，当自己是孕妇，摸着肚子，一直喊着宝宝。”夏生看着窗外。每次想起冬好，他都心情沉重。

早上，夏生很早就起来了。天色微明。他来到医院时，看到母亲一个人坐在黑暗中，早已梳妆打扮好了，身上穿着回永城时穿的那件浅绿色旗袍，为了遮掩病容，脸部施了厚粉底，唇膏也涂得艳。母亲去公共场合向来是隆重的。

一会儿，两人乘公交车去康宁医院。车上，母子俩没说话，母亲看上去心事重重。母亲这会儿在想什么呢？夏生偶尔会去看冬好，回来后要好些日子才能平复内心的压抑和悲伤。每次夏生都是怀着恐惧去看冬好的。

公交车在大庆路站停下来时，母亲也没同夏生打招呼，突然跳下了车。夏生也跟了下去。母亲脸色苍白，穿过车站后面的人行道，穿过人行道边的树林，径直来到建筑物的墙边，无力地瘫坐在水泥地上。她的双眼早已蓄满了泪水。母亲说起她那次去看冬好的情形。那天冬好突然说起小时候的事情，说妈妈偏心，总是把好吃的偷偷塞给秋生，还告诉秋生不要同冬好说，冬好会记仇的。母亲吓了一跳，以为冬好终于清醒过来了，激动地对冬好说，冬好，你醒了对吗？你认出妈妈来了对不对？冬好，是妈妈不好，你要吃什么，妈妈这就买给你。冬好没醒，冬好没理会母亲，脸上露出仿佛看透一切的微笑，慢慢地，那微笑变成了试图控制又抑制不住的狰狞大笑……母亲边哭边说。

母亲终于平静下来。母亲已没有勇气去看冬好了。夏生想，不看也罢，看与不看又有什么区别呢？对冬好来说，一切都已没有意义了。夏生叫了辆出租车，和母亲回到了医院。那天，母亲一整天情绪低落。

10

这之后，母亲的身体每况愈下，她看上去极度憔悴，同先前判若两人。好像看望冬好这件事彻底击垮了母亲。母亲出神地看了一会窗外。医院在闹市区，窗外是高楼，在高楼的间隙能见到天空的一角，像一块巨大的蓝色玻璃屏，在屏上，零星有几只鸟儿飞过。秋生经常来陪母亲，这会儿他安静地坐在母亲的对面。

"秋生，你说你爸还活着吗？他怎么就突然消失了呢？有好多个晚上，我以为他回家了，打开门，门外什么也没有。"母亲说。

秋生不敢看母亲。自从父亲离家出走后，这个家再也没提起过父亲。秋生以为母亲应该早已把父亲忘得一干二净了。她后来有那么多次婚姻。

"他要是死了，我可以去见他了。我要向他道歉对不对？"母亲的目光看上去十分无辜，好像孩提时代在学校里犯了一个小错误。

秋生实在忍不住了，在母亲耳边轻语了几句。母亲睁大眼睛，惊异地看着秋生，一会儿，泪水夺眶而出。

脆弱的肉身不存在什么奇迹。母亲不是金刚不坏之身。母亲入院后第三天，病毒迅速地攻城略地，占领了她的身体，她因此陷入长长的昏迷之中。其实秋生早有准备，医生告诉了他，母亲可能随时会昏迷。

在母亲昏迷的阶段，秋生和夏生一直陪在她身边。病房很安静，只住母亲一个人。病房是秋生想办法搞到的。母亲一辈子热闹，在最后的时光让她安静些吧。兄弟俩偶尔说说话。秋生说："戏很好，你演得很好。"夏生说："你来看了？"秋生说："对，首场。"夏生说："那你也看了母亲的演出。"秋生说："没想到，我把钱都花在自己人身上了。"夏生吃了一惊，看着秋生。秋生说："对，赞助的钱是我出的，我让孙少波出面的。"夏生有些动容，想秋生平常对他恶声恶气，反感他演戏，可还是愿意帮助他。夏生说："谢谢你。"秋生摆了摆手，不再说话。

中途母亲奇迹般醒来过一次。母亲醒来时精神状态意外地好，这使得秋生和夏生生出新希望。但医生说，这只是回光返照。母亲对夏生说，你把庄凌凌叫来，我想同她说说话。夏生有些犹豫。不过母亲温和地说，别担心，我会同她好好说话的。

庄凌凌来的时候，母亲把夏生支开了。病房里只有她俩。庄凌凌已经不生戚老师的气了。主角最终还是她的，并且演出如第一场那样成功。她感到在这出戏里，她不是在表演，而是在生活。对她来说这是全新的感受，戚老师的指导功不可没。庄凌凌早想来看望的，夏生一直没有同意。夏生怕庄凌凌的看望会影响母亲的情绪。夏生说，她抢了你的戏，她会以为你是去报复她呢。病房的空调发出轻微的声音，母亲身上插着输液针，脸色苍白并且消瘦。母亲指了指床边的一把凳子，让庄凌凌坐下来。

母亲伸出右手，握住了庄凌凌的手说："小庄，谢谢你照顾夏生。"

庄凌凌吓了一跳。她和夏生的事一直瞒着戚老师，为此这些日子以来他们都不太见面，哪知她早已知道。庄凌凌一时不知如何回答。

"我不是好母亲，我都记不得夏生小时候的样子了。"母亲说。

庄凌凌当然记得。那会儿母亲在省城风头正劲，庄凌凌意识到自己在省城没有前途，回到了永城。她见不得三个孩子无人照料，尽可能地去照顾他们。她最喜欢夏生。夏生天性仁义乖巧，讨人喜欢。不像秋生，对世界有仇似的，对谁都恶狠狠的。

"夏生老是缠着我。"庄凌凌想起夏生，露出甜蜜的笑容。

庄凌凌没有同任何人讲过她和夏生的事，现在她很想讲给夏生的母亲听。她说，夏生小时候喜欢跟着她，像个跟屁虫。庄凌凌和别人聊天时，夏生在庄凌凌身上爬来爬去。有人开玩笑，说夏生是不是庄凌凌的私生子。庄凌凌并不反感这样的叫法，反倒开心地笑了。

"这我记得，夏生小时候喜欢到你阁楼里睡觉。"母亲说。

庄凌凌脸红了。夏生的生理开始变化的时候，庄凌凌不再带夏生去法院巷阁楼了。夏生却像个鸦片鬼一样，每天晚上出现在庄凌凌的小楼外，久久不肯离去。这样闹了一个月，庄凌凌心软了，放夏生进来。最初什么也没发生，但总归还是会发生的。夏生和庄凌凌是正常的男女。那年夏生只有十五岁。一开始，庄凌凌还是有罪恶感的，她觉得她和夏生之间不应该这样的，夏生还未成年，而她和他的年龄相差悬殊。她和夏生之间的关系注定是极为隐秘的。这期间庄凌凌一直没找男朋友。

夏生二十岁那年，庄凌凌提出给夏生找一个正牌女友。庄凌凌说，我们不能一直这样不明不白在一起啊。再说，我不可能和你结婚的，你妈会杀了我。夏生想了想，同意了。他觉得庄凌凌需要一个正常的婚姻，她都三十多了，他不能太自私。在庄凌凌的安排下，夏生认识了一个女孩。女孩是个戏迷。那时候，夏生在舞台上已崭露头角，女孩特别崇拜他。他很快和女孩同居了。女孩虽然小鸟依人，什么都由着他，什么都听他的，但他不太适应一个需要他照顾的小女人。另一个困扰他的问题是他的身体强烈想念庄凌凌，即便在和女孩做爱时，抚摸着女孩青春而单薄的身体，他也会想象庄凌凌，想象和庄凌凌的肉体欢愉。他觉得这是一种罪恶，对女孩极其不公。

有一天，夏生听说庄凌凌处了男友，并且在那阁楼同居了。夏生像疯了一样，他无法想象自己的生活中没有庄凌凌。夏生迅速甩了那小女孩，回到庄凌凌身边，赖着不肯走。庄凌凌心软了，说了一句冤家，让夏生回到她身边。一晃就过去了十多年。

“你们为什么不要一个孩子？”母亲说。

庄凌凌吓了一跳。难道母亲不知道她和夏生的年龄差距吗？她会老去，而夏生正值壮年，夏生总有一天会厌烦她（事实上她现在越来越不自信了），她不确定和夏生能走多久。

“你们要个孩子吧。你会是个好母亲，不像我。”母亲说。

庄凌凌愣住了，想，毕竟是女人，戚老师老来也会生愧疚之心。为了安慰她，庄凌凌开了个玩笑：“夏生守着我这个老女人是不是太亏了？你做母亲的舍得？”

“你还很年轻啊。我在你这年龄，折腾个没完呢。”母亲说。

“我现在连夏生都对付不了，还折腾啥啊？”庄凌凌笑道。

“夏生是真心喜欢你，我刚到永城那天，你带着菜到夏生家来，我一眼看出你和夏生的关系。夏生看你的目光都让我嫉妒。”母亲说得尽量轻松，“除了夏生他爸，我后来再没遇见过这种目光。”

说到父亲，母亲目光突然变得幽深，她直愣愣地看着庄凌凌。庄凌凌觉得母亲的灵魂此刻似乎就聚在她明亮的目光里。母亲说：“我要和他爸团聚了，夏生就拜托给你了。”

后来，庄凌凌同夏生说过这句话。庄凌凌对夏生说，她不忍看母亲的目光，那天她从病房出来后，一直在流泪。

11

很快，母亲又进入了昏迷阶段。这次是深度昏迷，母亲开始梦呓。有一天，母亲竟哼出曲调，曲调断断续续，不成旋律，不过夏生很快辨认出来，是父亲编的《奔月》。这个唱段因为母亲的传播已是越剧的经典段落。在越剧风靡的年代，广播和收音机经常会播放这个唱段，很多戏迷都能随口就唱。这是母亲的代表作，一出让母亲大放异彩的戏。不过对这个家来说这出戏也许不是什么好事，谁能说得清呢？

几天以后，母亲昏睡过去，变得无声无息，只有各种插在母亲身上的医疗仪器在嘀嘀嘀地鸣叫。母亲没让任何人来打扰她。她在昏过去前交代秋生，她的亲朋好友来看她的话，都要拒绝。母亲爱美，她不想让自己不堪的一面示人。在昏睡的中途，母亲的眼角突然流出泪珠，她仰面躺着，使得流出的泪珠像是从一口深井中冒出来。母亲再一次开口说话了，不过听不清她在说什么。秋生和夏生听清了父亲的名字，也听清了秋生、夏生、冬好的名字。这是母亲第一次完整说出三个孩子的名字。母亲一直在重复一个句子，听了好久，夏生才听清楚，那句子是：原谅妈妈。

夏生流下泪来。秋生习惯性地把目光转向窗外。天气晴朗，那原本蓝色的天幕在夕阳映照下霞光四射，就好像天国降临了一样。

永城越剧团新排的戏广受欢迎，演出一直在继续。可能要连续演一个月。因为要演出，晚上夏生就不再去医院。那天演出结束，夏生去了庄凌凌家。好久没有亲热了，夏生对庄凌凌都有了陌生感。要不是庄凌凌主动，他可能不会上床。他现在没有欲望。夏生同庄凌凌讲起昏迷中的母亲唱《奔月》的唱段及叫唤父亲的名字。庄凌凌陷入沉思。夏生问庄凌凌在想什么。庄凌凌说："有一件事，不知道该不该说出来，关于你父亲的。"夏生愣了一会儿，看着庄凌凌。庄凌凌说："说到这儿了，还是说了吧。"夏生不响。庄凌凌说："你记得吧？有一段日子，我去省城找你妈学戏。"夏生当然记得。庄凌凌又说："《奔月》公演那天，你爸喝醉了酒回到家，当着我面大吼大叫。你爸是个文弱的人，我从来没见他这么疯过。他把我当成了你妈，他抱着我，伏在我怀里泣不成声。你爸说，他看见了那个官员欺负你母亲，可他一直忍着，无能为力，现在戏终于公演了，他已经受够了……那天他很狂躁也很软弱……我好不容易把你爸推开，你爸酒醒了，认出是我，我忘不了他当时的表情。"夏生听了相当吃惊，他没想到和庄凌凌处这么久，她竟瞒着他这么重要的事。庄凌凌说："你爸就是那天晚上离开了省城，在这个世界上消失了。其实我知道你妈的事，一直以为你爸不知道呢。后来我一直想，你妈当然是你爸最大的心病，可是他那天在我这儿失态是不是也是导致他离家出走的原因呢？你爸失踪后我还内疚了好一阵子。唉，你们家的人只有秋生像你妈，有韧劲，你和冬好像你爸，脆弱。"有好长时间，夏生不知道如何反应。夏生这会儿想着父亲。太久了，他已没办法想象父亲现在的样子，死了还是活着，两者都想象不出来。应该是不在人世了吧。

夏生的手机突然响了起来。是秋生来电。秋生的声音听起来有点哽咽，好像在哭，但又克制着。秋生说，妈走了。夏生猛然从床上坐起来，说，我马上过来。庄凌凌知道发生了什么，要和夏生一起去。"我总归算是她的学生。"她说。

12

母亲曾经是一位明星，她的死无疑会引起公众的关注。但秋生不想渲染这事。他认为一个低调的葬礼符合母亲的心愿。夏生也同意秋生这么做。他们没通知母亲单位，也没让媒体知道。

母亲火化时只有秋生和夏生。

秋生早已安排好一切。当秋生捧着母亲的骨灰盒，走出殡仪馆大门时，一辆黑色奥迪等在门口。夏生跟着进了小车。一会儿，小车向东开去，那是舟山群岛的方向。夏生不知道秋生的目的，也没多问。他知道秋生的主意大着呢，一件事他如果插手了，就不会问夏生的意见。不过夏生担心秋生会把母亲的骨灰撒向大海。母亲可没有这样的遗嘱。一路上，兄弟俩没说一句话。夏生不时抚摸着一串绿松石珠子，那是母亲遗留在他屋子里的，他打算在母亲下葬时，放入墓穴里。

小车在一个小码头停了下来，那边停着一只快艇。秋生庄重地捧着骨灰盒，向快艇走去。秋生要把骨灰撒向大海的预感变得越来越真实，夏生停下了脚步。秋生回头瞪了夏生一眼，让夏生跟上。夏生来到快艇里边。夏生问："需要我抱一会吗？"秋生没吭声。他端坐着，腰板笔挺，好像在完成一个仪式。

四周是白茫茫的海水，原本混浊的海水突然变得清澈起来，好像海水在这里划了一条界线，他们进入另一片海域之中。远处有几只渔船，一动不动，可能正在完成抓捕的某个动作。一群海鸥在头上掠过，发出几声凄厉的叫声。天空意外的蓝，阳光洒在海面上，海面反射的光芒晃得人眼睛生疼。夏生有点分不清天空和海面，好像他们此刻进入了另一个空间，好像是快艇在天空和海水之间劈出了一个通道。这是惯于陆地的人在大海深处容易出现的幻觉。秋生沉默肃穆，目视前方。坐在后面的夏生不知道秋生在想什么。

半个小时后，眼前出现一个小岛。岛远看很小，上了岛倒是一眼望不到头，且植被丰茂。岛上有一个小寺院，寺院有三个和尚，其中当家的认识秋生。后来秋生告诉夏生，那和尚原本是个生意人，生意比秋生做得大，突然有一天，把公司卖了，买了这个岛，建了寺院做起了和尚。秋生说，这个岛是他介绍给他的。这个岛原来太荒凉了，需要有些人气。此人面容方正干净，若有光明。那两个打杂的小和尚，一个少年时杀了邻居家的一只狗，两家因此大打出手，父亲被邻居打成重伤，不久毙命。另一个说是女儿犯有癫痫，久病不治，发愿出家，求菩萨佑护他的女儿。

那和尚有一部手机，在岛上迎接秋生和夏生。想必秋生早已同和尚联系过了。和尚对着秋生抱来的骨灰盒念了一会经，然后就不声不响地走了。夏生已不担心秋生会把母亲的骨灰撒到大海了。他想，秋生安排好了一切，自己跟着就是了。

秋生捧着骨灰盒向岛深处走。一会儿，夏生看到一个小山包，在向阳的位置，有两块墓碑。当夏生看到其中一块墓碑上的名字时，立在那里不动了。他只感到血液猛地涌上脑门，心里面一种长期压抑的情绪被唤醒了，让他想毁灭些什么或砸烂些什么。他暂时得忍受着，他得等母亲下葬。那墓碑边立了一个新的墓碑，上面写着母亲的名字。墓地整得很干净，别处树木枝叶散乱，杂草丛生，这个地方整得像一个花园（事后夏生了解到那个和尚经常会来收拾一下）。秋生把骨灰盒放入墓穴，再用盖子盖好封住（边上早已准备了新拌好的水泥浆）。先是秋生跪下祭拜，再是夏生伏地磕头。

几乎没有任何停顿，夏生磕完三个头后，迅速转身，像狼一样扑向秋生，把秋生扑倒。这是夏生生平第一次向秋生攻击。兄弟俩扭打成一团。夏生看上去虽然没秋生壮实，但毕竟平时练功的，动作灵活。最后两人力气耗尽，气喘吁吁地躺在地上一动不动。夏生没少挨秋生的拳头，浑身骨头都疼。疼痛让夏生获得了意想不到的快感。

“为什么你这么干？”夏生说，“他死了你为什么不告诉我们，你有什么权利不告诉我们？你知道吗，他下落不明让我们多恐慌？”

“我不想让你们难过。”秋生说。

“你没有权利这么做，对我们不公平。”夏生说。

两人躺在墓前的草地上，看着天空。天空是另一片海，只是比海平静。母亲这会儿在哪里，在天上吗？在这么蓝这么平静的天上吗？有好一阵子，两人都没说话。过往的一切历历在目，可就是说不出来。

“你是怎么找到他的？”夏生问。

“他离家出走前给我讲过这个岛。他和母亲是在这个岛上相好的。”秋生说。

夏生从来没听说过这件事，略微有些吃惊。

秋生说，那时候父亲和母亲在舟山群岛的一个渔村当知青。就在远处那座岛上。秋生指了指远方。远方什么也没有。听父亲说那岛很大，是一个镇子，父亲和母亲当年在同一个村子插队。母亲是个美人，经常有男人从大陆过来看她。父亲说，当时他感觉母亲好像认识全中国的小伙子。父亲是个才子，当知青前在艺校学习编导，会拉手风琴，会唱苏联歌曲和越剧。父亲发现了母亲的天赋，私底下教母亲越剧。

有一天，父亲从老乡那儿借了一条小船，划到这岛上。哪知道，小船靠岸时撞到岩石上，撞烂了，他们只好留在这岛上等人来救。当时父亲和母亲都很紧张，这岛很少有人来，他们在岛上过了三天，都绝望了，后来来了一艘军舰把他们救了回去。父亲和母亲就是那三天好上的。

“回去后他们就结婚了，一年后有了我。”秋生说。

夏生没想到父母有着这样的往事，听着感觉像一个神话。

秋生说，母亲一度认为父亲是故意把船撞破的，说父亲是蓄谋已久。父亲就笑，父亲是真心喜欢母亲。父亲说当年在岛上一点也不害怕，他觉得就这样死去也没什么了不起，他感到心满意足。结婚那几年父亲很幸福，也很甜蜜，母亲不是一般的女人，讨男人喜欢，父亲当年把她当成掌上明珠——这样形容不对，但真的是那样，父亲惯坏了她。他们回城后，父亲去了文化馆，母亲去了华侨商店。不久，在父亲帮助下，母亲考入了永城越剧团。就是那段日子，父亲开始写《奔月》这出戏。

父亲是出走前一年给秋生讲这个故事的。《奔月》首演后，父亲神秘失踪，留下《奔月》红遍了大江南北。秋生一直在找父亲的下落，有一天他突然想起这个故事，于是来到小岛，发现了父亲的遗骸。他是凭着身边的遗物确认了父亲的身份的。遗物里有一块钻石牌手表。秋生把父亲埋在了小岛上，没告诉任何人。

秋生和夏生还躺在草地上。岛上的天气比陆地要湿热，他们的衣衫早已被汗水浸透。夏生朝寺院方向望了一眼。寺院被巨大的菩提树掩蔽，显得安静而清凉。天边突然布满了云彩，把整个海面都映红了。但慢慢云层变成灰色，天空变得阴沉起来。

“你们演的那出戏是父亲写的，本子我是在岛上发现的，在父亲的包里，用一只塑料袋包裹着，所以字迹没有损坏。你说巧不巧，这戏他是为母亲写的，老天有眼，结果首演竟然真的是母亲。”秋生仿佛在自言自语。

夏生侧脸看了看秋生，这一次他竟没有感到奇怪。他在看剧本和排练时，脑子里多次闪过父亲的形象，这是直觉吗？

“三个月前我搬家翻出这本东西，我让人打印了一份，托人交给庄凌凌，庄凌凌看了剧本像疯了一样，吵着闹着要搬上舞台，后面的事你都知道了。”秋生说。

夏生想，难怪庄凌凌一直不肯说出此剧的作者。夏生以为这是庄凌凌的把戏，她想演主角，把剧作者搞得越神秘越好，免得团长直接去找剧作者而把庄凌凌撇在一边。看来庄凌凌根本不知道剧作者是谁。

“你手上的珠子是母亲的？”秋生问。

夏生看了看手腕，没回答秋生。刚才因为太生气，忘了把珠子留给母亲了。不过他觉得这样挺好，也算有个念想。夏生想象当年父亲和母亲在这个岛上的情形。他好像代替了苍白的神经质的父亲的目光，看着当知青的母亲。母亲眼睛里都是光。她总是这样，一直以来眼睛里永远有一缕光，好像有无限的前程等着她，好像她的人生会无比精彩……不过得承认母亲的人生真的很精彩。

“这珠子能送我吗？”秋生说。

夏生犹豫了一下，把珠子从手腕上撸下，递给秋生。两人沉默不语，看着天空。这时从秋生口中突然传来尖细的越调：

> 吞灵药，生翅膀，入了广寒门，
> 晓星沉，云母屏，独对烛影深，
> 寥廓天河生，
> 寂寞云裳赠，
> 空悔恨，
> 碧海青天夜夜凡尘心……

秋生唱的是《奔月》的经典唱段。夏生想母亲说得没错，秋生真的能唱戏。唱的是青衣，竟唱得这么好。他侧脸望向秋生，秋生眼角挂着泪痕。

中午大和尚准备了素食。吃饭的时候，天阴沉得更厉害，好像马上要下暴雨。因为晚上夏生还有演出，夏生有点担心海面会起风浪，快艇开不了。要是回不去，团长会急死，票都卖出去了，而他的角色没有 B 角。吃过中饭，夏生催秋生赶快上快艇回本岛。还好，虽有点小雨，海水依旧平静。一会儿就到了小车停泊的码头。他俩坐上车回永城。车过永城二中，秋生让司机停车，自己跳了下来。秋生对司机说：“你送夏生回团里，我想在这儿转转。”秋生沿着学校外铸铁围栏向河边走。刚才阴沉沉的天气突然放晴了，有一缕阳光从云层中穿出来，照耀在河岸边的青草和树叶上，世界焕然一新。

秋生来到桥头，趴在桥栏上。有两个工人在河道上清理淤泥和垃圾。河道比过去干净了许多。这条小河曾经浑浊不堪，河面上总是漂浮着快餐盒、塑料泡沫、垃圾袋，有时甚至还有避孕套。秋生读书那会，河道经常散发着工业臭味，在教室里都能闻到硫黄的气味。一个工人操纵着一条机帆船，发动机发出脆响，大约因为河面安静，发动机声并不喧闹。河道里没有太多东西需要处理，他们显得很放松，那捞淤泥的工人甚至故意把水洒到开船那位身上。开船那位大呼小叫起来。

他们慢慢来到桥墩下，那个捞淤泥的人似乎在水下碰到了什么，脸上露出少见的认真来，他使劲拉杆。杆被什么东西缠住了。开船的那位去帮忙。一会儿一辆自行车从水下浮了起来，其中一个趴在船边紧紧地抓住了它。自行车染上了污泥，经水冲洗后一下子变得簇新，油漆基本完好，只是钢圈处生了一些锈迹。那两人像捡到宝一样，脸上布满了笑意。

秋生认出了这辆自行车。他的脑海中浮现出多年前的那一幕：他骑着这辆凤凰牌自行车，带着冬好在漫漫长夜中穿行。329 国道路况极差，自行车时刻处在颠簸之中，有好几次秋生差点摔倒在路边的沟渠里……

桥头围观的人多了起来，人们对这里捞起一辆自行车很稀奇。两人中的一个有点人来疯，他像大力士一样把自行车高高举起。阳光投射到那人的脸和自行车上，看上去犹如一座雕像。

铜离子

杨少衡 *

1

鱼汤刚上桌，卢梁栋便“呃，呃”，接连干呕。

邱先智眉头紧皱，追问：“有意见？”

卢梁栋嘿嘿一笑：“接受批评。呃。”

坐在一旁的郑莲“哎哟”一声，说了句：“是我忘了。”

她转头招呼服务员过来。女服务员正忙着给客人倒果汁，听到后连称：“就来，就来。”手里却还抓着她的那个果汁罐。郑莲没敢耽误，起身自己伸手去端桌上的大汤盆，盆里的鲢鱼头豆腐汤热腾腾冒着气。卢梁栋急忙把她喊住。

“放下，不要动。”卢梁栋道。

“我没注意……”

“没事，不要紧。”

邱先智不解：“怎么回事？”

卢梁栋让邱先智不要介意，没事，请继续批评。

邱先智毫不客气，接着开火：“你告诉他，我意见很大。”

---

* 杨少衡，男，1953 年生于福建省漳州市。福建省文联副主席，福建省作家协会名誉主席。出版有长篇小说《海峡之痛》《党校同学》《地下党》《风口浪尖》《铿然有声》《新世界》等，中篇小说集《秘书长》《林老板的枪》《县长故事》《你没事吧》等。

“我先代表他表示歉意，邱主席不要往心里去。”卢梁栋说。

邱先智闭嘴，拿起桌上的一只银白色不锈钢公用汤勺，往自己碗里装鱼汤。只一勺，卢梁栋在一旁突然又“呃”了一下，被一枪打中一般。邱先智脾气大，当时什么话都不说，当的一声，直接把汤勺扔回桌上。

郑莲忙解释:“邱主席，卢副市长是那个……”

“没事。”卢梁栋还是嘿嘿笑着，“没关系。”

他从桌上抓起另外一只汤勺，亲自给邱先智装鱼汤。说来也怪，忽然间什么毛病都没有了，卢梁栋的干呕就此结束。

调侃而言，饭桌上这一小插曲可称奠基礼，奠定了卢梁栋与邱先智日后交往的独特基调。在此之前，他们从未打过交道，不记得在哪里见过面，可以说是完全不认识。尤其奇怪的是，这个奠基礼于他们都属意外，是原本根本不可能发生的。

那时候邱先智是省总工会的常务副主席，他带着一组人员来到本市，进行一次农民工职业培训方面的调研检查。本次调研检查来头不小，调研组从省直相关部门抽调人员组成，由省总工会具体牵头，分成几个小组下到本省各地市开展工作。邱先智带的这个组要走三个市，本市是他们的第二站。总工会一向被认为是群团组织或称人民团体老大，所谓“工青妇”是第一团队，工会总是排在第一，且工会主席基本都是由上一级领导兼任，例如目前省总工会主席同时也是省人大常委会副主任，规格因之显高。由于省级领导事务多，且无须管得太具体，工会日常工作通常由常务副主席主持，也就是说邱先智实际上是当家人，管事的，调侃称“重要群团重要领导”。邱先智亲率调研检查组光临，理论上地方确应给予高度重视，可惜具体情况经常远非所想，弄得人家脸上全是意见。

应当说，无论邱先智脸上写有多少表情，基本上都跟卢梁栋无关，因为彼此够不着。卢梁栋是副市长，在市政府领导中排名最后，拉拉杂杂分管了一堆事务，总工会却没有写在他名下。直到这个中午之前，别说没见过邱先智，连邱先智是什么人，来本市干什么，卢梁栋都一概不知。眼下各种调研、检查多如牛毛，难以一一注意，特别是与己无关的那些。不料郑莲一个电话把卢梁栋拖了进来。

郑莲是市总工会常务副主席，当家人，市版邱先智。邱先智一行在本市的活动由她负责配合。那天中午她打电话求助卢梁栋，听起来没什么不好，也就是陪邱先智一行吃一顿工作餐而已。调研检查组在本市活动三天，日程已告结束，今天下午就将离开，前往下一站。按照日程安排，今天中午要为客人们饯行，也就是在正常工作餐标准上加点菜以示欢送。这种场合通常需要一位市领导出席。

“这不是该陈部长来吗？”卢梁栋问。

本市总工会主席陈浩同时也是市委常委、统战部部长，接待邱先智当然是他的事。问题是陈浩要务众多，邱先智一行到达时，陈浩仅仅礼节性地露了下面，在市宾馆会见厅跟客人们握握手，接洽片刻，而后便动身赶往省城开会。陈浩开的那个会前后也就三天，昨日已经回到本市。本来说好今天中午由陈浩出面为客人送行，不料他临时另有任务，市委书记交代陈浩去处理一件重要的事情，没办法赶来陪客人，郑莲急切中求到卢梁栋这里。郑莲找卢梁栋之前，已经联络过几位市领导，那几位与工会事务或多或少沾点边，可是每一位都有事，没有谁愿意临时陪客吃工作餐。细究起来所谓的有事多为推托，一来市级领导不是可以随叫随到的，二来即便需要临时应付，也应由书记、市长交代，至少应当是陈浩亲自打电话拜托，怎么可以听凭郑莲使唤？陈浩不出面，明摆着没拿邱先智太重视，其他人更是无须认真。毕竟工会不掌握人、财、物资源，没有太大的影响力。

郑莲却不能不当回事，这个人办事特别认真，作为具体负责人员，总是要想办法让上级领导满意，尽量不失礼。在其他人那里碰了钉子之后，她给卢梁栋打了电话。她告诉卢梁栋，自己正在宾馆宴会厅里，客人们回房间稍事休息，定于十二点整到餐厅就餐，此刻只剩二十来分钟时间，自知突然骚扰非常没礼貌，如果不是情急，真是不敢这么打电话。非常希望卢梁栋能予以关心，应急救场。

卢梁栋问:“是陈部长的意见吗？”

她承认是自己的主意。陈浩只交代不能陪邱先智吃饭了，请郑莲替他致歉，送行也委托郑莲代表他，没有要求另外找领导陪邱先智，但是郑莲自己感觉不安，想尽量弥补。本次调研过程中有些小情况，下边个别县领导不太重视，让邱先智很不高兴。如果最后这顿饭连个市领导都没有，只怕意见更大。所以她总想请出一位，让客人感觉好一点，她相信陈浩也会乐见其成。

卢梁栋问:“那应该是我吗？我这个人比较贪吃？”

郑莲连说不是那个意思。卢梁栋是领导，人也好，所以才大胆相求。

“这个事你还是应该按陈部长的意思办。”卢梁栋说。

“卢副市长你能不能救个急？”

卢梁栋称他中午有事，没空。即便有时间，他也不适合去接待这位客人。

“实在是对不起卢副市长，真是不应该打这个电话。”她退缩了。

卢梁栋听到电话里的声音不太对，郑莲在那边似乎抽了下鼻子。

“怎么回事？这也值得哭？”他问。

“没有，没有。”

郑莲承认她很害怕，坐立不安。邱先智这个人有个性，她只怕他一肚子气鼓鼓的，饭也不吃，突然拉下脸来拍桌子走人。真那样就彻底搞砸了，她没法跟领导交代。

“这么说不是去吃饭陪客，还是去救命？”卢梁栋问。

“卢副市长，我真的不知道该怎么办。”

“行了，我去。”

事后卢梁栋想，或许此前拒绝出场的那几位并不全是端着个架子，说不定人家或多或少知道这位邱先智领导脾气有点大，所以分别逃餐，惹不起躲得起，敬而远之吧。没准陈浩也是这个状态，自己来不了，也不想把其他同僚拖去填坑，只让郑莲去吃苦头，毕竟她是市版邱先智，她应该。没料到她居然找到卢梁栋，恰好卢梁栋自身有些情况且不知道邱先智有多厉害，自己跳进了坑里。

那天中午卢梁栋确实有些私事：他妹妹把父亲送到他这里，上午刚到。老头子最近身体不好，干咳，有时咳得整夜睡不着觉，卢梁栋约了内弟中午下班后到家里看看老人。内弟是市立医院的医生，可以帮卢梁栋拿主意，看看该做什么检查。郑莲电话到时，卢梁栋刚收拾好桌上文件，准备离开办公室。现在回不去了，只能舍己为公，老头子交给妻子和内弟去照料，自己先对付邱先智一行。

从宴会厅握手的那一刻起，卢梁栋便知道邱先智不好对付：两人一碰面，邱先智就问陈浩在哪里，一听陈浩来不了，他那张脸便拉了下来，表情丰富。郑莲忙介绍卢梁栋，邱先智一听来的这位是副市长，脸色也没好多少。当着卢梁栋的面，邱先智直言不讳，批评本市不重视此次调研检查，下边有的县问题更严重，简直将省两办的通知和省委书记的批示视同废纸。卢梁栋一听话这么重，随即硬着头皮认下来，称自己虽不了解情况，还是要先表明态度，诚恳接受批评，努力改进工作。

邱先智说："既然是你来，就委托你把意见转告陈浩，还有你们书记、市长。"

这位邱副主席很把自己当回事，站位很高，口气很大，气场强劲，有居高临下之势。他在饭桌上边吃边批，将他们检查中发现的一些事情拿出来说，要求本市加以关注，不要掉以轻心。他提到的一些问题明显超出他们的调研检查范围，例如他得知卢梁栋分管环保事务后，直截了当要卢梁栋注意兰岭溪生态问题。

卢梁栋问："邱主席发现什么了？"

"知道铜离子吧？"

卢梁栋打趣："我知道铜钱。"

"不要只看 GDP。"邱先智警告，"铜离子会从 GDP 里跑出来。"

"回去我马上百度学习，看它怎么跑。"

“都是在百度里学习吗？”

卢梁栋称其实不需要，他是工科出身，专业是检测。他知道铜离子是铜原子外层失去两个电子，正二价。水中的铜离子以四水合铜的形式存在。

邱先智不禁“哇”了一声：“原来是真人不露相。”

“偏巧记得而已。”卢梁栋说，“谢谢邱主席提醒，可惜我恐怕管不着了。”

“为什么？”

卢梁栋自嘲，称自己的名字有点问题。梁栋，不是栋梁。

“听起来有些来历？”邱先智欲了解。

卢梁栋是卢家长孙，爷爷给他取名叫栋梁，充满期待。但是他父亲偏偏要把那两个字调个个儿，觉得梁栋叫起来顺口。爷俩都是乡下人，文化不高，爷爷很固执，遗传给父亲，父亲比爷爷还固执，所以最终他本人成了梁栋，错失栋梁。

“糊弄人吧？”邱先智怀疑。

卢梁栋说：“邱主席就当笑话听。”

卢梁栋刻意放低姿态。他原本无须那样，细论起来，他是主人，邱先智是客人，所谓客随主便，邱先智这家伙有些喧宾夺主了。哪怕手持尚方宝剑，有调研检查之权，邱先智也没太多资格对地方说三道四，批评再批评。特别是对卢梁栋，毕竟邱先智只是群团部门官员，不是省领导，手中没有多大权力，级别也就比卢梁栋略高一点，根本管不着卢梁栋。卢梁栋无须听他居高临下，即便不想丢下筷子拍屁股走人，也可以给他一点软钉子碰。但是卢梁栋忍下来了，因为犯不着，就让他说去吧，权当支持郑莲工作。这位重要领导这回受冷落了，有权略做发泄。

那顿饭邱先智最费口舌，说个不停，没怎么吃东西，卢梁栋给他盛的鱼汤也只喝一半。终于，他觉得差不多了，丢下筷子说：“算了，到此为止。”

“没关系，欢迎继续批评。”

邱先智也有一好，虽然强势，但该停就停，并不没完没了。他自己其实心明如镜，卢梁栋只是临时应景，管不了他批评的事，说也白说。

“我没冒犯卢副市长吧？”他问。

卢梁栋开玩笑：“冒犯了。”

“那卢副市长怎么不走开？”

“这鱼汤不错。”

“我看一般。”

卢梁栋说人跟人不一样。邱先智出自大地方大单位，喝过的汤肯定多，不像卢梁栋乡下人当不得栋梁。今天难得接待邱先智，听了很多批评，感觉收获很大，特别是这么好的鱼汤不用自己掏钱买，这种机会于他吃一回少一回，所以很高兴。

邱先智问：“你这是在骂谁？”

“是自我批评。”

“卢副市长有些奇怪啊。”

卢梁栋承认确实有些奇怪，他不应当有幸与邱先智见面，怎么就见上了？主要因为郑莲是女性，妇女儿童应该保护。工会本来也不是太强势，需要有人献点爱心。

邱先智眯起眼看卢梁栋，没再说话。卢梁栋问邱先智要不要午休一下，邱先智让卢梁栋不要管了。饭吃过了，话说完了，那就拜拜吧。

卢梁栋和郑莲把他们送回房间，而后乘电梯回到大堂。这时送客成了问题，如果邱先智一行饭毕即行，不耽搁，卢梁栋可以送一送他们。如果邱先智想睡个午觉，确定一个动身时间，卢梁栋也可以按时过来送行。但是邱先智没有马上走，也不告知动身时间，那就有点尴尬了。送还是不送？不送可以吗？邱先智已经发话让卢梁栋不要管了，问题是如果邱先智这么好伺候，卢梁栋也就无须来陪同吃饭了。

卢梁栋问郑莲：“咱们别管他了，怎么样？”

郑莲表示非常感谢，邱先智那一肚子气像是出得差不多了，应当不会再计较。已经太麻烦卢梁栋了，不敢再有更多要求，她留在宾馆送行就行。

卢梁栋问：“这家伙会不会忽然又把一张脸拉下来？”

郑莲承认：“我也怕。”

“那么郑主席还可能吓死在宾馆。”卢梁栋开玩笑，“我还是救人救到底吧。”

他留了下来，就在宾馆大堂边的小酒吧等候。郑莲让服务员送来两杯茶，陪卢梁栋坐在那里喝茶，耐心等了一个来小时，直到邱先智一行出现在电梯口。

他看到卢梁栋，表情有点吃惊。

“不是让卢副市长别管了吗？”他问。

“放心不下。”卢梁栋调侃。

“你那个‘呃，呃’。”邱先智学卢梁栋干呕状，“怎么回事？”

“没事，过敏。”

“那么严重？”

卢梁栋称没事，是遗传。

直到那时邱先智才露出几分笑意。他伸出手，与卢梁栋握了握。

“我记住了。”他说，“不是栋梁，是梁栋。”

卢梁栋自嘲：“梁栋不是栋梁。”

“情况我也知道了。”邱先智忽然说，“看远点，谨防鼠目寸光。”

卢梁栋一时语塞。

两人就此别过。

谁也没想到，几个月后，本市市委书记犯案被查，派下来接任的不是别人，正是邱先智。这位邱先智真是不能小看，人家的强劲气场不是硬撑出来的。邱先智履历很丰富，地方官出身，在本省北部一个地区当过县委书记，后来进入地委班子，直到担任地委副书记，再调到省总工会主持工作，然后下到本市。比履历更特别的是他的来历：出自名门，其父亲二十年前曾主政本省，当过多年省委书记。邱先智的居高临下几乎就是天生的，当然也不是一直顺风顺水。数年前他本有机会担任地委书记，结果却去了省总工会，很多人都觉得他已经过气，没戏了，他父亲也已过世多年，不再有什么影响力。不料时到花便开，机会一到，人家就来了。

那个时候卢梁栋正当背气之际，刚给免去副市长职务，暂未安排工作，赋闲在家，前景非常暗淡。数月前卢梁栋接待邱先智时声明“恐怕管不着”，自嘲“吃一回少一回”，那不是所谓的“自我批评”，是自知在劫难逃。其时省政府强化水污染治理，以确保省城数百万人民饮水安全，本市是省城水源地之一，为治理一大重点。本市的水污染相当严重，问题很复杂，除了工业企业污染，种植也是一大方面。近十几年间，市属几个山区县争相发展种植脐橙、柑橘等果树，几乎所有适宜的山地都给开发出来种果树，原以为是绿色经济，却因为规模巨大，农药、化肥的大量集中使用导致水污染迅速发展。特别是在雨季，存留于山地果园土壤中的大量农残溶入水中，冲入江河，污染下游省城水源，频亮红灯。省政府采取挂牌督办方式，对省城上游几市的水污染治理强化追责，一追，追到了卢梁栋头上。卢梁栋在市政府班子里分管环保，本市在省政府的数次检查中排名靠后，省城一家新闻媒体调查曝光，挖出卢梁栋私下里强调“不要给果农造成太大损失”的旧事，批评卢梁栋对上级决定阳奉阴违，对压面积、更新果园等环保措施执行不力。卢梁栋受到严肃追究，终被免职。卢梁栋在接待邱先智时那般低调，除本人个性原因，也有现实之迫，因为已经麻烦缠身，只能干呕，一点脾气都没有。邱先智直截了当说他“有点奇怪”，显然一离开饭桌就去了解该“梁栋”怎么奇怪，从而知道了水污染那些事，所以才会有分别时“谨防鼠目寸光”的教导。

邱先智没有忘记卢梁栋，上任不久就把卢梁栋从家里叫出来，安排到市委“协助工作”，事无巨细都参与，只是没有职务，因为职务不是市里可以解决的。但是人家邱先智就是大气，有的是办法。得益于他不遗余力地推荐、运作，两个月后，经省委研究决定，本市班子做了一次调整，统战部部长陈浩调离，由卢梁栋接任。卢梁栋在那个位子上只干了半年，又转回市政府当了常务副市长。在被免职之后不到一年时间里，卢梁栋从市政府排名最后的副市长一跃而成人们开玩笑所称的“第一副市长”。

邱先智大而言之：“梁栋有一种品质，是人民群众非常需要的。”

相应的还有郑莲，她给调出总工会，派到下边县里，重用为县长，不久就转任书记。时下女书记不算凤毛麟角，也算是非常耀眼的，提拔为市领导指日可待。

显然那一顿工作午餐性价比特高，让人回味无穷。

邱先智有魄力，除了强势，还有能力与人脉，到任后大刀阔斧，干了不少大事。卢梁栋在邱先智麾下承担很多具体工作，人称“卢半楼”，指他管了市政府半座大楼。这种说法亦褒亦贬。卢梁栋并不热衷揽权揽事，只是身为常务，分管范围大，且邱先智总会把各种事情派给他，可称格外信任，这就显得卢梁栋手臂特长。邱先智对卢梁栋还是那种脾气，动不动拉下脸来，从不吝惜批评，经常有些“教导”：谨防鼠目寸光、克服小处着眼、切忌私心杂念，等等。均有所指。

有天晚间，八点左右，卢梁栋接到邱先智一个电话，命他马上到新田开发区去应急。

“你现在在哪里？”邱先智查问。

卢梁栋报称在家里。

“赶紧动身。”邱先智下令。

“问题还没解决吗？”卢梁栋问。

邱先智骂：“笨！愚蠢！”

卢梁栋没敢接茬儿，知道邱先智并非骂他，是骂前边的人没解决问题。

新田开发区是邱先智上任后主抓的重点项目，未来会是一个大规模新能源产业基地。该开发区征用大片土地，有若干村庄需要整体搬迁。由于已确定的征地搬迁补偿方案与当地村民的预期差距较大，村民不愿接受，抵触强烈，有部分村民还越级上访，造成了相当不好的影响。那一天村民与县、乡干部再起冲突，数百村民包围乡集，迫使交通瘫痪、乡政府关门。事情发生后，邱先智反复督促县、乡和相关部门尽快处理，还把一个又一个市领导派去指导工作，力求在最短时间里平息事态。目前坐镇在那里的是市委副书记张明，身边还有几位市级领导，却没能解决问题，事态还在不断扩大。邱先智非常恼火，决定再把卢梁栋派上去。

卢梁栋请示："是让我协助张副书记？"

卢梁栋是常务副市长，排名在副书记张明之后，按照官职大小，在现场只能听张明指派。邱先智即在电话里明确：现场由卢梁栋全权负责，张明另有事情，需要到省里开会，卢梁栋到了后张明就撤离。

卢梁栋"哎呀"了一声，脱口道："糟糕。"

"怎么？"

卢梁栋承认此刻有些不在状态。嘴大、头晕，原因是酒精。卢梁栋此时是在老家县城，离市区三十公里。今天下午下班后，他开车回去看老头子。他母亲过世得早，父亲住在老家，跟妹妹、妹夫一起生活。当晚他和妹夫一起陪老头子喝了酒。

邱先智恼火："这种时候了，还喝！"

邱先智着急情有可原，批评卢梁栋却有些勉强。新田开发区村民闹事，原本并未交给卢梁栋处置，卢梁栋于下班后回老家看望老父亲，陪老人并不为过。如果他跑去接受不当宴请，或者偷偷公款消费，当然是个问题，在家里喝自己的酒有什么不行？

卢梁栋没做辩解，只说："我马上动身。"

卢梁栋把自己的车丢在乡下，临时叫了辆出租车赶往新田开发区，身上带着一只塑料袋，装了五六瓶矿泉水。一路上他不停喝水，光顾了途中每一处高速公路休息区的洗手间。一小时后出租车离开高速公路。开发区那边派了一部车，一位管委会副主任在高速公路口等他。卢梁栋上那辆车时已经不再嘴大，只是头还有点晕。

"说说情况。"他一上车就要求，"讲要点。"

一边赶路一边听情况，到达现场时，卢梁栋对事态症结已经大体明了。那时是晚上十时许，大批群众还聚集在乡集路口，有十几个群众代表与现场几位负责的官员在路旁一座祠堂里谈判，双方无法谈拢，正僵持着，只等卢梁栋来。

那座祠堂旁边有一口鱼塘。卢梁栋看一眼鱼塘，突然喉咙里“咕噜”一声。他急忙停步，蹲下身子，在路旁喘气、干呕了好一会儿。然后他起身走进祠堂，他自己都能闻到身上残存的酒气。

张明已经离开，卢梁栋作为最高领导在谈判现场表态：“我来宣布一个决定。”

这个决定非常敏感，没有人敢擅自发布，包括刚刚离开的张明。但是卢梁栋张嘴就来，当众宣布原先确定的征地搬迁补偿方案停止执行，市里将广泛听取群众意见，确定新的补偿方案。这个决定可以立刻向群众宣布，但是要求聚集群众于午夜前全部撤离。

全场鸦雀无声。

有一位群众代表是个老者，他问了一句：“这是真的吗？”

卢梁栋保证自己说话算数。他举了一个例子：他自己的父亲今年七十岁，如果父亲也在新田开发区搬迁人口之列，按照原有的补偿方案，除土地款外，老人每个月可以得到生产生活补助两百来元，可以拿三年。不说钱这么少，就说三年之后怎么办？没钱拿了，土地也没有了，靠什么维生？老人不像年轻人可以培训转行，没有再就业的空间，只能由他这个当儿子的供养。如果家中没有儿子，或者儿子也有困难，那怎么办？这么定标准太低，确实不合理，必须改变。

村民代表闻言竟鼓起掌来。

午夜之前，所有聚集人员散去。

卢梁栋还在指挥疏散人员之际，邱先智打来一个电话，怒不可遏。

“你昏头了啊！”他斥责，“谁允许你表那个态的！”

显然有人把情况报告给了邱先智。

卢梁栋强调自己非常清醒，不是酒后胡言，表那个态也不是权宜之计。他感觉补偿方案确实应当修改完善，既解决当前村民闹事，也为日后开发区的顺利发展提供便利条件。

邱先智责怪卢梁栋乱开口子，新田这里开了口，其他地方的征地拆迁马上就会跟着攀比，要求政府提高标准，那样的话还了得？

“不顾大局，擅自决定，你怎么可以这样！”他怒批。

卢梁栋无言以对，只好“哎呀，哎呀”。

“什么哎呀！”

“很痛心，很痛心。”

卢梁栋检讨自己考虑不周，表态急了。他是一心想着把事态平息下来，确实也觉得可以有更合理的方案，群众能接受，政府也能承受，但是无论如何应当先请示的。受到邱先智的批评，他感觉很难过。现在话说出去了，木已成舟，他得负责到底。他请求邱先智让他继续处理这个事，他愿意承担一切责任。

邱先智扔了电话。

事实上，这件事的难度主要就在补偿方案，村民认为不合理，而政府方面认为不能退。事态之所以越闹越大，症结还在于此。卢梁栋之前的那几位市领导，包括张明之所以解决不了问题，是因为谁也不敢触碰这个方案。邱先智事前画过底线，严令不得在这个问题上退缩，以防得寸进尺，连锁反应。卢梁栋没有守住这条底线，胆大妄为，擅自表态，其中一个原因是邱先智交代他前去应急时，没有立刻重申这一要求。或许邱先智觉得卢梁栋还嘴大头晕呢，说也白说。通常情况下，卢梁栋在现场有重大决定，应当事前请示，至少也要与在场的其他市领导商量，那样的话，必定有人把邱先智的意见告诉他。不料卢梁栋没给其他人一点机会，直接就表了态。邱先智一骂卢梁栋就检讨，似乎真的意识到自己考虑不周，嘴大了。其实真是那样吗？不是口是心非，有意而为？自知请示肯定被驳回，那就先斩后奏？

无论是什么情况，事态被卢梁栋迅速平息了，但新的麻烦也随之而至。所谓“解铃还须系铃人”，麻烦是卢梁栋招致的，他还主动请缨，这件事当然就归他了。邱先智给了他两个月时间，严令他不得再擅自开口，新的补偿方案必须兼顾各方，报请市政府办公会讨论通过。卢梁栋遵命行事。那两个月时间里，卢梁栋亲自带队到新田开发区，开了数次座谈会，到若干重点人物家走访，发放并收回大量征求意见表，而后梳理意见，反复讨论调整，形成了一个新的补偿方案，报请市政府办公会研究。这个方案大量吸收了村民的意见，例如卢梁栋在那家祠堂举例时提到的老年人生活生产补助款，即从每月两百来元提高到五百余元，发放三年改为发放终身。

新方案在市长办公会通过后，卢梁栋亲自向邱先智报告。此前他已经数次找过邱先智报告进展，每一次都被敲打一番。此刻有结果了，邱先智听罢汇报，只说了一句："现在告诉我，你到底是怎么回事？"

卢梁栋张着嘴，好一阵不说话。末了他做了解释，提到那天赶到新田时，在祠堂外边干呕，差点把当晚吃的东西全吐出来。那不是因为酒喝多了，只因为该祠堂的旁边有一口鱼塘，他闻到了鱼腥味。

"书记了解我。"他苦笑道，"老毛病。"

他表示，他是在那一刻下决心调整补偿方案的。

"我说你什么了？"邱先智道，"小处着眼，私心杂念。"

卢梁栋嘿嘿笑："我没法跟邱书记比。鼠目寸光。"

邱先智摆摆手，让他住嘴走人。

新补偿方案下达后，新田开发区征地拆迁得以继续开展。尽管仍有部分村民有更高要求，大部分人却感觉到善意，愿意接受。经过当地干部的劝告说服，辅之鼓励手段，该工作迅速推进，难题终于破解。新的补偿标准果然影响了本市其他地方的若干拆迁项目，大家纷纷攀比，拆迁补偿标准普遍上升，水涨船高。但是如卢梁栋所坚持，其幅度在政府可以承受的范围内，而利在民间。有同僚私下里夸奖卢梁栋做了件好事，卢梁栋自我解嘲，称其实广大领导才是出于公心，只有他假公济私。他总想着有朝一日轮到他老家拆迁，可以比照新田方案办理。这相当于减轻他的供养负担，给他的乡下老头子挣了一笔养老金。

然后卢梁栋意外获得提升，从常务副市长提为市委副书记，接替突然调离的张明，有如当初他去接替张明平息新田开发区事态。这次职务调整非常意外，因为没有主管邱先智的极力推荐，不可能是卢梁栋。常委班子里，比卢梁栋资格老的大有人在，却是卢梁栋后来居上，有如当初邱先智把他从排名最后的副市长提到所谓“第一副市长”的位置。卢梁栋刚因新田开发区事项被邱先智痛加批评，转眼间竟得提拔重用，所有人都感觉意外，包括卢梁栋自己。

邱先智还是大而言之：“梁栋有一种品质，是人民群众非常需要的。”

2

卢梁栋在会场上注意到五峰库区死鱼的消息，是从《每日简报》里。这份简报由市政府办公室信息科编写，主要收录汇总本市范围内的突发、异常事项。内容根据下属各县、区和部门呈报，表述都非常简要。简报只发给市级领导和几个综合部门参考。关于那些鱼，简报称主要发现于五峰水库上游库区，有大批网箱养殖鱼浮头、死亡，且有向下游蔓延的趋势。

那时候卢梁栋在大会场参加市直干部大会，当天大会传达省里一个重要会议精神，市领导都坐在主席台上，会议由市长主持，卢梁栋有一个讲话。这个讲话原本应当由邱先智讲，由于邱先智参加省里一个代表团出访欧洲友城，委托卢梁栋代表，也就是让卢副书记来宣读邱书记的重要讲话。该讲话安排为会议最后一个议程，只有几页纸，内容就是强调贯彻落实几条要求。卢梁栋把办公桌上的一个文件夹带到会场，会间抽空浏览，从《每日简报》里发现了那些死鱼的消息。

他抽身离开主席台，跑到后台给郑莲打了一个电话。

郑莲抱怨：“那个年轻人刚被我骂了一顿。”

五峰库区主要区域在郑莲那个县。刚被郑莲骂过的年轻人是该县政府办信息科干部，大学毕业后考公务员到了乡镇，被借调到政府办工作。年轻人一心想表现，积极主动，却冒冒失失。死鱼的消息是年轻人从其母那里听到的。其母在县城菜市场买菜时，有一个熟人要她近日千万不能买鱼，传闻称五峰水库死了很多鱼，养殖户抢捞浮头鱼运到市场出售，已经死掉的鱼也混在里边。年轻人听母亲提起后，赶紧跑到县政府办公室打电话核实，从五峰镇得知该镇确有部分水产养殖户的网箱出现死鱼，具体情况还待了解。年轻人急于求成，不等镇里上报准确情况，匆匆忙忙就把消息编入呈报材料，负责把关的县政府办副主任没认真看就签了字，消息就这么被捅了上去。

卢梁栋问："有出入吗？"

出入的主要是数据。消息里提到"大批"网箱出现死鱼，给人的感觉很严重。实际上没什么大不了的，目前统计也就是一两百箱，其中有一些区域比较厉害，一些区域还算轻微。

"死鱼的原因是什么？"

根据当地渔业站技术员分析，可能是因为缺氧，俗称"反塘"，亦为"泛塘"。

"没有其他可怀疑的吗？"

"目前没有。"

卢梁栋回到会议室，没有片刻耽误，随即向市长报告，表示自己对这些翻肚子鱼不太放心，需要下去看看，越快越好。

市长说："你还有一个讲话呢。"

"那是邱书记的讲话，市长可以指定其他人代念一下。"

"有那么急吗？"

"邱书记不在，我怕出事。"

"问题很大吗？"

卢梁栋让市长别担心，目前看来还不是什么大事，但是这些鱼死得不是时候。

所谓的“不是时候”，内涵很丰富。鱼早不死晚不死，在邱先智不在家的特定时候呜呼哀哉，这就给市长、卢梁栋他们找了麻烦。如果邱先智在，这种事怎么管自有他拿主意，反之，其他在家的领导就得负责应对，小事也得放大数倍来对待。目前五峰库区死鱼不算特别严重，原本可以交由下边处理，市里保持关注就行，视情况发展再定。但是万一后边还有成千上万条鱼准备呜呼哀哉，眼下不做反应不就贻误时机了？邱先智回来不骂才怪。另外还有两个特殊事项集中到这个时间点上，一是省委巡视组下月中旬将到本市开展巡视，二是上级考核组刚刚离开本市。巡视组是来发现问题的，死鱼事件发生在巡视前夕，万一处理不好会放大成为问题。考核组则是来考察干部的，在本市只考核一个人，就是邱先智。邱先智早在去年就被作为省级领导的后备人选，此刻考核意味着上升在即，这个时候可不能出麻烦。这种事其实不止关乎邱先智一个人，有一种说法称之为“良性循环”，理想状态下，邱先智提任后，市长可转任书记，而卢梁栋便有望接任市长，那就是皆大欢喜，其前提当然是一切顺利。所以无论于公于私，此刻卢梁栋对任何灾难的苗头都不能掉以轻心。

经市长同意，卢梁栋离开主席台，到一旁休息室里一边等车，一边给胡天宝打电话。胡天宝也在这个会场，坐在下边听会。胡天宝是市环保局局长，当年卢梁栋因水污染问题被免职时，胡天宝还只是副局长，也给免了职，后来也东山再起，对卢梁栋言听计从。卢梁栋已经不再分管环保，但是副书记管农业，死鱼这种事算他的，他有权要求环保局局长配合。

“你们那里有什么消息？”卢梁栋查问。

胡天宝不知道五峰库区大量死鱼，下边县里没有报告。这不奇怪，一来事情刚发生，二来如果死鱼原因是缺氧，反塘，那么与环保局没有直接关系，得到报告的应当是海洋渔业管理部门，不是环保局。

卢梁栋没有多说，只命胡天宝赶紧出来，立刻安排一组专业人员，带上设备直接到现场，取样做水质检测。

“记住，铜离子必须测。”他交代。

“是那个……”胡天宝吃惊。

“以防万一。”

除了铜离子，当然还有其他项检测内容，胡天宝可按照常规安排。卢梁栋只强调一点：到现场的专业人员必须可靠，除了技术，还要求保密。检测数据直接报给卢梁栋，在取得同意前，不得对外公开，也不准任何人在外边乱传消息。

“让他们随时打电话报告卢副书记吗？”胡天宝请示。

“我在现场。”

“明白，明白。”

卢梁栋上路后不久，胡天宝来了一个电话：由市、县两级环保部门抽人组成的检测组已经出发，携带各种设备。胡天宝亲自带队，赶到现场与卢梁栋会合。

然后卢梁栋接到郑莲打来的一个电话。这个电话是郑莲必须打的，在卢梁栋过问情况后，作为下级，她有必要迅速了解并将最新情况和应对措施反馈给卢梁栋。根据她的报告，五峰库区死鱼规模还在扩大，当地镇、村干部正在组织救灾。郑莲已经紧急派遣县长率县渔业、环保等相关部门人员赶往现场指挥抗灾。技术人员基本确定死鱼原因是缺氧反塘，与近期气候异常有关，也有养殖过密等原因。

“水质有问题吗？”卢梁栋追问。

库区养殖规模很大，养殖户大量投肥、投食、投药，导致整个库区水质富营养化，这是老问题。技术人员认为水质确实也是反塘的一大因素。

“让他们搞准确。”卢梁栋说，“我到了就听汇报。”

郑莲一听卢梁栋已经在路上，要直奔五峰库区，当即大惊。

“卢副书记是在吓唬我吗？”她问。

“刚准备给你打电话。”

“怎么能这样惊动市领导！我们可以处理的。”

卢梁栋说："邱书记那种脾气，你也清楚。"

郑莲不吭声了。好一会儿，她说："我去五峰跟卢副书记会合。"

"这样好。"卢梁栋自嘲，"态度这么端正，可以感动邱书记。至少也能感动鱼吧，说不定鱼一感动就不死了，死了的也欣然转活。"

当然，这纯属调侃。

大约一个半小时后，卢梁栋赶到五峰库区，花的时间比平常多，原因是库区通道路况不好，加之近日连降暴雨，路面损坏严重，有几个险段通行困难。郑莲得知卢梁栋即将上山，急令县公路部门立刻调集人员机械抢修几个险段，紧急填沙石，并加强监控引导，确保领导能顺利通过。如果不是这么应急处置，只怕卢梁栋得下车徒步走上几段，弄得浑身皆泥。

郑莲从县里去，路途稍近，比卢梁栋早到了几分钟。卢梁栋的轿车进入库区路口时，郑莲与县长带着县、镇一批干部在路旁迎候。卢梁栋从车上下来，忽然连声干呕。

他闻到空气中有一股腥臭味。

郑莲向身后招招手，跟着她的一个年轻女干部轻轻递上一个东西，郑莲转手交给卢梁栋，是一只口罩。

卢梁栋道："谢谢。没事。"

几年前的那一回，郑莲把卢梁栋请来接待邱先智，急着端走桌上一盆鲢鱼头豆腐汤，因为她知道卢梁栋怕那个。她怎么会知道？卢梁栋曾在市工信局当过局长，当时郑莲是他的副手，彼此同事了年把时间。郑莲走投无路时敢一个电话请卢梁栋救急陪客，就因为比较熟悉。此刻到了五峰水库，她还记得给他带来一只口罩。

卢梁栋没有戴那东西，因为场合大不宜，而且他最怕那种似有若无的腥气，赶上满天鱼腥倒好，感官迅速麻木。仅凭这满天鱼腥，便可知死鱼无数，卢梁栋心情很沉重。无论各级领导态度如何端正，这些死鱼肯定是不能复活的了。

卢梁栋和郑莲带队匆匆查看重灾区坑边村。该村沿库区周边养殖带白花花的尽是死鱼，有的死鱼还在网箱上漂，有的已经给捞起来装进编织袋，胡乱堆放在路旁。气候炎热，死鱼在迅速腐烂，空气中恶臭强烈。顺库区水面望去，网箱密密麻麻，几乎都漂着死鱼。路旁死鱼堆积如山，水中死鱼亦触目惊心。

郑莲手下的一位渔业养殖技术员紧随卢、郑两人，一路汇报。五峰库区是老养殖区，近来发展迅速，规模不断扩大，问题随之而来，已经屡次出现反塘死鱼灾情，程度不同，今年这次比较严重。通常情况下，反塘多出现在夜间，半夜之后，特别是黎明前。主要因为夜间水中生物呼吸消耗氧气，有机物氧化分解耗氧，导致黎明前水中溶氧往往最少。反塘时水面出现泡沫，有腥臭味，小鱼聚集于岸边，鱼群在网箱里乱窜、浮头，得不到及时救治便翻白死亡。本次反塘与通常情况有所不同，发生时段偏早，黄昏便出现，且鱼死得快，发觉不对劲时拿竹竿一搅，死鱼便翻上水面。技术人员分析，主要原因是气候异常，本地前几天特别闷热，时有暴雨，水的溶氧量与气压成正比，低气压闷热导致水中溶氧量过低。暴雨亦有重大影响：雨后水温降低，底层水温高于表层，上下水层产生剧烈对流，底层热水上升，腐殖质翻起，迅速氧化分解，大量消耗水中的氧，缺氧因之产生。

“有数据吗？”卢梁栋问。

“有些水样测为每升 1.5 毫克。”

卢梁栋听了立刻摇头：“不对。虽然正常值应当在 5 毫克以上，但是没有低于 1 毫克，不至于反塘成这样吧？”

技术员报告说，水样检测时间上有些滞后，估计大量死鱼那会儿数据要低很多。

“你们布置了哪些应急补救措施？”

除了开动所有的增氧机，还有生石灰溶解成浆泼洒，以及协调水库管理处放水，加速水流，等等。

卢梁栋问：“黄泥水呢？”

技术员称也有，黄泥加上盐、水调匀后泼洒。

卢梁栋点头。

郑莲在一旁吃惊："卢副书记懂这么具体？"

卢梁栋自嘲："我吃过鱼。"

卢梁栋读大学时学的是工业分析与检验，曾经在市经委、工信局干过多年，从市交通局局长任上升副市长，自称是"多在工交系统就业"。但是他毕业后的第一份工作却是市鱼苗育种所的检验员。说是管检验，其实啥都干，安装增氧机、投料下肥等等，打捞死鱼更是少不了。那时候满鼻子都是鱼腥味，他觉得自己这辈子注定靠鱼吃鱼了。至今有时夜半醒来，他还会问自己究竟是谁，什么"卢副书记"不是做梦吧？

郑莲说："卢副书记开玩笑。"

这时有电话找卢梁栋，是胡天宝，声音急切。

胡天宝的那组人已经到位，工作立刻展开，第一批水样已经检测完毕，发现异常：有几个样本测得铜离子含量为每升 0.025 毫克。

卢梁栋不禁一震："该死。"

这个数据表明水质尚在国家三类水标准内，也就是每升水中铜离子含量小于或等于一毫克。但是如果比照国家渔业用水标准，这个指标就超了。渔业标准里铜离子含量应当小于或等于 0.01 毫克。胡天宝查获的这些铜离子已经可以毒死鱼了。

胡天宝称，目前这些数据还不能说明库区死鱼原因就是铜离子污染，因为除了这几个样本，其他样本数据基本正常，不排除这几个样本受特殊环境因素影响的可能性。当然，考虑到雨水等因素，也不能排除这几个样本区域此前的铜离子含量可能更高。

卢梁栋立即质问："告诉我这些东西是从哪里跑出来的。"

"卢副书记，这个……"

"你们不是有专项监测预警设备吗？"

根据预防环境灾害的需要，本市环保部门在若干重点部位安排有针对性专项监测，其中有监测点是针对铜离子的。理论上说，一旦监测点所在部位水中铜离子超标，它应当立刻被发现、记录并报警。但是从眼前的情况看，这个专项监测设置没有起作用。

“我正在查这个事。”胡天宝回答，“我会立刻反馈。”

“记住，要非常、非常小心。”

胡天宝让卢梁栋放心。情况他只向卢梁栋一个人报告，他也严令其他参与者都不得向外界泄漏任何情况。

为什么需要如此小心？因为此刻死鱼原因非常敏感。如果是缺氧反塘，基本可归为天灾；如果是水污染铜中毒，那就是人祸，可列为环保大案了。

卢梁栋与胡天宝通电话时，郑莲就站在他身旁，听得云里雾里。放下电话后，卢梁栋没跟她解释，只说了一句：“看起来有些麻烦。”

说来纯属自找。从一开始，人们的注意力都在水里的氧气，是卢梁栋自己悄悄安排胡天宝查铜离子，他肯定知道一旦查出就有麻烦，为什么还要查？

他们匆匆赶往水库管理处大楼，在那里紧急碰头。时已过午，有赖于郑莲的提前安排，水库方面为大家做了一大锅菜饭，大家一人一碗，围坐在会议桌上，边吃边谈。事情发生后，县相关部门按规定向市上级部门报告情况，市渔业、水利以及宣传等部门领导一听说卢梁栋已经前去现场，当然得赶紧跟上，有如胡天宝。此刻市、县两级相关部门负责官员基本到场，只等卢梁栋发话。

卢梁栋说：“咱们只剩十来个小时。过了这个时间就不是死鱼，该轮到在座各级领导‘反塘’，一个跟一个翻肚子死翘翘了。”

卢梁栋是危言耸听。这种事再怎么厉害，大不了搞掉几顶帽子，如当年他自己给免职查办一般，无论如何死不了哪位领导。但是卢梁栋就那么强调，还把邱先智拿出来当大棒挥舞。卢梁栋说，邱书记此刻不在家，考核组刚刚离去，巡视组即将到来，这种重要时候最好不要死鱼，偏偏鱼死了满地。接下来的应对要是没弄好，就无法跟群众和上级交代，也无法跟邱书记交代。

卢梁栋所谓“十来个小时”指的是从此刻到明日上午。为什么这么界定？

因为事情已经发生，凭借当下发达的资讯传播，消息已经在微博、微信等媒介中广泛出现。类似大量死亡事件总是非常吸引眼球，不管死的是人还是鱼。可以预计接下来上级领导、相关部门将争相过问，媒体将集中采访、报道，外界会传出质疑和追责呼声，明天上午或将集中发生，到处传遍。只有一种办法可以缓解，那就是从现在开始，使尽九牛二虎之力，在明天上午之前有效控制住灾情，让受灾群众得到多方关心安抚，同时提供一个令人信服的说法，通过媒体报道出去，得到外界接受，那就有望变被动为主动，迅速了结事件，把损失和不利影响控制在最低程度。

与会官员就卢梁栋的几大要求紧急讨论之际，胡天宝匆匆到达会场。卢梁栋一看到他就站起身，走到会议室外，胡天宝紧随，在门外向卢梁栋个别报告情况。

是关于卢梁栋查问的预警事项。环保部门针对铜离子的专项监测设施设置于兰岭溪故道，采用的是自动监测设备。这个自动监测点已经运行多年，一直很正常。不凑巧前些时候该点突然发生故障，经检查是主设备达到运行年限，需要更换。由于这么多年该监测部位环境一直正常，没有发生大的数值异常，管理单位有所松懈，拖了一点时间，目前正在通过政府采购部门申报、采购设备。监测点失效使该水段处于不设防状态，如果发生泄漏，跑出来的铜离子可以畅行无阻，能到哪里到哪里，不会触发任何警报。没有铜离子变化记录，也无法判断哪个方向是否发生泄漏，程度如何。

卢梁栋恼火：“指望你找出凶手，杀人偿命，你告诉我探头坏了。”

胡天宝一脸尴尬：“是我的问题。”

该监测点由县环保部门管理，市环保局作为上级部门也有监督责任。胡天宝承认错误，表示会马上整改，同时也悄悄提醒一句：“卢副书记，目前看还很难确定是铜离子泄漏造成的死鱼。”

“可以排除吗？”

胡天宝支支吾吾，只问，如果不排除，事情会不会沸沸扬扬，弄得很大？

卢梁栋说：“进去吧。”

他们一前一后走进会议室。

卢梁栋下了决心，在紧急碰头会上宣布一个重大决定：立刻求援。要求市环保局和海洋渔业局两位局长马上联络各自上级，也就是省环保厅和海洋渔业厅，报告本市五峰水库出现死鱼灾害，灾情虽已得到控制，还需要上级主管部门关心支持，请求省里速派专家组前来帮助确定受灾原因，指导救灾。同时由市政府办公厅向省政府办公厅做口头报告，请求省政府办公厅协调省相关部门支援本市。

话音刚落，郑莲轻轻拉了拉卢梁栋。

“卢副书记，请先听我说句话。”她说。

卢梁栋点头，暂时中断了讲话。

郑莲把卢梁栋拉到外边，张嘴便问自己是不是哪里做错了，让领导有看法了？卢梁栋摇头，表扬郑莲反应很快，没有做错什么。郑莲提出五峰水库死鱼这件事最好还是让他们来处理，不必惊动上级，特别是不要惊动省领导。一旦市政府办公厅正式请求省政府办公厅协调支援，省政府办公厅必定先报告省领导，那样的话就成大事了。

郑莲的反应可以理解，作为地方主管，她当然希望自己地盘的事情自己来处理清楚，不要闹得沸沸扬扬，不要让上级领导产生看法。库区死鱼这种事当然无法也不能隐瞒，最好的方式是在向上级报告时已经处理清楚或者基本处理清楚，那样的话突出出来的就不是事件，而是处理得及时与果断，反之便成为问题。

卢梁栋说：“这个事必须这样来办。听我的。”

他强调，现在有一个焦点问题是死鱼原因，这会是上级与外界的一大关注点，需要一个权威的认定与发布，而且必须尽快。全省范围内，最权威的部门和专家来自省一级。让他们来认定，比市、县两级有说服力，因此不能怕惊动。

“邱书记会不会……”郑莲有顾虑。

邱先智气场强大，人远在欧洲，气势依然笼罩于此。

卢梁栋说："我会跟他报告的。"

郑莲欲言又止，话在嘴边，终于咽了回去。卢梁栋知道她想说什么，不外乎是建议先跟邱先智报告，然后再做最后的决定。应当说郑莲的顾虑是有道理的，邱先智也是地方主管，只是比郑莲高一级，邱先智考虑问题的角度与郑莲会有相同点，同样愿意自己辖下地盘的事在自己手上处理清楚，不要匆匆忙忙惊动上级。特别是此刻不比平时，又是考核组，又是巡视组，于邱先智可谓关键时刻，尤其需要慎重。如果邱先智在这个会场，他应当不会决定求援。如果卢梁栋打电话提前向邱先智汇报，恐怕他也不会同意那么做。卢梁栋怎么办？一旦邱先智发话，虽然卢梁栋不能按自己的想法去做，却也就没有责任了，何乐而不为呢？

卢梁栋的心情颇为矛盾。他匆匆从会场跑到这里，首先是因为邱先智，邱先智于他有知遇之恩，邱先智不在家，他必须处理好突发事件，否则无颜面对邱先智。同时还因为那些鱼，卢梁栋虽然不喝鱼汤，却最受不了白花花一片死鱼的景象。邱先智在他意识里，鱼几乎可以说在他的下意识里。他得有个办法，两方面都可兼顾到。问题在于显然有风险，他能做到吗？不会搞砸吧？

卢梁栋回到会场，宣布立刻按照刚才的布置行动，而后他亲自给省委分管农业的副书记，也是他直接对应的省领导打电话，报告了五峰库区死鱼情况，请求领导指令省直相关部门给予支援，以最快的速度。

事情至此无可挽回，迅速扩大。紧急会议刚刚结束，其他省领导的电话便一个接一个打到卢梁栋的手机上。然后是媒体询问铺天盖地而来，记者们蜂拥而起，争相前往五峰库区。下午四时，由省环保局、海洋渔业局派出的联合专家组赶到，携带各种应急检测设备，立刻投入工作。那时卢梁栋才给邱先智打了一个电话。

邱先智非常恼火："怎么不早说！"

卢梁栋担心打扰邱先智，毕竟邱先智远在欧洲。他也觉得自己可以处理好。

“动作大了！用力过猛！”

“哎呀，哎呀……”

“别再跟我说什么‘考虑不周’！”

通话很不和谐，在卢梁栋预料之中。

当晚，省专家组彻夜工作，在分析他们检测的数据之后，提出了初步意见，与本地渔业技术部门看法基本一致，认为死鱼原因是缺氧，因气候异常和养殖过密等技术原因导致。专家组也注意到一些数据偏高问题，包括若干位置的铜离子含量，由于偏高值不算特别严重，不足以成为主要怀疑因素，没有影响专家们的判断。

第二天上午，市、县两级于五峰库区共同召开新闻通气会，对赶到现场采访的大批媒体记者通报情况，正式发布省专家组对死鱼原因的初步认定。尽管冠以“初步”二字，却是有关灾难发生原因的第一个权威意见。此时死鱼灾情亦得到有效控制，虽然成鱼浮头翻白个案还在发生，大规模鱼群集体濒死状态不再出现，已经死亡的鱼大部分被打捞出水，妥善掩埋。受灾群众的善后事项也在迅速推进。

卢梁栋没有出席通气会，他坐上车，在库区周边继续查看情况，由镇里的几位干部陪同。那时空气中恶臭尚浓，虽经一夜紧张处置，大部分死鱼已经掩埋，毕竟气味无法入土。卢梁栋又到了昨日到过的重灾区坑边村。车在路旁停下，他下车往湖边走，一行人在后边跟着。

有一个中年人坐在湖岸边，穿着长筒胶鞋，地上放着一只捞网，岸边系着一条小船，面前是一个个网箱。有一个女人在网箱栈桥上朝水里扔鱼食，水下却无动静，没有鱼群浮头抢食。中年人看着水面，表情茫然。

“谁有烟？”卢梁栋轻声问。

紧跟他的镇书记赶紧从口袋里掏出一包软中华递给卢梁栋。

卢梁栋走过去，请那个中年人抽烟。中年人手指头哆嗦不止，火都点不着。卢梁栋拿过打火机，给他点了烟。

中年人是养殖户主，姓范，卢梁栋管他叫“老范”。老范在这片水面有几十个网箱，主要饲养草鱼，基本都已长成，重的三四斤，轻的也有两斤多。此刻都没有了。

“死光了。”他绝望道，“倾家荡产。”

他对卢梁栋一咧嘴，似乎想挤一个笑容，脸色却非常难看。当着卢梁栋的面，一滴眼泪突然从他眼角滚落下来。

卢梁栋什么话都没说，起身离开。

胡天宝悄悄跟上来报告情况：他们还在持续检测，曾经发现的铜离子超标水段已经基本正常。这就是说，即使发生过泄漏，此刻也已经停止了。

“给我继续查。”卢梁栋咬牙切齿，“一查到底。”

“明白。”

“要非常、非常小心。”

“明白。”

卢梁栋在五峰水库整整待了三天时间。离开那里时，库区上空的腥臭味还丝丝不绝，外界媒体还在广泛报道此事，也有人提出了若干疑问，却因为灾情得到有效控制且有权威部门的明确认定，本次死鱼事件受到的关注迅速减弱，在媒体反复探讨“反塘”等等技术名词中，事态渐渐走向尾声。

邱先智回到市里。卢梁栋到他的办公室汇报情况时心里忐忑，只怕邱先智还要发火。不料人家只是摆摆手，连汇报都不听：“免了。”

邱先智问了一个问题：“你家老头子好像喜欢喝点酒？”

卢梁栋自嘲：“是从我爷爷那里遗传的。”

邱先智弯下腰，从办公桌下边的文件柜里取出一个白色塑料袋放在桌上。

“给你父亲试试。”他说。

卢梁栋惊讶，问是什么。邱先智把手一摆：“拿走。”

塑料袋里有一个精致的长条形盒子，印着一排排字母。是一瓶酒，产自德国，邱先智刚从欧洲带回来的。

也许因为那次新田开发区出事时，卢梁栋回老家陪父亲喝得嘴大头晕，邱先智便知卢家老头子好这一口？但是哪有主管给副手送东西的？邱先智与卢梁栋的家人亦从不相干。这瓶酒究竟表示个啥？邱先智喜欢卢家老头吗？不如说是以老头之名对卢梁栋略表慰问。那是慰问个啥，用力过猛？

无论如何，邱先智就这么大气。

卢梁栋嘿嘿笑："老头子最近心脏不好，只怕还不行。"

"总会好起来吧？"

"不好意思，那我替他谢了。"

3

五峰水库上游有一座兰岭铜冶厂，也叫湿法厂，为长盛铜业旗下一家产铜大厂，也是本市最大的几家矿业企业之一。该厂位于兰岭溪故道，那里原来是兰岭溪主河道，矿山开发时另辟一条引流水道，让溪水改道而行，原河道便成为故道，与周边谷地一起成为这家企业的主要生产区域。眼下兰岭溪水走引流水道，那里总是水量充沛，故道则水量很小，河床裸露，很多时候呈干涸状。兰岭湿法厂占据了数座山头和山间谷地，这些山的岩层下有一条铜矿脉，离地表较近，品位却低，是所谓的"呆矿"，以往认为没有开采价值，直到长盛铜业进行露天开采并采用"湿法"工艺，这里才成为一个备受瞩目的铜业基地。

五峰库区发生大面积死鱼，卢梁栋为什么会要求胡天宝检测铜离子？因为他对上游这个厂子很不放心，一听说死鱼就担心铜离子泄漏。在没有足够把握之前，这种担心不能明说，检测只能悄悄进行，因为一旦被外界所知，必定受到广泛关注与放大，可能造成巨大的震荡。胡天宝他们在检测中果然发现异常，却又难以确认，让卢梁栋感觉分外棘手。相比而言，鱼死于污染，比死于缺氧反塘要严重。认定发生的是一场天灾，于控制事态有利，但是万一是人祸，是铜离子污染怎么办？卢梁栋之所以不惜先斩后奏，坚持向省里求援，就是希望搞准确，有权威，避免被外界质疑。这么做的主要风险不在于惊动上级，也不在于邱先智可能会不高兴，而在万一省里专家确定是铜离子污染，事态便会扩大。如果真是那样，也不能怕，该怎么办就怎么办，下力气把污染打下去，给死鱼一个公道，只要及时有力，还是会给本市和邱先智加分。结果该主要风险没有出现，省里专家排除铜离子原因，确定是缺氧反塘，卢梁栋松了口气，却依然命胡天宝一查到底，因为他心里的怀疑并没有消除。兰岭一带有铜矿，一些铜离子溶在地下水里流出来，导致若干地点水体中的铜离子偏高，这是可能的。但是如果水中钻出来的这些铜离子其实是从湿法厂泄漏，只因为自动监测系统失灵，没有被及时发现并报警，那就是库区布满死鱼而真凶逃逸，这个结果卢梁栋不能接受。卢梁栋本人曾经因为环保责任被免过职，对水污染格外敏感。既然是他来处理这个事，他就不会轻易放过，得为邱先智，为那些鱼，也为自己负责。

在卢梁栋的密切关注下，胡天宝迅速采取措施，督促县环保局以最快的速度将自动监测点修复。几天后胡天宝报告，新设备已经安装到位，监控正常。现在没问题了，如果湿法厂发生泄漏，肯定在第一时间被发现。

“亡羊补牢。”卢梁栋说，“还要算老账。”

他要求环保局责成湿法厂做一次彻底自查，发现问题必须立刻报告。他还命胡天宝组织人员暗访，由胡天宝亲自掌握。

胡天宝有些顾忌：“这个会不会……”

卢梁栋强调：“必须办。安排可靠的人员，只做不说。”

胡天宝遵命。

结果是暗访中发现了情况。那天上午胡天宝给卢梁栋打了一个电话，而后匆匆赶到卢梁栋的办公室汇报：暗访人员得知湿法厂正在堵塞一条涵洞，厂长沈声远亲自督阵，叫了一组工人，带了设备，于星期六加班加点地施工。涵洞其实还好好的，并未损坏，不知为什么要突然筑起一堵墙，把它彻底封死。

这是重大情况吗？也未必。类似企业生产区的地下布满管道和涵洞，可谓密如蛛网，今天打通一条，明天堵上一条，都可能出于正常生产需要。企业不像机关，他们按照排班工作，不受双休日之限，星期六干活没什么奇怪。但是卢梁栋没有轻易放过这个情况，犹如当初他没放过简报上的若干死鱼。

“去看看。”他对胡天宝说。

那天是星期天，没有其他的工作安排，可容卢梁栋临时决定，从容出行。湿法厂厂区位于五峰库区上游，有一条新辟的高速公路从厂区附近经过，十公里外有一个出口，走那条路反比从五峰水库溯流而上便捷。当天气候闷热，却没有雷雨，车行顺畅。直到从高速出口下来时，卢梁栋才让胡天宝通知厂长沈声远，沈声远猝不及防时，卢梁栋一行已经进了厂区大门，直接前往现场。沈声远从厂办公大楼赶到时，卢梁栋一行在现场已经观察了好一会儿。

这里有一口观察井，在该厂序列里编号第九，称九号集渗观察井。卢梁栋一行所在的山谷中，顺地势而下分布着堆浸场、富液池、贫液池、萃取池、防洪池、污水池等设施，是该厂主要的生产场所。九号集渗观察井处于下方，被暗访人员注意到的涵洞堵塞施工就发生在该井。此刻堵塞工作已经结束，工程队和施工机械都已经撤走，但是施工痕迹到处都是，尤其是新砌的堵塞墙体特别显眼。

问题不在这个堵塞墙体，而在它堵住的排水涵洞，这个涵洞显然不应当出现在这个集渗观察井里。所谓集渗观察井也叫渗漏观察井，其功能是监测水体，通过对井水的观察和取样检测，可及时发现相关生产区域是否发生泄漏。九号观察井位置较低，平时里头是清水，一旦发现污水渗漏，可用应急处理设备将水反抽回污水池。问题在于这个观察井居然被打通了，用一个排水涵洞连接外侧排洪道，一旦发生污水渗漏，污水达到排水涵洞位置，便可通过它直接排入排洪道，泄往厂外河道。

卢梁栋追问沈声远：“老沈，这个怎么解释？”

沈声远非常镇定，不像使枪弄棒被警察抓现行的蒙面盗贼。他平静地回答：

“卢副书记，我们还在查。”

卢梁栋不吭声，一张脸全是黑的。

沈声远身穿该厂的工作服，胸前挂一面工牌，沉着稳重，一望而知是见过大场面的人。卢梁栋与沈声远是老熟人，若干年前，沈声远曾是市属电焊机厂厂长，当时卢梁栋在市经委，两人因工作时有接触，彼此地位相当，互称“老卢”“老沈”。后来沈声远因责任事故和经济问题被撤职查办，差点抓去判刑，事过之后下海经商，身份屡变，直到接受长盛铜业聘用，出任湿法厂厂长。他是工科出身，高级工程师，管理企业有经验，在湿法厂如鱼得水。沈声远执掌湿法厂后曾数次拜访过卢梁栋，盛情邀请卢梁栋“光临”该厂“检查指导”。卢梁栋坦率而言，称以往曾数次进厂了解过情况，感觉不太放心。请沈声远一定特别注意，不要出事。

沈声远说：“我知道卢副书记什么意思。”

等到卢梁栋一朝光临，果真有事了。

沈声远指着九号观察井解释情况，肯定该观察井确实不应该有涵洞与排水道直接相通，只是不清楚为什么会给挖出这么一个洞。近日企业奉政府环保部门之命开展自查，有技术员提到这个涵洞，沈声远亲自查看现场，核对资料，确认该排水涵洞有问题，只是因为时间久了，当年相关人物多已离开，眼下厂里没有谁说得清这个涵洞是什么时候有的，怎么打通的。沈声远自己是后来才到本厂，情况还有待他去查清楚。无论这个洞怎么来的，既然有问题，眼下就得赶紧堵。

“是不是发现有污水从这里漏出去？”卢梁栋追问。

“不是。”沈声远非常肯定，“取样检测正常。”

此刻观察井里的水体看起来相当清澈，确实不像有污水泄漏。但是此前是不是一直清澈？可以推断的是，只要发生过泄漏，这口井便是个排出通道。

沈声远说：“卢副书记知道，我们不可能让水漏出去，那都是钱。”

卢梁栋没有吭声。

这个企业理论上应当是污水零排放。所谓“湿法”有别于传统的“火法”工艺，是利用溶剂将铜矿、精矿或焙砂中的铜溶解出来，再进一步分离、富集提取。兰岭湿法厂的铜矿石从周边矿山露天开采，做破碎处理后统一堆放在堆场上，然后抽取喷淋池内富含微生物的溶液喷洒，碎石中的铜溶解在溶液里，进入富液池，再进入萃取池萃取，反萃，最后通过电解法提取铜。该“湿法”工艺严格说并不产生废水，因为流淌于生产过程中的液体需要收集、反抽回去循环使用，那些液体含铜，必须在循环中尽量把铜提取出来，排掉那些液体就好比把钱扔到水里，企业出于自身利益，也会千方百计防止含铜液体泄漏。这有别于一些不良企业不惜偷排废水以减少处理成本。当然，无论工艺如何完善，遇上不可抗力或若干人为因素，依然可能产生意外，例如九号集渗观察井显然就存在人为漏洞，无论这个排水涵洞是怎么来的，其本身便是隐患。

卢梁栋追问："以往一直没发现吗？"

沈声远说："我是刚发现的。"

"怎么发现的？"

沈声远滴水不漏，还是那句话：自查中有技术人员提及，引起他注意，于是发现了问题，决定赶紧处理。

卢梁栋再次追问："是不是发现泄漏后才做的补救？"

"并没有发现泄漏。"

卢梁栋掉头走开。

一行人离开现场，从工作面通道上坡，前往厂办公大楼，进了大楼一层的大会客室。这间会客室布置豪华，清一色的红木家具，四面墙上都是大幅镜框，镜框里是各级领导视察该厂时的留影。卢梁栋也在其中一张照片里，藏身于时任书记、市长之后，叨陪末座露了半个脸。

沈声远说："我们彭董事长让我问候卢副书记。"

卢梁栋说："告诉他我很担心。"

"有什么重要指示需要我转告吗？"

"告诉他，那个老沈似乎没说实话。"

沈声远一笑："我一定转告。"

他不慌不忙，张罗送茶水。这时卢梁栋手机铃响，一看屏幕，却是郑莲。

有一个突发情况：五峰库区百余养殖户聚集县政府上访，寻求债务支持。由于养殖规模较大，无法仅靠自有资金运行，库区养殖户多向银行借款以维持生产，待收获后还本付息。库区反塘死鱼事件重创各养殖户，一些养殖户颗粒无收，负债如山，有人从中联络，主张请求政府帮助解决困难，协调相关银行酌情减免债务，或给予若干利息减免与补助。他们去镇政府请愿无果，一直闹到县里。

"好像银行是我开的。"郑莲在电话里发牢骚，"卢副书记批准我给他们一笔勾销吗？"

卢梁栋说："批准。"

"真的吗？"

当然不是。银行不是郑莲开的，也不是卢梁栋开的。

此刻养殖户代表正在县信访办与县领导沟通，其他大批上访人员聚集于县政府外小广场，郑莲在她的办公室里指挥应对。郑莲报告称，上访人员表现理性，县里相关部门也有足够的处理经验，事态发展可控。县有关部门已经按照要求将这一突发事件和处理动态于第一时间报告给市里，郑莲亦分别给几位市领导直接打电话报告。五峰库区死鱼事件是卢梁栋一手处理的，后续情况亦应及时向他报告。

卢梁栋问："邱书记知道了吗？"

"已经报告了。"

"那就可以了。"卢梁栋说，"沉住气，你对付得了。"

郑莲感叹："说来他们也可怜。我该去开一家银行。"

"我同意。"

放下手机，卢梁栋抬眼一看，坐在对面的沈声远已经把一本笔记本摊开，连同一支水笔一起放在茶几上。

“请卢副书记指示。”他说。

卢梁栋看着他，问了一句：“七月四日，你这里有什么异常情况？”

“那一天怎么啦？”

“有一场暴雨。午后。”卢梁栋提示。

沈声远不动声色。根据他的回忆，那一段时间本厂一切正常，没有发现任何异常。如果需要了解当天厂区详细雨情，他可以去查一下资料。

突然手机铃响，又一个电话找卢梁栋。

是邱先智。他问卢梁栋在家里吗，卢梁栋报称自己在兰岭湿法厂。

“怎么跑那么远？”邱先智奇怪。

“这里有些情况。”

邱先智没有追问发生了什么，只问卢梁栋知道郑莲那里的上访事件吗。卢梁栋回答，郑莲刚给他打过电话。

“你觉得怎么样？”邱先智问。

“应当没什么大问题，她对付得了。”

“或者你拐去看看？”

“行。”

邱先智已经派华强赶去协调处置。华强是副市长，管财政，同时挂钩郑莲那个县，这种事该他管。只是华强年轻，刚从省里空降下来，基层情况不熟悉，邱先智不太放心，所以才给卢梁栋打电话。此刻邱先智对任何事态苗头都非常警惕，一旦出现就全力消灭。例如郑莲这件事，派去华强，还要卢梁栋上。为什么呢？原因当然还是那个，于邱先智而言，关键时刻出不得乱子。

卢梁栋匆匆结束湿法厂之行，起身离开。沈声远指着茶几上的笔记本表示遗憾：“卢副书记还没留下重要指示。”

卢梁栋说：“有个重要情况要跟老沈交流。”

他提到此刻有百余人员正聚集在那边县政府门外，有所要求。这些人都是五峰库区的养殖户，他们的请求是否合理，行为是否正确可以商榷，在前些时候那场灾难中他们倾家荡产是不争的事实。卢梁栋亲自处置了那起事件，亲身所见所感让他很为那些死鱼不平。是谁让几万几十万条鱼一堆堆翻肚子？真是老天爷吗？如果真是，那么没办法，鞭长莫及，任谁也拿老天爷无能为力。如果不是呢？如果不是天灾而是人祸？如果是某个人或者某些人制造、纵容了这场灾难，那就必须为那些死鱼做点事，给它们一个公道，把那个人或者那些人找出来严惩、处罚，去接受应当承担的责任。

沈声远说："卢副书记的重要意见我完全赞同。"

他对五峰库区的养殖户表示同情。他明白卢梁栋说的是鱼，实际是指养鱼的人，也就是那些受灾养殖户。为鱼主持公道，就是为养殖户主持公道。他很理解，同时也要再次重申，无论是七月四日，或者此前此后，虽然有暴雨，兰岭湿法厂却没有发生污水泄漏，没有对任何一条鱼、任何一家养殖户造成损害。九号集渗观察井的排水涵洞问题是企业自查发现，尽管确实有隐患，所幸还未造成危害，迄今为止没有发现该井发生污水泄漏。眼下这个漏洞已经堵上，不是亡羊补牢，是防患于未然。

沈声远从容不迫，头头是道，显得很有把握。情况或许确如其所言。即使情况并非如此，沈声远也可以说得理直气壮，因为没有任何记载和证据表明他在说谎。如果九号集渗观察井曾经泄漏，那些铜离子也早已成功逃逸，跑得无影无踪，根本无从追究。在漏洞被堵塞之后，隐患消除，以前的事情更无从追究。

卢梁栋却坚持不懈，继续敲打："老沈，任何事情只要发生过，就有办法查个水落石出，你信不信？"

沈声远说："我相信。"

"记住我说的话。"卢梁栋说。

他带着胡天宝匆匆离开，顺一条县道绕道五峰水库，从那里前往县城。刚刚到达五峰镇，郑莲的电话又来了。

“卢副书记快到了吗？”她问。

卢梁栋告知方位，问：“情况怎么样？”

养殖户上访事件已经解决。此刻聚集在县政府大门前的养殖户全体上车，坐着县里安排的几部大巴返回。县政府大门口已经无人聚集，进出交通恢复正常。

“你们答应了什么条件？”卢梁栋问。

县里承诺帮助养殖户反映情况，争取银行方面的支持。县里还承诺尽快争取并安排一笔补助金提供给养殖户，尽量帮助养殖户渡过难关。

卢梁栋批评：“干货不多，郑书记是画一张大饼把人家哄走。”

郑莲说：“请卢副书记给我一点面粉，我做一张真的大饼给他们。”

郑莲这个电话除了报告情况，也是安排后续日程。此刻上访已经化解，不需要劳驾市领导了，但是难得领导驾到，是不是另外做些调研？郑莲打算陪卢梁栋和华强去看看他们的工业开发区，那里有几个新项目不错。

卢梁栋说：“你陪华副市长去吧。”

他马上打电话请示邱先智。邱先智已经知道突发情况告结，他命卢梁栋立刻返回，后续事项让华强与郑莲去处理即可。

“邱书记还有什么交代？”卢梁栋问。

“回家，休息。”邱先智说。

邱先智没再询问卢梁栋于星期日跑那么远去兰岭湿法厂干什么，卢梁栋也绝口不提。他只是交代胡天宝，关于兰岭湿法厂九号集渗观察井的漏洞，以及他们今天到现场查看的过程，目前只限于几个当事者知道，不得外传，因为怀疑难以确定，事情极其敏感。死鱼风波刚刚平息，受灾养殖户处境艰难。目前养殖户都还承认死鱼原因是缺氧反塘，除了天灾，也有养殖过密投料过多等自身原因，因此只能自己认命，找政府也就是寻求一点帮助。如果他们听到风声，引发怀疑，不待确凿证据，直接就把死鱼、铜离子和污水联系起来，那样的话肯定得闹出大事。

胡天宝请示："暗访是不是先停下来？"

卢梁栋没吭声。

他感觉事情很棘手。沈声远信誓旦旦，坚称没有问题，或许他说的是真话，卢梁栋却依然不能放心，怀疑难以打消。但是突然发生的养殖户聚集上访事件拉响警报，此刻追查兰岭湿法厂的铜离子具有巨大的潜在风险，暂停或许是必要的，只是心有不甘。

他没有明确态度，胡天宝也不再请示。

第二天上午，卢梁栋在自己办公室开一个小会，邱先智突然给他打来一个电话："到我这里来一下。现在。"

卢梁栋放下电话，对办公室里一起开会的几位宣布："暂停。等我。"

他把手中的材料往办公桌上一丢，起身就走。邱先智的办公室在同一层楼，与卢梁栋这边隔着一个小会议室，也就二十来米距离。

邱先智的办公室里有客人，两位。一见卢梁栋进门邱先智就说："来，认识认识。"

他是开玩笑。这两人卢梁栋还需要认识吗？一个是沈声远，与昨天相比，只是换了身打扮，胸前没了那块工牌。另外一个人卢梁栋也认识，比沈声远更了得，是沈声远的老板，长盛铜业的董事长彭东。卢梁栋早在当工信局局长那会儿就跟彭东打过交道。

邱先智说，彭董事长来本市考察，拟捐资支持新建市职工文化活动中心，作为长盛铜业回馈社会的一大举措，非常值得肯定。邱先智已经安排市人大副主任，现任市总工会主席黄江河与彭东就项目进行对接。此刻有一个重要任务需要卢梁栋承担，就是代表邱先智接待两位企业家。邱先智本打算亲自接待，由于省里另有重要客人，邱先智需要应对那边，下午又须赶到省城开会，因此委托卢梁栋代表。

"黄江河随你出场。"邱先智说。

卢梁栋嘿嘿："吃饭这种天大好事，邱书记总是记着我。"

说得邱先智也笑："人家两位客人也都记着卢副。"

如果不是卢梁栋星期天打上门去，估计彭、沈两位不会星期一就来记挂。这顿饭于卢梁栋不是什么好事，但是他必须服从邱先智安排。邱先智知道卢梁栋去过兰岭湿法厂，却不清楚是干什么去，或许彭、沈两位会跟他说些什么。他把卢梁栋叫来接待客人，其实也在表明一种态度，否则黄江河足够，无须把卢梁栋再加上去。

当着卢梁栋的面，邱先智跟客人开玩笑，称公务接待四菜一汤，重要的不在吃，而在重视。卢梁栋副书记出场不容易，因为他怕鱼汤，会过敏，动不动干呕，轻易不上桌。今天请卢副书记出面，表明特别重视。

卢梁栋笑道："邱书记亲自指派才叫重视。"

一个多小时后，卢梁栋与黄江河在市宾馆接待两位客人及其随员，边吃边谈项目。本市的工人文化宫有五六十年历史，建筑早已破败。邱先智主政后提出规划建设新的职工文化活动中心，作为前省总工会领导，他对这个项目情有独钟，要求做大、出新，因之资金缺口较大。彭东来支持这个项目，可称打得很准。

席间，彭东俯身，在卢梁栋耳边说了句话："有一种药对卢副书记可能有帮助。"

卢梁栋不解，一想明白了，是因为刚才邱先智提到鱼汤、过敏、干呕什么的。

卢梁栋开玩笑："莫非是开塞露？"

彭东朝一位随员挥一下手，随员即起身，匆匆出门，不一会儿回到包厢，手上多了个精致的长条形盒子。卢梁栋猛一见印在盒子上的一排排字母不禁吃惊：这不是邱先智给的那种酒吗？怎么彭东也有？

彭东问："卢副书记知道它吧？"

"我知道不是咳嗽糖浆，是一种德国酒。"卢梁栋说。

彭东建议卢梁栋不妨试试，如同咳嗽糖浆。保证一小杯见效，去鱼腥，解过敏，治干呕。

“听起来有点像老醋。”卢梁栋调侃道。

不是德国老醋，是威特驰冰酒。所用原料是挂在藤上自然冰冻然后采摘的葡萄，所谓的“冰葡萄”，糖分更高，所酿的酒风味独特。冰酒最初产于德国，至今最好的按照传统工艺酿造的冰酒也在德国，威特驰是其中的著名品牌。

“我在德国跟你们邱书记干过一杯。”彭东说。

原来他跟邱先智是团友，前些时候本省访欧友城代表团包括若干企业家，彭东是其中之一，匈牙利有一座铜矿山在长盛铜业旗下。彭东说，代表团访欧期间有一次招待酒会，彭东看到邱先智只喝果汁，特地去倒了一杯冰酒拿给他，邱先智一饮而尽。那杯酒不能不喝，为什么？因为彭东拿它预祝邱先智心想事成。

“差不多瓜熟蒂落了。”彭东说。

他悄悄透露，今天中午邱先智接待的客人是省委组织部管干部的副部长，那个人不会闲着没事随便走动。邱先智的事当在近日见分晓。

卢梁栋说：“彭董事长真是消息灵通。”

他请彭东把酒收好，公务接待不能拿客人的酒当咳嗽药水去鱼腥。太浪费，也不合适，邱先智知道会批评的。

所谓公务接待其实就是工作午餐，大约一小时便告结束。饭后彭东从宾馆餐厅门口上车，直接返回省城。卢梁栋、黄江河在门外送行，沈声远也在列。

彭东走后，卢梁栋招呼：“老沈，我有一句话。”

“卢副书记请指示。”

卢梁栋说：“原先只是怀疑，现在我确信不疑了。”

卢梁栋什么意思？即所谓的欲盖弥彰。卢梁栋对兰岭湿法厂心存怀疑，突击上门查看九号集渗观察井。他发现了漏洞，虽没有找到足以证实怀疑的证据，却留下了几句话。只隔了一天，沈声远及其老板匆匆出现在本市，直接找到邱先智，于饭桌上做了重要表演。支持一个公益项目，展示一瓶冰酒，关系不一般，消息特别灵。这是在干什么？显然是心虚了，紧急应对。如果没有这一番表演，卢梁栋还不敢武断，此刻他确信不疑：肯定发生过一些事，否则彭、沈无须如此。

沈声远还是那么沉着，从容不迫。他既不承认也不否认，只强调一点：其实大家都在一条船上。卢梁栋怕铜离子伤害鱼，他们舍不得铜离子流失，千方百计堵塞漏洞是共同的目标。同样的，五峰库区养殖户的事态刚刚平息，谁都不想看到再次闹得沸沸扬扬。别的人或许不那么感同身受，卢梁栋与邱先智肯定极不愿意。库区死鱼事件是卢梁栋亲自处理的，难道当时弄错了？邱先智晋升在即，加之巡视组很快就到，这种时候搞事于他就好比背后捅刀子。企业当然更不希望卷入风波，所以维持安定也是共同目标。

卢梁栋说："老沈，我要特别警告你。"

他提到一个重大风险，是在九号集渗观察井之外。该井违规排水洞已经堵上，危险却没有消失。这口井本身并不产生污水，如果它曾经发生过泄漏，那么必定是周边区域有渗漏点，所漏液体渗到这口井里，再通过那个洞排到厂外。单单堵塞那个洞并不解决问题，必须找到那个渗漏点，那才是最重大的隐患。

"告诉我，你们找到它没有？"卢梁栋追问。

沈声远称他们的风险防控手段相当完备，预案可行，即便出现意外，发生卢梁栋所警告的泄漏，也有足够的应对措施。例如，迅速将水回抽到中转池，无论如何不会让它们流失到厂外。他再次重申兰岭湿法厂不曾发生过污水泄漏，目前也不存在渗漏点。

"我会知道的。"卢梁栋说，"但我还是要警告你。"

他话说得很重：如果发生问题，处理绝对不会手软。彭东是董事长，老板，省城户籍，省内民营大企业主，省人大代表，关系网粗广，卢梁栋不敢说一定够得着他。沈声远不一样，本市户籍，厂长，具体经营管理者，湿法厂位于本市管辖区域，卢梁栋够得着。一旦发生重大问题，保证会立刻痛加惩处，直至送进监牢。

沈声远刀枪不入，依然镇定如常："我知道卢副书记是什么意思。我已经反复跟卢副书记说明过，没有任何泄漏。"

彼此没再多言，各自离开。

当天下午，卢梁栋给胡天宝下达明确指令：暗访结束，撤回。

"明白。"

不仅仅这个，卢梁栋还要求胡天宝组织一次企业排污抽查，集中一批人，抽检几个重点企业，兰岭湿法铜厂必须作为其中之一。要求以最快速度组织，一两天就下去。

胡天宝顿时紧张："会不会……"

"听我的。"

"明白。"

然后卢梁栋去了邱先智办公室。对邱先智，他还欠一个解释。

邱先智表现轻松，一见面即询问卢梁栋父亲的情况。卢梁栋报告说，其父近日被他从下边老家接到市区家里住，老人家情况不好，准备做心脏搭桥手术。

"那瓶酒给他看了，老头恨不得开了瓶就喝。"卢梁栋说，"我告诉他，为了这一口，一定要努力配合医生把心补好。"

"他会没事的。"

"谢谢邱书记。"

卢梁栋报告了自己前往兰岭湿法厂的缘由，表示了对该厂的担心，还称这一担心与邱先智有关系。当年邱先智下来检查调研，卢梁栋跟他在宾馆餐厅第一次见面时，邱先智就要卢梁栋注意兰岭溪生态问题，提到了铜离子，说"铜离子会从 GDP 里跑出来"。

"我那么说过吗？"邱先智问。

"我可不敢乱编。"

除了对那个厂子不放心，沈声远也让卢梁栋不放心，因为沈声远有前科。当年沈声远在市属电焊机厂当厂长，该厂一车间发生事故，设备受损，工人一死一伤。事发之后沈声远曾试图掩盖管理方面的失误，一口咬定事故是雷暴导致，属于天灾，不可抗力因素。这个人的特点就是只要事实对他不利，便死活不承认。

那一次沈声远推卸责任不成，反被举报有重大经济问题，由市纪委立案审查。由于专案组需要熟悉工业企业管理人员，经委派卢梁栋入组配合。在核实沈的经济问题时，卢梁栋发现其中最大一项有疑点，经他力争，该问题再度取证审核，终于排除。如果没有排除，沈声远就不仅是被撤职，肯定得判个几年。

事后沈声远不知从哪里听到消息，带着一份厚礼到卢家道谢，卢梁栋什么都不说，直接把他推出门去。由于这些过往，沈声远对卢梁栋一直格外恭敬，卢梁栋却本能地对他不放心。这一回也是担心沈声远故伎重施，卢梁栋有意施压，还打算继续施压。

"只是对这个人不放心吗？"邱先智问。

"邱书记觉得有什么问题？"

"你自己呢，你是为什么？"

卢梁栋不吭声，好一会儿，他提到死鱼堆积如山，满天腥臭。

"难道你打算给死鱼另一个说法？"

卢梁栋承认五峰库区死鱼事件已经过去，案不能翻，因为牵动太大，一旦翻起来会有大麻烦，很难承受。现在要做的是确保不出现第二次，对此他也非常担心。企业方始终拒不承认曾发生过问题，想必认为没有足够的证据，谁也奈何不了他们，敢于掩饰就行。以这种态度，不能指望他们会认真查找隐患。为此卢梁栋感觉恼火，也更加担心。

"你要能够放下。"邱先智立即教导，"格局大一点。"

他问卢梁栋是否清楚彭东的情况，卢梁栋表示很清楚。长盛铜业实力雄厚，彭东本人政商两方面背景了得，在省内外都很有影响力。

"就他这种情况，即便确实发生过泄漏，在事情已经过去之后，你觉得他们还愿意自加追认自找苦吃吗？"邱先智问。

确实不太可能。但是抓住这件事穷追不舍，有助于逼他们想办法尽量消除隐患。

“外界呢？如果有人告诉养殖户，他们的鱼有可能不是死于反塘，而是另外的原因，正在追查中。那会出现什么样的情况？”

卢梁栋承认不能排除风声传出的风险，某种程度上办这件事确实犹如走钢丝。

“我会小心把握的。”他保证。

邱先智直截了当：“不是时候。到此为止吧。”

4

卢梁栋签字的时候，外边大雨如注，雷声隆隆。

签字是例行手续，手术之前，需要家属确认若干条款，如立生死状。卢梁栋是患者直系亲属，亲儿子，这种时候当然要他签字认账，尽管于他而言其实多余。身为本市一大领导，院方对他父亲的治疗不可能不尽力，万一出问题，他也不可能哭爹喊娘地去做医闹。但是手续就是手续，该签的还得签。

当天手术主刀医生来自省立医院，是省内一位有名的外科专家，由市医院帮助安排。昨夜本市大范围降雨，西北部山区雨量尤为集中，当时卢梁栋曾经犹豫，思忖是否与医院商量，调整一下手术时间。最终没有开口，因为涉及主刀专家的日程安排，同时大雨并不影响手术，手术室大门一关，雨声雷声全都给关在外头。

卢梁栋签过字，看着护士为父亲做手术准备，沈声远的电话突然而至。卢梁栋看着手机屏幕上显示的来电人名，心里不禁扑通一下。

“有一个情况要向卢副书记报告。”沈声远的声音听上去还是不慌不忙的。

由于接连几日的强降雨，湿法厂生产区周边汇集积聚了大量雨水，其中大部沿雨污分流设施排入兰岭溪故道，亦有部分雨水滞留于各生产池，包括位于生产区下方的污水池。今日凌晨，工人冒雨巡检取样，发现九号集渗观察井井水异常，初步判断是周边池底发生液体渗漏。按照厂里的应急处置预案，目前正在全力把污水池水回抽至中转池，力争迅速排空，查找渗漏点，确定渗漏原因。

卢梁栋当即开骂：“妈的！我早跟你说过，肯定有漏点！”

沈声远称他们并无懈怠，近日千方百计地自查，也查出并堵住了若干隐患，以现有情况看确实还有一些问题。多年生产运行，设施老化是一个原因，近期雨量过于集中，超乎往年，也是一大因素。

“别跟我说还有雷暴！”卢梁栋追问，“你那些水都漏到什么地方去了？”

沈声远称近日确实有雷暴，接连数日。他保证目前含酸含铜液体都在厂区内，并未排入故道。此刻故道里跑的是厂区周边引流的雨水，池子泄漏的液体还在厂内打转。

“已经按规定上报情况。”沈声远说，“我觉得还应当向卢副书记直接汇报。”

“我警告过你。”卢梁栋说，“绝对不能让那些水漏出来。”

“我也不舍得让它们漏走。”

挂断电话后，卢梁栋立刻查问胡天宝。胡天宝连说刚给卢梁栋打过电话，卢梁栋手机忙音，没接通，正准备再打呢。

胡天宝要报告的正是湿法厂的情况。该厂向所在县环保局报告发现厂内泄漏问题，县局立刻转报给市局。胡天宝已命县局密切关注，迅速弄清楚情况与动态。

“这回湿法厂还算主动。”胡天宝说。

“只怕不是个好兆头。”卢梁栋咬牙。

除了湿法厂的主动报告，目前没发现其他异常。卢梁栋命胡天宝务必高度警觉，不要掉以轻心。沈声远如此行事，比拒不承认还让卢梁栋担心。

放下电话，卢梁栋看着护士把父亲推进了手术室。

这个手术持续了近四个小时，其间有些波折，幸而有惊无险。卢梁栋与妹妹、妹夫一直守在手术室外，一边关注父亲手术，一边留意湿法厂动态。中午时分，卢父从手术室被推入了监护室，卢梁栋松了口气，即给胡天宝打了电话，了解最新情况。胡天宝报称目前一切正常。

“注意盯紧点。”卢梁栋交代。

也就十分钟工夫，胡天宝的电话再至，这一次声音全变了。

“卢副书记！卢副书记！”他上气不接下气。

“别慌！好好说。”卢梁栋喝道。

兰岭溪故道自动监测装置报警，发现水中铜离子含量超标。这个自动监测点在五峰库区死鱼事件发生后，由卢梁栋亲自下令，用最快的速度更换失效设备，重新启用。此刻它发现了问题。

“坏了。”卢梁栋说，“那些水跑出来了。”

目前自动监测点所报铜离子含量超标状态不是太严重，只要指标不继续往上，经雨水、河水稀释，待它们跑到五峰水库时，含量应当会降到危险值以下。

“睁大眼睛，给我盯着点。”卢梁栋道。

放下电话，他站在监护室外窗边出神，好一会儿，转身把妹妹和妹夫叫过来。

“有急事，我得去处理。”他说，“这里你们盯着。”

卢梁栋原本已请过假，计划在医院守一天，尽儿子的本分，不料大雨加上几个电话一来，计划顿时搅乱。好在此刻父亲手术已经完成。

妹妹表示理解：“大哥尽管去，有事我给你打电话。”

卢梁栋匆匆离开手术室，叫车辆过来接，等车期间，他给邱先智打了个电话。

邱先智已经知道湿法厂事态，且已经跟彭东联系过，要求兰岭湿法厂必须迅速控制住泄漏，无论如何，不允许污水漏到外边。

“它们肯定已经跑出来了。”卢梁栋说，“只是不知道接下来还有多少。”

“那可不行。”邱先智恼火，“绝对不行。”

“我去处理吧。”卢梁栋说，“马上动身。”

“你父亲呢？手术改时间了？”

卢梁栋告诉他，手术已经结束了，现在人在监护室里。

“如果有个万一怎么办？”邱先智不放心。

“那也得靠医生啊。”

邱先智略犹豫，终于松口：“你真的可以吗？”

“没问题，书记放心。”

几分钟后车到，卢梁栋上车，直接从医院往兰岭赶。刚走到高速入口，邱先智的电话便追了过来。

“我派唐志达也去。”他说，“让他配合你，如果有万一，让他接手。”

“需要吗？”

“有问题也可以一起商量。”

“明白。书记还有什么交代？”

邱强调绝对不得让污水渗漏出厂，同时必须把影响控制在最小范围内。

放下电话，卢梁栋心里感觉异样。邱先智把唐志达也派往兰岭，似乎不太必要。唐志达是副市长，管工业，派他当然合适，问题是既然卢梁栋出场了，再加上一个唐志达难道会更给力？邱先智电话里的意思，似乎是想给卢梁栋安排一个替手，万一卢梁栋的父亲有事，可以叫唐志达接手。但是如果真有万一，卢梁栋早已鞭长莫及，从现场赶回医院已经没有什么意义。邱先智是不是有些不放心，怕卢梁栋用力过猛？卢梁栋早就表现出某种个人好恶，对湿法厂非常警惕，与沈声远话说得极重，此刻不幸而言中，正可以大动干戈，这却不是邱先智所愿。邱先智所谓“影响控制在最小范围”表现出他的想法。眼下环境污染问题最吸引眼球，如果湿法厂污水泄漏这件事闹得沸沸扬扬，此前的库区死鱼事件肯定会被联系起来，有可能造成巨大风波，对本市包括邱先智本人非常不好。把唐志达派上去有助于防止把事态扩大。唐志达也是一位市领导，他在场的话，卢梁栋在做决定之前得征求他的意见，所谓“一起商量”，这便可以有效地“看着”，防止卢梁栋受制于个人好恶，擅自做出出格之举。

卢梁栋挺不是滋味。以往他常充当救火队长，被邱先智临时派上场去加强力量，全权处理应急事项。想不到眼下却到了需要另派一个人来看着他的时候。既然如此，他何必呢？父亲刚在手术台上开膛破肚，那些跑到水里的铜离子于他算个啥？

他却不能不尽力前往，几乎是出于本能。

途中，没由来的，卢梁栋突然在轿车里干呕，止都止不住。司机忙从前排递了一瓶矿泉水给他，他喝了水，无效，还是干呕。

几经踌躇，他终于强忍着，拿起手机给郑莲打了一个电话。

“你那里怎么样？呃。”他询问。

“卢副书记怎么啦？”

“没事。呃。”

郑莲报称雨很大，目前县城南部低洼地发生内涝，一些民居、商铺进水。县里组织力量转移低洼街区居民，郑莲本人也在现场，坐冲锋舟指挥。

“五峰水库的情况怎么样？”

目前正常。根据气象预报，水库已经及早放水泄洪，养殖区域也都及早安排了防洪。

卢梁栋说：“除了防洪，还要注意其他。”

他提到反塘。不久前那一次反塘，气象情况跟现在有相似之处。接连降雨，闷热，然后突然一阵暴雨，上下水层温差大，底层热水挟带泥土上涌，大量消耗水中溶解的氧气，导致缺氧反塘，大批成鱼浮头翻白。

“卢副书记是担心还会反塘？”

“不一定，但是一定要防。”卢梁栋说。

“不会是……那什么铜离子？”

郑莲已经得到环保部门的消息，并且立刻联想了起来。卢梁栋告诉她，以现在知道的情况，水里那些东西还不至于造成大的破坏，但是不能不防，同时也不能说，以免引起不必要的恐慌。需要提醒注意，却只能讲缺氧反塘。

郑莲请示怎么办才好，卢梁栋提出，可以通过政府部门，或者渔业技术指导部门通知相关乡镇，指出气候条件恶劣，有必要提高警惕，防止大面积反塘死鱼现象再次发生。可以立刻采取暂停投料、增氧以及适当捕捞减少养殖密度等办法，早做防范。半个多月前的那一次灾害中，上游网箱遭受毁灭性打击，所幸库区下游部分养殖户损失小一点，得帮他们保住剩下的那些鱼。

郑莲说：“我马上安排。”

奇怪，说话间干呕消失不见了。

卢梁栋驱车速行，轿车在高速公路上跑得飞快。雨还在下，车轮下水花四溅。

胡天宝先一步到达湿法厂，他立刻打电话报告，称沈声远调动所能动用的所有机械排水，把污水池水回抽到中转池，目前污水池接近见底，已经发现池底破裂漏水区域，由于雨水还在不断涌入，处理比较困难。

“密切注意。”卢梁栋说，“告诉他们我马上就到。”

半小时后卢梁栋赶到湿法厂，车一直开到生产区，沈声远带着人守在路旁，地上还摆着雨衣和长筒雨靴。

卢梁栋下了车。沈声远说：“卢副书记一到，雨就停了。”

此刻雨停是个大好消息。沈声远虽是有意说好话，却也是由衷表达。

卢梁栋没吭声，沉着脸，匆匆换鞋，命沈声远立刻领他到现场。

污水池已经基本排干。偏下方的池底损坏处已经露出，远远看去触目惊心。一条大开缝起起落落，呈现不规则的撕裂状。一帮浑身泥水的工人正围在那里忙碌着。

“全是泥，卢副书记不要过去，就在这里指导吧。”沈声远说。

卢梁栋就像没听到一样，抬脚下行，顺着污水池畔的阶梯走下池去。池底又是泥又是水，深处几乎没膝，卢梁栋高一脚低一脚，一直走到那群工人旁。

沈声远紧随卢梁栋，一路说明："是 HDPE 衬垫防渗膜破裂。"

所谓的 HDPE 衬垫指用高密度聚乙烯所做的防渗衬垫，因其耐磨、绝缘、韧性、耐寒、稳定且成本较低，施工方便，大量使用于各种工程。兰岭湿法厂的各堆浸场各生产池，全部采用 HDPE 衬垫防渗膜作为防渗漏措施。眼前的污水池防渗膜经受了多年运行考验，为什么会突然撕裂损坏得这么厉害？沈声远他们初步认定，主要是因为当年池底未进行硬化处理，防渗膜承受压力不均，而近期兰岭山区持续强降雨，水分大量聚集，地下水从污水池底部往上拱，一点一点掏空黏土层，在不同部位造成压力差，积累到一定程度，防渗膜承受不住，沿受力集中处被撕裂，地下水便从撕裂处源源不断涌入了污水池。

"是涌进来，不是漏出去？"卢梁栋立即追问。

沈声远解释，按照流体力学原理，流体的运动方向总是由单位重量流体能量大的位置流向单位重量流体能量小的位置。此刻地下水单位重量能量大，所以是涌进来。

"如果只进不出，下方故道检测出的超标铜离子是哪里来的？"

沈声远说："卢副书记，容我们严查。"

查看现场之际，唐志达赶到了湿法厂，比卢梁栋稍慢一步。唐志达给卢梁栋打了电话，卢梁栋让他在办公楼稍候，随后碰头。

一行人离开现场前往办公楼，在中转池又稍微耽搁了一下。此刻中转池一池大水，还好尚有将近一米的余地。沈声远说，雨已经停了，根据气象预报，未来数日兰岭山区还有雨，总体趋势是减弱转移。只要不出现大的降雨，中转池现有的库容足够容纳。

"如果下了，而且很大，怎么办？"卢梁栋追问。

沈声远强调，即便下了大雨，还是有手段保证含铜酸水留在中转池，雨水则引入故道排走。污水池池底残余液体有可能混合在雨水里，顺那条裂缝漏出去，总量不会太大，也已大大稀释过，不会造成什么问题。

"假如出现大量液体泄漏出去呢？"

即便那样也还有办法：故道下留有一道应急闸门，一旦发现问题，可以把闸门关上，把泄漏的水体连同雨水关在这一截河道里，然后回抽处理。

他们到达办公楼，与唐志达一行会合，立刻进会议室开碰头会，主要围绕接下来的防控手段进行研究，一旦出现某种意外，如何应急处置，原有预案能否解决问题，需要如何强化，等等。正商谈中，卢梁栋手机响铃，他一看是妹妹的号码，心里顿时紧张起来，感觉不妙。

果然，电话里妹妹声音急切："大哥，你在哪里？"

她可能以为卢梁栋在办公室处理事情，哪会想到他竟然远远地跑到山里去了。

卢梁栋说："别慌，有什么情况？"

卢父在监护室突然发生情况，监护嘀嘀报警，医生赶来处理，迅速把人又推进了手术室。具体情况不明，医生只是让她通知卢梁栋赶紧来。

卢梁栋只觉脑子轰的一下，一时间什么都说不出来。

一旁的唐志达注意到卢梁栋神色不对，立刻问："卢副书记，你父亲怎么样？"

显然邱先智给他交过底。

卢梁栋这才回过神，他在电话里说了几句，要妹妹他们不要慌，让医生处理，他们会尽力的，有什么新情况赶紧给他打电话。

放下手机，唐志达说："卢副书记快走，这里有我。"

卢梁栋说："我先给邱书记打个电话。"

他拨了邱先智的手机。邱先智在事前已经发话，如果有个万一，让唐志达接手。但是如果确实打算离开，卢梁栋觉得还应报告征得同意。手机几乎立刻接通，没待卢梁栋说话，邱先智就在那边发火："卢副书记，你怎么搞的？"

卢梁栋惊讶，无语。

"什么反塘！你是想制造恐慌吗？"

郑莲竟把卢梁栋的交代捅到邱先智那里去了。卢梁栋交代防范反塘时，心里也有犹豫。他担心的不是反塘，而是铜离子，但是在确定发生污染之前不能提，以免引起恐慌。以反塘之名提醒注意有助于促进基层干部和养殖户采取行动，万一灾害发生，有望减少损失。但是这么做风险也很大，特别是湿法厂发生的泄漏和兰岭溪故道铜离子监测超标已经不可能不为人所知，人们很自然会去联想，弄不好便把上回库区死鱼搅进来，引发风波。时间才过去大半个月，大家都还记忆犹新。且没事还好，万一真的发生铜离子泄漏，卢梁栋这么预警有可能被指为隐瞒真相。以安全为上，此时不吭声，静观事态发展为好，但是卢梁栋实在不想再看到死鱼堆积如山，养殖户倾家荡产，无论采用什么说法，能少死几条鱼也好。

显然邱先智并不认可。

当着唐志达等人的面，卢梁栋没法多解释、分辩，只说了一句："哎呀，我只是非常担心。可能考虑不周。"

"什么考虑不周！从一开始……"

邱先智没再说下去，可能自觉语气重了。他的意思已经有所表达：从一开始卢梁栋就不对劲，用力过猛，考虑不周只是托词。

"邱书记，回头我……"

没待他把话说完，邱先智就另起一句："那里情况怎么样？"

卢梁栋报告，泄漏位置已经找到，污水得到控制。雨已经停下，于抢救有利，但是风险还很大。唐志达已经到达，正在研究接下来的防控措施。

邱先智依然是那两条：绝对不得让污水渗漏出厂，必须把影响控制在最小范围。

事实上污水已经有所渗漏，此刻只能着眼于不再接着来。只要不发生大规模泄漏，影响便是可控的，如果发生了，任谁都没有办法。

卢梁栋挂了电话，自始至终没有提起父亲之事。

唐志达问："邱书记什么意见？"

卢梁栋把邱先智的两条指示再重复了一遍。其实不必他说，唐志达很清楚。

还没说完，妹妹的电话再至，在电话里失声痛哭。

“大哥，大哥，爸……”

卢梁栋只觉手脚冰凉，他强忍着说了一句：“别哭，我马上回去。”

放下电话，卢梁栋发现唐志达两眼灼灼地盯着他，不禁嘴角一歪，惨然一笑。

“完了。”他说。

“老人家？”

“交给你，辛苦了。”

卢梁栋没再多话，起身匆匆走人。

轿车离开湿法厂大门，电话便接踵而至。医院院长直接给卢梁栋打电话，说了一堆术语，表示手术失败，非常震惊，非常悲痛。心脏搭桥手术有风险，特别是老人年纪大了，有不少基础性疾病，风险更大。主刀医生和院方都尽力了，术后观察期间，医院一位副院长全程在场，意外发生时也竭尽全力抢救。可惜这种事就是这样，一旦发生意外，只有一个结果，几乎没有例外。

卢梁栋说：“我知道了。”

还有几个亲朋急电慰问，卢梁栋一一接听，痛心不尽。接电话间，泪水静静涌出，从眼眶向下流淌。卢梁栋拿手抹去眼泪，竭尽全力让自己的声音不显得异样。

然后他喊了一声：“停车！”

在他沉浸于难过与问候之间时，天又下起雨来。待他注意到时，小雨已经下成大雨，雨点噼里啪啦，在轿车身上打出一片轰响。司机把雨刮器开到最大，紧握方向盘，小心翼翼，顶着大雨前行。

他们已经快到高速收费口，卢梁栋突然把车叫停，从车窗往外看漫天大雨，干呕不止。

他对司机说：“走另外一条路吧。”

司机听命，一打方向盘驶上另一条路。这条路不上高速，通往五峰水库。

兰岭湿法厂已经交给唐志达坐镇，这阵大雨对那个厂子无疑非常凶险，但是有什么办法让老天爷不下雨？卢梁栋感觉自己就像那位主刀医生，已经竭尽全力，如果还要发生意外，有什么办法呢？所谓“尽人事，听天命”，或许确如医院院长所说：“一旦发生意外，只有一个结果，几乎没有例外。”

卢梁栋给妹妹打了一个电话，告诉她要配合医院，父亲遗体送太平间冰柜，等他回去再商量后事。此刻他在下边救灾，还有急事需要处理，处理完他会马上赶回去。走的已经走了，没走的还要好好活着。

轿车从县道驶往五峰库区。此刻卢梁栋往那边去有什么意义？他自己也说不清楚，只是听从于直觉，或者是本能的干呕。

半路上，唐志达电话告急：“卢副书记！出事了！”

这回是中转池。大雨中该池水位迅速上涨，在离坝顶还有半米距离时，水突然不涨了。那不是个好消息，连任何时候都镇定自若的沈声远发现后都慌了手脚。果然，观察人员迅速发现中转池中部偏下游位置出现一个漩涡，该漩涡在大雨中不断扩大，池中水体卷入漩涡，一圈一圈打着转消失在池底。

这个池与污水池一样，也是池底铺 HDPE 衬垫防渗膜，当年池底同样未进行硬化处理，同样运行多年，同样面对持续强降雨导致的水分大量聚集、地下水上拱、黏土层掏空，压力差。不同的只是这个池的位置相对高些，地下水位影响或许小些。但是眼下这一场大雨如万根稻草，一下子压垮了骆驼，防渗膜承受不住，被撕裂，不再是地下水从撕裂处源源不断涌上来，而是池中水打着漩随地下水往下而去。这些水不会流到地心里，它们必定会在下方冒出头来，汇入故道水流中。

这就是泄漏，大规模泄漏！

“唐副市长！让他们赶紧关闸！”卢梁栋大叫。

沈声远已经命守在故道下方的值班人员立刻关闭闸门，把故道水流封住，同时启动装置，全力回抽故道里的水。中转池底部破裂后，不待水全部泄光无法维修，能够采取的措施只有封锁故道回抽污水，这是最后一个手段，如果失效，就再也没有任何办法阻止含铜酸水流入故道，污染下游。

卢梁栋说："唐副市长，按咱们商量的步骤，一步一步吧。"

"是啊，是啊。"

放下电话后，卢梁栋又是一个干呕，习惯性的。

他打了一个电话给郑莲。

"卢副书记，我检讨！真是不好意思。"郑莲一接电话就连声道歉。

检讨什么呢？防范反塘。郑莲一直非常敬重卢梁栋，决不会在领导间拨弄是非。这一回事出意外：邱先智打电话了解该县抗洪情况，郑莲汇报工作安排时，把对养殖户的预警也报告了，说县里很重视，决定以县政府的名义发一个通报给几个相关镇，考虑到事情有一定敏感性，用词需要非常注意，既让大家提高警惕，及早采取措施，又避免引起猜疑。县政府办主任拟稿，几个领导把关，几上几下修改，已经基本定稿，准备下发。邱先智听了立刻追查是谁的主意，郑莲这才知道不好，起初还不敢说，邱先智直接问："是不是卢副书记要你们这么干？"郑莲只好承认。邱先智发令立刻停止，暂不下发。目前没有必要，有情况再说。

卢梁栋问："什么动作都没有吗？"

"是的，没有。"

"完了。"

"卢副书记，有什么情况吗？"

卢梁栋告诉她，兰岭湿法厂刚出事，相当严重，大量污水泄入兰岭溪故道，此刻被一道闸门拦住。平时情况下，这道闸门应当还可指望，至少可以延缓多一点时间。这么大的雨就不好说了，雨水和污水汇集成山洪，一旦闸门失守，灾难不可避免。

郑莲顿时口吃："又会反塘？"

"不是反塘，是污染。"

郑莲在电话那边张口结舌。卢梁栋告诉她，自己正从兰岭湿法厂赶往五峰水库。危险就在眼前，不需要再发什么明传，赶紧以最快速度调集县、镇两级力量，做最坏的准备。郑莲要亲自带队，立刻赶到五峰库区与卢梁栋会合。

“明白，我马上到。”

卢梁栋到达五峰水库管理处时，兰岭湿法厂那边传来了最坏的消息：故道闸门被山洪冲毁，连同一条短堤坝崩溃。含铜酸水就此无遮无拦，直奔下游。近一小时后，郑莲带着大批干部赶到五峰镇，已经无可挽回，大批成鱼在各养殖网箱里浮头翻白，迅速死亡。这些鱼在前些时候那一场灾难中劫后余生，终究没能逃过本次没顶之灾，至此为止，本区域养殖鱼类几乎荡然无存。

吊诡的是，此刻雨停，居然还有日花在云层闪现，气候闷热，一如上回。

郑莲问：“卢副书记，现在我们能做什么？”

卢梁栋命她把人派下去，帮助受灾养殖户收拾残局。所有死亡的鱼类必须迅速打捞上来，挖坑掩埋，做适当的消毒处理。死鱼要全部称重过磅，每家每户每个网箱的损失数据要登记造册。活鱼也要捞出来，由县里定价，分成鱼、鱼苗，按市价全部计重收购。部分活鱼可运销市场，运不走的干脆放生。所有费用由县财政先拨款垫付。

郑莲苦下脸：“卢副书记，你让我去抢银行吧。”

卢梁栋让她放心，财政只是先垫付，最终要长盛铜业负责补偿。冤有头债有主，谁造成损失谁赔。养殖户的损失，必须尽可能地弥补。包括上一回的所谓反塘，肯定也要重新追究，正式进行调查，掌握确凿证据后，对受灾养殖户追加补偿。

郑莲匆匆去安排她的人分头落实，其间突然跑回来找卢梁栋。

“卢副书记！刚听说你父亲……”她叫道。

卢梁栋摇摇头：“不说了。”

“你赶紧走。这里有我，我们按你说的做。”

卢梁栋说：“我该在这里。”

他告诉郑莲，他父亲其实就是个养鱼的，早年务农，后来承包了村里的两口鱼塘。卢梁栋从读小学时起就得帮父亲养鱼，包括割草扔到鱼塘里，以及穿一条短裤下塘捞鱼。鱼塘收入是家庭主要的经济来源，卢梁栋上中学、上大学，靠的就是那些鱼。卢父冬天下塘，要喝两口酒驱寒祛湿，卢梁栋怕鱼腥，是因为吃鱼吃怕了。夏日里遇上反塘，血本无归，全家人号啕着吃死鱼。死鱼还被腌晒成咸鱼干，卢梁栋带到学校里，整个月都拿那东西下饭，吃得想起鱼就会干呕。高中毕业时，父亲让儿子读养鱼专业，如果毕业后能回来当个渔业站干部，那就太好了。卢梁栋自己选择了学工，那是恨不得离鱼腥味十万八千里。其实那股味早已融在他的灵魂里，哪里摆脱得了。他们家承包的鱼塘多年前因为修建高速公路被征用填埋，如今踪迹全无。看到库区那些养殖网箱，卢梁栋感觉又像见到当年的自家鱼塘。他在这里所做的事其实也是为父亲而做，权当以此纪念，做功德送老人上路吧。

"算得上私心杂念。"他自嘲，"你这里五峰镇坑边村有一位养殖户，老范，我记住了，那表情跟当年我家老爹的一模一样。"

紧张地忙碌由日到夜，持续了一晚。卢梁栋寸步不离，一直待在水库管理处。凌晨时分他给唐志达打电话了解情况，提了个建议，让唐志达立刻进行必要追究，着手启动责任处置。具体说，必须命令兰岭湿法厂停产，有关档案资料封存备查，等等。有一条必须抓紧，就是马上控制该厂厂长沈声远。出了这种事，谅沈声远不敢拍屁股跑掉，实也无处可逃，但是该采取的措施必须采取，以示惩戒。

唐志达说："还得他在这里张罗啊。"

卢梁栋说："控制他，表明一种态度，目前可以让他继续管那些事。"

"我考虑一下。"

"可以请示邱书记。"

几分钟后唐志达回了电话："邱书记同意。"

早饭后卢梁栋决意离开，此刻此间再没有更多需要他管的事了，而父亲的遗体还在医院太平间里等着他，丧事还有待商定。刚好华强副市长已经赶到，华强挂钩本县，这里有他也就够了。

郑莲跑过来报告："邱书记请你暂时别走。"

邱先智要来视察灾情，主要还不是邱先智，是省长。省长从省城赶来，要亲临五峰水库视察慰问，邱先智陪同。短短十几个小时，库区死鱼事件已经惊动全省，接下来或将惊动全国。引发注意的除了死鱼，更因为兰岭湿法厂大规模泄漏到水中的铜离子。

昨日被邱先智电话训斥后，卢梁栋与他再没联系过。刚才卢梁栋通过唐志达转告建议，此刻邱先智的口信也由郑莲转告。卢梁栋自感有些话跟邱先智不太好说，因此没有主动打电话，邱先智肯定已经得知卢梁栋父亲过世，却缄默无语，不曾表达关怀。问题在哪里？不仅是此前的一番电话责备，更在于卢梁栋的一语成谶。兰岭湿法厂这场灾难出乎邱先智预料，于他可能也是灾难性的。他心里肯定气恼有加，这时满脑子都是该怎么办，暂时没心思去管其他，包括关怀卢梁栋。此刻忽然面对卢梁栋，他可能很不是滋味，但是显然他认为卢梁栋应当留在五峰库区，表明本市领导早在灾难尚未发生时即迅速应对，于本市包括邱先智或可得分。

那天上午十点，省长、邱先智一行到达。卢梁栋与郑莲领他们匆匆看望几户受灾养殖户，而后在水库管理处开了个小型汇报会。这种场合当然得由当地主管也就是郑莲汇报，卢梁栋的身份是市领导，属于听取汇报的一方，所安排的座位在邱先智旁边。邱先智到达后没跟卢梁栋说话，卢梁栋注意到他表情正常，考虑到此刻他所承受的压力，没有表露出丝毫紧张与焦虑确属大气。直到落座后，邱先智才忽然伸出右手与卢梁栋握了握，说了句："节哀。"

"谢谢。"

这一短短的交流让卢梁栋下了最后的决心。

郑莲汇报完情况，省长忽然把头转向卢梁栋："你也说说吧。"

这是常规。卢梁栋坐镇此间指挥抗灾，在这个场合可以从另一角度补充汇报。

卢梁栋没有多说情况，因为该汇报的郑莲都汇报了，包括邱书记卢副书记华副市长如何高度重视等等。卢梁栋只补充了一点，话一出口，举座皆惊。

他提到了不久前发生的那起大规模死鱼事件。根据本次灾害发生情况，以及前些时候的追查，他认为有必要重新审视当时的调查与处理，如果发现与眼下这场灾难有关联，也属于污水泄漏导致，那么建议并案处置，由企业和责任人承担责任，让养殖户的损失得到弥补。

邱先智面无表情，抬眼看了看窗外。

“你为什么会提出这个问题？”省长问。

卢梁栋感到内疚，因为事件是他本人掌握处理的，当时邱先智出访不在家。处理过程中，尽管有所怀疑，也发现一些数据异常，他却没有认真追查，匆匆以反塘做结论，导致养殖户利益受损。如果当时抓住时机查彻底，可能就不会有今天这样的灾难。他非常痛心，觉得自己应当负主要责任，愿意接受上级的审查与处理。

全场鸦雀无声。

卢梁栋对自己说：“就这样吧。”

他本可以什么都不做，如邱先智所说，“从一开始”，那样的话就什么事都没有。但是他还是一步步走到了现在，所谓“尽人事，听天命”。以这种方式提出问题，想必能引起重视，可以让老范那样的养殖户弥补一点损失，对邱先智也不会有太多不利影响，聊以回报威特驰。至于自己就不必多考虑，总得有人出来承担责任。事情确是他一手处理的，查起来确实也会是“舍我其谁”，那就主动承担吧。该做的做了，该说的说了，该怎么样就怎么样吧。总之感觉心安，可以去面对已经远行的父亲。

人们鼓掌。哗哗哗，由衷地。欢迎省长讲话，亦不乏其他意味。

我们的娜塔莎

蒋　韵*

一、城市童话

安同志带着他的妻子娜塔莎来到这个北方城市落户的时候，是一九五八年。那一年，杜若刚满四岁，是幼儿园小班的学童。杜若的生活，照说，和他们没有丝毫的瓜葛。

杜若家，住城南，安同志和娜塔莎家，确切住在哪里，地址不详。

安同志叫什么，他们都不知道。这个他们，指的是长大后的杜若和她的伙伴们，是这个城市里所有那些不安于小城生活的时尚青年。那时，人们把这样的青年称为：思想意识不健康。

安同志叫什么，一点不重要，重要的是他很勇敢和浪漫，在莫斯科或者列宁格勒学习的时候，爱上了一个叫娜塔莎的俄罗斯姑娘。这样的恋爱或者婚姻，在当时，据说有很多，但往往都在中国男生回国时宣告分手。安同志却没有松开他的手，他紧紧地拉着他的娜塔莎，坐了九天九夜火车，穿过俄罗斯广袤的

---

* 蒋韵，女，1954年生于山西太原，籍贯河南开封，现居北京。曾任山西作协副主席、太原市文联主席。著有长篇小说《栎树的囚徒》《我的内陆》《红殇》《隐秘盛开》《行走的年代》《你好，安娜》等，中短篇小说集《现场逃逸》《心爱的树》《完美的旅行》《水岸云庐》以及散文集《春天看罗丹》《活着就有眷恋》《青梅》等。曾获鲁迅文学奖、老舍文学奖、郁达夫小说奖中篇小说奖、赵树理文学奖、《小说月报》百花文学奖等奖项。作品被译为英、法、西、日、韩等文字发表出版。

土地、无边的白桦林，穿过秋色迷人的西伯利亚，把这个穿布拉吉、吃面包黄油酸黄瓜的姑娘，还有他们四岁的儿子和两岁的女儿，带回到了我们的土地上，带回到了大陆深处这个吃五谷杂粮的北方城市。

透过车窗，安同志指着蓝天之下两座并立高耸的古塔，说道："亲爱的，我们到家了。"

那是这城市的标志，双塔。它们一千多岁了。安同志搂住了娜塔莎的肩膀，说："你听到它说什么了吗？它说，好小子，你真有本事啊，带回一个这么美丽的好媳妇。"

这像是一个童话的结尾："从此他们过上了幸福的生活。"而真实的生活才刚刚开始。

接下来，是一九六〇年，共和国历史上的饥馑之年来到了。

再接下来，就是安同志的祖国和娜塔莎的祖国交恶。后来，在一个叫珍宝岛的小岛上，两个国家终于刀兵相见。

那时，这个城市刚刚"复课闹革命"不久，那些自一九六六年之后，在"江湖上"浪荡了三年的小学毕业生们，一拥而入，走进了这城市各个中学的大门。教育革命了，也不需要考试，也不看成绩，只看你家庭住址，就近入学。杜若非常幸运，她的家，和这城市曾经最好的中学，华北地区重点学校，仅隔一条马路。一抬头，就能看到那学校晚自习时璀璨的灯光。母亲常对杜若说："杜若，你将来一定要考到那里去啊，那是你的学校。"杜若说："那杜仲呢？怎么就是我的学校，不是杜仲的？"母亲不说话了。

杜若家姐弟三人，她最大，老二是弟弟杜仲，最小的是妹妹叫杜茯苓。姐弟三人的名字，都是中草药。

三个孩子中，最聪明的，是杜若。母亲一直这样认为。

这下，聪明的杜若和不够聪明的杜仲，不费吹灰之力，都进了这所全省最好的中学。但母亲却高兴不起来。这个世道，不是读书的世道了。再好的学校又能怎样？果然，开学没有多久，杜若就被选进了学校的宣传队，跳舞唱歌去了。接下来，竟是全体停课，备战备荒，挖防空洞，防止苏修的进犯。

整个城市，进入战时状态，各家各户，每一扇玻璃上都用裁开的纸条贴了米字，怕的是苏修的飞机轰炸。甚至做好了战争疏散的准备。一旦局势吃紧，有很多人将会离开城市，疏散、撤离到安全的后方去。

报纸、广播，都是战争的论调。

全市举行了战备会演，杜若的学校排演了一个类似活报剧又类似音乐剧的节目，名字叫《珍宝岛的胜利凯歌》。里面有歌有舞，有说有唱，有解放军，有老渔民，有女民兵，有反坦克火箭弹也有三八大盖和红缨枪，总之慷慨激昂、起伏跌宕，以破竹之势，一路披荆斩棘，杀进决赛圈直至获奖。另一边，挖战备防空洞的也不示弱，往昔的操场，如今沟壑纵横，像战壕像掩体。土方工程比预期提前完成，全校同学又马不停蹄去砖窑拉砖，去河边拉沙，烧石灰，不到半年，防空洞大功告成。别说，还真是漂亮。红砖碹顶，处处有巧思，俨然就是个地下王国。有许多人来参观，也同样获得了表彰。

不过，也付出了代价。那是在挖土方时，曾出过一次事故。有一天，一个男同学不知怎么失脚掉进了三米多深的壕沟底，受了重伤。有人说是他和人打架，推推搡搡，没站稳栽进去的。有人说他是遭人暗算，趁他不备被一把推下去的。奇怪的是现场居然没人看见发生了什么，人人似乎都有不在场证明，没人说得清楚真相。出事后，女同学们都为他难过，担心他是否会落下残疾。男生们则说，这就叫报应，为什么掉下去的偏偏是这个二毛子？谁让他们来侵略我们的？

这摔伤的同学，叫安向东。从前，他不叫这个名字，他叫安德烈。

是个中苏混血儿。高大、英俊，迷人。

摔伤后的安德烈再也没来过学校，他退学了。谁也不知道他去了哪里，只听说他的腿落下了残疾。一个美男子，有了残缺。那时学校采用军事化的管理，班级用军事术语“连、排”来命名。杜若和他不同排，不同连，没有过任何的交集。只有一次，某个黄昏，放学后，杜若有事耽搁了，出来时，昏暗的走廊上静悄悄，一个人迎面走来，杜若不禁停下了脚步，她以为自己产生了幻觉：这是什么？是从希腊神话中跑出来的男神吗？她错愕地闪过这念头。好美啊。她觉得呼吸不畅。第一次，她被美伤害。原来，“美”和帝国主义一样是霸道、不讲理、有侵略性的。

后来她知道了，这个美男子，叫安向东。

安向东或者安德烈出事后，杜若难过了许久。为一个陌生人难过，杜若自己也觉得匪夷所思。她不能想象看见一个瘸了腿的安向东从走廊里迎面走来，她觉得那是冒犯。对什么冒犯，对谁冒犯，她说不上来。多年之后，杜若似乎想明白了，那是对造物、对生命最神秘秩序的冒犯吧？一件如此完美的杰作毁了。

这个安向东，或者安德烈，是不是安同志和娜塔莎的儿子？应该是吧？这城市，莫非还有隐藏的娜塔莎或者玛莎、柳芭不成？不过杜若也不能确定。谁又能确定呢？安同志和娜塔莎一直像传说一样活在这个城市，杜若从不知道有谁真正认识他们。反正杜若身边没有这样的人。杜若的父母身边也没有一个这样的人。

姜友好是北京人，在山西这个内陆省份当兵。复员后分到了省人民医院，做了一名眼科护士。

姜友好是个喧哗的漂亮女人。她走到哪里，哪里就不会有安静。她来到这个内陆城市没有几年，就有两个男生为了争夺她打架斗殴伤人进了局子，还有一个自杀未遂。还没等那个切腕的人养好伤口，姜友好女士就又有了新的恋情。周而复始。后来，毫无征兆地，就突然结了婚。用今天的话说，她是闪婚。她丈夫是现役军人，在海军服役。姜友好回北京探亲时，偶遇了也是回京探亲的年轻的海军军官，看到他的第一眼，姜友好就叹气了，在心里对自己说：“友好啊，你玩够了，疯够了，可以歇歇了。”

他们的新婚之家，就安在姜友好工作的城市。她供职的医院在集体宿舍的筒子楼里分给了她一间屋子，足有十六七平方米，向阳，通风，四壁洁白。从前，姜友好的好客是出名的，朋友、朋友的朋友、朋友的朋友的朋友，最终都成了姜友好的座上客。有很多四处招摇说是她朋友的人，其实，她连对方的名字都记不住。婚后，她一反常态，安静了下来。从前，那么喜欢热闹，其实，是心里空虚孤单。现在，有了海军军官，她觉得自己有力量可以对付这个沉闷的城市和生活了。

她开始认识一些新的人，新的朋友。和从前的那些朋友渐渐断了联系。杜若就是这时候认识了她。杜若从铁路建设兵团回来，分配到了一家集体所有制的小工厂上班，被飞迸的铁屑伤了眼睛。她中学的同学带她去了省立医院的眼科，说："我认识那里的一个护士，她能想办法给你多开几天假条。"杜若就这样认识了姜友好。

杜若的同学叫夏莲。夏莲是列车员，跑北京。她常常会替姜友好从北京带东西回来。友好的家人把东西送到月台上，他们像地下工作者一样三下五除二完成交接。那些东西，几乎都是吃的，糕点、花生米、腊肉、炼好的猪板油、芝麻酱，有时干脆就是一大块冷冻的五花肉，或者一袋大米。这个城市，物资奇缺，供应的口粮以粗杂粮为主，肉、蛋、食油，则少得可怜，每人每月的份额以"两"为单位来计算。所以，像夏莲这样跑北京、郑州、上海的列车员，真是抢手啊。他们源源不绝往自己的城市输送着紧俏的物资，像曾经的"飞虎队"。

所以，姜友好怎么能驳夏莲的面子呢？她很痛快地帮了她们的忙。

真正让杜若和友好熟识起来，是因为后来的一件事。

有一天，杜若自己很冒失地跑去医院找友好了。那是一大早，医院还没上班，她挂了号，等在眼科门诊前。一看见姜友好，她就迎了上去。

"你好，你不记得我了吧？"她说，"我是夏莲的朋友。"

"我记得，"姜友好说，"有事吗？"

杜若脸红了："真不好意思，能帮我开个病假条吗？"她说，"单位在搞会战，赶活儿，一律不准请事假，我是真没办法了。夏莲跑车，不在，我只好厚着脸皮来找你，能帮忙吗？我急需要两天的时间。"

"什么事？"

"一个朋友借给我一本书，只给我两天时间，那书是大部头，太厚了，我要是白天上班，晚上看，就是一分钟不睡觉也看不完，"杜若回答，"可是我太想看那本书了，想了很久，好不容易才借到手——"

"我知道了，"姜友好打断了她，"没问题，我可以帮你忙。"

杜若没想到，她答应得如此爽快。假条到手，她骑着自行车飞奔而去，都不记得自己是否说了谢谢。可她心里真是感谢啊。她听夏莲说过，这个姜友好，有个不一般的出身，父亲是京城的高官，二十年代的老布尔什维克。如今虽然"靠边站"，但，《红楼梦》讲，瘦死的骆驼比马大。原以为她会很傲娇，没想到，竟如此不搭架子。

到下个星期天，杜若在家掌厨，顺势做了一些蛋饺。她把蛋饺装到饭盒里，去找夏莲，说："这个，你送给姜友好吧。你不是说她这个人就好吃吗？我家没什么稀罕东西，这蛋饺的肉馅里，我掺了点莲菜，味道还细致。"对自己的厨艺，杜若还是自信的。

又一个休息日，夏莲来找杜若，说："姜友好请咱们去她家吃饭。"杜若还没回答，夏莲又说："不过她请你来掌勺。"

这下，杜若自然没法推辞。

姜友好的家，明亮、清爽。白色亚麻补花床单，花朵也是白色的，同款的桌布、窗帘，遮盖住了公家分配的千人一面的家具。一色白亚麻中间，只有一只花瓶是猩红如血的。那是一只水晶花瓶，后来杜若知道，那花瓶是她父亲早年从捷克带回来的。

"我从来没有见过这么素净的婚房。"杜若深觉意外地这么说，心里其实还补了一句："雪洞一般。"

"我也从来没有见过，因为一本书跑来找我开假条的。"姜友好这样回答。

杜若愣了一愣，脸红了。

"哎，是什么书？"姜友好笑着问，"那天没顾上问你是什么书你就跑了，弄得我心里直痒痒，痒到现在。我就想知道，到底是什么书值得你费那么大劲？"

杜若也笑了："《罪与罚》。"她回答。

"哦——"姜友好长长地哦了一声。

她听说过这本书。也知道作者。但这个人写的书她一本也没看过。从前，她的那些朋友，也几乎没有一个人看过这个人的书。他们顶多看《娜娜》，看《俊友》，看《小酒家》，或者看《德伯家的苔丝》，这个人的书，他们不碰。她也不碰。

"你有点儿特别，"她说，"喜欢看布道的书。"

"你是不是觉得，我特别乏味？"杜若笑着问。

"不啊，"姜友好笑了，"我觉得你这人特有趣，为了看一本布道的书而撒谎，你不觉得有罪呀？还有，你身上有两点正是我最喜欢的。"

"哪两点？"杜若好奇地问。

"一、爱脸红；二、会做菜。"姜友好回答，"真是完美的朋友。"

她们都笑了。杜若想，这个人，也有趣。

夏莲说："杜若，今天给友好露一手，她这里有好东西，你猜我昨天给她捎回来什么？一块牛肉！"

那一天，杜若用这块珍贵的牛肉，做了好几道菜：一道酱牛肉、一道咖喱土豆牛肉、一道经典的红烧牛肉。还炝炒了一道醋熘白菜，做了一个冬瓜火腿汤，焖了一小锅米饭。杜若对姜友好说："酱牛肉我们不动了，留着，你自己吃方便。卤汤你明天可以用来下面条。"

姜友好笑着说："不，汤我要留着，好好保存，留一百年，就是百年老汤。"

杜若笑了，知道姜友好这么说，是委婉地赞美她的厨艺。

那天，她们喝了酒，酒是竹叶青，本地的名酒。杜若把酒倒在了一只小瓷壶中，将小壶坐在了一只钢精盆里，里面蓄了热水，权当温酒器。杜若说："天冷，酒要温了喝才好。"

姜友好说："杜若，你好精致。"

杜若说："这不是我说的，是薛宝钗说的。"

姜友好回答："所以呀，你是活在书里。我们，是活在这个浊世上。"

杜若认真地望着姜友好，说："正因为是浊世，才想逃进书里啊。"

窗外，下雪了。是这个冬天的第一场雪。三个人，围坐在一张折叠桌旁，喝着温过的竹叶青。外面的世界，渐渐白了，屋顶、马路、树，都被雪遮盖、包裹。听不到雪落的声音，可杜若知道，雪落在大地上是有声的。她有时会在落雪的夜晚一个人站在雪地中央，静静地，听雪落的声音。时间久了，那细微的、细碎的沙沙声会渐渐变得扎耳朵。这种时候，杜若会觉得世界在她心里醒了。

姜友好说："下雪真好，真适合这样吃吃喝喝啊。"

夏莲说："冬瓜汤要不要再热热？"

姜友好说："杜若，你的厨艺是跟谁学的？真厉害！你会做西餐不会？你知道红菜汤怎么做吗？"

杜若摇摇头。"不知道。红菜汤我只听说过，在小说里看见过，可我不会做，"她笑了，"我没吃过西餐。"

姜友好说："真的？我有个朋友，做西餐很拿手，你没听说过她吗？她叫娜塔莎，是个苏联人。"

杜若一下子瞪大了眼睛："娜塔莎？当然听说过，"她回答，"这个城市，谁没听说过娜塔莎？可我一直不确定，娜塔莎是个真实的人还是个传说。"

"怎么会不是真实的人？"这下轮到姜友好吃惊了，"她已经在这个城市生活了十多年了呀！"

“你认识她？她是你的朋友？”

“对呀。”

原来真有娜塔莎这样一个人啊。杜若终于、终于遇到了一个认识她，还是她朋友的人。她忽然觉得一阵心跳：

“那，安向东是娜塔莎的儿子吗？你认识安向东不认识？”她问。

“你是说安德烈吧？”姜友好沉默一下，回答，“当然认识了，你认识安德烈？”

“我认识安向东，他是我同学，”杜若说，“我们初中时一个学校，算不上认识。”是的，算不上认识。没有说过一句话，可是，这么多年过去了，提起这个人，还是脸热心跳。

姜友好望着杜若，望了一会儿，说：“你又脸红了。”

杜若说：“不是，是你家暖气太热了。”

姜友好笑了：“好吧好吧，就算是我家暖气的问题。”这个过来人，什么没见过？她忽然问：“哎，你既然都认识安德烈，怎么会不相信有娜塔莎这样一个人？没有娜塔莎，哪来的安德烈或者安向东？”

杜若不知道该怎么回答。娜塔莎也好，安德烈也好，对于杜若来说，他们遥若星辰。杜若在这个世界，而他们在星空，都不是她生活里的人。

“你听说过安德烈的事吗？后来？”姜友好关切地问。

她摇摇头。

“安德烈失踪了。”姜友好轻轻说。

“失踪？”杜若完全没听明白她在说什么，“谁失踪了？”

“安德烈呀！”姜友好回答，“安德烈失踪好几年了。”

失踪？这听来简直就更像是……小说。杜若愣愣地望着姜友好，姜友好说道：

“是真的。安德烈残疾了，这你知道吧？他瘸了一条腿，这件事对他的打击特大，他是个特别自恋的人，我们有朋友说他就像希腊神话里面的那个水仙花少年……”

纳西索斯，也叫塞纳西斯。杜若知道这故事。这个美少年纳西索斯有一天在水中看见了自己的影子，可他不知道那是他自己，他太爱那个水中的少年了，终于有一天，他纵身投入水中向那个自己的影子求爱，溺水而亡，死后，化身为水仙花。

那天，杜若听姜友好讲了另一个水仙花少年的故事。

二、安德烈或者安向东

姜友好是先认识安德烈，后来才认识娜塔莎的。安德烈比姜友好小许多岁，认识他是在北京一个朋友的家里。那时她还在部队，回京探亲，去这朋友家玩儿，一进门撞上了安德烈。她倒吸一口气，惊住了，想，这是哪里？不是北京吗？怎么会跑出这么一个古怪的小妖？

可是，真好看啊。

那时安德烈也就十三四岁，个子已经很高了。从外形上看，他几乎就是母亲的翻版，唯一不同的，是他头发和眼睛的颜色。母亲的金发碧眼，在他这里，变成了某种奇妙的棕色，说不出的一种灵动和神秘。朋友介绍说：“这是我表弟安德烈。”

姜友好失声叫起来：“你怎么配有这样的表弟？”

“嗨嗨怎么说话呢？”朋友说。

这朋友五大三粗，外号“李逵”。

安德烈应该是从小就习惯了这样的眼光，他知道在别人眼里自己是个异类。他平静地望着姜友好，说道：“我叫安向东。我是哪儿哪儿人。”他说的是那个北方省城。

“巧了，我就在那儿当兵。”姜友好说，“你家住哪儿？”

安德烈说了。

“不过，姐姐，我说了你也不能到我家去，你是军人，你不能去我们家。”

姜友好说：“现在不能去，复员转业就可以了呀。”她望着那个美少年笑了，“安德烈，就冲着你，我也得复员。”

安德烈有点慌了：“你是在开玩笑吧？”

姜友好哈哈大笑：“我当然是在开玩笑。”

可是她真的复员了，还没有服役期满。当然不是因为安德烈。是她实在不适合军人的生活，她天性太自由放浪。起初，当兵是父亲的意志，而复员，则是她自己的主张。父亲没有拗过她，暗地里还是帮了忙，尽管他还未“解放”，但总还是有人脉。结果，姜友好虽然没能回到北京，但毕竟分配到了那个城市最好的医院里。很快地，在这个城市，她就拥有了自己生活的圈子，有了一群朋友。

是她把安德烈拉进了这个圈子里。

当然，这城市不算大，这圈子里，原本也有认识安德烈的人。就像滚雪球一样，你认识我，我认识他，渐渐地，大家就滚成了一团。

安德烈家里没有电话，她写信约他见面，他来了，看见穿便服的她，安德烈说：“姐姐你真的复员了？”

姜友好回答：“当然是真的，”她指指身后医院的大门：“要不你进去问问？”安德烈笑了。这是他们认识后，她第一次看见这个美少年的笑容。她觉得突然像是被阳光晃了眼睛。

“喂，你猜我下一步计划干什么？”她笑着问他。

“干什么？”

“等你长大，嫁给你，”她说，“让你娶我。”

她以为安德烈会大惊失色，会惊慌不已。可是没有。安德烈听了，认真地看着她，摇摇头。“不行，姐姐，”他说，“我不会娶你的，你千万不要等我。”

姜友好哈哈哈大笑，推了他一把。“逗你玩呢！”她说。不过她马上感到了好奇："哎你为什么不娶我呀？我不算漂亮吗？拒绝我的人，你可是第一个呀！你是不是觉得自己特好看啊？"

安德烈笑了："我是好看啊。很多人想当我的女朋友。可我已经有女朋友了。"

"你才多大就有女朋友了？"姜友好板起了脸，"不能这么早谈恋爱知不知道？"

"你这么说话像我妈妈。"安德烈说。

姜友好笑了："你女朋友是谁啊？说给我听听？"

"不告诉你，"安德烈说，"但我可以告诉你的是，不管将来我女朋友是谁，我都不会娶。我不结婚。"

这下轮到姜友好吃惊了："为什么呀？安德烈？"

"我不说，"安德烈回答，"不想说。"过了一会儿他强调："叫我安向东，这是我的名字。"

这美少年，他不快乐。姜友好想。她其实有点懂得他不快乐的原因。那就让他快乐起来吧。

当天她就带他去了一个聚会，是在一个住在省府大院的朋友家。那天的来人中还真有认识安德烈的，果然是个女孩儿。他们说起学校的事，挖防空洞什么的，那女孩儿的妹妹和安德烈在同一所学校。

"我妹说，你们班男生欺负你，是吗？"女孩儿忽然这么问。

"没有。"安德烈从容地否认。

这个朋友的父母都不在家，刚刚去了"中办学习班"，那学习班在外地。家里没有家长，完全由着他们这些孩子折腾。那天他们煮了一大锅西红柿挂面，开了几个午餐肉罐头，炒了一大盘醋熘土豆丝，戳了两瓶白酒在桌上。大家又吃又喝又吵又闹，但安德烈始终是安静的，滴酒不沾。有人硬把酒杯塞给他，姜友好拦住了，说：

"他还是学生，不能喝酒。"

"靠，咱哪个不是当学生的时候就喝酒了？姜友好你敢说你不是？"

姜友好回答得斩钉截铁："他不一样。"

"他是不一样，"那人嘻嘻笑着回答，"哪个老毛子不喝酒？"

姜友好顺手把自己杯中的酒泼到了对方脸上。

"姑奶奶说不能喝就不能喝。"

回家的路上，安德烈对姜友好说："姐姐，其实你不替我拦着我也不会喝，我答应过我妈妈，我妈说我外公就是一个酒精中毒的酒鬼，那是她的噩梦。我妈说她嫁给我爸和他跑这么远来到这里，很大的一个原因就是，中国男人不像俄国男人那样酗酒，尤其是那些在苏联的留学生培训生什么的，他们有纪律管着，更是模范。我爸就是没有纪律管着也不喝，他不爱酒。"他停顿了一下："我也不爱。"又停一下："我不能爱。"

"安德烈——"

"我是安向东，"他打断了她，"我叫安向东，姐姐。"

姜友好的心里，真的涌起了怜惜。城市的夜晚，黑暗而荒凉，他们同骑一辆自行车，他带着她。她默默地从后面搂住了他的腰，把脸贴在了他完美到无懈可击的脊背上。那一刻，她真觉得自己有了一个弟弟，这个非亲非故的城市给了她一个混血的、身份难堪的弟弟。她会保护他，她想。安德烈，不，安向东，我会保护你。

可是他出事了。掉进了防空洞里。是被人推下去的。股骨粉碎性骨折。伤愈后，瘸了。

瘸了一条腿的安德烈，变了一个人。

起初，出事时，学校把他送进了附近的一家医院，做了手术，打了钢钉。那医院从前骨科很强大，但时逢乱世，一切都不正规，手术不成功。情急之下，姜友好帮他转到了自己供职的医院，重新做了第二次手术。

这仍然不算是一次完美的手术。

姜友好天天去病房看他。就是这时候她认识了娜塔莎，也认识了安德烈的妹妹安霞。安霞比安德烈小两岁，和安德烈截然相反的是，猛一看，就是一个肤色白皙的中国女孩儿，五官轮廓完全是父亲的轮廓，认真看，才能看出她眼睛的颜色是深棕色的，那种接近黑色的、本分的棕，让人踏实和安心。

没有见过安同志。安同志在“学习班”，不能自由行动。

安德烈的腿打了石膏，高高吊着，固定在病床上。他沉默，一天也说不了几句话。来探望他的，也都是女同学，姜友好想从她们中间找出那个“女朋友”，却一无所获：她看不出异常，他对她们一样的礼貌和漠然。没人的时候，姜友好忍不住八卦地问道：“哎，哪个是你女朋友？告诉我呗。”

“姐姐你还真信啊？”安德烈冷冷地回答。

那神情和语气，让姜友好感到怪异和陌生。

窗外，麻雀喳喳叫着。树叶开始飘落，秋凉了。安德烈望着窗外的天空，忽然问道：

“姐姐，我会不会变成一个瘸子？”

姜友好回答说：“想什么呢？你见过谁骨折了变瘸子的？现代医学治不了癌症还治不了骨折了？”

他嘴角轻蔑地翘翘。

“我有不好的预感，”过了一会儿他这么说，“要是我真瘸了，我宁愿死。”

姜友好一把捂住了他的嘴。

“安德烈你听好了，你要再敢说这些话，你要敢这么想，我——”她恶狠狠地瞪着他，“你信不信我现在就掐死你？”

他慢慢移开了她的手。

“听我讲个故事，”他说，“就是那年，去北京的时候，在一辆公共汽车上，我遇到一个女孩儿。那天车上人不多，我一上来，就看见了她，”他微微笑了，“没有人会看不见她，真美啊！我从来没见过这么美丽的姑娘，穿一件蓝印花布中式上衣，脑后梳一根独辫，神态就像仙女。以往，走到哪儿，我都是那个被注目的人，可是那天，她的一双黑眼睛就像蛊术一样把一车人的魂儿都吸进去了。这是我第一次遇到了一个比我美丽的人，一个让我呼吸不畅的人……车到了一个站上，停了。她站起来，朝车门走。一车的人这时都倒吸一口气。她摇摇摆摆走着，腿有严重的残疾，一看，就是小儿麻痹后遗症，瘸得非常厉害。她在一车人的注视下走完了那几步路，一切都毁灭了，真残忍呐，也真羞耻。我就站在车门那里，因为惊愕，我都忘了给她让路，我永远忘不了她对我说‘请让让’时那种羞惭的神情……姐姐，你愿意让我变成那样？”他望着姜友好说。

姜友好拼命摇头：“你怎么会那样？瞎说，你根本不会变成那样。”但姜友好知道自己是色厉内荏，因为，事情很可能“是那样”，他的状况，不乐观。可她仍然嘴硬：“就算瘸了也不会那样——”

“那是什么样？”他笑了，“你告诉我。”

“你当然还是你——”

“安德烈吗？”他犀利地看着她，“你总是忘了我是安向东，我一直努力做一个安向东，可是我永远做不成。假如有一天我回到我母亲的故乡，在那里，恐怕也没有人把我当成一个纯正的安德烈。我只是个二毛子，对吧？好在我这个二毛子还算好看，漂亮，那是我仅有的一点东西，假如我连这个也没有了，变成一个残疾，那你让我靠什么活？”

姜友好眼睛渐渐湿了，她握住了安德烈的一只手，把它贴在自己脸上。“我不知道，安德烈，”她轻轻说，“我从来不追问，我不思考这些，为什么要思考？为什么不尊重生活的神秘感非要破解它？你破解得了吗？傻孩子，你学学我，活得就容易了。”

半年后，八个月后，一年后，最后一次复查终结了，所有人终于放弃了幻想，承认了那个不好的结局。

股骨干严重受伤缺损，加上手术的失败，安德烈的一条腿无可挽回地变短了。比起小儿麻痹后遗症那一类残疾，他瘸得不能算厉害，可是，他不是别人，他是水仙花少年。

他把自己关到了房子里，不见人。

医院组织巡回医疗队，上山下乡。姜友好跟着医疗队去了南部的中条山。临行，她去了一趟他家。可是，他不见她。任凭她怎样敲他家的门，他也不开。只是说："你走吧，姐姐。"声音平静而冷漠。

他母亲娜塔莎追出来，说："友好，怎么办？他要毁了。"娜塔莎突然迸出了哭声："他开始问我要酒喝了。"

她们站在拥挤狭窄的楼道里，对望着，没有谁来救她们。门里，是那个绝望和无辜的、正在放弃自己的孩子，她们束手无策。她们都没有办法还给那孩子完美，神没有应许她们。楼梯旁一小扇肮脏的玻璃窗外，是彩霞满天的黄昏，流金溢彩，美如梦境，一束光涌进来，网住了轻轻哭泣的娜塔莎。姜友好默默地上前，拥抱了一下她，转身离去，她不想让那个母亲看见自己眼里的泪水。

一年后，等到姜友好从南部乡下回城，再见到安德烈时，她几乎没有认出他来。那是朋友们为她接风的聚会，他来了。姜友好一抬眼，看到眼前站了个陌生人：又高，又臃肿，皮肤粗糙，眼睛浑浊，满脸的粉刺，红肿着，浓浓的、不洁的络腮胡须，满身的酒气。姜友好惊得半天合不上嘴，许久，她小心翼翼问：

"我该叫你什么？安德烈还是安向东？"

"随便，"他笑着回答，"哪有那么多事，爱叫啥叫啥。"

他用水杯喝酒，是那种玻璃水杯。满满一大杯白酒几口就光了。和人叫板时，咕嘟咕嘟一口闷，喝得凶猛而贪婪。他就这样无可救药地朝着那个酒鬼的宿命坠落。还没终席，人就像一摊烂泥一样瘫倒在了地上。姜友好想把他拖起来，拽起来，朋友们就说：

"别管他了，每次都是这样，"他们若无其事地说，"开始大家还送他回家，时间长了，就烦了。哎，这次又是谁叫他来的？谁吃饱撑的把他叫来了？"大家你看我，我看你，都摇头。

没人叫他来，没人找麻烦。可是这不大的城市，他们这些人相聚的地方也就这几处，他总能循着酒味儿而来，来了，就赶不走他。一个酒鬼的自尊心算什么呢？早就让人踩成一堆烂泥了。姜友好听他们你一言我一语描述，低头望着地上的那个人，慢慢问道：

“不管他，就是说，就让他这么躺着？”

“对，就躺着呗。”

“那你们走了呢？你们都走了，他还一个人躺在那儿？躺在这脏地上？”

“那倒不会，这几个地方的服务员都认识他，他们有办法吧？大不了把他抬到门外躺着，风吹着酒醒得快。”

姜友好不说话了。她沉默一会儿，然后抬起胳膊指着大门，轻轻说道：“滚！”

他们没听清：“什么？”

“滚！”她大吼一声，“滚——”

“你疯了姜友好？”做东的主人，她父亲老部下的儿子，也喊起来，“为了这么一个二毛子，你六亲不认了？”

她随手抄起一只饭碗，朝地上狠狠一摔，碗碴飞迸：“我以后要是再和你们这群王八蛋交往，我就和这碗一样不得好死！滚！”

“疯子！花痴！你也不看看，他还是以前那个小白脸吗？就这死狗眉竖，你也稀罕？”

“啪”一声，一只碗就飞到了他脸上，登时，那额头上就见红了。血顺着眉骨流下来，流到他眼睛里，虽说店堂里除了他们这桌没几个客人，却也引起一片尖叫、惊呼，乱成一团。姜友好跳到了凳子上，居高临下，指着他鼻子骂道：“操你妈满嘴喷粪！你瞎眼了敢欺负我弟弟！告诉你们，谁他妈以后敢欺负我弟，姑奶奶我活剥了他——”

那天的结局，是她的眼睛也变得一团乌青。父亲老部下的儿子一拳砸到了她的眼睛上。人们拉开了他。他也知道对一个女人动粗胜之不武。他们一群人裹挟着那受伤的人走了，去医院包扎。她就坐在那一堆狼藉之中，等着安德烈醒来。

天黑了。就快打烊了。店堂里一片寂静。外面，偶尔有汽车驶过的寂寞的声音。这城市的夜晚，有种比自然更深邃的荒芜。

一个服务员壮着胆子走到了姜友好身边。

“同志，我们快下班了。”服务员说，“你试试能不能叫醒他？”

就在这时，一个人进来了。姜友好看见那人，“哎呀”一声，得救似的叫起来：“安霞！是你呀，你怎么来了？”

安霞说：“我来找我哥。”

“你怎么知道你哥在这儿？”

“我不知道，”安霞安静地回答，“我一家一家找。这个时间，他还不回来，我妈就让我们出来找他。他常去的那几家，我一家一家找，总能找到。”她望着睡在地板上的哥哥，“找到了，就是这个样子……”

姜友好一阵鼻酸。

“嗨，你进来吧！”安霞冲着外面喊了一嗓子。一个大男孩儿应声而入，是个像运动员似的健壮的孩子。“这是我朋友。”安霞对姜友好说，“他会骑三轮车。”

那天，他们几人合伙把他抬到了三轮车上。安霞抱着她哥坐在车斗里，对姜友好说：“我们走了，谢谢你。”

一辆借来的、载货的三轮车，两个孩子，经常，在这城市的夜晚，载着一个沉醉不醒的酒鬼，一个酒精中毒者，穿街过巷。男孩儿在前边骑，女孩儿则把那酒鬼抱在怀里坐在后边的车斗。有月亮或者没有月亮，下雨或者天晴，情愿或者不情愿，没有选择。那是她哥哥。她不幸的亲人。她抱着他就像一个小母亲。

一周后，安德烈来了，来找姜友好。那天是星期天，姜友好在家，她开门看到门外站着的安德烈时，并没有吃惊。她默默地闪身让他进来，她知道他会来。

这天的安德烈，看上去，清爽了一些，至少，衣服是洁净的。他望着坐在对面的姜友好，说的第一句话是："我七天没碰酒了。"

姜友好没说话。

"可我不知道我能坚持多久。"他说。

姜友好还是没说话，因为她也不知道。

"他们说，你为我打架了。"他看着姜友好那只瘀青还没退净的眼睛，说道，"抱歉——"

姜友好摇摇头。"安德烈，你该说抱歉的人，不是我，"她回答，"你最该说抱歉的，是安霞。"她这么说的时候，鼻子突然酸了。

"我知道。"安德烈闷闷地说，"每次去找我的，去把我弄回来的，都是安霞。我爸不在，我妈不敢去找，她说，她一个苏联女人，满城跑，让别人看见，会给我添更多的麻烦。所以，也就只剩下我妹了……"

"安德烈，"姜友好说，"你不知道那有多让人难过……为了她，戒了吧。"

安德烈沉默不语。

隐隐地，听见了鸽哨的声音，细碎，悠扬。这城市最美的季节到了，秋天到了。天变高了，有了一种别的季节没有的空净澄明。姜友好起身，泡了两杯绿茶，端了来，说：

"喝茶吧，我们家乡的茶。"

他笑了笑，说："不喝了，我就是来跟你道个歉，走了。"这一笑，隐约地，有了一点从前那个安德烈的影子："不再打扰了。"

她没有挽留他，她真不知道该跟他说些什么，她仍然没有足够的准备来接受这样一个安德烈。他跛着腿，走到门前，那一跛一跛的姿态，让她心痛。他握住门把手，停了一停，回头说道：

"这些日子，我一直在想，不知道我妈妈的家乡是个什么样子，"他又一笑，说，“那茶的颜色真漂亮，再见——”

他走了。

姜友好后来想，那天，自始至终，他没有叫她姐姐。

那是姜友好最后一次见他。

“他是去跟你告别。”杜若说。

“是，”姜友好回答，“可我当时没意识到。不久，他跟他妈妈说，想出去散散心，想去爬华山。他妈妈答应了，给了他钱。这一走，从此就没了音信。”

菜凉了，酒也凉了。少年的故事告一段落。杜若起身，热菜，温酒。她端着热好了的冬瓜汤回到桌前坐下，姜友好举起了酒杯说；

“添酒回灯重开宴。”

杜若举起杯来，回了一句：“相逢何必曾相识？”

“杜若你这句不对，”夏莲也举起了杯子，“姜友好可不是天涯沦落人啊。”

杜若笑笑，望着姜友好，说：“骨子里是。”

姜友好把杯中的酒一饮而尽，重新斟满了，郑重地举到了杜若脸前：“杜若，从今天起，不管你愿不愿意，我是交定你这个朋友了。”

杜若没有回答，只是把杯中的酒，一口饮干了。酒使她的眼睛里波光粼粼：“姜友好，我能像安德烈一样，叫你姐姐吗？”

“当然可以。”姜友好说。

“姐姐。”杜若叫了一声。突然热泪满盈。

许久，姜友好轻轻说：“杜若，你喜欢安德烈吧？”

雪还在下。纷纷扬扬。天渐渐黑了。她们没去开灯。窗外别人屋顶上厚厚的积雪，闪着微光。杜若望向了窗外，说：“冰天雪地，他会在哪儿？”

“不知道。”

“我喜欢安德烈，姐姐，”杜若说，“是那种遥远的喜欢。就像我喜欢星星，喜欢流云，喜欢江河，喜欢黄山的云雾和古希腊雕像，一句话，我喜欢美。我并不想拥有它们，只是远远地喜欢着，就很满足。但那是今天之前，今天之后，一切都不同了，从今往后，这世界上，多了一个让我牵挂和心疼的人，我心疼他，姐姐……”

姜友好懂。

她们就这样成了朋友。

几乎每个星期天，杜若都要来姜友好家，来了，就一起做好吃的。夏莲如果不跑车，也会过来凑热闹。姜友好家是杜若最好的舞台。夏莲从北京输送来的那些肉、蛋之类的食材，正好让杜若大显身手。面对着一桌佳肴，常常让姜友好惊叹。

“杜若，你小小年纪，这厨艺是跟哪个大师学的？”

“赵佩兰大师，”杜若玩笑地回答，“在下的母亲。”

“好羡慕啊！”姜友好说，“有个厨艺如此了得的妈妈，太幸福了。”

“是。”杜若说，“我妈热爱烹饪，而我爸又是个吃货，他的味蕾天生比别人丰富，他俩堪称珠联璧合。所以我妈就是炒一个白萝卜丝，也尽心尽意，比别人炒的好吃太多。就像现在，什么都缺，什么都没有，可我妈总会绞尽脑汁让每一顿饭都尽量可口，因为我爸的人生信条就是：吃饭无小事。”

“听你这么说，我都惭愧了，”姜友好说，“要不，也让我家人帮你家采买东西？让夏莲一块儿带回来？”

“那怎么可以？绝对不行！”杜若郑重地拒绝，“我爸的另一个信条就是：不给别人添麻烦。”

“那你就把我这里的东西带回去些，咱们分享。”

“更荒谬了。”杜若回答得斩钉截铁，“我爸还有个信条，就是：君子不吃嗟来之食。”

“你爸怎么有那么多信条？”姜友好笑了。

杜若也笑了。

“其实，我爸妈南方老家那边也有家人偶尔会接济我们，给我们寄些腊肉腊肠、霉干菜笋干之类，而且我们南方人，每人还多供应几斤大米，比起这城市的许多人，已经好太多了。”杜若说，“我妈常说，好日子谁都会过，能把匮乏的、困难的日子过得有尊严又有滋味，才是了不起。”

“你家的人简直都是哲学家，”夏莲笑着说，“简直太恐怖了！”

“你妈这话，我听另一个人也说过类似的。”姜友好若有所思地说。

“谁？”

“娜塔莎。”姜友好回答。

哦，安德烈的母亲。杜若想。那个传说中的女人。

下一个星期天，在姜友好家里，意外的事情发生了。杜若进门来，看见一个丰硕的、有些臃肿、远远谈不上美丽的异国女人，正端着一只碗，在搅拌着什么。姜友好说：

“杜若，这是娜塔莎。”

走了这么远的路，从一九五八年，到现在，她们遇见了。

几年前，安同志去世了。死于脑出血。那时他还在学习班，不能回家。据说他早晨就剧烈头疼，中午没吃饭，下午就昏迷了。夜里，传呼电话找她，是他们单位的人，通知她去某某医院。她去了，看见他躺在急救室的床上，人已经不行了。

火化时，送行的除了殡仪馆的工作人员，只有娜塔莎和安霞。安同志的问题，还没有“定性”，为了避嫌，没人敢来吊唁。在火葬炉前，娜塔莎最后亲吻了安同志，没有哭。

之前，她曾不止一次对安同志说：“你要答应我，不能走到我前边，你要走我前边，我会恨你。”

安同志回答说：“我答应你。”

她又说：“你还要答应我，将来，我死了，你要送我回去。”

安同志说：“我答应你。”

这样的一问一答，信誓旦旦。可实际上，他们都知道，那是多么不靠谱和渺茫。他们躺在床上，他搂着她，心里一阵一阵苍凉。安同志知道，在遥远的她的故土，妻子也早已没有亲人了。她的父亲和哥哥，都死于卫国战争。母亲则是在战后不久病逝。安同志认识她时，她就已经是一个孤儿，也因此，安同志当初才非常自信和意气风发地对她说：

“跟我回中国，我会给你一个最幸福的家。”

显然，他食言了。他没能使她感到“最幸福”。他也没能做到，走到她后面，送她魂归故里。

她把安同志的骨灰盒抱回家，安放在他们的卧室里。她说：“我知道你不舍得走，你在等安德烈回家。”夜深人静，有时，她会听到房间里传出轻轻的叹息声，她问道：“是你吗？”听不到回答，她就在黑暗中坐起来，一支接一支吸烟。

她想念他们，安同志，还有，亲爱的，亲爱的安德烈。

安霞也去插队了。安霞插队的地方，不算太远，属于这城市的远郊区，家里，就只剩下了娜塔莎一个人。现在，她想念的人里，又多了一个。

几乎没什么人和她来往。她曾经在这个城市的图书馆上班，工作就是翻译一些外文资料，但多年前她就因为身体的原因办了“病退”，吃劳保。她得了肺结核。那时中苏交恶，报纸连发“九评”，发《某公三哭》，她病退得也正是时候。多年来，她蜗居家中，做主妇，从前的同事早已断了往来，邻居们也都是点头的交情，谁愿意和一个苏联女人扯上关系呢？曾经，有一个女教师，是中俄混血儿，她们有过几年的友谊，后来，一九六六年之后，这友谊就戛然而止。

在这城市，她举目无亲。

后来就认识了姜友好。

当然是因为安德烈。是她的安德烈，让她认识了这个热情、冲动、有古道热肠的姑娘。她猜，那是上帝对她这个流落异乡的母亲的怜悯。

这城中，只有这一个人，敢来敲开她寂寞的房门。和她谈安德烈。听她讲安德烈种种的故事。起初，她来，会问娜塔莎：“有消息吗？”渐渐地，时间长了，就不再追问。不是不想，是不敢。她们彼此都顽强地、坚韧地相信着一件事，就是：她们的安德烈，娜塔莎的儿子和姜友好的弟弟，一定还活在这个世界上。她们嘴里不说但其实心里都在猜测着一个最大的可能，那就是，他越过了国境线，回到了他母亲的故国。

这种猜测，让她们有一种罪恶的、隐秘的安心。

她来，常常会带一些吃的，有时是一块牛肉，有时则是一盒咖啡。总之都是雪中送炭。娜塔莎会留她吃饭，给她做她喜欢的俄式菜肴，她也会把自己的事讲给娜塔莎听，她一次次热闹的恋情，那些呼啸的、死去活来的追求者，等等。终于，她安静了，安静地走心地爱上了一个人，把自己嫁出去了。

娜塔莎送了她一块琥珀吊坠和一条银链做结婚贺礼。那是她从故国带出来的不多的几件纪念物。她对姜友好说：

“友好，结婚后，你就别再来了。”

“为什么？”

“你丈夫是现役军人，为了他，你要避嫌。”娜塔莎郑重地回答。

姜友好愣住了，显然，她没想到这个。她认真思索了片刻，说：

“娜塔莎，你早入了中国籍，早就是中国人了。我为什么不能和一个中国人做朋友啊？”

可是，话虽如此，姜友好自己也知道，娜塔莎的话，是有道理的。她不是真的不懂轻重利害。婚后，她不再去看娜塔莎，不再和她有任何联系。可她心里却有着愧疚，觉得自己和所有人一样，抛弃了娜塔莎。

那是对安德烈的背叛。

她永远记着那个孤独迷惘的少年，站在阳光下，叫她姐姐。仅此一声呼唤，就是一世的亲人。她甚至猜想，那最后一次见面，他其实是隐晦地、曲折地，把娜塔莎托付给自己了。记得临出门时，他说的最后一句话，是他的妈妈，以及妈妈的故乡……

她和她的海军军官郑渡江说起过娜塔莎，也说起过她的愧疚。郑渡江是某部的作训参谋，他安慰妻子说："友好，就先听娜塔莎的，等过两年我转业了，咱俩一块儿去看她。"

姜友好明白了。她不能给丈夫惹麻烦。

但是冥冥中一定有什么在帮忙，杜若来了。

婚后一年多来，姜友好第一次联系了娜塔莎，她给娜塔莎写了一封短信，说，一个朋友，特别想学做俄式菜肴，不知道娜塔莎能在这个星期天来家里教授一下吗？她在信的末尾写道："娜塔莎，这个小朋友，你一定会喜欢，因为我喜欢她，哦，对了，她是安德烈的同学。"

她知道，有了最后这句似乎是轻描淡写的话，娜塔莎一定会来。

姜友好说："杜若，这就是娜塔莎。娜塔莎，这是杜若。"

杜若一时手足无措。

星辰似的娜塔莎，月光似的娜塔莎，不应该是这样一个肉身的人，一个气味浓烈的人，有着结实的下巴和硕大无朋的胸部，系着围裙，站在她面前，手里捧着一只碗。她觉得有一种压迫感，如山的肉身对她的压迫。她感到自己呼吸都变得急促。

"杜若，"只听姜友好叫她，说，"娜塔莎来，是来教你做西餐的。"

"哦——"杜若慌乱地回答，"谢谢您。"又补一句，"太谢谢您了——"

娜塔莎看看她，没有寒暄，说道：

"来，洗手，我先教你做蛋黄酱。"

原来她正在搅拌蛋黄酱。那是做土豆沙拉必备的酱料。将新鲜鸡蛋磕进碗里，只取蛋黄，加一点花生油进去，用筷子不停地、朝着一个方向搅拌，等到蛋黄和油充分融和，再继续添加食油，接着搅拌，再加油，再搅拌，如此循环往复，直到蛋黄变成如奶油般浓稠缠绵，蛋黄酱就算是大功告成。做法简单，但要有耐心，也要有一些技巧。

杜若接过了娜塔莎递过来的瓷碗，渐渐地，她的心静了。一切，有了真实感。置身于厨房、食材、炊具，这些日常的场景中，杜若如鱼得水。搅拌这点小技巧，她一点就通。但她觉得奇妙，蛋黄、油，如此简单，却能催化出另一种物质，犹如新生命。这让她心生喜悦。

“人真是聪明。”她忍不住这样说。

“这算什么？”姜友好笑道，“人都登上月球了，一个蛋黄酱还值得感叹？”

杜若回答：“那种聪明和我无关。太大了。我只能被小聪明、小收获感动。”她回头望着那个师父说：“娜塔莎，谢谢你。”

她脱口叫出了她的名字，也没有再说那个敬语：您。她真心地喜欢这样有收获的一天。

娜塔莎说：“今天教你土豆沙拉和红菜汤，你要是还想学别的，就到我那里去，我那里厨具齐全。”她望着她微微一笑：“当然，你要是不介意的话。”

杜若收敛了笑容。她想，这个苏联妇女，这个壮硕的俄罗斯母亲，这就是安德烈的妈妈啊。安德烈的妈妈在教她做菜，多么不可思议，简直有天方夜谭般的奇幻。她忽然觉得幸福来得太突然：“介意？”她回答：“我当然介意，我很荣幸。”

姜友好笑了。她知道事情成了。

那天的土豆沙拉和红菜汤，是杜若的西餐启蒙。正确地说，是不算纯粹的俄式西餐。娜塔莎的红菜汤，早已因为照顾安同志的口味，被不知不觉改造过了。就像几十年后遍布世界各地的宫保鸡丁、咕咾肉一样，早已不是原本的滋味。可杜若不知道，就是知道了，又有什么关系？她仍然会认为，这是世界上最好吃的红菜汤。

娜塔莎那天并没有留下吃饭，她执意要走。她说：“友好，饭我就不吃了，我家里还有事。”姜友好知道她家里没事，却也知道她是不想逗留太久，一是避嫌，二是，逗留越久，越难以割舍。特别是几杯酒入肠，怕是会更加伤感。姜友好笑笑，说：“行，你走吧娜塔莎，千里搭长棚，没有不散的筵席。”姜友好那天，特地，戴上了娜塔莎送她的琥珀项链，那是一块古老的波罗的海琥珀。娜塔莎伸手摸了摸那晶莹剔透的宝贝，说：

“它真适合你。亲爱的。”

姜友好一下把她抱住了，红了眼圈。她紧紧搂着她，说：“对不起，对不起，对不起娜塔莎——”

许久，娜塔莎说道：“友好，你是我见过的，最善良的人。你已经为我们做了太多太多，又不是生离死别，我们总还会见面的不是吗？”

姜友好松开了手，说：“再见！”

娜塔莎努力地微笑，说：“再见！”

那一刻，杜若有些明白了，她们其实是在“生离”。

还明白了一件事，姜友好，是把娜塔莎托付给自己了。

三、杜若与娜塔莎

杜若是普通人家的孩子。

杜家一家五口人，住在父亲单位的宿舍公房里，是两间青砖灰瓦的平房。生活谈不上富足，也绝不算清苦。父母的薪水，不高，不丰裕，却也不很低，再加上母亲善于持家，所以，他们的日子，过得衣食无忧，在那个年代，几乎算得上是小康了。

杜若父亲供职的这家研究所，叫中医研究所。但杜若的父亲并不是中医，他毕业于南方的某个医学院，一毕业则被分配到了这个严寒干旱物产不丰的北方城市。那时，这家研究所刚刚成立，设立了附属医院，是新中国的新事物，提倡中西医结合，病理、化验、影像这些现代医学手段一样也不能缺，于是，杜若父亲就被分配到了这家新医院的放射科，做了影像学医生。

命运真是奇怪，杜医生不信中医，却将要在一个中医院里度过未来的岁月。

他不吃中药，却几乎是在第一时间就喜欢上了晾晒在太阳下的那些草药的气味。他也很喜欢看人将草药在碾槽里碾碎的那种劳作，喜欢那些中草药的名字，淡竹叶，六月雪，茵陈，钩吻，念起来，意境悠远，像一个个曲牌、词牌，有诗意。总之，杜医生是有些文艺气质的，他以审美的态度看待着这个他将要贡献一生的地方。

孩子们出生后，他给他们起名，都是草药：杜若、杜仲、茯苓。

杜若妈说："怕人家不知道你在哪上班啊？你是有多喜欢这里？"

杜若母亲赵佩兰女士，是内科大夫，也是杜医生的同学。但赵大夫真正热爱的不是医生这个职业，她不热爱任何职业，她热爱家庭生活。她的理想，是做一个有知识的家庭主妇。

杜医生说："你呀，当初该去读家政系。"

赵女士说："那我还怎么嫁给你？"

杜医生说："你本来就不该嫁给我，你应该嫁给一个大教授，住在清华园或者北大的什么园里，做太太。嫁给我，委屈你了。"

"下辈子吧。"赵女士宽宏大量地说，"这辈子就这么凑合吧。也就这么几十年，一眨眼就过完了。"

赵女士善烹饪，厨艺一流。杜医生则天生味蕾丰富敏感，是美食家的胚子。两人也算高山流水的知音。赵女士是俞伯牙，杜医生则是钟子期，一个会做，一个会吃。而他们寄居的这个北方内陆城市，在许多时候，是贫瘠的，样样都缺，俗语说，巧妇难为无米之炊啊。可不是还有另一句话吗：沧海横流，方显英雄本色。说的就是赵女士了。

在艰难的日子里，赵女士绞尽脑汁，使他们家的餐桌，尽可能不显贫乏、粗陋。两毛钱的猪肉，也能变出花样，肥的切片，煸成金黄色，煸出油来，加酱油加糖，红烧小萝卜；瘦的切丝，炒蒜苗、炒青椒、炒芹菜或者炒榨菜，再烧一个冬瓜粉丝虾皮汤，或者西红柿土豆浓汤，就是一顿有荤有素、有菜有汤、色香味俱全的正餐。每月供应的猪肉，再少，也要将一部分肥膘炼一些猪油，存起来，没肉的时候，猪油就是救场的法宝：一碗素面，加小小一勺猪油进去，哦，天地变色，换了人间。

杜医生常常感慨："一箪食一瓢饮，回也不改其乐。"

杜若就说："备注，这一箪食一瓢饮，得是我妈加料的，否则，您也照样不堪其忧。"

杜医生就笑，说："是我运气好啊。"他看着大女儿，说："杜若，将来，谁娶到你，也是福分啊！我可不舍得让你像你妈一样，为一日三餐这样呕心沥血。你要跟那个混小子说，你不会做饭。"

杜若夸张地叹口气，回答说："爸，可我和我妈一样，就喜欢做饭啊。"

是，耳濡目染，杜若得到了母亲的家传，在这城中，有她这样厨艺的年轻人，怕是鲜见，而像她这样热爱烹饪的，就更是凤毛麟角了。

下一个星期日，杜若就去了娜塔莎家。

看上去，也是一栋普通的三层楼房，红砖到顶，陈旧的楼梯，一门两户。娜塔莎家在三层，从前，安同志还是这家设计院总工的时候，这一层中的两户被打通了，住了他们一家，十分宽敞。如今，打通的房间早已被封闭，另外一边，搬进了别人，割让出去了一半。可尽管如此，在这个城市，也算是优渥的居住环境了。

两间房屋，向阳，背阴的一面是厨房和卫生间以及一间没有窗户的小杂物间。那两间向阳的房间，一间大，一间略小。大的那间，用一排书柜隔断，一边做了客厅和餐厅，一边则是娜塔莎的卧房。客厅里，有一只深枣红色丝绒双人沙发，有波斯铜盘做桌面的小茶几，有铺着亚麻台布的餐桌，有胡桃木雕花的玻璃餐具柜。柜子里，陈列着一些漂亮的瓷盘，而柜子上，则摆放着家人的照片。一眼，杜若就看到了安德烈。

那是一张单人照。背景是天空。天空下，站着一个忧郁的少年。他穿着最平常的白衬衫，风吹乱了他的头发，微眯着眼睛，像是眺望。呼之欲出的美啊。

杜若望着他，想，原来你是生活在这样的地方，可你，偏说自己是安向东。

忽然就感到了一阵刺痛。

“你们是同学？”身边响起了娜塔莎的声音。

“是。”杜若点点头，“不一个班，他不认识我。”杜若微微一笑，“可我认识他。”

“他好认，”娜塔莎说，“特殊。”

“他美。”杜若说。

娜塔莎愣了一愣。有些惊讶她的直率，还有她的措辞。她不说好看，不说漂亮，她说美。

“是，”娜塔莎说，“我也曾经为这个骄傲。”她伸手抚摸一下照片上那张无懈可击的脸庞，“可是也太容易被摧毁。”

“不，那要看怎么说，至少我记住的，就是这样的安向东，照片上的安向东，”杜若回答，她还是不习惯叫他安德烈，“永远的大卫，永远的纳西索斯，永远的……美少年，不会变。”

她在安慰一个母亲。娜塔莎知道。善良的姑娘，她想。在沙漠般广漠的敌意和冷酷之中，这一点善意，就是绿洲。阳光洒满房间，从厨房里飘出了一股浓郁的香气，娜塔莎说：“哦，面包烤好了，跟我去看看。”

那是杜若第一次看到一只面包的诞生。从烤箱里取出，皮色油亮焦黄，热气腾腾，芳香四溢。她惊喜地问道：“这就是俄罗斯大列巴吗？”

“是。”娜塔莎回答，“本来想烤一只黑面包，怕你吃不惯。其实，配牛肉或者鱼，黑面包才更正宗。”

就这样开始了。杜若和娜塔莎之间的故事。厨房里的故事。那厨房很宽敞，远非杜若家的小厨房可比。有稀罕的电烤箱。灶台阔大，房间中央安放一张大方桌，既是操作台，也是主妇休憩喝茶的地方。墙角处，整齐地码放着一堆劈好的果木柴和蜂窝煤，这个城市，还没有煤气和天然气，家家户户烧煤做饭。墙壁上挂着几只黄铜的煎锅，擦得光亮如镜。那煎锅，真是古朴漂亮。

那天，娜塔莎教杜若做了炸猪排，以及，酸黄瓜的腌制方法。她留杜若吃饭。说，一个好大厨，要亲自检验自己的劳动成果呀。杜若也就没有客气。娜塔莎一边在餐桌前摆放刀叉餐具，一边说：“这餐桌，好久不用了，家里的男人们不在后，我和安霞，就不在这餐桌上吃饭了。”

她们俩，正式地，一个桌头，一个桌尾，对席而坐。镶金边的白瓷盘，沉甸甸的银餐具。菜式却是简单的，酸黄瓜配小小一块炸猪排。盘子硕大，越显得猪排瘦小伶仃。新烤的面包在筐子里，切了片，放在餐桌正中央。没有奶酪奶油，却配了一小碟中国的豆腐乳。鲜红的腐乳，白瓷碟，鲜明如画，却有一种挣扎在里面似的。

“安德烈的爸爸，喜欢吃腐乳。他喜欢用新烤的面包配腐乳吃。”娜塔莎这么说，“时间长了，我也喜欢上了。”

娜塔莎凝视着碟子又说：“安德烈也喜欢。”

原来是这样，杜若想。她伸手取来一块面包，无师自通，用手边的黄油刀切下一小块腐乳，涂抹在面包上，咬了一口，微酸的面包和咸香的腐乳，以及酥脆的面包皮，搭配起来，果然，是好吃的。杜若笑了，说：

“我中有你，你中有我，妙。就像——”她想想，“友好的名字。”

娜塔莎也笑了，说：“杜热，你真是个有趣的人。”她汉语很流利，不知为什么却总是发不好“若”这个音。“我天天吃，也想不出这样的形容。怪不得友好一定要让我们认识。其实原本我有顾虑，后来想，是友好的朋友，一定是和友好一样好的人，果然。”

“友好是女侠。”杜若认真地说，“江湖最后的侠客，我比不了。”

“快尝尝猪排，冷了，就不好吃了。”娜塔莎说。一边举起刀叉，向杜若示意：“来，看我怎么切。”

猪排裹了蛋液和面包糠，外焦里嫩，颜色金黄，咬下去，一声脆响之后，肉香四溢。只可惜，没有几口，盘子就光了。她们几乎同时从盘子上抬起头。

“太好吃了。”杜若说。

“太少了。”娜塔莎说。

都笑了。

“前些天，安霞回来一趟，给她买肉做了些吃的带走了，肉票就剩这些了。”娜塔莎抱歉地说，“好怀念能够大大方方慷慨宴客的时光……”

“娜塔莎，酒海肉山就不珍贵了，”杜若说，“这块炸猪排，我想我会记一辈子。”

“谢谢你，杜热。”娜塔莎深深地看着她，“谢谢你这么说。”

那天，从娜塔莎家出来，杜若就去找夏莲了。

“夏莲，你北京那边，有关系吧？”她问。

“有啊，干什么？”

“能帮我买点牛肉、猪肉，或者排骨吗？”杜若说。

“这事啊，”夏莲回答，“你找姜友好不就行了？你让她家人帮你买，到时候和她的东西一块儿交接，多省事。”

“不，不找友好，”杜若说，“这事别告诉友好。你能找到别人吗？”

“行吧，”夏莲说，“可是，你干吗这么神秘？”

“可能的话，能买点黄油就更好了。”杜若避而不答。

“黄油？”夏莲更加地好奇，“你买黄油干什么？你发烧了？你怎么不买鱼子酱？”

“哦，你提醒我了。”杜若拍拍脑门，“要是有鱼子酱罐头，就买一盒。”

夏莲怀疑地打量着她，半晌说道：“不对，杜若，你坦白吧，到底怎么回事，你不说，休想让我为你服务。”

夏莲和杜若，住同院。她们从幼儿园起，就是同学。夏莲家和杜若家，一个住前排，一个住后排。夏莲的父亲，是药剂师，而她母亲，则在煎药房煎汤药。那些年，中学没复课时，夏莲常带杜若去煎药房那里玩，拣药渣里的莲子和大枣吃。

“我在学做西餐，我得自己备料。”杜若只好回答。

“天哪！和谁学？这你哪儿学得起？”夏莲叫起来，“哎我可告诉你杜若，到时候你可别让我垫钱，咱们亲姐妹明算账！”

杜若从口袋里，掏出几张十元的钞票，往桌子上“啪”一拍，说：“五十块，我预存你这儿，行了吧？”

夏莲惊得眼珠子都要掉出来了。杜若出徒不久，一级工，月薪三十出头，这破釜沉舟的架势，是不活了吗？

“你疯了？”夏莲说，“还是失恋了？这是受了多大的刺激？”

杜若笑了，说：“你不想让我成一个西餐大厨啊？等我学好了，你上我家来，你想吃啥我给你做啥。”

“我对西餐没兴趣。”夏莲回答，“不过我对教你西餐的人有兴趣。”夏莲笑了，头一歪，“坦白吧，是谁啊？在哪儿上班？比你大几岁？让我见见他，我就帮你买。”她猜想，许是杜若交男朋友了。

杜若一推她：“想哪儿去了？”她说：“与风花雪月无关。一个女师父，和我妈差不多大，行了吧？你要不想帮忙，直说！我去找别人。”

杜若的忙，夏莲不帮谁帮？于是，这一周，牛肉、排骨，下一周，猪肉、黄油，一样样地，陆续地，买到了。杜若自备食材上门，学做菜，自然是不想给娜塔莎增添负担。听姜友好说，多年来，娜塔莎一直领着劳保工资，只有四五十元钱，从前，有安同志，自然不是问题，如今，安同志走了，这钱养活她和安霞两人，远谈不上富足。杜若自备食材，娜塔莎因材施教，带牛肉来，就做罐焖牛肉、土豆烧牛肉，罗宋汤也就是红菜汤；带猪肉来，就做炸猪排、肉饼、肉冻……

但是这让娜塔莎深深地不安。她知道这些东西来之不易。几周后，她对杜若说：“杜热，你要再带这些东西来，我就不让你进门了。”她说得斩钉截铁，杜若想了想，回答说：

“那我们定君子之约，我不带东西来，你也不能准备，我还不算笨，咱们纸上谈兵，你讲，我用笔记录下来，怎么样？”

娜塔莎笑了，说："好。"然后她说了一句中国的成语："君子一言，驷马难追。"

杜若准备了一个笔记本，红色的塑料皮，上面印着"备战备荒为人民"这样一行语录。里面，洁白的扉页上，杜若郑重地写下了题目:《娜塔莎菜谱》。写下这行字，杜若笑了，自己也觉得不很合适。想再换个本，找出来，一看，封面上印的是：要斗私批修。更不合适了。想想，算了，就用"备战备荒"吧。国家在敌对，人民在修好啊。杜若开玩笑想。笑了。

从此，娜塔莎口述，杜若记录。第一道菜式，就是：土豆沙拉。杜若在后面做了这样的备注："这是我认识娜塔莎的开始，她跟我说的第一句话是，来，我教你做蛋黄酱。在这之前，我以为，娜塔莎只是一个传说。蛋黄酱也就是美乃滋，不过我们的美乃滋是改良过的，因地制宜，用普通食油代替了橄榄油，里面，除了盐，不加任何香料。"

那些她们一起做过的菜，一样一样，杜若都详细记下了。没做过的，娜塔莎想起什么，就随口讲出来。常常，这些菜肴，都伴随着一个故事。或者，是在讲述一件旧事时，忽然想起一个菜品。她和安同志第一次约会，安同志点了一个什么菜啦，她怀安德烈时，特别想吃的一种甜品啦，诸如此类。现在，她们彼此都没有了负担，杜若说来就来，说去就去，来了，娜塔莎不过是一杯热红茶或者一杯咖啡款待。咖啡是速溶的，固体的一块，包着纸，叫"咖啡糖"。偶尔，她会做一些叫作欧拉季益的俄式松饼来做茶食。自然，这欧拉季益的烘焙方法，也被杜若原原本本记录了下来。

"我吃过的最好吃的欧拉季益，是我妈妈做的。"一次娜塔莎这样说，"我妈妈年轻时非常美丽，安德烈长得就像我妈妈，她在一家餐厅做服务员，认识了我父亲。我父亲那时在大学里做助教，年轻，英俊，朝气蓬勃，他们是一见钟情，如烈火干柴，还没结婚就有了我哥。"娜塔莎笑笑。说，一个老故事而已。无非是，婚后，并不幸福。先是父亲在大清洗中被小小地牵连，出了问题，被迫离开了莫斯科。几年后回来就变成了一个毫无廉耻的酒鬼。"就像，后来的安德烈。”娜塔莎迟疑一下，这么说。

“我父亲几乎没有一天是清醒的，永远醉醺醺回家，身上沾满呕吐的污渍，臭烘烘一头栽倒在地板上、沙发上、床上，有时彻夜不归，我妈妈就彻夜不眠……她心疼他。可我，我记不住我母亲嘴里那个英俊的、帅气的父亲，他离开莫斯科时，我才五岁，所以，我以这个酒鬼父亲为耻，我恨他，我甚至诅咒他死。果然，战争来了，他死了，德国飞机轰炸莫斯科，一颗炸弹落在了我们家住的那幢楼上，而在炸弹爆炸的瞬间，我父亲扑上来护住了我，把我压在了他的身子下面。他死了，我活着，他的血流了我一脸……上帝听到了我的诅咒。”娜塔莎无声地笑笑。

“后来，我妈妈告诉我，我父亲也最喜欢吃她做的欧拉季益，她说，你知道吗？你和爸爸一样，你们都喜欢咸味的欧拉季益，特别是牛肝口味的。”娜塔莎说。

那天回到家里，杜若在这道菜谱的后面，记下了娜塔莎的这一番话。她很感慨，想，活到娜塔莎那么大，活到父母那么大，活到更老，这一日三餐中，该有多少的故事？

四、丽人行

那已经是春天了。这个城市的春天，总是来得很晚，又短。清明过后，谷雨过后，才姗姗来迟。飘柳絮了，飘杨絮了，杨花落了一地，几乎一眨眼，就是夏天。这个季节，杜若喜欢在休息日骑自行车去城外挖野菜。河滩、野地、田地旁，绿意盎然，到处生长着新生的蒲公英、荠菜、苦苣、马齿苋等等。杜若最爱的当然是荠菜。她一早踏着露水出发，中午之前，就会有满满的收获。这样，晚餐的餐桌上，就有新鲜的荠菜饺子吃了。

她约娜塔莎去郊外挖荠菜。

她骑车去和娜塔莎会合，意外的是，竟看见了姜友好。姜友好推着一辆红色的坤车，二十六的大链盒“凤凰”，和娜塔莎并排站在路边。

“友好，你怎么也来了？”杜若十分惊讶，“你怎么知道的？谁告诉你的？”

“我听夏莲说的。”友好笑笑，“她说你要和你的师父去挖野菜，我忍不住跑来了。”

有一年没见了，友好看上去清减了许多。“你瘦了友好，”杜若望着她脱口说，“你没事吧？”

“我能有什么事？”姜友好豪迈地反问。

也是，姜友好能有什么事呢？杜若笑了，说：“太好了，三人行。”姜友好说：“丽人行。”

天气晴好，天空湛蓝。树叶是初生的新绿，鲜嫩得让人心软。她们三人骑行，姜友好的“红凤凰”十分招摇，比它更招摇的，是金发白肤的娜塔莎。三人三骑，被人看了一路。杜若多少有点不习惯，姜友好却全然不在意，大声笑道：“田汉先生塑造，三个摩登女性。说的就是我们呢！”那是被批判的毒草电影《丽人行》的题记。杜若心里咯噔一下，她觉得姜友好的举止有点夸张，这让她有些不安。好在城不大，朝西，过桥，再朝南，渐渐有了郊野的风景。她们来到一片野草滩，抬头就是烟蓝色的西山。支好自行车，杜若用手一指说：“这是我的宝地，这里的荠菜，又多又好。”

娜塔莎和姜友好，都不认识荠菜，杜若教她们辨识。果然，这里的荠菜一丛丛一片片，四处可见，鲜绿水灵，三个人分头寻找，没用太久，她们的大网兜就装满了。杜若说：“够了，足够我们吃饺子了。歇歇吧。”

她们席地而坐，手被野菜的汁液染绿了。各自都带了军用水壶，也不顾卫生，拧开就喝，仰着脖子，咕嘟咕嘟喝得十分欢畅。草滩上，有些不知名的小野花开了，这里一片，那里一片，静静地，开得又寂寞又热闹。阳光照在她们脸上、身上，天地静谧得如同没有人类。许久，姜友好说：

“真好。都不想回去了。”

“是啊。”娜塔莎说，“就像在梦里，不想醒来。”

“我爱田野。”杜若说，“来了，就不想走。”

“以前，安德烈还小的时候，夏天，我常常带他和安霞去采蘑菇。我知道一个地方，有松林，有榆树和槐树林，夏天，下过雨之后，树下到处都是新鲜的刚出生的松蘑、榆蘑。采回来，我给他们烧蘑菇汤，安德烈闻着蘑菇汤的香气，会说：真幸福啊——”娜塔莎望着烟蓝色的西山，这么说。

“那是什么地方？”姜友好神往地问，“我们也去好不好？”

飞来一只喜鹊，倏地落在了草地上，歪着头，冲着她们，喳喳喳激愤地叫着，对峙着，杜若笑了。“鸟听到我们的话了，这里是它们的天地，你看，它不满意了。”她这么说，“走吧，我想让你们尝到最新鲜的荠菜。”

这城中的习惯，休息日吃两顿饭，那天的正餐，是荠菜猪肉馅饺子。杜若原本计划包纯素馅的，但是姜友好说：“荠菜猪肉才是在论的呀。”她执意骑车跑回家拎来一块猪肉，说是夏莲昨天才给她捎回来的，刚好派上用场。“有肉大家吃！”她说得兴高采烈。杜若想，友好这是怎么了？有点不太对劲，不避嫌了吗？想问她，又没问出口，是真心不舍得破坏这难得的欢乐。于是三个人，择菜、剁肉馅、和面、包饺子，干得热火朝天。拌饺子馅负责调味的，自然是杜若，剁肉时，她仔细地剔除了所有的筋络血管，剁好后，用生姜水打馅，使肉变得鲜嫩无腥。荠菜则切得细碎均匀。菜和肉的比例也恰到好处。调味料却极简单，除了肉馅需要少许酱油煨起，就是一点盐、一点白糖和一勺的熟食油锁水，其余的，葱、香油、味精、五香粉之类一概不用。这样，杜若说，才不干扰和毁损荠菜的清鲜。

果真，太好吃了。

娜塔莎说：“杜热，这是我这么多年吃的最好吃的饺子。”

姜友好说：“杜若，你真是个宝藏，认识你这么久了，居然还能给人带来惊喜。”

杜若笑而不答。

娜塔莎又说："我要是早认识你就好了，安德烈的爸爸和安德烈都很喜欢吃饺子，可惜我的饺子总也做不好。"她盯着盘子里的饺子说："现在我就是学会了，他们也吃不上了。"她笑笑："我就不学了。"

"娜塔莎，不是还有安霞吗？"姜友好说。

"安霞不一样，安霞从不挑剔，我做的任何东西她都说好，真心赞美，我想，这大概是因为她刚懂事就遇到了三年困难时期吧？她知足。"娜塔莎回答。她大概也觉得这回答有点言不由衷，"好吧，友好，别这样看我，我承认，上帝也知道，我爱安德烈可能更多一点……吃到他喜欢吃的东西，做他喜欢做的事情，我就有罪恶感：我的儿子不知道在哪里流浪、受难，我却在享受——"

"又来了娜塔莎，"姜友好打断了她，"你没有做错任何事，亲爱的，不对的是他。不过今天我不想说安德烈，就今天一次，原谅我……今天我只想说快乐的、高兴的事。你这里有酒吗？哦抱歉我忘了，你家里怎么会有酒？这么美味的饺子，焉能无酒？此刻有杯竹叶青就好了。"

杜若起身，说："我去买。"娜塔莎叫住了她，说："我有威士忌，我去拿。"

杜若和娜塔莎对视一眼，愣住了。

片刻，娜塔莎捧着一个托盘过来了，上面有酒瓶和三个酒杯。酒瓶是打开的，里面的酒只有大半瓶。她一边倒酒一边说：

"安德烈的爸爸走后，我一个人太寂寞，偶尔会喝一杯。"她笑笑，"不过你们放心，我不是安德烈，不是我父亲，我还有安霞。来——"她举起了杯子，问："为什么干杯？"

杜若说："为春天，为田野，为慈悲的荠菜，为我们爱的人。"

姜友好说："还有，为自由，为无牵无挂。"她嫣然一笑："为——为我重新变成一个自由的单身女人——"

什么？娜塔莎和杜若以为自己听错了。

"我离婚了。"姜友好笑着说。

杜若惊住了。

“为什么？”娜塔莎心慌意乱地问，“是因为我的缘故？”

“怎么会因为你？”姜友好回答，“当然不是。是因为我父亲，我父亲的问题至今没有结论，而我丈夫他遇到一个千载难逢的好机会，出使国外，做武官。这机会不是什么时候都能遇到……”

年轻的海军军官十分为难，也不能怪父母逼他，在锦绣前程和扯后腿的倒霉女人面前，有几人不势利？何况这二老原本就不喜欢那个名声不好的儿媳妇，不满意这门婚事，他父亲说，爱美人不爱江山，那得是皇帝，你哪有那个资格！海军军官痛苦不堪。姜友好出手了，说，不就离个婚吗？成全你！成全你们家！于是找了人托关系，很快办了离婚手续。临别时，姜友好对他说：

“记住，不是你做了陈世美，是我先休了你的。你走你的阳关大道吧，我回江湖了。”

此刻，姜友好举着酒杯说：“我回江湖了，干！”

娜塔莎和杜若，谁都不举杯。

姜友好放下了酒杯：“怎么了？不欢迎我回来啊？”

许久，杜若说道：“姜友好，姐姐，你难过，伤心，就别撑着了，要朋友是做什么用的？”

姜友好哈哈笑了。“小杜若啊，你太清纯了，太幼稚太罗曼蒂克了，我早跟你说过，我是浊世里的人，遵从的是浊世里的规则，有什么可伤心的？”她举杯一饮而尽，“娜塔莎，姐姐，你来，你陪我喝一杯。”

娜塔莎举杯，一饮而尽，说：“友好，知道吗？我很想你，非常想。”

杜若眼圈红了，也举起来杯子。“你说的，曰汉先生塑造，三个摩登女性，”她咕咚咽下一大口，呛得直咳嗽，“我们三人，丽人行，不分开。”

娜塔莎说：“二十年前，我还称得上是丽人，现在可不是了。现在是丽人的妈妈了！”

姜友好笑道：“谁说的？丽人永远都是丽人，外表不是了，骨子里也是。美人在骨不在皮。”

三个“丽人”都笑了。

姜友好说：“娜塔莎，你家里有照相机吧？来，我们拍张合影，留个纪念，题记就写：丽人行。”

果然有相机。“海鸥 135”。果然就照了。咔嚓一响，留下了这个春天温情的瞬间。胶卷是相机里几年前没拍完的，也不知是否过期，也不知能否成像。她们不能确定。就像她们不能确定明天会发生什么一样。

那天，姜友好没有回家，几杯威士忌竟然使她醉倒了。她吐了酒，头晕，娜塔莎安顿她在安霞的床上躺下了，说：“你歇会儿，醒醒酒。”她顷刻就睡着了，睡得很沉。现在，她没有什么可顾忌的了，她不再需要为了她的爱人她的丈夫忍痛和朋友疏远绝交。活了这么多年，她只做过这么一件违心的事，上天就惩罚了她。

半夜里，她忽然醒了。一盏床头小灯昏黄地亮着，许久，她才想起自己是置身何处。她爬起来，开门，穿过走廊，来到了娜塔莎的房间。也有一盏灯微微地亮着，但娜塔莎却和衣睡着了。她走过去，站在了娜塔莎的床前。娜塔莎睁开了眼睛，说：“醒了你？”她没有回答，蹲下来，把脸埋进了娜塔莎的臂弯里：“怎么办啊娜塔莎，我舍不得他……”说完，她无声地哭了。

当晚，杜若回到家里，发现夏莲在等她。她母亲说：“你可回来了，夏莲等了你一晚上。”

她拉着夏莲进了里屋。

“你太不够意思了，”夏莲一进屋就喊，“说，你的师父，是不是娜塔莎？”

“你知道了？”杜若说，“姜友好告诉你的是吧？”

“你还好意思问？”夏莲很委屈，“杜若啊杜若，你居然瞒着我，欺骗我，害我还以为你有了男朋友！天天让我为你们服务，却不让我知道真相，你是不信任我还是有了新朋友就不要我这老朋友了？”

“不是的夏莲，是友好托付我的事，她没让我和别人讲，所以我还没敢告诉你——”

“姜友好更不够意思，”夏莲不容杜若分说，打断了她，“她认识我在先，认识你在后，结果她倒把你当朋友把我当她的交通员了，天天给她传递这传递那，有了好事，一点也想不起我来！”

杜若笑了。“好事？夏莲，原来你觉得这是好事啊？友好可是因为顾忌她的丈夫——”杜若顿了一下，想，是前夫了，“因为那个现役军人海军军官，才不和娜塔莎来往了。你不怕别人说你和苏联人交往啊？”

“你怕不怕？”夏莲反问，“你不怕我怕什么？娜塔莎是克格勃吗？我一个列车员，你一个小集体工人，克格勃吃饱撑的找咱们啊？”

“不是啊，夏莲，”杜若说，“安德烈安向东是克格勃吗？当然不是，可是你当初退学了，没看到那些人欺负他，孤立他，谁要是敢跟他来往，就骂他和苏修穿一条裤子，最后，还把他推到了防空洞底……就拿昨天说吧，我们骑车去郊外，一路上，路人看我们的眼光，千奇百怪。你不在乎？”

“不在乎，”夏莲回答，“我只在乎，你们拿不拿我当朋友。”

杜若觉得心里一热。

“娜塔莎说，等夏天到了，她带我们去树林里采蘑菇，她知道有个地方下了雨，蘑菇很多。到时候，我们一起去，浩浩荡荡的。”她笑了，“然后，我来负责，给你们做鲜蘑饺子或者蘑菇汤。那味道一定美极了！”

但是她们没有等到这一天。

先是夏莲，忍不住在饭桌上说起了采蘑菇的事。她妈说：“蘑菇可不能瞎采，小心中毒。你问你爸是不是？”

她爸是药剂师。

夏技师说：“可不是，年年都有人死于蘑菇中毒。”

夏莲说：“没事，我们有专家，娜塔莎年年都去采。”

夏技师“嗯？”了一声，竖起了耳朵。夏技师这人，历史上，有点小污点，本来就胆小怕事，如今，有了这污点的阴影，活得就更加谨小慎微，战战兢兢。

“娜塔莎是谁？”他警惕地问道。

“就是我从前同学的妈妈，你们应该听说过吧？”夏莲回答，“那个中苏混血儿，安向东，娜塔莎就是他妈。”

夏技师差点被一口窝头噎住。“你，你怎么会和一个苏联女人搞到一起？你怎么会认识她？”他说，紧张得脸都绿了。

“紧张什么呀，”夏莲回答，“是杜若，杜若在和她学做西餐，她是杜若的师父。”

“杜若！”夏技师愤怒了，“我早就跟你说过，别总和杜若混在一起，她思想意识不健康，太复杂，和你不是一路人，他们家和我们家也不是一路人，看看看看，出事了吧？”

“出什么事了？”夏莲反问，“能出什么事？”

“和苏联人都混到一起去了，和头号敌人混到一起了，你还要出什么事？”夏技师声音像蝉鸣一样变得尖厉。

“什么叫混到一起？我又不认识娜塔莎，我还没见过她呢！”

“谢天谢地！”夏技师双手合十拜了拜，说，“你喊什么，你怕人听不见啊？告诉你夏莲，马上和杜若断绝来往，你听见没有？马上和她断绝一切关系！她爱惹什么祸是她的事，千万不要让她再来招惹咱们家，听懂没有？咱们这个家，能平平安安到今天，知道有多不容易吗？你让一家人过两天安生日子行不行啊？啊？”

他眼里几乎迸出泪光，夏莲忽然觉得不忍心。她只好说道：“知道了，我不理杜若就是了……”这句话一出口，她心痛了。

可是夏技师还是不放心，思来想去，第二天傍晚，他去了杜家。两家大人，几乎从无往来，夏技师登门，这让杜医生和赵女士感到非同寻常。果然，是棘手的事。夏技师窃窃低语和杜医生交涉了十分钟后离开了杜家。出门，正好和下班回家的杜若打了个照面。杜若叫了一声“夏叔叔”，他没理，径直而去。

杜若感到奇怪。

杜医生说："杜若，你惹事了。"

"怎么了？"

"你知道夏技师来干什么？他来给我下最后通牒来了。"杜医生回答，语气平静，"他说，以后，不许你和夏莲往来，他要夏莲和你划清界限，他们家和我们家也要划清界限，假如，你执意不听的话，他会采取革命行动。"

"采取什么行动？"杜若很好奇。

"他会去革委会揭发我，罪名是，纵容你里通外国。还有，"杜医生顿了一下，"去公安局告发你。"

杜若倒吸一口冷气。

"他还算君子，明人不做暗事。"杜医生说。

"杜若，你在和一个苏联女人学做西餐？"杜若的母亲赵女士疑惑地问，"真的假的？夏技师胡说吧？"

"真的。"杜若回答，"他没胡说。她是我同学的妈妈，就是那个——小时候就听说的娜塔莎。"

"你？"赵女士愣了一愣，"你可真胆大包天啊——"

"杜若，"杜医生说，"刚才，夏莲爸爸有一句话说得不错，他说，他们一家能平平安安过到今天，不容易，咱们家又何尝不是？"他叹口气，"生逢乱世，多事之秋，杜若啊，别怪我们胆小怕事，未雨绸缪，就不要再去学做什么西餐了，这是多奢侈的事。"

父亲语气平静，但杜若还是听出了深深的悲凉。她心里一痛。

"也不要再去找夏莲了，"赵女士迟疑一下，歉疚地说，"就当你失忆了，不认识这个人了。我知道你们两个好，夏莲也是个好孩子……只是，她爸那个人，真要去告发你们，不是闹着玩的。"

这一晚杜家的餐桌上，气氛沉闷压抑。杜仲去乡下插队了，不在家。四口人，围着一张折叠桌，沉默不语地吃着简单的晚餐。杜若低头扒拉着碗里的饭粒，食不下咽，一双筷子伸了来，一块腊肠落进了她的碗里，她一抬头，是父亲。

杜若心里翻江倒海。

第二天早晨，杜若推车走出小区大门，就看见夏莲站在路边，她知道她在等她，但她没有理睬，刚要蹬车，夏莲过来挡住了她的去路。

“杜若。”夏莲喊。

杜若说：“夏莲，你别来找我了，你再来，你爸就会去告发我里通外国了。”

“对不起，杜若，”夏莲咬了下嘴唇，“我爸太过分了——”

“不，我不怨夏叔叔，”杜若平静地回答，“他是为了保护他的家人，我父亲也一样。他也不让我和娜塔莎来往了。”

“都怨我。”夏莲说。

“我想了一夜，”杜若说，“我们没有权利任性，没有资格任性，没有权利让我们的亲人，为我们担惊受怕，受我们牵累……夏莲，”她冲朋友笑笑，“就此别过，从今往后，我就不认识你了！”

说完，她蹬车而去。

夏莲望着她的背影，看她沐浴在新鲜的朝阳里，渐行渐远。她们差不多从有记忆起就相识，做了这么多年的朋友，如今，将成为路人。夏莲哭了。她在心里喊，亲爱的，亲爱的，亲爱的，再见了。

杜若心里，也在告别。

和还没来得及抄录的菜谱，和那些菜式后面的故事，和互为知音的那种默契与欢喜，和期待的采蘑菇、野游，和一诺千金的承诺，和不畏惧人言，和不掺杂任何杂质的友谊、情义，和对被欺凌者的悲悯，和坦荡、骄傲、崇尚自由、特立独行的那个自己，一一告别。

仅仅是一点小风浪，她就现了原形。杜若含着眼泪微笑。现在，她是她曾经鄙夷的那些人中的一个了。滚滚洪流中的一个了。怯弱、自私、猥琐、不敢承担、人云亦云。

再见了，她在心里说，那个昙花一现的美好的杜若。

再见了，美好的“丽人行”……

最后一次，夏莲去给姜友好送北京邮包。夏莲说：“姜友好，以后，我不能再来了。不能再给你带东西了。”

“怎么了？”姜友好奇怪地问，“不跑北京了？”

“杜若也不能来了。”夏莲说。

姜友好愣了一下，问道：“出什么事了？”

“能不问吗友好？”夏莲悲伤地笑笑，说，“友好，也许，我们本来就不该认识。抱歉。”

沉默许久，姜友好笑笑，说：“懂了。”

杜若也做了一件必须做的事情。她跑了许多家文具店，终于买来一本她还满意的笔记本。牛皮纸质的封面，很干净，很空旷。内页没有格子，纯净而洁白，有一种深沉悲哀的寂静，如同被积雪覆盖的俄罗斯大地。杜若在这个本子上，工工整整地，重新抄录了一份她的《娜塔莎菜谱》，连同那些说明和备注。在最后一页上，她写了这样一些话：

亲爱的娜塔莎：

抱歉我食言了。我没有勇气看着你的眼睛，面对面与你道别，更没有勇气说出那个道别的理由。那让我羞耻。这本菜谱，我重新抄录、整理了一份，里面，记载着我们曾经拥有过的一段珍贵时光，点点滴滴，都是我的回忆，以及，你的……

原谅我不能像姜友好那样无畏和勇敢。我说过，她是一个仗剑独行的侠客，而我，只是万千庸众中怯懦、卑琐的一员。别了，娜塔莎！珍重！珍重！珍重！这样说的时候，我心里在落雪……

她最后一次，来到了那幢红楼里，站在了三层那扇门前。她把装着笔记本的一只网兜，挂在了门把手上。她依恋地摸摸门把手，站了一会儿。终于，敲敲门，然后，掉头噔噔噔跑下了楼梯。

几天后，杜若收到了一封本埠来信。寄信人是姜友好，里面有一张照片和一封短信，只有几句话：

“本来不想给你了，可还是没忍住。就算是临别纪念吧。不知道具体发生了什么，但还是大致可以猜到。照片拍得不错，你想留着，还是怕受牵连烧了撕了毁了，一切由你。”

没有署名。

是那张合影。三个人，坐在地毯上，漂亮的波斯地毯。姜友好搂着娜塔莎，娜塔莎则搂着杜若。三个人都在朝着镜头笑，可看得出来，只有杜若一人的笑，是春天般的微笑，少女的微笑，明朗、明净、毫无提防和心事，不知道生活的厉害。

照片上，印着白色的题记，真的写的是：丽人行。

杜若低头，亲了亲照片，亲了亲照片上的自己。多么明媚啊，她怜悯地想。哭了。

一年后，姜友好的父亲复出，姜友好也被调回了北京。

这城中，娜塔莎再没有一个朋友了。安霞在乡下一直没能回来，娜塔莎也无可挽回地染上了酒瘾。有一天，醉酒后，诱发了急性胰腺炎，剧痛使她站不起来，她挣扎地爬着打开了房门，却昏倒在了家门口。邻居发现她的时候，人已经不行了。送到医院，没能抢救过来。

终年四十二岁。

她跟随安同志来到这城市时，是二十五岁。清新如一棵小白桦树，眼睛像天空般蔚蓝。

古老的双塔，悲悯地俯瞰着罪孽的城市。

五、我们的娜塔莎

许多年后，这个城里，有了一家俄罗斯餐亍，餐厅的名字有点拗口，叫作：我们的娜塔莎。

不少人提议，干脆就叫“娜塔莎”算了，简单明了上口。但是老板不同意。

老板说：“娜塔莎就是我们的。”

谁也不明白这话的意思。不明白就不明白吧。老板不解释。

菜肴是常见的俄罗斯菜式，没有花式噱头，但是品质无可比拟。鱼子酱和一些主要调味品都来自俄罗斯。主厨也是从俄罗斯聘请来的，但老板本人则兼副主厨。有几道菜，副主厨一定要亲自动手或者把关，一道是红菜汤，一道是咸味的欧拉季益，还有一道叫“丽人行”，这是所有菜品中的一个异类，不算传统也不算纯粹的俄式，发明者是老板本人。那是一道鲜菌菇汤，汤里煮有饺子。假如是春天，这饺子的馅料必定是荠菜主打。虽然，这道菜名不见经传，但是，味道极其鲜美，口感丰富，颇受顾客欢迎，几乎成为这家餐厅的代表作。

餐厅的装修，格调不俗，有俄罗斯乡村的风情。裸露的原木的梁架，石墙，烧果木的大壁炉，铁艺的风灯。迎门的主墙壁上，挂着一幅大大的照片。是一幅老照片，做了特殊的处理，看上去，颇有古典油画的效果。那是一张合影，三个女人，坐在一块波斯地毯上，望着镜头微笑。其中一人，是个丰满的异国女人。只不过，照片上的这三人，既不是明星、名士、名人，也不是首长官员，亦非摄影名家所摄，毫无出处，但，它挂在那旦，却非常醒目，有一种岁月的惊心动魄和隐约的神秘感。

老板在等待能认出这张照片的人。

等待一个跛腿的男人。一个曾经的美少年。

等待一个叫姜友好的女人。

从二十世纪九十年代开业，几十年过去了。餐馆从最初的火爆到后来的平淡甚至是萧条，老板依旧坚守着，她还在等。

杜若还在等。

或许杜若并不等什么，并不等谁。她坚守着，只是让这个城市记住，曾经，有一个叫娜塔莎的女人，在这里活过，爱过，死过。

清新如白桦树的苏联姑娘。

青城山记

程永新 *

1

逃亡的那个夜晚，给丰子留下深刻记忆的就是那场瓢泼大雨。

丰子被娘抱上马车，一片片雨水倾倒在马车帷帘上，发出噼噼啪啪的声响。车轮辚辚轧过野外的路面，像个醉汉似的颠簸前行。子夜时分，睡得死沉的丰子被娘从床上抱起，身上胡乱换了家丁的粗布衣裳，那衣裳太大，像只麻袋裹住丰子。难以想象的是，危难时刻娘的手脚麻利无比，她把过长的袖管拦腰一扎，抱着丰子颠着小脚跑向马车，犹如一只受了刺激的大鹅在雨中扑腾飘移。瘸子车夫一挥缰绳，马车嗖地窜了出去。丰子顺从地躺在娘怀里，他实在太困，睡意阵阵袭来，雨的肆虐、车的颠簸都无法将他催醒。

人间的喜福大都是慢慢堆积的，祥云飞来是可被预知的；而灾祸则不同，它的降临毫无前兆、突如其来，兴许一夜之间就置人于万劫不复的境地。丰老爷的罹难便是如此。几月前皇上派丰老爷去汴州办案，不料他回到京师立即被朝廷羁押；十日后的傍晚，瘸子车夫得到报信称丰老爷惨遭廷杖，屈死大狱。

---

* 程永新，男，1958年生于上海，职业编辑，业余作家。编审，现任《收获》主编。著有长篇小说《穿旗袍的姨妈》《气味》、中短篇小说集《到处都在下雪》、散文集《八三年出发》《一个人的文学史》等作品。主编编选《中国新潮小说选》，担任大型电视片《上海建筑百年》的总策划、总撰稿。曾获第四届中国出版政府奖优秀编辑奖。

雨是这天晚上开始下的，从起始的淅沥渐而滂沱，愈下愈大，仿佛在为丰老爷的冤屈鸣不平。深夜时分，严府侍女穿着蓑衣叩响丰府的门环，传严老爷的话，让娘乘朝廷来抄家之前赶快逃跑，开门的瘸子车夫连连点头。严老爷与丰老爷同为都察院的都御史，平素敬佩丰老爷的为人，所以才铤而走险，派人前来报信。侍女叮嘱千万不能让外人知道她来过丰府，随即匆匆消失在雨幕中。瘸子车夫不敢怠慢，哭丧着脸与娘潦草地整理行装，开始漫漫雨夜里的逃亡之旅。

丰子依稀醒来，四处都是跑来跑去的兵丁。娘倚靠树背，双手紧紧抱着丰子。不远处，瘸子车夫被绑在一棵柏树上，马车横倒山坡，那匹白马休闲地啃着青草。

大约过了一个时辰，周遭忽然响起马蹄声。“官兵来了——”不知谁大呼一声，人群开始奔跑起来。一排排箭镞雨点般飞来，一根扎进瘸子车夫的臂膀，他拖着哭腔喊道：“主子！快躲到大树后面去！”

娘抱着丰子来到一棵香樟树后，俯身滚进草丛，情急之中动作莽撞，一根树杈卡进丰子的耳根，而娘浑然不觉，并不知道丰子已昏厥过去。

丰子重新恢复知觉，发现自己趴在一个宽阔的背上，湿透的布袍散发浓重汗味。山路两侧的峭壁上，猴们跳上跳下，发出叽叽喳喳的嬉闹声。来到半山坡，汉子把丰子轻放在石凳上。娘碎步赶来，胸脯起伏，额上沁满汗珠。汉子摘下一片蒲叶，折成扇状递给娘，娘使劲扇着蒲叶，还是热不可挡，她脱下裹在身上的粗布衣裳，露出红色的小褂。

一只猴子灵巧地横攀几棵树木，突然噌一下扑向娘，呲的一声，娘的小红褂被撕破，一片红绸耷拉下来，露出硕大的乳房。娘惊叫起来，霎时山上的猴子全都兴奋了，纷纷合围过来，山谷间回响一片唰唰声。一只毛色褐黑的独眼老猴单臂挂在棕榈树上，伸出另一只手臂搭住娘的颈脖，发出古怪谄媚的浪笑；还有几只猴子跳到平地上，乱舞一气，还背对着娘，露出红彤彤的屁股。

丰子拽着那个汉子的衣襟使劲推他，汉子的身躯微微抖动，像根木桩似的一动不动。他就那么怕猴子吗？丰子又着急又失望。娘拼命想挣脱那只独眼老猴的纠缠，老猴的爪子死死抓住娘的颈脖不放，斜刺里又闪过一只猴子，撕下耷拉在娘胸前的绸片，娘的上身顿时全裸，洁白的皮肤和两峰巨乳一览无余……

正在危急时刻，忽然响起一种奇怪的声响，循声望去，半山腰的天师洞洞口，一位长须飘飘的老道，手持一根又粗又高的楠木手杖，用力敲击地面石板，发出的声响沉重而骤然。独眼老猴猛地一愣，浑身觳觫起来，一个鱼跃攀上树枝，其余猴子见状也纷纷逃窜，霎时，四周尽是树叶晃动的声浪。

老道面露威严，身板直挺，头颅微微上扬，他身穿一件蓝绸衫，黑灯笼裤，白色的绑腿，脚上套着一双黑白相间的云靴，头发绾成髻，发际插一根筷状琥珀色的玉簪，两腮长长的胡须在风中飞扬，俨然一座逸动的雕塑。

眼前这一幕让娘和丰子都惊呆了。

老道站在那里，纹丝不动，仿佛凝固了一般。丰子与娘后来听闻许多有关老道的传说，有人说青城山老道是叱咤江湖的峨眉派第十二代传人，也有人说他是退隐江湖多年的白眉拳拳王。他如何历经磨难和曲折，从峨眉山辗转到青城，那恐怕用三天三夜的时间也说不完。

那一刻丰子的双眼闪闪发亮，因为见到了救星。危急之中，幼小的丰子只是为老道的出手相助感到惊喜，岂不知，这一次的邂逅，决定了丰子一生的命运轨迹。从那以后，无处可去的娘带着丰子落脚青城山，而那个能够震慑住猴王、让群猴胆战心惊的老道，则成了丰子的师父。

2

丰子自打生下来以后就没哭过，这件事情除了娘和瘸子车夫没有人知道。幼时的他不知道人为什么要哭，等长大了发现别人都会流泪，他这才知道自己的异禀。五岁前的丰子一直是缄默无声的，他似乎还没有做好来到这个世界的准备。

那时候，爹还活着，眼看整天哭丧着脸守护丰子的娘，气不打一处来。娘不敢出门是怕街坊笑话。生下个九斤重的男孩，接生婆剪了脐带，在婴儿的屁股上噼噼啪啪拍打好一阵，期待中的哭声始终没有到来，满头大汗的接生婆扭着大屁股走出院庭时，很不屑地朝爹扔下一句："老爷，是个哑巴。"

只要爹不上朝的时辰，娘一刻都不离开丰子，好像甚怕烦躁的爹会冲过来，夺走这个无声无息的婴儿。爹在月光下的庭院里舞剑，娘格外紧张，仿佛那剑随时会飞过来，刺向怀里的孩儿。

丰子四五岁都不会走路，在地上跌跌撞撞走几步，踅身返回扑向娘。娘一旦抱起他，他的小手就摸摸索索去解娘的衣襟，掏出大乳房拼命吮吸，此刻的他就会异常安宁。

六岁那一年，有天丰子躁动不安，胃口特别大，一只乳房吸干了，他没有睡着，无奈娘又把另外一只塞他嘴里，贪婪的丰子不停吮吸，像要把娘身上的乳汁抽干似的，最后把乳头咬破了，娘尖叫起来，恼怒地在丰子屁股上猛拍一记，奇迹出现了，娘听到一个陌生的声音在叫她，那声音有点像旷野里的猫叫。娘愣了一下，忽然意识到什么，她惊讶的目光投向怀里的孩儿。"你叫我了？你叫我了？"她激动地说，"你再叫一遍再叫一遍！"

这回丰子清清楚楚地叫了一声"娘"，神情还有些羞涩，喜极而泣的娘颠着小脚跑向客厅："丰子说话了，丰子不是哑巴！丰子不是哑巴！"

在客厅，跌跌撞撞的娘与从庭院外奔进的瘸子车夫撞了个满怀，瘸子车夫扑通一下跪倒在地，抱着娘的腿哭诉道："主子啊，朝廷来报，丰老爷他，他殁了……"

一喜一悲，就在同一天同时降临这幢大户人家的屋宇。

后来的日子里，丰子曾偷听娘同瘸子车夫说的气话，她说怪不得那天孩儿很反常，许久不安生，突然开口叫娘，早知是这样的话，宁可他永远不要开口说话。

清晨的天色似明未明，祖师殿前的树林里，众道士在吴道士的带领下已开始习武，噼噼啪啪的声响此起彼伏，长须飘飘的老道手扶楠木手杖，身板挺直，纹丝不动地站在晨风里，目光炯炯地环顾四周。

丰子和披风躲在一棵树后偷看。披风是瘸子车夫的义子，比丰子小两岁。瘸子车夫受伤后一直卧床不起，服了老道开的草药方子日见好转，而那些草药都是披风上山采摘回来的。披风平素就负责打扫道观的活儿，他原是山民，可不知道自己的生身父母是谁，老道收留了他，连名字都是老道给起的。瘸子车夫收披风为义子，跟娘说是给少爷找个玩伴。

自从来到青城山，伴着晨钟暮鼓，娘经常去溪边挑水。如果是大清早，一旦娘起身提着水桶出门，丰子马上一骨碌起床，跑到圆明宫前的空地上偷看道士们练功。空地两侧的围墙上画着八卦太极图，墙脚摆放着各种器械。道士们先是排成方阵，在吴道士的带领下徒手练拳，然后练器械，最后才是逐个单练。

丰子最喜欢看的是单练这个环节，道士们这时候都会耍出各个不同的绝招，一会儿是连环跟头，一会儿是鹞子翻身，看得他目不暇接、眼花缭乱。

单练过后，众道士走到吴道士面前，听他指指点点讲解一番。吴道士的功夫了得，又是娘和丰子的救命恩人，在青城山是最关照他们娘俩的。他会帮娘挑水，还经常把道观里供奉的水果、泡菜和酱肉偷偷送来给他们享用。但即便如此，丰子与吴道士怎么都亲近不起来，在他内心深处，总堵着一块小疙瘩。掀开小疙瘩，里面藏着两个秘密。

一个秘密是吴道士身手不凡，居然极怕动物。上山那天，眼看娘被泼猴们调戏，吴道士竟畏缩着不敢上前，这件事让丰子非常鄙夷他，也很难原谅他。在山上待久了，常有与吴道士独处的机会，吴道士每次都怂恿丰子叫他爹，丰子死活不从，为何要叫他爹？丰子有自己的爹。不依不饶的吴道士就去拧他的耳朵，机灵的丰子绕着几人合围的榕树转圈躲避，眼看要被逮住，情急之中他看见一只松鼠趴在树上，天生机灵的他故意大叫大嚷：“大松鼠！大松鼠！”奇怪的是，丰子这么一叫，吴道士的脚步立马停住，再也不敢追过来。吴道士原来那么怕动物，哪怕是松鼠这样的小动物，这让他觉得很可笑又很好玩。

还有一个秘密，丰子永远不会对别人说。

那天阳光明媚，山间溪水潺潺，黄色的杜鹃花开满山坡。圆明宫前挤满来山上供奉的游人，丰子与披风在银杏老树下玩射箭，远处娘从溪边挑水上坡，人群里闪出吴道士，他拨开人群，一个箭步上去，单手从娘肩上接过担子，大步如飞地朝寮房走去。丰子和披风手提弓箭被人流挤来挤去，两个人浑身是汗，射箭是玩不成了，丰子觉得无趣又兼饥肠辘辘，撇下披风，一溜小跑跑回寮房。

在寮房门口，他看到无人照看的一对水桶横亘在地面，他把弓箭扔地上，跨过水桶进入前厅。

屋内寂静无人，从前厅到卧房有一条长长的走廊，他沿着长廊走去，渐渐听到了低叫声和喘气声，他来到木窗下，透过百叶窗的缝隙，瞧见一个男人宽阔的脊背和结实的屁股，娘的两只小脚悬在空中，随着起伏的叫声欢快地抖动，像两只风中鸟相互挑逗，忽然有一刻痉挛相拥，死也不分开……

披风听见丰子呱呱乱叫起来，吴道士不知何时出现在他们身后，他从后面拽起丰子的衣服提拎着走向祖师殿，脸上浮现古怪的冷笑。丰子两条腿悬在空中来回倒腾，一只手掌拼命击打吴道士的手臂。吴道士终于放下丰子，一只手指点点自己的鼻子说：“叫爹！快叫！”

丰子哼一声扭过头，眼睛斜睨着吴道士，鼻翼一翕一合，就是不吱声。吴道士一个劲地逼问：“叫不叫？叫不叫？再不叫把你扔五龙沟喂猴子去！”

丰子翻着白眼，乘吴道士稍有懈怠，忽然拔腿就跑，吴道士察觉后一个箭步上前揪住，丰子惨叫一声，右手竖掌模仿着众道士练拳的动作横扫过去——心里默念着老道教给他的铿锵咒语：“地动山摇，风行水上；青龙白虎，神骛八极！”

丰子横扫过去的手并未触碰到吴道士的身体，但人高马大的吴道士倏忽间动作迟缓，突然蹲了下来，双手紧紧捂住小腹，披风见状，赶紧过来拽起丰子手臂就跑。

两个小孩跑了一会儿也没见吴道士追来，气喘吁吁地站住，回头一看，见众道士围成一个半圆。吴道士皱着眉头，推开众人缓缓站立起来，两只手捂着腹部勉力朝前走，走着走着又踉跄起来，不承想直直地扑倒在地，扑通一声发出沉闷的声响。

事后道士们都说，谁也没有看见丰子的手掌触碰到吴道士的身体呀，这一切不知道是怎么发生的。远处的老道站在石阶上，长须飘飘，目光炯炯地将事态发生的全过程尽收眼底。

吴道士卧床数周，不停便血，娘终日伺候床畔。老道亲自过来给吴道士望诊，把脉的时间很久，最后老道的诊断让大家非常吃惊：吴道士的内脏严重受损。

数月后，吴道士勉强能够起身行走，其时老道已正式收丰子为徒，每天清晨丰子早早起床，率领众道士习武练功，道观里讲究长幼辈分，少年丰子之所以能够服众，全仗着老道亲自压阵，并时不时地面授机宜。披风终日上山采摘草药，把带着露水的草药交给娘之后，便去老樟树下玩射箭，一个人玩腻了，他也会来到圆明宫前，为老道和丰子端壶沏茶。星月当空的夜晚，披风常常就是丰子的陪练，这陪练当久了，武功自然也突飞猛进。

在娘日复一日的精心伺候下，吴道士受伤的身体渐渐复原。终于可以下榻走路，娘扶着吴道士在祖师殿前的樟树下艰难徘徊，一有机会，便向吴道士表示歉意。

吴道士洒脱地挥挥手，似乎并没有为内脏受损而忧伤，满不在乎的神情，流露出的依然是顶天立地的大丈夫气概。他涎着怪异的笑容对娘说：“你生了一个了不起的儿子，假以时日，他说不定会修炼成旷世奇才哪！”

3

丰子偕披风一起下山那年，师父老道已羽化仙逝。

吴道士接管道观后不久，在山南断崖上凿一壁洞，整日研读《太平经》和

《黄帝内经》，闭关苦修。经年历月，有一日胡子拉碴的吴道士终于出洞，眼光迷离，披头散发，在祖师殿前来回狂奔呼号，那呼叫声嘶哑尖厉，久久回响。吴道士最后在奔跑中力竭倒地，口吐白沫，众道士见状齐刷刷地上前，衣衫褴褛的吴道士泪如雨下，哑着嗓子喃喃地说：成功了！成功了！他说他凭着旷日持久的苦修，获得了一套长生不老的秘法。

众道士扑通一声集体下跪，口中念念有词，犹如无伴奏的歌咏在山谷间飞翔。

吴道士苦修期间闭门谢客，与丰子娘也基本断了来往。站在月光朗照的台阶上，娘一次次求见，屡屡被小道士拱手拦住。道观内私下流传一种说法，吴道士内脏严重受损后，欲望的精魂被摄走，已完全丧失床笫能力。

吴道士长生不老的秘法成为江湖上的神奇传说，一时间风靡海内，很快传到京师，惊动当朝皇上。皇上日日祭拜天地，难忘祭师曾预言天将降祥瑞于西南方，青城山位居京师以西，莫非吴道士的出现正是一种应验？皇上一日也不肯耽搁，命锦衣卫速速派人去青城山，日夜兼程护送吴道士入宫。

青城山的掌门人被皇上垂青，整座青城山轰动一时，各地来的香客络绎不绝，日日人满为患。道士们把山南断崖上的洞穴用绳索围起来，用红漆在断壁上写着："长生不老法修炼密室。"

皇上拥有吴道士之后，整日不理朝政，命吴道士侍奉左右，听他仔细讲解长寿秘诀。那段日子，宫里的太监很难见到皇上，在御驾车舆上，倒是常见皇上与吴道士的身影。皇上经常让宫女演奏道乐，在袅袅的乐声中，吴道士倾心诠释《黄帝内经》与天地的关系，抑扬顿挫，声情并茂。在吴道士的指点下，皇上潜心服丹练功，以求获得长生不老之法。因为皇上的宠幸，吴道士可以随意进出宫廷。锦衣卫密报皇上，说吴道士身体力行，从不近女色，皇上更是对他言听计从，恩宠有加。皇上哪里会知道，吴道士曾经如狼似虎御女无数，只是内脏严重受损后，才变了个人，彻底放弃了搞女人的心思。

翌年春天，皇帝与吴道士把盏神聊，君臣之间所聊上至天文地理下至鸡毛蒜皮，古往今来圣贤百家，天下事、房中术无所不谈，皇上一时高兴心血来潮，于酒酣之际突然下诏，命吴道士组建东厂。起始吴道士以为皇上喝醉了，说的是醉话，谁知第二天他刚从宿醉中醒来，诏书已抵官邸。吴道士成为东厂厂公后，仕途如日中天，权倾朝野，正是这当口，他向皇上举荐了丰子。

吴道士举荐丰子，与其说是他慧眼识英雄，赏识这位故人，还不如说他读过不少杂书，通晓宫廷谋略，深知自己在朝廷不过是无根的浮萍，要想羽翼丰满就不得不培植亲信，而举荐熟人肯定比举荐外人来得可靠安全。

丰子与披风下山之际，前往祖师殿与娘叩别。其时娘缠头披纱，已成虔诚的道姑。母子俩泪水涟涟，难分难舍，这是丰子出生后他们的第一次分离。娘颠着小脚、瘸子车夫瘸着腿一直把他们送到天师洞，薄薄的道袍衬出娘丰腴的身子。瘸子车夫把平素主子赏他的银两，装一小兜全都塞给披风。斜挎行囊的丰子和披风大步流星往山下走去，回首一望，娘在前，瘸子车夫在后，前后站立在一棵高耸笔直的楠树下，两人的身影在午后的斜阳中愈来愈小。

数日后丰子与披风抵达京师，傍晚时分，他们找到一个酒楼，叫了几碟小菜、几壶酒，小酌起来。酒楼二层面对一个市集，那里人声鼎沸，不时传来锣鼓声和喧哗声。好奇的披风忍不住走到窗台边观望，回来告诉丰子说："丰哥，那里在擂台比武哩。"

酒足饭饱后，丰子与披风步下酒楼，右侧街边是一个算命摊，一个瞎子正襟危坐在一张木桌前，眼帘不停扇动，露出两片空洞的眼白。披风一把拉住丰子的衣襟说："丰哥，我们何不让他算个命？看看此行是否祥瑞高照。"

丰子拗不过披风，两人就在木桌前坐下，披风拉着丰子的手伸给瞎子，不料瞎子并不动弹，嘴唇嚅动，眼皮忽闪。

"你什么意思？你不算命啦？"披风焦急地责问。

"算命这件事啊，只有信的人才会准。你旁边这位少爷根本就不信，我就不赚你们的银子了。"瞎子微笑着说。

披风很诧异，瞎子怎么知道丰哥不信的呢？披风强拉丰子的手臂，摇晃着说："我们信的我们信的！对吧，丰哥？"

丰子脸色赧然，嗫嚅着，不知如何是好。

瞎子说："这样吧，给你们测个字，不准的话，我分文不取，权当戏言。"

"好好，这样好！"披风嚷嚷道。

瞎子让丰子用毛笔在宣纸上写一个字，想问的事情藏在心里，不必告他。丰子抬眼看到旁边有个招牌叫"夏程里客栈"，就随手写了个"程"字。

瞎子掐指估算一会儿，嘴里念念有词，时辰一点点过去，他突然站起来，连连躬身作揖，说："失敬失敬，有眼不识泰山！"

披风露出好奇的笑，赶紧问："先生，怎么啦，怎么回事？"

瞎子随即说出的一番话，让丰子和披风惊诧不已。瞎子说"程"字是"禾"旁，你们来自禾木丰沛之地，禾木丰沛的地方势必有山有水，"呈"上口下王，你日后不仅是吃皇粮的，还是一人之下万人之上的大富大贵之人！

披风大喜过望，起身掏出几吊铜钱放桌上，谢过算命先生，拉着丰子来到人声鼎沸的市集。

前面的空地上插着一面黑黄相间的旗，旗下竖着鼓，一个满脸腌臜的侏儒拿着鼓槌毫无节奏地胡乱敲着，鼓面比他个子还高。几丈宽的擂台上，有一壮士口吐狂言，嚷嚷着尽是挑衅的言辞，惹得擂台下的年轻小伙排成长队，怒目切齿地要上去挑战壮士。那壮士身穿马褂背心，五大三粗，一身肌肉，年轻人上去一个撂倒一个，基本都不超过两三回合。

壮士一时打得性起，双手一摊，指着排队的年轻人，朝天一声大吼："爷今天高兴，允你们通通都上来！"

年轻人蜂拥而上，顿时场面混乱不堪，一袋烟的工夫，擂台上七倒八歪，躺倒一片。最后还在与壮士缠打的，只剩下一个身穿皂衣的蒙面人，他躲闪敏捷，步法灵活，壮士一旦出拳，他一个鹞子翻身，落在壮士的身后，然后一顿组合拳击中壮士的背部。几个回合下来，壮士屡屡被袭，勃然大怒，屏息运气，突然如猛虎下山一般，朝蒙面人扑去，粗壮的臂膀在空中划了一个弧线，两只手掌勾成鹰爪，像铁钳一样咬住了蒙面人的一条胳膊，一个大背摔，蒙面人整个身体腾空而起，重重地摔在地上。蒙面人的皂衣撕裂，盖住头脸，腰部与臀部全部暴露在外，壮士一只手臂锁住蒙面人的头肩，另一只手掌勾成巨大的鹰爪从空中落下，直捣蒙面人的左胸……半空中被斜刺里伸出的结实手臂挡住——是丰子。

此前丰子一直作壁上观，后见蒙面人渐落下风，而那壮士不依不饶，一副不致对方于死地不罢休的态势，眨眼之间，丰子卸下斜挎的布袋塞给披风，跳上擂台，伸出手臂挡住了鹰爪。他双手握拳作揖，彬彬有礼地说："师父既已胜出，不必再伤弱小女子。"

"女子？"壮士一阵狂笑，松手一把推开倒地的蒙面人，发出颤动的声音，"我从不与女子交手！哪来的乳臭未干的道士？报上姓名来，我不打无名之辈！"

丰子镇定地说："在下丰子，请教师父尊姓大名？"

壮士回道："好好，让你死个明白，我乃鹰拳天王呼延廷！"

"师父赐教！"丰子微微欠了欠身，后退几步。

壮士呼延廷与丰子在擂台上走着马步，绕场兜圈，两人的眼神像电光对接，浑身的心气相克。呼延廷手心朝里弯曲，有节奏地扇动手掌，仿佛在说来呀有种来呀！

这时披风已挤到前面，放下肩上的行囊，跳上擂台，随时准备出手驰援。丰子伸出手掌拦住披风，示意他退下。

随着"师父接招"的话音刚落，走着马步的丰子以迅雷不及掩耳之势敏捷出拳，呼延廷挡住，反击一掌，又被丰子挡住，一来一去犹如闪电，令人目不暇接。十几个回合之后，呼延廷见赚不到便宜，又使出同样招数，两只手掌勾成鹰爪，铁钳似的咬住丰子的胳膊，斜身一摔，丰子来不及躲闪，用腿部支撑住身体，但双手已被呼延廷锁住，这次呼延廷用的是两只手臂，像木枷紧夹丰子的喉咙，丰子的呼吸顿时困难起来，台下的披风见状连忙跳上，却被呼延廷飞腿一脚，击中面门，倒在地上。

丰子眼冒金星，大口喘气，身上的骨头格格作响，他知道中招了，且对手使的是致命的狠手，他眼前浮现吴道士追逐自己的情景：地动山摇，风行水上；青龙白虎，神骛八极！丰子的五脏六腑运着气，嘴里开始念着咒语，一遍遍地念，反反复复地念……

忽然，丰子感觉呼吸顺畅起来，而呼延廷的手渐渐松开，踉踉跄跄后退几步，身子软下去，瘫倒在披风的边上……

这时，城门忽地大开，东厂的一队戎装太监拍马赶到，领头的一边翻身下马，一边大声呼叫：“丰道士何在?！”

丰子健步跳下擂台，整了整道袍的衣襟，躬身作揖：“在下便是。”

4

那次打擂台你是怎么看出我是女儿身的?

莲蓉成为将军夫人之后的很长一段时间里，反复问到这个问题。丰子总是笑而不语。他能说什么呢？任何人的背影他只要看上一眼，就能准确无误地判断出性别。在青城山的时候，有个村姑为了逃婚躲到山上，夫家人告到官府，派了兵丁上山搜查，村姑身穿青蓝色道袍，混在一群道士里低头唱诵经文，躲过官府兵丁的捉拿。第二天丰子遇见一群乾道士，他指着其中一个束发盘髻的大声说“你就是那个逃婚的”，吓得身穿道袍的村姑冲出队伍，上前一把抱住丰子要堵他的嘴。丰子见形势危急，收拢双肩像有缩骨功似的突然遁形，村姑环顾四周怎么也找不到人，不一会儿，听得一棵老樟树上传出低低窃笑……

丰子能说莲蓉的衣襟被呼延廷撕破后自己看到了纤腰以及柔美的腰臀线吗？莲蓉的腰与娘一样的纤细，顺着腰往下，具有月牙儿似的弯曲线条，沿着腰臀线往下便是胯与臀，胯朝两边突出，臀是翘翘的、浑圆的，饱满硕大，一看便知富有弹性。那腰臀线可以说是曼妙无比，再有灵性的画师也画不出那样的线条。那臀的形状像什么？苹果，对了，当时丰子就是联想到苹果。在那一刻，丰子突然有一种嗓子冒烟口干舌燥的感觉，随即萌发跳上擂台的冲动……

莲蓉端着一碗莲子羹走进厅堂，只有一个丫鬟在做女红，不见夫君的人影。莲蓉把莲子羹放在案几上，走出厅门，来到庭院。

庭院里黑魆魆的，月光下树影婆娑，青苔杂草四处蔓生，墙根伸出的几枝茎叶，在风中轻轻摇摆。沁人心脾的花香一阵阵袭来，那是庭院中的桂花树开花了。

莲蓉知道丰子有月夜习武的习惯，但今天有些异样，丰子上朝回来之后一直闷闷不乐，神情凝重。丰子平素话就少，朝廷的事莲蓉从来不问，嫁给丰子后，莲蓉早已习惯了夫君的脾性，他不说的事情，绝对问不出个子丑寅卯，你再问也无济于事。她这个丈夫什么都好，勇猛善战，朝廷派他出战平乱，每每胜利而归。官至大将军，不纳妾、不嫖妓，就是天生一个闷葫芦，再大的事情全装在心里，莲蓉永远不知道他在想什么，有时莲蓉恍惚觉得他心里藏着巨大的秘密，可那是什么样的秘密呢？

借着朗朗月色，莲蓉依稀望见庭院甬道上丰子舞剑的身影，剑在暗夜中划出曲折铮亮的弧线，发出霍霍的低响。

前面的银杏树影晃动了一下，一只野猫嗖地穿过石阶。莲蓉习惯性地收缩身子，绷紧双腿。成为将军夫人后，莲蓉一心想做个好妻子，已放弃习武，但思维的敏捷和身手的反应都还在。

银杏树影又轻轻晃动，莲蓉侧过身子，背靠树身，慢慢探出脑袋：很奇怪，甬道上舞剑的丰子不见了。

庭院的另一侧，手持匕首的披风急急闯进，他一进入庭院就迅疾闪躲在一棵树身后，眨眼间有一道黑影闪过，莲蓉凭着女人的直觉，意识到披风被人跟踪了。披风终于现身，他俯下身朝瓦墙的灌木丛潜行过去，走着猫步搜寻，突然他健步上树，又从几米外的树上轻巧落下。一上一落，披风的这些招数莲蓉非常熟悉，因为丰子都曾给她演练过。

披风停住了，用匕首划拉着草木前行，突然，一个皂衣蒙面人从灌木丛蹿出，与披风展开格斗，来去几个回合，蒙面人的皂衣被披风的匕首划破，披风上前一把抓住蒙面人的衣襟，蒙面人施展金蝉脱壳之术，身子曲缩成弓形，弃了外衣，露出白短褂，朝莲蓉这边逃窜过来，三步两步飞身跃上瓦墙。莲蓉见状噌地飞身跃出，蒙面人正准备翻出墙外，莲蓉拽住他的胳膊，蒙面人毫不费力地甩开，腾空一个跟头，上了树。莲蓉一时兴起，也三步两步上了树，紧追不舍，蒙面人朝墙外飞去，半空中抬了抬手，披风从远处飞奔过来，大呼“夫人小心”——蒙面人手中飞出一道光，披风在空中跳起，用匕首去挡那道光，只觉得臂膀上一热，他落地后即刻捂住臂膀。

莲蓉意识到披风刚才救了自己，她从树上跃下，朝披风走过去询问伤势，披风受了伤不忘给嫂夫人请安，并宽慰莲蓉，说已禀报呼延廷将军，即日起在都督府周围增加侍卫巡逻。

两人跨入厅堂，只见穿着一身白绸衣的丰子正悠闲地坐在案几边吃莲子羹，一把宝剑醒目地放在八仙桌上。莲蓉吩咐女仆去拿包扎伤口的纱布和膏药。

“怎么，伤着了？”丰子问。

“披风为妾挡了暗器。”莲蓉边为披风包扎边说道。

“暗器？”丰子盯着披风的手臂。

“没事，一点皮外伤而已。”披风笑嘻嘻地说。

“给披风将军也来碗莲子羹。”莲蓉吩咐女仆。

女仆从厨房端来莲子羹，莲蓉帮披风包扎完，递过莲子羹，披风三口两口扒拉下去，抹抹嘴说：“丰哥，京师街头这些天突然出现很多控诉吴道士的匿名大字报，吴道士把文武百官召至奉天门下罚跪，想逼出贴大字报的人，直到天黑仍无人招供。”

“哦。”丰子沉吟良久，问道，“这几日东边的情况如何？”

“兵部今日收到一份快报，说浙江沿海一带倭寇活动猖獗，渔村屡屡被袭，倭寇深入腹地袭击我明军官兵。”披风说。

“嗯，明日早朝不用派马车来接我，我自己去。”

“丰哥！现在朝局不稳……”

“已说过多次，不要叫丰哥。”丰子的脸上露出不悦。

“是！将军。”披风搓了搓手，站直身子，正准备往外走。

“哦，对了，那件事查得有无眉目？”丰子突然又问。

“派去汴州暗访的人这几日即可返回，已寻找到当年刘府的一个丫鬟，名叫荷花。”披风说。

“好，切记不得走漏风声。”丰子说。披风刚欲离去，丰子又让女仆拿了几颗口服的丹药给披风，嘱他好生将息。

披风作揖后大步走出厅堂，莲蓉一直送到门口。

在丰子的脑海里，爹的形象是遥远而模糊的。他甚至不记得爹是否抱过自己。娘的闺房里曾经挂着爹的画像，画像上爹的面容是严厉的，嘴唇紧抿，那眼神威严中透着一种茫然。幼年时的丰子经常看到爹一个人喝闷酒的情形，这个场景深深地烙在他的记忆里。来到京师之后，丰子与吴道士很少见面。丰子是聪明人，他知道吴道士是为了避嫌，宫里的规矩也不允许臣工们互相串联，交往过密。但一有机会，丰子就会向吴道士询问当年的案情，吴道士总是支支吾吾，语焉不详，逼急了，就说前朝皇帝在位时发生的事情自己怎么会知晓，那时贫道还在青城山习武念经哩。吴道士劝他不要胡思乱想，身为朝廷命官，要多想建功立业之事，不枉他向皇上推荐丰子的一番苦心。

但丰子的执念里总觉这桩历史旧案中有蹊跷，他不相信爹会谋反。吴道士既然不愿介入此事，丰子知趣地不再去打扰他，暗地里他从未放弃过，一直让披风偷偷调查此事。

当年汴州知府被举报谋反，皇上下旨，命都察院派人调查此事，都察院接旨前去汴州的就是丰老爷。丰老爷原与刘聚之同为内阁首辅，刘聚之的贪婪与丰老爷的清廉都是宫廷内外出了名的，但刘聚之老谋深算，鬼点子多，常会在皇上为难之际献上两全之策。皇上让刘丰二人共掌内阁，玩的是清浊互相掣肘的平衡术。无奈丰老爷为人一向耿直倔强，不屑与刘聚之为伍，因此他不仅深深得罪了刘聚之，还常常在廷议时当着文武臣工的面让皇上下不了台，最终被贬都察院，朝廷由此变成刘聚之独掌内阁。

丰老爷到了汴州，查清原是知府的外甥强奸民女，慌乱中杀死民女的婆婆，知府大义灭亲，将外甥投入监牢。谁知堂审时知府外甥反咬一口，供出知府数年前曾经通匪的历史。丰老爷查清案情，维持原判。不料在朝廷群议时，内阁首辅刘聚之以汴州知府曾是丰老爷的旧部为由提出异议。皇上再命刘聚之去汴州重审此案，刘聚之到达汴州，丰老爷按理应该与刘聚之知会交接，但他显然对朝廷的安排心怀不满，加之耿直的脾性，对钦差大臣刘聚之不理不睬。后来刘聚之坐实汴州知府通匪前科，丰老爷不辞而别，愤而离去。返回京师的途中，在汴州城门外的衢道上遭到拦截搜查，马车里查出一大包银两，包裹银两的黄绸布上印着汴州知府的府印。丰老爷当众怒斥刘聚之派来的兵丁，兵丁们被骂得灰头土脸，但证据确凿，丰老爷纵有一千张嘴都无法为自己洗白。

回到京师，丰老爷的马队刚入城门，他即被锦衣卫的人拿下羁押，因包庇受贿罪锒铛入狱。丰老爷哪里咽得下这口气，身陷囹圄每天鸣冤叫屈，庭审时破口大骂刘聚之，结果被廷杖致死。那一天，正是六岁的丰子突然开口学会叫娘的日子。那一大包银两是如何拿上马车的，丰老爷的车夫成了关键人物。丰老爷带去汴州的车夫是严府的人，严丰两家是世交，常会互相借用仆人。奇怪的是，汴州回来后马车夫很快便人间蒸发，不知去向。

莲蓉用手指轻挠丰子的耳根，丰子侧身躺着，背对莲蓉一动不动。莲蓉不死心，她知道丰子最怕痒的地方就是耳根。丰子的身子动了一下，这似乎鼓励了莲蓉，她更加使力地挠，轻重相间，还用食指不停撩拨丰子的耳垂，丰子用手拍拍莲蓉的屁股，示意她停下。谁知莲蓉捏住丰子的手不放，使劲往下摁住，这样丰子的手就全部按在莲蓉的腰臀上了，深陷的腰际线连着鼓凸的胯部，丰子顿时全身像通了电似的一阵酥麻，嗓子里仿佛有一团火，焦渴难挡，他翻过身，褪去莲蓉身上的小褂和短裤，莲蓉的身子即刻开始扭动起来，嘴里发出异样的呻吟声……随着身体的运作，丰子的眼前竟然浮现出娘倒在吴道士的身下，两只小脚在半空中缠绕的画面。

莲蓉与丰子有过一次床笫之欢后，她就知道这个男人是属于自己的。她相信所有的女人遇上丰子都会离不开他。莲蓉每次都非常投入，她没有发现丰子身上的异样。丰子年幼时皮肤白皙干净，自从伤了吴道士后，他的皮肤渐渐变成小麦色，发育的时候又变成古铜色，全身开始长毛，胸口和腿部的毛密密麻麻，按青城山道士们的说法丰子就是一条青龙。莲蓉娇嗔地说你是青龙，我就是白虎！丰子被莲蓉逗笑了，问何谓青龙，何谓白虎啊？莲蓉说我不管，我就是白虎，我就是死死缠住将军的妖精！

师父老道教会丰子很多，教得最多的是道家精义和习武人操行，而唯独房中术是吴道士在丰子成年后传授的。吴道士早年在青城山道观外与一干人搭草庐修行，所习课程中包括双修。吴道士生性灵活，通晓各门杂学，他曾几次拜于老道门下无果，老道是正宗的全真派嫡传，守戒独身，视吴道士的杂家修炼法为旁门左道。后来吴道士在道观大殿前长跪七七四十九天，才扭转乾坤，遂使老道收留了他。吴道士意外受伤，废了床笫功夫，早年的习修心得只能与丰子沟通，他喋喋不休地向丰子传授房中术，眉飞色舞的神情依旧高涨。都说两个男人在一起可以谈女人，势必是知根知底的挚友，但在丰子心目中，他与吴道士从来都不能算挚友，从来都没有臻于无话不谈的境地。丰子对掌控意念可以说是无师自通，只要他想控制自己，整日整夜都可以保持气息的充盈、身体的坚挺，这就是丰子不想要子嗣，始终能够不让莲蓉怀孕的缘由。

“将军，我们为何不能要孩子？你驰骋疆场威震四方，你的后代也一定是人中龙凤，为何不能生儿育女呀？莲蓉想要孩子，求你了，给我！给我！”莲蓉一次次地呐喊。

丰子回答：“我是朝廷命官，随时要去征战；即便没有战事，在朝廷也是如履薄冰啊。人为刀俎，我为鱼肉，我不能让夫人和子嗣来承担日后的凶险呀！”

“那我们就辞掉这个鸟官，隐遁江湖，浪迹天涯！”莲蓉一向快人快语。

“现在还不是时候呀。”丰子慢悠悠地说。

今夜，月光朗照，夜色在无边无际地漫漶，丰子有种要放弃和松懈的念头，有一瞬间他似乎犹豫了，但最后一刻还是锁闭闸门，没有让激情的潮水释放奔涌，而此时的莲蓉已经一阵痉挛，发出歌唱般的吟唱。她的手渐渐松开，全身挥汗如雨，软瘫如泥。

5

丰子的马车刚刚驶离都督府不久，前面就被一队骑兵拦住，身披盔甲的呼延廷将军拍马赶到，他跃下马背，凑近马车的布帷禀报说：昨夜潜入都督府的蒙面人已被缉拿，施刑后招供，竟然是东厂的人。

布帷轻轻撩起，丰子双目凝视呼延廷，眉头紧锁：“东厂的人？”

“是的。他们在刘宅附近发现翻墙而出的披风，一直跟踪到都督府。”呼延廷说。

“披风去刘宅了？”丰子颔首，若有所思地放下布帷。

“将军，如何处置那人？”呼延廷问。

布帷内传出嗡嗡的声音：“派人送回东厂。”

马车缓缓驱动，在石阶路上发出辚辚的声响。东厂由吴道士执掌，入朝为官之后，没有紧要的事丰子很少与吴道士见面，久而久之，他与吴道士变得疏远起来，甚至可以说有些生分，难道吴道士也在暗中调查刘府？

天色渐明，皇宫外壁垒森严，到处是手持兵器、身披盔甲的侍卫。几个锦衣卫的人在刘秀芳的带领下，挡在丰子的马车前面。丰子缓步跨下马车，整了整衣帽，健步朝宫殿深处走去。

走过长长的汉白玉石阶，在宫殿一侧，丰子看到了神色凝重的吴道士。他头戴一顶六角帽，身穿灰白色立领的对襟长袍，前胸对称地绣着两条飞舞的小龙，穿道袍上朝是吴道士的特权。

吴道士用眼睛的余光看了看丰子，嗅嗅鼻子，微微颔首，随即又与旁边的文官交头接耳低语起来。丰子想起呼延廷捉住的那个蒙面人，不禁陷入无尽的沉思之中。

接下去，令丰子匪夷所思的一幕出现了。

百官聚集宫廷内，身穿龙袍的皇上驾到，御前太监朝前一步，高声朗读诏书，诏书尚未读完，刘秀芳已率几名身披盔甲的武士，当着满朝文武百官的面，冲上去缉拿吴道士。吴道士随即被上了木枷，六角帽摘下后头发凌乱不堪，往日的威风消失得无影无踪，他低下头一语不发，似乎默然接受眼前的一切。

曾经深得皇上宠幸的吴道士，转眼间成了阶下囚。

丰子后来才知道，吴道士是被他手下的宦官告发的。事发后一名大学士携几位内阁大臣联名上疏，历数吴道士的十大罪状，要求皇上罢免吴道士。皇上收到上疏后大发雷霆，下旨追查谁是上疏者，可没想到的是，内阁和锦衣卫也纷纷上了弹劾吴道士的奏折。最让皇上震怒的是几百文武官员跪在皇宫玉阶下，不惩办吴道士他们集体不起，这已经有点像逼宫了。

皇上龙颜震怒，下旨拘押上疏者，孰料内阁首辅以公意所在请求皇上宥免。皇上无奈之下颁诏拘押吴道士本也是权宜之计，可锦衣卫的刘秀芳不依不饶，就在吴道士被押往都察院审讯的途中，刘秀芳率人突击搜查了吴道士的宅邸，发现大批贪腐财物和违禁兵器，这就坐实了他的罪行。精力充沛的刘秀芳还发现吴道士扣押为皇帝选拔的嫔妃、畜养刺客和私造盔甲弓箭。

一月后，面对雪片一样飞来的奏折，皇上无奈地瘫坐在龙椅上，连连挥手说“罢了罢了”。一旁的刘秀芳赶快对给事中递眼色：“速速记下，皇上已说罢了，‘罢了’是什么意思你知道吗？”刘秀芳用手掌比画着，模拟钢刀横扫过去，砍在给事中的脖子上。给事中浑身发抖，不停颔首。

吴道士很快被凌迟处死。

闻讯吴道士遇难的那天晚上，都督府内一片寂静，莲蓉半夜起身小解，拧亮油灯，看见身边熟睡的丰子眼帘上，似乎挂着一颗晶莹的泪珠。她惊诧不已，因为丰子曾告诉过自己，他自出生以来从未哭过，所以不知道哭的滋味。当时莲蓉还很不高兴，自己嫁了个没有泪腺的丈夫，与铁石心肠有何区别？

莲蓉误以为丰子是在为吴道士的噩运哀伤，所谓兔死狐悲。不料几日后的一个晌午，披风的府邸迎来从青城山赶来报丧的瘸子车夫：丰子的娘去世了。

蹊跷的是，莲蓉从瘸子车夫口中得知，丰子娘闭眼咽气的时辰，差不多就是莲蓉起夜小解的那会儿。这么说那天晚上丰子是有心灵感应，梦中已经预见娘的离世？

蒙皇上恩准，都督府府兵护送，丰子一行日夜兼程，赶往青城山奔丧。丰子和披风策马驰骋，莲蓉坐马车随后。瘸子车夫虽已白发苍苍，但筋骨依然硬朗，手扶缰绳一路疾驰，长长的须髯随风飞扬。

春天的青城山满山遍野开满了杜鹃，一片片的白色，一片片的粉色。雨后的山坳里，树木翠绿欲滴，斜坡上散落着一丛丛的芍药和丁香花簇，紫色的丁香悄悄地盛开，它不事张扬，不像杜鹃那样醒目地呈现妩媚，犹如含羞的处子。山上的树木井然有序，柏树、银杏、香樟以及棕榈，郁郁葱葱沿山壁错落分布，进山口两棵松树并排站立，三层树塔凌空架设，似乎在诉说道法自然的精义。树塔后是一排笔直挺立的楠木，高耸入云气势巍峨，将整座青城山装点得生机勃勃情深意浓。半山腰有一片碧蓝的湖水，荷叶田田，青蛙跳跃其上，蜂蝶飞舞湖面。

青城山为娘的仙逝举行了隆重的仪式。朝拜殿里摆放着娘的灵位，白色杜鹃扎成的花圈围绕四周。道士们都披麻戴孝，时不时在娘的灵位前叩头献花。娘在世的时候与道士们相处和睦，为大家排忧解难，众道士私底下都对娘极为尊崇。

丰子与莲蓉踏上祖师殿的台阶后一步三叩，来到娘的灵位前长跪不起。伫立两侧的道士们诵念经文，犹如歌咏，莲蓉已泣不成声，从未谋面的婆婆，静坐在巨大的画像里无比慈祥，初见竟是永诀，让莲蓉顿生无限悲戚，泪流满面。

在朝拜殿举行葬礼仪式之后，丰子与莲蓉抱起面容安详的娘坐入一口大缸，四位道士用泥土封缸，抬至西山坡而葬，众人用石头堆成坟山，再用砖石建塔立碑。

从西山坡往回走的途中，一个道士追上来，将一张纸条递给丰子。这是娘的一份遗言，她临终前躺在病榻上口述，由旁人代为记录下来。

丰儿：

娘要去见你爹了，娘这辈子最骄傲的就是拥有你这个儿子。你爹去世后，我们娘俩来到青城山，在这里娘度过踏实安心的后半辈子。青城山是我们娘俩的福地，你功成名就后，一定要报答这里的山山水水，报答这里所有的人。

另外，娘心里一直放不下的一件事就是你爹的死，这始终是一个谜。你爹对朝廷忠心耿耿，他耿直倔强，说话不绕弯子，得罪的文武百官甚多。皇上派他去调查贪官，回来反成阶下之囚，这其中必有冤情。如果皇上圣明，吾儿一定要查清原委，还你爹一个清白。

无论发生什么天大的事，吾儿不得叛逆，不得为匪，不能辱没丰家祖上的荣耀。

娘

这是丰子第一次听到娘如此清晰表达对爹身遭飞来横祸的质疑，其实这也是缠绕丰子许久的一块心病。他与娘从未交流过，但母子俩心有灵犀，都对这件惊天旧案有着一个大大的问号。

这天晚上，莲蓉被丰子的辗转反侧搅得难以入眠。山涧溪水的流淌和林中百鸟的啁啾，一直在她耳畔环绕。

次日清晨，青城山刚露曙色，莲蓉就悄悄起床去上清宫拜谒青龙阁和白虎阁。此次来青城山，她要搞清楚青龙和白虎到底是怎么回事。去上清宫的途中，莲蓉又一次看到了树塔，在朦胧的曙色中，三层高的树塔悬空横架在两排大树之间，塔身皆用树干垒成，远远望去像一尊肃穆的塑像，又像一个正襟危坐与苍天对话的道士。

从上清宫回来，丰子还没起床。这时五百里加急廷寄飞马送来，莲蓉闻讯，急急跑去把尚在睡梦中的丰子叫醒。丰子匆匆穿戴整齐，出门跪拜接旨。

据报山东东平湖几万灾民造反，皇上命都督府带兵一万平定匪乱。随行的监军是锦衣卫的指挥使刘秀芳。

“这是什么意思？”披风一边收拾行装，一边大声嚷嚷，“几万人造反，派一万人去平定，这个鸟皇帝是怎么想的？”

“休得胡说！”丰子呵斥道，他坐在案几边一人独自品茶，脸色凝重。

“锦衣卫的指挥使随军出征，这也是前所未有的事情。”披风继续嘟嘟囔囔。

莲蓉端来一只盛满茶水的瓷碗递给披风，幽幽地说：“吴道士被除，皇上是在考验将军的忠诚啊。”

6

大都督丰子率领的一万人马在东平湖的南侧安营扎寨。

东平湖一望无际，大片大片的芦苇将湖面分割成几大块水域。湖的北面就是州府所在地，群山环湖延绵，地势险要，据说前朝的梁山泊匪兵谋反，就曾盘踞在这一带。

山东府本是富庶之地，不料今年连降暴雨，稻粱颗粒无收，州府救灾乏力，还向朝廷隐瞒灾情，导致一时间民不聊生。东平湖一带自古民风剽悍，习武之风盛行，朝廷对此地也一直怀有戒备之心，锦衣卫和东厂的人经常出没其间。前些日子暴雨稍歇，东平湖菜农卢民夫妇上街卖菜，夫妻发生口角，卢民破口大骂，卢妻也不示弱，说你以为你是谁？你以为你是皇上啊。卢民大声嚷道我就是你的皇上！边说边朝卢妻扇过去一个大耳光。卢妻被打后呜咽着说什么狗屁皇上！此话被坐边上喝茶的锦衣卫的人听到，将卢民夫妇带去官府，刑讯暴打下卢民一命呜呼，卢妻每日在官府前鸣冤叫屈。几日后，卢妻的几个兄弟夜袭锦衣卫的校尉，割其首级丢抛在市集，官府出兵清剿，卢妻所在的村寨一夜之间聚集起几千人与官兵对峙。随着事情的一点点演变，方圆几十里的村寨都加入了暴乱，几万人冲击并占领官府，东平湖的暴民亮出他们先民用过的忠义堂的旗号。如今城墙上，远远望去，悬挂着锦衣卫校尉和知府的脑袋。

宽阔的东平湖犹如一道天然屏障，丰子所率都督府的兵丁虽说骁勇善战，但大都是北方人，不谙水性。更令丰子头痛的是没有船只，如何越过这辽阔的湖面？短短时间内，要造出承载一万人的船只是不现实的，何况民众皆反，根本找不到工匠。丰子采取的策略是围而不攻，封锁各个衢道，等待城池内粮断草尽，再做下一步的打算。没有粮草，城内叛军自会骚乱，只要有人涌出城门，都督府的将士凭借丰富的战场经验，可将叛军各个击破，逐一剿灭。

丰子在呼延廷和披风的簇拥下走出营帐，远方雷声隆隆，黑云翻滚，他们沿着湖边走去，听到湖水汹涌，发出哗哗的拍岸声。不远处是监军刘秀芳的营帐，那里居然油灯闪烁明灭，传出笙歌舞乐之声。丰子勃然大怒，大步朝刘秀芳的营帐迅疾走去。

营帐门口几名卫士试图拦住丰子，丰子的手在空中挥了挥，划出一个圆弧，几名卫士顿觉天旋地转，踉跄倒地。呼延廷和披风面面相觑，他们知道愤怒之极的丰大将军不经意用了内功。

丰子闯进营帐，只见刘秀芳已喝得酩酊大醉，红着脸，端着酒盏随一群歌姬群魔乱舞。丰子上去就把刘秀芳手中的酒盏一把撸掉，那酒盏嗖地飞出去，砸在营帐的帷布上，又弹落在案几上，发出咣当一声脆响。

歌姬们尖叫着逃出营帐，那刘秀芳眼光迷离，大着舌头说：“你……你……你谁啊？竟敢私闯爷的营帐，败坏爷的兴致！”

丰子端起一酒壶，从刘秀芳的头顶上倾倒下去，刘秀芳顿时眼前一片迷乱，头发耷拉下来，霎时间变成一只落汤鸡。这时他似乎有些清醒过来：

“丰……丰……丰都督，你休得无礼！二……二……二十多天过去了，你不……不去攻打城内叛民，反而来冲我的营帐，小心我参你一本贻误军机、懈怠戡乱的折子！”

“好，你明天就给朝廷上折子，但刘秀芳你给我记住，再在大营里寻欢作乐，饮酒误事，动摇军心，小心我将你捆绑起来押送京师！”丰子说完，扭头走出了营帐。

次日清晨，刘秀芳酒醒之后，昨晚发生的事情历历在目，他恼恨于自己的失态，早早来到丰子的军帐前主动谢罪：

“都督休怒，昨日小人喝多，败坏军纪，影响甚坏，小人恳求都督重罚。”

“不必了，”丰子挥挥手，“战事当前，监军还望自重。”

刘秀芳不愧为刘氏后人，他见丰子并无责罚自己的意思，走出军帐，脱了衣衫，露出白皙的胸脯，遂令手下将自己捆绑在一棵枣树下，命贴身侍卫用马鞭抽打自己。这出苦肉计显然是演给丰大将军看的。

那个贴身侍卫是鞍前马后跟着刘秀芳的人，这叫他如何下得去手？刘秀芳见贴身侍卫像根木头杵在那里，大声嚷嚷：“还不动手啊？你要等死吗？”

那贴身侍卫哭丧着脸，犹豫地举起马鞭，一下一下地从高处挥落，一副有气无力的样子。刘秀芳见状，抬脚猛地踹过去，那个侍卫即刻跪倒在地。“把他给我捆起来，陪我一起受罚！”

于是，侍卫迅疾也被几个兵丁扒了衣服，绑在另外一棵树上，刘秀芳大喊：“让这个贱人与我同受三十鞭笞！”

呼延廷从远处走来，见两个士兵正在鞭打监军及侍卫，喝令士兵住手，然后急急闯入都督帐内，但见丰子镇定地坐在椅子上，身后是一张山东全景地图，都督慢悠悠地品着茶，满屋氤氲茶香。

“丰大将军，这……这……这可如何是好啊？”呼延廷哭丧着脸问。

丰子面无表情地说：“慌什么，你不用管，爱闹就让他去闹吧！”

7

披风出事了。

披风是在巡视市集时结识民女麦子的。年仅十六的麦子长得眉清目秀，吸引披风的眼光自在情理之中。那时候，因为数日没有进食，麦子饿得四肢无力，晕倒在爷爷的身旁。即便如此，披风还是在三三两两的饥民中一眼把她找了出来。

东平湖一带盛产枣树，饥民们先是吃枣子，吃完所有树上的枣子再以枣叶果腹，最后连枣叶也吃完了，一大片一大片的枣树只剩下光秃秃的树干。

披风把麦子扶上马，将祖孙两人带到大营，命人赐以食物。祖孙俩每人喝了两大碗粥。

第二天披风牵着马步出大营，麦子从一棵枣树下闪出来，她的身后窜出一只瘦骨嶙峋的脱毛小狗。麦子的手中拿着几颗干枣，走到披风面前，笑眯眯地递给披风。披风一把抱起麦子扶上马鞍，自己也翻身上马，战马一阵风似的沿着湖边跑向旷野，小狗飞快地箭镞一般跟了上去。

山坡上，披风侧身躺着，麦子脱了鞋在湿漉漉的草丛里雀跃奔跑，阴沉沉的天，寂寥而悠远，阴沉沉的湖，微澜而辽阔，但此刻似乎都被少女的热情和柔软的身躯所点燃，所煽动，完全没有战场的死寂和沉闷。马悠闲地在山坡上寻觅，狗窜来窜去兴奋异常，渐渐地，披风的眼光被麦子裸露的小脚所吸引，那是一双披风从未见过的小脚，如此完美，如此润泽，粉红、光滑、细腻，像玉器般含蓄地收敛着光，晶莹的水珠扑洒在脚踝上，又朝四周飞溅。

麦子终于坐在披风的边上，披风的眼睛直勾勾地盯着麦子那双漂亮的脚。

“披风哥，你怎么啦？”麦子不解地看看披风，又看看自己的脚。

“你的脚好看。”披风由衷地赞叹。

“脚有什么好看的？披风哥真傻！傻哥哥！”麦子的手指戳到了披风的额头。

从小在东平湖边长大的麦子怎么能理解披风的心思。披风幼时见的女人大多是道姑，成年后远距离看到的是宫女，近距离接触的都是青楼风尘女子，打打杀杀，戎马倥偬，哪见过这么浑然天成、娇柔粉嫩的小脚啊。披风恬淡的心境居然被一双小脚所撩拨，他自己都觉得不可思议。

天色忽然黑下来，湖面起风了，雨说下就下，狂风骤雨中，披风与麦子拉着手跑向远处的一间茅屋。

一切都发生得那么自然。在整个过程中，年仅十六的麦子像是引领者，披风懵懵懂懂地被牵引着前行，策马加鞭奔跑到一个高高的悬崖上，然后朝深不可测的地方滑行坠落。他的身体膨胀发热，像团火一样熊熊燃烧。当两个人赤身裸体躺在茅屋地上时，披风仿佛觉得一切都发生在梦里，他好像又回到了青城山，回到了童年时光。他从未有过这样欲仙欲醉的体验。

“披风哥，你们会去杀城里的人吗？”待激情过后平静下来，麦子幽幽地问道。

披风的身体打了个激灵，他的思绪被麦子甜美娇弱的声音突然拉回到现实中来。“啊？你说的是那些叛军吗？当然，那些都是犯了死罪的人。”

“可我哥也在城里！”麦子几乎喊叫起来。她一跃而起，嘟着嘴，白晃晃的身子在披风面前伫立，令他头晕目眩。

听闻麦子的话披风一愣。有一瞬间，他闪过一个念头，麦子莫非就是为此来找他的？但他马上又否定了自己。直觉告诉他，单纯自然的麦子不会是那么有心机的人。

麦子开始迅疾地穿衣服。她沉默不语地走出茅屋，小狗噌一下窜出去，活蹦乱跳地跟在后面。

消失在大雨中的麦子与小狗一直盘旋在披风的脑海里，他的心里萌发隐隐的担忧，甚怕麦子一去不复返，不会再来找他。

几天后，麦子又出现在大营门口的旗杆下面，她的身后是七八个面黄肌瘦、索讨食物的饥民孩童，披风有些为难，可经不住麦子不停央求，命兵丁去营地伙房拿了饭团和肉干来散发给那些孩童，谁知当兵丁提着食物走到这些孩童面前的时候，出现了诡异的一幕：孩童的身后突然齐刷刷冒出几十个老翁和婆婆，这些老人的后代都当了叛军，留下这些老人一个个饿得皮包骨头，他们不停地给披风磕头下跪，连呼“善人”，披风不忍卒睹，心一软，把他们带到大营伙房。这些饿昏的老人像一群疯子，或者说更像一群强盗，把熟食抢完了尚未果腹，看见生米也大把大把往嘴里塞。

人愈来愈多。后来的场面完全失控，来讨要食物的饥民络绎不绝，人流潮水般涌入，不仅将厨房食物洗劫一空，临了还把粮仓的粮食抢走，几座原本高高的粮垛一下矮了许多。众兵丁上前阻拦，饿疯的饥民对徒手的兵丁毫不畏惧，更何况披风被麦子纠缠着，麦子不停地拉着披风的手左右摇晃，噘着嘴恳求他对那些饥民手下留情。

待人群缓缓散去，军营内像被洗劫过一样混乱不堪。

傍晚时分，披风被刘秀芳的人五花大绑羁押到都督的营帐。

这件事情的性质无疑是严重的。对城墙内的叛军丰子采取的策略是围而不攻，大营的粮草原本就短缺，丰子让朝廷火速运粮，无奈大雨连绵，运粮草的马队进入山东境内后无法前行。

刘秀芳坐在一张椅子上，一语不发，静候丰子处置。呼延廷给刘秀芳端来一盏茶，刘秀芳摆摆手，不接茶盏。

丰子倒背着手，闭着眼睛，仰头面朝营帐顶棚，宽阔的背显露在透进营帐之门的光影中。

静默几分钟后，丰子侧过身来问呼延廷，那声音如针尖掉地：“呼将军，这擅发军粮按战时律法是什么罪？”

呼延廷尚未接话，披风的头已磕在地上，声响沉闷：“将军，都是披风的不是，披风知罪！披风知罪啊！”

“将军……”呼延廷双手作揖半跪下，带着哭腔说，“披风有罪，在下请求让他戴罪立功，将功补过！”

丰子的眼神从呼延廷脸上缓缓转向披风，声音微微发颤：“怎么能犯这种浑呢？军粮也能随便散发的吗？这倒好，草民百姓居然全抢上门来了。荒唐啊！擅自动用军粮你知道是什么罪吗？这……这是死罪，你披风不知道吗？”

“丰都督说的对，擅发军粮按朝廷大律是死罪，可那些饥民大概也是饿昏了，真是无法无天哪。”刘秀芳面无表情地说，似乎在替披风说情，又似乎在谴责饥民。

“刘监军说的在理，大敌当前，我军要稳住阵脚，不可自损大将呀！”呼延廷边说边偷觑丰子的脸色。

“军中的粮草维持不了数周，如今大半被抢，我担心，无法剿灭叛军，朝廷怪罪下来，我与丰都督恐怕……恐怕都难以交差啊！”刘秀芳忧心忡忡地说。

“刘监军，现在救人要紧，你万万不可火上浇油……”呼延廷明显是急了。

“呼延将军，一切皆由丰都督裁断，如果丰都督决定让披风将军戴罪立功，在下附议。披风将军与丰都督是总角之交的兄弟，事已至此，在下不糊涂，知道利害关系。”刘秀芳语气诚恳地说。

此时此刻，刘秀芳说什么丰子听起来都像是陷阱，他在琢磨刘秀芳话中的弦外之音。丰子一时半会儿想不明白，只觉得胸口憋闷，一团团的火焰四处奔突，却无法往上冒。刘秀芳话语里有玄机，可这玄机是什么呢？意思是这次他刘秀芳愿意网开一面，但必须他丰都督领情？可丰子偏偏就是不想领他的情。

“你们都别说了，还是按律法办吧。”丰子一字一句说。

正在此时，营帐内闪出莲蓉，跪拜在地。“求将军饶恕披风，披风曾救过莲蓉的命，倘若他的罪无法赦免，妾愿意替他赴死！”

场面死一般静寂。

“妇人之见！”丰子勃然大怒，四处奔突的火焰一下找到出口，“来人！将这妇人给我绑了！”

“将军，万万不可呀！”被捆绑着的披风挣扎着移动膝盖挡在莲蓉的前面，回首又对莲蓉说，“夫人不必多言，祸是披风闯的，理应由披风一人担当。在下知道，即便班师回朝，披风也难免一死！”

“你是活得不耐烦了啊?！”丰子指向披风脑门的手在抖动，痛心地说。

“一人做事一人当，求将军不要迁怒夫人！”披风凛然地说，“披风最后请求与将军单独说几句话，希望丰将军恩准！”

少顷，丰子摆摆手：“你们都退下。”

营帐内只剩下两个人，披风抬起头，语速很快地说：“将军，刘府的丫鬟荷花已被我派人保护起来，就在青城山我爹那里。现在基本可以确定，严府的车夫就是被刘聚之的人除掉的。刘聚之当年买通车夫，将几包银两事先放在马车上，事后又杀人灭口。我听说那个老贼已躺在床上奄奄一息，披风虽死无憾，但悲不能亲眼见到刘聚之覆灭的那一天。将军一定要为丰老爷子的旧案鸣冤哪！”

“你呀，你真是个混账糊涂蛋，把我所有的计划全搅乱了！”丰子闭目仰天，长叹一声，“这一切难道皆是天意吗？”

“人之将死，其言也善。朝廷不公，将军不妨揭竿而起，自立为王！”披风两眼铮铮发亮。

“休得胡说！你跟了我那么多年，你我之间情同手足，后事我会安排好，瘸子伯我也会照顾的，你放心上路吧！”丰子别过头去说。

“将军！江湖险恶，您多保重，恕属下不能再伺候您了！”披风扑通一声双膝跪地，泪如雨下。

8

东平湖平乱最终大捷，可谓谋事在人，成事在天。

谋事者自然是丰大将军，围而不攻，让城中几万叛军困兽犹斗；而生死攸关命悬一线之时，是老天爷出来相助。那天晚上丰子与呼延廷走出营帐，沿湖边走了一圈，走着走着，看到朦朦胧胧的一弯淡月，若隐若现地悬挂在夜霭笼罩的远边天际。其实那时候军中已几乎快要断粮，困扰丰子的是：如果大雨继续不停，一万兵马以何来果腹充饥。摆在他面前的只有两个选择：要么退兵，要么拼死攻城。退兵朝廷不会答应，拼死攻城，那就是鱼死网破，是丰子最不愿意采纳的下策。丰子看到那一弯烟云遮蔽的淡月，长长地舒出一口气，他知道，转机来了。

果不其然，翌日，山东境内的天气次第放晴，十几个时辰后朝廷的粮队来到大营，大营里一片欢呼声。

城中因为缺粮，又兼临时聚集撮合的队伍，可谓乌合之众，每日有人跳入东平湖寻求活路，丰子率大军攻入城中，只见城中街衢伏尸满地，很多奄奄一息的人都是饥饿所致，除去逃跑的与战死的，俘获的叛军人数不及八千。

在如何处置这些叛军俘虏的问题上，丰子与刘秀芳发生激烈的争执。刘秀芳要就地杀戮这些俘虏，丰子不依，他说自己是统帅，如何处置俘虏应由自己说了算。丰子让叛军俘虏每人写一份悔过书，摁上血印，把他们全部放了。

东平湖大捷，丰子率领大军班师回朝。回到都督府，丰子连夜奋笔疾书，次日上朝第一个递上奏折，恳请皇上给山东灾区轻徭薄赋。监军刘秀芳随后也上奏折，笼统回顾平叛过程中都督府将士的功绩，最后似乎轻描淡写地提到丰都督独断做主遣返叛军俘虏之事。

皇上龙颜渐渐变得阴沉，满朝文武官员都不敢吱声，东张西望一片寂静。

刘秀芳留有一手，奏折中并未提及都督府大将披风擅自散发军粮之事，这让丰子颇感意外。内阁一位老臣不合时宜地上奏称都督府治军严明，平定山东之乱理应赏赐。皇上沉默不语，有一大臣见状，立即上奏说丰都督释放乱民有损朝廷威严，唯恐海内竞相仿效。朝廷文武官员形成两派意见，各陈己见，争议不休。

最后皇上下旨，丰子被降四江总兵，不日迁出都督府，赴江都上任。丰子携家眷及大队人马到江都后，将所有的军机要务都交给副总兵打理，他异常珍视难得的清闲，与莲蓉住在江边总兵府的一座私宅中，养养鸟、浇浇花，赋闲将息，过着闲云野鹤般的日子。

这期间丰子与莲蓉以给娘祭祀为名去过一次青城山，瘸子车夫在天师洞前恭迎丰子一行，旁边一位身穿道袍的妇人搀扶着他。瘸子车夫虽说老了，眉毛很长地支棱着，头颅谢了顶，露出红彤彤光亮的天灵盖，背已极度弯曲佝偻，但身板看上去还算硬朗。

“少爷啊少爷！”瘸子车夫看见丰子，泪水一下就涌出来了。

丰子向前疾走几步，跪拜在瘸子车夫的面前，他向瘸子车夫谢罪，责怪自己未能保护好披风。瘸子车夫老泪纵横，也相向跪倒在地，双手扶住丰子的臂弯，连声说：“万万不可呀少爷，万万不可！披风是犯了死罪，老夫知道。”

众人沿着石阶往山上缓缓攀缘，瘸子车夫忽然想起什么，用抖动的手拉过妇人推至丰子面前，颤巍巍地说：“少爷，她就是荷花呀。”

其实丰子早已猜到妇人的身份。他此行的目的就是想见一面当年刘府的丫鬟。

晚上，瘸子车夫给丰子和莲蓉一行准备了丰盛的晚餐，白果炖鸡、后山老腊肉，还有丰子最喜欢的青城泡菜。喝的是洞天贡茶和乳酒，贡茶经冲泡后色泽清澈，茶香四溢，满屋都弥漫着浓浓的馨香。那乳酒是用猕猴桃和醪糟汁酿造的鲜果酒，瘸子车夫陪着丰子频频举杯，喝着喝着，禁不住泪水又从皱纹密布的脸上滑下。

莲蓉见状赶紧给瘸子车夫斟酒，三下两下莲蓉喝了不少果酒，脸色绯红。荷花倒茶斟酒，忙东忙西，莲蓉一把拉过荷花坐下，也给她斟了酒。荷花端起酒杯起身给丰子敬酒：“小女子感恩将军不杀之情！”

“荷花何出此言？你本是无辜之人。”丰子举杯与荷花碰杯，一饮而尽。

席间，荷花去闺房取来一个小包裹，她双手捧着包裹跪拜在丰子面前。丰子打开布包，里面是一块黄色的绸布，展开绸布，显现当年汴州知府的府印。

多年前刘府管家曾悄悄让荷花去作坊制作几块这样的绸布，后来荷花因为萌生欢喜，私藏了一块。几日后同样的绸布包了银两出现在丰老爷的马车上，成为丰老爷受贿的佐证。

“多年来我一直等着这一天，盼望把它亲手交给将军。而今夙愿实现，荷花虽死无憾。”荷花跪在地上不肯起身。

莲蓉上前扶起荷花：“好姐姐，此事与你有何干系，你大可不必如此自责。”

丰子在青城山待了数日，去后山给娘的坟上了香，黄昏时分，他在祖师殿前那棵百年银杏老树下徘徊流连，银杏的树皮龟裂，枝干粗壮，树身用一个人的手臂难以合围，少年时期他与披风常在银杏树下练习射箭，恍惚间他的耳畔又回响起披风的清脆笑声，他们一同玩耍的情景历历在目。丰子的内心似有万千鼓乐轰响，霎时又被潮水般的巨大悲伤覆盖。

几日后，丰子与莲蓉回到江都。自青城山回来，丰子发现莲蓉的举止有些异样，夜幕降临，莲蓉常常会一个人去江边，几个时辰才回。她是瞒着丰子在偷偷恢复武功。一天，莲蓉浑身大汗淋漓出现在总兵府的门口时，一只白色的鸽子腾空飞起，园中的凉亭边闪出虎着脸的丰子，他已等候夫人多时了。莲蓉眯着眼睛朝丰子微笑，然后调皮地俯下身子，从丰子伸出的手臂下面逃脱了。

夜里躺在床上，丰子问道：“你常去江边，是在练武吗？”

“是的，我要帮夫君复仇，完成披风未竟之夙愿。”莲蓉说。

“夫人不许胡来！”丰子呵斥道。

“让你凶，让你凶！”莲蓉咯咯低笑，翻身一骨碌骑上丰子的胸脯，“将军不是在打擂台时喜欢上莲蓉的吗？如今怎么反对起莲蓉习武了呢？”丰子的双手抚摸到夫人光裸的腰臀，莲蓉一丝不挂，一切似乎早有预谋。她的嘴唇贴在丰子的耳根，拼命舔舐那块敏感区域，丰子浑身起了鸡皮疙瘩。

暗黑中与莲蓉云雨翻滚之际，丰子的思绪依然难以停下。丰子知道，凭莲蓉的武艺，做掉仇家肯定没有问题，但丰子要的不是这样的结果，他盼望的是朝廷公开为爹昭雪。思绪游走的丰子听凭莲蓉翻江倒海地折腾，习武后的莲蓉变了个人，灵巧无比，放低身段，完全打开生命，像个贪得无厌的浪女淫妇，浑身有使不完的劲，填不满的欲，仿佛要把丰子身体里的精气吸干才肯善罢甘休。丰子因无法集中意念，渐渐放松警惕，他万万没有想到，这一晚的欢愉为日后的变故埋下重大隐患。

9

丰子被朝廷急召入京。浙闽一带屡遭倭寇侵扰进犯，倭寇肆虐猖獗，还非常善战，竟然屡屡让朝廷派去的军队遭受重创，情急之下，皇上想到丰子，下旨命军机处重新启用四江总兵丰子，由他担任浙闽平倭总兵，呼延廷担任副将，连夜率两万人马火速赶往浙江台州。

总兵府外车水马龙，丰子刚披戴整齐走出书房，忽见厅堂外闪现一个身披盔甲的身影，在丰子面前突然下跪，丰子仔细辨认，发现居然是莲蓉。

“将军，莲蓉不才，请允妾随夫出征！”莲蓉的声音铿锵有力，完全不像女儿身。

“夫人，打仗理应是男人的事，我要允你去，这不是陷我于不仁不义吗？”丰子微笑着说。

“将军此话差矣，妾知道将军心里苦，没了披风，还有莲蓉。莲蓉的武艺和统军能力都在披风之上，既然不能为将军生儿育女，请允我随军出征，披风能干的事情我都能干，在将军苦闷的时候，我还能给将军沏茶倒水，陪将军说说话。”莲蓉的声音满带凄婉与诚恳。

话说到这个份上，很难找到化解莲蓉执念的方法，丰子沉吟良久，拱手合掌说：

“既然夫人执意要随夫出征，那好吧，此去势必会让夫人百般受累。夫人的体恤，丰子没齿不忘。”

就这样，莲蓉随明军出征，丰子率两万人马不分昼夜地赶路，十日后的深夜寅时，抵达台州境内。先锋呼延廷策马来报，士兵们都累垮了，请求就近安营扎寨。台州府大都面海，几乎一马平川，现如今台州府的大部分村寨被倭寇占领，丰子的军队在距台州不远的黄岩停留驻扎。

与倭寇的遭遇战发生在几日后，江都的士兵多年处于太平世道，没有经历过战争，养尊处优惯了，长途奔袭来到台州，大部分人士气低迷、叫苦连天，并无做好殊死搏斗的准备，大白天居然三三两两出去寻酒喝，两拨人加起来总共十几个，贸贸然进入靠近台州的一个小村，当他们发觉一群光着上身束着长发的矮个子围坐成圆圈载歌载舞，急急忙忙想撤退，一切都晚了，村口一群矮个子手持薙刀将他们包围。倭军的薙刀弯曲细长，十几个江都士兵遭受胡砍乱刺，其中一个被倭刀刺中腹部，刀尖一转，肚肠就挑了出来，鲜血汩汩流淌。十几个江都军士兵全部被斩，倭军把尸体像旗子一样高高升起，悬挂在竹竿上。

呼延廷向丰子讲述这一切的时候，莲蓉觉察到丰子的颈脖一根根青筋暴突。这天晚上夜幕刚刚降临，丰子即刻下令向那座村寨发起攻击，被激怒的江都军奋勇突入村寨，与倭军发生激烈的肉搏。不到一个时辰，倭军见江都军的兵丁源源不断地涌来，人数远远超过自己，不得已只能向台州方向撤退。村寨虽说很快拿下，但清点战场时发现：江都军死亡的人数居然远超倭军。

丰子深知，江都军刚被激发起来的士气来之不易，他命呼延廷留守清理战场，自己率领大军向台州府城挺进。次日曙光初现，丰子的一万多人马把台州府城围个水泄不通，只留了西城门一条道，丰子算好时辰，待呼延廷赶到，让他在台州通往仙居的半道上布下埋伏。丰子选择夜里突击攻城，打倭军一个措手不及。

攻城开始前，江都军的鸟铳齐发，台州城的上空被一片片火焰点亮，城内的几千倭军抱头鼠窜，然而攻城并不顺利，倭军多数由武士组成，刀法精湛，武艺过人，江都军的短兵器对付薙刀和大太刀占不到任何便宜，双方死伤惨重。倭军开始弃城而去，从西城门夺路而逃，呼延廷率部赶到，还来不及布置埋伏，倭军已蜂拥出城，一路杀来，一场混战后倭军剩下几千人，逃往天台山仙霞岭一带，呼延廷所率骑兵不足八百，逢山路行进困难，不敢穷追猛打，他命部下找到当地农户带路，登上了天台山主峰制高点华顶山，静候大部队的到来。

傍晚时分，丰子率大队人马赶到。他们溯流攀缘而上，暮春时节，沿途漫山遍野生长着云锦杜鹃，淡红色里夹杂着嫩黄，花团锦簇，虬枝如钩，远远望去似锦若霞，山的两侧长满梅树、樟树、柏树以及粗壮的老藤，更兼奇石幽洞、飞瀑清泉，然而明军士兵已杀红了眼，蓬头垢面，怒目圆瞪，此时此刻与秀美的景色形成强烈反差。

丰子与呼延廷的部队在华顶山会合。呼延廷领着丰子来到山崖，站在一棵树枝遮天蔽日的老樟树下，朝山下望去，一汪碧蓝的寒山湖尽收眼底。再远处，就是倭军流窜盘踞的仙霞岭一带。呼延廷不愧为身经百战经验丰富的老将，占领了华顶山这个制高点，居高临下，倭军所有的动向都在明军的鼻子底下。丰子斜睨一眼呼延廷，连日的征战，胡子拉碴的呼延廷显得异常疲倦，眼袋突出，鱼尾纹深陷，但他还是挺直腰板，目光炯炯。丰子暗忖将士们累了，该让疲惫的军队休整几天，几千倭军已是瓮中之鳖，掀不起大浪，剿灭他们是迟早的事。容安顿下来慢慢商议，制定出对倭寇一击致命的良策。

丰子在呼延廷和众将士的簇拥下回到营地，刚刚踏进营帐，没承想莲蓉掀起帘子笑吟吟地走出来，她告诉丰子：刘秀芳来了。

朝廷增援的运粮草的马队已到山下，因这一带山路狭窄，马车无法驮着粮草上山，刘秀芳率一千人在山脚安营扎寨。

真是冤家路窄。丰子伫立在那儿，面无表情，一语不发。

10

莲蓉在山间市集转悠，一点没察觉身后有人远远地尾随着她。

几个山民蹲在地上，面前摆放着野鸡、乌龟、小青蛇及一些蔬菜。莲蓉想给丰子买只鸡熬汤喝，这些日子她发觉丰子消瘦了，脸庞明显变小。到了浙东，莲蓉才知打仗的事情她根本帮不上忙，沿海地区丘陵连绵，倭军流动作战，四处转移，他们一有机会就袭击村民，抢了食物又躲到山上盘踞起来，迫使丰子白天将军队化整为零，编几百人为一队进行搜山，一旦发现倭军踪影，立刻吹响螺号，他山的兵丁听到就会过来围剿。丰子让莲蓉待在营地，派了一队卫兵守护她。想想自己反而成了累赘，莲蓉心有不甘，她躲避卫兵的监视，偷偷溜出营地。

莲蓉买了一只鸡，又买了一些海鲜蔬菜，兜兜转转来到一家香铺前，香铺用布帷围成，一尊红脸长须的神像后挂着一块匾，匾文由遒劲的黑体隶书竖写着四行字："菩提本无树　明镜亦非台　本来无一物　何处惹尘埃"。

莲蓉挑了几捆香，向摊主付了铜钱，心满意足地准备返回大营，市集渐行渐远，走过一棵老樟树前，她正抬头张望树枝上一只羽毛艳丽活泼四顾的斑鸠，这时候一只黑麻袋套住了她的脑袋，眼前顿时陷入一片黑暗。她双手因为提着东西，根本没有反抗的余地。她很快就被捆绑起来，几个人抬着飞跑起来，大概是到了山脚，莲蓉感觉自己被塞进一辆马车，一声吆喝，马车开始飞奔。此后一路颠簸，莲蓉不知道马车奔向何方，心里估算着，约有七八个时辰后，她实在抵挡不住长途奔袭的困倦，渐渐进入梦乡……

丰子得到莲蓉失踪的禀报，策马赶回营地，其时呼延廷正带兵漫山遍野地搜寻。在靠近山脚的一棵树上，士兵发现了一把匕首，匕首将一张纸条扎在树上。纸条上写着：

素闻丰大将军武艺超群，江湖无人可敌，若求寻回夫人，恳请将军单骑前来雁荡比武，如若带兵讨伐，恐怕夫人性命难保。切切！

雁荡汪旭

丰子叫手下拿来地图，与呼延廷连夜研究雁荡山的位置。雁荡距天台一百多公里，情形危急，丰子也顾不了那么多了，他将帅印交给呼延廷，并嘱他两天内不得把自己的行踪告知刘秀芳，三日后倘若自己没有返回，明军交由呼延廷全权指挥。凌晨时分，丰子带着两个侍卫骑马下山。

丰子一行三人长途奔袭，途中换了几次马，除了歇息喝水，他们没有进食任何东西。距雁荡不远时，一个侍卫察觉有一支明军紧追不舍地尾随在后，丰子立马判定，那是呼延廷派出的人马。他勃然大怒，一拉缰绳，回头策马扬鞭，朝那队人马飞奔过去。领头的校尉本是都督府的旧部，见挥汗如雨怒不可遏的丰大将军飞驰而来，从马背上滚落下来，单膝跪地，脑袋几乎叩到地面。

“你们给我听着，所有人就地驻扎，在此待命，不得再向前一步，谁敢抗命，定当军法处置！”丰子说完，蹬腿策马而去，身后一路尘土飞扬。

到达雁荡已是翌日上午，沿途风景秀丽，进山口一块巨大的褐色崖石上，红漆写就“雁荡”两个大字，雁荡王汪旭率众弟兄恭候在山寨门口。汪旭个子不高，五短身材，他满脸堆笑，乍一看还有些猥琐，占山为王的一方霸主竟长成这番模样，着实有些让人意外。

一脸怒气的丰子眼中无人地下了马，无所顾忌地朝前走去，汪旭见状，连忙紧追几步，拦在丰子的前面行礼作揖：“请丰将军恕罪！汪旭不才，今日得见将军，真是三生有幸！”

丰子一语不发，用眼角余光打量面前的山寨王。他的手朝山上挥了挥，汪旭旋即转身上山，丰子携两名侍卫跟随其后。五短身材爬起山来异常灵巧，像一匹矮脚的蒙古马嘚嘚嘚向前奔腾，身材大一号的丰子居然被他远远甩在后面。丰子暗暗思忖，兴许不能小看此人，能够在江湖上称霸一方，必有其道理所在。

来到山寨前殿门口，丰子冷冷问道：“夫人何在？”

“大人息怒，因为在下的冒昧唐突，夫人兴许微染风寒，昨夜屡屡呕吐，在下已派人下山去延请郎中。在下估计只是微恙，没有大碍，夫人此刻正在后殿将息呢。”汪旭忙不迭地解释道。

“何以知晓只是微恙呢？”丰子心中着急，忍不住想问个明白。

“禀报将军，在下祖上乃悬壶中医世家，从小耳濡目染，对望闻问切也略知一二。”

丰子沉吟片刻，把手朝前一指，不容置疑地说：“前面带路！”

汪旭连连点头，躬身在前引路，丰子一行来到后殿，透过悬挂的黄色帷幕，依稀可见一张宽大的睡榻上，莲蓉双目紧闭，安详地睡着，她的脸色略略有些泛白，腮上有一抹淡淡红晕。见夫人安然无恙，丰子心中的一块石头落地，神色渐渐舒展松弛。

重新回到前殿，宽敞的殿内已摆好桌备好酒肴，主人显然早已精心准备。客随主便，丰子抱着到什么山上唱什么歌的态度，顺着汪旭让座的手势，一声不吭地凛然坐下，两名明军侍卫一左一右分立其侧，汪旭请两名侍卫一同入席，两人有些迟疑，丰子颔首，示意他们放宽心坐下。

汪旭的几名手下给几张桌子分别斟酒。随后，汪旭双手端着酒盅起身给丰将军敬酒，他尚未启齿，丰子伸手制止道：

“且慢，雁荡王，我是朝廷命官，知道劫持总兵夫人是什么罪吗？”

汪旭听闻丰将军之言摔了酒盅，扑通一声跪倒在地：“在下哪敢？丰将军大人大量，不要与小的计较！”

“朝廷命我来此地剿灭倭寇，雁荡王横插一刀，私自绑人，莫非想助纣为虐不成？”丰子正色道。

“此言折煞我也！将军英名天下皆知，在下只是想亲睹其风采，才出此下策。禀报将军，一切的一切都事出有因啊：我雁荡山寨近日归顺一壮士，机缘巧合，他的父辈原是严府的旧人……”

汪旭朝侍立身后的随从使个眼色，那个随从很快从幕帷后领出一位壮士。壮士身材魁梧，满脸杀气，双手合掌单膝跪地说：“见过丰大将军！”

“你是何人？竟敢妄称是严府的旧人之后。”丰子瞪着眼说。

“在下给丰将军引荐的这位壮士，他的父亲原是严府的车夫，死于刘聚之之手，而后他流落河南，归于葛家拳门下，经多年修炼，而今是新晋的葛家拳王。”汪旭耐心解释道。

“既是严府旧人之后，为何要落草为寇，与匪为伍？堂堂严府没有你这样的后人！”丰子侧着身子说。

“将军息怒，朝廷不公，仆与将军两家父辈同受佞臣陷害，被逼无奈才流落江湖，尝尽人间苦辣酸甜。今日雁荡王特意把将军请来，是为共谋复仇大计的！”葛家拳王说。

丰子一阵冷笑：“就凭你们这些占山为王的乌合之众，想与朝廷几百万大军抗衡？”

丰子不留情面的话让场面一时有些尴尬。无奈之下，汪旭朝拳王使个眼色，拳王又说：“仆知道将军的师父是青城老道峨眉拳王，愿向将军请教几招，倘若仆输了，拼死护送将军与夫人回天台，从此退隐江湖；倘若将军输了，就请与雁荡王合谋共取天下之道！”

“不不，将军赢了，雁荡就是将军的，我雁荡依山傍水，地势险要，易守难攻，在下甘愿率众弟兄辅佐将军成就大业。”汪旭说。

丰子口气强硬，态度威严，但他心里则明白，这场比武是躲不过的，因为莲蓉在他们手里，好比是人质。他说：“我可以与你比武，但无论输赢我都不会留在雁荡，后日寅时必须赶回天台，否则朝廷的两万大军就将踏平你雁荡！”

“丰大将军息怒，众弟兄都仰慕您，愿意追随您，还望丰大将军三思啊！”汪旭单膝跪地拱手相求。

丰子口气渐渐平和下来，沉静地说：“雁荡王有所不知，家母临终遗言嘱我不得为寇，你不要勉为其难，让我背负一个不肖子孙的骂名！”

说话间，一位蓄留长须的长者在旁人簇拥下缓步进入前厅，汪旭扭头一望，连忙转身走去，给长者叩首行礼。长者是汪旭特意请上山给莲蓉号脉的郎中，寒暄一阵后，汪旭吩咐手下引领郎中去后殿。

汪旭继续陪丰子饮酒，长途奔袭又整日没有进食，丰子喝得非常节制。汪旭敬酒每每一饮而尽，然后眼睛盯着丰子手里的碗，碗里留有大半碗酒，丰子每次几乎都只抿一口，浅尝辄止，汪旭怎么劝酒都没用。丰子的执拗一方面让汪旭觉得有些尴尬，另一方面他隐隐约约有种不好的预感，丰子是个意志如铁的人，酒品见人品，自己的如意算盘恐怕要落空。

半个时辰后，汪旭的手下匆匆从后殿跑出，手中拿着郎中毛笔写就的药方，附在汪旭的耳畔轻轻嘀咕。少顷，汪旭满脸堆笑，起身颠着碎步走到丰子跟前道：“禀报将军，郎中已为夫人号脉诊断，夫人身体无恙！”

“哦，那就好，替我谢过郎中。”丰子觉着浑身松弛下来。

“在下还要恭喜将军！”汪旭眉开眼笑地说。

“恭喜？”丰子一副宠辱不惊的样子。

汪旭突然躬身作揖，眉飞色舞地说：“恭喜丰大将军有后了！”

“什么？”丰子忽地站起，血液顿时上冲，饮酒加上格外疲惫，身体竟然有些晃动。

汪旭见状赶紧上去扶住丰子，旁边两个侍卫迅疾冲过来，一把推开汪旭。丰子摆手示意两个侍卫不必惊慌，他对汪旭说：“雁荡王带我去探望夫人！”

“当然，当然。”汪旭前面带路引领，丰子一行随后步入后殿。来到莲蓉床榻边，汪旭非常知趣地退了出去，两名侍卫守候在殿外。

刚刚苏醒的莲蓉，看到丰子喜出望外，欲起身张臂去拥抱丰子，但身体似乎不听使唤，一阵痛楚袭来让她愁苦满面，只好放弃起身的念头。丰子见状赶紧上前一步，紧紧握住夫人的手，莲蓉两腮微红，眼眶噙满泪花。

“夫人受苦了！”丰子眼中蓄满体恤和怜爱。

莲蓉难得感受丰子温存的一面，竟是在这样的时刻，她似有千言万语涌上心头。

“夫人好生将息，明日一起回天台大营！”丰子宽慰道。

“不不不，将军若要迎妾回大营，必先承诺允妾生下腹中的胎儿，不然我宁可漂流四方，隐姓埋名过一辈子。将军，你要想清楚，这可是你们丰家唯一的后嗣啊！”莲蓉带着哭腔说道。

丰子的脑袋一下炸了，他刚刚与雁荡王进行过一场谈判，与眼前的这场谈判比起来，那实在不算什么。丰子深知莲蓉刚烈的秉性，她要犟起来，万马千弩都拉不回头。早年丰子刚娶莲蓉进门，闲暇说笑间涉及纳妾话题，莲蓉定要丰子承诺一辈子不纳妾，即便是皇上老子的旨意也不行。丰子那时候对夫妇相处之道完全缺乏经验，死活不松口，莲蓉举起一把匕首威胁要自残，丰子依然没有当真，直到匕首猛扎进莲蓉的腿部，鲜血滋了出来，丰子这才惊醒过来，飞扑过去抱住莲蓉，大呼小叫地喊道：“你傻呀你这个大傻瓜！”此时的莲蓉已委屈得泪水涟涟，泣不成声。夜里躺在床上，莲蓉还是不能原谅丰子，眼见莲蓉的腿部滋血受伤，丰子居然都没有心痛落泪。这让莲蓉感到很失败。无奈之下，丰子不得不把自己从不流泪一事告诉了莲蓉。自那以后，场面上莲蓉似乎对丰子百依百顺，暗地里他其实是有些怵自己这位夫人的。

军务在身的丰子心急如焚，碍于莲蓉的身体状况和顾忌候在殿外的汪旭，丰子不能与她发生争执，只能隐忍与妥协，姑且答应莲蓉的条件。丰子早不是当年的丰子，违背内心意愿去做的事情也不止一件两件了。假如莲蓉留在雁荡，朝廷很快就会知道，他的计划就彻底泡汤。雁荡之行明明是一着险棋，可为救莲蓉他别无选择。丰子的脑子里装着很多事情，他苦恼的只是无法与莲蓉一一说明。

丰子返回大厅，宴席已散，汪旭吩咐手下安排丰大将军及侍卫就寝，一夜无话。

翌日清晨，天色微明，丰子早早起身走出前殿，移步到殿前的屋檐下，两名侍卫寸步不离地随后跟着。殿前的空地上竖着一面鼓，一个衣衫不整的随从拿着鼓槌候在架子旁。不一会儿，但见矮个子的汪旭兴致勃勃携众弟兄从远处健步走来，边走边甩着手臂，一副兴奋异常的神情。大殿四周有人流鱼贯而出，渐渐蜂拥过来。

葛家拳王几乎是小跑着进入殿前的空地上，刚一立定他就匆忙脱去上衣，露出一身的腱子肉，甩臂抬腿，放松筋骨。丰子步下台阶刚一现身，汪旭手下的小喽啰们一阵喝彩起哄。葛家拳王被起哄声惹得一时兴起，忽然从围着的人群中窜了出去，噌噌噌，殿外的青砖墙上即刻留下三个半寸深的拳窝，众人瞬间变得鸦雀无声，目瞪口呆，惊愕的表情还僵持在脸上。拳王却已笑吟吟地向大家行礼了。

这仿佛是在给丰大将军一个下马威。丰子镇定地卸去披风，转了几下手腕，在距拳王一丈远的地方双腿站成马步，手掌平伸，徐徐吸一口气深呼吸，让全身的气血迅速流动偾张，他以静制动，双目威严地直视正前方，等待拳王出招。

拳王跳将过来，出拳凌厉凶狠，众人都能听到霍霍的挥拳声。丰子一直都是采取避让躲闪的姿态，几个回合下来，丰子冒虚汗了，他这时才意识到：昨夜长时间失眠，脚下似乎有些打飘。拳王见丰子体态虚弱，额头冒汗，愈发地兴奋，他的拳也愈来愈重，像雨点一样挥来，有一拳击中丰子的胳膊，钻心的疼痛顿时弥漫全身，拳王果然名不虚传，一般人恐怕承受不了他的重拳。丰子倒吸一口冷气，迅速顺气平复，他想的是拖延这场肉搏的时间，以自己目前的体力会处于非常不利的境地，“地动山摇，风行水上；青龙白虎，神骛八极”，他心里一遍遍地默念着。这时，拳王一记重拳挥来，整个身子倾斜，丰子瞅见空子，抓住机会，手掌像鹰爪般猛然掏进拳王宽阔结实的心胸，并缓慢转了一个圈，仿佛要把所有的致命力气都注入进去，拳王忽然扑通一下直直地倒地……

汪旭及众弟兄一阵欢呼，起哄声喧闹声不绝于耳。倒地的拳王脸上一阵红一阵白。矮个汪旭佩服得连连拱手作揖，然后单臂朝前一挥，恭迎丰大将军步入大殿。

丰子心里挂念莲蓉，无心恋战，只想早早结束比武，不经意中使了内功，葛家拳王本来只想通过一场比武助汪旭婉留丰将军，貌似出拳凶猛，实则并没竭尽全力，他是江湖上一路厮杀过来的人，自然知道丰将军运用内功使出撒手锏，心中恼羞成怒，这完全是不对等的比武啊，拳王有一肚子说不出的憋屈，他挣扎着从地上爬起，随手从旁人腰间抽出一柄宝剑，紧追几步，朝刚欲进入大殿的丰将军的后背刺去……说时迟那时快，丰子好像早就预感到什么，只见他突然转身，双手用力摆开架势，下蹲身子站成马步，侧身躲过刺来的利剑。站立旁边的矮个汪旭，面门被丰子的手背一挡，整个身子像稻草人一样朝后仰去，趔趄了好几步，好不容易才勉强站稳脚跟。

拳王迅疾收剑，奋力蹬腿后撤几步，剑在空中飞舞，漂亮地旋转几圈，划出凌乱耀眼的弧线，又晃着白光朝丰将军刺来……两名侍卫早已拔剑，挡在丰将军的前面。

此时的丰子似乎并不理会眼前所发生的情形，双手合十，嘴里不停念着咒语，突然双手握拳张臂大喝一声，四周顿时霞光普照，一道银光如闪电凌空划过，大殿的屋檐倏忽间分崩离析，碎石断木次第掉落，一时间飞沙走石，仿如沙尘暴席卷，众人的眼前一阵发黑，犹被强光灼痛。等众人缓过神来，睁眼望去：拳王刺过来的剑在运行的半道上已经神奇地折断，半截断剑泛着亮光无声地坠落，直直地插入地面……

在场所有的人都看傻了。

11

明军连日搜山围剿，使倭军不得不放弃固守仙霞岭，被迫向仙居方向移动，一路逃窜；丰子率大军紧追不舍，决绝地寻找与倭寇决一死战的机会。

在靠近仙居的一块平原地带，倭军占领一片村落，几千村民被倭军俘获。倭军将村民们用绳索捆串一起，强制分散成几拨赶到祠堂和乡绅老宅羁押，明军一旦发动进攻，捆绑的村民就是倭军的人肉盾牌。这些信息是从一个擒获的倭寇嘴里获悉的，匪夷所思的是，那个俘虏并不来自外海，他居然是仙居一带的本地人，因为赌博输了田契和老婆，才漂流海上为盗的。家离得近，勾起他思乡的心绪，在潜行返乡的途中被明军俘获。

明军迅速朝平原的四方伸展，将延绵的几十座村寨呈扇形包围起来，然后分别占据制高地，因为有一道道山脉阻隔，明军虽说无法完全合拢，但就此足以对倭军形成压迫之势，东南方向仅留通往仙居和大海的出口。

丰子的大营驻扎在一座水库旁边，呼延廷和刘秀芳的营帐分列两侧。黄昏来临，丰子扶着莲蓉沿水库走去。

雁荡比武后，丰子先同两名侍卫急速赶回大营，那天丰子本想再努力一下把莲蓉一起带走，不料一向顺依夫君的莲蓉坚决不从，她的目标很明确，就是要死死保住身上的胎儿，她说自己体虚气弱的身子经不起长途跋涉的颠簸，她不能冒这个险。莲蓉第一次从内心深处涌起母性护犊的巨大能量，在她看来，与生命的延续相比，官爵地位都是过眼云烟。莲蓉的决绝态度让丰子无法释怀，她流着泪对丰子强调说，假如不让她生下腹中的胎儿，她是不会再回大营的！那一刻，丰子豁然明白，在性格刚烈的莲蓉的天平上，自己的分量远远不如那个未出世的胎儿。

雁荡王汪旭是个乖巧人，见实在无法挽留住丰大将军，承诺一定好生服侍夫人，容夫人调养好身体，择日护送夫人回大营。汪旭没有违诺，几日后莲蓉乘坐一辆马车辚辚地回归大营。呼延廷吩咐几个兵丁用竹椅轿子从山脚将莲蓉抬到丰将军的营帐。其时，监军刘秀芳正在自己的营帐内独自饮酒。

雁荡归来后，莲蓉的身子一直比较虚弱。水库浩渺辽阔，沿途植物茂密，这里的地势略高，站在水库的一侧往东面望去，连绵的村落鳞次栉比，粉墙黛瓦在黄昏夕阳下熠熠生辉。当初村民们建造水库时，肯定根据地形，经过周密计划才选择在此地建水库的，因为只要水库一开闸，一马平川的上万亩良田就会受到灌溉浸润。靠海的地方又有良田万顷，没有战争和倭寇的侵袭，这一带堪称是真正的鱼米之乡人间天堂。

莲蓉回到总兵营帐不久，刘秀芳派人送来桂圆、红枣和红糖，说是给夫人驱寒补身。丰子与莲蓉目光对视，沉吟良久，丰子颔首，示意来人退去，莲蓉发现丰子用一种怪异的目光直勾勾地盯视着那堆食物，仿佛那堆食物里藏着很深的秘密。

夜里呼延廷来了。呼延将军的胡须大概多日没刮，一根根支棱着，胡须已经泛白，在摇曳的油灯下熠熠闪烁。呼延廷老了，从打擂台至今，一晃几十年过去了，岁月如梭啊。自那次打擂台救下莲蓉后，呼延廷一直跟着丰子鞍前马后，戎马生涯中有几次危急关头，丰子救过呼延廷，呼延廷也救过丰子，不得不说呼延将军真是朝廷的良将，是真正的勇士。

莲蓉沏了一壶茶端上，丰子的思绪从岁月的深处被拉了回来。他们展开地图，开始研究作战计划，倭军狡猾，用人肉盾牌做掩护，明军的火铳和弓箭都失去威力。如果强硬突击村庄和祠堂，倭军的长兵器就会显示优势，明军近距离搏斗的能力不如倭军，这样明军的伤亡人数就会很大。要找到一个既能保全村民又把伤亡减到最少的克敌制胜的方案，确实不易。丰子紧蹙眉头，陷入沉思之中，一直到营帐外更夫提着灯笼摇摇晃晃地走过，他们也没商议出一个破敌的良策。

“办法倒是有一个，可就是……”呼延廷吞吞吐吐，犹犹豫豫，憋半天说不下去。

“呼延将军是怎么了？都什么时候了，还欲言又止，这不像是你的风格啊。”丰子似乎有些不耐烦。

“嗯……”呼延廷鼓起勇气说，“数日来我连连在水库边巡视，将军一定也观察过地形，只要我军将水库的堤坝凿开放水，倭军势必成为汪洋鱼鳖，这样可以全歼倭寇，而我军则不费一兵一卒。”

丰子眯起眼睛沉吟良久，缓缓问道：“那几千村民呢？他们也一起喂鱼吗？！”丰子的眼光斜睨着呼延廷。

“丰将军……”呼延廷嗫嚅道。

半晌，丰子悠悠地说：

“这是你的主意，还是刘秀芳的主意？”丰子的眼睛里有隐隐约约的火星。

“将军，在下只是提议。朝廷命我们速战速决，调拨的粮草不允许我军持久作战。刘监军说他的父亲病重，也有尽快班师回朝的意愿，不过一切都还须由将军定夺。”呼延廷轻声说。

“你与刘秀芳商量过了？”丰子沉吟道，“我明白了，你退下吧。”丰子说完，径直走进卧房。

以后几日，刘秀芳与呼延廷要来总兵营帐叩见丰大将军，无奈丰子一点不给面子，屡屡闭门谢客。

丰子坐在营帐内泡茶独饮，内心在受苦苦煎熬，且隐隐作痛。这些天他一直在研究对付倭寇的战术，倭寇都是浪人武士出身，刀法精湛，单兵作战能力超强，明军凭借人数的优势，以三比一的死伤比例赢得局部胜利，倭寇死一个，明军要付出三倍的代价。不能再这样下去了，从战术到兵器，丰子都在仔细琢磨调整与改进的方法。丰子知道凿坝放水确实可以不费一兵一卒，假如没有被劫持的几千村民，他会毫不犹豫地采纳这个计划。有村民为人质，丰子毅然将这个计划排除在外，他不能赢了这场战役，却在身后留下骂名。不求青史留名，但求没有骂名，这是丰子一向的为官之道。为朝廷一次次出征作战，丰大将军手上沾染的鲜血难免日渐增多，这是他最大的心魔，他开始怀疑当初走出青城山的抉择是否正确。丰家两代人侍奉朝廷，这仿佛是一种宿命，爹的冤死让丰子心寒，而自己是不是又在重复爹的老路？官愈做愈大，丰子的内心并不快乐，他常常觉得自己是罪孽深重的“香蕉人”，一层厚厚的皮，包裹着肉身和内心，所做与所想常常相反，于是，心魔与日俱增地膨胀，笼罩一个苦涩孤独的灵魂。他生来话少，内心的焦虑和苦闷压得他透不过气来，进入壮年后闷葫芦变得更闷了，难得响一回，每每是只言片语、惜字如金，眉宇间的皱纹却愈来愈深，像一条刀疤醒目地镌刻在额头。

如今让他焦心的还有怀有胎儿的莲蓉，他何曾不想拥有子嗣，但官场凶险，前途未卜，他的计划尚未实施，又不能向莲蓉和盘托出，这就是他的苦痛之处。

丰子不能采纳凿坝放水的方案，还另有原因。刘秀芳一直像影子一样盯着自己，他知道这都是皇上的安排。哪天刘秀芳凭借此事在皇上面前参自己一本，假如恰好皇上也有清除自己的想法，那一切就顺理成章！以往朝廷排除异己不都是用莫须有的罪名的吗？欲加之罪，何患无辞……

他一身冷汗，不敢再往下想了。现在他需要集中精力，考虑如何以最小的代价来营救几千村民，他不想再与经验丰富的老将呼延廷商议谋划，去雁荡前他叮嘱呼延廷不要告诉刘秀芳自己的行踪，而那些刘秀芳送来的民间常用的保胎食品暴露了呼延廷的身份。丰子由此断定：刘秀芳对所发生的一切清清楚楚。早些时候丰子已隐隐约约有预感，但如今的情形远远比他想象的要来得险恶。虽说该来的还是要来，丰子依然有些心灰意冷，心如刀割。一眼望去，现在他的身边已经没有一个绝对可靠的人，他怀疑那两个侍卫或许也是刘秀芳安插在自己周围的人。披风离世后，呼延廷是丰子身边唯一可以叙旧的故人，可不知何时起，这位相识几十年的老将与自己渐行渐远。丰子被一种深深的孤独感所包围，这时候他念及早已不在人世的吴道士，豁然理解他当初疏离自己的缘由。吴道士何其聪明的一个人，深谙伴君如伴虎的道理，可终究也没躲过权谋的冷箭。

所有的一切仿佛都是天注定，东平湖剿乱平叛大捷是老天爷帮的忙，这次与倭寇对决，老天爷又起到关键的作用。

浙东地区突然下起罕见的暴雨，降雨量达到历史上从未有过的水平，雨势丰沛的程度足以与丰子儿时逃亡时的那场雨比肩，暴雨狂泻，飓风肆虐。丰子每天在营帐内喝茶，莲蓉虚弱不堪的身体原本已有所好转，碰到连绵的雨季又关节酸痛，浑身无力，不停地呕吐，躺在床上辗转反侧呻吟不已。

台风暴雨终于停歇，丰子健步走出营帐，来到山坡远眺，他被眼前所看到的景象震惊了：山坡下的村寨全被洪水淹没，几千亩良田变成汪洋大海，水面上漂浮着一具具尸体，缓慢地向东漂去，洪水裹挟着竹篮布衣及农具等什物，一直向曹娥江不停漂移。远处一棵枝丫繁茂的大树上，一个前额光秃的倭寇像只青蛙挂在树上。后来，他走到水库边上，发觉堤坝上一个被人工凿开的大口子，他一下什么都明白了，仅凭暴雨不足以淹没山坡下的村寨，是有人凿开水库的堤坝放水，才导致万顷良田变成沧海。

丰子步履沉重地踱回营帐，走到莲蓉的床榻前跪坐下来，埋下头整个人像片霜打过的叶子，轻轻地说："好了，夫人，战争结束了，我们要回家了！"

"将军，你怎么了？回家好呀，应该高兴才对啊，我早就想回家为你们丰家生孩子了！"莲蓉高兴得蹦跳起来。

丰子抚摸了一下莲蓉的脸颊，点点头，站起身走出营帐。在营帐外他让一个侍卫去把呼延廷叫来，特意嘱咐他自己在水库边等候呼延将军，丰子不想让莲蓉旁听到他们之间的谈话。

呼延廷急匆匆赶到水库边的堤坝上，拱手作揖道："呼延廷前来候令！"

丰子沉吟良久，侧过头朝水库堤坝的大决口努努嘴说："呼延将军能告诉我吗，这水库的堤坝是谁凿开的？"

"将军，属下也不知啊！"呼延廷哭丧着脸说。

"你我结识多少年了？有几十年了吧？都这时候了，还有必要欺瞒吗？"丰子的声音冷冰冰的。

"好吧，你不愿回答，我就直言了。"丰子继续说，"你是何时与刘秀芳走在一起的？又是何时投靠锦衣卫的？我愿闻其详。呼延将军，这个要求不过分吧？"

呼延廷缓缓起身，阴郁地说："将军何出此言？"

"一定要我把话挑明吗？去雁荡前，我嘱你不必把我的行踪告诉刘秀芳，其实我知道这有些为难你。我刚离开天台，呼延将军就派人跟踪，说得好听一点是保护。之前我早已察觉你与刘秀芳有私，只是不愿相信，此次去雁荡我想证实一下我的猜测，不要错怪了呼延将军。刘秀芳叫人送来红枣、桂圆、红糖，这些都是用来保胎之物，不小心把你给暴露了。"丰子说。

"既然话说到这个份上，我呼延廷也就不再避讳什么。夫人被劫偌大的事情，将军以为能够瞒得住吗？刘秀芳又不是傻子。我呼延廷对将军可谓忠心耿耿，几十年如一日，这一点将军应该没有异议吧？可紧紧追随将军，又有什么好结果呢？将军连从小长大情同手足的披风都保护不了，将军难道就不惭愧吗？难道就没有一点后悔吗？我们同为朝廷当差，还想怎么样？还能怎么样？与皇上离心离德，自行其是？将军生性耿直，武功盖世，可身为朝廷命官，侍奉皇上就是天职啊，我们再有能耐，都不过是皇上手中的一枚棋子啊！”呼延廷语速飞快地说，脸颊上的胡须微微抖动。

“说得好！呼延将军，我喜欢你说实话。大丈夫敢做敢当，我丰子没有看错人。只是你有没有想过，刘秀芳为何要送来那些食物？他一是要告诉我，所有的事情他都一清二楚，都在他的掌控之中；其二，他就没有打算包藏呼延将军，他把你们的关系明明白白摆在我面前，既是威胁又是警告，一旦遇事谁也跑不了。刘秀芳不是省油的灯，不是呼延将军应该寻找的靠山。我说完了，你好自为之吧！你……你退下吧！”丰子觉得胸口堵得慌，把手往远处一指。

呼延廷缓缓起身，用惘然而无望的眼神望着丰子，然后一步步后退，一低头，忽然抽身离去。

这天晚上，夜幕刚刚降临，从刘监军的营帐传来号啕的大哭声，丰子派人前去探询，侍卫回来禀报：刘监军的父亲刘聚之因病亡故一命呜呼。正在独自喝茶的丰子，听闻此讯身子渐渐软下来，人晃晃悠悠后仰，像漏气的皮球瘫倒在椅子上，额头沁出一层晶亮的汗珠，侍卫大声呼叫起来，莲蓉从内室冲出来，上前扶住夫君，连连问：“将军，将军，你怎么啦？”

莲蓉不知道丰子与呼延廷之间发生的事情，她更不知道她的夫君这几日度日如年，内心受尽煎熬。丰子的心被呼延廷狠狠戳了一刀。丰子是靠意念打败对手的，也是靠意念活着的人，如今他的意念被呼延廷刻薄无情的话语彻底击溃了！诚如呼延廷所说，身边最亲近的人他都保护不了，他惭愧；几千庶民他也救不了，他无奈。呼延廷的话一语惊醒梦中人：假如当初他拼死力保披风，冒着丢官贬为庶民的风险，能够保全披风的性命吗？能够把他情同手足的兄弟保下来吗？这一点他当时疏忽了，没有往深里细想。刘秀芳在边上，鬼使神差地影响他的思索，似乎一切都要做得无懈可击，才经得起朝廷的考验，才不会让刘秀芳钻空子。他怎么就像着了魔似的，做出那个令他后悔一辈子的决定了呢?

埋在他心底最大的计划，就是有一天能够在朝廷上，当着皇上和众臣工的面与刘聚之对簿公堂，为爹当年的冤情公开昭雪，刘聚之突然撒手人寰，丰子的计划成了永远不可能实现的秘密，永远解不开的死结。当心心念念要去完成的一桩心事顷刻间成了泡影，丰子的精神世界遭遇到前所未有的毁灭性打击。

后来莲蓉躺在床上闻到一股焦烟味，她起身走出内室，看到丰子垂头站在营帐内，脚下是几根熊熊燃烧的柴火，几封书信和一块黄绸布抛在柴火上，火焰跳跃，书信和绸布很快燃烧得只剩下一些边角碎片。莲蓉清晰记得，黄绸布是荷花在青城山交给丰子的证物，书信中应有婆婆的遗嘱，而今在滚滚火焰中灰飞烟灭……

这天深夜更夫巡夜经过总兵营帐，听到丰将军和夫人在激烈地争吵，还附带抽搐声和哽咽声。之后的几日里，夜夜可闻总兵营帐里一浪高过一浪的争吵声，持续不断，刺破夜空下的宁静。于是，将军与夫人闹翻的消息在大营不胫而走。

数日后明军准备开拔，班师回朝。军队结集完毕，呼延廷与刘秀芳骑在马上左等右等，总兵的营帐里没有人走出来，只隐约听到莲蓉低低的呜咽声。

呼延廷跃下马，带人大步流星地闯进总兵营帐，但见丰子直挺挺地躺在床上，面容淡然恬静，一派祥和。呼延廷猛然冲上前，发觉丰大将军已没有鼻息。

呼延廷立刻大声喊叫，令随队的医官速速前来。医官匆忙赶到，把脉后确认总兵已无脉象，医官支支吾吾推测说，丰将军大概是用了屏息术自杀的。呼延廷是江湖出身，他知道这是江湖上修炼到一定份上的人才具备的一种自杀方法：自己停住呼吸，点一处穴位，再也无法恢复呼吸。

泪水涟涟的莲蓉抽泣着交给呼延廷一卷图纸，嘱他一定要转交朝廷，这是丰将军再三叮嘱的紧要事情，关乎千秋万代。

呼延廷缓缓展开卷纸，那是一张图，画了一些人，还画了若干兵器。呼延廷左看右看，露出困惑的眼神，不明所以，莲蓉告诉他：丰将军说了，朝廷迟早会用得上这张图纸的。

明军推迟班师回朝的日子，忙碌着筹备他们总兵的丧葬。出殡那天，天气阴沉，山上请来的身穿长袍的道士，早早开始诵经做道场。东方既白，长空欲哭无泪，呼延廷率上万将士缓缓行进，几十人的庞大唱班是四处召集来的，在唢呐笙箫二胡竹笛合奏的道乐声中，八个兵丁抬着一口巨大的棺木缓缓走向山里，莲蓉斜倚在竹椅轿子上被兵丁们抬着，连日的哀伤使得她眼睛红肿，身体虚弱不堪，泪似乎流干了，连哭泣的力气都丧失殆尽。刘秀芳以丁忧为名，没有参加丧葬。

三声震耳欲聋的巨响过后，火铳如流星般飞上山峦，哀乐顿时齐鸣，明军将士号啕大哭，悲恸欲绝。丰将军的棺木葬于水库东侧的山里，靠山面湖，几个兵丁奋力挥锹将泥土覆盖在棺木上，上万人见证了这一场面。丧葬的场面如此浩大，假如没有哭声，俨然一场军队的演练，隆重的规格似乎只有皇帝驾崩才可与之比拟。很久以后，“丰将军的葬礼”还被浙东的百姓们时常提及，经年历月在民间广为流传。

几十年以后，大明王朝出现一个叫戚继光的人，受丰将军留下的这张图纸启发，演练出神勇的《鸳鸯作战图》，屡屡打败倭军。戚继光发明的一种专克倭寇的武器叫狼筅，其形状与丰将军图纸上所画的兵器极其近似。戚继光的军队号称“戚家军”，令侵袭闽浙一带的倭寇闻风丧胆。大明王朝因为戚家军，获得风调雨顺国泰民安的一段重要历史时光。

12

这一年的夏天炎热异常，青城山到处郁郁葱葱，山谷间流动清新凉爽的空气，溪水在石涧上淙淙流淌，满山坡植被茂盛，果树累累，阳光特别明媚和煦，普照山里所有的生灵。

一对满头银发的老年男女步履蹒跚地爬上山，他们身穿布袍，斜挎月牙包，月牙包鼓鼓的，老人肩膀的布袍被沉重的包勒得很紧，他们拄着拐杖，走走停停，相互搀扶着来到祖师殿前。

祖师殿前的四周墙上，右侧画着张三丰与太极拳的演变图示，左侧画着青龙白虎神。殿内挂着无量天尊匾，乾道士、坤道士都在殿内诵读《弟子规》，悠扬的宫廷道乐在殿堂的上空回响。

两个老人在台阶前久久盘桓，寻寻觅觅，一位小道士见状轻盈步下台阶，躬身寻问。老夫求让道长出来说话，这下有点难住小道士了。见小道士面有难色，老夫挥挥手说尽管去唤道长出来，我与他是故友，你只要跟他说“地动山摇，风行水上；青龙白虎，神骛八极”，他就什么都明白了。小道士将信将疑，貌似被说服，迟疑着反身进入殿内。

少顷，小道士领着道长走出大殿，道长是中年人，身材颀长，面容俊朗，眉宇间透出一股英气。道长来到殿前，奇怪的是大殿前面的台阶上，空荡荡，阒无一人，只有两只鼓鼓囊囊的月牙包放在地上，道长上前一步掀开月牙包，他惊呆了：包里装的全是银两，整整两包沉甸甸的银两。

道长与小道士面面相觑。陷入沉思的道长想起小道士说的“地动山摇，风行水上；青龙白虎，神骛八极”，他大概猜到那两个老人是谁了，可他们既然来了，为何又避而不见，隐遁而去？难道他们还是顾忌世人的目光与鹰犬的嗅觉，不愿旁人为弥散在岁月迷雾中的秘密所牵连，不愿宁静的青城山被俗世的纷争所侵扰？

更不可思议的事发生在翌日清晨。

天蒙蒙亮，一个坤道士来到祖师殿前打扫，她挥动树枝扎成的长扫把，将片片树叶扫拢在一起，抬头间，朦朦胧胧中依稀看到面前老樟树下，没来由地突然拔地生出两座巨大巍峨的石像，一左一右，盘腿而坐，拱手面朝祖师殿。

左侧石像的头上长角，圆瞪的兔眼前漂浮一颗大珠，仿佛是感叹人世不平的泪珠；右侧石像通体发白，肩窄胯宽，坐姿温婉，犹如依偎在侧的一只山猫。坤道士误以为出现了幻觉，可那两座石像真真切切地矗立着，高大巍峨，遮挡住天色暗朦的山峦，坤道士被面前的景象震慑，眼前忽然一黑，双腿软瘫在地。

我们服了魏红霞

范小青*

姐姐魏红英是1960年出生的，那时候父母饿了几年，营养严重不良，魏红英生下来像只小猫咪。到了1962年魏红霞出生的时候，大家已经能够吃饱肚子了，吃饱肚子就是最大的营养，所以魏红霞的个头比姐姐大得多。不仅个头大，甚至连长相也受到影响，红霞长得漂亮，和姐姐一比，简直不像一个娘生的。

红霞长得快，个子很快就比大两岁的姐姐高了，父母看在眼里，喜在心里，忍不住就要夸一下小女儿。

不过他们还是有一点素质的，并没有直接批评姐姐。总不能因为长得不如妹妹高，就批评红英吧。要批评的话，得批评他们自己。可是批评自己那他们也冤呀，又不是他们想挨饿的，那不是没办法吗。大家都一样。

开始父母只以为是身高和长相有区别，后来等到姐妹俩上了学，才又发现，连智商也有高低，妹妹发育好，聪明，学习就好。

这时候父母就忍不住要说说姐姐了，你看看你妹妹，从小就比你厉害，哪个方面都比你强，她个子高，人漂亮，这个你可以说是我们的遗传，可是学习上你怎么也不如她呢？你怎么就不知道和妹妹比一比呢？比一比你就知道要求

---

*范小青，女，1955年生，江苏苏州人，江苏省作家协会名誉主席。代表作有长篇小说《女同志》《赤脚医生万泉和》《香火》《我的名字叫王村》《灭籍记》等。短篇小说《城乡简史》获第四届鲁迅文学奖，长篇小说《城市表情》获第十届中宣部“五个一工程”奖。获得三届中国小说学会短篇小说成就奖、第二届林斤澜杰出短篇小说作家奖、汪曾祺短篇小说奖、第二届吴承恩长篇小说奖、首届东吴文学奖大奖等。有多部作品翻译到国外。

进步了。

其实不仅是父母，周边的人，任何人，只要看到或知道这情况的，都会把她们姐妹拿来做比较，都是那一套说法。

魏红英没脾气，听到这种比较性的批评，或者是批评性的比较，她总是笑笑说，是的是的，我妹妹就是比我厉害。

魏红霞就在和姐姐的比较中长大，什么事情都会比姐姐高出一头。有一回不知什么原因姐姐的考试分数居然超过了她，她偷偷地躲在被窝里哭，哭得差点断了气，最后还是父母哄骗她，说是姐姐的老师给错分数了，姐姐其实没有得到那么多分数，她才作罢。

还有一次，姐妹俩都已经上初中了，姐姐的同学来家里玩，抱着一本厚厚的《成语大词典》，一边说话一边还在看，院子里的邻居看到了，都说这个同学将来会有出息。魏红霞又作骨头了。不过这时候她已经长大，作骨头的水平和方式也有所改进，她不会再像小时候那样又哭又闹，而是悄悄地积攒下父母给的零花钱，自己去买了一本《中英文词典》。

这一举动，又一次得到了父母的赞赏。

在比较中显示出魏红霞的优秀，魏红霞确实值得骄傲。但是她的骄傲并没有使她落后，她的学习成绩始终很好，后来她考上了大学。

姐姐不如她，不如就是不如，姐姐考大学，第一年没考上，复读了一年，还是没考上，后来就参加工作了。

从此以后，姐妹间的差距越来越大，甚至都没有什么可比性了，父母也不再拿妹妹来批评姐姐了。

1

魏红霞大学毕业，因为在校时各方面表现优异，被安排到市级机关工作，她的同学大多进了教育系统，当老师。

那时候人们对进教育系统的说法是：竖着进去，横着出来。可见，教育系统是多么需要人，又可见，在教育系统如此急需人才的时候，魏红霞能够分配到机关工作，她的表现一定比别人优秀很多。

机关，那可是藏龙卧虎的地方，那也是江湖险恶的地方。

魏红霞就在这样的环境中开始了她新的人生。

和魏红霞面对面坐的那个女同志，叫李小燕，只比魏红霞大两岁，因为高中毕业就直接参加工作了，工龄资历比魏红霞多了好几年。何况先进山门为大，工作上李小燕是可以当魏红霞师父的。

但是魏红霞学历比李小燕高，她刚进科室的时候，科室里还没有大学生。严格地说，是有一位的，那是位老同志，是以前的大学生，已经退休了，因为工作需要，单位又返聘了他，他本来就是个悄无声息的人，又是退休返聘的，大家也没怎么把他当回事。而对魏红霞这样的八十年代新一代大学生，单位是很器重的，科长带头表态，如果魏红霞发挥才能，会比别人更有前途。

魏红霞和李小燕一样，都是做统计工作的，那时候计算器已经投入使用，大部分人都用计算器替换了算盘，可是李小燕算盘打得好，还一直习惯使用算盘。

魏红霞不相信算盘能比计算器更快更准，但李小燕的工作事实却给了她一个回答，无论多么复杂的统计，李小燕的算盘都不会出错而且速度都是最快的。魏红霞还偷偷地在某些地方做下记号，暗中使用计算器和李小燕的算盘操作做比较，结果仍然是比不过李小燕。

其实对于李小燕坚持用算盘工作这件事，科室领导早就动员过她，让她接受新事物，跟上新时代。可是李小燕比较固执，她认为无论到什么时候，算盘都不会被淘汰。虽然后来的事实证明她错了，但是在当时，因为她算盘打得好，她不肯接受新事物，别人倒也不能把她怎样，只是觉得她有些个别，性格古怪，在背后议论议论而已。

比如有人说，别看她现在出风头，算盘最后总归比不过计算器的。

可也有人不同意，反对说，不一定哦，李小燕什么水平？你看她那双手，那简直就是神仙手。

他们说着说着，也会说到魏红霞，说，小魏虽然是大学生，但是她算盘到底不如李小燕。

也有人帮魏红霞说话，说，算盘算什么，已经被淘汰了。

站在李小燕一边的人就说，无论淘汰不淘汰，比不过就是比不过。

魏红霞听在耳里，记在心上，她开始瞒着大家加班加点，勤学苦练，硬是把算盘的水平练出来了，后来有一次系统组织算盘比赛，她的成绩竟然超过了李小燕。

魏红霞一直在等比赛的结果正式公布，可一等再等也没等来，后来才听说，这场比赛相当于一个安慰赛、告别赛，从此以后，整个系统都停止使用算盘了，所以，比赛结果已经不重要了。

魏红霞不服气，跑到上级领导那里要求拿比赛结果，上级领导被她纠缠了一番，见她劝说不听，最后也就给她了，反正都无所谓了。

魏红霞拿到比赛结果，回到单位，想给李小燕看看，这时候才知道，李小燕已经离开单位了，她嫁了个解放军，做了随军家属。

也就是那一天，科室领导正式宣布了，从此以后，大家都和算盘再见了。

魏红霞并没有觉得沮丧，赢了李小燕而李小燕并不知道，这没有什么可后悔的，她并不是想让李小燕知道才去战胜她的，她只是要让自己赢。只要自己赢了，就是赢了。

李小燕走后不久，科室又来了一名大学生，是北京大学毕业的，背景比魏红霞厉害多了。同事都会对新来的同事特别关照，有时候魏红霞不在办公室，他们会对新来的小关说，你没来的时候，魏红霞是我们这里学历最高的了，可她也只是省属重点大学，现在你来了……

小关虽然学习成绩好，却没什么心眼，不想和魏红霞比什么，她就说，那是我们考试的年代不同，她考那一年试题特别难，如果她和我同一年考，说不定也能上北大的。

想讨好小关的同事觉得无趣，就闭嘴了。

也有多嘴的同事，把小关的话学给魏红霞听，魏红霞听了，笑笑说，她说得没错。

大家本以为一个北大出来的高才生，在工作上肯定会是积极进取，工作成绩肯定也是不言而喻的。所以魏红霞是摩拳擦掌，准备和小关比拼一番。

可这个小关偏偏出乎所有人的预料，她不太思进取，工作虽不能说是马马虎虎，但基本上也是得过且过，做一天和尚撞一天钟那样。领导跟她谈心，她就说，我考大学考得好苦，上大学也上得好苦，现在终于苦出头了，我不能再苦着自己，我要享受享受生活了。

小关生活中最大的享受，就是穿衣打扮，臭美。每逢休息日她就逛街买衣服，开始她总是约魏红霞一起去，魏红霞不去，小关赖死赖活地动员她，魏红霞也不为所动。

其他同事就说，小关，你别拉着小魏了，她和你不一样。小关也就怏怏地放弃了。

到星期一上班的时候，小关总是会穿上新买的衣裙，不仅在自己科室让同事欣赏，还跑到别的办公室去展示，搞得单位同事都知道小关既有才华，人又长得漂亮，连衣服也这么讲究，真是有品位，真是什么人配什么衣。

不过也有别的说法，有人就说，唉，这个小关，名牌大学毕业，有才有能力，明明有大好前途，却是鼠目寸光，要毁在小女人的这点小心思上了。

接着大家又说到魏红霞了，说，比比小魏，那真是一比就比出来了。

又有人说，那是，小魏什么时候把心思放在吃穿上了？她的衣服也算过得去，但是你听她说过把时间花在逛街买衣服上吗？

连科长都来做魏红霞的工作，让她保持朴素的积极进取的作风，不要受到不良风气的影响。

可奇怪的是，小魏却辜负了大家的评价和期望，她开始关注小关的衣着打扮，向小关打听，哪件衣服是哪里买的，哪双鞋多少钱，哪个牌子是名牌，等等之类。

她甚至还把小关说的内容都记在笔记本上，一有空闲就翻翻看看，她甚至还跑到财务处，向老大姐打听哪里的裁缝做衣服做得讲究，哪里的布店品种多，等等。

等到魏红霞觉得功课做得差不多了，她就开始付诸行动了，她行动的结果就是让全单位的同事眼前大放光芒。

从前魏红霞没有用心打扮，现在她一用心，简直就像换了个人，同事惊掉了下巴，议论纷纷。

老话说得好，佛靠金装，人靠衣装，小魏这一打扮，明显比小关要漂亮。

是呀是呀，原来看着是小关长得好，现在这样一看，小魏更有气质。

但凡听到这样的议论，小关总是笑眯眯地看着魏红霞，魏红霞也总是笑眯眯地看着小关，好像两个人是心有灵犀的。

其实两个人是不同的，不同之处在于，关于生活享受、穿着打扮，小关的心思尽在这上面，而魏红霞却并没有因为讲究生活而影响了工作，她的工作成绩始终比别人强，年终考核，她总是名列前茅。

相比之下，小关的工作总是落在同事后面，再和魏红霞一比，她简直就是落后分子了。幸好时代进步了，否则小关肯定会被戴上一顶“资产阶级娇小姐”的帽子了。

可是谁也没有料到，这个几乎称得上“资产阶级娇小姐”的小关，有一天却忽然放了一颗大卫星，她自己随便写写画画，就发明了一个统计方面的作图工具，竟然申请到了国家专利。

这可是本单位有史以来头一回得到的巨大荣耀，单位得到了上级部门的精神加物质的奖励，物质奖励又滋润了每一位同事的口袋，于是单位全体上下，视小关为九天仙女，不太熟悉的部门同事甚至排着队来统计科看望小关。

小关无意一招，立刻就把魏红霞比下去了，魏红霞要想重新比过小关，难道也要去发明专利？但是即便发明了专利，也不过是和小关一个等级，超不过她，所以魏红霞必须另辟蹊径。

魏红霞知己知彼，她虽然不是笨鸟，但她把自己当成笨鸟，采取笨鸟先飞的方法，主动加班加点多干活，连生了病也仍然坚持工作，科室领导和同事都劝过她，也不理解她这么做是为什么，背后也有诸多议论。但魏红霞什么也不说，只是默默地坚持做自己要做的事。

到了春节假期，大年初一的班没有人肯值，魏红霞自告奋勇说，我值吧。

过年值班，没什么特别的事情，也就是坐在那儿嗑嗑瓜子、听听收音机，或者到总值班室和其他值班同事聊天。但是魏红霞没有这么做，她在值班的时候继续干着活，把新一年的工作都提前做起来了。

那一天快到傍晚的时候，有上级领导依例来检查假日值班情况，本来也就是到总值班室看一眼，那时候值白班的人都在准备换班了。领导从值班室出来，走到单位的院子里，却看到某一间办公室的灯亮着，感觉奇怪，就特意再回头看看。

这一看，领导就看到魏红霞一个人在工作，又觉得奇怪，以为她是在加班做年前没有完成的任务，可一问情况，才知道她提前进入新一个年头的工作了，更觉奇怪，就跟她聊天，说，小魏，春节值班，你一个人在这里做事，是没有人能够看到的。

魏红霞笑笑说，我不是做给别人看的，我就是自己想做，就做了。

节假过后不久，科长就向全科室传达了上级的要求，现在科室只有一名副科长，工作量大，工作要求高，所以决定再提拔一名副科长，大家可以推荐，如果票数不集中，最后由领导决定。

推荐的名单乱七八糟，有两三票的，也有一票的，最多的也没有能够超过半数，所以最后由领导从被推荐的人中决定了一位，就是魏红霞。

大家起先是觉得奇怪，以为魏红霞有后台有背景，但是左打听右打听也没有打听出什么后台背景来，所以后来大家想想也就想通了。本来嘛，不说别的，就论在办公室待的时间，有谁比得了魏红霞？

其实在群众推荐的票数中，小关的票数比魏红霞多，那也是正常的、应当的，毕竟小关的专利可是科室的光荣，甚至是整个单位的骄傲呀。可惜唯一的晋升位置给魏红霞占了。

魏红霞当上副科长，就找小关交心，她担心小关思想不通，今后工作起来会比较尴尬，她要做好做通小关的思想工作。没料到小关一坐下，还没等她开口说话，小关就说，哎，魏红霞，你怎么知道我有话要跟你说？

原来，小关一直不安心本职工作，有个老同学拉她入伙去搞服装设计，而且不是国营单位，小关居然动心了，想听听魏红霞的建议。

魏红霞目瞪口呆。

小关很快就辞职离开了，魏红霞并没有给出建议，后来她也知道，就算她给出建议，小关也只会按照自己的想法去做。

魏红霞当上副科长那年，才二十六岁，不仅在单位里风光，家里父母更是骄傲得不得了，逢人就说，搞得街坊邻居都知道，也都真心羡慕和佩服魏红霞。

那时候魏红霞的姐姐魏红英已经嫁人，不在家住了。她参加工作后一直在供销社卖土特产品，虽然只是个普通营业员，但是因为单位的特殊性，供销社的职工福利很好，隔三岔五就会有些紧缺的商品或者其他生活用品发放，即使是有了自己的小家，魏红英也还是想着父母亲和妹妹，经常会送些东西回来。

街坊邻居看到，也是眼红，经常对着魏家父母夸赞，你们有这样两个女儿，真是你们前世修来的好福气。

父母也很开心，总是把姐姐送回来的好东西留给魏红霞，父母会说，红霞，这是你姐姐今天刚送来的，好新鲜的，一般人吃不到的，你吃，你多吃一点，你工作辛苦，你要多补充营养……

魏红霞吃着姐姐拿来的东西，她心里又有想法了。

过了不多久，魏红霞的单位也开始发东西了，她单位发的东西不是什么价廉物美的土特产，大多是些新玩意儿，有的还是新科技的。

比如那时候刚刚开始流行 BP 机，魏红霞的母亲有个同事，说自己儿子是“腰别 BP 机，去到哪里都神气”。魏红霞的母亲回家说了这事情，魏红霞一听，就说，哟，那有什么稀罕。

很快她单位就发了，而且一发就是两个，所以给父母一个，让父母亲给姐姐也送一个去，方便有事联系。

再比如，魏红霞的母亲喜欢唱歌，魏红霞的单位就发了一台刚刚流行起来的卡拉 OK 机，喜得母亲天天喊老姐妹来家里唱歌。

魏红霞的父母亲好开心，又骄傲，他们忍不住又要拿姐姐来做比较了，他们跟魏红霞说，妹妹啊，我们原来以为，你姐姐单位福利好，实惠，你们单位呢，名声好，但却是个清水衙门，真没想到你们单位也有这么好的福利，比你姐姐她单位，就不是一个级别的呀，档次高得多了。

他们又到处跟人说，我们红霞呀，真是富贵命，要什么有什么。

魏红霞在单位的工作一如既往地出色，当了副科长后，表现尤其突出，相比之下，先她好几年就当了副科长的老许，就不如她突出了。

这种差别是明摆着的，群众也是有议论的，老许也是能够听到这些议论的，起先他并不在意，他心里很笃定，毕竟机关是讲究论资排辈的，如果有机会来了，不会让小小年纪的魏红霞冒到他前面去的。更何况，现在机会还不知道在哪里飞行呢。

但是过了不久，老许就发现了问题，魏红霞不仅工作表现突出，她的群众关系也越来越好，跟女同事个个成了好姐妹，跟男同事也是称兄道弟，所以，到年中的述职也好，到年底的评分也好，魏红霞的“优秀”票总是科室里最多的，这才让老许敏感起来。

随着机关选拔干部的要求和条件不断地发生变化，对民主推荐越来越重视，老许心里有点嘀咕了，他也开始笼络人心，似乎存心要和魏红霞比一比，到底谁对群众更好。

两个人竞争得如火如荼，不相上下。

群众看在眼里，背后就议论起来，有人会说，你们看，还是魏科长更关心我们，她连申请交通补贴都替我们想到了。

也有人不同意，说，我觉得还是许科长好，他毕竟是老科长了，更熟悉情况，更清楚我们想要什么。

凡此种种。

虽然经过老许的努力追赶，舆论不再是一边倒，但毕竟魏红霞是女同志，在温和、心细、体贴等方面，老许是比不上的。

紧接着，科长要高升的消息就传来了，现在老许心里有点着急了，他当副科长的时候，年纪已经不小了，在这副科长的位子一坐又是好多年，现在的科长年龄比他小，所以他简直是无望了。幸好科长要提拔，这是天大的利好，可是如果群众推荐，魏红霞不会比他差，更何况，现在到处都在强调大力培养年轻干部，老许真是感叹生不逢时啊。

老许本来就想认命了，可是有一个人不愿意，她是老许的相好，在单位做出纳，她跟老许说，你不能输给魏红霞，你肯定比魏红霞厉害。

老许没信心呀，说，我再厉害，也比不过她，她工作表现又好，群众关系又好，年龄又有优势，全给她占了，我比不过她。

那个出纳说，难道她就没有一点差错？

他们一起回忆魏红霞参加工作以来点点滴滴的情况，想疼了脑袋，还真想不出她有什么明显的差错，后来那个出纳终于想起一点有所关联的事情，说她有一个亲戚，和魏红霞的姐姐魏红英是同事，经常听魏红英说，她妹妹的单位什么都发，连 BP 机、卡拉 OK 机都是福利。

老许一听，觉得这个太离奇了，哪个单位能够把这些东西当成福利发给职工个人呢，单位明明不可能发，也从来没有发过，那么魏红英的那些东西是从哪里来的呢？

两个人再一合计，感觉可能魏红霞会在财务上有漏洞。那个出纳就自告奋勇说她愿意去查账。

不经过领导批准，偷偷查账是违规的，但是出纳为了老许就豁出去了。她等大家都下了班，连夜翻查旧账，终于翻出几张魏红霞替科室采购物品的票据，然后又违规复印后交给老许。

因为不是新近的账目，老许又不能明目张胆地展开查询，暗中的调查进行得可不容易，老许有事无事就假装偶然想起了什么，才能将调查天衣无缝地进行下去。

比如有一天，大家在办公室聊天，话题聊到了什么什么，老许感觉机会来了，看住了问，哎，你们还记得，我们科室两年前买过什么什么吗？

大家共同回忆，群策群力，后来一致说，好像提起过的，但是到底后来有没有买进，记不清了，何况这什么什么，好像从来没有在大家眼前出现过，那就说明，议是议过的，但最后没有买。

老许微微点头。

好了，现在老许觉得证据确凿了，虽然只有三张发票，但是这样的事情，只要有一张就足够了。

老许的这些举动，他自以为在暗处，做得很隐蔽，他却不知道，单位的暗处常常就是明处，其实科室里人人都看在眼里，魏红霞也看得清清楚楚，只是大家不知道他要干什么，也没当回事。

只有一个人当真了，那就是他们的科长。老许的举动没有影响到魏红霞，却搞得科长疑神疑鬼，以为老许是在暗中调查他呢，科长心里来气，思忖着怎么报复老许。

这其实想都不用想，最好的报复，就是推荐魏红霞接替他当科长。本来科长在这两个人中到底推荐哪一个，还有些举棋不定，现在科长坚定了想法，明天就向组织人事部的同事说出自己的意见。

却不料，老许赶早了一步，当天晚上主动来找他了。

科长这才知道，老许不是针对他的。

虽然科长并不相信魏红霞会做这样的事情，但是那几张单据白纸黑字，那是跑不掉的。

老许见科长犹豫、迟疑，赶紧抽出其中一张，说，科长你看，这一张也太离奇了吧，我们科室，怎么可能购买这样的东西？

科长一看，那是一年前的票据，买的是英语复读机，这确实不大可能，可是审批人就是科长他自己呀。

老许说，科长，你看看，你看看——

科长想不明白，说，那当时她魏科长是怎么蒙混我的，我简直，我难道，瞎了眼？

科长十分生气，当即做出决定，一方面将事情向上面汇报，同时，向魏红霞展开正面进攻。

科长做事一向比较稳妥，他派了两个比较会装蒜的同事，特地去了一趟魏红霞的家，为了不让她父母担心，假说魏红霞要出差，这会儿赶火车去了，但临时需要带上复读机，委托他们来取了送去火车站。

魏红霞的父母就把女儿所需要的东西取了出来，交给魏红霞的同事，又说，哎，你们单位厉害，我们红霞也是好福气，比她姐姐强多了，她姐姐就最多拿点红糖、黑枣回来，红霞这边，连高科技产品都有得发。

这真是人赃俱获。

科长就拿着复读机和魏红霞刺刀见红了，魏红霞解释说，这是自己用工资买的，放在家里，因为自己读书时英语不是特别棒，现在想要跟上形势，就要加强学习，下班回家后会在家里使用。

科长觉得不可思议，怎么会有人用自己的工资买了东西，冒充单位发的？科长可不会相信魏红霞的胡扯，他忍不住说，魏红霞，你是太傻呢还是太聪明呀？

魏红霞说，科长你不相信我，我有证据的。

她说的证据就是购物发票，但是因为有一年多时间了，一时找不到。魏红霞说，科长，你等等我，我一定能找到的。

科长说，你不用找了，发票在财务那儿，早已经找到了——你拿去报销了。

魏红霞说，不可能不可能，我们报销的单据都要科长你签字的，我要是拿自己买东西的发票，你怎么会给我签字呢？

科长来气说，你还别说，我到现在也想不起来，当时是怎么上了你的当，你是怎么骗我的。

这事情就这样尘埃落定了，魏红霞肯定是要受处分的，只不过，比魏红霞受处分先来的，是推荐新科长的事情。

在关键的时候，老许就把魏红霞坑下去了，提拔老许，这是铁板钉钉的事情了。

不过科长心里其实也一直有疑问，他倒不是怀疑魏红霞是否被冤枉，他只是奇怪，这些单据怎么会出现在老许的手里？尤其是前一年、前两年的报销单据，按规定早就核定后封存了，老许怎么可能搞到呢？

科长留了个心眼，没有直接去问老许，而是拐弯抹角地打听到了老许和出纳有不正当男女关系这个事情。

其实无论科长存不存私心，放不放过老许，都来不及了，这件事情搞得比较大，单位里个个是福尔摩斯，早就把老许和出纳的事捅得满天飞了。

然后就是领导找出纳谈话，出纳一害怕，不仅坦白自己违规查账，还连同交代出了自己伪造票据，为了老许的提拔陷害魏红霞的事实。

过了不久，魏红霞也找到了那张真正的发票，彻底还了自己的清白。只可惜，岗位不等人，就在他们这里一片混乱纠缠不清的时候，从外部门调来的新任科长已经到位了。

新来的科长，和魏红霞同年，是重点培养的年轻干部。

有些和魏红霞关系好的同事，替魏红霞抱不平，跟她说，小魏，你太亏了。

魏红霞却想得开，坦然地说，没事没事，我们小张说了，我只要正常工作就行，家庭的进步和经济方面，都由他来承担。

那时候，她刚刚谈了一个对象，家庭出身好，自己也有前途。可是过了不久，就分手了。

魏红霞所说的小张，就是那个对象。

2

时间过得真快，眼睛一眨，魏红霞已经二十七岁了，她的婚姻大事还没有解决。

其实从魏红霞大学毕业进单位不久，她的中学同学小龙就如约来追求她了。小龙个子高、长得帅，魏红霞上中学的时候就蛮喜欢小龙的，可是为了安心学习考大学，完全不用父母操心，她果断地对小龙说，现在不谈，等我考上大学再说。

魏红霞考上大学后，又要在学校好好表现，所以不让小龙来干扰她，等到她大学毕业，参加工作了，小龙说，现在总可以了吧？

魏红霞说，现在可以了。

其实魏红霞的父母不太中意小龙，觉得他有点滑头，又不是大学生，配不上红霞，所以话里话外就暗示和提醒魏红霞，你才刚刚参加工作，以后你会遇到很多很好的人。

魏红霞说，可是姐姐也谈了呀。

父母是信任魏红霞的，相信她的眼光，就任由她和小龙谈恋爱了。过了些时日，魏红霞的一个大学同学来她所在的城市出差，两人见面，自然聊了很多话题，也聊到了对象的事情，同学就把照片拿出来给魏红霞看。魏红霞眼尖，一眼就看出来，说，咦，他是我们的师兄，高一级的。

确实他们在大学时就暗中好上了，等到一毕业，关系就确定了。

那天魏红霞回家，想了想，就对父母说，我不和小龙谈了。父母开始是不看好小龙的，可是既然女儿都安心谈了，也就从不喜欢慢慢地喜欢起小龙来了，他们甚至还和小龙的父母见过面了，现在魏红霞忽然说不谈了，那总得说出个理由，否则对人家怎么交代呢?

魏红霞说，理由有呀，他的学历太低。

父母心里想，学历低又不是今天才发现的，当初魏红霞要谈的时候，他们就提出学历的问题，魏红霞说不是问题，现在倒拿出来说是问题了。但是父母毕竟是父母，虽然有点想不通，但总是要支持女儿的，又担心女儿不知怎么对付人家，就主动提出由他们去和小龙家说，魏红霞说，不用，我自己解决。

魏红霞去对小龙说，我同学找的是师兄，我找的对象怎么也不能比同学找的差呀。

小龙开始也是纠缠了一阵子的，但是看到魏红霞十分坚决，学历低于本科的一律免谈，小龙到后来也觉得没什么意思了。他虽然曾经等了魏红霞几年，又正经当了一阵子对象，但他也不是那种非一根绳上吊死的脾气，事情就比较顺利地结束了。

后来很快，魏红霞又谈了一个，是单位里一位老大姐介绍的，学历和魏红霞一样，本科生，其他各方面都满意，后来带回家吃饭了。

那天姐姐也带着准姐夫来了，大家坐在一起吃饭聊天，起先准姐夫有点拘谨，不怎么说话，后来喝了一点小酒，放开了，就滔滔不绝地谈了起来，这一开口就比出明显的差距来了。

准姐夫虽然只是个电大生，但是要论学识见识，要论对生活对社会的认识和理解，准妹夫和准姐夫差了不止一个档次，比如他们谈到新房布置话题，准妹夫的描述，就是一副金碧辉煌的样子，而准姐夫说的一番打算，则是一种有品位的暗藏着的高级。

再比如，他们聊了有关同事之间相处的事情，准妹夫说是人不犯我，我不犯人，也算有点水平，而准姐夫则说，他喜欢打太极拳，以太极的无形化解所有的人际关系。

这次家庭聚会后不久，魏红霞就找了个理由要和本科生分手。

可这本科生的脾气和小龙不一样，他想不通，责问魏红霞，你不是要找本科生吗，我不是正宗的本科生吗？你不是说学历相当才有共同语言吗？我们不是一直很谈得来吗？你为什么又变卦了，你怎么又反悔了，你怎么怎么，你什么什么，等等，反正问了一大堆。

结果在魏红霞平静目光的注视下，他自觉无趣，但又觉十分窝囊，心有不甘，因为实在不知缘由，不知道自己错在哪里，或者，做错了什么。

他是个心细内秀的人，就仔细地搜索回忆，最后终于想到，一切大概就是从家宴开始的，就是因为魏红英的准男友伶牙俐齿，比出了他的木讷。

他心里不服呀，对魏红霞说，你是觉得姐夫厉害吧，可他有什么呀，一个电大生，只不过嘴皮子厉害一点罢了。

魏红霞简明地说，嘴皮子厉害，是因为他有才华。

这本科生才幡然醒悟，原来魏红霞是嫌他有学历没才华。本科生也不笨，后来就想清楚了，也想通了，别的东西他可以努力争取，可才华这东西，尤其是口才，那是天生的，没有就是没有，比不过就是比不过。

那就算啦。

因为有姐姐在前，魏红霞在恋爱问题上，也是拼了，和前一个男友分手不到一个月，她就开始谈下一个了。

第三个男友也很优秀，以魏红霞这样的条件，对象肯定是差不到哪儿去的。他们两个一起去看电影，快走到电影院时，看到前面一对恋人，男的身材高大，女的小鸟依人，从后面看上去就十分温馨暖心，后来魏红霞走上前去侧脸一看，发现女的是曾经的同事小关。

互相介绍了一番后，魏红霞就对小关说，你对象个子好高啊，有一米八吧。小关说，他说有一米八三，我都嫌他太高了。

魏红霞仰着脸看了看小关的对象，又回头看了看自己的对象，显然，这个对象又不能成功了。

前几次的恋爱，都是魏红霞主动出击，因为她一直是有明确标准的，所以主动权需要掌握在她自己手里，但是连续受挫后，魏红霞也知道总结经验教训，想稍稍放慢一点，可是她还没有把步子放慢下来，姐姐就宣布了结婚的消息。

魏红霞立刻觉得放慢脚步的想法是错误的，她不能让自己慢下来，她积极主动，持续不断地展开一轮又一轮的恋爱。

后来魏红霞的父母在背地里说，魏红霞虽然各方面都比姐姐有出息，但是婚姻是讲究缘分的，她的姻缘好像不如姐姐好，姐姐只谈了一个，就结婚，很快生子，小日子过得和和美美，魏红霞却一直在兜兜转转，没有着落。

父母亲的话，虽然是背着魏红霞说的，但是魏红霞听得见，她不能接受自己的姻缘不如姐姐这样的说法，所以，她要加倍努力，拼命往前赶。

因为走得快，这一晃，魏红霞就到了二十七。

父母开始担心了，一担心，就会操心，一操心，就着急，一着急，就拿姐姐来比，尤其是母亲，她说，红霞，你要抓紧啦，你姐在你这个年纪，儿子都三岁了。

父亲觉得母亲这样的比较不够妥当，赶紧说，不能这么说，妹妹和姐姐不一样，她大学毕业，事业上有追求、有前途，她的婚姻大事，不要拿姐姐跟她比。

父亲明明是偏袒她的，可魏红霞却并不认同父亲的话，她认为自己在婚姻大事上，确实是比不过姐姐。

其实，姐姐原本比她大两岁，因为没上大学，所以参加工作早，比妹妹早几年结婚，也属正常。只是在魏红霞看来，这都是为自己找的不该找的理由，所以在她的心里，一直想着，必须后来居上。

果然功夫不负有心人，就在这一年，那个几近完美的人真的出现了。

学历：硕士研究生；工作：政府机关；家庭：知识分子；身高：一米八四。总之，反正，这就是魏红霞所要找的对象，或者说，这才是魏红霞要找的对象。

魏红霞的婚礼规模到底要办多大，按父母的心思，肯定是要大操大办的，女儿找到这么完美的女婿，他们怎么能不借助婚礼向所有的亲戚朋友熟人炫耀呢，他们去和亲家商量，想要办十桌，可是亲家方面很为难，毕竟在那个时代，办这么大的酒席经济上负担不起，商量着能不能减少几桌。

父母回来有些担心，怕女儿不高兴，可他们一说，魏红霞马上就表态说，不要十桌，六桌就好。

父母倒吃不透这个女儿了，他们知道她一直是要和别人比的，婚礼难道不是一个相互攀比的最好的机会吗？

何况一个女孩子，人生最大的事情就是婚礼呀，不在婚礼上显摆，日后还有什么场合让你显摆呢？所以他们小心翼翼地对魏红霞说，妹妹，你想好了？你姐姐的婚礼都办了五桌呢，你真的六桌就够啦？我们都觉得对不住你呢。

可魏红霞不这么想，在她看来，今后的日子长着呢，人生处处有比较，更何况，对魏红霞而言，她的这种比较，并不真的是比给别人看的，而是给她自己看的，给她自己的内心看的。

所以一直以来，魏红霞的个性都挺好，她要强却不惹人厌，她表现突出却并不嚣张。

魏红霞的婚礼，虽然场面不是特别大，但是十分有特点，后来一直被大家作为样板所提及，无论是亲戚朋友还是同事，但凡论到婚嫁了，都是脱口而出，嘿，婚礼嘛，就像魏红霞那样就行。

但是其实，在婚礼还在举行的过程中，魏红霞已经在为今后的日子努力了。

婚礼虽然忙乱，但是魏红霞心细，她注意到自己家的亲戚朋友那一桌特别热闹，也听到了大家亲热无间的称呼。所以抽了个空子，她到姐姐魏红英身边，问她，哎，姐夫改名了吗？怎么我听大家都喊他刘处刘处，什么刘处？

魏红英说，嘿，听他们瞎起哄，他刚刚提了副处级罢了。

魏红霞“哦”了一声说，姐夫进步很快呀。

魏红英说，也不算快，进单位都六年了。

有人喊新娘敬酒，魏红霞就应声走开了。

等到挨桌敬酒的任务完成，魏红霞和新郎坐到一边稍事休息，魏红霞就说，小王，我刚刚听说，我姐夫提了处级干部了。

小王说，是呀，刘处进步很快的。但是，提拔这种事情，也有很多其他因素的，说到底一个人的命运是很重要的。

魏红霞说，小王，我不同意你的想法，人的努力是可以改变命运的——你看我姐夫，一个电大生，比你差远了。

小王知道魏红霞的执着，也不和她多议论了，就点头说，红霞，你放心，我会努力的。

魏红霞说，那我们婚礼以后，你就订一个计划。

小王奇怪说，什么计划？

魏红霞说，你的进步计划呀。

小王更是奇怪，说，我的进步计划，你不进步啦？

魏红霞认真地说，我一个女同志，单位情况又比较复杂，不容易，更何况，今后家庭负担会比较重，外面主要就靠你了，你进步，就是我的进步。

小王虽然点头称是，却感受了沉重的压力，从此背上了天大的负担。

随着岁月的流逝，小王慢慢成了老王，不过无论是小王还是老王，都一直在魏红霞的影响下，以所有魏红霞认识的人为参照，和所有魏红霞认识的人做比较，所以他永远都是一个好好学习、天天进步的人。

谁也没有料到的是，小王过了七年之痒，然后老王又过了几个七年之痒，可是到最后还是没有挺过去。

老王出轨了。

虽然魏红霞是最后才知道的，但是她毕竟是知道了，她既然知道了，就要有态度。大家都等着她的态度。

可是魏红霞却没有态度，始终没有。

其实魏红霞的父母比魏红霞更早知道，但既然女儿不说，他们也不能主动提起，不忍去伤女儿的心，更不能让她下不来台。

父母眼看着女儿始终若无其事，而老王那边已经做得有点过分了，差不多在熟人之间公开了他的事情，魏红霞也仍然不跟他们交流。有一天父母终于忍不住，小心地试探魏红霞。

红霞呀，有什么事情，跟我们说说。

妹妹呀，有什么事情，别一个人扛着。

魏红霞说，爸、妈，你们怎么啦，你们碰上什么难事了？跟我说，我帮你们解决。

魏红霞还装假，父母就只好摊开来说了，红霞呀，我们听说，老王不大灵啊。

魏红霞笑着跟父母打岔，说，老王不大灵？老王可不是不大灵，他是大不灵，笨得要命，我叫他去买点橙子，他买了橘子回来，还说橘子就是橙子，哈哈哈！

父母就只好直截了当戳穿了说，红霞，你就别再自欺欺人啦，人家都在说，老王外面有人了。

魏红霞依然无所谓，也不难过，也不激动，也不生气，还笑眯眯地反问父母，你们听谁说的，你们怎么听信别人造谣呀？父母急得都要哭了，求她说，红霞，你就说出来吧，说出来心里好过些，别闷在心里，闷在心里会闷出毛病的。

魏红霞还是平和地说，是不是我姐告诉你们的？我就知道，你们看不惯老王，老王优秀呀，所以大家都看不惯他，可你们是我的父母，你们也看不惯这么好的女婿？

父母冤大了，赶紧说，红霞，不是看得惯看不惯的问题——

魏红霞说，那你们说，老王哪一点让你们看不惯？

父母面面相觑，说实在的，这个女婿，这些年给女儿培养教育得他们还真没有哪一点看不惯的。

魏红霞问住了父母，就得寸进尺了，说，爸、妈，你们说呀，老王到底有什么毛病，你们说出来。

老王还真没什么毛病，但是对婚姻不忠诚难道不是最大的毛病吗？

唉，一个一辈子要强的女儿，现在要若无其事地装蒜，心里该有多么难过呀，心理压力该有多么大呀，所以父母也豁出去了，你不承认是吧？你不承认，我们就直接跟你谈下一步。

红霞，我们知道，你是怕人家议论，所以不想承认是吧？

红霞，你别这么想，现在不是从前了，现在社会都这么开放了，我们都想得开，你就别钻牛角尖了。

是呀是呀，现在离婚的人家多的是，谁谁家的离了，谁谁家的也离了——

可是无论父母怎么劝说，魏红霞坚决不松口，父母自然是败下阵去，只得暗中观察，留心女儿的言行举止，怕她人前装蒜，背后想不开，有什么三长两短。

既然连父母这一关都过了，其他的什么亲戚朋友、同事同学，魏红霞都可以打发，叫你怎么开口，怎么收回去。

可魏红霞没想到的是，最后连老王也熬不下去、装不下去了，有一天他就直接和魏红霞坦白说，不是别人瞎说的，我真的有人了，我背叛了你。

魏红霞虽然没有料到老王有胆量跟她直接摊牌，但既然老王这么做了，魏红霞反应够快，真是兵来将挡、水来土掩。魏红霞笑着说，老王，别人跟我开开玩笑也就算了，你就别跟我开玩笑了。

老王急得说，我没有和你开玩笑，这是真的，是事实。

魏红霞说，得了吧，老王你不可能的，全天下的人都可能，你也不可能。

老王急得指天发誓了，我要是瞎说，天打雷劈。

魏红霞嘿嘿道，任你怎么说，反正我不信。

老王急赤白脸了，说，我，我有证据。

老王还真准备了证据，是几张和情人开房的旅馆收据。

老王递到魏红霞跟前，你看，你看，这是证据吧。

魏红霞说，这个能算是证据，那你要多少，我给你多少。

魏红霞把老王搞得目瞪口呆，想到情人那边急等着他离婚呢，只好再进一步说，你不相信这些证据是吧，我把手机给你看，上面有她的照片，还有我们两人的合影，还有我们的通信。

魏红霞说，呵呵，老王，你别来试探我，我才不会这么傻，我要是出轨，才不会把这些东西放在手机里。

老王差点被魏红霞给逼疯了，最后为了把魏红霞反逼到死角，甚至把人都领回来了，这真是太过分了。

可是魏红霞却说，没事的，没事的，老王，我知道你心里还是有这个家的，我知道你对家还是有感情、有责任心的。

老王真是服了，差一点跪下了，求她放手。

魏红霞继续装，说，我放什么手，我本来就没有抓住你，你爱干吗干吗，只是离婚嘛，这个不行，你上法院，法院也不会判离的，我们的感情没有破裂。

大家都觉得魏红霞是要面子，怕丢脸，才这么死皮赖脸地缠住老王的。其实在后来的那些年里，家庭出问题的并不少见，今天张家分了，明天李家散了，大家都习以为常，无关痛痒了。

魏红霞就这么一直僵持着，让所有的人都无法好好过日子。有一天父母叫她回一趟家，她以为父母又要说老话题，一点也不担心，她有的是办法对付父母，不料一进家门，父母就问她，红霞，你没离吧？

魏红霞照例装傻，离？离什么？

父母急呀，可不能跟她兜圈子，直接就说，红霞，你不能离啊，你千万千万别离啊！

这下倒有点出乎魏红霞的预料了，问为什么。父母才说出来，原来是姐姐魏红英那儿出事了。

魏红英离婚了。

魏红霞就奇怪了，咦，这怎么可能，姐夫不是姐姐的马屁精、小跟班吗？

后来魏红霞才知道，原来姐姐魏红英一把年纪，居然和一个比她小十多岁的小白脸好上了，如今这世道真是乱，丢人啊！

呵呵，魏红霞一听，笑了起来，说，我姐还有这一套。

其实磨到了这个时候，老王已经心灰意冷了，婚外恋的热度也一丈水退了八尺，他以为婚肯定是离不成了，所以咬咬牙痛下决心，和那个人拜拜了，结果回到家一看，魏红霞的离婚协议书就搁在他面前。

老王感觉一直在被魏红霞玩弄，但他天性憨厚，既不敢说自己已经和情人分手了，更不敢说我们破镜重圆吧。

就这么驼子跌跟头，两头没着落地离了婚。

魏红霞办好离婚手续，告诉了父母。父母都急出病来了，这一波一波又一波，他们年纪大了，身体和脑子都受不了了。

起先父母在劝说魏红霞该离就离的时候，似乎很想得开，很跟得上时代，说什么现在都开放，说什么现在离婚是稀松平常的事，别看得太重，等等。但是等到大女儿一离，才知道事情真的蛮重大，小女儿就成了他们唯一能够保住脸面的救命稻草。

可是魏红霞不是为父母活着的，倒像是专门来和父母作对的，姐姐离婚后不出一个星期，魏红霞也离了。

魏家父母可算丢尽了老脸，魏红霞从小到大，他们没有舍得骂她一句。魏红霞也确实没有什么可让他们骂的，她一直是最优秀的那一个，她一直是他们的骄傲，是他们炫耀的资本。

现在魏红霞的父母气急了，虽然同样是离婚，他们已经感觉到，大女儿是突发事情，情有可原，而小女儿就是存心和他们过不去，她明明始终不承认老王有问题，别说离婚，就是让她去责问老王，她也不愿意。可是姐姐一离，她立马跟上，难道连离婚，她都要跟姐姐比吗？

莫名其妙。

父母气得说不出话来，只丢给魏红霞两个字：丢脸。

可是魏红霞才不觉得丢脸，她就在第一时间，高高兴兴地甚至带着炫耀的口气，向所有人宣布，我离了。

她的亲戚朋友、同事同学，看到她的精神状态，都觉得奇怪，不可思议，说，魏红霞，你是气昏了还是错乱了，看你精神焕发又骄傲的样子，难道离婚的事，很稀罕吗？

魏红霞说，不是稀罕，是正常，也是勇气，是为自己争取幸福的勇气。

有一天老同学聚会，别人热热闹闹地吃着喝着唱着，魏红霞却拉住一个婚姻触礁的女同学，大谈特谈自己离婚的经验，催促人家说，离吧离吧，都已经这样了，你为什么还不离，拖着有什么意思，你看看我，我就是快刀斩乱麻，一痛永绝。

一副到处炫耀的样子。

搞得老同学都吃她不透，他们在背后说，只看到人家炫耀婚姻幸福的，没见过拿离婚来炫耀来比较的，都觉得魏红霞走火入魔了。

魏红霞心里清楚得很，她才不会走火入魔，她状态好得很。

那一年刚好女儿考上大学，名牌大学，比姐姐的女儿高出了五十分。

3

魏红霞的女儿叫王瑾萱。

瑾，是高贵和典雅；萱，是萱草芬芳。总之，当初给女儿取这个名字，魏红霞是非常费心的。

有人说，一个人的名字对其一生都会有暗示，有引导，这个说法，还真有些道理。

王瑾萱从小就温润如玉，人生芬芳多彩。她和母亲一样，方方面面比同龄人强，长相、学习、为人，就没有她比不过的事情。

从小学到大学，她一直是三好生，是优秀学生干部，不早恋，不贪玩，不追求俗气的物质生活。

她是魏红霞的骄傲，是魏红霞人生成功的写照。

这样的日子一直持续到了王瑾萱念完硕士。她一个天才生，从来不怕考试，想考任何一家单位，都是游刃有余的。

但是王瑾萱不会给自己的人生做主，从小到大，都是母亲代劳的，现在仍然交给母亲。

魏红霞也广泛听取了身边各种人的意见，再经过自己深思熟虑和深入分析，最后给出指导意见，让女儿进最受追捧的金融单位。

王瑾萱受惯了母亲的指导，认为母亲说什么都是对的，当然，那时候金融单位也确实是年轻人才最好的去处了。所以王瑾萱稍稍努力一考，就考进了银行工作，一年以后，年薪就比一般的同龄人翻了个倍。

别人和魏红霞谈论起儿女工作的时候，都羡慕魏红霞。魏红霞倒没有太过炫耀，她只是低调地说，我们家萱萱，就是比别的孩子懂事一点。

大家说，你女儿懂事，都是你教得好。

魏红霞的父母也常常拿两个外甥女做比较，然后又从两个外甥女讲到两个女儿，并继续进行比较。

其实这时候的魏红霞，经历了人生的种种，也已经和姐姐相差不太大了，但是，虽然本人相差不大，女儿的情况却相差很大，那还是不一样，还是值得比一比的。

魏红霞和女儿共同的努力，终于有收获和成果了。

但是且慢，在魏红霞的人生中，比较是没有句号的。

王瑾萱在银行工作了不到两年，金融行业的形势就开始滑坡，尤其是新兴的业务发展起来，业务员渐渐地被时代淘汰甚至抛弃，工资收入一下子跌落下来，每个人头上还压了许多硬任务，搞得王瑾萱压力好大。

这一年过年全家照例一起聚到父母家吃年夜饭，魏红英说起女儿刘梦灵的收入，高兴地告诉大家，刘梦灵工作表现好，年底拿到了单位的最高奖金，奖金超过工资数倍。

所以刘梦灵特意给外公外婆买了十分贵重的礼物，以表孝心。其中就有一只新款的iPad，给老人玩的。乐得外公外婆合不拢嘴，说道，还是老话说得好，养儿子，吃乐果；养女儿，吃苹果。

吃过年夜饭，不等回到家，在路上魏红霞就开始和女儿谈工作的事情了，问她有没有跳槽的想法。

王瑾萱自己并没有跳槽的想法，但是一旦母亲有了想法，她也就自然而然地想跳槽了。

所以她对母亲说，妈，我早想跳槽了。

于是，魏红霞立刻行动，就在那个年假期间，无论是参加同学聚会，还是跟同事碰面，或者是和亲戚朋友相聚时，她都念念不忘了解现在就业的行情，最后终于有了一个明确的方向：市政府的城投集团。这是被许多人看好的大型国企，关键是有许多大事可做，有许多项目在等着他们，有许多机会说来就来。

为了进一步验证这个信息的准确度，魏红霞还特地找了老钱去打听。这个老钱，年轻的时候曾经追求过魏红霞，但是没有达到魏红霞的要求，也就算了。好在当时他也没有要死要活地爱上魏红霞，也谈不上受伤，既然没有受伤，两个人还是一直保持正常的熟人关系，偶有来往。

老钱一直在组织部门工作，虽然不在企业处，但对于市一级的国资企业，还是比较了解情况的，被魏红霞问到城投集团的情况，又看到魏红霞兴致勃勃的样子，老钱欲言又止，只勉强说了一句话，国企的关键，只要头头没事，就没事。

魏红霞心想，这算什么话，头头有事没事，是头头的事，我们家王瑾萱要的就是一个工资福利比别人好，名气比别的地儿响的单位。

王瑾萱又有了新的方向，在春节假期期间，稍稍复习准备了一下，等到城投集团公开招聘，她去考试，照例是以第一名考了进去。

老钱真是个乌鸦嘴，王瑾萱考进城投集团不到一年，集团大老板出事了，一下子竟然整个集团都瘫痪了，一下子所有的债主都来追债，一下子内部的种种不堪都揭露出来了，一下子还牵扯出了市里的好几位领导，总之，就这一下子，全城最牛的国企，成了人人声讨的破落户。

覆巢之下，安有完卵。

王瑾萱和她的同事们，拿了最后的一笔清退费，回家了。

魏红霞见到老钱，垂头丧气，老钱就事后诸葛亮了，跟魏红霞说，你当初一心只知道城投集团，也不知是听了谁的撺掇，一门心思要考城投。

魏红霞说，既然你早知道城投不怎么样，当初为什么不跟我说清楚？

老钱说，你好意思说这话，你当初心心念念急吼吼的样子，我都跟你讲得那么明白了，你听得进去吗？

魏红霞语塞了。

老钱又说，你就是听不进别人的话。

魏红霞承认老钱说得对，她也有自知之明，她检讨说，那倒也是，有时候，我确实听不进别人的意见。

老钱劝她说，这样也好，晚了不如早了，就算他老板不出事情，城投也不是个可以终生依靠的地方，他们做这么多大项目，背的债太厉害，以后肯定要还的。

他见魏红霞眼巴巴地瞪着他，又告诉她，虽然你女儿是凭真本事考的，但是现在都是新人新办法，以后还不知道怎么对付新人呢，不要搞到最后，连五金什么都交不上。

魏红霞听得一身冷汗。

老钱说，出来混都是要还的，从前混得越好，以后还得越多。

魏红霞说，那我们家萱萱怎么办呢？我们家萱萱从小就比别人家的孩子优秀，不能这么委屈她呀。

老钱说，我家儿子出国后，表现那才叫出色呢，在家里饭来张口、衣来伸手，出去了，完全自主独立，像变了个人似的。

魏红霞心动了，向老钱细细打听了出国求学的具体程序，回家立刻告诉了女儿。

这回王瑾萱觉得事情有点大了。自她毕业，妈妈一直在她的工作问题上纠来缠去，但是再怎么纠缠，也都不会太过出格，只不过换个单位而已，只不过多考一次试而已，王瑾萱又不怕考试，所以可以完全听凭妈妈做主，让她考哪里她就考哪里，都是小菜一碟。

但是这会儿母亲脑洞开得更大，居然要让她出国了。王瑾萱不想出国，所以这一回她稍稍有了点自己的想法，不好直接反对母亲的想法，就拐弯抹角地说，妈，我要是出国，你一个人会很孤单的。

魏红霞说，萱萱，你不能说这种没出息的话，只要你过得比别人强，妈妈就比别人幸福。

王瑾萱一听，就知道出国是逃不过了，赶紧做准备，她从网上联系了国外的名牌大学，投了简历，考了试卷，结果同时被三所大学录取。

其中最有名的那所学校，能够录取她已经是了不得的事情了，不提供奖学金。魏红霞说，我们不要奖学金，我们要顶尖的名校。

学费和生活费用负担很重，王瑾萱想替母亲减轻负担，主动提出自己可以边学习边打工。魏红霞不允许，跟女儿说，你尽管安心读书，比别人读得好，就是对妈妈最大的支持。

王瑾萱很懂事，担心地说，妈，你的那点积蓄以后要用来养老的，不能都用在我身上。

魏红霞说，萱萱，只要你有出息，比别人强，妈妈养老不养老，都无所谓。

王瑾萱不是个自作主张的孩子，母亲不让她打工，她就不打工，只顾安心学习，果然就比别人学得好。

就这样，王瑾萱在国外读书的两年时间，真的差不多花光了魏红霞一辈子的积蓄。

王瑾萱快毕业的时候，不知道母亲对她前途是怎么考虑的，是希望她留在国外生活呢，还是希望她回国找工作，按理母亲早就该做出决定进行指导了，可是母亲一拖再拖，眼看着毕业在即，母亲的指示仍然未到。

王瑾萱似乎有了点不好的预感，是不是母亲那边出了什么事？碰到什么困难了？王瑾萱又不敢直接问母亲，问也没有用，因为每一次通话通信，母亲只会说，你要好好学习，一定要学得比别人好。

所以王瑾萱拐弯抹角地问了大姨，大姨支支吾吾，说，你妈的事，你自己问你妈吧。

王瑾萱更觉不对劲，又问外公外婆，外公外婆可没有隔代亲的想法，他们还是更喜欢自己的女儿，甚至觉得是王瑾萱拖累了他们的女儿，就直接跟外甥女说，还不是因为你的学费，你妈压力大，搞得失眠了，天天睡不着觉。

王瑾萱一着急，没等拿到毕业证就回来了。

魏红霞看到女儿突然出现在眼前，先喜，后惊，再气愤，气得连连发问，谁让你回来的？谁让你回来的？

但是，王瑾萱既然回来了，也不可能再回去了，就开始在国内找工作。

说也奇怪，魏红霞的失眠症，女儿一回来，就痊愈了。也许是因为她又有事情可做了，她要去钻天打洞，要替女儿打听和物色最好的去处，找一个最理想的工作。

打听来打听去，说什么的都有，最后，魏红霞做出了自己的判断，还是考公务员最稳妥。

王瑾萱真是不费吹灰之力就考上了公务员，只不过这个单位是个业务性较强的单位，不如有些要害部门来得生龙活虎、朝气蓬勃，上班就是做统计，和她妈妈当年的工作性质倒有点像，只是手段不同而已。

魏红霞也常常向王瑾萱打听工作单位的情况，王瑾萱深知母亲的脾气，总是一味地说好好好，她可不想让母亲再觉得她的工作不如别人，又要她再攀高枝，再考别处。她倒不怕考试，她已经考了无数的试，实在是厌倦了。

所以王瑾萱只拣单位好的方面夸大了说，说得母亲乐得合不拢嘴，和当年刚刚参加工作的魏红霞如出一辙。

过了不多久，魏红霞参加了一次中学同学聚会，到他们这个年龄，聚会的时候，除了炫耀子女，别的还能说什么？

和大家一比，魏红霞是骄傲的，她的女儿是学霸这个大家都知道，但是因为王瑾萱换了好多个工作岗位，许多同学根本就不清楚现在王瑾萱到底在哪里上班。

听魏红霞说了后，大家自然是羡慕的，点赞的，说 OK 的。

但是过了一会儿，却有个同学说，魏红霞，按你这么说起来，你女儿现在的工作，跟你当年参加工作时干的活差不多少呀。

另一个同学也说，是呀，你女儿也不比你强到哪里去嘛。

魏红霞听了，嘴上并不反对，脸上也没有露出什么不快，却是有意无意地打听说，是呀，考公务员不容易，但是如果有更好的公务员单位，我女儿照样能考得上。

大家就七嘴八舌地说开了，最后一致认定，要做公务员，就应该考到真正的机关去，走仕途，那才有大出息，考上公务员，再去搞业务，是没有意思的。

接着大家又议论，谁谁家的儿子在党委部门，提拔的机会多，升职快，那里的人心心念念的就是进步。

魏红霞犹豫着说，但是我家女儿，业务很强呀。

大家异口同声说，业务强更能进步呀。

魏红霞听在心里，回家就和女儿说，萱萱，你不想到党委政府部门工作吗？

王瑾萱也太了解她妈了，赶紧说，想呀想呀，党委政府部门，那才是真正的机关呢，走出来人家都认的。

于是王瑾萱又考了一次，不出大家所料，她照例第一名考进，简直太牛了，简直就是一台考试机器。

王瑾萱从小认真读书，学习成绩优异，但是她的缺点就是什么都听她妈的，自己没有主张，也不懂人情世故，更不懂机关规矩，结果第一年到年底单位评选，王瑾萱就被评为了“表现一般”。在机关，这个“一般”可真是不一般，就等于是表现不好甚至很不好的意思了。因为大部人都是“优秀”“良好”，或者“较好”，跟他们一比，“一般”就显得太刺眼了。“一般”之下，还有个“较差”，那是基本上用不着、给不了谁的，因为能够在党政机关工作的人，哪个也不会比哪个差，哪个也不会比哪个更卖力。

王瑾萱倒不是不卖力，主要是她融不进机关的氛围，那样的台上拥抱，台下踢脚，人面前一套，人背后一套，她觉得很可笑，大家像在做游戏，但是她不想玩这样的游戏。

她当然不敢告诉魏红霞自己“表现一般”，如果魏红霞知道，那这个年恐怕又过不完，她又得动足脑筋为女儿考虑往哪儿跳槽了。王瑾萱想，让我歇一歇再说吧。

所以春节假期开始以后，一切风平浪静，王瑾萱和同学朋友聚会，魏红霞也有自己的事情。在魏红霞这个年纪，聚会聊天，多半聊的是儿女婚事了，除此之外，他们还有什么更大的事可聊呢？

那天的话题，从张三转到李四，从李四转到王五，魏红霞始终是笑眯眯的，一如既往地保持着“我家有好女”的姿态，听着别人的事情，或者，参与对别人家事情的讨论。

可是后来，聊着聊着，忽然有人就掉头转向了魏红霞，说，哎，老魏，光顾着说我们了，你呢？我记得，你们家萱萱，也不小了吧，有二十七？或者，二十八了？

魏红霞简直猝不及防，如雷轰顶，心脏猛地一阵刺痛。

过了半天，她才慢慢地缓过气来，细细一想，可不是，在漫长又频繁的跳槽的过程中，不知不觉地，王瑾萱人生更大的事，似乎被耽误了。眼睛一眨，王瑾萱三十岁了。

啊？那个同事一听，立刻夸张地惊叫起来，三十了？三十了还没结婚，对象找了吧？啊？三十还没有对象？

另一个立刻插上来说，唉，现在三十多岁的老姑娘多得很哦。

魏红霞心里不爽，但也不能跟他们翻脸，她还得保持“我家有好女”的形象，故作平淡地说，现在的人都看着显小，我们家萱萱，看起来最多二十多岁。

人家说，看起来是一回事，真实年龄是另一回事呀。

魏红霞说，不急的，我们家萱萱，就是喜欢读书，你们知道的，她一路读书读下来——

别人立刻打断她说，读书读得再好，也不能耽误婚姻呀。

其他人也都附和，说，是呀是呀，也不能因为读书耽误结婚这样的大事呀。

是呀，老魏，你家又不是男孩子，男孩子还好说，女孩子到了这个年纪，难了呀。

魏红霞不服气，说，别人也许是难，但是我们家萱萱这么优秀，不难的。

大家又都异口同声反对她的观点，说，正因为优秀，才更难呀。

这些话，说实在的，魏红霞虽然不爱听，但她心里也明白，他们说的都是实话，都是为她、为萱萱考虑的。

魏红霞火烧火燎地感觉到，萱萱的人生大事，还没有开始呢。

所以她一回到家，态度有点生硬，开口就问王瑾萱，萱萱，你今年几岁啦？

王瑾萱一时吃不透母亲是什么意思，她愣了一会儿，想着该怎么回答母亲才会高兴满意，可魏红霞并不要女儿回答，她已经说开了，唉，这几年你光顾着读书，把大事给耽误了。

王瑾萱也有委屈，她想说，不是我要读书，是你让我读书我才读书的。但她不敢说，也不想说，她只是点了点头。

魏红霞不太忍心批评女儿，不能让女儿沮丧，所以又劝慰她说，不过也还好啦，也不算太晚，现在抓紧起来，也快的。

王瑾萱只管点头就是。

可是恋爱婚姻这样的事情是讲究缘分的，不是说快就能快，也不是谁想快就能快的。

王瑾萱上高中的时候，就有许多男孩子追求，其中也不乏优秀青年，但是魏红霞始终严防死守，王瑾萱很懂事，自己也一样严防死守，但凡有两个妇女齐心协力严防死守的地方，真是天王老子也进不来呀。

相比起来，姐姐魏红英的女儿刘梦灵，就没有防得住，高二那年，因为早恋受了学校的处分，后来干脆自暴自弃，不好好读书了，最后只考了个民办大专，算是完成学业了。

当初魏红英生下女儿，取名的时候，她想出个梦灵，觉得很美，很配女孩子。可魏红霞心下觉得不好，梦灵，听起来蛮不错，你再细一想，梦什么灵，梦是反的呀，梦里灵了，醒来就不灵了。

刘梦灵虽然起步早，但她的恋爱也不顺利，当年那个她爱得死去活来的感情对象，后来根本不知道漂泊到哪里去了。此后的好些年中，刘梦灵谈了一个又一个。

魏红霞始终保持沉默，保持一贯的优势。父母就会对魏红英说，你看看你们姐妹俩，一比就比出来了，连生的女儿也不一样，你妹妹的女儿，心思都用在读书上，你女儿呢？难道人生只有谈恋爱一件事吗？

魏红英说，我没有办法，我自己不行，就指望女儿嫁个好男人了。

父母说，这一比就比出来了，真没出息，小时候没出息，长大了还是这样，竟然连女儿都教育不好。

所以那几年魏红霞是眼看着姐姐的女儿瞎折腾，总是忙乎一阵，事情就泡汤了，再忙乎一阵，事情又泡汤了。

但是最后时来运转，就有个高富帅瞎了眼，要死要活地爱上了她，非她不娶。大家都不看好，甚至都在等着看好戏，看着刘梦灵被玩弄，最后被抛弃。

但是天下的事谁又能打包票呢？尤其在爱情当中，瞎子、聋子、傻子多的是，就算是过来人，也看不透的。那个高富帅居然是个非常单纯的孩子，爱上就是爱上了，结了婚也还是爱着的。

刘梦灵的婚姻为魏红英争了口气，刘梦灵结婚后，父母就较少再拿魏红霞和魏红英做比较了，他们又开始着急王瑾萱的事情了，可是又不敢当着魏红霞的面说，只敢在背后偷偷议论议论。

刘梦灵上高二的那一年，王瑾萱上初二，魏红霞就把表姐的事添油加醋后强行输入了女儿的心灵和大脑。后来有好几年，在王瑾萱心目中，恋爱就是十分可怕可耻的事。

好在王瑾萱上了大学，离开母亲，就开窍了，知道母亲当年的危言耸听是为了让她安心念书，所以上了大学的王瑾萱重新成了一个正常的女孩子，该谈恋爱也就谈了。

魏红霞对于女儿的初恋，十分小心，感觉出女儿的异常后，立刻穷追猛打问出了真相，立刻赶到学校，面试女儿的对象。

那初出茅庐的大学生，哪里是魏红霞的对手？魏红霞三句两句，就问出了实话，他是一个小县城出来的，虽然看起来人长得蛮洋气，但家庭背景不行，小县城里的人家。魏红霞毫不留情棒打鸳鸯打散了王瑾萱的初恋。

王瑾萱很善于总结经验，接受教训，下次再恋爱的时候，先了解对方的家庭背景。

然后，还有其他种种的标准呢。

谈到第 N 次的时候，王瑾萱已经没了兴趣，马虎潦草，加之母亲不满意，最后也就不了了之了。

再后来，王瑾萱的学业越来越重，就再也没有时间没有心思谈恋爱了。

一直到了三十岁的这个春节，母亲突然问她，萱萱你几岁了？

魏红霞对女儿一直以来都是和颜悦色的，现在突然态度生硬，王瑾萱不知道母亲对她哪里不满意，也不知道母亲问她几岁是几个意思，难道母亲真的忘记她几岁了吗？她茫然地看着母亲。

魏红霞说，梦灵比你厉害，她在你这个年纪，都谈过十个八个对象了。

王瑾萱轻轻地笑了笑，说，妈，你不是一直瞧不起表姐吗？说她没有心思学习进步，只有心思谈恋爱。

魏红霞说，此一时彼一时，你都三十了，你是不是以为自己还小啊？我三十的时候，你都上托儿班了。

王瑾萱还是笑，说，妈，你是不是没人比了，跟我比？

魏红霞说，不比怎么行？不比你就不知道努力，比了你才知道着急。

王瑾萱说，妈，你觉得我应该着急，我就着急吧。

魏红霞朝女儿看了一眼，说，你着急？我怎么看不出来你着急？你要是真着急，明天就给我领一个回来。

母亲说了让她去领回来，而不是自己去帮她领回来，所以王瑾萱应该主动性大大提高，可是没有，王瑾萱早已没有了积极性。

过年的时候，谈论婚恋之事的人就会特别多，大家互相关心。魏红霞是被关心得最多的一个，她的心情越来越糟糕，她的情绪越来越恶劣。

女儿是她的宝贝心肝，从小到大，舍不得骂一句，更不要说动一根指头了，但是现在，她也忍不住开始责怪女儿了。

假期里，只要王瑾萱在家，魏红霞就忍不住说，萱萱，你知道吧，你李阿姨家的女儿，就是那个张菲菲，你认识的，比你小好几岁呢，二十五吧，最多二十六，就已经谈定了，马上去领证了。

王瑾萱笑笑说，妈，你忘了，其实我二十三岁那年，比现在张菲菲还小两岁呢，也谈了一个的，蛮好的，我们自己都想领证了，可是你说不行，不如人家钱叔叔家的女婿个子高，要不然，现在你外孙都要上学了。

魏红霞说，个子高不高的，要看和谁比，我记得，那时候你钱叔叔家的周阿姨，天天拿女婿的身高来告诉大家，好像世界上就他个子最高。

王瑾萱又笑着说，后来，我二十五岁的时候，又谈了一个，你还是说不行，不如孙阿姨家的女婿收入高。

魏红霞记性还不错，说，我记得那个人——不过，找对象收入也确实是很重要的，何况你孙阿姨对钱是很看重的——她嘴上一边这么说着，一边就想起了好多往事，心里有点难过，但是很快她就调整好了心态，对女儿说，不生气不生气，我们不生气，过去的事情就让它过去，我们振作精神，从头开始，萱萱，你要有信心，要自信，你不比任何人差，你比他们都强。

现在社会上热心人很多，愿意替别人牵线搭桥的人会排着队过来，会纷纷送上门来，由魏红霞和女儿一起先听介绍，然后再决定要不要见面。

魏红霞的老同事老吴介绍了一个搞广告的。魏红霞细细地问了半天，又把人家的照片左看右看，最后摇头说，老吴，这个，只看长相，就配不上我们家萱萱呀。

老吴是个直爽的人，一听魏红霞这么说，就不高兴，直接就说，魏红霞，你说说，哪里配不上了？

魏红霞说，他比你家女婿都不如，你想想，你家女婿还是个全额事业，他只是个自收自支。

老吴听了，更是大喉咙喊了起来，哎哟哟，老魏，你家萱萱都这把年纪了，你还这么挑挑拣拣，比东比西，你没得人比了，居然都比到我们家来了，我可是你们的大媒人哦，要是成功了，十八只大蹄髈要伺候好的。

魏红霞说，我们家萱萱，条件这么好，不能将就，不能马虎，这个我们真是看不上。

老吴气馁地说，那你要怎么样的才看得上？

魏红霞说，我们谈了那么多，不能一个不如一个吧，这个肯定不如我们前面谈过的。

老吴笑道，那你是王小二过年啦。

魏红霞说，我就是不想这样，我们一定要坚持我们的原则。

老吴说，呵呵，那我知道了，我再帮你物色物色。

不过老吴从此没再来过。

老吴不来有老郑，张三不来有李四，婚姻介绍人总是络绎不绝、前赴后继。但是，我们现在都已经知道结果了，只要有魏红霞挡在前面，比较条件，王瑾萱的婚事就没戏，没有开始，更没有结局。

不过现在还没有到结局呢。

魏红霞是不折不挠的，她拿着她的标杆，满世界地找，世界上人那么多，男青年那么多，想结婚的男青年那么多，总能给她找到。

魏红霞找到的这个人，比某某个子高，比某某收入多，工作比某某稳定，家庭也比某某富裕，总之，左比右比，各方面都比得过人家。

王瑾萱的婚事总算解决了。

等到王瑾萱结婚以后，魏红霞才发现，其实那时候她昏了头，她拿来做比较的对象，全搞错了，她把家庭贫困的人拿来跟女婿比，她把个头小的人拿来跟女婿比，她甚至还把一个没有固定收入的人拿来比，现在她后悔莫及，她忍不住跟女儿说，妈昏了头，比错了。

王瑾萱笑笑。她心想，要不是你出错，我这一辈子也结不了婚呀。

魏红霞从此竟然一蹶不振，眼看着一天比一天衰老。不过幸好过了不多久女儿怀孕了，魏红霞精神头又起来了，她让女儿赶紧去医院做 B 超，且做完就问是男是女。

王瑾萱说，还太小，医生说现在看不出来。

过了一个月，魏红霞又追问是男是女，现在大约能看出来了，医生说，应该是个男孩。

魏红霞赶紧回到父亲那儿，她的母亲已经去世了，父亲一个人住，请了个护工，把他照顾得还不错。魏红霞告诉父亲，萱萱怀的是个男孩。

父亲说，呵呵，呵呵。

其实父亲早几年就得了老年痴呆症，而且近些日子，病情发展迅速，他已经完全听不懂她的话，甚至认不出她是谁了。

魏红霞不管父亲能不能听懂，只管对父亲说，爸，你给妈烧纸的时候，也告诉妈一下，我们魏家，一直没有男孩子，到了我这儿，到了萱萱这儿，终于有男孩了。

父亲呵呵笑。

护工说，魏阿姨，他听不懂。

魏红霞这才醒悟过来，有点难过，说，唉，早一点就好了。

护工说，是呀，你们城里人，结婚就是晚，换到我们乡下，像你女儿这个年纪，都快要做外婆了。

魏红霞说，小妹，你不懂的，乡下人不能跟城里人比。

护工说，那是那是，乡下人哪比得过城里人。

魏红霞回到家，告诉王瑾萱，外公得知她怀了个男孩，可高兴了。王瑾萱知道外公的情况，也不戳穿妈妈，只是说，外公开心就好，妈妈开心就好。

魏红霞又说，萱萱，你从现在开始，就要做胎教了。

王瑾萱笑道，妈，你就是比人家厉害，人家的孩子，都说不能输在起跑线上，你是不能输在娘肚子里。

魏红霞说，那是当然，我女儿的孩子，一定比别的孩子都厉害。

只是到了王瑾萱生产的前两天，医生才说，上次是看错了，现在看清楚了，是个女孩。

魏红霞有点失望，但是为了女儿的身体考虑，她不能让女儿知道她的心情，她就旁敲侧击地跟女儿谈天说地，后来就说到了二胎的事情。

王瑾萱可不笨，这样的妈妈教育出来的她，也是个人精，虽然第一个孩子还没有出世，妈妈就让她准备生二胎了，确实有点过分，但是王瑾萱是适应这样的妈妈的，这么多年来，她一直就是这样的妈妈。所以王瑾萱顺应着妈妈的口气说，现在至少都要生二胎的，所以我一直注意控制身体，我肯定不做剖宫产。

魏红霞终于看到了自己的第三代，虽然是个女孩子，但是小囡块头大、皮肤白、眼睛亮，魏红霞抱着外孙女到处给人看，说，你们看看，别家的新生儿，都那么小，那么黑，怎么跟我们家的比？

王瑾萱的老公姓隋，魏红霞给孩子取名叫隋意。

王瑾萱很喜欢这个名字，但她不太敢相信这是母亲取的名字，她有点奇怪，说，妈，真的叫隋意吗？

魏红霞说，就是随意，我们家宝宝，比谁都更自在，比谁都更随意，谁都比不过我们家小随意。

王瑾萱这才放心了。

又过了些时日，魏红霞的单位组织体检，魏红霞今年刚退休，进入老同志的行列了。他们单位对老同志特别照顾，体检报告单送到后，专程请老同志集中到单位，一起发放，还请了一位全科医生到场，除了讲解各种指标，现场还给大家答疑解惑。

老同志们都拿着自己的体检报告单认真地一一查看指标，凡有什么疑问的，直接就可以请教医生。

魏红霞把自己的体检报告单看了一遍，有的地方没看懂，简单问了一下，也就知道了。

看过自己的体检报告单，魏红霞就开始打听其他同事的情况了，她把老孙、老刘、老李、老金的体检报告单都要来看，看过之后，沉默了一会儿，突然就哈哈大笑起来。

老同事们都看着她，拿体检报告单这天，大家都是比较紧张的，不知道魏红霞有什么好笑的，还笑得哈哈哈的。

后来魏红霞终于停止笑了，就指着老孙说，老孙，我比你高哎。

老孙疑惑地看着她，不解说，你比我高什么？你哪里比我高？

魏红霞扬着手里的体检单报告单说，你看看你看看，我血压就比你高，你上压是 142，我上压是 143，哈哈！

老孙哭笑不得，说，血压高也值得你这么高兴吗？

魏红霞说，不是高兴不高兴的问题，高就是高，高一点点也是高呀。

老孙说，好的好的，老魏，我服了你，我一向服你的，现在我更服你了。

服了就不谈了。

魏红霞又找老李说，老李呀，我的血糖也比你高呀。

老李赶紧说，比我高，比我高，你样样比我高。

魏红霞说，哎，你还真别说，我连这个总胆固醇吧，这个也比你高哎，你看你是 5.31，我是 5.33，是不是比你高一点？

老李撇嘴道，不是高一点，是高好多好吧。

魏红霞认真地说，那倒没有，也就高了一点点，但是高一点点也是高呀。

然后魏红霞又看了好几个老同事的体检报告单，找出了比别人高的好多处，一一跟他们核对，情绪十分高涨。

老同事们难免觉得魏红霞奇怪，他们议论说，这个老魏，怎么回事，没得比了，比三高？

魏红霞才不在乎别人的议论和看法，她继续一项一项地仔细看，又有了新发现，说，哎，老周哎，我比你多一个结节哎，我右乳房有个结节，你看看你的报告，你没有哎。

老周是个男同志，性格内向又紧张，他从来不知道男人会不会有乳房结节，他疑惑地去问医生，怎么魏红霞说她比我多一个乳房结节？

医生笑道，男同志也可能会有的，但是那实在是很小很小的可能性，没有可比性，这位大妈，你比错人了，这个方面，你还是去跟女同志比吧。

有一位叫张文娟的老同志来得晚，进来后找不到自己的体检报告单了，就喊起来，谁拿了我的体检报告？

有人说，咦，桌子上不是还有一份吗？

老张再拿起来仔细一看，又喊了，老魏，这是你的！她一边嚷一边过来夺了魏红霞手里的，说，你拿我的体检报告干什么？

大家一听，哄地笑了，那几个被魏红霞比过血压和血糖的都凑过来嘲笑说，老魏，你再看看，现在比什么呢？

魏红霞才不会被难住，她认真地说，我跟你们比低呀，老李你看，我血压比你低吧，老金呢，我血糖比你低哦——

大家先是愣了一会儿，随后一个一个乐开了花，他们纷纷说，老魏，我们真是服了你，你真是个老来俏、老来乐、老来疯，把我们逗死了。

也有个细心的同事，在一旁冷眼观察，她没有跟着大伙一块儿笑，她走到医生那儿，悄悄地问医生，魏红霞是不是得了什么病?

医生朝魏红霞看了一会儿，又想了想，疑惑地说，说不准，看不准，不像是什么病，阿尔茨海默病?

那同事赶紧摆手，不是不是，她才不痴呆，一点也不。

医生说，是呀，分明不是老年痴呆，她反应灵得很，那是不是脑外伤?有些脑外伤也会引起思维的失常，她头部受过创伤吗?

那同事说，没有，没听说过。

医生说，也不是脑外伤引起的，那就真不好说了——有些病，是看不出来的，甚至检查也检查不出来。

走出草地

徐贵祥*

1

天是好天，路也是好路。

头天晚上在四支队演出活报剧《为谁扛枪》，效果很好。

这出戏的主角，是一个从国民党军投诚过来的红军营长，旧军队习气不改，经常打骂士兵，得一绰号“铁匠”。后来在一场战斗中，曾经被他打骂的士兵冒死把他从死亡线上救出，营长醒过来后，抱住这个士兵声泪俱下地问，你不恨我？我是“铁匠”啊。士兵回答说，你不是“铁匠”，你是我的兄弟……

戏演到这里，一个红军干部冲上戏台，抓住演员的手，声泪俱下地说，宣传队的同志，你们演的就是我啊，我对不起兄弟……我再也不当“铁匠”了……这个插曲把演出推向了高潮，台上台下一片口号声——

官兵一致，反对打骂士兵！

红军都是亲兄弟，团结起来打胜仗……

---

* 徐贵祥，男，1959年12月出生，安徽六安人。中国作家协会副主席，中国作家协会军事文学委员会主任。曾任解放军艺术学院文学系主任、国防大学军事文化学院创演系主任。作品有小说《弹道无痕》《历史的天空》《高地》《马上天下》《四面八方》《对阵》等。获第七、九、十一届全军文艺奖，第四、九、十一届中宣部“五个一工程”奖，第六届茅盾文学奖。

演出结束后，纵队政治部主任东方广到台上讲话，把宣传队好一通表扬，说宣传队深入生活，贴近战争实际，创作的节目有针对性，激发了士气，宣传了纪律……

不仅得了表扬，四支队还熬了一锅稀饭，炖了两盆羊肉。大家兴高采烈地打了一顿牙祭，就到半夜了。

东方广跟队长韦芷秋说，干脆，天亮再走，不用走羊肠小道了，我派一个连队保护。

韦芷秋说，那当然好，反正到黄岩厝演出是晚上。

这样就说好了，原计划后半夜出发，变成了天亮出发。

后半夜美美地睡了几个小时，第二天蒙蒙亮，宣传队披着星星，踩着露水，向黄岩厝方向进发。

黄岩厝是国民党军六团的驻地，团长于仕伏这段时间正在酝酿起义，心腹一个营先期进入采荷村一带驻扎，这里实际上已经是红军控制区了。

这一路上，大家兴高采烈，回顾昨晚的演出细节，有多少次鼓掌，多少次喊口号，多少人热泪盈眶……当然，还有对今晚演出的预期。宣传队成立以来，给起义部队演出还是第一次。党代表王振寰说，打骂士兵是国民党军的家常便饭，《为谁扛枪》拿到起义部队演，肯定更受欢迎，等着瞧，今晚……

讲到这里，王振寰顿了一下，对扮演“铁匠”的马德说，马指导你当心啊，昨天有人上台跟你动拳头，今晚没准儿跟你动枪。

马德怔了一下说，啊，还真有可能，咱们演得越像，越能把国民党军士兵的仇恨激发出来，嘿嘿，我倒是真想挨一枪。

听到二人的对话，韦芷秋当真了，跟王振寰说，这确实是个问题，到了地方，跟他们讲，部队要有军官控制，看戏的时候退子弹。

马德哈哈一笑说，退子弹不妥，随时准备应对情况呢。又说，真的能把士兵的仇恨激发出来，我挨一枪也值，就是牺牲了，也可以作为教材，体现我们红军宣传队的威力。

韦芷秋说，马指导你别胡说，我们不能把喜剧变成悲剧，要防止意外。

王振寰说，可以在开演之前，让战士们把枪栓捆一道绳子，在他们激动的时候提醒一下……

前面的队伍放慢了速度，王紫蓝不时地东张西望，眼角余光主要落在马德的身上。李璐在一边看见，诡秘地一笑说，三紫蓝，现在看没用，晚上演出，万一有人向马指导扔石头，你冲上去，挡在马指导的前面，我跟你讲，就这一下子……美人救英雄，就是一场好戏。

王紫蓝脸一红说，谁看马指导了，我在找地方，看……哪里可以解手。

何连田挑着担子，脚下生风，肩膀上的扁担吱吱呀呀就像唱歌。几位队干部讲得热闹，东一句西一句落到他的耳朵里，那些话他听明白了，听起来像担心什么，其实是偷着乐。

何连田也偷着乐，虽然他只是个挑夫，他还是偷着乐。自从被发配到宣传队，自从韦队长跟他讲他是宣传队的一员，自从党代表王振寰跟他讲，他犯的错误不是主观错误，他渐渐地就忘记了那个错误。这几个月，宣传队好戏连台，特别是昨晚，那个场面，让他的眼泪吧嗒的。宣传队好啊，纵队奖励的那十斤猪肉，就在他的担子里，宣传队就是他的家，他和他的担子也是宣传队的家。

走出七八里地，快到刘湾的时候，远远地听见零星的枪声。王振寰说，啊，怎么一大早打枪，好像是黄岩厝方向。

马德说，黄岩厝方向？难道是迎接我们？那也不用这么老远就放鞭炮啊。

韦芷秋听了听说，不会出什么事情吧，于团长的部队还不太稳定。

枪声时疏时密，还夹杂着几声迫击炮弹的爆炸声。韦芷秋站在一块山坡上瞭望，一会儿下来说，不是黄岩厝方向，离黄岩厝至少还有十里地，应该在桥店一带，可能又是袭扰，不理他。

这段时间，根据地打了几个大仗，在山区周边都构筑了防御阵地，国民党军暂停大规模进攻，经常派出营、连规模的袭扰，侦察红军的防御部署，小打小闹不断，大家已经习以为常了。果然，枪炮声响了十几分钟，渐渐停了。

王振寰招呼大家，就地休息。宣传队几个干部坐在路边商量，把剧本稍微改一下，给“铁匠”增加点内容，让此人后来成为一个爱兵模范。

韦芷秋他们商量剧本的时候，何连田正琢磨要不要把韦队长的茶壶找出来烧一壶茶，女队员李璐和王紫蓝一前一后走过来，看见何连田，李璐把背包放在何连田的担子上，说了声，我们到下面解手，看着点，别让人过来。

何连田的脸一下子就红了，马上别过脸去。一年前在新惠，他就是因为偷看女人洗澡，才犯了错误，被分配到宣传队当挑夫。

王紫蓝和李璐往山坡的东边走，何连田的脸就扭到山坡的西边，何连田的心里有一百个委屈。其实，那一次他真的不是故意的，他是因为担任警戒，听到树林那边有动静，才端着枪猫着腰去察看动静，哪知道一眼就看见了两段白白的嫩藕在水面上晃动。

嗐，新惠那地界，冬天也起雾，热气腾腾的，山根池塘里的水热得能煮鸡蛋，男人女人都在那里泡澡，男人晚上泡，女人早晨泡。可他不是新惠人，他哪里知道这个规矩呢？看一下怎么就犯错误了呢？当然，要说完全冤枉，也不是，看第一眼是撞上了，可是后来他还看了第二眼，第三眼还没看见，就被班长从后面踢了一脚，然后就……唉。

何连田正在胡思乱想，忽然听到不远处一声惊叫，他本能地站了起来，摘下扁担就要往那边冲，跨了两步，突然停住了，那里是王紫蓝和李璐解手的地方，他犯了一次错误，不能犯第二次错误……

就在何连田茫然不知所措的时候，李璐和王紫蓝一前一后从树林里冲了出来，李璐跟在王紫蓝的后面喊，王紫蓝你怎么啦？

王紫蓝说，蛇，他妈的一条蛇，跟在屁股后面撵我。

李璐说，小何，小何，快过来，把蛇挡住。

何连田看见王紫蓝和李璐的衣服穿得好好的，这才回过神来，操起扁担，昂首挺胸地迎着王紫蓝走过去，挡在王紫蓝的身后。待二人走了老远，也没有看见蛇。何连田想了想，又往前走了几步，到小树林察看一番，在一块潮湿的地皮前面，突然看见一根黑乎乎弯弯曲曲的东西挂在小树枝上，走近了才发现，原来是一条枯藤。何连田用扁担把枯藤挑下来，回到担子旁边，问王紫蓝，你看见的，是不是这个？

王紫蓝的脸色都变了，惊恐地说，快扔掉，扔得远远的。

何连田哈哈一笑，李璐也拍掌大笑，嚷嚷道，王紫蓝，你是一朝被蛇咬，十年怕……树藤，哪里有什么蛇，那是一根树藤。

王紫蓝这才壮起胆子，战战兢兢地往扁担一端看了一眼，又看了一眼，突然冲上来，夺过何连田手里的扁担，把枯藤扔在地上，用扁担头狠狠地敲打，一边敲打还一边嚷嚷，你这个混账东西，把老子吓死了。

何连田说，好了好了，别把我的扁担头打折了，我还要挑担子呢……这句话刚讲完，何连田的话头打住了，手搭凉棚往山下看——盘山路上，出现了一匹飞奔的战马。何连田放下扁担，走到队伍中间，向韦芷秋报告，后面有人追上来了。

果然，不多一会儿，司令部的参谋张成就策马出现在山坡上，到了跟前，张成翻身下马，向韦芷秋通报了一个情况，正在起义途中的国民党军六团，发生变化，二营一部分反动军官策划哗变。国民党军一个营突然奔袭我桥店哨所，不排除接应敌人哗变的可能。

韦芷秋说，啊，还有这样的事！那我们赶快走，到六团去镇压哗变。

张成说，纵队首长命令你们取消到六团的演出计划，立即返回纵队部。

韦芷秋眼睛一瞪说，为什么？

张成说，六团的部队是稳住了，但是潜在的危机很多，随时都有再次反水的可能。

韦芷秋说，那正好啊，正是我们搞宣传鼓动的好机会，为什么要我们取消？

张成说，不安全啊，六团现在很乱，连于仕伏都处在危险之中，怎么能让你们去冒险呢?

韦芷秋盯着张成，大声说，你说什么，冒险？我们宣传队也是红军的战斗队，哪有战斗队怕冒险的？你回去向首长报告，我们绝不返回，我们的战斗位置在六团。宣传队的同志注意，集合，目标黄岩厝，前进。

张成急了，大声嚷嚷，韦芷秋，你冷静点，返回纵队，这是首长的命令。

韦芷秋一边扎皮带，一边对张成说，你的任务是传达首长的命令，你的任务完成了。回去报告首长，韦芷秋拒绝执行半途而废的命令。

说完，再也不理张成，招呼马德，马指导，你带警卫班到前面开路。

马德胸脯一挺，应道，是!

说完，手一挥，警卫班跟我上!

宣传队迅速集合起来，从张成身边擦过的时候，王紫蓝还向他做了个鬼脸，神气活现的样子。

张成忍不住骂了一句，这个韦芷秋，简直就是……就是女匪。

张成讲这话的时候，正好何连田从他身边经过，担子一斜，扁担头差点儿戳到他的胳膊上。

张成盯着宣传队的背影，好半天才举起马鞭抽在路边的一棵小树上，骑上马回纵队报信去了。

2

于仕伏的六团要起义，对于韦芷秋来说，不是秘密。

时光退回五年，她和于仕伏是武汉军政分校的同学，也是北伐战友。后来国民党清党，教官东方广带领十几个同学到南方参加了红军，于仕伏等人则成了国民党军军官，后来相逢在闽西“围剿”与“反围剿”战场，于仕伏几次派人给东方广送信，提出来要参加红军。水南战役结束之后，东方广率领邹成卓和韦芷秋等军校师生，同于仕伏秘密相会于两军交界处的乔城，要求于仕伏尽量多带一些部队和枪支弹药，经过两个多月的暗中酝酿，半个月前于仕伏将部队带到黄岩厝，一营直接驻扎在红军根据地边缘采荷村，就等红军政工队到部队接收了。没想到节外生枝，就在那几天，上峰突然给六团派来一个团副，名字叫高一凡。

从见面开始，于仕伏就感觉此人有些奇怪，穿着打扮与众不同，哔叽呢军装熨帖得十分周正，戴着雪白的手套，同于仕伏见面，连军礼都没有敬一个，而是突然把腰一弯，一只手拍在肩膀下面，嘀咕了一声，团座好。

于仕伏有些茫然，还没有还礼，高一凡已经直起腰来，从墨镜后面看着于仕伏说，初来乍到，请多关照。

于仕伏的心里很不舒服，不知道此人什么来路，行的是什么礼节，也不知道那副墨镜后面的眼睛闪烁的是什么意思。当然，于仕伏最担心的还是，这个人有特务背景。

当天下午，于仕伏就着手调查高一凡的来历，在军部担任处长的一位同学跟他讲，此人是南洋的一个巨贾的公子，其父北伐时期斥资为蒋校长装备了两个师，所以同国军上层来往密切。高一凡从英国爱丁堡大学毕业之后，先后当过银行襄理、纱厂总监、铁路股东、商社老板，还在一座寺庙里当了几天和尚，据说准备修一座“空空寺”，要把林黛玉、史湘云、秦可卿等人的灵魂都召回来……一言以蔽之，此人什么都干过，但是什么都干不好。其父恨铁不成钢，将其交给一个军界朋友，让其学做军需生意。

于仕伏在同学面前发牢骚说，这他妈的什么事儿，简直拿我的部队开玩笑。同学说，就是开玩笑，但是你得陪着他把这个玩笑开好。那位当处长的同学跟于仕伏讲，根本不要把高一凡当回事，但有两条，一是要绝对保证安全，不能让这个高龄贾宝玉有半点闪失；二是他想干什么，尽量满足他，玩腻了他自然会滚蛋。

于仕伏的部队有什么行动，高一凡并不关心。他到六团的时候，带来了一匹枣红色的蒙古马，只要到一个地势开阔的地方，他的第一件事就是遛马，害得于仕伏不得不把骑兵排分出两个班跟在他后面护驾。部队到了黄岩厝，高一凡就住在二营部，因为这个营一直被当作预备队，不在一线，相对安全一些。

策划哗变的主谋是二营营副陈际会，头天夜里，陈际会秘密联络几个反动军官，商量武力阻止于仕伏起义，军官中有人觉得不妥，争论了很久，最后决定先礼后兵。陈际会秘密调动两个排的士兵，另有两名反动军官各带一个排，控制团部，准备逮捕于仕伏和于仕伏的支持者。

二营部驻地一时间成了哗变指挥部，不断传来低沉的口令声和奔跑声。这当口高一凡还在梦里，被人吵醒，非常恼火，穿上军装，蹬上马靴，还拎了一根文明棍，走到帐篷外面问贴身警卫姚独眼，哪里吵吵嚷嚷的，把陈际会给我叫来。

陈际会听说高一凡叫他，心里一惊，他也知道高一凡来头大，倘若高一凡不同意他闹事，他的麻烦就大了。

见到高一凡之后，陈际会又是敬礼，又是鞠躬，弄得高一凡很受用。陈际会把事情的经过讲了一遍，高一凡问，于仕伏他想干什么？

陈际会说，团副大人，于仕伏这分明是叛逆啊，他被赤化了。

高一凡问，赤化是什么意思？

陈际会说，赤化就是，就是反抗政府，造反啊。

高一凡想了想说，反抗政府？哈哈，你们那个鸟政府，乌烟瘴气，造反也没有什么不好。回去，统统回去，好好睡觉。

陈际会哭笑不得，突然往高一凡面前一跪，声泪俱下，团副，你是国军中校啊，你是中流砥柱啊，天降大任于你，受命于危难之中，部队的前程，可就靠你了。

陈际会这么一哭，高一凡就乱了方寸，晃了晃文明棍，把陈际会搊起来说，别哭了，我知道了，这件事我来跟于仕伏说。

陈际会大喜，又是敬礼，又是鞠躬。一行人底气更足了，簇拥着高一凡，耀武扬威地拥向团部。

这天早晨吃过饭，于仕伏和红军的联络员洪涛正在商量迎接红军宣传队，如何安排保卫的事情，二人正说着，三连连长赵广智一头冲进来报告，二营副陈际会密谋哗变，已纠集近百人，准备包围团部。

于仕伏不屑地说，陈际会？这个泥鳅也敢兴风作浪？他妈的他想干什么，让他给我滚过来！

赵广智说，不光是陈际会，高团副也在里面。

于仕伏情不自禁地“啊”了一声，这个二百五，他怎么和陈际会搞到一起了？

洪涛此前并不知道于仕伏团里多了一个团副，于仕伏三言两语讲了高一凡的来头，忧心忡忡地说，这个活宝掺和进来，麻烦就大了。

洪涛想想说，只要他不是特务，我们就有办法说服他。

于仕伏说，特务倒不至于，他连枪都不会打，根本做不成事，更别说当特务了。他就是一个二百五。

洪涛说，那就好，见机行事吧。

于仕伏在前，洪涛在后，二人步履沉稳地走出团部，老远看见高一凡。于仕伏黑着脸，盯着高一凡问，你想干什么？

高一凡向于仕伏一哈腰，左手拍着右肩膀，不卑不亢地说，老于，别来无恙？

于仕伏说，高团副，你初来乍到，不了解情况，你跟他们掺和什么？

高一凡嘿嘿一笑说，他们说你想造反，那哪儿行啊，这么大的事，你为什么不跟我商量？

于仕伏说，昨晚我跟你商量了，你说到哪里都是吃饭，你忘了？

高一凡说，你跟我商量了吗，我怎么不记得了？

于仕伏说，你说你正想看看红军是什么模样，你还说，他们那个宣传队要来，你可以教他们弹钢琴。

高一凡皱着眉头，想了一阵问卫士姚独眼，这话我说过吗？

姚独眼说，团副好像真的说过，昨晚吃饭的时候。

高一凡这才点点头说，哦，好像有这事，昨晚我喝酒了，忘了。

于仕伏叹气说，这么大的事，你都能忘，你真是个……花花公子啊。

高一凡问，他们的宣传队来了吗？

于仕伏还没有回答，陈际会抢上一步说，高团副，我们被骗了，昨天于团长跟我们讲，他们的宣传队在天亮之前要来慰问起义部队。可是现在日上三竿了，还不见人影。桥店方向传来枪声，很有可能是国军的进剿部队。分明是他们得到情报，把宣传队撤回了，把我们抛弃了。

高一凡说，啊，夫妻本是同林鸟，大难来时各自飞，不够意思啊！

高一凡话音刚落，忽然听到不远处传来歌声——

山上的鲜花开呀开，工农红军进山来，打土豪分田地，建立红色苏维埃……

众人定睛看去，只见团部外面几个士兵，押着一个女红军和一个男红军，正向团部走来。女红军的手被反绑着，昂首挺胸，引吭高歌。

洪涛和于仕伏连忙迎了上去，于仕伏问，怎么，就来你们两个人？

韦芷秋说，就是我们两个人，我们两个人也是宣传队啊！

于仕伏对押解的士兵说，快快松绑，这是我的客人。

士兵上前，一拉绳头，绳子就脱落了。原来，绑在二人胳膊上的绳子也是象征性的。

韦芷秋揉揉手腕子，看了看于仕伏和他身边的人，大致明白了眼前的处境，然后，就把昨夜在四支队演出的盛况，今晨前往黄岩厝的情况，做了详尽的介绍。韦芷秋说，我们明明知道六团内部出现状况，可我们还是来了，在刘湾，我们宣传队受到一伙身份不明的人袭击，同志们被打散了，我和小何是先遣，相信我们宣传队的同志会陆续到达。

高一凡怔怔地听着，问陈际会，一群身份不明的人是谁，你干的好事？

陈际会躲躲闪闪地说，她胡说，我们根本没有派人到刘湾……不是我派的，是五连张连长自作主张。

高一凡又问，张连长到刘湾袭击红军宣传队，你知道吗？

陈际会傻眼了，半天才说，我知道，可是……

高一凡将拐杖一举，捅捅陈际会的肚子说，你向老于报告了吗？

陈际会说，我是应该报告，可是于团长他，他已经是……他已经背叛党国了。

高一凡把脸转向于仕伏说，老于，你背叛党国的事，为什么不跟我打个招呼？

于仕伏说，我既没有叛党，也没有叛国，我是中山先生的信徒，信仰中山先生的三大政策。

高一凡怔了一下，盯着于仕伏说，啊，你是中山先生的信徒，我怎么不知道？

于仕伏把脸扭到一边，不屑地笑笑。

高一凡转向陈际会说，你知道这个三大政策吗？

陈际会傻眼了，想了半天才说，这个……我不太清楚。

高一凡手里的文明棍一举说，啊，你连三大政策都不知道，你算什么国民党啊，我跟你讲，中山先生提出的，联俄联共扶助农工，是国民党的基本政策。你们这些土包子，根本搞不清楚国民党的政策，就号称是国民党，太可笑了。

陈际会怔了怔，挺挺腰杆说，高团副，我不知道三大政策，可是，我知道，他们共产党，是国民党的敌人。

高一凡不动声色，突然把文明棍往上一举，在空中画了个弧线，眼看就要落到陈际会的头上，陈际会连忙缩起脖子抱住脑袋。高一凡收回文明棍，哈哈大笑说，谁说共产党是国民党的敌人，连我都知道，北伐战争是共产党和国民党一起打的。你们一群猪，猪脑子，就凭这些猪脑子，也能打仗。老于，你早就该让这些猪脑子滚蛋了。

陈际会傻眼了，突然喊了一声，高团副，你也被赤化了，我要向上峰……向上峰禀报你妖言惑众。

高一凡说，什么，妖言惑众？老姚，什么是妖言惑众？

姚独眼马上上前，踢了陈际会一脚，问他，什么是妖言惑众？

陈际会说，老姚，姚独眼，你有话好好说，你动手干什么？

姚独眼一听来气了，又踢了陈际会一脚说，我动手了吗，老子从来不动手，老子动的是脚，脚你都不认识啊？

高一凡哈哈大笑，笑了一阵才说，陈际会，你连三大政策都不知道，还告老子？去吧，去找蒋委员长，说他表弟妖言惑众，他表弟我，高一凡，是共产党。

高一凡这么一说，不仅陈际会傻眼了，连韦芷秋和洪涛也傻眼了。韦芷秋惊喜地说，这么说，你是高一凡……同志？

高一凡冲韦芷秋神秘一笑，不置可否，文明棍唰地抬起来，一指何连田，问韦芷秋，这个叫花子，也是红军宣传队的？

韦芷秋说，他是宣传队的挑夫。

高一凡看着何连田说，过来，让我看看你。

何连田紧张地看着高一凡，又看看韦芷秋。

韦芷秋说，小何，让他看，让他看看你的腿，那是穷人的腿，刚才跑了二十多里山路，来兑现红军的诺言。再让他看看你的手，那是穷人的手。高长官，你碗里的饭，你身上的衣，都是这些穷人的手制造的。

高一凡若有所思地点点头说，家父说过，共产党闹革命，就是天下为公，要让穷人过上好日子，就是要让我们有钱人家像你们一样变成穷光蛋。是这样的吗？

谁也没有想到高一凡会这样讲，不知他什么意思。陈际会明白过来了，兴奋地嚷嚷道，就是，高团副，他们的革命，就是要让您像他们一样成为穷光蛋，您能答应吗，您就是答应了，我们也坚决不答应！

洪涛正要上前说话，于仕伏拉了他一把。洪涛看见，高一凡的文明棍在陈际会的面前画了一个弧线，姚独眼嘿嘿一笑，又上前踢了陈际会一脚。

高一凡说，哈哈，陈际会，你不答应有用吗，我答应，我就是想变成一个穷光蛋，就像这个叫花子！

又问何连田，叫花子，你会什么手艺？

何连田心里非常不舒服，虽然他身体瘦一点，穿得破一点，可他也是红军啊，怎么就成了叫花子了呢？何连田二话不说，弯腰从担子里摸出两个物件，看着韦芷秋，韦芷秋明白了，冲口而出，好，给他们露一手！何连田说，我会打快板。

高一凡说，快板？你打一段给我听听。

何连田有点走神，瞅着韦芷秋，又看看高一凡，心中陡生一股豪气，抻抻衣襟，昂首挺胸走到场地中央，深深地运了一口气，唰地一下举起快板。

清脆的竹板声在山谷里回荡，何连田手中的快板就像两道飞舞的溪流，看得众人眼花缭乱。高一凡的表情非常奇怪，他一会儿盯着何连田手里的竹板，一会儿看看何连田穿着草鞋的双脚，好像他从来没有见过草鞋似的。

自家兄弟莫慌张，听我说段快板腔，千言万语说不尽，只说红军打胜仗。红军为啥打胜仗，红军白军不一样。红军打仗为信仰，国军打仗为吃粮……啷哩个当，啷哩个当，啷哩个当当啷哩个当……娘在村口盼儿归，红军来了叫亲娘，亲娘拉着红军的手，见到我儿别开枪，我让我儿当红军，天下穷人得解放，得解放……

高一凡的表情急剧地变化，眼神也由何连田的身上移到远处，移到太阳下面那道山脊线上，看了很久。

……啷哩个当，啷哩个当，啷哩个当当啷哩个当……我当红军是自愿，为了革命扛起枪；想想你们当壮丁，一根绳子来捆绑，妻离子散田荒芜，家中老母泪汪汪……

何连田的快板打得正起劲，高一凡把文明棍举起来了，示意何连田停下来，说，叫花子，把你的宝贝给我看看。

何连田茫然地看着高一凡，很不情愿地把快板扔过去……刚想扔，又收回来了，双手捧着送到高一凡的手上。

高一凡接过快板，把手套摘下来，用手掌摩挲一副大、一副小的快板，举在眼前眯起眼打量，竹板上金光闪亮。高一凡问韦芷秋，你们，你们的宣传队就用这个东西？

韦芷秋说，我们的宣传队条件是很差，但是，我们的宣传队威力很大，能把人心里的冰融化，也能把人心炼成钢铁。

高一凡盯着韦芷秋，把快板擎在手上，突然举起来，拉开架势，啪啪啪地打了起来，最先的几下，有点不熟练，渐渐地手上有了感觉，把握住了节奏，打得花团锦簇，嘴里还念念有词——

啷哩个当，啷哩个当，啷哩个当当啷哩个当……君不见，黄河之水天上来，奔流到海不复回。君不见，高堂明镜悲白发，朝如青丝暮成雪……啷哩个当，啷哩个当，啷哩个当当啷哩个当……人生得意须尽欢，莫使金樽空对月。天生我材必有用，千金散尽还复来……啷哩个当，啷哩个当，啷哩个当当啷哩个当……

不仅陈际会目瞪口呆，所有的人都惊讶得合不拢嘴，何连田的眼睛瞪得鸡蛋大，瞅瞅韦芷秋，韦芷秋的眼睛里也流露出惊喜，突然双手一举，在头顶上啪啪拍了两下，洪涛和于仕伏也跟着鼓掌。姚独眼没有鼓掌，一个劲地拍肚子。

高一凡打了一阵快板，收起把式，眼睛巡视一圈，得意洋洋地说，怎么样，我老高的手艺还行吧，你们红军宣传队这两下子，太简单了。

韦芷秋迎上高一凡，春风满面地说，如果高先生不嫌弃，不妨先到红军部队住几天，也许你会有更多的发现。

高一凡看看韦芷秋，阴阳怪气一笑说，先到红军部队住几天？你是让我和于团长一样投共，去跟你们一起打快板？

洪涛说，是弃暗投明。

韦芷秋说，高团副，到红军部队住几天吧，我们红军欢迎一切有志之士，来去自由，绝对保证你的安全。

高一凡东看西看，看看可怜巴巴的陈际会，又看看满眼期待的于仕伏，再看看部队，转身走向韦芷秋，突然一哈腰，左手拍在右肩下面说，尊敬的女士，能把你的帽子借给我吗？

大家还没有回过神来，韦芷秋最先明白过来，摘下头上八角红军帽，双手递给高一凡，高一凡伸手抓住军帽，扣在自己的脑门上，得意地环顾四周，哈哈大笑。

3

成功地接应于仕伏部起义之后，部队在蔡集休整。

有一天何连田正在补箩筐，韦芷秋派人把他叫去，笑眯眯地问他，想不想上学？

何连田吓了一跳，结结巴巴地说，上学，那敢情好，可是……我一个挑夫，上啥学啊？

韦芷秋说，挑夫？我们红军宣传队的挑夫也是宣传员，没有文化不行。接应于仕伏部起义的时候，你的那段快板来得及时，来得漂亮，完全可以当一个正式的宣传员。

何连田更是惶恐，可怜巴巴地看着韦芷秋说，那是赶鸭子上架，没有办法，当时形势那么危急，我好歹也是宣传队的人呢。

韦芷秋说，赶鸭子上架？不是所有的鸭子都能上架的。

然后就把来龙去脉说了一遍，原来上级要求宣传队选调骨干到苏区红艺速成学校学习，支委会上，党代表王振寰和编导郑振中都推荐何连田，说这个小伙子不光任劳任怨，其实很有文艺潜力，可以培养。

何连田木着脸听了，鼻子一酸，眼窝一热，眼泪差点儿就流出来了。啥叫文艺潜力，他不懂，可是他知道，宣传队的同志真的对他很好，没有因为他是挑夫就小看他。

韦芷秋说，我们宣传队，没有一个是专门学过文艺的，都是战士，都是从战争中学习战争，你不要有畏难情绪，一起去学，哪怕增加点文化知识也是好的。

何连田说，我听队长的。

回去的路上，何连田的心里喜忧参半，喜的是可以同韦队长他们一起上学，忧的是他只读过三年私塾，十七岁参加红军，这几年挑着担子，从闽西到赣西，肚子里的那点墨水早就洒在路上了，这回上红军的学堂，是个啥光景，他心里没底。不过，转念一想，既然韦队长让他去上学，那就一定是靠谱的事情，死都不怕，还怕上学？

这样一想，心里陡生一股豪气，回到男兵住的院子里，赶紧收拾箩筐，还哼起了小调。

不久，红艺速成学校第三期就开学了，除了本部宣传队选调的九个人，还有兄弟部队来的，加上纵队《红霞报》的记者方圆，一共三十六个人，济济一堂。

何连田认识方圆，说起来他同方圆还有一层说不清道不明的关系。一年前在新惠，他执勤的时候，无意间看到的那两个泡温泉的女人，其中一个就是方圆。当然，方圆本人未必知道这件事情，那时节她是新惠师范的学生，假期回家，她和她爹方老板，还帮助红军给群众发洋钱，偿还打新惠的时候欠下的粮款。后来方圆参加了红军，在《红霞报》当记者，还采访过他，写了一篇文章《从挑夫到文艺战士》。他对那篇文章没有多少兴趣，他感兴趣的是，方圆知道不知道当初在新惠，她泡温泉的时候被他偷看，知道不知道他就是因为那件事情受到批评，然后分配在宣传队当挑夫。他更感兴趣的是，方圆如果知道这件事情，会怎么看他。

何连田虽然文化程度不高，但是并不缺心眼，同方圆认识快半年了，他感觉方圆压根儿就不知道那件事情，这让他既高兴又泄气。

红艺速成学校没有固定的老师，前两天来上课的老师，都是早就闻名的大首长，讲文艺的基本原理，讲文艺同革命战争的关系。何连田似懂非懂，膝盖上摊着笔记本，手里攥着铅笔，明白多少记多少，记得满头大汗。

到了第三天，上专业基础课，来了一个教官，戴着眼镜，穿着一身没有领章的军装。别的教官上课，下面鼓掌，教官都是回以正规的军礼，但是这个教官不一样，下面鼓掌他不看，突然把腰一哈，左手拍在右肩下面，抬起头来说，初来乍到，请多关照……

何连田一下子就想起来了，是在黄岩厝收编的那个国军二百五军官。他偷偷地看了韦芷秋一眼，韦芷秋向他笑笑。

果然，教官自报家门，敝人高一凡，国军中校团副。打仗，敝人是外行；讲课，本人也是外行；但是演戏，敝人既是外行也是内行，至少比你们内行……

这个开场白，让学员们有点摸不着头脑，也有点不舒服。

高一凡说，敝人曾经领教过贵部宣传队的演出，聆听一位女士一曲高歌，情感饱满，精神可嘉，但要说艺术，对不起，那还不是。因为没有经过严格的训练，唱出来的是感情而不是艺术……

高一凡的话何连田听得不是很明白，但是他感觉高一凡说的不是好话，看不起红军。那次在黄岩厝，韦芷秋鼓励他给起义部队"露一手"，他第一次鼓足勇气，打了一段快板。当时，这个二百五军官，是怎么喊他的，"过来叫花子，给我看看，这是什么东西？"他妈的，把老子当成叫花子了。

何连田瞅瞅右前方的韦芷秋，差点儿就站起来抗议了，韦芷秋突然一回头，用眼神制止了他。

高一凡说，我为什么要参加红军呢，不是说红军有多么好，我感兴趣的是你们有宣传队，而我更感兴趣的是，你们的宣传队基本上都是没有经过艺术训练的，我不能让你们这样糟践艺术，我有责任帮助你们，因为艺术是没有国界的，也是没有党派的……

高一凡这样一讲，下面的人渐渐地就听出名堂了，原来这个人参加红军，并不是受到红军文艺的感染，而是压根儿看不起红军文艺，来改造红军文艺来了。

突然，有人在下面嘀咕一声，反动军官，他有什么资格批评红军文艺，他以为他是高尔基啊！

接着一声嚷嚷，这个人污蔑红军文艺，我们不听反动军官的！

还有人站起来说，他凭什么说艺术是没有党派的？我们红军文艺，是无产阶级的文艺，是服务革命战争的，这个反动派，对我们的文艺一点感情也没有，我们为什么要听他的？反动军官滚出去！

再往下，站起来的人越来越多，声音越来越大，气氛越来越紧张，到了一发不可收拾的地步。

只有方圆没有跟着起哄，在吵闹最凶的时候，方圆站了起来，大声说，要尊重教员，有不同意见可以讨论，不要扰乱课堂秩序。

方圆虽然说话很用力，可是在乱哄哄的嚷嚷中，她的声音显得很微弱。

学员哄堂，高一凡起先还满不在乎，面无表情地看着乱哄哄的人群，终于感到事态严重了，把手中的粉笔一扔，麻木地看着台下。他显然看到方圆了，目光在方圆的脸上停留了几秒，然后拍拍手，左手由下而上、由外向内画了一个弧，拍在右肩下面，弯腰向方圆行了一个生硬的鞠躬礼，再站起身，一脸茫然地看看对面的房顶，下了讲台走了。

何连田感到很解气，对韦芷秋说，这个反动军官，活该滚蛋。

韦芷秋忧心忡忡地说，小何，别这么说，他有他的道理。

何连田眨眨眼睛说，那敢情好。

中午吃饭的时候，大家端着稀饭碗，七嘴八舌地议论，情绪还很激动。多数人都认为，高一凡是个反动军官，看不起红军，这样的人，根本就不配当教官。

讨论很热烈，只有方圆一个人自始至终没有讲话，韦芷秋问方圆的看法，方圆说，这个人是有本事的人。

韦芷秋说，是有本事，可是他看不起我们，本事再大有什么用呢？

方圆说，这个人是一个善良的人。

韦芷秋说，这个我还没有看出来。你又不了解他，为什么说他是善良的人？

方圆说，我发现高教官的身上有一股气，很单纯的书卷气，虽然跟我们的想法不一样……或许，他说的是对的。

韦芷秋问方圆，你觉得他会和我们一条心吗？

方圆想了想说，这个不好说，他的文艺和我们的文艺有很大的差距，但是，我能感觉出来，他是一个可以帮助我们的人。

事情发生在上午，中午苏维埃瞿部长就召集学员谈话，瞿部长说，高一凡不是什么反动军官，也不是国民党军官，他热爱艺术，不顾家人的坚决反对，就读于爱丁堡大学，主攻莎士比亚戏剧，同时对西方歌剧以及舞蹈都有研究，是个非常难得的人才。大家要尊重高教官，要包容他的缺点，你不尊重教官，没有人教你们，大家还是闭门造车，没有提高。红军文艺不提高，就没有人看，就产生不了战斗力。

韦芷秋站起来提问说，可是他说，艺术是没有国界的，也是没有党派的，这个我们不能接受。

瞿部长说，这句话应该分成两个层面理解，艺术是没有国界和党派的，这是从艺术的根本性质讲的。但是，在不同的时期和环境里，艺术有它特有的目的，譬如红军文艺，就是传播革命理想、培养革命精神的。高一凡是从西方回来的阔少，他没有接触过中国的革命，不懂我们的“非艺术的艺术”，所以我们不能求全责备。我们对于高一凡的改造，有一个过程，是改造好了再用呢，还是一边用一边改造呢，韦芷秋同志你说说？

韦芷秋坐下去又站起来说，明白了首长，应该是一边用一边改造。

这次训话会开了很长时间，大家议论得比较热烈，也澄清了很多模糊认识，形成一个比较一致的看法，就是对高一凡这样的人，既要尊重，也要斗争；一边使用一边改造，使红军文艺不仅在思想情感方面有高度，在艺术形式方面也有提高。

瞿部长提议，派出学员代表去向高一凡道歉，下午还请他来上课。

中午吃饭的时候，传来一个惊人的消息，高一凡跑了。跟高一凡一起跑的，还有黄岩厝起义的姚独眼和两名原国民党军士兵，这几个人都是高一凡的狗腿子。

消息传到宣传队，韦芷秋的第一个反应是掏枪，第二个反应是集合。枪掏出来又装回枪套，“集合”两个字刚刚从心里冒出来，还没有冲到嗓门，又咽了下去——在红艺速成学校，她是个普通学员，没有权力集合队伍。

不用韦芷秋报告，瞿部长亲自找上门来，黑着脸问，高一凡为什么跑？

韦芷秋说，这个反动派，跟我们红军不是一条心，他跑，是早晚的事。

瞿部长说，高一凡不是红军，黄岩厝起义之后，国民党当局就派人来交涉，用二十根金条把高一凡换回去，我们跟高一凡谈，让他回到国民党军队，他说他要留下一段时间，看看红军的文艺队伍，他要在红军造就一批艺术家，正是这个原因，我们才请他来当教官，多么不容易啊，你们倒好，把他气跑了，你们负得了责吗？

韦芷秋说，我们红军人穷志不穷，我们不需要这样的反动教官。

瞿部长火了，一拍桌子说，你凭什么说高一凡是反动教官，他至多是个艺术至上者，你最多说他没有政治立场，但是你不能说他反动，他没有做过对不起红军的事。

韦芷秋傻眼了，想了想说，也是，这个人不是红军，好像也不能算红军的敌人。可是他跑了，咋办呢？

瞿部长说，追啊，把他追回来，向他道歉，请他继续当教官。

韦芷秋说，如果他不回来咋办，我可不可以把他捆回来？

瞿部长看着韦芷秋，严肃地说，绝不能动粗，最好把他劝回来，如果劝不回来，那就让他走，我相信他不会成为我们的敌人。

韦芷秋不说话了。

瞿部长说，解铃还须系铃人，高一凡最初打交道的是韦芷秋同志，还是你去，你带几个会骑马的人去。

韦芷秋说好，然后在宣传队选人，选中的人是王振寰和何连田。因为方圆还不是宣传队的人，韦芷秋的目光在方圆的脸上溜了几下。方圆说，如果韦队长信得过我，我也可以一起去。

韦芷秋说，你一起去，也许把握更大。

这就定下来了。瞿部长派人给宣传队送来几匹马，韦芷秋一行按照侦察队提供的路线，一路快马加鞭，追到距离黄岩厝还有十里地的流镇南边，已是黄昏了，西边一轮硕大的夕阳流金溢彩，眼看就要挨上山脊线。远远望着前方田野中间的大路，一团黑影渐渐放大。

听到后面马队渐行渐近的声音，前方的几个人站住不动了，高一凡勒马转过身来，待韦芷秋等人靠近，高一凡才从马背上下来，面无表情地迎着韦芷秋等人。

走近了才发现，高一凡根本就不像逃跑的样子，只是脱下了红军军服，穿上了白色的西装，脚上蹬着白色的皮鞋，头上戴了一顶白色的礼帽。

韦芷秋老远就喊了一声，高教官。

高一凡还是纹丝不动，姚独眼和士兵把枪横过来，对着韦芷秋喊，站住，别动！

韦芷秋犹豫了一下，站住了。

就在这当口，方圆从韦芷秋身边走过，径直向前走去。

姚独眼挥枪大喊，站住，不许过来，就在那里说话！

方圆不理不睬，还是一步一步向前，步履沉稳，一直走到高一凡的面前，距离不到十步。

高一凡面无表情，冷冷地看着方圆，纹丝不动。

方圆又往前走了两步，一直一言不发，突然抬起左臂，左手由下而上、由外向内，画了一道弧线，拍在右肩下面，深深地鞠了一躬，喃喃地说了一句，对不起高教官，我们错了，请原谅。

方圆的声音虽然不大，但是在初秋的黄昏的旷野上，似乎被微风吹得很远很远。

高一凡摘下墨镜，久久地凝视着方圆，再仰起脸，看着西边渐渐浓重的晚霞，脸上霞光荡漾。突然，高一凡一哈腰，向方圆回了一个礼。

直到这时候，方圆才抬起头来。十步开外的何连田分明看见，方圆的脸上泪光闪闪。

4

高一凡最终回到红艺速成学校。瞿部长专门召集各个宣传队的负责人开会，要求大家尊重高教官，学习高教官的长处，包容高教官的缺点。

大伙商量，高教官重新回到课堂上，该怎么敬礼。有人提议，全体行举手礼，还有人提议，全体行“爱丁堡礼”——大伙私下已经把高一凡经常做的那个动作命名为“爱丁堡礼”。

韦芷秋问方圆，到底该行什么礼？

方圆想了想说，尊重是发自内心的，不在乎形式，还是像往常一样，起立立正就行了。

但是韦芷秋认为，高教官这样的人，是很讲究的，很爱面子，大家把他气走了，应该有个集体态度。商量的结果是，高教官第一次复课，还是按照红军的礼仪，全体行举手礼。

到了开课那天，高一凡夹着皮包，戴着墨镜，面无表情地走进教室，值班员一声喊，起立，敬礼！

全体学员唰地站起，恭恭敬敬地给高一凡行了个举手礼。高一凡好像有点意外，一时不知所措，本来仰着的脑袋突然低了一下，不由自主地抬起右臂，还了一个举手礼，声音有点沙哑，断断续续地说，各位，各位，对不起，我抱歉，请坐下，我……我们上课吧。

高一凡拿出这么一个姿态，大家就觉得高一凡这个人，其实不是什么天外的怪物，高一凡离大家并不远。坐下之后，有人甚至还偷偷地抹了几下眼泪。

那天高一凡讲的课题是“文艺的功用”。高一凡说，文艺同宗教有点像，就是通过我们的节目讲故事，讲善的故事、美的故事，故事唤起共鸣……也就是唤起人们对美好的善良的故事的向往。如果世界上都是善良的人，都是同情穷人的人，都是敢于向恶人斗争的人，那么这个世界就是美好的世界……

高一凡这样一讲，大家似懂非懂，但是知道了，文艺是善良的事业，是美好的事业。

接下来的几堂课，高一凡讲了几部世界名著，有莎士比亚的《哈姆雷特》、小仲马的《茶花女》、安徒生的童话《卖火柴的小女孩》，从讲故事开始，讲人物遭遇、人物性格、人物形象、人物命运和结构。大家被故事吸引，课堂上常常唏嘘不已。

课后讨论，大家普遍有个感觉，高教官变了，再也不像过去那样傲慢了，课讲得通俗易懂，明明白白。后来知道了，不仅瞿部长专门找高一凡谈话了，还指定由方圆配合高教官备课，方圆及时把大家的需求告诉高教官，再及时把大家的学习效果告诉高教官，这样一来，高教官的课就非常地实用。

大家对高一凡的态度改变了，见面主动敬礼，高一凡也放下架子，经常和同学们探讨。何连田发现，高一凡最欣赏的学生还是方圆，每次示范，都要点方圆的名。后来上形体课，高一凡讲了一遍，做了个示范动作，方圆站起来表演，一招一式都很得体，比高一凡的示范还要好看。

有一次讨论，方圆居然说，高教官这个人，太不一般了，超凡脱俗，卓尔不群……方圆讲的话，何连田听不太懂，但是方圆讲这话的时候，他从方圆的眼睛里，看到了一种特别刺眼的光波，这使他的心里很不舒服，甚至痛苦。

除了何连田莫名其妙地不舒服，学员当中也还有人不喜欢，郑振中有一次对何连田说，小何你看出名堂没有？

何连田说，什么名堂？

郑振中说，一丘之貉，臭味相投。

何连田说，郑编导你的话我听不懂。

郑振中说，你知道为什么高一凡喜欢方圆吗？

何连田的心里扑哧痛了一下，扭过脸说，因为方圆学习比咱们好啊。好先生都喜欢好学生。

郑振中说，狗屁，你没有发现，方圆也是资本家出身，他们都是有钱人，都看不起穷人，所以他们能够狼狈为奸。这就是阶级的区别。

何连田心里又是一痛，他不知道什么是“狼狈为奸”，但一听这话就不是好话，他本来想顶撞郑振中，可是转脸一想，郑振中的话并不是没有道理。方圆虽然对他很好，还帮助过他，但那种亲切并不是……并不是什么，他也不清楚，总之不是那种掏心掏肺的亲切，而是……后来他知道，那叫可怜。再后来他又知道了，那叫同情；再再后来，他知道那叫居高临下或者叫悲天悯人，虽然当时他还没有完全明白，但是，仅凭方圆看他的眼神，他就知道他和她不是一路人，这让他心里很不舒服。

郑振中说，他妈的到底是反动派，他要不是资本家的阔少，他哪有钱出国留学，没有出国留学，他能有这么大的本事吗？

何连田不知道该怎么接茬，说，郑编导，首长说了，要尊重高教官。

郑振中说，我不尊重了吗？我很尊重他啊，但是我不能眼看这个反动派挖咱们的墙角。

何连田茫然地看着郑振中说，挖咱们的墙角？

郑振中神秘地说，小何，你看出来没有，那个反动派对方圆有意思，要不是方圆，他怎么会放着清福不享，来受这个卵蛋气？

何连田本来想问，你不也放着清福不享来受这个卵蛋气吗？但是话到嘴边，没有说出来，此刻他想起了那一幕，在流镇南边那个霞飞漫天的黄昏，当韦芷秋带领他们追上高一凡之后，方圆给高一凡行的"爱丁堡礼"和高一凡凝望远处的表情，当时他和韦芷秋、王振寰都没有跟上去，除了方圆的那句"对不起高教官，我们错了，请原谅"之外，没有人听到高一凡说什么，也许在那一瞬间，他们什么都说了，他们是用眼神说话，用晚霞说话。

郑振中见何连田神情恍惚，问，小何你怎么啦？

何连田说，我头疼。

郑振中说，我今天跟你说这些，你不要跟别人说。

何连田说，我不跟别人说。

郑振中说，但是你自己心里要明白，这是我给你的任务，你要好好地看着他们。

何连田又是一惊，看着他们干什么？

郑振中把何连田招呼过来，嘴巴贴着他的耳朵说，好好看着他们，不管他们搞反革命活动，还是搞破鞋，都尽快向我报告。

何连田不知道他是怎么离开郑振中的，也不知道他答应郑振中没有，也许答应了，也许没有答应。为什么郑振中这么讨厌高教官呢，难道……想到这里，他又吓了一跳，难道郑振中对方圆有意思？自从方圆来到宣传队，宣传队就多了很多事。方圆的身上，确实有一种说不清的味道，人长得漂亮，有文化，也很乐于帮助人，可是……何连田突然想到"红颜祸水"这句话，想到这句话之后，他就不敢再往下想了。

5

原先计划，学习时间是两个月，但是只过了一个多月，一道命令下来，宣传队紧急回到部队。

情况来得突然，大家都觉得意外，只有何连田在心里发出一声欢呼，那敢情好，赶紧离开这个鬼地方，打仗去啊。

由于国民党军连续“围剿”，部队要实行战略转移，这就是后来被称为长征的大迁徙。

自从离开红艺速成学校，宣传队的人就再也没有见到高一凡。郑振中跟大伙说，那个人怕死，红军要转移，沿途都要打仗，高一凡的父亲派人把他接回去了，回家当资本家的阔少爷去了。有一次东方广跟宣传队一起行动，路上跟韦芷秋讲，因为高一凡不是正式的红军战士，所以在部队整编的时候，他留在了瑞金，不久就被他父亲的好友、国民党军委会的那位大官接走，回广州了。

长征路上，主力部队打了很多仗，二占遵义，四渡赤水，巧渡金沙江，部队就像揉搓不烂的竹根，从国民党围追堵截的缝隙里寻找生路，终于来到了川西。

何连田肩上的担子时轻时重，肚子也是时饱时饿。不管肚子是饱的还是饿的，他都希望肩膀上的担子是重的，担子越重，宣传队的家当就越多。担子里面有剧社的服装、道具，除了个人手里的乐器，其他东西都在这里。当然，个人手里的乐器，也有一个大家伙在他的担子里，那是王紫蓝的手风琴。

王紫蓝过去背手风琴，是给马德背的，她一直把宣传队的艺术指导马德当作老师，崇拜得不得了。可是马德并不喜欢她。马德是上过大学堂的，性格豪放，派头跟高一凡有点像，他最喜欢的学生也是方圆。红军离开瑞金之前，在登仙桥打了一场阻击战，马德负了重伤，差点儿死了，红军医院的医生给他做过手术，给宣传队的干部说了一句话，是死是活，就看今夜，今天夜里要是能放个屁，那就活过来了，要是一个屁都不放，那就……入土为安吧。

后半夜王紫蓝一直守在马德的旁边，盼星星盼月亮一样，终于盼到马德放了一个屁。马德醒过来，看着泪流满面的王紫蓝，心里很感动。后来红军主力转移，伤员交给留守支队，分别的时候，马德把手风琴送给了王紫蓝。王紫蓝背着这个手风琴，就像把马德背在身上，金贵得不得了。

《红霞报》在整编中被暂时取消，方圆被正式编入宣传队序列。

在川西行军的途中，打了一场硬仗，为了尽快摆脱敌人，红军纵队虚晃一枪，绕道而行，其实并没有走远，而是在距离库容六十里的麻田山区休整。

两天后，纵队得到情报，国军师长侯天赐为了给部下提气，将在三月初七这天在库容镇大摆庆功宴，庆祝“拒敌于江防之外”，其实是借机敛财。纵队制订了一个计划，决定以三团为主力，杀一个回马枪，奇袭库容镇国军师部。

三月初七的头两天，国民党行政公署的专员派他的姨太太和副官长作为代表，前往库容镇参加侯天赐的所谓祝捷宴会。红军三团团长邹成卓派出一个排的兵力，在龙郓至库容的必经之路鼎昌峡谷设伏，抓获了国民党专员的姨太太和副官长，缴获贺信及贺礼。邹成卓在制订作战计划的时候，突然来了灵感，想到了一直相伴左翼的宣传队，找韦芷秋和王振寰商量，希望宣传队能够协助战斗。邹成卓的想法正中韦芷秋的意，几个人很快就构思了一个“智取库容”的作战计划，由郑振中扮演国民党专员的副官长，方圆扮演专员的姨太太，准备打进侯天赐的师部。

计划定下来之后，郑振中非常兴奋，主动找方圆排练了几次。方圆虽然没有演过戏，但是天资聪慧，又经过红艺速成学校培训，很快就入戏了。

就在郑振中准备大干一场的时候，没想到半路杀出个程咬金来。

三月初六的中午，郑振中穿上副官长的行头，宣传队一半人扮作副官长的随从，另有十几名红军官兵扮作挑夫，把枪藏在担子里，正准备出发，突然听见远处传来扑哧扑哧的声音。大家感到奇怪，韦芷秋赶紧让队伍停下，看看什么动静。

不一会儿，山坡公路的拐弯处就冒出一个“乌龟壳”，慢慢地朝前爬。十几个红军战士分布在“乌龟壳”的两侧，还有几个跟在“乌龟壳”的后面，不时用枪托捅捅“乌龟壳”的屁股，一边走一边吆喝“快点，快点”。

等“乌龟壳”走近了，拉开门，里面竟然跳下来西装革履的高一凡。

原来，高一凡虽然回到广州，却再也无法安静地当阔少了，红军北上这几个月，高一凡一直关注，前几天从报纸上看到红军进入川西，灵机一动，对叔父谎称前往战区考察军需损耗，搭乘国民党军飞机，直接飞到雅安，又从雅安刘湘的部队里借了一辆福特牌汽车，一路打听，终于在麻田山下追上了部队。

这一下，计划又改变了。本来，让郑振中演国民党军副官长，大家就不太满意，仅仅因为他读过书，可以之乎者也地对话。可是，郑振中长得老相，脸上皱纹多且黑，一看就是种田佬，根本不像国民党官员。现在高一凡出现了，方圆第一个站出来说，好了，天助我也，高教官扮演副官长，不演都像。邹成卓更是拍手称快，当机立断，让高一凡扮演副官长。

高一凡哈哈一笑说，好，刚想看戏就听见锣鼓响，好长时间没有演戏了……不过，一个专员的副官长，官太小了。我可以演省长你们信不信?

方圆说，高教官你就不要挑肥拣瘦了，这是打仗，战斗结束了，你还是教官。

高一凡不说话，只是笑，笑眯眯地看着方圆说，那好，我宁肯给你当仆人。

高一凡从天而降，不仅把郑振中的角色夺走了，何连田的心里也不痛快。北上这些日子，方圆一直很少说话，常常望着远处发呆，现在高一凡来了，方圆的眼睛一下子就明亮了许多，连傻子都能看得出来，何况何连田。

郑振中不演副官长了，只能同何连田一样，演挑夫。吃罢中饭就出发，在向库容进发的路上，郑振中一直闷闷的，突然说了一句，高一凡不是人。

王振寰在边上说，老郑，都是为了战斗，你干吗骂人啊?

郑振中说，我骂人了吗？我说高一凡不是人，是神。

王振寰说，老郑，你是不是对方圆有意思啊，我劝你赶快打消这个念头。第一，你年纪太大，都三十三岁了，人家方圆才二十出头。第二，按照规定，你现在的职务还不够娶老婆的资格。

郑振中说，我说我对方圆有意思了吗，就算有意思又怎么样，我是宣传队的编导，还是老同志，就算我没有资格，我想想总行吧。

王振寰笑笑说，想想当然可以，可是你不要癞蛤蟆想吃天鹅肉，弄得不好，鸡飞蛋打。

郑振中说，我就是不服气，一个公子哥儿，他凭什么这么受宠？在红艺速成学校，居然给他开小灶，居然给他派警卫，就差没有给他配发小老婆了。这样的革命，跟国民党军阀有什么两样？

王振寰吓了一跳，赶紧说，老郑，注意纪律。

郑振中把担子换了个肩膀，不吭气了。

后来的一切都是按照计划进行的。

高一凡扮演的副官长和方圆扮演的姨太太，带着专员的贺信和贺礼，顺利地进入侯天赐的师部，侯天赐亲自陪同高一凡和方圆坐在主桌，一切都很正常。侯天赐介绍专员副官长的时候，高一凡没有反应，纹丝不动，而且鼻孔朝天，正在把玩侯天赐的水烟壶，幸亏方圆从旁边捅了他一下，他才回过神来，欠欠屁股，倒抓礼帽晃了晃，仅此而已。

侯天赐有点不高兴，觉得这个副官长太傲慢，心里想，他妈的一个副官长，居然这么大的架子，就是专员本人来了，他也得让我三分啊。想是这么想，但是侯天赐也没有太在意，他发现高一凡的手很白，哪里都是富态相，估计这是个纨绔子弟，也就不跟他一般见识了。

来宾介绍完毕，侯天赐致辞，吹嘘麒麟河战斗如何如何，然后大家举杯，觥筹交错，其乐融融。

宴会上，国民党军团以下军官有二十多个，大家都看出来这个“副官长”有来头，挨个给高一凡敬酒，什么气度不凡，什么年轻有为，什么外秀于表内慧于中，溢美之词如涓涓细流，让高一凡非常受用，来者不拒，很快就喝多了。

方圆在一旁暗暗着急，用脚不停地踢他。高一凡得意地哈哈大笑说，哈哈，看看，专员的姨太太在底下踢他的副官长，国民党确实腐化。

高一凡这一喊不要紧，吓坏了侯天赐。侯天赐一个激灵，四处观察，果然看见在外围假装猜拳行令的挑夫和警卫们，全都停止了吃喝，朦胧中人人都把手伸向担子。侯天赐情知不好，一把揪住高一凡厉声问，你是什么人？

高一凡顿时酒醒了大半，不过并没有慌张，而是推开侯天赐，整整西服，站了起来，摇摇晃晃地举着杯子说，他妈的连老子都不认识？老子是红军！

说完，高一凡猛地把杯子扔在地上，发出了行动的暗号。

这一下麻烦了，此时还没到行动时间，侦察队刚刚潜入外围，被国军警卫拦在院外，院内仅仅凭借挑夫和宣传队的十几条枪胡乱射击。高一凡和侯天赐隔着一张桌子近距离对射，他一枪也没有打中侯天赐，反被侯天赐连连命中两枪。

好在韦芷秋熟门熟路，将宴会厅两盏汽灯打灭，这时候潜伏的侦察队也投入战斗，掩护宣传队撤退。韦芷秋指挥何连田，趁乱将高一凡拖出去，撤出战斗。

何连田背着高一凡，一口气跑出三里地，起先还有方圆和郑振中在后面托着高一凡的两条腿，减轻了不少重量。后来方圆和郑振中都被甩下了，何连田就一个人背，一直跑到黄龙河谷，才遇上邹成卓率领的主力。

邹成卓劈头就问，怎么提前了二十分钟？

随后赶上来的郑振中气愤地说，他妈的都是这个二百五，他忘乎所以，喝醉了，露了马脚。

邹成卓跺脚叹息，这是个什么人啊，我还以为他身经百战呢，他妈的中看不中用，误我大事，我怎么向纵队首长交代啊！

战斗结束后，纵队派来两个参谋，详细了解战斗情况。

找郑振中谈话的时候，郑振中说，我怀疑高一凡不是真的来当红军，库容战斗，很像他和国民党联手演的一出戏，反里应外合，企图引诱我红军主力，一网打尽。

郑振中这样一说，纵队的参谋警惕了，挨个找参加战斗的人员谈话，特别是宣传队的人。

韦芷秋虽然不相信这是高一凡和国军联合搞的“反里应外合”，但是又拿不出反驳的依据，毕竟，执行这么重要的任务，高一凡居然喝醉，酒后误事，实在匪夷所思。

只有方圆，振振有词地说，不可能，高一凡就是个混世魔王，他什么事情都能做得出来，因为他不在乎。

方圆的话不仅没有替高一凡开脱，反而自己也落了个“高一凡同谋”的嫌疑。

纵队的参谋又去找邹成卓谈话，邹成卓哈哈大笑说，高一凡是蠢，可是你们这些人比高一凡更蠢，稍微有一点战术头脑的人都能看出来，这就是一个“酒后误事”。如果说高一凡同白军“反里应外合”，目的是什么，是诱敌深入，伏击我主力？可是我主力进入黄龙河谷，来去都没有遇到伏击，这说明敌人对我们的行动，事前一点儿都不知道，怎么能说是“反里应外合”呢，无稽之谈嘛。

邹成卓是战术专家，就他这一句话，高一凡同国军联手“反里应外合”的说法就不攻自破了。

过了几天，从纵队传来一个喜讯，库容战斗给敌人一个假象，认为红一方面军已经擦肩而过，库容战斗乃红四方面军先遣部队所为，于是国军调整兵力，转道追赶，而此时红四方面军正好利用这个空隙，实施“黄雀在后”计划。仓促拔营的侯天赐师在懋功南侧遭到两个方面军的夹击，损失了一个半团，比库容战斗原先设计的效果更佳。

这个情况，同时也证实了库容战斗所谓“反里应外合”纯粹子虚乌有，从而洗清了高一凡和方圆的嫌疑。

6

部队开拔之前，东方广专程到麻田救护所看望高一凡，并劝说高一凡离开红军队伍，因为后来的日子会越来越艰苦。

高一凡说，如果你们怀疑我是国民党的探子，我只好离开。

东方广说，我们当然不怀疑你，但是，红军是要打仗的，北上途中，有可能食不果腹、衣不遮体，组织上担心你受不了。

高一凡问，方圆跟不跟队伍走?

东方广说，方圆是红军的人，当然跟红军走。

高一凡说，我也是红军的人，我当然也要跟红军走。

纵队请示了上级，最终答应高一凡跟着队伍走。

郑振中对这件事情很有看法，虽然说组织上排除了“反里应外合”的嫌疑，但是在库容战斗中，高一凡并没有起到好作用，就是因为他得意忘形喝醉了，才导致仓促应战，怎么说他也是有责任的，如今不仅没有把他撵走，从麻田出发的时候，反而多给他发了两斤糌粑，难道有钱人到哪里都特殊？郑振中在背后嘀咕说，这个人是灾星，他跟着我们，早晚要吃他亏。郑振中还在私下交代何连田，对高一凡，务必保持警惕，随时看着他。

在卓尔康宿营的时候，一个下午，郑振中突然找到韦芷秋说，我在卓尔康街头看见一个熟人，姚独眼。

韦芷秋问，姚独眼是谁?

郑振中说，高一凡的狗腿子啊，于仕伏的部队起义，这家伙没有跟起义部队走，跑了。

韦芷秋这才想起来，在于仕伏的部队是见到过一只独眼。韦芷秋问，姚独眼怎么来了?

郑振中说，还有他的两个兵，挑着担子，不知道什么时候跟上我们了，很危险啊。

韦芷秋想想说，有什么危险？可能是姚独眼给高一凡送东西来了，不要大惊小怪的。

郑振中说，是啊，是送东西，可是我们的行军路线姚独眼一清二楚，万一他被白狗子抓去了，供出了我们的行踪，不就麻烦大了吗？再说，他本身就是反动军官。

韦芷秋想想，也是这个道理，就找高一凡谈话。

高一凡大大咧咧地说，就是，他们就是给我送东西的，我正要找你们商量，奶粉分给女同志，面包小何挑着，大家慢慢吃。你们搞的那个糌粑，我吃不下去。

韦芷秋说，你让姚独眼跟着我们，很不安全，这也是我们红军纪律不允许的。高教官，你要是吃不了这个苦，我看你还是早点离开，就在卓尔康跟姚独眼走吧。

高一凡呆着脸，想了想说，算了，我让他们滚蛋，我还是跟你们一起吃糌粑吧，谁让我是红军呢。

因为高一凡的缘故，从卓尔康到黑水河这一段路上，宣传队的伙食都比别的部队好，后来韦芷秋又找方圆谈话，让她动员高一凡把姚独眼送来的东西上交一部分给纵队医院。韦芷秋说，我们红军，有难同当，不能搞特殊化。

方圆把韦芷秋的话跟高一凡转达了，高一凡半天没有吭气，后来还是由方圆做主，把奶粉和面包送给纵队医院了。

从春天走到夏天，红一方面军和红四方面军在懋功会合，军委在芦花地区召开会议，决定通过草地北上。宣传队因为正在红四方面军的一支部队慰问演出，北上的时候就跟随这支部队行动，没想到，这次离开纵队，会带来更多的磨难。

那时候，谁也不知道草地是个啥模样，走进去才知道，所谓草地，其实没有多少草，地面人迹罕至，天上连鸟都很少见到。部队过草地的时候，已是秋天，而草地里的秋天不是个秋天，太阳高兴了出来了就像夏天，太阳不高兴了不出来了就是深秋和冬天，常常是雨一阵雪一阵，弄得人也是一会儿发烧一会儿发凉。

更严重的是，粮食很快就没有了。过草地的时候，每人准备了半个月的粮食，大伙省吃俭用，打算吃二十天，可是二十天过去了，前面还是望不到尽头，何连田的担子越来越轻，肚子也越来越饿。他本来饭量大，体力消耗也比别人大，几个年龄小一点的队员，实在走不动了，就把干粮袋偷偷地扔到何连田的担子上。

有一回，李璐把口琴扔到何连田的担子里，被韦芷秋看见了，韦芷秋说，你们不要这样，都把东西交给小何，会把他累死的。

何连田说，那敢情好，我劲大着呢。

其实，说这话的时候，他的腿杆已经摇晃了。

有一次休息的时候，何连田看着天空出神，韦芷秋问，小何你看什么？

何连田说，我在看天上，怎么一只鸟都没有？

韦芷秋一怔，说，是啊，天上一只鸟都没有，说明草地很大很大，前面的路还有很远很远，连鸟都找不到吃的。

何连田不说话，空洞的眼光看着远处。

再往前走，连宣传队也死气沉沉了，大家走路的力气都没有了，哪有力气搞宣传鼓动啊。只有高一凡和方圆，一路上都在嘀嘀咕咕，还经常搀扶在一起，好像四条腿走路。

刚进草地的时候，看着高一凡和方圆的四条腿，何连田感到非常痛苦，在瑞金红艺速成学校的时候，他就看见这四条腿交织在一起，跳什么外国舞。这四条腿常常让他想到驴，那要是一条驴就好了，可以帮大家驮东西，必要时也可以杀了吃肉。

自从有了这个想法，何连田就很紧张，他怕他饿极了，真的会拿一把枪朝那四条腿开枪，因为更多的时候，清醒的时候，他知道那并不是驴，这使他的心情很复杂。

在何连田的感觉里，宣传队就是一个家，这个家里，韦芷秋就是家长，王振寰要算副家长，郑振中虽然年龄最大，但是何连田内心并不想把他作为家长，最多就算个大哥。至于后来加进来的，譬如高一凡，何连田始终把他当作外人，连带方圆也成了外人。再譬如拉二胡的邓金湖和唱歌的李璐，何连田也不喜欢，特别是邓金湖，眼睛老是盯着他的担子，有点贼相。

刚进草地的时候，前锋部队在青奥跟国民党追兵打了一仗，双方都死了不少人，何连田高兴得很，部队都撤出战斗了，他还在死人堆里翻东西，找到了一点能吃的东西，悄悄塞在铜壶里，藏在担子底下。

有一次休息，何连田打火烧茶，悄悄地往旦面放了点糌粑，被邓金湖看见了，邓金湖咳嗽了一声，何连田明白他的意思，装着没有看见。

再行军的时候，邓金湖就跟在何连田的担子后面，有一搭无一搭地嘀咕，人为财死，鸟为食亡。何连田埋头行军，不理他。邓金湖又问，小何兄弟，你是穷苦人家出身吗？何连田哼了一声。邓金湖说，你知道吗，有个伙夫私藏粮食，自己多吃多占，被砍头了。

何连田心想，你吓唬我没用，我从来不多吃多占。

没想到酿成一场风波。邓金湖经过反复跟踪侦察，终于发现了何连田的秘密，郑重地向党代表王振寰举报，何连田私藏粮食，并且给韦芷秋开小灶。

王振寰其实早就知道何连田的行为，他知道何连田对韦芷秋是个啥感情，但是他一直没有说破。如今邓金湖大张旗鼓一举报，他就不能不当回事了，因为在长征路上，私藏粮食、偷吃粮食都是杀头之罪。

于是就召开讨论会，首先由邓金湖报告他发现何连田私藏粮食的经过，然后让何连田坦白。

何连田没想到他闯了这么大的祸，站起来结结巴巴地说，粮食是青奥战斗之后，从死人身上搜的，不是公家的粮食。

邓金湖说，那也是公家的，一切缴获要归公。

然后大家七嘴八舌地议论，王紫蓝突然站起来说，我揭发，何连田给韦队长当狗腿子，两个人搞小集团，韦队长总是护着何连田，不让他帮我拿手风琴。

然后大家就七嘴八舌地揭发何连田的错误。

韦芷秋这才知道，原来这几天，何连田一直在她的茶里放糌粑，难怪她比别人有劲。韦芷秋痛心疾首地说，确实是我的错，我应该早就警觉的，可是我，我没想到……不，是我有私心，多吃多占，才没有制止小何的行为……韦芷秋也不知道该怎么说了。

邓金湖说，韦队长你搞特权，只是问题的一个方面，另一个方面的问题更严重，这个何连田，他心甘情愿当狗腿子，腐蚀革命干部，他想干什么？

邓金湖的话把大家吓了一跳，是啊，他想干什么，这个问题大家过去没有想过，现在想想，确实是个问题。

郑振中说，何连田的问题是小问题，韦芷秋的问题是大问题，作为宣传队的队长，对何连田的错误没有及时纠正，没有及时加强教育，这种个人感情对革命是有危害的。

王振寰说，要说平时，何连田多照顾韦队长一点，也是可以理解的，因为韦队长贡献最大。问题是，现在是在草地上，干部的一言一行都影响着大家的情绪，如果用个人感情代替原则，我们的队伍你一伙，他一帮，那不就成帮会了吗？这是反动的封建余孽。

这样一说，问题更严重了。

何连田听出来了，他的问题连累了韦队长，这是他最不能接受的事情。何连田站了起来，沉痛地说，千错万错都是我的错，要杀要剐我一个人扛着，韦队长她什么都不知道。

郑振中说，何连田同志，你这是什么意思，你在抵触同志们的批评啊！

何连田说，我怎么抵触了呢，事情是我做的，就该我承担责任啊！

正在这时，传来一声冷笑，你们这是干什么？小何自己从死人身上搜的粮食，自己舍不得吃，帮助同志，怎么让你们一说就成了反革命了呢，真是莫名其妙。

大家一看，说话的是方圆。

方圆说，我到宣传队之前就认识何连田，红军在新惠打仗，吃了群众粮食，留下欠条，打了胜仗之后，让小何挑了一千块银圆到新惠赎回欠条，那时候，他有一百个机会携款逃走，可是他饿得要死，还是把银圆送到了新惠。过草地这一路上，谁做的事情最多，谁身上的负担最重，谁功劳最大，大家有目共睹。为什么就拿这么一点小事上纲上线，这是同志感情吗？我看你们是嫉妒，是自己想多吃多占。

方圆平时不怎么掺和宣传队的事情，这次放了一炮，振振有词，说得大家面面相觑。何连田知道方圆护着自己，眼泪都出来了。

方圆说话的时候，高一凡就坐在她身边，举着文明棍，做瞄准状。方圆用胳膊肘碰碰高一凡说，高教官，你对这件事情怎么看？

高一凡说，什么事啊？

方圆说，何连田私藏粮食啊。

高一凡哈哈一笑，世上本无事，庸人自扰之。我看你们是饿昏了头，没事找事当饭吃。

说完，拄起文明棍，起身拍拍屁股，看着远处说，他妈的，这草地，连土匪都不来，要是来了土匪打一仗，我敢把死人身上的肉挖下来炖汤，你们信不信？

7

这次会议不了了之，唯一的结果就是韦芷秋把何连田批评了一顿，说以后不要让她搞特殊化了，对同志要一视同仁。再找到粮食，大家都分一点。

何连田说，那敢情好。

嘴上这么说着，心里却不以为然，一视同仁那是不可能的，因为贡献有大有小。

上级给宣传队布置一项任务，每次行军，选择一个适当的地方，建立“宣传棚”，几个人往行军的队伍边上一站，精神抖擞地打竹板：

同志哥莫松劲，勒紧裤带干革命，往前再走二十里，萝卜炖肉热腾腾……

宣传队很多人原先不会打快板，过了一次草地，差不多都会了，何连田的快板打得最好，连王振寰都说，等走出草地，小何就不用当挑夫了，可以登台演出了。

萝卜炖肉谁也没有看见，但是自从有了“宣传棚”，好像人人心里都吃上了萝卜炖肉。特别神奇的是，又饿又累的战士，有的都想躺倒了，听到宣传队的快板，又站起来了。有一次何连田亲眼看见，在一个风雪的洼地里，有个战士正走着，抱着枪就睡着了，一头栽在雪地里，被韦芷秋看见了，冲上去连扯带拽，把这个战士拉了起来。韦芷秋说，起来起来，不要睡，等你牺牲了，有的是时间睡大觉，现在你给我起来，跟上。

那个战士梦游一般地说，我还活着吗？

韦芷秋照他屁股狠踢一脚，那个战士嗷地叫了一声，站了起来。韦芷秋说，你活得很好，记住，无论如何不能倒下，一旦倒下，你就再也站不起来了。

那个战士精神一振，回头向韦芷秋敬了一个礼说，首长，我记住了，我再也不倒下了。

据说，那个战士在后来翻越夹金山的时候，就是学了韦芷秋的办法，救活了很多战友。

再往前走，粮食更少。部队天天盼望打仗，跟谁打都行，只要能见到人，就有可能弄到吃的。

有一次休息，高一凡和方圆并肩坐在路边，何连田挑着担子路过，看见高一凡的双膝并拢，膝盖上横着文明棍，他的一只手悬在文明棍上，几个指头上上下下地动弹。

方圆问高一凡，你在干什么？

高一凡说，我在发电报。

方圆又问，给谁发电报？

高一凡说，给上帝，让他送点面包来。

何连田对高一凡的看法，就是从这个时候开始发生变化的，尽管草地上那四条形影不离的腿一直困扰着他，尽管流镇山坡上方圆在高一凡面前流下的泪水一直刺激着他，尽管郑振中在他面前说的那些话折磨着他，可是他还是觉得，高一凡是一个可爱的人，就像方圆说的那样，从年纪上看，高一凡是她的大哥，可是从性格上看，他就是一个孩子，一个被惯坏了而心地善良的大孩子。这样有钱人家的孩子，他参加红军，跟着他们一样受苦受累，他图的是啥呢，就算像郑振中讲的那样，他是冲着方圆来的，也不是一般人能够做到的啊！

上帝的面包没有送来，倒是敌情来了。

就在高一凡坐在路边“发电报”的那个下午，遇上了一支国民党军，后来听说是一个团。大约国民党军也没有想到，他们会在一个人迹罕至的名叫玛水岭的地方同一支红军遭遇。两军迅速占领阵地，双方都不摸对方的虚实，隔着阵地喊话。

就在这个时候，出了一个意外，高一凡突然从土坎后面跳出来，挥舞着文明棍，大摇大摆地向敌人阵地走去。

红军阵地上的官兵惊呆了，方圆和韦芷秋一起大喊，高教官，高一凡，你要干什么，你回来！

高一凡不理，继续往前走。方圆急了，跳出阵地就追，韦芷秋也急了，跟在方圆的后面追。

郑振中“咔嚓”一下把子弹装上膛，喊了一声，高一凡你回来，再不回来我就开枪了！

郑振中喊了几次，几次都把手指扣到扳机上，但是最终没有开枪。

敌人阵地上也是一片惊慌，噼里啪啦地拉枪栓，一片叫嚷，站住，你是什么人？

高一凡仍然视而不见旁若无人，挥舞着文明棍，向前大步流星。

韦芷秋追了一半，站住了，只剩下方圆，还是不管不顾地追赶高一凡。眼看两个人都进入敌人的射程之内，敌人阵地居然没有人开枪，就那么一直瞪着眼睛看着高一凡走上他们的阵地，方圆也随后跟了上去。

大约过了二十分钟，高一凡原路返回，龇牙咧嘴地挑着一个担子，担子两头挂着两个布袋，里面各有十多斤白面。后面跟着蓬头垢面的方圆。

回到红军阵地上，高一凡放下扁担，洋洋得意地说，看吧，软的怕硬的，硬的怕不要命的。老子本来就没有打算回来，可他们硬把老子撵回来了，怕老子有个三长两短。

韦芷秋看着高一凡，就像看一只稀有动物，板着脸问他，高教官，你是怎么弄到这些粮食的？

高一凡挥挥文明棍说，我让他们集合，问他们知道不知道老子是谁，他们说不知道。我说老子是高一凡，是蒋委员长的外甥，就这样，他们还给我敬礼。

韦芷秋问方圆，他真的这么做了吗？

方圆怔怔地看着高一凡，突然一咧嘴，哭了，一边哭一边笑，一边笑一边哭，上气不接下气地说，真的，他就是这么干的。这个人啊，这个混蛋，他把我吓坏了。

高一凡大大咧咧地说，有什么好吓的，反正就是一死嘛，我老高，不知道死了多少回了，可是他们谁也不敢让我死，连上帝都没有这个胆量。

二十多斤白面，给宣传队带来了天大的惊喜，但是王振寰只让大家吃了一顿面汤，剩下的，给高一凡留了五斤，其余的都送到纵队医院了。高一凡留下的五斤，也没有完全独吞，只是比别人多要了一个馒头，其余的还是分给大家了，还特意给三个挑夫每人多分一个馒头。

这二十斤白面，让宣传队又多活了几天。渐渐地，大伙都觉得，高一凡参加宣传队，不是什么灾星，这个人越来越可爱了。

白面吃完了，一天断粮，三天断粮，吃过白面的肚子，迅速又瘪下来了。宣传队第一次出现了饿死人的情况，首先死的是勤务队的两个兵，因为体力消耗太大。韦芷秋看不下去了，硬是把勤务队担子上的物件分给大家，自己背着一捆服装，像乌龟一样爬行。

8

走到四川和甘肃交界的地方，上级给宣传队拨来一百斤麦麸，党代表王振寰把何连田和另外两个挑夫召集在一起，严肃地说，这一百斤麦麸，关系到宣传队能不能走出草地，所以你们要保证绝对忠诚，每天每人分三两，一点不能偏心。

王振寰讲这话的时候，眼睛看着何连田，并说，小何你是组长，你负责分配，但是绝对不能有偏向。上次没有处分你，你要将功补过。

何连田说，那敢情好。

何连田嘴里是这样讲的，也是这样想的，但是每到分配麦麸汤的时候，他的心里都是七上八下的，手也抖得厉害。一到宿营地，有的拿着破瓷缸，有的拿着碗片，一律眼巴巴地看着他，就连一向仰着下巴的高一凡，在领麦麸汤的时候，也是一动不动地盯着何连田手里的勺子，那眼神好像在说，别忘了，我是替你说话的。

何连田确实会多给高一凡一点，不光是高一凡，还有方圆，再加上多给韦芷秋的，何连田自己每天只能分到一两麦麸汤。有一次急行军，何连田实在饿得走不动了，本来只想坐下来歇歇，没想到坐下就站不起来了，晕倒在路边的沟里。

何连田不知道他在草地上腥臭的水洼里躺了多久，他的耳朵里面尽是虫子的叫声。就在这叫声里，他似乎感觉身下有一股暖流，他突然变成了一条蚯蚓，拱着泥土往前爬行，泥土里不时有一种甜甜的味道进入他的口腔，蚯蚓的肚子滚瓜溜圆，终于又变过来了，重新长出了腿脚……

何连田压根儿不知道，他在水洼里梦见自己变成蚯蚓的时候，宣传队已经走出三里多路了，终于有人发现何连田不见了。郑振中的第一反应就是，何连田开小差了，因为何连田的担子里还有十多斤麦麸，而这个地方，向西不到四十里就能到汆迪镇，他完全有可能挑着粮食逃跑了。

邓金湖说，他肯定对上次批判会耿耿于怀，这回索性一不做二不休，溜之乎也。

郑振中和邓金湖这么一说，大家都不吭气，就连韦芷秋都拿不准，这回何连田是不是真的跑了。

方圆问高一凡，你说何连田会不会真的溜之乎也？

高一凡抬头看看天，不紧不慢地说，非生即死，一切皆有可能。

韦芷秋说，暂时还不好下结论，赶快回去找啊，说不定他饿昏在路边了。

一句话提醒了众人，郑振中叹了一口气说，他妈的，好不容易走了这么远，又要回去找人，找不到人，累也累死了。

顿了顿又说，这么办，韦队长我给你一个建议，咱们凭自愿，愿意回头找人的举手。

韦芷秋第一个把手举起来说，我相信小何不会溜号。

韦芷秋把手举了很长时间，王振寰才举手说，我是党代表，我有责任查清所有同志的行为。

韦芷秋说，我和党代表最好不要同时离开，郑编导我们两个人去吧，让党代表留在队伍里。

郑振中虽然很不情愿，还是把手举起来了。

王振寰说，那好，你们二位沿来路寻找，只找三里路，记住，不管找到找不到，三里之后即返回，我们在前面的宿营地等你们。

韦芷秋和郑振中简单地准备了一下，正要出发，突然听到一声喊，我也去，我的手风琴还在小何的担子上。

是王紫蓝。

三个人各怀心事，拖着沉重的腿，一步一步向前挪动。等他们找到何连田的时候，何连田已经站起来了，正准备挑上担子上路。王紫蓝最早看到何连田，惊喜得大叫，小何，小何，何连田，你还活着啊，你没有溜啊！

韦芷秋和郑振中都站住了，远远地看着何连田走近。何连田挑着担子，踩棉花似的，踉踉跄跄来到韦芷秋和郑振中的面前，放下担子，垂着脑袋说，对不起韦队长，对不起郑编导，我掉队了。

韦芷秋说，小何，你知道你这一掉队，把大家吓成什么样了吗，我就知道你是掉队了。

何连田看着韦芷秋和郑振中，正要说什么，突然，郑振中上前一步，盯着何连田说，小何，把嘴张开！

何连田愣住了，韦芷秋也愣住了，何连田愣了一下好像明白过来了，牙帮骨一阵哆嗦，猛地把嘴张开，张得老大老大。

韦芷秋看看何连田的嘴巴，发现他牙龈上沾着一点黑绿相间的东西，问道，小何，你吃了什么？

何连田说，我吃了什么，我什么也没有吃啊。

郑振中看看何连田的牙龈说，泥巴，小何你吃了泥巴？

何连田这才想起，刚才他梦见自己变成了一条蚯蚓，钻进土里吃泥巴，没想到是真的。

韦芷秋对郑振中说，现在你相信了吧，小何他没有偷吃麦麸。

郑振中讪讪地说，对不起，我知道我不该怀疑，可是……我也是被饿昏了，小何你不介意吧？

何连田低下头说，都是我不好，我不该掉队。

韦芷秋说，没有办法，这点粮食就是命，小何你的担子挑着宣传队的命，请原谅同志们不放心。

何连田说，那敢情好。

郑振中说，都清楚了，赶快赶路吧，同志们还在前面等着我们。

于是赶路，几个人往前走了一百多步，王紫蓝突然叫了一声，等一等。

大家吓了一跳，以为遇上情况了，韦芷秋唰地一下掏出手枪，侧耳聆听，好像也没有啥情况。

王紫蓝走到何连田的身边，掀开担子上面的麻袋，失声叫道，手风琴，我的手风琴，小何，你把我的手风琴弄到哪里去了?

何连田一怔，这才发现担子上的手风琴不见了，顿时急出一身冷汗，东张西望说，怪事啊，手风琴它就在担子里面啊，它到哪里去了呢?

王紫蓝一把揪住何连田，声泪俱下，小何，一定是你嫌重，把我的手风琴扔了，你给我讲实话，是不是你扔了?

何连田被王紫蓝推搡得东倒西歪，一连声说，对不起，我确实不知道丢到哪里去了，不是我故意扔的。

郑振中说，王紫蓝，不要纠缠小何了，马德并不爱你，你抱着他的手风琴干什么?增加重量，不值得。

王紫蓝说，马指导不爱我，可是我爱他，我不能把他的手风琴弄丢了。

韦芷秋说，宣传队就这么一架手风琴，丢了确实可惜，要不再回头找找?

郑振中向韦芷秋投来一个意味深长的笑容，找什么，昨天我就发现手风琴丢了，找不回来了。

王紫蓝盯着郑振中，突然松开何连田，抓住郑振中嚷嚷，不对，不对，今天上午出发的时候，我还看过小何的担子，手风琴就在里面。一定是你做了手脚，就在刚才扔的。

郑振中说，你说是我做的手脚，就算是吧，如果找到手风琴，你得自己背着，再也不要给小何增加负担了。

王紫蓝傻傻地看着郑振中，明白了，松开郑振中，跌跌撞撞往回返，果然在何连田躺过的水洼边上找到了手风琴。只是，从那之后，她再也不敢把它放在何连田的担子上了。

再往前走，麦麸也没有了，就只能吃树皮草根了。奇怪的是，即便断粮，部队多数人还是活着，特别是宣传队，似乎越活越精神。但凡宿营，何连田就带着他的挑夫小组，到水洼子里找东西，前面的部队一遍一遍梳篦式搜刮，鱼虾早就不见踪影了，但是何连田发现另外一种食物，在水洼的边角，寄生着一种生物，以后知道那东西名叫黑泥螺，一种似草非草、似虫非虫的东西。水洼越大，黑泥螺越多。就靠这个加上野菜，宣传队走出草地，人都活着。

眼看秋天快走完了，有一天正在走着，突然有人惊叫，看，看啊！

大家抬头看去，原来是一群黑色的大鸟从头顶上飞过，郑振中二话不说，从一名战士的手里接过步枪，举起来瞄准，高一凡在一边说，老郑不要打，见到鸟了，说明草地快走到头了，留下条性命。

郑振中听了这话，犹豫了一下，终于放下枪，怔怔地看着黑鸟远去。

果然，再走半天的路程，就隐约看见山脊线了。见到山了，说明草地快走到头了。

两天后，到达中阿坝地区，虽然人烟稀少，但是地里见到了一些庄稼，总算能喝上一碗稀饭了。

9

部队渡过黄河之后，在一条山同马家军打了一场恶仗，大伤敌人元气。战斗结束后，宣传队接到命令，根据一条山战斗情况，创作一台节目，既要鼓舞士气，又能对敌人产生瓦解作用。总部还下发了总部剧社创作的《打骑兵歌》

和《打骑兵舞》脚本，要各部宣传队学习，在此基础上提高，能够通过文艺节目，指导部队的战术动作。

自然是编导先拿方案。郑振中琢磨了半天，明白了上面的意图，愁眉苦脸地对韦芷秋和王振寰说，指导部队的战术动作，这是什么意思，这不就是让我们编教材吗？

王振寰说，不光是编教材，还要示范，我们的演出就是示范。

韦芷秋却高兴地说，我们宣传队的功能扩展了，上级就是要我们当教导队，这个任务很值得研究。

于是就研究，老办法，召开诸葛亮会，除了队干部，高一凡和方圆也参加了。韦芷秋说，我们现在面对的敌人，威胁最大的就是他们的骑兵，我们主要就是对付他们的骑兵。

王振寰说，我在战斗中注意观察过，他们骑兵冲击的时候，远处目标密集，但是步枪射程不够，近处射程够了，但是目标又分散。所以我们要研究，最佳的射击距离。

郑振中听了，愣了半晌才说，啊，党代表你很懂打仗嘛！

王振寰笑笑说，那是当然，我当过骑兵连的排长。

郑振中说，那你说说，最佳的射击距离是多少？

王振寰说，这个我也说不好。

韦芷秋说，我发现敌军的骑兵冲击很有规律，一般都是三百米左右开始整队冲击，冲击之初，呈纵队，目标虽然密集，但是正面小，排子枪射击，打中的都是最前面的目标，杀伤力不大。但是在距离我阵地二百米的时候，向两边散开，呈一个扇面，这个时候，正面最大，一阵排子枪，可以发挥最大的杀伤力。所以，最佳射击距离应该是阵地前一百五十米左右。

韦芷秋讲这话的时候，高一凡和方圆就在旁边，不知道高一凡从哪里弄了一支铅笔，还有几张白纸。韦芷秋一边讲，高一凡一边画，唰唰唰，几笔就勾出一支骑兵的队形，再唰唰唰几笔，画面上就出现了三条弧线，连成一个扇面。

方圆惊喜地叫道，高教官，你太了不起了，你怎么什么都会啊？

高一凡笑笑说，我在大学里读过一点数学与几何。

方圆说，啊，读过大学就什么都会啊，难道大学什么都教吗？

高一凡说，这是基本功，什么都学一点，什么都不精，谈不上专门家。

往后就热闹了，大家七嘴八舌，集体凑了一个《打马队歌》：马队来了不要慌，等它抵近再举枪，估算一百五十步，纵队变成“八”字样，此时正面全暴露，给它一阵排子枪……

不光有《打马队歌》，还有“打马队舞”，更有“打马队画”。再后来，又讨论出“正引侧打”“虚守实攻”等战术。在一次战斗中，何连田组织宣传队几个会口技的战士，把树叶当乐器，在正面吹出战马嘶鸣的声音，部队在侧面射击，从射击马头到射击马腹，射击目标增宽了几倍，打起来杀伤力大大增加。

为了感谢宣传队，部队送给宣传队一匹黑马，当然是伤马。何连田奉命到团部牵马，还带回来一个伤兵俘虏。回来的路上遇见高一凡和方圆，高一凡一看见马，两眼放光，高兴得手舞足蹈，老远就奔了过来，二话不说就往马背上骑，压得马腿一瘸一瘸的，马头高昂，嘴里发出愤怒的嘶鸣，看样子恨不得扭过头来咬高一凡一口。

方圆在后面大喊，高教官你干什么，马负伤了，你想把它累死啊！

高一凡这才注意到马是伤马，倒吸一口冷气，翻身下马，心疼地查看马屁股上的伤处。黑马却不领情，又跳又踢，还不时地朝高一凡打喷嚏。高一凡一边躲闪，一边在马脸前面扇动巴掌，好像挑逗它玩。忽然，高一凡停止了嬉闹，鼻子抽了抽，后退两步，又上前两步，再靠近马脸抽动鼻子，招呼方圆说，方圆，你过来闻闻，这是什么味道？

方圆小心翼翼地靠近马脸，也抽动几下鼻子，惊讶地说，酒，马嘴里有酒味。

高一凡怔了怔，把文明棍举起来，哈哈一笑说，我们的敌人厉害，他们给马喝酒。又用文明棍一指躲在一边的伤兵俘虏，你说，是不是给马喝酒了？

伤兵俘虏低眉垂眼，老老实实地说，不是喝酒，是吃酒。每次打仗前两天，他们都往草料里撒酒曲子，蒙上破麻袋在旁边烧牛粪，马吃了发酵的草料，不多一会儿就酒性发作，打仗的时候，就像醉汉，疯了一样往前冲。

高一凡怔了一会儿说，好，这回有好戏看了。

回到宣传队驻地，高一凡就让方圆找王紫蓝借手风琴，不知道从哪里又弄来了两匹马，让何连田把三匹马牵到院子外面，拉手风琴给它们听。

琴声很快就把宣传队的人引了过来，大家都弄不明白高一凡又要玩哪一出，只是觉得高一凡的手风琴拉得调门有些奇怪。

高一凡拉手风琴确实不熟练，刚开始的时候琴声忽高忽低，时快时慢，三匹马都瞪着眼睛，惊慌地往后退缩。渐渐地，高一凡熟悉了键盘，琴声就有板有眼了，一阵像风，一阵像雨。高一凡摸到了窍门，很是高兴，拉着拉着就闭上眼睛，摇头晃脑，身体也弯弯曲曲地左右扭动。

很快，大家就看出名堂了，那几匹马，由惊恐到好奇，由躲躲闪闪到蠢蠢欲动，马腿开始踏步，踏着踏着，就随着节拍，前前后后，左左右右，扭动腰肢，摆动屁股，跳起了马舞。

马跳人也跳，人和马对着跳。高一凡睁开眼睛，高兴地大叫，大家快来啊，我来教大家跳“马人圆舞曲”。

最先上场的不是方圆，而是王紫蓝。王紫蓝用当初敬仰马德的眼神敬仰着高一凡，起先还扭扭捏捏地不自然，跟着音乐的旋律跳了几下，很快也找到了感觉，跳得比马好多了。再然后，方圆上场了，韦芷秋上场了，郑振中和王振寰等人都上场了，连一向离群索居的李璐都上场了。

高一凡对韦芷秋说，他发现了新大陆，他要好好研究这个新大陆，将来再同马家军打仗，他就拉手风琴，拉“马人圆舞曲”，让敌军的阵地成为一个大舞场，几百匹马汇成圆舞曲的旋涡……高一凡在讲这话的时候，两眼朦胧，好像他已经看见了在蔚蓝的天空下面，在碧绿的草原上面，在枪林弹雨的缝隙里，有几百匹战马抬腿扭腚，翩翩起舞……

韦芷秋并没有把高一凡的话当回事，一笑了之。

从那以后，何连田发现，高一凡同他的关系好像进了一步。高一凡偶尔还会找何连田聊聊天，听他讲讲当红军以前的事情，给他讲讲演戏的事情。有一次还给何连田讲了莎士比亚，忘情地朗诵了一段“生存还是毁灭，这是一个值得考虑的问题……”。

何连田现在越来越喜欢高一凡了，可是这喜欢里面又有一种奇怪的东西，他隐隐觉得哪里不对劲，好像他做过对不起高一凡的事情。可是细细一想，又没有做过。后来就想到了方圆，他基本上认定了，高一凡和方圆就是天造地设的一对，方圆和高一凡的事情，跟任何人没有关系，跟他更没有关系。这样一想，心里反而长长地松了一口气。

宣传队研究的战术，得到集中检验，还是在土门坎战役那次，最受益的要数邹成卓，当时邹成卓担任总攻突击团的团长，打了一个漂亮仗，缴获了很多物资。

战斗结束后，在开往昌永的途中，邹成卓带着一个排，挑着战利品到宣传队慰问，邹成卓对韦芷秋说，你们发明的这些战术，有的有用，有的没用，有时候有用，有时候没用。但是总体来说，对部队启发很大，有了战术意识，不像过去那样守株待兔死打硬拼了。

韦芷秋说，那是当然，宣传队从它成立那一天起，就不仅是演出节目，要不为什么古田会议对宣传队那么重视？

过了两天，部队开到昌永，总部一位首长亲自到宣传队看望大家，在会上说，宣传队不仅培养文艺人才，还培养军事干部和政工干部，宣传队就是教导队。只要打仗，就不能没有宣传队。

首长讲话的时候，何连田就在外面站岗，听到首长的话，顿时觉得腰杆子挺直了许多。他庆幸那次在草地水洼子里没有死掉，那时候他只剩下一口气了，如果他眼睛一闭，那口气不呼吸了，那么他现在早就变成鬼了。

昌永休整后期，纵队又给宣传队补充了几个人，并且宣布任命高一凡为宣传队的副队长。宣布命令的时候，高一凡没有吭气，散会后问韦芷秋，这个副队长是个多大的官？韦芷秋说，宣传队是营级建制，副队长相当于营副吧。

高一凡一听就叫了起来，在国军部队当团副我都嫌官小，你们居然让我当营副，不干！

韦芷秋耐心地说，我们红军不讲官阶，当什么其实就是分工，我当队长能搞优待吗，多吃两口糌粑就要被斗争。

高一凡说，哦，是啊。我不当行吗？

韦芷秋说，组织已经决定了，你怎么能不当呢，你是穿着红军军装啊？

高一凡似懂非懂地看着韦芷秋，想了想说，那好吧，这个营副我就先当着，不合适了你们再换人。

任命是腊月初三宣布的，没想到腊月初五就出事了。

这天早晨，何连田刚刚带队出操回到驻地，老远就看见一群人围在那里，方圆的叫声老远都能听到，走近了才发现高一凡被绑住了双手，正由两个红军战士押着往外走。韦芷秋和方圆等人拦在一名干部的前面，吵吵嚷嚷。

韦芷秋说，高教官一直和我们并肩战斗，为什么突然把他抓走？

那名干部不耐烦地说，你认识这个人多长时间？

韦芷秋说，在瑞金，我们就在一起工作了。

那名干部说，可是在瑞金之前呢？

韦芷秋说，他当过国民党军官，可是他起义了，我们很多干部都是从国民党军队起义过来的。

那名干部说，可是，起义的干部中，有些是经得起考验的，有些是经不起考验的，而这个人，高一凡，他是国民党特务。

方圆叉腰横在那名干部面前，大声质问，你说高教官是特务，你有什么证据？

那名干部说，我当然有证据，但是我不能告诉你，这是秘密。

方圆转脸看着高一凡问，你真的是国民党特务？

高一凡嬉皮笑脸地说，我要是说我不是，你相信吗？

方圆愣住了，后退一步，突然冲上前去，用拳头擂着高一凡的胸膛说，可是，我要你说，要你自己说，只要你说不是，我就相信你。

高一凡没有马上回答，只是望着方圆，好一阵才说，我不能说。

方圆气急败坏地说，为什么，为什么你不能说？我偏要你说。

高一凡说，我自己也不知道，我是不是国民党特务。

高一凡这么一说，不仅方圆傻了，连韦芷秋都不知道该怎么说了。韦芷秋狐疑地看着高一凡说，你这话是什么意思？

高一凡说，我也不知道是什么意思。

说完，往上扬扬被绑住的双手说，对不起了各位，我高一凡，就此一别，后会有期。

何连田发现，自从高一凡被抓之后，方圆一天一天瘦下去，活泛的眼睛变得呆滞，他非常担心方圆走不出草地，但是，让他暗暗惊讶的是，方圆不仅活着，而且比以往还要活泛，只要有机会，就跟大伙聊天，聊着聊着就聊到高一凡的头上，还拿小本本记录。郑振中告诉何连田，方圆在整理高一凡留下的讲稿和画稿，她准备一旦有机会，就去找方面军的最高首长，为高一凡鸣冤叫屈。

有一次王紫蓝在何连田面前讲高一凡和方圆的故事，何连田禁不住说了一句，这些读书人啊！王紫蓝问他，读书人怎么啦，何连田没有回答。他知道，他和读书人是不一样的，读书人的事情他是不明白的。

十几天后，部队到达邱川，郑振中向大家报告了一个消息，原来，高一凡被抓，当真事出有因。郑振中说，大家还记得玛水岭高一凡到敌军阵地弄粮食的事吧，大家想想，高一凡有没有奇怪的举动？

韦芷秋说，他大摇大摆到敌人阵地，本身就很奇怪。

郑振中说，再想想。

王振寰说，他到敌人阵地，没有被打死，也很奇怪。

郑振中说，再想想，他手里拿的是什么东西？

大家沉默了一会儿，王紫蓝突然叫了起来，文明棍，文明棍，高教官的文明棍一直带在身边，他还用文明棍给上帝发电报，要上帝送面包来。

郑振中说，对头，就是文明棍，文明棍不是什么发报机，但是文明棍绝对有名堂。高一凡被抓到总部之后，全交代了，原来在卓尔康，他的狗腿子姚独眼跟他讲，国军追剿部队三个团长都接到指令，但凡红军这支部队里有人高举文明棍，一律不许开枪，所以高一凡能够大摇大摆地去要粮食。高一凡饿极了，就挥动他的文明棍。

这下大家都明白了，原来高一凡虽然跟随红军行动，暗中还是受到国民党军保护的，难怪他没有饿死。可是话又说回来了，高一凡也没有啥不好，毕竟弄来的粮食大家都有份。

事后韦芷秋问方圆，她知道不知道这回事，方圆老老实实地回答，高一凡的文明棍，确实是他的护身符，但是他并没有出卖红军的情报，用文明棍发电报纯属扯淡。

走出草地后没多久，传回来一个消息，红军情报部门经过调查，高一凡在伴随红军宣传队过草地期间，没有做过任何情报工作，反而帮了红军很多忙，总部把他的身份定性为"革命的同情者和支持者，红军的朋友和战友"。但是，基于高一凡身份特殊，不宜继续留在宣传队，如果他本人愿意，可以留在总部工作。

高一凡的态度是，如果不能留在红军宣传队，那他就不给红军添乱了。同这个消息一起来到宣传队的，还有高一凡的文明棍和一封给方圆的信。高一凡在信中说，走到哪里了？给我发个电报。

寒风中的杨啸波

叶兆言*

1

十四岁的杨啸波，站在凛冽寒风中，不停地哆嗦。天气很冷，突然就冷起来，没穿羽绒袄，东北风一个劲地呼啸，他冻得够呛。父亲老杨在家中匆匆待了三天，马上又要离开了，这一去，也不知道要去哪，不知道猴年马月才能回来。过去的这三天，老杨一直板着脸，几乎没跟妻子雨芳说过一句话，他们夫妻俩一直在赌气，在冷战。

等公共汽车的时候，老杨看着冻得直抖的儿子，叹了口气，意味深长地说：“小波，爸这次回来，就是想看看你。”

老杨很少回家，若是回家，用他的话说，也就是为了看看儿子。

杨啸波问老杨：“爸，你是不是外面有了女人？”

老杨不回答，杨啸波不依不饶追问了一句。

---

* 叶兆言，男，1957 年生，南京人，南京市作家协会主席。1974 年高中毕业，进工厂当过四年钳工。1978 年考入南京大学，1986 年获得硕士学位。20 世纪 80 年代初期开始文学创作，主要作品有八卷本《叶兆言中篇小说系列》，三卷本《叶兆言短篇小说编年》，长篇小说《一九三七年的爱情》《花煞》《别人的爱情》《没有玻璃的花房》《我们的心多么顽固》《很久以来》《刻骨铭心》，散文集《流浪之夜》《旧影秦淮》《叶兆言绝妙小品文》《叶兆言散文》《杂花生树》《陈年旧事》等。曾获全国优秀中篇小说奖、首届江苏文学艺术奖、华语文学传媒大奖等奖项。

老杨说："儿子，爸也不瞒你，过去有过，现在没有，绝对没有，以后有没有，不好说。"

公共汽车迟迟不来，在这城郊接合部，公共汽车什么时候能来，永远也说不准。父子俩站在寒风中，一时语塞，有些话说不下去，有些话说不出来，最后还是不说最好。过了一会儿，老杨又重重地叹了一口气，说自己做生意破产，现在外面欠一屁股债。他说人生一世，活一辈子，总归会上上下下，总归会好好坏坏，我当初也不是没赚过钱，来得容易去得快，要说我赚的那点钱，早都让亲亲戚戚给掏空了，不说别的，就你舅舅把应该给我的钱还出来，你爸我说不定就已经东山再起了。

又是一阵无语，杨啸波看着父亲，几年不见，老杨看上去苍老了许多，已经开始有白头发。他问父亲，你到底有没有做过对不起我妈的事。老杨说，这个事我怎么跟你说呢，真要说也是你妈不好，她先对不起我的，是她先做了不好的事，是她不想过了，不想把这个家维持下去。类似的车轱辘话，杨啸波听母亲也说过无数遍。他们都把过错归罪于对方，都认为是对方不对，都认为是对方对不起自己。

送走了父亲老杨，杨啸波一整日都闷闷不乐。母亲让他去李叔家，让儿子去还一本洗衣机的使用说明书，他不愿意去，最后还是很不情愿地去了。李叔的女儿叫李涵芝，穿着一件大红的羽绒袄，看到他，噘着嘴说你来干什么。杨啸波气喘吁吁，说有事要找李叔，来还洗衣机说明书，说是他妈叫他来的。还要让李叔去一趟他家，李涵芝一听这个，心里就不太乐意。杨啸波知道她为什么不乐意，他心里也不高兴。李涵芝憋了一会儿，气鼓鼓地说他母亲没安什么好心。杨啸波说你怎么知道我妈没安好心，李涵芝脱口说你妈就是个狐狸精。"狐狸精"三个字很刺耳，杨啸波原来是有些喜欢李涵芝的，大人的事，小孩子也管不了，管不了就不要管。李涵芝突然冒出的这几句话，让一直有点闷闷不乐的杨啸波更不痛快，立刻恼羞成怒。

杨啸波突然决定不再喜欢李涵芝，不仅是不喜欢，而且产生了一种要捉弄和报复她的心理。

杨啸波说："你凭什么骂我妈？"

李涵芝反问了一句："我骂她什么了？"

"说她是狐狸精。"

"她是不是狐狸精，你还不知道？"

杨啸波低着头走了，心头有一股怒火。到了黄昏时分，李叔如约前来，到了他家。杨啸波知道他会来，肯定会来。去汽车站送父亲回家，雨芳问儿子，你爸背后跟你说了什么。杨啸波没好气地回了一句，没说什么。雨芳就说要没说什么才怪呢，他那个狗嘴里，吐不出什么象牙。等到儿子从李叔家返回，雨芳又问李叔说什么了，杨啸波仍然回答没说什么，没见着人。雨芳看出儿子的不乐意，说上午送你爸，肯定跟你说了什么，他肯定又在背后说我坏话。杨啸波不吭声，雨芳又说你爹没问你什么话，就没问问家里情况，对这个家，他就一点都不关心。杨啸波板着脸说问了，雨芳便追着问，问了什么。杨啸波说他问你妈在家怎么样，老实不老实。

"你怎么说呢？"

"我说什么，没什么好说的。"

"什么叫没什么好说的，不要听别人瞎说那些没影子的事。"

"我没听见别人怎么瞎说。"

"没听见就好。"

李叔总是说来就来，来了就赖着不走，留下来吃晚饭，还嚷着要喝点酒。一边喝酒，一边与雨芳说话。雨芳让杨啸波赶快吃，吃完饭，回房间做功课，李叔对着雨芳表扬杨啸波，说听我们家小涵说，你们家小波学习不错，一直是班上的第一名。雨芳说，也不能说他总是第一名，有时候也会不行的，上一次就没考好。李叔继续夸赞，说再不行，再不好，也还是厉害，你儿子成绩要比我们小涵好多了。

杨啸波吃完饭，便去做功课。也不是真想做功课，只是想早点离开饭厅，离开眼前这两个人。他知道母亲和李叔现在是怎么想的，他们也都巴不得他赶快离开，越快越好。回到自己房间，耳朵里依然有外面的声音，他能够感觉到母亲的兴奋，只要和李叔在一起，她必定有说有笑。杨啸波不想再听他们的声音，打开电脑，套上耳机，开始播放音乐。

外面继续说笑，雨芳到儿子房间看了一眼，送了两个剥好的橘子进来，看见杨啸波已在做功课，便在他头上捋了几下，然后出去跟李叔说话。杨啸波不在了，她就开始更放肆，更肆无忌惮。直截了当地问李叔前前后后，究竟有过多少女人。李叔笑嘻嘻地说，你别听别人瞎说，都是瞎说，我哪会那样呢。雨芳说怎么样，李叔说就是跟别的女人，没有那些事。雨芳说我就是再傻，也不会相信，你就只有我。李叔乐滋滋笑了，说这个呢，我也不能瞒你，过去是有过别的女人，自从跟你好了，我发个誓你相信不相信。

雨芳说：“好吧，你就发誓。”

李叔说：“好，我真的发个誓，我要是还那样的话，就不得好死！”

雨芳说：“把话说清楚了，什么叫那样的话，到底是怎么样？”

李叔说：“好吧好吧，就是说清楚，我要是再跟别的女人有一腿，不得好死，这可行了吧。喂，我说喂，怎么样，你都听见了没有？”

雨芳说我听见了，鬼才相信呢，狗改不了吃屎，你会没有别的女人。李叔说当然，这别的女人，我老婆不能算对不对，公粮有时候还是要缴的，这些年，我都在你这里偷税漏税了。雨芳说不出是满意，还是不满意，说你到这时候，嘴还是贫，你就会嘴贫。李叔说我是不是把话说反了，在你这才算缴公粮，我老婆那里，那应该是偷税漏税。雨芳说你还嘴贫，李叔说不是我嘴贫，是你太火烧火燎了，自己男人刚走，就急吼吼地叫我过来。雨芳说你放屁，我什么时候叫你了。李叔说还说没有，谁今天让儿子去我们家了。

雨芳说：“去你们家怎么了？”

李叔说：“还怎么了，你说呢？”

2

从十四岁那年开始，杨啸波做出了一个决定，要捉弄和报复李涵芝。他不知道怎么捉弄，不知道怎么报复，这念头突然产生，一旦产生就不可阻挡，隐隐约约从此没离开过。那时候，很多事似懂非懂，说明白都明白，说不知道都不知道。对于雨芳，老杨管不住妻子，杨啸波这做儿子的，拿母亲也没办法。李叔显然不是个好东西，李叔显然是个坏男人。李涵芝是李叔的女儿，与杨啸波一样，他们本来都是无辜的，大人的事与孩子无关，但是她竟然会说杨啸波他妈是狐狸精，那就不再是无辜，不是没有关系，情况已经发生了变化，性质变得有些严重。杨啸波觉得自己必须要有所表示，必须要做出回应。他觉得自己如果能捉弄李涵芝，能惩罚一下她，就相当于在报复她爸。在当时，这好像也是杨啸波唯一能做的事，远比偷偷去砸他家玻璃窗更靠谱。

杨啸波此前还真这么干过一次，那是第一次听老杨说要离婚，父亲一本正经地让儿子选择，让儿子回答这个非常头疼的问题，老杨和雨芳离婚，他是跟老杨，还是跟他妈雨芳。杨啸波说我谁也不跟，我不要你们离婚。老杨恨恨地说，我看你还是跟你妈吧，她肯定抓住你不放。杨啸波非常伤心，立刻大哭了一场，当晚就跑去扔石头。李涵芝家在三楼，一连扔了好几块，只有一块砸中目标，碎没碎不知道，只听到咣当一声，吓得落荒而逃，跑得比兔子还快，好像已经有人看见他了。

杨啸波初次见到李涵芝，是小学三年级，在此之前，他们并不认识。那时候，他家遭遇到了拆迁，搬到了现在的市郊接合部。很大的一片小区，高楼林立，专门用来安置城市重新规划的拆迁户。李涵芝家早在一年前就迁过来了，那时候，雨芳与李叔已认识，所以选中这个小区，也是听从李叔的建议。老杨在忙自己的生意，往哪拆迁，选什么样户型，从不过问，都是女主人雨芳在做主。李叔说要选三楼，李叔说要选东边户，于是选了三楼，选了最东边一套房子。

然后就是搬家，就是转学，杨啸波与李涵芝在同一所学校，同一年级，不在同一个班。李叔带女儿到杨家做客，两个小孩子很自然地玩到一起去了，她喜欢跟他玩，他也一样，两人在一起玩得很开心。刚开始，关系很正常，两家经常走动，到你家包饺子，到我家涮火锅，两位女主人好得跟闺密一样，两个孩子也成了一起成长的好朋友。李叔十分热心，什么事都过问，什么事都帮着出主意。雨芳呢，恰恰相反，什么事都问，什么事都要李叔拿主意。渐渐地，正常便有些不正常，说出事就出事，应该做的事，不应该做的事，全有了。李叔老婆开始不乐意，开始吃醋，开始给雨芳看脸色。雨芳不再敢轻易去李叔家，有了事，就叫儿子过去招呼一声。到后来，两边家里开始吵架，吵得不可开交，刚开始干仗，也都瞒着自己孩子，都不最后撕破脸。

最后还是把脸撕破了，最后干脆也不再瞒自家孩子。因此，当李涵芝嘴里冒出“狐狸精”这几个字，杨啸波愤怒了，真的是彻底地愤怒了。他恨李叔，恨李叔夫妇两个，当然也恨他自己的母亲雨芳。杨啸波与李涵芝关系一直都挺好，从一开始，他就有点喜欢她，她呢，好像是更喜欢杨啸波。小学虽然不在同一个班，大家都知道他们是好朋友，都知道他们两家像亲戚一样。升了中学，两人干脆又是同一个班，成了一个班的同学，天天都要见面。很长一段时间，双方大人这种关系，两家都在闹别扭，他们作为无辜的孩子，都能够装作没事一样。大人吵大人的，他们照样玩他们的，现在既然李涵芝开始站队，口出恶声，说杨啸波他妈是狐狸精，首先把那层遮羞的窗户纸捅破了，杨啸波也不应该示弱，也应该有所表示。

第二天到了学校，下课期间，李涵芝正和一女生在过道上说话聊天。杨啸波从她们身边走过，那位女生五短身材，生性活泼，当初恰恰是通过李涵芝的介绍，是因为她的关系，才与杨啸波熟悉，看他走过来，主动与他招呼。杨啸波立刻热情回应，跟她扯东道西，非常热情，故意不看李涵芝，好像根本就不认识她。李涵芝见他竟然这样对待自己，竟然这样目中无人，而且还是当着其他女生的面，也把头扭了过去，也做出不理不睬的样子。她越是这样，杨啸波就越是来劲，故意与那位女生又有说又有笑，又动手又动脚，仿佛他们之间的关系，已经非同寻常，他和她的熟悉程度，已超过和李涵芝的友好关系。不仅如此，杨啸波还故意演戏，装模作样，压低了嗓子说话，似乎自己与这位女生之间，还有着不能让旁人知道的秘密，是可忍，孰不可忍，受到冷遇的李涵芝因此很愤怒，她狠狠地瞪了杨啸波一眼，扬长而去。

最初的剧情也简单，就是双方简单的不理不睬。杨啸波和李涵芝的语文老师叫刘亦艾，一个热心的文学青年，考大学前，参加过上海《萌芽》举办的“新概念”作文大赛，得了二等奖。师范大学毕业，当了中学语文老师，喜欢写作之外，她的最大心愿，是想让自己学生也能在类似的作文大赛中获奖，起码像她那样，拿到一个好的名次。刘亦艾组织了一个春苗文学社，杨啸波和李涵芝都参加了，李涵芝是她最看好的学生，文笔非常好，是她觉得最有可能在作文大赛中得奖的同学。

除了对李涵芝刮目相待，刘亦艾也很喜欢杨啸波，杨啸波属于那种能够全优的学生，语文数学外语，物理化学包括体育，门门功课都好。他是成绩排名靠前的尖子生，让杨啸波进文学社，是因为同年级的好多女生都喜欢他，他这样受欢迎的男生进入文学社，文学社人气立刻就旺了。刘亦艾注意到这两个人在闹别扭，悄悄地问杨啸波，问他为什么现在对李涵芝不理不睬，你们原来关系不是挺不错的吗。杨啸波便耍滑头，装委屈，说我也不知道为什么，反正是她不愿意理我的，她不搭理我，我又怎么能搭理她呢。刘亦艾又悄悄地问李涵芝，李涵芝一脸不屑，不说话。

刘亦艾便说：“你是不是有点喜欢他。”

李涵芝说：“我怎么会喜欢他，我根本就不喜欢他，我怎么可能喜欢他。”

刘亦艾觉得李涵芝这么回答，显然是有些喜欢杨啸波。女生喜欢杨啸波很正常，作为老师，她不赞成学生早恋，然而内心深处，其实也不特别反对，恋爱是人的天性，有些事拦不住的，拦不住就不用去拦。杨啸波不只学习成绩好，用时髦的流行语说，而且还很小鲜肉，很男神。刘亦艾老公也是中学老师，教高中，是体育老师，喜欢打篮球。十年以后，刘亦艾陪老公看 NBA，看到 NBA 的中方代言人蔡徐坤，觉得这个人脸很熟，很像她当年的学生杨啸波。

刘亦艾对老公说："他太像我当年的一个学生了。"

刘亦艾老公顿时一脸不乐意，说现在社会风气怎么会这样变态，女人都怎么了，动不动就喜欢小鲜肉，动不动就喜欢小白脸，一个个娘里娘气，你说就这模样，怎么打篮球，光长得漂亮有什么用。刘亦艾无话可说，她心里却在想，自己当年能看中老公，说白了，也是看他长得还说得过去，还算帅气，除了帅，她老公也没什么更优秀的地方。俗话都说郎才女貌，好像女人只可以爱男人的才，男人呢，都是喜欢女人的漂亮，为什么就不能颠倒过来，为什么女人就不可以在乎男人漂亮不漂亮。

为了在大赛中获得好成绩，刘亦艾对李涵芝进行了特别辅导，她有一篇打算去参加中学生写作竞赛的作文，内容是写一个不起眼的男生，长得也不算特别好看，女生都不喜欢他，可是偏偏有个女生，愿意去关心和帮助他，所谓关心，所谓帮助，其实就是描写了一种朦胧的爱。刘亦艾就和李涵芝讨论，问她为什么会这样写，为什么这位女生会愿意去关心和帮助一个不起眼的男生，为什么呢，一个不漂亮的男生，成绩又不好，又没有什么突出之处，你真会喜欢他吗。理由是什么，你应该写出理由，必须要有能说服人的生动例子，要能把他的可爱之处写出来。否则就不真实，真实是什么呢，真实就是大家都会喜欢成绩好长得帅的男生。举例来说吧，像杨啸波这样的同学，像他这样的男生，也许他人品并不好，可是他学习成绩好，人又长得帅气，体育也不错，女生喜欢他就会很正常，不是吗。

李涵芝脸顿时红了，红得发紫，不说话，好像是很生气，好像是不同意，小嘴噘了起来。

刘亦艾说："写作文，你要把喜欢和不喜欢一个人的理由写出来。"

因为提到了杨啸波，刘亦艾注意到李涵芝很有些不乐意。她注意到李涵芝的嘴角又情不自禁地撇了一下，仅凭这个细微的小动作，她更有理由相信，李涵芝喜欢杨啸波，杨啸波那么帅的男生，女生要是不喜欢才怪呢。

3

杨啸波和李涵芝最后一起升入了本校高中，升入本校高中可不是件容易事。九年制义务教育规定，学生必须就近入学。他们所在学区，初中免试可以进去，高中要考，虽然从本校升上去，有加分优惠，然而比例并不高。高中部是名校迁过来，全市重点中的重点，不是出类拔萃者，就读不了，大部分初中部的同学，直升不了这所高中。

杨啸波成绩好，排名总是靠前，直升高中应该没有问题。李涵芝的班主任朱老师是数学老师，与家长谈话，直截了当地告诉李涵芝父母，有些同学，譬如你们熟悉的杨啸波，他那样的成绩，肯定可以直升，然而像李涵芝目前这样，就有些悬了，努力一下，会有希望，稍稍有点松懈，就一定会被淘汰。朱老师要李涵芝父母意识到问题的严重性，现如今的残酷现实就是，进入一所好高中，远比考大学更难，也更重要。朱老师告诉李叔夫妇，不妨向他们熟悉的杨啸波家长咨询一下，问问人家，为什么他们的孩子成绩会始终不错，中间肯定有什么窍门，据她所知，好像也是请了什么家教的。

朱老师这么暗示，是觉得他们两家关系不错，并不知道已发生了这个那个。从学校回去路上，李叔不吭声，李涵芝母亲气不打一处出，说你为什么不能问问那个女人，她是怎么给儿子请家教的。李叔说这个我怎么问，我现在跟她已经没什么联系了。李涵芝母亲说我要是相信才真是傻呢，为了女儿，你问一问又怎么了。李叔叹气，说我们是真的没有联系，你不要逼我好不好。李涵芝母亲脸憋得通红，说我现在是不管你们有没有联系，我只是为女儿的升学着急，你们联系不联系，跟我没关系，我也不在乎。她说你为了女儿，跟她打个电话又怎么了，你就打个电话问问。

回到家，两人还为这事纠缠，吵架，李叔又是赌咒，又是发誓，而且也都不瞒着女儿。考上一所好高中，显然是太重要的事，这年头，没有什么比这更重要。李涵芝母亲为女儿的成绩着急，一个劲地死逼李叔，李叔一个劲地推卸。

一个说："我不打，这电话我不可能打。"

另一个说："必须得打，为了女儿，你就得打。"

说到后来有些不像话，李叔被逼得无路可走，说要打就你打，李涵芝母亲说你这是什么话，这还是人话吗，竟然要我给你的姘头打电话。李叔说你看你，怎么能当着女儿的面，这么说话呢，你这么说，这个电话我更不能打了。到最后，李涵芝母亲急了，说好吧，你既然死活都不肯打这电话，不敢打，大不了就是我来打，你不要以为我不敢。

结果李涵芝母亲还真的就给雨芳打了电话，这个电话打得很有勇气，很出其不意，接电话的雨芳一下子就蒙了，做梦也想不到对方会这样做，会为了女儿给她打电话。可怜天下父母心，为了孩子，为了女儿，李涵芝母亲竟然会硬着头皮给自己打电话。雨芳不禁有些感动，有些感慨，也更有些歉意。李涵芝母亲开门见山，说我还是直截了当地说吧，你跟我家男人的事，我们以后再计较，我们以后再算账，你们爱怎么就怎么，想怎么样就怎么样，眼下最让我着急的，是我们家小涵考高中，这是个大事，比什么都重要。

雨芳不吭声，李涵芝母亲气急败坏地说了一阵，有点说不下去。她这么一停下来，雨芳也不知说什么好，不知道应该怎么接，立刻有点冷场，气氛顿时尴尬。过了一会儿，雨芳说：

"上高中确实是件大事，我也在为我们家小波担心。"

"你儿子那么优秀，你还担心什么？"

"这个事，没最后定下来，都不好说的。"

于是两个女人为了自己孩子考高中，竟然放弃前嫌，很认真地进行了一番讨论。雨芳告诉对方，李涵芝的班主任说得不错，自己儿子成绩好，当然是与有好的家教有关，现在小孩的成绩，要想好，请了家教不一定有用，不请家教肯定不行。现如今的这社会，花钱不一定行，不花钱肯定是不行的，教育有时候就是真金白银。她告诉对方，自己有个小学同学正好做这个事，有一个非常好的补习加强班，收的都是尖子生，对提高考试成绩绝对有帮助，杨啸波就是因为上了这个班，才保持了那么好的排名。李涵芝母亲听了，让雨芳无论如何要帮这个忙，无论如何都要想办法把她家小涵加塞到这个班上去，花多少钱都可以。

“钱不是问题，这个班都是好学生，收费也不算特别高，”雨芳有些担心，“老师也都是最好的，就怕你们家小涵会跟不上——不过小涵很聪明的，我看没问题。”

“跟不上，也要上，总比不上好。”

“那是一定的，到这时候，钱就应该花在刀刃上，这时候不用钱，什么时候用呢，考高中这件事实在是太关键了。”

“我也是这么想。”

接下来，李涵芝在自己母亲安排下，通过杨啸波母亲雨芳的介绍，还真就去上了这个补习加强班。市教育局对课外补课有严格规定，不允许增设任何补习班。然而规定只是规定，只是红头文件，只是摆设，能不能严格执行，大家买不买账，又是另外一回事。事实证明这个补习班还是非常管用，有没有课外辅导的家教，果然大不一样，一开始，李涵芝也有点跟不上，毕竟高手如林，都是成绩好的尖子，强中自有强中手，很快年级排名往前走了，进步十分明显。

学校进行摸底考试，杨啸波毫无意外地进了前五，李涵芝从排名二百多甚至更靠后，居然进入前八十。这可是她有史以来的最好成绩，然后就一直在这个排名前后徘徊，好的时候进入过前五十，差一点也就是刚跌出一百，最后如愿以偿，直升进入本校高中部。

4

李涵芝第一次去补习班，和杨啸波一起去的。雨芳和杨啸波已在接头地点等候，李涵芝推着自行车与她母亲一起到达，到了以后，两个大人互相招呼，说了几句什么，就让李涵芝跟杨啸波一起骑车去上课。临分手，雨芳怕儿子肚子饿，给他准备了一根香蕉、一盒牛奶，同时也为李涵芝准备了一份，让他们课间休息时吃。李涵芝母亲看了有点不好意思，说你想得真周到，我怎么就没想到也给孩子准备一些吃的。雨芳说小孩子正长身体，容易肚子饿。

一路上都没话，快要拐弯了，杨啸波就回头看李涵芝一眼，她立刻心领神会。反正一路都跟着他就是，上课时，他们坐在一起，仍然是不说话，下了课也不说，仿佛不认识。以后很长一段时间，也是各上各的课，虽然总是坐一起，仍然不说话不交流。升入高中，两人变成了在一个班，刚开始，也还是不说话不交流，上课下课走在路上，跟不认识一样。李涵芝知道杨啸波是为当年自己说过的那几句话生气，知道他一直在为这几句话耿耿于怀。但是她不想道歉，她为什么要道歉，李涵芝知道杨啸波跟自己一样，她不想原谅他母亲雨芳，他自然也会在心里记恨她父亲李叔。

终于有一天，李涵芝对杨啸波主动开口说话，说我们一直这样假装不认识，真是没意思，太假了。当时教室里只剩下他们两个人，她说除非我们想一辈子不说话，一辈子不理不睬，否则这样假装不认识，很无聊，太做作。杨啸波很快乐地笑了，说我也觉得是这样，也觉得这样很无聊。其实他早就想开口，早就想跟她说话了，他怕她不理他。

李涵芝说："你觉得我会不理你吗？"

"我觉得会。"

"那好吧，我就不理你。"

从此烟消雾散，从此风调雨顺。这个小别扭，一闹将近三年。两人关系迅速升温，很快成了无话不说的好友。中学生早恋很普遍，到高中阶段，男生也好，女生也好，身后没有异性追求，是很没面子的事。杨啸波长得白净漂亮，学习又好体育又好，对他有想法的女生很多，是大家心目中的男神。李涵芝当然也有几个给她写情书的男生，那几个家伙都不怎么样，她不仅不喜欢，而且很失落，因为追她的男生都太次，太差劲，有时想想，比没人追还没面子。

李涵芝跟杨啸波什么都说，开诚布公，谁给她写情书，谁又送她什么。事实上，对自己有意思的那些男生都不怎么样，说明她在男生心目中，也不怎么样，起码是不够出色。都说王八配乌龟，半斤对八两，李涵芝觉得自己挺失败。杨啸波从来不说谁喜欢他，问他也不说，李涵芝听别的女生说有谁喜欢他，谁给他送过礼物，谁还给他写过情书，便问有没有这事，他一概不置可否，坚决不正面回答。李涵芝说，你还真是守口如瓶，要是我给你写过情书，你是不是也不会跟别人说。杨啸波说，你才不会给我写情书呢。李涵芝说我是说万一，杨啸波说根本不存在这个万一。

“万一有这个万一呢？”

“没有这个万一。”

“好吧，我们现在就来让这个万一，真的变成一个万一。”

李涵芝从作业本上撕了一张白纸下来，用签字笔在上面画了几个大字：

“杨啸波，我喜欢你！！”

杨啸波说你不要开玩笑，不要开这样的玩笑好不好。这情景仿佛又回到十四岁之前，又回到了李涵芝骂雨芳是狐狸精之前，那时候，他们两小无猜，整天打闹。李涵芝是个生性活泼的女孩，她总是喜欢欺负和捉弄杨啸波，杨啸波也喜欢被她欺负，被她捉弄。现在，他伸出手去，想抢那张纸，差一点就抓到。李涵芝笑着说，这张纸不能给你，给了你就说不清楚了。杨啸波于是便放弃，做出无所谓的样子，李涵芝放松了警惕，他突然伸出手去，一把将那张纸条抢了过来。李涵芝急了，扑在他身上，又把纸抢回来，然后撕得粉碎，然后像撒雪片那样，往杨啸波脸上扔。

谁也说不清楚这两个人，从什么时候开始，真正成为一对。仿佛小朋友过家家，大家只是从游戏开始，打打闹闹，玩着玩着便弄假成真。同学们都默认他们早就是一对，渐渐地，他们自己也习惯成自然，真的就是这么回事。很显然，并没有一个非常清晰的时间点，李涵芝觉得非要有所交代，只能从那天往杨啸波脸上扔碎纸片开始算。对于杨啸波来说，一方面，他确实喜欢李涵芝，有这么一个女朋友挺不错。另一方面，依稀还记得要捉弄和报复李涵芝，那是他十四岁时产生的一个念头，这个念头时不时地会跳出来骚扰一下。现在，形势终于发生变化，情况已完全不一样，再回味这念头，觉得很可笑。

高中生早恋既然不算什么事，杨啸波和李涵芝出入成双结对，在别人看来也很正常，遮遮掩掩反倒没有必要。转眼间，他们已是高三学生，都是好学生，知道的事已经太多，什么都懂了，该明白的都明白，毕竟搁在面前的头等大事，不只是卿卿我我，还有最严峻的高考。一次次模拟考试，一次又一次成绩排名，压得同学们喘不过气来。

早恋有时候是排除高考压力的有效途径，甚至是很好的催化剂，与杨啸波在一起，李涵芝成绩始终保持着稳定。相比之下，杨啸波的成绩却有所波动，有所下降。他变得心猿意马，时常魂不守舍，过去总是有什么难题做不出来，李涵芝需要向他求教，现在正好颠倒了，杨啸波经常会脑子进水，会偷懒，动不动还要问她题目怎么做，有时候干脆就抄她的答案。

5

那一段日子，杨啸波和李涵芝之间，说起来还都是中学生，典型的中学生早恋。除了没有真正的那个，该有的，不该有的，基本上也都尝试过了。李涵芝是真的喜欢杨啸波，一心一意，死心塌地，基本上是允许他做任何事，怎么样都行，唯一不能做的，只是不允许突破最后那道防线。在情感方面，她表现得要更主动一点，更丰富一些，而在情感之外，杨啸波又会更主动，更胆大，更直截了当，毕竟男生很容易冲动，更喜欢直奔主题。李涵芝答应杨啸波，高考一结束，不管考成什么样子，不管最后录取哪所高校，他们都要很好地庆祝一番，那时候做什么都可以，那时候怎么做都行。

也正是在那一段特殊的日子，最让人感到哭笑不得的一幕，雨芳与李涵芝母亲不仅相安无事，而且化干戈为玉帛，居然又恢复了往日友谊。她们找到了共同点，都觉得是自家男人不好，都怪罪和埋怨自家男人。男人都不是东西，李叔又跟别的女人搞上了，对于他，李涵芝母亲彻底绝望，李叔永远也不会安生，李叔永远也不可能老实。她因此觉得雨芳的老公，本质上也和自己丈夫差不多，也不可能太平，也不可能本分，虽然并不太熟悉这个老杨，但是她知道他们都是那种出了门，就不太愿意回家的男人。李叔不是个玩意儿，雨芳的老公老杨，肯定也好不到哪里去。

现如今的雨芳，没必要也犯不着，在李涵芝母亲面前为老杨辩护，说老实话，她因为自己出轨在先，一度只想着离婚，对老公在外面的情况完全不知道。好也罢，坏也罢，他外面到底有没有别的女人，雨芳是真不清楚。反正现在和李叔的老婆一样，也就是有一个形式上的婚姻关系，有个挂名的老公，男人平时都不回家，有跟没有其实是一回事。她们的生活中除了孩子上学，除了督促孩子准备高考，已经没有别的什么内容。

对于儿女的交往，两个做妈的既不太赞同，也谈不上特别反对。小孩子的事说不准，不就是在一起做功课嘛，她们现在都变得很现实，唯高考是问，只要两个孩子的成绩说得过去，只要排名不往下掉，也用不着管得太多。以后的事以后再说，李涵芝是女孩，她妈更多的提醒是女孩子要稳重，要知道保护自己，要懂得分寸，什么事都可以，那件事绝对不可以，因为最后受到伤害的永远会是女孩子。要说李涵芝母亲现在一点也不记恨雨芳，那是不可能的，她只是觉得杨啸波这孩子还行，读书好，成绩好，老实巴交，看上去好像也挺听李涵芝的话，最关键一点，与他在一起，女儿的成绩蒸蒸日上。

双方母亲的态度并不一样，李涵芝她妈先还是有点不赞成女儿与杨啸波走得太近，看到李涵芝的成绩不错，越来越好，就不太反对他们在一起做功课。雨芳则相反，她觉得自己反正是儿子，和女孩子在一起，未必就吃了什么亏。刚开始看出一些苗头，看到他们越来越亲密，也是听之任之，并不刻意反对，渐渐地看见杨啸波成绩往下掉了，开始有所警惕，有点担心，到后来，干脆直截了当地反对，说你们现在还是中学生，在一起复习功课可以，早恋绝对不允许，再这样，不要怪我告诉你们老师。

大人反对一点用处也没有，事实上，中学生早恋谁也管不了。学校开家长会，有家长向老师提意见，希望校方不要光想着抓成绩，一天到晚都是排名，要密切注意学生的早恋苗头，说我们把孩子交给学校，这种最容易影响学生成绩的事，你们做老师的应该过问，应该管一管。立刻就有家长站出来为学校辩护，说这都什么时候了，连这种事也要老师来管，老师管得了吗，自己的孩子你们管不好，管不了，是你们的事，是你们的责任，这个不能怪罪学校，学校管不了那么多。

中学生早恋已变得很普遍，光天化日之下，男生公开向女生示好，女生偷偷给男生递纸条，这种事情太多，多了也就不再稀罕。有时候也就是小孩子过家家，玩玩游戏，各自都是从众，都是为了一个面子，都是为了表示自己没有落伍。大家都有女朋友，大家都有男朋友，没有的同学便显得很没面子，很落伍。有时候，少男少女在一起好了还没几天，立刻分手各自寻找新的目标。有时候也会很过分，有点肆无忌惮，做的那些事听着都吓人。

李涵芝与杨啸波好了以后，并不知道那段时期，除她之外，他还在偷偷与另一个女生交往。她不知道杨啸波会三心二意，竟然还有一位地下女友。这位地下女友就是隔壁班的刘艳，瘦瘦小小一女孩，父亲是一家上市公司老总。这个刘艳胆子大得出奇，早在初中时就开始谈男朋友，男朋友经常换。她家在学校附近有套空关房，一个可供她独立使用的小巢。刘艳肆无忌惮地与男生在这儿约会，杨啸波第一次去她家，就是与他们班一个男生去的，那男生是杨啸波的哥们儿，这哥们儿为显示自己与刘艳非同寻常的关系，就带他和李涵芝一起去刘艳家喝巴西咖啡。巴西咖啡很苦，杨啸波和李涵芝并不觉得有什么好喝。

再后来，刘艳和杨啸波的哥们儿分手了，很快又和别的男生好上，这一次，是比她还低一级的同学，是个小学弟。有一天放学路上，杨啸波鬼使神差地遇见了刘艳，正好李涵芝那天没与他一起走，刘艳没骑车，问能不能送她一段。杨啸波觉得这毫无问题，让她跳上车，问要送她去哪，说我现在送你去哪都可以。刘艳说那地方你去过的，你还在那喝过咖啡呢，应该知道怎么走。说着，怕摔下来，紧紧搂住了他的腰。杨啸波一边用力蹬车，一边在想这情景，如果让李涵芝看见，肯定会不高兴。

刘艳一路还跟他开玩笑，说："你怕不怕李涵芝她会吃醋。"

杨啸波说："我又没做什么，她为什么要吃醋。"

刘艳说："吃醋这事，真不好说。"

送到了目的地，刘艳心血来潮地问想不想上去再喝点咖啡，杨啸波说不想喝，咖啡太苦，不好喝。刘艳说你太他妈老土，根本不懂咖啡的好喝。杨啸波说我是老土，反正就是觉得不好喝，不过，你要想请我喝，我也不会拒绝。与李涵芝相比，刘艳太容易上钩，她太成熟，像树上熟透的水蜜桃，一抬手就能摘下来，皮一弄破全是汁水。刘艳说你要是不怕李涵芝多心，就到我家玩一会儿，我们随便聊聊天，你敢不敢。杨啸波说我们有什么好聊的，有什么敢不敢的，嘴上这么说，已经把自行车锁了，跟着刘艳上了楼。

进了房间，刘艳仍然是用咖啡机煮咖啡，说不好喝我也要让你喝，喝喝就知道这咖啡好喝了，绝对好喝。杨啸波说你别说那么多，说多了，都是废话，我跟你说，不管好喝不好喝，我都喝。两个人开始无话不谈，说东道西乱扯，说着说着，话便有点出格。刘艳什么都问，杨啸波什么都说。听说他和李涵芝竟然还没真枪真刀过，刘艳笑得在沙发上打滚。杨啸波被她笑得不好意思，有些不知所措。刘艳说真的假的，你们在一起，光是摸来摸去，是不是憋得有点难受，很那个难受。刘艳又说，李涵芝她也是太不懂男生的想法，这真他妈的笑死人了，你们这是玩什么呢，有什么好玩的，干吗要那么纯洁，这么文明，一本正经的，有什么意思。

于是水到渠成，自然而然顺理成章，杨啸波和刘艳很快或者说立刻玩起了有意思的事。接下来，一发而不可收，距离高考的日子越来越近，杨啸波越来越快乐，越来越少年老成。高考压力对他来说并不太大，略微有些分心，好在这些分心，并没有太影响成绩，排名有所下降，也没什么大不了。结果就是鱼与熊掌兼而有之，又吃粽子又蘸糖，灵与肉都没耽误。有条不紊按部就班，与李涵芝你情我意，照样耳鬓厮磨，仍然是完美恋人。与刘艳则尽情放纵，赤裸裸的那种关系，各自瞒着自己男友和女友，负负得正，两个偷吃的坏家伙，快活得赛神仙。

世上没有不透风的墙，事情迟早都要暴露，好事坏事迟早都会曝光。李涵芝开始闻到风声，开始跟踪，开始抓杨啸波的现行。他有点狼狈，她要他说清楚，要他解释，问这到底是怎么一回事。杨啸波也不矢口抵赖，说这事我跟你说不清楚，真说不清楚。李涵芝说，说不清楚也要说清楚，有什么说不清楚的，大不了就是跟她那样了。杨啸波无话可说，最后就很强硬地来了一句，说那样了又怎么样，就算是我跟她那样了，也是她愿意的，她愿意，我也愿意，有什么大不了的。

李涵芝气得脸通红，红得发紫，半天说不出话来，憋了半天，说：

“当然没什么大不了。”

“我也觉得没什么大不了。”

“确实没什么大不了。”

于是两人就分手，当然要分手，必须要分手。这时候，距离高考差不多还有一个多月，所谓到了最后冲刺阶段。刘艳是准备出国留学，家里早已安排好，根本不担心考试，一如既往地逍遥自在。就在杨啸波与李涵芝分手的第二天，刘艳在学校二楼过道上遇到了李涵芝，她若无其事，还蒙在鼓里，笑着主动跟李涵芝打招呼，李涵芝板着脸，不理她。

刘艳竟然傻傻地问：

“怎么啦，跟杨啸波吵架了？”

李涵芝脸憋得通红，咬牙切齿，过了一会儿，气呼呼地说了一句：

“不要脸！”

刘艳没想到是这样，脸上的笑僵住了，半天都没反应过来怎么一回事，十分尴尬。

李涵芝紧接着还有一句：“狐狸精。”

刘艳事后把这事说给杨啸波听，他听了忍不住要笑，刘艳说你笑什么，这个一点都不好笑。杨啸波说反正我觉得挺好笑，都被人骂了狐狸精，还不好笑。刘艳说你什么意思，我是狐狸精，你又成了什么玩意儿呢。杨啸波说我就是被狐狸精迷住的小男孩，刘艳说你倒是真会形容自己，看你那一脸无辜的样子，跟真的似的，我们俩究竟是谁勾引谁了，这个事必须说说清楚。杨啸波十分得意，说不是很清楚吗，当然是你勾引我的，这还不是明摆着的。刘艳无话可说，说你才是不要脸，脸皮真厚。

杨啸波讪笑着接了一句：

“我确实有些不要脸。”

刘艳叹了一口气，说：

“李涵芝说的可能也对，我也是够不要脸的，我们都有点不要脸。”

其实这时候杨啸波心里想的，只是李涵芝当年曾这样骂过他妈，说雨芳不要脸，说雨芳是狐狸精。为了这事，他多少有些怨恨李涵芝，为此很不开心，谁愿意自己的母亲被人这样说呢。杨啸波当然不会告诉刘艳，他只是突然又回想到了几年前，回想到那时候李涵芝生气的样子。好在事情说过去也就过去，毕竟就要高考了，杨啸波开始感到紧张，开始用功，开始发力，开始拼了命做习题。

6

可惜李涵芝不是杨啸波，没有杨啸波的能耐，她的学习状态立刻直线下降，注意力变得非常不集中。中学生谈恋爱分分合合，本来也很常见，好了就好了，分了就分了。所谓见怪不怪，其怪自败，然而李涵芝一直都在纠结。她显然遭受到了极大影响，事实上，让李涵芝纠结，让她念念不忘，让她感到恐惧的，是自己在头脑发热的时候，曾通过邮件给杨啸波发过一段视频。

这段视频现在成了她的心病，说起来当然还是要怪她自己，只能怪李涵芝本人。与杨啸波分手，李涵芝并没有太多舍不得，她只是一直在后悔，在担心，害怕那段视频会泄露出去。情况显然有点糟糕，或者说很糟糕，非常糟糕。因为有了这段视频，什么样的坏事，都有可能发生，杨啸波既然能和刘艳那样，这家伙既然能那么坏，就很可能把她的那段视频播放给刘艳看，甚至还很可能会卖弄给其他男生看，这样的恶心事不是不可能。

自从有了这种担心，李涵芝开始坐立不安，李涵芝开始彻夜难眠。李涵芝傻起来真是没有底，李涵芝傻起来真是太傻了，当初只是杨啸波想要看个究竟，想要欣赏她的身体，他死皮赖脸地缠着她，要和她视频。李涵芝坚决不答应，因为害怕会被别人偷偷地在网上截屏。他也知道李涵芝不会答应，也不过是说说而已。然而出乎意料，有一天，天真的李涵芝突然就昏了头，在卫生间洗澡时，突然就失去了理智，突然就变得很疯狂，她竟然对着镜子，用数码相机为自己拍了一小段跳舞的视频，拍了还就真的给杨啸波传了过去。

实在是太疯狂了，太不可思议，女生为了自己喜欢的男生，为了讨好他，为了让自己喜欢的男孩子感到惊喜，真的可以不顾一切。结果就是高考前的那段日子，李涵芝一直忧心忡忡，李涵芝一直坐卧不宁，越想越怕，越怕越想，总觉得别人看自己的眼神有些异样。从刘艳闪烁的目光里，从与其他男生女生的对视中，她似乎都能感觉到一种不怀好意的暧昧。终于有一天，班上有个平时与她关系不错的女生，把李涵芝拉到操场上，看了看四周，看着不远处正在打篮球的男生，然后悄悄地问她，说怎么能把那样的视频，传给那个不靠谱的杨啸波呢，你人再傻，也不能这样，怎么能这样。

俗话说，是福不是祸，是祸躲不过。仿佛心里一块石块落地，李涵芝最担心的事情，终于还是成为现实。她觉得自己一直都在等待，一直在等待这件事情的最后落实。现在终于让她等到了，她的同学说得对，李涵芝确实太傻了，她觉得自己太可笑，太愚蠢。觉得全校男生都看过她的那段视频。她裸露的身体正在被无数双眼睛偷窥，不仅男生的目光在闪烁，盯着她不放，甚至还可能有男老师。教务处张主任是政治老师，上课的时候，只要是一看见李涵芝，眼神就立刻有些不太对劲。

消息毫无疑问是从刘艳那里传出来的，而且早就传开了，最初是她告诉了自己的小男友，小男友也往外说，渐渐地就悄悄地传开了。显然是杨啸波告诉刘艳的，他为什么这么做，是出于卖弄，还是为了报复，已经不重要，三言两语也说不清楚。李涵芝感到天都塌下来了，当时寻死的心都有。自始至终，她都不知道正在传开的是这件事，还是那段视频，反正沸沸扬扬，大家可能都知道了。这场风波经过发酵，终于成为学校里轰动的艳照门事件。

高考前一百天，学校里曾经开过一次百日冲刺誓师大会，那时候，李涵芝状态还挺好，排名靠前，信心十足，与杨啸波的成绩不相上下。现在，眼见着离考试还剩十多天，她开始变得非常焦虑，严重失眠，注意力怎么也集中不了。大战临头，又一次召开最后的励志班会，班主任安排了几个同学上台发言，最后自己又再次做热情总结。她告诫大家，高考还剩下宝贵的十几天，从现在开始，每个同学都要精打细算，都要充分利用时间，不让一分光阴虚度。希望每个同学拿到高考成绩时，都会自豪地宣布，人生能有几回搏，我们已经竭尽全力了，我们没有留下遗憾：

“决战的号角已吹响，同学们，爱拼才会赢！我相信，只要竭尽全力，只要奋力拼搏，完成最后冲刺，我们班一定能取得胜利，一定能。”

班主任总结完，同学们报以热烈鼓掌。然后参加此次励志班会的教务处张主任，又应邀说了几句。他说现在都到了这个节骨眼上，也没什么好说的，说什么都会多余，希望大家能够静下心来，适当地放松一些，要有一个健康平静的心情，要发挥出自己的正常水平。不管怎么说，思想健康才是最重要的，还是要讲政治，什么叫思想健康，什么叫讲政治，我想同学们应该懂得我的意思，如果思想不健康，你们考上再好的大学也没用。李涵芝觉得张主任这番意味深长的话，很可能就是针对自己，在他讲话前，他一直在盯着她看，他的眼睛一直都在说话。

结果李涵芝高考没考好，完全考砸了，第一场就没能考好，考语文，最擅长的作文，竟然没来得及写完，考砸了。数学也考得不理想，可以说很不理想，做过的习题竟然也会忘记。只有外语还算凑合，最后仍然是没达到一本线，勉强刚够二本。这个成绩出乎所有人意料，太不正常，完全不是她的真实水平，此前她在学校的排名，一直维持前六七十名，最好的时候，还进过前三十，按照这个名次，考进一本线，进一所好大学，应该十拿九稳。

杨啸波却是出人意外地考得好，表现出了强有力的后劲，他是学校第一名，在全市并列第三。公布成绩那个晚上，接到无数的祝贺电话，学校向他报喜，媒体向他采访，北大和清华的招办向他发出热情邀请。公布成绩的第二天，上网接收电子邮件，杨啸波接到了一封来自李涵芝的信函，一封没有标点符号的信，上面密密麻麻全是：

“你去死你去死你去死……”

这是一封带着太多仇恨的邮件，杨啸波立刻意识到，李涵芝肯定是考得不太好，肯定是考砸了，否则她不会这么疯狂，不会这么歇斯底里。至于具体是如何不好，他也不想知道，反正现在他们已没什么关系。之前为了跟刘艳的偷偷往来，他多少还有些歉意，现在寄来了一封这么歹毒的信，他们也就算恩怨彻底了结，也算把欠账还清了。此时的杨啸波正春风得意，他又一次想到了当初，想到了十四岁那年，那时候他们还是小孩子，他去李涵芝家找李叔，李涵芝突然咒骂雨芳是狐狸精，杨啸波忘不了她当时的神情，忘不了她愤怒时的样子。冥冥之中，有些事几乎是命里注定，一刹那间，他觉得自己有意无意，终于达到了捉弄和报复的目的。

李涵芝复读一年，又吃了一年苦，最后也就勉强考了个一本，进了一所非常普通的高校。杨啸波则选择上北大医学院，校方给他的条件非常优惠，八年制，本科加上硕博连读。到了北京，学习压力有些大，都是全国各地顶尖的学子，一个个都是人精，都是学霸，与这些同学为伍，除了压力大，杨啸波还感到很无趣。或许是第一次离家出远门，到了圣诞之夜，突然觉得非常寂寞，一种从未有过的孤独。他开始无限地想念刘艳，想念李涵芝。

想念刘艳，是因为她刚从国外给他打电话，人到了国外，想法就会有些改变。此时此刻，除了与杨啸波一样感到孤独，她说他们两人对李涵芝应该有所歉意，应该向她道歉。刘艳说他们最大的错，不是两人的那种关系，她并不觉得那事应该后悔，而是杨啸波不应该让她看李涵芝的那段视频。

刘艳在大洋彼岸那头指责他：

“杨啸波，这个事做得太过分了，你很无耻。”

当然，刘艳不光指责杨啸波，她也检讨自己：

“我也错了，我是更不应该，我竟然也会跟别人去说，这不对，太不对了。杨啸波，我们真的太不应该，你可以不喜欢她，不爱她，可是我们不应该这么伤害她，我们做得太不好了，我们有点缺德。”

挂完电话，杨啸波开始第一次认真思索。事实上，他一直都在回避这个问题，他从来不去想这件事。事情早已翻篇，过去已经过去，该结束的都结束了。多多少少，他也知道一些李涵芝的情况，知道她在复读，知道她死活不肯也不会再原谅自己。暖气很足，宿舍里太热，就只有他一个人，其他同学都出去参加圣诞活动，他觉得很寂寞，决定到雪后的校园里去走走，让自己的头脑变得更清醒一些。

这时候，无论是刘艳，还是李涵芝，只要能有一个人在他身边就好了。杨啸波很想跟她们说说话，聊聊天，被她们骂几句。他甚至很想能触摸到她们，也更想被她们所爱抚。现在，杨啸波是真的想念她们，他太孤独，他爱她们，他需要她们，无论是谁，只要她现在愿意说出一个爱字，他就可能向她保证，发誓爱她一辈子，向她求婚，然后白头到老，一辈子都只爱她一个人，他愿意为她去死。

校园雪地里很冷，因为房间里热，杨啸波并没有穿多少衣服出门。很快，一种刺骨的寒意，向他奔袭过来，他打开手机，给李涵芝打电话，回答显示这手机号码已经停止使用。杨啸波又跟过去的老同学联系，问知道不知道她的新号码。老同学很吃惊，说自己并不知道，不过他真想要，她可以拐弯抹角帮他找到。于是杨啸波便在寒风中等待，很快新号码以短信形式发了过来，杨啸波立刻拨打过去。

电话通了，对方并不知道是谁打的，杨啸波也已经换了新的手机号码，喂的一声，紧接着又是一声“你好”。杨啸波心口嗵嗵直跳，不知道怎么开口。对方又问你是谁，杨啸波刚说我是杨啸波，对方立刻把电话挂了。再打过去，不接，接了又立刻挂了，再打，再挂。杨啸波知道李涵芝不肯原谅自己，她不会原谅。这时候，他并不希望她能原谅自己，只是想向她表示歉意，向她表示悔恨，而且更迫切希望的是，她能够好好地骂他一顿，痛骂他一顿。

连续拨打了许多次，杨啸波相信李涵芝不可能再接自己的电话。这么一次次地拨过去，对方一定是更讨厌他了。不仅对方会觉得讨厌，杨啸波自己也觉得很讨厌，他真的很讨人嫌，让人厌恶。寒风刺骨，他知道再这么冻下去，肯定要感冒，肯定要生病，于是重新回到宿舍，在手机上给李涵芝写了一封很长的道歉信，刚写完，觉得写得太差，装腔作势，既没文采，也不够真诚，根本说不到点子上，于是立刻又全部删除。想起她曾经给他写过的那封电子邮件，便一口气写了许多个“我该死”，用“我该死我该死……”组成了一段短信。

宿舍里很暖和，手机上短信发送出去，杨啸波完全缓过来，身上寒气已被驱逐。他的心情开始变好，寂寞和孤独的感觉，一下子消散许多。过了一会儿，外面突然有了动静，有人在欢呼，杨啸波一下子没反应过来怎么回事，走到窗口去看，原来是到了零点，洋人的新年到了。雪地里树丛旁灯光下，有几对年轻人在拥抱，在亲吻，在相互扔雪球。

杨啸波突然有了一种可以与往事告别的感觉，在此之前，高考并不意味着结束，进北大医学院也不是，甚至与李涵芝的分手都不能算。他觉得只是从现在开始，自己才重新蜕变，又一次获得了新生。窗外还是冬天，然而杨啸波的内心世界，已经提前进入了春天。一切都好像是从现在才能算重新开始，杨啸波要正式开始过一种全新的生活，要与过去告别，要开始交新的女朋友，要开始一场新的恋爱。

接下来，杨啸波很快就有了新的女朋友，像他这样的优质大学生，找个女朋友并不是什么难事，当然要真想遇到理想和合适的，也不是太容易。前前后后有长有短，不是自己受不了对方，就是人家不要他，直到遇上了邵一琪，一个心直口快的北方姑娘，他们的关系才算是比较正常。邵一琪是北京人，人高马大，很健壮，很强悍，与杨啸波相处了一段时间，大发感叹，说她觉得自己与南方人可能合不来，没想到感觉还不错。

邵一琪是北大商学院的学生，对杨啸波的以往历史毫无兴趣，但是很在乎他现在的所作所为。她警告杨啸波，说我们显然都属于那种有过前任的人，现在我和你既然已是这种关系，我希望大家开诚布公，既往可以不追，当下必须认真，不要再玩什么暧昧，你应该懂我的意思，过去的事，结束就是结束，过去就应该过去。为了表示正式，她又用英文把这个意思说了一遍。

可惜这段关系最后也是无疾而终，持续了两年，邵一琪提出了分手。分手的原因不是两人不再相爱，而是她计划要到国外去读研。说起来挺让人烦恼，现实就是这么残酷，对于正在求学的年轻人来说，要出国的和不准备出国的，基本上是南辕北辙，就相当于三观不同，注定是要分手的。与其晚分，还不如早分，反正迟早都是分，都要分。等到以后闹了别扭，大家对对方开始有了恶感，非要等到这时候才分手，又是何苦呢。

于是就非常友好地分手，大家还是好友，结束的只是那层关系。再后来，邵一琪要出国，临走请客，把前男友召集在一起喝酒。酒喝得很痛快，前男友们十分和气地坐在一起，谈笑风生。除了杨啸波，都带着自己的新女友，有前男友问他究竟有没有女友，没有是一回事，有了不敢带过来，又是一回事。邵一琪说我了解杨啸波，他肯定没有，要有的话，会带来的，他不是那种喜欢藏着掖着的男人。

7

邵一琪相信杨啸波与自己交往时，心里只有她一个人，事实当然不是这样，完全不是那么一回事。实际上，他们处对象同居期间，刘艳回国探亲，偷偷去北京跟他见过一次面。除了这事，杨啸波对李涵芝也始终念念不忘。对于杨啸波来说，很长一段时间，邵一琪就是刘艳和李涵芝的合体，她起到了替代她们两个人的作用。因为有了邵一琪，杨啸波面对学习压力，能够静下心来认真读书，能够把书读进去。

杨啸波觉得自己是个很实在的人，只要对方愿意，只要对方不拒绝他，跟谁都可以过上一辈子。他觉得自己属于那种不太愿意把时间花在情感问题上的男人，邵一琪也好，李涵芝和刘艳也好，只要她们松口，杨啸波都可以和她们立刻步入婚姻殿堂。很显然，到目前为止，基本上是女生主动选择与他分手，他始终是被动的，身不由己的。如果非要进行比较，他可能更在乎李涵芝。

从大一的第一个情人节开始，每到这一天，杨啸波都会悄悄地给李涵芝寄点小礼物。寄什么颇费心思，他害怕邵一琪多心，又害怕李涵芝不喜欢。刚开始石沉大海，寄了跟没寄一样。这恰恰很符合杨啸波的心意，寄了是自己心里暗自高兴，没有回声，正好省去很多麻烦。邵一琪平时大大咧咧，她可不是一盏省油的灯，真让她知道了，她那个火暴脾气，眼睛里揉不得沙子，准保会让杨啸波吃不了兜着走。

和邵一琪分手后，他的胆子开始大起来，开始肆无忌惮。到了本科四年级的情人节，杨啸波不仅给李涵芝寄礼物，还破例夹了一张明信片在里面。这一下，算是彻底惹恼了李涵芝，因为打开礼物时，她男朋友就在旁边虎视眈眈盯着。虽然明信片上没有任何出格的话，都是些最平常的祝福，可是选择的日子不对，引起不必要的口角便在所难免。于是一场风波过后，李涵芝也破例给杨啸波打了电话，劈头盖脸把他一顿痛骂。

这是多少年来，杨啸波第一次听到李涵芝说话，他很意外，很激动，也很享受。李涵芝说你这人稍稍要点脸面好不好，你就当自己已经死了好不好，或者说你就当我死了好不好。杨啸波说我确实死了，当年的那个杨啸波早就死了，我已经死了，你现在就是在跟一个死人说话。李涵芝说你想干什么，你到底想干什么。杨啸波说我什么都不想干，我只想听听你的声音，只想让你骂骂我。他很矫情地表演着，说多少年了，我一直都在这么想，我就想听你骂我，我一直在等这一天。

“你浑蛋！”

“我是浑蛋。”

“你是王八蛋，你是全世界最下流的人，你是狗屎，你什么都不是，什么都不是——你不是要找骂吗，那好，那很好，今天我就骂个痛快，你就是狗屎，你就是王八蛋，你是神经病——”

李涵芝在电话那头痛哭起来，一边哭一边骂，一边骂，一边哭。杨啸波很难受，同时又十分享受，非常享受，心情无比舒畅，一溃千里一泻万丈的痛快。他现在最担心的是对方会突然把电话挂掉，果然骂着骂着，没声音了，李涵芝把电话挂掉了。再打过去，对方又把电话掐了，再打再掐掉，再也没接通过。

当天晚上，杨啸波做了一个梦，梦到了李涵芝，李涵芝穿着一袭红色长裙，个子似乎也变得高大，但是说话的语气，脸上的表情，还是当年那个小女生。

梦中套着梦，梦中的杨啸波知道自己是在做梦，因此他在暗自祈祷，希望这个梦不要醒，最好能一直做下去。美梦不可能成真，如果能一直做下去，或者稍稍多做一会儿，也是件非常美好的事情。李涵芝眼泪汪汪，在梦中轻声地责问杨啸波，她仿佛看透了他的心思，说他对她始终念念不忘，对她贼心不死，无非是在后悔一直没有真正得到她，她恨恨地说，杨啸波所以还在死皮赖脸地纠缠，不就是为了达到那最后的一步。

杨啸波觉得自己确实有点后悔，很后悔，如果事情迟些暴露，定时炸弹迟些爆炸，等高考平安结束，李涵芝也考好了，也没有失误，那时候两人再分手，两全其美，对大家都好。她当初不止一次允诺，杨啸波觉得不只他自己，实际上李涵芝也在渴望那美好的一天到来。高考是个巨大的黑洞，他们被笼罩在一片黑暗之中，痛苦而不能自拔，慌乱又走投无路。杨啸波觉得当时自己的过错，不在于他做错了什么，而是自己没做什么。他不应该扬长而去，他不应该自顾自，不应该把李涵芝一个人丢在黑洞里。杨啸波一生都应该为此忏悔，都应该为此赎罪。

这以后，到了情人节，杨啸波不再给李涵芝寄礼物。他将日子改成了三月十五日，这一天是“国际消费者权益日”，有全民打假的意思。杨啸波不再胡乱买东西，他只是给李涵芝寄几本书，寄自己喜欢看的小说，想象中她也可能喜欢读一读的文学作品。一个人寂寞的时候，无聊至极，他会偷偷地打开电脑，从一个特殊的文件夹里，将李涵芝的那段视频调出来欣赏。这是他的个人秘密，男生电脑里有些色情图片和视频并不算什么稀罕之事，杨啸波把这段视频藏在一个神不知鬼不晓的文件夹里，没人会想到怎么一回事。

杨啸波忍不住就会拿李涵芝跟刘艳和邵一琪做比较，刘艳好瘦好小，邵一琪太健壮。这种比较很无聊，既下作又无耻。断断续续，他还有过几位女友。与杨啸波一样，李涵芝这些年也没闲着，也交过好几位男友，其中一个还是杨啸波当年关系挺不错的哥们儿。过去许多年，虽然从未见过面，李涵芝的各种消息，他多多少少还是能知道一些，知道她跟谁好了，跟什么人又刚刚断了。

有一年回家探亲，中学同学聚会，说好李涵芝也要过来，结果等到最后，她并没有来，大约是听说杨啸波要去，临时改变了主意，说明她根本就不想见他。

转眼之间，硕博连读的杨啸波就要毕业了，他的导师正在为他今后的工作做安排，留在北京没有任何问题。就在这时候，他突然得到一个十分确切的消息，李涵芝已领了结婚证，正在准备操办喜事。男方是个干部子弟，官不大不小，大学本科毕业，换过几次工作，刚到一家收入稳定的事业单位上班。突如其来的消息，让杨啸波有种莫名惆怅，感到说不出的别扭。他自己刚结识一个新女友，各方面条件综合起来看，都觉得挺般配。新女友大他一岁，也是本科毕业，也是干部子女，父亲是外省进京的京官，官不算太大，不算太小。用介绍人的话说，杨啸波个人条件虽然不错，前程似锦，女方父亲官要是真太大，也不一定能看上他，官太小了，他也未必看得上人家。

那一天，杨啸波被邀请去见女方父母，约好上午在一家茶馆见面，大家一起喝茶。给他的印象，更像是一场求职面试，女方父亲问了几个问题，女方母亲又接着问几个问题。然后是女友与自己父母聊天，说一些与他完全不搭界的事。再然后，杨啸波与女友一起去看电影，一部首映的好莱坞大片。女友买了一桶爆米花，两人一边吃，一边看。吃完爆米花，两人的手就握在了一起，一直握到把电影看完。看完电影，杨啸波有点心不在焉，一路也没什么话，也不提再吃点什么，把她送回家，掉头直奔火车站。

直到火车开动，杨啸波都没想明白他究竟要做什么，完全不知道自己应该怎么做。他只是决定要去见李涵芝，这想法很突然，一旦有了，一旦决定了，便没有办法再更改。高铁很快，三个多小时后，他已经回到了自己熟悉的那个城市。从火车站出来，天还没黑，杨啸波犹豫了一下，直截了当地去李涵芝家。这是个非常大胆又有些失去理智的决定，不一会儿，出租车到了李涵芝家楼下。

从出租车上下来，杨啸波往四下里看了看，给李涵芝打电话，打了好几遍，她终于接了。他让对方猜自己在哪，李涵芝没好气地说，我怎么知道你在哪。杨啸波说我就在你家楼下，你从窗口探出头来，就能看到我。她感到很意外，说你真是疯了，发什么神经，你怎么知道我家在哪，你现在人到底在哪。李涵芝告诉他自己已不在原来的地方住，她父母还住在那，她早就搬出去住了。

很快两人在离李涵芝新房不远的一家茶馆见面，这家茶馆的装潢，与中午跟新女友父母见面的那家风格非常相似，感觉就是同一家连锁店。一想到这个，他忍不住想笑。李涵芝问他为什么笑，他也不隐瞒，把中午的事说给她听，一边说，一边傻笑。李涵芝听了也笑，也是傻笑，笑了一会儿，一本正经地问他新女友是干什么的，漂亮不漂亮，问他为什么会忽发奇想地来找她。杨啸波便解释，说自己听说她要结婚，脑子里突然全是这个消息，全是一些奇怪的念头，全是一些不甘心，于是就冒冒失失地跑来了。

李涵芝冷笑说："我结婚，跟你有什么关系？"

杨啸波说："是呀，我也在想，你结婚，跟我有什么关系。"

"真是莫名其妙。"

"确实有些莫名其妙。"

两个人都不说话了，沉默了好一会儿，开始一个劲地喝茶。杨啸波盯着李涵芝看，目不转睛地看她，李涵芝被他看得很不自然，有点不好意思，先是不愿意看他，不想理他，接着狠狠地白了他一眼。杨啸波开始搭讪，说这么多年没见，你一点都没变，还是那样，我们这是多少年没见面了，差不多有八年吧。他只是嘴上这么说，其实李涵芝怎么可能没变化，她显然成熟太多了，早已不是先前的中学生模样，起码那胸就比以前大得多。李涵芝注意到他死死地盯着自己的胸口看，又白了他一眼。

杨啸波自言自语地说：

"我也没想到自己会真的过来。"

杨啸波对她说出了自己此行的目的，说我不希望你和别人结婚。李涵芝听了很意外，脸红了，说不要乱开玩笑好不好，你到底有什么事，是过来出差，还是有什么事要办。杨啸波很认真地说，我没有开玩笑，我就是为这个来的，没有开玩笑，我不希望你和别人结婚，我不愿意你这样。李涵芝的脸色顿时变得很难看，有些愤怒，说这个你管得着吗，我结婚不结婚，跟谁结婚，关你什么事。

北方很冷了，杨啸波已穿上了羽绒袄。南方还只是深秋，刚开始有点降温，穿着厚厚羽绒袄的杨啸波表情看上去非常夸张。他的脸上开始冒汗，头发全湿了。服务员过来加水，问他们要不要来两份简餐，杨啸波有点尴尬，看了看李涵芝，说好的，来两份，我还真有些饿了。李涵芝说我不饿，要吃的话，你吃好了。杨啸波也不管她吃不吃，坚持要了两份，然后把身上羽绒袄脱了下来，挂在椅背上，解嘲说我是不是穿得太多了，走的时候太匆忙，说走就走了，连衣服都没来得及换。

李涵芝还有点不相信，看着他说：

“你真的就是为了这事赶来的？”

“那还能假。”

8

接下来，大家似乎都显得挺平静，十分客观，非常冷静。好像这两个人之间，从来就没发生过什么了不得的事情。好像他们就是很平常的老同学相遇，多年不见，有很多话可以说，有很多天可以聊。当然，大家都知道，这两个人自己也知道，他们显然不是一般意义的老同学，此次见面，也不是一般意义的见面。两人互相说了说自己的情况，说了说自己父母的现状。雨芳与杨啸波父亲老杨最后还是和好了，李叔和李涵芝母亲离了，离婚以后，李叔又和一个莫名其妙的女人结了婚，婚后老是吵架。

两个人说话都有点漫不经心，有点随意，你一句我一句地说着，只是不想冷场。两份快餐拖了很久才来，杨啸波真的饿了，来了就吃，狼吞虎咽。李涵芝犹豫了一下，摇了摇头，也开始吃。吃完继续喝茶，继续有一搭没一搭地说话。茶馆里有人在打扑克，有好几桌，不时地会有几句争执。杨啸波和李涵芝坐在一个角落里，灯光幽暗，气氛足够暧昧，但是仍然觉得说话不是很方便，有些想说的话，就在嘴边打转，说不出口。这期间，两人都接到自己女友和男友的电话，杨啸波的新女友问下周末有什么安排，怎么见面，李涵芝的男友则是告诉她，今天晚上的应酬可能会很晚，说不定要陪领导打一通宵扑克。

杨啸波和李涵芝都觉得有些话，应该到外面去说。他们不约而同地想到了这一点，杨啸波说我们到外面去走走，李涵芝听了，立刻站起来，仿佛一直都在等待这样一句话。两人并没有想好要去哪，只是觉得要离开，应该赶快换个环境。结了账，出了茶馆，他们突然意识到不知道要去哪里，时间十分尴尬，说晚还不算太晚，说早也不早了，没有路灯的区域一片漆黑，时间已是晚上九点多钟。

不远处树影婆娑，有个不大不小的街心小花园。跳广场舞的好地方，热闹和喧嚣刚刚结束，人群正在散开。他们走了过去，在一张供人休息的长椅上坐下，大家都不说话，都等对方开口。因为不说话，气氛便有些沉重。沉默了很长一段时间，杨啸波重复了一句自己已经说过的话：

“我不愿意你跟别人结婚。”

李涵芝不理他，杨啸波又唠叨了一句，同时伸出手去，抓住了她的手。她挣脱了好几下，甩不开，只能让他抓着，但是不想让他再继续说下去，说你真是神经病，不要乱说好不好，我不想听。李涵芝说她已领了结婚证，从法律上来说，已经结婚了。她说杨啸波你少来这一套，少来干扰我的生活，你这究竟是什么意思，突然冒了出来，就跟从天上突然掉下来似的。你觉得这样很好玩是不是，很酷是不是，你可能觉得你比我男友更帅、更牛、更有前途，因此就可以想怎么就怎么，我告诉你，那只是你自己的想法，我并不觉得你比我男朋友更出色，而且，就算是真的比他好，我也不会选你，我不会的。

李涵芝说这些话的时候，一直在颤抖。她的小手冰凉，显然是有点冷，很冷，非常冷，户外正在降温，毕竟到了晚秋季节，早晚温差太大。杨啸波颇具绅士风度地脱下自己的羽绒袄，披在了李涵芝身上，就势把她搂进了自己怀中，还打算要趁机吻她。李涵芝很生气，用力挣扎了一番，在他胸口狠狠捶了几下。李涵芝说你什么意思，你究竟想干什么，给我老实一点好不好，你知道你是在干什么吗。

杨啸波十分诚恳地解释自己的动机：

“我不想干什么，只是听说你要结婚了，我不甘心，我不愿意。”

李涵芝似乎有点被他的话打动，同时又有点反感，有点生气，轻声嘀咕：

“我知道你的这个不甘心是什么意思，我知道你为什么不甘心。”

他们所坐的位置很好，处于黑暗之中，离马路不远，既隐蔽，又安全。李涵芝挣扎了一会儿，索性不动弹了，两人就那么静静地保持着已有的姿态，她不动，他也不动。过了一会儿，杨啸波开始试探性地吻她的头发，吻她的耳朵，吻她的脖子。李涵芝仍然一动不动，不接受，也不反抗。杨啸波胆子也越来越大，越来越不像话，然后两人就开始互吻，开始热吻，开始有点疯狂。杨啸波并不觉得意外，他觉得这是预料中的事情。一切都在按照计划进行，他相信在李涵芝心目中，一定还是有自己的位置。这些年的礼物没有白寄，他的良苦用心没有白费，杨啸波觉得李涵芝就像是一只风筝，她飞得很高，她飞得很远，可是那根线头，还牢牢地抓在自己手中。

两个人仿佛又回到了天真的中学时代，回到了他们的初恋时期。那时候，也是在无人的街心小花园，也是趁着夜幕降临，他们开始了初吻。那时候李涵芝的胆子比他还大，远比他更加疯狂。他们用宽大的校衣罩着自己脑袋，挡着身体的敏感部分，胆大得想想都会后怕。那时候他们很多事还不懂，还不知道，必须要自己去探索，然而很多事不用教，很快就无师自通，就什么都懂了，什么都知道。

杨啸波说：“我不想你成为别人的老婆。”

杨啸波又说：“你应该是我的老婆。”

李涵芝说：“你现在说这话，还有什么用，我已经是别人的老婆了。”

杨啸波不管这一切，他大声地对她说，我不管，我不管，反正我是要娶你的，我要你嫁给我。李涵芝说你疯了，你真是疯了。杨啸波便说我确实疯了，我要是不疯，就不会从北京马不停蹄地赶过来，我是疯了，真的疯了。他嘴上这么说，人却是非常冷静。李涵芝说你的确是疯了，你真的疯了，可是我并没有疯。与杨啸波相反，她看上去很冷静，嘴上这么说杨啸波，实际上也离疯狂不远了，或者说已经足够疯狂，疯狂得甚至超出杨啸波的期待。

形势正悄悄发生变化，原先属于主动进攻的一方，突然变成了被动防守的一方。现在很多女生都会很主动，胆子大得让人吃惊，杨啸波并不希望她像那些女生一样。这时候，需要的是真正的冷静，这时候，需要的是真正的理智。突然他不说话了，沉默了，此时此刻，杨啸波更愿意她矜持一些，像一只待宰的羔羊，像砧板上的鱼肉，他更愿意是自己主动，更愿意自己能够控制一切，而不是像现在这样被她逐渐控制，被她嘲笑：

“知道你不怀好意，我知道你赶过来，为了什么呢，不就是想像过去一样，拉人家一起去开房。”

读中学的时候，因为处于城郊接合部，他们学校周边，有许多私人开办的供情侣幽会的钟点房。真正敢去开房的学生很少，但是开房这个词，对大家来说并不陌生。有的男生喜欢吹牛，喜欢开玩笑，说自己和谁谁去开过房。当时只要肯花钱，只要够胆大，那些小旅馆老板才不管你岁数多大，才不在乎你有没有证件，你根本就不需要出示任何证件。此时此刻，坐在黑暗的夜色中，离他们不远的地方，就是一家连锁的“如家精选酒店”大楼，用霓虹灯装饰的酒店商标，高高在上十分醒目，给人的感觉，仿佛是正在向他们招手示意。

杨啸波相信，这时候，如果他提出了带她去开房，应该是百分之百没问题。这时候，他想干什么或许就可以干什么，就能干什么。现在，开始退缩的是杨啸波，是他没有勇气开口，是他正在放弃和打消那些念头。他觉得自己真要是这么说，真要是这么做，便显得赶来见她的动机不够纯粹，会变得很庸俗。杨啸波不愿意让美好变得不美好，不愿意让浪漫变得不浪漫。在天愿作比翼鸟，在地愿为连理枝，他要让李涵芝相信，与跟她成好事相比，与短暂的放纵相比，他更愿意与她结为夫妻，更愿意与她百年好合，更愿意与她白头到老，他绝不会再玩弄她的感情。

他突然发现自己是真的好喜欢李涵芝，真的是好喜欢。他又想起了当年，想起李涵芝恶狠狠地骂雨芳是狐狸精。狐狸精有什么不好呢，狐狸精其实挺可爱的，那时候，他确实曾经恨过她，想捉弄她，想报复她，现在再回想，所谓恨，所谓捉弄，所谓报复，其实都是自己在偷偷地喜欢她。杨啸波一直觉得李涵芝更爱自己，一直觉得自己有些被动，他的主动追求，其实都是被主动，是被她引诱的，被她设计的。他突然意识到李涵芝过去对他才是一心一意，突然意识到过去对她一直都有点三心二意，自己对不住她的地方太多了。

最后，几乎是在黑暗中整整坐了一夜，他们说了许多话，说了太多的废话。非常疯狂的一个夜晚，非常荒唐的一个夜晚。李涵芝始终没有松口，始终不肯松口。她可以答应他任何事情，可以任其摆布，可以上当受骗，但是坚决不同意在法律上放弃婚姻。李涵芝不愿意做一个离过婚的女人，她说她不会离婚，不会解除自己的婚约，她根本就不相信杨啸波说的那些话，即使说的是真话，说得再好听，也不愿意相信，就是不相信。

9

这一夜把杨啸波冻得真够呛，这一夜能熬过来也不容易。寒风凛冽，落叶纷纷，把羽绒袄给了李涵芝，结果受冻的自然就是杨啸波。李涵芝有点心疼，怕他冻感冒，怕他会吃不消，怕他会生病。杨啸波说受这点冻算什么，那是活该，那是应该，真要生一场病也是值得，跟你在一起，我应该被冻一下，你想想，就这么一件羽绒袄，当然是必须让你穿，只要你不冷，我心里就热乎乎的。

李涵芝很感慨，说想不到你的这张嘴，现在竟然会变得这么甜。杨啸波说他也没想到自己会说这么肉麻的话，他说你不知道我现在是多么喜欢你，我真的希望可以从头再来，不管你答应不答应，我都会一直等你，我绝对会有这样的耐心。李涵芝说你说得真是太肉麻了，你越是这么说，我越是不相信，我为什么要相信，你不知道你这个人有多可恨，看到你受冻的时候，我就想，你知道我怎么想，我想冻冻才好呢，冻死你也活该。

这个说的当然只是气话，这一夜，一直披着那件羽绒袄的是李涵芝，因为怕杨啸波冻着，她一直在尽量搂着他，保护着他的胸和胃，自己像个大枕头那样，被杨啸波抱着，因此真要说着凉，也就是让他背上受了一点冻。这一夜，杨啸波心疼李涵芝，李涵芝也心疼杨啸波。结果就是鸳梦又一次重温，缠缠绵绵，曾经发生过的当年情景，小孩子玩的把戏，再继续演了一遍。两人相拥傻坐到天亮，天渐渐亮了，一夜霜露，害得他们全身上下，都是湿漉漉的。现在，天既然亮了，天已经亮了，杨啸波依依不舍，送李涵芝回家，然后再坐今天的第一班高铁，赶回北京上班。

清晨的雾气开始弥漫，他们挽着手，一同向前走去。很快，到了李涵芝新房所在的那个小区，到小区门口，她并没有邀请他去做客的意思，杨啸波也没有打算要去。告别的时候到了，李涵芝同样依依不舍，她脱下身上的羽绒袄，看了看不远处门房的保安，看到保安坐在灯下，低着头，正看手机，或者在看别的什么。李涵芝把手中的羽绒袄扔在杨啸波身上，匆匆与他相拥吻别，扭头一路小跑，进入了眼前的小区，消失在高楼群里。

高楼会生风，风很大，非常大。白茫茫的雾在快速飘移，雾气变得越来越浓，湿湿的，黏糊糊的，仿佛正下着小雨。寒风中的杨啸波很孤单，傻傻地站在那，一动也不动，显得十分无助，有一点沮丧，有一点惆怅，像一棵生了根的枯树一样。眼前一片模糊，大雾自下而上腾腾升起，开始淹没一栋栋拔地而起的高楼，杨啸波终于转过身，迎着一阵阵吹过来的凛冽寒风，缓缓穿上羽绒袄，背对着李涵芝消逝的方向，还在继续发怔，久久不肯离开，他并不知道结局会是什么。

杨啸波最后还是离开了，火车站人山人海，第一班去北京的高铁票，早已售罄。杨啸波很失望，在售票大厅徘徊，在人海中挤来挤去，好在他很幸运，居然抢到了这趟列车唯一的一张退票。

丛　林

胡学文*

1

搬到杏花沟的当天，马晓丽提议养一只大中型犬，如黑贝、藏獒、哈士奇什么的。两人刚刚吃过，饭菜还在桌上摆着。酱油放多了，面条汤黑得夸张，足可以用来描眉。宋刚吃了一半，用掉两块纸巾，仍觉嘴唇带着咸味。马晓丽喝了两大碗，有意惩罚自己似的。宋刚并未责怪她，也未表示出丝毫不快。马晓丽久未下厨，手生了。宋刚第三次伸手抽纸巾，马晓丽张嘴，宋刚以为她要说面条，不料是关于狗的，不由得一怔。

马晓丽养过一只京巴。女儿早早送到国外，宋刚常年不在家，京巴便成了马晓丽的伴儿。京巴也忠心，不离马晓丽左右，睡觉也必定卧在马晓丽一侧，不然就会闹。京巴病倒，马晓丽跑遍全城的医院。人有人寿，狗有狗命，终是不治。马晓丽大病一场，瘦了十多斤，人都脱了相。宋刚劝她再养一只，马晓丽不肯，还发誓不再养任何宠物。时隔数年，她突然又有了养狗的想法，还是大型犬。

* 胡学文，男，1967年生。著有长篇小说《有生》等五部，中篇小说集《麦子的盖头》《命案高悬》等十六部。曾获鲁迅文学奖，《小说选刊》全国优秀小说奖，《小说月报》第十二届、十三届、十四届、十五届、十六届、十八届百花奖，《十月》文学奖，《钟山》文学奖，花城文学奖，《北京文学·中篇小说月报》奖，《中篇小说选刊》奖，《中国作家》首届“鄂尔多斯”奖，青年文学创作奖，孙犁文学奖，鲁彦周文学奖等。

马晓丽养狗的理由只是表面上的，真实意图宋刚一下就看透了。防贼防盗不过是幌子，她是担心别的。虽然搬了家，她还是紧张。可养狗又能怎样？市中心还有一套房子，一应俱全，一只水杯都没带过来。虽没有别墅大，也有一百六十平方米，在那里也可以养的，何必这么折腾？躲——确实是啊，思路每次滑到这个方向，宋刚就极其恼火。但不得不承认，他和马晓丽搬家有躲的意思。不声不响，一切都悄悄进行。已经躲了，没什么好担心的。如果狗能起到作用，他干脆买一匹狼回来。

直至入睡，马晓丽再未提养狗的事。宋刚并不反对，就是怕她一时冲动。晾几天，如果她还坚持，那说明是真想养，不管出于什么用意，随她去。确实是累了，喝那么浓一杯茶，躺下没几分钟就睡着了，只是睡得不是很深，马晓丽轻轻一碰便醒了。

怎么了？宋刚的声音透出不快。

我……睡不着。马晓丽小心翼翼地。

宋刚翻过身，别胡思乱想。

马晓丽问：你听见什么了吗？

马晓丽声音很轻，宋刚还是惊了一跳，睡意全无。什么声音？

马晓丽惴惴地说：脚步……在楼顶。

宋刚终于忍不住呵斥道：胡说什么呢？别墅共三层，宋刚和马晓丽的卧室在二层。三层是活动室，买来的健身器械还没拆包。

马晓丽说：分明——她感觉到宋刚的愠怒，没敢再往下说。

宋刚打开灯，光着脚去三层转了一圈。不折腾一下消不掉她的紧张和疑虑。宋刚走得快，有意踩几下，只是赤脚没踩出什么声响。但喉咙的声响很重，咕噜咕噜的。咕噜的后面卷着话，本要扔给她，但看到她怕冷似的耸着肩，神色甚为不安，喉咙终于归于寂静。我看过了，这下你该放心了吧？宋刚扳扳她的肩。

对不起，影响你睡觉了。马晓丽小声说。

宋刚说：睡吧，一会儿天该亮了。

马晓丽突然问：你说她会不会找到这儿来？

终于说出来。她肯定憋坏了，不说出来这一夜怕都不能消停。她未必要一个答案，他也不可能给她答案。她就是要说出来。他说来就来呗，搬这儿也不是为了躲她。你以为我怕她？他是转过身说的，可她还是被撞痛了，叹口气，不再言声。

她并不踏实，宋刚清楚。自跟了他，她就开始担惊受怕。先前生意不顺，常有债主上门，后来发达了，难免招蜂引蝶。待他隐退，打算过几年安稳日子，却又遇上……麻烦？累赘？宋刚想不出合适的词语，似乎是，又不全是。想到这儿，宋刚甚为愧疚，但终是什么也没说，劝慰有什么用？

第二天，去独石口。马晓丽没睡好，脸上没一点儿光泽，上车便闭目养神。宋刚将音乐关掉，马晓丽说：你听吧，我睡不着的。宋刚说：一百五十公里呢，还是睡会儿吧。其实宋刚也挺困，一早喝了两杯浓咖啡。到独石口基本是山路，比平日更需集中精力。他曾想留一个司机，虽然用车方便，但自会带来其他不便，终是辞掉了。

到独石口镇快中午了，两人就近吃了点饭，便去江大夫那儿。连着五年了，宋刚每年秋天都要到这儿扎扎针。以往宋刚独自来，这次带马晓丽是想让她也扎扎。路上马晓丽同意了，可看到年逾古稀的江大夫颤着手把细长的针扎到宋刚双肩、后背及手腕处，死活不肯了。她静静坐着，愣愣的。她看到他的伤疤了，他的后背有十几处伤，最长的从左肩到后背足有半尺。她每次都像第一次见到，发半天呆。其实，看见的都不是真正的伤，她哪里明白呢？

一个多小时，马晓丽的姿势竟和宋刚一样，基本没有改变。扎一疗程要三五日，宋刚和马晓丽商量，来回跑怪麻烦的，不如就在独石口住几天。马晓丽想了想，点点头。两人去寻了家旅店，房间陈设简陋，倒也干净。次日针灸后，宋刚带马晓丽到周边的山野转了转。独石口是北方进入京城的关隘，历朝历代在此都有军事设施。虽是秋末，万物凋零，但满山的枫叶烧得正旺。马晓丽素来不喜欢照相，竟然让宋刚拍了好几张。宋刚思忖，以后要带马晓丽多走走才是。

第三天，针刚扎上去，宋刚的手机响了。三个人都静默着，铃声格外突兀。搬家前，宋刚和马晓丽均换了号码，除了远在美国的女儿，没有任何人知道这个号。有些人从此不需要联系了，需要来往的还未来得及相告，宋刚不知何人打给他。腕处有针，不方便接，马晓丽瞅瞅装手机的包，又询问地看着他，她不敢碰他的手机。宋刚面无表情，她的目光便垂下去。铃声隔几分钟就响一次，把房间的寂静撕得七零八落。

江大夫拔完针，手机又叫起，宋刚不紧不慢地拉开包。

2

金枝！

宋刚第一次听到这个名字，父亲还未娶她。父亲和金枝结婚时没通知宋刚，宋刚计划年底回去拜见一下父亲的新娘。宋刚不关心父亲娶了谁，但从礼节上他必须要拜见的。今非昔比，宋刚已是罩了光环的人，不能不看重声誉。那年春节，新换的局长想带家人去香港游玩，宋刚回家的计划泡汤。局长行事谨慎，宋刚正琢磨如何攻破，局长竖了梯子，宋刚当然不会也不敢错过。从香港回来，矿上出了事故。处理整改疏通，几个月又过去了。秋后父亲便辞世了。宋刚和金枝见面竟然是在父亲的葬礼上。

金枝圆脸，重眉，比宋刚想象的还要年轻。还有她的儿子、儿媳和六岁的孙子，女儿尚在读高中，也回来奔丧了。金枝的儿女皆是重孝，六岁的孙子也是。金枝的孙子虎头虎脑的，甚是可爱，宋刚没带礼物，掏出两百块钱给他。金枝拦住宋刚，别惯他的毛病。宋刚说孩子嘛，塞进他兜里，并摸摸他的头。金枝的孙子喊大爷好，极其响亮。宋刚笑笑，张罗事去了。

其实没什么张罗的，村里有丧事主管，所有程序均在主管指挥下进行，包括什么时候磕头什么时候哭。当然少不了请示东家。主管或许发怵和宋刚说话，更愿意征询金枝的意见。遇此，金枝便和宋刚商量。或者，她做了主的，也要向宋刚汇报一二。从宋刚进门，她就开始汇报，父亲如何发病，谁的车拉到医院又如何从医院拉回来，从哪家买的棺木。有些事比如装衣、买棺木，她来不及和他商量，就定了。她略带不安，摆出等他责备和质询的样子，但又不是那么刻意。宋刚不想挑剔，也挑不出来。金枝喉咙嘶哑，眼带血丝，悲悲戚戚的样子。马晓丽都看出来了，金枝不是装的，是真伤心。

其间，一个汉子非要拉着宋刚喝一杯。此等场合，宋刚不好怎样，尽量耐着性子。金枝及时闪出来，抓住汉子的手说：他还有很多事，想喝我陪你。汉子斜住金枝，你算老几？金枝不卑不亢道：我是宋刚的小娘，你说我算老几？你不拿我当长辈我管不着，我和你喝杯酒总行吧。汉子的手慢慢松开。金枝给自己满上，不待汉子举杯便一饮而尽，然后平静地看着汉子说：要不要我替宋刚他爸敬你一杯？他可是看着呢。汉子迷瞪半晌，慢慢缩回座位。金枝转身对宋刚小声说：他喝多了，别放心上。

宋刚才不把汉子放心上呢，放在心上的是金枝。这样一个女人，不羁的父亲也会服帖吧。宋刚已有预感，丧事完结，他和金枝之间或许会有冲突，当然，宋刚不怕。

回城的前一天，宋刚正式和金枝摊牌。父亲没什么财产，除了三年前宋刚给盖的那几间砖瓦房，此外，丧事结余万把块钱，宋刚一并留给金枝了。金枝嫁给父亲，自有所图。如果她不狮子大开口，宋刚也不会太多计较。就是他一分钱不出，也完全说得过去。他和她完全没有关系，但她好歹跟父亲一场，打发一下既是他作为老板的面子，又可从此与她撇清关系。归根结底，这不是一桩买卖吗？

金枝似乎没听明白，宋刚只得重复。宋刚猜她是装的，那么灵透的人怎会不明白？金枝的眼睛扑闪两下，慢慢低下头。她在掂量数目的多少吧？这几日她肯定盘算透了，只是没料到宋刚如此爽快吧。宋刚说：我是痛快人，你直说就是。金枝抬起头，往后挪挪，和宋刚拉开距离。你让我直说，我就不绕弯了。我和你父亲过了一年，一日夫妻是夫妻，一年夫妻更是夫妻，我和你父亲是领了证的，从名分上我还是他的女人。我比你没大几岁，但论关系，我是你的小娘。我没有占你便宜的意思，可辈分在这儿，谁也抹不掉。你可以叫我小娘，也可以称呼我金枝，都行。你父亲头七没过，你就急着和我撇清关系，你什么意思？怕我黏上你？

金枝不急不缓，柔中带刚，宋刚竟有被逼到角落的感觉。宋刚解释没这个意思，不过是想帮金枝做些什么。宋刚不相信她没任何条件，可能是他说得过于直接，伤了她的自尊。金枝立即自责道：瞧我这点儿心眼，想多了。我说呢，你怎么可能这么快就不认我了。说句厚脸皮话，你父亲不在了，咱们还是一家人对不对？她满是期待地望着宋刚，宋刚不得不点头。金枝说：既是一家人，就不要说两家话，你是做大事的，该走就走，家里的事不用你操心，需要你帮忙我自然会说。清明你能抽出空就给你父亲烧个纸，没空也不要紧，有贵祥在，你放心好了。

摆了半天阵势，对手却和自己站到一起，宋刚稍有失落。这是他没有料到的局面，可又说不出什么。宋刚不只是想和金枝，也想和宋庄从此断开关系。父亲在，断是不可能的，哪怕他不回来，也是宋庄的人。父亲走了，仍然不能，这个叫金枝的女人，这个名义上的小娘还在。

当然，宋刚不打算再回来，金枝如何打算随她去好了。上车前，宋刚抱了抱金枝的孙子。女儿未能回来，父亲这个外姓孙子可是替女儿磕了头的。

回到矿上，宋刚便将金枝撂到脑后。那么多人要吃喝，那么多关系要攻克，还有明着暗着的箭要躲，哪一件都要耗费大量心血。金枝也没和他联系过，年底，在镇里当副镇长的朋友来看望宋刚，宋刚才想起金枝。副镇长带了些土特产，宋刚回了些烟酒。另外信封装了三千块钱，让他捎给金枝，副镇长感慨万分。宋刚笑笑，没有多言。

转年清明节，宋刚回乡祭扫。进村没停车，直接去了墓地。父母墓前摆置了供品，并有纸钱焚烧的痕迹。宋刚料想必定如此，但亲自查验过，还是松了口气。返回，贵祥已经在村口候着。宋刚让他上车，贵祥连连摆手，没几步的，没几步的。他一路小跑，欲与奔驰并驱。宋刚让司机放慢速度，跟在后面。远远地，看见站在院外的金枝，宋刚心一动，对司机说：我走过去吧。近前，方发现满脸掬笑的金枝手里抓一把刷子。金枝让宋刚别动，她蹲下去替宋刚扫鞋面上的浮尘。宋刚退后一步说：我来吧。金枝叫：让你别动！声音不高，却带着威严，似乎还有慈爱。而后解释，只能我来。乡下规矩多，宋刚不知这扫鞋的程序有什么讲究，便定住。金枝的头发里夹了几根白丝，宋刚停了停，移开目光。金枝很小心，待直起腰，笑重新盛满，好了，进屋吧。

宋刚一瞅满桌子的菜，就知金枝准备不是一天两天了。金枝是有心人，知道宋刚喜欢吃什么。似乎看出宋刚的疑惑，金枝说：你爸在的时候常说你。父亲那样一个人，竟然知道宋刚的喜好，还和金枝说，真是奇了。宋刚没有耽搁，吃完即走。他打算留点儿钱，但金枝死活不要。年前捎给我的还没花完呢。宋刚作罢，让她有事给他打电话。

两个月后，金枝去了趟皮城，送了些苦菜，是她自个儿挖的。担心放不住，还腌了一罐。宋刚不在家，是马晓丽告诉他的。秋天，她送了趟豆角。年根儿，她带了些粉条、干瓜丝、黄米糕。这次宋刚在家。留她住几日，金枝说什么也不肯。宋刚给钱，她推让一番总算接了。

宋刚每天与各种各样的人正面或侧面交锋，殚精竭虑，这个不常见面的小娘，并不用宋刚费任何心思。

3

杏花沟的房子敲定后，宋刚不动声色，暗中准备。金枝走的第二天，他和马晓丽立刻搬家。其实没什么搬的，家具未搬，锅碗瓢盆未搬，好多衣物都没动，搬的只是他和马晓丽这两个活人。所以也没择日期，金枝离开即是日子。金枝来去三天，待她返回，等待她的是打不开的屋门。手机号码换了，她无法与宋刚联系。宋刚设想了种种可能，比如她在门外死守，她是做得出来的；她四处寻他，且不论寻到寻不到；她不得不回宋庄，哪怕过阵子再来……唯独没料到她会联系他们的女儿，她什么时候记下了女儿的电话？

宋刚大脑一片空白。如果手里抓着砖头，他会立即拍出去，大吼，我没事！突然的号啕撞击过来，宋刚耳膜一阵回响。即使在父亲的葬礼上金枝也没有这般痛号。宋刚不说话，任她号任她喊，虚火渐渐燃尽。我没事！宋刚精疲力竭。她什么都没问，没有问他身在何方，没有问他什么时候回去。

宋刚回头，马晓丽站在身后。我说吧，她没那么好甩。马晓丽软软的，甚是无奈，宋刚无言。

宋刚有意拖延一晚，次日上午和马晓丽返回。你打算怎么办？把她带回杏花沟？宋刚板脸不说话，似未听见。马晓丽说：要是这样，杏花沟的房子不白买了？宋刚咬着嘴，他没想好。但有一点是清楚的，金枝联系上他，就不能再躲着不见。

车在小区停稳，马晓丽推开车门，呕吐物喷在地上。她晕车了，宋刚开得快，拐弯又多。宋刚正欲下去扶她，一个人影蹿过来，架住马晓丽，将她搀扶至旁侧的椅子上。和几天前走的时候一样，金枝灰衫黑裤，衬得马晓丽像艳丽的花朵，不同的是金枝不长的头发剪得更短了。金枝一直就在恭候吧，她掏出纸巾替马晓丽揩拭嘴角。马晓丽试图自己擦，被她挡开，马晓丽像个婴儿由着金枝侍弄。别动，合上眼睛，歇歇就好了。然后，金枝朝宋刚走来，问他车上有水没。当然有水，如果金枝不在，宋刚会记着。金枝让马晓丽漱了口，再次站在宋刚面前，带了点儿责怪。这么大的风，怎么不穿褂子？你肩膀爱闹毛病，吹不得的。在这里吗？金枝欲拽车门，宋刚说：我自己来。金枝便道：你看着她，让她多歇会儿，我去买菜。宋刚制止，不用了。金枝问：吃过了？宋刚略一顿说：歇一会儿就走。金枝似有疑问，目光微微抖了一下，但什么也没问。竟然没问。那好，我去照顾晓丽。

半小时后，马晓丽缓过劲儿。金枝把她扶上车，很自然地坐在马晓丽一边。宋刚默默地发动车，有缴械投降的窝火，又有尘埃落定的平静，仿佛过来就是特意接金枝，数月的计划、行动不过是与金枝玩游戏开玩笑。

市区有些堵，前后车都在摁喇叭，整条街都是烦躁的。宋刚窥窥镜子，马晓丽歪头闭目，金枝看着窗外，没有问他话的意思，她可真沉得住气。终于出城，宋刚开得更慢了。金枝仍看着窗外，没问门锁为什么打不开，没问他和马晓丽为什么换手机号码不告诉她。她似乎是天下最大的糊涂虫，宋刚要拉她去哪里，她也不问。只要在宋刚和马晓丽身边守着，除此之外的一切都与她无关。

到了杏花沟，走进三层别墅，金枝上上下下转了一圈，仍没问宋刚什么时候买的什么时候住进来的，只说比市里安静多了，便钻进厨房。半小时之后，几盘菜便放在桌上。几天前的菜了，也没几样，冰箱保鲜效果虽好，还是失了颜色和水分。但经过金枝的手，便如生长了一遍，才被金枝从地里摘回。香菇是晒干的，却也烹煮出浓烈的香味。宋刚吃不惯山珍海味，虽然他可以吃，喜欢的仍是乡野饭蔬。开矿那会儿，厨师自然要为宋刚开小灶。那个厨师有证，是宋刚从望江楼挖过来的。当然不是宋刚的御用厨师，宋刚没那么奢侈。宋刚不时请些重要客人到矿上吃便饭，他舍得在这方面下血本。但厨师做得再精致花样再多，也没金枝做出来的合宋刚胃口。她不过是他的小娘，却像从小拉扯他长大的，摸透了他的脾性嗜好。

饭后宋刚和马晓丽睡午觉。消闲下来他养成了这个习惯，不睡一觉整个下午都昏沉沉的。宋刚对收拾碗筷的金枝说：你也累了，休息一会儿。他没说让金枝去哪儿休息，房间虽多，他不指派，金枝不会随意占用。既然她跟过来，游戏已经结束，至少是暂时结束，该分给她个房间，但宋刚没有。不是刻意刁难她，又有什么必要呢？只是实在太困了，他反身进了卧室。

一觉醒来，已是三点多。小会客厅的茶几上已经泡好浓茶。宋刚不喝工夫茶，嫌麻烦，除非接待朋友。他更喜欢用玻璃杯，就从这一点看，他无疑是粗人。宋刚不在乎，他本就是个粗人，高中也没毕业，若父亲有实力给他娶妻，他现在还在宋庄锄地呢。他逃离乡村，有了钱，令人仰慕，但骨子里与农民没有本质区别。比如喝茶，就喜欢大杯，大杯喝才香才过瘾。当然，与那些粗人比，还是有些区别。春夏秋冬，一季一茶，价格均不菲，若说讲究，也就这些。金枝上门后，泡茶的任务便被她接过去。金枝心细，摸得透透的。虽是一季一茶，但上午与下午有别，下午与晚上不同，她懂何时浓何时淡。

香气扑鼻，温度适宜，宋刚先喝一小口，然后连灌两大口，这才想起该给金枝安排个房间。他踱到窗前，看见金枝跪在地上拨拉着。院子大，硬化面积也就三分之一。有两棵杏树，叶子已掉大半。这也是宋刚当初看中的地方。他逃离乡土，却对乡土有难以割舍的情缘。秋风萧索，金枝还想种什么东西？宋刚瞅了半天，看清她手里抓着一个食品袋。每拨拉出什么，就放进袋子。

马晓丽下去了，宋刚仍在窗前立着。马晓丽和金枝说话，金枝比马晓丽矮半头，虽然宋刚看不清楚，仍能猜到金枝脸上是恰到好处的谦卑。不同的场合不同的时间，她会调整自己的表情。此时，马晓丽是主人，金枝是奴婢，所以自然要带出谦卑。马晓丽未必把她当成随意指使的奴婢，她冲金枝撒过火，但那是特殊情形，可金枝在神态言语上的努力使主仆关系很自然地形成了。这个女人呐，宋刚感慨地叹息一声。

宋刚喝完第二杯茶，发了几组信息，打了几个电话。失踪有一阵子了，虽然已是赋闲的人，没有杂七杂八的事等他处理，他亦有意掐断某些往来，但依然有好多关系需要维系。活着，就不可能与世隔绝。很快有回话打过来，都是最近找他却联络不上的。宋刚解释，致歉，说明。不同的人需要不同的口气，有骂宋刚的，当然宋刚也会回骂，相互骂那是更亲近的关系。闲聊闲话，许许多多的信息就是这么汇集来的。谁被逮起来了，谁升了什么职位，某场大火背后的隐情。多数是没用的，与宋刚毫无关系，但也说不准哪条与他相关。这些信息永远以一种半私密的方式传递，至少在没公开前是如此。所以，表面闲聊，却有用心。一通电话下来，天色已经暗了。

晚上九点多，宋刚下楼，金枝跪在地上擦地板。地板明晃晃的，能当镜子用。金枝不是故意作势，她闲不住。但从这闲不住，他分明能觉察到她的心力。宋刚说已经很干净了，没必要这么擦。金枝头也不抬，这么好的房子，不擦哪行？你歇着吧，别管我。

宋刚在沙发上坐下。小娘，我想和你说说话。我虽是你的小娘，不过，你叫我金枝就行，这样的话金枝说过几次。宋刚很少叫她小娘，也没喊她金枝，他和她说话都不带称呼，叫小娘便带了几分严肃，所以，金枝愣了一下，看宋刚的目光没那么自然。

宋刚说：不早了，别弄了。

金枝立起，移步过来，与宋刚呈丁字形。她略带拘谨，宋刚笑笑说：坐啊。她便坐下。

宋刚说：我打了一下午电话。

金枝明白宋刚的用意，期待从她的眼底爬出来，弯弯绕绕的。

宋刚停了停。很抱歉，贵祥的事我无能为力，过去那些关系，都指望不上。

那些弯弯绕绕摇晃着，抖了抖，慢慢缩回去。继而，金枝的目光平静如水，但口气却带出狠，当然不是冲宋刚。她在骂贵祥。他活该，是他自作自受，多判他几年才好！

每个字都像砂粒，敲打的何尝不是宋刚？

宋刚说：已经这样了，你没必要生气的。

金枝说：哪能不气呢？李家祖辈还没出过这号人，脸都让他丢尽了。

宋刚问：你有什么打算？是不是……

金枝猛然立起。我没什么打算，连你都管不了，就说明他该着，我打算又有什么用？

宋刚说：你想想别的办法，或许——他没往下说，他已经说得很明白。

金枝说：就当没养过这个儿子，生死由命吧。

宋刚说：你没必要在这儿耗费时间。她装糊涂，他只好说透。

金枝做吃惊状。我可不是为了他，你这是要撵我走吗？

宋刚说：当然不会。

金枝笑笑。论能耐，论仁义，一百个贵祥也抵不上你。你歇着吧，还有几块儿，得擦完呢。

4

那几年，金枝像鸟一样来往于宋庄和皮城之间。她从未住过，有时饭也不吃，搁下东西就走，她要赶车。末班车到县城天就黑了，这意味着她必须在县城住宿，她宁可在县城住小旅店也不住宋刚这儿。可能是觉得不方便吧，她既如此，也不可强留。

金枝在某个秋日再次来皮城，照例背了一大包。恰好宋刚在家，他拦住她，没让她匆忙离去。宋刚在皮城的海鲜阁定了包间，请金枝吃海鲜。只有他、马晓丽和金枝，也是替金枝着想，他人在场，金枝难免露怯。宋刚点了好多，鲍鱼、龙虾、螃蟹……哪样金枝都没吃过。宋刚让她放开吃。吃不了只能扔掉，海鲜是不能打包的，他半真半假地说。金枝说：你诓我吧，这样该多浪费。宋刚说：所以嘛，不能剩下，我和晓丽胃口小，就靠你了。金枝望着满桌子的菜说：我要是饿两天再来就好了。马晓丽差点把嘴里的水笑喷出来。

金枝用了会儿筷子，嫌不利索，两只手直接上了。马晓丽还替她挽了两次袖子。开始还扯些村里的家长里短，后来金枝也顾不上了。宋刚问她味道怎样，她说好。她的目光一寸一寸往回缩，最后定在面前的盘子上。有她抓过来的，有宋刚和马晓丽夹的，服务员已经清理过三次残渣。宋刚本意是怕她拘束，吃个半饱再饿着。可见金枝像完成任务一样拼尽全力，他又有些后悔。吃不了就算了。宋刚开始劝她。扔了怪可惜的。金枝头都没抬。宋刚说：扔就扔了。金枝哼一声，她话都顾不得多说。马晓丽说：他天天在外面吃，不知要糟蹋多少呢。马晓丽的劝也不起作用，金枝充耳不闻。制止她除非夺去盘子，可这样无疑更加不妥。宋刚目光示意，马晓丽起身，把桌上的盘子归拢到一起，金枝再无机会下手。

宋刚担心金枝撑着，她笨拙了许多，还是抢在服务员面前拉开门。马晓丽说：很多人吃海鲜过敏，要是哪儿不舒服早说。金枝说：乡下人皮实，没事。完后又道，我这老没出息的，是不是给你们丢人了？马晓丽忙道：你这么说就见外了，他是高兴，跟他这么多年，还没这么大方地请过我呢。金枝说：宋刚仁义，我头次见就瞧出来了。她的话恰到好处，赞，不是媚。父亲从未这么夸宋刚，哪怕宋刚盖了全村最好的房子给他。在父亲的观念中这未必是好词。仁义？这辈子宋刚怕是与其无缘了。

金枝没什么大碍，宋刚放心了，睡前还打了两个电话。半夜，金枝还是有了反应。被惊醒时，金枝已经冲进卫生间。她反锁了门，叫也不应。呕吐一阵紧似一阵，听着都恐怖。卫生间门口地板上有一摊呕吐物，想必她实在没坚持住。那几天保姆正好请假，马晓丽好久没干活，竟然没找见拖把，直接拎了半袋大米倾倒在上面遮盖。宋刚叫不开门，又怕她出什么事，打了120。

金枝被拉到第一医院，宋刚也跟着去了。金枝不是中毒，并不需要抢救，不过是伤着了肠胃，所以又吐又泄。一程药输完，金枝已经安静下来。脸色灰白，她的歉疚不安越发明显。丢人了，我这没出息的，给你们添麻烦了。她反反复复地说，不敢和宋刚对视，一碰便落荒而逃。

那天一早，宋刚本要赶到矿上，十点半开中层会，时间是他定的。虽说金枝没什么危险，可把她撇在病房终是不妥。而且，折腾了一夜，他头昏脑涨，疲惫不堪。会议取消，他打发司机兼保镖夏龙回去，替他办一件事。

夏龙在途中出了车祸。宝马撞断护栏，翻进十米深的悬崖。闻知消息，宋刚目瞪口呆。他难以相信，夏龙跟他好些年，行事稳重，车技更是一流，而且那条路每年来往数百次，对路况极熟悉，哪处有坑哪处裂缝儿，夏龙门儿清，怎么会出事？赶到现场，宋刚仍然怀疑。但车是他的，夏龙虽血肉模糊，却并不难辨认。交警询问宋刚是否知道夏龙夜里饮过酒，宋刚摇头，夏龙自跟了他便滴酒不沾，化验结果与宋刚说法吻合。不是酒驾，也无吸毒史，现场没有其他车辆，交警给出的说法是疲劳驾驶。

宋刚回想近半年发生的种种，认为没那么简单，不单纯是车祸。对宋刚的怀疑，警察也很重视，但一番调查，并无证据有第三者参与。监控显示有货车在那个时间段经过，可货车没有牌照。折腾数月，终是不了了之。

宋刚心里却结了疙瘩。许多个夜晚，他一遍又一遍地推测，宝马车一次又一次炸裂，嘭嘭嘭嘭嘭嘭。他写了数个可疑的名字，反复排列顺序。游戏并不好玩，每玩一次他都被利刃划得伤痕累累。

事情没有画上句号。对波涛汹涌的宋刚，永远画不上了，但渐至平静。宋刚着手转让开了十余年的矿。这个决定耗了几个夜晚，他心有不甘，无疑夏龙的车祸成了催化剂。

回想整个事件，金枝功不可没，她救了他。她从来不住，偏偏在那天住下。她守着山包一样的海鲜，一块一块地往嘴里塞。她被拉到医院，不是设计好的，可每个步骤都那么奇异吊诡。不然，他就和血肉模糊的夏龙并排躺着了。

宋刚专程回了趟宋庄，把金枝接到皮城。你救了我的命呀，宋刚要当面告诉她。这个小娘，他是认定了。当然，他也暗暗感激父亲，父亲没帮过他任何忙，但父亲娶了金枝，等于重赐他一次生命。可金枝略显局促的神情封了宋刚的嘴，那谢还未出口便咽了回去。他打算选个合适的场合，这么说会羞着她的。晚上设宴，金枝说什么也不出去，马晓丽说不是吃海鲜了，她才起身。宋刚频频向金枝敬酒，他特意带了一瓶十五年的干红。宋刚的热情让金枝不安，甚至惶恐，每次都要站起来，双手抱杯。待马晓丽敬酒，金枝终于撑不住了。你两口子……我哪里……口齿伶俐的金枝竟然语无伦次。马晓丽说：该敬你的，你可是……宋刚踢马晓丽一下。他知道马晓丽要说什么，却不清楚自己为什么踢她，那是下意识吧。

夜里，马晓丽问宋刚为什么不让她说。宋刚的目光就有些重，宋刚不是不告诉她，而是没想好怎么说。

金枝只知道宋刚把矿转卖了，暂时闲居在家，并不清楚这半年发生了什么，又有什么与她有关。宋刚不说，她永远不会知道。和她说这些有什么意义呢？事情已经过去，说出来会吓着她，宋刚终于找到借口。就像对马晓丽，很多事也不能告诉她，不然她会夜夜被噩梦缠绕。

那些年，宋刚经常出入歌厅、舞厅等娱乐场所，也常往外跑，香港就去了九次。说是旅游，又不是旅游。目的很明确，又不那么直接。宋刚是配角，又是主角。都是与别人，陪马晓丽屈指可数。有空了，正好带马晓丽和金枝转转。先去了九寨沟，又去了趟青岛，金枝坐了飞机坐了轮船，在她都是第一次。宋刚没言谢，所有的感激都在行动中。

回到皮城，宋刚让金枝歇几天再回。金枝同意却没歇着，保姆拖地她抢着拖，保姆炒菜她抢着炒。金枝做的饭菜更合宋刚胃口，这一点马晓丽也瞧出来了。金枝能做出花样，皆带乡野风味。不只保姆做不出来，就是饭店也做不出。宋刚惊异地发现，许多饭比如荞面摊饼不但让他食欲大增，还唤起了少年时代的记忆。有些马晓丽第一次吃，但一次就喜欢上。她悄悄说：你这个小娘，手艺不错呢。

某天，金枝问宋刚，每月给保姆多少钱。宋刚心里一动，说也就两千多。金枝啧啧两声，两千多？还也就。宋刚笑笑说：这个保姆干三年了，也没别的毛病，还算称心。金枝追问：还管吃管住？宋刚说：当然喽。金枝说：这个保姆可够福气的，碰上你和晓丽这么好的人。宋刚已瞧出她的心思，但又不敢肯定，而且他说出来也不妥。金枝直奔主题。让我接替她吧，我保证比她干得好。金枝目光含着期待，宋刚终于明白，她打这个主意不是一天两天了。

金枝有金枝的好，但毕竟是小娘，也有不便。宋刚说：哪能让你……传出去……金枝立刻抢过去，传出去又怎样？我乐意。地也包出去了，贵萍也上了大学，我现在就是个闲人。干了半辈子活，闲下来骨头就锈了，难受，我正想找点活干呢。宋刚斟酌着。你和贵祥商量商量吧。金枝叫：和他商量什么？我自己的事自己能做主。宋刚说：你真想干……金枝说：我可不是说着玩，保姆那儿我去说，省得你为难。宋刚摆手，不打紧，还是我说吧。

和保姆不过是一句话的事，因相处还好，宋刚多付了三个月工资。金枝回宋庄简单收拾了，正式走马上任。宋刚提出每月给她三千，她是小娘，总不能与保姆同等待遇。金枝说给一千就够了，若不是贵萍上学用钱，这一千她也不要的。若你父亲在，知道要你破费，会抽我脸呢。宋刚说：那怎么行？我不是黄世仁。金枝一锤定音，就这么着吧，别争了。

不管金枝怎么说，宋刚也不会克扣她，况且又不缺钱。但月底给她工资，她只要一千，其他悉数退回。推让一番，宋刚说：要这么着，我可要撵你了。金枝说：给三千你才是想撵我呢，我干一个月就滚回宋庄，丢的不只是我的脸。我不能回去，你也甭想撵我，金枝的逻辑让宋刚无语。吃你的喝你的，还要拿钱，我自个儿也觉得没脸呢。宋刚，再争执下去我就生气了。金枝已显出恼的样子。

宋刚第一次被金枝挫败。

5

没有多余的东西，宋刚只背了一个双肩包。用好几年了，马晓丽给他买了新的，但每次出门，宋刚仍背这个蓝绿相间带子磨出毛边的包，习惯了。当然还有别的什么，他从未对马晓丽解释。每隔几月，他都要单独旅行一趟，有时三五日，有时七八日。现在闲了，整天整天待在家里，不像过去，马晓丽白天黑夜都难见他的面。马晓丽算过，有一年他在家住了十六天，一个月还不够两天。闲了，自然要去转转。去哪里，和谁去，除非宋刚自己说，马晓丽从来不问。宋刚的嘴可不是水龙头，一拧就出水。她也不敢拧的。

宋刚去过很多地方，省城、市县，还有边地小镇。他极少去所谓的旅游区，不凑那个热闹。他没有明确目的，往往买票的时候才决定。有次他买了锡林郭勒盟的大巴票，途经一个叫灰腾河的地方，车出了故障，干脆在灰腾河住了两日。

这次到兰州，也不是非去不可。他说了几个地名，只要下铺，哪儿都可以。售票小姐敲敲键盘，说到兰州有，宋刚说那就兰州好了。说到底，他不单单是去旅游的。

宋刚把双肩包扔在铺上，一个拽着拉杆箱怀抱小孩的妇女挤进包厢。宋刚惊了一跳，妇女像极了金枝。妇女未必注意到宋刚的神色，宋刚仍为自己的失态懊恼。他低下头，把垃圾桶往里踢踢。妇女买的是上铺，想和宋刚换。宋刚犹豫一下，一声不吭地把包扔上去，然后出了包厢。估摸她收拾利索了，才转进去爬到上面。片刻，妇女叫声大哥。宋刚扭过头，看到她手里抓着一张十元的钞票。这是干什么？他问。妇女满脸堆笑，谢谢大哥！宋刚盯着她，除了短发圆脸，她和金枝并无任何相像。她比金枝年轻，他几乎能闻到她浑身散发的奶香。她被宋刚盯得不好意思，澄润的目光摇曳一下。宋刚伸出两个指头，夹住那十元钱，有意吹了吹。妇女转过身，没有看见宋刚的动作。

傍晚上车，睡一夜，天明正好到兰州。然而那一夜，宋刚根本没睡。小孩啼哭不休，想必另外两人也睡得不踏实。后半夜，宋刚发现同样睡在上铺的后生在玩手机。走出火车站，宋刚脑袋昏沉沉的。虽是如此，宋刚并没有补觉的打算。入住宾馆，洗漱完毕，便溜达出来。到兰州自然要吃拉面，不到十分钟便寻见一家。

吃喝完毕，宋刚继续溜达。转过两个路口，看到邮政绿色的字牌。是个小邮局，但大小有什么区别呢？宋刚要的不过是一张汇款单，这才是宋刚旅行的真正用意。六年了，每到一个地方，他先去邮局汇款，收款地址收款人从无变动。他特意办了张假身份证，汇款地址屡屡变动，汇款姓名冒用他人，他不想让收款人窥见任何与他相关的讯息。也许窥见也没什么，但也许就是麻烦的开始，他可不冒那个险。

宋刚紧盯着汇兑的女孩。点钱，打单，防她作弊似的。女孩二十左右，想必参加工作不久。宋刚在脑子里勾画出另一张面孔，她比女孩年龄小，也该上高中了吧。宋刚检查了回执单，确认无误，问女孩几日能到。虽然这毫无意义，汇款单在路上走多久，并不由女孩掌握，但宋刚每次都问。女孩说七八天吧。宋刚问这么久？女孩改口，也可能五六天。宋刚不由得笑了，再问，可能就三四天。回宾馆的路上，宋刚想象着远方收到汇款单的情景。她的手不再发颤，疑惑却更重了。她愣怔一会儿，慢慢走回屋。

睡了一大觉，起来已是下午。此行最重要的任务已经完成，没有什么再让宋刚挂在心上。他喝了会儿茶，去黄河边走了一遭，天色就暗了。也不急着回宾馆，身子扔在石凳上，想静静听一会儿涛声，可传入耳膜的却是忽远忽近的嘈杂。

在干吗呢？

看电视呗。马晓丽答。

我在黄河边上。

有水吗？他第一次告诉她身居何处，也许她有些蒙。

宋刚笑笑。没水还叫黄河吗？

她笑了。

你……没事吧？

没事，挺好的，刚喝了银耳粥。她买了把铁锨，把院里的地翻了一遍。

没事就挂了吧。

宋刚没等她再说，后面肯定是关于金枝的。无论说什么，最后肯定绕到金枝身上。马晓丽能有什么事呢？金枝在身边，她不下床都可以。金枝的细致入微，很多时候让马晓丽难堪甚至发怵。

晚上仍然吃拉面，极细极细那种。面馆极其简陋，也就几平方米，五张桌子全支在外面。宋刚还要了瓶啤酒，老板娘拿开瓶器给他，宋刚摇头，拇指往上一顶，瓶盖掉在地上。他以为老板娘会惊讶，但她什么也没说，只是笑笑。宋刚斟了一杯，边饮边打量周围的食客，还有忙碌的老板娘和厨师。显然是两口子，或许进城不久。在皮城，宋刚不敢到路边摊点吃饭，即便夏龙就在身边。后来退出来，不再是老板，仍然不敢。皮城不大，难免遇上熟人。流言蜚语往往是这么来的，他必须防备。而在这个塞外城市，他是陌生来客，没有谁认识他，更没人关心他是谁。旁边的食客要了头蒜，宋刚也跟着要了一头，虽然他不吃。这是新蒜，轻轻一剥，光洁的蒜瓣便滑到手心。两个蒜瓣并排立着，像极了出浴的乳房。

似乎没过瘾，宋刚又要了一瓶。拇指仍往上一顶，瓶盖未动。老板娘还未离去，宋刚有些窘。老板娘说我来吧。宋刚偏偏身子，再一顶，开了。老板娘说手会被弄坏的啊，便离去。宋刚不屑地想，那怎么可能？曾经有一次他用拇指开启三筐啤酒，当然是很久以前的事。

电话响了，是马晓丽。声音带着慌张，他能听出来。你……还没睡吧？宋刚特恼火，越是遇到事她越是拐弯抹角。怎么了？宋刚大声问，一丹……一丹……马晓丽嘴里似乎塞了乱麻。到底怎么了？宋刚声音提高几个分贝。一丹……和男友……分手了。

宋刚吁了口气。他们的女儿和男友分手了，这算什么事？马晓丽急成这样？分了才好，正合宋刚心意。

宋刚把酒瓶塞进垃圾桶，他抓着手机，乘电梯、开房间、插卡，然后坐在床边，听马晓丽叙述经过。马晓丽每隔三两天便与女儿通一次电话，一般都是她打过去。今天这个电话是女儿主动打过来的，告诉马晓丽她和迈克斯分手了。你们满意了吧？你们高兴了吧？女儿气呼呼的。马晓丽再三追问，女儿什么也不说，发了通脾气便挂了。马晓丽再打过去，女儿却不肯接。马晓丽说得颠三倒四，宋刚耐着性子安慰了一会儿，马晓丽的声音总算正常了。她让宋刚打个电话，说不定她会接宋刚的。宋刚应了，心里却想，一丹不接她的电话，又岂能接他的？

曾经的一丹孤僻、柔弱、多愁善感、没有主见，看见蝴蝶被踩死也会掉泪，小区的流浪猫死了，会伤心得吃不下饭。带她云商场买衣服，她从来不自己挑，一切由马晓丽做主。一丹念到初二，宋刚就把她送出去了。宋刚当然犹豫过，女儿这般性情，这么早出去肯定遭罪，但权衡过后还是下了狠心。有钱人不都这样吗？也许一丹会遭些罪，但日后会好的。宋刚不完全为了赶“时髦”，还有安全的考虑。他的摊子大，自会被人盯上。一度还雇人守在学校门口，就是怕女儿有什么意外。送出去，就不会再有这方面的担心。这些自然不必跟女儿和马晓丽解释，在这个家，他说了算。

一丹是从什么时候变化的？宋刚说不清楚。他和马晓丽去过两次，感觉一丹与过去有很大不同。仍旧多愁善感，但不再顺从，有自己的主意了。宋刚觉得这不是坏事，女儿已经成人，自该如此。可随后的事却敲了宋刚一棒。宋刚送女儿出国，在国外定居，但希望她嫁个中国人。这个意思，已明确告诉过她。宋刚不是保守，就是觉得相同的文化背景在性情上更合得来。女儿没听他的，交了个叫迈克斯的英籍男友。宋刚阻劝过几次，女儿不但不听，他的反对更让她铁了心。除非你用铁链把我拴回去，否则甭想。她如是说。宋刚气得脸色发青，却无计可施。女儿的性格和他越来越像，追到美国又能如何？宋刚本来认了，没想到现在女儿和迈克斯分开了。不管是什么原因，这不是坏消息。当然，电话他是不会打的，打也不是现在。

过了一会儿，马晓丽发短信说：女儿回话了。

宋刚又等了一会儿，仍无后话，便给马晓丽打过去。马晓丽说一丹情绪已经稳定了，还问她晚饭吃了什么。宋刚说：她没事就好，你先别乱问了。突然想起什么，又问，她知道吗？

马晓丽似乎确定不了宋刚指的是谁，问：你是说金枝？

宋刚说：还能有谁？

马晓丽没有任何犹豫。知道。

宋刚立时来了气。你告诉她的？

马晓丽紧张了。一丹打来的时候，她正好在旁边。

宋刚问：现在呢？

马晓丽说：她下去了。

宋刚说：她哭了吧？

马晓丽嗯一声。哭得很伤心，说一丹不定多难受呢。

宋刚没言声。由配角变为主角，金枝有这个本事。

马晓丽问：她已经知道了，我……

宋刚说：没事，你安心睡吧，我两三天就回去了。

6

作为保姆，金枝无可挑剔。比如刷马桶，先前的保姆几天刷一次，金枝每天都刷，不管忙到多晚。宋刚劝了几次，金枝永远都是说闲不住。把碗筷放入消毒柜前她再三洗涮，待拿出来用，仍要冲洗。宋刚说已经消过毒，没必要再洗，她说万一沾了什么东西呢，水是最干净的。金枝如此尽职，却只拿一千块钱，宋刚硬给，她就怪宋刚不认她这个小娘。总不能把钱强行塞给她吧，所以宋刚总是隐隐有些歉疚。

金枝几乎没有闲着的时候。马晓丽私下对宋刚说：你这个小娘实在能干，有她在，省心多了。但不久马晓丽就和金枝闹了别扭。马晓丽的内裤一直是自己洗，她明确告诉过金枝，平时放在一个单独的盆里，这个习惯她已坚持二十多年了。那天她没来得及洗，金枝越俎代庖了。马晓丽没好气。我不是说了吗？这不劳你动手。金枝惴惴不安。一样的，一样的，别把我当外人。马晓丽说：我从来没把你当外人，我就是不习惯。金枝说：慢慢你就习惯了。马晓丽质问金枝什么意思，还想改造她？金枝面红耳赤，很委屈很受伤的样子，说借她一万个胆子也不敢，这样的活本是她分内的事。马晓丽说不过金枝，但此时她难免带有主人的威严，再次约法三章，金枝连连点头。马晓丽总有疏忽的时候，半个月后，金枝再次越权。金枝不但洗了，还挂在阳台，马晓丽大为恼火。金枝仍旧是做了错事的惶恐，说出的话却是火上浇油。我知道你是为我好，我没事的。马晓丽大嚷：我不是为你好，我是不习惯，明白吗？我知道你没事，可是我有事！马晓丽上纲上线，人权都扯出来了。金枝保证不再犯，再洗马晓丽就剁她的手。马晓丽发狠道：你以为我不敢？

过后马晓丽又给金枝道歉。金枝说她的心眼儿才没那么小，甭说马晓丽说话冲了些，就是抽两巴掌她也不放在心上。我知道你是为我好。她再次强调。马晓丽苦笑，确实不是为她好，就是不习惯。有什么不习惯呢？慢慢会习惯的。这话让马晓丽紧张。

马晓丽向宋刚告状，起先宋刚没放在心上，更不值得他出面。金枝抢着洗，那就洗呗。后见马晓丽精神恍惚，这才急了。一天两人散步，走出几百米，马晓丽忽然想起内裤在盆里泡着，撇下宋刚就往回走。她记错了，出门前已经洗过，照此下去那还了得。宋刚单独和金枝谈话，金枝仍说：我知道她是为我好，我不在乎。宋刚说：你不在乎她在乎，在这个家，我都得顺着她，你就别拗着她了。金枝问：为她好也不行？宋刚说：不行。金枝低头寻思一会儿，又看看自己的手说：这手天生就是干活的，不干活就锈了。宋刚说：没事你到外面走走，别整天待在屋里。不买菜金枝基本不出门，买了菜就回来，从不闲逛。金枝说：我喜欢在家里，家里踏实……我不洗就是了。

秋后，金枝的女儿贵萍来了一趟。她大学毕业，虽然不是什么名牌学校，但按照县里当年的政策，本科生可以直接安排工作。贵萍是师范生，当老师也正对口。只是县城名额少，大部分在乡下。金枝第一次向宋刚张口，吃晚饭的时候说的，小心翼翼地，宋刚应得很痛快。帮金枝做点儿什么，这个想法早就有了。没那么容易，但对于宋刚也不是特别困难。他回了趟县城，贵萍的事就敲定了。金枝说了几箩筐的感激话，宋刚都有些烦了。一家人不说两家话，你别把我当外人。宋刚意识到他的话与金枝的逻辑相同，无悖情理，极其奏效。

转年，金枝的儿子贵祥登门。那天，宋刚外出回来，看到贵祥坐在沙发上，金枝似乎正训斥他。贵祥不安地站起来，叫声大哥。贵祥个子不高，眉毛疏淡，其貌不扬，但他不是那种可以轻易忽视的人。恰恰相反，正因为他的普通，反容易引人注意。宋刚第一次见贵祥就有这种感觉，戴了孝帽，穿着孝衣，贵祥跪在那里，宋刚仍不时瞥到他。后来回想，是贵祥的眼神太特别，飘忽，游移，难以琢磨。当然宋刚也没工夫琢磨他，名义上是兄弟，其实没什么关系。若不是金枝来家里当保姆，让亲戚关系续存下去，宋刚恐怕和他形同陌路。

宋刚扫一眼茶几，既无果品又无茶水，佯沉了脸，怪金枝招待不周，水也不倒一杯。金枝这才拍下手，说本来要倒的，让他气着了。她从厨房端来洗净的水果，分别给宋刚和贵祥倒了水。她拿起一个苹果，问贵祥吃不。贵祥摇摇头，有些局促。宋刚责备金枝，哪有这么问的，你给他削一个就是了。又转向贵祥说：随便些。还开玩笑，我回村可是又吃又喝的。贵祥搓着手，真不吃的。宋刚看金枝，金枝慢腾腾地抓起水果刀。金枝削苹果的技术已经非常纯熟，宋刚想，贵祥看到她这么熟练怕要吃一惊吧，谁想金枝竟然划破了手。她将苹果搁在茶几上，冲贵祥说：我都让你气晕了。宋刚不知两人说什么，不便问也不想问。他怕贵祥难堪，说：当娘的永远有发脾气的权利。

宋刚提议出去吃，贵祥来一趟，他怎么也得请一顿。宋刚每年清明祭扫，贵祥都变着花样招待他。在看护父母的墓地方面，贵祥也极为用心。虽然宋刚的父母不是帝王将相，没有看护的必要，但贵祥如此，宋刚也不反对。那天宋刚心情也不错，从矿上退出，宋刚也没有彻底闲着，和人合开了一家饭店。他投入大半资金，合伙人负责经营。那天正好结算，效益比宋刚想象的好。当然，宋刚没打算去自家饭店吃饭。

金枝执意在家吃，并且罗列一大堆理由，宋刚只好妥协。她已经买了菜，宋刚让她再买一条鱼，他好好和贵祥喝两盅。金枝买菜做饭的时间，宋刚和贵祥聊村里的事，也只有这个话题两人能说到一块儿。贵祥渐渐放开，偶尔笑笑，眼睛会闪出亮光。更多时候，他的目光温和平缓，电力不足的样子。

贵祥有些酒量，宋刚是知道的。但他举杯迟缓，有意无意地扫着宋刚，宋刚口大他便口大，宋刚小口喝，他也同样跟着。宋刚说：你别瞅我，我这个年龄，酒量不行了。贵祥恭维道：他们说哥一顿喝掉三斤白酒呢。宋刚摆手说：老皇历了，那时太傻，胃生生喝坏了。金枝插话道：喝酒伤身，都少喝点儿，特别是你。她看着贵祥，舌头一大就胡扯。这可是大地方，醉了丢你哥的脸。宋刚笑笑。自己家喝酒，想怎么喝怎么喝。贵祥仿佛受到鼓励，双手举杯，一饮而尽。金枝瞪他，贵祥抹抹嘴巴，哥放话了，我听哥的。

几杯之后，贵祥的目光稳稳落在宋刚脸上，而不是像先前突然有风卷过似的，飘忽摇摆。宋刚明白他有话要说，却又拿捏不准，即便目光停稳了。

有事？宋刚问。

是有点儿事。贵祥的眼睛闪了一下，他终于等到宋刚这话。

金枝呵斥贵祥说：少给你哥找麻烦。

宋刚制止金枝。让他说嘛。

贵祥就说了。

金枝揶揄说：也不拿镜子照照，就你还想当村委主任？

贵祥顶撞说：我没本事，你把我生出来干什么？

金枝在贵祥头上拍一掌。你个没良心的。

贵祥说：你是功臣，行了吧？有没有本事，干了才知道，这不还有哥嘛。

金枝说：你从来没当过，趁早别打这个主意。

贵祥说：朱元璋也不是生下来就是皇帝，他还放过牛呢。我放过牛放过马，还放过羊和猪，你又不是不知道。

金枝说：不行，不能拖累你哥。

贵祥转向宋刚说：我不会的。

母子俩你来我往，宋刚坐观西洋景。贵祥的来意已经明确。贵祥无根无基，竞选村委主任谈何容易？但有宋刚支持就不同了。宋刚不会轻易表态，他得把利害捋清楚。金枝和贵祥演双簧，她的话带了夸张，但未必没有道理。宋刚的大脑迅速运转，天平渐渐倾斜到贵祥一边。

宋刚说：贵祥说得没错，谁生来也不是村委主任。

贵祥惊喜交加。哥同意了？我敬哥一杯。他站起来，给宋刚鞠了一躬。

宋刚说：我同意不同意不重要，你竞选，主意自己拿。

贵祥说：那怎么行？哥同意我才踏实，哥反对我就放弃。

金枝盯住宋刚。你不是说笑吧？他怎么可能？你真同意？

宋刚笑笑：我当然不是说着玩的。

金枝僵了一会儿，摇头道：还是算了吧，贵祥，你趁早死了这份心。

贵祥说：我听哥的，你别拽我后腿。

宋刚问：你想让我做什么？

贵祥说：哥点头就行，别的不劳烦哥。

宋刚夹了一颗莲花豆，金枝自制的，非常酥脆。他嚼碎，咽下去。其间，他看着贵祥眉毛疏淡的脸。贵祥的目光没有闪避。虽说只是一个村委主任，但也没那么简单啊。

贵祥的喉结蠕动一下，像陪着宋刚吞咽。我知道，我心里有数。

宋刚不相信贵祥大老远跑来只是为了征得他同意。贵祥可能难以启齿，这也好，宋刚的帮忙便有了分寸和限度。金枝每月只拿一千，余下的钱宋刚存到了特意为她办的卡上，现在正好派上用场。竞选难免花钱，比如给村民买米面什么的，虽说上面不让拉选票，但好多地方都这么干。富裕的村庄还发红包呢，这已经不是秘密。卡上也没多少钱，宋刚直截了当，别的忙我帮不上，用多少钱包我身上。金枝坚决不让贵祥拿，而贵祥也没有拿的意思，他说：哥同意就是帮我最大的忙，钱真用不着的，我自己有。宋刚疑惑，你自己的钱够吗？贵祥说：这个不用哥操心，我自有办法。宋刚沉下脸说：叫我哥就别推让，算我借你的，以后再还我。贵祥说：真的用不着。到底没有拿。

贵祥竞选的日子里，金枝常责备宋刚。贵祥不识惯的，你不能对他太好。

或者，他再来，你不能给他好脸。宋刚有时笑笑，有时虚应，怎么也是兄弟嘛。金枝摇头，他不是当村委主任的料。在她又一次提这个话题时，宋刚说：我也没帮他什么，已经开头，就由他去吧。金枝说：我是怕给你添麻烦啊。宋刚说：一家人不说两家话，有麻烦咱解决就是。这人活在世上，谁能顺风顺水的？你把心放肚里好了。金枝叹口气，没再说什么。

金枝勤勤恳恳，却只拿一千块钱，还有，金枝救过他。宋刚从来没告诉金枝，但始终记着。同意贵祥竞选，也算是对她的报答，宋刚出钱也是诚心诚意。贵祥竟然不要，这让宋刚有几分遗憾。如果贵祥让他出面周旋，宋刚也会，这样贵祥就有了胜算。贵祥不提，宋刚也不会介入，由着贵祥折腾好了。选上是他的能耐，选不上也不能怪宋刚。

贵祥没打过任何电话，没向宋刚咨询什么。宋刚也挺奇怪，贵祥难道凭着冲动去竞选？宋庄千口人，彼此盘根错节，弄不好不但选不上，花了冤枉钱还得罪人。某天晚上，宋刚接到毛安的电话。宋刚开矿那阵，毛安是副镇长，现在已经是镇长了。扯了些无关痛痒的，毛安突然说：你那个两姓兄弟要竞选村委主任，你知道吧？宋刚随口说知道，当即脑子转过弯儿。怎么，他去找你了？别理他！毛安嘿嘿两声，宋哥，这可不是你的作风呀。宋刚说：他要选，我也不能拦，选上选不上随他便。毛安说：我明白我明白，宋哥放心，不打扰你了。

宋刚发了会儿呆，虽然夜已深，还是给贵祥打了电话。贵祥已经睡了，迷迷糊糊的。宋刚问他是不是找过毛安，贵祥问哪个毛安。宋刚火了，还能哪个毛安？毛镇长！贵祥说：没有呀。宋刚问：他怎么知道你和我的关系？贵祥委屈，他是怎么知道的，我也不清楚呀。缓了一下，宋刚说：有些关系很复杂，你不能打我的旗号。贵祥连连保证说：哥放心，我没那么蠢。宋刚说：让我帮什么忙，你必须和我说，明白吗？贵祥说那是肯定。宋刚听得贵祥连连打哈欠，于是挂掉。然后又给毛安发了一条短信。毛安的回复只有两字：放心。

贵祥不蠢，未必直接找毛安。就如宋刚，未必要亲自出面，有时不出面比出面效果更好。毛安也不会直接介入。但他毕竟是镇长，风会随他的方向旋转。宋刚咂摸出其中滋味，却不宜再说什么。

7

马晓丽没睡好，头疼得厉害。早饭吃一点点便捂了头走进卧室。金枝一声不响地站起来，歉意地对宋刚说：喝完自己添。并不等马晓丽召唤，她知道马晓丽需要她。马晓丽老毛病了，时好时坏，中医西医都看过，药没少吃，却未根治。某次发病，金枝替她按摩一会儿，竟然减轻许多。马晓丽不再吃药，头疼就让金枝按摩。很多事都离不开金枝，比如马晓丽的头疼。她让宋刚按摩过，没两下就喊受不了。当初在杏花沟买房，确实是想躲开金枝。现在想来，选择那样可笑的逃离方式，原本就没想彻底将她拒之门外。

可是……

宋刚在沙发上翻了会儿短信，有约他打台球的，有约他游泳的。金枝将沏好的茶放下，轻声说：睡着了。宋刚点点头，你吃饭吧。金枝叹口气，竟然泪汪汪的。宋刚心想糟了，没等他有所反应，金枝的脸已经被雨帘覆盖。她这是老毛病，不要紧的。宋刚干笑一声。金枝抹一把，在膝盖上擦擦，再抹一把，又在膝盖上擦擦。我是想起一丹了……晓丽头疼，肯定是因为一丹。这个宋刚心里明白，马晓丽的头疼与情绪有极大关系。马晓丽牵挂一丹，也没像金枝这么大肆流泪。宋刚回家的当天，金枝已经哭过一次。闺女大了，由她去吧，也不是什么大不了的事，不就分个手吗？我都不担心，你担心什么？宋刚的话是带了牙齿的。金枝道：男人总归是心硬，一丹就算成人了，也是女娃，你们把她扔在国外，没人照顾，平时怕连个说话的也没有。她开始讨伐，仿佛宋刚和马晓丽把一丹抛弃了。宋刚耐着性子，怎么没有说话的？她朋友多着呢。金枝说：你这个当父亲的不了解女儿，她要是朋友多，也不会大半夜给你打电话。

宋刚苦笑说：咱这边是黑夜，她那边是白天。但金枝的责备似乎也有道理，他确实不知道女儿有多少朋友。宋刚说：好啦，人不跌跟头长不大，你别操心了，特别是在晓丽面前，不要提一丹，更不要掉泪！金枝点头。我知道，她睡着了，我就忍不住了……她有些哽咽。

宋刚说要出去一趟，将她晾在空阔的大厅。替一丹难过，这个理由滑稽却结实。让她哭好了，只是宋刚不在，她还会哭得那么动情那么投入吗？也许吧，毕竟贵祥……宋刚被划着，咬紧牙，方抑制住身体的痉挛。

贵祥当选，宋刚毫不意外。电话那边的贵祥难以掩饰地兴奋，宋刚淡淡地说：好好干吧。距贵祥的电话不到两小时，宋刚收到毛安的短信。结果在那儿摆着，再撇清反让毛安小瞧了，他回复了谢意。他帮过毛安，毛安将这个人情还给他。顺水推舟，宋刚把这份情补偿给金枝。宋刚也没失去什么，不快一闪而逝。那天，他让金枝多烧了两个菜，金枝也破例喝了几杯。平时她不喝的，在保姆与小娘之间，她自有分寸。

次年清明，宋刚回村，贵祥早早就在村口候着了，仍是满脸的恭敬。日光斜射，眉毛几乎看不到了。但贵祥没像往年那样杀鸡宰鸭，祭扫完，便要领宋刚去镇上。你弟妹就那两下子，我得好好请请哥。贵祥解释。宋刚说又不是回来吃饭，家里坐坐就是了。贵祥不依，说：这哪行呢？食材我自己准备的，不过就让他们做做，钱都给了，咱不去可就白扔了。宋刚已经停了车。非去不可？贵祥央求道：哥好歹给我个面子。宋刚仍然迟疑，问还有谁。贵祥揣摩到宋刚的心思。清明防火任务重，毛镇长忙得顾头不顾脚呢，就……别喊他了吧。宋刚嗯一声，嘱咐日后毛镇长问起，不要说他在镇上吃的饭。贵祥点头。我明白，哥一百个放心。

该是镇上最好的饭馆了。两个人吃饭，却摆了一桌子。宋刚皱眉，你这是干什么？没这么糟蹋的。山鸡野兔本地有，鹿肉却没那么好弄，贵祥费了大心思。他嘿嘿笑，吃不了咱打包，糟蹋不了，怎么说兄弟也是村委主任了。宋刚斜他，省长也没这么吃的。贵祥说：省长你是看不见——瞧我这嘴，我知道哥见过大场面，就一次，哥就赏个脸吧。

其间，贵祥接到两个电话，他都是出去说的。宋刚听不清贵祥说话的内容，但能听到他的声音，应该是贵祥突然提高的某些音节刺到包厢中的宋刚。不知怎的，宋刚隐约有些不安。

一个月后，宋刚才知道贵祥和人合办了砂厂，就在村庄北面。

宋刚接到车站派出所电话，赶到那里，看到蹲在角落的老汉金三。宋刚把金三领到餐馆，点了两个菜，丢下二百块钱。金三却扯住宋刚，说是因为砂厂找他的。贵祥的砂厂不允许村民靠近，还养了两条狼狗，金三挽起裤腿让宋刚看他的伤。他不过是想看看，却被贵祥的狼狗咬了。他找了镇里，还去县里反映过，贵祥的砂厂照开不误，一分钱也不赔给他。金三说他想好了，宋刚若是不管，他就继续往上告，不信没讲理的地方。

宋刚正要给贵祥打电话，贵祥的电话来了。贵祥已经在皮城。半小时后贵祥就到了小饭馆，身后还跟了两个人。刚刚还愤愤然的金三，此刻怯怯的，若不是宋刚在场，怕是要逃了吧。贵祥狠狠瞪金三，但面对宋刚，瞬间堆砌满脸笑纹，给哥添麻烦了。

怎么回事？拐进饭馆旁边的巷子，宋刚冷声问。贵祥不安地说：给哥添麻烦了。

宋刚盯住他。去年就开了？为什么上次不说？

贵祥躲闪着。不想让这些小事麻烦哥，人家是有证的。

宋刚冷笑。人家？你没参与？

贵祥并不否认。我入了股。

宋刚问：给村里交钱吗？

贵祥神色活泼了些。当然交呀，不交怎么可能？

宋刚问：多少？

贵祥说：一年三千。

一个砂厂一年少说也有几十万收入。宋刚冷笑一声。你们可够黑的，难怪你要竞选。

贵祥没有在意宋刚的挖苦。我不能一辈子没出息嘛。不过，和哥还是不能比，哥开大矿，我只能和人弄个小砂厂。

宋刚暗暗心惊。贵祥的神情带着谄媚和讨好，话却夹着锋利的刀片。他的目光压过去，贵祥往后缩了缩。

那么，这个采砂场是要彻底开下去了？

贵祥说：办采砂证费了不少周折，已经投了很多钱，再说……签了五年合同。

宋刚问：狼狗是怎么回事？

贵祥叫屈。养狗也是没办法，好多村民专以偷盗为生，人看不过来呀。金三完全是个意外，这事怪我，没处理好。哥放心，我会处理好的。

宋刚说：在宋庄地面上，别太过分了。

贵祥大虾一样弓了腰。我晓得了。

阻止贵祥开厂已不大可能，除非砂厂自个儿倒了，宋刚也只能警告一番。宋刚不放心金三，让贵祥当着他的面处理，就在那家小饭馆。金三索赔一千五，贵祥立马瞪眼，你又不是金腿。见宋刚皱眉，马上改口：就依你。只是来时没带钱，他让金三先回村，金三死活不肯。贵祥道：我给你打欠条行不？金三依旧摇头。贵祥开始掏钱，他带来的两个人也帮着凑，终于凑够。金三不愿意坐贵祥的车，贵祥不答应，他必须把金三交给家人。直到贵祥当宋刚的面做了保证，金三才上了车。

贵祥的砂厂像枚钉子嵌进宋刚的身体。和哥不能比，哥开大矿，我只能和人弄个小砂厂。贵祥的话不时在耳边回响，每响一次，那枚钉子就往深扎一点。宋刚开了十几年矿，从未觉得有什么不对。即便死人，死人又怎样？周边哪个矿不死人？没有什么是不付出代价的。夏龙死后，他被迫退出。不是不愿意开了，是不敢开了。如果可能，他还会开的。一个人拎着酒瓶在马路游荡固然自在，但前呼后拥的感觉更让人迷恋。他放弃了，是不得不放弃，那就是他的一段历史，光彩，炫目。现在不干了，即便他很低调，光环仍在。他打台球，服务生端上的茶也与他人不同。他从未对自己的过去产生怀疑，所以贵祥那句话着实把宋刚惹恼了。贵祥最多就是个老母鸡，怎可和他这只金凤凰相提并论？他极不舒服却没有发作，并不是因为贵祥是他的两姓兄弟，而是被贵祥谄媚中夹裹的刀片划疼了。那句话追着他。老母鸡和金凤凰不在一个层次，细究却没什么不同，不过是小偷与大盗的区别。

每比较一次，金凤凰的毛就被拔一根，宋刚感觉自己快被拔光了。贵祥不过养两条狼狗，宋刚干过什么只有他自己清楚。死一遍，他也不敢坦陈。是的，拔光毛，他未必如一只老母鸡。这样的发现令宋刚越发沮丧恼怒。

金枝发现了宋刚的异常。某天晚上，宋刚在沙发上看电视，金枝端一个果盘过来，果块大小适中，扎了牙签。宋刚让她给马晓丽端到卧室，金枝说她那儿有。宋刚让她端到一边，他的胃不怎么好。金枝却一屁股坐下。你有心事了吧？宋刚愣怔一下，这才将目光搁她脸上。他笑笑，摇摇头。金枝叹口气说：我知道帮不上你，你想的都是大事，我一个女人家，什么都不懂，只是……别老憋在心里，找朋友说道说道，久了会生病呢。宋刚说：真的没什么。金枝含了几分痛心说：电视开着，你却望着屋顶，还没什么？宋刚啊一声，是走神了。金枝问：不会是因为贵祥办砂厂吧？宋刚吃了一惊，金枝还真是厉害。金枝说：你说他选个村委主任就是了，还开什么砂厂？他有多大本事我还不知道。宋刚笑笑说：他开厂，你脸上有光啊。金枝说：那是托你的福，若不是你罩着，他哪有今天。宋刚说：还是贵祥能干。金枝说：可别这么说，贵祥折腾破天，我心里也清楚咋回事。他要没良心，我先饶不了他，这份恩，甭说这辈子，下辈子他也得记着。

贵祥不仅撕裂了宋刚包装完好的过去，他还会继续折腾。金枝的表态反点醒宋刚，他所有的不快、不安、懊恼都与贵祥有关。他要与贵祥拉开距离，直至彻底撇清关系。当然，所有这一切，金枝是黏合剂，没有她，宋刚不会和贵祥发生关系。金枝能干，但宋刚用不起了。

几日后，宋刚和金枝谈话，说贵祥繁忙，肯定需要人手，劝她回去，好歹能帮帮他。金枝甚是紧张。你这是要撵我走吗？我哪里没做好吗？宋刚忙说她干得非常出色，他和马晓丽都非常满意，但觉得贵祥更需要她。金枝捶着胸。吓死我了，我还以为你们要撵我走呢。我不走！她很坚决地说：贵祥那儿我帮不上，也不想帮他。跟你们这么些年，我已经习惯了。要是我哪儿做得不好，你指出来就是，骂我都行，可别赶我走。宋刚，求你了……金枝的眼泪稀里哗啦直泻下来。宋刚有些慌，不是撵你，只是……金枝不说话，一个劲地撩起衣襟抹脸。

别哭了好不好？我就是说说。宋刚忍着烦乱。就是说说？金枝的眼睛红得滴血。不是真的撵我？宋刚说：你这是何必？金枝大喜过望的样子。我就知道你不会真的撵我，以后可别吓我了，我心脏不好。工资我不要了，管我吃住就行。宋刚说：这和工资没有关系。金枝说：那我也不要了，怎么说我也是你小娘，咋能要你们的钱呢？我知道你们不缺，不缺我也不该要。贵祥那儿，你千万别多心，他不会有意见的。啊呀，得买菜去了。

8

饭菜在桌上摆着，却不见金枝的踪影。宋刚以为她又去为春耕做准备了。她热情高涨，快搂着菜田睡觉了。她已经列好种植计划，青菜、韭菜、萝卜、豆角、黄瓜、茄子、辣椒，沿墙侧点玉米和向日葵。她知道马晓丽喜欢吃黑白相间的花玉米，但不知什么样的种子能长出花玉米。她让宋刚在网上查查，以免她买的时候上当。宋刚没查出来，她有些遗憾地说只能去市场问了。

宋刚踱到窗前，并没看到她。杏叶被秋风扫尽，院子空阔许多。那片地已被金枝分成大小不等的方格，自然不同的方格种不同的菜。金枝已经在预演，她什么都不耽误。一场雪，半夜风，方格就会被抹平，金枝的工作其实是徒劳。

宋刚任由她折腾，对金枝也不是没有任何意义。她也是一粒种子，雄心勃勃的种植计划也包括她自己。

宋刚在餐桌边坐下，马晓丽也趿着拖鞋下楼了。每个盘上都扣着碗，宋刚一一揭开。即便是早餐，金枝也变着花样，一周绝不重复，除了粥。宋刚和金枝都爱喝粥，这不会变。马晓丽喝了两口，忽然左顾右盼，金枝呢？宋刚说不知道。马晓丽喊了两声，站起来。宋刚斜她，你干什么？她还能丢了？马晓丽嘟囔：我手机在上面呢。跑腿的事平时都是金枝的。在甩掉金枝的问题上，马晓丽和宋刚一致，甚至比宋刚还强烈，因为她发现金枝跟踪她。这让她大为恼火，在大街上就斥责金枝。金枝却十分委屈，马晓丽独自上街，她不放心。她常看新闻，被盗被抢的事能说出一大堆。她还向宋刚解释过，绝没有监视马晓丽的意思，借她一百个胆子也不敢，就是不放心。她对马晓丽发过誓，也答应宋刚，但没有彻底管住自己。马晓丽平时很顺从宋刚，为此却和宋刚闹了几场别扭。她认为金枝是受宋刚的指使，宋刚说我有必要指使她吗？还指使她跟踪监视你？宋刚也和金枝发了脾气。金枝难过极了，说：如果我只是个保姆，才不操这个心呢，可说什么我也是你们的小娘，这乱糟糟的，她连个方向都分不清，能单独上街？金枝虽有理由，还是发誓，再有下次宋刚敲断她的腿。金枝再犯，宋刚当然不能敲她。马晓丽索性不再出去了，想到身后跟着人，她就冷麻冷麻的。除非宋刚陪她。宋刚出门的日子，她偶尔出去，干脆让金枝陪同。竟然渐渐习惯了，只是提起来仍是恼火，马晓丽对金枝的依赖程度超过宋刚。

怎么还不回来？去哪儿了？马晓丽问。金枝在，让人不适；不在，是另一种不适。金枝要这么失踪了，还真是麻烦事。马晓丽似乎被施了魔法，六神无主的样子。

宋刚不愿听她不着边际的絮叨，站起来，扬了扬车钥匙。

杏花沟通往市区的车辆稀少，甚为冷清。两边的树木花草，枯的枯黄的黄，满目萧索。宋刚吹几声口哨，短促刺耳，然后嘴唇便牢牢合在一起。

上午计划打台球，但时间尚早，宋刚没任何犹豫径直开进曾经的住所。拉开窗帘，骤然拥入的阳光几乎撞疼他的脸。宋刚挨房间转了转，可不是为了找金枝。一切井然，只是拖鞋东一只西一只的，显示着出逃的狼狈。可不就是出逃吗？他和马晓丽离开那天早饭都没吃。现在他回来了，明白不过是换了个战场而已。金枝主动离开？那是不可能的，除非他把贵祥弄出来。

第一次辞退金枝失败后，宋刚暂时搁置了计划。在整个皮城，怕是找不出第二个像金枝这么卖力的保姆。虽说贵祥让宋刚不爽，虽说那枚钉子嵌得更深，但砂厂还算平安，贵祥也极少登门，宋刚清净了许多。宋刚仍把金枝未领的工资存到卡上，她说不要钱，宋刚只得变换支付方式。

贵祥开了两年砂厂后，着手实施另一项计划，他要承包宋庄的荒地。虽是荒地，土质不怎么好，但花花草草也能生长。面积不小，有四五千亩，贵祥承包五十年，承包费五万块钱。这样的条约八国联军也想不出来。一千个不合理，一万个不合理。但按照政策，如果每位村民签字同意，条约即可生效。宋刚得知这个消息，贵祥已经进行过半。有些村民外出打工，贵祥一一找到，逐一攻破。贵祥在皮城经停了一下，宋刚阻劝他停止这个计划。贵祥再没有初选村委主任那会儿的谦卑，疏淡的眉宇间满是不在乎。我不承包，别人也会承包，就像那个砂厂，我不开采，别人早晚也会开采。我不是胡来，每一步都符合法律。他振振有词。宋刚说这不合理，贵祥嗤地一笑，哥，你这是开玩笑呢，什么是合理？什么是不合理？宋刚一时无语。贵祥继续诘问：那些上百亿的厂子几百万就卖了，你说合不合理？咱县投资六千万建了个三国城，现在都是野猫野狗住，你说合不合理？宋刚惊讶地发现，论口才，贵祥居然和金枝不相上下。宋刚竟被他质问得有些词穷，当然还有些心虚，好在贵祥没提他开矿的事。他说兔子不吃窝边草，你这样做会让宋庄人心寒，你可是他们选出的村委主任。没料这句话又遭到贵祥耻笑。哥，那是过去，现在哪个兔子吃的不是窝边草？吃窝边草才没风险。贵祥拿出村民的签字让宋刚看，我没强迫谁，他们都是自愿的。宋刚瞅着那些歪歪扭扭的字迹，不相信每个村民都是自愿。我就不信没有反对的。宋刚气呼呼的。贵祥一笑。反对自然有，但我有办法让他们签字。

宋刚警告他不可乱来，贵祥只是一笑，说：哥的胆子变得这么小？不过哥放心，我不会乱来。

宋刚未能阻止贵祥，贵祥的翅膀已经硬了。贵祥说是不乱来，临了还是闯了大祸。金三死不签字，贵祥用尽招数，后来雇了两个混混，打算教训一下金三，但两个混混下手重了，金三被拉到医院，没抢救过来。两个混混，一个被抓，一个在逃，主谋贵祥就这样把自己折腾得戴上了手铐。

贵祥出事的消息传来，三个人正在吃饭。宋刚的手抖了一下，差点摔了碗。金枝的目光聚过来，宋刚直说了。金枝号叫了一声，没想到她矮小的身体有如此巨大的爆发力，马晓丽的脸色都变了。

金枝没闹，话都没说，冷静得出奇。宋刚不知她在想什么，他原想离开的，见她这个样子，他没敢动。你也救不了他？金枝终于说话。宋刚说：村委主任雇凶，影响恶劣，不知多少人盯着呢。金枝说：就不该让他选这个村委主任，他几斤几两我还不清楚？我当初就说他不行。宋刚不自觉地皱眉，难道是他怂恿贵祥当村委主任的？金枝说：当个村委主任咋就变了，心都让猪油蒙了。一个其貌不扬外表还算憨厚的人当几年村委主任，就放肆疯狂到如此地步，宋刚也不明白，也感到吃惊。他是贵祥变化的见证者，却理不清其中的逻辑关系。金枝说：如果我能替他坐牢的话……她失神地看着一个地方，自言自语。宋刚料她不会有事，撇下她走了。

次日，金枝给宋刚致歉，说她失礼，不该那么为难宋刚。宋刚说他理解她的心情，没有怪她的意思。我想一夜想通了。金枝的声调恢复了之前的韧性，贵祥自作自受，老天爷也帮不了他，随他去吧。金枝的超脱让宋刚吃惊，不由得盯住她。她眼睛红肿，自然哭了很久，可神情安详，无悲无喜。宋刚不相信她会把贵祥抛开，她的安详反让他忐忑。

宋刚靠沙发上眯了会儿，竟然睡着了。没几分钟就被冻醒了，供暖前这一段，屋里格外阴冷。若金枝在，她会轻手轻脚地把毛毯盖在他身上。宋刚活动几下，看看表，知道她走了。

临近中午，宋刚行驶在回杏花沟的路上。马晓丽打过两次电话，第一次告诉他金枝还没回去，第二次问他要不要报警，宋刚没回应就挂了。这女人怕是整个脑袋都被金枝洗了。此时，宋刚竟也有说不出的忧虑。他不相信金枝会不辞而别，可若她真的人间蒸发，他该如何？

转过弯，左前方有一骑车人，背影像金枝。稍一停，目光便滑开。宋刚自嘲地笑笑，他也被金枝洗脑了。车超过骑车人，宋刚偏了偏头。担心认错，他放慢速度，摇下玻璃。确实是金枝，金枝也看到了他，刹住车。

车把上挂着青菜蒜薹萝卜等，还有一只活鸡。秋风清冷，金枝的额头却湿漉漉的，原来她去市场买菜了。杏花沟距市区远，平时多是宋刚捎她去。

金枝拍拍八成新的自行车说：花一百块钱买的，以后我自己就可以去菜市场，省得麻烦你和晓丽。

宋刚说：这么远，骑车也不方便。

金枝说：方便，我顺便也活动活动腿脚。噢，我知道花玉米是怎么种出来的了，我还买了浇菜的管子。

宋刚这才注意到自行车后座上夹着一大团红色的软胶管。他终是没忍住，声音有些冷。你准备得也太早了吧。

金枝说：早晚得买，这个季节便宜。

马晓丽埋怨金枝出去也不打招呼。我还以为你失踪了呢。宋刚狠狠瞪她，但马晓丽没注意到。金枝面带歉意。我怕影响你们睡觉。马晓丽说：你可以写个纸条，或者带上手机。金枝说：以后保证不会了，我还买了天麻，炖鸡放几粒。马晓丽说：我在网上看到的，未必有效。金枝说：试试就知道，反正没坏处。金枝是要对马晓丽的头疼全方位治疗了，她会不断买鸡回来。

晚上，宋刚在门口走了一小会儿。风小下去许多，他能听到脚底枝叶的碎响。他想打几个电话，有些电话要背着马晓丽和金枝。碎响不断，他有些躁，好几次快拨通电话又掐断。

金枝蹲跪在地板上，手抓着抹布，人却在发呆。她又落泪了。似乎怕宋刚看到，她慌了一下，低下头。天冷了，你穿得有点儿薄。她仍背对着他。宋刚突然有些恼。地板很干净了，你别没完没了地擦！金枝几近哀求。我闲不下来，就让我擦吧。宋刚整个人被定住。

半晌，宋刚神情沉重地说：贵祥——金枝急切地打断他，别提这个货。宋刚愕然。金枝缓了口气说：千万别提这个货！我哭绝不是为他，我真的是为一丹难过。你放心，我不会当着晓丽面哭。她再次哀求：你就让我难过一下，行吗？

9

阴云密布，这样的天气宋刚更喜欢窝在家里，毕竟年龄不同了。可合伙人再三央求，无论如何也得他出面。哪怕露一下脸。合伙人说。虽然之前有口头协议，可现在饭店遇到麻烦，他不能旁观。

金枝抓着雨伞追出来，宋刚摇下车窗说用不着的。金枝说你总得下车呀，硬塞给他。

刚进市区，雨点便砸下来，击出砰砰的响声，像冰雹。数分钟后已是白茫茫一片，声音反而弱了，只剩下雨刮器的喘息。车速缓慢，到那儿用了近一个小时。

散场已快两点，合伙人留宋刚休息，宋刚没应。合伙人让宋刚把车留下，宋刚说酒醒得差不多了，不碍事，合伙人还是喊了代驾。代驾把宋刚送到城区的住所，宋刚躺了一会儿，毫无睡意，洗了把脸，开回杏花沟。

宋刚正要下车，大门却拉开了。他嘱咐过金枝，在外应酬，没迟没早的，可金枝每次都等，不论他回来多晚。宋刚说他困了，让金枝也早点休息。金枝说：温了碗鸡汤，你怕是饿了吧，喝酒人都不吃饭。宋刚确实饿了，喝掉鸡汤，又吃了几片全麦面包，然后匆匆上楼。他不休息，金枝会一直候着。

一觉睡到半上午，刚打开手机，合伙人的信息便跳出来，当然是好消息。

没什么悬念，毕科长在麻将桌前坐定，事也就定了。宋刚拨通合伙人的电话，叮嘱今后千万别买什么野物，只挣能挣的钱。合伙人连连保证，宋刚说现在知道也不晚。宋刚无当年的斗志，搞定一个科长还是不在话下，很多人在他的进攻中丢盔弃甲。那个姓白的行长，不爱钱物不喜美女，文物字画也没兴趣。宋刚的人跟踪他一个月，终于发现行长的秘密，他有个自闭症儿子。或是怕家丑外扬，也可能是别的顾虑，行长每次去看儿子都特别私密。从行长的儿子身上做文章自然很困难，但宋刚没有退却。半年时间，虽未能治愈，但行长的儿子总算说话了。每一场战斗，宋刚都有说不出的成就感。退出后，宋刚越来越厌倦挖空心思、不择手段的日子，自然，更无荣光。

宋刚自认还是有能力和手段的，但面对金枝，却常常铩羽而归。金枝说不怪宋刚，贵祥自作自受之后，果然绝口不再提贵祥，但她眼底是藏着话的。她红着眼睛在宋刚面前晃来晃去，宋刚就如芒在背。第二次让金枝离开，宋刚先和贵萍沟通了，让她上门劝说金枝。贵祥出事，现在里里外外是最需要她的时候。结果金枝把贵萍骂跑。我在你哥家住惯了，除非你哥撵我。这样的话扔出来，自然是让宋刚听。我咋说也是你的小娘啊！这是她的救生符。后来宋刚发了狠心，直言他和马晓丽休闲在家，不再需要保姆。金枝又把那一套搬出来，她不要钱，管吃住就行。宋刚说不是钱的事，她不干，他照样每月给她钱，主要是不方便。她非问哪儿不方便。宋刚说不方便说的。金枝顿一顿，再次把宋刚拽进她的逻辑系统。我知道你是为我好，怕我牵挂贵祥，可是我回去，他就能放出来吗？躲得远点儿还省得心烦。你的好意我领了，别再说走不走的话，好吧？

宋刚无语。

马晓丽推开门，慌里慌张地说：你猜金枝干什么？宋刚腾地坐起来问，怎么了？马晓丽叫，你去看呀，她在院子里……宋刚赤着脚随她至窗前。金枝已经接好水管，在给菜地浇水。还没种呢，昨天才下过雨……她脑子不是出毛病了吧？马晓丽的担心似乎有些道理。宋刚也很奇怪，金枝演的是哪一出？

宋刚出去，马晓丽跟在身后。金枝极其专注，宋刚咳了一声，她方回转头。

你这是干什么？宋刚声音很大。

浇地呀。金枝眉眼全是笑，似乎宋刚问了极其愚蠢好笑的问题。

我知道你在浇地，宋刚没有掩饰不快。

你呀！生在农村，却没干过活儿。金枝语气中有责备，似乎还有长辈对晚辈的疼爱。地得保墒，墒分秋墒和春墒，我这是保秋墒呢。

宋刚说：不是才下过雨吗？

金枝轻笑说：昨夜的雨没下透。趁这个劲儿浇透，也省水。正好检查一下水管，这些卖货的可奸着呢。

宋刚无言。

怎么？你俩是不是觉得我脑子出了问题？金枝仍笑盈盈地。放心，我还没糊涂，对不对晓丽？她冲马晓丽眨眨眼，来，你试一下。

马晓丽瞅宋刚，宋刚没反应，马晓丽犹豫着走过去。

那一夜，风声很厉。偶尔窗外有沉闷的声响，不知是被吹晕的归鸟还是飓风卷起的沙粒。马晓丽倒是睡得沉，金枝坚持不懈的按摩及食疗确实起了作用。宋刚就有些惨，翻滚足够二百次，后来索性静静听着风声……呜呜呜，鬼哭狼嚎的。他不由得想起独自藏身破礼堂的那夜，风也是这般疯狂。金枝是怎么摸进来的，宋刚毫无察觉，直到赤条条的人钻进被窝，他才看清是金枝，宋刚怒喝，却发不出音，四肢无力，完全使不上劲儿。金枝吐着香气，柔滑的手从他胸前往下移，在小腹下，停住……然后，她翻到他身上。

宋刚突然醒了。他坐起来，喘息四顾。室门紧闭，马晓丽依然是微鼾，风仍在号叫。躺下，他触到坚挺的尘根。他舔舔干裂的嘴唇，轻轻嗅了嗅，脸隐隐地烫了。再睡却没那么幸运，脑子里一片杂乱。躺了一会儿，不只乱，还有些烦。他趿着拖鞋出来，想了想，又在睡衣外套了褂子。

宋刚怕惊动了金枝，轻手轻脚地摸到厨房，拿了昨日喝剩的红酒，还有多半瓶呢。不是第一次了，睡不着的时候不得不借助红酒，在矿上那会儿就开始了。他在餐桌边坐下，摸了倒扣在盘里的酒杯。正欲倒酒，灯哗地亮了，太突然，宋刚本能地眯了眼……金枝从他手里抢过酒瓶，眼神带了几许责怪。宋刚竟然有些慌，像偷窃被抓了现行，解释得词不达意，我检查一下瓶盖。金枝说：瓶盖牢着呢，想喝几口吧？宋刚说不出的沮丧，睡不着。金枝说：空腹喝伤胃，我弄两个菜。宋刚制止，金枝轻声说：放心，不会影响晓丽，反身闪进厨房。宋刚坐着，意识到自己成了同谋犯。

几分钟后，金枝把菜端上桌，并在宋刚对面坐下。炒鸡蛋、拌黄瓜，还有一盘花生米。我也睡不着，陪你喝几杯吧。金枝很自然地给自己斟上，和平时判若两人。当然，宋刚不再慌乱，只是没来由地紧张，特别是看到金枝的手……很粗糙的。白天，如此对饮肯定是滑稽的，可在北风肆虐的夜晚，两人因失眠坐在一起。

起初，宋刚稍有些不适，那个梦仍在脑子里盘旋，后来终于被他驱逐掉，人也放松下来，而金枝始终都那么自然。即便有同病相怜的意味，金枝也没有忘却自己的身份，独揽斟酒。半瓶酒当然不经喝，金枝问要不要再开一瓶。宋刚略一犹豫，说：反正睡不着。金枝的眼神跳了一下，起身去了。

你觉得贵祥和贵萍长得像不像？金枝问。那时已是后半夜，宋刚有些冷，上楼加了件衣服。宋刚没觉得突兀，也没平时那般警惕，想了想说：有点儿像，又不是很像。金枝说：你看得挺准，他俩不是一个老子。宋刚大吃一惊。你……喝多了吧？金枝一笑。别这么看着我，我酒量其实比你大，不是乱说的。贵祥和贵萍都不知道，这个秘密我捂了三十年，你爸都没告诉。又一阵砂石扬到玻璃上，刺啦的声响在屋内振荡。宋刚不由得扼紧酒杯。金枝说：反正也是坐着，当解闷吧。

我嫁给第一个男人那会儿，已经怀了贵祥。以为他不会知道的。他是个猎手，左臂炸断了，只剩一条胳膊。一条胳膊打人比两条胳膊还狠。两腿一夹，我就动不了了，他的拳头想打哪儿打哪儿。他让我招认是谁的孩子，只要招了就放过我。我说不出来，因为我真的不知道。他以为我不肯招，以为我心里还想着那个人……他哪知道我比他还想杀了那个人。金枝撩起袖子，让宋刚看胳膊上的伤疤，蚯蚓状的突起，还有树斑。

他对贵祥更是动不动就打骂，还说要掐死贵祥。那回让贵祥买酒，贵祥慢了点儿，他一脚就把贵祥的腿踢断了。等我生了贵萍，他对我好了点儿，至少不喝酒的时候还有句人话。我说什么话，他倒也听，可他对贵祥始终没有好脸。上面不让打猎了，他还是偷偷打，自制炸药，到了把命搭进去。好多年我都没嫁，害怕呀，直到遇见你爸。老了，得有个依靠。我对你爸说，儿女都不是你亲生的，你待见他们吗？你猜他说什么？他说我儿子还不知是谁的种呢，从小到大我没动过他一指头。

宋刚呛着了。

金枝欠欠身，不安地说：一喝酒我就管不住嘴，真是该抽！

宋刚摇头说：我没怪你的意思。那样的话父亲绝对说得出来。

金枝说：你爸看似放浪，事事不操心，可对我好，对贵祥和贵萍也好。他杀这个宰那个，也就是闹闹。在宋庄，你爸名声很好，因为他仗义，又有你这么个出息的儿子，可如今……都让贵祥毁了。他干的事老天爷也不容。他是个孽种，这就是他的命。

还是绕到贵祥身上，金枝愤愤地，宋刚反不好说什么。

算了，不提他，喝酒！金枝豁达地举起杯。

上楼，宋刚腿软了一下。他知道软的不只是腿。金枝在收拾餐桌，也可以理解为她在毁赃灭迹。宋刚和她没有任何过分举动，只是喝了酒。可不知怎的，宋刚仍有些……不安。

10

火车像一条受了伤的蛇，在灰蒙蒙的大地上蜿蜒，有时还停下来喘息。是趟慢车，慢极了。宋刚终于累了，收回目光。

其实目光中并没有内容，他在回想那个夜晚与金枝的对饮。金枝的故事有诸多疑点，虽然她掏心剖肺。以金枝的本事，怎可由着猎人施暴？她为什么不离婚？猎人丧后才摆脱噩梦，这不是金枝的作风。可是，如果是杜撰的，她胳膊上的累累伤痕又是怎么回事？那些伤绝不是一次留下的，可以肯定，难怪金枝从来不穿短袖。还有贵祥和贵萍的长相，越想差别越大。宋刚被金枝拽进一桩扑朔的迷案。扑腾无果，却又难以摆脱。但不管真相如何，金枝的用意不难明白，虽然她说到贵祥就愤愤的。

我可全招了，你不想说点儿什么？金枝面带顽皮。那时，宋刚已有些许酒意，大脑迟滞，他说：当然……却不知该说些什么。他说的是真话，突然之间浪涛一样的往事涌进脑海，撞击着他。这可不公平哦。金枝说。宋刚承受不了她目光里被酒精浸泡发胀的幽怨，那一刻几乎要说了，随便哪一桩，但忽然间，他结巴了。我……我……他咳嗽一声。他欲抓起酒杯，她及时把水杯推至他的面前。半杯水咽下，他改了主意。你想知道什么？他拙拙地问。金枝愣了一下，随即转换到保姆角色。我放肆了，你别介意。宋刚说：你可以问的。金枝摇头，不，我不该问的。气氛突然间就尴尬了，对饮再难继续。宋刚把最后的酒干掉。

现在想来，宋刚甚是后怕，差点儿被她揪住。除了示弱，她肯定还想抓住些什么。

火车到达晋城已是傍晚，宋刚在宾馆住了一晚，清早赶到长途汽车站。得先到县城，然后转车到那个乡镇。与以往的单独旅行不同，这次目的很明确。这么多年，汇了多少款，宋刚完全没有计算过，但他从未到过写了无数次地址的地方。不敢去，当然也没必要去。她们需要钱，而不是他这个人。现在，他想去那里看看，只是看看。在那个夜晚和金枝对饮后，他突然间有了这样的念头。也许与金枝有关，也许与金枝无关。那是他自己的事，是他的秘密之一。

到了县城，却又迟疑起来，他听到胸腔的撞击。是不是太过冒失了，会不会有什么麻烦？若是他的身份被识破，后果真不好预测。又想既然来了，看看又如何？只是远远地看看。宋刚一时难以决定，他走进一家削面馆。山西地界，自然要吃削面，一大碗削面吃完，宋刚坐了几分钟，待额头的汗落干净，往车站走去。中巴车还停着，车主喊再有五分钟就开车了，宋刚没再犹豫。上车时，车主还推了他一把。宋刚把双肩包抱在怀里，视死如归般地想，交给上天好了。

但车出县城，宋刚却有些后悔。一再自问，是不是太冒险了？是不是太冒失了？然后，他又寻出种种理由给自己打气。中午终于摇到镇上，宋刚快吐了。下车，宋刚马上招了辆黑出租。

终是逃离。

回到杏花沟的当晚，宋刚便发起高烧。金枝大显身手。宋刚服了两粒退烧药后，金枝指挥马晓丽用湿毛巾敷宋刚的额头，而她先用酒将宋刚的脚擦拭过，然后按摩脚底的穴位。宋刚抽缩几次，均被金枝牢牢摁住。听话！她像训斥自己的孩子一样。马晓丽也帮金枝劝。但马晓丽显然对金枝的做法存疑，轻声问：有效吗？金枝说：当然有效，我可是专门学过的。宋刚在两人的忙碌和嘀咕中，竟然睡着了。

次日宋刚的烧便退了，只是嗓子嘶哑，还有些肿痛。金枝仍要给他按摩脚底的穴位，宋刚再三说不用了，可拗不过金枝，马晓丽也在旁边帮腔说：反正也没坏处。宋刚只得顺从。宋刚让马晓丽找几粒含片。金枝像料到似的。火都跑嗓子了，含片见效慢，一会儿我啃啃。马晓丽没听懂，问：怎么啃？宋刚却是明白的，这是乡间的法子，他小时候嗓子痛，母亲给他啃过。这是什么原理？马晓丽问。金枝说：原理我说不清楚，但肯定管用。宋刚不让金枝啃，金枝说：咋说我也是你小娘，你还害羞啊？晓丽，找块手绢盖住他的脸。宋刚坐起来，真的不用了！金枝将宋刚堵在床边，你现在是病人，听我的！宋刚没法发脾气，此刻也没气可撒，有的只是紧张。金枝让马晓丽摁住宋刚，马晓丽没有那么唐突，看着宋刚，眼神有些犹疑。金枝叫：愣着干什么？这是治病啊。宋刚投降。好吧，我躺下，你啃就是。金枝赞许地说：这就对了，你又不是三岁小孩！金枝的脸凑过来，宋刚合上眼睛。他想起那个奇怪的梦，脸隐隐发烫，随即他的脖子被紧紧地……不是叼和咬。叼和咬要用牙齿，啃其实是吮吸，但力度远超吮吸。金枝用力有些猛，宋刚死死抓着床沿，生怕叫出声。啃了三遍，宋刚的脖子青紫青紫的。

半日后宋刚的喉咙就没那么痛了，马晓丽私下问了宋刚两次，仿佛宋刚骗她。宋刚说乡下都这么治的。马晓丽若有所思，如果……当初……宋刚明白她要说什么，缓缓闭了眼。若没有贵祥的事，那自然好，可没有贵祥，金枝还是金枝吗？

对饮的夜晚之后，金枝再没提贵祥，像彻底忘了。她的眼睛也只是偶尔红肿一下，那多半是马晓丽说起一丹的什么事。她的神情平淡，时而还有欢愉，特别是在菜地忙碌的时候，似乎她即将种下的是金子。有一个夜晚，宋刚听见她在哼乡间的老曲，与擦地的节奏竟十分合拍。金枝越是这样，宋刚越是不安。

其实，事发后，宋刚回了趟宋庄，只是没告诉金枝。他看望了金三的家属，留了两万块钱。贵祥是金枝嫁接到他身上的，没有宋刚，贵祥绝对不会当选村委主任。宋刚怀着歉疚，但没有揽过来。毕竟贵祥是贵祥他是他，他才不会让自己粘上。他的看望于事无补，却是有利于贵祥的。宋刚还询问过律师。他该做的已经做了，虽然没告诉她。当然，他明白，这与金枝的期望相去甚远。如果与金三的家属达成民事协议，那么贵祥可以少判几年。宋刚掏得起几十万块钱，可凭什么呢？就凭金枝把他和贵祥绑在一起？就凭贵祥每年清明给父亲磕几个头？贵祥如此疯狂，该遭报应，宋刚越想越气。只是这么想的时候，总有一个声音在耳边环绕，你不过是比他幸运而已，宋刚突然就沮丧了。随之更大的愠怒冲上头，贵祥算什么东西？怎么可以和他宋刚相比？

宋刚有自己的难处和痛处，金枝怎能明白？更难的是，他不能向金枝坦陈。

可金枝……她的平静，她的不动声色，一点点地摧残着宋刚脆弱的神经。

宋刚决定和她谈谈。

某天，金枝正在侍弄菜地，宋刚走过去，捏了撮土，闻了闻。这土地被金枝揉捏得和她一个气味了。金枝兴致颇高，指着被她分成方块的地说：这儿种豆角，这儿种青菜，她的目光热气蒸腾。宋刚没兴致随她想象，哦哦两声说：

我想和你说说贵祥——金枝打断他。别提那个孽种。宋刚说：其实——金枝用更高的声音叫：说了别提他就别提他，他不是我儿子，她满脸悲愤。宋刚败下阵，说好吧。如果他再说，没准她会大喊起来。金枝紧绷的脸马上松弛，我想长茄子、圆茄子每样都种点儿。宋刚反身，随便吧。

金枝越是回避贵祥，宋刚越是心乱。在吃午饭时，他说：你若去看贵祥——金枝问：汤是不是咸了？真该死！马晓丽看着宋刚，又看看金枝，说：我喝不咸的。金枝说：那你多喝点儿。宋刚直视着她说：我陪你——金枝惊慌道：蒜薹炒过火了吧？这么贵的菜，罪过罪过。金枝从未这么无礼过，她一向是谦卑的。宋刚闭嘴。

又一个晚上，金枝在擦地。她一遍遍地擦，地板反着贼亮的光。她背对着宋刚，宋刚咳嗽一声，她并没有回头，说：这灰尘也不知打哪儿来的。宋刚说：你歇一会儿，我想和你说说贵祥。金枝突然回头。求求你，别再提他好不好？宋刚忍着火气：你这是何必？总得让我把话说完吧。金枝惶恐道：他，你一个字也不要提。她突然捂住胸口。你还认我这个小娘，就不要再提这个孽种。她脸色发白，随时要发病的样子。宋刚定了足有半分钟，几乎是退到楼上的。

宋刚又失眠了，马晓丽细碎的鼾声让他更加烦躁。一丹和男友复合了，她临睡前告诉他的，这个消息于她多了服催眠药。宋刚想推她一下，手伸出去又缩回来。起风了，像是夜在呜咽。宋刚想起数日前和金枝对饮的夜晚，她敞开了自己，他却裹得严严实实。金枝不让提贵祥，除了恼火和不安，他还有一点儿难过。还是要说的，贵祥怎么可以成为忌讳？那么，就再制造一个机会？这个始终自称小娘的女人还会不会和他对饮？

宋刚轻轻碰了碰马晓丽，马晓丽睡得很沉。他爬起来，摸黑穿了衣服，出了卧室，带上门。他定了一会儿，摸索着下楼。下一个台阶，停一停，听一听。除了风声，什么也听不到。厨房的门半敞着，似乎就等着将他吸进去。

宋刚长长地吐口气，小心地抬脚。

灯突然亮了。

2021 年选系列封面绘图画家介绍

黄菁 广西艺术学院美术学院教授，中国美术家协会会员，广西美术家协会理事，漓江画派促进会理事，中国南方油画山水画派研究院研究员，北京当代中国写意油画研究院理事。

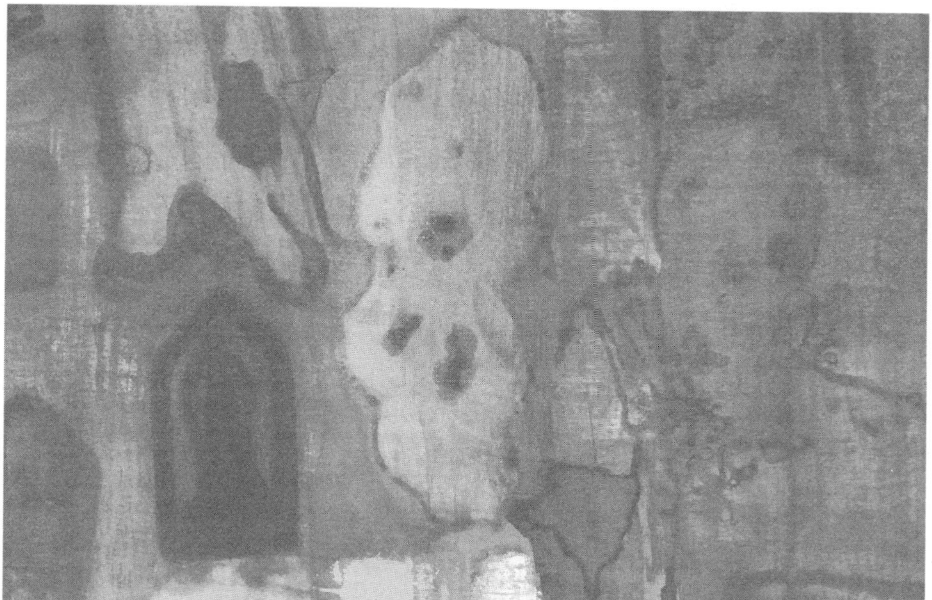

《舞狮子》 黄菁　40 cm × 50 cm　布面丙烯、油彩　2018 年

黄菁画作短评

（黄菁）不会把自己设计在一个既得的视觉符号里，以此换得所谓风格的建立，即便建立了符号或图式，他也会在有新鲜视觉到来时搁置它而另开新局。因为黄菁忠实于自己的感受，相信作品的独立价值。他认为每个画家都有一定的概念惯性和思维，这其实是风格、特点确立的基础。然而好画家却往往是在建立概念后，打破概念，再建立概念的循环渐进中确立自己并找到快乐的。因而黄菁选择一个题材一种画法的时候，也会很在意它是否可持续发展，是否有开拓专题的前景。

——刘新（广西艺术学院教授）

2021中国年度　中篇小说（下）

中国作协《小说选刊》　选编

漓江出版社
·桂林·

棋语·见合

储福金*

黄方正第一次听到“见合”这个词，还是许多年前上大学的时候。那时，他的室友袁丰喜欢下围棋，把好几个室友带进了围棋天地。每天课外的空余时间，几个人都埋头在棋局中。在室友中，袁丰年龄要大一些。早几年，在恢复高考后的前两届，有年龄大的学生与年龄小的学生相差一辈人的。袁丰指导同学下棋，就像老师教学一样，认真尽心。黄方正老听他说什么见合见合的，忍不住问袁丰：什么是见合？

袁丰笑着对他解释：见合是一个特殊的棋语。一步棋走下去，盘面上还留有两个好点，待下一步行棋时，总能得到一个，这就是见合了。

黄方正说：你不就是说一种选择吗，说什么见合啊？

袁丰想了一会儿说：下棋是一人一步，你走了一步，下面是对手走棋，你在棋面上形成两个好点，对手走一个，你总能得一个。

黄方正说：我懂了，我们毕业进入一个单位，这个单位呢，要不给你成就，要不给你自由。这就是见合？这还是一个选择。再说，初进单位，由得了你选吗？给你什么工作你都得干，都说新进单位，要从小三子做起。

---

* 储福金，男，1952年生，江苏宜兴人。毕业于南京大学中文系。发表及出版长篇小说十四部，中、短篇小说二百余篇，散文集三部，文学理论文章多篇。曾获庄重文文学奖、江苏省政府文学艺术奖、《小说选刊》年度大奖、《小说月报》百花奖、紫金山文学奖、《北京文学》奖、《上海文学》奖、《钟山》文学奖等。部分作品翻译成英、法、日、塞尔维亚、俄等国文字。

袁丰说：和你这个不会下棋的说见合，还真是说不通。你还是学下棋吧。

袁丰指着棋盘说：你看，一块棋要活，需要做成两只眼。你的棋被包围了，你走成了一个真眼，而这块棋不管是角上还是边上，另有着两处能做眼的点，不管是假眼转真还是无眼做眼，对手一步只能灭掉你做眼的一个点，于是，鱼与熊掌，必取其一。你的棋得见合而成活。

黄方正眼眨巴眨巴的，越发像听天书一样，嘴里咕哝着：什么乱七八糟真眼假眼的。

袁丰发现自己怎么解释都解释不了了：平时你很聪明的嘛……一个简单的棋语，你都搞不懂，你还是学下棋吧。

黄方正说：笑话，为了懂一个什么见合，我居然还要去学棋，不是有病吗？

黄方正后来险些有病了。有一天，他做完校学生会的工作，回到宿舍，突然发现房间四张上下铺的中间，摆着一盘棋局。平时室友下棋都是坐在床上的。面朝宿舍门的对局者是袁丰，而他对面背直直坐着的是一位姑娘。黄方正还是第一次看到女孩子下棋，同时感觉到的，是房间里有了一点不同往昔的气息，大概姑娘来前，宿舍里做了点清理工作，开窗换进来一点春天的空气。待黄方正也做棋局的围观者，在床角处坐下来，他确定了是姑娘身上的气息，那种气息淡淡的，却一下沁入感觉深处，在潜在的知觉中微微飘溢。黄方正也是第一次发现自己的嗅觉是这样灵敏。就因为姑娘的气息，他坐着看完了一局棋，并一时有成为一个对弈者的想法。

一局棋结束，袁丰照例一边复盘，一边讲解，复盘中，也在某一处提到了见合。黄方正在气息的影响下，对围棋有了一点兴趣，懂了一点死活，还有围空。只是对见合，还是有点摸不清，觉得有点神秘。

袁丰给人也有种神秘感，他不单纯讲见合，他还讲阴阳，讲八卦。也许是他年龄大一些，经历多一些，内在神神秘秘的东西就多一些，听他的说法，有时让人觉得很无奈，有时又让人觉得陷进去，觉得他在虚无缥缈间上上下下地浮动着。

黄方正喜欢听袁丰的说法。黄方正在学校里，时间用得很充分，他参加学生会，还是个干部；他旁听好几门课程，知识面很宽。袁丰的中国传统文化的学问，也是他心向往之的。他在宿舍时，袁丰不下棋，他就拉着袁丰去校园里散步。一边散步，一边听袁丰讲儒释道，主要是道家文化。

袁丰还会将围棋拉到他的谈话中，一九八〇年代上半期，围棋渐渐因为中日交往而有了社会影响。在这以前，中国围棋的实力，远不如日本。袁丰似乎对日本围棋兴趣很大，谈到下棋，自然会谈到日本一个个有名的棋手，谈到日本的天元、名人，还有本因坊。

有一晚散步时，黄方正告诉袁丰，他与向玫单独约会了。向玫便是袁丰的那位女对局者。黄方正没有问过向玫怎么会到他的宿舍来下棋的——是慕名而来，还是受邀而来，想是与袁丰有些关系。黄方正对袁丰谈起此事，一是告知，再有便是视袁丰为知己，无话不谈的意思。

向玫也就来黄方正的宿舍下过两次棋，自然是袁丰的棋比她下得好，她来求教的。黄方正却寻了机会，约了她，而她同意与不下棋的黄方正相约，让从未谈过恋爱的黄方正有了初恋的感觉。

黄方正对袁丰说：我没有学会下棋，却有了女朋友，这也算是见合了。

袁丰说：好好。这也算见合？倒也是个独特的说法。

向玫会下棋，坐在小桌前对弈时，那端庄的神情，让黄方正着迷，特别是那点清香的气息，弥漫在黄方正的心里。

向玫第二次来宿舍下棋，下完棋出门的时候，黄方正就起身，那是送她的意思。明明向玫是来与袁丰下棋的，但袁丰自有一种围棋高手和古代文人的风范，只是收棋，目送。其他的同学只对棋局有兴趣，就算对向玫有兴趣的，一刻间都做不出举动。起身送客，这表现出黄方正的性格与做派。他想到了就去做。一旦黄方正做出了这个举动，对向玫可以说是礼貌，对室友来说，便是告知，别人就不好意思再插手进来了。

从校舍里出来，外面有点干冷，立刻就嗅到了向玫身体发出的一种清香的气息，这气息在校舍里还不明显，在外面，便很清晰了。对黄方正来说，这唤醒了他完整的嗅觉，那嗅觉早先一直像是半睡半醒的。校舍简陋的平房，旁边的花圃里只有一排冬青有点绿，树与草都没开花，没有一点浪漫的色彩。向玫在拐角处停下来，有一股风吹过，带着凉凉的气息裹着他。他静静地感受着向玫的气息，她朝黄方正抬了抬手，神态有点动人。她说：你们男生宿舍总有着一股杂味。

黄方正很冷静地想着这句话，感觉她的话有点深意。想她是个下棋的女性，又是第一次单独与他说话，是不是在说他们单独在外面相处的感受是好的，有肯定眼下的意思。

黄方正难得有点冲动，想她愿意到男生宿舍里来下棋，不会是个拘谨的姑娘，她停下来与他说话，是愿意接受对话的。他脱口就说：你身上的气息甜甜的，好闻。

他说得大方，也说得真切。她看他一眼，没有羞涩，也没有不愉快，只是朝他点一下头，那意思是继续走了。他的感觉是她允许了他的恭维，不免一阵欣喜。

这以后，他和她就成了熟人，向玫是在读的校友，不在同一个系。同学校想见面自然不是难事，再说黄方正还是学生会的干部，找同学谈话名正言顺。慢慢地他就像她的男友，虽没有明说，但常走在一起了。舍友们也都知道是这么一回事了。有的替袁丰可惜，她下棋明明是冲着袁丰来的嘛。袁丰却本着“是你的总是你的”的宗旨，似乎并不在意。他给黄方正看过相，说他将来不是一般的小人物。

多大？黄方正问。

袁丰只是平常的神情：看你的境界慢慢能大到什么地步。

与向玫接触多了，就发现她是个开朗的姑娘，总是朝着好的方面去想。黄方正第一次约她逛街，到吃饭的时间，请她一起吃一顿饭。她立刻说：好啊，到哪儿去吃呢？

那条学生经常逛的小街上，有两个饭店，一个在街头一个在街尾。街头的那一家便宜一点，而街尾的那一家则清静一点。黄方正心里就想到了袁丰说的见合。

到街尾的那一家去。

黄方正听她这么说，心里是高兴的，觉得向玫与他的关系朝前进了一步。处对象的人，都有一种揣摩对方心理的想法。她这么决定，就是说她喜欢与他一起在一个静静的场合。在饭店的一个幽静角落坐下来，从窗口可以看到外面的护城河，这也是向玫选的。看来向玫是到这里吃过饭的，那时黄方正对景观的欣赏要求不高，只是由着向玫。他觉得她都是对的，一个会下棋的女孩，算路是深的。她告诉黄方正：这家饭店的螃蟹做得好。她说她就喜欢吃螃蟹，另加一个素绿的菜就可以了。

那年代，这座临水的北方城市里，螃蟹还是很便宜的。后来他们两个在这家饭店吃了好多次。黄方正本对吃蟹没有多大兴趣，但他也听说，南方的城市里，螃蟹已经很贵了。南方城市变化大也开放，引领着社会发展的方向。趁便宜的时候吃螃蟹，到北方的城市也像南方那么贵的时候，就吃不起了。这一点，黄方正还是有先见之明的，他要是学下棋，自以为会比别人都下得好。

吃东西的习惯也是能培养的，多少年以后，黄方正有时就会想到，他与向玫在一起时享受了口福，吃了那么多次螃蟹。那时螃蟹是几角钱一斤，就是饭店里做出来，也不到一元钱一斤。到后来，螃蟹是几十元钱一只，就是富裕之人也不可能经常吃。特别是他们那时年纪还轻，只有年轻的人才有受得起一次吃两三只螃蟹的肠胃。吃的时候双手并用，一边吃一边说着话，手上是蟹黄与蟹油，没有那么斯文，也不计较，吃得快活，吃得尽兴。黄方正以后接触到的女性，没再有像向玫这样的。她拆着蟹脚与蟹壳，小指微微地跷起，形如兰花指，手势正是她与袁丰下棋，拈着棋子将放未放时的模样。起初他还以为，那是向玫对着袁丰所表现的独特方式呢。

以后黄方正约她的时候，只说去吃螃蟹。那成了他们约会的暗号。就在街尾饭店的老位置，谁先到便在座上看窗外的桥水风景。在黄方正的记忆里，那儿是城市难得之景。在他囊中还嫌羞涩的时候，吃着后来可谓奢侈的螃蟹宴，越吃越觉得好吃。而后来每每吃到螃蟹，感觉滋味大不如前，想是同桌的人不同，毕竟那时是与一个喜欢的女孩在一起。特别是嗅着的不是油腻味，而是向玫的香味。按说，螃蟹多少会有点腥气，但有向玫在场，混合着的气息，形成了一种特殊的螃蟹香，香得浓淡得宜，香得醒神明思，自她以后，再没有嗅过这种螃蟹香。

向玫吃螃蟹的时候，显出与她平素不同的神情来。她的手不停地剥，让人觉得她是吃惯了螃蟹似的。因为剥得仔细，嘴也就有了空，会与他说着什么。比如会告诉他一些她生活中的事，让他对她有了许多了解。她对螃蟹的吃法也自有说法。第一次他们就发现了彼此的不同。向玫是抓到螃蟹，首先就把大壳剥开，找那块蟹黄吃了，然后开始吃蟹身的肉，再吃蟹大钳中的肉，最后再剥出蟹脚上细长的肉来吃。而黄方正完全相反，他是先把螃蟹腿脚的小肉吃了，再吃大钳的较大的肉，再吃蟹身的整肉，最后再吃那精华的蟹黄。

向玫说：我总是吃着蟹身中最好吃的，你呢，总吃着最差的。

黄方正笑说：你越吃越差，我越吃越好。

不管怎么吃法，他吃得总是粗，因为他不会吃，有时壳与肉一起吐出，不像她最后把小脚肉都细细挑出来吃。后来，他也学她吃得仔细，就吃得慢了。她已经把蟹黄蟹大肉都吃了，细剔着小腿肉，看着他碗里壳剥开了的蟹黄。他注意到她的眼光，就把母蟹黄公蟹膏递给她吃。她依然笑嘻嘻地接过去，说道：你看，我并不是越吃越差，还是有最好的最后吃到。

在席上，他们几乎无话不谈，拉近了他们的关系。

黄方正决定要多了解一点向玫。没多久他就发现向玫并不是与他一个人交往，袁丰不算，还有学校里其他的男学生与她走在一起。当然男女大学生交往也正常，只是那个时候，学生不得在校园里谈恋爱的校规还没有取消，男女单独交往，多少还会有一点阴影。

黄方正发现了向玫并不是专属于他的，应该说她还不是与他有确定恋爱关系的女孩。他发现她穿着与谈吐的品位都不低，想来也是有着很好的家教。还有她的气息与下棋时表现出来的气质，都引动着异性的眼光，值得他去努力了解与适应。为了她，他表现出来对围棋的兴趣，不过也只是表现而已，真正的棋迷会迷到不思寝食，那不值得。

到了这一年的初夏，就面临毕业了。大学生原来都由国家分配工作，此时也开始有了自己去找工作的政策。黄方正也到了人生的节骨眼上。他得到了一个消息，就是他被学校保送到中部城市的一所大学去读研究生。按说，他也没什么好考虑的，那个年代，文凭显得格外重要，研究生也不像后来那样满街走，是属于少有的人才资源。一般大学生上了大学都放松玩了，不在意成绩，黄方正一直在继续努力，同时还做些学生会的工作，成绩与人缘都不错。只是黄方正犹豫了，他虽然是理性的，但他对向玫有了感情，心仪她的外貌与气质，也对她的性格与谈吐所表现出来的境界，都比较满意。作为对象来说，她确实难得。黄方正以往没对任何女孩动过心思，除了初中时期对同班的一个女同学有过好感，那也只缘于性不成熟期的暗恋，与向玫相比，那个矮个子女同学的容貌与聪明程度都不值一提。那时的他只是个不谙世事缺乏眼光的青涩少年。现在的他虽然对向玫倾心，认为在他以往与现今结交过的姑娘中，向玫是最出挑的，且已生情愫，错过了她，肯定会后悔。但这份情感还没有到达不顾一切的地步，他考虑到向玫是当地人，她也曾在交谈中说到独生子女情结，她不可能跟着去他就读的中部城市，他要与她在一起，就必须留下来，在这座城市找工作。如果向玫愿意和他在一起，他为了向玫，可以在这座城市成家立业，毕竟早一点有了工作，就不再需要家庭的经济支持了，他是一直渴望着自立的。但关键是他还没有与向玫确定关系，他不能就此丢掉了这么好的保送机会。

种种考虑后，他找到了向玫，约她去吃螃蟹。向玫说，吃螃蟹太费时间了，她晚上还有事。她难得拒绝口欲。黄方正清楚，向玫虽然随性，但还是有主见的。一时感觉有点不顺，然而他觉得这个机会不能丢，必须要做的事他从来不会犹豫。他说他有一件事要对她说，要在一个场景中细细地说。她看了看他，她下棋间对着袁丰的一步棋生出疑惑的时候，便会有这种眼光。

这一年中，社会变动较大，谈生意的人多起来，饭店里热闹了，螃蟹也开始涨价。黄方正到饭店后，发现他们的老地方已经被人占了。他寻了一个靠门口的位置坐着，待看到向玫便举手示意。等菜的时候，他就告诉向玫，学校要保送他去中部城市的大学上研究生。

向玫立刻笑着说：好啊，祝贺你啊！

她应得这么爽快，让黄方正一时有点心空。饭店新招的服务员端上来的正是一盘空心菜。以往素菜都是后上的。黄方正不想被打乱心绪，他有定力，什么时候都会定下心来，按照既定的方案走。

黄方正神情严肃地对向玫说，研究生确实是个难得的好事，但唯一可以放弃的理由就是她向玫。他是一个重情感的人，与她接触下来，他已对她有了深深的感情。

黄方正说得不假，至于到底有多深的感情，他也说不清楚。

他对向玫郑重地说：我们交往的这段时间，你给我的感觉，是我唯一不舍的，你是我愿意付出真心的女孩。如果你愿意和我一起生活的话，我情愿舍弃这次保送，以后不管遇上什么事，都不会改变我对你的情感。

这是黄方正想好了的话。不管饭店里有多嘈杂，他都会说出来。如果说这是一步棋，他多少理解了见合这个棋语，是见合教了他：或者是她接受他，成了他的妻子，于是他有了女人，有了家庭，他的情感有了着落。本来他都怀疑自己是不是在恋爱，这恋爱是不是双向的。以前他想问她，总开不了口。他害怕会一下子失去所有。这一次只要得到了她的确定，就不单单是恋爱的关系，是婚姻与家庭的下一步了。他为她牺牲了研究生的路，她自然要给他一个家庭的，让他能完成人生的大事。如果她不接受，那么他再无反顾，去中部城市的大学读研究生，那也是令人羡慕的路。两者终得其一，他觉得见合这个棋语实在是契合。

向玫先是笑了，蛮得意的样子，毕竟是对着一个男人求爱的赞许。立刻她就不笑了，她想到了他的意思。她在一个棋局中，对手走了一步棋，她需要应棋的。她想了一想说：你有这样好的研究生前途，真是太好了。我们的恋爱还没开始呢，现在只是好朋友。也许我们各自走上社会后，再相见时，会好好恋爱一场。你有去读研究生的机会，现在我不能答应你什么，以致拦阻了你的前程。

向玫平时好像什么都不在意，生活与交往都是简单的，但她不是一般的女孩，她是一个大学生，智商高也有情商，又是个会下棋的女孩，她面临突如其来的抉择，一下子说出了这样的话，仿佛经过了深思熟虑似的。她不是一个可以轻易承诺的女孩，不会在压力下，没经思考，随便一句话，让对方为自己牺牲。

多少年以后，在一次母校校庆时，他们见了面。向玫说，当初，他要是再努力一下，她就会答应他了，毕竟她心中是有他的，而且那时的研究生多么吃香，他会愿意为她牺牲，她心里是高兴的。

黄方正说，要是这样的话，他真希望时光能倒回去。他宁可丢掉那个研究生学位，连同后来因此得到的一切，一生只要有她，他就心满意足了。说此话时的他们，都已在社会上经历了许多。他们的话到底有多少是真心的，只有他们自己心里有数。

那天晚上，黄方正与袁丰散步，一出宿舍门，黄方正就对袁丰说了一句：我懂得见合了。

袁丰问他：怎么懂的?

黄方正只是摇摇头。初夏黄昏的风吹在脸上，难得带着点潮湿的气息，黄方正发现不再是混合的酸甜味。花圃里的花开了，不密，有几朵散落在土上。他们走到学校围墙边的路上去。黄方正说，他对向玫表白了，她没有接受他，现在他要走另一个点。他似乎不想再提到向玫，只是谈着去读研究生的好处，那时候读研究生是有津贴的，而且他的父亲听说他能保送研究生，立刻寄来了好几百元钱，说黄家这多少代，只是乾隆时期出过一个秀才，他考上大学，就能算是个秀才了，现在上研究生，便是举人了，大大光耀了黄家的门楣。

袁丰停下来，看着他说：就与向玫断了吗？

黄方正说：既是朋友，也没有什么断不断的……当然，既是两种选择，总是各有得失。再说，这并非是我能做的单向选择。

袁丰偏过脸去，继续向前走。

你都不懂到底什么是见合。说到得失，很多的东西无所谓得，而某些东西失去了，就再也无法得到。

袁丰总喜欢说这些有点深刻的话。许多外班的同学，都传他为神人。与他生活在一个宿舍里的黄方正，靠近了他，便没有了那种神秘感。黄方正见过他成绩单上的低分，而总的学分也比自己低一些。但黄方正还是很信服袁丰，每次都带着请教的口吻。

袁丰知道他与向玫的关系，黄方正与向玫交往的事，也从不隐瞒袁丰。黄方正隐隐地觉得向玫对袁丰有所崇拜。女孩对男人的崇拜，就有着爱的成分。一个姑娘几次到男生宿舍中来，虽说是来对弈，请教高手，但这里面怕另有什么感觉。所以黄方正总会对袁丰谈到与向玫的交往，多少还带有一点渲染，其实就是怕袁丰会参与进来。黄方正早就注意到向玫偶尔对着袁丰表现出来的眼光。后来与她交往了，凡他有所长处，她也会流露出这种眼光。又看到她与其他男生交往时，显现出来的神情，明白了那只是异性的赞美。他从她那里学习了解女性，一个顶一百个。

岁月无法回头，中年之后，他们在校庆日回到母校，向玫与黄方正对话时，袁丰也在场。这个年龄的男女对过往的回忆，已不再有禁忌。

向玫还说：你要是与我在一起了，不知道会不会有后来的结果，你会不会有另一种后悔。

早先的向玫好像不会这样考虑。年龄大了，便多了一层人生的理解与计算。中年的她已经发胖，年轻时苗条而喜庆的女孩，日后都会发胖。岁月之中，她自然也承受了人生的许多痛苦。她过去给他的气息，隐约还能嗅到，只是不再沁入肺腑了。是年龄大了衰退了，还是缺少了伴着的螃蟹香？

袁丰在一旁说：是吗？他就像偶尔听到了新鲜事。黄方正记得那天晚上他告诉了袁丰的，而且还记得袁丰曾经说过有关得失的话，多少年来一直对他产生着影响。是不是袁丰经历多了，忘记了，或者没忘记，但不想表现出来。毕竟他们都经过社会多年的磨炼，对得与失、是与非、该忘的与不该忘的，都有了新的判断。

黄方正进入了研究生学习，还是延续着过去的做法，认真读书学习，参与学生会工作，不忘接触新的人与事，包括他那个年龄应该有的异性交往。虽然不再遇上袁丰那样的同学与朋友，但袁丰给予的指导，还有见合的双重选择，让他内心有着一种充实感。

三年以后，他再一次走出校园，是以那时代的高学历进入了研究院。这个研究院编制为厅级事业单位，因为他在学校里便一直是学生会干部，并且另有管理学的学位，有学术专业，干部所需要的一切，他都具备了。这是一方面的见合。另外在校园生活中，他还谈了一次恋爱，这是一次成功的恋爱。

他读研究生时的恋爱经历，还不是一条直线。他已到年龄，接受上次向玫的经验，这期间，他恋爱女友的目标有两位。几年中，时代的风气在变化，流氓的罪名已不存在，起码一般男女交往，不会引来太多的注意眼光了。

他的一个女友叫祁琪。祁琪比较特别的地方，是她的眼眸黑黑亮亮的。黄方正总会被她黑亮的眼眸吸引，似乎都忘了注意她整个的脸，以及脸上的神情。在一起时间长了，发现她视力确实好。她说能看到学校文教旧楼屋檐上鸟窝的枝枝杈杈，一般人怕是要用望远镜才能看清吧。她也能看清他的神情，一皱眉头一撇嘴角，她就能理解他的心思。与她在一起，他的心思自然都在她的身上。

她似乎与他有着默契，能够说出他的心思。

黄方正与祁琪多在学校的随园聊天，随园在学校的东边，随园里垒有假山石，黄方正说山石奇形，就叫随园为琪园。祁琪明白黄方正是借“奇”“琪”谐音，也就跟着这么叫。他们总是在琪园相聚。祁琪和黄方正在一起时，常会说：你昨天在做什么呢？接着又自问自答，说他在做什么，往往都说对了。他知道她说的一般是他常做的事，有时他不常做的她也说对了，不免疑惑她是不是跟踪了他，或者她的眼光真有着穿透力。毕竟年轻男女在一起，总希望得到对方的关注。这样的话题还是让人高兴的。

这天，祁琪笑嘻嘻地说：我看到啦，昨天你在学校的明心园……一边说，一边用眼盯着他。明心园在学校的西边，明心园里有着一个小湖，水色浅绿，流到校园外的田野中。昨天黄方正确实与另一位姑娘在一起，那位姑娘叫林绵绵。林绵绵没有祁琪的巧心思，黄方正就直接对林绵绵说：这明心园我们就叫它绵园。林绵绵自然喜欢黄方正这样的说法，也就把明心园叫着绵园。

听祁琪说看到他昨天在明心园，黄方正觉得奇怪，硬压着心里的窘迫，就怕她真能看到什么。她笑笑，抿着嘴没再说下去。黄方正弄不清祁琪是不是确实看到了他与林绵绵在一起，他和林绵绵是面水而坐，又在僻静处，按说就是熟人路过，也是认不准的。

林绵绵是从南方来的，外形端正，不显特别的色彩。然而，黄方正第一次与她接触的时候，手与手相碰，感觉她的手特别软，真可谓柔若无骨。以后，黄方正见她时，有意无意地问好并握手，她的手永远是柔软微暖的，身体给人也是一种绵绵温温的感觉。

黄方正与林绵绵接触多了，免不了会有其他的身体接触，每一次接触都会让他的身体产生出不同的感觉，她的肌肤似乎特别柔软且细滑。他有时忍不住想要显得不经意地触碰她，每次触及都会有入体的感觉。他看过很多的文学书，清楚这是一种低下的不上档次的意念，可是，依然忍不住被肉体的欲望迷惑。梦里也有低级的迷失，低级就低级吧，就想着在她柔绵的身体里陷进去，永远地陷进去。

这时候他就需要去见祁琪，他想看一下她亮亮的黑眼眸，仿佛有一种提神的醒悟。他不知别的男人有这样的遭遇，会是怎样的反应。但他自认为，他的人生不该是被迷惑的。只要看到祁琪，他面前的一切色彩都变得明亮。恋爱是一剂清亮的药，却又是一剂沉沦的药，这也是见合吧。

在研究生的最后一个学期，一次班会上，有同学称他是左右逢源的多彩情人。那是他这个年龄的男同学中的玩笑，不过难免不含着一点嫉妒的眼光，借说笑不经意地流露出来。接下去，便有学校的一位老师与他谈话，口吻是私人性质的，但多少有提醒的意味，那意味就是他应该把心思放在研究生的论文上，研究生嘛，恋爱是可以的，但要注意影响。

黄方正认为这是官方的谈话，那时代，男女界限还是不能超越的，特别是他，一直被领导和师长关注着，言行都要注意。他的说话一直是很谨慎的，自以为没有逾矩的地方，主要是在行上。所以黄方正觉得这事很重要，须很严肃地应对。到时间了，他不能把精力都放在恋爱的晃荡中。他出身普通家庭，没有什么人脉资源，一直是凭努力读书和工作，所取得的成绩，他没有浪费的理由。既然组织有关心，他也需要给自己一个结果。

在做决定之前，黄方正与祁琪和林绵绵交流得更密了。他组织举办了一次朗诵会：新时期的梦想。学生会的提议，得到了学校团委的支持。黄方正鼓动祁琪与林绵绵都去参加。他不只是鼓动她们，还用了一点男友式的命令，说这是支持他的工作。没想到两个姑娘并没有推托，都答应了。他发现女人只要有机会，还是喜欢登台表现的。她们都把演讲稿拿来请他提意见。他发现这又是一个见合，他既了解了她们文章的长处和短处，还看到了她们对他尽心的高低。

没想到的是，两个姑娘的演讲稿都写得不错。这种还没上台的演讲稿，她们肯定是不会请教别人的，那文稿是没有化妆痕迹的本来面目。他发现祁琪虽然是经济系的，偏理科的专业，竟然颇有文采。而本来就是文科的有点林黛玉般的林绵绵，文稿调子不高，却文采斐然，有着绵绵的情感。

黄方正公开与她们接触，当然还与好几个参加演讲的女学生接触，反而就避开了许多的说法。人们一般不会对公开的男女接触说三道四。只是两个姑娘也就碰上了，起先都没有表示什么，接触了几次，祁琪的眼光没有变化，倒是林绵绵异样地感觉到了祁琪的存在，有时会问祁琪是哪个系的，是看到告示栏的通知来报名的吗。黄方正感觉奇怪，自己对祁琪并没表现出有何不同，祁琪对自己也没有任何亲近的表示。她俩遇见的时候，都一样拿着稿子来，同时，黄方正还约了其他两个低年级的女同学来的。

这一天，林绵绵见了黄方正的面，又提到祁琪，问：祁琪的稿子有我的好吗？

黄方正说：都好。你的演讲稿表现更多的情感，情感有大情感与小情感，梦想也就是一种情感，与时代结合的，就是大情感，从个人出发的，就是小情感，这就是社会性的情感与个人性的情感的不同。单有大的情感，显得空，单是小的情感，显得俗。你要注意的是，大情感往往适合朗诵，登台还是需要有气势的情感表现。

这一天，他们俩坐在一起，靠得近。林绵绵听他说话时，歪着头看他，一侧的手臂靠到了他肩上，一侧的腿也与他的腿靠在了一起。那种肉体绵柔的感觉，让黄方正一时心旌摇动。他想着话来说：我有时发现随意说出来的话，与准备了许久的话不一样，反而好。

林绵绵说：人就是这样的，临场发挥的会比反复背稿的要好。你看吧，我上了台灵感来了，情感的表现也就飞扬起来……

黄方正说：别别别，你还是按着你写我改的来。

他心里想，不知她突然冒出来的会是怎样的词，别在台上弄砸了，出现了自由主义的倾向。他挑选她们朗诵，是展现自己的能力，要是弄巧成拙就不好了。

离开了林绵绵，黄方正还是有着绵柔的感觉，仿佛印到身体内部，触及生理的反应点。

这一次的活动影响不错，不但团委书记来发表讲话，连副校长也来观看，并参与打分，给予了积极的评价。祁琪与林绢绵都得了一等奖，毕竟都是黄方正亲自指导的。他也有点得意。连林绵绵那个富有细腻情感的演讲，也在投票中获得高票，并没有自由主义的说法出现。

祁琪对获奖没有显得太在意，林绵绵却有点激动。黄方正把她约到了校外的一个小公园里向她透露评选结果，她一时不由自主地抱住了黄方正的胳膊，整个身子都贴紧了黄方正。她胸脯的那一团特别柔软之处，是黄方正生平第一次所感受到的，那感受也是他整个人生中唯一的一次。一瞬间，他真想完完全全地陷进去，永远也不要出来。只是袁丰所传授的传统君子之风，社会所延续的操守教育，那习惯的意识把持住了他最后的关口。他的身体有点想要背叛他，但他是理性的。

终于黄方正还是克制了自己，他静下心来的时候，觉得自己该做决定了。既然到了见合的局面，他要确定走哪一步。看来林绵绵有所把握，就像上次研究生的选择一样，他应该去找祁琪了。相隔三年多，他显得稳重多了，对异性交往也有了一定的经验。在他的感觉中，她明亮的眼睛，属于精神的范畴，比肉体层次要高一些。肉体的感觉入体，精神的感觉入心。

他约了祁琪，祁琪准时赴约。这也是他们第一次在校园外相约。看到她清亮的眼眸的时候，黄方正突然有点不知怎么开口。说了一点闲话，往水池里投下几片树叶，柳叶漂漂浮浮，他坐在石凳上，几天前还在这里与林绵绵相约，他觉得有点心虚。

黄方正认真地看着祁琪的脸，发现她的那张脸轮廓清晰，越发显着眼睛的明亮。他就有了话：这一次来，就想问一下你。

问我什么？

我们是不是能够确定关系？

确定什么关系？

当然是恋爱……

我们不是一直在谈恋爱吗？前两天家里人在电话里问我，我还说已经有了恋爱对象呢。

是吗？这是黄方正没想到的，因为有过上次向玫的经验，他实在难以确定。没想到祁琪会这么干脆。她还问他：难道我们还不是恋爱关系吗？

祁琪说得爽快，一点女性的忸怩都没有。三年前他与向玫要比她接触得更多，还不时在一起吃螃蟹，临了向玫却说还没开始恋爱，只是好朋友关系。而他们不过是一起在校园里走走，约在外面这还是第一次，她却已经认定是恋爱关系了，不知是时代变化了，还是祁琪就是个单纯的女孩。

当然……我们可是连手也没握过，更没有抱过亲过……

只有抱过亲过才算是恋爱关系啊？祁琪睁着眼睛说，喔，我知道了……

你知道什么？

你……是不是想抱我亲我？

她的声音突然低下来，而下垂的眼却更加透亮了。

黄方正毕竟是个男人，在那个时代来说，他年龄也不小了，家里又催着他，更重要的是，他对祁琪一直是想亲近却有点不敢，怕得不到反而会疏离。一般的年轻男女在恋爱中，都会患得患失，他想那就是爱情吧。他对祁琪比容易接触到的林绵绵有所不同，也许是多一点的爱，也许只是怕得不到而生的感觉。这都不足道了，他还没有尝过拥抱与亲吻的滋味，从读书上大学到上研究生，他一直端着一个正派男人的态度，从没尝试也没经历过。接下来，他不再把持也是正常的，他先是握住了她的手，多少用了一点劲，她略抽挣了一挣就不动了，任由他后来的举动。他就抱了她，也亲了她。他总算确定了恋爱关系，他总算完成了对结婚对象的印证。既然抱过了亲过了，他在向玫那里没有成功的现在得到了。女人的身体，原来在他的感觉中是那么珍贵，是只可远观但不可触及的，那禁忌现在一下子全打破了，他可以抚摸她的手，可以抚摸她的脸，他还不敢再进一步，还想保持一点正人君子的风度。到他后来与女人接触多了，不再认为这样的经历有什么可得意的。这一刻，他已经认定祁琪是爱他的，是他妻子的人选了。他是一个有道德的人，他不该再与别的女人接触。不然，就是一个坏男人的形象了，就是一个流氓的形象了，就不是一个被学校领导与师生们都认可的正派男人的形象了。

黄方正开始有意识地避开林绵绵，他不再约林绵绵，因为他从来没有与她确定关系，所以他也用不着对她明说什么。可是林绵绵却向他走近了，也许她意识到了什么，毕竟是女孩子不好主动，以前没有抓紧，但她心里是有他的，她有点着急了，她不想舍弃他。这让黄方正意识到，原来她也是可以抱可以亲的。但那个时代的他，不可能再接受她。他只有避开她，有时还会让室友替他打掩护，拒绝再见她，想让她自己离开。连室友也说，你真是好品质，那样柔柔的女孩赶着你，你却不想要她。黄方正说，你们谁想追她，我可以为你们介绍。我可不是好色的男人。他做出了这样的举动，学校里自然不会再有他的闲话。他知道自己已经走完了这一步。

后来他也想到，室友也看到过祁琪，他们不评价她，却帮着林绵绵说话，说找老婆就要找林绵绵这样温顺柔绵的。是不是自己的眼光与他们不同？不过他已经无法改悔了。他与祁琪有了亲近的关系，年轻男女一旦亲近了，多少会生出些摩擦，一时间他想到也许林绵绵就不会这样。他突然感觉到也许他的这一步走得急了，走实了，就不可能再有见合。

踏上社会与建立家庭的那一年夏天，黄方正穿着一件时装衬衫，蓝色，领口带一个结，显得年轻有朝气。那件衬衫按祁琪的说法，可以配任何色调的裤子。从上大学到研究生毕业，已经过去了七年，他一直是学校的优等生，还是学生会的优秀干部。可谁知他学习有多辛苦，工作有多认真。那时大学已不包分配，但他还是被学校推荐到了省研究院工作。趁着毕业还未去单位报到，他与祁琪结了婚。祁琪也正好大学毕业，考研与找工作同时进行，也有自由时间。那时并不兴后来的大操大办，俩人是旅行结婚，先旅行到她的南方故城，再旅行到他的故乡小城。她的父母都是知识分子，看黄方正时，并无特别的神情，家里摆了一桌酒席，请亲戚挚友吃了一顿饭，就算婚宴了。就在旅行到南方故城期间，祁琪接到了研究生的录取通知，她考回到南方故城的大学。到黄方正的家中，他的家人对祁琪是高看的，儿子研究生毕业了，还带回了大城市高学历老婆，在饭店里摆的席就大了，小城中自然有些世俗的礼节。

新婚期间什么都说，他告诉她，他家原在乡下是有钱人家，田地有好几十亩，后来破落了，才进了城。他完全是靠自己努力才有了今天。她笑看着他说，她早就看到他身上潜在的患得患失的寒酸气。他不作声了，心想：她真能看得到吗?

黄方正走上了社会，相较于社会，学校里的一切，都那么单纯。他在研究院里，先被安排在一个研究所，从一个从事具体研究的技术干部做起，他做得认真实在。新进单位的技术人员，一般都给前辈研究员打下手，须熬到副研究员才能报独立的研究课题。黄方正明白这一点，他敬重所里的老研究员，他们也愿意带着他。他也常常听从所长安排，做一些秘书类的工作，有时也向所长提一点管理上的建议。他本有着学校学生会的工作经验，他的提议往往从两方面考虑，平衡着人事关系。所长是个老研究员，对所里工作都是无为而治，所里生出些琐碎的麻烦事来，他也怕管，现在有了黄方正，便都听他的建议，发现一些新问题得到了化解，而存量的老问题，也慢慢地不再浮起。再看黄方正的档案，发现他不但做过学生会的工作，还有着管理专业的学位，便起了培养他的想法，找他来谈话，有意让他在研究所的基层做一个副职官员，做出了成绩再慢慢提拔他。黄方正一听便赶忙摇头，说他还年轻，研究所里都是研究人员，他这么年轻的人当官，没人会把他当回事。

老所长想想也对，发现这个年轻人倒也是个清醒的人，往往有人一旦当了官，便终身在权力上转圈圈。老所长也就安排黄方正在所里担任了一个无权的行政虚职，相当于自己的参谋，他的具体工作还在基层搞技术研究。

所长的安排自然很合黄方正的心意。以后他的工作不时地在技术干部和行政干部之间徘徊。正因为他有着行政的位置，基层的研究人员知道他是老所长看重的人，不会轻易地忽视和排斥他；而在行政工作中，他因是基层的技术人员，一些虚与空的会议也不叫他参加。对于他来说，研究所的工作，说是所长代表组织做的安排，也是他自己的一种选择，无论走到哪一步上，他都会想到见合这个词。

而家庭和事业，对他来说也是一种见合。

结婚以后，黄方正与祁琪两地分居，祁琪住的是大学集体宿舍，黄方正也住宿舍，是研究院的单人宿舍。祁琪学业并不紧张，假期里便到黄方正这里来，新婚夫妻隔时相会，日日春宵一刻，有时一住好些天。这里有她与黄方正的母校，与毕业了的同学聚一聚，颇有情趣。只是没过几个月，祁琪就怀上了，毕竟两人都有爱，这爱情的结晶自然宝贝，就算祁琪在学校就读不方便，也没有打胎。她知道黄方正的决定中，是不可能舍有而变无的。而在黄方正的意识中，祁琪作为一个女人，当然是想要孩子的。虽然后来，他感觉祁琪并不怎么喜欢孩子，就像她也这样以为他。

怀了孕，祁琪不再到黄方正这里来，毕竟需六个多小时路途。换作黄方正往祁琪那里跑。祁琪怀了孩子，黄方正是高兴的，他每次去见祁琪，都夸她是个坚强能干的女人。有段时间，他觉得一次次乘车往祁琪的城市去，也许是他一生最充实的路程。

去学校候祁琪出来，一起到祁琪的家里去。一九九〇年代还没有开始后来的大规模造房，祁琪家的住房不大，两人在一起多少要保持一点安静，夫妻情爱有所约束，自然就不尽兴。慢慢地，祁琪肚子大了，每次黄方正过去，也只是陪祁琪坐一坐，躺一躺，不再有夫妻之事，这样一来，黄方正每回要赶六个多小时路程，只是去看看祁琪，劲头自然减了，间隔期也就长了一点，见面时不由受祁琪一点埋怨，黄方正想到祁琪怀孕不易，也就赔笑做点解释。只是他话中有谎时，她就会眼光一闪，仿佛能看清他话后面真实的缘由。以前他们在一起时，他都不敢对她说虚假的好话，因为她眉头一皱，眼光亮亮，仿佛能看清一切。

回到研究院的黄方正，晚上一个人在单身宿舍的小屋里，有时候会生出一种冷冷清清的感觉。结婚前的二十多年独身生活从没有过这种冷清感。他偶尔会想到林绵绵给他的肉体柔绵感，心一颤赶忙收住，然而梦境里由不得他把持，便一下子陷入了。

结婚一年半后，他们有了一个男孩。在黄方正看来，不在身边的她与他的事业，是一种见合。

祁琪有了孩子，自然不能再住学校的集体宿舍，她在学校外面找了一个小公寓房。有一次黄方正去祁琪那里，正看到祁琪一手抱着孩子，用一只脚踢开封煤炉的插板。他想接手做些什么，但她眼皮都不朝他抬，开口就说：你这么一来一去能帮我做什么？你要想做，就调到我身边来吧。

黄方正说他现在的工作很好也很顺，还有赏识他的领导，这都是很难得的，换一个工作，哪可能有这样的单位，有这样的领导，有这样的事业呢？

回到研究院，他找到了老所长，谈到了妻子的困难与要求。老所长说：女人嘛，应该为有能力的男人做一点牺牲的。让她克服一下，毕业了，我来想办法，安排她到所里来工作。

黄方正感觉到与老所长毕竟不是一辈人，他那个时代的女人可能会选择默默忍耐，祁琪又如何是这样的人。

他无法对祁琪开口，也觉得自己单身生活有压力。这段时间他行政工作做得漂亮，研究工作也有成果，并出了第一本研究类的书。虽然是薄薄一本，到底是他的处女作，也是他这个年龄作为助理研究员难得的表现。

然而他带着书去见祁琪，单身带着孩子的祁琪根本没在意他的书，埋怨的话却多了。她说能看到他的心思不在她这里。

黄方正说，会在哪里呢？你能看到另一个女人存在吗？

祁琪说，反正不在我这里，不在孩子这里。

这样过了一年多，祁琪快毕业了，她是个独立感很强的女人，以前都是一个人带着孩子，课程耽误了不少，最后一学期又要准备硕士论文，便把孩子放到了父母那里，在学校里努力，自然也有男女同学的帮助。

黄方正去看她的时候，也会去她父母那里，看一下孩子。她有时和他一起去，有时就让他一个人去。

他看到孩子的同时，看到了她的眼中有着另一点内容，而这点内容因他不在她的身边，慢慢变多了，变复杂了。他却只能看着。

有时，他也想到，也许他要得太多了，他完全可以调到妻子和孩子身边去，但要费多大的劲，也许将成为一个为妻儿丢弃所有的无用男人。不，他不是一个只走一条路的人，他也不是一个为爱而献身的人。

到了来年的初夏，快到祁琪毕业时，她给黄方正来电话提出了离婚。他能想到，她已经下定决心，不想再与他生活在一起了。因为她毕业后，是可以到他的研究院来工作的，她先前曾经答应考虑。在最后的这段时间，她的眼中是冷冷的目光，看得他心寒。他能感觉到另有一个男人在她的身边，她已经不回避了。

他又找了老所长，流着泪，说到他的婚姻现状，妻子已经移情，她的心已经不在他的身上，离婚是他要面对的事。

老所长了解他的情况，只有开导他说：人要有大成就，须放眼天下。

老所长把还没有公布的消息告诉他，研究院已经批准他担任一个科室的领导。同时，老所长向他保证，能让他一边当科长，一边搞研究。

一九九〇年代，离婚已经不是那么可怕的一件事，只是两个人、一个家庭的事。有同事的祝贺词：离婚和升官，你是双喜临门。

黄方正单身生活的状态，与以前没什么区别。但他显现出来的神情，有点悲怆。老所长心疼地看他，他只是摇摇头，不说一句话。这样过了一年，他又要结婚了。这时候，已经没有人感觉是新鲜事，一是他属两地分居后的正常离婚，而另外一点，既然他离了婚，完全可以重新生活，他一个人的时间已经够长了。院里早已有人准备给他介绍。虽然他是离过婚有孩子的男人，但他三十来岁的年龄作为男人正当时，且已是科长，并有着一项项研究成果，是一个成功人士。他当科长后，眼界多少宽了，与研究院的新人合作，他出方向与想法，新人做具体研究与数据分析。他报的选题，都是合乎要求的，也容易通过，自然一出手就是成功的。介绍给他的姑娘不少，也有很漂亮的，但与他结婚的是他自己看上的。

其实这个叫魏秋月的姑娘，早已进入他的视野，并与他相交了。她是研究院的一个普通技术员，戴着一副眼镜，外表看上去很普通。黄方正关注她时还在离婚前，他对她的态度是若即若离的，谁看了都不会觉得有什么事。就是离婚后的黄方正，别人看他俩偶有交往，依然只认为黄方正关心同院的下级，觉得他不会看上魏秋月。

黄方正第一次看到魏秋月，是在研究院的开水房。魏秋月正摘下眼镜来擦镜片上的水雾，她眼睛半虚眯的样子，一下子打动了他，因为她蒙眬的眼光很是柔和，再有她不戴眼镜的脸显得俏丽。还没离婚的黄方正对她的表现是双重的，公开场合的表现是客气的，私下里往往给予的是赞许。让她有所感，却又不明晰。他偶尔会与她谈到他的两地分居生活，其中的滋味，像是倾诉，又像是告白，让她同情，又间隔着她同情的举动。

待到有一次，他受邀到她的单人宿舍，她做了一顿饭菜招待他。她做饭菜时，不紧不慢，像悠悠地哼着一首歌。这与祁琪完全不同，祁琪做饭菜像是打仗，时时杯盘叮当。魏秋月很快便弄出了几个菜来，菜是一般，都属家常，但吃到嘴里，滋味却是奇妙。要么是合了他的口味，要么是她的厨艺太好了。他曾参加过多次上层会议，也多次出省进行交流，那时候，招待的餐桌上，已经标准放开了，他吃过许多好菜肴，但都不如她烧的家常菜，让他觉得他享受的超乎山珍海味。那时，他就知道自己需要的是什么了，这也是他不在提出离婚的祁琪身上努力的原因之一。

在他离婚后的一星期，他去魏秋月宿舍，在她那里吃了一顿她新尝试做的菜。她略多花了一点时间，将蛋打发成色拉，还有烤牛排及一些西餐。似乎什么菜经她之手，便成了佳好的滋味。就在那一顿饭后，用茶水漱了口，他就拉过了她，相拥相吻了。那一吻也许是他一生中最长的吻。她教会了他真正的舌吻。祁琪的吻是急迫的，就在唇外用劲。而魏秋月的吻是悠悠的，深深的，却是回味无尽的，有着一种甜，那种甜与糖的甜味不一样，是谓甘甜。一切滋味都在她的口中，似乎又比她做的菜更有滋味。那滋味先通过胃再进入心，在心中久久回旋。那一刻，被离婚被遗弃的感觉完全消失了，他如释重负、甘之如饴。他又想到了见合。

拖到一年后结婚，是他有所考虑。一是他不想离婚与结婚靠得太近，想让上下有更多理解的眼光。另外，他知道研究院正在筹划建房，如果他早结婚的话，只能分到一间小旧房子。到新房建好，在分房之前，他递了结婚申请，而这一年中，魏秋月一直做着结婚准备。他们在新房子里结了婚，老所长在婚礼上做了他的证婚人。

与魏秋月的生活仿佛是陷入式的，每日有味美的吃食等着他，她仰起头来，半闭着眼，还有一种甘甜的滋味等着他。与祁琪的进攻型相比，她是等待型的。她不会想到给他带来新鲜的刺激。他三十多岁了，听说人的身体从三十五岁就开始衰老，古代便有三十六岁是人到中年的说法。黄方正本来就不是一个追求刺激的男人，也许喜欢有一点刺激，但不是那种出其不意的刺激，而是可控的，不是那么经常性的，是给人以调节性的。他领导下的科室，是稳健的，不会出口号式的宣传，也不会出大的纰漏。他还是和新来的研究人员合作，他出研究方向与思路，对方搞具体研究，有数据也就有论文，数量不少的论文，集成了好几本书，他的职称随之从副研究员到了研究员，按部就班，评选没有任何问题。他的层阶越高，合作的范围就越宽。他的官运也平步向前，一来能很好地完成领导给他的任务，二来他毕竟是有研究成果的官员，再加他为人谦和不张扬，升迁也没有任何反对意见。

魏秋月是文静的，只是她有点烦恼，她想要一个孩子，但迟迟没怀上。按当时严格的计划生育规定，黄方正重新结婚，女方没孩子，也还是可以再生一个的。在这点上，魏秋月不跟黄方正的步子。他是有孩子的，虽然那个孩子不在身边。而她需要一个自己的孩子。没有孩子，她必须自我改善。以前的实践证明，他是能生的，那么生不出孩子来，只能是她的原因。她开始寻名医吃中药，做一些检查，补一点滋阴的药物。黄方正由着她，她能生和不能生，都是见合的。不能生也好，毕竟再生一个孩子要费精力，他不再是能费精力的年龄了；能生的话也好，毕竟两个人的生活有些枯燥。任一个女人独自忙活，总是件不让人安心的事，他又帮不上忙，只有听从她的，在一定的时间中克制，在一定的时间中贡献。有时会觉得有点无趣，但也是无可奈何的事。在有与无之间，也是一种见合。在她的口中感受到的不再是甘甜，而是杂着一点苦涩的味道。慢慢地，感受杂着的苦涩也带有变化的滋味。她是个合乎标准的女人，作为领导的黄方正对她有这样的评价。如此，他的生活变得安逸。安逸的生活过得快，几年就这么过去了。

魏秋月的努力没有白费，她终于怀上了。她也有三十多岁了，小心地维护着自己，只有这段时间内，她有点蛮不讲理。有时不做饭菜了，躺在那里让他动手；而有时拉着他，要他陪她出去走走。他只有听从她，只要在家，愿意接受她的指派，毕竟她的身体里多了一点东西，是她的，也是他的。只是希望这样的日子不会在孩子出生以后继续。

魏秋月终于生了，是女孩。对于黄方正来说，这也好，与他的头生子，是见合了。魏秋月有点失望，她是想生个男孩的。但很快她就沉入了对孩子的迷恋中，心思为女婴一个个小动作所牵。魏秋月确实是贤妻良母。祁琪有了孩子也都是一个人带，黄方正参与不上，但被她埋怨着。魏秋月带孩子，黄方正是看着的，才知道事有多忙，但魏秋月做得有条不紊，很少要他帮忙。她不但做给孩子吃，也做给黄方正吃。那段时间，家中的伙食费很高，她需要吃好，才能给孩子奶水。而在那些日子里，黄方正也像被奶着了，吃的菜喝的汤，都是浓浓的。他长了好几斤重。同时在与她的吻之中，也有着那种甜甜的奶味。

那段时间，社会在变化，他的社会地位也在变化。老所长退休之前，提拔他担任了副所长，在学术上他的眼界更开阔了，与人合作发表了不少论文，参加了不少重要会议。他后来认为，是魏秋月给了他一个重要的后方，他的选择是对的。有一两次他在大型的全国活动中，遇上了祁琪。祁琪能参加那样的会，业务上肯定也是有成就的。她没有什么变化，眼光依然亮亮的，只是不再对着他。会场中，有人称她为女中豪杰，他很难想象，如果她现在还是他的妻子，会给他带来什么。她与他的谈话内容，只有那个男孩，他们的儿子卫卫。她其实也说不出多少来，孩子基本上由她父母带大，老人带出的孩子会是什么样的？他现在无法管到，也由不得他管。

他喜欢吃，胖胖的，和你一样。祁琪的话里带着一点对他的怨气。她又有过一段婚姻，但似乎这段婚姻给她带来的也还是不顺，她对那个男人倒没有过埋怨。黄方正偶尔会提到魏秋月，她一点不感兴趣地走开了。

时间这么一晃，进入新千年也已好几年了，黄方正四十多了，他的脸型年轻时下巴尖尖，而今下颌骨变宽，成为方形国字脸。女儿婷婷上小学高年级了，现在的孩子个头都高，长得就差她母亲半个头。她的成绩一般，这一茬孩子的学习，都需要家长帮忙。反正有魏秋月在，不用他操心。他的精力也分散不过来，他是个官员，要管理研究人员，知识分子集中的地方，有时候矛盾也集中。他作为研究人员，不能完全投入数据的分析与研究中。但他还是坚持着，两方面都不放弃，他总想着见合这个词。

其实，对黄方正来说，两方面的工作习惯了，是可以从必然之境到自由之境的。对于研究院的官员来说，报项目可以轻松地获得经费，研究经费下来，可以有提成，可以有各种报销，他的生活变得很好。研究院可以自建房，他凭职务分到了大房子。这时候的官员吃得开了，权力变大了，外部控制力变得低了。黄方正很清醒地认识到，那都是蠢人所为。他自然不会去触碰这种事。这也体现在他的人生观与道德观中，他认为要凭金钱获得的肉体关系，不可能进入他的实际生活中。首先，他没有生理上的需要，肉体欲望不那么强烈。再者，他认为男女相交，是需要有情感做基础的。特别是他的身份与地位，如果他要，不需靠金钱去获得。他无法容忍，他的身子显露在一个完全陌生的女人面前，还是个冲着钱来的年轻女人，这超乎他的想象。

但是，他还是有了另一个女人。他们是一个属相，他的年龄比她大上一轮。

黄方正出差，去得多的就是祁琪所在的城市。研究院知道他的前妻与儿子在那座南方的城市，一般有双城的交流活动，都会安排他去。

每次黄方正去参加活动，都会告知祁琪，安排看一下他的儿子。卫卫上高中了，学业很紧张，母亲管得严，要他考上重点大学。黄方正看到儿子，便送上礼物，往往是有游戏内容的电子产品。母亲认为这是有害的，黄方正也清楚，但他难得见到儿子，多少有讨好的成分。给儿子时，让他保证不会影响学业。他也想到儿子也许会沉迷，但他又不希望儿子一点玩的时间都没有，像自己丧失了童年欢乐的过去。社会已经变了，他的儿子面临的不再是他少年时的穷困。再说，他需要儿子记得他这个父亲。既然儿子有个严厉的母亲，那他应该是一个慈父。这也是见合。看孩子总是对着书本，他有点心疼，送的礼物被祁琪埋怨，他也只是低眉露着似乎不好意思的笑，还冲儿子闭上一只眼来做个怪相。这不像他的本来面目，就算祁琪看在眼里，他也无所谓。对于有过肉体关系的女人，他什么窘样在她面前都无所谓。其实，这观念在祁琪看来，是一旦占有便把女人看作永久捕获的猎物，她的眼光愤愤地闪亮着，他却依然朝她笑笑，一副难得的赖皮模样，让她无法尖刻下去。

你别认为我只有容忍你。

我哪有敢冒犯你的地方。

少说，你以为我看不清你内里的本质吗？我只因为你是孩子的父亲。

是吧。你是孩子的母亲嘛。

他依然是那副样子。也许那意思便是，我就是你孩子的父亲，你是我孩子的母亲，我们有过许多做父母的关系与记忆。她也只好朝他瞪一下眼。

看着祁琪，黄方正偶尔会想到另一个女人，那柔软皮肤的林绵绵。如果与她生活在一起，他会陷进去不会分开吧。柔软的感觉浮起来，有时又会在想象中陷下去。那样他就不会有现在的魏秋月，没有那些甘甜的滋味，也没有现在的两个孩子了。人生在黄方正看来，就如袁丰说过的另一个棋语，是“一本道”的。只此一手。他没有什么不满意的，得到了一些，自然会失去一些，无可回思比较。见合，属于命运。

一切都是命运给予的机会。在一次南城交流活动的饭桌上，当地官员提议让一个女孩唱一曲，说她唱得好。她小小的个子，小小的脸，模样精致，三十多岁显得年轻。在黄方正这个四十大几的男人眼里，已经不计较女人的漂亮，她已成熟却又年轻，年轻都是漂亮的。而她一开口让他有点神魂颠倒，心里酥了大半。黄方正很少会这样，他的身边不少年轻女性，他内在的防护层颇厚，没有能迷惑他的。关键这里是异城，他是自由的，他的精神是放松的。更主要的是，她的声音一下子进入他的心，仿佛真的是鸟的鸣啭，在他的心境里转上了十万八千转，绕梁是绕在心梁上。他定神去看这个叫闵鹂的女人，把一种意思表达给对方。他问她，为什么没去歌舞团表演。

闵鹂一笑：天天唱，怕唱不好了。她轻轻的声音，像是从笛箫里传出的。

好听。他又说了一句，好听。

他这个年龄的男人与她这个年龄的女人，两性相吸，不需要太多的铺垫。黄方正自以为真心喜欢，道德防护的薄弱处瞬间断裂。

他和她的约会都在野外。婚外的情感表现在城市里，有那么多人看到，也就存在了某种风险。他不喜欢冒险。他的一生中，按部就班，在平常中求生存的宽度。他认为凡冒险凭侥幸，总有败露之时，非君子所为。与闵鹂的交往本身是一种冒险，必须在行动中尽量减少冒险的成分。

闵鹂是真喜欢野外，她向往大自然，向往无人涉足的山林与深谷。他们约在了城边的车站，她见他，也只是点一下头，默默地走在他的身边，多少还隔一点距离。他以为那是她心中有着羞惧之意。靠着南方城外就有一座山，山色葱茏，只要一走进山里，就算山里也走着游人，她马上会欢欣起来，话也多了，脚步带着一点弹跳似的。她说是山里的声音让她兴奋。她讨厌城市，城里的汽车与机器的声音让人生厌。她是个有个性的女孩，只有到山里，才显现她的本质。

他们在山里走，一直走到游客不到的地方。后来的年代，这座山成了旅游区，似乎到处有人来往。他们越来越往山深处走，去寻找一片只有他们两人独处的地方。听说山上将建缆车了，来游玩的人会更多，再难找无人处。不过他们考虑得并不那么远。他是出差来的，选的不是假日，她也自然有她的办法，不用他为她考虑。蜜情中的男女胆子是最大的，情浓之时，她对他说，她愿意为他做任何事。

每次两人相聚，他都会带给她精选的礼品，先是经典唱片，后是盒装收藏光盘，不管是什么礼品，她接过并不细看就放进包里，似乎并不在意。这让黄方正感动，想她是重情而不重物。但他有时又会生出疑惑来：比她大十多岁的他，到底是哪一方面吸引了她？

他也曾问过她，她只是笑笑不答。

有时他有点得意，他还是有男性魅力的。有时他又会想到，也许他是官员，自然有着一种权力的气派。

有一次，他接完手机，坐对面的闵鹂说：对方是个女人吧。

黄方正说：是的。院办的女秘书。

他应了以后，便想到，他把手机略离开一点耳朵，就听不到手机中的声音了，就算她对声音敏感，但不可能听出对方是男是女的。以前他也在她面前接过电话，是男性打来的，她就像没听到。

问了几次，闵鹂告诉他：有女人来电话，大概还是年轻漂亮的女人，你声音一下子就变了，像糯米一样黏黏的，带着一种磁性，能一下子吸入耳根。

黄方正才意识到，原来他对漂亮女人说话，天生会带有那种温柔。他本来以为每个男人都会这样。闵鹂有独特的声音，对他的声音也有特别的感受。他是为她的声音所迷，而他磁性的声音也迷住了她吧。

他们会选在山深之处，一棵大树底下，一片野草茂盛之地，坐下来，躺下来。他每次都显得有点急迫，而她总是放慢节奏，像是一边进行着性爱，一边欣赏着山中之声。他曾带过一顶简易帐篷，她立刻丢开了，说：要这劳什子做什么。她从《红楼梦》中学了这一个词来，说这个词的时候，声音会慢下来，一个一个字吐得清晰，脆脆的声音中带着喜悦。她躺倒在草地上时，宁可光着身子，也不要有衣服垫着。她的意思是，不需要什么劳什子隔着。

他说，怕她被什么虫子咬了。

她就说：怕什么？咬就咬吧，难得一次这么个光景。你念头放在静心上，听听水声，听听风声，听听鸟叫声，多好听啊。来吧来吧……

他是在听，行事之时，依然有意识在听着，会不会有杂声传来，或者是看山人的脚步声。他明知他们所处之地极少有人走到，也知道她对声音的敏感程度，她的听觉不会错过任何细小的声音，但他总有一丝意识悬在听之上。

她坐起身来，一时也不急着穿衣服，仿佛还沉浸在大自然的声音之中，带着身心的解放。她说话的声音越发脆脆的，根本不在意山中有回声。

他们互相靠着有一句没一句说着话，凡他的话题接近单位与家庭，她就马上会说：提那劳什子做什么？

她伸手抚着他的喉结处，他被弄得有点要咳嗽。她声音婉转地对他说：你别老有什么负担，到这里来就是摒弃一切，自由自在地享受大自然与人生。我们又没宣扬什么，我们又没妨碍什么。只有你和我还有大山，此时此刻你我只有欢喜，什么劳什子都丢开。

黄方正发现，她是真把《红楼梦》看进去了，说得那么理直气壮。他也意识到，时代变了，社会也实实在在地变了。开放的世风传给这样年纪的她，生出这样的想法，却又像是她独特的一套理论。从《红楼梦》中来，与《红楼梦》中的话语是相合的。

我也真想一直在这里生活下去，只有你和我。

他明知自己说的是蠢话，是哄人的话，没人会信的。他用磁性的声音，温柔地说着天与地，说着人生，说这里的大自然，与她也是一种见合。

她自然不明白见合的意思，连这两个字都听不明白。他对她解释着。她突然就笑起来：什么见合不见合，我们啊，也就是野合。

她把野合说得那么清脆，接着便大笑着，仿佛清楚自己说了一句女孩子不宜说的粗话。

她说：别想了，一生也只可能有那么几次。

她说得清醒，她并非迷在里面。他细想想，如此的野游，天气冷的时候，是来不了的。只有穿单衣的时节，偏偏那时节还有雨季。他也不能短时间中老来南城，一年最多几次吧。就算情感持久不减，十年时间他就老了，再想也没精力了。另外，冒险不是他习惯的性格，寻这一份刺激都凑在公出的机会上，让他向单位向家里找借口私出，需要反复才能下定决心，感觉强烈时有出行的冲动，歇了一夜，意念又弱了。如此算来，这样的情景，屈指可数，确实不应在一起时还思虑太多。

生命就这么长，幸运就这么多。就是再迷恋，看日头落到山峰后面去了，光线暗了，也该起身了，以免山路看不清了。不容再想什么了。

十年，在长长的生活中，似乎又一下子过去了。中年以后的日子过得快，他的生活顺应着时代，仿佛中国的时代变化特别快。在研究人员中，他是个官员，他对他们说：看看我能为你们做些什么。在官员中，他是出了许多书的研究员，别人会说他一句：你是著作等身啊。他自己清楚，他的书多属于自费出版，借助于项目的经费。虽然合作的多，但有他的文字，也有他的心血。他从不气馁也从不趾高气扬。当然，他的生活中也总有烦心的事。女儿笨了一点，且随了母亲的心性，慢悠悠的，学习跟不上学校的紧节奏，考高中，考大学，都让他操心。最后没考上好大学，与研究院有联系的大学接收了她。

祁琪离过三次婚了，也许还有过好几任的同居男友。在她的眼里，靠近她的男人总会有弱点和不足，甚至她还看到了不可饶恕、无可谅解的地方。祁琪的儿子考上的是名牌大学，已三十岁出头了，还没有结婚。听祁琪说，他连对象也不找。祁琪告诉黄方正，卫卫和她在一起的时候，很多时间是在看手机。她偶尔发现他除了发什么朋友圈，就是玩一些格斗类的电子游戏。

让我来与他谈谈吧。

好啊，只是别用你市侩的那一套引导他。

原来你眼光看到的是美好，现在看到的却是丑恶。黄方正心里这么说，但没敢说出来。

卫卫来宾馆，黄方正发现他又胖了一点。儿子常年不在身边，黄方正每次都是备足礼物，好言好语，顺着他的意思说道理。

黄方正与卫卫说到了当年读大学时的室友袁丰，说他通晓传统文化，能拉胡琴，能下围棋，能画山水，能写草书，还懂五行八卦。卫卫听到《易经》，颇有兴趣，谈起来，比黄方正还懂一些，看来他的知识面很宽。他们这一辈，全凭课外爱好，不像黄方正那时，心思都在他认为有用的学业上。

黄方正说到了见合，凡临选择，需要见合，不能局限于一点上，这见合指导了自己一生。也就是，既要考虑主观喜欢，也要看清客观现实……

卫卫听他说时，只是看着手机。黄方正不知他是否听到了。后来，卫卫把手机递到他面前，说网上搜索，见合是从日本传来的围棋术语，并非出自中国传统文化的理论。

黄方正没显出被驳的不快，说日本便是受中国传统文化的影响，围棋就是从中国传到日本去的。

也许卫卫认为黄方正的说法有些道理，也许是不想与难得见面的父亲争论，他只是笑笑，没再说什么。

这次，黄方正并没见闵鹂。在往南方城市来的高速列车上，他就发现时间过得越来越快，车速也越来越快，本来需要六七个小时的火车，现在只需要一两个小时。同时，他也感叹他是老了。与人见面，别人说他看上去只有四十来岁，他明白恭维是常态。他也清楚自己的身体在变老，心态也老了。他的官位高了，经过所长又到研究院当副院长。事情越来越多，会议也越来越多。

有一天，黄方正在车上看一位现代名作家的书，书的扉页上有一段话：这样的时代生了我，我生在这样的时代。刚看时他觉得这口气有点狂，黄方正不喜欢狂，特别不喜欢狂的人和狂的语言。后来想想这话也对，自己生存在一个变化的时代，经过一个新的时期，造就了他的人生和他的性格，这是被规定了的，虽然回顾时，多少有所醒悟，但一生已经过了，无可改悔。在他内心中明的与暗的，积累了不少，这也是无可奈何的，好坏都有人说，由着人家去说吧。

人生的选择，难言对还是错。几十年过去，好像选择得到见合，左右逢源，其实怎么选择都不能尽如人意。你很得意地表现，命运在暗暗地笑。

记得有一次，闵鹂搂在他怀里的时候，他说：我带什么礼物给你，你都显得不稀罕似的，我也知道那些都配不上你。哪天你有什么需求，向我提出来，我会尽力满足你。

他说出来的时候，感觉是在冲动驱使下的承诺。说不好什么时候，她的要求会让他一失足成千古恨。当时她仰起脸轻轻地“噢”了一声，那声音让他甘愿把理智丢到一边。然而，他离南方城市的路程似乎近了，闵鹂却离他远了。近年来几次约她，她都不回。电话里问紧了，她说有事，却又不说什么事。他还是从善意的角度理解她：她是不想烦到他，不想以不好的心情来面对他。或许她真遇上了事，或许是她的身体出现了问题，或许是她的子女出现了问题，她与他在一起，就是获取欢乐的，心情不好自然不想走那么多路，费那么多神在一起。然而慢慢地他发现，他与她真的只是一种过去式了。他已经加了她的微信，但她对他屏蔽了朋友圈，他发一些东西给她，她有时没回，有时也只简单地回一个表情包。最可能是她的情感出现了问题。热情用完了，对方失去了吸引力，也就把他这个劳什子丢开了。她确实不欠他什么，离开他也没有什么负担。他并没有走进她的心，就是与她最亲近的时候，回想起来，也只是美好的声音环绕在身外。黄方正从事人事管理，知道人的心理是最复杂的。男女之间，会发生许多爱变成仇的事，许多官员的失足，都是因女人而显露。而她只是离远了，并没影响他的人生，他实在不该对她有所抱怨。回想之中，他感觉他们之间的一切显得不真实，她是他平常人生之外的一个异数。凡正常之外的一切都不能贪，贪便生祸。有时他会觉得这样也好，再没有什么冒险的事，会引出什么不好的结果来。她本来是命运的赠予，他对她怀着感激，他是个明理的人。

在他六十岁生日到来的时候，他安排了一次活动，请袁丰来研究院做学术讲座，讲中国传统文化。以往研究院请来的老师都是经他严选的，高层次且没有争议，不偏激不出奇，不会引起麻烦。袁丰是一所大学的国学老师，讲的会有些不同，可能一般技术人员听来会觉得玄，但黄方正还是动用了他的权力。他只接待了袁丰，袁丰做讲座的时候，他没有出现在报告厅里，一直到讲座结束，他才出现。他领袁丰到一个单独的小餐室去，场上陪同的人说袁丰讲得太好了。黄方正说，袁丰教授的课当然好。

吃了晚饭后，两人走出楼，在研究院围墙内的一圈路上散步。

没有听你的讲座。所有的教授来讲课，我都会陪着的，也学到了不少。偏偏你这一堂课，我想听却没有来听。

我讲的，多少年前都对你说过了。

不是。黄方正摇了摇头。他告诉袁丰，今天上级组织部找他谈话了。研究院是事业单位，到时间就要退休的，特别他是个官员，比不上研究人员还有特聘留用。眼下对官场不比以往，抓得紧了。

袁丰一时没有说话。他知道一个人，到了退下来的年龄，总会有失落。嘴上说轻松了，但失去了职务，失去了头衔，失去了权力，总会有高空下坠无可抓手的感觉。

我没什么的。黄方正的话还是多了一些。以前他们一起散步，袁丰会多说一点，而这一个下午的讲座，袁丰讲了三个小时，此时不再多说。黄方正突然话多了，好长时间不在一起，似乎他正有话要倾诉。不知道他是官员当久了，讲话就多了，还是这当口所感丰沛，他告诉袁丰，早些日子，在他快到生日的时候，他就做了准备，办公室里的东西都收拾好了。人都有这么一遭，如同生死一般。

袁丰说，我一直想对你说，当官太紧张，可以放下了。

黄方正听来，袁丰说的还是过去的话。放下。古人说放下，只是躲开矛盾，不让自己负累。其实，人生一世，放下与负累都是一种状态。对他而言，负着的，并不感觉累，虽然有不快与不舍，有委屈与承受，有失落与无奈，但这种有选择的生活之路，是合脚而行的。他作为官员，没有像上了法庭的那些官员，得了那么许多的钱和女人。其实多了也没意思，却成了失去自由的罪犯。他也没有像一些研究人员，穷尽一生也没有什么发现，虚度了人世，没有感受到人生的快乐。

我的人生是丰富的，就算费些心力，一生无惊无险地过了。不费心力的人生也是一生，多不了一点快乐，也少不了一点痛苦。

其实所有的得到与失去，跳开来看，都显得小。

但我得到的是充实的，并非虚的空的。虚的虽大但空，还不如抓到一些实的。

袁丰听着，心里在摇头。对错在他们的年龄，没有什么意义了。格局不同，有些话转着弯说也没必要，爽性就不说了。他记得与另一位棋友教授在会场中聊天，那位棋友指着一位白发老人说：那就是禅。那位老人坐在会上，不与人交谈，也不知他是不是在听发言人说话。有人与他搭话，他只是笑笑，或者连笑也不笑，只是低眉顺目，什么也不表现。如果这是开悟了的禅，袁丰也做不到，他就是再上年纪，也不可能对周围的一切做到闭目塞听，随时如打坐入定一般。

黄方正对袁丰谈了很多。他说，他一直感谢袁丰教给他的理论，只有一个词两个字：见合。虽然是棋语，虽然这个词是从日本棋界传来的，但他感觉它合了中国传统文化的根本，引导了他的人生。这许多年的风雨，许多的人生变化，工作、家庭与生活，他都是根据见合，不会偏向一边。也许放下是对的，放下具有深度，但只是一条线。只有见合，是具有双重选择的。

黄方正与袁丰说到了他的一生中所有重要的生活节点，他对这个知己好友，无话不可说，特别是在这个当口，相隔多年的再见，加上退休前的谈话，他心里轻松，再无可忌，连与闵鹂的事，他都说了。见合，见合，让他的人生在变化中行得踏实，进退有余。他的考虑从来不是单线条的。

袁丰一直听他说着，当他停下来的时候，袁丰才说了一句：你说的这些，并非是棋语见合本来的意思啊。

错了吗？也许是一种误读吧。我看总有关系，凡事物都有相隔也有相通。当然下棋有对手，不同于人生的自我选择。但行棋总也有计算上的选择，每一步都是。对我来说，出自围棋术语的见合，已然变化。不管是见合还是兼合，它已经成为我的人生感悟之理，成长在我人生的骨干枝蔓之上。

两个人谈着也许别人都听不懂的理。

黄方正像是给自己的人生做总结，这是官员的一种习惯。他还告诉袁丰，对退休他已经做了充分准备，早几年他就在一处有山有水的地方，买了一幢可以称作别墅的房子，行车前往一个小时左右。那儿属于邻省，风景好，空气也好，对大城市的人来说，看一眼吸一口都是享受。特别是有一个较大的院子，可以种菜，也可以养花。应该说他有远见，买的时候，房价特别便宜，只要三四千元一平方米，凭他的财力当时买不用借贷。

我当然不会做过头的事，也不会图别人馈赠，凭的是自己的力量。现在房价都上万了。房子已装修好，那一片别墅是中国田园风格，小区的管理也不错，正准备带你去看看呢。

合着你对见合的意思，这属于物质上的准备，肯定还有另一层精神上的准备吧。到底是知己朋友，袁丰已能领会他的思想。

黄方正说，是啊。我离开研究院，以前学术方面的研究就进行不了了，那要数据，要实验。精神上寻找另外的追求，我也做了一段时间的准备了。我要进行文学创作，我要写诗。我看了许多当代诗人的诗，发现写诗并不很难。我以为关键还是要见合，需要有两重的意味，而不是靠一些句子，弯弯绕绕，跳跳闪闪，只往一处。

于是黄方正朗诵起自己新作的诗来：

当气息不再馨香，
当眼光不再明亮，
当肌肤不再柔软，
当滋味不再甘甜，
当声音不再悦耳，
我的心
依然飞翔。

三把刀

胡性能 *

刘文明

从记事起，刘文明就害怕大个头的蛾子。双翅上的一对间隔很宽的圆形图案有如两只眼睛，配上像蚕一样的蛾身，很像一张诡异的脸。生母去世那年夏天，他在她床榻前坐至半夜。阵雨降落前格外闷热，他仿佛置身于村外用红砖修筑的烟叶烤房。一个灯泡悬垂在屋子正中的木梁下，上面有薄薄的尘垢，模糊的光亮照着生母苍白的脸，让刘文明感觉有什么东西正从她身上流走，这令他想起山下那条河流，想起大水退去之后，渐渐裸露出来的岸边泥地与浅滩。这时，一只小孩手掌般大的蛾子突然闯进来，围着昏暗的灯泡盲目绕行，好像那灯泡是一个发光的线轴。刘文明心生寒意，从床头抓起蒲扇，但被气若游丝的生母阻止。在生母看来，突如其来的蛾子是她某位业已过世的亲人，现在充当信使，来通知她上路。"你不要怨恨妈妈，小明！"生母双眼像两口黑暗的枯井，一丝微弱的光亮在井底闪现了一下。刘文明知道生母是在说将他寄养的事，他握住生母柔软而冰凉的手，看见皮肤透明的手背上，长出了蝴蝶样的暗褐色

---

* 胡性能，男，1965 年生，云南昭通人。文学创作一级。现为云南省作家协会驻会副主席、秘书长，中国作家协会全委会委员。出版有中短篇小说集《在温暖中入眠》《有人回故乡》《下野石手记》《生死课》《孤证》。作品多次入选文学年度选本，并入选 2017 年度《收获》文学排行榜和《扬子江评论》文学排行榜；曾获第十、十四届十月文学奖，《长江文艺》双年奖，云南文学奖等。

花纹。

这天一早，刘文明打开房门，借着屋里的灯光，看见一只蛾子躺在门外地上，一丝不祥的感觉袭上心头，生母离世的那个夜晚再度被他想起。他蹲下来一边仔细观看蛾子，一边搜索大脑中的记忆。刚刚过去的这个夜晚，他似乎听见有人轻叩房门，想起身查看，但这个念头迅速被海水一样卷来的睡意淹没。

楼道灯泡坏了，一直没来得及更换。而那道暗红色的防盗门关上后，屋子里的光线无法渗漏出来，蛾子趋光，照理说这儿不应该有它的尸体。刘文明站起身来，借助屋里的灯光仔细查看房门，发现上面有几处留下稀疏的花粉，是这只蛾子撞向防盗门时留下的。躺在水泥地上的蛾子，羽翅残破，是什么让它在昨天夜里，一次次扑向房门？刘文明打了个寒噤，他折回屋，翻出一个半透明的塑料打包盒，把那只蛾子的尸体小心地装进去，放进楼下的垃圾桶。

田素芬夜里没回来，轮到她值夜班。即使不值夜班，她也常常找理由住在单位，两人已经有段时间没住在一起了，彼此渐行渐远，如同大雾中的船离开堤岸，码头上送行的人看见船舷边的人变得模糊，却无力挽留。骑电动车穿行在丹城时，刘文明不时会怀念起两人亲密的日子。曾经，田素芬在北市区的餐馆打工，晚上回来会给他带餐馆卖的早点，有时候是一笼包子，有时候是一盒煎饺，她还曾带过一个棒槌样的面包，说是餐馆新来的师傅烤制的法式面包。自从在餐厅打过工，她不仅知道要吃早餐，还知道要吃得有营养。

但现在，刘文明的早餐有一顿没一顿的。这天早晨，他在城中村入口的包子铺买了笼核桃大小的包子，狼吞虎咽地吞下，这才留意到天空铺陈开去的灿烂朝霞。此刻，太阳正在巨大的红色帷幕后缓缓升起，他的目光越过眼前的建筑，眺望东边，觉得田素芬工作的宾馆就在那片彩霞下。

从城中村狭窄的巷子出来，是东西走向的宽阔街道，早高峰刚过，大街重新变得有序。道路两侧延伸到尽头的建筑，此时沐浴在金色的阳光里。工人上班，学生上学，店铺开门营业，这座城市像一台巨大而复杂的机器，开始又一天按部就班地运转。六七年前，他和田素芬离开滇东北僻远的山村，来到陌生的丹城，一度晕头转向，不知所措。现在，他知道怎样在这座城市骑行，知道怎样在斑马线前停下，知道用什么口吻与那些表情严肃的保安套近乎，知道酒店是用来睡觉的，而酒吧才是用来喝酒的，他还知道怎样沿右边骑行可以绕开许多红灯……

作为这座城市里的送外卖的小哥，刘文明动了在这座城市按揭买房的念头，并将省吃俭用的钱存了定期，期待早一点攒够首付的钱。他幻想买房之后，接下来买车，然后开一家餐馆，自己做老板……有时候，他会放任自己的梦想由一棵野草长成一棵大树。

因为那只蛾子，刘文明上午心神不宁。骑车穿行在丹城的街巷，他不时回忆刚刚过去的那个夜晚，他做的那个怪梦。那似乎是丹城的某处，周遭是拆得一片狼藉的城中村，残破的墙上有一个个血红的“拆”字，还有几个用黑色记号笔写下的电话号码。他梦到有无数幢水泥楼撑破地表，在他身边拔节生长，越长越大。灰黑色的水泥建筑像一些身形巨大的怪兽，上面密布黑色小孔，令他恐惧。他还回忆起自己在梦中，好像置身一个巨大漏斗的底部，孤单、无助、身不由己。

这天上午，借送外卖的空隙，刘文明去城西看了一个楼盘。他原计划下午抽空去理个发，早一点回家，洗澡，换掉穿了一个星期的美团外褂。如果田素芬愿意，他还想约她晚上去吃清汤鹅，算是给她补过生日。自从看到老杭给他的视频，两人已经冷战了一段时间。现在，刘文明决定单方面求和。

刘文明看的楼盘位置偏远，在三环外面。通向楼盘的道路两侧，人行道铺上了铁灰色的水泥方砖，每隔十来米就有一个准备栽种行道树的浅坑，就像音乐的节奏匀称而固定。之前，刘文明从喧嚣的城里出来，感觉像是季节从热烈的秋天滑向了冷寂的冬天，这附近的空旷让他感到有些孤单。生活中有些事无法诉说，最近一段时间，与田素芬的冷战让他感到有些窒息。

看完楼盘出来，刘文明站在冷清的马路上，遥望郊外零星的树木，以及远处落寞、孤寂、了无生气的村庄，他想起了入赘前的那年除夕，想起吃过年饭，他离开大伯家，独自一人回到村外磨坊的那个夜晚。

记忆中，天空漆黑一团，远处不时有密集的鞭炮声传来，气温零摄氏度以下，村庄道路结了冰。他在那座村庄生活了十五年。刚记事，就被父母过继给没有子嗣的大伯，从此就像一只被砸飞的陀螺，偏离了原本运行的轨道。也许是那段被过继的经历，让他顺从而叛逆、恐惧而无畏、自卑又自负，像一只在洞口打量外面世界的土拨鼠，呆萌的脸上会突然亮出一对锋利的牙。小学四年级，续弦的大伯生了一个儿子，家里的关系立即变得微妙。亲生父母那边不亲，大伯这边，新伯母总把他当外人，客气中有种冷漠。十九岁那年，夹缝中的刘文明入赘到二十里以外的田家，一晃，已经十来年。

自从来到这座城市，他就幻想能够留下来。最近，每到新建的小区送外卖，他都会打听楼房的价格。这天上午，他来看的小区位置偏僻，价格低，七八幢二三十层的高楼在三环外的菜地里拔地而起，隔一条灰白色的过境高架桥与城市相望。但就是这样的小区，刘文明抬头看着高高的楼顶，心想送外卖的盒子，不知道要向上堆积多高才能攒够首付的钱。

曾经，他也信心满满，省吃俭用，每天辛苦工作。他想买的房子面积可以不大，但要有三房，到时把女儿和儿子接来，他和田素芬住一间，姐弟俩各住一间。他想象未来某一天，儿子田学军和女儿田学丽能够像这座城市里的孩子那样，一早穿着镶白边的藏青色校服，结伴去读书。想起这个温馨的画面，刘文明感觉生活还是有奔头的……何况，余庆就是活生生的榜样。听老杭讲过，余庆当初只身来到丹城，一无所有，可如今他不但有家拆迁公司，还有半座宾馆，就是田素芬工作的金星宾馆。那是幢白色的建筑，有一百多间客房，余庆有一半的产权。

老杭电话打来时已近中午，早晨的满天朝霞已被乌黑的浓云替代。远处的天，厚厚的云层正被撕裂，闪电发出短暂的白光。刘文明停下电动车，将脚支撑在地上，接通了电话。

“见到葛青山了，进了布草间，”也不知道是因为激动还是紧张，电话那头的老杭声音有些结巴，“赶……赶快来，晚了抓不到现行！”

这是刘文明盼望的电话，又是他害怕的电话。骑车往金星宾馆方向赶，他的脑子里又浮现出田素芬扭曲的脸：眼睛微闭，眉头轻皱，分不清她究竟是痛苦还是享乐。从老杭那儿看到这段视频，刘文明才得知田素芬在外有了私情。男的叫葛青山，老杭说是混社会的，他答应等葛青山再来找田素芬时就告诉刘文明。想到田素芬给自己戴了绿帽子，刘文明备受煎熬，他委屈、痛苦、愤懑，同时伴随一丝好奇和刺激……内心就像煮了盆沸腾的杂锅菜。

此时，他恨不得长一双翅膀，立即飞到金星宾馆。

老 杭

早晨，老杭整个人还深陷在那个电视画面里。半夜醒来，他没能再入睡，打开电视搜索频道，有个台在重播《海湾战争》，他看见一只海鸟坠落在满是原油的海面，翅膀沾满油污，身子往下陷落，只留下带喙的头无助地左右摇摆。老杭觉得自己就像那只海鸟，正在进行无望的挣扎。

临近中午，他坐在值班室刷手机，突然听见有刺耳的喇叭声传来。窗子外面，桑塔纳轿车里的葛青山把手伸出车窗打了个响指，诡异地笑了笑，算是打了招呼。老杭阴沉着脸，呼吸突然变得有些急促。

车场里，葛青山打开车门，一只黄色的泰迪犬跳下来，往宾馆大堂方向跑，老杭的心提了起来，他预感这天中午会是一个特殊的中午。值班室墙上，悬挂着九宫格监控，不一会儿，灰白色的视频里，葛青山从电梯口出来，走向楼道左侧的布草间，而他的泰迪犬阿黄，已经跑到布草间门口，伸出右前爪轻轻拍门。老杭按捺住内心的激动，低头拨通了刘文明的电话，他清晰地听见自己的呼吸声。

挂上电话之后，强烈的焦灼袭上老杭心头，就像童年时父亲带他到海边，涨潮时，他牵着父亲的手站在沙滩上，看见海水爬上来，淹没脚背，浸到小腿、膝盖、小腹直至胸腔，父子俩好像被一种无形的东西控制了。现在，他焦急地眺望着宾馆外面的街道，期待刘文明能够早点赶到。

中午时分的街道像煮沸的稀粥，汽车行驶的声音、电动车的喇叭声、商店里传出的音乐声以及行人嗡嗡的交谈声让老杭心神不宁。葛青山消失在布草间没几分钟，可老杭觉得他进去已经好久了。时间有时会变成可长可短的橡皮筋，就像多年前的某个清晨，他还在轴承厂上班，早上睡过了头，他打开卫生间的水龙头，双手捧一把水潦草地抹一把脸，甚至来不及漱口，抓起母亲放在蒸锅里的馒头便冲出家门。吹箫巷外有个公交站，停靠在那儿的 9 路车可以直接开到轴承厂，可是每当他急着赶路时，他等的公交车都迟迟不见影子。

老杭不时瞄一眼墙上的挂钟，他咬紧牙齿，左右颧骨的斜下端隆起两块坚硬的肌肉。高架桥、穿城而过的铁轨、斑马线、红灯绿灯变化的十字路口、汽车缓慢行驶的街道……他想象刘文明在丹城大街飞快骑行的情景，幻想那个被戴绿帽的男人赶到后，气势汹汹地跳下电动车，从车后外卖箱里抽出一把尺余长的锋利刮刀，发疯一般冲进宾馆，抢到三楼，一脚踢开布草间的门，然后将锋利的刀刃插向葛青山裸露的脊背。一下、两下、三下……老杭似乎握住了一把锋利的刮刀，他想象鲜血从葛青山的背部喷出来，他的嘴里隐约弥漫着一股令人窒息的血腥味。

雷声从远处传来。老杭望着窗外的天空，乌云正向西天汇集，空气中有股潮湿的水腥味。他想起了葛青山那张瘦削的脸，心里既恐惧又仇恨。短短两年，因为葛青山，老杭从钻石王老五变成个丢了房子还欠下十多万外债的穷光蛋。一想起自己的房子像鸽子一样飞走，老杭就想抽自己两个嘴巴。他盯住监控视屏里布草间的门，杀人的念头像从船上抛下来的铁锚，死死抓住水底的岩石。

先是葛青山诱惑他把钱存进小额信贷公司。“百分之二十四的年利啊！”坐在麻将桌边的葛青山心不在焉地说。他给老杭的印象是不在乎输赢，从容，处乱不惊，稳坐钓鱼台。一切都因为他所说的投了五十万在小额信贷公司，每个月光利息就有一万块钱。老杭经不住诱惑，把自己多年攒下的十多万块钱投了进去。

怎么可能是骗局呢？老杭想不通。小额信贷公司在绿湖边，寸土寸金的地段，门脸豪华，从台阶到墙体，全是赭红色的大理石贴面。走进门厅，迎面是一艘放在桌台上的帆船，罩在巨大的玻璃罩里。船体在屋顶射灯的照耀下金光闪烁，看上去像是用黄金打造的。屋子里的财富气息让他感到自卑，他想从里面抽身出逃，可是双腿不听使唤。

那天，老杭花了一个小时才办完手续。他在一本合同上签完字，还用拇指涂印泥，按在自己名字上。事后回想起来，他在签字时感觉就不好，像是在签卖身契。不过与后来贷款签字相比，前者只是签卖身契，后者则是签不会赢的生死状。

想到贷款，老杭感到窒息，铅灰色的天空好像有块浸透污水的湿布覆盖过来。这天，打电话给刘文明之后，老杭故意在桌子上放上一把铁黑色的三棱刮刀，期待着那个老婆与人私通的男人能够一眼看见。此前他曾经用拇指试过刀口，锋利、冰凉，刀锋会因角度变化而闪过一丝难以捕捉的光影。

刘文明骑车冲进宾馆的瞬间，老杭偏头看了看墙上的监控，谢天谢地，葛青山还没出来。有一抹微笑从老杭僵硬的脸上一闪而逝，他预感一出好戏开演了。

余　庆

时隔多年，余庆忘记第一次是在什么场合见到的葛青山。时间像一块肮脏的抹布，经过它的擦拭，原本清晰的记忆变得模糊不清。真正留下印象的是三四年前，那时余庆在搞拆迁，拿到一个工程，在城西北的佐龙溪边。占地五十多亩的丹城皮革二厂破产后，废弃的厂房被城市投资公司看中，要在原有的土地上建个城市综合体，有那么两个月，那座倒闭的工厂是余庆每天必到的工地。

停产两年，工厂已是破败不堪，厂区到处长着杂草，夏天暴雨积在低洼处，干涸后青苔的痕迹清晰可见，外来植物紫茎泽兰甚至霸道地长上行政楼的台阶。余庆记得，法院派人来揭厂房封条那天，有如一个尘封已久的秘密被打开，他在散发着芒硝味的车间里看到许多陌生机器，凑近看，有液压裁断机、高头缝纫机、缝纫包边机、打包机……昔日忙碌的机器停止运转，赭褐色的铁锈像花一样从灰蓝色的油漆下破土而出，地上丢弃着一些刀具和色泽暗淡的皮革边料，好像某一天，有人一声令下，工人们慌乱撤离，之后再也没人返回这里。

拆除的速度很快，仅仅一个多月，那座工厂就只剩个骨架，人声鼎沸的情景成为历史。挖掘机在瓦砾上发出轰鸣声，排气管冒出浓烟，巨大的铲斗像拳头那样有力地伸出，红色砖墙往前扑倒，弥漫起一团烟尘。有时候，余庆喜欢凑近挖掘机，他觉得油烟里有种奇怪的香味。那段时间，余庆的拆迁公司就是一块移动的橡皮擦，它过的地方，就会有建筑物消失。联想起自己离开坛城后一路改头换面，一路擦除留下的痕迹，余庆觉得他干拆迁这行，像是命中注定。

行政楼最后拆除。站在顶楼的临时办公室，余庆看见一座工厂在钢铁机械的吞噬下渐渐消失，既充实又感伤。那天下午，他在窗边俯瞰楼下时，葛青山摸进来，站在他身后咳了一声。余庆吓了一跳，回过头，看到一张似曾相识的脸。

“好久不见了，余……余总！”葛青山满脸笑意。

余庆皱了皱眉头，他没有想起来人是谁。

“我原来是许总的司机。”葛青山坐在门边破旧的皮沙发上，跷起二郎腿，掏出烟，扔了一支给余庆。香烟在空中划了道弧线，落在余庆的办公桌上，滚了几圈，停在他泡普洱茶的飘逸杯旁。余庆把烟卷拿起来看了看，是新出品的大重九。

“许总的司机不是陆师？”余庆有些困惑。

“我在陆师之前！”葛青山从沙发上站起来，打燃火机，要给余庆点烟。

“不抽，戒了！”余庆摇摇头。

“余总的身份证还是我去办理的呢！”葛青山突然把身子倾斜过来诡异地朝余庆笑了笑，目光让余庆起了一身鸡皮疙瘩。

“我姓葛，葛根的葛，葛青山！想起来了吧？”来人又说。

余庆警惕地摇了摇头。

“贵人多忘事！”葛青山脸上的肌肉跳了一下，他咧开了嘴，露了一排被卷烟熏黑的牙齿说。

那天葛青山找来，是想向余庆借两万块钱，当然遭到了余庆的拒绝。葛青山轻描淡写地说：“余总手头不方便就算了！”声音听上去夹带着威胁。临走时，他从衣袋里掏出张名片递过来说：“如果余总手头宽裕了，还是希望能够帮这个忙！”

余庆接过名片，顺手丢在桌上。他没有起身相送。等葛青山的背影从楼道里消失，他才把桌上的名片拿起来看，一看发现那不是名片，而是一张写有户名、银行账户、开户行、身份证号和电话号码的白色卡片。

余庆没有多想，愤怒地把那张卡片撕成两半，扔在地上。

那天下午，余庆独自在办公室里坐到黄昏。下班后的工地静寂得可怕，暮色笼罩过来，窗外的建筑亮起点点灯火。余庆坐在办公桌后的黑皮转椅里想了很多。离开办公室前，他弯腰从地上捡起被他撕成两半的白色卡片。

从那次开始，葛青山陆续从余庆这儿借走的钱，加起来已有好几万。可余庆没有想到这一次，葛青山开口就说要借二十万。

刘文明

远方传来隆隆的雷声，仿佛一些大小不一的石头在天街上滚过。街景暗淡下来，如同暮色降临的黄昏。刘文明身下的电动车像条惊慌失措的鱼，穿行在巨石般移动的车流间。急停、突拐，左晃右让，引得非机动车道的骑行者纷纷避让。在这座城市送了几年外卖，他对每条大街甚至每条巷子都了若指掌，不用思考，下意识就能规划出最便捷的线路。

一路上，视频中的刺激画面总是浮现在大脑里。这段时间，有空的时候，他会悄悄把老杭发来的视频调出来看。最先出现的画面是间陌生的屋子，没有音乐，凌乱的床铺上有两个纠缠在一起的男女。男人裸露的背上有模糊的文身，他低伏着，仿佛想躲避什么。耸动的臀部，节奏与秒针的颤动等长，那个男人从背后看上去像个低头摇橹的船夫。女人的脸被遮住，只从男人身体两侧露出两条白皙的小腿，以及脚趾上翘的脚掌。突然，男人加快运动节奏，鳄鱼一样仰起头，挺直身子，继而委顿下来，将头伏在女人的颈窝。女人的脸从男人肩头暴露出来，清晰、具体，是田素芬。看上去她仿佛在忍受某种痛苦，又像在享受令人眩晕的快乐。

这段视频刘文明看过多遍，每次都看得心里发堵，好像那儿坠着一块冰冷的铁块，让身体里的某处传来尖锐的疼痛。这些日子，他幻想过无数种办法来收拾给他戴绿帽的男人。幻想过用铜炮枪，将煮熟、尿液浸泡过的晒干的糯米粒射进那个男人的背部，想象那些干透了的糯米粒在男人皮肤下受潮、膨胀、引发炎症。每颗糯米粒要取出来，都得用小刀剜下一团肉来，想象那个男人撕心裂肺地号叫，刘文明艰难地笑了笑，脸上有种令人毛骨悚然的寒意。

这天，刘文明赶往金星宾馆的路上，身体像是被什么东西焚烧着一样。路上，他接到过老杭的两个电话，均是催促。离宾馆还有百多米远，看见老杭焦急地站在值班室门外张望，他将电动车的把手拧到底，加速冲了过来。

看见刘文明，老杭兴奋地说："快到布草间，抓狗日的现形！"

"嗷！"刘文明将车丢在一边，冲进值班室，愤怒地寻找着什么。他对门边桌子上一把半尺多长的刮刀视而不见，而是从墙上，取下一根电警棍，冲了出去。

他先是奔到大堂电梯门口看了眼按钮上端，发现两部电梯都正在上行。他等不及，折向身边的楼梯，三步并作两步冲上去。在三楼，他一边跑一边查看房门。来到了布草间门前，他侧耳倾听，里面有动静。他倒退两步，犹豫了一下，猛地发力上前，抬腿一脚踢开房门。

屋子里，葛青山坐在床上扣着衬衫，田素芬则趴着，身子耸动，像是在哭泣。

刘文明冲到葛青山面前，举起警棍，两排牙咬得死死的，眼睛里满是杀气。

一道黄色的闪电突然射过来，是葛青山养的泰迪犬，它对着刘文明咆哮，露出两颗尖利的白牙。

"阿黄！"葛青山呵斥了泰迪犬一声，故作从容，好像根本没有把刘文明放在眼里，仿佛这间屋子里没有其他的男人。

刘文明犹豫了。他闯进门来时看见那个男人的胸前，有一条巨蟒张着血盆大口，正吐着红红的芯子。刘文明意识到，这个男人是黑道上的，这个意识占据他大脑后，他的愤怒因隐约的恐惧而消减。此时，田素芬已经慌乱地套上衣裤，她满脸羞红，低头冲出了屋子。

直到老杭赶来，刘文明才将警棍砸下去，但砸的不是葛青山而是床头的铁管，一声脆响。反弹的力量过大，警棍从刘文明的手中挣脱，飞在老杭的脚边。此时，葛青山已经穿好衣服，他极为不屑地望了刘文明一眼，弯腰抱起脚边狂吠的泰迪犬，抚摸着它的头，大摇大摆地离开了布草间。

屋子里出现短暂的静寂。片刻后，刘文明蹲下身，双手扯着自己头发，将头夹在胳膊里，发出撕心裂肺的叫声。

那天中午，刘文明不知在布草间坐了多久，他突然喜欢这种安静，喜欢周围没有人，甚至喜欢这个世界只剩下自己。他摸了摸裤袋，迫切想抽支烟，脑子里像浑浊的海水得到净化，渐渐澄明。六年前的夏天，他带着田素芬来到这座城市，决心要在这里扎下根来。他一直为此努力，房子首付就要攒够，余下的钱按揭。他觉得为这个目标，什么苦都能吃，什么屈辱都能咽下。男人嘛。他想起几年前，在如意巷，他把朝他狂吠的一只野狗踢飞，立即有一个肥硕的女人奔了过来，披头散发与他抓扯，说踢伤她的爱犬，拳头大的狗，让他赔了一千块钱。从此以后，他在这座城市小心谨慎，碰到真正被人遗弃的野狗，都绕道而行。

可他知道自己以前不是这样的。当年在老家鱼洞镇，他也曾经一个人与县城的几个小混混打过恶架。

那是十八岁那年的夏天，天气酷热，他从镇卫生所体检出来，在街上碰到三个衣着时髦的青年。等他站在房檐下乘凉时，田素芬正走在用青石镶嵌的街道上。见到亭亭玉立的姑娘，几个县城青年立即将目光投过去，尤其是那个斜眼，扭过脖子来对同伙眨了两下眼，反身跟了上去。那时的田素芬像一株蓬勃生长的玉米秧，干净得不含一丝杂质，散发着植物成长的清香。当她被三个小混混拦住纠缠时，英雄救美的一幕随即拉开。

刘文明在镇上读完初中，熟悉小镇上仅有的两条大街和无数旁逸斜出的小巷，也能在这个小镇不时见到一两张熟悉的面孔，清楚镇上的人都讨厌县城青年，这让他信心满满。真正打起来，刘文明才发现他自小干农活蓄积起来的力气，远非几个养尊处优的县城少爷可比。以一敌三，刘文明不落下风，当那三个人狼狈跑掉后，刘文明站在街中央，威风凛凛，内心充满豪情。

英雄救美的下午，刘文明把田素芬送回家。返回时，天黑了，月亮照着静默的山冈，路边的稻田正在抽穗，有只萤火虫在他的前面飞，尾部的光一闪一闪。原本蛙鸣的稻田，在他经过时，所有的青蛙都噤声，屏气凝神，等他走过之后，才又开始合唱。

因为大伯和伯母不愿出聘礼，一年后，刘文明去田素芬家做了上门女婿。转眼，他们结婚都十来年了。

老　杭

看见葛青山大摇大摆离去，老杭特别沮丧，对留在布草间的刘文明也失望至极。电梯间外面，透过右侧的玻璃窗，葛青山驾驶着桑塔纳驶出了宾馆的大门。此刻，老杭要是扛着一管火箭筒，他会毫不犹豫地对着那辆桑塔纳来上一炮。

天空落起豆大的雨点，老杭冒雨回到值班室。他想起几年前的一天，那时他刚到金星宾馆上班，见到葛青山开着一款老式桑塔纳轿车进来，挂的是丹城牌照，后面三个数字是712，那是老杭的生日，所以他看过一遍就记住了。那一天，桑塔纳进宾馆的门禁后停在路边，有人在车里叫了他一声，老杭看到一个头发梳得一丝不苟的脑袋从车窗里伸出来。

“你是？”老杭一脸疑惑，眼前这个男人他没想起来。

“五一小学，记得不？在长春路！”

这时，一只黄色泰迪犬的脑袋从车窗里伸出来，叫了两声。

老杭茫然地点着头，大脑里迅速搜索，车里这个男人他真记不起是谁了。

“葛青山，还没想起来？小学毕业那年，我们几个同学约了去爬长虫山。”

这事老杭有印象。小学毕业后，同学们去了不同的中学，老杭说了几个小学同学的名字，葛青山有的记得，有的记不住了。

老杭离开值班室，来到桑塔纳旁，伸手接过葛青山递过来的烟，两人共同回忆起小学时的一些往事。告别时，葛青山告诉老杭，他与宾馆的余总是老朋友，还说以后要请余总多多关照老杭。

除了麻将，老杭这辈子没什么爱好。曾经，老杭上衣兜里随时有几张麻将牌，既为锻炼技艺，又为过麻将瘾，还为活动手指关节，原理与旋转健身球相同。时间一长，他的拇指和食指只要一搭上麻将张子，花色就会顺着手臂传递上来，清晰得就像是用 X 光机透视一样。有人见他表演过非凡的技艺，将十三张麻将牌一股脑放进口袋，摸一张，打一张，速度一点不慢，说和了，大家睁大眼睛，看他把口袋里的牌一一掏出来码放好，竟没有丝毫差错。

但老杭的牌技只用于表演，真要上牌桌，输多赢少，就像把阿拉伯数字写得漂亮的人，未必都是数学高手。葛青山认为老杭输牌是因为鼻尖有颗米粒大的痣。“老鼠屎啊！”葛青山很有把握地说，“打牌怎么会不输？”

“平时我也不怎么打，”老杭解释说，“就只打打娱乐麻将，输赢不大。”

“但你一手绝技可惜了！”葛青山说，“相书上说鼻梁有痣的人没有赌命！你要是去把那颗痣取了，我敢肯定，凭你的麻技，找不到对手！”

取了鼻梁上的痣，葛青山便带老杭四处打麻将，他不打，他只押注，也就是说老杭赢他赢，老杭输他输，他对老杭牌技的无条件信赖，让老杭很有成就感，也很感激，两人的友谊迅速升温。离奇的是，鼻梁上的痣取掉后，老杭果真连战连捷，手气好得不得了，他根本没想过这会是一个陷阱。

那天晚上手气就没顺过。越打越输，越输越打，天快亮时，老杭输光卡里的两万块钱，为回本，借了两万块高利贷，也输了，还让葛青山也输了几万块钱。此后，老杭的劫难开始了，他从一个陷阱跌入另外一个陷阱。这个四十多岁的保安没有想到，一年多时间，他两万元的贷款倒腾几次手后，会变成几十万。莫名其妙的违约金，找另外的贷款公司应急，他拆东墙补西墙，慌不择路，投进小额信贷公司里的钱也因老板跑路打了水漂，到最后，他的房子被抵押不说，还差人家十多万块钱，每隔几天就有人来要账，老杭后悔得要命，寻死的心都有了。

后来，老杭隐约听人说，葛青山其实是借贷公司的托，这才明白他之前牌桌上赢的钱都是别人做的钓饵。

第一次被他们敷"面膜"，是老杭付不出钱之后。那天，几个身份不明的人，把老杭堵在吹箫巷里，为首的长相彪悍，理了个"天菩萨"的发型，手里拿着一瓶矿泉水，不时扭开瓶盖喝上一口。那几个人打人很有经验，老杭没有伤筋动骨，但吃了不少苦头。末了，有两个人把老杭摁在墙上，其中一个抓住老杭的头发往后拽，老杭被迫抬起头来仰望天空。那是个静寂的夜晚，残月斜挂在屋顶上空，老杭余光看见"天菩萨"从怀里掏出一块手帕，覆盖在他脸上，手帕上有淡淡的腥味。他不知道这个男人想干什么。

等"天菩萨"把矿泉水往他的脸上倒，老杭才意识到不对。潮湿手帕像一块冰冷的皮肤长在老杭脸上，他呼吸困难，挣扎，扭动身体，试图摆脱控制，却被人用膝头重重地顶了一下腹部。疼痛扩散开来，仿佛一颗深水炸弹在肚子里爆炸。继而，窒息感排山倒海而来，让他觉得每一根血管都快要爆裂。吸不进空气，他难受极了，近乎疯狂地摆动头部，但那块湿手帕无法甩掉。恍惚中，好像有个黑巨人迈着沉重的步伐，从他的心脏顺着喉管走了出来，咚，咚，咚，每一步都有巨大的回音……

"杀人偿命，欠债还钱！""天菩萨"凑了过来，伸手把湿手帕揭开。

"我真借不到钱了。"老杭半晌才说。

"这我可管不着！""天菩萨"在老杭耳边说，"我要的是还款还款还款！"

"我不差你钱，你们设局……"老杭的话还没有说完，"天菩萨"又把湿手帕盖在他脸上。老杭绝望地睁大眼睛，鼻子里发出一阵呜里哇啦的声音，他感觉好像天一下黑了，乌云像黑色石块一样垮塌下来。

之前，老杭没有听说过这种惩罚。实在是太难受了，不是完全不能呼吸。吸进去的氧是那样少，少到活着就是为了清晰地体会这种不能呼吸的痛苦。几番下来，老杭屈服了，借着天空里模糊的月光，他在一张张模糊的合同书上签上自己歪歪扭扭的名字。

余　庆

偶尔，余庆会去福寿巷杜敏店里坐一坐。认识她是余庆刚到丹城不久，有一次，余庆途经一条狭窄街巷时，看见有道门的右边挂着块木牌，上书“手工毛衣”。他停下看了看，注意到那是一道奇怪的门，比通常的门高，要上几级台阶。很快余庆反应过来，那道门是用窗户改造的。

当时，余庆正在逛身后的竹器店。店里挂着各式各样的竹编物品，除了竹桌竹茶几外，还有竹编的各种椅子。空间有限，店主把一些大件竹器放在屋外人行道上，包括一张漆成金黄色的摇椅。编竹器的人利用不倒翁原理，将竹椅的脚设计成圆弧形，坐在上面的人能借助自身重量不停地摇来晃去。那个下午，余庆的身体埋在摇椅里，犹豫要不要请对面门里那个女人给自己织一件毛衣。

在坛城的时候，余庆身份证上的名字叫许志刚。至今，他钱夹里仍然插着那张身份证上的照片，黑白照。小平头，瓜子脸，眉毛浓密，嘴唇因面对镜头不适而紧紧闭合。那是张青春、帅气、无忧无虑的脸。他记得，那是自己满十六岁，去派出所办身份证前照的。

照相那天，气温寒凉，他穿件深色夹克，里面是灰色的高领毛衣，是母亲在余庆进高中那年冬天为他织的。许多年后，他还记得母亲织毛衣的样子。阳光下，母亲坐在靠窗的藤椅上，戴着眼镜，手中两根银白色毛衣针灵活跃动。那时，高领毛衣很时尚，余庆在照相馆里正襟危坐，觉得自己一夜之间长大成人。离开坛城这些年，偶尔，余庆会在夜深人静的时候，把这张照片翻出来看。照片上的人，目光清澈，一脸稚嫩，与今天的余庆判若两人。

杜敏的手工毛衣店唤醒余庆尘封的记忆。后来的一天，等他再次从福寿巷经过时，他走上了台阶。门脸上方悬垂着一根拇指粗的竹竿，上面挂着五六件织好的毛衣样品，余庆在门那儿，仰头看着那些颜色不一的漂亮成品，说想织件高领毛衣，灰色的。余庆从钱夹里掏出自己珍藏的照片，指着身上的那件毛衣给女人看。手织毛衣是技术活。杜敏说，即便是加班加点，织一件高领毛衣也要一个星期。说这话时，她端详着余庆的照片，时间长得让余庆有些紧张。

“我看你照片上是什么花纹，”女人说，“不同的花纹用线多少不一样。”

余庆站在店门外与女人聊了一会儿天，女人手中还有一件尚未完工的活，她说余庆的毛衣得三天后才能开织，还对余庆说要把照片留在她那儿。

女人目测了余庆的身高，又张开手量了量余庆手臂和上身的长度，之后，还伸手抚摸了余庆的两个肩头、腋下和腰，就像她的手是两把特殊的尺子。那一瞬间，余庆想起多年前在坛城，母亲给他织毛衣时也是用手当尺子在他身上量了又量。余庆也不清楚，他后来对杜敏有种天然的亲近，是不是就始于她那双手抚摸他的那个瞬间。

那天下午，余庆离开福寿巷时感觉有点怪怪的，好像他把什么东西留在那儿了。不仅仅是照片。这些年，他仓促地从一座城市辗转到另外一座城市，见过太多惊慌失措的人，从来没有见到一个女人像替他织毛衣的杜敏那样，在纷乱的城市中安静地守着一间四五平方米的铺子。此后，无论是他去拿毛衣，还是后来天气凉下来，他穿着女人替他织的毛衣经过福寿巷，他都会到女人的铺子去坐一坐。

余庆想，什么时候他要穿上女人织的毛衣，去照张相，再办身份证时用得上。

余庆的确不知道，他如今用的身份证是许雷让葛青山办的。认识许雷，是余庆到丹城的第二年。有一天，他照着《丹城晚报》的招聘信息来到明达公司。老板许雷亲自面试，在看了余庆递过来的身份证和伪造的材料后，他嘴唇咧开，露出意味深长的笑容。那时，丹城大规模的城市改造刚刚开始，有太多城中村、倒闭工厂和老旧小区等待拆除。这是桩刀口上讨营生的事，同行的竞争与拆迁户的对抗，有时需要像余庆这样来路不明的人来解决一些事情。

后来的事情证明许雷没看走眼。在拆吴家营时，有几户人家抵死不搬，许雷到现场协调时，一块水泥预制板突然从高空坠落。那时的余庆，对突如其来的危险非常敏感，他用力推开许雷，自己闪到一旁。事后许雷说，他倒在地上时，看到那块预制板就砸在他刚才站的地方。

吴家营的拆迁让许雷获利不少。工程结束后，明达公司在重庆老灶火锅搞团建，酒酣耳热之际，许雷当众宣布让余庆做他的助理。那天晚上余庆破例喝醉了，失忆，怎么也想不起来是怎样回到住处的，只记得从老灶火锅店出来，又去了许雷的办公室，喝他的大树普洱茶。

直到当月工资打在卡上，余庆才发现许雷给他涨了不少薪水，他到许雷的办公室道谢，许雷伸出手来揽住他的肩膀，亲热地说："本家兄弟嘛，不客气！"

听到许雷叫他本家兄弟，余庆脑子嗡的一声。他不知道那天酒醉之后对许雷说了些什么，不好问，只是暗自给自己提了个醒，从此不再喝酒，滴酒不沾，哪怕是许雷让他喝，他也想方设法推辞。

重新办身份证是许雷提出来的。去拍照时，余庆特地穿上杜敏织的毛衣。新办了身份证，他成了丹城人，名字也变成了余庆。他不喜欢有人知道他的秘密，哪怕这个秘密小到只是伪造一个身份，也让他觉得像是脱光衣服让人看到他的隐私。他很感激许雷不打听他的往事，那个年纪和他差不多的老板聪明绝顶，接过余庆的身份证看了看，满意地笑了，从此称呼他"老余"。

做了许雷的助理，除了晚上睡觉，白天两人形影不离。一次，余庆开车送许雷去城建局办事。车上，许雷谈到他从报纸上看到的一则消息，说有人吃草鱼胆明目，结果导致肾坏死。余庆便说他有一个舅舅，就是肾衰竭走的，先是血透，后来找到了匹配的肾源，换上去后却产生了强烈的排异反应。

"患了这种病，生不如死！"许雷感慨地说。他告诉余庆，以后他死的时候，希望能够死得干脆利落。一语成谶，余庆后来想，如果许雷知道两个月后上帝满足了他的这个愿望，他当时还会不会说得如此平静？

也就是余庆应聘到明达公司的第三年，许雷约了几位客户去法院运动中心打羽毛球，累了，到场边的条凳上坐着休息，就再也没有醒来。

心梗。许雷死得干脆。他突然离去，让老婆魏惠不知所措。幸好是余庆帮她妥善料理了许雷的后事。葬礼那天，余庆站在许雷的墓前，眺望山下的丹湖，既失落又轻松。毕竟许雷待他如兄弟。但想到随着许雷的死，他酒醉后吐露的秘密已被烧成灰，埋进身后的水泥石匣里，他又感到轻松。几年后，等葛青山找上门来，余庆才发现事情并没有他以为的那样简单。

刘文明

那天中午，最后究竟是怎样离开布草间的，刘文明大脑一片模糊。他只记得出金星宾馆时，天空下起了大雨，世界混沌一片，马路上许多汽车开着双闪灯。像是要惩罚自己一样，刘文明没有找地方躲雨，而是骑着电动车冒雨回家。电动车摔了一次后，车头老是左偏，他得扭着身子才能骑行，这引得许多站在街边躲雨的人好奇地望着他。非机动车道上只有他一个人冒雨骑行，雨水从额头流下来，眼前模糊不清，他得不时用衣袖揩一揩眼睛。

回到出租屋，他把潮湿的衣裤脱下丢在地上，用毛巾擦了擦头，光着身子钻进了被窝。窗外，雨水密集降落的声音传来，带来潮湿的气息。屋里光线昏暗，刘文明的目光望着地上那堆衣裤，把它想象成一座逶迤的大山，有一瞬间，他觉得自己是只蚂蚁就好了，任何一条墙缝，都是最好的藏身之所。

刘文明感觉身体疲惫不堪却又无法入睡，回忆起当年与田素芬到丹城打工的情景。最初他们是在月亭卸货，那儿有丹城最大的粮食转运站，一条铁路穿过低矮的丘陵，每天源源不断地运来大米。汽车得把月亭卸下来的米运到两公里外的仓库，扛大包的人就在这两公里做手脚，他们总有办法从每一袋米里偷出一点来，积少成多。刘文明不行，不是笨，而是心理素质太差，也不愿意做。

这样，扛了两个月的大包之后，他在城北一家物流公司找了份接货员的工作，田素芬则去了一家餐馆打工，两人上班的地方相距不远，早晨便一起乘坐公交车上班。工作虽说辛苦，可比起干农活来，毕竟要轻松些，收入也高得多。

刘文明盯着天花板，脑子里乱极了，他不知道该怎么处理田素芬出轨的事。回忆来丹城这几年的生活，刘文明心里清楚，公交车上发生的那桩事，像一个楔子一样，死死地卡在了他与田素芬之间。

丹城的公交，有早晚的高峰期。上班的人和学生挤在一起，让小偷有机可乘。但田素芬始终保持警惕。那天，就在眼前，她看到有只手，从另外一个人的腋下伸出，悄悄顺走刘文明衣袋里的手机，而她男人却浑然不觉。“小偷！”田素芬当即大叫起来，双眼牢牢锁定身旁一个理着平头的龅牙。

见是个操着外地口音的乡下女人，龅牙挑衅般望着田素芬，小眼睛里有凌厉的光。这个年头，面对这样的事，出头的人很少。男人们都不吭声，一个女人不识时务地站出来，对龅牙的盗窃进行指认，这惹恼了他。龅牙大叫起来，高高举起双手，大叫冤枉，要田素芬搜身。“搜不出来咋个整？”龅牙的舌头像是短了半截，笨拙，吐字含混。“如果搜不出手机，”他用手指着田素芬说，“你哪只眼看见我偷的手机，我就把你哪只眼剜出来！”

田素芬气得满脸通红，抬起头望着刘文明，希望他为她出头，可刘文明紧张地摇头，意思是说不要吭声。

“就是，也不能随便冤枉好人！”龅牙身边有人帮腔。

“就是你！”田素芬不退让，“我看见是你偷了他的手机！”

“哎嘿，”龅牙用眼睛盯住了刘文明，厉声问，“有人说我拿了你的手机？”

“对不起，对不起！”刘文明想息事宁人，用手拉了拉试图争辩的田素芬。

龅牙却得理不饶人：“你婆娘？”

“我老婆！”刘文明哈了哈腰，一脸的谄媚。

“你要管好你婆娘的嘴，”龅牙警告说，一边斜着眼望着田素芬，“以后再血口喷人，小心老子割了你的舌头！”

也就是从那天上午开始，两人一有争执，田素芬就嘲笑刘文明不像个男人。

这一天，田素芬很晚才回家，两口子为中午的事争吵了半宿。田素芬记忆的仓库码放整齐，打理得比刘文明好得多。她把跟刘文明来丹城后所受的委屈一一细数，还抱怨招了一个屄包做丈夫。一开始刘文明还能反驳，后来只能哑口无言。本是刘文明追究田素芬出轨的事，后来变成田素芬对刘文明的控诉，好像招刘文明上门让她倒了天大的霉。

提起葛青山，田素芬一点也不回避与他的奸情。“他就是比你像个男人！”田素芬丝毫也不顾虑她的话像盐一样，撒在刘文明的伤口上。

争吵中，公交车上的那桩事被再度提起。刘文明记得，从那以后，两人再没有早上结伴去上过班。后来他送起了外卖，而田素芬也从那家餐馆辞职，去了一家足浴店打工，并在那儿结识了葛青山。

“我在足浴店被两个陕西人欺负，”田素芬声嘶力竭说，“告诉你你只会叫我忍气吞声，可葛青山愿意为我去拼命！”

刘文明不想有人知道他们夫妻的争吵，嘀咕着说：“我要不是想着家里有两个孩子……”

“哼！”田素芬的鼻子喷着冷气。

“中午的时候，老子真该把警棍砸在那个杂种的脑袋上！”

“你要真砸了，我还看得起你！”田素芬喘着粗气说。

“下次再碰到，你看我砸不砸！”刘文明发狠说。

“到时候，不知道是你砸了人家，还是人家砸了你！”田素芬哭了，“我怎么嫁了个屄包男人！”

争吵持续到深夜，从布草间的现场捉奸，吵到田素芬与葛青山的性爱视频，刘文明情绪渐渐失控，他举起拳头想打田素芬，田素芬却毫无畏惧地迎了上来。

“你打，你今天要是不打你就不是男人！”

但刘文明的拳头不是砸在田素芬身上，而是砸在自己脑袋上。屋顶的白炽灯一直亮着，惨白，弥漫着一种令人不安的光。田素芬冷冷地望着刘文明，目光中的鄙视让刘文明伤心欲绝。

老　杭

老杭知道自己掉进陷阱，却又无力爬出来。有时他想，要命的话，拿去就是了，不要这样折磨他。可贷款给老杭的公司不要他的命，他们更喜欢将老杭当成铁笼里囚禁的黑熊，养着的目的是不停地取胆汁。他们拿走了老杭的工资卡，还逼他到处借钱，借不到钱便给他敷一次“面膜”，让老杭生不如死。

后来，对方让老杭把吹箫巷的房子抵押给他们，老杭拒绝了，于是他们把老杭请去商谈。那天，当老杭走进那间奇怪的办公室，立即有不祥的预感。十几平方米的屋子，里面什么东西都没有，唯有一把粗壮结实的褐黄色木质靠椅。还有就是，窗子外面安装了防盗铁栏，每隔五厘米就有一根拇指粗的钢筋。老杭不明白，这间空空荡荡的屋子，究竟有什么东西值得偷。

没过多久，屋外进来几个穿黑色西服的彪形大汉，他们沉默寡言，将老杭粗鲁地按在那把木质靠椅上。老杭意识到又要被敷“面膜”，他害怕得全身发抖，求饶，许诺去借钱，那几个大汉却不为所动。

这一次，他们对老杭加了码。老杭反应过来，窗棂上的钢条不是防盗，而是防他想不通一头从窗口扎下。这次给老杭敷“面膜”的是一个体格更为强壮的疤脸。用的还是手帕，上面沾着许多辣椒粉。疤脸还当着老杭的面，将尿撒进手中的矿泉水瓶里。等浸泡尿液的手帕覆盖在老杭脸上时，他才知道这有多难受。拼命吸进去的空气里，像有许多细小的刀刃，顺着他的鼻孔、喉管蹿到肺里，把那儿搅得血肉模糊。强烈的咳嗽愿望被憋住，就像火山的岩浆遭遇阻碍，变得更有爆发力，他感觉五脏六腑要变成炮弹射出来。眼看老杭要憋死了，疤脸把手帕揭开，让他喘上几口气。

“还是把房子抵押了吧！”疤脸凑近老杭说。老杭才稍犹豫，疤脸立即又把手帕给老杭敷上。疤脸比“天菩萨”还歹毒，他把矿泉水瓶举在老杭额头上，不时淋下几滴尿液，好像下面是一棵等待浇灌的花。一颗颗水底炸弹在老杭的身体里爆炸开来，弹片夹杂着血肉四处溅开。突然，那毁灭一切的爆炸像是远去了，风和日丽，水净沙明。这一天，老杭被折磨得休克过去。

不知过了多久，老杭醒来，他躺在屋子角落，喉咙、口腔像是被火灼伤，疼痛得要命，好像此前他吞下了一块通红的炭火。脸上的手帕揭掉了，中午吃的饺子在他昏迷时从胃里呕吐出来，他的脸就玉在那摊秽物上。有什么东西围着他的脸嗅来嗅去，他吃力地睁开眼，看见一只黄色泰迪犬，就什么都明白了。

老杭报过警。这么明显的欺诈，怎么会是经济纠纷？他后来找过律师，律师翻看他带去的合同书，同情地望着老杭说：“你中的是套路贷！这种官司你要打，还真不一定打得赢！”

“那我怎么办？要房不给，要命有一条！”

“你真要死了，”律师叹了口气，“按照合同，你欠的债务还得还，房子还是保不住！”

走投无路的老杭，最终丢掉了自己视为性命的房子。

搬家前夜，老杭很晚才回到吹箫巷。他在这个巷子生活了四十年。坐在路口的花台上，能看到一条安静的巷子通向深处，通向一个让他感觉温暖和柔软的地方。巷子的尽头，拐弯的空地上有一棵槐树。春天，一场春雨便能催开树上所有的花朵，他似乎又闻到那股略带甜味的清香。有一瞬间，他觉得自己好像回到了过去，回到十多年前的一段幸福时光里。那时，他下班后会去幼儿园接女儿朵朵，五岁的小姑娘顽皮得要命，下了公交车走到这个巷口就怎么都不愿意走路了。“爸爸，爸爸，你蹲下来！”她半是命令半是撒娇的声音像蜜汁一样，老杭无法抗拒，只要蹲下身子，女儿便会爬上来，骑在他的肩膀上，两只手扯着他左右耳朵，一紧双腿，叫声“驾”。许多年过去了，他似乎又看见女儿脚上的一双红皮鞋在他胸前晃荡。老杭抬头望着森蓝的夜空，眼泪流了下来。

他很后悔那天要吃什么米线。妻子说她下班以后去菜市场买，顺便接朵朵。他更后悔之前妻子自行车前面的菜篮螺丝掉了，他没及时给它安装好，而是任凭妻子用一根绳子绑住。一定是悬挂着米线的自行车龙头左右摇摆，撞在搬家公司小型货车的尾部，母女俩摔了出去，朵朵的身子卷进尾随在货车后面的一辆吉普车下。老杭觉得从那时起，他的人生就被扳到一条岔路上去了。

搬离吹箫巷，老杭在豆腐营租了一间房子，搬来的东西，除了床和被子，都没有拆开，全部打包放在屋子一侧。他租住的房子很小，好在有一个阳台，如果不是房主，就是上一任住户，把阳台改造成了一间窄窄的厨房，靠窗沿的地方有一块紧靠水冲的长条形水泥台。马牙石混合水泥浇铸而成的平台，上面可以放砧板、菜篮和锅碗。

有一样东西老杭离开吹箫巷时就没打包，带过来后直接放在窗边的木桌上，他躺在床上一偏头就能看到。那是一家四口的合影，朵朵刚进幼儿园，身上穿了件胸前绣了两只小鸭子的红色套衫，被妻子抱在怀里与母亲并排坐着，他站在她们身后，左右手扶着身前两个女人的肩头。放大的彩色照片镶嵌在一个尺余长、半尺多宽的木质相框里。

搬到豆腐营的那天晚上，老杭无法入睡，脑子格外清醒。他回忆自己这一生，回忆童年时的快乐时光，回忆自己曾经爱恋过的女人，回忆严厉的父亲和慈爱的母亲，回忆在车祸中丧生的妻子和女儿。他觉得自己好像一直生活在一个漫长的冬天，萧瑟、暗淡，令人沮丧。考大学名落孙山，父亲好不容易托人把他弄进工厂，工厂便不景气了，除了朵朵的出生给他带来短暂的幸福，他一生倒霉的事似乎一直如影随形。下岗，再就业，再下岗。妻子与朵朵死后，他做了以前不屑一顾的保安，还被人下套，把父母留下的房子弄丢了……他越想越绝望。

悔恨、自责，半夜时，老杭翻身从床上下来，跪在桌子前，低着头忏悔。桌上的相框里，他最珍视的几个亲人正望着他。他把房子弄丢了，让她们无家可归，只好跟他来到这个嘈杂的城中村，可她们没有责怪他，脸上是一如既往的微笑。这宽厚的微笑，让老杭心如刀割。

余 庆

有一天，葛青山在与余庆通电话时，脱口叫了一声“许总”。随即，葛青山纠正了自己的错误，改叫余总。不祥像阴云一样从余庆的心上飘过，他弄不清楚葛青山是错把他当许雷叫了一声，还是知道他以前的名字。

在改为余庆之前，他曾用过许多假名，几乎新到一个地方，他就会换一个名字。那些假名，简单易记、普通，不容易引起别人注意。这是当年他与师父分手时，师父特别嘱咐的。

余庆庆幸自己在开始逃亡时就碰上师父。那年秋天，他从西安火车站出来，茫然不知所措。后来在东八路和尚勤路的交叉口，他看到一群人围在一起。当时，师父正在路边的人行道上，用塑料布铺了个地摊，在那儿卖艺。余庆看他用报纸包了十元钱，众目睽睽之下，等再打开报纸，十块钱变成了百元大钞。还有更神奇的，师父摆放在地上的三张扑克，任凭你的眼睛死死盯牢，总是会在翻开后，花色和点数变掉。那天下午，师父以教学为幌子，骗走了余庆身上仅剩的五十元钱。傍晚收摊，围观的人走散，师父将道具放在一个手提包里，离开时发现一位脏兮兮的年轻人跟了上来。

一开始师父对他排斥，但余庆不给他多事，默默地背着行头跟着师父走村串寨，余庆跟着他去了河北、河南、山西、江西、福建……不只是省会城市，有时也会去州市甚至一些偏远的县城。一路走，一路卖艺，没有预定的目的地。余庆是个勤快人，每到一地，不用师父过多吩咐，他就会帮师父把摊子摆好，又从随身带的热水瓶里给师父把茶沏好，知道师父接下来要说许多话，会口干舌燥。等黄昏来临，两人准备离开，余庆又主动把摊子收拾了，手脚麻利。

师父收留余庆，让他跟随自己，但直到两人分开，他也不承认是余庆的师父，说是不想以后有挂碍。相处的那段日子，碰到雨天，无法出去卖艺，师父便传授余庆一些纯手法魔术，比如手里的纸牌一晃就消失得无影无踪，然后从嘴里给变出来；或者，让包在纸巾里的硬币消失不见，却又能够从耳朵后面挖出来；甚至他还教余庆用鼻子一吸，让近尺长的筷子一下进入鼻中……

从师父身上，余庆不仅学到用来谋生的小魔术，更重要的是他活学活用，举一反三，利用魔术原理来与警方周旋。制造假象，故布疑阵，转移视线，这些年来，他行踪飘忽，难以捉摸，名字也一换再换，就像一张扑克牌在师父的手上，需要变成什么花色就变成什么花色，需要是几点就是几点。

但是现在，因为葛青山，余庆心里不再踏实。

心神不宁的时候，余庆会去杜敏那儿待一会儿。算起来，两人已经交往了好几年。第一次是什么时候？应该是许雷去世的第二年春节，除夕前一天，余庆意外收到杜敏发来的微信，问他如果没地方过年，可以去她那儿。余庆犹豫一下就答应了。之前，他们常在微信上聊天，彼此互有好感。

除夕的头晚，余庆没怎么睡好，想到这年的除夕不再是一个人过，他隐隐有一些兴奋。第二天，他特地穿上杜敏织的那件高领毛衣。自从离开坛城，这么多年来，除了在山西的一个煤矿与人一起过了半个除夕，合家欢聚的时候，余庆都是独自一人面对这个喧嚣的世界。

除夕的下午，街道上行人稀少，空气比往常澄明许多。步行去杜敏家时，余庆经过体育馆外的路口，看见城市北面东西向绵延的蛇山，灰白色的山体在阳光朗照下格外清晰，距离似乎比往常近了许多。那一天，余庆有一种下班回家的错觉。他才意识到，自己骨子里其实向往着踏实安稳的生活。那天下午，城里许多商铺提前关了，不时有鞭炮声遥远地传来，带给余庆异样的温暖。

还能够记得，当走进杜敏家时，余庆闻到了一股熟悉而又亲切的味道，那是薰衣草沐浴露的味道。高中毕业那年，他与几个同学去坛城的远郊，看见了大片紫色的薰衣草。此后一段时间，他的记忆中一直弥漫着那种植物淡淡的香味。

杜敏的房子不大，两室一厅，砖混，屋内布置得干净而简洁。过节的菜杜敏已经准备好，不需要余庆再下厨，余庆就靠在厨房门边，与杜敏聊天。那时，他的丹城话说得还不顺溜，舌头好像真是短了半截，杜敏不得不时常停下来纠正他。“干吗叫整哪样，讨厌叫槽奈，糊涂叫颠东……”余庆古怪的发音，常常让杜敏忍不住发笑。

刘文明

这一年丹城雨水特别多，入夜后又下起来，他和田素芬租住的房子在三楼，面北，隔着一条几米宽的巷子，对面有一排六七层楼高的自建房，这让他的屋子一年四季都晒不到太阳，阴冷、潮湿，一个人睡在里面常常做噩梦。醒过来的刘文明睡不着，身旁，女人蜷曲着身子，孤单地背对着他，一点声音也没有，甚至听不见她的呼吸。

捉奸的事情过去了几周，两人都不再提及。刘文明侧着身子，望着窗口垂挂的窗帘。刚刚过去的这个白天，刘文明闯了个大祸，现在回想起来，还心有余悸。当时，住在金康园的一位客户，在丹城饭店点了一份蒸河蟹，要求刘文明路上的时间不能超过二十分钟。于是接了外卖后，他骑着电动车拼命地赶，在人群和车流中快速穿梭，结果咣的一声，撞上了一辆杏黄色的汽车。

像是被霜冻住了一样，大祸临头的感觉像电流一样穿过他的身体。刘文明从地上爬了起来，感到膝盖那儿火辣辣地疼，他来不及查看自己的伤，也来不及查看电动车破损的外壳，而是上前查看被他撞上的轿车。他伸出手去擦了擦车身上的那块撞痕，不严重，他感到一丝侥幸，松了一口气。

女人从车上下来，气势汹汹：“你知不知道你撞的是什么车？”

刘文明抬起头望着女人，他摇了摇头，他的确不知道撞的是什么车。

“宾利，你妈的！”女人嘴里骂骂咧咧。

刘文明不敢还嘴，他像个犯错的孩子，半跪在车后，不停地用他的袖口擦车身上细小的凹痕，动作充满讨好的意味，脸上是犯了错乞求原谅的笑容，胆怯、隐忍、卑微。

“擦擦就完啦？你这个花子！”女人居高临下，眼睛里充满鄙夷。

来丹城五六年了，刘文明在这座城市看见过太多不屑的目光，但都没有这个女人的目光那么让他挫败。有一瞬间，他的大脑像是抱死了，他只知道用袖口不停地擦那块凹痕，直到那辆杏黄色的汽车突然从他的眼前移开。灰头土脸的刘文明站起身来，从地上扶起电动车，第一次对这座城市充满了仇恨。

但是这天的倒霉事情还没有结束。当刘文明赶到金康园，汗流浃背敲开房门，点外卖的客户竟然以时间过长为由拒绝接收。刘文明辩解了几句，对方竟然咣当一声把门关上。情绪低落的刘文明只得去电动车维修点换了外壳，把没有送出去的外卖带回家。在此之前，他没有吃过蒸河蟹，他相信田素芬也没有吃过。

下午刘文明窝在家里，他需要一点时间来舔一舔伤痕。屋子里了无生气，冷清清的，不像一个家。已经有一段时间没在家里做饭了，这段时间以来，两个人小心回避在一起。

刘文明在米桶里舀出米，淘洗后放进电饭煲，然后到附近的菜场买点蔬菜。他想让自己的生活恢复正常，幻想田素芬值完夜班早晨回家，给他带回金星宾馆白案师傅做的破酥包，现在想起来，那真是自己吃过的最好的包子。在菜市场，刘文明除买了藕、茄子、四季豆、瓜尖外，还用打包盒给田素芬带回了一碗豌豆凉粉，刘文明知道，这是田素芬的最爱。

路上，他回想起那个开豪车的女人望他的神情，回忆起她精致的五官、华丽的服饰以及色彩艳丽的豪车，心里充满悲凉，大脑里满是一些恶毒的想法。他幻想在一个杳无人迹的地方，只有他和那个高傲的女人，他会像猎狗围捕猎物那样，将她逼到一个死角。他想象那个女人在他面前浑身发抖，哀求，乞求他的原谅，这样的想象让他感到一丝快慰。

晚餐吃得沉默，但有默契。吃完晚饭，田素芬主动将桌上的碗筷收了，拿到屋外的水池边清洗。刘文明给自己泡了杯茶，水汽氤氲，他吹掉浮在水面的茶叶，噘起嘴来吸了一口，于熟悉的茶香中，重新感受生活分泌出的些微糖霜。屋外传来什么声音？刘文明凝神一听，是田素芬在呕吐。他冲出屋子，看见水池边的垃圾桶里，全是他中午没有送出去的外卖。没有想到河鲜会那么娇气，短短几个小时就变质。田素芬弯着腰，喉咙里再次喷出不久前吃下的食物，刘文明伸手拍了拍她的后背，心中充满内疚。

夜里刘文明醒来，再次想起开豪车的女人居高临下的眼光，突然觉得睡在身旁的女人也挺可怜。他长叹了口气，发现这个让他戴了绿帽的女人，带给他的伤害，似乎还不如那位开豪车的年轻女子大。

老　杭

一大早，老杭接到余庆的电话，心里嘀咕，不知道余庆找他什么事。他在金星宾馆工作了五六年，余庆还没有接手这家宾馆他就来了。从轴承厂下岗后，他应聘了好几家单位，长的干上半年，短的就几星期。他就只会车工，车外圆、内圆和防尘盖，那个工作耗尽了他的青春和热情，使得他在干其他工作时总是无法全身心投入。后来，他接受街道的安排，来做一名不需要任何技能的保安。他与余庆没有任何私交，两人只是员工和老板的关系，唯一的交集是三年前的单位团建活动，在丹湖边的鱼庄，他们配对打过双扣。

一个单位，老板永远是员工谈论的话题。他们的婚姻、收入、爱好、长相、习惯，他们的前世与今生。无数关于他们的信息从四面八方汇聚，重复、相互矛盾也相互印证，渐渐构成余庆一生模糊而粗陋的轮廓。他不是丹城人，尽管他能够说一口在外地人听起来无法区分的丹城口音，但老丹城人还是能够听出他发音中的不同。余庆让人感兴趣的是，怎样从一个打工仔成为今天丹城金星宾馆的总裁。每个人都希望可以参考和借鉴别人的励志故事。

葛青山曾经告诉老杭，说他与余庆是铁哥们，那口气，就像余庆对他唯命是从。老杭知道葛青山在吹牛，但田素芬到金星宾馆工作，的确是葛青山向余庆推荐的，这件事他问过田素芬。

余庆的办公室在顶楼的楼道尽头，是一个套间，门虚掩着。老杭敲了敲门，听见余庆的声音从里屋传了出来："进来！"

"余总您找我？"老杭轻脚轻手地走进余庆的办公室，站在里屋的门边问道。

余庆指了指他对面的沙发，示意老杭坐。老杭对着余庆弯了弯腰，迟疑着坐在沙发上，望着余庆，不知道老板找他有什么事情。

"听说有人来宾馆骚扰员工，"余庆说，"老杭，你作为保安，为什么不管啊？"

"主要是……"老杭犹豫着说，"葛青山说他与余总您是铁哥们儿！"

余庆不置可否，但对老杭说："你只要认真履行保安的职责就行，别管我与葛青山哥们儿不哥们儿！"

"他下次来我提醒他！"老杭说。

"有人告诉我，你们是同学？"余庆问道。

"是，小学的同学。"

"有人还告诉我说，你们两个联手打麻将，坑别人的钱？"

“怎么可能！”老杭急了，“葛青山是黑道上的，玩套路贷，挖坑给我跳！”

“可葛青山给我说的是，你会老千，玩假骗别人的钱！”余庆说。

“余总您有所不知，”老杭激动得从沙发上站了起来，“我是与葛青山一道出去打过麻将，可那是葛青山的圈套，他一开始让我赢钱，让我尝到甜头，等我后来输钱的时候，是他怂恿我找人贷款。我不知道是套路贷，只借了两万块钱，可变过去变过来，我赔了一套房子不说，钱还没还清，还差着十多万。”

“为什么不报警呢？”

“报啦，有合同，警察也没办法。”

“你怎么知道是葛青山给你下的套？”

“我有确切的证据，”老杭说，“再说上当的不止我一个人！有的人损失比我还惨，恨不得剥了他的皮。”

老杭的确有杀葛青山的想法。被疤脸用尿液敷“面膜”的那天，他被折磨得死去活来，在看到那只泰迪狗后他有了杀机。老杭想借刀杀人，他想利用田素芬与葛青山的奸情，怂恿刘文明出手，但那个男人的表现让他失望到极点。

从吹箫巷搬到城中村，老杭的心情就像进入连绵的雨季，再也没有晴朗过。这儿嘈杂、拥挤、混乱、肮脏，空气中弥漫着一股泥土混合腐烂植物的腥臭味。老杭每次下班回来，都会望着桌子上的木质相框发呆，脑袋里有一群黑暗的鸟飞过来飞过去。他租住的城中村里，有一家没有名字的五金铺，里面有铁匠打制的粗糙菜刀，铁灰色的菜刀，沉重、阴冷。老杭买了两把回家，左右手各提一把，走在城中村的巷子里，瞬间有神挡杀神、佛挡杀佛的气势。

那一天，老杭回到租住的地方，心绪难平。他来到阳台，在窗边长条形的水泥台上浇上水，把菜刀抵在上面，伏下身子，幅度很大地磨起来。从那天起，他就没有停止过磨刀。有时候是上午磨，有时候是下午磨，有时候则是夜里磨。哗，哗，哗，刺耳的磨刀声传出一公里远，尤其是在静寂的夜里，他的磨刀声会拐弯，像泛着寒光的水流那样，沿着城中村里宽窄不一的巷子流淌，让人不寒而栗。

一天晚上，老杭打电话给刘文明，让他过来吃烧烤。最近一段时间，疤脸和“天菩萨”再也没来找过麻烦。

夜里十点多，刘文明骑着他的电动车赶来。他一早出去送外卖就没有回去过，中午的时候只在路边小店吃了盘炒饭，现在他的胃像是一只巨大的漏斗，正在一阵阵往外冒着酸水。老杭让摊主先给刘文明煮碗米线，看来他的确饿坏了，喉结不停地蠕动。米线端过来，刘文明也不客气，抽了双筷子，搅了一把米线，便把头伏在碗上。那一刻，老杭发现这个世界还有比他更艰难的男人。他朝摊主招了招手:“再来一碗！”刘文明难为情地笑了，推开空碗，将新端来的米线揽在面前，又将桌上的油辣椒舀了一大勺放进碗里，吃得满头大汗。

老杭扭开两瓶小二——二两一瓶的红星二锅头，烈酒——顺着桌面推了一瓶到刘文明的面前。“知不知道我为什么把你老婆和葛青山的视频给你看？”老杭提起他面前的酒瓶，倒了几滴在刚上桌的油炸花生米上，嗞嗞嗞的响声立即传来。刘文明捏着酒瓶，望着老杭摇了摇头。

“我想借刀杀人！”老杭望了一眼刘文明说，“没想到你小子是个胆小鬼！”

“杭哥，你是不是小瞧我？”

“是！你小子就是没有一点血性！”老杭用血红的眼睛瞪着刘文明说，“谁要是像葛青山那样欺负我老婆，我二话不说提刀上去就砍！”

“我也想，可是……”刘文明的声音弱了下去。

“你要是不敢杀葛青山，我来！”老杭的声音从牙缝中挤出。

那天晚上，趁着酒劲，老杭把葛青山玩套路贷坑他的事告诉了刘文明。“我不会放过他的！”老杭又说，仰头喝了一大口酒。

“只要杭哥领着我，我没有什么不敢的！”刘文明手里的酒瓶碰了过来，力量大得差点把老杭手里的酒瓶碰碎。

余　庆

隐约听见远处传来警笛的声音，微弱的鸣响预示着这是个不寻常的上午。余庆心里一紧，有种不祥的预感袭来。好些年了，他一直不能区分 120 急救车与警车的警笛有什么不同。刚离开坛城的那几年，每当听见尖厉而婉转的警笛声，他都会觉得有警车朝自己奔来。

这天一早，他进办公室刚把茶泡上，桌上天蓝色的电话就响了，接起来一听，里面传来惊慌失措的声音，告诉他田素芬出事了。

“在哪儿？怎么回事？”

“在三楼的布草间！”

余庆一听，大脑里迅速浮现出葛青山的样子，他总觉得这事与葛青山有关。

有一些精瘦之人自带杀伐之气，葛青山就是这样的人。他已经不年轻，身上却没有这个年龄段的男人常有的赘肉，他每周进两次健身房，据说还是跆拳道黑带高手，只是从来没有见他展示过。他与田素芬的事余庆不是不知道，而是睁只眼闭只眼。刘文明来捉奸的事也有员工给他汇报过，他还真希望那个戴了绿帽的男人丧失理智，把葛青山给杀了。

三楼乱成一团，奔跑的人，乱哄哄的声音，布草间外围了不少人，都是金星宾馆的员工，见余庆过来，自动闪开一条道。屋子里，圆形的白炽灯发出惨白的光，有两个身穿白大褂的人正弯腰忙碌，黄褐色的木质地板上能见到暗红色的血迹。有一股奇特的腥味钻进他的鼻孔，隐约、难以捉摸却又清晰无比，这么多年来，这股奇特的腥味一直如影随形，从未远离。

这时，手中的电话响起来，接通后，是送外卖的人说在他办公室门口，要他签收送来的虾饺。余庆挂断电话，抬头寻找老杭。他觉得老杭应该阻止那两个白大褂进入布草间。应该先报警，让警方先勘查现场。

田素芬的血流了不少。当那两个白大褂用床单将她包裹起来往外抬的时候，余庆看见床单上有血流下来。从布草间到电梯口，留下了一串血印。楼下，120救护车的车头闪着蓝颜色的光，刺耳的鸣叫让人心神不宁。

救护车离去后，宾馆重新安静下来。电梯口的右侧是窗子，从那儿居高临下，能够看到宾馆的大门、外面的街道以及街道那边一排巨大的桉树，再过去就是被桉树挡住视线的丹湖以及湖对岸阳光朗照的山体。

这天一大早起来，他围着小区人工湖走了一圈又一圈，他的脑袋里塞进太多的东西，需要边走边厘清。一直走了一万两千步，他才停下这几乎是自我折磨的行走，掏出手机来要了份外卖，让送到他的办公室。此时在他身旁，电梯门打开又合上，余庆感觉有一个人从电梯口出来后来到他的身后，警觉起来，回过头，发现是个送外卖的小哥，询问后才知道这人并不是送虾饺的，而是田素芬的老公。

这天，120救护车刺耳的警报让余庆再次意识到自己是个逃犯。二十年了，他在坛城制造的那桩凶杀案已经淡出许多人的记忆，刊登案子的报纸已经发黄，上面的字迹模糊不清。但余庆知道有人与他一样，惦记着那桩案子，除了死者的亲人，还有当年发誓要将他缉拿归案的警官。

为了躲避警方的追捕，这些年来，他不停地改名换姓，做过许多工作。在到丹城之前，他频繁更换城市，从不在一个地方久留，直到被许雷收留。

即使是在丹城安定下来，余庆也不时会梦见自己逃亡。他梦见过自己不顾一切地钻进一个黑暗的隧道，哪怕是在睡梦中，他也能清晰感到脚下的碎石延缓他逃亡的速度。身后，隧道尽头是顶部呈圆弧形的洞口，黑暗中唯一的光亮，看上去就像是在漆黑深夜悬挂在树杈上空的月亮，清冷、静寂，弥漫着凄清的白光。继续往隧道里行走，每一步，他都想努力踩在碎石中的铁轨上，光滑的铁轨，还没有鞋掌宽，人走在上面，走不了多久，就会摇摇晃晃。跳下来走铁轨中间的枕木，余庆感觉相当别扭。一步跨一根，窄了；跨两根，又宽了。隧道里空气潮湿，能听到水滴从穹顶掉落下来的声音。越往里走，光线越发暗淡。身后的隧道洞口那儿，警察已经追过来，他们像几只黑色蝙蝠，行动敏捷而迅速。余庆想跑得快一些，但脚不听使唤，身子好像被魔法钉住，无论怎样挣扎，都是在原地。从噩梦中醒来，余庆在万籁俱寂的午夜，见到过最为冷清的月亮，也曾在孤独的夜晚，仔细倾听过雨滴敲打在地面细碎的声响。

偶尔，余庆会想起那个遥远的下午，他外出旅行回家，打开房门，听见母亲卧室传来奇怪的声响。他站在客厅那儿，侧耳倾听了一会儿，听见了母亲的哭泣和喘息。“不要，不要！”这两个字在身体的撞击声中清晰地浮现出来。余庆瞄见客厅餐桌上的那把水果刀，鲁莽地奔过去将它握在手中，冲动地推开母亲卧室的门，立即看见让他怒不可遏的一幕：卧室的床上，那个男人正光着身子骑在他母亲的身上，摇晃着身子，像站在甲板上的水手。听见身后有响动，男人满头大汗地转过身来，他睁大眼睛，张大嘴，眼看着一把闪耀着金属光芒的刀，像一条泛着银光的小蛇，轻巧地钻进他的身体里……

一切就这样不可挽回。此后逃亡的途中，他一直认定是那个男人纠缠着他母亲。直到认识杜敏以后，他才怀疑自己当年对母亲的保护，或许正是对母亲的伤害。之前，他曾经在家中见到过那个男人，余庆记得，在父亲患病走掉以后，那个男人便不时出现在他的家里。尽管每次见到余庆，那个男人脸上总是一副讨好的笑容，但一点也没有减轻他心中的敌意。他问过，母亲总是说那个男人无聊，有家室，却来纠缠她，脸上也是厌恶的表情。

可从杜敏的脸上，他似乎获得了另外一种答案。当年，母亲从那个男人的身体下撑起身子来，红润的面孔上是一双惊愕的眼睛。杀人的那天下午，他与母亲一道，把那个男人的尸体埋进后院废弃的水井，然后开始长达二十年的逃亡。

刘文明

发蒙的午后，刘文明坐在病床旁的黑色软椅上，大脑里的机械仿佛停止运转，有如电视突然黑屏，有如将鼻尖顶在一面巨大的白墙上，视野里没有远方和未来。直到天边隐约传来雷声，直到大风吹拂街面，卷起的枯叶和尘土飘浮在空中，打开的窗户涌进潮水般的腥湿空气，屋子里的病床、天蓝色的隔帘、输液器械、墙体上的窗子以及天花板上的圆形玻璃灯罩，才渐次清晰起来。

田素芬躺在病床上，身上覆盖着白色的薄被，一动不动。偶尔，刘文明会从那把黑色软椅上站起来，俯瞰妻子，越看越觉得她陌生。他试图回忆起田素芬十六岁时的模样，灌浆的面孔在叶片下浮动，饱满、鲜活、生机盎然。而现在，她比刘文明为她打架时消瘦了很多，失血的面孔有种病态的白，额头上密布着细小的汗珠，让人想起冬天草地上夜晚降下的白霜。

医生说，如果晚送来十分钟人就悬了。出事的那天上午，接到老杭的电话时，他正好就在金星宾馆附近。等他赶到宾馆，田素芬已被送上 120 急救车。刘文明反身下楼，骑上电动车一路狂追，想着学军、学丽或许没妈了，刘文明悲从中来，将车骑得飞快，他顾不上红灯绿灯，跟随着急救车一同冲进了丹城医院。

三人间的病房，素昧平生的人在身旁忙碌，屋子里弥漫着一股奇特的味道，让刘文明有打喷嚏的冲动。仰起头来，他看见天花板上的椭圆形滑槽，垂落的挂钩吊着输液瓶，输液软管上的滴斗，药液正从上面的落口滴下，一滴，又一滴，最终消失在田素芬的身体里。有一会儿，他觉得滴下的不是药液，而是钱，是他们到丹城打工省吃俭用剩下的钱，一毛，两毛，他的心脏跟随药滴的节奏收缩，短短一个上午，就有上万块钱从他的手中像湿滑的泥鳅一样溜走，让他绝望。

回想几个小时前的茫然无助，如果不是余庆，刘文明不知道该怎么办。“家属签字！”身穿白大褂的医生像严肃的判官，令刘文明身不由己，他笨重地握住笔，在医生食指抵住的空格，颤抖着签下自己的名字和医生口述的文字。可是，当医生告诉刘文明去交两万块预付金时，他不知所措，身子重得无法挪动脚步。是余庆及时出现解了围，他揽住刘文明的肩膀说：“预付金我替你刷了！剩下的医疗费，你去筹措！”

刘文明重重地点了点头，不知道说什么好，只觉得有股暖流弥漫在心间，让他有流泪的冲动。

田素芬住的是妇产科病房，空气中有股隐约的奶腥味，这座城市有无数的新生婴儿从这儿出生，他们的命都比学军、学丽的要好。想起两个孩子，刘文明便觉得自己不是个称职的父亲。两个孩子出生时都没去医院，是乡村接生婆接的生。护理田素芬的间隙，他想起了那个脸颊通红、长得像冬瓜的接生婆。她整天马不停蹄，从一个村子到另外一个村子为人接生。据说，她只需要用眼睛瞄一眼孕妇的肚子，就知道里面怀的是男孩还是女孩。田素芬临产前，刘文明用摩托把她从镇上接来，有一截山路比较颠簸，她便把双手从刘文明的身后伸过来，毫无顾虑地扣在他的肚腹上，粗壮、结实、不可动摇。孩子出生时，刘文明像局外人，连烧水一类的活都由岳母做了，他无所事事，坐在院子里的长条木凳上，听着田素芬的惨叫捅破窗户传了出来。

每次都是有惊无险。接生婆经验丰富，她会在接生时用恶毒不堪的语言，一直咒骂婴儿的父亲，以此来缓解产妇的痛苦。曾经，她的双手像有力的焊枪那样，牢牢抓住一位孕妇腾空的腹部，硬生生把一股奔涌而出的血流阻止在女人的血管里，将那位产后大出血的女人从死亡的悬崖拉了回来。

宫外孕大出血差点要了田素芬的命。此前，他从来没有听说过宫外孕，更没想到它会让人流那么多血。他想起老家那位产后大出血的女人，不知道接生婆面对田素芬这种情况会怎样处理。

“医生，什么是宫外孕？”趁上卫生间路过护士站时，他小声问里面的一位护士，不想让田素芬听到。

“就是子宫外面怀孕啊！”一位嘴上有浓重汗毛的护士用古怪的眼神看着刘文明说，“就是受精的卵没有着床在子宫里，而是种在了腹腔或者输卵管里！”

“哦。”刘文明一脸懵懂。

“你们这些男人，只图快活，也不做好防护措施！”

回到病房，刘文明掏出手机，在百度上查“宫外孕”，越看越窝火，坐不住。这幢大楼让他感到窒息，白色的大楼、白色的走道、白色的房间和白色的床单，他觉得这个世界，到处都是让他心烦意乱的白色。他站起来走到外面的走廊，脑袋里乱得不行。走过来又走过去，很想找支烟来咂上。他觉得自己倒霉透了，被人戴了绿帽，还不能够申辩。卵子受精的事他知道。没有性生活卵子就不会受精，而他已经有好几个月没有碰过田素芬的身子了。他清楚是葛青山造的孽，刘文明再次想起老杭发过来的那个视频，想起了葛青山赤裸的背部和田素芬的呻吟。那个杂种！刘文明痛恨自己那天的软弱，他想起了老杭值班室桌子上的那把刮刀，他后悔那天没有提着它去布草间，如果换成现在，刘文明觉得，他会毫不犹豫把刀插在葛青山的身上。

刘文明后来想，如果田素芬抢救不过来，凶手算不算葛青山呢?

自从几年前他没有在公交车上替田素芬出头，两人便出了问题。刘文明知道，从那时开始，田素芬对他的态度就变了，包括在床上。也还隐约记得，那天晚上，他试图与田素芬亲热，换了以往，田素芬会热情回应。她本来就是一块肥沃的土地，从来不惜生长灿烂的花朵，尤其是在生下学军和学丽之后，她在这方面有了饱满的热情，不时还会主动撩拨刘文明。可那天晚上她的反应很反常，就像是被冷水泡软的面条，任凭刘文明摆弄，她不拒绝、不挣扎，也不配合。这种事情，剃头挑子一头热实在是太令人尴尬了，刘文明弄着弄着无聊地停了下来。他拉亮电灯，问怎么了，田素芬不说话，只是冷冷地望着刘文明，眼睛里好像长出两把冰冷的刀子。

田素芬在丹城医院住了十来天，每天都有一沓钱被大风刮走，刘文明内心愤懑而又无处诉说。为了给田素芬治病，他不得不到银行，把原本准备付首付的定期存款取出。很快，他的积蓄就花得精光。

葛青山一直没有出现。刘文明觉得田素芬住院的钱应该由那个杂种来付才对，但这个时候那个杂种像乌龟一样躲了起来。偶尔，刘文明会从田素芬长长的叹息里，听到她的失望与悲凉。刘文明知道，田素芬的心里盼望葛青山能够来看望一下她，毕竟因为他造的孽，她才到鬼门关前走了一遭。后来，她算是明白葛青山不会来看她了。田素芬凄婉一笑，仿佛从一个长梦中醒来。

田素芬住了两个星期的院，花光了两口子所有的钱，还没痊愈就被迫出院。从医院回到出租屋的那天夜里，田素芬在身后轻轻抱住了刘文明。“我们回去吧！”她小声地哀求。

“不，我要找那杂种算账！”刘文明咬牙切齿地说。

整夜刘文明都没能入睡，他想了很多事。他的梦想像大风里的烛火，晃动着就灭了，憧憬的生活被黑暗的湖水淹没，杀人的念头却像水草一样疯长起来。

老　杭

老杭决定要反抗了。他随身背了个黄色的帆布包，这种包在二十世纪曾一度流行，包盖上方有一颗红色的五角星，下面有毛体印刷的五个字：“为人民服务！”没有人知道，老杭在包里藏了一把菜刀。

好像是知道老杭打定主意鱼死网破，葛青山不见了，让他吃够苦头的疤脸和“天菩萨”也消失了，甚至以前一直打电话催他还款的公司也好些日子没打来电话，这让老杭感到有些奇怪。

一天早晨，老杭去上班，穿过豆腐营的时候，看到有人提着油漆桶，站在一截围墙下刷着标语。傍晚下班回来，他在那面原本贴满开锁、办证、疏通下水道一类小广告的围墙上，看到了一则用红油漆写就的标语：“弘扬正气，维护稳定，坚决打赢扫黑除恶攻坚战！”

老杭搬到豆腐营已经一个多月，丹城一环内的城中村，租住着天南海北的人，从事什么职业的人都有。理发的、卖五金产品的、开小餐饮的、卤肉的、送外卖的、擦鞋的……当然也有从事皮肉生意的年轻女性。往城中村里走，老杭又发现好几条标语，巷子边的一幢建筑的二楼，挂着的是“积极检举揭发黑恶犯罪，警民联手促进社会和谐”红色布标，而另外一幢建筑裸露的侧墙上，从上到下写了八个大字：“有‘伞’必打，有恶必除！”老杭疑惑地走回租住的屋子，隐约感觉到有什么事情发生了。

腊八节的下午，老杭下班前，桌上的座机响起来。乳白色的按键上方，是浅蓝色的来电显示屏。老杭把头伸过去，看见上面显示的电话号码，有些熟悉，但想不起是谁的，接起来才知道是辖区派出所打过来，找的正是他。

“什么事？”老杭的口腔起了溃疡，火辣辣地疼。

“你来就知道啦！”电话那头是派出所警官不容分说的声音。

放下电话赶去派出所，一个年轻警官问了老杭一些问题，包括他贷款和房屋抵押是怎么回事。老杭一一回答。最近几年，丹城莫名其妙丢失住房的，远不止他一个人。几乎都是中了一个套路：借贷之后，公证委托、制造违约、过户房产、暴力清户、卖房变现。原来，自从被葛青山确定为目标人物之后，他就面对一群看不见的对手，他们中除了做局的人，还有被收买的公证员以及沆瀣一气的律师，是扫黑除恶专项斗争，才让这些像影子一样的对手暴露出来。

在派出所里，老杭得到一个好消息，也得到了一个坏消息。好消息是疤脸和“天菩萨”被当成涉黑人员给抓了起来，坏消息是葛青山没抓到，人不知去向。

从派出所出来，天色已经变暗。回家的路上他上错公交车。78路车在吹箫巷与人民路的交会地有一个站，他都不知道这一生在那个公交车站上下多少次了，所以下意识地上了车。等公交车开动起来，老杭才反应过来，他已经不住吹箫巷了。一阵悲伤袭来，老杭从车窗里往外望去，暮色中的城市毫无生机，大街两侧的行人急匆匆往家赶。才短短的二三十年时间，老杭从小生活的这座城市变得面目全非，记忆中那些熟悉的街道差不多都拆光了，只剩下了一些熟悉的地名。以来寺见不到寺庙，槐村林见不到槐树，得胜楼自然也见不到门楼。老杭意识到，没有了自己的住房，他在丹城其实与刘文明一样，是一个无根的异乡人。

这个傍晚，老杭像以前一样，在吹箫巷与人民路的交会口下了车，想象着妻女与母亲活着的时候他回家的情景。如果时间真能够倒流，他会好好地守着她们，不会沉迷于外出找人打麻将。天气有些阴冷，老杭将两只手伸进衣服口袋，裹紧身子迎着风往前走。他将两个拇指从四个指头的指端摩挲过来又摩挲过去，悔恨不已，幻想用一把斧头，将他的手指头剁掉。

吹箫巷老杭曾经的房子面积不大，两室一厅，是父亲单位的房改房。原本也在市郊，但随着城市扩大，渐渐成了市中心。院子西南角，不知是谁种了棵蓝鸟花，春天，满树开着淡紫色花朵，招摇、热烈，喇叭状的花朵悬垂，几乎没有叶片。老杭年轻的时候，总能够从那些蓬勃的花朵上嗅到情欲的气息。

走进吹箫巷，老杭觉得有人在暗中注视着他。他回过几次头，害怕碰到熟人。进了院子，他才意识到，注视他的人是早已去天国的父亲，父亲藏在越发暗淡的天空里，一声不吭，但老杭能够听到他责备的声音。父亲活着时是丹城物资公司的采购员，走南闯北，去过许多大城市，见识过各地不同的风俗，但也在频繁的出差中感染上了乙肝。老杭进入轴承厂工作不久，父亲的乙肝发展为肝硬化，最后活活被疼死，死前皮包骨头，一米七的人，四十公斤都不到。

如果不是葛青山，父亲留下来的房子不会丢，可那个杂种此时在哪儿呢？

这是老杭最近急于想知道的问题。他想起两个月前的一天上午，他去总经理办公室，进门的时候恰好葛青山从里面出来，两人撞了个满怀。葛青山手中拿着的牛皮纸袋掉落在地上，有两沓钱从里面探出头来。当时，老杭凭直觉觉得那是余庆给葛青山的钱。

老杭过去的房子已住进了陌生人。站在院子里就能够看见，那套房子有人进行过简单的粉刷，换了客厅的顶灯，此时有橘黄色的灯光正从窗口流泻出来。回想在这儿生活的情景，尽管相隔的时间不长，老杭仍感觉恍若隔世。下午，他在派出所问过那位年轻的警官，得知葛青山即使被抓获，他的房子也未必能够要得回来，心中沮丧得要命。

余　庆

秘密怀揣在心里太久，需要找个人来倾吐，否则就会发霉，滋生出漫无边际的病菌。但余庆的秘密无法向人倾诉，就像是一块淤血埋在身体里，让他心怀担忧，无法真正轻松和快乐起来。来丹城之前，余庆不知道自己在一个地方会住多久，也不知道下一站会是什么地方。一切都靠直觉，他逃亡的路线因此变得毫无逻辑和规律。如果将他这些年到过的地方用细线连接，那么在他到达丹城之前，他的逃亡线路看上去会像一团乱麻。

凭借从师父那儿学来的手艺，余庆在逃亡的路上时沉时浮。有关他的线索在坛城警方看来，像一行在太阳下渐干的潮湿足迹，无法判断他接下来会逃往什么地方。这些年来，他好像无处不在，像一条湿滑的泥鳅，在追捕的警员手中钻来钻去，给对手留下满手的黏液，却又不知所终。

当年，与母亲一道将那人的尸体埋进废井后，母亲让他跑得越远越好。逃亡的路上，他不知道母亲最终会如何收拾因他莽撞留下的烂摊子。他想象死者家属到处寻找死者，想象坛城的大街小巷，四处贴满寻人启事。让余庆没有想到的是，他刚逃出坛城没多久，就有一张网从四面八方罩了过来。在安康火车站告示栏上，他看到了自己的通缉令。

二十年的逃亡生涯，他小心而又清醒地掩盖这一秘密，像一只爱干净的猫用泥土掩盖自己的粪迹，从不与人谈及他的往昔。除了许雷。每当想起曾经的酒醉失忆，余庆就后悔不已。他不知道自己酒醉后究竟与许雷说过些什么，但许雷曾有一次称呼他为“本家兄弟”，足以说明酒醉的那一次，他对许雷暴露过自己的真实身份。余庆因此心怀担忧，希望自己的秘密腐烂在许雷那儿，直到许雷突发心梗离世，他才悄悄松了口气。

时隔多年，余庆的外貌与当年判若两人。通缉令上的照片，与他工作证上的照片是同一张。昔日少年的寸头，蓄成长发，二十岁的年纪，正值玩个性的年代，他与农一师的几个同事组了一个乐队，队里的人不是光头就是长发。

偶尔，他会在夜晚的灯光下静静审视身份证和工作证上的照片，觉得照片上的人根本不是同一个。追逃网上的照片也是工作证上的那张，但并没有真正的照片那样清晰。有时候，余庆在看自己照片时，越看越觉得陌生。余庆想，再过二十年，如果他冒险回坛城，哪怕从人民路走过，估计也不会有人认得他了。由于通缉令上的照片中他留的是长发，当年，他在逃离安康时，特意让理发师给他理了个寸头，这个发型就此再也没有变过。

葛青山被警方通缉，余庆真想给他传授逃亡的秘诀。他不希望这个男人被抓获。扫黑风暴来临，葛青山准备跑路，向余庆提出要二十万元，而且是现金。余庆很矛盾，拖延着没有办理，直到有一天葛青山给他发来一张照片，余庆看到后心里一惊，意识到麻烦了。

葛青山发来的照片，是余庆通缉令上的那张。

看来，自己的底细是被葛青山掌握了。余庆觉得，给葛青山凑二十万让他跑路，他真能够跑得无影无踪倒好。可余庆又觉得万一葛青山没跑脱，那二十万便会成为他的传票。记得当年跟随师父卖艺时，师父曾说过，进了监狱的人，不会为谁保守秘密。

如果不是葛青山提醒，余庆都快忘记自己原来姓许。来丹城这些年，他一直试图把过去忘掉，记忆的硬盘只储存在丹城的点点滴滴。他学丹城口音，了解丹城的历史文化，熟悉丹城周边的山势、大街的走向、标志性建筑的位置、穿城河的轨迹……不只是为了把自己掩藏起来，而是他真喜欢上了这座与坛城完全不同的南方城市，喜欢这儿的气候，喜欢这儿一年四季花样百出的蔬菜和水果，喜欢这座城市每天有无数天南海北的游客涌入，他隐身其间，没有人对他的来历好奇。但现在，有人用一张照片，把余庆打回原形。

那一年，余庆从坛城逃亡，一个星期之后，警方在他们家的院子里挖出失踪者的尸体。面对警方的询问，余庆母亲承认了自己与死者的私情。母亲还对警方坦承，她就是杀死男人的凶手。留置期间，她把自己的裤子撕成条后搓捻成绳，并用它吊死了自己。她天真地以为警方会因此放弃对儿子的追捕。

余庆这些年的逃亡，一定程度上是为了母亲。他觉得一旦被坛城警方抓获，母亲当年的自杀就变得毫无意义。但现在，他对自己当年仓皇出逃感到后悔。二十年的时光过去了，如今回过头来想，假使当年他不跑，母亲就不会自杀，而自己，即便判了二十年刑期，现在也应该出来了。

这一天，余庆下班后没有回家，他把自己关在办公室，身子窝在黑色真皮座椅里，抽了一支又一支烟。办公桌上的玻璃烟灰缸插满了烟头，喉咙那儿疼得冒烟，可他还在撕开香烟包装，抽出烟来，叼在嘴上。窗外的天色暗淡下去，但余庆没有开灯，他的心里很乱。

夜里，答应给葛青山送现金过去时，余庆心中充满怨气。从地下车库出来，天空降着冷雨，坐进切诺基，车窗前的挡风玻璃布满了水滴，打燃火，用雨刮刮了几下，反而什么都看不清楚，余庆意识到气温已经接近零摄氏度。他打开空调吹了一会儿，勉强往前行驶，汽车与巷子边的垃圾箱贴身而过，好像撞飞了什么，车窗外传来金属物体滚动的声音。

雨夜行人稀少，余庆驾车行驶在略显空旷的大街上，速度很慢。葛青山躲藏的位置偏僻，在三环外面。此时，路边的小区，大多数屋子的窗口已经黑暗，这座城市已经进入梦乡。余庆将车窗开了条缝，冷空气灌进来，他闻到了一股不安的味道，就像这座城市的某处，发生了火灾。

其实，将葛青山的藏身之地告诉老杭，余庆非但没有解脱，反而感到强烈的不安。他希望那两个寻找葛青山的人，让葛青山在丹城待不住，从而远离这座城市。余庆也幻想老杭和刘文明把葛青山杀了，但他们真杀了葛青山，现在满城皆是监控探头，很难想象那两人能像他当年那样逃脱。除非，余庆伸出舌头舔了舔门牙，最好的是老杭、刘文明能与葛青山同归于尽！

大约一个钟头后，他的车开进了一片冷清的建筑工地。是个烂尾楼，余庆将车开到一幢楼的墙边，关掉车灯，坐在车里静静地望着外面。眼前的情景让他想起十年前，那时他还在四川雅安，帮城郊的一位农民守护鱼塘。黄昏时分，他在鱼塘边的铁线上挂上形状不一的金属盒，然后坐在池塘边搭建的简易房门口，看落山前的太阳将最后的余晖涂抹在那些金属盒上。从特定的角度，能够看见盒体反射过来的光线。有时夜晚醒过来，如果有大风刮过池塘，他还能够听见铁线上的金属盒子碰撞的声音。那声音有时是激烈的打击乐，仿佛有千军万马在外面厮杀；更多的时候，外面是静寂的，或者只有风铃柔声倾诉的低吟传来。

刘文明

电动车碾过午夜潮湿的街道，身下传来车轮碾过路面的声音，地面留下细窄的车辙。刘文明与老杭藏身在巨大的雨披里，正赶往南郊葛青山的藏身地。

老杭的消息不知准不准确。这段时间，只要打探到葛青山的藏身消息，刘文明就会赶过去，这是田素芬走以后，他留在丹城的唯一理由。他发现，一旦断了留在丹城的念头，他对葛青山的恐惧就消失了，对这座城市的恐惧、不安、自卑也消失了，取而代之的是仇恨，是内心像野草一样狂乱生长的报复念头。

雨并不大，但是给骑行带来不便，路滑，他得小心骑行。有一会儿，他的鼻子发酸，感到非常委屈。他曾经是那样努力，刚跑外卖的时候，只要接到单，再远，或者再晚，他都会赶过去，为此还受到过保安的刁难和责骂。那时他满脑子都是挣钱买房，对未来也充满信心，觉得自己像一颗顽强的草籽，哪怕坠落的地方是岩石，他也能够借助石缝里的一点泥土扎下根来。曾经，他幻想过早晨接单之前，能像这座城市的人一样，送孩子去幼儿园或者学校，幻想一家四口，能够在夏日的某个周末，一起去丹湖边的湿地公园，那里生长着无数奇异的花草，有精美的石拱桥、木板搭成的步道、可以三四个人共骑的自行车……他能想象孩子们见到那些新奇玩意儿时惊异的表情。想着一家四口骑行在公园的步道上，每个人都用力踩踏着脚踏板，有泪水从他眼眶里流了出来。

现在，他已经明白当年的幻想是那样遥不可及。前往葛青山的藏身地时，有如电影的快速倒带，他想起与田素芬离开故乡到丹城的那天，想起了那天清晨冷清的村道、杂乱的乡镇汽车站，想起了七八个小时的长途旅行，他们在丹城北部客运站巨大的停车场下车，掏出一个地址问了许多人都不得要领。他记得后来与田素芬坐上了一辆绿色的公交车，他还抢到了一个靠窗的座位，当车从丹城大街驶过时，他歪着头，试图看清车窗外一幢幢大楼究竟有多高……那时，他对这座城市充满了好奇，以为自己渴望的生活会像色彩斑斓的画卷一样展开。

电动车在丹城的街道暗夜疾行。坐在身后的老杭被雨披罩着，一声不吭。冷风夹杂细雨吹拂过来，刘文明发现自己恨上了这座城市，恨它的高楼，恨行驶在大街上的车辆，恨宽敞的马路和装修精美的店铺，恨行道树、绿化带、路灯、广告牌……恨这座城市的一切。

只有在想起余庆时，他的内心才有温热的东西流过。田素芬入院后，余庆又让单位的人送来了一万多元钱，说是宾馆员工捐献的。当时，刘文明心中充满感激，幻想有一天能够报答余庆。

想起田素芬，刘文明心里就隐隐地疼。出院以后不久，有一天早晨，刘文明隐约感觉田素芬起了床，在黑暗的屋子里忙来忙去，直到她拖着行旅箱离开了出租屋，片刻之后刘文明才反应过来。他从床上翻身起来，套上衣裤和鞋袜，打开门奔下楼。清晨的城中村，巷子里空空荡荡，昨晚喧嚣到深夜的巷子在黎明到来时充满异样的静寂，刘文明发疯一般在狭窄的巷子里奔跑起来，不时侧头看一看刚刚跑过的岔道，希望能够看到田素芬的背影。后来，他沮丧地站在城中村的入口那儿，望着外面的大街茫然无措。不远处，一个身穿橘红色衣服的人正在清扫着人行道，竹制的扫帚在水泥预制板上传出刺耳的响声。

他打电话回去过。接电话的是儿子学军，他在电话里欢天喜地问刘文明什么时候回家，那一瞬间，刘文明差点放弃了寻仇的想法。

电动车驶出二环后，在一个城中村狭窄的巷子里拐来拐去，凹凸不平的地面让骑行变得艰难，刘文明得不时伸下脚来调整一下平衡。曾经，他羡慕城中村里的房主，他们将多余的房子用来出租，不愁吃穿，整天坐在一起打麻将，从不为生计奔波与操劳。他郁闷自己的出生地为何如此偏僻遥远，想起了谷场里的分拣机，转动的扇片形成强大气流，将谷壳吹走而留下谷粒。他觉得自己就是一片无足轻重的谷壳，一直被命运的大风吹得不着地，还不知道最终会被卷到什么地方。突然，城中村变成残垣断壁，刘文明将电动车刹下，钻出雨披，他在身边的一堵墙上，看到一个大大的“拆”字。

身后的老杭也钻出雨披。两人站在一条泛着冷光的水泥路上。不远处，有一排巨大的广告架立在路边，上面的喷绘被风撕得七零八落，给人一种萧瑟破败之感。道路一侧，一台挖掘机像一只巨大的钢铁怪物，蹲在拆毁的房屋中间，路灯的照耀下，挖掘机驾驶台一侧的玻璃反射着冷冷的光。

再往前望过去，黑暗中的远处是冷清的郊野，那儿矗立着七八幢高大的建筑，黑乎乎的，像一些史前巨兽蹲在野地里。刘文明知道这是一个烂尾小区。自从起念在丹城买房，他几乎跑遍了这座城市的新建楼盘，比较价格、位置，想象过那些冷僻的建筑工地以后的繁荣。

老 杭

老杭这段时间一直被一个梦境困扰。梦中的情景清晰得就像是自己亲身经历过。他梦见一座破旧的工厂，环境与他当年工作的轴承厂非常相似，陈旧的厂房、机床、轴承成品，但工厂空旷得令人心悸。

余庆说葛青山就藏在那座工厂的楼上。他与刘文明赶去的时候，葛青山已经被余庆控制住了，那个他恨之入骨的男人，被捆在一张行军床上，脸上盖着一张手帕，手帕上的图案竟然是麻将牌六筒，十分诡异。

梦中暴雨如注。大风从破损的窗户中吹进来，屋顶悬垂的电灯左右摇晃，三个人站在葛青山的床边，商量如何处置眼前的这个仇人。他们三人开了个审判会，控诉了葛青山的罪行。刘文明控诉葛青山带给他的屈辱，老杭自己控诉葛青山设陷阱害他，而余庆则说他是主持正义的法官，与葛青山无冤无仇，但正义感让他不能袖手旁观。

老杭在梦中想寻找他的菜刀，他在空旷的屋子里巡视了一圈，一无所获，却在回来时，看到葛青山的胸口上立着一把三棱刮刀。谁先杀第一刀，老杭与刘文明相互谦让。老杭让刘文明先杀，说要将这难得的雪耻机会让给有夺妻之恨的刘文明。刘文明举起刀来，犹豫了，说老杭年纪大，还是让老杭先杀。两人争论不休，余庆提出抓阄，他做了三个纸团，说谁抓到写有杀字的纸团，谁就先杀。老杭第一个抓，打开纸团就见一个杀字，但刘文明抓的纸团打开也是一个杀字，三张纸团都有杀字，老杭不知道该谁先动手。

后来是余庆拿起了三棱刮刀，还伸出左手指肚来试了试刮刀是否锋利。他将刀尖抵在葛青山的胸口，让老杭和刘文明握住他的手，这样，就算是三个人同时杀人了。被绑在行军床上的葛青山拼命挣扎，三人举起刮刀，用力插了下去，感觉刀柄深深刺进了葛青山的胸口。

血溅出来，淋湿握住刮刀的三只手。老杭吓得松开刀把，往屋外逃，听到身后传来刮刀掉落地上的声音。他慌不择路，一路撞倒了屋里的椅子、盆、纸篓，巨大的声响就像有人追逐过来。梦中的老杭回过头，看到屋子里悬垂的电灯突然熄灭，天空有闪电划过，光亮转瞬即逝，明灭之间的杀人现场十分血腥和恐怖。

坐在刘文明身后赶往葛青山的藏身地点，老杭一直在回忆萦绕在脑中的梦境，这个梦虚幻而又真实，仿佛他在另外一个世界经历过。有一会儿，老杭伸手抱住了刘文明，他闭上眼睛，产生了幻觉，觉得电动车不是朝前飞驰，而是急速往后倒退。仿佛两人骑的不是电动车，而是一架神奇的时间逆行器，老杭感觉到街边的建筑、行道树正纷纷后退。他真希望可以骑着它回到过去，回到屋子没抵押出去的时候，回到妻女车祸之前的安稳日子，甚至回到他的童年时代……

直到刘文明停下电动车，老杭才从回溯的遐思中返回现实。从雨披里钻出来，眼前是残忍的夜空和恶意的郊外。雨小了，但气温低，冷风不时刮来，老杭将羽绒服的拉链从胸口拉到喉结。黑暗中，他听到有几声狗吠声传过来。

电动车前灯照着一个杂乱的工地。隐约可见楼群中有一个巨大的水坑，应该是小区规划时设计的游泳池。此时，它更像是这个烂尾工地的一块溃疡，从工地四面汇集过来的雨水，正从一个缺口流进水坑，如果不仔细看，会把水面误认为是一块低矮的平地。

两人把电动车推到泥泞道路一侧的墙边，刘文明关掉车灯，这个烂尾楼迅速滑入漆黑的梦境。“葛青山这个杂种就藏在这个小区！”老杭低声说，他又听见有狗叫声传了过来。

灰暗的天光下，这个烂尾小区像一座巨大的墓地，空旷、诡异、静寂。老杭抬头仰望着黑黝黝的楼房，判断狗吠声传来的位置。他走在前面，右手紧张地捏住刮刀的刀把，觉得手心里沁出了汗。

两人轻脚轻手前行，如同黑暗舞台上跳霹雳舞的人，小心留意脚下的砖块和木板。确认了狗叫的那幢建筑，他们顺着楼梯往上攀爬，每到一层，便点开手机上的手电筒功能，短促地照射一下。一片狼藉的烂尾楼，有一些房间曾住过流浪汉、乞丐、拾荒人，房间里有他们的生活痕迹。还有的房间成为这些临时住户的卫生间，干燥的大便东一堆西一堆，空气中弥漫着一股令人作呕的气味。

余　庆

高耸的建筑仿佛浸泡在水里，楼群中偶尔有火光闪现一下，迅速又归于黑暗。远处，一个建设中的楼盘正在施工，不时有钢铁的碰撞声传过来，单调而冷清。从楼群灰色的缝隙里看出去，缓慢移动的塔吊手臂上，警示灯散发着凄冷的光。

这已经是余庆第三次来这个小区了。第一次来是一年多前，这个小区主体断水，余庆驱车来看过，犹豫要不要在这儿买套房作为投资。这个楼盘位于丹城西南郊，从火车站一路向南，途中要经过一片低矮的建筑，那是丹城第二污水处理厂。得知葛青山藏在这儿后他又来过一次，下午，他开车沿一条施工便道进来，惊讶于这个小区竟然成了烂尾楼。当时，有几个人打着黑色雨伞站在一个水塘边交谈，看得出那个长方形的水塘是规划中的游泳池。余庆目测了一下，估计水塘长约三十米、宽约二十米。水塘已经用水泥处理过，只需贴上瓷砖便可。

余庆再次来到这个烂尾小区时，感觉和前两次来完全不一样。坐在车里透过前面的挡风玻璃望出去，有一瞬间，他如同被一根冰凉的绳索紧紧捆住，呼吸变得粗重起来。他想起了多年前藏尸的那口废井，曾经，他不止一次梦到自己被人埋在那口深井里，沿着一个巨大的螺旋往下走，一圈又一圈，底部是无边的黑暗。余庆的左手拇指，指纹是个逐渐向中间聚拢的螺，有如从天空往下坠落，他在螺旋的底部，看见了一张脸。

那个被他捅死的男人，其实是母亲的男友。等余庆明白过来，恶果都已经造成。此后的逃亡中，他曾试图去还原那个混乱的下午，他要是不提前结束旅程回来，也许一切都不会发生。他不明白自己年轻时，为何有人向母亲示好，他会有那么大的恨意。虽然那人一直想讨好他，可是余庆根本不买账，那天下午，他刺出那刀时，竟然觉得是代替父亲刺出的。后来，当他有过男欢女爱的经验后，当年的鲁莽行为令他感到了羞耻。

这天夜里，老杭和刘文明赶来后的一切都被余庆收入眼底。他看到两人穿过游泳池边的空地，就像已经精确定位了葛青山的藏身之地，他们的身影不久后消失在对面的楼道里。过了大约一刻钟，黑暗中突然传来激烈的喊叫声、咒骂声、咆哮声、惨叫声、物体的碰撞声，夹杂着狗的狂吠和被击打后的呜咽，沉寂的烂尾楼顿时热闹起来，纠缠、扭打、挣扎，有一些声音像是从高空坠落的物体那样砸了下来。余庆望着对面的住宅楼，很难想象如此暗淡的光线里，几个人是如何像风一样从楼道里刮出来的。

事情并不像余庆想象的那样一边倒。葛青山养的泰迪狗在关键时刻帮了他的忙，凭借灵敏的嗅觉和听觉，泰迪狗用狂吠对葛青山做了预警，让他有所准备。而且黑暗中的打斗常常敌友难分，等余庆看见他们时，三人已经缠斗到水塘边。

眼前的这一幕看上去像剪影，又像模糊的皮影戏，只是看不见操纵皮影的师傅。刘文明个子高大，站在他身边的应该是老杭，而与两人对峙的那个身材瘦削的人，一定就是葛青山，他手中握住一根棍棒，正在骂骂咧咧。

突然，楼群上传来杂乱的吆喝声和咒骂声，有人用木棒敲击着窗台，有人用砖块击打着铁盆，空中传来金属沉闷的回响，还有人将电筒从上面照下来，弱弱的光束有如电压不足的追光灯……余庆这才发现这个巨大的烂尾楼住着的不止葛青山，还有一些来历不明的人。逃犯？流浪汉？还是离家出走的少年？

有一瞬间，四周一片寂静。突然，三人又扭打起来，余庆看见一个黑影冲向刘文明，那是葛青山的宠物狗。接下来他听见刘文明的惨叫和怒吼，一个物体被抛了起来，落在水塘里，是葛青山的泰迪狗。余庆隐约看见它正吃力地游向岸边，却怎么也爬不上岸。

余庆看见葛青山跳进水中，扑向水中艰难游动的阿黄。不知这个水塘有多深，感觉葛青山踩不到底，他晃动身体保持浮力，将手中的泰迪狗奋力抛上岸。簌簌发抖的阿黄刚被抛到岸上，立即被赶过来的刘文明一脚踢回水里。

狗被一次次抛上岸，又被一次次踢下水。葛青山耗尽了力气，他的手扒在塘埂边，大口喘气。身旁不远的地方，他的阿黄时沉时浮，水塘里传来葛青山沙哑的咒骂声。渐渐地，水塘安静下来，余庆仿佛看见耗尽力气的葛青山沉入水中，他张开的手指在池塘边的水泥墙壁上留下一道湿湿的印痕。

余庆突然打开远光灯照着水塘，然后不由自主打开车门，他奔过去将身子伏在塘埂边，伸手捞向水中。后来他干脆跳进塘里，平静下来的水面，他像顽皮的海豚那样，将身子一次次潜入水中寻找，那是一个令人窒息的世界，他仿佛是在黑暗的井底寻找着葛青山，抑或是在寻找记忆中被他用刀捅死的母亲的男友。失去知觉的葛青山变得异常沉重，余庆试图将他举出水面托到塘埂上，但每一次努力都失败了，就好像有塘埂垮塌下来，将他重重地压回水底。他呛进了一口水，再呛了一口水，突然呛进去的水又从口鼻里呛出，难受，他的身子也变得像葛青山一样沉重。就像有暮色笼罩过来，他将手臂伸向空中，仿佛是想在天空中打捞消失的葛青山。突然，他感觉到身体变得轻盈，好像看到像铅块一样沉重的肺离开了身体，朝远处飘去，越来越小。

等重新感觉到泥土潮湿的腥气时，他已经被人救出放在了塘埂上，头向下，胃里的水流了出来。他的身旁，伏在地上的是不知死活的葛青山。慢慢地，就像是有一列火车从黑暗中飞驰而来，车皮里装着的是光亮，他听见身旁传来一阵剧烈的咳嗽声。火车驶过，巨大的气流让余庆打了个寒噤。苏醒过来的脑袋想起多年前那桩突发的凶杀案，刺出的刀、深埋在井底的尸体、无尽的铁道、巨大的螺旋、蛛网、毛衣、翻飞的织针……无数的念头，在他大脑的天空里，像一些破碎的纸片，纷纷扬扬。

从炭火到灰烬

陈　玺*

1

回渭北老家过年，晒了几张塬上的照片。社教知道了，微信里吆喝了几声，一个高中同学的西安聚会就成了。

时间定在正月初六晚上，地点选在城墙的西南角，一间传统的陕菜餐厅。包间在二楼，隔着窗户是微斜的城墙青砖棱上挂着的雪格子，城墙上两排宫灯。刚融又冻的雪面，结了层包着气泡的膜。雪中摇曳的灯影，叠在踩踏过的雪面，泛着淡淡的红光。我和社教先到，点好菜，冲好茶，盛好酒，站在窗前，瞄着城墙下缩着脖子、攥着雪球、掷投嬉闹的人，调侃中聊着旧事。

同学们抖着衣领，跺着脚上的雪，勾肩搭背地坐下。社教叼着烟，眯眼派上烟、递上火。做保安的同学抽了口烟，笑着说："高中大家一个班，考上的同学，有了铁饭碗，成了城里人；我们这些没考上的同学，果树下忙活了几十年，这些年，各人有自己的门道，进城挣钱，咱们也变成城里人了。"做装修的同学，摆着手说："咋说还是不一样！人家住在楼里，你在门口帮着守门；人家

---

* 陈玺，男，1966年出生，武汉大学毕业，经济学硕士。中国作家协会会员。现任东莞市文联主席，律师，曾于华南师大任教，又任广东省工商局法制处副处长，后任东莞市工商局副局长。刊发出版了长篇小说《暮阳解套》《一抹沧桑》《塬上童年》《捣开上帝的魔盒》《风吹麦浪》和《珠江潮》。在《中国作家》《当代》《十月》《北京文学》和《作家》等刊发多篇中长篇小说。

买房子，我帮着装修。看着都走在西安的街上，人和人还是不同。”社教举着酒樽，给大家斟上酒，笑着说：“今天同学聚会，没有那些讲究，坐在一起，就是同学。”收破烂的同学弹着烟灰，摸着下巴说：“原先考上的同学联系多，农村的同学忙着盖房，给娃娶媳妇，和城里的同学是两个世界。现在世道多好，我都没有想到，咱能和城里的同学，几十年后坐在这西安城墙下喝酒吃饭。”

酒过三巡，城里务工的同学们没了拘谨，率性调侃嬉闹。做保安的同学，举起酒樽，仰头喝掉敬大家的酒，抹着嘴上的酒滴，红着脸坐下，眯眼靠在椅背上。收破烂的同学，扯着他的胳膊，筷子敲着碟子说：“咱整天走街串巷地吆喝，啥都不知道！说说同学里的新鲜事。”做保安的同学挺直腰，肘搭在桌上，低头瞥着大家，叹着气说：“你们记得陈老师的儿子思量吗？”社教直起腰，拍着桌面应道：“他呀！烧成灰我也认得出，我和他打过架。”做保安的同学伸长脖子，弹着手指说：“那小子后来当兵了，复员留在新疆，听说开矿成了老板。”做装修的同学站起来，扬着手：“咱活了大半辈子，看着一个个同学，这都是命。”他摁着做保安的同学的肩，掐灭烟头，“说点儿新鲜的！”做保安的同学搓着手，盯着我问：“咱班有个青雅，你记得吗？”我嘘了口气，瞥了眼社教。同学们点着头，伸长脖子问：“咋咧，离婚了？”保安同学白了大家一眼，摇着头说：“年前突发心梗，走了！”我的心咯噔一下，抬手摸着社教的胳膊，捏了几下。社教闭眼，靠在椅背上，大腿的肌肉隆起又垂下，嘴角抽了几下，眉毛就像攥起的拳头。

我站起来，走到社教的后面，捏着他的肩胛，附在他耳边低声说：“兄弟，别难过！我理解你。”做装修的同学举起酒杯，看着窗外晃动的灯笼，叹着气说：“来！咱们为青雅一路走好，喝一个！”社教将杯中酒倒进酒樽，仰头倒进口中。放下酒樽，他咬着牙，嘶嘶吸着气，眨巴着猩红的眼睛，狂笑着说：“喝了几十年酒，今儿个这酒咋这么烈！”社教又加了一樽酒，我抓住了，不让他喝。他瞪着眼，推开了我，举起酒樽说：“人这一辈子，有些时候，就得一醉方休！你们说那么多，都是扯淡！同学在一起，没有高低贵贱，就是个高兴，咱们得喝一个！”

聚会散了。社教拉着我，坐在包间窗前，品着醒酒茶。他双手如叉，不停地捋着头发，盯着城墙上的灯笼，嘴上的香烟耷拉着。我搓着手机，预约代驾。听说我要回酒店，他站起来，踉跄着攥住我的手，瞪着眼说：“到我家去，你得陪陪我，我心里难受。”我扶着他，下了楼，将他推上车。见我站在车外，他推开车门，扯着将我塞进后座，硬拉着我，进了他家的门。媳妇怨他喝高了，她斟上茶，放在桌上。他摆着手说：“老同学从南方回来，我俩几十年没见过面了，得唠唠。你去睡吧！别等我。”

社教的书房排场，落地窗外是雪夜中挂着灯笼的大雁塔。他半躺在沙发上，叼着烟，呆愣地瞄着窗外。我站在窗前，俯视着飘着灯笼的街巷，赞着他的房子。他嘿嘿笑着，尾音有点儿冷，呼地坐起，搓着脸问：“我大半辈子有个疑问，方杰哪点比我好？为什么青雅偏偏就喜欢他？你当过大学老师，我俩的事，你最清楚，你得帮我分析。”我坐下来，讪笑着说：“感情问题是感性的，没有理性的答案。常言说，萝卜白菜各有所爱，非对称选择才构成了世俗的偶然和多彩。”社教掐灭烟蒂，摆着手说：“别整那些没用的，咱听不懂！”我瞥着墙上的地图，摇着头说：“社教，多年前，我到西藏旅游，车到了当雄，吃完午饭，说去纳木错的路封了，行程取消了。到现在我都没有去过纳木错，看着别人发的图，我就遗憾。这就像婚姻，没有经历过的，总用美好想象涂鸦，真正经历了，却可能会后悔。”社教踹掉拖鞋，躺在沙发上，盯着吊灯，喃喃道：“我宁愿后悔，也不要遗憾。”

社教坐起，赤脚踩着埋有地暖的地板，拉开书柜，抽出一本厚书，抖了几下，掉下一把钥匙。他捡起钥匙，打开下面的柜子，翻出几沓相册，摆在书桌上。他走到门口，关上门，回身耳语道：“大半辈子过去了，这些都是我和青雅的照片。结婚以后，我一直藏着，好几次想找个地方烧掉，临了都说服不了自己。”他指着那张高中毕业的合照，点着盘腿坐在前排的青雅，拿起他们在兴庆公园划船的合照，鼻头抽着说：“青雅走了，我心里空落落的。那时你和我住在学校的锅炉房，你也了解她，帮我捋捋，咱究竟错在哪里？”

我拿起社教递来的一沓照片，翻看着，仿佛回到了那个年代。社教叼上一根烟，揽着我的肩说：“你在南方几十年，见识多。我在税务系统几十年，从所里干到市局，事业还算马马虎虎。我跟青雅的事，压在心里几十年，稍有间隙，就像手机屏保似的闪出来，弄得我不得安生。我思来想去，没有理出个头绪来。”我放下照片，摇头应道：“社教，当初看到你们恋上了，我可是适时退去了。后面的事，我不知道。”社教拉着我坐下，搓着面颊，摇头说：“咱不要答案。你得陪着我，听我絮叨，絮叨出来了，我心里好受一些。”

2

晚自习的教室里，社教对着手掌，吐了口热气搓着，跺着穿着棉窝窝的脚，用三角尺画了个坐标，不时朝我瞥着。我下巴搭在棉袖筒上，眨巴着眼睛，拿笔在课本上弹着。社教抬起课桌，抵着前排，磕了几下。思量转过头，瞪着冒火的牛眼。社教歉笑着，将课桌往后拉了下。社教对我摆了下手，轻轻晃着头，我俩溜出教室。

我撩起衣领，缩着脖子，弓腰随着社教，朝操场西边靠着围墙的锅炉房跑去。锅炉房里堆满了炭，黑乎乎的，煤灰、细土和炭渣混着，飘着呛人的气味。他掏出麻绳上的钥匙，跺着脚上的雪，打开门。屋内暖烘烘的，蜷缩的身子舒展了。社教用半截砖头，在煤堆靠墙的地方，搭了几块木板。我们拿来铺盖，对着炽烈的炉膛，抖着烤了几下，铺在床板上。他掏出蒸馍，揭开锅炉盖，烤着馒头。

社教的叔伯舅舅，给学校烧锅炉。凌晨四点多，他揉着眼睛，蜷着身子，在凛冽的寒风中来到学校，给师生烧开水。社教攀上了舅舅。舅舅家的老黄牛，快要生牛犊了，那可是他的心头肉，他便将烧锅炉的事，私下托给了社教。

同学们回到宿舍，见社教的铺盖没了，知道他有了温暖的去处。大家拿着冷馍，结伙顺着围墙的雪线，悄悄地溜到锅炉房，聊天烤馍。天气越来越冷，聚的人越来越多了，为了不被发现，社教常关上门。

社教拧开龙头，开水泡脚，有时也脱光衣服，洗个热水澡。他的脸上布满绛红色像柿子的冻疮，手上沾着层黑黑的污迹，随着手纹的闭合，闪着红红的口子。他的脚冻得红肿，套着棉袜子，才能勉强塞进窝窝。一段时间的温润和泡洗，他的脸色红润了，手背塌了，脸上的雪花膏随风飘着香味儿。锅炉房的洗润，让社教褪去了农家的底色，越来越像住在老师宿舍的城里娃。

外形变了，社教有了信心。他暗恋着青雅，青雅长得白嫩，脸蛋起了堆红红的冻疮。她爱美，出了教室，用头巾将脸包得严严实实，只留下两只黑溜溜的眼睛。早读的时候，见社教红肿的脸蛋塌了，露出红润的面皮，她感到纳闷，不知他用了什么偏方。社教不再只是远远地打量着青雅，而是伺机和她搭讪。青雅害羞，怕人说三道四，见社教接近，她时常咯咯笑着，故意走开。笑容给了社教续展的希望，行动却是无言的拒绝，他不解她矛盾的表现，好在他有足够的耐心和不断膨胀的胆识。

方杰随父亲从县一中过来，和社教是同班同学，一副公子哥的做派，成了女生议论的焦点。他提着两只暖瓶，头发湿漉漉的，从操场过来。小丽跟在后面，他们又说又笑，旁若无人地打量着操场上稀拉的同学，一副扬扬自得的样子。社教顺着墙根，溜到锅炉房，推开门，关掉开水。他返回来，拿起窗台上的书，准备看方杰的笑话。方杰和小丽将暖瓶排开，揭开塞子，拧开龙头，冒着热气的水唰唰流出，热气没了，他们还在嬉笑。估计差不多了，他低头见水没有了热气，用手指撩了下，冰凉冰凉的。他收住笑容，瞪着眼睛张望着。他骂骂咧咧地走到锅炉房后面，见门关着，只好走回来，倒掉冷水，提着空瓶，悻悻地离开了。

太阳快落山了，清冽的晴空中透着暖色的晚霞。青雅提着暖瓶，向锅炉房走来，她拧开龙头，见没有热水，正在纳闷儿。社教嬉皮笑脸地走过来，打量着她问："没有热水了？"

青雅瞄着四周，笑着点头。社教低着头，靠近她，神秘地说："在这里等一下，把暖瓶给我，我从后面到教工饭堂，给你打热水去。”还没缓过神来，社教操起她的暖瓶，从墙角消失了。她撩着衣角，将头巾往上提了提，瞟着操场上的人，生怕别人看到。社教提着暖瓶，从墙根闪出，瓶塞缝喷着热气，他对青雅说：“我进去加了两铲炭，水起码是一百零二度。”青雅低头，翻着眼睛，扑哧笑了。临走时，社教摸着自己的脸，指着她的脸说：“你的脸蛋都冻成柿子了，要想冻斑下去，得找我，你看我都没了！”

青雅收住了笑，红着脸匆匆地走开了。

进入腊月，下了两天雪，学校的树沟墙角堆满了雪。白天暖阳当空，屋顶的雪融了，瓦楞断断续续流着雪水，滴在头顶、滑在面颊，潜入脖颈，都是刺骨的冷。太阳西沉，寒风掠过湿淋淋的地面，褐色的雪线即刻冻住了，就像巧克力蛋糕上堆了层白白的奶油。寒风吸吮着冰冻地面上的寒气，在过道墙角聚在一起，顺着建筑恣意游荡。下了晚自习，好多同学仍在冰冷的户外夜读。我和社教跺着脚，缩头缩脑地跑到锅炉房，一股热气迎面扑来，脸色红润了起来。

吃了个烤蒸馍，喝了一缸水，社教有点儿尿急。扣好棉衣的对襟，他缩着头，搓着手跑向厕所。走出厕所，一扇亮灯的窗户下，青雅和小妹蜷曲着身子，哆嗦夜读。社教慢慢地走回锅炉房，又折返回去，见她们仍在寒夜中跺着脚。他鼓起勇气，缓缓走过去，笑着说：“外面多冷呀！你们过来，我给你们找个好地方，光线好又暖和。”

青雅看着他，笑着不迈步。社教不断地招手。小妹哈了口气，吸着流下的清鼻涕，轻轻点着头，看着青雅，似乎在说咱们两个人，怕啥呀！青雅捡起窗台上的书，牵着小妹的手，跟在他后面，一步三回头地来到锅炉房。

我靠在床上，手举着书，另一只手揣在裤腰里。社教走到门口，故意咳了几下，我没有留意。他快步过来，将我拉起来，赶到煤堆边的砖堆上，指着床，让后面跟来的女生坐下。青雅她们来了，我知道社教这趟厕所没白上。青雅取下头巾，和小妹坐在床上，好奇地打量着黑乎乎的屋子和扁圆形的锅炉。社教倒了缸水，放在床前的砖头上。她们搓着手，冻疮麻麻的，低头看着书，嘴巴嗫嚅着。青雅和小妹享受着锅炉房的温暖，以后夜读的时候，她们就会结伴，鬼使神差地来到这里。

周末回家，社教走到后院，下到地窖，用担笼提了些红芋上来，装在袋子里，埋在锅炉房煤堆角。下了晚自习，他回到锅炉房，揭开炉膛，铲上些末子煤，撒在边上。他刨出几个红芋，放在炉膛中。青雅在锅炉房夜读了几天，感到身上的冻疮麻痒痒的，硬块慢慢变软了。社教让她用热毛巾敷脸，用开水泡脚。她总是书掩着嘴，露出含笑的眸子。

屋外寒风怒吼，一阵猛过一阵。锅炉房灯光昏黄，堆着黑黑的煤，有呛人的煤味，但暖融融的，是冰天雪地中的避难所。青雅看了好长时间的书，掩卷哈欠。社教站起来，掀开炉口，手伸到里面，头侧在外面，眨巴着眼睛，闪着笑容，取出几个黑乎乎的东西。青雅和小妹好奇地站起来，围了过来。他将烤焦的红芋，放在铁锨上，在门口吹了会儿，撩起一个，拍了几下，上面的炭灰便落了。他用指甲抠开皮，慢慢地撕开，露出焦黄沙润的瓤。他掐掉头上的嘎巴儿，从中间掰开，笑着递给她们。青雅放下书，笑着接过来，咬了一口，红芋露出粉白的断面。她笑着不住地点头，嘴唇挂着红芋瓤的白点。

青雅走出锅炉房的时候，闪到黑暗处，犹豫了瞬间，突然转身，对社教扑哧笑了，摆了几下手。社教躺在床上，脑子里闪着她出门的举止和神情。他转过头，笑着问我这般神态，莫非青雅对他有意思？我们坐在床边，合计了半晌，觉得如果是城里人，可能没有什么深的意思，但在这男女从不言语的乡镇中学里，那是需要勇气的。我们躺在床上，他盯着屋顶，听着房门的咣当声，翻来覆去，不时嘀咕几句。

3

周末青雅早早回到了学校。社教在锅炉房前转悠着，她拎着暖瓶走来，趁大家不注意，钻进锅炉房。社教操起脸盆，接了盆开水，让她泡脚。她瞅着社教，就是不脱鞋，偏着头突然问：“那次你说加了两锨炭，水的温度是一百零二度，为什么不说成一百零三度哩？”社教蹲在门口，注视着外面，转头笑着说：“那‘二度’说的就是我，你不觉得我最近有点儿二吗？”

青雅咯咯笑着，不住地摇头。他瞄了外面一眼，转头盯着她说：“你难道没有感到，我见了你，二病就犯了？我自己都不知道这是咋回事，控制不了。”

盆子冒着热气。社教呼地站起来，蹲在青雅前面，拉过她的脚，要给她脱鞋。青雅笑着狂踢，不让他近身。社教瞪着她，温柔地说：“听话，乖乖脱，不然我的二劲就上来了。”青雅红着脸，害羞地慢悠悠脱下鞋子和袜子，将脚放在水中，烫得她闭上眼睛，嘴巴啜着细气。社教想要给她洗脚，坏笑着过来，伸手就要入水。青雅明白了他的意思，捡起床上的课本，挥打着将他赶开。

水没有了热气，青雅看着书，脚在盆子里互相搓着。社教瞥了眼，站起来，拿起脸盆，接了半盆开水，给她兑上。盯着她赤红的脚，他突然叫道：“你的脚和别人的不一样，我刚才以为你的脚冻肿变形了，细看，你这是实脚，不能走远路。你将来不能报考地质院校，人家不收你。”听他说得有鼻子有眼的，青雅放下书，摸着自己的脚丫，纳闷儿地看着。社教脱掉鞋子，在自己脚底起拱的地方比画着，严肃地说：“你得好好读书，夏天种地，你这脚也不行，你的出路就是坐办公室。”

青雅盯着社教穿着袜子的脚，摸着自己的脚底，煞有心思地看着。社教蹲下来，给她的脚面撩着水，抬头问：“你学习那么刻苦，你爸肯定给你说过这种情况。”青雅摇着头，依旧摸着脚底，社教继续说，“你爸知道你要强，怕伤了你的自尊心，可能会拐弯抹角让你好好读书，千万不能回村当农民。”

青雅飞快地点着头。社教一把轻轻地攥住了她的脚，给她讲解实脚的结构。她试着想蹬开，他却抓得更紧了，在她脚底轻轻地搓着。青雅爸下地回来，常将鞋子放在窗台上，她经过时，会嗅到难闻的脚汗味，在她的心目中，脚都是臭的。看到社教像摸弄宝贝一样，搓揉着自己的脚，她有点儿感动，一股惬意舒坦的感觉，在身子里萌生。

过了几天，青雅来到锅炉房，说社教身上有股味道，让他洗洗脚。社教接了盆水，坐在砖墩上泡脚，抠着脚腕的垢迹，一副扬扬自得的样子。青雅坐在床上，她放下书，走到锅炉侧面的龙头前，接了盆开水。社教以为她要泡脚，撕着脚底的死皮，抬头嘿嘿笑着。青雅走到他跟前，突然将开水倒入他的盆子，道："让我看看你是不是实脚，人家都说实脚耐烫。"

社教像被蝎子蜇了，腾地站起来，咧着嘴巴，刺啦刺啦地叫着，从盆子蹦出。他趔着身子，在炭屑上跑了几步，到了门口，忽地蹲了下来，手搓着脚底，就见脚底有几道炭渣刺的血口子。青雅拎着盆子，觉得解气，见他脚底冒血，她放下脸盆，拿来窝窝，让他趿上，扶着他瘸着腿，走到床边坐下。社教抬起脚，从冒血的脚底抠出尖利的炭渣，笑着对青雅说："没事，咱就是有这股二劲儿，别说几个炭渣，今儿个你就是剁掉我的手，我也不会骂你，我还会笑着安慰你。"青雅眼睛湿湿的，翘着嘴唇，像做错事的孩子，低声说："谁叫你骗我，说我是实脚哩。"

社教撩了下她的头发，从褥子开口处，撕了团絲子，火柴点着，用燃尽的黑灰，敷在出血的地方。他穿上窝窝，原地蹦跳了几下。青雅笑了，含情脉脉地看着。

刚开始到锅炉房，青雅会带上小妹，除了是个伴儿，也让社教规矩点儿，更为避免别人说闲话。她和社教恋上了，小妹去得越来越少了。我住在锅炉房，看着他们眉来眼去，奔着成人之美，也搬回了集体宿舍。青雅按照社教的吩咐，将毛巾浸在开水中，拧一下敷在脸上，除却冻疮。没有人的时候，她干脆靠在床上，敷着毛巾，露出眼睛，举书看着。社教蹲在门口，打量着外面，毛巾没了热气，赶紧走过来，用开水加热。

青雅家的姊妹多，父母很少关注她。社教的细心体恤、周到关心，让她有了公主般的感觉，她慢慢地接纳了他。周末返校后，她拿着脸盆，跑到锅炉房，让社教从外面锁上门，她在里面洗漱一番。社教外面转悠着，生怕有人偷窥。

他踱着步，难耐自己的窥私欲，轻轻地走到门口，眼睛贴在门缝，左右滴溜着。炭堆后面飘着热气，一个白花花的后背，忽上忽下。盯了一会儿，他缓过神，回身蹲在墙角，抓起一把雪，在脸上搓着，拧着自己的脸蛋，扯了几下，一副自责的样子。

4

陈老师上大学时，已经结婚了。四年大学，他有了两个儿子。他先分在县城，后来回到镇上的高中。陈老师不到四十，个子不高，穿着黑色的粗布棉衣，头顶着蓝色的毡帽，无论走到哪里，手里总是攥着烟锅。他皮肤黝黑，脸上的褶子松弛地下垂着，走路写字甚至脸上的表情，总循着力学原理，都是最节省的。他会掐好时间，第二遍铃响时，准时迈进教室。

陈老师慢悠悠的，学生们要竖起耳朵，才能听清楚。他写字不多，很少举起手在黑板的上头写，都是垂手写在黑板中间。他很少看同学，嘴里讲着，愣愣地盯着屋梁，像在琢磨房梁的力学结构。他很少眨眼，眨了眼，要几秒才能睁开。他宁愿看物，看物的时候，他不需要费心，想咋看就咋看，物不会有意见；他不愿意看人，觉得看人的时候，得接受人的表情神态，夹杂着太多的东西，还要想着怎么回复，太费力。他穿着农民的衣衫，抽着农民的旱烟，讲着农民的土话。学校里，陈老师有点儿另类，除非学校开会，否则他很少出宿舍。同学们遇到他，笑着问候，他摘下烟锅，咳咳几声，就算应了。老师们见到他，和他说了半晌话，他瞥一眼，嘴角僵硬地上提着，露出三颗门牙，便咳着走开了。

陈老师的小儿子思量，和我们同班。好多老师的孩子考上了大学，为父母争了光。想到自己曾经是大学生，年轻时也是响当当的人物，陈老师有点儿心急，迫切希望儿子们能延续自己的辉煌。

思量个子不高，有些白发，十分壮实，长着一双牛眼。陈老师的青蛙眼主要看大自然，内含着出世的恬静、孤傲和清高；思量的牛眼常布满血丝，蕴积着少年的不羁和冲动，既炯炯有神，又像匹狂踢乱刨、见了人就尥蹄子的马驹。他是纯正的教工子弟，吃的是教工饭堂，住的是热床，有种天然的优越感。除了方杰，他看不起班上的其他同学。思量像股旋风，浑身有使不完的劲，在年级里恣意张扬着。知道人家是教工子弟，同学们也不和他计较，任由他显摆。老师们更是明哲保身，父亲对儿子都是睁一只眼闭一只眼，自己又何必多事？陈老师很少和别人来往，对思量的做派无从知晓。

为了儿子考学，陈老师借来辅导书，研究题目，为儿子量身打造物理学习方案。下了晚自习，两个儿子回到房间。他拿出精心研究的题型，搬来椅子，坐在床边，辅导物理。儿子们分坐床头，有时也会提问，随着软乎乎褥子底下热气的升腾，肌肉松弛，骨头麻酥，哈欠连连。他顺着讲课不看学生的习惯，盯着顶棚上的竹席方格，抑扬顿挫地讲着，慢慢地自己把自己讲得激动了，佩服自己独到简单的做题思路。他低下头来，见两个儿子，手里拿着书，靠在床头，嘴上挂着口水，进入了梦乡。

青雅物理不行，她买了几本辅导书，看来看去，还是不得其要。有次寒冬夜读，经过陈老师的宿舍，发现平时支支吾吾、从来没大声说过话的老师，正用激昂的腔调辅导着儿子。她和小妹来了兴趣，把书放在窗台上，从窗户缝听着他的讲解。寒风盘旋，一阵阵袭来，刀子一样擦着面皮。她们跺着脚，自己云里雾里的问题，经老师点化，瞬间全通了。知道了这个秘密，她们下了晚自习，无论天气多么寒冷，都咬着牙，到窗外听陈老师的辅导。

推开房门，思量朝树沟倒洗脚水，见青雅站在寒风中，瑟瑟颤抖。他拎着盆子，让她们进屋喝口水。青雅摆着手，小妹抹着唇上的清鼻涕，哼啦着。他笑着进门，又退回一步，伸出头来，对青雅笑了下，带上了房门。躺在热床上，思量觉得一排二十多个亮灯的窗户，青雅却选择了自己的窗户，是不是对自己有点儿意思？他有个习惯，没事的时候，总喜欢将班上的女同学放在头脑中一遍遍地筛选。每当这个时候，他感到自己就像皇帝，喜欢谁就是谁，青雅属于前几位。

靠在热床上，听着父亲的讲解，思量有点儿困倦，眼皮不停地拥抱着。想起窗外的青雅，他一下子来了精神，怜悯之情在心里涌动。他装模作样地听着，眼睛不时瞥着窗户，不知窗外的青雅是否还在跺着脚、缩着脖子，在寒风中颤抖着。

思量觉得，他也是教工子弟，他不明白为什么那么多女孩只在方杰面前晃来晃去。激情在发酵，优越和自傲像锚，沉在水底，即使船帆飘飘，仍然难以起航。船帆的推力和锚的重力，弄得他十分焦灼。看着方杰游刃有余，惬意地享受着青春的激情，他心里不服气。可他放不下架子，没有追求女孩的勇气，期望中意的女同学，能主动向他示好，他就像贵族一样，犹犹豫豫中纳了她。他怕屈尊追个女同学，万一失败了，固守的自尊就会瞬间瓦解，被同学耻笑。

青雅站在宿舍的窗外，思量觉得，这是明显地向他示好。女孩子害羞，她先表明了，自己就该主动些。早读的时候，平时坐在教室台阶的思量，挪了位置。他来到照壁侧的树沟前，蹲在沟坎上。青雅拿着书，在办公楼高台踱着步，瞄着东南方向。思量站起来，来回走动着。青雅瞟了他一眼，依旧瞩目东南。他往前走了几步，见社教拿着书，在那里晃动着，不时盯着青雅。他心里暗想，社教和他不是一个档次的，只要他出手，社教就会灰溜溜地退却。

学生们回家背馍，校园里冷清好多。思量在教工饭堂吃完饭，提了两瓶开水，洗了个头。他用爸爸的剃须刀，修整茸茸的唇毛，搓着脸上的雪花膏，走出房门，站在台阶上晒着太阳。他手插裤兜，打量着返校的同学，像老师看学生。走到照壁的报栏前，他看着报纸，手指挠着耳。青雅低着头，背着馍，快步走向宿舍。他转过身，踮着脚趾，瞄着她的背影，像首长观察战士。

青雅端着盆子，里面放着毛巾，向锅炉房走去。思量瞥了她一眼，看着晚报，心想爱干净、讲卫生是个好习惯。他浏览着报纸，感到不对劲，按说女生洗漱，都是将开水提回宿舍，她没有回来，会不会有猫腻？他碎步跨上高台，心想自己毕竟是教工子弟，不能像农村同学那样，沉不住气。他手插裤兜，眯着眼睛，瞄着泛着光晕暖暖的太阳，慢慢地游荡在操场上，见锅炉房前没了青雅的影子。他心里一沉，想快步过去，看个究竟，又告诫自己要稳住。走到单杠前，他跳跃着攥住横杆，第二个引体向上的时候，瞄见青雅端着盆子，捋着湿湿的头发，容光焕发地从锅炉房后面出来。他愣了下，身子哗地垂了下来，挂在单杠上。青雅低头快走，没看见单杠上的思量。看着她充满活力的身姿，思量就像烧红的刀具，瞬间淬在水里，冒着青烟，发出嗞嗞的声音。社教坐在门口，背对他，心神不定地看着书。思量想过去，又不知道怎么开口问。锅炉房是学校临工居住的场所，万一和社教说撑了，传扬出去会丢教工子弟的脸。

周三下午，饭堂的厨师叼着烟锅，牵着头山羊，从大门进来。老师们站在宿舍前面聚着聊天，看着山羊，他们知道明天早上，有羊肉泡馍吃了。

围墙和教工饭堂后门的夹道上，大师傅叼着烟锅，靛青色的烟冒着，他挥着弯刀，割着羊皮，对蹲在锅炉房门口的舅舅说："羊没有买好，走眼了！有点儿瘦，油货不行！"

舅舅站起来，拄着铁锨，笑着问："要不要帮忙？"

大师傅停下手，拿开烟锅，咳了几声，笑着说："晚上没事过来吧！帮忙烧烧锅，天亮前得把肉煮好！"下了晚自习，社教在照壁前碰到青雅，悄声说："我舅晚上在这里，你只好挨冻了。明天晚上看我眼色，估计有羊肉吃。"

回到锅炉房，舅舅将屋内扫了一遍，给起灰的地面洒水，笑着对社教说："你好好看书，我等下到那边去，晚上煮肉。"西边村子的鸡叫了。社教睁开眼，舅舅没有回来。他翻了个身，又睡了过去。鸡叫第二遍的时候，影影绰绰中，舅舅回来了，一股羊肉味飘进屋子。舅舅拍着被子，将他叫醒，指着砖墩上的两个碗，低声说："刚出锅，泡上馍趁热吃！"

社教揉着眼，坐起来，趿着窝窝过去，见是一碗羊肉和一碗油汪汪的汤。他咽着口水，拿起半个馒头，在汤碗上蘸了下，张开嘴巴，两口将半个馒头送进肚子。舅舅走过来，让他赶紧吃。想起青雅和自己给她的承诺，社教笑着说：

“我将肉和汤放在角角，用书本盖住，中午再吃。”

教工饭堂飘着阵阵羊肉味，打水的同学嗅到味道，用羡慕的眼神，打量着饭堂进进出出的人流。按照平常的规律，快上课的时候，厨师会将煮了羊肉的锅和灶具放在开水锅里煮，除羊膻味，再将教工饭堂剩下的葱花，倒进锅里，然后打开门。外面等待的学生，蜂拥进去，趴在大锅边，将缸子伸进去，加满带着羊肉味的水。

午饭时候，社教蹦跶着出了教室，回头来了个飞眼，手在空中搓了下，指着锅炉房的方向。青雅明白了，掩嘴笑着。开了锁，推开门，他将两个碗端出来，揭开锅炉的膛盖，放在里面，合上盖子。他走到门口，倚着门框，不停张望着，盼着青雅的到来。

青雅拿着碗，没有随着人流走向学生饭堂，她到了厕所边，顺着围墙向北走，注意着周围。走到锅炉房的侧面，前面挤满打开水的人，她闪到墙角，见没有人关注，倏地跨进锅炉房后面的夹道。社教赶紧将她让进去，随即关上门。青雅呼地转过身，警觉地看着他，示意他将门打开。社教挠着脖子，笑着说：“别人看见不好，没有别的意思！”

走到锅炉前，社教揭开盖子，用毛巾衬着，将碗端出来，放在砖墩上，又拿出蒸馍，馍掰好了，他用筷子将肉夹到青雅的碗中，将汤上浓汪汪的油汁倒给她，自己则将馍放在清汤中搅和着。青雅过意不去，硬是要将肉给他几片，社教就是不要。

蹲在煤堆边，社教呼噜着，连吃带刨，几下就吃完了。青雅坐在靠门的砖凳上，细嚼慢咽。太阳从门缝中进来，形成一道光面，她的脸在光中一晃一摆的，像透光的玉。她小巧的嘴巴啜吸着，薄薄的嘴轻快地嚅动着，唇在油脂的浸润下，变得光润柔滑。

吃了羊肉，思量打量着乡下的同学，吃着开水泡馍，蜡黄的脸上嵌着一双双呆滞且布满血丝的眼睛，他咂巴着红润的嘴，骄傲和幸福溢在脸上。自习课的铃声响了，青雅走进教室，坐在他前面。思量感到味道不对，他抬起头，对着她的后背嗅了嗅，闻到浓烈的羊膻味和淡淡的煤灰味。社教慢悠悠走进来，路过思量课桌的时候，他摆了下头。随着他的身影，思量哼哧着，还是羊肉的味道。他拨弄着钢笔，不明白他们怎么能够享受到老师的待遇，难以理解他们成双成对吃羊肉。他盯着青雅的脖子，眼睛慢慢地凸了出来，衬着红红的血丝，眉头皱成了团。

5

上完物理课，同学们拥到教室外。我和社教站在杨树下，我说上课没听清，问社教老师讲课的内容。社教往手掌吐口唾沫，曲着身子，准备爬树，摆手摇头，想起青雅也曾絮叨过听不清，便随口说："讲课就像女娃娃放屁，谁能听清？"

思量刚好站在后面，呼地转过身，一把勒住社教的衣领，眼里喷着火，咬着牙，腮帮子一抖一抖的，指着他的嘴巴，厉声问："说啥哩？是你爸的娃，再说一遍！敢再说一遍，今儿个就把你废了！"社教知道理亏，硬僵着只有自己吃亏，他扯着思量的手，笑着说："开玩笑，没说啥，你别当真！"

我夹在中间，将二人隔住。思量怒火难平，手不停地扇着。社教知道服软，思量会得寸进尺，得给他点儿颜色，让他知道自己也不好惹。想到这里，社教推开了我，上前攥住思量的胳膊，猛地一拉，将他拉在怀里，附在他耳边说："兄弟，是不是想打架？想打架，咱们明天下午五点半，西壕里见。现在打起来，我吃亏不要紧，我爸看不到。你要是鼻青脸肿的，我咋向陈老师交代哩？"思量一听，觉得有道理，松开了手。社教温柔地拍着思量，对围观的同学说："大家别介意，我们就是开开玩笑。"

思量没受过这般委屈，坐在课堂上，呆愣愣地瞥着屋顶，老师在讲台上晃来晃去，他的眼睛还是不动。回到爸爸房间，哥哥打来饭，思量靠在床上，看着窗户下的桌子，不管爸爸催促还是哥哥拽扯，他就是不起身。陈老师将饭碗放在椅子上，拎起旱烟袋，带上门出去了。

明天还要打架，思量感到不能空着肚子。他端起碗，吃完面条，蒙着被子，昏睡着琢磨决斗的策略。听村里人说，男人最要紧的就是裤裆的那串玩意儿，击中了要害，对手就乱了章法。他也听爷爷说过，打架要先下手为强，瞅准时机，猛击关键部位。晚上睡觉前，他又将想了大半天的策略，回顾了一遍，伸手摸着胯部，扑哧笑了，信心十足。

下课了，思量走出教室，抓着一棵杨树，叭叭几下引体向上，攀到树梢，瞄着下面的同学，他有了一览众山小的气势。社教低着头，和我说笑着出来。思量落下，摇着脖子，活动着拳脚，走了过来，用喷火的牛眼瞪着他。社教本想用话将他戗住，没想过要真打架，见他活动着手腕，挑衅地瞪着自己，信心满满的样子，社教有点儿不服气。我走过去，将思量扯到边上，劝了几句，他推了我一把，瞪眼说："闪开！别狗拿耗子多管闲事。"

我转过身，推着社教。社教抱住我，贴着我耳朵说："不给他点儿颜色，他就会得寸进尺。"社教推开我，摆了下手，手搭在思量肩上，嘀咕了几句，回身对我说："思量同意了，你来当裁判！"我跟在他们后面，走出校门，来到西壕里。

太阳露着半张脸，田野和村舍罩在青白色的雾气中，麦田的雪融了大半，褐色的麦根丛中竖着半融的冰碴子。见社教犹犹豫豫，思量猜到他怕了，教工子弟的优越感让思量觉得要让社教对自己嚣张的戏言付出代价，思量要为荣誉而战。见到一堆玉米秆，思量转过身来，示意在这里摆战场。社教摆了下手，朝北边走去，思量跟在后面。社教侧着头说："思量，你爸是我老师。常言道，一日为师，终身为父。昨天是我不对，我给你赔个不是，对不住陈老师。今儿个我要是把你揍了，我就是错上加错，更对不起老师了。"

思量瞪着牛眼，哼哧喘着气，摆出誓要血战到底的架势。社教驻步回头，笑着说："算了吧！回到学校，你就说揍了我一顿，咱就算扯平了。"见社教成了软蛋，思量想这家伙怯场了，想起课本上“一鼓作气”的训导，他走上前，对着社教的胸膛就是一拳。社教向后闪让着，刚站稳，思量飞起一脚，踢向他的裆部。社教听村里人说，塬上人打架，很少击打那里，那是让人断子绝孙的事，他瞬间明白，架是非打不可了。

思量倏地扑过来，抡起拳头，对着社教击过来。社教抓住他的手腕，两个人顶在一起。思量晃动着腿，试图踢社教的裆，社教闪躲后退着。思量忽然松开一只手，弯腰用黑虎掏心的拳法，抓向社教的裤裆。社教刹那间愤怒了，顺势后退几步，抓着思量的衣领，用力一扯，勒住思量的腰，将思量压在身下。思量就像蝎子，蠕动着蜷曲的身体，想从社教的身下挣脱，他憋着气，瞅准时机，依然试着拉扯社教的裤裆。我跺着脚，扯着社教，想将他们分开。社教发毛了，瞪眼呵斥着，让我闪开。他跪在思量的肩胛上，摁着思量的胳膊，抽了几个耳光。思量的鼻血流出，他手抓着泥雪，血流进口里，他舔了下，感到涩涩的，手一摸，见出血了，他用尽吃奶的劲，在地上蹦跶着，抓狂地反扑。见他还没鳖曳下来，社教横下心，又抽了几个耳光。思量哇地哭了，反抗的手没了力度。社教跃起来，跳到边上，捡起树枝，攥在手里。思量躺在冰冷的还没有完全冻住的麦地上，抹着眼泪，愣愣地看着黑麻麻的天。

思量站起来，靠着玉米秆。寂静凄冷的夜中，他摸着脸上的泥血，觉得这样回校，会被老师和同学们耻笑。愣愣地哼哧了好长时间，他想到了爷爷，每当他委屈的时候，爷爷都是他的守护神。他站起来，顺着渠岸，迎着呼啸的寒风，深一脚浅一脚地向老家走去。

思量的爷爷一辈子硬气，眼里容不得沙子，他像一团火，脾气上来，谁都不认，对上脾气的，咋样都行。陈老师虽说是大学生，却没有继承父亲铮铮的骨气和黑白分明的为人，遇到什么事情，都是哼哼唧唧的。想到这些，老汉抽着旱烟，咳着吐了口痰，不住地摇头。两个孙子长大了，那虎实的样子，让他感到断开的门风又回来了，思量那动不动就瞪眼的神态，好像就是自己年轻时的翻版。每每想到这里，老汉喷着旱烟，露出惬意而满足的笑容。

老汉正在烧炕，院子弥漫着呛人的烟。他披着羊皮袄，攥着烟锅，从村子慢慢出来。走到村头的壕岸上，他蹲在麦草垛子前，看着灰蒙蒙的天，一连抽了两锅旱烟。清冷清冷的天气中，他缓缓站起来，顿时感到浑身舒坦了好多。回到家里，他脱掉窝窝，盘腿靠在门房的炕沿上，搓开收音机。一段《下河东》，豪放悲凉的声韵中，他叼着烟锅，眨巴着眼睛，摇头晃脑，仿佛自己就是赵匡胤。

思量推开门，气冲冲地蹦进来。老汉正沉醉在秦腔的韵味中，眯着眼睛，见孙子满脸泥血闪了进来。他倏地睁大眼睛，慌忙放下烟锅，松开盘着的腿，呼地从炕上下来，没有来得及穿窝窝，快步走到跟前，摸着孙子沾满泥巴的头，跺着脚，晃着弯曲的身子问："咋的啦？谁欺负你了？快给爷说！"

思量突然抽泣起来。奶奶从后院出来，见他这般模样，拍打着他身上的泥巴和草梗，不停地骂着。妈妈操起炕上的笤帚，刷着他身上的泥，问他有没有吃饭、想吃啥，张罗着给他做饭，临出门的时候，回头说："你爸爸还是先生？娃都让人打成这个样子，还当个屁先生？"

爷爷蹲在炕前，抽着旱烟，唉声叹气地跺着脚。他颤抖地挥着手说："甭急！先让你妈给你下碗面，吃饱了，爷跟你去，找那兔崽子！"

吃完饭，洗了脸，思量换了衣服，走到门房。爷爷磕掉烟灰，将烟锅插入腰带，呼地站起来，将草堆上的镰刀放进担笼，提起担笼，拉着他往外走。奶奶弯着腰，拍着腿，担心地叮嘱道："问问！吓唬一下就行了，千万别好事！"又转过身，对媳妇埋怨道，"都是快要见阎王爷的人了，咋还是那火暴的脾气？"说着，她摇着头，无可奈何地走回后院。

寒风料峭，夜空中闪烁着几颗若明若暗的星星，村子传出阵阵狗吠。虽然一把年纪了，爷爷走起路来，依旧风风火火。思量跟在后面，不时还得跑上几步。爷爷追问打架的原因。思量支吾着说，那个同学骂爸爸，他上去论理，那人将他约到壕中，打了一顿。爷爷说："这娃不在学校打架，看来是滋事打架的老手了。"他觉得这个学生，敢当着孙子的面，骂自己的儿子，又将孙子揍了一顿，是不能容忍的事，下面两代人都让这人作践了，他得出面，讨个公道。

晚饭的时候，陈老师看不到思量。碗里的稀饭凉了，他走出屋子，在照壁前转悠着，还是没有儿子的踪影。他知道思量饭堂吃腻了，会偷偷溜出校门，到镇上改善一下，他的心宽慰了一些。回到屋子，他拿出课本，坐在椅子上，抽了锅旱烟，准备着给儿子辅导的教案。突然有人敲门，喊着自己的小名。陈老师一愣，是父亲的声音。他从椅子上弹了起来，快步走过去，拉开房门。老父亲提着担笼，站在门口，身后是嘟着嘴、满脸委屈的思量。父亲瞪着他，径直走到床边坐下，抽出烟锅，烟袋中捻着旱烟，气呼呼地问："你这先生是咋当的？连儿子都保护不了，还教啥书哩？传出去都让人用屁股笑了！"

陈老师将思量拉到边上，问发生了啥事，思量将事情的来龙去脉说了遍。陈老师气得抖了起来，平时病恹恹的他跺着脚，指着思量呵斥道："你个不成器的东西，你看人家农村的孩子，那么冷的天，还在外面借着窗户的光看书学习。你好吃好睡，就知道游荡滋事。我不知哪里亏了人，有了你这样的孽子！"

思量本希望叫来爷爷，给自己出口气，没有想到却遭到父亲一顿臭骂。他看着爷爷，低头站在墙角。老汉抽着烟，见儿子训着孙子，眼睛瞪了起来。他在鞋底磕掉烟灰，走过来，将思量拉着坐在床上，摸着思量的头，对儿子说："娃看到人家骂你，心里不服气，和别人吵架，又让人家打了，你反过来还责骂娃，你说娃委屈不委屈？"他呼地站起，提起担笼，扯着思量的胳膊说："你爸是个软蛋，提不起来。爷给你做主，走！带我找那个王八蛋去，得讨个说法！"

陈老师知道父亲的火暴脾气和不到树梢不罢休的性格。他笑着上前，拿过担笼，放在墙角，倒了杯开水，递给父亲。老汉瞥了他一眼，摆了下手。陈老师将水放在凳子上，蹲在边上，指着儿子的额头说："咱来文的，不来武的。去！把校长找过来，让他主持个公道！"

陈老师的屁股向外挪了几下，看着父亲，笑着说："我就是个普通教师，这学校里七八十号教工，一千多个学生，弄不好传扬出去，我这脸往哪里搁哩！”看着父亲倔强的神情，他又说：“爸，这可不是咱们村子，吵了就吵了；这是学校，咱做事得有个分寸。”

晚自习下课的铃声响了，窗外传来熙熙攘攘的声音。大孙子推开房门，满屋飘着靛青色的烟，呛得他难以进屋。见爷爷攥着烟杆，气呼呼地坐在床上，他快步走过去。老汉脸上绽开笑容，放下烟锅，站起来打量着。大孙子问：“咋回事？”陈老师将事情说了一遍。大孙子知道，给爷爷讲太多的道理，他听不进去，他要的是有点儿筋骨的态度。大孙子拉着爷爷的胳膊，劝解道：“爷，您都这把年纪了，划不来跟个碎娃较劲。这事交给我，以后谁敢欺负思量，我的拳头硬硬的，这关不好过！”老汉终于听到了想听的话，哧哧笑着说：“有种！这才像我孙子。”他瞥了儿子一眼，晃着烟锅说：“别像你爸那样，整天蔫儿吧唧的，挺不住个筒子！”

话说开了，事情也有了着落，老汉心里敞亮了。祖孙三代人挤在宿舍里，聊着家事村事和宗族的事，烟雾缭绕中，弥漫着温馨的气氛。一家挤在两张床上，起床号响起来，老汉倏地坐起来，惶恐地问：“咋了，还要集合？”陈老师笑着说：“这是学校的起床号。天还没亮，您再睡一会儿，甭理号呀铃呀的！”

孙子和儿子洗漱后，出去了。床暖暖的，宽敞了好多。老汉怕挤到孙子，一夜没有睡好。他舒展着身子，蒙着被子，呼呼睡了过去，呼噜声一阵高过一阵。

上午没课，陈老师将房门开了道缝，坐在椅子上，抽着旱烟。父亲撩开被子，坐起问几点了。他笑着说，没事就多睡一会儿。他让父亲洗了把脸，说到镇上吃羊肉。老汉摆着手说：“就别破费了，喝碗稀饭，吃两个馒头，肚子才舒服。”

陈老师说灶上没多余的饭，还是到镇上吃。老汉停住手中的毛巾，疑惑地眨巴着眼，摇着头，勉强答应了。站在台阶上，满院都是读书的学生，老汉虽是天不怕地不怕的性格，还是有点儿无所适从的茫然，露出羞怯的神情。儿子蔫蔫地走在前，他低着头跟着，烟锅攥在手里，想咂巴几口，又不好意思。社教看见老汉，问我那是谁。我笑着低声说：“那是思量的爷爷，和我隔壁村，一生脾气火暴，没人敢惹！”瞥见趴在担笼中寒气袭人的冷森森的镰刀，想到刚将思量揍了一顿，社教心里陡然凉透，额头沁出层冷汗。

陈老师的声音大了，转身写字的时候，学生们齐刷刷地看着社教，向他道喜。社教搓着脸，低下头，冷对着大家的目光。陈老师转过身，看着屋顶，匀速地讲着课。社教抬头，打量着他，看不出异样。做题的时候，站在讲台上的陈老师，装了锅旱烟，走下讲台。他看着屋顶，溜了一圈，站在社教后面，默默地抽着烟。社教心里发怵，就听见吧嗒吧嗒的声音。

午饭的时候，社教坐在锅炉房门口，老汉、镰刀和瞥着他的眼神，不断在脑海里漂浮。他放下碗，搓着面颊，想到自己有错，做得过分了，让老师下不了台。他思前想后，觉得他得诚心诚意地认个错，祈求老师原谅。抱定好汉做事好汉当的勇气，社教走出教室，在照壁前转着，不时朝教师宿舍瞥着。见没有人，他溜到陈老师房门口，跺着脚上的泥。门半掩着，陈老师抽着烟。他侧立门外，喊了声：“报告！”陈老师愣了下，欠起身子。又一声“报告”，他应了声“进来”。社教弯着腰，低头进来，站在桌边。陈老师缓缓地吐着烟，翻着眼，瞅着光管，停了半晌问：“啥事？是不是我讲课声音小，听不清？今天的声音不是大了吗！”社教带着哭腔说：“陈老师，都是我犯浑，冒犯了您，又和思量打了架。您就抽我几个耳光吧！这样我心里好受一些。”

陈老师垂下目光，看到他诚恳的态度，颇有感触地说：“老师教了几十年书，什么学生没有见过！常言道‘有理不在声高’，老师讲的是科学，不是唱戏，也不是小贩沿街叫卖。”

社教向前走了一步，哭丧着脸说：“老师，都是我不懂事！你下不了手，我就给你认个错！”说着，他抡起手掌，自扇了几个耳光。陈老师站起来，拉住他的手，斥责道：“有个态度就好，别这样。打架的事不能全怪你，思量也不是省油的灯。行了！这件事就到此为止了，好好学习，父母不容易呀！”

社教激动地给陈老师鞠躬，第二个完了，头刚要点下去，陈老师摁住他的头，笑着说：“行了，多一个我就受不起了。”

6

高考发榜了，青雅考上了师范大学。

社教没有考上，他既为青雅高兴，又感到他们的关系遇到了一道坎。鼓足勇气，社教来到青雅的村子，将她叫到村口。沿着渠岸走了一段，他们坐在田埂上。三伏天，燥热的气从玉米地里漫了出来，瞅着西落的太阳，社教瞬间感到，他们间没了醇和的感觉。青雅看着他，劝他不要气馁，好好复读，明年争取心想事成。社教愣愣地看着夕阳衬着的青雅的侧影，喉结嚅动了几下，默然地点着头。

社教爸在西安的税务局工作。他跟着高三班，复读了一个多月，请假到了西安，按照干部子弟政策，参加干部招录考试。考完试，他跑到青雅的学校，带着她游了趟兴庆公园。回到镇上的高中，他憋不住，给一帮复读的同学讲西安的见闻，特别是他们同游公园的过程。农村娃，没有几个到过西安的，大家神往地听着。

元旦前几天，社教的招干考试通过了。回到学校，他收拾铺盖，买了条烟，送给表舅，算是感谢他这几年来的照顾。来到锅炉房，社教拆开一包烟，使劲吸着，他眯着眼，看着炭堆后面的位置，靛青色的烟雾中，他陷入了沉思。

踏进大学的门，青雅感到外面的世界很大，她依旧脱不掉鹅黄色的底色，是个不被人关注的灰姑娘。姑娘们穿上裙子，换上高跟皮鞋，她的内心则填满了自卑。想起辛劳的父母，她盘算着伙食，将自己的花销降到最低的限度。社教招干考试的时候，带着她去了趟民生百货大楼，给她买了双皮鞋。他们来到兴庆公园，租了条游船，她坐在船头，着实享受了一回城里恋人间的柔情和浪漫。社教回去了，她又跌回原来的生活状态。没事的时候，她从床下拿出那双高跟皮鞋，擦得乌亮。学校的林荫道上，她总是穿着土气的衣衫，下面却是时尚高档的皮鞋。看着皮鞋，她就想到了社教，期望他早日进城，回到自己身边。

社教进了税务局。报到以后，他撅着屁股，骑着自行车，一溜烟地跑到学校，向青雅报喜。青雅坐上自行车，揽着他的腰，在大雁塔附近兜圈，挥洒着青春和喜悦。社教发了制服，他穿戴整齐，让同事用偏斗摩托，将他送到青雅学校。门卫看着他们，点头哈腰，挥手让他们进去。司机是城里小伙，流里流气的，颇为仗义。他戴上墨镜，一脚油门，三轮摩托冒着黑烟，刺溜蹿到青雅的宿舍楼下，咯吱一个急刹，来了个一百八十度的掉头。适逢学校下课，女生们成群结队，从教学楼抱着书回来，瞠目结舌地看着这神勇的一幕，露出羡慕的神情。他们没有熄火，放着空挡，任由后面的黑烟突突。

青雅走到楼下，社教从偏斗慢悠悠下来，迎上前去。她不好意思地宛然一笑，噘着嘴，快步走向宿舍。知道青雅谈了个税务局的干部，好多同学羡慕她，她的地位迅速提升。社教做人豪气，到宿舍探望青雅，总要买一堆东西，任由串门的女生吃。他几天不来，同学们端着脸盆洗漱的时候，见到青雅，都拍着肚子，追问她，税务干部为啥还不过来？青雅挥着毛巾，嗤笑她们，就惦记着吃。第三个学期，青雅成了女生委员，系里有什么事，总让她出面协调。

社教爸仍在上班，有工资，知道儿子谈了女朋友，对他的花销也是放任的。青雅骑上了女式轻便大链盒自行车，各种颜色的裙子一套一套的，皮鞋在床下摆了一溜儿。下课后，她从抽屉拿出奶粉，冲上一杯，坐在窗边搅动着，轻轻地抿着，惹得同宿舍的同学，心生嫉妒。冬天到了，社教提来一袋化妆品。好多同学趁着青雅不注意，吐着舌头，偷偷揭开护肤品的盖子，指头抿上一坨，放进自己的梳妆盒中。青雅知道她们的作为，也是睁只眼闭只眼，反正自己的润肤霜用都用不完。

学校里有排商铺，那些店主讲起话来，生顶冷倔的。青雅身后跟着位税务干部，他们便赔着笑脸，故意找话搭讪。青雅下课，一位女店主看见她，远远地迎上来，将她拉到路边，怯怯地支支吾吾。看着她可怜兮兮的样子，青雅问她啥事，她难为情地说："我的税务登记证过期了，没有换证。你能不能帮忙找人办一下？"青雅抱着书，脑袋晃了几下，笑着说："我也不懂，我帮你问一下！"店主点头哈腰地谢着。社教过来，青雅将他带到店铺。店主拿出挂在墙上的税务登记证，递给社教。社教看了眼，笑着说："没事，我给所里说声。"

那件事后，青雅每次从课室回来，经过商业街的时候，店主们都会走出来，没话找话地和她絮叨几句。有的店主忙着，瞧见她，也会停下手里的活计，笑着招呼一声。青雅被这种功利的客套和没有内容的絮叨吓怕了，但她也不愿意冷面示人，只好尽量避着那些店主。班上的同学知道这个秘密，买东西的时候，总是拉着她，期望店主给个优惠。一边是店主为难的神态，一边又是同学竭力压价的诉求，她夹在中间，感到无所适从，着实难堪。

大三下学期，青雅的母亲给树上挂苞谷时，从梯子上滑落下来，腿骨粉碎性骨折。青雅伤心垂泪，社教获知，瞒着她找了辆车，将她妈接到西安，求爷爷告奶奶地住进了附属医院。手术前，他和青雅来到医院，看着躺在病床上的妈妈，青雅忍不住扑在社教怀里，呜呜地哭了。她母亲拉着社教的手，对青雅说："孝顺，好娃！真是个好娃！"社教和医生交流着老人的病情，变着花样买来好吃的东西，和衣陪护在病床边。青雅在病床前织了件毛背心，母亲出院的时候，她的毛背心织好了，她帮着给社教穿上。

青雅上的是师范大学，大部分本科生都是西安城匆匆的过客，按照培养方向，他们要回去，登上乡镇中学的讲台。快毕业了，带着对都市生活的留恋，同学们想尽办法，都想留在城里。青雅似乎成竹在胸，看着大家焦灼的样子，她是另类的旁观者。这几年，社教广交朋友，积聚能量，筹划着青雅分配的事。青雅的意思，首选进西安城里的机关，其次就是高校，最后用西安城的高中垫底。社教明白青雅毕业后只要留在西安，他单位就有房子分，结婚是水到渠成的事。

社教四面出击，电话不断，宴请连连，动用一切关系和资源，期望能让青雅满意。到了三月份，到机关上班，看来不现实。他将信息汇总了下，给她分析着。青雅坐在宿舍的窗前，织着毛衣，噘嘴看着窗外，失望地说："隔壁班的一位同学，平时不吭不哈的，人家定了省电视台。你平时威着哩，关键的时候却不给力。再想想办法，不行就算了！"

社教走过去，坐在床边，拿起她腿夹的毛线球，给她绽着。他铆足劲地付出，虽没达到理想的结果，青雅也该知心地抚慰几句才是。瞥着她冷冷的神情，他有点儿不解，他想得走了神，绽开的毛线垂到了地上。他愣了下，回过神来，将毛线缠了回去，轻轻地叹了口气。也许她觉得自己是大学生，社教是招干的，学历上配不上她。社教屁股向外挪动了下，突然感到她有点儿陌生。他侧着头，呆愣地瞄着她的脸庞。他又感到，也许在她心里，已认定了自己，没有将他当外人，故而随性一些。他的期望黏合了这种可能，他瞬时感到，青雅还是原来的样子，她没有变，只是自己敏感了。青雅扭头，看着他憨憨的神态，倒腾着手里的竹签，笑着说："咋的啦！还没有看够呀，瞧你那馋样！"社教心头一热，呼地站起来，走到她身边，将她的头揽靠在自己的胸膛上，轻柔地撩着她的发梢和耳垂。

五月中旬，青雅的单位定了，她分到了郊区一所大专学校。同学们将返回原籍，城市的生活就像是一场梦，他们在恋恋不舍的心绪下，默然地相互安慰着，用羡慕的眼神看着青雅。青雅没有同学们想象的那么兴奋，她心里已经将自己和农村隔了开来，她觉得自己就是城里人，农村的中学老师肯定与她无缘。

离校的那天，社教找了辆大货车，叫了几个搬运工，将青雅的东西装上车。青雅穿着孔雀花纹的裙子，蹬着一双红皮鞋，拎着一款精致的小包，抓着车门上的扶手，撩起裙子，坐上汽车。好多同学从小卖铺要来纸皮箱，正忙活着打包东西，见她坐上车潇洒离去时，她们抹着额头的汗水，感叹自己时运不济。社教拉着青雅的手，看着窗外熟悉的街景，怀想着他们嬉闹逛街的情形，怅然中有点儿伤感。

安顿好青雅的生活，回到城里，社教欢天喜地地筹划着结婚的事。距离远了，他们的走动也少了。每到周末，他早早赶过去，陪着她做饭。饭后散步的时候，他提出了结婚的想法。青雅抽搐了一下，淡淡地问：“没有房子，咋结？还是等我分到房子再说吧！”社教挠着脖子，驻足瞭望着秋天黄澄澄的树叶，抓住她的手，自信地说：“只要咱们领了证，单位就会给我房子，你尽可以放心！”

青雅抽出手，走了两步，揪下片黄叶，嗅了嗅，攥在手掌里揉碎，叹着气往前走了。社教愣了下，跟了上去。

7

快过年了，单位常加班，社教没有时间探望青雅。春节将至，他觉得得抽时间和她商量春节该怎么过。他请了半天假，匆匆赶到她的宿舍。上了楼梯，穿过长长的走廊，她的门锁着，上面贴着一张纸条，写着“放假回家，节后联系”。社教一下子愣了，他不知道什么事惹得她不开心，这么重要的事，她竟然也没和他提前说一声。他摸出一根烟，点着猛吸着，在楼道里踱着步。这是个不好的征兆，他不敢想，也拒绝往深里想。

像泄了气的皮球，社教瘪瘪地回到单位，稀里糊涂地应付着工作。青雅妈喜欢吃清真腊牛肉，他专程跑到回民街，买了几斤，又买了堆点心。年二十八，青灰色的天空飘起雪花，单位留人值班。他起了个大早，穿着制服装的毛领大衣，缩着脖子，脸颊埋在衣领中，搭乘长途汽车回家。到了镇上，他提着礼物，向青雅家走去。路过镇上中学的时候，他拍打着头发和衣肩上的雪花，站在南边的壕岸。突兀的壕岸上，是道歪歪扭扭的围墙，几棵光秃秃的树冠，在风雪中摇摆着。他喷着白蒙蒙的热气，想起树下的锅炉房和锅炉房里的恋爱逸事，长长叹着气，眼睛湿湿的。

走进村口，青雅爸脚踩树根，抡着斧头，正在劈柴。社教加快脚步，走到身后，喊了声“叔”。老汉将斧头扎在树根上，弯腰回头，见社教来了，赶紧走过来，扯着他的胳膊，亲热地说：“噢，是社教呀！快进屋，外面冷，让你姨赶紧给你弄饭！”说着，他对着院子喊道：“青雅，社教来了！”

知道青雅在家，社教心里顿时热乎乎的。青雅妈从厨房走出来，撩起围裙，擦着手，踉跄着走下台阶，笑着迎上来。见他拎着一堆东西，她瞪着眼，摆着手，埋怨地说：“咋的还没回你家吧？姨不要你的东西，过年了，拿回家给你们家老人。”

社教随着老人，来到厨房。老汉从窗台上拿来满是紫色茶垢的洋瓷缸子，从案板下取出铁罐子，手捺了几下，夹出一撮好像柴草的茶叶，拎起案板上的竹藤电壶，冲了杯茶，递给了他。社教应着，心不在焉地打量着门口。看着他的神情，青雅妈立马明白他的意思。她扬起手，对老汉说：“快叫青雅出来！上了几年学，人情礼数都不懂了！”

老汉从腰带抽出烟锅，准备捻锅子旱烟，听了老婆的话，赶紧站起来，走到屋门外，对着厢房喊着青雅。过了一会儿，青雅慢吞吞出来了，煞白的脸上勉强露出笑容，说了声“来了”，便坐在了凳子上。青雅妈笑着说：“她感冒了，一直睡在炕上。”又捏着自己的腿，对着社教说：“姨这腿多亏了你，不然就成瘸子了。回来后，村里人都说你比儿子还亲！”

青雅妈不时瞭着女儿。老汉吧嗒抽着旱烟，瞥了眼老婆，埋怨着说：“行了！别啰唆了，快给社教弄饭！”青雅妈从灶膛前的树墩上站起，挥着手，笑着问：“想吃啥？酸汤面还是红肉泡馍？”社教低着头，不好意思地扫了青雅一眼，仰起头，笑着说：“姨，我不饿，你就别劳神了。”

青雅妈指着案板上一盆冒着热气的肉，对社教说：“肉还是热的，姨给你煮碗馍。”转头对青雅说：“快过来，烧锅！”青雅不情愿地站起来，手掩着嘴巴，咳了几下。社教赶紧让她坐下，他走到灶膛前，加上柴火，拉起了风匣。社教吃着红肉泡馍，青雅妈问：“咋样？盐轻不轻？”他嘴巴里呼噜着，一张一合地喷着热气，咽下去，举着大拇指说：“肉好，馍好，汤也好！”

青雅扑哧笑了。社教感到气氛顿时舒缓了好多，他撂下老碗，鼓起勇气，给老汉递上香烟，叹了口气说：“叔，姨，我想开年和青雅把事给办了。我爸妈催了好一阵子了！”青雅瞪着眼，将头扭到一侧。老汉弹着烟灰说：“好！在农村，你现在还没有结婚，村里人都会笑话哩！我和你姨没有意见。”青雅妈看着女儿说：“社教，多好一个娃，快把婚结了，我们也就省心了。”又扯了一把女儿的袖子，恳切地说：“你看村里和你同龄的女娃，人家过年，都抱着娃回娘家了！”

青雅呼地站起来，跺着脚，瞪着她，嘟着嘴巴，嗔怒喊道：“妈！”

社教跟着青雅出了村口，青雅决然地说：“结婚的事，我还没有答应哩。这大过年的，你给我父母讲，这不是成心逼我吗？”社教乱了章法，不停地解释着，没想到越说越乱。青雅抓着他的手说：“结婚的事，急不得！我们都好好考虑一下，过年咱就不要再提这档子事了。”

社教心里发虚，依旧点头，应承了下来。

天快黑的时候，社教回到老家。和家里人絮叨了几句，他回到厢房，撩起冒着热气的被子，躺在炕上，头枕在胳膊上，愣愣地看着墙头上的雪。他的心情就像掉进老瓮中的老鼠，尽管奋力刨腾着，却总会滑落缸底。温热的火炕舒服着肉体，也在烘烤着他的精神。他翻来覆去，检讨中寻找青雅感情突变的原因。他喜欢青雅，将她放在神圣的位置。在尊亘和珍重的轨迹上，他也有激情澎湃、犁铧出鞘的时候。每当这个时候，他都咬着牙，用理性的绷带，包裹着自己。

女性珍视肉体的纯洁，但当一个男人有机会，却因为超越肉体之欲的爱恋和理性的珍重，没有适时开垦的时候，她的心与情便始终萦回在虚幻缥缈的层面。内敛的、深沉的和撕心裂肺的爱，由于怕失去或者难以接受失去，心里常同自己展开煎熬式博弈，行为又是闪烁和羞涩的。春情懵懂的时候，女生常是感性的，流水浮云式的感情，轻快而悦耳，不时变换的浪花和图形，更容易被她们青睐。青春的犁铧，犁了常常指向着收获和皈依；包裹起来的犹豫，常常意味着离弃。

开年上班，社教给青雅打了几个电话。她要么不在，偶尔碰到了，几个来回的对话，要说的话似乎就说完了。熬到周末，社教借了辆车，赶了过来。上楼梯的时候，迎面走来一个弯着腰、撩起衣领掩着脸的熟悉身影。他站在楼梯间的平台上，瞄着咚咚下落的背影，恍然感到，那人像是高中时的方杰。他心里掠过一片黑云。方杰是个花花公子，难道青雅会屈身，将他捡进自己的篮子？

青雅的房门关着。他走上前，轻轻地敲了两下，里面传出她温柔的回应。社教心头一喜，纠结顿时烟消云散，脸上荡着满满的笑容。门开了，青雅的粉脸闪出来，见社教站在门外，她失望地拉下了脸。社教刚刚透着阳光的心境，瞬时又是阴云密布，他手心冒汗。她让他等一下，说着带上了门。社教明白了啥叫闭门羹，他掏出香烟，靠着墙壁，捻上一根，点着用力吸着，不由自主地踹着墙角。

门开了，香水的味道随风飘了出来。社教吸了几口，忍不住弯着腰，打了几个喷嚏。走进这既熟悉又陌生的香闺，他默然看着和以前不一样的摆设。青雅倒了杯水，放在凳子上。走回窗前的桌子，她坐下翻书，像在备课。社教站起来，手搭在她的肩上，附在她耳边说："春色诱人，我开车来了！咱开车到塬上的麦田，挑荠菜去。"青雅放下书，晃着肩膀，将他的手抖落下来，转过脸说："不行，我得备课，系里要检查教案。"

女生愿意，她能找出十个理由跟着你；如果不愿意，她能找出一百个理由搪塞你。

社教回身，坐在凳子上，盯着春光映照中专注的青雅。他想提结婚的事，话到嘴边又咽下。他吐了几口烟，长长的烟灰柱，随时都会断掉，落在地上。青雅爱干净，他张望着寻找弹烟灰的器皿，书柜下层放着烟灰盅，放着几根掐灭的烟头。回想起方杰下楼梯时，楼道飘腾的烟雾，他似乎明白了其中的玄机。社教取出烟盅，放在凳子上，搓灭了烟头。看着青雅装腔作势的背影，他缓缓地问："方杰咋从你宿舍出来了？"

青雅身子僵了下，头也没回地应道："别胡说，他咋会到我宿舍来？"社教想诈她一下，便说："我在楼梯蹲了好长时间，怕惊扰了你们，就静候在楼道上。"青雅放下笔，愣愣地看着窗外，半晌没有了声息。社教期望她甩掉钢笔，勃然大怒，甚至走过来骂上自己几句，但是她没有。她已经默认了，并在心里寻找理由，给他一个说法。青雅站起来，惨然一笑，淡淡地说："大家是同学，他也在附近上班，过来转悠。"

社教从她不温不火的态度上，觉得他们已经交往了一段时间，并且到了一定的程度。他站起来，双目圆瞪，拍着桌子说："那小子如果敢欺负你，你说一声，我叫人断了他的腿，让他今生跪着走！"社教一向温顺谦和，青雅没想到，他也有这么大的火气，说出这番豪气的话。

社教和青雅不欢而散。

社教感到危机重重，按捺着自己的情绪，一直没有和她联系。油菜花开了，青雅打电话，让他去一趟。社教隐约感到，重修旧好的机会不大，向他摊牌的概率很高。他借了辆小车，罕见地没有带任何东西，愣头晕脑地来到她的宿舍。她包了盘饺子，放在桌子上，铝锅里是沸腾的水。青雅将他让进屋子，开始煮饺子。他拿起报纸，装模作样地看着，不时瞥着她。饺子煮好了，他们坐在桌子两边，心事重重地吃着，她不停地给他夹着饺子。社教放下筷子，喝了口茶，青雅笑着说："油菜花开了，咱们到田野走走。"

下了楼，出了校园，他们身随神离地走进一人高的油菜地，身子隐在翠绿的枝叶中，两张脸在黄澄澄的花海中游弋。快到尽头的时候，青雅驻足转身，看着社教，憋着气说："社教，你对我好，我会记在心里。但是我们走不到一起，我的心里装着别人。"社教愣住了，他揪住边上的油菜，拔起来踩在脚下，像头发情的公牛。青雅着急地拦着。他推开她，挥洒着自己的愤怒，筋疲力尽的时候，他哎哎地喊了几声，蹲在地上，不停地揪着自己的头发。青雅愕然了，不知所措地晃来晃去，蹲在他的边上，宽慰道："社教，你有那么好的工作，人又实诚，肯定会找到比我好的姑娘！”她从拎着的袋子里掏出件毛衣，递给他，愧疚而怯怯地说：“对不起，社教。我给你织了件毛衣，天冷了穿上，也算是我的一片心意。”

青雅闭着眼睛，拥上去，想让社教抱一下。他呼啦搂住她，浑身颤动，随即推开她，用陌生的眼神盯着她。他拎着毛衣，拍着油菜花，独自走出了地垄。青雅跟在后面，担心他会出什么事。走上渠岸，社教折了根枯枝，将毛衣挑上，用打火机点着，待到火苗腾起，他跨着马步，抡起枯枝，在空中飞快地转着。火苗成了个圈，他吼叫狂笑着，像个癫狂的疯子。

青雅愣愣地站着，火圈腾起，她惊惧地蹲下去，呜呜哭了。火圈中，她瞥见社教狰狞的狂笑。火苗熄了，毛衣变成了灰烬，他们的恋情没有在鲜花烂漫中绽放，却随着枯枝燃成了灰烬。

社教拎起烧焦的枯枝，擦着尚有红光的灰烬，顺着渠岸走了。

8

夜里的雪不知什么时候停了。东方泛白，我们捻灭烟蒂，两个空烟盒和满满垒着的烟头，稀释了社教的憋屈。我活动着腰身，拉着他站在窗前。雪遮盖了街巷，大雁塔的宫灯，依旧摇曳着。从洗手间出来，社教叼着烟，眯眼说：“老同学，西安这座城市和别的地方不同。”我转过身，笑着应道：“面城！”他摆着手说：“我每天步行下班，走出南门，从护城河到大雁塔，河边、街巷的边鼓嗒嗒，叫板一声接着一声，唱的都是生离死别、爱恨情仇和忠孝仁义。有时我听着听着，就想起了青雅，眼眶湿湿的，瞄着对面过来的眼神，我都不好意思了。”

我点着头应道：“社教，咱们少年的时候，见村里老人寒冬腊月蹲在幕布前，沉醉地听皮影艺人的喊叫，难以理解。我在外几十年，总觉得与秦腔无缘。

五十岁上下了，搓着微信，看着头条，听着秦腔，慢慢还有瘾了。”社教眨巴着眼睛，抖着手里的烟说：“西安城里此起彼伏的秦腔，就是咱秦人的宗教，就像回民听到了清真寺的诵经声。我站在城墙外，看唱戏的人，再看那些沉迷的观众，我想就是个坏人，每天听着秦腔，他也会愧疚自正的。”

走到书桌边，社教将相册叠起来，弯腰放进柜子，上了锁，站起来说：“我老婆知理贤惠，这些年，我心里装着青雅，听着城墙边秦香莲的哭腔，我不时自责，觉得对不起老婆。”我摆着手，宽慰道：“那是两码事。你虽心有旁骛，却也克己复礼。陈世美那是重婚罪，放到现在，也是要法办的。”社教摇头叹着气说：“陕北民歌常有一句话，叫‘神仙也挡不住人想人’。这些年，我经过师范大学，都会抽时间，站在当年青雅住的宿舍楼下，坐在花圃的栏杆上，抽烟打量她住过的那间宿舍的窗户。瞄着学校的林荫道，看着抱着课本的女学生，我就想起了当年的情景，总在学生堆里寻着青雅的影子。”

走到窗户前，瞭望东方的红霞，我推开窗户，寒风扑面袭来，我抖了下，清醒了许多。社教过来，挠着头发说：“刚结婚那几年，我开上车，带着老婆转悠，常不由自主地转到青雅的学校。我望着窗外，老婆纳闷，我拉着她，走到北边的那片油菜地，给了她一个深情的拥抱。”我竖起拇指，赞着他的浪漫。社教讪笑着，附在我耳边说：“在我心里，青雅没有离开我，闭上眼睛，我老婆就是青雅。”我打趣道：“你在税务机关，也算是事业有成，迎来送往，宴请休闲，就没有过风花雪月的艳遇？”社教摇着头应道：“我就是艘船，看起来风帆招展，老婆就是我的码头，青雅就是船舷的锚。码头给我给养，锚坠着我，海上看起来风光无限，却也是暗流涌动。”

“咚咚”一串敲门声，社教过去，开了门。他老婆探头，笑着问：“两个大男人关着门，有啥见不得人的话要说？”我随着过去，她又笑着问：“想吃啥？嫂子给你做！”没等我吱声，社教瞄了我一眼，摆着手说：“算了，兄弟好不容易回来一趟，下午就要走了，我们吃泡馍去。”出了小区的门，社教带着我，拐进一条内巷。泡馍馆的老板放下刀，拎起围裙，擦着手，堆着笑走出来。社教指着我，对他说："我兄弟，上学一个被窝睡过的，弄好点儿！"又拉着我，指着案板上的肉、血和下水说："想吃啥，吱声！这家店不大，就是正宗！"

打着饱嗝，走出泡馍馆。社教吐掉叼着的牙签，在裤兜摸索着，掏出一张照片，对着门前的蜂窝煤炉子，偏着头说："我看到这红彤彤的炉膛，就想起学校的锅炉，也想起当年和青雅坐在煤堆旁的情景。"我接过社教和青雅划船的照片，正想奚落几句。社教晃着手，叭地逮住，折起来晃着说："青雅走了，就让它成灰吧！让睡着的青雅，惦着我们曾经在一起的岁月。"说着，他展开照片，眨巴了几眼，嘴角提了几下，将照片扔进炉膛。

火苗噗啦燎起，一条黑色的斜线，从角上渗了过来，吞噬了船头的青雅和摇桨的社教。灰烬成片卷起，喘着气起飞，过了屋檐，随风盘旋，空中肢解，和在正月雪后湛蓝的天宇中。

祛魅者

老　藤*

1

必须承认，老王是我少年时不可替代的偶像。那个年代，除了墙报上高大上的英雄人物，孩子日常生活里缺少榜样参照，言行出众的老王像谷地里陡然蹿出的高粱，自然就引起我的注意并成为我的榜样。后来，反思老王在我心目中的偶像之路，我觉得一切都是自然而然，是造化弄人，因为在七井大队，除了老王我不会跟别人的节奏，哪怕是人人垂涎的下乡女知青吴琳，也引不起我的兴趣。当下年轻人追星离不开颜值和财富，这两样东西都与老王不搭界，老王能鹤立鸡群完全是因为他的聪慧和一张堪比脱口秀主持人的嘴。老王最大长处是善讲，不管多么干巴巴的事，经他一讲，就像粗粮饽饽过了油，变得有了嚼头。

老王叫王寸，这个名字骗不了我，上小学时我就知道一个成语，尺有所短，寸有所长。老王在家中排行第二，村里比他小的孩子都叫他二哥，墙角旮旯一群衣衫褴褛的孩子围着二哥听故事，成了七井村一道常见的风景。老王和我都

* 老藤，本名滕贞甫，男，1963 年生于山东即墨。中国作协全委会委员，辽宁省作家协会党组书记、主席。主要作品有长篇小说《腊头驿》《鼓掌》《刀兵过》《战国红》《北障》《北地》《铜行里》，小说集《熬鹰》《没有乌鸦的城市》《会殇》《黑画眉》等。曾获中宣部“五个一工程”奖等奖项。

是土生土长的七井人，那是松嫩平原上一个极为普通的村落。“井”这个带有古意的字在东北地名中多有保留，被作为计量单位使用，但凡历史悠久一点的地方，二井、五井这样的名字很多，就像西北的二十里堡、三十里堡一样，听起来不打诳语，让行路之人知晓脚力取舍。七井村不靠山不依水，平坦辽阔的盐碱地只能种苞米等谷物，人们称之为粗粮。巧合的是村里真有七口水井，可惜因含氟缺碘，口口井水苦涩不说，还是女人容颜之大敌，让七井女性没一个门牙上不沾糖色。村里有头有脸的人物七婶就说，七井这疙瘩一筐木头砍不出个鋬子来。有人说这话是指井，七口水井没一口好喝。有人说这话是指男人，因为七井的男人大都是顺着垄沟捡豆包的主儿。而老王认为七婶这话不分男女是指所有七井人，七井人习惯称没出息的人为嘎，嘎当然不能当鋬子用。

说到嘎，需要做点解释。“打嘎”是东北农村孩子们普遍喜爱的一种游戏，将短木棍两端削尖成纺锤状，备好一块长条木板或木刀，击打的时候将嘎放在地上，一端垫翘，然后用木刀或木板剁下使嘎弹起来，再用力挥板，咔的一声猛扇出去，以嘎飞落远近论输赢。老王考证过，这个在东北农村广受欢迎的游戏产生于辽金时期，比西方的棒球要早几百年，只不过棒球不断改良，成为一种高雅运动，而打嘎却上千年一成不变，没有进化为正规体育项目。

老王农高毕业想去当兵，却被村支书奎叔拦住了，奎叔让他到大队小学当民办教师。奎叔找老王谈话后，老王有点闷闷不乐，带我到小学操场打嘎，老王双手握木刀，刀刀都是抡开膀子打，一次竟然把嘎打飞到学校围墙之外，距离超过五十米。我屁颠屁颠跑去把嘎捡回来，说你这是创造打嘎纪录了。老王把木刀往地上一扔，仰面躺在操场上看天上的云。我也学着老王躺下去，天上白云一动不动，一点看头没有，我就问：看啥呢？老王目不转睛地说：看鹰。我说，哪里有鹰啊？都是云。老王说，我在想嘎如果打到云上去，不就成了鹰。我心里觉得好笑，嘎不带翅膀怎么能成鹰？老王说了奎叔找他的经过。奎叔说七井孩子不能总像嘎呀，一茬一茬困在七井吃粗粮。老王说嘎扇得再远也飞不出七井，除非变成鹰。奎叔说差啥？老王说差文化，当兵还要初中毕业呢。奎叔说那你就别去当兵了，到学校去教书吧，将来把七井的嘎变成鹰，让他们都吃上细粮。老王说我先去当兵见见世面，几年后回来再教书也不迟。奎叔说种庄稼过了节气就没了收成，现在七井小学好几门课没人教，叔心里火燎房啊。老王一时拿不定主意，说回家想想再答复。七井小学由一座旧庙改造而成，正房大殿是办公室，两厢各有五间教室，操场有标准足球场一样大，长满了车前子和蒿草，操场南端有两个简易篮球架，像两个驼背老人在相互作揖，篮球场是操场上唯一铺着沙子的地方，也是我俩打嘎的场地。操场四周有半人高的夯土围墙，残破不堪，给人恍若某种遗址的苍凉感。这次打嘎后老王决定不去当兵，留下来当民办教师。

老王有个“明白人”的绰号，这是上班第一天胡玉芝给起的。在报到见面会上老王向大家讲了奎叔的嘱托，讲完后校长胡玉芝冷冷地说：我看嘎和鹰是两码事，嘎变鹰，区别在哪里？

这个问题既简单又复杂，胡玉芝这么问不是难为老王，是她自己也在思考这个问题，老王如果正面回答，就要说一堆谁都懂的废话。老王略加思考后说：嘎和鹰都能飞，至于区别嘛，我觉得很简单，嘎是被动扇出，鹰是主动飞走。

老师们面面相觑，这个回答有水平。

胡玉芝又问，教育是传播科学文化的，听说有人私下搞迷信活动，把科学和迷信混淆起来，是不是有违教育宗旨呢？

这是一个坑，老王因为好奇，曾给村里跳大神的七婶客串过二神，尽管这种客串无非是小孩子的一种游戏，但在座的谁都能听出胡玉芝明显话有所指。

老王回答说，教师的职责是告诉学生什么是真正的科学和迷信，不能把迷信当科学，也不能将科学迷信化，迷信和科学很多时候是认识阶段上的差异。科学不被人接受的时候容易被当成迷信，布鲁诺被烧死就说明这个问题；而有的所谓迷信发展到一定阶段也可能变成科学，比如千里眼、顺风耳这种迷信说法今天已经变成现实。

老王的回答很绕，胡玉芝没法往下接，脸上多了些血色，对大家说：王寸老师知识渊博，别人懂的他懂，别人不懂的他也懂，是个明白人。

于是，老王有了“明白人”这个绰号。

其实，胡玉芝对老王的成见缘由在她父母身上，农村女孩嫁人早，胡玉芝农高毕业到小学教书后，她父母曾想托媒人把她介绍给王寸，这事被胡玉芝给拦住了，她认为这是王寸在暗中蛊惑她的父母，毕竟王寸能说会道是出了名的，所以胡玉芝对王寸印象并不好。后来，胡玉芝逐渐改变了看法，认为王寸好学、上进、乐于助人，多次在大会上表扬王寸。

一九七七年恢复高考消息一公布，老王就开始悄悄备考。老王将备考的事偷偷告诉了我，为了节省时间他下班后不回家，就在办公室复习，他家里条件不好，哥哥是木匠，母亲有哮喘病，嫂子作为劳力要出工干活，晚饭便十分简单，总是一个大号苞米面饼子，一碗咸疙瘩丝，偶尔会有一个咸鸭蛋，由我负责送饭。老王不挑食，从竹皮暖瓶里倒满一茶缸热水，然后边看书边吃饭。晚饭偶尔会有个咸鸭蛋，他并不一顿吃完，总是留一半次日吃，咸鸭蛋是老王改善生活的重要副食。当时考大学需政审，单位要写意见盖章，老王拿不准胡玉芝会不会给盖章。一天下午他对胡玉芝说下班后想汇报一件事，请胡校长晚走一会儿。等教师们都走后，老王把报考登记表郑重地双手递给胡玉芝，望着对方那张带有萝卜红的脸庞说：我想考大学，希望您能帮我。胡玉芝接过登记表看了看，瞪大眼睛问：你要考大学？你真敢想啊，在农高我们都学了些什么我太清楚了！胡玉芝也是农高毕业，农高主课是农业常识，所学知识与高考无关。老王说只是想试试。胡玉芝没有说话，在桌前坐下来，目光投向窗外，把一个侧脸留给老王。窗外，放学后没有回家的孩子在操场上追逐打闹，像一群欢乐的小羊。老王没有坐，就站在胡玉芝面前，他知道胡玉芝的态度决定他能否顺利报考。胡玉芝喃喃地说，我挺佩服我父母的，他们虽然是普通农民，但看人准成，当初他们说你将来会有出息我还纳闷，他们凭啥这样说，现在看二老说对了。老王问，二老真这么看我？胡玉芝点点头说，我父母曾经想找媒人去你家提亲，因为我坚决反对才没有去，他们就说了这番话。老王说，你瞧不起我？胡玉芝说不是，我只是不喜欢光说不练的人。老王说，你若是帮我，我一辈子不会忘记你。胡玉芝转过脸微笑着说，这章我给你盖，你能考上大学是七井小学的荣耀。老王后来对我说，胡玉芝答应的那一刻，他觉得胡玉芝门牙上的糖色淡化了，胡玉芝芍药花一般的微笑瞬间定格在记忆里，后来他回七井建希望小学，其中不乏回报这一微笑的成分。

录取通知书邮到七井小学那天恰巧是星期天，我陪老王在操场打嘎。老王高考结束后几乎天天打嘎，人在紧张的时候需要一种运动来发泄，打嘎如同打保龄球，是最好的发泄方式。老王又有一次将嘎打出了墙外，每次将嘎打到围墙外，老王都会扔掉木刀在篮球场上仰面躺一会儿。他看着蓝天对我说，没想到考题那么简单，早知如此我就报考北大清华了。

胡玉芝是七井小学第一个知道老王考上大学的，我和老王打嘎累了，回办公室喝水，发现胡玉芝在办公室弹风琴。这时，窗外邮递员按响了自行车铃，老王急步跑出去，邮递员一脚支地，斜骑在车上摇着一个大信封喊道：你是王寸老师吧？给，吉林大学的来信！我和胡玉芝在屋内都听到了，快步来到屋外，老王接过信封，脸色有些发白，迟迟没有打开。胡玉芝说，来信就说明考上了，考不上学校不发通知。老王打开信封，我发现一向镇定的老王在看到吉林大学录取通知书那一刻，双手有些颤抖，额头布满细密的汗珠，像清晨院子里西红柿上挂的露水。邮递员没有马上离开，笑着对老王说，这么大的喜事，连块糖也不发？老王有些难为情，到哪里去找糖呢？胡玉芝说等一下。她转身回到屋里，不一会儿拿着一瓶七井白酒出来，递给邮递员道：这是我给老父亲过生日买的，用来奖励你吧，感谢您给七井小学带来喜讯！七井白酒是公社酒厂酿制的高粱烧，一块二一瓶，酒劲大，有烧刀子之称。邮递员接过酒在鼻子下闻了闻，高高兴兴放到邮袋里，道了声谢骑车走了，到了大门口还不忘按按车铃致意。胡玉芝、老王和我站在办公室门前，胡玉芝说，快去告诉家里和奎叔吧，他们会乐坏的。老王说不急，进屋里坐一会儿定定神儿。我们三人回到办公室，胡玉芝颇有感慨地说，你果然由嘎变成鹰了，你的未来不再是七井，而是建有高楼大厦的城市。老王说，一想到要离开，真有点舍不得七井小学呢。我当时还是个孩子不太懂事，其实我应该选择回避给他俩留出空间，可我却傻傻地待在那里没走，听他俩意味深长的对话。沉默了一会儿，胡玉芝说：我给你唱首歌吧王老师，我只能用歌声向你表达祝贺，就唱《渔家姑娘在海边》，当年我代表七井大队参加公社文艺汇演，就是唱这支歌拿了一等奖。老王说，我愿意听您唱歌，您唱歌有种青纱帐般的辽阔。胡玉芝自己用风琴伴奏，声情并茂地唱了那首《渔家姑娘在海边》。

胡玉芝唱完后，老王说，大海、沙滩、榕树一定很美。胡玉芝转过身道，我还没有见过海，海对于我来说太奢侈了。

老王说，大学毕业后我争取去海滨城市工作，到时候请您去看海。

胡玉芝笑了笑，没有说话。

老王去长春报到前我问他，你走了，没人和我打嘎了。老王说以后少打嘎、多读书，读书是你由嘎变鹰的唯一途径。

老王这话绝对精辟，成了我青年时期最重要的座右铭。我心里再清楚不过，老王能考上大学就是因为读了许多书，在老王身上我知道了什么叫爱书如命，头悬梁锥刺股我没见过，但在读书上如饥似渴老王绝对是典范。老王读书上瘾，不管有用无用的书只要能到手就读，实在没书读的时候他就去找七婶借唱本读，七婶是萨满世家，藏有许多跳神唱词，从不外借，但老王是个例外，用七婶的话说王寸透亮，连过路的神灵都会喜爱这孩子。老王记性好，七婶的唱本他几乎过目不忘，这也是为何他小小年纪就能客串二神的原因。

老王考上吉林大学哲学系后我问他哲学有啥用，当时哲学对于我来说如同天方夜谭。老王没有马上回答我的话，大概他一时拿不准该如何解释这个问题，记得他眨了眨眼后才回答说，世界上有许多看似没用的东西，但你又离不开它，哲学就属于这种东西。

这个回答我没听懂，加重了哲学对于我的神秘感。

2

老王的故事是我大学期间最重要的谈资，我曾想，假如没有老王，我不知道在宿舍里能与室友分享什么。

我读大学那会儿宿舍熄灯早，熄灯后八个人谁也睡不着，同学们就让我讲老王，老王的故事我张口即来，也就乐得与室友分享。毕业前夕，室友大周对我说，你讲的那个明白人可以叫东北老王，我觉得他就是东北的仁波切。我说我讲了那么多老王的故事，你能记得几个？大周道，印象深的至少有两个，一个讲家雀，一个讲猫头鹰，两个故事颇有知识性。

家雀故事有些离奇，不是亲眼所见你不会相信天下竟有如此怪诞之事。故事发生在我上小学五年级下学期，那时候小孩子淘气，爬树掏鸟窝是家常便饭。我们班有个叫刘金海的同学，穿件右肩打着补丁的蓝褂子，剃着平头，鞋子总是大拇脚趾处先破一个洞，走路时两个脚拇指像两只胆怯的老鼠在破洞处探头探脑。刘金海的祖父留着半尺长的花白胡须，平时像聋哑人一样少言寡语，据说他曾是辽西一带有名的风水先生，不知何故举家迁到了七井，刘家有不少线装书，经常撕来引火做饭。刘金海生性淘气，打弹弓特准，能循着鸟叫射过去，而且常有射中的时候，他还常在晚上捉家雀、掏鸟窝。刘父在大队场院打更，大队给配了能装三节电池的手电筒，他便常常偷来照家雀。家雀是一种飞不高也飞不远的鸟，与人相伴而栖，喜欢将窝建在屋檐、墙洞、房笆等处，这种聪明的小鸟到了晚上智商明显下降，手电强光一照就傻掉了，待在原处一副坐以待毙的样子。这个时候高处的可以用弹弓打，低处的直接上手抓。刘金海胆子大是出了名的，敢一个人去东老茔。东老茔是七井村坟场，连大人都少去，刘金海却敢拿着弹弓一个人去那里打鸟。刘金海的抓家雀小分队一共四个小屁孩，除了我之外还有雷子和明刚。我参与是觉得刺激，加上刘家与我家相邻，他每次捉家雀总是在障子外喊我，我也就跟着凑热闹。我们每次出去都不走空，只是收获多少的问题，掏鸟蛋有季节，照家雀却四季皆可。刘金海将抓来的家雀直接捏死，系成一串拎到村西土地庙笼火烧着吃。之所以选择土地庙，是因为常有村民来此为故人烧纸，村里谁家死了人要到这里报庙，小庙夜间有火光很正常。我对老王说了刘金海带我们捉家雀的事，老王很严肃地告诉我，这事不能再干，必须住手。让我告诉刘金海，吃麻雀、掏鸟蛋那是蛇干的勾当，与蛇争食必遭蛇咬。我把老王的话转告了刘金海，刘金海不信，说蛇在地上爬，家雀在半空飞，我们怎么就碍着蛇了，再说七井这地方难得见到蛇。四个人除了我心里打鼓外，其他三个都不在乎老王的话，只有我退出了。刘金海笑话我，说我胆子还没家雀蛋大。我说老王的话我不敢不听，那可是明白人。老王见刘金海没住手，便想亲自找刘金海谈谈，但话还没谈上，不幸就发生了。七井村有一处老宅子，位于村子最东边，那是七井村地主王思茂家的祠堂，土改后祠堂成了大队储藏农具的仓库。刘金海三人来老宅照家雀，院墙很矮，轻松便可翻过，老宅子破败不堪，青瓦瓦楞间长满瓦松，屋檐上带有蟾蜍图案的瓦当多有损毁，在手电光里豁牙露齿。刘金海在窗台上方看到了黑色瓦当下有个黑乎乎的墙洞，说里面肯定是家雀窝。便爬到窗台上伸手去掏，雷子和明刚先是看到他掏出一把鸟毛，因为有羽毛落到了嘴里，他张开嘴咳嗽了几下，忽然一截软塌塌、黑乎乎的东西从洞里滑落出来，一头扎进他嘴里，在手电光亮里雷子和明刚发现那是条黑乎乎的蛇。刘金海双手抓住蛇往外拽，可是逆鳞拽蛇谈何容易，蛇光溜溜的抓不住不说，越拽越会往里钻。雷子和明刚哪里见过这等恐怖之事，妈呀一声扔下手电就翻墙跑了。待把家里大人找来，刘金海正在院子里捂着肚子呕吐，那条滑落口中的小蛇已经通过食道完全钻进胃里。好在这是一条无毒蛇，蛇也没有咬他，送到公社卫生院及时做了处置。这件事让刘金海开始听老王的话，捉家雀的事再也不干了。老王曾说三岁看老，这句话在刘金海身上得到了验证，一九八三年刘家迁回辽西，刘金海后来竟然成了名震四方的盗墓贼，这是后话。

猫头鹰的故事也令人匪夷所思。七井村有个又懒又馋的单身汉白志宝，三十大几也没成家，村民给他起了个绰号白吃饱。白吃饱父母早亡，独自住在一处马架子里。马架子是东北常见民房，土坯垒成，门窗面南，呈三角形，其他三面苫着房草，因为通风采光极差，里面幽暗潮湿，沤着陈年不散的霉味。白吃饱干庄稼活不行，在谷地里张网捕野鸡却有两手，经常能逮到野鸡回家下酒。野鸡糟蹋谷子，生产队对白吃饱的行为便懒得管，但张网抓野鸡毕竟不是正经营生，村里大人孩子都躲着他，那座马架子像他的坟墓一样，没有客人到访。忽然有一日，一向死寂的马架子热闹起来，大人孩子都挤到马架子门前看光景。原来他网住了一只罕见的猫头鹰。七井不靠山，有猫头鹰出现绝对是稀奇事，消息传出后人们都去白家看热闹，我从没见过猫头鹰，也随大流去看光景。白吃饱的马架子墙壁糊着旧报纸，炕上铺着一领有破洞的苇席。被捕获的猫头鹰一只腿被绳子拴在窗棂上，正在炕梢乱扑腾。马架子里有三样东西让我记忆犹新，第一样当然是那只不幸的猫头鹰，猫头鹰怒眼圆睁，又弯又尖的喙似乎要刺破自己的胸脯，见到我还向我使了眼色，感觉在暗示什么。第二样是白吃饱头发稀疏的脑袋，人的头顶应该是平的，但白吃饱的脑袋却是尖的，像一只倒过来的陀螺，让人忍不住想甩几鞭子抽正过来。第三样是屋内的土墙，糊满了发黄的《绥化日报》，报纸糊墙很正常，但人家大都会把报纸糊正，让墙壁如同展板一样好看，但白吃饱不这样，他将报纸倒着糊横着糊斜着糊，毫无章法，让人看起来极不舒服。白吃饱跟大伙炫耀抓猫头鹰的过程，他讲话有点大舌头，唾沫星子乱飞，说逮猫头鹰比逮狼崽子还吓人，猫头鹰爪子比秤钩尖，一抓一块皮肉。他撸起袖子露出受伤的胳膊给人看，胳膊上果然有道渗着血丝的伤口。因为马架子里有股说不出来的怪味，我没等白吃饱讲完就离开了，回到学校和老王说了猫头鹰的事，老王一听顿时脸色大变，说你赶快去告诉白吃饱把猫头鹰放了，养猫头鹰在家会遭祸殃的，还嘱咐我去找赤脚医生给白吃饱家多洒点来苏水。我返回去把老王的话转告白吃饱，白吃饱道，好不容易逮了个宝贝让我给放了，不是开玩笑吧？我说王老师还让你多弄点来苏水回家消毒。

白吃饱说我家有啥毒，我还要把猫头鹰炖了下酒呢。白吃饱不信邪，猫头鹰在家一直养着，村民过了新鲜劲，也没人再来看。忽一日，白吃饱莫名其妙地发起烧来，伴随头痛、腰痛、眼眶痛，他没在意，没想到病情突然加重，竟直挺挺死在了炕上。白吃饱死了，那只猫头鹰还活着，邻居发现白吃饱病死的时候，那只猫头鹰正闭一只眼睁一只眼不声不响立在炕梢，像个守灵的哨兵。马架子门外挤满了人，有人说白吃饱死了，这只猫头鹰咋办？不管怎么说猫头鹰也是白吃饱的私人财产。人群中七婶站出来，说把它放生吧。于是有人进屋解开拴猫头鹰的绳子，把它抱出来放飞，猫头鹰扑棱棱飞起来，却没有飞远，而是飞到马架子房脊上站立不动，不时发出一声婴儿般的冷笑。

事后我问老王怎么会断定白吃饱有祸殃，老王给出的答案是两个字：联系。老王说啥事都是有联系的，当你站在链条这一节时，有一种可能已经埋伏在链条下一节等着你。老王说猫头鹰是什么？是逐魂鸟呀，看到它驱赶还来不及哪有往家里领的？猫头鹰以老鼠为食，老鼠是出血热鼠疫病毒宿主，猫头鹰养在家里，等于带回去一个鼠疫病毒大礼包，不出事才怪。我对老王佩服至极，说你咋知道这么多，家雀、蛇、猫头鹰，好像没你不知道的。老王说读书啊，读书能让你成为一个明白人。这是老王第一次劝我读书。我问，猫头鹰放了为啥赖在马架子上不飞走，一副恋恋不舍的样子。老王道，人死前后身上会散发一种味道，猫头鹰应该是闻到了这种味道才舍不得走，它是逐魂鸟么。

3

老王毕业后分配到东北沿海城市滨城，他说到滨城看海方便，七井老乡来看海，他可以尽地主之谊。老王被分配到滨城师院当老师，一份十分体面的工作。暑假我去看他，我说哲学专业应该去研究机构才对。我想老王的工作应该是噙着烟斗背手在图书馆里踱步，然后分不清墨汁还是牛奶写出一篇篇惊世宏文，要是当教师的话当初考东北师大多好。老王说当教师有讲台有听众，其他职业你讲给谁听？

老王大学毕业那年，我考上了本地一所师专。如果说老王由嘎变鹰，我充其量是由嘎变成了家雀。我告诉老王我能考上师专基本上靠自学，全乡两个高中班七十多人只考上了我一个。老王听后陷入沉思，好一会儿才说，由嘎变成鹰绝非容易事。我上大学后每年假期都会去看老王，因为老王我对那座沿海城市充满向往。

工作后的老王并不安分，每年工作都有新变化，工作三年跳槽三次恐怕也是纪录。第一年，老王由师院政教系的马列教员转为学生处干事。老王对此的解释是学生处接触学生不再局限一个班或一个专业，能更多地影响青年人。第二年，老王改行到校办当秘书，他说学生处并非他想象的那样，工作太琐碎，天天画表填表，是一种机械性的重复劳动。他说校秘这个职位能间接参与核心问题决策，属于真正用脑子的地方。我问校秘主要干些什么，老王说行政的事他不干，他的职责是写材料，他怎么写，校长在会上就怎么念，说白了，校秘的水平就代表学校的水平，校秘的笔，校长的嘴。第三年，老王辞去校秘考上了脱产研究生，他说校秘这个工作窝气，他认为材料中最出彩的部分，却往往被校长大笔一挥就删掉，连个理由都没有，他觉得考研不错，带薪，能多读书，还可以提高学历。我对老王能考取研究生相当羡慕，那时研究生可谓凤毛麟角。

在毕业分配上我征求老王意见，我的想法是回县一中教书。老王摇摇头，说飞十步远的是嘎，飞百步远是家雀，飞万步远的才是鹰。听完老王这句话我禁不住抬起头来仰望了一下天空，我明白了，老王这是让我继续深造，飞得更远。于是我决定考研。专科起点虽低，但老王当年农高的起点不是更低？我铆足了劲备考，结果幸运地考上了滨城一所有名的大学读研。当然，我不敢选择哲学，我一直认为哲学是属于金字塔塔尖的专业，有恐高症的我没有胆量去碰它，担心跌落受伤。我的专业是新闻。

老王拿到硕士学位后被选拔到市委一个重要部门工作。市委那幢庄严气派的九层办公楼承载着许多仕途人的梦想，我觉得老王一定对前程做了规划才跻身这幢精英云集的建筑。我从心里赞同老王的选择，老王能讲善写，什么道理在他嘴上笔下都能讲得通、圆得上，这是一大本事。我很清楚机关里具备这种融会贯通能力的干部并不多，与老王相比，有些官员只会复读机一样鹦鹉学舌。

同在一座城市，彼此接触更加方便，我们几乎每周都能通个电话。有天老王打电话给我，让我到他家去坐坐。老王研究生毕业就结婚成家，妻子是本市人，在大学任教。那天他一人在家，煮了几盘海鲜，我俩喝着棒棰岛啤酒漫无目的地闲聊。老王不善饮酒，半瓶啤酒脸就像煮熟的螃蟹，买酒主要是为了我。老王说他准备竞聘理论处处长，并对此颇有信心，认为这一职位非他莫属。我也觉得凭能力、学历，老王完全胜任这个职位。聊得更多的是七井，提起家乡我俩总有说不完的话。老王没有忘记奎叔嘎变鹰的嘱托，这事是他心里一个结，说开始想简单了，参加工作后逐渐意识到，别说改变一群人，就是改变一个人都很难。我说你已经尽力了，求连滨集团郝老出资为七井建了希望小学，让七井小学变成了带暖气的二层楼房，这不是件小事。老王说七井小学房子太破了，不改造不行。我说那里原来是座庙，冬季房子不保暖，我上学时手都冻肿了。老王说学校竣工时他回去了，见到了胡玉芝，胡玉芝依然是校长，已由民办转为公办，人到中年了脸还像红萝卜，她的脸只有生气的时候才会白。胡玉芝说学校还缺老师，现在师范毕业生没有愿意到农村来的。老王说因为师资不强，七井孩子学习成绩普遍不好，九年义务教育结束后或外出打工，或在家里务农，读高中的微乎其微。老王说那次回去他还帮雷子做了件事，雷子患有神经官能症，一般农活干不了，他就说服胡玉芝让雷子到学校当勤杂，工资由连滨集团出。其实雷子在学校无杂可打，经常拎着个锄头在操场锄锄杂草，驱赶一下到操场觅食的鸡鸭鹅。雷子当年和我一起抓过家雀，老王提到他，我就想起土地庙里那个满嘴黑灰吃烧家雀的小模样。

老王拿起一只寄居蟹，左看右看却不吃，寄居蟹长着一只与身体不成比例的蟹钳，很能虚张声势，而柔软的肚子却不堪一击，哪怕小小的虾米也能让它开肠破肚，所以它要寄生在海螺壳里。老王看了一会儿忽然说，我建七井希望小学是不是建了个海螺壳呢？我愣了一下，问他怎么回事。老王说胡玉芝来电话了，七井小学已经成为历史，上级将七井小学撤并，七井的学生都集中到乡中心小学寄宿上学。老王说听了这个消息心里挺复杂，说不清好还是不好，按理说发展是好事，但让那么小的孩子离开父母去乡里寄宿，他们还是父母的嘎吗？我说这不是一省一县的事，教育资源优化配置是全国性的。老王将那只掰下的蟹钳放进嘴里咔吧一声咬开，然后剥掉硬壳，将蟹肉放到碟子里，喃喃地道：那么好的校舍，已经卖给私人变成了养鸡场。

那次吃饭后不久我就听到一个消息，老王认为手拿把掐的理论处处长没当上，机关一位老同志竞聘成功。老王不久就选择下海去了连滨集团。我认为老王这个选择多少带有赌气性质，老王骨子里有哲学家的清高，怎么会选择下海赚钱呢？老王打电话告诉我这一消息时，已经坐在连滨集团总经理办公室的老板椅上了。老王说来感受一下我的新环境吧，老王说的环境二字显然有寓意。放下电话后我驱车赶往位于开发区的连滨集团。连滨集团办公楼的保安与警察足能以假乱真，听我说找王总，向我敬礼后问我是不是有约，我说刚打过电话，他说等一下，要给王总秘书打电话确认一下。不一会儿，一个体高肤白的女孩来到门岗，很礼貌地领我来到六楼总经理室。我进去的时候，西装革履的老王正在办公室转动一个硕大的地球仪，那样子就像一个要指挥世界大战的元帅，见到我笑了笑说，你是我上任后接待的第一个记者。我说环境果然变了，这办公室少说也有一百平。老王在机关大楼是三人共用一间十八平的办公室，人与报刊挤成一团。老王让我坐下，亲自为我沏了一杯绿莹莹的碧螺春，微笑着说，别人怎么看我不管，你应该知道我不是为了收入才下海。我说，说实在话我也不完全理解，一次竞聘落选就拂袖而去，作为明白人心理不会这么脆弱吧？老王摇摇头，道：连滨集团郝老你认识吧，由一个瓦匠到身价过亿的企业家，成功的密码是什么？我说我不知道。老王说我也不知道，我来就是想破译这个密码，把成功的秘诀提炼出来。老王停顿片刻坐下来，背靠着椅子说，郝老找到我，说夜里做梦总会梦到盖成的高楼塌了，问我是咋回事，我说这是本领恐慌，集团越大，这样的担心就会越严重。郝老说，集团确实有短板，比如和政府部门的关系处理不好，办事不顺畅等等，太伤脑筋，希望我能去帮帮他。开始我没动心，我一个搞哲学的对经营不感兴趣，但郝老一句话打动了我，郝老说来连滨集团你可以“两动一不”，什么意思呢，就是动脑、动嘴，不用动手。我想这个原则不错，我擅长的是思考和表达，能用我的脑和嘴改变一个企业这是一种人生的成就，我就决定来了。

我说，郝总有个儿子吧，印象中是个不苟言笑的中年人。言外之意我想说连滨集团毕竟是家族企业，郝老有自己的接班人，老王说的影响是有限度的。

是的，郝总的儿子就是现任董事长，郝董很开明，平时不太过问公司业务，老王说，郝董有自己的爱好和追求。

老王担任了连滨集团总经理后，我从一位知情者那里得知，郝老是在酒桌上被老王一通神侃征服的。那天老王谈的话题是如何将房地产企业做强做大，老王的观点像草地上的狼毒花一样奇艳，他说房地产企业嘛，无非是低价拿地，高价售房，靠预售回款，空手套白狼，没啥科技含量，一靠胆子，二靠人脉，只要天天座上有贵宾，杯中有美酒，钱就会流水一样往资金池里淌。郝老想想自己一路走来真的就如老王说的一样，便觉得老王是个难得的人才，应该到机关挖老王。

老王当了总经理后，用心践行自己的房地产企业做强做大理论，这一点令我不得不刮目相看，一般来说有了一定身份的人，总会说和做有所区别，老王不是这样，他恪守“两动一不”原则，不过问具体业务，具体工作自有专业人员去做，他着重在企业方向和战略上做文章，除此之外，他的功夫还用在协调政府部门关系上。老王协调关系的方式是组织饭局，他的饭局极具普惠性，每个参与者都能感受到荣誉感或成就感。老王本身缺少饮酒基因，据说年夜饭家族聚餐，两瓶啤酒醉倒了爷仨。因为不胜酒力老王便在饭局上发明了软酒，所谓软酒就是水，但以水祝酒必须讲一个与酒有关的段子，老王一个段子讲罢，不用动员大家便会在开心中干掉一杯。一般来说老王饭局上的常客大致有四类人：退休高官、过气明星、来路不明的大师和具体审批项目的小公务员。这种饭局大有剑走偏锋的奇效，那些具体审批项目的小公务员级别都不高，高官尽管退下来余威尚存，明星尽管过气名气仍在，大师不用问出处自带神秘，这架势足以在小公务员内心里刮起一股鬼旋风，再加上集团公关做点诗外文章，老王率领的企业拿地、调规、招标、融资等事宜自然一路绿灯。同行不明就里，觉得老王有神通，都愿意和老王套近乎，老王便像战国时期腰挂六国相印的苏秦一样，经常帮其他企业摆局平事。

老王下海后多了一种爱好——收藏，但他收藏就是为了收藏，收到好东西从不与人分享，出土古董流到他手里便等于重新回归了黄土，变得没有出头之日。老王不避讳我，破例带我到他储藏古董的密室参观，拉着厚厚窗帘的房间里层层叠叠摆放着来路复杂的收藏品，有从日本淘来的缂丝、唐三彩、元青花，还有大西北乡下寺庙斩下的佛头，辽西的马镫壶、鸡冠壶，甚至还有已故老作家的手稿，没有分类，显得杂乱不堪。我说这么多东西你能记住吗？老王指指太阳穴道，都在这里呢，不会差。在老王的密室，我仿佛掉进了尚未清理的兵马俑俑坑，嗅到了一种浓重的青膏泥味。老王说他和这些藏品可以对话，尤其一些年代久远的文物，他能感受到文物上的信息电波一样往他脑子里钻，所以他不敢在这屋子里久留，时间一长会头疼脑涨。我说你收藏了这么多宝贝，为何不搞个私人博物馆向社会展览呢？老王说等等，再等等。我不知道老王要等什么，尽管有种人生就是等待的说法，但那是指情缘和机遇，对于收藏来说还要等什么呢？

老王好客，三教九流多有结交。老王神侃时只要我在场，我总是最忠诚的听众，在我的宣传下，我许多同行也都成了老王的粉丝。同行们说老王有王公气派，擅长坐而论道，老王讲述时颇有含饴吐哺之状，两手总是做往外推出的姿势。我小时候就发现老王讲述时嘴角会有所粘连，他不是不想擦拭，而是顾不上，因为他已经完全进入了忘我境界，我也注意到，有这种情况的人大都是善讲之人。老王善于描述精灵鬼怪、志异稗史，这是吸引听众的噱头，想影响人首先要吸引人，讲的道理再好，听众在翻手机刷屏，演讲就不算成功，因为你没抓住听众。老王的长处是抓人，他口中一个个故事就是一条条牵魂绳，要么拴住你的心，要么牵住你的脖颈，总之你得跟着他的节奏走，你的笑与哭、忧与思都在那条绳索上。

4

除了老王，我没有遇到畏梦之人。

连滨集团总部员工都清楚，如果老王早晨上班神情萎靡，面色发苍，那一定是昨晚做梦了。老王做梦无关美梦还是噩梦，只要是梦对于他来说就不是好预兆。梦似乎是老王夜路里无法避开的鬼打墙，一旦进入，梦醒时就会有一种抽筋扒骨的疲软。

老王约我去大黑山下一个生态樱桃园摘樱桃。到了樱桃园，老王却对樱桃园边一片西红柿田感兴趣，去摘了一篮提到遮阳棚下，说这是碱地柿子，口感比樱桃好。我吃了一个，酸甜适度特别好吃。老王说碱地柿子比一般柿子价格高十倍，与樱桃有一拼。

我俩在樱桃园闲聊，看着老王那副志得意满的样子我说，你下海后混得风生水起，有洋房豪车，座上贵宾常换，身边美女如云，还有满密室古董文物，这辈子没啥奢望了吧？老王道：要是说奢望还真有一个，那就是老天爷别让我做梦，我太恐惧做梦了，梦境对于我来说简直就是炼狱。我觉得好笑，世上有多少人靠黄粱美梦来滋润枯燥的人生，做梦一没成本，二不会被问责，这是老天给每个人最公平的权利，有什么可恐惧的呢？老王说你不懂，这世上从来就没有无缘无故的梦，梦是一种说不清楚的暗示，这东西太深奥了，人类研究了几千年，到现在还没搞清楚梦境的门栓在哪里。我说即使是这样也没有啥可恐惧的呀，无非一个梦而已。老王摇摇头：非也！老王用了一句文言，与老王的交往中我发现，一旦老王用了文言，就等于启动了话语的麦克风，演讲便会正式开始。

我做梦太灵验了，因为灵验，我的梦境堪比犯罪现场。老王拿起一个碱地柿子递给我，自己也大口吃了一个。他接着说，别人如何做梦我不清楚，我做的梦里总是有一支曲子伴奏，你知道是哪支曲子吗？瞎子阿炳的《二泉映月》。我确实喜欢这支二胡曲子，读研时总喜欢戴着耳机听，我觉得阿炳是个天才，一个不识乐谱的人竟然能拉出这么动听的曲子，从道理上似乎讲不通。

我心想，是啊，再好的梦境一旦配上《二泉映月》这么支如泣如诉的曲子，气氛马上就会变得自怨自艾起来。哀乐是情感的漂白剂，再鲜艳的花簇也会被它褪色成白菊花。老王梦里为什么会有《二泉映月》伴奏呢？肯定是他太爱这支曲子所致，爱是一把无形的刻刀，能把最初的印象刻成图章钤满心中所有的留白。事情果然如我所分析的一样，当我问他除了《二泉映月》还喜爱过什么曲子时，老王想了半天才想起一支老歌《渔家姑娘在海边》，老王能记住这首歌，应该是胡玉芝的功劳。

老王说，我在梦里是清醒的，常常未醒之时就察觉到了会有不幸发生，这种感觉太可怕了，看着悲剧上演自己却像观众一样无能为力，这是一种煎熬。梦是不由自主的，人无法左右梦，你就是有天大的本事也无法改变梦的走向。

能不能举例呢？我对梦的话题十分感兴趣．人往往都是这样，越是禁忌的东西越会感兴趣。

当然可以，老王说，有些话我只能对你说．和你说无所谓，和官员说这些人家会误解我。怎么说呢？要下个定义的话，我的梦是朋友厄运的预报。比方说，有一天夜里我梦到了刘娜，你知道刘娜，著名女企业家，旗下有一个投资公司和一处高档公墓。刘娜虽年过半百，但模样依然过得去，染成酒红色的翻翘短发将洁净的额头衬出一抹金光，充盈的唇膏留住了嘴角去意未决的性感。刘娜已经离异多年，婚姻的破裂男方负全责，因此刘娜对男性有着无法愈合的成见，有人劝她重新组织家庭，她的回答像衡水老白干一样冲劲十足：等日头从西方出来吧。梦中刘娜请我做她的主婚人，我觉得奇怪呀，一个敌视再婚的人怎么会梦里让我做她的主婚人呢？我觉得此梦必有玄机。刘娜在婚姻上如此偏执，作为朋友我曾建议她改变想法，重新组建家庭。我说刘总，作为兄长我想说不要一叶障目不见泰山。你知道刘娜说什么？刘娜立马回了我两个成语：老哥呀，有这样两个成语，一叶知秋，窥一斑可见全豹。我说人无完人，对男人还是要看主流。刘娜说我闲着没事非要找个男人回家养着？经济独立的单身女性不要再陷入婚姻的泥淖，说婚姻是围城那叫客气，其实婚姻是实实在在的牢笼，有形的墙壁，无形的电网，一旦圈进去，就是暗无天日的无期徒刑。在梦里我问她：你找到老公了？肯定是个成功人士吧？刘娜说，一白丁而已，再说了，成功男士的心思大都在外面，白丁可能更恋家。我说你这么做很正确，这个主婚人我来当，不仅当，我还要随一份厚礼。刘娜说，我不需要厚礼，我只需要一丝真情，一丝你懂吗？就是细细的一根蚕丝，不，是蛛丝，只要是真的。梦醒后我越想越不对，总觉得此梦有隐喻，一清早便抄起电话打给她，电话里刘娜有些有气无力，估计是昨夜没有睡好，我说昨夜梦到你了，你让我当主婚人。刘娜停顿片刻说，这些日子我认真考虑了你的建议，你的话不无道理，和别人过不去实际等于和自己过不去。我说你这么想就对了，阴阳相和乃天之道，你生活中什么都不缺，唯一缺少的是爱。刘娜说她准备好好想一想，过几天也许会有个颠覆性的改变。

几天后刘娜没有消息，再打电话过去，电话是刘娜女儿瑶瑶接的，瑶瑶在本市一所大学读研，走读，晚上回家陪妈妈。瑶瑶哭着说王叔呀，正要给您打电话呢，妈妈昨晚走了，是急症。我感到头发都直立起来，这太突然了，没听说刘娜有什么病呀。瑶瑶带着哭腔说：妈妈去世前头脑很清楚，用微弱的语气告诉我，说自己去世后遗体告别仪式请你王叔给主持，你王叔是个能贯通阴阳的人。我马上就想到了前几天的梦，这哪里是主婚，分明是送葬啊！放下电话我仿佛有种被什么附体的感觉，觉得刘娜像影子一样就在身边。我就想这个梦太奇怪了，刘娜为什么要托梦给我，难道她要到另一个世界再婚？

是有些不可思议，我说。

一个人在生命最后一刻委托你主持葬礼，对你是真正的信任，刘娜的选择说明她认同了我的观点，只是上帝没有给她改正的机会。刘娜一定认识到人生是需要伴侣的，路途越远，伴侣的意义越重要，选择天涯孤旅的人内心应该是铁打铜铸，常人无法做到。我去主持了刘娜的葬礼，刘娜遗容很安详，像在百合花丛中浅睡一样，一以贯之的唇膏格外醒目。参加葬礼的来宾很多，说来奇怪，刘娜平时最不待见男人，无论酒桌上还是生意中总是奚落挖苦男人，可是那天来告别的多数是衣冠楚楚的成功男士。

这个梦说明不了什么，我说，也许是一种巧合，不能成为你恐惧梦的理由。

老王说，察见渊鱼者不祥，智料隐匿者有殃，我很清楚做梦这样敏感不是什么好事。

你还做过灵验的梦吗？我的好奇心被激发起来，不得不说，听老王说梦很有意思。

当然有，当年掏鸟窝吞活蛇的刘金海你熟悉，他在辽西犯下的盗墓大案轰动一时。

刘金海的情况我当然知道，他迁回辽西长大后成了一个神通广大的盗墓贼，他最为得意的创举是用五年时间做了一个扣，成功地套住了一个喜爱收藏的局长。大凌河畔多辽金古墓，在一处偏远山坳里曾出土过不少辽代瓷器。辽瓷虽糙，但黑市价格不菲。一日，这位局长主动约刘金海开车到郊外转悠，目的当然是寻找古墓。局长带着一张发黄的旧地图，转来转去在一片叫七星山的地方停下车，局长指着一片坑坑洼洼的山地说，这里不长大树，地下应该有东西。刘金海拿出罗盘比比画画一番，说了句模棱两可的话：或许有。此事过去五年后，刘金海突然给局长打电话，说最近清闲，可到七星山走走。局长心领神会，就跟他上了山。两人驱车来到五年前看好的地方，用罗盘测了测，然后来到几棵小槐树前，小树碗口粗，树叶稀稀拉拉，长势并不好。刘金海用洛阳铲打了几铲，抽上来一看是三合土。三合土是古墓葬封土，有三合土，说明下面十有八九有古墓。刘金海说先回去，晚上动手。局长明白，哪里有大白天明晃晃盗挖古墓的？想挖也得等晚上来。到了夜晚，刘金海又带了两个帮手，四人开车来到那几棵小槐树旁。锯掉小树，刘金海在清理好的地方铺上一块塑料布，摆上黄铜香炉，三碟干果，打开一瓶烧酒，然后点燃三支香插到香炉里，将酒恭恭敬敬酹于地上，跪下磕了三个头，然后示意两个手下也过来照做。临到局长刘金海道，你是领导，磕头就免了吧。局长上前说我鞠三个躬吧，免得土地爷挑理。仪式结束后，两个手下开始掘土，盗挖很顺利，封土不深，没有碎石和流沙，古墓封砖也完整。打开墓室用手电一照，四人差一点惊呼起来，墓室虽不大，但却像古董柜一样摞满了文物。清点出来，有三只白釉黑彩梅瓶、五只褐釉鸡冠壶、三只辽三彩鸡冠壶和两只白釉菊莲纹执壶，除此之外还有几摞黑釉粗瓷碗。一次挖出这么多瓷器，无异于中了头彩一般。刘金海是个明白人，说局长呀，按行规是人人有份，四人均摊，但考虑这是你发现的地方，我们三个又是专门干这一行的，属于我们的那三份都给你吧，你给个辛苦钱就中。局长当然愿意，这些东西将来出手一定是高价。他给了刘金海等三人每人二十万，将所有出土瓷器都收入囊中。

这是一个专为局长做的局儿。据刘金海归案后交代，这个古墓是他引以为傲的杰作，为了迷惑局长，假墓所用青砖、三合土、破碎棺椁都是真的，唯有瓷器都是赝品，造假后并不急，待五年后假墓上的槐树长成碗口粗了才来收口。当办案人员找到这位局长说出真相后，局长就差当众吐血了，谁能料到刘金海为了钓他这条大鱼，竟然放了五年的长线！这件事让老王感慨颇多，不得不说刘金海很有心机，如果把这份聪明用在该用的地方，他就是一只从七井飞上天的鹰。因有家传，刘金海对古墓葬和殉葬品鉴定并不比专家差，走上邪路着实可惜。

牛河梁发现红山文化积石冢后，大批专家到牛河梁现场考察，当时考古现场管理不规范，周围老百姓可以近前看热闹。刘金海也来到现场，看到专家们的操作后对身边的人说，什么破专家，给我当学生都不够格。他的话被一个专家听到了，回头看了看这个眉宇间带川字纹的中年人，开玩笑说，你想给我们当先生不难，可是怎么能证明你比我们有学问呢？刘金海道，咱们可以比试一下找古墓，就牛河梁这片山，你我在一个下午时间里，谁能找到有货的古墓谁赢，怎么样？专家没法接招，寻找地下古墓哪旦是一个下午的营生，十个下午也不成呀，一把洛阳铲能打几个洞？专家就说，你是本地人，熟悉这里的墓葬，我们可以比点别的。刘金海说，那就在这牛河梁上找一处积石冢，咱俩打赌看里面有没有古玉怎样。专家还是不敢接招，专家清理古墓就像上海人吃大闸蟹，是细活儿，哪里像盗墓贼三两下直奔值钱的东西。专家开玩笑本来想让刘金海难堪，没想到却让刘金海占了上风，事情传出去后刘金海名气大增，人们都说刘金海把专家给叫住了。

老王说，当年经朋友介绍来辽西买马镫壶，无意中遇到了刘金海，刘金海蛮热情，卖给他的辽金瓷器没有虚价，老王觉得这个学生还有七井人的实诚，师生间便有了联系。当他知道刘金海从事“摸金校尉”勾当时，劝刘金海马上收手，但刘金海听不进去。刘金海说，王老师呀，好东西埋在地下可惜了，还不如挖出来让人欣赏。老王说，盗墓犯法知道吗？刘金海辩解道，为啥有组织的挖是考古，而私人挖就成了盗墓？这不公平。刘金海在盗墓上矢志不渝，老王总觉得心里坠着块石头，觉得他离出事不远。刘金海说他不想当个一般的盗墓贼，他是有梦想的人，他的梦想分四步，第一步是掘几座像模像样的辽代王公墓，这个已经实现。第二步是远赴中原掘几处殷商遗址，搞点青铜器，这个也实现了。第三步是掘牛河梁红山女神庙遗址，找到心仪的红山古玉玉猪龙，这个也实现了。走过了前三步，刘金海想法就飘了，掘墓对于他来说已经不仅仅是图财，而是要扬名。刘金海说他想成为历史上最伟大的摸金校尉，为此，他盯上了骊山秦始皇陵，当年楚霸王动用了那么多人力也没有盗成的天下第一陵，如果凭一己之力将其拿下，必将轰动世界，青史留名。老王说刘金海的第四步梦想让他脊背直冒凉气，这家伙天狗吞日，野心了得！不要以为刘金海在痴人说梦，在此之前他还从没失过手。

我说，刘金海敢打秦始皇陵的主意，也就是吹吹牛吧。

如果是吹牛倒无所谓，但秦始皇陵只有一座，万一他梦想成真，就是无法弥补的损失，世上之事，很多都是在大众认为不可能的情况下发生的，这种事不能赌，只能防患于未然。不得不承认刘金海是奇才，老王语气里带着赞许说，他找古墓的方法你绝对想不到。他先从古代的地图上寻找方位，然后牵着马到荒山野岭去转悠，如果哪块地上明明有青草而马儿却不闻不吃，他便会做好标记，然后再进山用洛阳铲打探。还有，他常在雨后去那些怀疑有古墓的地方转悠，如果地势低洼又无积水，他也做好标记，待有空的时候带洛阳铲进山。刘金海归案后，办案人员在他住处搜出一张辽西地区古墓葬分布图，这张图让文物管理部门的专家目瞪口呆，因为上面有些标注的地方他们从没听说过，按图索骥后果然有不少新发现。

老王关于刘金海的铺垫已经可以了，我问他梦到了刘金海什么，总不会像梦到刘娜那么巧合吧。

我梦到他穿着金缕玉衣来见我。刘金海金缕玉衣引起我注意的是声音，叮叮当当玉和金属碰撞的声音，像编钟演奏，又像古塔振铎，不动听，却入耳，当然，背景音乐还是那曲幽怨的《二泉映月》。我知道自己在梦里，却无法从梦中醒来，这种奇怪的感觉对我是一种难以言状的折磨，我问过一个颇有名气的解梦专家，专家告诉我这是被魇住了。这种梦很吓人，因为你是在清醒中睡觉，不但得不到休息，还会极度疲惫，会让你血压升高、心跳加快，跟清醒时遇到紧张之事一样，据说夜里猝死之人很可能是因为做了这种梦。当然，我还不至于被一个穿金缕玉衣的刘金海吓死，再怎么说我也是他老师。

在梦中我问刘金海为啥要穿金缕玉衣，刘金海说有档次呀，这行头过去只有帝王和诸侯崩薨才能穿。我吃了一惊，刘金海哪里像个农民？能用崩薨一词，可见肚子里有东西。

我劝他金盆洗手，这行当自古就属十恶不赦重罪。刘金海道，生死有命，富贵在天，我有这套看家本事也是拜上天所赐，既然上天赐我，不用岂不是不识抬举。不过，我行事不会做绝，一般会给墓主留下一二，打的墓洞也会回填，不给宵小之辈趁火打劫提供方便。

我听了觉得滑稽，盗墓者本身就是宵小之辈，没想到刘金海还将其分为三六九等。我说以你的本事能在考古方面做出名堂来，为何非要一条道走到黑呢？不中了，刘金海说，入了这行好比抽大烟，一旦上瘾十足难戒，您甭劝我，您是老师，我倒想求您一件事，我把我几十年的心得禁忌都告诉您，您帮我写本书，算是给这个行当立个规矩，这行当良莠不齐，乱得很，愁人！

一个盗墓的想立规矩，虽是梦中之话却意味深长，立规矩就是做标准，做标准的人自然就成了行业老大。我说，当这个行当老大有什么意义呢？当年法律可有一条，叫首恶必办，胁从不问，立功受赏，你出这样的书，恐怕书还没印出来，自己先进去了。

富贵险中求，刘金海说，我一个掏家雀窝出身的穷小子怕啥，打拼到今天已经知足，大不了再回到从前。刘金海在说这番话时，背景音乐《二泉映月》忽然加大了声响，变得愈加悲怆起来。刘金海说他已经开始谋划走进秦始皇陵，这件惊天动地的大事一定要写进书里，传之后人。秦始皇陵是国家重点文物保护单位，安保措施堪比军事基地，刘金海轻轻松松用了走进一词，多从容呀，好像安保、电网、墓道会像 ETC 自动为他敞开一样，刘金海的自信从哪里来？难道说他已经破译了秦始皇陵的密码？如果说过去刘金海的罪过限于破坏红山文化遗址和古墓葬的话，那么这一次他要犯的可是杀头死罪。

老王说，梦中我劝刘金海，书肯定不能写，写了也不会有出版社出，你悬崖勒马尚有活路，若是一心奔向秦始皇陵，肯定是一条不归路。

听我这样说，身穿金缕玉衣的刘金海忽然飘起，像纸鸢一样随风而去。

早晨醒来，这个梦任何细节都记得一清二楚，耳旁还萦绕着《二泉映月》。我给远在辽西的刘金海打电话，我说昨夜梦到你了，你最近没事吧？刘金海说最近遇到点小麻烦，新调来的公安局局长盯上了他，组织了一批人在调查，不过应该没事，他账号里一分存款没有，家中一件古董不留，没证据拿他。我说梦里你告诉我要实施那个大动作，万万使不得。刘金海说，王老师，要是这个大动作能成，搭上性命也值。我说我马上开车去找你，有些话要当面对你说。我赶到辽西刘金海所在的县城，把他约到宾馆跟他说了我梦中的情景，我说我预感你要出大事，你还是主动放弃自己的大动作计划。刘金海虽然狂妄，对我还算客气，他说人这一辈子一定要干成件大事，秦始皇陵是他摸金校尉生涯中的珠穆朗玛，如果征服它，哪怕千刀万剐也无所谓。我说你知道金缕玉衣是什么人穿的吗？活人穿那个东西肯定不吉利。刘金海说我小心就是了，和专案组斗智斗勇我还是有底气的。没能劝动刘金海，辽西之行我无功而返。路上我想，许多人都觉得我能说、会说，甚至能把死人说活，可是我却说服不了学生刘金海，差在哪里呢？

老王说完关于刘金海的梦，神情上弥漫着一种愧疚之色，双手搓了搓面颊，低下头看着地面，地上有几只蚂蚁正在搬运一粒樱桃核，劳作了半天，樱桃核却没有撬动，只好悻悻离开。

我说：刘金海还是进去了，而且是重罪。

是的，专案组可不是当年他吞下的小蛇，几个回合就把刘金海拿下了。专案组中有个人认识我，因为我从刘金海手中买过马镫壶，来找我核实情况，走时我提醒他一定问问刘金海下步打算，是不是还有同谋。就这样刘金海想走进秦始皇陵的谋划被揭开，这件事传到社会上被许多人当成笑柄，但我不这么看，妄想得以实现并非没有先例，刘金海盗墓从没失过手，他被抓也不是盗墓抓的现行，而是赌桌上赌资不够用文物抵押而引发。

可是他怎么走进秦始皇陵呢？难道他会变成蚯蚓爬进去？就是变成蚯蚓，遇到水银层和石灰木炭层也过不去，我说。

老王抬起头，看着果实累累的樱桃园说，世上之事，只有想不到，没有做不到。

我和老王又吃了几枚碱地柿子，我笑着说，明明来樱桃园，却吃了一肚子碱地西红柿，这算什么事？老王说，有人很想吃碱地柿子，可惜吃不上了。

怎么会吃不上？现在快递点都设在了地头，装箱发去不就行了吗？我跟了一句。

刘关张想吃，怎么发？老王说。

刘关张我当然认识，不仅我认识，全市干部几乎没有不知道的，他们均为副市级干部，最近先后被留置接受调查。刘关张中的老大刘凯，特聪明的一个人，工作颇有章法，因为受贿被查。老二关世军，长期主管城市规划建设，是个唾沫落地成钉的强势人物，也因为经济问题栽了跟斗。老三张长义，口才极棒，因为权钱交易毁了前程。年初三人陆续被收进去，留置点肯定没有快递业务。

刘关张是老王说的第三个梦。他们三人是在同一个梦境里出现的，那个时候三人还没出事，老王的语气里带着一丝惋惜，我梦到他们来樱桃园要吃碱地柿子，因为柿子还没成熟，柿子没熟是不能吃的，吃了会中毒，三人就拉着我打牌。他们三个都是牌桌高手，玩牌一个比一个厉害，我知道赢不了，就索性做了输的准备。开打前刘凯说咱不动钱，玩牌赢钱性质就变了，听说王总宾馆玉器店进了不少翡翠镯子，今天咱就赢镯子，记账，不许玩赖。关世军和张长义都表示赞同，我当然不能反对。我们打了几把牌记不清，反正结束时就我一个人输，我自然不能怠慢，让人从宾馆送来三副翡翠镯子，冰种镯子戴在三人的手腕上，透明冷峻，水头十足。牌局散了，我的梦也醒了，醒后仔细揣摩这个梦，越想越不对，加之社会上风言风语在传他们要出事，我就分别给他们打电话说了我做梦的事，提醒他们重视。刘凯电话里听我说完后扑哧一声笑了，道：梦里受贿一只翡翠镯子，这能成为当庭证据吗？这不和做梦买彩票中大奖一样吗？关世军则说，清者自清，身正不怕影子歪。张长义倒是犹豫了一下，说老王呀，这个梦你要保密，说出去会弄假成真的。张长义还举了个例子，说他单位一个男人暗恋某女同事，夜里做梦两人有了苟且之事，此人和好朋友当笑话讲了，结果这个梦便被添油加醋传了出去，传来传去，说法就发生了改变，弄得人家女同事没法在单位干了，只好调离。刘关张三人都没把我做的梦当回事，人家是领导，我又不能多说，对刘关张每人我都留下一句话：镯子像什么你们可要好好想一想。

老王说的第三个梦让我心生疑窦，怀疑他是否真的做了梦。

5

不知从哪天开始，我觉得老王变得陌生起来，要知道，我们相识几乎半个世纪，彼此知根知底。这是一种熟悉中的陌生感，如同欢乐中的孤独一样，让人心中不免生出几多惆怅。我知道这惆怅来自老王的一些变化，老王是我心目中一尊不可置换的蜡像，现在，因为外在因素所致，蜡像有了融化的迹象。

老王的变化是从认识别地开始。别地是蓝城人，七婶的小女婿，七婶最小的女儿经人介绍远嫁蓝城，成了别地的妻子。我和老王都对七婶这个小女儿印象不深，只记得她又瘦又小，头发黄而稀。老王说这丫头嫁对了人，应该是七婶掐算的结果，这当然是戏说。别地是一个文化咨询公司法人，兼十几家房地产开发公司顾问，是蓝城颇有名气的大仙儿。连滨集团承建了别地兼任顾问的公司不少项目，由此老王认识了别地，因为有七婶的缘故，两人一见如故，很快成为好友。

听老王第一次说到别地时我怔了一下，高人多怪名，在知道别地之前，我从没有接触过别这个姓氏。老王和别地成了知己，别地随妻子叫老王二哥，老王叫他别先生。老王说别先生身上有七婶的影子，我似乎明白了老王对别地好印象的由来。

别地的见识体现在蓝山别院项目上。

蓝山别院是连滨集团总承包的一个高档别墅小区。项目确定后，开发商请别地来现场看风水，老总告诉别地，这个项目之所以叫蓝山别院，很大程度是想沾沾别姓的福气，大仙姓氏在此，可以逢凶化吉。但别地似乎对蓝山别院这个名字并不领情，站在招牌前琢磨许久，一言未发就走过去了。别院项目位于孤零零的马鞍山下，地势东高西低，大概有三公顷的样子，略有起伏的低矮丘陵上长满槐树和橡树，林中布满荒草萋萋的坟茔，有主坟已经迁走，没有迁的肯定是无主坟，平掉也无须补偿。别先生穿唐装，胸前挂一条长长的南红珠链，手上戴翡翠扳指，很有京城大师范儿。别先生从包里拿出罗盘比画一番，蹙着眉头道：此地有煞气隐伏，开工前请几个和尚来做个法事，要搞得轰轰烈烈一些。老王在一旁悄声说，做法事要慎重，滨城不比蓝城，蓝城行得通的事在滨城会被阻止。老王理解别先生的想法，也知道那些亡灵在地下沉睡了几百年，忽然间掘出来给活人腾地方，理应告慰一下，但他不能主张这种事，连滨公司是知名大公司，还是市级文明单位，大张旗鼓做法事一旦成为网络头条，那可就会引发舆情。老王把别地叫到一旁小声说了自己的担心，别先生毫不犹豫地道，二哥所言极是，天时不可变，人和胜地利，开工那天多放些鞭炮吧。老王同意了这个建议，开工放鞭谁都能接受。

出乎意料的是，开工那天风太大，初春季节天燥草枯，一旦引发山火可了不得，何况地方政府在防火上三令五申禁止野外弄火。十二台挖掘机高扬铲斗列成一排，每个铲斗上都挂着长长两挂鞭炮，为了防止被大风吹动，鞭炮尾端系在挖掘机履带上，远远看去，这些长鞭都被无数双看不见的手拉满了弓。项目经理顶着一头被风吹乱的假发跑过来请示老王，说林业站的人死活不让燃放鞭炮该怎么办。老王说防火事大，要服从政府管理。结果准备好的二十四挂鞭炮没放成，请来的锣鼓队和一群跳广场舞的大妈在铲车前表演了一番，开工仪式便草草地结束了。

开工满月那天，老王早晨起来右眼皮一直在跳，跳得他心烦意乱。夫人说一定是那几位退休老领导念叨你了，你有两周没有组织饭局了。老王觉得夫人说的在理，事情往往就是这样，吃惯的嘴，走惯的腿，以前周周有饭局，忽然间断一周就有点不正常。老王立马给饭店打电话订房，接着群发一条通知聚餐的短信，不大一会儿所有接到短信的老领导都回了一个 OK 的表情，晚上饭局就搞定了。老王和夫人正欲吃早餐，项目经理打来电话，说蓝山别院建筑工地发生重大事故，施工队在浇筑房盖时尚未凝固的混凝土楼面突然塌陷，埋住了十三个人。老王一听就急了，没顾上吃饭就驱车赶往现场。现场惨不忍睹，百十吨尚未凝固的混凝土压下来，就是神仙也无咒可念，十三具肉体之躯的结果可想而知，灾难已经无法挽回。发生这个情况必须趁混凝土尚未凝固把人扒出来，否则就会凝固成一个人土合一的水泥疙瘩。老王知道眼跳的原因了，狠狠捏了右眼皮一下。人命关天，一次死亡十三个人已经构成重大事故，国家、省里都会来人，问责在所难免。老王做了扒人抢救安排后，就在现场一个个打电话，他知道危难之时应该靠什么。

在事故现场一整天，老王神色明显有了疲惫感，目光变得暗淡。作为记者我自然也赶到现场，在此之前，印象里的老王一向精力充沛，双目有神，由此可以看出老王身上的压力有多大。我问老王责任追究最坏的后果会怎样，老王只说了两个字：抓人。

临近傍晚，该开的会都开过了，从混凝土中扒出的十三具农民工遗体也运至殡仪馆冷藏。老王的眼睛一直是红的。我想劝他几句，他对我说，你知道这些农民工让我想到了什么吗？我想到了七井，想到了嘎儿。

我搭老王的车从工地回返，老王让我一起参加晚上的饭局。我说出了这么大的事还有心思吃饭？老王说这是啥话，上断头台还有一顿辞阳饭呢。我不得不佩服老王的镇定，晚上的饭局依然进行。饭局上老王向各位老领导汇报了事故经过，拱手向老领导行了一圈礼，敬了一个满杯酒后说，各位老领导，我王寸从不逃避责任，公司出了这么大的事故身为总经理难辞其咎，我已经做好了进去的准备，最快也要一年半载才能出来，我想说人进去，饭局不能散，以后每个周末大家尽管来，单就挂我名下。老王这么一说，老领导们便有些激动，谁也不想出事故，出了事故做好善后就是，抓人管什么用？老领导们帮着分析了一下情况，认为要紧的是把善后工作做到位，安抚好家属，能多赔就多赔一些，不要吝啬。老领导们还表态会帮他说说话，在不违反法律规定的前提下，能不进去就不要进去。

那些天，我发现老王的嘴角一直涂着紫药水，像吃了桑葚。好在事故处理果然和老领导说的一样，在充分安抚好死者家属、做好相关善后工作之后，老王免除了囹圄之灾。老王说有这个结果要归功于各位老领导，归功于那个没有取消的饭局。

蓝山别院项目不幸成了连滨集团发展史上的拐点，老王从不隐晦这个看法。

当初承建这个项目时，老王就觉得蓝山别院这个名字有点怪，想起开工前别地察看项目时的怪异，老王决定去蓝城拜访别地。

别地在蓝城的宅子很阔，客厅里挂满他和达官显贵的合影。七婶的小女儿脱胎换骨一样变成了落落大方的贵夫人，除了门牙上带着些许糖色外，浑身没一丝当年黄毛丫头的痕迹。老王悄悄对我说，这丫头由嘎变成了凤凰。

老王说明来意，别地说二哥呀，不必为蓝山别院事故上火，此祸是躲不过的，就是开工那天放了二十四挂鞭炮也会出问题，命理都在别院这个名字上。老王问此话怎讲。别地说，别院二字，别字带刀，院字是十三完，一刀下去十三人玩完，这不明摆着么。老王一听顿有醍醐灌顶之感，难怪开始听到这名字就觉得别扭，只是不知别扭在哪儿，经别地这么一说，立马就通了。

老王说别先生您既然已经有所预料，为何不建议开发商改一下名字？

别地说，公司没有事先问我，去现场那天木已成舟，名字这东西一经诞生便成定数，改了也不会改变命理，何况规划、房产、城建、广告方方面面都有大量投入，硬改的话得不偿失。不过，命不能改，运却可转，若是做了法事、放了鞭炮，也许可减轻劫数。

老王说别地颠覆了他的认知，难怪有些科学家在人生暮年会皈依宗教，其实就是困惑太多所致。尽管时在初夏，当我听到老王这番感慨的时候，心里却生出一种悲凉感，仿佛看到老王苦心营造的一栋大厦正在雾霾中倾覆，没有尘土飞溅，也没有瓦釜雷鸣，就那么缓缓地倒下去，像无声电影，像没有修复的幻灯片，我知道被倾覆的是老王最难得的品质——自信。

我劝老王，在我心里你是个博学的明白人，没有必要对一个江湖人士如此认同，再说别先生是事后总结，听听也就罢了。老王摇摇头说，排中律告诉我们，如果你不能确定对方所为确实是假的，那么对方所做到的就是真的。天下乌鸦一般黑这个结论没人否定，几乎就是真理，因为人们看过的乌鸦都是黑的，但你知道只要出现一只白乌鸦，这个真理就会像瓷瓶一样被打碎。

我明白了，别地就是老王心目中的白乌鸦。

老王还给我讲了一件事情。

蓝城有个叫高老九的铁矿矿主，过去搞建筑时不小心跌落石灰池，身上、面部严重烧伤，属于摸过阎王鼻子的人。也是应了大难不死必有后福这句老话，高老九后来发财了，不仅铁矿日进斗金，大量囤积的巴林石行情也冒烟般上涨，高品位大红袍章料价格竟然直逼田黄。老王喜欢巴林冻石，买了不少冻石章料。在认识了高老九后，两人先有交易，后生交情。因为老王对各种石料知识张口即来，说得头头是道，高老九对老王就格外高看，总是把最好的巴林冻石卖给老王，价格也适中。老王曾对我说，这个高总虽然面目狰狞，但绝非坐地起价的小人。

好印象帮了高老九。

蓝城有个手眼遮天的钱主任，是左右一方的实权人物。此人心思多花在老板身上，老板们对他畏之如虎。高老九是道上混的人，打点关系不会差事，可惜打点没有达到对方预期，这便结下了梁子。钱主任放出话：一块破石头就能换一台宝马的人，想仨瓜俩枣打发我，谁稀罕！言外之意他生气了，钱主任生气可是了不得的事，谁都知道钱主任一向在刺头上立威，喜欢杀猴镇鸡。钱主任擅长自己写上访信自己批，也就是说他自己冒充举报人写信给自己，举报某企业有违法行为，然后自己在信上做批示严查，许多企业家就是着了这个道儿。开始大家还糊涂，没得罪谁啊，怎么就有人举报呢，而且举报线索那么靠谱。后来被查的人一多，大家才知其中猫腻。高老九也有些关系，内线透出风来，关于他的举报信就摆在钱主任案头，让他抓紧想办法摆平，等钱主任大笔一批一切就晚了。高老九闻讯吓得魂飞魄散，脸上的伤疤成了一块块乌青，带上一包巴林石驱车来找老王，他知道老王关系广、路子多，乞求老王出面摆事。高老九眼泪一把鼻涕一把诉说委屈，说自己不是大不敬，该表示的也表示了，谁知他胃口这般大。老王问钱主任有什么爱好，高老九说此人有两大爱好，一是信大仙的话，三天两头到大仙家里讨主意，再一个就是着急提拔，喜欢跑省城搞关系。老王问信哪个大仙，高老九说蓝城最有名的就是别大仙，那可是个牛人，据说县处级干部想见他还要预约。老王说知道了，带上你的巴林石回去等信吧。高老九非要留下石头，老王正色道：帮你平事，是朋友情分，拿了石头，就成了交易。说完把那包巴林石塞回高老九怀旦。

高老九走后，老王给别地打了个电话，简单说了一下情况，问是否有化解良策。别地说二哥呀，这事包在小弟身上就是，会办得妥妥的。老王说给我办事可没礼金，顶多请你喝酒。别地说二哥呀，君子爱财取之有道，兄弟我是缺钱的人吗？老王没想到别先生这么痛快就接了活，而且大包大揽。

果然，高老九被举报查处的事最后不了了之。

老王对我说，别先生主动约钱主任到家，察看了钱主任一番脸色，很严肃地说，最近算了一下钱兄运势，发现总在坎卦上徘徊，是不是惹了不该惹的人。钱主任说没有呀，最近啥事都挺顺。别先生说不对，你最近踩上了游蛇，是你招蛇，而不是蛇非要缠你。钱主任莫名其妙，说那会是谁呢，蓝城没人敢挡我的道呀。别先生说最近是不是想办一个人。钱主任说是啊，一个不长眼色的铁公鸡。别先生说，此人是不是属蛇，面目狰狞，相貌丑陋？钱主任说这家伙十几年前被石灰烧伤过，面貌丑陋肯定没问题，是不是属蛇需要查查。钱主任马上打了个电话，一会儿短信回过来，高老九属蛇无误。别先生说这就对了，这个人办不得，此人经过真火九炼，遭鬼神厌弃，招惹这种人会引火上身，轻者影响前程，重则性命不保，还是不搭理为好。钱主任说我还没动手，那就听大师的放这小子一马，说实在的我特烦这小子，见到他就像见到癞蛤蟆一样讨厌。

别先生说癞蛤蟆更不能惹，会影响财路。这样吧，你半年之内不要与此人照面，手里关于此人一切文字皆不能留，烧成灰烬撒在十字路口，坎卦就会迈过。

故事颇有传奇色彩，老王也讲得绘声绘色。

我说，是够滑稽的，像舞台上的小品演出。

老王说，滑稽没有什么不好，至少说明上演的不是悲剧。

我直言道，这种滑稽在逻辑上是不成立的，问题的解决完全是偶然因素。

老王点点头：的确，我过去迷信逻辑，认为符合逻辑才是科学，可是我发现依照严密逻辑推出来的结论往往是悖论，倒是反逻辑的结论更适用，这种反差比打耳光还脸疼，我明白，我改变不了世界，只能改变对世界的看法。

是改变还是逃避？对老王我不必遮掩观点。

你不觉得有时候做明白人很可悲吗？老王说，其实有些事我并不明白，我也不想明白，我辜负了胡玉芝给我起的绰号，最近我越来越感到惭愧，觉得满腹哲学不如别地一个谎言。老王在说这番话的时候，我发现他的目光依然冷峻，我心里清楚，只要老王眼睛不浑浊，就可能是正话反说。

6

如同一艘巨轮在波涛汹涌的大洋中突然失了动力，船上所有的人都束手无策。这是老王对连滨集团现状的描述。

其实，老王对连滨集团的今日早有预感，只是没想到来得如此之快，大厦倾覆，猝不及防，像老王这般有定力的人也倍感茫然。本来老王可以选择离开，大船搁浅，小船逃生，这是企业培训时教授们如出一辙的谆谆教导，但老王决心留下来，他要对得住郝老的信任。已进耄耋之年的郝老在知道企业陷入万劫不复的困境后，握着老王的双手，眼中盈满浑浊的老泪，哽咽着一句话说不出来。老王能说什么，他什么也不能说，他理解郝老此时的心情，用血汗打造成的巨轮即将沉没于风浪之中，对于曾经的舵手来说一定心如刀割，但是任何事情都是有因果的，这一点郝老并不糊涂。

失去动力的原因并不复杂，老王这样对我说，作为总经理他有许多值得检讨的地方，至少是没有阻止错误操作。因为债务，老王被列入失信名单，消费受限，饭局自然也无法再组织，门前开始冷落起来。

老王是个习惯自省的人，什么事都先从自身找原因。在连滨集团陷入困局后，他约我喝茶。老王说，他原本想从影响一企一域开始，逐渐在黑土地上有所建树，现在看来这是圣西门般的空想，对七井没能影响，对连滨集团的影响也归于失败，自己这辈子等于被扇到半空画了个圆圈又飞回来的嘎，赤条条连根羽毛都没长。我宽慰他说，你还是影响了一些人，比如我，比如吴琳，还比如高老九。老王摇摇头道，那都是小把戏。

我问起连滨集团倾覆的内幕，老王说他从不对外讲，但对我他可以透露一些。

郝老的儿子郝董是一个颇具艺术气质的人，作为集团掌门他总想开拓集团业务，他认为建筑安装行业太土，用他的话说总也摆脱不了乡镇企业的藩篱。

集团下行的直接因素与郝董的艺术追求有关。郝董几乎每一项大的决策都偏离集团建筑主业。连滨集团靠建筑起家，优势在于搞土建盖房子，这恰恰成了郝董认为应该剥离的业务。郝董进军的第一个领域是旅游，旅游多浪漫呀，无烟工业，不用砖瓦水泥。郝董花重金定制了全市最豪华的大型游艇，阔气的游艇在码头上确实引来无数羡慕的目光，没有人再说连滨集团土了，因为游艇是最能与国际接轨的奢侈品。可惜拥有了游艇后却没大用处，除了偶尔拉几个贵宾、模特出海转转外，这条豪华游艇只是泊在码头里，成为婚纱摄影的道具。郝董进军的第二个领域是豪车。集团花重金采购了各种名牌轿车、老爷车，开了个豪车博物馆。豪车与游艇一样都是烧钱行当，这些五花八门的车只有投入没有产出，而且折旧速度堪比股票熊市，股票熊市尚有牛市可期，而买进的豪车基本上等于砸在了手里，只能一路下跌。郝董进军的第三个领域是红酒。红酒是品位身份的象征，明星大牌大都喜爱红酒。问题是如果只是享受一下也无可厚非，因为酒酿出来就是为了喝，不管是八二年拉菲还是限量版的康帝，不喝就失去了酒的本意，任何一款红酒都不能像瓷器那样无限期保存下去，采购大量红酒僵尸一样排列在酒窖里，就成了单纯的摆设。进军这些领域虽然都是小打小闹，却耗费了集团骨干大量精力，一时间游艇、豪车、名酒成了集团高层谈论的话题，至于建筑则受到冷落。拖垮集团最后一个决策是进军足球。身为球迷的郝董一意孤行决定接手一家有名的足球俱乐部。圆圆的足球成了集团填不满、喂不饱的无底洞，吞噬了亿万资金，导致集团资金链断裂，最终走向倾覆。

对集团接二连三的非理智操作，老王虽然极力劝阻，但最终还是无法改变走向，因为在这艘巨轮上他只是水手而不是舵手。

老王陷入困境的时候，遇到了来自家乡的两位求援者。先来的求援者是雷子，小时候和我一起抓家雀的同学。雷子患有严重神经官能症，本来对生活已经没什么信心，上次老王回去让他有了一份固定收入后，好像干涸的秧苗被灌溉了一样重新支棱起来。七井小学被撤并，雷子又失去了这份生活来源。对此，雷子心里一直有所不甘，便千里迢迢来找老王，请老王给他找个活干。老王问了雷子七井一些情况，雷子说七井被县里规划为开发区，但除了一个牌子外，连个厂房都没有，几千亩土地就那么在撂荒，农民也懒得种，因为种地根本不赚钱。雷子有病，年纪又大，活肯定是不能干，老王便资助了一点钱，好说歹说把他劝走了。雷子走的时候心有不满，唉声叹气地上了火车。

后来的求援者是吴琳，老王青春期心目中的女神。在吴琳被推荐上大学前，老王一直留心这个哈尔滨来的下乡女知青，吴琳身段匀称，凸凹得当，五官也横平竖直，相书上说五官代表一个人的风水，尤其女人，一辈子因果全种在五官里。老王念念不忘吴琳的牙，吴琳的牙可以用皓齿珠列来形容，晶莹剔透，严丝合缝，在四环素牙肆虐的七井，吴琳的牙绝对是一道靓丽的风景。作为大队团支书，吴琳多次找老王谈过话，老王说自己对男女之事开化晚，记忆里似乎没有过初恋，他把吴琳找他谈话当成了想象中的初恋。我记得吴琳对老王有一番描述，说老王的牙基本上是鲨鱼牙微缩版，排列毫无章法，之所以说基本上，是她没有看见被两腮遮挡的槽牙，从能看到的牙来说，里出外进，透着蜜蜡般的光泽，颇有些气势。其次说眼，老王的眼眼白多，眼仁聚光，像鹰眼，却没有鹰眼的杀气，但穿透力浑然天成，与人对视时似乎冒着丝丝剑气。再说耳朵，老王的耳朵总令人联想到猞猁双耳上的簇毛，像施了法术一样，持久地支棱着，如同刺向空中的双矛。还有老王的眉，眉梢卷扬，两头相连，连接处的眉毛颜色稀而青，把一道通天纹给生生截断，这是破中有立的标志。经吴琳这么一说，再想想老王的长相，我觉得世上之事真的就怕相互联系，明明风马牛不相及的事，一旦相互有了联系问题就变得复杂起来。吴琳私下将老王比作七井村第八口井，具体寓意为何她从不说，凭我对吴琳的了解，老王在吴琳心目中是有一定位置的，不是爱，也不是感激，而是一种参照。吴琳是个骨子里高傲的人，老王多次邀请她来滨城，她都以工作忙为由婉拒，尽管哈尔滨到滨城路途不远。吴琳这次找老王是为了孩子，孩子大学毕业想到滨城工作，吴琳便想到了老王这层关系。老王说这个忙无论如何也要帮，孩子的事是真正的大事。老王请吴琳吃饭，吴琳问了个几十年前的老问题，说当年推荐上大学是在她和胡玉芝之间二选一，因为老王做了工作，这个指标才落到她头上，她想问这是为什么，按理说胡玉芝更有人脉。老王说帮你有两个方面原因：一方面是奎叔有交代，奎叔说吴琳这孩子干净，七井水不好，别毁了人家；另一方面是我有私心，我喜欢你一口洁白的牙，在满是四环素牙的七井，你的牙是我的理想之门。吴琳不好意思掩面而笑，她的牙早已今不如昔。

老王帮吴琳的孩子找了一份比较满意的工作，吴琳私下对我说：老王这个人真好，老王考上吉大的时候，我就隐隐约约感到老王应该是七井大队第八口井，这口井将改变七井的水土。吴琳还颇有感触地说，如果时光能够倒流，真希望老王能推开希望中的理想之门。

一天下午，老王给我打电话说得了瓶老酒让晚上去喝一杯。我当然不能推辞，因为我知道老王一定有话想说。

晚上，老王依然煮了几样海鲜，拿出一瓶酒龄超过四十年的七井白酒。老王说这酒是吴琳带来的，一共两瓶，他和吴琳喝了一瓶，剩下这瓶给你留着。我拿过七井白酒，心里颇有些小激动，这瓶七井白酒让我眼前一亮，吴琳能把这古董一般的酒留到现在，是对七井的纪念。七井白酒商标设计简单，图案是一男一女两个农民，头上系着白毛巾，女的腋下夹着一捆水稻，男的手里握着一把镰刀，两人目视前方，图案下方印着七井白酒四个红字，字体是楷体变形，下面标着六十度。铁质的瓶盖已经锈蚀，透过玻璃瓶可以看到酒飞了一些，已不足一斤。

这次喝酒，老王一改侃侃而谈的习惯，似乎有心事一样不停地劝我举杯。七井白酒已经被岁月糖化，入口绵软，回味甘甜，几杯后老王便有了酒意。

停顿了一下后，老王酒醒一样恢复了表达上的流畅：其实，嘎不一定非要成为鹰，扦插成树也不错，对了，我已经说服郝董，集团清算后余下的资金全部投到生态农业上，另起炉灶，办个有机农场，大面积种植有机杂粮，主打碱地柿子。

真的？我几乎不敢相信老王的话。

老王点点头说，我与郝老打了招呼，“两动一不”原则我决定改成“三动”，动手的第一件事是回七井设个分公司，把几千亩撂荒的盐碱地利用起来，公司加农户，大面积种植碱地柿子。

闻罢此言，我鼻子一酸，觉得眼眶有些湿润起来。

汪家的宝贝

陶　纯*

北京奥运会前一年，也就是二〇〇七年，黄娟和丈夫汪希国商量来商量去，犹豫来犹豫去，终于咬咬牙“豁出去”买了一套一百五十平方米的大房子，地点在紧靠北四环的亚运村一带，有名的中达富丽小区，房价彼时已经噌噌噌蹿到一万出头。之所以说他们“豁出去”，按黄娟的说法，当时她是抱着若投资失败就要跳楼的心态去买这个房的，刷卡付款签合同时就像签生死状一样，头皮直发麻，眼皮子乱跳，腿肚子直抖。这个小区的房子，两年之前，只要五千多，她和老汪几次到过这地方，每次来都心动一回，有一次都要挽袖子交订金了，却又忐忑地收了心。最好的机会就这么错过了，现在花的钱搁两年前可以买两套，每次想起来都窝心得肉疼肝疼。

拿到新房钥匙，辛苦装修了一年，好歹赶在奥运会开幕之前，鸡飞狗跳地搬了进去。这一住进来，立马感觉就不一样了。开幕式那晚，一家三口坐在后阳台的藤椅上品着冷饮望风景，脚下边不太远处就是那个大鸟巢，大场面不用望远镜能瞅得一清二楚。这情形，真有点儿像是坐在天宫里遥看人间美景，那

---

* 陶纯，男，1964 年生，山东人。现为解放军驻京某部创作室专业作家。著有长篇小说《浪漫沧桑》等六部，中篇小说三十余篇，短篇小说七十余篇。曾获中国人民解放军文艺大奖、中宣部“五个一工程”奖、全军文艺新作品奖一等奖、中国图书奖，以及《人民文学》《小说选刊》《解放军文艺》《中国作家》《北京文学》等刊物奖；长篇小说《一座营盘》入选 2015 年度中国小说学会年度排行榜、《当代》长篇小说“年度五佳”。2019 年出版九卷本文集。

种美好的感觉难以形容，一辈子忘不掉！

奥运会结束不久，这一片的房价便翻了番。后来的价格，就更不必说了，呼呼往上蹿，几乎每个月都蹿一大截。黄娟跟老汪天天像喝了兴奋剂似的，走路都止不住地摇晃。相信那之前在北京买房赶上点的人都有这种感觉。

他们家原先住的是老汪单位的房改房，七十多平方米，当初仅花不到十万买下的，在东三环双井桥附近，是一个老旧小区。老汪原打算买了新房，卖掉旧房，反正就一个姑娘，将来嫁个有房的男人，天经地义，不愁没房住。多亏黄娟给拦住没让卖，房价都在涨啊，旧房也是房啊，涨得一点儿不差。他们索性把旧房租出去，房租也跟着涨啊，每年一个台阶，光靠房租，全家日常生活的开销，都有了。家有两套房，在北京城，可不是个小事。老汪家，不说别的，就凭这两套房，就足以让人羡慕嫉妒恨。

那一阵子，汪家的好事接二连三，女儿汪宇佳大学本科毕业，去了硕士研究生都未必能挤得进去的一家研究院。这个研究院是国家某部委直属单位，待遇好，位置也好，离家只有三站地。汪宇佳在里面负责信息与资料工作，工作不累，基本不需要加班，她的直接领导是个好脾气的中年大叔。这一点很重要，没摊上那种嫉妒心忒重、横挑鼻子竖挑眼的老女人当顶头上司，真是她的福气！

这还没完呢！汪希国在部里干了七年半处长之后，终于撬动了上头的“铁石心肠”，虽然没提他当副司长，但是给了他个副巡视员的头衔，好赖也享受个司局级干部待遇。汪家两口子谢天谢地谢组织，很知足了。

有这么三件大喜事临门，那些天黄娟和汪希国做梦都要笑醒。都说北京的雾霾越来越重，很少看到蓝天白云，难免心情压抑。可是黄娟偏偏就没这种感觉，她觉得天天都是好日子、好风景、好心情。区区一点儿雾霾算什么呢？只要你心里面明净，雾霾就不是个事儿！那些天天跟空气置气闹别扭的人，在黄娟眼里，都是没怎么混好的人，心情不顺，所以他才怨天、怨地、怨空气。

其实，在黄娟汪希国两口子眼里，汪家让人羡慕嫉妒恨的，不是那两套房，也不是汪希国的那个副司局级职务，这算什么啊？在北京，有多套房的人多的是，当大官的人更多的是！可是跟人相比，那些身外之物就都不算啥了，不是吗？说白了，跟他们的宝贝女儿汪宇佳相比，那些都不算啥。汪宇佳小名佳佳，佳佳才是这个家里最宝贵的，是黄娟和汪希国的心头肉，是他们的连心桥，是汪家让人羡慕嫉妒恨的核心所在，是他们这辈子最大的骄傲。虽然这辈子还长着呢，这么下结论有点儿早，但是他们两口子偏偏认准了，女儿佳佳是他们这辈子最大的骄傲，是他们的命根子。

这是毫无疑问的。

佳佳是个稀有的美丽而懂事的女孩子，在老师、同学、邻居、同事眼里，但凡认识她的人没有不夸她的。现如今，美丽的女孩子大街上随处可见，但是既美丽又懂事的女孩子，就不那么多见了。这里所说的懂事，在黄娟两口子心目中，是指乖巧、听话、勤快、细心、成熟、温柔、孝顺、善良等等一应优点。她一贯让父母省心而不是频频给父母添堵，总是安安静静的，而不是疯疯癫癫的，她从来不惹事，不生事。往高了说，佳佳是新时代淑女的一个典范，既有大家闺秀的风采，又有小家碧玉的韵致；往近了说，她是父母眼里最好的孩子，几乎无可挑剔。她宛若一个飘落人间的天使，偏巧摸进了汪家的门。

佳佳打小就讨人喜欢，小时候她的长相非常甜美，人们都说她像个洋娃娃，头发天生带卷儿，深陷的眼窝，小巧玲珑的浑圆的鼻尖，有点儿发蓝的眼珠，尖尖的下巴颏，这副小模样儿人见人爱，在洪山镇——就是黄娟和汪希国的老家，太行山深处一个兔子不拉屎的穷地方——那个唯一的幼儿园里，她是最出名的，给父母挣了很大的面子。

汪希国、黄娟在老家也是鼎鼎有名的。他们二人是县上高中的同学，两人所在的村子相距三华里。一九八〇年，一同参加高考，汪希国榜上有名，他考上了省商业学院，是洪山镇新中国成立后的头一个大学生。黄娟名落孙山。

他们两个在高中时就偷偷好上了，汪希国到省城上学后，两个村子的人都以为他们的关系不会长久，黄娟也做好了吹灯的心理准备，毕竟考上大学，是农村孩子跳出农门的最好机会，还不趁这个机会找个端铁饭碗的城里女子？以后子子孙孙都是城里人，多好！可是，可是人家汪希国并没有提分手的事，二人靠书信联系着，时断时续，每次接到他的来信，黄娟总是心跳得怦怦响，偏偏这封薄薄的信是一把小锤子，在敲打她的心房，总以为这是最后一封，久久不敢撕开。汪希国在省城上了三年大专，分配到县商业局坐办公室，屁股还没坐热，头一件事居然是来黄娟家正式提亲，让人不太敢相信这是真的。他还煞有介事地请了个媒人一同过来。太行山人脑瓜子封建，即使是自由恋爱搞成了，也得由媒人出面提亲，这个程序不能省略，否则就显得不那么正规，两人胡搞似的。

希国的这一举动足以让黄家人感动一辈子。黄娟更是把他视为大救星，想起来都要落眼泪。婚后，希国想办法把她弄到镇上初中当代课老师，不久生下佳佳。每到周末，希国就坐长途客车或者是搭便车从县城回到镇上来住一两个晚上。他们是一对让邻人同事羡慕的好夫妻。

希国上头有个哥哥，虽然是农民，但是生了儿子，黄娟却生下个丫头，这让公公婆婆很瞧不上她——本来汪家人就不怎么待见她，他们当然希望儿子在城里找一个吃公家粮的媳妇，最好女方家有点儿地位，可以帮帮儿子。他们也想了一些办法阻止儿子和她来往。他娘到处说她像个狐狸精，只会勾搭男人，而且高颧骨，乌眼圈，是个克夫相。即便婚后，他娘还是不断地说她这不好那不好。话传到她耳朵里，她没有一点儿办法，不敢像别的媳妇那样撸起袖子跟婆婆干架，她得忍着，尽量不去和婆婆碰面。怀孕的时候天天念叨，一定要生个儿子给自己争口气呀……可是偏偏生下个丫头来，让她在公婆眼里更是里外不是人！要命的是，那年头计划生育抓得贼紧，如果是农民身份，可以偷着多生一两个，大不了罚点儿款，顶多让人把老屋给掀了，但那些吃公家饭的人只能生一个，否则就要丢饭碗。黄娟曾经试着跟希国商量，能不能让她再怀一个，偷偷生下来，抱给她妹妹抚养，将来寻机再抱回来。希国道：“你想过吗？如果超生败露了，上头把我给开回乡来种地，你生三个儿子，又有啥？还不是受穷的命！”又道：“我嫌弃过女孩吗？没有啊！”男人的豁达再一次感动了黄家人，黄娟对丈夫无限感激之余，全心全意培养女儿佳佳，发誓把她教育培养成一个让人羡慕嫉妒恨的女神一样的女孩，把她身边的同类都比下去。

原以为会在小县城生活一辈子，但你心肠良善，老天终归开眼。希国在商业学院上学时的老师李庆书，因为是“文革”前清华大学的高才生，不知怎么突然就走了运，先是当副院长、院长，然后调到省商业厅当副厅长。希国是李庆书老师最喜欢的学生，不为别的，就为班上当年有十三个男生把老家的对象给蹬了，唯有希国坚决不当陈世美。李庆书老师发达之后，就把“忠诚厚道”的希国调到省厅工作，黄娟娘俩自然跟着沾光，搬到了省城。没过两年，李庆书上调到北京，又把希国带到部里，这一下一家三口成了北京人，立马感觉就不一样了。要不是李庆书后来出了点儿事，因为经济问题判了刑，希国的前途应该宽阔明亮得多。尽管如此，他们已经是相当心满意足，感觉这辈子老天爷对他们是开了眼的，待他们是不薄的，尤其对黄娟而言，最起码老天爷给她安排了一个好丈夫，又给他们夫妇俩安排了一个好女儿。这可是不得了的！那些不幸福的人，往往不是因为没钱没势，而是因为没能碰上一个好配偶，或者没能生养一个好孩子。想想是不是啊？生活的幸福就来自你的身边人是否让你感到幸福，仅此而已，仅此而已。

离开洪山镇，终于摆脱了婆家人对她精神上的打压，黄娟犹如迎来了第二次解放。这么多年过去，公公婆婆先后离世，希国的那位哥哥虽然生下两个儿子一个女儿，生活并不如意，两个儿子一个在南方打工，一个在老家种地，生活质量可想而知。当初他们可是瞧不起黄娟和佳佳的，佳佳用她出色的表现给了婆家人一个响亮的耳光。现在希国和他哥哥一家基本上没什么来往，当然这是黄娟多年来不断“控诉”他们、为希国洗脑的结果。他们已经有六七年没回太行山老家了。黄娟的父母也已过世，唯一的妹妹住在省城儿子家里。父母不在，线就断了，回去干什么呢？

没有了老家人的牵绊之后，汪家的日子感觉更滋润了。住在城里的人，不怕天不怕地，就怕乡下老家有事，不是来借钱就是想来城里看病找工作，你帮他，他认为那是应该的；你不帮他，他马上就翻脸，说你忘本，到处糟蹋你的名声。他找你办十件事，你有一件没办好，就会得罪他，那九件等于白办了。汪家跟老家断了联系，这才过上属于他们三个人的好日子。不是说非要吃多好，穿多好，用多好，主要是气氛，欢乐而轻松的家庭气氛。黄娟是母亲，是妻子，是家庭主妇，话多一些，嘴碎一些，性子急一些；老汪说话语速偏慢，在机关里培养锻炼出的一种沉稳干练气质；女儿则宁静柔顺，时常莞尔一笑，表情恬淡。有那么好的丈夫，有那么好的女儿，黄娟从不怀疑自己是天底下最幸福的人。认识她的人都知道，她常常有两句话挂在嘴上的，一句是："我爱人哪，是天底下最好的男人！"她不像别人那样叫男人老公，她对外一直称呼汪希国"爱人"。老公、老婆这样的称谓似乎是从港台电影里学来的，是舶来品，听上去黏糊糊的、酸唧唧的。改革开放之前，内地有谁这么说？还不都是张嘴爱人、爱人的！称呼配偶为爱人，这才是纯正的中国特色。

她常挂在嘴边的另一句话是："我家闺女，真是太优秀了！"

在家里，茶余饭后，或者是饭间，一家三口经常玩笑打趣，相互逗乐。以前黄娟老爱说："希国呀，你真是天底下最好的男人！"后来年纪渐大，便改口为："老汪呀，你真是天底下最好的男人！"老汪总是嘿嘿一笑道："你是天底下最好的女人，行不行？"黄娟又道："你瞧咱闺女，那可真是天底下最优秀的女孩！"老汪笑道："这倒不假。咱家闺女，就是好！"宇佳抿小嘴莞尔一笑，道："我爸嘛，当然是天底下最好最帅的老爸啦。"黄娟故作不高兴状，伸指头一点她，嗔道："你这没良心的，你妈呢？怎么不说？"宇佳低头又一笑："我妈呀，当然也是天底下最好最美的老妈。"黄娟便做了谦虚状，筷子一放："得得，我闺女才是天下最美！"老汪道："在我眼里嘛，闺女是天下最美的女孩，老婆是天下最美的老娘们儿！行不行？"一家三口笑成一团。老汪平时在单位，工作忙不说，那种环境主要是心情压抑，精神紧张，这么一说一笑，不良情绪就释放了。

佳佳由于长相美、性格好，难保不被人盯上，黄娟和老汪不担心别的，就怕她早恋，尤其上了高中之后，经常打预防针。现在早恋是普遍现象，少男少女不搞一回早恋，同学都笑话你。当然，早恋是有后果的，吃亏的说到底终归是女孩一方，因此家有闺女的得时刻小心，严防死守。一扯到这个话题，宇佳曾经反驳过一句："你们俩不也是高中时候谈的恋爱吗？你们可以，我为什么不可以？"两口子给说愣了，许久才反应过来，黄娟道："我和你爸那是真心相爱，谁也拆不散，不是吗？我们要是没谈，哪能有你？幸亏我们那时谈上，才有了你这个好闺女。"老汪觉得她没把问题说透，补充道："佳佳，现在主要是对付高考，时间太紧，等你考上好大学，想怎么谈，都成！"宇佳想了想，认真地说："爸、妈，知道了。"

在双井老房子住的时候，对门邻居是老汪部里的一个同事，姓柴。老柴家儿子小柴和佳佳高中同学，同级不同班。黄娟总觉得那小柴不正经，因为他看佳佳的眼神不对，像个老到的色鬼，小眼睛眯眯着，直勾勾地，盯着人不放。黄娟反复提醒佳佳要小心，尽量不要和小柴说话。老柴的老婆是个大大咧咧的女人，在一家五星级酒店当大堂副理，说话嘴上没个把门的，黄娟提醒她，小心你儿子早恋。那女人竟然笑嘻嘻道："男孩子嘛，怕啥！搞大别人肚子，大不了赔点儿钱。"你听听她这话，这个娘们儿年轻时候绝对不是个省油的灯，只是现在老了，骚不动了。气得黄娟半个月没理柴家的人。

女儿终归是个好女儿，虽然屁股后头不乏追求者，但她很好地把控住了自己，高中三年，平平安安，没一丝风言风语传到家里来。都说女孩青春期不好度过，汪宇佳这不是顺利度过了吗？这样的好女孩，现在真的很少很少了，黄娟两口子想不骄傲都不成！

考大学，佳佳成绩有点儿欠。黄娟原指望她即使上不了北大清华，起码得上人大或者北师大，北航也不错，北理工也凑合。可是分数一出来，研判来研判去，只能报北工大。黄娟心里有点儿失望，却又不能流露出来，因为这怪不得孩子，要怪只怪自己家住在朝阳区，朝阳区没什么好学校，好学校都在海淀和西城区。要怪只能怪自家没有早一点儿到海淀或者西城买一套学区房，佳佳如果到海淀或者西城读初中打个好底子，她说什么也得考上一所好高中，读了好高中，即使上不了北大清华，她最起码得考上人大、北师大这个级别的学校。

黄娟老汪两口子很快就想通了，能上北工大，也是不错的。只要孩子好，听话懂事，能有个大学上，就可以了。老汪当年只是个大专生，现在不也是国家部委的正处级干部了吗？汪宇佳从初中到高中最要好的同学、闺蜜林婉秀，连北工大都进不去，只能勉勉强强上了北京联合大学。和她一比，宇佳算是相当幸运了。

那时汪家还住在双井。女儿上大三那年，黄娟感觉到了有点儿不对劲——佳佳浅蓝的眼睛藏不住一点儿心事。果然一问二问，她便老实承认，谈恋爱了。黄娟半天没吭气。老汪道："孩子大了，都大学快毕业了，谈个恋爱也正常。"黄娟好半天才缓过气，一迭声地逼问道："男孩家是哪里的？父母都是干什么的？你了解他吗？他对你是不是真心好？还是就想玩玩？"

佳佳如实说了。男孩跟她一个班级，家是山东农村的，父母自然都是农民，父亲在深圳打工，母亲在老家种地、赡养老人，家中还有一个弟弟上高中。人家当然是真心和她好，农村孩子都很朴实，不会玩虚的。黄娟一听就急眼了，差点儿跳起来："什么？就这条件，你也谈？你想往火坑里跳，是不是？"佳佳小声道："你们当年不也是农村出来的吗？现在不也过得挺好吗？只要人好，怕啥。"黄娟难得地一瞪大眼珠，气得呼呼直喘，要憋死的样子。老汪在一旁帮腔道："佳佳，现在跟过去不一样了。你想想，如果一毕业，男孩留不到北京，你们将来怎么生活？你总不能跟他去山东吧？这个问题很严重，很严重，也很现实，现在不能不考虑，否则将来后悔也晚了。"

两口子做了半个月的工作，黄娟甚至扬言，如果不拉倒，就到学校找老师、找领导，非把那个男生吓退不可。又说，上学期间，主要是学习为主，以后还要考研、考博，路长着呢，谈恋爱的事，完全可以放一放。老汪说，如果他有困难，我们可以补贴他一点儿钱，农村孩子，真的不容易。也许老汪想起了当年的自己，眼眶子红了。

佳佳毕竟是个特别听话的乖孩子，到后来她终于松了口，又过了一段时间，告诉父母，和他掰了。黄娟上前一把搂住她，亲了一下乖女儿的脸蛋，眼泪都要下来了，心想，这么懂事的孩子，现在你到哪里去找啊！

黄娟还是不放心，悄悄问她："哎，你跟他，有那个……没有？"佳佳一愣："什么呀？""就是那个……男女关系嘛。"佳佳头一别，脸臊得像块红布，有些不高兴了，甩下一句："妈你瞎想什么呀！"钻进了自己房间。那天晚上，老汪亲自把刚买来的电泡脚盆搬到客厅，接上水，插上电，水烧得热热的，又亲自把女儿从她房间里领出来，替她脱掉鞋和袜子，给她烫脚捏脚。女儿不但模样俊，一双脚也是非常秀气，三十六码，不大不小，不胖不瘦，玲珑可爱，简直无与伦比。打她小时候，老汪就喜欢女儿这双灵秀的小脚丫，经常是捧在手里，又是亲又是捏又是嗅。女儿大了后，这习惯也没怎么改，时常找个机会欣赏一通。这晚上老汪脑门上挂着汗珠帮她洗脚捏脚，手指头冷不丁挠几下她的脚心，终于把她逗乐了。

至此，黄娟和汪希国，总算把心搁到了肚里。

此后有好几年，汪宇佳没再有任何恋爱的举动。

刚参加工作那几年，汪宇佳每天按时上下班，晚上极少出去，一家三口偶尔到附近的博纳国际影城看场电影，或者到鸟巢、水立方那一片溜达溜达，或者她偶尔在周末和闺蜜林婉秀相约见个面，都是白天出去，而且大都是人家婉秀主动约的她。她乖乖地守在父母身边，像一只恋家的小狗或者小猫，撵都撵不动，成为不折不扣的宅女。黄娟买来毛线，娘俩一块儿织毛衣，比谁织得快，欢声笑语不断。毛衣倒是织了不少件，却也不见有谁来穿。宇佳还学会了做饭，手艺日渐精进，周末吃上女儿亲手做的可口饭菜，两口子心里那个美呀，没法形容！

宇佳有好一阵子没外出了，黄娟问她，她笑道："婉秀有了正式男朋友，见色忘友，都不联系我了。"这个突如其来的消息让黄娟暗自心惊："怎么，婉秀都有对象了？"佳佳道："妈，人家为啥就不能有对象？"黄娟有点儿失落，讷讷道："找了个什么样的？不会是个打工仔吧？"宇佳笑道："妈你又看扁人家了，婉秀可不简单呢，这回找了个大款的儿子，她身上背的包说是值五万多呢！"

这个消息让黄娟一宿没睡好。宇佳和婉秀是最要好的朋友，有这一层关系，两家的关系也还不错。婉秀的父亲林广信是朝阳区下边一个事业单位的小科长，用他的话说，是"全北京最老的科长，二十多年没挪窝"，他和汪希国是"钓友"，每年都要相约出城钓几次鱼；她妈赖小芸呢，就是个街道居委会打杂的，上不得台面。林家的家庭、地位什么的，没法跟汪家比。婉秀本人更是没法跟宇佳比，宇佳的优点，差不多都是婉秀的缺点，她可是又懒又馋又笨，爱贪小便宜，整天疯疯癫癫、没心没肺的样子，就知道享受；论长相呢，那就更没法比了，俩人在街上走过，至少百分之九十的目光是瞄向宇佳的。大学毕业后，她连个正式工作都没有，到处找公司打工，经常换单位。可就是这样一个人，竟然找了个大款的儿子，相当于找了个大款。

黄娟摇醒呼呼大睡的老汪，把这个消息讲了。老汪醒悟道："我正纳闷呢，老林怎么突然用上了光威。嘿！这下找到答案了。"老汪说的光威是一种鱼竿的牌子，加拿大货，很贵很好用，他老想买，一直没舍得。

黄娟总还是觉得佳佳提供的信息不实，像林婉秀那样的条件，怎么可能轻易找到大款的儿子呢？要么是那人长相特别不咋样，要么就是个骗子，现在的骗子可真多的是。她让佳佳约婉秀来家里玩，最好带上男朋友，大家认识一下。到了周末，婉秀果然带男朋友来了，开着一辆大奔来的，往小区门口一停，特别亮眼。小伙子名叫赵振，是浙江人，父亲在杭州做蚕丝生意，据说是个亿万身家。他和婉秀是在夜店认识的，感情很快升温。

让黄娟料想不到的是，人家赵振除了微微有点儿胖，略微有点儿矮之外，并没有什么大毛病，白白净净的，不抽烟，戴一副窄边眼镜，像个正在用功上进的小学者，挺懂礼貌，看上去也挺顺眼。中午饭老汪计划在家做，他一大早就去置办了各种食材，说是要露一手给小赵。老汪的厨艺确实不赖，婉秀可以做证。但是赵振坚决“不能让汪叔受这个累”，说是已经订好了附近五洲大酒店的包间，中午就去那儿吃。怕他们不相信，又当着众人面打了一个电话给酒店。

五个人挤上赵振的车到了酒店，进了包间，才发现林广信两口子早已候在里面。老朋友相会，倒也开心。赵振特意拎上来一瓶十五年的年份茅台，笑道：“汪叔和林叔每人半斤，不多不少。”点的菜都是费钱的，海参鲍鱼龙虾牛排都上来了，就连见过世面的老汪都感到太过奢侈，三角眼都瞪圆了。赖小芸的气色明显比先前好，穿的也花哨，无形中把黄娟给比下去了。席间，赖小芸似乎无意中透露，阿振的爸爸要在北方开拓市场，就派刚从美国留学回来的阿振先来北京打前站，下一步，要给阿振买个大房子住。赵振道：“刚才到汪叔家看了，最起码买那样的。”婉秀歪靠在赵振身旁，不停地和他眉来眼去，咧着大嘴笑，拿膀子蹭他。

这顿饭黄娟感到吃得有点儿堵心。回到家，她和老汪商量，该给佳佳找男朋友了。当然，他们并不太着急，因为凭女儿的条件，想找个对象，太容易了！以前不是没有人追她，都让父母给挡回去了。想找个什么样的，黄娟心里早就有谱，归纳起来主要有：相貌嘛，得看着顺眼，身高最好不低于一米八，特别优秀的，降到一米七八也行；学历嘛，不要求太高，比佳佳不差就行；家庭嘛，不要求大富大贵，生活无忧即可，门当户对的优先考虑；本人没有不良嗜好，比如吸烟馋酒什么的，老汪就从不抽烟，适量饮酒；得有一套城区房，大小另说……

这些条件真的不算苛刻。

但有最关键的一条：就是对佳佳要好！

怎么个好法呢？是有标准的。标杆远在天边，近在眼前！

黄娟对女儿道：“佳佳呀，你爸对我、对你咋样？”佳佳由衷道：“好！没法再好了。”说着红了眼圈。黄娟抬手抹一下眼角道：“你爸会疼人，特顾家，从没对我们娘俩发过火，对吧？孩子你记住呀，你未来的爱人，就得像你爸这样，对你好，对你的孩子好！至于他没钱没地位啥的，都不要紧。”

从手头几个候选对象里面筛选了一下，黄娟认为，有一个名为徐其健的，比较靠谱。徐在国内读的本科，属于985院校，后去美国留学六年多，是个海归博士，身高一米八二；家在四川雅安，出大熊猫的地方；父母都是公务员，虽然职务不高，但生活是有可靠保障的。他刚回国不久，在北京一家电子研究院工作，薪水还可以，未来更可期。据介绍人说，徐家举全家之力在北京买一套小点儿的房子，还是能够做到的。

黄娟之所以暂时看上徐，主要在于他是堂堂正正的美国回来的博士，不像那个赵振，说是到美国留学，其实读的野鸡大学，还不如说是到美国玩两年。黄娟和老汪分析了半夜，不太担心别的，主要有点儿担心四川男人喜欢玩，不大顾家，比如爱搓麻将什么的。

宇佳和徐其健头一回见面，是在咖啡馆里。宇佳回来禀报说，问过了，他不会打麻将，将来也不会打。这个疑虑可以消除了。第二次见面，在眉州东坡酒楼亚运村店。黄娟特别想看一眼小伙子，光看照片是不行的，就鼓动老汪开上家里的广本雅阁，追去了酒店。二人躲在一张屏风后面的角落里，象征性点了两个菜，隔着屏风张望，只见那姓徐的小伙模样周正，戴着黑色宽边眼镜，气质洒脱，颇有海归范儿。黄娟不由喜上眉梢。她认真观察了一个多钟头，也发现了某些小问题，比如她看到佳佳好几次给他夹菜，而他却无动于衷，一次也没给佳佳夹菜。他还把一盘自己喜欢吃的川味辣肠拖到自个儿面前，没一会儿就干光了，而佳佳也喜欢吃这个东西。

他怎么就不知道让让汪宇佳呢？男人，就怕自私，就怕不知道照顾人。老汪是怎么做的？家里但凡有什么好吃的，老汪都是尽着她们娘俩，从没这样过……黄娟心里不觉打起了鼓。周末，她让宇佳约小徐来家玩，说好十点半到，结果他快十一点了才来，周末又不堵车，第一次上门，怎么能够随便迟到呢？他只带来一束花，等于空着手，哪怕给未来老丈人拎两瓶酒也行啊！听说茅台贵，你买两瓶衡水老白干行不行？黄娟心里又感到不对味儿。

老汪在厨房里忙活，宇佳过去好几次想帮忙，都被她爸撵出来了，小徐却一次也没踏进厨房的门。老汪做了一桌子的菜，你哪怕说一句“叔叔辛苦了”也行，他不吭声，就知道拣喜欢的吃，连句客套话都不说。他真的连那个赵振都不如。晚上，黄娟和老汪商量了好久，一致的意见，就是这个男孩子有点儿“冷”，佳佳虽然能干，但她毕竟是个女人，是需要男人呵护的，而这个小徐，怕是将来不能很好地照顾佳佳。黄娟找个机会把想法给女儿说了，又把她爸的意思转告她：“是你找对象，和他怎么处，你自己定。”

宇佳和小徐处了两个月，统共只见过五回，每次都不冷不热，不咸不淡的，关系不见推进。爱情初始像一锅冷水，缘分就是那干柴烈火，没有缘分，这锅冷水是很难烧热的。果然，到后来，说不上什么原因，他们谁也不联系谁了，就像压根没认识过似的。宇佳为此松了口气。黄娟也跟着松口气。都感觉卸下一个担子，一家人再也不提这事。

黄娟单位的孙大姐又给介绍了一个，男方父亲是大型央企一把手，母亲是京城某著名律师事务所的合伙人，本人在业内鼎鼎有名的一家投资公司上班；从家庭到小伙子本人，各方面条件都相当好，既算官二代、富二代，又算是高知家庭。这样的对象还真不好碰，有一个是一个，一冒头就被人抢走。孙大姐说，因为她特别喜欢佳佳，看着她长大的，所以才愿意牵这个线。这时候已经有了微信，他们先加上微信，宇佳跟他商量好初次见面的时间地点，周六下午四点在地铁八号线奥林匹克森林公园南门站。一出站，就见一个高大帅气的小伙站在一辆湖蓝色的跑车跟前，手里拿着一束花，一身的名牌装束。这帅小伙便是程坤。

程坤说他喜欢运动，夸宇佳真会选地方。他们先到公园散了一个小时的步。秋天的奥森公园流光溢彩，人很多，但并不显得拥挤。喜欢运动的男孩子，大都是阳光型的，开放舒展，初次见面，他给了宇佳一个挺好的印象。出了公园，快到饭点了，宇佳提出回家，程坤坚持带她到一个附近的什么会所吃顿便饭。她拗不过对方，被动地跟着去了。那个会所很高档，以前她从没到过这种地方，眼花缭乱的，进到里面，都不会迈步了。吃饭的人并不多，程坤说，都是反腐闹的，以前人们排着队来这儿消遣，至少提前三天预订。他身上带有好几张这儿的消费卡，想必常来。碰杯时他盯着宇佳道："我就喜欢你这样单纯干净的女孩子。"宇佳的脸腾地红了。他给宇佳夹菜，殷勤得很。

回到家，宇佳把情况一五一十复述了一遍。又把程坤送她的礼物——一瓶香奈尔的香水、一支迪奥牌口红拿出来给父母看。黄娟皱眉道："你怎么收人家的礼物啦？"宇佳道："不要不行，他不高兴。"黄娟和老汪都感到，这回有戏。这个男孩可能有点儿"热"，但不是坏事，男孩子嘛就得主动点儿，温暾水是不行的。黄娟马上给孙大姐拨电话通报情况，千恩万谢。

三天后的晚上他们再次见面，没多久汪宇佳就回来了，神情很不对劲。黄娟问她缘由，她犹豫了一阵，如实说了。原来那小子很不老实，在车里就要对她动手动脚，猴急猴急的。她反抗，手腕子被他扭出一片青紫。这才第二次见面，他就敢这样胡来，胆子也忒大了！

宇佳无意中还从他车里捡到一支别人用过的口红，这件事情更他妈严重！

黄娟有点儿蒙，简直气炸了肺。老汪从外面应酬回来，黄娟把他叫到一边把情况一说，老汪倒是比较冷静，说："现在的年轻人，观念比较开放，可以理解。"黄娟生气道："理解个头！他就是个花花公子，不知道玩弄过多少女孩子。我们家汪宇佳不是林婉秀，我们可不能找这样的！"老汪跟着改口道："好好，听你的，咱跟他拉倒。"黄娟立马要打电话给孙大姐，让老汪拦下了。老汪道："这人到底是孙大姐什么人？"黄娟道："孙大姐含含糊糊没说清楚，大概是她老公的一个表侄儿，要不就是她老公的表外甥，反正是一个远房亲戚。"

孙大姐的老公在中组部工作，人家好心好意给牵线搭桥，跟对方还是亲戚关系，没必要兴师动众声讨人家，况且又没造成严重后果，这样显得不厚道。

于是老汪严肃地说："老黄，你跟她说什么？说那小子对咱姑娘耍流氓？怪她给介绍错了人？有必要吗？我看算啦！咱姑娘悄悄撤出来就是。"家里的大事毕竟都是男人做主，黄娟虽然有点儿咽不下这口气，但最后还得听他的。

宇佳按照父母亲的意思，以后没再接那小子的电话，来微信也不回。他很知趣，就没再联系她。过了一段时间，把他微信拉黑，电话号码删除，这事也就平稳过去了。

有了上回的教训，黄娟对找官二代富二代什么的，有点儿心有余悸，觉得还是找个官一代靠谱，年轻的国家公务员，他正在爬坡，他要靠自己的努力往前奔，所以他不敢乱来。自己男人就是个现成的例子，多少年来，汪希国辛勤工作，全心为家，一步步走到司局级领导岗位。这种类型的男人不正是佳佳的未来目标吗？

偏巧有个朋友给张罗了一个，小伙子叫余乃平，环保部的，才二十八岁就是正科，青年才俊，复旦大学本硕连读毕业的，当年全县的高考状元，身高长相也不错。但也有两点遗憾：一不是北京人，他老家中原一带的；二是他父母都是县上普通中学教师，很难在北京买得起房。

老汪比较想得开，劝黄娟道："中原人也有好的呀！哪儿都有好的，哪儿也都有不好的。他父母不在北京，也不是坏事，至少亲家关系好处，多少亲家就因为离得近，磕磕碰碰多了，最后跟仇人似的。他父母离得远，他会死心塌地把咱家当作他自己家，你不就相当于多了个儿子吗？你赚大发啦！"黄娟讪笑道："你倒会安慰人。可他买不起房，住哪里？难不成让佳佳跟他租房子住？这问题很现实。"老汪道："咱们把双井的房子从租户那儿收回来，不就解决了吗？"黄娟冷笑道："哟！你挺会为别人着想的。男方买房，女方办嫁妆，天经地义。他家一毛钱不出，就把媳妇娶了，还顺便划拉到一套房，太便宜他了！我图个什么？"老汪道："老黄你想想，小伙子年轻有为，只要肯干，用不了几年就是个处长。当了国家部委的处长，还愁搞不到房吗？"黄娟道："那可不一定，现在不比从前了。”老汪道：“事在人为。我不是这么过来的吗？”黄娟心头一热：“你是你，他是他。如果他赶上你一半，我也认了。”停了停，又道：“双井的房子先保密啊。”

黄娟嘴上虽然不太乐意，心里还是蛮期待的，毕竟找个国家机关的公务员当女婿，还是很有点儿脸面的。她鼓励佳佳打起精神跟小余约会，没多久又邀请小余来家里坐坐。小余像个快递小哥那样，肩上扛着，手里提着，呼哧呼哧把一大堆东西搬到家里，有牛奶、各种水果、一只内蒙古的羊腿，还有一桶鲁花花生油。虽然也值不了多少钱，但一看就是过日子的人，是个老实厚道孩子。他一进门，东西还没放妥当，黄娟就从心里给他打了个高分。

这个小余的确不一般，情商高，能言善语，举止得体，说出的每一句话都让人感觉很舒服。他算是个学霸，眼睛居然没怎么近视，不戴眼镜，眼力好，很会看眼色，老汪下厨做菜，他跑到厨房打下手；吃罢饭，他抢着洗碗、扫地。下楼的时候，还不忘把垃圾袋提上。仅这几个小细节，就让黄娟和老汪立马认可了他。

女儿和小余前前后后处了有小半年，当然是在黄娟严格的监督管理之下，是可控的。她提醒女儿，不到最后关头，绝对不能来生米做成熟饭那一套。实际上她这也是多此一举，因为宇佳是个守身如玉的女孩子，爱惜名声像爱惜生命一样，决不会像她闺蜜林婉秀那样随随便便跟人上床，拉拉手还可以，吊一下膀子也成，想进一步？还是先等等吧，现在还不到时候。

小余脑瓜子灵光，没多久就摸清了汪家的家底，知道汪家有两套房，双井的老房子每月收租七千多，够全家的生活费了。他原本含含糊糊向宇佳保证过，争取尽快买个小房子，他父母会拿一部分钱付首付。自打摸清汪家有余房，再也不提买房的事了。宇佳按照母亲的提醒，跟他探讨买房的事，他顾左右而言他，就是不接话茬儿。如此重大的问题宇佳不敢隐瞒，原原本本汇报给父母。黄娟怪女儿嘴巴不严泄了密，实际上是她自己无意中透露双井另有一套出租房，小余不过是顺藤摸瓜、抽丝剥茧，在与宇佳一来二去的闲聊中彻底坐实了而已。

对这个重大的问题，老汪觉得没啥，对黄娟道：“只要他人好，他确实买不起房，咱也不能逼人家，咱就图个人，不图他的财。”黄娟却看得很严重，认为小余要滑头，不忠诚不老实，是个两面人。不久，小余又踩着鼻子上脸，推翻了原先答应的“将来生了小孩请母亲过来带”的承诺，说自己母亲站了一辈子讲台，关节炎很厉害，弯不下腰，走路困难，照看不了小孩。言外之意，看孩子的事将来全交给岳父岳母。宇佳居然给他说通了，跑回家来动员父母接受小余的说辞。

黄娟忍着，忍着，看他还有什么诡计。果然，有一天宇佳约会回来，念叨道：“人家小余说了，女主内男主外，将来结了婚，他不负责家务，他只负责干好事业。”要命的是，宇佳这个傻丫头被他洗了脑，居然认为他说的有道理。

如此三番，小余得寸进尺，越来越“放肆”，简直有点儿肆无忌惮！这还没结婚呢，八字才有一撇，他就敢这样！真要登堂入室，把老两口扫地出门，撵回双井老房子住，也不是没可能！

老汪倒觉得没那么严重，只是年轻人还需要调教，他还没飞多高呢，不怕他奓翅。黄娟可真有点儿受不了他啦！想到这些小公务员，什么时候混出来？现在真不比从前了，十八大之后，再牛的岗位也没那么多油水了，基本就靠这点儿死工资生活，什么时候买得起房？公务员还有什么奔头？就说这个小余吧，他一个外地人，恐怕也没啥靠山，谁能保证他升上去？升不上去咋办？那还不害了佳佳，连带着害了全家！汪家可不能在他身上押这个宝，赌这个博。

黄娟越想越后怕，便打起了退堂鼓。

汪宇佳二十九岁那年，她母亲黄娟年满五十五周岁，正式办了退休。黄娟随老汪晋京后一直在医药公司上班，那是一家市属老国企，多年来半死不活的，换了好几茬领导，也不见有起色。她在里面负责财务工作，有她不多没她不少，退了休，正好集中精力为丈夫女儿服好务。

汪家没别的梦想，汪家就想实现找一个乘龙快婿的梦。汪家绝非想借女儿婚姻攀附权贵，没那个意思，只想找一个称心如意、一辈子对她好的老公，像她爸这样的就行。这个要求并不高。汪家就这么一个宝贝，又是那么美丽可爱，无论如何得找一个配得上她的人，看不准宁可不找，宁缺毋滥，不能无限度地降低标准。

眼见着身边和汪宇佳同龄的女孩子纷纷有了主，黄娟和老汪有点儿着急，特别是黄娟，当母亲的，说一点儿不急那是假的。但他们也不太急，因为他们始终坚信，汪宇佳这么优秀的女孩子，总会有一个命中注定的白马王子，就在前方不远的地方，等着她。

黄娟退休之后有一阵子，明显加快了为女儿找对象的进程，由被动等待变为主动出击，时不时有人给介绍，只要条件靠谱，就去见一下；哪怕略微差一点儿，也鼓励女儿去见。听说谁家有个儿子或者亲戚的儿子不错，她也会觍着脸主动请熟悉对方的人捎口信，希望能够安排见一见。一年多的时间，见了得有小二十个，其中有两个国家部委的，三个北京市政府下属机关的，都是小公务员；另有警察、军官、见习法官、助理检察员、教师（大学和中学的都有）、公司白领、小老板、银行和国企的员工；有并不怎么富有的富二代，黄娟戏称为“小富二代”；有父亲官并不怎么大的官二代，黄娟戏称为“小官二代”；还有国家图书馆有正式身份的工作人员、北京园林局的秘书、历史研究所的年轻学者，等等等等，五花八门。

其中有四五个谈得比较深入，印象深刻，黄娟都感觉有门儿了。一个叫龙建刚，是土生土长的北京人，父母亲都是大学教授，他本人博士毕业后留在北师大当讲师。他很会照顾人，特别心细，每次约会都要亲自把佳佳送到楼下，看她上楼才放心离开。每逢过马路，都要挽着佳佳的手，小心翼翼扶她过，生怕被车撞着。天热了，他们去公园，有蚊子，他拿一把小扇子，不停地帮佳佳驱蚊。对女人照顾有加，心细如丝，这一点比佳佳爸爸汪希国有过之而无不及。黄娟真的看上他了。

可是老汪发现了他一点毛病，这问题说大不大，但要是细想，却令人起腻。

这龙建刚是个小白脸，说话做事有点儿女里女气的，性格跟他的名字正相反。当时正在放电影《战狼Ⅱ》，里面有一句从班固《汉书》里扒来的台词：“犯我中华者，虽远必诛！”老汪从单位听到一个段子，说有的男孩是那种“娘炮”，或者说是“娘男”，你让他念这句台词，他会伸出一根手指头，柔柔地说：“犯我中华者——讨厌……”老汪边说边比画，把黄娟和佳佳逗得笑出了眼泪。等她们收起笑，老汪才道：“你们想过吗？我怎么老觉得，这龙建刚就是这样的娘炮呢？”

这个发现令黄娟暗自一惊。老汪说得没错，龙建刚就是个典型的娘男，严重缺乏男子汉的阳刚之气，有时宇佳竟能从他身上闻到香水味。一个大男人，用香水，怎么说都不对劲。他爸妈给他起这个名字，大概就想让他找回点儿阳刚之气，可是，显然文不对题，让人失望了。佳佳本身就是个极温柔的女孩，如果她丈夫比她还要温柔，那么生下来的孩子，你想，会是什么样？

这一篇就这么无奈地翻过去了。

驻京某单位上尉参谋牛骏虎，相貌堂堂，身体健硕，他是外地人，父母虽没能力给他在北京买房，但他只要结婚，单位准会分给一套两室一厅的公寓房，位置也很好，就在北二环边上。将来随着职务晋升，还能分到更大的房子。所以房子不是问题，最大的障碍就算解决了。

牛骏虎这小伙子特别能吃苦，特别能战斗，特别有血性，踏实肯干，忠厚实在，只要他来家里，脏活累活他全包了，不让老汪夫妇和宇佳上手，他打扫厨房和卫生间的卫生、擦玻璃、刷马桶，把油烟机和煤气灶擦得跟新买的一样，抢着刷锅洗碗，活脱脱一个小汪希国。而且他还特别懂规矩，守纪律，和宇佳认识三四个月，从没主动拉过她的手，不像有的男孩，老想靠近她妄图沾点儿身体上的小便宜。女儿跟他约会，黄娟一百个放心。

汪宇佳跟牛骏虎，看来真是特别合适的一对。他父母是农村的，这一点黄娟也认了。老汪家也是农村的，她自己家也是农村的，作为农民的后代，黄娟和老汪决不歧视农村人。小牛老家在苏南地区，那地方农村跟城市差别不大，生活水平蛮高，家里有一栋二层小楼，他下面有一个妹妹，家庭负担不重。

如果不出意外，黄娟和老汪打算当年底让两个孩子领证结婚。没料到十一长假刚过，牛骏虎过来说，领导研究过了，让他从师机关到下边基层部队任职，担任连长。要去的地方不算远，就在河北，坐高铁到石家庄，再换汽车两个小时就能到。还说，这是首长对他的关爱，能够担任基层主官，对他成长进步很重要，以后仕途会跟着受益，不是每个人都有这种机会的。

汪家人有点儿蒙。不管怎么说，他这么一下去，结了婚就是两地分居，而且由于离京，关系转走，单位自然不会再给他分公寓房，想结婚，连个地方都没有，只能挤占汪家在双井的那套旧房。更要命的是，他此番下基层，按照规定担任基层主官，三年之内不能挪地方，三年之后，谁也没保证再把他调回京。他如果长期在下边干下去，两地分居的苦，佳佳即使能忍受，他们当父母的，也不落忍啊……

黄娟和老汪失眠了好几天。尤其黄娟，头发落了一枕头，像是夜里下了头发雨。好不容易睡着了，又是噩梦连连，她梦见一个鬼头鬼脸的男人夜里敲佳佳的窗户，还梦见佳佳的小孩被一个黑衣女人抱走了。醒来后，大汗淋漓。

人生莫测。人都说“穷算命，富烧香，不穷不富心不慌”，以前不大信命的黄娟，背着丈夫女儿到雍和宫边上的一条小胡同找“大师”占了一卦。“大师”说，宁拆十座庙，不拆一家亲，但是不能眼看着让你家孩子跳火坑，该拆还得拆，从汪宇佳的生辰八字来看，她宜找北方人，不宜找南方人。

黄娟跟老汪商量后，明确向女儿提出，离开北京的牛骏虎，已不大合适，当断还得断。

女儿真是个好女儿，尽管心里不太情愿，但是她私下哭过两回之后，还是选择了顺从父母。越是面对这样听话的女儿，黄娟老汪两口子越是发誓要为她找一个好男人。宁让世上人负我，不能让世上人负女儿。

小区十一号楼的尹大姐是个热心人，一辈子热衷于给人介绍对象，据说经她手搞成的，有二十多对了，而且没有一对离婚的。有了微信后，尹大姐建了个“中达富丽相亲群”，自任群主，每天都有人在群里面发布征婚消息、动态，很是热闹，群成员主要是小区有需求的家长，基本都是五十多岁以上的人，为儿女或者亲戚的孩子物色目标。黄娟被人硬拉进来，她跟踪观察了一阵，认为群里面像个骡马市场，乱糟糟的，俗不可耐，而且很多人发布的信息严重不实，便退了群。年底，本楼七〇一室的老胡家，高高兴兴把三十五岁的大姑娘嫁了，据说就是在“中达富丽相亲群”找到的目标。以前总是愁眉苦脸的老胡，乐滋滋地给群主尹大姐送去喜烟喜糖和喜酒，还送去一面锦旗。

这天在小区门口的小超市，黄娟碰到尹大姐来买菜，她放下身段，主动迎上去夸尹大姐是“活菩萨”，希望能够帮女儿重点琢磨一个。尹大姐知道汪宇佳，中达富丽的住户都对她印象不错。黄娟也顾不上买酱油了，颠儿颠儿陪着尹大姐走到十一号楼门口。尹大姐道：“佳佳她妈，我先把你拉进群，你自己挑；手头有了合适的，我马上通知你。”

社科院搞现当代文学研究的傅华，就是尹大姐重点推荐的，是小区某位住户的亲戚，与汪宇佳同岁。乍一了解，他是个不错的小伙，北大的文学硕士，文质彬彬，谈吐不凡，特有礼貌，好脾气，谦谦君子一般，是年轻人中不可多得的文化才俊。宇佳和他见过两次，感觉很谈得来，很投缘，愿意和他继续交往。他是杭州人，算命“大师”说过，汪宇佳宜找北方人，黄娟把悄悄去算命的事告知老汪和女儿，老汪满不在乎道：“胡扯！咱不能全听一个算命的，他说的又不是圣旨。”宇佳道：“妈！命不是算出来的，我相信自己的判断。”

交往一段时间后，宇佳发现，傅华没有什么不良嗜好，本身也没什么大毛病，就是啥事都爱往他妈身上扯，比如，他有个口头禅：“我妈妈说了……”或者“我跟妈妈说一声”，要不就是“我妈妈不同意”。他来过家里三次，黄娟跟老汪也都留意到了，他三说两说就扯到自己妈妈身上去。听妈妈话、心里有妈妈的孩子，大体错不了，因此他们也没太当回事。

五一放假，傅华的妈妈从杭州来看儿子，其实主要是来考察一下未来的儿媳妇。他妈妈陈女士在电视台工作，是一个干练的编导，早年离婚后没有再婚，含辛茹苦把儿子拉扯大。陈女士早就放出话来，给儿子在北京买套房，没问题！之所以没急着买，是想看看儿子找什么样的女朋友，以及女朋友在什么单位上班，得选一个合适的小区，不能离双方上班的地方太远。

见过宇佳后，陈女士比较满意；到访汪家，对女方家庭也比较满意。傅华开车陪妈妈逛颐和园、八达岭长城，宇佳全程作陪。傅华有一辆属于自己的车，他运气不错，在北大读书期间参与北京市的小车摇号，居然轻易摇中了一个号牌，把他的导师气得够呛，导师一家三口上阵摇号，六七年了都没中上。这也是黄娟看中这个未来女婿的一个小小原因，小两口没有一辆私家车，同事都瞧不起你。

宇佳发现了一个不容回避的问题，每次坐车，陈女士都要抢着坐到副驾驶位置上，有一回宇佳并非有意坐到那个位置上，平时坐傅华的车，那都是她的位置，她也是习惯了，结果坐在后座上的陈女士，很不开心，半天没吭气。傅华很敏感，找个理由停在路边，让宇佳帮他买瓶冰水，结果她反身回来，看到陈女士已经挪到副座上。这时候的陈女士喜笑颜开，说到高兴处，伸手抚摸儿子的手背、脸蛋。佳佳还发现，吃饭时，陈女士不停地给儿子夹菜，眼里根本没有她。

宇佳把她的新发现告诉了父母。黄娟看出来了，傅华属于典型的“妈宝”，像他这种单亲家庭，也是很容易出“妈宝”的。黄娟在医药公司有一个女同事，就是个有名的“宝妈”，儿子结婚后，天天找碴儿跟儿媳妇闹不痛快，小两口过性生活，她都要偷听。儿子的裤衩，她抢着洗。儿媳妇不在家，她就跟儿子睡一个屋。后来小两口过不下去，离了婚。

黄娟和老汪合计了好几天，又是几天几夜没睡好，都觉得事情有点儿麻烦。

黄娟提上水果去尹大姐家串门，把情况讲了。尹大姐倒没觉得有多严重，可能是当妈的好久没见儿子，想儿子，才这样做的；再说，男孩妈妈在杭州，又不是老来北京，如果男孩真爱佳佳，相信他会处理好这个问题，也相信他妈妈终究会想明白，儿子和儿媳妇才是睡一张床上的，她是文化人，会摆正位置的。尹大姐建议再处一阵儿深入观察一下。

老汪还是那句老话：“女儿的事，终究要她自己拿主意。”

陈女士回杭州后，宇佳每次和傅华见面，只要听他说“我妈妈如何如何”，心里就颇不是滋味，甚至感到刺耳，原先积攒起来的那点儿好感，慢慢就变淡了。

还有一个叫韩天明的，在《人民日报》旗下的一家杂志社工作，身高接近一米九，高大威武，老北京人，父母都是普通职工，韩家在西四环四季青桥附近有一个小院，因为赶上拆迁，房地产公司一下子给补偿了四套房，他父母占了一套，另外三套都在他名下。北京男人，只要你有房，只要你不是瘸子瞎子，找对象就占有很大的主动，就因为有这三套房垫底，韩天明东挑西拣，三十三四了还没定下女朋友。宇佳大学同学姚美露的丈夫刘山和韩天明一个单位，刘山认为韩天明各方面条件不错，人也仗义，就通过姚美露给汪宇佳牵上了线。双方见过几次面，彼此印象都还好。姚美露半开玩笑道：“汪宇佳呀，我一年搬好几回家，租房子租怕了，真后悔嫁给刘山。要是早认识姓韩的，肯定轮不到你了。”宇佳也难得地开玩笑道：“美露，如果和姓韩的成了，我白送一套给你住。”

黄娟如法炮制，请韩天明来家做客，宇佳和他站在一起，一副小鸟依人的模样。老汪悄声道：“和他一块儿，感觉闺女有安全感。”没多久，双方老人都想见个面，韩天明安排吃饭，大热天的，他父亲老韩却戴着一顶帽子，黄娟以为他是秃头，六十多的老男人，脱发很正常，其实没必要遮遮掩掩的，老汪也脱发了，后脑勺有碗底大的一片空白。

过后才知道，老韩是胃癌晚期，一头浓密的灰白头发因为化疗，全掉光了。再一深入了解，得知不得了！小韩的爷爷也是癌症死的，活了不到六十岁。他们韩家是典型的癌症家族！

汪宇佳把这个情况给姚美露说了，她担心小韩也会得癌症，那不就害了她。

美露比她开明，半开玩笑道："只要自己不得癌，傻丫头，你怕什么呀！"宇佳道："你才傻！他没了，我不成寡妇了？"美露认真道："你真傻！他没了，那三套房可是跑不了的！你有三套房，不，有可能四套房，你还担心什么？追你的人，能少吗？你还不随便挑！"

宇佳硬给她说愣了，半天没回过神来。

当然这都是玩笑话，做父母的，不能这样考虑。黄娟对老汪道："咱们嫁闺女，可不是图人家的房子，咱也不缺房，两套了。就怕小韩到你这个岁数的时候，得了那个病，人没了，咱闺女也像我这个年纪，你让她怎么过？他们的孩子，会不会也遗传这个基因？世世代代这样下去，那太可怕了，再多的房子，又有什么用呢？"老汪道："这可是个大问题，马虎不得。闺女咋想的？"

宇佳让美露给她老公刘山捎话，请刘山转告韩天明，还是算了吧！又不好说怕人家将来得癌，找了个理由道："找算命的大师给测了生辰八字，说是两人不合，不宜靠近。"

这以后多了个心眼，和男方见面之后，如果感觉可以谈下去，先想办法搞清他家人有什么疾病，尤其是那些带点儿遗传性质的，像癌症、高血压、糖尿病、肝病等家族性疾患，务必搞清楚。人无远虑，必有近忧，这是原则问题。果然，相亲群里有人给介绍的一个名叫张士群的，在银监会工作，收入高，有婚房，名下有一辆宝马 X5，可是一深入了解，得知他父母都是乙肝病毒携带者！虽然他本人化验结果一直呈阴性，可是有了孩子，你让不让爷爷奶奶碰？孩子肯定不能让两位亲家给带。说不定还要生两个娃，都得交给黄娟和老汪来带。俗话说，宁种十亩地，不带一个孩。要你带俩孩，这个担子太重了！宇佳是个孝顺孩子，她不会忍心这样累及自己父母。还有呢，双方亲家每年总要见几面，总要互相登个门，见面总要握个手、吃个饭。老汪特别在意这个，外出吃饭，都是自带水杯，不说带孩子，只说见面吃饭串门，他压力就很大。

黄娟也不能接受女儿还没结婚，就让老汪感受到很大压力这样的尴尬局面。

汪宇佳即将满三十一周岁时，终于碰到一个自己身体健康、父母身体也健康、爷爷奶奶姥爷姥姥都健在、有房有车、其他方面条件也很不错、仅仅身高略差一点儿（净高一米七五）的单身男士，他就是北京大学第三附属医院的泌尿科医生洪磊博士。洪博士比汪宇佳只大三岁，年龄非常合适。他在日本学医多年，不想在国外成家，一直单着，刚刚学成返回国内，正是嘴馋眼花的时候，老汪部里的一位同事及时给牵了个线。同事说，若是下手晚，只怕很快被人抢走，现在这个年纪的男人特别吃香，北京城大龄剩女多，老男人不愁没人跟。这世道，不是大龄女人的世道，是老男人的天下。

洪医生和宇佳的关系很快升温，这与黄娟有较大关系，她不再像过去那样严防死守，她甚至提醒女儿放开一点儿，开放一点儿，别太封建，晚上晚一点儿回来也没关系，该去夜店就去夜店，年轻人嘛，就得好好享受都市夜生活。还说，如果人家洪磊想有一点儿亲热的表示，千万别给人家甩脸子闹不愉快，毕竟他在国外生活了很长时间，外国人这方面都比较开放，你也得近朱者赤，与时俱进，不能让他把你当老土。当然，黄娟敢这样说，也是基于宇佳是个有数的女孩子，不会做太出格的事，这一点做父母的大可放心。

林婉秀这一阵情场失意，无着无落，寂寞无助，时常联系宇佳。当年那个叫赵振的富二代，早没影了。这些年她不知换过多少男友，她倒是不吝，大凡能给点儿好处，想上床嘛，你就爬上来！男人嘛，不就那点儿浅显的想法。她这人有个特点，心里藏不住事，有了好事或者是不好的事，就想找个朋友倾诉，宇佳是她最好的朋友，自然是她的最佳倾诉对象。她找男友，不大在意高矮胖瘦年龄职业什么的，就看你有没有实力，就看你舍不舍得为她花钱。她从一众男友身上挣了些银子，去年在东五环外传媒大学附近的一个小区，全款为父母买下一套一百平方米的七成新二手房。

宇佳把这个消息透露给父母。黄娟不屑地道："咱闺女谈了那么多男朋友，要过人家一毛钱吗？这个女孩早晚出事。"老汪对女儿道："老林家的这个闺女跟咱不是一路人，三观不同，你们迟早要闹别扭。"

婉秀从男友们身上沾过不少光，也吃过一两次亏，遭遇过骗财又骗色的窘境。有个卖化妆品的老板和她好，那老板在世纪金源租有专柜，借用她的部分钱当周转资金，每次都给她相当可观的利息，比到银行买理财产品高多了。有一次借了她一百万，结果转身就找不到人。她报了案，警察慢慢腾腾办案，过了好久才告诉她，那人以前在世纪金源租有化妆品专柜，早撤柜了，他骗了林婉秀等人的钱还了赌债，人可能偷渡到缅甸去了，一时半会儿捉不回来。

宇佳自从有了洪磊，精神面貌大好。洪磊温文尔雅，能言巧语，出手也大方，几乎天天黏着她，宇佳快要被他融化了。她跟他去夜店消遣，为了防止出意外，有时喊上婉秀当电灯泡。这段时间正是婉秀感情的空窗期，跟最好的朋友凑一起玩，有吃有喝有礼物，婉秀当然是求之不得，每叫必到，每到必醉。

这晚上在三里屯一间酒吧消夜，除了他们三人，还有美露、刘山夫妇。刘山想写写医院的事，听妻子说宇佳交了个医生朋友，提出能否安排一见。想到早晚会介绍大家认识，也想借机炫耀一下自己名花有主，宇佳就把美露、刘山二人喊上了。

洪医生点了三种酒，宇佳要保持清醒，所以每次只喝一点点，决不失态。美露、刘山第一次见洪磊，有意控制，但也喝了不少。婉秀不用说了，来者不拒，她喝得最多。洪医生做东，当然也不会少喝。他说在日本最想吃的中国菜是毛氏红烧肉，有时候半夜做梦醒来，似乎还能闻到红烧肉的味道；最想看的是中国女人，实在想看了，就到东京街头的路边找个地方一蹲半天，看过来过往的中国女游客从身边闪过，仿佛能闻到一股股女人的肉香。婉秀大呼小叫，说洪医生你天天看病号，上手悠着点儿，千万别变成流氓医生啊。众人起哄，一阵乱笑。美露说，她就被某医生猥亵过，只是不太严重。刘山给气得瞪她一眼，仰脖喝下一大杯洋酒。某一个瞬间，宇佳把头伸到桌子下面摸一支掉落在地的筷子，蓦然看到洪磊一只脚压在美露的光脚背上，而且还顺着她小腿上下滑动磨蹭，如果不是隔的远够不着，他敢把脚指头伸到人家裙子里去。宇佳头嗡嗡直响，拿筷子头使劲捅了他腿肚子一下。他急忙收回脚，像没事一样，照样招呼别人喝酒。

喝罢酒，就近找了个 KTV。除了宇佳，那四位都喝得差不离了。宇佳心里面不痛快，本来喜欢唱歌的她，实在提不起情绪，板脸枯坐在角落里，赌气不唱。洪医生抢过话筒，小眼睛色眯眯的，主要盯着婉秀的大胸脯。刘山似乎意识到美露有风险，有意把美露藏在自己身侧。洪医生深情唱了一曲《特别的爱给特别的你》，明目张胆说是“献给婉秀妹子”的，边唱边向婉秀抛媚眼，配合着身体动作，露骨极了。

这尴尬的一幕美露和刘山都瞧在眼里，二人频频冲宇佳挤眼睛，那意思显然是，你这个男友可不怎么老实，当着你面都敢这么放荡，背后还不知要玩出啥花样。宇佳感觉两人的目光像是手掌，伸过来啪啪打她耳光，打得她眼冒金星，满脸紫胀。她愤怒又沮丧，推说头疼，起身走人。其他三位好友见状，也都跟着走了，把洪医生一个人丢下。

宇佳隐忍了一个礼拜没回洪医生的微信。越想越生气，越生气心里越没底，到底没忍住，哭着把情况讲给了母亲。她隐瞒了洪磊猥亵美露的细节，只讲了 KTV 的事。黄娟脸都给气紫了，转头告知了老汪。老汪沉默许久，用力一拍茶几道：“这狗东西！被日本鬼子教坏了，太不像话！”顿了顿又道：“这是个重大原则问题，佳佳就是一辈子不嫁人，也不能找这样的花心男人。”黄娟咬牙切齿道：“佳佳，没错！这种人你要远离，因为雷劈他的时候，会连累到你。”

家长一锤定音。这一篇，便又翻过去了。

事后黄娟怀疑，会不会是林婉秀招惹勾搭了姓洪的？那女孩可是浑不吝，什么事都干得出来，只要给钱。黄娟还怪女儿不该轻率地把洪磊推到她跟前。她对老汪道：“我就不明白了，咱闺女要貌有貌，要品有品，哪一点都比林婉秀强，他怎么就盯上那林婉秀了呢？”老汪作为男人，看得更清楚些，他道：“婉秀这孩子，虽然她不是肤白貌美气质佳，但她骚气、浪、性感、有胆儿。女孩子有这个特质和本领太重要了，能干成大事！”黄娟想了想，点头道：“你还别说，她那小眼睛，一眨巴一眨巴，是挺会勾人魂的。”

宇佳嘴上说，婉秀不会主动勾搭姓洪的，都是那姓洪的坏，心里却也颇有些拿不准。和洪磊断绝来往后，宇佳有意疏远了婉秀。婉秀似乎意识到这一点，想约宇佳聊聊。宇佳推脱有事，她便给宇佳发了长长的语音，说洪医生在那晚上之前确实想单独约她，被她坚辞拒绝了。她这个人谁的床都可以上，唯有闺蜜的男友，上不得，这是她做人的基本原则。后来洪医生还想约她，她果断拉黑了他。

宇佳相信闺蜜的这番说辞，因为自己毕竟了解她，便给她回语音说："婉秀，反正你现在也没男朋友，如果洪磊还对你有意，你不如跟他处处吧。我已经与他没任何关系了，你不必介意的。"婉秀回语音道："不可能！他也就是想玩玩我，早看出来了，他就那点儿花花肠子。我才不会因为他让你瞧不起我呢！宇佳，你加油！"

汪宇佳心里酸酸的，说不上为什么。

一晃又是差不多两年过去了。女人过了三十之后，最大的敌人就是岁月。人是不经熬的，黄娟的头发白了一大半，她害怕致癌物不想染发，外出时经常围一条碎花头巾。这期间，汪宇佳又断断续续见过一些人，都不太理想。黄娟每天都紧盯着"中达富丽相亲群"，眼下似乎只有这一个渠道了，里面女的多，男的少。不知从哪里冒出来这么多的大龄女，她们自己好像不怎么着急，都是家长急。过去那些热心的同事、同学、朋友、老乡、邻居，为宇佳操过心之后，一个个都退却了。人们嘴上都夸宇佳这孩子优秀，却又都不想再多管闲事。

老汪年龄快要到点，临近退休，工作上不再像从前那样老是加班加点，他外出钓鱼的次数大大增加。黄娟心里烦，有时央求老汪带她出去散散心，老汪说："钓鱼的都是老爷们，没见有哪个老娘们儿跟着。等我再过年把退了休，带你到国外转转。"对于女儿的事，他也不那么上心了，说是急也没用，相信最终她会嫁一个满意的，早嫁晚嫁一个样，趁时光好，多让她陪陪咱老两口也不错。

每天女儿上班，当妈的依依不舍似的，都要送到电梯口，电梯门一开，娘俩还要来个热烈的拥抱。

白天就她一人在家，她也懒得做饭，中午饭瞎凑合，主要盯着相亲群。一旦遇到年龄和条件比较合适的，她总是忍不住要追问对方一句："你说小伙子那么优秀，为什么一直没找到对象？你说说他因为啥？"对方常常被她问得一时答不上话来。

她在小区里，或者在小区附近走动时，偶尔会有熟悉的人关切地问她："黄师傅，您家姑娘，名花有主了吗？"她其实害怕别人提这个，便故作轻松地摇摇头，还不忘感谢人家一句。心情不大好的时候，遇有人问，她有时便气哼哼道："不好找！找不着！"

人家一愣，不知该怎么接话。她顾自往下说道："姑娘太优秀了！天下像她爸那样的好男人，都死光了！你叫她往哪里找？"

人家更不知道该说啥了，赶紧道个别走掉，落荒而逃一般。

这天在电梯里，碰到十七楼的苏娅。她是派出所的，她老公也干公安，在朝阳分局工作，两口子认识人多，以前曾给佳佳介绍过两个，都不太合适。苏娅迟疑间递过话来："黄大姐，我这里有个目标，您家姑娘还有兴趣吗？"

黄娟一听，立马来了精神："好呀好呀！我代我姑娘谢谢她苏阿姨。"她只顾说话，像抓着根稻草一样跟着苏娅从十七层下来。她家住二十二层。一出电梯门碰到苏娅老公在楼梯间吸烟，楼道里烟雾缭绕。苏娅高门大嗓道："老崔！你快跟黄大姐说说，那个小伙子的事。"

老崔哈哈一笑道："正想找机会跟您家汪领导说说呢！我先问一句，姑娘有什么具体要求？"

黄娟道："只要小伙子人品好，其他也没啥具体要求，只有一条，不能有不良嗜好。像您这样的，抽烟喝酒半夜不归家，就不合格。"

老崔哈哈一笑，掐灭了烟。苏娅道："对！像你这样的，你连提都甭提！"

老崔这回介绍的小伙，年龄偏大，三十八了，独子，一直单着，他是个画画的，宅男，事业型，在画院工作。实话实说，画画的水平一般，就是喜欢。

他爸爸曾经担任文化部副部长，家里物资条件嘛，那就不用说了。苏娅插话道：“这可是省部级噢，黄大姐您可听好喽。”

老崔摆摆手道：“得得，人家汪领导是个司局级，双方也差不太多。”

黄娟道：“那可差大发了！人家省部级是高干。”

老崔道：“不瞒您说，小伙子嘛，还真有一点不良嗜好，不怎么喝酒，但是爱抽点儿烟。搞艺术嘛，熬夜多，像我们办案子一样，不抽几支，夜里根本顶不住。”

黄娟愣了愣，爽快道：“其实呢，抽点儿烟，也没事。我家对门的老刘，就是个大夫，朝阳医院的，烟瘾大着呢。他说抽烟没那么可怕，都是人吓唬你。”

老崔乐了，指着苏娅道：“听到没有？这可是大夫说的。哎哎黄大姐，既然您没意见，我就给对方说，让两个孩子先加微信。”

晚上老汪和佳佳回来，黄娟迫不及待把这个事讲给他们听。三人都认为挺好的，对方还是个搞艺术的，而且家庭那么高的地位，想必素质错不了。至于有抽烟的不良嗜好，大不了结婚后让他改。

微信很快加上了。

可是，盼来盼去，对方一直不提见面的事。黄娟觍着脸跑去找苏娅、老崔问情况，老崔道：“嗐，别提啦！我也是刚知道，正要给您说一声。那熊孩子嘛，找人算命测八字，说是跟汪宇佳生辰八字不合。”苏娅气咻咻道：“啥时候了，还信这个，真他妈神经病！难怪他快四十了没对象。黄大姐，别泄气，咱姑娘那么优秀，不愁遇不到好的。”

这一天，汪宇佳收到林婉秀微信，先是她发来的一张图片，是个隆起的肚皮。宇佳纳闷，两年多不见，难道婉秀胖成这样了？接着是一个位置图，离这儿不远，就在大屯北路上一个挺有名的高档小区。宇佳一时弄不明白，正犹豫着要不要给婉秀打个电话，她先打过来了。

电话里，婉秀告诉宇佳，她怀孕五个月了，刚买了个房子搬进来，站在阳台上，隐隐约约能看到中达富丽小区，鸟巢水立方看得清清楚楚，奥森公园就在脚底下。她请宇佳抽空带黄阿姨汪叔叔来做客。

周六上午，老汪又要去钓鱼。宇佳想去看看婉秀，她都怀孕了，她变成什么样了？她办婚礼都不通知自己，可见那年洪磊的事让两个闺蜜生分了。

黄娟也好奇，婉秀家那么一个条件，怎么能买得起高档小区的房子，蒙人吧？宇佳不想带母亲去，架不住她非要跟着，母女俩下楼买了水果和花，打一辆快车，不到十分钟就到了婉秀家小区的门口。她母亲赖小芸下来接客，说她爸去钓鱼了。三人坐电梯直达二十五层。这栋楼高二十八层，站在二十五层，几乎可以把周边景物全收到眼底。婉秀说的没错，站在她家，完全可以看到中达富丽小区。

这套房子，比宇佳家的房子还大，一百六十八平方米，南北通透，说是二手房，其实上一户人家没有住过，人家净赚一千多万出的手，婉秀差不多花两千万盘下来。当然是她老公家里出资。婉秀骄傲地挺着肚子迎接宇佳母女，又打电话催刚下去买东西的丈夫“赶快滚回来”。她丈夫回来了，是个肤色较黑个头较矮的山西人，看上去老实巴交，显得有点儿土气，见了黄娟和宇佳，居然有些腼腆。

很快就搞清了，婉秀老公高兵比她小两岁，从英国留学回来，到婉秀所在的私企公司上班，婉秀是他的直接上级。他们火速恋爱，火速结婚。高兵父亲退休前是山西某县的人大副主任，掏钱为他们买了这套房子。宇佳和黄娟都看出来了，高兵对婉秀百依百顺，婉秀想喝水，高兵都要先尝一口，看温度是否合适。婉秀在人前把个高兵呼来唤去，这男人也是好脾气，满脸堆笑，爽快地答应着，脚下打滑滴溜溜转，一点儿不生气。婉秀道：“高兵！咱孩子生下来，我妈身体不行带不了，叫你妈过来带，成不成？”高兵道：“成！我妈就喜欢孩子。”婉秀道：“我要去月子中心，叫你爸准备好钱，听说要十二万！”高兵笑道：“这个不用你操心。”过一会儿婉秀又道：“高兵！过来给我捏捏腿！”

宇佳真的很羡慕婉秀的状态。黄娟心里不大痛快，心想：“臭显摆什么呀。”

现在黄娟悟出来了，这个林婉秀认准了一个目标，她只找有钱人。官二代瞧不上她，本地的富二代也不会瞧上她，她就去捕捉那些家在外地有点儿家底的傻二，像早先的赵振、眼前的高兵这样的目标。

婉秀和她妈赖小芸非要留宇佳母女在家吃中饭，声言高兵会做山西菜。宇佳想留下，想多和婉秀聊一聊。黄娟推托身体不大舒服，有点儿血压高，坚持要走。走前，婉秀把宇佳叫到屋里，说她刚看了张爱玲的《倾城之恋》，里面有句话：一个女人，若得不着异性的爱，也就得不到同性的尊重。婉秀劝宇佳道："你抓紧吧，别挑三挑四了，差不多就可以。"宇佳无言以对，只得点点头道："知道了。"

半下午老汪钓鱼回来，黄娟把婉秀家的新房子描绘了一番，说一个县的人大副主任，不过是个副县级，怎么就有能力掏两千万在北京为儿子买房？他家开银行吗？你不觉得奇怪吗？老汪道："没啥奇怪的，山西有煤。"黄娟恍然大悟道："难怪。我就不明白，住里面能睡踏实？"老汪道："你呀，别操这个闲心了，咱自己睡踏实就成。"黄娟忽然起高腔，愤然道："汪希国！你以后不要再和老林一块儿钓鱼了！汪家和林家，不是一路人！咱姑娘，那么纯洁，他林家姑娘呢？说难听点儿，就是个破鞋！破鞋！"老汪指指女儿房间，提醒黄娟小声点儿，讪笑道："你呀，做糖不甜，做醋很酸。"黄娟道："你听到了吗？以后不要再和他一块儿钓鱼了。"老汪道："好好好，听你的。"

实际上，老汪已经有两年多没见过婉秀她爸了。

二〇二〇年，全世界为疫情所困，尤其上半年，人们几乎都不来往，似乎全成了宅男宅女。黄娟从各个渠道又为女儿物色了两三个目标，因为疫情，暂时不便见面，只在微信上沟通，有一搭无一搭的。

到了六月，重点地区的疫情基本得到控制，小区管控得不像过去那么严了。这天，黄娟出来散散心，走了一段路，热风一吹，憋了一口气，突然剧烈地咳嗽起来，咳得站立不稳，眼冒金花；咳着咳着，喷出两大口鲜血！把过路的人都吓坏了，赶紧帮助她给家人打电话。老汪和女儿慌慌张张赶回来，把她就近送到条件不错的中日友好医院。医生一看情况，二话没说，安排住院。幸好因为疫情，外地来的病号少，病房难得空了一大片。要在往常，想住院你得找各种关系。

第三天结果出来了，黄娟是肺癌，而且是晚期，已经转移到好几个地方，没法手术了，也不需要做放化疗，因为那样死得会更快。医生说，顶多还有半年的生命。

她身体一直好好的，这么多年，除了生女儿那回，她都没住过院！家里没有吸烟的，老汪下厨房的次数并不比她少，新房装修也都是注重环保的，她家父辈祖辈里面似乎也没人得癌，没有遗传基因，可是，她竟然得了肺癌！回忆一下，这一两年她也是有过征兆的，偶尔会干咳一阵，早晨咳痰有时带点儿血丝，总以为是上火，没当回事。

主治大夫和老汪商量，是否把真相告诉病人，老汪和女儿合计后，决定先瞒一阵再慢慢透露给她。

知道内情的人一致认为，是女儿的婚事拖垮了她，她心累，心情长期压抑，病就冒了头。她老是想不明白，女儿那么优秀，为什么就找不到一个称心如意的郎君呢？就连她压根瞧不起的林婉秀都嫁了条件那么好的男人，为什么比林婉秀不知好多少的汪宇佳，就不能有个像她爸爸那样的好丈夫呢？她想不明白，认为老天爷不太公平，对汪家有亏待。

自己的祖宗自己敬，自己的孩子自己夸。在他们夫妇眼里，尤其在她眼里，女儿是一朵花，是天使般的存在。可是，在别人眼里，并不是那么回事，或者说，并不是那么完美。

汪宇佳确实是众人眼里的乖乖女，她确实是懂事有礼貌，淑女范儿。这一点不假。可是，她的确算不上一个美丽的女孩子。她皮肤说白不白，有点儿黄，像那种象牙黄；五官没什么毛病，搭配得也行，就是不那么出彩；一米六的个头，一百斤左右的体重，眼睛不大，也不是那么明亮有神；张开嘴，牙齿好像还有点儿发灰，反正不是那么洁白。总之，在人们眼里，论相貌，她就是个普普通通的女孩子。

黄娟住了两个多月的院，再住下去已无意义，医生建议回家静养。老汪本想再对她隐瞒一阵病情，可是病房的另外三个病号都是肺癌，她心里面早有数了，已经没法再瞒下去。她抓住男人的手，故作平静地说："希国，我认命。"老汪背过身抹眼泪，她又道："这辈子有你这么个好爱人，我知足了。"

出院那天，老汪开车来医院接她，他是从单位赶过来的。他搀扶她坐到副驾驶位置上，她感觉屁股下面有个东西，伸手一摸，是个手机。可是，她明明看到老汪的手机就放在驾驶台上。这个手机是谁的呢？难道老汪还有别的手机吗？她怎么不知道？她一路疑惑着，到了小区。下车时，顺手把那个手机掖在袖子里。老汪把她护送回家，又回单位上班了。她躺在床上，拿过那个手机端详。这个手机她确实没见过，非常陌生。老汪有两个手机，怎么就不给她说一声呢？他有什么要隐瞒的？想着，想着，她开机，原以为有开机密码，结果没有，一下子就进到桌面上，很快捷。这使她怦怦跳的心平静了一些。

她点开微信，发现里面只有一个好友：MY。手机通信录里面，也只有一个联系人：MY。好奇怪，现在的手机能装下五花八门的很多东西，老汪这个新冒出来的手机，却只有一个联系人，这就好比偌大的房子，只住了一个人，让人感觉孤单得很。

MY是谁呢？微信聊天记录是没有的，一片空白，显然删除了。幸好，MY的朋友圈能够看到。她快速浏览一下，发现这个MY很热爱生活，前天晒养花的照片，大前天晒养狗的，再往前晒健身的，还有游泳的、外出旅游的、就餐的、过生日的……林林总总，丰富多彩。可以肯定的是，这个MY是个女的。

她往下拉，试图找到一张MY的正面照片，果然找到了两张，是前年到内蒙古大草原骑马的半身照。越看越觉得这人面熟，一定在哪儿见过。

她扶着脑门，捏着太阳穴，努力地想呀，想呀，终于想起来了，这人原先和汪希国一个处的！后来听说调到部里办的内部杂志当编辑。她叫什么来着？

MY。马瑜。

是的，她就叫马瑜！

这个叫马瑜的女人，原先是汪希国的部下，他们交集的时间不长，也就一两年，她大学毕业分到他那个处，好像北京奥运会刚开过，她就调离了。黄娟还和她在饭桌上遇到过一两次，印象已不深。

问题严重了。老汪这第二个手机，藏着掖着不让她知道，却只和马瑜一个人联系。给人感觉好像是间谍之间的单线联系似的，非常神秘……

她有点儿累，迷迷糊糊睡了一会儿。很快被一阵急促的脚步声惊醒，原来是老汪跑回来了，进门都没顾上换鞋，大步来到卧室，慌乱地看她一眼，支吾道："老黄，你看到我的……一个手机吗？刚才还在副驾驶座位上……"

她没睁眼，也没吭声。

"那个是部里发的……工作手机，专门在单位用，不让往家带，所以，以前你没见过……"

她还是没睁眼。

"我们有要求，不能带回家……真的就是为了工作……老黄，你拿到了就还给我……"

她不动。他扑过来摇晃她。她这才睁开眼睛，无力地说："你以为，我死了，是吗？"

"不不不，老黄你误会了……"

"我没有误会。汪希国，你说这个手机工作上用的，我就不明白，你只联系一个人吗？那个 MY，是你的上线，还是下线？"

汪希国汗如雨下，十分慌张，无言以对。

黄娟病倒后，汪宇佳停止了见对象。母亲病成那个样子，她没有心情。这段时间似乎也没人为她牵线搭桥。都是疫情闹的，疫情太耽误事了，人们做什么都没心情。小区门口开餐馆的小老板有一天坐在路边哭，因为没人来吃饭，他连房租都交不起了。

年底，黄娟病危。她给汪希国留下三条口头遗嘱：一、她死后，汪希国一定再找个人过日子，但有前提，找谁都行，就是不能找马瑜；二、必须女儿出嫁了他再找，决不能让女儿知道他出过轨；三、务必给女儿找个配得上她的好男人，这个男人要像女儿眼中的爸爸那样高大完美。

老汪跪在妻子面前，含泪一一答应下来。

黄娟给女儿留下的口头遗嘱倒也简单，就一句话：找一个像你爸爸那样的好丈夫。

黄娟过世后，老汪很快办妥了退休手续。他打起精神，一心一意给即将年满三十五岁的女儿找称心如意的男朋友。

乌龙球

尹学芸*

1

法国世界杯那年，我第一次看足球。在这之前，我看球迷。球场上一阵高过一阵的热浪、脸上贴的小国旗、偶尔爆出的桑巴舞和人们脸上的开心和愉悦都让我着迷。他们有什么理由那么高兴呢？我呆呆地想，像是天底下所有的开心都能据为己有。纯粹是因为嫉妒，我也决心熬夜看球。我承认我是一个喜欢嫉妒的女人，别人有的，我想有。别人没有的，我也想有。很多心思我都藏得好好的，连严先生都看不出来。我表面上心静如水。我不允许世界人民都快乐而把我抛在一边，我天生热爱参与，特别是，那种快乐人人可以有份，前提只是——你付出点时间就可以获得，为什么不呢？

揭幕战是巴西对苏格兰，就看那皮球在绿茵场上滚，许久都不能破门。我们只盯着球门看，其他技战术在我们眼里一文不值。十几个人拼命争抢，怎么就不能进个球呢？要知道，对于我们来说进球才是看点。好了，桑帕约头球先

---

* 尹学芸，女，1964年生，天津市蓟州人。天津市作家协会主席。已出版散文集《慢慢消失的乡村词语》，长篇小说《菜根谣》《岁月风尘》，中篇小说集《我的叔叔李海》《士别十年》《天堂向左》《分驴计》及《青霉素》等。作品被翻译成英、俄、日、韩等多种文字。多部作品入选年度排行榜和各类年选。曾荣获首届梁斌文学奖、孙犁散文奖、林语堂文学奖、《北京文学》奖、《当代》文学奖、《小说月报》百花奖和第七届鲁迅文学奖。

下一城。苏格兰队科林斯点球罚进。我和严先生趴在被窝里，为什么是越位争论不休。突然，一粒进球让进球人痛不欲生。原来是卡福突围，晃过伯利，直抵禁区低射。苏格兰队长亨德利拼命将球从球门线上解围，但回追心切的博伊德没有判断好方向，一下用胸膛把球撞进了自家的球门。

“乌龙！乌龙！乌龙！”解说员扯起嗓子高喊，震得屋顶上的灰尘噗噗直落。屏幕突然出现了一片雪花，严先生急得凿床。

就听哗的一声炸响，黑暗的客厅似乎躲藏着妖怪，竟在关键时刻来凑热闹。那时年轻，父母年壮，对深夜的电话铃声丝毫不过敏。我在床上本能地弹了下，随之又让身体复原。我蹬了严先生一脚，让他去接电话，严先生让我去接。我们还没有遇见过乌龙球，都对它有种奇妙的期待。其实就是想知道它有多伤害。对于两个没有主场的伪球迷，没心没肺得就像两根电线杆子。博伊德瞬间石化的表情，简直难以形容，错愕、惶恐、懊丧、绝望、痛不欲生。没容镜头切换，电视机就是在这一刻出了故障。那种情感来得迅疾而又猛烈，像是电梯从高空坠落，真是眨眼天堂，眨眼地狱。“找你的。”我说。

“找你的。”他说。

当时我们结婚三年，正处于有盐没味的状态。我们都想用这个办法把对方骗下床。我说那就猜猜猜，我出其不意出了一张布，没想到遇上严先生的剪刀。“肯定是看了我出你才出的。”我朝他的屁股拍了一掌，那肉颤颠颠地抖动，和着不怀好意的笑声。我赤脚跑到客厅，小方块的青色瓷砖潮湿阴冷，离沙发还有三步远，我一下子跳了上去。红色的话机老猫一样趴在茶几上，我弓起膝盖抱在怀里，把听筒抄了起来。

“是大……张所长啊。这么晚有什么事？报纸那边还没消息，你告诉窑主等一等，再等一等。”

他外号大老张，乡政府的人都这么叫他。是因为他实在太高了，有两米多。大老张却说：“窑主等不了，火烧眉毛了都。案子很快就要开庭，小偷受人指使想当庭翻案，然后往死里报复。消息也才刚传过来，你能不能让报道快一点登出来？”我从没见大老张这么着急过。

“我说了不算啊！”

“这都多久了，他们会不会不给发表？”

我翻了翻桌子上的日历，寄稿子的确切日期忘了，但确实已经很久了。“应该不会吧？”我有些含糊。

“你给准话。”

“准话就是……”我想说根本没有准话。报纸是大报，我只是个通讯员，平时上稿率高些，可离百分百肯定有距离。不过这个稿子我有几分把握，寄稿时还附了封信，告诉编辑这稿子重要，让他务必重点对待。

大老张有些不耐烦，说：“我们明天一早去报馆，看来不送礼是不行了。这年头，不送礼就办不成事，你越着急他就越不给你办。稿子务必在下周见报，再晚就来不及了。你想想，给人家送点啥好？”

“没必要吧？”我有些追不上大老张的思路，“报纸需要稿子，我给报纸供稿，这是相得益彰的事呀。”

“你还是太嫩。”大老张说，“求人办事哪有白张嘴的？那就到那儿再说，现在想准备也来不及了。”

“几点走？”

“八点四十的火车，我六点半从乡政府出发，开吉普去接你。”

大老张是派出所所长，他这辆开起来地动山摇的绿吉普，是从公安局新淘汰下来的。就像相声里说的，除了铃不响剩下哪儿都响。但开起来依然有气势，轰隆轰隆，所到之处，人们的眼神都追着往上贴。我还在为买一辆大链套自行车奋斗呢！这奋斗的内容，就包括几块微薄的稿费，所以我写稿很勤奋。中午我把午觉睡瓷实了，梦中惊醒，我爬起来就往外跑。橱窗里果然新换了报纸，看门的老杨没让我失望，他总是第一时间更换橱窗内容。我瞪着眼睛看二版和三版。一版是要闻版，可以不看。四版是文艺版，虽然想看，但不舍得看，得留着晚上有大块时间慢慢欣赏。我标题都还没浏览完，大老张晃悠着身体走了过来。

“又有你的新闻稿？”他问。

我说又有我的新闻稿。

“写的啥？”他问得漫不经心。

我说写的啥啥。短不了与农业农村生产生活有关，我是乡里的通讯员，写这些是本分。写到谁谁才会关心一下。

我等他问下一句，十棵树的新闻咋还没出来？他没问，打我身边晃悠了过去。我提着的心一下就放下了。其实我就是在找那个稿子，可发出来的是一家农户养蝎子致富的。我怕他着急。他不提，证明稿子早发晚发没那么重要。稿子有时会压很长时间，我有心理准备。走出三五步远，大老张突然转回来了，神秘地问：“你想不想玩枪？”我疑心自己听错了，愣了一下。我知道他有配枪，平时在屁股后头的枪套里吊着，有人想摸一下，他会虎起脸。大老张是一张方脸孔，腮帮子一边一块疙瘩肉。脸蛋子耷拉下来，大眼珠子一瞪，特别吓人。我曾经见过他在派出所捆犯人，三下两下就把人捆成了粽子，除了眼珠，哪里都不会动。他平时是个严肃的人，我都没咋看他笑过。他虽在公安系统，但跟书记乡长差不多，都属于领导阶级，跟我这样说话，我有些受宠若惊。枪那玩意儿是随便能玩的？大老张看出了我的紧张，轻松地说：“玩枪容易，找到能打枪的地方就行。这事得隐秘，隐蔽。避人还只是一方面，你得让子弹有处去飞。即使是在荒郊野外，也不能随便开枪，万一打飞了容易伤着人。”我赶忙插嘴说：“也容易伤着鸟。”我们那片原野上最近出现了一种鸟，老百姓叫它天鹅地鹌十八斤，也叫长脖老等，也叫大鸨，身大肉厚，展开翅膀能遮半亩地，若是碰巧它从天上过，随便打一枪就能命中。看我说得认真，大老张宽容地笑笑，说云丫是个慈悲的人。“去哪里呢？”他皱着眉头站在那里想。我那时年轻，脑子活，提醒说：“找片水塘可以吗？鱼塘不行，养鱼的人不依。”

“还真有一块野池塘。”他拍了下脑门，“打鱼的想法好。”

2

"用手枪打鱼，一般人没这经历。"他一手握方向盘，似乎想到了美妙处，咧嘴一笑。吉普车兔子样窜了出去。我揿下车窗，特意看有没有人看见我，虚荣心眨眼就被风刮没了。乡政府都在睡觉。中午不喝酒的人少，人人都能找到喝酒的地方。醉醺醺地回来，乡政府大院都是酒糟的味道。曾经有人喝多了，呕吐物醉倒了三只麻雀，这些都是美谈。下乡就是喝酒，这都心照不宣。车子径直往西走，在马路上拐了两个弯，上了一条小土路。四周都是青纱帐，热烘烘的空气烘烤出了一股灶烟子味。一根小路藏身在玉米地里，带子样地拴在这条主路上。吉普车靠着一棵小叶杨停下了，是这条路上唯一的一棵像些样的树。不高，树冠阔大，上边搭了三个鸟窝，分别在东西南三个方向。还有一个半成品挂在树梢的枝杈间，毛喳喳的还没闭合。"可怜的喜鹊。"我下车时叨咕了句，"实在是没处搭窝了吧？"我朝树上看了一眼，它们一定觉得在村里的树上搭窝不安全，才把家安到了荒郊野外。我朝四下里张望，一边是高粱谷子，一边是黄豆玉米，大洼都是黑土地，庄稼黝黑发亮，远处村庄只是一坨模糊的影子，乡政府的几排平房还在影子后面，从这里根本看不到。"这里哪有水塘？"我疑惑。大老张说："不单有水塘，这水塘里还有鱼。你不知道，这洼里最不缺的就是水。"成群的蜻蜓在空中飞，大老张想空手捉蜻蜓，就见他左手抄一把，右手抄一把，两只手太大，蜻蜓都从他的指缝溜走了。有的蜻蜓大概还想戏耍他，故意在他眼眉前晃，却又出其不意一个拉升或沉降，逃脱了他的魔掌。他朝小路上走，玉米叶子割他的脸，他用两手划拉，传出一片窸窣声。

我像土拨鼠在下面穿行，看见的都是黄色的玉米秆和枯焦的玉米叶子。那些玉米秆光溜溜的像竹子的骨节，根部像抓地龙，紧紧吸附在隆起的土埂上。

"炸蜻蜓比炸蚂蚱好吃，没有土腥气。"

“你吃过？”

“天上飞的没吃过飞机，地下跑的没吃过板凳。”

“这得多大的嘴。”

“宁吃飞禽二两，不吃走兽半斤。”

“蜻蜓有肉吗？”我说。

说完兀自笑了。我俩这段像在说相声。他顺嘴说出的话总让人印象深刻，我恨不得拿小本子记下来。

我打了七发子弹，一无所获。那种后坐力让我的肩胛很不舒服，虽然手枪很小，只有一只巴掌大，能量还是很惊人。也许是因为紧张，手，连同胳膊肩膀都是僵的，耳朵也是失聪的感觉，仿佛总有一只蚊子在飞。大老张的声音就在近前，听上去却很隔膜。大老张上瘾，他摸花生果似的一粒一粒从口袋里摸出子弹，压进枪膛，神闲气定地佯装瞄准，可水面平展展亮闪闪，哪儿有目标可瞄。就听“吧勾”一声，水面翻花，就像被鱼儿弹拨了一下。正是晚霞灿烂的时刻，鱼塘里洒了一片碎金子，波光粼粼。空气里有股溽热的硫黄味，和着玉米花以及牵牛花的气味，黏稠得堵塞人的呼吸。大老张一直都很放松，沿着池塘走了一个周圆，把想象中能有大鱼的地方射了个遍。我跟在他身后走，心里直念阿弥陀佛。果然有一只大鸟从天空飞过，大老张紧急调转了枪口，两只手握牢了枪柄。我大叫了一声：“别！”大老张回头看我一眼，宽容地笑笑，缓缓调转了枪口。“大鱼你快躲远点，可别让这子弹钻出窟窿。”我又为鱼操心，话说得像玩笑，若真打中一条大鱼，下去捞也是个问题。

“没有傻鱼。”他说，“就是寻个开心。”

射出最后一发子弹，大老张的手去口袋里摸了空，他的手掌张开，越发像个蒲扇。“没了。”大老张遗憾地翻来覆去看枪，枪管在淡青色的天光底下冒着瓦蓝色的烟。水面平展如镜，连片鱼鳞也没见着。他说这水塘里是有野生大鱼的，有一次他看见过大鱼在水里扎猛子，脊背能有两条胳膊那么长。

“别人不知道吗？”我有些不相信。这周围尽是庄稼地，春种秋收会有很多干活的人。若是知道这塘里有鱼，早就捞走了。

“逗你玩呢。”他说，掂了下枪，在空中玩了个花样，又稳稳接住了。“平时也用不上，枪总在屁股后头嘟噜着，一年也难得往外掏一回。遇上小毛贼又不敢开枪，都是乡里乡亲，万一伤了人也不好。”他咳了一声，拧着身子吐了口痰，说，“枪认人子弹不认人。”

我的耳朵眼里总有啾啾的声音在飞，像是从后脖颈穿过，能掠起脑后的一缕头发。

我使劲揉了揉两只耳朵。

他把枪装进枪套，走到水塘边，伸出长臂洗了下手。我问他哪来那么多子弹，他说从公安局的弹药库领出来的，保管员是好兄弟，特意多要了一把。

大脸蛋子一样的表盘挂在墙上，还是张鹅蛋脸。我过来看了眼，它敲得正起劲。“十二点了，睡觉睡觉！”那个乌龙球早过去了，镜头推远，绿茵场成了一幅画，供那些卡通样的小人儿跑来跑去。心里一旦有事，这球就更没心思看了。突然，卡福有一脚远射，皮球在空中画了道美丽的弧线，可惜射偏了。

我随手关灯关电视。荧光屏像魔方一样深不可测，把波澜藏得深远。

严先生裹了一下被单子，让自己滚到了床沿上。我就知道他生气了。他是个一根筋的人，就烦虎头蛇尾。为了让他陪我看球，我也费了许多唇舌，既旁敲侧击，又讽刺挖苦。男人哪有不看球的，不看体育节目的男人还是男人么，诸如此类。好不容易把他说动了，又不让他看了。他生气就是因为这个，没跑儿。他表示抗议的时候通常是用肢体语言，很重地翻身，把床震得像船一样摇，把后背整得像陡峭的堤岸一样。这样武断地剥夺他看电视不是第一次，也不会是最后一次。但他比我早打鼾，说明剥夺也就剥夺了，没啥了不起。

我没说跟大老张出门的事，我有些不安。

我失眠了。去报社送礼，这在我也是头一回，过去从没往这方面想过。写稿还要送礼，这多不好意思！人家不要咋办？收了礼稿子不发表咋办？我这才感到大老张说的火烧眉毛是种巨大的压力，而这压力敢情都背在我一个人身上，这哪能不失眠！我还没遇到过比这更重要的事！稿子背后连着一个案件的胜负和相关人的命运，我顿时觉得喘不上气，紧张得不行。“听他的。”我抚着胸口对自己说。大老张只比姚明矮一点点，他喜欢拉胡琴，热衷跳舞，女人跟他搭手，就像他拎着个小书包。他在乡政府大院是明星级的人物，有学问，人缘好，人品周正。还有人说他铁面无私，像黑脸包公。总之我没听到过谁说他不好的话，我有理由相信他。有回我问他公安机构为啥叫派出所，他说这牌子挂在这儿，只有你想得起来问——因为是公安局的派出机构，所就是房子，住所，处所。明代驻兵的地点，大的叫千户所，小的叫百户所。你的明白？以后他见到我总是先打招呼：“王云丫，还有啥不明白的？”

熟起来才发现，他不像表面那样严肃。

过年都讲究在外门框上贴副红对联，机关也不例外。妇联主任是大龄女光棍，别出心裁，门楣上是自己写的两个墨字“鸾巢”。我顺手指给大老张看，问那是啥意思。我当真不懂。大老张瞥了一眼，阔声说：“凤凰窝儿。”妇联主任刚好端着脸盆出来，一盆水擦着他脚泼了出来。

“泼得好。”大老张临阵不慌，用手撣了撣裤子，那里溅了泥点子。他说自己有福气，沾了凤凰窝儿的光。“王主任，就这一盆么，还有吗？”妇联主任假装失手，赶紧回屋拿毛巾想给他擦鞋，他悠悠地走了。

大家都说大老张修养好，一般的人，一般的事，他不入眼。

3

乡政府大院四四方方，左边是四排平房，右边也是四排平房，后边是瓷砖镶嵌的小二楼，在一排粗壮的白杨树护卫下，相当洋气。花墙中间有道月亮门，里边是信用社，外边是派出所。大老张经常开玩笑，说派出所是专门给信用社保驾护航的，他们应该给点这个。他用拇指和食指捻，是点钞的动作。

大老张爱喝酒爱打牌，晚上经常在派出所攒局，值班的人都爱往那儿跑。

凡事都有因有果，盐有咸的道理，醋有酸的理由。我一向这么认为。

有天我正在家休假，他骑了个摩托挎子来找我，说求我办点事。

我纳闷，他有啥事会求我？

“你先上车。”他说，随后又说，“今天你先委屈着，过两天局里给辆吉普车，那个时候就能坐四个轮子了。”

我心说，这三个轮子已经很好了。

真的是很享受。挎子风驰电掣往大洼里走，潮湿的风往脸上扑，咸腻腻的。这大洼里是盐碱地，树都歪着脖子，瘦小可怜。天上的云彩都是种拎不清的茶灰色，像是被盐碱泡过的、幻化出各种模糊的图案。我舒坦地坐在挎子里，开挎子的是派出所所长，这本身就是待遇，能满足我小小的虚荣心。他戴了个大墨镜，是个方框子，跟他那张脸简直是标配。我们停到了一个小卖部门口，他买了两瓶北冰洋汽水，拧开盖子，递给我一瓶。

“你写个报道。”他这时才说，“知道十棵树吧？这里有我朋友，他家进贼了，贼没得手，让他家老的少的给绑了。主要是他妈，都快八十了。”

“好新闻啊。”我说。我在乡政府当通讯员，有时没啥可写，就去找稀奇古怪的事，连公鸡下蛋、母鸡打鸣的事都写过，还写过老鹅看孩子、大雁认人等等。一家孩子上村里的幼儿园，他家的鹅管接管送。有个人掏了鸟窝，大雁追着他鸽，害得他一年四季戴帽子。这样的古怪事算社会新闻，多少有点夸张，但上稿率百分之百。但总写这样的新闻也不行，领导有意见，年底评不上优秀通讯员。毛贼被老太太反捉的事就有价值了，尤其是八十岁的老太太。这样的稿子肯定能发表，用时下的话说，那是正能量。

“小偷是丁家湾的，他叔叔在城里当局长。”大老张几口就喝光了汽水，目光越过我的头顶望向远处。我踮着脚也够不着他看的地方，他实在是太高了，像白杨树一样。他的脖子也比一般人长，喉结像个鸡蛋一样上下滚动，不由让我想起天鹅地鹄十八斤，也是长脖子。“还不是一般的局长，所以……”

我懂。一般的局长管二三十人。不一般的局长管大几百甚至上千人，这不一样。我当然不会问是哪个局的局长，这应该是秘密。但我一下就明白了大老张的话。这是想借助舆论定性，不给事情反转的机会。那时还没有反转这样的概念，但当堂翻供的事哪个朝代都有。

“给哪个报写？”

“当然是党报，党报才权威。”

四破五的一所宅院，有左右厢房。在院子里就感觉到了这是个殷实人家。主房高大敞亮，东西厢房都是铝合金推拉窗。那时乡村的房子都是双扇木棱子窗，打开时朝外推，采光不好，又费木头，铝合金窗刚成为时尚。我往里走，就觉得这真是户干净人家，干净得让人欢喜。一家人欢喜地迎我们进屋，我就知道大老张常来，因为没有人跟他客套。他这里看看，那里瞧瞧，一点也不见外。我们进的是正房东屋，一看就是老人在住。都是老式摆设，土炕，墙柜，帽镜，花瓶里插着鸡毛掸子，墙上贴着年画，一张是鲤鱼跳龙门，一张是赵公明。他们并排站在一起，莫名喜感。被垛用绒毛毯围得四棱见方。那毯子上是只仙鹤，鲜亮得似乎展翅要飞。见过干净人家，但没见过这样干净的，到处一尘不染，连青砖铺的地面都冒亮光。大老张趴着看炕席缝，说这里有个土渣，大妈没看见吧？一家人都很愉快，知道他在开玩笑。我见到了大老张的朋友老翟，翟天赐。他媳妇，他妈，三个孩子。两个女孩一个男孩，最大的十三岁。他妈看着就像六十多的壮年妇女，齐耳短发，只是有些许白，剪得齐齐整整，小钢丝样戳肩膀上，硬喳喳的，看上去就像妇女干部。我想，她哪里有八十岁？

“小偷是从窗户爬进来的，他先朝窗里吹一种蓝色的粉末，好让人睡死。”一家人争先恐后告诉我。窑场昨天发了工钱，老翟是老板，剩小两千，拿回家来藏在了一只坛子里，想转天进城去买油毡和别的材料。呶，就是那只。老太太搬来坛子给我看，是只收口的大肚子薄胎瓶，正好能伸进一只手。她从里面掏出些鞋样子，钱就放在了鞋样子底下。小偷就是冲这钱来的。小偷正在翻箱倒柜时，老太太醒了。小偷用黑布蒙着脸，上面掏俩窟窿，用手电照着老太太，用刀子比画说："你别过来，过来我就杀了你。"他不知道老太太根本不怕死，要钱不要命。老太太拍着胸脯大声说："你朝这儿扎，不扎就不是你妈养的！"小偷立时软了，带着哭腔说："你小点声，你小点声。"老太太越发神勇，她身上只穿着小背心花裤衩，抓起笤帚疙瘩扑上去，劈头盖脸打。小偷想夺路逃跑，被老太太死死抱住了腰。孙女小婉睡炕脚，此时爬了过来，抱住小偷的腿，被小偷踢了一脚，她趁机撸掉了小偷的一只鞋。住在对屋的老翟夫妇也醒了，他们拿了绳子过来，把小偷结结实实捆了起来。

"报警了吗？"大老张问。

老太太说，一早乡派出所的警察就来了，也是骑着挎子来的。大老张仔细打听来的警察叫啥名，因为这里跟我们分属两个乡镇，年轻的警察大老张并不认识。

"行窃不成反被捆，偷鸡不成蚀把米。八十岁大娘勇斗小偷。"后半夜下雨了，滴答滴答把梦都浇湿了。先是足球从电视里飞出来，照准了朝床上砸，严先生高声喊："乌龙！乌龙！乌龙！"然后又梦见新闻稿发表了，粗体黑字的题目排在了头条，连副标题都有。"那大娘有八十岁吗？"不知谁拿报纸抖搂着问，我却看不清他的脸。我一下惊醒了。新闻真实是最起码的原则，在老人的年龄上，我确实打了马虎眼。正焦灼着，电话铃哗地响了。我一下坐了起来，怔忪了会儿，才想起跟大老张有约，翻身跳下了床，好歹拾掇一下就往外跑。严先生问我咋那么早去上班，我说机关有事。他翻了个身，继续睡去。我头昏脑涨上了大老张的吉普车，先长长地打了个哈欠，埋怨他不该半夜打电话，害得我一夜没睡好。可大老张说，人家也是这么晚找他的，事情紧急，问题有些严重。我问怎么个严重法。大老张说，小偷一家在托关系，把责任都推到了窑主身上。我闭着眼睛想了下，说小偷入室总是事实，这还改变得了？

大老张说，像你说的那样简单就好了，他叔叔是局长啊！

我当了几年通讯员，报社大楼也是第一次进，平时都靠书信往来。我在传达室给张小北打电话，他是农村部编辑，专门编发涉农区县的稿件，平时我就跟他联系。张小北是个小个子，一张娃娃脸，镜片后闪烁着一双和善的小眼睛，看见我以及我背后的大老张，吓了一跳。大老张穿了身警服，任何服装上身都显得瘦小，所以他的裤腿和袖口都吊着，看上去就像假警察。这个形象在乡政府看习惯了，来到了大城市，就有点滑稽。我赶紧介绍，这是我们派出所的张所长。张小北疑惑地看看我又看看他，只是点了下头。“你们有什么事吗？”大老张脸上戴着大墨镜，手里拎着大挎包，沉甸甸的很是有些分量。他表情很严肃，让张小北摸不着头脑。来这里之前，我们先围着大楼转了转，穿过一条胡同有个小农贸市场，大老张自作主张，买了二十斤花生装在挎包里。挎包也是在小摊上新买的，花了二十八块钱。眼下离花生成熟还有些时间，所以那些花生除了浑身泥土，个个虚头巴脑，像吃奶的娃娃一样白胖。大老张嘴里说，大城市的人爱吃土腥味，这样的花生是甜的。我没有送礼的概念，由着他塞进两块白薯，又塞进四个青玉米。没想到大城市还能买到土特产，就像我们从家乡带出来的一样。

我们跟着张小北到僻静的角落说话，大老张先把挎包往张小北手里塞，被张小北挡住了。“你们到底有什么事？”他神情很是狐疑。我有些结巴地问，有没有收到我写的有关小偷的稿子，还附了封信。张小北说收到了。因为最近有几个相似的新闻稿，似乎各地都有小偷入室。“我们这个是真的。”我赶忙说，“我去现场采访了，一家人都见到了，连装钱的薄胎花瓶都见到了。”“我没说不相信你。”张小北摘下眼镜用手背抹眼睛，“相似的稿件多，我把你的稿子往后排了，有问题吗？”

大老张晃晃悠悠上前了一步，说：“张记者，我们就是火烧眉毛才不远百里跑来请你帮忙。这个案子最近要开庭，小偷家里有关系，反咬窑主一家侵犯人权，他不担责，还要窑主赔偿。天下哪有这样的道理？”“他有什么损失？”张小北问。我闪过身子，让他俩直接对话。大老张说："小偷起诉窑主无故捆绑人，说自己没有入室行窃，而是去讨要工资，结果被窑主一家人诬赖成贼，被非法拘禁。这纯属胡说八道。小偷要求恢复名誉，赔偿精神损失费、医药费、误工费等等等等，纯属讹诈。基层的事情很复杂，有时人情大于法律。案子下周就要开庭。我们来就是想请张老师帮忙。稿子如果能赶在开庭之前发，说不定能帮窑主一把，我们跟他非亲非故，这也是匡扶正义。天底下不是所有的富人都不仁，穷人有时更坏！"张小北有些迟疑，扭过身子看着我。我知道表态的时候到了，脑子里闪过八十岁的老太太，其实顶多像六十出头。可这样的误差不算什么，于新闻的真实并无妨碍。所以我赶忙说派出所所长说的话绝对真实。张小北这才转向大老张："您再说一下小偷起诉窑主的理由。"大老张的脑袋像鼓风机充了电，显得电力十足。他说小偷家里有势力，叔叔是局长，找了各种关系反诉窑主，窑主都要垮了，已经严重影响了生产经营。张小北这才沉吟一下说："你们大老远来，肯定有不得不来的理由。您又是警务人员，应该对案件的真实性有甄别。这样吧，我尽量调版，往前排，不让你们白跑。"大老张适时把挎包又提拎起来，递了过去说："一点土特产，都是自家地里长的。乡下也没啥好东西，张老师千万别笑话我们。"张小北看看我，脸上有些难为情，但还是把挎包接了过去。大老张又说："感谢张老师帮忙，小偷如果反咬成功，说窑主加害他，窑主就跳进黄河也洗不清了。社会的正义、公平被乾坤颠倒，会起很坏的示范作用。你这不是帮个人的忙，是帮公平、正义、法律的忙。王云丫，我说得对不对？"我赶紧点头，崇敬地看着大老张。张小北又一次表态帮忙，他是个实在人，连一句花言巧语也没有。

"这个张老师不错。"从报社出来，大老张如沐春风。

我心里也美滋滋的。张小北能给面子，我也觉得脸上好看。

接下来的几天，我密切关注报纸动向。邮递员老吴骑一辆绿色的自行车，穿一身绿制服，头戴绿帽子。只要身影一出现，我比门房还跑得快，接过报纸，赶紧回办公室，我等不及它上橱窗，一定先看第一眼。我是吃过老翟家饭的人，那个大桌子，盘子摞起来三层，海陆空什么都有，既有野生的鳖，又有山上的锦鸡。大虾展开有半尺长，我们拼命吃，恨不得多长出几个胃来。很难想象大洼深处的盐碱村能整出那么丰盛的饭菜，明显是提前有了充分准备。一顿酒喝到下午三点多，大老张开着挎子在路上扭秧歌。我也喝了些，脑子里发热，眼前被烈日映照的景物都像长了腿，会跳似的。幸亏路上车少，让挎子安然无恙。大老张问幸福吧？我笑眯眯地说幸福。那种微醺的状态我是第一次有，那样好的饭菜我是第一次吃，那样受人尊敬的感觉以前从没经历过，而这一切都是大老张带给我的。大老张把车速减到最慢，这样可以把他的话清晰地送到我的耳朵里。他说："老翟是企业家，办个窑厂不容易，带动周围几个村庄的人共同致富，这是中央提倡的。这回摊上事儿了，我们要帮帮他。""那还用说。"我的嘴唇有些麻木，但还是努力清晰地说。所谓"帮帮他"就是写篇新闻稿嘛，在我是再容易不过了。我怕大老张比我更着急，所以我比他还着急。三天五天稿子没出来，我躲着大老张走，嘴里边都起疱了。无数次想给张小北打电话，无数次又忍下了。我知道调稿子需要周期。眼巴巴盼到第七天，稿子终于出来了，只是位置不理想，在右下角，题目字体也偏小，不怎么引人注目。好歹总算交代了。我拿着报纸就往派出所跑，大老张已经在看了。见我进门，大老张竖了下大拇指，说这个新闻写得好，连小偷翻窗的时间、穿了黑条绒布鞋都有。喏，小偷丁某，二十一岁，家住丁家湾，比我掌握得全面。只是，没写往窗里吹药。那些药小偷高价买来，以为是迷魂药，其实是洗衣粉水。

"写了。"我说，"让编辑删去了，估计是怕有人效法，造成不良影响。"

"也没写小偷的名字丁淼。"大老张还有遗憾，"干啥非写丁某呢？"

4

老翟来看我，是个星期天。天已经冷了，早起开窗，看到硬邦邦的土地上落了薄薄一层霜雪。楼下光秃秃的香椿树上站着一只寒鸦，在枝杈上可怜地叫。他和大老张一蹬一蹬走上高高的楼梯，我家的小屋子都有点受宠若惊。老翟是个黑胖子，嘴巴的左上角显眼地长了颗朱砂痣，上面还有根卷曲的黑毛。大概知道我家局促，他赶紧坐在低矮的沙发上，屈起两条腿。剩下大老张一个人在客厅晃，前边窗外看看，后边窗外看看，连我家门后的一张桌子以及桌子下边的布帘都掀起来看了下。他可真是有职业病。老翟是坐大老张的吉普车来的。大老张在楼下仰脸打电话，我正在用抹布抹后窗台，刚好看见老翟从窄小的车门往外钻，像只笨手笨脚的棕熊。他穿了毛冲外的皮袄，头戴小黑瓜皮帽，座山雕似的。他进屋就把皮衣脱掉了，露出里面的烟色绸缎对襟袄，本色花，不仔细看根本看不出花的模样。这时候我又觉得他像黄世仁。他从沙发那头挪了过来，离大老张近些，两人凑着点了火，我赶紧把烟灰缸放在茶几上。大老张坐在一把折叠椅上，跟我站着的身量差不多高。我自打离开馒头乡还没见过他们，大老张的显著变化是有了手机，是超越了大哥大的小款诺基亚，墨绿色，亮晶晶的像个小玩物。看他两只大手捧握的姿势，就知道有多珍贵。他们议论这个小区的历史，比我都了解情况。过去住的都是小三线的工人，那是军工企业，效益好得不得了，福利好得不得了，那些职工都趾高气扬，买东西从不还价。后来国家不需要他们生产的产品，人员便灰溜溜地撤了。国家正好启动房改，家属楼便流向了市场。

老翟家人捉小偷的新闻是我写的最后一篇新闻稿，一个偶然的机会，我调到了行政局。他们不来，我都把这事忘了。我当了三年通讯员，写了上百篇新闻稿，算勤奋的。凑钱买了辆大链套自行车，这是看得见的好处。那些文字都是过眼云烟。有意思的，没意义；有意义的，没意思。回头再看当初那些“本报讯”，很多都让人脸红。但曾经帮过老翟，我多少有些成就感。老翟说：“那篇新闻稿在法庭上起了关键作用，小偷一度很嚣张，说他没有入室行窃，是上门讨要工资。律师把报纸拿出来，小偷才像霜打的茄子蔫了。报纸还能有错？白纸黑字板上钉钉！对方律师根本就没提防我们这一手，整个法庭都很轰动。”

老翟的兴奋溢于言表，他还沉浸在打了胜仗的荣耀里。我茫然看着他，不知为什么，很难产生共情心理。与小偷相比，我还是相信老翟。那个案子拖了很长时间，后来小偷又告到中院和高院，大老张跑前跑后没少忙活。后来总算全线告捷，小偷再也没处去告了。“我还治不了他？”老翟轻蔑的一句话，透出十足的霸气。一股凉气又从我的脚底板升起，心也像被风吹歪了。他这一面我不熟悉。我只在十棵树见过他，给我的印象是朴实敦厚而又木讷，与现在反差很大。“二两棉花纺纺（访访），我翟天赐怕过谁！”他又摸出一支烟来，大老张赶忙给他点着了火。他深吸了一口，紫色的嘴唇往前一努，小眼睛眯了起来。小小的一个入室盗窃案居然这样折腾，我一点也没想到。我就像个观众，傻乎乎地看着他俩像演双簧，有些瞠目结舌，还有些许不安，但那不安就像天空飞着的羽毛，根本无处降落。屋里一派高调的胜利氛围，很容易感染人。我终于放松地笑了笑，想起自己不仅是主人，还是事件的参与者，我该分享胜利的喜悦才对。我给他俩各倒一杯水，老翟端起水杯喝了一口，说:“现在好了，一切都过去了。”他从黑皮包里掏出两条中华烟扔到我家沙发上。我瞥了一眼，不动声色，内心里却长出来欢喜。我不抽烟，但好东西就是让人喜欢，这是没办法的事。

我只是有点难为情。是有这样一种情景的，你无法拒绝。人家不需要拒绝。你不知道怎样拒绝。似乎又是，你还没资格拒绝。你只有傻笑。

那两条烟华贵得就像圣物，把我家针织面薄饼样的沙发衬得愈发寒酸。

“这是软中华中的极品，翟老板托人才搞到的。”大老张就像专门来负责解释的，声若洪钟，在小房间里甚至能形成回响，“翟老板有情有义，一直记挂你帮忙的事。”

“这不算什么。”我假装谦虚，顺带想了想他们刚才说的话，“只要占理，有没有新闻稿都一样。”

“绝对不一样。”大老张反驳，“那件事如果不登在报纸上，官司不定打成什么样呢。你说是不是？”他问老翟。

“铁定得输。”老翟倒干脆，“关键是，丢不起人。”

这是有钱人的逻辑。我心想。

“三等人是大盖帽，吃了原告吃被告。法院的人，都黑着呢。”大老张总结。

他们站起来往外走。我赶忙把烟塞给大老张，说我又不抽，还是你拿着吧。他一晃手，就把我拨拉开了：“你不抽，可以给妹夫留着。”

严先生抽烟，可他抽不起大中华，看见大中华两眼都冒光了，用手摩挲半天，到底没有启封。他摸出一种叫红梅的烟，包装软塌塌，抽出来一支，点着了火。这个晚上，我们俩一直研究这两条烟，自己抽实在是太奢侈了。送人吧，哪怕就送一条。送谁呢？当然可以送领导，可我们研究半天，没有哪个领导值得送。不值得送就舍不得送。最终决定送给我师父。他经营一个小缝纫厂，属集体企业，收留了一部分残障人士。我曾经在他那里当学徒，裁坏两条裤子，终于觉得自己不是那块料。师父办厂不为挣钱，而是为那些残疾人有个饭碗。他们做外贸的来料加工，也接一些私活。师父的手艺好，社会上流行啥，师父就能做啥。我刚进厂，他就给我做了件“真优美”夹克，把腰收得紧紧的，特别显体形。所以大家都说，若不是有这些拖累，师父早发家了。

可师父师娘都不是想发财的人。他们的衣裤都是自己缝，鞋子自己做。每天的饭食简单，一碗面、一碗粥就能打发一天的时间。那个小厂我待了八个月，去的时候雄心勃勃，想把师父的手艺学到手，将来也做个老裁缝，把人打扮得美丽。我用公式列方程，解出腰围和胸围需要的尺码。师父却啥也不需要，搭一眼就八九不离十。后来是师父轰我走的，说我天生就不是干裁缝的料：“你不是爱看书吗？还是趁早学点别的吧。”

我去乡里当通讯员也与师父有关。有位领导出国要做西装。他在别处做了一套，不合体，这才来找师父赶活计。量尺寸时我正好在现场。师父让我量，我一摸软尺手先抖。师父说，云丫能写会画，就是拿软尺手里没准头。量完尺寸，领导坐下喝茶，师父把我发表文章的报纸拿过来给领导瞅，说我们云丫是个秀才，在这小厂里委屈了，问能不能给我找个别的事做。领导问：“这是您亲戚？”

师父说：“是亲戚。”

一个月后，有个电话打到了我家里，让我到乡政府去一趟。秘书直截了当说某领导推荐我来的，问我会不会写新闻稿。那还用说？凡是与文字沾边的工作都喜欢啊。我去给师父报喜，师父师娘正坐对面小酌，桌上摆一碟榨菜、一碟花生米。我在胡同口买了只烧鸡，拆巴拆巴端上了桌。原来今天走了一批产品，六千件全部合格，他们是在犒劳自己。

师父笑眯眯的，喝点酒脖子都是红的。电话原来是从他这里找的，所以他比我早知道消息。他叮嘱说，不管干啥，都要干好。

他又说，眼里有尺寸，心中有方圆。

我敬了他们一杯酒，八个月的情谊，已经很醇厚了。

师父的家是城边子上的两间小平房，在老城墙根下。他们都是工业系统的老职工，自己的老厂黄了，筹办福利厂算创业，享受国家税收减免政策，可日子一直不好过。怎么可能好过呢！看看那些个员工，歪着脖子的，斜着眼睛的，拿熨斗的一条腿，像棵树一样站那儿就不动地方。还有坐轮椅的人戴近视镜剪线毛，害得师父一再提醒要擦根儿，小心。这样的员工占了三分之一。师父的办公室也是个小作坊，一台缝纫机、一台包缝机，后来又添置了一台锁眼机。再早，锁扣眼的活计都是师娘亲手干，除了慢，匀称整齐方面不输机器。

我天生就跟师父投缘。进厂三个月和严先生结婚，师父送了我一个大号高压锅，这锅现在我还用着。路上严先生用自行车驮着我，我们一路都在说高压锅的事。第一次用它蒸米饭，八分钟就熟，那简直是见证奇迹。后来我们还用它蒸蛋糕，把蛋液打松散，拌上面粉、苏打粉和白糖，蒸出的蛋糕梆梆硬，原来是面粉放多了，鸡蛋和苏打粉放少了。既想省鸡蛋又想蛋糕松软，结果蒸出来的是块面疙瘩。第一次炖鸡，掌握不好时间，出去聊会儿天的工夫，鸡炖出来就像烟家雀，从锅里呼呼往外冒黑烟，严先生用碱和醋洗了十遍都不止，到底把那些煳焦搓掉了。有关高压锅的事情还有很多。有次去逛商场，发现那款高压锅是六十四块钱，正好是我半个月的工资，我们站那儿唏嘘，久久都没有挪动地方。所以这个锅我们一直很珍惜。每次用完，都用抹布抹得锃亮，那是我们最贵重的一件炊具。到了胡同口，我刚一下车，就听咔嚓一声，车座歪斜了，原来是不知怎么一用力，车座焊接的地方给压断了。

严先生说："这是证据，告诉师父，你结婚以后让我喂胖了。"

我摸了摸脸，说："根本没长肉，你的车子又不是我一个人坐，我不过是那根稻草。"

严先生说："你的腰出来一圈，难道自己没感觉？"

我们操练着嘴皮子，摸进了小胡同。师父住在最里边。有一扇又黑又薄的小铁门朝向外，跟胡同同等宽。我把黑挎包抱在怀里，像抱着个孩子。

师父看见中华烟乐得合不拢嘴，一迭声地说太贵重了太贵重了。他现在也抽旱烟，房间里一股老旱枪的烟油子味。几年过去了，房间一点变化也没有。柜子和沙发都越发老旧，小电视机猫脸大，头上竖着两只天线宝宝。师娘不爱拾掇家，到处都很凌乱。那年我们新买了商品房，虽然还没搬进去，但每晚都要去闻甲醛味，感觉生活一下变成了童话，敞开了一道幸福之门。师父家的陈旧氛围让人觉得恍惚，仿佛时光一直在倒流，往深里走，有种说不出的黯淡意味，连门上贴着的明星脸都似长了皴。师娘端着盘子去厨房洗苹果。师父举着中华烟，喊师娘过来看，说还是云丫惦记我，这么好的烟，咱都没见过。

师娘跟他抬杠："超市里就有，哪会没见过？"

"那也没摸到过手里。"师父的手轻轻抚摸那烟，眼里都是情愫，"这么贵重的东西，抽它就像抽人民币，舍不得，舍不得。"师父连连摇头。

我和严先生相视而笑，觉得送给师父真是送对了人。

师娘端着果盘走过来，她显得疲乏而萎靡，肩膀明显拱了起来，这让她的身量显得更矮。她声音很有味道地说："舍不得抽咋办，供起来？"

"真得供起来。"师父说，"这烟只有毛主席才配抽。"

师娘说："那就供起来吧。别忘了早起烧香，晚上磕头！"

严先生迅速看了我一眼，我们都难掩彼此的错愕和尴尬。

我想拆包装，被师父挡了。师父说："先放放，先放放。这么好的东西可不敢随便糟蹋。"说完，藏到了屁股后头。

师娘坐下来削苹果，长出了一口气才说："厂里订了份报纸，上面有云丫的文章你师父就到处显摆，说这是我徒弟，她现在可出息了。"

师父有些不耐烦，说："这都是先前的事，云丫现在早不干这个了。"

师娘高声说："先前的事就不是事了？没有先前哪有现在？你以为中华烟是大风刮来的？她若是还在福利厂，西北风都喝不上，哪能买得起中华烟？"

师娘一口气嚷出来，夹枪带棒，旁若无人。师父连连咂嘴，脸孔皱得像苦瓜一样，不知怎样表达对师娘的不满才好。

我羞得抬不起头。我很久没来看师父了，内心很惶惑。不知发生了什么，让师父师娘这么拧巴。记忆中，他们相敬如宾。我知道福利厂的日子不好过，难道是我带来的礼品刺痛了师娘？师娘发狠地削苹果，我疑心她都不知道自己在干什么。苹果越来越小，就剩个核儿。师娘手里的刀子却愈发用力，横七竖八把苹果剜得不成样子。师父一直朝向窗外看，胸脯剧烈地起伏。我在那里如坐针毡，眼里一阵阵发热，但没让眼泪掉下来。我在行政局写材料，说起来好听，动辄洋洋万言，却没有稿费不能署名，领导念完拉倒，听者众，可没有哪个字能被谁记住。那些煞费苦心最终都哗哗流进粉碎机，被投进垃圾箱或下水道。

远没有当年写新闻有意义。

"人生就是活着，哪里去找那样多的意义。"严先生说得没心没肺。

我却有些钻牛角尖，经常计算用过的纸，毁掉的该是好大一片森林。过去报纸的作用和归宿其实差不多，可那时年轻几岁，没这样的想法。我在梦里会听见森林在哭，淌出的泪珠是血红的颜色。一同哭泣的还有飞着的鸟儿，找不到曾经的栖息地，那里曾经是家，窝里还有孩子。我还梦见树木白森森的茬口，流一种奶白色的血。那些血像温泉一样突突往外冒，凝固成了雪蘑菇，弥漫着一股樟脑味。单面有字的纸我存下足有一尺高，想找机会用另一面。事实证明这样的机会永远不会有。有一回还被领导批："行政局是大机关，难道供不起你打印纸？"

机关永远在加班。节假日永远在赶材料。稿子永远写不完。如果说，在乡里当通讯员像闲云野鹤，在机关就是被关进了笼子，连去外面透口气的工夫都没有。有时候，我会觉得那些白纸上的黑字都似活的，被机器碎成一个个小颗粒，像黑眼珠一样翻我，似乎在说，我们都是你的孩子，你创造了我们，却不管我们了！我伤心而又无力，都开始怀疑人生了。

坐到这里，又心生怪异，有些庆幸能够离开师父。

师父屁股后头的大中华露出红彤彤的一角，就像生活隐约呈现的另一副面孔，那副面孔华贵而又艳丽，可离我们都很远。只是我不能说，我不能告诉师父烟是别人送的，我们只是舍不得抽。还不只是虚荣问题，好像还有比虚荣更美好的一些想法，我们确实没想来显摆。屋里的空气滞灼而又凝重，我心里越来越不好受。

师娘终于削好了另一只苹果，一切两半。我和严先生都没有推辞，但也没有往嘴边送，仿佛那是条山重水复的路，漫长而又艰难。

我问起厂里的经营情况，师父叹了口气，说这几年外贸形势不好，直接影响厂里的收益。人们也越来越爱穿成品衣服，来做衣服的人越来越少。厂里好工人多，管师父师娘叫老爸老妈。但也有不饶人的，工资发不出来，就赖办公室不走。还有人追到家里，在师父家的地板上躺着。师父自己也不宽裕，还是把家里的钱拿出来给了他。

"哎呀，这可不行。"我禁不住叫起来。

"那是救急。"师父叹息着说

"你就是傻实诚，人家说啥你信啥。他有啥急可救？"师娘挑着声音咬牙切齿，"有些人就是没良心，是天生的没良心。你对他再好也是白搭，一点都不知道感恩，良心都让狗吃了！”

师娘嘴唇哆嗦，仿佛又把情绪的闸门打开了，有种一泻千里的气势。我就知道我又问了句不当问的话。我看了师父一眼，师父像岸上的鱼，张着嘴莫可如何。我知道师父丢不下那些残疾人，十几年在一起，师父对他们有感情。果然，师父皱起眉头说：“他们都够难的了，还计较个啥。”师娘马上立起眉眼，想吼句什么，大概终于意识到有客人，又迅速把火气压下了。可她半天缓不过来神情，就像被一股气顶着，脖子和胸椎都竖了起来，脸变得刷白，呼呼喘着粗气。我有些不敢朝她看，师娘一向凌厉，但不是不讲道理。眼下的师娘有点反常，也许是因为日子太难了，超出了她的承受能力。我伸手拍了拍师娘的膝盖，师娘无动于衷。她头发白得厉害，脑袋不停地摇动，两只手捂到膝盖上，却显而易见地在抖。我和严先生对视了一眼，一同站起了身。师父趿拉着鞋子着急地说：“这才八点多，你们好不容易来一趟……”话没说完，他像被空气呛了一下，一阵剧烈的咳嗽。严先生率先往外走，我嘴里说，以后有时间再来看您，紧跟了两步，随严先生出去了。屋里突然传出了压抑不住的争吵声，什么东西被打碎了，在岑寂的夜里分外刺耳。我们在胡同外站了会儿，没等来师父。我轻轻把铁门带上了。

似乎是连坐车的力气也没了，我也忘了后车座被压塌的事。我一只手拽着后车座边缘，一顿一顿跟在后面走，我想不透哪里不对劲，但就是觉得羞惭，满面羞惭，连严先生都无法面对，似乎一松手他和车子就会弃我而去。身边不时滑过一辆汽车，车灯亮得刺眼，但那只是一瞬，随之是更深的黑暗袭来，人就像掉进了井里，上天无路入地无门。我回头看了一眼，那一片小平房像盖着一块幕布，很难分出谁是谁家。但尖厉的吵嚷声似在空中飘着，追我的耳朵。垂柳的枝条不时在头上指指戳戳，我揪住了一根树枝，稍微一用力，整个枝条被扯了下来。我这时才觉出衣衫单薄，身上要打哆嗦。我们跑起来吧，我说，话没说完，撒腿就往前跑。我越跑越快，冷风呼呼往脸上扑，像小刀子一样割人。可我停不下来，我想一直这样跑下去，一直跑到又瘦又小的月亮里。

后面是哗铃铃的车铃声，严先生伏在车把上，逆风蹬车要铆足全身的力气。他像老猫一样追过来，在地上支起一条腿，下了车子。我以为他会说点什么，可直到走回家，他也没说话。

以后也再没说起过。

5

小区的门房有两间房，其中一间是警务室，挂着公安的牌子。所以出入小区的人经常有人开玩笑，说霓裳小区不一般，有警察把守。起因是开发商交房的时候发生了械斗，有人脑袋被敲开了花。公安局派了三个警察来镇守，事件平息了，撤走了两个警察。另一个年老的警察正好办退休，不知哪位领导说，就让他在这里协勤吧，防备以后再出乱子。

就这样，我们小区有了个正规警察，不单有固定办公场所，还有警务标志。也不知他受谁领导，工作的职能是什么，都有什么样的责任和义务。就见他总穿身警察制服，紧巴巴地箍在身上。大概因为穿的时间过长，那身衣服已经很旧了。

楼上的马老师比我搬来得早，她是业委会成员，小区的有关情况我就是听她说的。她还说小区的管理模式有问题，早晚也得把物业换了。那个老警察啥也不干，就在门口聊大杆，一聊就是一天，额外多拿一份工资，天底下再没有比他滋润的了。我未置可否，因为不了解情况，那些话题也插不上言。那个老警察我一直没有正面碰到过，有时从玻璃窗能看到一顶大盖帽，或一身蓝制服，或者混在保安群里，像羊群中的骆驼样指手画脚。有次他扶一个跌倒的小孩，顺手一拎，小孩两脚离了地面，在他手里打嘟噜吊儿，就像在荡秋千，小孩发出了银铃般的笑声。他还帮买菜的老人提拎兜子，把腿脚不好的老人背到楼上。马老师说，不否认他为小区做过一些事，但这都是物业应该干的，不是业主养一个编外警察的理由。

“与业主有关系？”我问。

“与物业有关系。”马老师答，“物业与业主有关系，也就等同于他与业主有关系。物业应该把钱用在刀刃上。”

马老师教高年级数学，拐弯处的账也会算。

母亲因为胆囊问题住院，保守治疗。办好住院手续，我从医院出来已经是午后一点多。到了小区门口，我思谋回家吃什么，冰箱里有什么，从玻璃窗看见肯德基里坐满了人。成年人都羞于去吃这种垃圾食品，其实，心里还是蛮羡慕那些能经常出入的人。填饱肚子就不用进家忙碌，医院奔波这半天实在是累坏了，还别说肯德基，随口吃点啥都行。这样想着进到店里，看了半天也不知道应该买什么。后来还是买了两人套餐，买完又后悔，似乎买多了。我提着餐盒穿越了一条隔离带，从小区的旁门朝里面走。才过那条横向马路，有个高大的身影晃悠着走过来，非常有底气地喊了声：“王云丫。”

我在抬起头来之前，脸上已经堆起了笑。那种笑的纹络是年深日久练出来的，与开怀时的笑纹不在一个位置。其实我早认出了那个年老的警察就是大老张，他除了更加臃肿，变化不大。但我一直没有主动跟他打招呼，没啥心理障碍，就是缺少打招呼的愿望，比如今天，尤其不想见到他。大老张的前襟可笑地撅着，上面有一块一块的污渍，有只纽扣耷拉着，连着一根线。他因为肥胖而松弛，眼睑似乎多出二两肉，坠下来老大一坨。

他说早就知道我住这里，有次瞄着了影。他朝我家方向指：“你就住在东北角吧？是三期八号楼。比一期二期房型好，但没五期豪华。位置不赖，能照一天的太阳。”他的大眼睛水汪汪，一眨一眨地含笑看着我，似乎没有什么事情他不知道。他还知道我家院子里种了手把葫芦，有一天他打那里过，摘了一个给小外孙子玩。“那天你上班了。”他说。他在院子外喊了一嗓子：“家里有人吗？偷葫芦的来了！”他呵呵地笑，一下就把过去的岁月拉了回来，说就因为知道那是我家的葫芦才摘了一个，否则不会动业主的一针一线。他说得很诚恳。还说，有天他坐小区的电瓶车从那儿过，虽然有树影遮着，还是看到了我出来倒垃圾。“你穿了一条蓝花围裙，头发都在肩上披散着，好像才刚洗过。说话这是两个月前的事了，那时天气还热，你家门口的牡丹开得正热闹，白花朵小，粉的花朵大。我喊了你两声，你没听见。”他絮絮叨叨像个老大妈，有没完没了的迹象。我终于见缝插针说：“早知道这里有个警察，却没想到是你。你还没退休？”我纯属没话找话。

“早退休了。”他摘下帽子挠头皮，花白的头发根根直立。手枪打鱼的年代他是一脑袋黑头发，像猪鬃一样，转眼已是二十几年前的事了。一群头皮屑迎风飞舞，脑顶像冒起青烟一样。当然，也许是我的眼花了，天太蓝了，我太饿了。“在这里发挥余热，为业主做点贡献。人生一世，不能混吃等死。”他声若洪钟，有男高音的潜质，“买的啥？”

“肯德基。”他看袋子的外包装，自问自答，“净看小崽子在那里吃，我还没吃过。”

“送你一半。”我半开玩笑，为了表示诚意我又说了句，“这是套餐，足够两个人吃的。”我拎起来给他看，又把塑料袋张开，汉堡和鸡腿都是分开来包装，送给他一些也是可以的。

也瞬间心里盘算了下，已经过了饭点，他也住这个小区，应该早吃过午饭了。他蒲扇样的大手插进口袋里，摸出手机看了看，又朝不远处的保安晃了晃手，说我去她家找口吃的，吃完就过来。

“给你个鸡腿和汉堡。”我赶忙从袋子里往外掏，他却转过了身，倒背了手，悠悠朝前走。

“老伴去闺女家了，闺女就住后边的别墅区，三十五号。是想让我过去吃饭，可早饭吃得晚，到中午了还不饿。我说我不过去了，你们吃吧。还别说，现在真有点饿。”他回头看了一眼我手里的袋子，有垂涎之相。我开始纠结。早晨走得早，被子没叠，房间没打扫。身子又累又乏，恨不得倒头睡一觉。“哪天专门请你喝酒，今天我有点不方便。”这样说话合适吗？

“也顺便去认个门，早就想跟你待一会儿，还有话想对你说呢。”

得。

看着他的背影在前边晃，我站那里运气。我不信他的话，这样的话属灵机一动，我听得多了。我徒劳地站那里晃袋子，甚至不愿意再往前走，还想把整个袋子都塞给他，与待客相比，我情愿饿一顿。

他笃定地迈着踏实的脚步，认定跟我回家是对我的奖赏：“到家也别费事，就吃一口现成的就行，又不是外人。我们就是说说话，没想到今天这样巧，碰到你也不容易。你看不见我，我经常在下班的时候看见你开车回家，知道你最近换了新车，今天怎么没开？”

“被人剐蹭，去 4S 店了。”我心烦意乱，他什么都知道的感觉相当不好。刚把车送走母亲就生病了。早知道要跑医院应该迟两天再送。

他絮絮叨叨又说了很多话，都是与这个小区的建设有关。拿地、规划、建设、销售，有些涉及隐私和机密，与哪位领导之间的牵扯挂联，没有什么事他不知道。他再没回头，看不到我的脸被午后的阳光晒出了油，还有焦虑和不耐烦。他说的那些我不感兴趣。别说早时过境迁，即便发生在当下，与眼下的饥肠辘辘比，也不值一提。烦躁地走过了一段林间小路，我慢慢沉静了。他说有话对我说，也许是真的。想起当年跟在他身后用手枪去打鱼，他说的每一句话我都恨不得记在小本上。他若是那时到我家来，我会马上给他温酒炒菜，让严先生陪他喝两盅。二十几年过去，很多事情都变了，心上也结了厚厚的茧，兀自沉沦，也兀自沧桑。我暗暗叹了口气。他感受不到我内心的波澜，就像家里的老大哥，一点也没有客气或让我客气的余地。他头也不回地问：“小严，他挺好吧？”

我迅速想了想，他和严先生应该没见过面，难为他记得。

“好。”我机械地应了声，再不想多说一个字。石板路像五线谱一样跳跃，石板与石板之间长着狗尾巴草。我被石头绊了下，险些栽倒。人饿的时候腿是软的。烦恼又重新涌起。我跟在他的身后，还是觉得累。希望他这是在开玩笑，到岔路口他能走向别墅群，扬起蒲扇样的大手说，以后再去你家喝酒！穿过一个小公园，是条上坡道，他径直朝我家方向拐，我彻底死了心。路两边是我种的向日葵，沉甸甸地长满了籽儿，就像在夹道欢迎。葫芦藤从院子里爬了出来，毛茸茸的叶片已经有了风霜的颜色。它们借助栅栏外的灯杆、紫薇树和石榴树与坎下伸过来的密匝匝的槐树枝条纠缠，空中荡漾着一片快要成熟的小葫芦，像天空布景一样。

“这就叫有福之人不用忙，无福之人跑断肠。”他站在我家门前慨叹，等着我拿钥匙开门，“这几栋房子都是抵债房，开发商付不出工程款，就送了乙方几套房子，你是从个人手里买的吧？”

我懒得回答。

他指给我葫芦的位置，说他摘的那个形最好，细腰大肚子，如果画上眉眼，就像个佛爷。“那样的葫芦你院子里还有。”他解释。我朝院子里看了一眼，木架子上吊着一层小葫芦，我很少仔细看，在我眼里它们模样都差不多。“不多也没关系。”我懂他的意思，说葫芦就是种着玩，也不用留种，来年会自己从土里长出来。我的任务就是把它往院子外边领，别往窗子上乱爬，若在空调机里下个蛋，是很麻烦的事。好在它听话，顺着木架子一直爬到了栅栏外，就再不知道回头。一根藤可以结很多果，我从来也不收。任凭风把它们吹到哪里，它们就落到哪里。冬天它们能发出风铃声，那是因为里面的籽成熟了，脱离了母体。去年的一只葫芦被刮到了四楼的阳台上，该是飞得最高的一只。四楼的业主趴在窗户上说：“一楼的，瞧你家葫芦能的，都会串门子了！”

“我告诉保安常在你这里转转，别没等成熟就都让外人摘走了。”他仰脸看，似乎这些还在挂着的葫芦就是他的功劳。他伸长手臂画了一个圈：“这一方是重点区域，我告诉他们要格外用心。”

我一笑，懒得搭腔。

他的确还是当年的大老张，连眼神都没变。他的大眼珠子宽和而包容，把我家的旮旮旯旯看了个遍，看得我揪心而又羞愧。鞋柜旁胡乱摆着几双鞋子。

桌子上的浮尘很打眼。被子随意摊在床上，厨房也没整理，早餐的盘碗还在洗碗池里浸泡着。我把买来的食物装盘放餐桌上，他一屁股坐在了严先生常坐的那把椅子上，像门板一样宽，把后边的冰箱都遮挡了。他两口就吃了一个鸡腿。鸡腿太小了，而他的嘴巴太大了。我看着他，不知怎么想起了狐狸。狐狸就是个爱吃鸡的家伙，从没听说过狐狸偷吃别的动物，可惜它没机会吃炸鸡腿。他的嘴唇变得油汪汪，牙齿缝也塞了些许肉丝："难怪小孩子爱吃，是比家里炖的老母鸡味道好。"我咧了下嘴，似乎感觉到了一只鸡腿在他胃里就像落了粒芝麻，毫无存在感。我把另一只鸡腿递给他，他没推辞。我则一根一根吃薯条，吃得漫不经心。奇怪的是我的饿和累都消失了，相反，胃口有些饱胀。"你们都减肥，不爱吃油炸食品。"他眨眼就把第二只鸡腿啃干净。"我经常打听你。有次喝酒遇见了你们单位的人，听说你混得不赖。有本事的人到哪都赖不了。"他努力恭维，听得我特别不好意思。

"机关就那样，有啥不赖的。那就是个饭碗，不算啥本事。"我说得暮气沉沉，讲的是心里话。像我这样的老文案，哪个机关都有，不可或缺，可又形同鸡肋。我已经很久不做梦了。做梦也梦不到林木淌血、鸟儿找不到家这类古怪事，那都是年轻时候的事，用严先生的话说，那时还会矫情。人到中年，似乎连矫情的资本也没了。我从写材料变成了改材料，办公桌上的材料堆积如山，像流水线一样走了那个来这个。有时夜深的时候回家，迷迷瞪瞪连家门口都找不到。废掉的材料被随手丢进粉碎机，那些碎成颗粒的文字再不朝我翻黑眼珠，因为我不拿它们当孩子了。我问大老张啥时进的城。他说我走以后转年他也进城了。"贾局你记得吧？后来调总局去了。他来坝城任公安局局长，第一次调研就去了我们派出所，了解鸡毛贼的侦破情况。哦，那时你已经调走了。有个鸡毛贼整天白天睡觉，夜里作案，老百姓家的活物没有他不偷的。他连猫都偷，卖到城里的饭铺充兔子肉，老百姓恨坏他了。我们蹲伏了十多天，终于把他逮着了。我们还上过报纸呢，标题是《长夜蹲守，活捉江洋大盗。警民一家亲，为百姓除害》。是局里的通讯员写的，标题不齐整，新闻没起啥作用。当时我还想，若是王云丫不走，指定写得比这个强。后来我调进局机关，是因为年纪大了。基层派出所是年轻人的天下。”

我想了一下这个标题，内心蠢蠢欲动，想起走村串户写新闻稿的日子，真心觉得那样的日子不错。

大老张说小区物业的工作很忙，连业余爱好都扔了。有帮老太太在小树林里天天唱“洪湖水，浪打浪”，那个弯儿总也拐不好。“我都恨不得用胡琴给她们盯一下。要是不上班，我早跟她们玩去了。小区天天一堆破事儿，从早忙到晚。多少年不摸胡琴，手都生了。”

他脸上现出遗憾来。

我不想表达看法，发挥余热都是自愿的，没听说有哪一级组织强迫。古时有个诗人说，“为赋新词强说愁”，我觉得，大老张现在也在犯这个毛病。我还记着楼上马老师的话，说他额外多拿一份钱，世界上都没有比他更滋润的。我问物业给多少工资，他说没几个大子儿。“若是为了几个钱，谁愿意在那拴着，像驴一样在槽头拴了一辈子，还没拴够？”他仰着脖子朝窗外看，即便身量高过寻常人，我也怀疑他根本看不见什么。他又说：“那些保安不听话，总偷着搞小动作，把业主家种的辣椒偷去蘸酱吃，再不就偷根黄瓜，摘个西红柿，连香椿芽都揣进口袋。我说，再有业主投诉，我把你们的牙一个一个掰了去，看你们再馋嘴。”他说得很认真。可我听出了弦外之音。

“他们都听你的？”我说。

“天底下的队伍，顶属保安最不好带。”他说。

我捂住嘴打了一个哈欠。

“你平时不做饭？”他问。

我赶忙说老娘在住院，一早去医院忙得七荤八素脚不沾地，累得腰酸背痛腿抽筋，今天实在懒得做。这也没夸大事实，就因为没力气做饭才买垃圾食品，这也是我第一次进肯德基。

这真是一顿奇怪的午餐，我们围着餐桌啃汉堡，吃得有些沉闷。咀嚼生菜的咔嚓声就像兔子在吃草。不咸不淡，不香不臭，这让从小吃惯老咸菜的口腔怎么受得了？他大概觉得实在难以忍受，背后就是冰箱，突然放下汉堡转身把冰箱门拉开了："你这桌上有酒，我看有没有能下酒的菜。"餐桌上的酒瓶酒杯是严先生的标配，他每晚都有滋有味喝两口。大老张不提，我也想不起来让。大老张翻出一包五香花生米和一根火腿肠，我赶忙去炒了几个鸡蛋。动锅动火就是不一样，餐桌立马有了香气和热气。"公务人员中午都不允许饮酒。"我边用围裙擦手边给自己找台阶。他说理论上应该是这样，这不是退休了吗？好在他并不贪杯，小口小口地慢慢啜。"喝多了我老伴有意见，她规定我每天喝不过三两。一两喝十口，三两喝三十口。这样比大口喝不显形。"他的意思是，别人不容易看出来。

这才是掩耳盗铃欲盖弥彰啊。

我说："过去你不是这样的。"

他说："那是啥岁月，大碗喝酒，大口吃肉，不喝多了不是好汉。"

"哪天等休假再过来好好喝。"他的杯子见底了。

他说了声"好"，又把酒杯倒满了。

"差点把正事忘了。"他夹了鸡蛋放进嘴里，嘴角淌着黄色的油汁，他用舌头灵巧地舔了下，唇边只留下湿漉漉的印记。因为要说正事，他脸上陡然有了郑重其事的表情。他盯着我问："还记得丁不村吗？"

我摇了摇头，觉得他是在找话说。

"好好想想。"他鼓励似的说。

我仍是摇头。事实是，我拒绝跟着他的思路走。

"那是你忘了。"他笃定，"肯定是你忘了。丁不村是福利厂厂长，现在不得有小八十了？多少年没见，也不知这人还在不在。福利厂就在现在的农贸市场院内，当年是工业局的下属企业，连年亏损。后来城市改造，那一片要整体拆迁，这下可捅了马蜂窝，小小的福利厂，差点酿成大祸。"

"师父，你说的是师父！"我突然叫了起来。

“瞧瞧，想起来了吧？”他用筷子指我，很高兴的样子。

师父姓丁，我不大记得他的名字，大老张一提，我就想起来了。师父确实叫丁不村，高高的身量，像一棵瘦丁丁的树。脖子上终年挂着软尺，似乎把他的背往下拉了一截，头与脊椎之间，脖子就像过街天桥。他对谁都能笑成秋后的老玉米，露出一口黄灿灿的焦油牙。黑皮黑脸，但温暖得像朵葵花。当年我就是走投无路才慕名前去学艺，没想到天生不是那块料。

“你们怎么认识？”我狐疑地盯看着大老张，想他怎么那么邪性，居然认识师父。我一下想起了师父那间陈旧的小平房，师娘满头白发和哆嗦的嘴唇。那是我和严先生去送中华烟时的情景，回来后我很长时间心里不舒服。

打那时起我再没去看过他们。

6

大老张很稳妥，一口一口喝酒，一箸一箸夹菜，并不急于回答我的话。直到觉得到了火候，他才张嘴说：“当年福利厂的哑巴、瘸子暴力抗法的事你可能不知道。那时是大事件，公安全员出动，连市里的防暴队都惊动了。埙城拆迁二十年，没有比那件事更有影响了。”

我看着大老张。隔着一张餐桌，他的四方脸有一种隽永的回声和意味，那是缘于他的鼻子短，这让他的人中显得分外长。从命相上说，人中长的人寿命也长，他可真是好福气。

我很少想起那个福利厂，也许是因为待的时间短，人都没怎么认全。也许跟我的喜好隔得远，我自打从那厂里出去，就把它忘了。师父不一样，师父对我有恩，虽然我想师父的时候也不多。

暴力抗法的事我也许听说过，也许压根就没听说，眼下在记忆里检索，没有丁点储存。与自己关系不大的事，都会自动过滤掉，这不是我的事，是脑神经自己的事。

某一年的某一天，我去了趟农贸市场。家里有一只大鹅需要宰杀，自己却下不去手。我想送给楼上的马老师，马老师趴在窗口说，她也不敢宰活物："市场专门有人干这个生意，大概只需要三块钱。"她各种消息一向比我灵通，我有事经常用电话震她，然后她打开窗子跟我说话。

那条街，我去过一次就不想去第二次。街口都是卖各种炒货和干果的店铺，里面则像个屠宰场，到处血水横流，鸡鸭猪狗轮番叫唤，一副末世之相。站在那个拱形的彩钢大棚前，我短暂地确认了这里曾经是福利厂，我待过八个月，有两扇酱红色的大铁门，上面竖了一排红缨枪头。两边是粉刷白了的红砖墙垛，挂着"埙城福利厂"的白底黑字，那个招牌歪斜了，也没人去扶正。我每天从那里出入，曾经暗自想，那几个斜眼的人看过去也许是正的，招牌就是歪给他们看的也未可知。我来学艺，从不觉得这个福利厂跟我有关系。

我原想在这里待两到三年，没想到只待了八个月，且大多数时间待在师父的工作室，很少去车间。

那些情景短暂地从我脑海里划过，像快进镜头一样，只留下碎片化的一些影像。空气中有布匹的味道和烧焦了的线毛味，缝纫机踩踏久了也会有轮带磨损的焦煳味，还有锅炉的煤灰和粉尘的呛鼻子味道，这些都被眼下的恶臭和腥膻覆盖了。那样一种活着的等待宰杀的牲口味无孔不入，能洞穿你的鼻孔、毛孔、骨骼和神经。市场祥和繁荣，人来人往，车来车往，大家都很淡然，没人觉得受打扰。难道又是我矫情了？一只大公鸡从鸡笼里挣了出来，脚上拴了根红色的塑料绳，急惶惶地又跳又飞。可它既跳不远，又飞不高，它的一切努力注定都是徒劳。绳子头很快被人踩住，被一个彪形大汉捉回了笼子里。它的冠子红得要滴下血来，小脸却呈灰白色，下巴上的黑色羽毛是湿的，不知是被涎水、汗水还是泪水濡湿了，在幽暗的墙角闪着污浊的光。吃它的人不会想到它曾有过的此时此刻，烦躁地踱着两只脚爪，流线型的脑袋从鸡笼的缝隙伸出来，头高昂着，喉咙里发出古怪的叫声，玻璃豆子样的小眼珠圆睁，既宁死不屈又傲慢绝望。我短暂地想起了福利厂和农贸市场的关联，只是有些唏嘘，如果从气味上讲，我还是愿意这里是早年的福利厂，散发着温暖的线毛味，那样我就可以进去看看。

至于说到暴力抗法，我大致能想象。不管是师父还是那些有残疾或没残疾的工人，福利厂就是他们最后的庇护所。我知道师父的身家都投在了厂里，如果补偿不到位，大家都无路可走。

抗争是可能的。但，是不是像大老张说得那样严重，我有些拿不准。师父是工业局的老职工，不是那种一根筋的人。政策和落实情况我当然一无所知，我倒不认为是大老张在夸张。我只是觉得，也许有人对形势误判，以为那里需要防暴队。不管工作还是生活中，这种误判随时都有可能发生，所谓防患未然，很大可能是因为懒政。这一点，我非常清楚。

我知道大老张是个能人，很多年前就知道。他结交广泛，博闻强记，过目不忘，甚至不过目也不忘。比如，他从没见过我家严先生，当年大概听说了他姓严，二十几年过去了，见了我居然一下就能叫出“小严”来。这就不是一般人能做到的，最起码，我做不到。

我好奇的是，大老张怎么认得师父，而又知道师父跟我有关系？

大老张一句话就把我打回原形：“你在福利厂学过徒，这样的事我能不知道？”

指挥所灯火通明。一张地形图摆在桌子上，碳素笔画的粗线条勾勒出了大大小小的区域和建筑。几家老坐地户，邮局的分支机构，三间书店的门市，卖光盘、挂历和电子玩物，还有几家商铺经营小商品生意，还有早点铺、理发店、修脚店、美容院，有些建筑就是临街搭个棚子。福利厂处于中间位置，被这些大大小小的商家包围着。这一区域是在老城区，没有一条街道是直的，雨天到处积水，下水道的污秽能返到地面来。周围的居民都很有意见。建农贸市场是城市大规划的一部分，不以任何个人的意志为转移。从规划出台到实施拆迁，仅用了三个月的时间。一切都围绕金秋时节华北地区农产品交易会在做文章。届时这里是主会场，由此往四面八方辐射，在整个埧城营造丰收氛围。时间紧、任务急，连写什么样的标语、具体挂在哪里都有专门机构研究。各部门就像上足了发条的机器，都在快速高效运转。

“拆了再说，政府为你撑腰！”

“为人民谋福祉的工程不允许讨价还价！”

当时的县长在现场办公会上公开说。

“通告自发布七日起，一切设备人员进驻现场。”

“只要政府一声令下，拆违从四个方向同时进行。媒体及时跟进报道，把大事做好，把好事宣传到家。”

前期准备工作不充分，前线指挥部预料到可能会有极端事件发生。公安、消防、卫生几个部门联合行动，各个路口都有救护车在等候。谁都没想到福利厂的人在严防死守，他们是集体企业性质，应该比那些个体工商户更理解政府意图。况且工业局一直在做工作，厂子已经半年没发工资，濒临破产。事后大家都说，厂长死心眼，那些员工也死心眼，与政府作对能有你的好？抱着煤气罐冲出来的哑巴尤其死心眼，他以为自己是董存瑞呢，一边往人群冲，一边啊啊叫着拧阀门。现场有多位领导在吸烟，看见哑巴冲过来，都四散奔逃。哑巴后面的一个瘸子尤其恶劣，他竟然举着一个包缝机的头，朝铲车驾驶室的玻璃砸，那个铁家伙直接落下去，差点砸了驾驶员的脚。那四十几个人乌泱乌泱，其实都是老弱病残。公安穿铠甲、拿盾牌冲过来，三下五除二就都给收拾了。但麻桂香在关键时刻点了一把火，把一堆线毛烧着了。黑烟冒起来，在城市的上空像蛟龙翻滚，外面不停地叫嚷有人在自焚，110 和 119 都被打爆了。眨眼间市政府和中央级媒体都知道了。麻桂香叫嚷得比谁都凶，但并没有采取过激行动。所以现场烈焰熊熊，但都在可控范围。当时的总指挥非常有智慧，他指示救火车原地待命，不要参与救援。厂房有一层石棉瓦，烧趴了架，事情就结了。

我努力去想麻桂香这个名字，脑子里的神经跳了下，我记起了她是师娘。

这些人被集体关了三天，哑巴和瘸子被拘留。但这件事影响不好，工业局局长背了个处分。

“工业局也在破产边缘。”我搭了句。言外之意是，他也是泥菩萨过河自身难保。

那些年改掉的不光是企业，还有工业局、物资局、外贸局、商业局、畜牧局、水产局、防爆局、合作交流局等等等等，自己朝不保夕，说出的话就难有公信力。

不知不觉，大老张已经倒了三次酒。我看着他倒，不鼓励，也不阻拦。他从小口啜变成了大口饮，嘴唇成了黑紫色，我只是隐隐有些担心。我看着他，始终无法沉浸到述说里。他说的这一切，早已成为过往，于我而言，既无历史意义，也无现实意义，不应该成为他登门述说的理由。他完全可以边走边说，两三句话即可。我的眼神里逐渐有了嘲讽，对他毫无期待。大拆大建的年月经常发生冲突事件，有些冲突还很稀奇古怪，我所在的行政局不是第一责任人，但相关材料能接触到。还有坊间流传，街谈巷议。城市小，没有什么传说能够戛然而止，大都会传到无处可传。

“丁不村的媳妇是知青，曾在韩家筏插队。他们没有孩子，他们为啥没有孩子？”大老张很响地打了个酒嗝，不知不觉瓶子里的酒快要见底了。

还有你不知道的事？我嘲讽地这样想，但认真地摇了摇头。他问的问题我也不知情。但师娘是知青我知道，还知道当年她追师父，追得蛮辛苦。埙城这样的小地方，自卑而又自傲，观念中不愿跟大城市的人结姻缘，怕被人瞧不起。师娘有句口头禅，经常梗着脖子说：“我就去挑人的，不会让人挑我。”

剃头削鼻子，她这是给自己圆脸。师父开玩笑，说她这是为倒追找理由。

“那时我住在三岗子。”大老张后撤了下椅子，伸手抽了张面巾纸擦嘴，“有一天下班晚，我骑车刚拐过楼拐角，看见有个人也在停放自行车。侧脸我看着面熟，但因为急着回家，还以为是这小区的人。上三楼我掏钥匙开门，那人就在两步楼梯下候着。我一回头，他喊了声张队长。我奇怪地说，你不是福利厂的丁厂长吗？他说我等您半天了，有两句话想跟您说。我知道他是为啥来的。我问，你咋知道我住这里？他说厂里有个人的亲戚也住在这边。那天在现场顶属我个子高，他只记住了我一个，知道我是行动队的队长。我开玩笑说，那厂子又不是你的祖家宅，政府说拆就让他拆，你保卫个屁啊！”

“他说，补偿太少，大家没法活。”

“我说，这回补偿就多了，就有法活了？”

“他提了一个黑皮包，放到沙发上，从里面拿出两条烟，是软中华。我说我不缺烟抽，你不用往外拿。他说是一点心意，你就帮帮忙，可怜可怜哑巴和瘸子，把他们放了吧。他的样子把我气笑了，像大虾一样佝偻着腰，说话低三下四，像只犯了错的老绵羊。那天在现场他也没起啥作用，看上去他就不像有本事的人，放屁瞄庄稼，他非要拿这股劲！他老婆才是真嚣张，满口普通话，吧啦吧啦，还尽讲大道理，可惜那不是讲道理的地方。要不是那把火帮了政府的忙，肯定也连她一块儿拘。我说，这回知道锅是铁打的了吧，下回还抵抗吗？他说哪还有啥下回，这辈子有这一回就够了。”

“我这才提起你，说几年前在乡政府，我跟王云丫做过同事。他把头慢慢抬起来，说那是我徒弟，也不知现在过得咋样。我说，人家过得好，在乡里待三年多，因为文章写得好，被行政局挖走了。要是她在福利厂，绝不会干这种蠢事，跟政府对着干，亏你想得出。他说他是猪油蒙心，一时糊涂，还说你爱读书，好学习，发表的文章他都收藏，这回都被一把火烧了。我点着他的脑袋说，一看你这师父就不够格，早就说这地方要拆迁，为啥不把重要的东西都收拾走？他眼巴巴地看着我说，忘了。”

我脸有些发烧，被人当面奉承的滋味不好受。那不是啥重要东西，就是报纸上的一些豆腐块，我自己从不保存。还有，我对软中华过敏，许多年前那个不愉快的夜晚，就与软中华有关。我大致回味了下，那该是同时期发生的事。我小心地看着大老张，怕他一不小心说出关联。

“看上去他可真是老实人。”大老张捂住嘴偏过身子剧烈地咳嗽了两声，好像是有花生皮子落进了气嗓里，咳得特别费力，“我不忍再数落他。我说，你说的事我尽量帮忙。看在王云丫的面子上，我也得尽最大努力。如果帮不上，你也别赖我，那是我没本事。如果帮得上，那是你们有运气。他站起来给我作揖，说了不知多少声谢谢。”

我看着他。他咳嗽后的脸蹦出许多毛细血管，也许先前就有，但我没注意。

“我想让他把烟带走，他比兔子还快地蹿出门去。我琢磨，他们那种人，买烟也捡便宜的买，花不了几个钱。市场上假货比真货多，想买真货也不一定买得着。我把烟拆开，真是奇怪，烟不是假的，就是有点发霉，一看就是存了多久的老底子货，夏天有些受潮。说真的，我想给他送回去，问他在哪买的，挺贵的东西，这不是坑人吗！转念一想，万一不是他买的是别人送的呢。他是老裁缝，这种可能不是没有，他舍不得抽，关键时刻拿出来送人。他还惦记着厂里的瘸子和哑巴，是有情义的人。我喜欢有情义的人。我把那烟都剥出来，在阳台上晒干，好歹抽了。味道不对，嘬得腮帮子都是疼的。但我一点也没糟蹋，他经营那个小破厂，拿出两条好烟不容易，糟蹋了对不起人。

“那两个人提前放了。我找了局长找政委，别提说了多少拜年话。见到瘸子和哑巴，我也没客气，我对他俩说，要不是丁厂长给你们求情，你们且得关着呢，还想用煤气罐炸人，这是没酿成事故，若酿成了事故神仙也救不了你们，就不是这个处理结果了。说，感谢政府宽大。我让瘸子比画给哑巴看，瘸子多少会些哑语。我又让他把哑巴比画的翻译给我听，料定他们出去不会再惹事，我帮他们办好了手续，把他俩送出了大门。

“后来我还去过一次丁不村家里。哑巴瘸子放出来，我得给他一个交代。他们那三间小平房在老城墙根下，我出来进去得猫大腰。转眼就过去了那么多年，我也老了，到了发挥余热的时候。人这一辈子，真是没有多少年好混。你不知道会遇见谁，也不知道会经历哪些事。倒退些年，哪会想到我们住在一个小区。我第一次去你家，你住在老三线的小破房，屋子也就这么大。”

他张开两条手臂好歹比画了下。

发完了感慨，他把酒一口干了，把杯子又扣到了酒瓶子上，那蒲扇样的手掌罩住杯子底，半天没有拿下来。这个动作很奇怪，我猜，难道是有些恋恋不舍？“我会记着约定，哪天等小严有空，我们好好喝一场！”

我长舒了一口气。这口气在他说到软中华时我就一直提着。他说完了，总算放下了。真是奇怪。我对自己说，这与你有什么相干。不是与我有相干，是与他有相干。我含笑看着大老张，回想了下他有没有暗示我什么，没有。我差不多敢肯定，其实也没啥肯定的。他这一番话有真有假，师父上门送烟肯定是真，看我面子是假。我没那么大面子，这是场面话，我不会当回事。只是那烟，到底是不是师父买的？师父是实诚人，有没有告诉他不是买的？即便不是买的，师父也还有别的渠道，你怎么像做贼心虚似的？我对自己说，你又没做贼。

我正了正身子。

“你还记得丁淼吗？”我抬起头，这句话出口，心里像撞钟一样发出了咚的一声响，五脏六腑似乎都要挪位。从心里说，我不愿意跟他提起那件往事。自打在医院见到丁淼，他就成了我心里的一个结，这也是我不愿意见大老张的理由。可他既然坐到了我的对面，这话就没有办法不出口，因为它实在是太应该出口了。我心里的难受一直在膨胀，甚至顶到了喉咙口。这种难受不单纯，唯其不单纯，才会一直膨胀。

他明显愣了下，迟疑地晃下脑袋。“不记得，”他说，“我喝多了。”

我看着他，他是记性好的人。

“丁家湾的丁淼。”我眼睛从他短鼻子处移开，是因为发现了一只蚊子，从餐桌上一晃而过，落到了粉白的墙壁上。我狠狠给了那蚊子一掌：“离十棵树三里地，当年你骑着挎子……”

“不记得。”他这回回答得非常果断，“我醉死过一次，那几年的记忆都丢了。”

“哪几年？”

"就是那几年。"

我无言地看着他。

他一点不闪避我的目光，大眼珠子坦荡而又包容，似乎没有什么能放在眼里，也没有什么能在话下。这还有什么可说的？我不能一直问下去：你记得翟天赐吗？记得十棵树海陆空那顿筵席吗？记得报社的张小北吗？记得用手枪去池塘里打鱼吗？面对这样一张脸，这样一双眼，问什么都是扯淡。二十几年过去了，我才把那次玩手枪跟新闻稿联系起来，否则他就没理由拉我去那片池塘，他实在是太周到了。墙上有一片蚊子血，它运气差，没有能逃脱。我的眼睛又移到了他脸上，他的短鼻子上。我不知道他曾醉死过，但我知道那只是挡箭牌。这样的挡箭牌他手里要多少有多少。一种颓败感油然而生，我顿觉了然无趣，身形一松，饶他过去，难说不是也饶了自己。我看了眼墙上挂着的石英钟，他敏感地说："我该上班了。"

"哎哟，我都没迟到过。"他站起了身，头差点触到屋顶上垂下来的灯罩。"今天算认门儿。"他说，"改天我跟小严拼拼酒，别看老汉六十七。"我没搭话。他晃悠着往外走，屋顶也就离他两尺高，真是顶天立地了。"对了，你妈在住院，啥毛病，好些了吗？"他打了一个嗝，回头问我，"住内一还是内二？"

7

"家里谁来了？"往餐桌前一坐，严先生像尊弥勒佛。他这些年胖了，腹部堆出一个平台。这个时候他是最享受的，小口喝酒，一次只喝一两，十口都不止，喝一口龇一下兔牙。那兔牙年轻的时候觉得可爱，现在成了老兔子，只是觉得奇怪。他伸手取酒杯，我赶忙拿去放到洗碗池，顺便给他换了只杯子。我总说，想喝酒就大口喝，看着就过瘾，像这样饮鸟样，不如不喝。

可他就这习惯。

“没谁来。”我随口说。

“不可能。”他说，“这酒昨天新开的，一斤装，最少少了八两。”酒瓶子真见底了，他晃了晃，大概都不够他饮鸟一样喝一顿了。

我没搭腔。大老张走后我没休息，乏和困都消失了。我打扫了一下卫生，边清扫边听郭德纲的《扒马褂》，我希望里面的声音能吸引我。我总是心不在焉，思绪像幽灵一样飘荡，人有些恍惚了。

“你还记得我跟你说过的大老张吗？”我思忖着问。

“哪个大老张？”

我想告诉他酒是被大老张一个人喝的，可说着说着把这茬儿忘了。

“派出所所长，当年住老房子时来送软中华，是陪窑老板一起来的。外面飘着雪花，窑老板穿一件毛朝外的皮衣，像座山雕似的……这些我都跟你说起过。烟是两条，红彤彤的，当年好稀罕啊！自己舍不得抽，商量一晚上送谁好。最后你留一条，给师父送过去一条。是不是这样？还是两条都送给了师父？”

“我不记得抽过软中华。”

“记得去师父家送烟吗？”

“不记得。”

“那晚自行车的后座压塌了，就在师父家门口。”我有些泄气。

他还是一脸懵懂，我彻底不说话了。他天生就是记性差的人，让他记住一件事比登天还难。这一点跟我恰好相反。我经常为记性太好苦恼。关键是，记住的都是不当记住的，很多事情都与不愉快有关。他把椅子挪舒服，专心致志吃饭。他们工程队在野外作业，一天下来很辛苦。看他吃饭香甜，我也给自己盛了一碗，放到餐桌上。

但我没胃口。

“记得法国世界杯那年第一个乌龙球吗？”

问这样久远的问题就像不怀好意。

珠子穿成串，也有头有尾。那只乌龙球就像一个巨大的夜明珠，在珠链的显眼位置。这一天就毫无缘由地在我脑子里弹跳，似乎要撞破脑门射出来。其实乌龙球与整个珠链毫无关系。

“记得。”他突然说，为终于记起一件事而兴奋不已，喝了酒以后眼珠就像兔子的眼珠红灿灿，看上去他有些激动，“我们一起看的第一场揭幕战，巴西对苏格兰。对不对？那是我看的第一场足球，那个踢球的叫博什么来着？博伊德。”他说起来有些拗口，“奇怪，我怎么记住了这个，我记性不差啊。”他就像得了万两黄金一样嘚瑟。

我比他还奇怪。

“你问这个干啥？”

我的袖肘支在餐桌上，头盛在手掌里转了一下方向。我没回答他的问题，没有往下说的欲望，觉得说清楚这个岂止累人，是根本不能说清楚。那只乌龙球在我脑子里跌落出来，像只陀螺不停地旋转，转得我眼都是花的。

我看着他吃饭。他是个忠厚的人，本分了一辈子。跟他过日子从没有任何意外，所以我们至今住的仍是小平方米的房子，而且没有给女儿买别墅的能力。面前的人恍惚身量高出一截，那张短鼻子的四方脸就像块红布，突兀而快速地在我眼前一闪而过，不是一张，而是像电影镜头一样叠加，无数张。

母亲没坐过火车。女儿八岁那年我带一老一少坐火车去了天津。从埙城出发，经过上仓、下仓、宝坻、北仓、北站十几个车站，这才到达我们心目中的大城市。站在劝业场的柜台前，我发现了一张熟悉的面孔，当年她鼓动我买一件小牛皮衣，标价一千零八十元。简直是开玩笑，我工资才一百多块。

“反正你爸有的是钱。”售货员朝我挤挤眼，潜台词是不花白不花。她看见了大老张掏钱时那一把绿色的钞票，差点惊掉下巴。她诡异地说：“这件衣服很适合你，穿起来就像换了个人，非常上档次。咱试试？”

她那时年轻，消瘦，下巴上有块青色的痣，眼下被隔离霜遮住了些。我是从眼风上认出她的。当年她一睐眼角，说不出的风情万种。她一个劲夸我身材好，天生的衣服架子。而此刻，我已经像馒头一样发福了。面对着扶老携幼的三人队伍，她正眼都不看我们。大老张让我试一下那件小皮衣，我拽着他坚决不试。我咋能买这样贵的衣服，更不会花他的钱。这是我们从报社出来以后的事，公共汽车咣当咣当带我们来到了劝业场门口。这也是我第一次进劝业场，在那三个繁体字前都不敢迈动脚步。大老张却显得熟门熟路，一个劲儿张罗给我买这买那，我统统拒绝。我拒绝的样子英姿飒爽，时隔多年，我还能看见年轻时的自己，有点倚小卖小样，拉扯大老张远离了这个柜台，就像远离了一购物陷阱。结果是，他转脸就买了个大挎包，在别的柜台买了很多东西装进去。相同的金丝绒上衣买了三件，分别给大姨子和小姨子。我还记得他买了个大墨镜，是柜台里最贵的。戴在脸上时，自己那个墨镜随手就扔进了垃圾箱。“这才是正经玩意儿。”他满意地仰脸东张西望，不知道的还以为是警察在踅摸小偷。

可我却没看出分别。这个边框是圆的，没有方框的那个显大，能遮半边脸。我想当然觉得，东西越大越值钱。

那个挎包把我的眼睛硌了下。我想起送给张小北的那个，和这个一模一样，但要比那个贵上好多。那时没有名牌仿牌之类的概念，就是心疼钱，人家的钱也心疼。感觉大老张把钱花冤枉了，就是装个东西，花大几百不值得。里面的东西很是不同。给张小北的那个，装的是二十斤泥花生、两块白薯和四个青玉米，共花了八十二块钱。我自作聪明地给他留了份心，连同二十五块钱的挎包，共花一百零七块。因为这些钱不会由他花，我能想到，他肯定会去跟窑老板报账。而大老张的挎包霸气地在回来的火车上占了一个座位，里面足足装了几千块钱的东西。那些个金丝绒软软的，绵绵的，团在一起像彩云无形，抖落开，就显出豪华高贵的气质来。还有手镯和项链，还有薄如蝉翼的丝巾颜色鲜艳。如果大姨子小姨子穿戴起来站在一起，她们会不会像宋氏三姐妹？

这两个挎包年代愈久印象愈深，印象愈深愈觉得饶有意味。有些人生来就不是慢半拍，而是慢不知多少拍，一拍，就是很多年。

8

银杏树的叶子进入了渐变色，从边缘一点一点黄，直到黄得透亮，这秋就算深了。湛蓝的天空一尘不染，一只鸟在打着滚儿恣意地飞，就像整个世界都是它的。这是住院楼前的一块盛景，从宽大的玻璃窗望出去，是一片缤纷的世界。树叶像听到号令般迎风飞舞，草地和假山石都被它们装扮了。

母亲的病床靠窗，她打住进来就喜欢这里。“这窗子真豁亮，能看见那么大片的天和天上的云。”“中午这一床的阳光都是满的，脚被晒得发烫。这医院还有鸽子呢，刚才来撞窗了，也不知有没有受伤。”“那个大姐心眼好，你不在，她帮了很多忙。”

昨天下午弟弟在这里值班，我理解母亲所说的帮忙一定是指解手之类。老人年纪大了，心里依然有忌讳。有忌讳好，这说明她还有性别意识，没成老糊涂。中间是一条过道，对面各有三张床。母亲所说的大姐陪对面那张床，三十一床。床上躺着中年男人，瘦得干儿一样。他总像虾一样佝偻着腰，薄薄的身板没有两寸厚。那是一个满脸病容的人，我打看见他，目光就不愿意在他脸上多停留。他就像一团不愉快，让人总想躲着走。我在一只方凳上坐下，母亲拉了下我的手，示意我把香蕉给拿过去：“他们没有水果吃。”没有比母亲更细心的人，那边的床头柜是干净的。“他们自打住进来，就啥水果也没吃过。”母亲对着我的耳朵小声说。

我没朝那里看，跟母亲轻轻摇了摇头。

那个大姐不在，男人面朝窗躺着，我只能看见他的半边侧脸和半边脑袋上花白的头发。他一直输大瓶液，这也是母亲告诉我的。母亲输小瓶，就觉得输大瓶液的人病都重。“他才四十六，还是年轻人呢。我夜里停液了他都没停。”母亲悄声对我说。我拍了拍母亲的手，算是回应她。液走得有些快，我调得稍微慢了些。母亲说："我心脏没事儿，快点也行，这是大夫说的。那个人不行。"母亲闪着身子朝那边看了一眼。"一句话也不说……他这病好像，不是好病。"母亲用更小的声音说。我指了指母亲胆囊的位置："还疼吗？"母亲说："不动不疼……比昨天好多了。明天就可以出院了吧？""听大夫的。"我抻着被子给母亲盖住了脚。母亲朝门的方向看："那个大姐干啥去了？他们昨晚还吵架了，他想回家，说这病治不治都一样。他姐看着绵软，性子却烈，说有病就得治，啥叫治不治都一样？爹妈还指望你养老送终。你再闹我就从这楼上跳下去！"

我有些走神。

母亲扯了我一下，我一回头，大姐端着脸盆进来了。我赶忙起身打招呼，她去洗漱间洗了条毛巾。掸开晾在病床一侧的护栏上，我发现那是条旧毛巾，却洗得洁白透亮。能把毛巾用成这样，得是多干净的人！她比昨天显得疲乏，显见得夜里没休息好。病人输一宿液，她哪里得休息呢？

"大妈精神好，一点不像有病的人。"她展眉展眼地说。

"总念叨你的好，说你帮了不少忙。"我突然打了一个嗝。

"远亲不如近邻，谁让咱们有缘分呢。"

"是啊。"我嘀咕了句，"缘分还不浅。"

母亲爱听这话，抻抻我的衣袖，又给我指香蕉，我假装没领会，不动。母亲大概觉得无趣，闭上眼装睡。我趴在她的耳边说："我送人家好意思收？换了您您也不收。"

母亲一皱眉，我就知道这话不对。她们这一代人，不管自己需不需要，都不会拂人家的好意。

这屋里六个病人，顶属母亲年纪大，但顶属她的病轻。她的胆囊有些炎症，医生不主张手术："这样大的年纪，这点小病不算啥，输两天液就好。"她很得意，住到这里有种优越感，这让她有心情和精力关注别人。

对面病床上的男人翻了下身，被子只盖到了肚脐往下，上身穿着病号服，扣了一粒扣子，敞开的衣领处能看到胸脯上的骨头，似乎长到皮肤外边来了。但只一瞬，他又朝里侧卧了，那只绑了输液带子的手臂放到了胯上，大姐赶忙过去把带子理顺了。我在昨天就留意到了他床头插着的卡片。丁淼，男，四十六岁。慢性肾衰竭。我的心沉了沉，知道这病麻烦，人成了这个样子来住院，可知是不得不来才来。问他们是哪个村的，女人说，丁家湾的，在县城东南边，隔条河就是玉田县了。我的神经跳了一下，遥远的事情影像模糊，像飘着的云彩会留下影子。我问离十棵树有多远。女人说："也就三里地。"男人皱着眉头说："那得从咱们家算。"他的意思是，比三里地还近。这是我听到的他说的唯一一句话，是用气声发出来的，颇不耐烦。"过去习惯说是三里地。"女人解释，"现在大家都往村外盖房子，这边盖那边也盖，可不距离越来越近。"

她悄悄扯了我一下，我跟她来到了外边的走廊。她说："他不愿意提十棵树。你咋知道十棵树？"

我说："有个同学是那个村的人，很多年没联系了。丁家湾是大村？"

"十棵树是大村。我们村小，才两百多口人。"

"都姓丁？"我再用排除法，是心存侥幸。

"就我们一家。"她凄然一笑，说，"人少却叫丁家湾，说明祖上也是大户，就是越来越不行了。到我们这一代，人就算绝了。"她朝里面的病床看了一眼。

"你俩没有孩子？"

女人赶忙说："你误会了。他是我娘家兄弟。年轻的时候被人打坏了身体，没了娶媳妇的本钱。打人的那家人，就是十棵树的。"

我心里咯噔一下，所有的珠子穿成了链子，密闭成环。谁打坏的，为啥挨打，还需要问吗？我喉头发紧，有些不敢问。

女人黑红的脸膛上有一双薄皮大眼睛，鼻子很周正，只是有些龅牙。这让我替她惋惜。如果把牙齿矫正好，略施粉黛，她可真是个美女。但眼下她是个操劳过度的女人，这从她粗糙的两手可以看得出。"都是穷命、苦命的人，又穷命又苦命。"她嘴唇抽搐，上下牙齿像敲梆子一样抖动，好一刻，她才说，"年轻的时候因为一些纠纷，让人倒背着手绑了装进麻袋，打得烂蒜一样。那家人歹毒，把人打坏连个说法都不给，那年他才二十一岁，就成了一个废人。他那时就不想活了，整天自己想法儿找死，吓得爹妈尾巴似的跟着。他总说活着丢人现眼，不如死了干净。可丁家就这一根苗，能眼看他死？爹妈为了他眼睛都哭瞎了……”她的大颗眼泪朝外滚落，奇怪的是她并没有哭，那些泪珠像不能遮挡一样朝外滚，把她的手背都弄湿了。我的胸腔里顿时穿过了一股风，五脏六腑都是凉的。

“打成残废？”我难以置信。

“那个老板黑心，不给工钱还诬赖人。”她凑近了我，突然朝墙上指点了一下，“就是她爹。”那是几排护士的美颜照，打头的护士长叫翟小婉。站到这里，我面对着墙壁，其实已经留意到了，但我不动声色。我心中有大波澜，但我不动声色。黑心、不给工钱、诬赖……我不知用何种面目面对她，我的身体在隐隐发抖。“你家有没有亲戚……当局长？”我没敢提“叔叔”两个字，我怕她敏感。当年大老张说小偷家有势力，叔叔是局长。可这个姐姐说，叔叔只是个裁缝，早早就下岗了，后来办了个小服装厂，工人除了瘸子就是哑巴。家里如果有人当官，哪里会被这样欺负。我脑里又被轰了一下，眼里闪出许多星星。她突然抽泣起来，却是无声的。我比她还想哭，泪光迸溅，但我只是很响地吸了下鼻子。她的胸腔剧烈地起伏着，眼神特别无助。我犹疑一下，把手放到她的后背上，拍了拍。“从那时肾就坏了。腰疼，尿血，干不了重活。可他瞒着，咬着牙不说。家里也穷，我妈只能拼命给他补，听说哪里宰杀牲口，就厚着脸皮跟人要那玩意儿。我妈又烧香又磕头，说铁杵磨针，我就不信补不过来。”

“她知道你们住这里？”

“知道也装不知道。”

我打了一个寒战，脑里顿时出现了许多画面，都血腥。我真的有些怕。

“当年没打官司？”我抖着牙齿问。

“倾家荡产，从坝城一直打到高院。可人家是窑老板，斗不过啊！”

我只问了大老张一句话："你还记得丁淼吗？"

余下便没了问的兴致。后来对自己说，记得又能如何呢？

锐利的疼痛过去了，那些影子样的记忆像云一样缥缈而又难以琢磨。我走出医院上了公交车，那些疼痛只剩丝丝缕缕。坐机关这些年，性子磨绵了，性格磨圆了。任是再大的波折也难掀起风浪，不是吗？我把车窗掀了个缝，午后的风徐徐吹在脸上，额上的头发飞起来，就像有只温暖的小手在抓挠。车子朝前走，人流潮水样朝相反的方向退。他们之中肯定也有故事，有些故事还很凄惨。可有啥办法呢，你生来就是主人公，谁也不能改变你命运的走向，不是吗？我短暂地想起了"助纣为虐"这个成语，摇了摇头，晃开了。大老张是知情人，我不是。也许连他也不是。都过去了。无可奈何。真的是无可奈何。只是命运碰巧让我洞悉了真相，否则就是一直没有真相。不是吗？我没想到进小区会碰见大老张，这就是命运。你总能遇见你当遇见的人，毫无办法，你拿命运毫无办法。但命运也有没办法的时候。我没有把医院这一幕告诉大老张，是因为没意义。让你说，有什么意义吗？如果说有，就是那件瘦小肮脏的警服裹身上，让我很嫌恶。我还想到他也许是骗子，不止骗了我，肯定还骗了很多人，翟老板只是其中之一。谁知道他这些年做过多少瞒天过海的事？

帮闲或帮凶，你逃不掉。坐在对面看大老张喝酒，这些字眼短暂从我脑子里跳了一下，又去向不明地跌落。我脸上含了少许笑意看他。人最愿意做两件事，一是逃避责任，二是原谅自己。

他一定记得丁淼。他是多好记性的人啊！

9

这故事讲得可真是丧气。那样多的巧合，实在是……太巧合了。但生活就是这样，我经常让各种巧合搞得手足无措。我差一点认为生活就是由一连串巧合组成的，只是有一种巧合你知道，有一种巧合你不知道。不是吗？有一种看不见的力量在推着你往前走，就是为了与巧合不期而遇，不是吗？凡事都自有周期和轮回，该来的你逃不掉，不是吗？

但更多的时候只需你宽一宽心，万马奔腾便也与你擦肩而过，不是吗？

我妈住那三天院，就是命运让我遇见叫丁淼的男人以及叫翟小婉的女人。她送我去电梯口，袅袅婷婷走路，穿一双软底布鞋，像飘起来一样。与美颜照片相比，她似乎更好看些。内二以护理好著称，这是我选择内二的理由。偏偏她是内二的护士长，优雅得像个有了几岁年纪的天使。我是在楼道里碰见她的，她直直地朝我走来，远远伸出一双白皙的手："是云丫姐吧？我昨天就觉得你面熟，却想不起在哪见过。"她说上午一直在开会，散了会就匆匆来找我。我对她没印象，一点印象也没有。我见到她的时候她只有十三岁，我就记住她抱住了小偷的一只脚，撸下了他的一只鞋。这是她奶奶说的，被我写到了新闻稿里。我没记住她的长相，甚至也没记住她的名字。眼下小偷就住在内二科，躺在三十一床，早晨查房他们能照面，但他们都装作彼此不认识。翟小婉容易，丁淼姐弟不容易。

一汪酸水翻涌上来，就像大老张一样，我不愿意见到她。

她是真的翟小婉，还是只是假象？

"张叔昨天给我打电话，说您母亲在住院，让我多关照，那还用说？只要住进我的科，我肯定一管到底。"

"哪个张叔？"我当真有些糊涂。

"当年你跟他一起去我家，他说昨天在你家喝多了。"

哦。

我不诧异。大老张就是这样的！他一边说丢了那几年的记忆，一边给翟小婉打了电话。不为别的，他为我！

这就是生存之道！

"我妈只是胆囊有点炎症，今天已经不疼了，或许明天就可以出院。这么多年，你们关系一直没断？”我没说让她照顾一下三十一床，虽然也这样想过。但人是理智的动物，想到的跟做出的肯定不是一码事。

“咋能断呢？”她说，“给我们帮了那么多忙，到啥时也不能忘了人家。每年春节我都会提两瓶好酒去看他，顺便带给他一些常用药，他老伴有糖尿病。我不去我爸也会催我去。”

“你爸他好吗？”

想起那头笨手笨脚的棕熊，穿了毛冲外的皮袄，头戴小黑瓜皮帽，座山雕似的。很多年过去了，就他往车外钻的情景依然清晰，还有他坐在我家薄饼样的沙发上说的那句话：“我还治不了他？”语调轻蔑，透出十足的霸气。

“好着呢。天天遛公园，跟一群老人下象棋。他跟我妈后来也进城了，我给买了套小房子。我爸过去没少挣钱，要不是窑厂破产打官司花钱……”

“打官司花了多少钱？”我问。

翟小婉说：“那就是天文数字了。这么说吧，我爸那些年挣得的钱都搭进去了，还欠了一屁股债。那年砖卖不出去，整天下大雨，砖坯子都泡了。过年买不起肉，我妈派我去我姥姥家要肉……”

“哦。”我突然打了一个嗝。

10

我打嗝的毛病总也不见好。严先生说，就是胃胀气，戴口罩，多穿衣服。每天他都嘱咐我多穿衣服，零上二十度他就让我穿棉袄。“你倒不怕我发白毛。”我说。

每天晚上遛弯，共有三条路线，朝南朝北朝西，三个方向。小区大，走上一圈就要一个小时。一出家门，严先生就征求我的意见：往哪边走？

遇见了下晚自习的马老师，她骑一辆电动车，锁在靠近栏杆的地方。马老师说：“那个假警察总在你家门口转，我看见好几次了。他还伸着脖子往你家玻璃里看，也不知是啥意思。”

“他兴许在看葫芦。”我说。

马老师对大老张有看法，我心中了然。其实我知道大老张在看什么，他肯定是想知道我家有没有人，然后进来跟严先生喝一杯。

别小看这一杯酒，进到谁家都不是容易的事。

葫芦已经成熟了，在风中摇晃，个别的能发出哗铃铃的响声。有一次我看见一只麻雀抱着葫芦拼命啄，像啄木鸟一样。兴许它就是受了啄木鸟的启发，以为能把葫芦啄透，取出里面的籽，啄木鸟可没它那么傻。它还爱洗澡，花盆里有点水，它反复过来扑腾，弄出很大响动。我在屋里听见声音，还以为扑腾的是只猫，结果看见麻雀滚成了泥蛋蛋。

这样好美的东西，要不要给它竖块镜子？

“对，他还偷你家葫芦。电线杆子高的人，还做小偷小摸的勾当，摘一个放口袋里，又摘一个放口袋里。”

马老师夸张地做模仿动作，歪斜着肩膀，把一个窃为己有的小偷形象学得惟妙惟肖。我扑哧一下笑了。马老师住三楼，有俯视我家院子最好的视角，应该知道我对葫芦的态度，我已经不是第一年种了。

“你不要不是他偷的理由。”马老师洞悉笑容背后的隐秘，严肃地表达看法。

我赶忙解释，说我们曾经做过同事，他大概不拿我当外人。

“那也不能主人不在的时候拿人家的东西。”马老师教高年级数学，丁是丁卯是卯，“他应该知道自己是干啥的。”

我郑重点头，承认马老师说得对。

“他今年偷葫芦，明年也许就偷白菜。他今年偷你不要的，明年你要的他也偷。人都有得寸进尺的毛病。”

马老师好有道理。

“他女儿也住咱们小区，就在后边三十五号别墅。他可真有钱，那时候就能给女儿买别墅。他老伴没工作，他到退休也就是个科级，他哪来那么多钱？”

这问题真深奥，我傻子一样看着马老师，奇怪自己从没有过这样的想法，人跟人真是太不一样了。三十五号别墅，我记起来了，大老张也跟我说过。

“戴大盖帽的都有钱。”马老师有些愤愤。

“兴许是嫁得好。”我没想为他辩白，但话说出来就有了辩白的味道。

“看来你啥也不知道。”马老师一点不客气，指出，“他姑爷跟我是一个村，父母都是老实巴交的农民，连小买卖都不会做。但他们脑子好，儿子是名牌大学毕业，跟他女儿一样，也进了公安局。所以不是他女儿嫁得好，是这个假警察真有钱，物业的人都知道。他女儿结婚一水的白色奥迪，从院里一直排到院外。从他家把人接走，打南门出去，外环兜一圈再从北门进来，交通都搞瘫痪了。他让所有的保安保洁都随份子，却高调不请人家吃饭。他就会欺负老实人，特别遭人恨。”

“你咋知道？”我不是一般地吃惊。

“你随便问个保安保洁，他们都会告诉你。他只跟经理一个人好。”

“他女儿是哪年结的婚？”

“这小区建成才几年，也就七年或者八年前。那时他还没退休，每天早晨喊号子操练保安，正步走，一二一，把保安险些练成正规军，特别搞笑。”

“哦。”我又要打嗝。

“刚才你说，你们做过同事？”马老师似乎才想起这句话，我以为她要不好意思，为自己说冒的话后悔，可马老师说，“那你就更应该了解他。这个人名声很坏。他退休早，也是因为摊上了事，拿人家钱财却没能给人消灾，正好小区发生了械斗，被打发到了这里。谁想到他待得长久，这里成了避风港。这要是没退休，就凭他斑斑劣迹，早让人告发了。”

车筐里的包利索地背在肩上，马老师没跟我道别，就走进了黑暗的楼道。那里就像有一张大嘴，瞬间就把她吞没了。就听她嗒嗒嗒上楼，感应灯一只也没亮。即使是在黑暗里，马老师的脚步也毫不迟疑，她是个干脆的人。

“走吧。”严先生在黑暗里说，“马老师怎么有些偏激？”

“她在业委会，肯定消息灵通。”

梧桐树的叶子躺在灯影里，路面斑驳，个个都像马蹄那样大，踩在脚下厚实得像地毯，能让心底生出柔软和诗性来。我一脚踏上去，顺便踬一下，柔软和诗性都不见了踪影。我在想大老张，他怎么越来越像个谜。年轻的时候见到他，多少崇拜。除了有才华身量高，职位还高。不单我崇拜他，派出所的小警察都对他毕恭毕敬。可要说了解他多少，还真是一点都不了解。严先生在前边停下脚步等我，我把心里的事情放了放，朝后看了一眼，说：“保洁明天一早就要打扫，就像这些叶子从没落过这里一样。”

“各行其是，各司其职。”严先生倒背着手悠悠继续朝前走，话说出来就像真理。

“我们到别墅区那边转转。”

“那里家家养狼狗。”

“警察为啥买得起别墅？”

“这哪是你该操的心。”

“我为啥就不能操心？”

我不由提高了声音。他惹不起我，又遇岔路口，我率先往别墅区的方向走，严先生跟了过来。

这里过去是一个小山包，可以居高临下俯视整个小区。开发商把山包削平，建了这片别墅。中间是一个椭圆形的公园，椅子都是防腐木制作的，而不像别处的椅子表面像木头，其实是在水泥表面画了树木花纹，我特别憎恶这些假木头。别墅环公园而建。这个公园还有个特点，栽植了一些老果树。当初搬进小区我就听说，为啥这里栽果树，因为住别墅的人素质高，不会像住高层或洋房的业主，采了花插自家花瓶，摘了果子自己吃。这些理由，差不多都是公愤，让最早住进来的业主觉得受辱。别墅都掩隐在高大的树影里，外面梧桐的叶子都快落光了，几株古松还是蓊郁的感觉。松树散发着一种天然的馨香，很好闻。

楼体的外墙都在阴影里，不怎么看得清楼牌号，我坚持着看了几个，让严先生嗤之以鼻："你到底是出来遛弯还是找不自在？人家住别墅跟你有啥相干？"

三十五号别墅终于让我找到了，在正中的位置，走前门，看上去没啥特别，甚至有些寒酸。它显然没私搭乱建过，还是原始模样。这在我们小区不多见，大家都想在六间房的基础上再盖出六间房。它的容颜也朴素，不像它的左邻右舍，弄出很多花里胡哨的装饰，唯恐别人不知道他是有钱人。

上下楼的窗子上贴着许多"福"字，大小窗子上都有。应该还是过年贴的，快到年尾了，还齐齐整整，红得有模有样。一抹橘黄色的灯光从窗子里淌了出来，那光晕很温暖，夹杂着孩子的嬉闹声。我定定地站了会儿，脑子里闪出一个人形，大个子，方脸上有只短鼻子，脑后系着长长的马尾巴。我没见过他女儿，但我觉得她应该就是这个模样，继承了基因中强大的部分。她是个做事有条不紊、喜好干净、跟婆家处不好关系的人。贴"福"字是为了房间热闹，也为了心里有个倚靠，所以不单贴得虔诚，也贴得中规中矩，不像我们家，贴了几天就四角翘起来，像跑马张飞一样。我只要见到马老师，总是装作不经意地打听张好梅的事。对，大老张的女儿叫张好梅，有个四岁的儿子了。现在，她婆家的事我也了如指掌。我都觉得自己有点像编外警察了，不单喜欢调查，还喜欢推理，只不过，我有点心虚，只要严先生在身边，我就说别的。

严先生是个一心一意的人，走路就走路，就想有关走路的事。我在这里驻足时，他已经走远了，夜色中他是片单薄的黑影，越走越远，然后又绕了回来，就像穿过了重重迷雾，终于出现在路灯的光影里，走出了隐身的状态。"看出什么没有？"他揶揄。

"那天翟小婉告诉我，当年他们打官司花了很多钱，光去一趟报社就花了两万多。"

"那又如何？"

"那些钱是送给张小北的。"

"那又如何？"

“关键是，张小北并没收到。”

“那又如何？”

我闭嘴，心想，如果真给张小北，他也不敢收。那年头的两万块，能买套小房子。翟老板不是疯了就是让人忽悠瘸了。

11

“你知道那些钱是怎么送出去的吗？估计你在场都不一定清楚。”站在电梯口，翟小婉把额上的头发塞进了帽子里，还隐隐有些激动，“过去了这么多年，也没啥可忌惮了。不愧是干警察的人，花样多得出奇。我爸经常给我们讲，说他给报社的人买花生、白薯、青玉米，两万块钱就揣进泥花生里。他给法官送礼，钱都装进鱼肚子里。给上级领导送礼，钱就装进高级烟盒里。他还去一个更大领导的办公室，把自己的破皮包给人家挂在衣架上，临走说这包太破我不要了，其实里面就有钱。我爸那时就一个念想，打赢官司，不惜一切代价，否则在村里没法活人了。一辈没法活，辈辈没法活。他没想到有朝一日能搬进城住，他说若是早知道这样，当初就不会花那样多的钱。”

“输了得赔偿。”我看着那张清白的脸，就像从没照见过日光一样，“那人不是小偷，把人打残不是小事。”

“所以得送大礼，不知有多少人得了好处。”

翟小婉冷冷地毫不隐讳。我恨不得踹她一脚。

我给严先生复述时也隐隐激动。这些情绪一直在我心里跳荡，让我一天一天地过不安生。我反复回想从农贸市场去报社那一小段胡同，时过境迁，那些回忆只剩下了轮廓。但仍能想起挎包被大老张提着包襻扛到肩上。他在前边走，我在后边跟着。新挎包的下面也沾了些泥土，蹭到了他穿的蓝制服上。

拉链是当着我的面拉上的。因为青玉米的缨须探出来，影响到拉链滑动，我还给他帮了下忙。我小心地把那些缨须抿进去，是为了让玉米保持原本的样子，就像刚从秸秆上掰下来一样。他把拉链拉严实，青玉米的气息我张开鼻孔还能闻到，混合着潮湿的泥土味。那时我想，大老张真实在，买了这么多花生。

“邪恶，真是邪恶。”

我嘟囔，却没意识到严先生又走远了。他这次没有转回来，而是顺着下坡道朝前走，估计是去找背人的地方。他的前列腺有些问题，而这边没有公共厕所。

连着往别墅区走了六次，严先生终于不耐烦了：“你还有完没完！”

12

安静下来，我才想起丁淼和师父的关系。原来他们有关系，是叔侄。这点我没告诉大老张，我觉得，他不配知道。当然，他也不想知道。那天他从我家门口过，问小严在没在家，我说没在，就把栅栏门关上了。

大老张说哑巴瘸子出来后，他去了一次丁不村家，是要给他一个交代。他说的时候我就觉得没这么简单，听了翟小婉的话，我就更觉得不简单。到底是简单还是不简单，始终是我心里的惦记。就像有鬼使神差，那天上班时我突然接到了一个电话，一个沙哑的声音说：“是王云丫吧？有空到你师父家来一趟。”不容我说话，那端就挂了。我愣了半天，想拨过去，摆弄来摆弄去，还是作罢了。把工作交代清楚，我开车出了机关大门。老城墙根下那条路，真是许久没走了。师父家门口停着自行车、电动车、三轮车。我心里咯噔一下，意识到师父出事了。我把车停在路边，从垂柳的树胡子里钻出来，胆战心惊往胡同里走。脚下青砖铺的地面长着黄茸茸的苔藓，那些苔藓都萎靡了，耷拉着耳朵。铁门虚掩着，房间里爆出的吵嚷声让我有些纳闷。我在院子里站了片刻，就被屋里的人发现了。打开房门，老玉米样的笑脸和嘴里的焦油牙同时出现了，师父朗声说："云丫真的来了，这么快就来了。我早说过，我们爷俩有缘分！"

我被弄得晕乎乎，没防备屋里有那么多人，七八个，或者八九个，总之屋子都是满的，感觉到处都是人。沙发上，椅子上，小圆凳上，都坐着稀奇古怪的人。之所以说他们稀奇古怪，是因为他们都年龄大，豁牙露齿，穿的衣服都皱皱巴巴。这样的人如果在街上遇到一个，那肯定没啥稀奇。但在一个屋子集体出现，就让人恍惚，仿佛穿越到了不知多少年前。大家一起告诉我，是瘸子给我打的电话，他原来一直存着我的号码，没想到这些年我一直没换号。

圆桌立在屋子中央，上面显眼地摆放着一个蛋糕。师娘坐在圆桌边，远远伸过来一只手。师娘白白胖胖，我蓦然发现她坐着轮椅，生活原来发生了这样大的变化，师娘坐轮椅了。

"你师父八十大寿。他们提前也没打招呼，就来给老厂长过生日了。刚才，就是刚才，他们说，应该让云丫也来。云丫一来，这人就算齐了。没想到你真来了！"

师娘很激动，抓住我的手用力摇晃："你师父的生日，我们都不记得，但瘸子他记得，他啥都记得。"

瘸子在沙发的角落里，脸上是憨憨的笑。

我眼睛一下就湿了。他们都是福利厂的人，我在那里待了八个月，却一个也叫不出名字，但那些脸似乎都有印象。我猛然想起大老张曾经说过的话，福利厂的人暴力抗法，哑巴抱着煤气罐往人群里冲，瘸子举着包缝机的头砸进铲车驾驶室。我朝他们看，哑巴坐在一只圆凳上朝我抱了下拳，蛋糕就是他买来的。师父乐得合不拢嘴，进厨房端出来一大盘子西瓜。师父得意地说："我想见的人都来齐了，我就是今天死，也不冤枉了。"

师娘骂他乌鸦嘴，不该吉利的日子说丧气话："快，我们一起切蛋糕，然后好喝酒。"

我朝厨房的玻璃窗看了一眼，发现里面有很多装满内容的盘碗，原来都准备好了。

师父用不锈钢刀切蛋糕，那刀显然刚才切了西瓜，刀刃还留了些许颜色。师父小心切进奶油里，嘴里说："你当我是金口玉言哪。我要一说死就能死，我把坏人都说死。云丫，你说是不？"

我结巴说："我是空手来的，没想到今天是师父的八十大寿。"

师父说："这样来才好，要不咋说咱爷俩有缘分呢。当年你拿来的两条大中华还救过人。救过谁，谁站起来。"

就像被点名的小学生，瘸子手撑沙发先站起来，然后拉身边的哑巴。哑巴又抱了下拳，欠了下身，又坐下了。大家嘻嘻哈哈一通笑，说那时候两条中华能捞人，现在得二十条。

我狐疑，说："我就拿来一条吧？"

师父说："两条。我放了一年多没舍得抽，送给了公安的人，换出来这俩货。你们俩，还不谢谢云丫？"

哑巴目不转睛看着师父的嘴，他似乎看得懂唇语，然后看了瘸子一眼，俩人又一起朝我作了个揖。"云丫写电视剧让人骗了，人家没给稿费，给了两条烟。自己不舍得抽，给老丁拿了来。老丁不舍得抽，拿去赎了你们。"师娘大着嗓门嚷，声音里都是欢愉。

师父连连点头。

我瞠目看着师父师娘，不知这样的信息是哪里来的。我偷偷写过电视剧，那是好早之前的事了，但从来也没往外拿过，我就是自娱自乐消遣，何以让师父师娘觉得我是被人骗了？他们肯定也研究过这两条烟的来路，然后选择了一条自以为正确的信息储存到了记忆里，久而久之，便成了确凿无疑。

记忆可靠吗？

我承认，过去所有的难堪加在一起也没有眼下这样觉得没脸见人。这两条烟转世了，有了更复杂的因果，倒好像是专门为我转世，来增加难堪的。在这些老人眼中，原来我就是个上当受骗的人，而不是大老张嘴里的"有出息"。我陡然像降落到了冰层以下，要借用手段辅助呼吸，不时长出一口气。大家都在说笑热闹，只有我与这氛围格格不入。我发了一会儿呆，顿觉这屋里冷寂空旷，我站起了身。

包里恰好有些现金，我拿出来放到了桌子上，说单位还有事，遗憾不能敬师父一杯酒。

师父师娘都很着急，说赶紧，开席！但到底没有说服我留下。浩浩荡荡的一支队伍送我出胡同，我心底预留的话，是有关大老张的，却没有说出口。很意外，师父说："能看见张队长吗？就是你那个同事。看见代我问声好，那可是个好人。捞哑巴瘸子还自己往里搭钱，他不说我都不知道。天底下都没有这样仁义的。"

我叹了口气，没说别的，想，我用几十年明白的事，师父这辈子是不会明白了。

写到这里已经是画蛇添足了，我知道。可如果我告诉你小区门口发生了什么，估计你会忍无可忍。所以，我选择不说。我从东门口绕进了小区，东门口空无一人，就像整个世界空无一人一样。严先生每天早出晚归，工地上的活计要赶在上冻前干完，所以小区里发生的事，他一无所知。过了很多天，我才复述了两个保安的话给严先生，一个说，他可真会死，居然趴桌子上假装上班。一个说，这回物业得赔不少钱，活该！我觉得遗憾的是，师父赞美的话我再也捎不到了。

"你说的是谁？"

我翻着一本相书说："人中长的人寿命长，这个说法糊弄鬼。"

合上书我问："你记得博伊德吗？"

你的名字

肖　勤（仡佬族）*

1

姓什么？

滚。

什么？

滚，波涛汹涌的滚。

那不就是滚开的滚？百家姓里有这姓？冯愉快放下笔，很不礼貌地笑起来。冯愉快觉得当警察就是好，人进了派出所，管你有事没事，我用什么样的态度跟你说话都可以，但你不能什么都可以。

眼前这个中年男人对冯愉快这个态度明显有点恼火，但他也只能憋着。这家伙个头不到一米六，皮肤黑亮紧绷，肩宽背厚，整个人就像张家沱老盐号里经年的秤砣，从里往外冒出来的都是汗滋滋的实诚，身上一套宽松肥胖的暗灰

---

* 肖勤，女，仡佬族，1976年生，遵义市文联主席，曾获第十届全国少数民族文学创作奖——骏马奖，贵州省第十四、十五届“五个一工程”奖，十月文学奖，《民族文学》年度小说奖等。代表作有《暖》《所有的星星都有秘密》《丹砂》等，已创作小说近两百万字，作品多见于《人民文学》《十月》《民族文学》《芳草》《山花》等，有作品被《新华文摘》《小说选刊》《中篇小说选刊》《小说月报》选载。有小说、诗歌入选多部年度选本并被译为英、韩、法、蒙古、哈萨克斯坦等文。根据其小说改编的电影有《小等》《碧血丹砂》。

色珊瑚绒睡衣，脚上是一双乡下女人手纳的布鞋。

这样子怎么可能是犯罪嫌疑人，所里这一堆猪头。

名字？冯愉快接着问。

滚月光。

冯愉快迅速脑补出一轮月亮被他撵猪儿一样撵着走的情形，又浪漫又有点古怪稀奇。

于是又嘻嘻笑起来，今晚他的心情不错，平头哥袁百里被人砍——联想到不可一世的袁百里被人追着砍时惊恐、猥琐或者狼狈的样子，冯愉快的大脑就不可抑制地分泌出一大堆多巴胺，让他忍不住想笑，眼角、嘴角，板着板着就弯上去了，仿佛他并不是在派出所调查一个叫滚月光的男人，而是在某个小巷子里调戏良家妇女。

男人显然被他持续不断的嬉笑彻底惹恼了，他以为冯愉快还在笑他的名字，于是身子向前倾，一脸老实人要炸毛的表情。

好，好好好，滚月光。冯愉快收起笑容，边记录边朝滚月光的头顶看了一眼，嘀咕，好端端的把头发弄成这个样子搞啥子，人家不抓你抓谁？

男人的发型很特别，整个脑袋剃得光溜溜的，只剩头顶一撮，蓄得很长，绾成棍状立在头上。大街上估计只有两种人这样蓄头发，一种是艺术家，一种是满大街混社会的。不管是哪种，都不好惹，万一抓错了，闹起来不好收场，所以冯愉快立马把锅扣在人家的发式上——冯愉快其实属于那种既怕事又爱搅事的主儿，用媳妇的话说，日天的架势拉稀的胆。若不是因为这个，冯愉快也不会一直在派出所当协警，对“日天拉稀”的冯愉快来说，他一辈子五行缺刚，协警这一身皮相，正好补足所欠刚火。

我头发怎么了？我们满个寨子的人都是这样的头发。男人怒火冲天地答着，也许是说到了他们寨子的缘故，他顿了顿，表情突然变得温驯，叹口气，嘴角轻扯了一下，又说，我们满个寨子的人都姓滚。说完转头去盯着窗外路灯下那棵油绿的皂角树，眼神温润孤单，仿佛那里有他的寨子，还有一群头顶绾着一撮发辫的姓滚的人。

好嘛，那滚月光，知道为什么叫你来这里吗？

我车上有刀。滚月光转回头，却不看冯愉快，低头看地上，那里有一只莫名其妙冒出来的蚂蚁。

冯愉快顺脚一抹，地上只剩一道细小的黑痕。

滚月光一动不动地盯着那黑痕，缓钝地抬起头，目光像块黑色的磁铁，能把人吸进去。然后，他费解地问，你踩它干啥子？

冯愉快放下笔，也一脸费解的表情，我为啥子不能踩死它？

哼。滚月光咧咧嘴，表情古怪。

袁百里被砍的时候，你在哪里？

哦，滚月光又咧咧嘴，突然嘿嘿嘿笑出声来，我在要去砍他的路上。说完，滚月光十分受活地往后一靠。

他忘记了派出所做询问笔录时给坐的凳子没有椅背，于是，冯愉快还没来得及伸手，他就整个人昂着倒翻在地。

冯愉快没忍住，狂笑。

一块朴实的秤砣，
咚一声，砸痛了谁的夜，
有人在痛，有人在笑。

冯愉快在他的《众生录》上写下这么一段。

询问就这样以闹剧收场。

想一想，今夜，有人拿刀砍了牛哄哄的袁百里，有人拿着刀正在去往要砍袁百里的路上，这事真他妈疯狂。

2

从青春期开始，协警冯愉快就经常做同一个梦，梦见自己走在一条没有尽头的小巷道里，对面走来一个人，脸上没有鼻子和眼睛，只有一张巨大的嘴，嘚瑟地笑着，那个人举着一个透明的玻璃瓶，白花花的阳光从高高的巷壁上照下来，照在小小的瓶子上，瓶子散发着七月焦热的泥土味，还带着太阳雨过后弥漫在空气中的潮湿气息，里面困着一只画眉，慌里慌张无头无脑地在瓶子里扑腾。

你出不来的，冯愉快与那个只有嘴巴的人擦肩而过，用细得只有蚂蚁听得见的声音说，尽管声音不大，但冯愉快的语气像极了一个痞子。

画眉看了他一眼，突然它的头变成了恶狠狠的袁百里，冯愉快脸上的痞子气顿时吓得收住。

其实，冯愉快的爸一直希望儿子冯愉快能是个痞子，他觉得作为一个小市民的儿子，要么就跟杀猪匠、破鱼娘一样无惧贫穷脏乱，要么就在猪摊鱼市里拼出一条仕途来，做那种每天穿着干干净净白衬衣上班的人。没有第三条路可走。当然，从现状看，儿子冯愉快离穿白衬衣上班的要求显然还远得很，所以他只能奢望儿子能像个痞子，而不是生了痞子的命，又天天想着写他那些狗屁不通的诗。杀猪匠知道，生活就是战斗，痞子不成器，但至少有拼搏的血性。可是他没想到他每天拿着杀猪刀，却生了个怯懦到连鱼都不敢杀的儿子，实在是丢了他和他列祖列宗的脸。

杀猪匠对冯愉快的失望表现在若干参照物上，巷子东口家敢倒着从树上向下摔表演铁头功的铁头，西门刘寡妇家那个能与泼妇较量三天三夜的许大嗓子，龙井坎梧桐树下敢直接拿巴掌把猪儿虫拍得满井坎都是绿肉汁的李家疙瘩……

天下所有的男孩都是反照出冯愉快“什么玩意儿都不是”的镜子。

比照得多了，杀猪匠也累，最后万马归槽，把参照物固定在“隔壁家的袁百里”身上。

隔壁家的袁百里就是今天滚月光要去砍的那个袁百里。

脑补一下袁百里血光四溅的画面，冯愉快全身打了个哆嗦，像是憋了许久的一泡尿，终于爽快地一泻千里。

杀猪匠说冯愉快没有遗传他半点基因，也不完全对，起码冯愉快和他一样，对血是有深厚感情的，每当看着杀猪匠朝猪身上捅一刀，接着一注鲜血漂漂亮亮准确无误地射进地上的木盆里时，冯愉快是开心的，眼神阴森快活地躲闪跳跃，像是偷偷和自己谈了场不敢与人言说的恋爱。

冯愉快妈害怕冯愉快看血的鬼样子，她跟杀猪匠诉苦——这孩子让人心里发毛。

咋个了？杀猪匠瓮声瓮气地答，肥厚的手掌朝冯愉快妈胸口搓过去，冯愉快妈烦着呢，拿起手里的剪刀比画，远点，说话呢。

你说。杀猪匠端起桌上的搪瓷大茶缸，喝一口浓茶，兴奋地问，他咋个让人心里发毛了？

你说他不敢动刀子吧，前天张二娘杀个鸡，他一边哆嗦一边使劲往前凑，一双眼白花花黑森森，死盯着那血和刀子，牙齿还磨得霍霍响。我把他往前掇，想让他多看练胆吧，结果他跟个炸毛鸡似的，呜啦啦地叫着跑了，从巷子这头窜到那头，像啥，像个——奔跑的哨子——这话是百里那孩子说的，百里那孩子有文化，你听听人家这味道。

冯愉快妈说到袁百里，叹口气，觉得一样的十月怀胎，人家生的和自己生的怎么差别就这么大呢？

想到这里，后头的事她就不想再说了，怕杀猪匠也怪起她的肚子来。

杀猪匠却看出媳妇还有话没说，一只厚厚的手掌又伸出来，准备把话“压”

出来。冯愉快妈赶紧躲开，道，今天何家三妹生日，正蹲门前欢欢喜喜端着碗蛋炒饭吃着呢，他突然弯着腰冲着人家三妹打干呕，像是要吐，噎得眼泪汪汪，气得何三妹整碗饭都倒了喂狗了。何三妹来家里撒泼，我打他，他却委屈得慌，说张二娘杀鸡，自己老子杀猪，巷子里整天飘的都是血腥味，他闻得太饱了。

闻饱了他还看?

就是啊，也不是一回两回了。巷子里哪家杀鸡宰鱼不都想法避开这孩子，你看，本来就瘦得肋巴骨贴胸，再三天两头吐，怕是活不长，可他不轻省，吐完了嗅着那股子血腥味，又巴巴要去看，二娘李哥他们都躲，他就爬到人家树上、房顶上，贴到人家门缝上看，看着看着，又突然炸毛尖叫，从巷子这头，哨子一样叫到那头。冯愉快妈说完，又叹气，巧妙地拐了个弯做总结，说，这孩子，有病，都是你手上杀生太多。

冯愉快是有病，冯愉快家门前的节煤炉上常年煨着苦恹恹的中药，熏得旁边那棵桑葚树结满了桑葚也没人采，冯愉快坐在门槛旁的小石礅上，端着一碗黑乎乎的中药，一口一口细细抿，他妈给他压苦的白糖，冯愉快从来不吃，因为他发现每当自己这样子喝药的时候，巷子里那些鄙视或讨厌他的眼神就会闪出一丝丝惊骇和佩服。

冯愉快得意扬扬。

“一碗中药，征服江湖。”冯愉快脑子里冒出一句诗。

那时候，冯愉快就已经开始写《众生录》了，乱七八糟，什么都往里塞。

巷子里的老人们，自认为有点年岁，见世面多，向来有点矫情，东一堆西一堆围在一起，研究杀猪匠的儿子是五行缺了啥，还是他老子杀生太多犯了啥。

冯愉快冷眼看着这群凑堆的老烟枪，没声没响地走过去，像一只黑夜里的猫，到了他们背后，突然一声高唱，学习雷锋，好榜样。

惊得老人们也像炸毛鸡一样散开来，脚步零乱，中风一样。

只有冯愉快自己知道，他的病是心病。

去年隔壁院子里搬来一户回城知青，他们家有个儿子，叫袁百里。搬来就搬来吧，偏生跟冯愉快一个级，这个袁百里刚来不久就在学校出了名，功课科科一百，主科就算了，居然连思想品德和体育音乐都要考一百。毛病不是？

夏天黄昏，水巷子向来是最热闹的，每家每户都把小板凳竹躺椅端到门口，狭长的巷子里坐满了一长排光着膀子粗声大气说话的男人们，还有叽叽喳喳洗洗涮涮的女人们。袁家呢，不出来，在自家院子里拉手风琴，家访的老师得意地介绍说，那是《莫斯科郊外的晚上》，水巷子的人嘴巴都合不拢来——他们连省城都没去过，人家就已经莫斯科了！一时间，连巷子里的狗都不敢造次了，冯愉快爸晚上喝醉酒回来，也不再大声吐痰。

袁百里出现之前，语文能考全年级第一的冯愉快，在水巷子里还是有点地位的，甚至还有人替他辩解——愉快是个斯文人，当然怕血。可是姓袁的一来，冯愉快完蛋了。

提到姓袁的，冯愉快寒心到脑门顶，这龟儿子太全面，不光成绩好，四肢还很发达，那年头大街小巷都在演《霍元甲》，大人小孩一开口都在唱“万里长城永不倒，千里黄河水滔滔”，冯愉快也唱，袁百里呢，不唱，只管把那两句“冲开血路，挥手上吧”付诸实践。他从小跟着当知青的父母在大草原上长大，野惯了，三天不动手脚就痒痒，学校里有个风吹草动他就狂热地钻进人堆里去，不分山头、不管西东，揪着人就开打，不需要任何理由和动机。冯愉快也爱往里凑，但没打架的本钱，只是瞪大了眼盯着看，然后看到血就开始尖叫，冲出人群满操场跑。学校里的老师看着他的背影，可怜他，这孩子！吓坏了。

没有比较就没有伤害，以往，杀猪匠觉得儿子胆小，但语文好，斯文。现在有了一个科科拿一百分，又能打架的袁百里，所谓隔壁出英雄，自家出尿蛋，冯愉快老子彻底受不了了，有事没事揪住冯愉快就是一顿打，打得整个巷子里都是冯愉快吹哨子一样锐细的尖叫声，鸽群都不敢朝这里飞。

好好看看隔壁院子家的袁百里。杀猪匠边打边气得发抖，吼声惨烈，像一头就要被杀掉的猪——你好好看看，好好学学。

冯愉快越被揍越不好好学，他知道杀猪匠打得越厉害其实心里越受伤，杀猪匠也有自尊心的，这家人没来之前，整个巷子就只有冯愉快家一年三百六十五天，天天桌上都能见油腥，没人不羡慕，何况还有个会写诗歌的儿子。可惜这家人一来，整个巷子都不再羡慕冯愉快家，而是一听到那个破曲儿响就赞美“莫斯科”，杀猪匠多难受啊，他打冯愉快是因为他失败了。于是冯愉快的尖叫声里就多了层意境，带着受尽欺凌却又蔑视苍生的笑意，让人听起来感觉大白天都像是遇到了鬼。

冯愉快在水巷子度过了他的少年时代，“隔壁院子家的袁百里”像巷子墙壁晨昏交替的阴影一样始终笼罩着他，早上上学，阴影从左边压过来，下午放学，阴影从右边压过来。

冯愉快经常捂着胸口咳嗽，他也不知道咳嗽啥子，只觉得袁百里像一口痰，堵在自己喉咙里。

杀猪匠骂，咳咳咳，不见死呢。有一次，他骂过冯愉快，顿了顿，脸上浮起古里古怪的笑容，转头看隔壁的围墙，自言自语地说，猪长膘招杀，人得意招祸。

冯愉快听懂了，啧啧道，咦，有人起杀心呢。说完肩膀笑得直抽抽。杀猪匠大惊失色，踢了他一脚说你他妈的乱讲什么鬼？骂完举起捶衣棒要打人，冯愉快却呼哨一声尖叫着，风一样跑开了。

冯愉快知道，在他身后，杀猪匠又要开始喊头痛了。

很多年过去，水巷子的老烟枪们始终坚信，杀猪匠的脑出血绝对不是因为当时宰鸡用力过度，而是冯愉快长年累月的尖叫声，在那一瞬间从他记忆深处像海啸一样冲出来，把他的血管冲爆了。

冯愉快妈也坚信这一点，没有杀猪匠后，冯愉快妈胸口那一块衣襟从此不再常年油腻腻的了，冯愉快家的饭桌也不再油腻。冯愉快妈对冯愉快再没好脸色过。

干巴无味的日子从那时开始进驻冯愉快的人生，冯愉快恨袁百里，他清楚，杀猪匠不是被自己气死的，他是被袁百里气死的——人比人，气死人。

从杀猪匠下葬后的第二天开始，关注仇人袁百里的一举一动并每日诅咒袁百里吃饭被噎、走路被撞、考试被黑如此种种，成了冯愉快苦涩青春唯一的调料。

3

高三结束，少年丧父的冯愉快高考成绩和那歌词一样，“千里黄河水滔滔”，滔到最后没有了。袁百里呢，自然是“冲开血路，挥手上吧”，考上大学得意扬扬吹着口琴坐火车走了。

同一个天地出来的两个少年，人生从此分了岔。一个像大树往上生长，一个像蚯蚓越钻越泥泞。数年后，当冯愉快勉强凭着一首《警察赞歌》，终于“在这凉薄的世界”里找到一份派出所协勤的活儿时，袁百里早已衣锦还乡，在县城最招人红眼的财政局上班了。

在冯愉快的理想中，财政局已经遥不可及，但对袁百里来说只不过是人生小小的第一站。“公元一九九九，大河奔流；红河水电站，把英雄召唤。”写下这行蹩脚诗时，激情豪迈的冯愉快不知道，水电站建设召唤的英雄竟是他妈的袁百里。

水电站建设淹没线一确定，整个县城乱成一锅粥——大半个县城都得搬出花河子城区，迁到县城城郊万佛山半腰的台子地去，叫晃格里。那两年，什么GDP，什么创卫、创文、创优争先，政府统统不管。只管大喇叭天天喊着，县城街道不是这里牵开一块条幅就是那里刷上一桶油漆，都是动员搬迁的口号。人人见面都苦大仇深地指着万佛山说，就是那儿，背时的晃格里。

好像是晃格里害了他们，生生扯散了他们和现在的家。

冯愉快对于家在哪里不感兴趣，人生百年，只不过沧海一粟，何其渺小，考虑那么多事情做什么？其实，彼时，思想伟大的冯愉快在派出所只负责扫地、打开水、做笔录、顶夜班，活得像一截猪下水，县城在晃格里也好，在花河子也好，都改变不了冯愉快猪下水的命运。所谓不屑一顾，不过是放屁不响。下了班，瘦得跟个竹竿似的冯愉快整天拿着个相机，这个废墟堆里晃晃，那个楼顶上转转，问他干啥，答说要学《南方周末》的记者，拍一百组老县城纪实，十年二十年以后做摄影展。听起来主意不错，只不过放在冯愉快身上，到底是没人信，瘪个嘴呸一声就蔑视掉了。

和冯愉快学钻旮旯地不同，袁百里在大搬迁中是大显身手、战功赫赫，还当上了建设局副局长。

混乱中，年轻气盛的袁百里充分发挥了其能言善战的优势，不管是讲道理还是讲感情，他一个顶十个，绝不落败。拼胆量，更没有几个干得翻他，遇到钉子户，你敢左手煤气罐，他就敢右手打火机。你敢喝乐果，他敢递杯子。你敢跳楼，他敢楼下摆一棺材。你说打架，他绝对敢单挑。

钉子户们遇到的行政干部大都是四平八稳的角色，突然来这么个刚货，钉子户的一线作战部队“十八罗汉阵”有点拿不稳战术，最后整个队伍在极不稳定的作战状态下迅速四分五裂。

县城里曾一度传闻，袁百里能拿下著名的十八罗汉，并不是因为他敢打会吵，是因为这家伙年纪轻轻学了一大堆阴招——明面上寸土不让，背后大放水，暗中帮钉子户虚报建筑面积，今天测量明天就签协议，后天立即拆房子。你说面积不对报多了，冲一地瓦砾讨证据去。

传闻隐秘传递着，像暗夜的风，明明有，但就是摸不着也逮不着，急死了冯愉快，天上怎么不掉个雷下来劈死袁百里？没办法，大搬迁时期，干部群众都忙瞎了去，水要淹上来，七八万活人，七八万座坟，活着的死了的，都是事，这个哭那个求，乱成一锅，能按时搬走就是大局。

能维护好大局的同志，自然是好同志。大搬迁后，财政局小科长袁百里摇身一变，成了建设局副局长，走在崭新的晃格里大街上那个嘚瑟，要是喝了点酒，更是整条街都是他的。

反观人生对于冯愉快来说，却是鸡飞狗跳，派出所里整天吵吵闹闹，家里整天也是吵吵闹闹。冯愉快妈和冯愉快媳妇都是俗人，老的要架子小的要面子，吵起架来一个不输一个。儿子更是个白眼狼，对自己杀猪匠孙子、窝囊废儿子的出身深恶痛绝，每提到冯愉快都一脸鄙夷，只差认隔壁当科长的老王叫爹。

冯愉快由他动心思，只要不是“隔壁院子家的袁百里”，其他都好说。

你看看人家谁谁谁——身为药材批发小商贩的老婆黄曼骂冯愉快的台词总是以这一句开头。

那你贴他屁股去。冯愉快总用这句意味深长的话结尾，其实冯愉快还有更恶心的，但来不及说，因为黄曼总在这个时候湿漉漉一抹布摔打过来，她是个有洁癖的女人，但冯愉快这个家再怎么打理也充满泔水味。

因为在儿子和媳妇黄曼眼里，冯愉快就是一桶泔水。

冯愉快知道，自己之所以成为一桶泔水，都是因为“隔壁院子的袁百里”，当年以他的语文成绩，亲爱的亲人和老师们再鼓励一下，学文科走个二本，应该不是大问题。可是杀猪匠老把他塞在袁百里的影子下面，让他受潮生霉发馊。若不是袁百里，协警冯愉快至少也是中学语文冯老师。

恨什么惦记什么，冯愉快的目光每天盯着袁百里转，县城新闻联播和《晃格里周报》，他从不落下，每天瞪大了眼，找的都是袁百里。

袁百里怎样怎样了，袁百里又怎样怎样了……

那年端午节，天漏了个洞，涨端阳水，冯愉快左手撑着一把完全顶不住雨水的尼龙伞，右手提着几大袋菜，全身湿透，手指也勒得发僵，路边站了好半天，一辆车也打不到。正淋得打喷嚏，袁百里的车过来了，且从他旁边缓慢掉头。袁百里透过车窗，看了一眼路边这个狼狈不堪的男人，眼神漠然——他已经不记得冯愉快了。

冯愉快本来想和他对上眼神之后骂他一句，就一句——你个狗日的，原本我是可以考上大学的，是你他妈莫名其妙冒出来，把老子摔翻，变成今天的猪下水。

可是他没想到，袁百里看过来的眼神完全是无障碍穿透性的——他心心念念天天惦记的人，根本不记得他是谁。

车驶远了，激起两侧巨大的水幕，大雨如注，白茫茫哗啦啦天地间，只留下一个穿着协勤制服的中年男人，提着一袋子葱葱蒜蒜呆立在风雨中，他的头发跟他的心一样柔软恓惶，在雨里淋湿成一团。此时，他心头有一场巨大的海啸掠过，但他不说，也没人知道。

真他妈的笑死人，明明是两个人的战场，却只有他一个人在辛苦厮杀。

他本想放下袁百里，可是黄曼放不下，她受了冯愉快妈的影响，动不动说，你看看你同学袁百里。

有时候，冯愉快跟黄曼上床时总骂，你他妈是不是想我是袁百里？黄曼由着冯愉快骂，越骂她越快活，可一完事了她就立马翻脸，阴森森吐出五个字，你他妈，有病。

老子没病，有病的是袁百里。我告诉你，姓袁的迟早出事。

冯愉快的语气和表情，跟他老子当年一模一样。

他坚信袁百里是要出事的，树大招风，何况袁百里年少得志肆意汪洋，还不知收敛。每每想到这些，冯愉快心情就无比激动，他带着焦灼的期待，每天守着晃格里新闻联播，如同守候最心爱的恋人。

有病，有病。黄曼从沙发上起身，如同嫌弃瘟疫病人似的绕开冯愉快，频频强调。

嘁！这世道谁没病？人吃五谷生百病，穷病、红眼病、懒病、黑心病。

再说，灵魂都生病了，躯壳还能好吗？

比如他袁百里。

4

我爱晃格里，你在蓝天下，你在白云里。

我爱晃格里，奉献是首歌，大爱在心里。

晨曦未晓，派出所前面的广场又响起音乐声。可怕的老太太们又开始跳广场舞了。朦胧中，冯愉快眼睁睁看着她们把《浣衣歌》里的洗衣服、晾衣服跳成穿裤子、脱裤子，现场一片惨不忍睹。

我爱袁百里，一刀捅肩上，一刀捅腰里。冯愉快打了个哈欠，哼哼唱唱走出派出所。街道路灯还亮着，一阵风吹来，有点凉，冯愉快跟随音乐的节奏扭了几扭，跑到街对面买早餐——他的、滚月光的。

滚月光不是犯罪分子，从时间逻辑和监控记录来看，袁百里在县城纪念广场血淋淋地倒下时，滚月光正开着他的那辆途观，在离袁百里四条马路远的地方严格遵守着红灯停、绿灯行的交通规则。

冯愉快头夜里赶到派出所，看到滚月光的第一眼就断定这家伙根本不是捅袁百里刀子的人，不是眼毒不毒的问题，好歹冯愉快在派出所已经混了二十多年。

滚月光身上有一种味道，秋天乡野里的味道——阳光不错，一丛丛松枝或一片片枫叶从树上落下，掉到干燥的泥土上，散发出干净、干燥而朴素的气息，很木、很实诚，循规蹈矩。

要这种人去砍大名鼎鼎的“平头哥”袁百里，不可能。

“平头哥”不是指袁百里的头发，“平头哥”是非洲草原上一种叫非洲蜜獾的动物，这玩意儿是个狠物，“非洲乱不乱，蜜獾说了算”，眼镜蛇五步蛇，它捉住就咬，毒对它来说完全不是事，吃完抹抹嘴就拜拜，网上说，人家狮子王“只是在人群中多看了它一眼”，这疯玩意儿也能打个洞钻过去咬上一回，根本不考虑自己和狮子是不是一个重量级的，违不违规。属于那种“生死看淡，不服就干”的疯子。总而言之，在非洲，你惹着了这么个主，不替它跑，就替它死。同理，在晃格里，谁惹了袁百里，也绝对没好果子。当然，不惹他，也不一定能吃上好果子，总之看他心情——自从袁百里在财政局、建设局、审计局转战数个来回之后，这个高考状元身上的“莫斯科”味道渐渐就散了，只剩下当年打架斗狠的一身匪气，县城几百号包工头、项目经理、开发商、建筑商、承包商，再硬的后台，看到他也是要低头的。袁百里的逻辑是，天大地大，落到我手里我最大。谁要不识相，拿上头来压，他可以放你一马，但紧接着能给你来若干马。你有本事，次次都请大神来呗。

袁百里横有横的资本，不管调到哪里，他都能迅速成为一把业务好手，书记县长常常撇开县里的分管副县长找他商量工作，他牛气哄哄从书记县长办公室出来后，总会到副县长办公室去“汇报”，副县长五蕴皆空，笑而不语，配合演出。反正铁打的营盘流水的兵，谁也不在这里当一千年的官，忍两年就走人了。再说，管你袁百里多嘚瑟，天地也不过是小小一个县城。

袁百里自然也明白这道理，出了副县长办公室，明面上，花花轿子永远替领导抬着。整个县城，提到袁百里，都不往深里说，只哼哼。

“平头哥”这个绰号其实就是冯愉快起的，且不动声色地传遍晃格里。袁百里还以为是因为自己少年白头，又爱穿一身黑色立领，是以被尊称为“平头哥”，哪里知道冯愉快是给他下药，非洲蜜獾平头白毛、全身一溜黑，又称“白头发，穿黑色中山装的黑帮大哥”。

人言可畏啊。都黑帮大哥了，你袁百里还想洗白？

看着袁百里一路风光，冯愉快又兴奋又生气，总想着，快了，快了，月满则亏，快了。偶尔他也慈祥善良地表示可惜——这孩子，想想一个高考状元，怎么长着长着就长出一身匪毛来？

早点摊子只有油条、饼和豆浆。

冯愉快揉了揉眼皮，又打了个哈欠，掏出一张皱巴巴的百元钞票。道，通通要的干活，两根油条，两个肉饼，两杯豆浆。

老孙看一眼钞票，边炸油条边嘿嘿笑，说，才几块钱的事，补不开，你给啥子嘛。

冯愉快也不客气，揣回裤兜。这张一百元的钞票，老孙经常补不起，冯愉快也经常就这一张，都习惯了，大家心头都有数。呵呵。

手机响，是小葛。

冯哥，老大说等我们一回来就放人，你先招呼招呼，客气点。小葛在那头传达张所的指示。张所刚当所长，派头十足，三十出头，有事没事都是叫警员“传达”。

冯愉快没工夫计较这个，放人之前，他得再跟滚月光聊聊。

滚月光要砍袁百里，这里面有悬念，冯愉快想知道，滚月光和袁百里之间有什么曲折。

你为啥想砍袁百里？冯愉快问。

大冬天在派出所坐了大半夜，滚月光有点感冒，肉饼里的葱花味一呛，打了两个大喷嚏。他吸溜一把鼻涕，不回答，只埋头开始喝豆浆，喝着喝着，拿着筷子的手抖起来，眼圈儿也红了，这才抬起头，瓮声瓮气问冯愉快，人死了没？

应该……还没死。冯愉快迟疑地答，他不知道那边的情况，但是听小葛的语气，肯定没死。

谢天谢地。滚月光像个帕金森病人一样反复点头，谢天谢地。

你不是要砍他吗？他不死了，你倒谢天谢地？

他要是死了，我也得去死。滚月光长叹口气，眼神灰暗，失魂落魄地说，没路走了。说完，他起身退到屋子的阴影角落里，坐下来，木然地看着远方。

冯愉快递给他一根烟，他先是伸出手，又摇摇头缩了回去。

我也不是存心要砍他，我就是气不过，在姓袁的眼里，我们就像只蚂蚁，跟你昨晚踩死的那只蚂蚁一样。

冯愉快干咳了一下，不好意思地拍拍滚月光的背，对不起——哥们儿，屋里煤烟太呛，等我捅个火，咱们大门口坐，慢慢聊。冯愉快说着，拉开所长抽屉，弄了两包烟放口袋。

天光越发白亮，从门外泻进来，清水一样，冯愉快捅着炉子，蓝色的火焰倏然腾起，火星迸闪，滚月光盯着火光，面色青白。

5

真有这么一个寨子，满个寨子都姓滚，叫枫叶寨。寨里出来的男人个个都蓄着跟滚月光一样的发型，千山万水，哪怕是到了火星水星，这发型没得变。祖宗传下来的规矩，滚月光本来就是个中规中矩的人。

滚月光十八岁时跟冯愉快一样，没考上大学，就是太规矩，老师说他脑袋里没有转弯灯，不会拐，读的书有十几箩筐，就是不知道关键时候用哪一筐，没得法。

过苗年的时候，寨子里滚开山的女儿女婿回来了，女婿黄大嘴一进寨子就急吼吼的，说晃格里正新建县城，活儿多得像山里的野杨梅，风吹掉一地，随便捡，他想多整几支工程队，让寨里的崽们都出去跟着找钱。

蚂蟥听不得水响，正困在屋里抠墙壁的滚月光二话不说就开始收拾东西。

他不是为了找钱，他是为了寻找理想，理想在不在县城他不知道，但肯定不在山寨里。

寨老看着那么多年轻小伙子都出山去，气得哆嗦，指着寨子后山金灿灿的枫叶林，说，都走了，你们的树怎么办？

树。

是的，树。

寨里的男儿一生下来就有爹妈给种下一棵枫树，崽有一岁生，树有一岁长，人是树的命，树是人的命。人走了，树怎么办？

滚开山的女婿，也就是黄大嘴，大咧咧一挥手，说，人不出门生不贵，火不烧山地不肥。寨老啊，树挪死，人挪活，树在寨里替人守魂，人在县里替树生根，好得很。

黄大嘴这话滴水不漏，寨老听了，沉默半晌，转身走了，背影融进山林，像一棵孤独的树干。这些年，很多事，寨老说了不算，管了也没用。

滚月光跟着黄大嘴到了县城，在城里，他看到了一片和山寨一样巍峨的树林——但这树林是钢筋水泥的。

什么时候，你把自己变成这种树，扎根在县城里，崽，你就成功了！黄大嘴细长的眼缝里迸出一道光，像猎刀在月色下勇猛寒闪。

滚月光在工地上先是挑灰浆，然后拌沙，慢慢学会了砖工和瓦工，也学会了扎钢筋，读过高中的滚月光，学什么都快，人又敦实，黄大嘴满意，让他管材料，每天钢筋用多少、水泥用几包，滚月光一笔笔记着，绝不含糊，给黄大嘴节省了不少钱。他本来就是从打下手做起来的，门儿清，骗不了他。日子长了，黄大嘴待滚月光就有点当儿子看了。

那年腊月尾，工地停工，民工们坐汽车的骑摩托的东一堆西一堆都回家过年了。滚月光没走，留下来守材料。如今城里的世道还不如乡下，一到年节，偷摸劫抢成堆。

山外的冬天，天空灰白光亮，晃格里静静的，仿佛憋着气，等待大年三十的喜庆猛烈迸发。滚月光也屁颠屁颠去超市买了方便面、卤肉、面条和电光炮、香纸烛。临近夜里十二点，开始下雪了，稀稀拉拉的鞭炮声从遥远的地方传来，间或一声“嗖”——紧接着，鞭炮声开始变得密集而热烈，突然，伴着一声巨大的鸣响，一条长长的红色的鱼尾似的光直冲上云霄，接着砰地散开星点万千——那是除夕夜的烟花。

这是滚月光平生第一次看到烟花，他从不知道世上还有这么美好神奇的东西，他震惊了，昂头看着一朵朵瑰丽的烟花在天空绽放，蓝荧荧、红闪闪，然后又渐渐像梦一样消失在漆黑的夜空……雪还在下，铺天盖地落在他脸上，滚月光眨了眨眼睛，天空的烟花和雪花也跟着眨眨眼睛，有个遥远的声音从天际转来，像在呼唤着他。

那一定是他在寨子里的那棵树，他出生时爸给他栽下的枫香树。

也怪，出来几年，每当他一个人的时候，都会听到那棵树被风吹得哗啦响的声音，像水浪打在船舷上、微风吹在稻草上。爸说，遇上千情万事都不要慌，只要树好好长着，就不消怕，树寿叶旺着，人就太平着。树是人的魂，人是树的根。

喂，你在哪儿呢？树问。

我在这儿。滚月光让雪花给压着，动不了。

这儿是哪儿？

是城里。

我找你来？

你可不能来，树到了城里，会给改成板子、桩子、柱子。叫料子。

你给改成啥了？

我？滚月光困顿地想了想，答不上来，进城七年，他没思考过这个问题。

枫香树不说话了，世界跟着寂静下来，像在寨子的老房里，爸妈面对面坐在地火塘前不说话盯着火苗的样子。

骤然间，又一声巨大的炮响，一朵最大的烟花在天空盛开来，这时候天空已经不是天空了，是奇幻的花园，全世界最神奇的花儿都在那里开放，你开罢，我又来，一朵朵一簇簇，有的像灯笼有的像流星，有的像牡丹有的像石蒜花……滚月光看得眼睛都直了，天空变成了一块巨大的磁铁，直将他的灵魂吸噬，神思飘浮间，他眼前仿佛出现一片万里无云的风眼。

它静悬在风暴的中心，梦境一样，湛蓝、安然、恍若隔世，静静地看向滚月光。

那一刻，滚月光像一片等待唤醒的树叶，在蛰伏了二十多个春夏秋冬之后，终于从一棵树里探出头，向人世间伸展出属于他的叶脉和想法，这个想法与他的祖辈完全不同，是的，是的，他不要被改成啥子，他要在城里扎根，长成一棵城里的树。

有志气，黄大嘴听他说后，干脆利落地挥挥手，你有文化，这样，你先带一遍工程楼的内粉和外粉，弄完再试别的班组，都过了一遍就算出师。

黄大嘴说话算话，这么练了一年，便让滚月光出师当了包工头。

说是包工头，其实滚月光还是跟着师父在干。

因为他拿不到工程单子。在晃格里，三十万以下的单子不用招投标，但这便宜食不是谁都吃得着，得是熟客。皮肤黝黑且有着一个特异发型和口音的滚月光怎么看都是个“外人”，圈里的活他够不着。别看新县城这些年搬迁新建工程多，俗话说，是个坑都蹲着人，何况外带后面还排着队，滚月光根本挤不进。至于三十万以上的招投标，滚月光也试过几次，没用。黄大嘴笑他，是标都有主，傻了吧唧往里拱个屁，你只管跟着我，我在前头，你在后头——黄大嘴参加招投标时，滚月光就帮着他围标。黄大嘴不亏他，每次围标成功后，给人家多少，也给他多少，不管他要不要，硬塞。工程开工后，黄大嘴照例分一块宝肋肉给滚月光，滚月光只管老实巴交地带着一帮兄弟把活儿做扎实就行了。

如此七八年下来，向甲方要款的事、和监理搞关系的事，统统都是师父去操劳，而工程质量这边有滚月光，黄大嘴也不必担心。师徒俩合作得轻松愉快，找起钱来也是风生水起。

但滚月光心里终究有个坎，总觉得要翻过去了，才算了了愿，这个坎就是“乙方”。他想这辈子真正做一回乙方，像师父那样，在正经八百的仪式上，和甲方签一回合同。仿佛只有那样，自己的树才算是在城里真正落下了第一铲泥。

经不起滚月光磨，黄大嘴把安专乡山塘抢险应急公路硬化工程给了他。

滚月光第一次坐在乙方的签约席上签下了自己的名字。

我姓滚，波涛汹涌的滚。签完字，他向领导解释自己这个姓氏——我们满个寨子的人都姓滚，很少见的姓。

滚总。

您叫我月光吧。滚月光憨厚地笑，抬头看月光，低头思故乡。

人家说不对呀，是举头望明月，低头思故乡。

一样的，一样的。滚月光点头哈腰地说，他渐渐知道了师父黄大嘴的腰为啥子老勾着。

山塘抢险应急公路硬化工程设计是五米五，滚月光修成了六米宽，负责验收的水利局副局长没遇到过这种事，纠结地蹲在路边，扯了地里一根白萝卜，拿萝卜叶抹去了泥，咔哧咔哧啃开来，然后举着半截萝卜说，局里的工程款，跟这一样，一个萝卜一个坑，你多修的，我一个子儿也没有。

不是这个事。滚月光嘿嘿笑，我们寨里插秧有个规矩，第一行一定要插好。

这单工程，滚月光只赚了十来万。但后来滚月光渐渐就成了县水利局的应急后备军。一有小工程，上头催得紧的，局里都知道打电话找“六米宽”。

几年下来，滚月光在县城买起了房子车子。

滚月光开始喜欢上洗澡，一年三百六十五天，天天洗，每次洗的时候，他都会低下头闻自己的身体，有没有什么味道——以前在工地上，工棚里又脏又臭，全是汗味，又酸又咸。

他不想再在自己的生活中闻到这种味道。

有了点钱，又有了口碑，滚月光渐渐在县城里有了点名头，稀里糊涂间，常被人叫去喝一些事后也不知来头的酒。那次也一样，人家喝到半途打电话叫他去，进了门刚入座，席面正中一个胖子就笑着端起酒杯来，指着他说，这个人要是杀进晃格里的建筑行业，一定是县城的福气，厚道嘛。

滚月光正走上坡路，哪里听得人唆使，跟刚开叫的公鸡一样顿时激动得炸毛，脸红到脖子根，屁股赶紧从椅子上抬起来，因不知对方是谁，左右寻求眼神和答案。

那人淡淡说，鄙姓包，都叫我老包。

老包？滚月光心脏一阵猛跳。

晃格里最近一直传言，有个老包，跟着新到的县长从湖北过来，是县长的白手套。

白手套什么意思，就是官员想搞事，自己不出面，找人成立一家项目顾问公司，谁想抢到好工程，就得找这家公司，表面上付费请这家公司做项目规划书什么的，其实什么都还得自己干，而这家公司拿到了钱后，官员自然知道帮你把工程搞到手。

说白了，老包就是帮着县长把钱洗白的人。

滚月光这才用心看老包，不看则已，一看，滚月光感觉是个人物——这老包整个人胖得跟他的姓一样，端坐在正席那个神情，妥妥一尊菩萨。

席散，湖边，两个人，一席对话。刚过三月，夜黑如墨，寒风迅捷地卷过一些秘密。激动得全身发烫的滚月光那时还不知，风高杀人夜，月黑放火天，不是大吉，是大凶。

老包抽一口烟，火星映出满手金光闪闪。月总，跟你透个底，有个工程，县移民三期搬迁，预算是一千二百万这个数。这个工程呢，本该明年下来，因为省里的项目资金计划在明年。可是等明年批下来，这个就得搞招投标，这个一搞招投标，像你这种老实人根本就沾不到边。

滚月光谦卑地笑，那是。

我呢，合计了一下。老包吹一口烟圈，目前上头明年有项目这个事，也只有我和那啥知道，信息没公开之前，县里呢，准备弄成 BT，搞垫资修建。所谓垫资，你明白的，其实钱明年开春就到，而且，据我所知，今年年底，省里的盘子肯定还会余一点肉，如果咱们启动第一期项目，这肉自然就到了咱们碗里来——谁主动谁有得吃。

BT滚月光清楚，乙方先垫资建，政府再按约定时间和比例回购。这几年县城搞得不少，但他从没敢接过，新县城这些年负债累累，到处都是窟窿眼。搞BT，部门说得好听，到时间就回购，但到了约定回购期时部门拿不出钱，你能把部门给吃了？

但是人心经不起搅，滚月光给搅得像是心上长了根羽毛。BT往往是政府又缺钱又必须做项目时采取的解决办法。相当于请有资金的乙方帮政府完成项目建设，然后政府再赶紧找钱来回购。回购时，政府部门除了要结工程款之外，还要按BT的既定模式多支付两笔款，一笔是乙方垫资建设期间的资金占用费，一笔是垫资期间的利息。也就是说，只要你有充足的本钱敢做BT，政府部门又能喘过气来按时结算，那你就可以赚到比常规工程多得多的利润。

怎么办？滚月光一口一口猛抽着烟，听见自己心脏在怦怦狂跳。太冒险了！他充其量只是个小老板，说得不好听点，是只小蚱蜢，全靠老实打江山，除了手掌心那一点点肉，根本没有过硬的家底，万一县里资金链条断掉，或者是把工程款结给别人不给他……总之，要是他B了，政府却不T，他就完蛋。

老包一对绿豆眼仿佛看穿了他的心，嘿嘿笑——担心什么，我和老大从小一起光屁股玩河水长大的，县里再缺钱，能少得了你这点？说着拿出他那湖北手机号的手机打给滚月光，把我号码存着。

望着绿荧荧直闪的手机屏，滚月光心头直打鼓，一千二百万哪，他至少得凑个六七百万的底儿，哪儿弄去？

想法子呗。老包长叹口气，这点办法都没有？还混个屁。借高利贷也行啊，时间又不长，稍微倒一倒贴一贴，半年多工夫就回来了。

可是，您为啥子选我呢？咱们也不……熟。滚月光忍不住问，我就一小蚂蚱，上了三百万的单子都没做过。

领导走到今天，也不容易，我不得为他考虑吗？自古以来，修庙子建学校做移民工程，都是大事，不能闭着眼睛瞎找人，你吗，人厚道，讲质量，其他的人，我不放心。老包慈眉善目摇着头，实足一尊大慈大悲的菩萨——告诉你吧，省里那边的项目就是我负责替县里去跑，眼下我们打的就是时间差和信息差，表面是做 BT，其实省里的专项经费紧跟着就来了，你相当于不用招投标就能拿到一千二百万的工程，赚大了。而县里呢，也会因为早动一步，在省里可以提前交成果，体现新领导、新作风、新速度，双赢嘛！

滚月光听到自己的心跳越来越快，快到他完全控制不住，他喘着气，说，你确定咱们能拿得到这个工程？那么多眼睛盯着呢。

老包眼里露出一道凶光，冷冷道，我跑来的项目，我说谁拿得到，谁才拿得到！

这瞬间坐莲佛瞬间屠刀魔的架势，生生镇住了滚月光。

如老包所说，县里不日便抛出了移民三期二程 BT 项目招商公告，滚月光“派”老包的咨询顾问公司替他去“跑”，然后毫不费力便拿到了工程。

签约仪式在县政府铺着红牡丹图案地毯的会见厅举行。滚月光第一次进这么正式庄严气派的地方，紧张得鼻孔直抽，老包用他柔软肥胖的手递给他一杯红酒，滚月光如梦初醒，端起酒杯，和分管副县长喝了签约酒，他不知道所谓签约酒只是表示个意思，昂起头就把大半杯红酒全干了下去。

副县长抿一口，慢吞吞地说，滚总的确是个老实人。

滚月光红着脸说，罗县长，您叫我月光吧。

副县长不露声色地微微笑，哦，月总。

却不肯叫月光。

选定了日子杀了大红公鸡放了鞭炮搞了开工仪式。滚月光把六十万咨询顾问费打给了老包后，又忙了半个多月，突然想起该请包总吃顿饭，以后和政府谈回购款时还得靠老包呢，于是喜盈盈打过去，结果，那个来自县长湖北老家的手机号关机了。

滚月光隐隐感觉不妙，脑子里有一根啥东西小苗一样往外生长，但他没工夫理会。

工地一开工就忙着呢，每天一睁眼头顶上就悬着几十万的账。三个月不到，滚月光手里的两百多万积蓄已经见了底，过了五一节，滚月光横下心把房子也抵押了，这才又接上了炊。幸好水泥沙石和砖还可以欠着，但所谓欠，也是打了条子算了利息的。滚月光一边提心吊胆节省着开支，一边暗中求菩萨保佑。

结果天上一道雷，县里开大会。听说县长在会上澄清说，他压根没有一个叫老包的老乡，就算有，他也决不会容许他的任何老乡、亲戚、朋友来县里做工程捞好处。

老包是真是假，是不是县长的白手套，怎么弄来的工程，一切已经不重要了，重要的是滚月光已经陷进去了。

六月初，县纪委通知滚月光过去一趟，滚月光正在银行办门面抵押贷款，工地缺钱得紧，便说能不能明天来。

马上。纪委那头硬邦邦地说，纪委通知，你以为是请客吃饭，还有推时间的？

滚月光一路惴惴不安，公家怎么找上他来了呢，他一个小包工头。

去了才知道，老包已经“进去了”，据说是打着县领导旗号四处诈骗。纪委问完滚月光材料，已经到了半夜，那个叫陈主任的人边揉眼睛边说，你这个发型，呃。

滚月光吓得缩缩头，下意识地摸脑袋。

看上去像黑社会。陈主任继续揉着眼，貌似不经意地问，有要交代的吗？

滚月光紧张地答，没……这发型，我们家乡，男子都这样。

嗯，倒也酷……你回去吧，电话开着，有事找再过来。

滚月光夹着一泡尿，胆战心惊地问，那……我的工程款呢？还有我拿给老包的钱，六十万呢。

你们俩是不是合伙骗取政府项目还说不清呢。

滚月光急了，怎么说骗呢？房子摆在那里，一砖一瓦都是真的，工程也是县政府正式招商引资上了网的。我连房子都抵出去了，一分钱没见着，我才是被骗的。

陈主任冷笑，一个 BT 算下来，你要赚好几百万，你还招投标都省了，高风险高产出，算盘打得恁好，叫个鬼的屈？

滚月光百口莫辩，心想吃的、喝的、送的、高利贷欠的，我哪来几百万赚头啊？

凉着身子走出县纪委，烈日当空，三十五度的高温浪一样打过来，滚月光有点发晕，眼前隐隐有个黑洞，即将吞噬掉他。

开弓没有回头箭，老包说的话是假的，但合同是真的，上面明明白白写着年底要完成建设，否则工程审计不计算资金占用费和利息。而滚月光为了赶工程已经在外头融了四百万，五分的息，一个月利息就是二十万，要是年底完不了工，光是这四百万的息，他就得倒贴进去一百多万，他算过，只要能按时完工，政府按时跟他结账，工程做下来，除了还本抵息和老包弄走的部分，他勉强能赚个七八十万，要是完不成，工程搁下了，不知猴年马月才能拿到前面投进去的几百万，而四百万的高利贷利息还得每月还下去……

东想西想，越想越怕。

滚月光感觉自己在刀尖上跳大戏，停下来是死，一直跳下去也是死。

他只有赌一把，趁着纪委没叫停，拼命接着干。

生米煮成了熟饭，总得拿句话来说吧？再说，移民工程，就算上面没项目，县里的确也是必须得做的，这一点，师父黄大嘴打听得清清楚楚。

三个月下来，生米倒是基本煮熟了，只可怜提心吊胆又四面楚歌的滚月光，整个人瘦了一圈——生生给吓的。

6

寒风扑面。

滚月光腋下夹了个摆样子的空皮包，目光呆滞地站在大街上，发髻零乱。他想不通，刚刚夏天才过去，怎么转眼就年底了呢？这背时砍脑壳的时间，你想它快时它动都不动，你想它慢时它跑得飞快。

灰色的街道，弥漫着青色的烟雾，家家户户都在熏腊肉香肠，滚月光已经十来天没敢回家了，也不知道媳妇灯心会怎么应对要债的。滚月光心事重重打开车门，刚坐定，突然手机响，接了，是袁百里。

我有个朋友回北京，一个小时后从市里红水宾馆出发去机场，你方不方便，帮我去送一下？

我他妈在县城，你叫我去市里接人再送机场，还问我方便不方便？滚月光恨得牙痒痒，却半点不敢声张，扬高了声音欢快地答，哎呀方便、方便，袁局长您说话，我分分钟都方便。

说罢掉转车头去接人。

到市里，正好用了一小时，那“朋友”在宾馆门口站着，看一眼车牌，一言不发上了车，也不和滚月光搭讪，低头玩手机一直玩到机场，下了车冲滚月光晃了晃手，仍不说话，拜拜了。

滚月光赔着笑脸一直等到人家的背影进安检，这才转出来，缓缓开车出停车场。碎碎想，这大半年，替袁百里接了送了多少人？他不知人家是谁，人家也不知道他是谁。可是他巴巴拍着马屁的袁百里，除了电话根本也见不着几回。

没办法，他不敢得罪袁百里，工程完工已经几个月了，按合同，工程过了审计他就能拿到第一笔回购款。可是到现在为止，他送到审计局的材料还不知道在哪个柜子里睡大觉！

越想越急，一窝火，滚月光一巴掌按到喇叭上，一阵猛叫。

机场旁交警杀将过来，怒目冷对，手指着滚月光，滚月光吓出一身汗，赶紧松开手，点头哈腰开过去。

回到县城，滚月光找不到个去处，工地工地不敢去，家家不敢回，到处都蹲着问他要工钱的民工。想找个人喝酒打牌，可这年底的光景，个个项目经理都在忙跑科局跑银行找关系整钱，饭都顾不上吃，谁还有心思跟他喝酒，他自己也没心思。

晃了几圈，逼不得已，硬着头皮往黄大嘴家开，上楼时从后备厢里提了一件赊来的五粮液。

黄大嘴刚吃过饭，正剔牙，手里拿着个球往角落里扔，逗得那只几年不见长的泰迪屁颠屁颠地去扑球，见滚月光进来，黄大嘴扬了扬眉毛，也不说话。

滚月光坐下来，憋了好一会儿，把意思说了，不外乎就是借钱。

黄大嘴目视前方，面无表情，只说，出了窝的雀子，各自单飞。还有，酒，拿走。

师父……

屁师父，接单时你跟我说一声没？怕我吃了卡了捏了你？现在才晓得叫师父，滚蛋。黄大嘴起身上楼，脚步缓慢，显出被后生伤心后的老迈。

的确是真真伤了师父的心！滚月光愧得慌。前头师徒配合得那么好，可这回接这个单子，他从头到尾没给师父漏过一句，他其实是防着师父，毕竟他们带的人都是一个寨子里出来的，他怕工人们一个不小心就往一边倒了去。师父树大根深，他底子浅，总是有担忧的。

灰溜溜出了门，滚月光顶着寒风往县政府走，想着能不能求分管的罗县长，好歹借几十万应个急——政府那么大的家业，总不能看着他上吊。

到了县政府门口，滚月光吓一跳，桂花树下、楼梯旁边、广场旗杆下，黑麻麻围了里三层外三层，都是讨工资的民工。

滚月光最近已经给围怕了，条件反射，又是头皮发麻又是尿急。

正要掉头找厕所，手机响，罗县长召集系统内工程的所有项目经理开会。

滚月光心头一闪，莫非县长拨应急款？

开心得撒尿都在笑，像个憨憨。

事实证明他的确是个憨憨。

会开得很简单，罗县长说得很干脆——红萝卜，抿抿甜，看到看到要过年。关于农民工工资问题，自家的娃娃自家抱，凡是BT项目的，各个老板自己负责农民工工资。招投标工程的，老板们自己想法解决一部分，县里按进度设法解决一部分。

县政府的会议室滚月光也是第一回进来，忐忑得屁股都只敢坐半边，耳朵嗡嗡响着听完“指示”，七条魂去了六条半，剩下半条魂鼓足勇气飘出来一句——县长，我是BT，按合同规定，分三期按五三二回购，本来县里该给第一期回购款，是工程款的百分之五十，可是现在都没给我，我实在没钱给民工啊。

那是你的事。罗县长站起身准备离开。

怎么是我的事呢？明明是你欠我，我才欠民工啊，这个娃娃我抱不动咯。滚月光哈着腰苦央央地说。

我欠你？罗县长停下脚步，上下打量滚月光，仿佛从不相识，这位老总，BT合同上明明白白写着，政府如果不能及时给你钱，政府按规定计算违约金和利息就是，哪时给，算到哪时。而具体做工程，是你和民工的事，既然你叫垫资，支付民工工资就是你的事。民工工资跟县里是没关系的。

滚月光心想这事到了副县长这里怎么就辩不明白了呢，能没关系吗？明明是政府欠工程款拖出来的三角债。但话敢想不敢说，只有杵在那里，气得脸通红。

罗县长看出他有气，也不怵，直瞪瞪一段话甩过来——有句话说得好，没得金刚钻，莫揽瓷器活。BT项目你自己没点钱，也敢来签？凭啥子政府给你那么大的利润？就是考虑到你得先贴钱做工程支付民工工资，考虑到你的风险，不然，白给？凭什么？

凭合同啊。滚月光一冲动，嚷起来，环顾四周求支援，结果一条藤上的十多个苦瓜一致装聋作哑，低头玩手机。

合同？罗县长徐徐说，合同写得清清楚楚，要审计后再付，你的工程审计结果呢？

说到审计结果，滚月光大脑一片空白，这才发现，最后一丝希望原来一直就不曾存在过。是的，他也知道必须要过审计才行，但是从九月份到现在，他孙子一样跟在袁百里后面，袁百里永远忙着，说晃格里这两年天上地下都是工程，只差修月球，审计不过来。

要是师父在，可能接得上一句半句，但是滚月光到底是笨了些，完全接不上罗县长的话。

出了县政府，十多个项目经理面白如纸，骂骂咧咧往政府后门钻，结果还没绕到楼背后，又让电话给撵了回来——门口的民工，各自认走。

滚月光暗自叫苦，只得到前门去认自己的人。哪里用得着他去认啊，他才从政府楼梯间露出个脑袋，几十个人就围了上来。

我想想办法，我想想办法。滚月光头发都奓立起来，忙不迭地说，给我一个月时间。都是叔伯兄弟们，容我点时间，我在弄呢，在弄。

7

又到周一，还有十好几天才放寒假。

滚月光照例一大早到袁百里家门口等着接袁百里的小儿子去幼儿园。天气越来越冷了，风里夹杂着雨丝，滚月光发了个信息给媳妇灯心——山路滑，小心些。

自从接送袁家“小宝贝”的重担落到他肩上后，家里养的那只斗雀基本上每天早上都交给灯心去遛了。还好灯心也是寨子里出来的姑娘，山里长大，看到林子和雀子说不出的亲，也认得出画眉的好歹。滚月光这只是小青眼，前两年五六月回山寨在白岩捕的，是只老毛，野性大，养功一般的人根本拿它无法。但山寨里的孩子，哪个不是从小玩斗雀长大的？不怕雀野，只怕它不野。转眼两年熬下来，小青眼已经毛眼老辣，眼瞠宽得像蛤蟆眼，跟人对视时眼神闪都不闪一下。

灯心看着他把命都悬在袁百里身上，天天跟进跟出，却连个影子都见不着，气得骂，他妈的小青眼都比你活得傲气。

妹哦，现在我拿傲气顶屁用啊，每天一睁眼都欠着别人钱，等于刀子抵着喉咙呢。

车里，音响已经提前放好了给小孩子听的歌，唱得奶声奶气——“爸爸的爸爸叫什么”。

滚月光又恨又盼，心乱如麻，想，你爸爸的爸爸叫狗，生了你爸个狗日的。

想完先是得意地笑，接着笑意酸软下来，叹口气下了车，蹲着查看轮胎，灯心说有个车胎好像有点跑慢气。天爷，可得扛住啊，这段时间，滚月光已经连换车胎的钱都没了。

正好听见袁百里的第二任老婆牵着小宝贝出来的对话。

妈妈，这个叔叔姓什么？

你管他姓什么。

老师说，小朋友要懂礼貌，要喊人，要甜甜的。

嗯，这个叔叔，我们不用喊得甜甜的，因为不熟。

怎么不熟，宝贝天天坐他的车车。妈妈，我到底叫他什么呀？

叫喂就可以了。

不可以。老师说，喂不礼貌。

这个叔叔可以叫喂，他姓喂。

哦。

一阵下台阶的脚步声。

滚月光从车旁缓缓站起身来，不知是不是因为蹲的时间长了点，他眼前有点发黑，好几秒，眼前的一片虚光才对好焦，看清了这对衣着鲜亮的母子。

他有种骂人的冲动，可只能在心里咬牙切齿地强调，老子姓滚，波涛汹涌的滚。

女人没想到他在车外，眼神躲闪，表情尴尬，但这尴尬转瞬消失了——对她来说，滚月光什么都不是，听见了又如何？她犯不着尴尬。

月总，小宝贝说要吃幼儿园门口那家早餐，不要在幼儿园里吃，你先带他去吃了再进去。女人叮嘱。

滚月光脸上堆着笑，连连答着，把小宝贝接过来，还亲了一口，装出的热乎劲搞得自己都想吐，还憋出一腔城里人嗲嗲的声音，哄，小宝贝要吃早餐，叔叔带你去吃早餐。

那个……你不要惯着他，叫什么小宝贝嘛，叫他袁千。女人脸色不好看，明显不高兴他套近乎，说。

是是是。滚月光尴尬地说，上幼儿园了，得叫大名。

算一算，从九月份开始，滚月光已经“顺路”接了袁百里小儿子上幼儿园三四个月了，“反正”从家里到公司刚好要过袁百里的家，也要过幼儿园；“反正”滚月光又是从来不睡懒觉的人；“反正”滚月光车都空着，顺路送送孩子没事。

因为这小爷，很多个应酬后烂醉如泥的夜晚，滚月光都会半夜惊醒，睁着血红的眼睛死扛到天亮，生怕自己睡死了，错过了接“小宝贝”的时间。还得洗干净澡，把酒味清洗掉，假装神清气爽。等强撑着把人家的小宝贝送进幼儿园，他回到家，整个人瘫倒在床上，睡得像死猪。

眼看离过年的日子越来越近，见袁百里也越来越难，打电话也从来不接，滚月光只求在接小宝贝时能见他一眼——有时候袁百里心情好，早上会出门送小宝贝，那一点点时间，不够滚月光和他说三句话，但碰个面也是好的。

望着小院铁门，滚月光心有不甘，往驾驶室走，一步三回头。

正要上车，铁门嗒的一声响，袁百里出来了。

袁局长。滚月光喜出望外，一不小心声音就高了点。

袁百里不高兴地皱眉，批评二任老婆，怎么又让人家送？

顺路嘛。二任老婆不急不缓地，说，也不是天天。

顺路，顺路。滚月光也说，又不是天天。

这样的理由，见面一次重复一次，两个人是在串供，三个人就是一起在表演了。

那个袁局长，我们的那个工程……滚月光鼓起勇气，说。

袁百里定定地看着他，又回头看年轻的小媳妇，扬扬眉毛，表情阴冷。

滚月光不敢再说话，钻进车里一溜烟赶紧闪，车都开出了小区，心脏还在突突突狂乱地跳。

可不能惹平头哥发火，平头哥一发火，他就完了。

陪袁家小爷在幼儿园门口那家专门敲宝妈宝爸竹杠的“健康宝宝早餐店”吃完二十六块钱一份的早餐，滚月光拐到市场旁的摊子上点了六块钱的素粉，心头还惦记着刚才那小祖宗没吃完的半瓶酸奶，七块钱一瓶，可惜了。手机嘟一声，是袁百里的信息——以后可以不顺路。

隔着手机屏，滚月光也能想象出袁百里那种阴森森的眼神和表情，一瞬间，滚月光吓出一身冷汗，赶紧回——顺路，顺路，完全是顺路，以后也是顺路。

各是各，我是有原则的人。

是，各是各。滚月光回信息的手都在抖，回完捏着手机，也不敢动碗筷了，硬邦邦坐在板凳上半天不动，生怕一动，手机就响。

还好，没响，袁百里也没有继续来信息强调“以后可以不顺路”。

看着清晨急匆匆来去的人群和车流，滚月光虚汗遍身，上车时手脚酸软，终于明白过来，能“顺路”接送小宝贝，不是他滚月光在送人情给袁百里，是人家袁百里在送面子给你滚月光。

还敢堵门口说事！

然而，滚月光还是搞不明白，事情怎么成了这种逻辑，明明他是债主。在山里，债主不必直着腰说话，但绝对不是哈着腰那一个。

这城市不是他理想中的样子，看着前面的红绿灯，他有点晕，摸摸额头，发烧了。

8

一上午，滚月光都在打电话借钱，到了中午，依然两手空空。

不得已，滚月光又把车开到了师父家，还没进门，脚下一虚，人倒了下去。

醒来在医院，白晃晃的病房，黄大嘴坐在病床前，滚月光眼泪顿时淌下来。

他妈的恁没骨气！多大点事，你们寨老没教过你？死得哭不得。黄大嘴嘴里凶巴巴，眼神已经软了。

师父。滚月光抹一把滑到脖子窝里的泪水，哽咽，活不下去了，真的活不下去了。这个月再不出审计结果，年前拿不到钱，高利贷得拖死我，师父，你帮帮我，求求袁百里，你跟他说得上话。

黄大嘴坐在床畔，烟一支接一支地抽，搞得病房里乌烟瘴气，小护士进来虎着脸要教育他，被他狠剐一眼给顶了回去。

你就是头猪。黄大嘴闷声道，整个晃格里都在看你的笑话，你不自知。

滚月光一脸茫然，什么嘞？

那个事。黄大嘴说，那个事以后，袁百里就扬言说要收拾你。

哪个事？滚月光感觉头又烫又胀。

前段时间传说袁百里要当副县长那个事。黄大嘴道，你呀你。

滚月光明白过来，红着脸，嗫嚅道，我真不知道啊。

前阵子民间组织部传言袁百里要当副县长，那段时间平头哥心情好，笑容花满人间，中间还让滚月光参加一次他的饭局——当然，饭局是袁百里的，饭钱是滚月光的。但是对滚月光来说，能为袁百里买单，已是恩赐。

那天夜里，滚月光看着老家的方向，热泪盈眶，他仿佛看到山寨里自己那棵树，在风中昂扬，绿色的树叶油亮一片。

谁知道高兴没几天，市里决定空降一个副县长下来，屁股正好坐到平头哥头上。

整个县城顿时清静下来，开发商、建筑商、包工头那段时间都不约而同“出了远门”。

因为怕碰到袁百里，说句什么吧，不敢；不说吧，怕平头哥翻脸。

平头哥是遇到狮子都要扑上去咬两嘴的货，这种时候出现在他眼皮底下，做什么说什么都是错。

偏偏滚月光不知道这消息，他毕竟只是个小包工头，不是那种经常和县里体面人物们混的那种，所以，当大家都躲着袁百里，只有他凑上去——真是作死咯——他还坐在人家办公室里，傻了吧唧地跟袁百里说，以后要叫袁县长了。

袁百里正端着茶杯喝茶，从杯沿上射过来一注目光，炽灼如炬。许久，他放下茶杯，意味深长地笑，滚月光以为那是希望的佛光，哪知道自己已经触碰到了平头哥的逆鳞。

我给他道过歉了。滚月光不安地挪了挪身体，吊瓶跟着晃了晃，黄大嘴护住瓶子，叹气，你道个鸟歉，姓袁的本来把面子看得比天大。你这个呆瓜，读书呢，一根肠子通到底，不会拐弯。进了城呢，还是个心里没个红绿灯的憨憨，全世界都在躲着平头哥，他正鬼火上头嫌手里没鸡崽捏，你自己挤上去当那只小鸡崽。这几个月，县里谁不知道你天天给他接送娃？袁百里就是故意做给人看，莫说当不当副县长的事，就是不当那个副县长，他想拿捏谁，照样拿捏！

滚月光这才明白，自己受死累活这几个月，完全成了晃格里的一个笑话。

难怪那么多项目审计结果都出来了，只有他的一直“审计中”。袁百里一直在玩他呢。

玩他第一道，不用回忆滚月光也记得，那是袁百里唯一一次主动打电话给他，正是八月出事那会儿。那天下午，滚月光刚把小青眼串到洗澡笼里，袁百里一个电话打来，懒洋洋的声音，现在想起，人家那哪是懒呀，是猫玩老鼠的悠闲。袁百里在电话里问滚月光，是不是公司要租个办公室。

滚月光当时一愣，想，我有个屁公司啊，一个小包工头，家就是公司。话都到了嘴边突然觉得不对，赶忙说是是是，是要那个……那个……租一个。

我亲戚有套空房，可以免费送给公司用，只是房子老了点，你们自己粉刷一下。

空调电视那些，也有，只是旧了点，也免费送给你们。

审计吗，要晚一点。

要不要的，你们定吧，我就觉得空着也是空着。

中心思想说完，袁百里挂了。

滚月光好歹也混了十来年，不用想也明白怎么回事，带上装修队就往地址去，什么只是粉刷一下，完全就是一套毛坯房，滚月光偷了灯心卡上三十万，整整两个月，一有空就盯在房子上，买块砖都是自己亲自跑铺面，终于“粉刷”完了“亲戚家的房子”，空调电视整屋顶配，完了签合同还得按市场价签——局长经常教导我们各是各，局长体谅企业是局长风格高，但咱们还是要按市场规律办事。

之后，一年付四万租金签到手的房子，滚月光用都不敢用，只摆了几张桌子做做样子，反而还得三天两头过去开窗通风，这种事交给下面的人不放心，下面的人嘴碎，都是滚月光自己来。

玩他第二道，是袁百里的二任老婆居然打电话说，月总，最近家里的车拿出去修了，公车又不能用，听说你公司和小宝贝幼儿园是顺路，可否麻烦顺便送一下小宝贝？

那一刻，滚月光觉得一点都不麻烦，女人的声音温柔又妩媚，像春天的阳光晒在耳朵上，烘得他全身都冒着幸福的细汗——能和袁百里的家事攀上关系，能和袁百里的漂亮老婆说上话，那就证明袁百里不把他当外人。有了租房和送孩子这两层隐秘又亲切的来往，年底前他的一期审计结果肯定就有戏，只要拿到审计结果，他就可以找罗县长要钱，有了钱，他就可以还上高利贷，日子还是以前的日子。

正值秋高气爽，蓝天上飘过一片片白云朵，滚月光抬头看，觉得每片白云都是钱，一张接一张，足足四万张，每一张都在向自己招手。

四百万就是他的命，没有这四百万，明年的鼓藏节，他可能只有一缕魂回山里去。

他压根不知道，自己只不过是袁百里玩捏着的一只小鸡，袁百里嘻嘻看着他挣扎，全世界也都嘻嘻嘻笑着看他的挣扎。在城市的丛林里，他是一棵挤进来抢地盘抢空气抢营养的树，多他一棵碍眼，少他一棵舒坦。

怎么会这样？他实在想不通，世界恁大，人心怎恁窄。

9

这世道就这么个鬼样。冯愉快回答滚月光，世界无论有多大，有些人的心，终究比他妈的麻雀眼睛还要小。

滚月光抬头看着桂花树的叶子，脸上写满悲伤。

日子又过去一天了。

有人朝他俩看过来。

也是，两个大男人，一个瘦巴拉干穿着警服，一个拙憨憨穿着珊瑚绒睡衣，还绾着个奇异的发髻，大清早并排坐在派出所门口的大青石上，多少有点吸引人目光。

冯愉快颇有点得意地享受着这些目光，问滚月光，都将就了那么久，那为什么昨天晚上突然想砍袁百里？

他捏了我的小青眼。滚月光声音低沉，眼眶渐渐红了，我不介意他捏我，从小爸妈说，人活在世，走路不要和田埂争宽，心眼却要和天比阔亮。但他不能捏我的小青眼，我遭的罪是我起了贪心，但是我的雀没有做错啥子事，在山里，树是有尊严的，雀子也是有尊严的。

尊严，嗯，这个事，他妈的你做得对。冯愉快大声表示赞同，赞同的方式是用力朝最远处啐了口痰。结果招了路过大姑娘一对大白眼。他不管，愤愤道，我晓得，斗雀除了幼鸟受捕时可以捏一次，再捏他妈的就废了。狗日的袁百里，捏死了多少人和鸟，他想捏就捏！想捏就捏！

你懂斗雀？滚月光眼神一亮。

我还养着一只呢。冯愉快抠抠眼角，不好意思地笑，黄水眼，不行。跟我一样，蔫巴。不过，听说姓袁的是只胆巴青，他跟你一只小青眼较什么劲？冯愉快困惑地问，一只小青眼，至于让你拿刀去砍袁百里吗？

你说呢？一直拒绝抽烟的滚月光伸出手要了支烟，狠狠吸了一口，冷笑，昨天，我的小青眼赢了他的胆巴青！

冯愉快吓一跳。好画眉看眼水，胆巴青在斗雀中算是极品，小青眼跟胆巴青完全不是一个级别，何况袁百里那只是养在万佛寺的，那里离万佛山近，每天大清早，袁百里的司机都会开车过去，然后带上鸟笼到万佛山西面的悬崖去遛，西崖高，林子又厚实，斗雀在那里简直是君临城下、八方来风。这样的雀，到哪里都是王，能败给滚月光的小青眼？

就像袁百里和滚月光，一个是捏小鸡的人，一个是被捏的小鸡，根本不是一个档次。

嗯，他也是这样想的。滚月光裹紧棉睡衣，靠着派出所院墙，眼睛眯成一线，倏然闪出一道寒光——但是，他不知道小青眼也有翻盘的时候，你没看过我那只，小青眼，灌黑水，起块状粗沙，嘴是大钉子嘴，尾是铁尺尾，全身是硬毛，生一双牛筋脚，猫爪、鸭胸、鸡背。

猫爪鸡背，打死不退！

对！猫爪鸡背，打死不退！冯愉快听得兴奋，冲口而出，眼里也跟着闪出一把刀来，像当年在水巷子看他老子杀猪时喷出的猪血。狗日的，他大声道，狗日的，他也有今天。然后腾地起身，一脚踢在桂花树上，人往所里钻。

干吗子去？滚月光看一眼无辜摇晃的桂花树，有点蒙，这些城里人，一阵一阵，抽风似的。

送雀。冯愉快人已不见，只抛下一句话，滚月光正想呢，人又跑出来了，提了只鸟笼子，越过他，直直往小公园湖边跑过去，滚月光眼见着他把鸟笼子送了一老头，又屁颠屁颠跑回来，吭哧吭哧坐回他身边。

我说啊，大半辈子的，没想到……咱哥俩素不相识，你倒是替我了了桩心愿。冯愉快喘着气，长叹着，完成宏伟大业一般闭上眼。

啥？滚月光还想着那只小青眼，没听明白。

打败袁百里。冯愉快没头没脑地说，生当作人杰，死亦为鬼雄。

滚月光跟他接不到一个频道，顿了顿，恹恹地叹口气。

打败他。冯愉快刚喘匀，火气又嗖嗖上来，他妈的，我也买过一只胆巴青，跟姓袁的斗过一回，一上去就招他那只一嘴。他奚落老子，说，在他面前，老子和老子的雀都是叫雀，只能打个响声，没用。这杂碎，我跟你说，我猜他早就认出我了，他就是故意假装不认识，你想想，我这张脸，我这名字，轻易能让人忘记吗？就像你这发型。

滚月光扭头看冯愉快一眼，不禁失笑。

可不是笑吗，冯愉快长得古怪，阔额深眼，而且眼睛还有点斗。

笑个鬼你笑，真是个憨憨。冯愉快看着憨厚又忧伤地微笑着的滚月光，叹息，可惜了，要是不和姓袁的斗，能斗败胆巴青的小青眼，卖也能卖一二十万……也能抵点民工工资。你也是，晓得他这个人输不起，又一直在拿捏你，你和他斗个啥子呢？

滚月光长叹口气，说，我哪里知道啊？昨天遇到他从万佛山下来，他说，一直想找个雀，好好斗一斗，胆巴青很久没找到对手了，他愁得很。我就想，让小青眼上一架，输了讨他个高兴，赢了就把小青眼送给他。

你还敢想让小青眼赢？

为什么不敢？本来，在我们山里，斗雀是最公平的事情，寨老的雀给人斗败了也从来没有二话说的……只是这城里的人和事，我真是想不明白了，我的雀更不明白——我都说了赢了就送给他，他接过去时还嘿嘿直笑，突然，他阴森森地把手伸进笼子，生生一把捏了它！滚月光说到这里，眼圈又红了，难受得直摇头，早知道我就不该在山里把它捕来，早知道，我也不该从山里到城里来。这世上，怎么会有这么狠的人？

说罢，滚月光低下头，好半天不言语，末了，拍拍裤子，仿佛有灰，又仿佛即将起程去往某处，他看着水泥地，呢喃，我讨不到公道就算了，但我得替我的雀子讨公道，不是我想砍死他，是他自找的。

吱一声刹车声，派出所的警车正好回来，年轻的所长刚下来就听到这句，吓得打了一半的哈欠都回去了，一脸警惕地盯着滚月光——你想搞哪样？

我不搞哪样。滚月光困乏地站起身，一整夜没睡觉，看来谁都困得很，他裹紧棉睡衣，疲倦沧桑地前行，太阳已经高高升起，花园里的小湖面泛着冷冷白白的光，对他来说，寒闪如时间和高利贷的利剑。

所长转身进大院，才迈进一条腿，手机响了，他接了电话，哦一声，又点点头，迈进另一条腿，再哦一声，突然声音飙高，啊？什么？啊！

抓住他！年轻的所长慌乱地转身，差点绊倒在门槛上，他边跑出院门追滚月光边大声叫着，叫声因亢奋而急促、尖锐、刺耳——快抓住他，受害人醒了，说是……一个头顶绾着鬏鬏的男人……叫人……砍的他。

滚月光回过身来，还没反应过来是怎么回事，眼见着一群警察轰地扑上来，把自己摁翻在地。

滚月光的胳膊、手和腿被强摁在粗糙的水泥地面上，扭曲成奇怪的形状。天光刺眼，冬日惨白的阳光照耀在他脸上，他眯起眼，从十来条裤管中间的缝隙中看出去，看到跑上前来一脸惊诧且愤怒的冯愉快。

你们干什么？冯愉快冲上来，扒拉开如狼似虎的小警察们，干什么？干什么？不是他。

所长年轻的胸膛激动兴奋地起伏着，举着手机，指着滚月光的发髻说，老冯，你不要在这里鬼扯，刚才医院来电话，袁百里醒了，他提供的线索就是这样，一个绾发髻的男的。

放他妈的屁！冯愉快愤而冷笑，他们一个寨子里的男人都是这个发型，你都抓喽？

老冯！所长警告。

老冯老冯，你他妈当年刚进所里来叫老子冯老师！你爹叫老子冯哥，几天过去，你和你爸串辈儿了？叫起老子老冯！冯愉快表情狰狞，破口大骂着，钻进人缝，一把抓起滚月光——起来。

滚月光软软站起身来，摇摇欲坠，他不说话，目光如灰，从警察们扑向他那一刻起，他明白了，这个城市从未接纳过他，在这里，他永远是一个外来的质地和细胞，而袁百里，劫后余生都还要如此恶毒地栽赃陷害到自己身上，无非是为了掩饰更大的真相——能拿刀去砍袁百里的人，不是他最亲密的战友，就是他最可怕的敌人，无论是谁，袁百里这样的人，都不愿意将他暴露在公安或纪委的眼皮底下。他并不笨，他只是憨厚而已，历经了这生不如死的数月，他已经懂得了许多以前从不曾懂得的东西。

这城市伤了他的心，他本来是那么地爱它。寨老说过，山里的树挪到城里没法活，他非不信。

他冲着冯愉快摇头，再摇头。

冯愉快也冲着他摇头，和他不同，冯愉快的表情古怪，甚至带着隐隐笑意。

10

是的，他很开心，只有他自己明白自己为什么突然这么开心。冯愉快边把滚月光从警察堆里拉出来，边呵呵笑。

年轻的警察们诧异地看着他，跟看个神经病似的。他视若不见，眼前重现的是旧日的记忆。水巷子里，他老子手起刀落，猪血喷了一地，红彤彤的，着实痛快。

那欢快又悲伤的岁月啊……要是没有袁百旦，他的人生应该完全是另外一个样子吧？本来他长得好好的，考个二本大学问题也不大，突然冲出来袁百里这么个胆巴青，一嘴就叼死了他。死了就死了吧，袁百里长着长着偏偏又长残，好好的斗雀不做，要当平头哥。人要是狠毒到这地步，基本就完蛋了。

简直对不起冯愉快为他白白耗进去的半辈子光阴。

想到这里，冯愉快有些悲壮，他定定神，看着强压怒火直盯着他的所长，认真地警告他，以后叫我冯哥。

所长瞪他一眼，要恼不恼的。恼吧，刚才都给点穿了，以前还叫过叔呢。不恼吧，一个破值班干杂活儿的，真把自己当人物了？只好哼哼。

冯愉快说，哼个屁，又不是吃食拱槽的猪。月光兄弟我先交给你们，好好待人家，烟茶伺候着。我去医院一趟，个把小时回来。

所长忍耐到极限，冷冷地说，你想干什么？

不干什么，会个旧友，叙叙旧。

冯愉快说完，上了院门口的警车，轰一声开走了。

11

门开了，一道强烈的光照进询问室，冷冽的空气新鲜残酷地扑进来。滚月光打了个冷战，瞥了一眼光芒中间那个瘦长的影子。

他并不在乎进来的人是谁，他只知道，又过去一个上午了，新年的脚步越来越近，医院里的袁百里现在正掐着他的生路，也许，他真的迎不到明年热闹的鼓藏节了。

可是，如果他死了，寨里那棵树怎么办？他还年轻，那棵树也还年轻，不足以成为他容身的棺木，真是可惜了树。

喂。

逆光中，他听出来，是冯愉快的声音。

没事了，回家吧。

他不动。

你什么也没干，没找人砍他。走吧。

他当然什么也没干，他当然知道自己没找人砍他，他眼下穷得连找人砍袁百里的钱都没有。

可他哪敢回家？说不定门口一堆堆堵着催材料款的、要工资的。

一个夜晚又半个白天过去，他仿佛已经不关心高利贷的事情了，再高又怎样？生是一堆债，死是一条命。丢不下的是那些一起从寨子里出来的亲友和兄弟，他欠着他们工资，那些都是血汗钱，用夏天四十度高温下的汗水和冬天冻僵冻烂的双手换来的血汗钱。

叫你走就走嘛，难道还想住在派出所？回家，车到山前必有路。冯愉快仿佛知道他心里在想什么，走过来拍拍他的肩膀，亲密地搂了他。

滚月光不自在地躲了一下，困惑地看向冯愉快。

不是不报，时候未到。冯愉快再次亲密地搂住他的肩，把嘴凑到他耳朵边，轻声说——从他拆迁一路走到现在，我有他大把大把的证据。刚才老子去医院，只给他看了十八罗汉中三罗汉家里老房子的照片，他那双鬼眼就吓得定定的。

什么十八罗汉？滚月光越来越听不明白。

水巷子。冯愉快笑起来，他忘记了水巷子拆迁时，里面还住着个窝囊的老同学，拆迁钉子户的十八罗汉，水巷子有三个，他做过手脚的三栋房子，我全部三百六十度无死角拍照做过记录，外带测量尺寸统计。我跟你讲，在派出所混饭吃有好处，学得到真东西，现场取证拍照这一块，现在的所长都得叫老子师爷。

然后呢？

改口了，不敢栽赃你了。老子要求他立马安排局里给你做审计。那龟孙子气得一副要咬老子卵的样子，哈，老子就喜欢看他想咬老子又不敢咬的样子。冯愉快哧哧笑着，提提对他来说略显宽松的警服裤腰，脸上充满甜蜜的回忆。

滚月光想笑，又笑不出来。

黑夜给了我黑色的眼睛，我却用它寻找光明。冯愉快声情并茂地朗诵完，立刻换一副急不可耐的表情，推搡着滚月光往外走——走吧走吧，还有半个多月才过年呢，一切都还来得及。只有姓袁的来不及，我跟你说，等审计结果一出来，老子就送他进纪委。

和冯愉快的轻松快活不一样，滚月光实在是回不过神来，这二十四个小时里，他到底遇到了什么？冯愉快手里明明有袁百里的证据，为什么又偏偏要等到现在？一个一直被袁百里的阴影逼在角落里生存的老警察，活得当初带出来的徒弟小所长都只愿意叫老冯，突然间佛光照耀大地，搞得之前像是来历劫似的，说不过去啊。

谢谢你。滚月光不知道说什么好，半天挤出一句。

指不定谁谢谢谁呢。冯愉快有点羞涩地抹抹鼻尖，低声说，月光，咱俩不一样。你恨袁百里是有道理的，袁百里太恶毒，但你一直砍不下去，因为你善良，直到为了小青眼。我也恨袁百里，可我当年恨他其实是没有道理的——那时候大家都在念高中，人家只是比我优秀而已，我恨他完全是因为我他妈心眼狭隘。后来这么多年跟踪他，窥探他，纯属变态——总而言之，我是个卑鄙的人。我拿着他那么多证据，但我实在找不到一个高尚的理由来为人民除害，包括什么反腐——因为我自己心里头清楚，那些只是借口，我心里住着的是个猥琐小人冯愉快。直到今天，为了你，我拿出来了，也放下了，他妈的，几十年，不容易啊。堵得慌着呢。

滚月光默默看着冯愉快，好半天，极认真地说，我们可以喝血酒的。

好，喝血酒。一提到血，冯愉快忍不住打了个干呕，强撑着说道，大碗的，老子和你喝！

那个……先前，就是刚才的前面的前面——你叫我月光？

冯愉快一巴掌打在始终处于迟钝状态且完全与他的节奏不合拍的滚月光肩膀上，佯装生气地大声喊，月光，滚月光，你明明姓滚，怎么这么慢？

滚月光缓缓咧开嘴，缓缓笑起来，灰暗的眼神渐渐有了微亮的晶莹。这是他第一次听到寨子里以外的人叫他月光，也是第一次在城市里听到一个人郑重其事地叫他滚月光，明明用着揶揄的语气，却又那么温暖。

真好。

关于事态的突然变化，他脑子依然有点转不过弯。但是他在门和窗户透进来的光和空气中实实在在闻到了鲜活的尘世味道，那是在阳光下生长的枫树散发出的清香味道，那是灯心在家里炒的香椿鸡蛋的味道，也是……此刻冯愉快有点邋遢的头发间散发出的油汗味道。

这个冯警官，如果在山里，一定是棵油桐树。

12

大年二十九傍晚，滚月光付完最后一笔账，收到了冯愉快的短信。

搞定?

滚月光拨了他的号码，才响一响，冯愉快开心的嗓音立即就传了过来。月老总，还要拿着刀去砍人不?

滚月光不好意思地嘿嘿笑，想道谢，又觉得说什么都太轻，舌头转了半天，还是嘿嘿。

别尽嘿嘿呀，月光，你知道那天我从袁百里那里出来，都走到病房门口了，袁百里叫我什么咯?

狗日的。滚月光心情舒畅，开起玩笑来。

滚！冯愉快笑骂，滚到月亮上去——我跟你说，那家伙装了二十来年终于装不下去，直接炸毛了，咬牙切齿叫我——冯——愉——快。他妈的，他到底把老子名字叫了出来，老子就知道，他一直认得老子！

滚月光陷入沉默，冯愉快的心情他明了。名字生来是给人喊的，但这世上，终有许多人，一辈子都被人忽略掉名和姓。那些滚月光一直接接送送的人，那些从不在乎滚月光是谁的人；那些曾经叫冯师傅、冯大叔、冯大哥最后叫老冯的人。滚月光一直把他们放在心上，耿耿着。冯愉快也是。

还好，万物都在努力生长。于是城市里有了一棵名叫月光的树，也有了一桶叫愉快的水，彼此记住了名和姓，深深珍藏在心里。

冯愉快知道，不光是他们彼此，即将被某部门“召见”的袁百里也会深深记住这两个名和姓。

冯愉快警官，你是个好人。滚月光真诚地说，要是没有你，我就是一棵死在城里的树。

冯愉快在电话那头说，非也，我是个龌龊的人，卑鄙了半辈子。

你不是。滚月光边替灯心把回家的行李放到车上，边从她手上抱过儿子，亲了一口，儿子身上暖暖的奶香味让他倍加珍惜这一刻自由蓬勃又真实的生活。他对着手机说，你是个好警察，是个好人。

那边沉默了几秒，然后是尴尬的咳嗽声——那个，我不是警察，我只是个辅警，也就是协勤。那天做你笔录，其实不合法，我他妈还装模作样来着，你记得你不？你一倒，吧嗒，仰面摔地上了。

滚月光回忆着两个人初识的那一幕，爆笑起来。有新年的烟花在暮色四合的城市边缘绽放，天空在夜色与暮色交错之间，呈现出梦境和现实交替的质感，烟花像绣在上面的魔法，瞬间闪亮又瞬间消失。

但是滚月光知道，它亮过，就像芸芸众生或流星，天空中努力绽放光芒，只要闪烁过，它就一直在。

苏州河

海　飞*

1

宝山在苏州河边他家的屋顶平台上专心地喂鸽子时，赫德路五十五弄的一间出租房里，有个女人被割开喉咙倒在了血泊中。那天下午两点四十分光景，接警的徒弟炳坤开车来接他，顺便在路上给他捎了一张他喜欢吃的葱油饼。炳坤把车停在宝山家门口的乌镇路上，没有熄火，他站在随着发动机的运动而不停发抖的车门边，举着一柄黄色雨伞，对平台上的宝山声音嘶哑地喊，处长问你，能不能过去一趟？

雨就是在这时候降临的，宝山的目光从鸽子身上收回，转头就看见整条苏州河都被秋雨淋湿了。他发了一会儿呆，想着这秋雨怎么落成了黄梅雨的模样。后来他一步步地走下楼，从家门口一跃一跃地蹿出，一步跨进炳坤撑起的伞底。当他钻进电线杆下的黑色福特轿车时，心里骂了一句，册那，杀人还挑落雨天。

---

* 海飞，男，1971年生于浙江诸暨，曾在《收获》《人民文学》《十月》《当代》等刊物发表小说一千多万字，大量作品被《小说月报》《小说选刊》等多种选刊及各类年度精选本选用。曾获中宣部“五个一工程”奖、人民文学奖等多个奖项。著有小说集《麻雀》《青烟》《像老子一样生活》《菊花刀》《私奔》《卧铺里的鱼》等多部；散文集《丹桂房的日子》《没有方向的河流》《惊蛰如此美好》等多部；长篇小说《惊蛰》《花雕》《向延安》《回家》《唐山海》《醒来》《风尘里》《战春秋》《江南役》等多部；影视作品《谍战深海之惊蛰》《麻雀》《旗袍》《大西南剿匪记》《隋唐英雄》《花红花火》等多部。

案发现场拉起警戒线，叽叽喳喳围了好多人。他们就像一群新鲜的蘑菇一样顽固地站在雨中，许多潮湿的目光都看到北边的安南路交叉口，下车的宝山穿一件宽大的黑色风衣，手捧一只似乎没有了热气的葱油饼向这边走来。他走得从容而缥缈，像一幅被风刮起的油画一样。炳坤依旧撑着那把伞，让它尽量盖到宝山的头上。在到达寿器店门口时炳坤跳过地上的一团污水，换了一只手打伞，然后甩开手臂盛气凌人地喊，让开！

人群即刻让出一条狭窄的通道。宝山走进塞满呼吸声的人墙，看见脚下留给他的街面渐渐变得宽广。他低头专注地吃着葱油饼，吃得热烈而且仔细，最后一脚迈进牙科诊所的客堂间，又踩上那截吱呀作响的木板楼梯时，葱油饼才在他嘴底慢慢消失。

吃完了葱油饼，宝山来到二楼卧室门口。他跨过两片手掌那么宽的血流，脚上那双湿溻溻的牛皮鞋，正好嚣张地踩到了尸体面前。宝山把沾了油的手在炳坤递来的一张报纸上胡乱地擦了擦，同时盯着尸体抽了抽鼻子。

周正龙记得，那天的雨下得很细密，像眼下很多上海人缠来绕去的心思。他后来把窗子稍微打开，在窗玻璃有点儿倾斜的反光里，看见闯进来的宝山连瞧都没瞧他一眼，好像把他当成了一团潮湿的空气。周正龙觉得心里多少有点儿憋屈，作为上海警察局的刑侦处处长，此刻他在宝山眼里似乎还不如一具受害人的尸体。但他还是努力地挤出笑容，摘下被雨雾沾湿的眼镜，眯着一双眼说，你终于来了。

宝山并不吭声，只是蹲下身子盯着女尸看了一阵，说，死了两个钟头了，凶手杀人后抽了一根烟。然后又想了想，说，窗是谁打开的？过去给我关了！

炳坤一直在记录，写到“窗是谁”的时候才在惊醒中停下。他把那三个字认真地划掉，走去关窗的时候，发现周正龙看着他狡猾地笑了。周正龙擦好镜片，重新把眼镜戴到鼻梁上，说，血浆上那团烟灰，怎么就肯定是凶手留下的？

此时宝山收紧风衣下摆，让它不至于拖到地上。然后他绕着尸体移动了两步，说，死者不抽烟，房间里没有烟缸。

一九四八年十一月五日下午三点十五分，到达案发现场的宝山正式接手了静安分局辖区的一起人命案。许多年后，就职于上海市公安局的炳坤经常会回想起赫德路上宝山办案的这一幕。炳坤有一种错觉，觉得那时候的上海一年到头都飘飞着缠绵的雨。而他师父宝山，则行走在这一片风声鹤唳的雨里，背影永远是一件黑色的风衣。

那天赫德路黑压压看热闹的人群中，有个四十三弄过来的刘裁缝。刘裁缝六十多岁，头发花白，他那碗底一样圆的老花镜拴了一圈很长的橡皮筋，耷拉在脖子后面。

刘裁缝记得这天中午差不多十二点光景，自己过来给租住在五十五弄二号门二楼的张小姐送新做的月牙领子旗袍。路上他停下来跟一个熟人谈了几句天，这期间曾经远远地看见，在二号门客堂间开牙科诊所的丁医生从楼上的住处下来。等丁医生走到跟前，迎面的刘裁缝跟他打了个招呼说，丁大夫侬去啥地方？丁医生说，我去菜场买点儿小菜。刘裁缝也就是在这时候发现，丁医生卷起袖口并且随意敞开的白大褂下面，皮鞋鞋尖上有一团很醒目的红色。他于是说，丁大夫在屋里厢刷油漆啊？只是租来的房子，你还这么舍得花钞票？

丁医生就很茫然地停下，把那只被刘裁缝盯着的脚提起。他看了一眼鞋尖，可能心想这根本不是油漆，而是血。接着丁医生又慌兮兮地回头看了一下来时的路，整个人似乎很惶恐，并且自言自语地骂了一句，真是要死了。

2

死者名叫张静秋，躺在地板上十分安详。她穿了件石榴色的旗袍，优雅的身子躺成类似于侧卧的婴儿的形状。有那么一刻，宝山恍惚觉得，张静秋只是停留在一段绵长的午睡中，她看上去就是一场静美的秋天。可惜属于她的秋天现在戛然而止了。

房间里有一幅油画，画的好像就是张静秋几年前的自己。油画下一台钢琴，旁边摆了一只皮箱，擦得很干净，仿佛主人要出远门的意思。宝山想，如果可以忽略地板上的血，眼前的房间算得上非常整洁。他之前出过很多凶杀案的现场，可是像这样的场景，的确还是头一回。

张静秋的嘴唇涂了一层口红，不是娇艳的那种，而是有一些湿润的光泽。她的眉毛也是画过的，让人想起《良友画报》封面上的明星。

炳坤给尸体翻身，于是能够更加清晰地看见，刀口就在张静秋的脖子上，一直深入到喉管。切口从右下角往左上角拉开，像打开一条手指那么长的拉链。宝山望着伤口，仿佛望见一扇虚掩的门，里头藏了无尽的秘密。

风把炳坤掩上的窗再次吹开，于是张静秋打开的衣橱里，一排高低不等的旗袍萧瑟地飘了飘，纷纷靠得更紧。它们似乎和躺在地上的主人一起，忽然感受到了无尽的凉意。

宝山后来坐到沙发上，他的身子深深地陷了进去，仿佛陷进的是一种无声的悲凉。在很长的时间里，他一直望向窗外遥远的雨阵。他想象着被凶手一把割开喉管时，张静秋的脖子一定痛得发热。而她在临死之前，因为流光了所有的血，肯定也感觉特别冷。张静秋空洞的目光，曲折地望向房间里一个高脚的炭炉，里头的炉火刚刚熄灭。这样的熄灭，让张静秋的心中一定充满了悲凉。

慌慌张张的刘裁缝被带了进来，他是第一个发现凶案现场的。几个钟头前，刘裁缝登上二楼要给张静秋送旗袍时，却突然看见了门口的一团血，而且透过窗帘缝隙，见到了躺在血泊里的张静秋。刘裁缝一把扔出纸包的旗袍，像是惊惶地丢出掉进怀里的一条蛇。他的声音似乎从遥远的脚底板下升起，很长时间无法聚拢到一块儿，最后才传出让人心惊肉跳的声音，杀人了！

宝山对炳坤说，去把丁医生给我找来。

但是丁医生消失了，谁也没有寻到他。

那天离开现场，宝山竖起风衣领子直接钻进了雨里。周正龙跟上去殷勤地说，去啥地方？

宝山说，老地方喝茶。

周正龙就笑了一下，他知道宝山喜欢去他办公室喝茶。宝山认为上海人必须多喝茶，茶汤可以洗脑，洗去那些乌七八糟的念头。

人群再次让出一条通道，宝山就那样不声不响地走着，他一眼都没有望向围观的人群，表情麻木。但他心中却这样想，老天爷真是不讲道理，这些没心没肺看热闹的人，反而活得更长。后来宝山抬起了头，好像是对着天空自言自语说，天晓得，我这三十六年是怎么过来的。

周正龙安慰他说，好嘞，你也不要叹气，三十六岁又不老的。

宝山就认真地说，处长我同你讲，我从来没觉得我自己老。我只是觉得世道变得越来越年迈，好人全都不留种。

那天炳坤提着张静秋的那只箱子把车门打开。离开赫德路时，他抬头看了一眼车窗外暮色深重的天空，觉得秋天就是在这时候起变得越来越萧瑟了。

3

上海市警察局位于福州路上的一百八十五号，宝山记得它建成时，还是租界工部局的中央巡捕房。那时宝山是巡捕房的华警，在南京路、九江路以及汉口路上，黄浦江吹来的风一年四季贯穿在他的头顶。宝山每天执勤巡逻时，提着根橡皮警棍，胸前挂一个英格兰出产的银色警哨，也就是上海人说的“叫子”。他就这样游荡了几年，后来日本人耀武扬威地来了，租界警务处改成他们的警察部，警视总监是一个名叫渡正监的男子。

宝山对这些基本不管。他只是扔掉那只“叫子”调到刑侦处开始破案子了，大大小小的案子破了一大堆，卷宗摆在一起有烟囱那么高，其中也有不少人命案。一转眼到了一九四三年的七月，日本政府处心积虑演了一场戏，把租界“自动交还”给汪精卫。渡正监于是拍拍屁股走人，过来接替他当警察局局长的是兼任了上海特别市市长的陈公博。

宝山在车里想着这些时，炳坤已经将车子开进了福州路一百八十五号的大院。雨丝依旧细细地飘着，宝山望着楼顶办公室几扇开了灯的窗户，又想起三年前日本人投降时，就是周正龙推开眼前被雨淋湿的铁门，迎来了接收上海市警察局的宣铁吾。那次周正龙对宝山笑笑，笑得很甜，说新来的局长是我老乡，他姓宣，宣布的宣。宝山就从头到脚看了一回周正龙，感觉阳光洒在身上有点儿痒，他随即笑眯眯地说，你这皮鞋和衬衫是不是刚买的？新来的是局长，又不是你们家的新娘。

周正龙这天在办公室里给宝山泡的是铁观音，宝山喜欢在他这里喝茶。

炳坤用粉笔在黑板上大致画了一张现场模拟图，门口特别标出了踩在血迹上的一只脚印。他说根据已经从丁医生房里拿到的鞋子比对，脚印和鞋子的尺码是吻合的。丁医生在一楼开诊所，平常住的房间却是在二楼张静秋的隔壁，他住在里面一间。

宝山静静地听着，一边喝茶，一边专心吃着周正龙的老家特产，装在纸袋里的诸暨炒香榧。他认为香榧的香和葱油饼的香是截然不同的香，香榧剥开后，有一种阳光下树林和山野的味道。不过他对周正龙说，脆是真脆，只是今天这香榧有点儿咸，盐放多了。

周正龙把香榧袋子提回去说，可以讲案子了，你都快吃掉我一斤香榧了。

宝山有点儿遗憾，站到黑板前指着那张图说，我认为凶手是爬窗进来的，杀人后也是从窗口离开。

你觉得不是丁医生杀的人？周正龙说。

宝山没有回答，想了一阵说，先找到姓丁的，明天痕迹科出来的检验结果很重要。

不过宝山没有想到，痕迹科后来从现场没有提取到任何有价值的指纹和脚印。凶手像是飞进来的一只蝙蝠，连一粒灰尘都没有留下。

第二天一早，炳坤在办公室等宝山。他给宝山擦完了桌子，拎来一壶开水，还把当天的报纸摆在他桌上。这时候门被推开，进来的却是宝山的妻子来喜。来喜看一眼炳坤，犹疑了一下说，你们昨天是不是加班？宝山怎么一个晚上都没回去？

炳坤有点儿诧异，但还是安慰来喜说，你坐下，别急。

4

河滨大楼坐落在苏州河北岸，曾经聚集过数量如羊群般的中欧犹太难民，现在它是淞沪警备司令部所在地，拥有重兵防守。

两天后的中午，炳坤跟着周正龙，一路走进司令部审讯处处长的办公室，他们给对方出示了宝山的警察证以及持枪证。然后周正龙自己拉出椅子坐下，跟聊天一样说，局里现在有一桩案子，我们想这就带宝山回去。

审讯处长捏了捏鼻子，将证件扔给一旁的秘书，似乎不怎么情愿地把头抬起说，你们还有没有其他的理由？周正龙愣了一下，随即又心平气和地说，你楼上的宣铁吾司令是我们原来的局长，我跟他也是诸暨枫桥镇的老乡。你看这能不能也算是一条理由？

炳坤眼看着对方处长把头低下，沉思了很久，最终还是缓慢地摇了摇头，然后翻开日历说，也就是关他个三五天吧。顶多十来天。总之不会让他在这里过年的。

原来宝山那天回家的路上，在乌镇桥上跟迎面开车过来，喝酒耍威风的警备司令部审讯处长干了一架。处长带着好几个人手，他举起宝山的脚踏车想要扔进河里。宝山过去一把将它夺下时，却被背后的士兵抡起卡宾枪枪托狠狠地砸了一记脑袋。宝山后脑流出很多血，他稍微摇晃了一下，拔枪时几乎就射出了子弹。这时候处长却开心得要死，靠到车厢盖上盯着他说，哟吼。

如果仅仅是这样，宝山也不至于有太多的麻烦。关键是后来核实他的持枪身份时，也不知道怎么回事，宝山对人五人六的审讯处长冷笑了一声说，有你们这帮饭桶，东北保不住的，北平也一样。处长愣了一下说，你要不要再讲一遍，我刚才没怎么听清楚。宝山想都没想，直接说，上海早晚也会被你们搞丢，国军想不输都难。审讯处长的笑容就慢慢收了起来，他说，你完了。

周正龙没有就此罢休，他后来跟着审讯处长去了七楼看守所。走到宝山跟前时，他眨了眨眼给宝山使眼色，故意大声地说，俞局长让我问你，笔录上那些话是不是你讲的？会不会是司令部的人听错了？

宝山望着周正龙，慢慢地浮起了笑意，说，没错，是我讲的。

宝山又把目光转向了审讯处长说，我就是跟这王八蛋这么讲的。说这话时他还死死盯着审讯处长，说，我看你能关我多久。

炳坤后来才晓得，宝山当天下午是被一个名叫童小桥的女人保释出来的。童小桥是上海仲泰火柴厂的老板娘，她以前是来喜的东家。

那天童小桥和司机老金一起，将三根黄灿灿的金条摆在审讯处长的桌上。童小桥摆弄了一下手镯，轻声地说，处长最近是不是想买去香港或者台湾的船票？我刚才来的路上替你问了一下行情，你一家五口人的舱位，现在就买，估计有这些应该够了。

处长随即一手将金条盖住，笑眯眯地说，唐太太是怎么知道这事情的？

童小桥会心地笑了，眼光轻飘飘地望向了窗外说，上海又没有秘密的。

处长于是仔细盯着她波浪卷的长发，觉得它们看上去像一排好看的英文字母。他想了想说，怎么，难道这个还没学会说话的憨大是唐太太的红颜知己？

请处长千万不要想多，其实我只是同你一样，喜欢在上海多交几个朋友。

童小桥说完这句，处长当即划亮了一根火柴，将那份笔录给烧了。他后来对着燃烧的火柴棍吹了一口气，说，你们仲泰火柴厂的火柴，在上海卖得挺好。我一直喜欢用这个牌子。

5

宝山和童小桥认识，已经是两年前的事情。那时宝山在局里已经很有一点儿名气。

那次宝山是在破了一桩杀人案后，发现当事人还偷了童小桥的一只皮箱子。宝山记得那只皮箱样子很精致，里头摆满了五光十色的旗袍，让他觉得满眼都是富贵。皮箱拉手上还挂着一枚红色的牛皮标签，上面盖了一个“廿八都商行”的印章。

宝山后来走进唐公馆，把皮箱放到童小桥跟前，看见她正在用安吉竹子编制的躺椅上打瞌睡。他站在客厅里犹豫了一下，好像听见院子外头的梧桐树上，有一只啄木鸟在辛勤地啄凿树洞，声音跟缓慢的快板一样。这时候童小桥把眼皮张开，她似乎蒙蒙眬眬地看见，有个男人站在她家客厅，像是一个过来送信的邮差，也像她家刚刚装修起来的一根柱子。

宝山说，唐太太你看看，是不是少了些什么？

童小桥坐直身子，她之前已经接到过警察局告知皮箱被追回的电话。宝山看着她，发现此时涌进屋里的一缕阳光，在穿透过头顶那层彩色玻璃后，正好将她给毛茸茸地围住。童小桥目光慵懒，只是扫了一眼打开来的皮箱，就很不当回事地说，什么都没少。

皮箱里的旗袍闪耀着丝绸的光，宝山记得摆在最上面的一件，胸口处绣了一朵纤巧的梅花，还在花瓣间特地镶了颗纯白的纽扣。就在童小桥懒洋洋盖上皮箱的时候，他说，唐太太是开商行做旗袍生意的吗？

此时童小桥换了个姿势坐着，可能腰背不怎么舒服。但她的声音却变得跟水一样，让宝山听着很舒服。她说陈警官，你看我像是个做生意的吗？

刚才不像，现在就更不像了。

那你还问？童小桥突然浅浅地笑了。

这么说你果然不是，宝山说，其实我刚才也是乱猜的。

童小桥于是笑得很开心，她对走过来的司机老金说，原来跟警察聊天也是蛮有意思的，下回要是我也被绑架了，你可以试试找一下这位陈警官。

童小桥说的绑架案，是指这一年被绑票分子重金勒索的面粉大王和纺织大王荣德生。就在八月二十七号那天，几个案犯被枪毙。报纸上讲，案子之所以能告破，多亏了从无锡借调到上海来的绥靖署司令毛森。

宝山后来成了唐公馆的常客，每次过去，童小桥的先生唐仲泰基本都没在，因为唐仲泰的火柴厂生意很忙。给宝山开门的照例都是老金。老金的嘴巴里有一颗金牙，在上排牙齿中间过去第四颗。阳光晴好的时候，宝山看见金牙在老金嘴里一闪一闪的，像含在嘴里的一颗星星。

宝山这天从警备司令部出来，上了老金的道奇车子。他对老金说，谢谢侬。

老金却斜着眼睛看他，理了一把盖到脖子后面的长发，说，跟我有什么关系，金条是太太给的，你小子主要是命好。

这时候收音机里有个女播音员可能没有睡醒，念着新闻稿好像在讲她们家隔壁邻居的事情。她说东北已经门户大开，只有短短几天时间，沈阳和营口就相继被共军攻克了。老金很不耐烦地把收音机关了，说太太在前面等你，你碰到这倒霉事情，是来喜同太太来说的。

宝山于是看见童小桥等候在四川路桥南边的身影。她一个人站在桥头，目光显得有点儿散淡。秋天的风没有方向感，将她的旗袍下摆吹起，像是一面胡乱缠绕在身上的旗。

宝山替童小桥打开车门，等童小桥坐进车厢时说，你不应该给那王八蛋金条。

童小桥笑了一下说，你不用急着去局里，听说杀人案的凶手已经抓了。

抓的是谁？

楼下开诊所的牙科大夫。

宝山却直接骂了一声胡闹，声音几乎把童小桥和老金吓到了。

6

丁医生是在前一天夜里潜回住处时被炳坤当场抓获的。炳坤检查了这家伙想要带走的箱子，发现夹层里压着几件张静秋的胸罩，全是不同的颜色，看上去都蛮新的，可能没下过几次水。

炳坤说，你可真够狠的。你不仅拔牙，你还夺命。

丁医生即刻瘫倒在地上，像诊所里一团软不拉叽的输液管，连说话的力气都没有。一直到宝山回到局里，出现在他面前，他仍然没说过一个字，只知道不停地摇头。

宝山这天赶到审讯室时，瞪了炳坤一眼，直接把丁医生的手铐给解了。他还拍拍丁医生的脸，问他哭什么哭，说，我知道杀人同你没有关系，但你长着一张嘴，总要开口说话的。

丁医生愣了一下，随即哭得更加凶狠，眼泪鼻涕稀里哗啦。宝山一直等他哭完，才说，把你知道的都讲一遍。

丁医生于是开口了，讲得很详细。

张静秋是个独居的女人，她在礼拜六是不上班的。如果是晴天，就抱着一本书在阳台上晒太阳，或者叮叮咚咚敲一两个小时的钢琴。不仅如此，丁医生还知道她平常每晚是几点回家，一般早上什么时候起床。

宝山说，这些细节你是不是都用一个本子给记着？

丁医生愣了一下，胡乱抓了一把光秃秃的头皮。他又说张静秋经常晒衣服，晒得最多的是旗袍和袜子，袜子多的时候有好几双，还有各式各样的毛巾什么的。这些东西挂到阳台的竹竿上，每天晃来晃去，有很多清光光的水珠滴下来。

你就这样偷走了她的内衣？宝山说，但是别讲这些，告诉我其他的。

她有丈夫的，后来不见了。现在换成一个姘头，每个礼拜三过来一次，天不亮就走，夜里声音很响。有次我吓了一跳，害得我正在擦头皮的生姜都掉到了地上。

见过她男人吗？我是说礼拜三过来的这个姘头。

只见过一面，他都躲着人家的，一看就是不正当的呀。

你是不是很羡慕他艳福不浅？

丁医生睁大眼睛，他奇怪怎么又被宝山讲中了。

以后发生这种事情，不能逃。宝山说，逃了说明你心里有鬼，警察局当然就要抓你。

丁医生那次因为要去买菜，就从诊所上楼去房间里拿钞票。但是他没有想到，那时候张静秋已经被杀了。他踩过张静秋门口，根本没有注意到漫延到走廊里的血，所以皮鞋上就沾了一团红。宝山他们到达现场后，他见到刘裁缝被拉去询问，心想这下子事情很难讲清楚了。除了脚上的血，他家皮箱里还藏着张静秋的胸罩。他怕一搜查，自己会被当成奸杀张静秋的凶手，所以就想先把胸罩带出去给扔了。

这天的后来，丁医生叫来两个病人。他们共同做证，案发时间里，丁医生正在一楼诊所忙着给他们补牙。

炳坤后来看着宝山将丁医生送走，他沉默了很长时间，心里还是没有想明白，宝山那天怎么一开始就没把丁医生当嫌疑人。宝山就告诉他，刘裁缝之前讲过，就在案发不久时，楼上下来的丁医生穿了件白大褂。宝山说大白天穿了白大褂去杀人，之后还大摇大摆着上街，你觉得这有可能吗？除非他是个疯子。因为杀人的刀子下去时，喉管里喷溅出来的是血，不是自来水。血肯定会溅到褂子上，那刘裁缝和街上那些邻居能看不见？他们又不是瞎子。

那他要是身上溅到了血，正好套上一件白大褂给遮住呢？

可是刘裁缝说过，姓丁的白大褂是卷起袖口而且敞开的，那些扣子全都没扣上。还有，他留在血迹上的鞋印，方向的确是从里面走廊里踩过来的，而不是从张静秋房间里踩出的。宝山说，现在更加可以证明，凶手的确就是通过窗户进出的。因为如果是通过一楼的楼梯，那天诊所里的丁医生和病人一直都在，他根本不敢。

这时候炳坤叹了一口气，那天因为抓了丁医生，宝山之前交代过的窗台，他都没有让痕迹科去检查过。不仅如此，房东已经把整个房间里里外外打扫过，就连窗台也冲洗了一遍，说是只有这样，房子才租得出去。宝山听炳坤说完，觉得这回凶手连做梦都要笑醒了，于是感觉被警备司令部那帮人敲过的脑袋隐隐有点儿痛。

7

宝山第二天起床，看见来喜在屋顶平台上喂鸽子。那些鸽子很精神，身上的羽毛光滑得跟水一样，它们看见宝山就纷纷朝他脚边围拢过来。

宝山的屋子是干爹和干娘留给他的。这么多年，他一直很喜欢屋顶这个露天平台，可以坐在阁楼的老虎窗边一个人看看苏州河，想很多事。苏州河里有很多沙船，每天来来往往，犁开水面时会蹦跳出许多白条鱼。不过也有那么一次，宝山却在水面上见到一具尸体。尸体缠满水草，从水底下懒洋洋地浮起，围了一群五花八门的鱼。

来喜这天准备了一盒法国巧克力，以及一份五斤装的诸暨糯米年糕，她让宝山去一趟童小桥家里。来喜揉了揉有点儿痛的膝盖说，也不晓得太太这次为你花了多少钞票，总之不是小数目。

宝山是在去年冬天成了唐家的常客，并且知道童小桥喜欢听越剧，还喜欢弹琵琶。有一次上海落大雪，童小桥问宝山，你有没有听人讲过浙江的崇仁镇？宝山勉强地笑笑，他对浙江不是很熟。

童小桥就过去把留声机打开，让宝山听见河水一样清凉的越剧声。她说浙江的嵊县有个崇仁镇，那里的女人一年四季忙着演戏，她们头戴凤冠脚踩高靴，一天到晚在连接舞台的石板街上走来走去。

宝山于是觉得，浙江人的确蛮有意思，能够活出两种人生来。他后来又听童小桥说起，上海高升舞台响当当的喻传海师傅，早年就是入赘在了崇仁镇的廿八都村，结果这人带出了村里的名角张荣标，艺名两朵花，还有就是越剧皇后筱丹桂。

宝山于是想起童小桥那口盖了“廿八都商行”印章的满是旗袍的皮箱，他也终于知道，原来童小桥的老家是浙江崇仁镇的廿八都。童小桥这天让他听的唱片，是筱丹桂和张湘卿合演的《玉蜻蜓·劝夫》，百代公司上个月刚刚推出的。宝山竖起耳朵使劲听，可是他听了很久，最终还是一个字也没听懂。

童小桥就说，慢慢听，以后你自然会听懂的。

宝山缓缓地看了童小桥一眼，觉得待在她身边的时光变得很精致。所以他喝了一口茶，盯着童小桥冷不丁说了一句，我同你讲，我真想跟唐仲泰决斗。

童小桥却把眼帘低下去，划亮一根火柴捧在手里。她笑了一下说，瞎三话四，你晓不晓得我比你大两岁？

大十岁你也是个女人。

童小桥不响，侧过头去看院子里的雪。雪积得很厚，就要把唐仲泰刚才离家时的那排脚印给填满。她说你很快就三十六了，我想给你做媒。我同你讲，周兰扣不适合你的，她就是一匹套不住的野马。

宝山止不住笑了，他没想到事情会这么有趣，就连童小桥也听说了周兰扣的事。

童小桥一直划着火柴，每次都盯着手里的火苗，等待它慢慢变小。宝山看见她一张脸被明亮的火光映红，看上去似乎是透明的。她后来笑了笑说，上海又没有秘密的。

周兰扣是宝山的顶头上司周正龙的妹妹，二十八岁了还没嫁人。她是上海的半个明星，在新新公司六楼餐厅的玻璃电台当播音员，还上过《大声》无线电半月刊的“小姐动态”栏目。宝山记得那期《大声》杂志照片里的周兰扣，笑得像一株碧绿的水仙。

宝山是在警察局的一次新年联谊会上认识周兰扣的。那次周兰扣跟在哥哥周正龙的屁股后面，吃夜宵时，坐到宝山边上说，我全看过了，上海那么多警察，就你最像男人。

宝山说，何以见得?

我当然是凭直觉。周兰扣又说，我同你讲个秘密，我从小就喜欢像个男人的警察。

宝山后来才知道，周兰扣什么都会。她不仅骑马，还骑摩托车，骑得风驰电掣一般。她常去赛狗场上买彩票，看中的一条狗是俄罗斯血统的，有半人多高，全身跟木炭一样黑，宝山怎么也记不住那条狗很长很长的名字。周兰扣还去明星公司拍电影，她演的配角穿的是只有三片布的泳装。后来她参加上海滩游泳皇后的选举，虽然游得像一条箭鱼，可惜还是没有进入前三。

那次游泳比赛结束，宝山和周正龙去接她，宝山还给周兰扣买了一纸袋她喜欢吃的糖炒栗子。周兰扣剥开栗子说，这种比赛没多大意思，她们赖皮，抢时间了。她们主要是靠作弊的呀。

那天三个人一路走回去，天空碰巧落雨。宝山临时买了两把伞，让周正龙独自撑了一把，另外一把他给周兰扣打着。走到外白渡桥时，雨点砸在钢梁上，敲出叮咚叮咚的声响。周兰扣抬头去看雨，这才发现宝山差不多站在伞外。她说，你是不是喜欢淋雨？你又不是一片草地。

宝山说我个头大，雨伞里挤不下我们两个。

周兰扣听他说完，突然笑呵呵地跳起来亲了他一下，说，晚上哪里吃饭?我想吃牛排。

看着周兰扣骨头轻的样子，周正龙于是很苦恼，说，你要是不嫁给宝山，你就别这样风骚。

周兰扣说，要你管？你又不是我爹。说完又跳起来亲了宝山的脸一下。

宝山这天将巧克力和诸暨年糕摆在童小桥的桌上，他说来喜让我问你，司令部那边花了多少钞票，这钱我们以后得还。童小桥什么也没听见，只是在忙着调试手里的琵琶。琵琶是唐仲泰从扬州给她带回来的，最近弦有点儿松，经常会走调。

老金给宝山泡好茶，急着要和宝山开始下棋。老金的棋瘾不是一般的重，他说昨天开车的时候，心里还想着前一次跟宝山下的那盘棋。宝山说，那你眼里还有没有红绿灯？老金却正好抓起一只绿色的马，考虑着该在哪里落下，他说你别吵。

童小桥这时比较完整地弹拨了一次琵琶，感觉声音稍微准了一点儿。然后她把琵琶弦按住，看着宝山说，听说你们把凶杀案的人给抓错了，不会是真的吧？

宝山盯着棋盘不吭声。老金盯了他一眼，说，该你了。

童小桥就笑了笑，把琵琶放下说，我怎么一下子很想吃来喜的馄饨？我嘴馋了。

来喜是童小桥介绍宝山认识的，时间也是在去年的冬天。那天夜里，宝山和老金下完棋，童小桥带他去吃了一回来喜的馄饨。回来的路上，童小桥问宝山，你觉得馄饨味道怎么样？宝山回想了一下说，挺好的，虾仁馅很新鲜。可惜她不卖葱油饼。

来喜在街上卖馄饨之前，曾经在唐公馆里给童小桥和唐仲泰洗衣做饭，偶尔也帮老金一起擦擦车子。可是有一年春天，来喜的腿脚变得有点儿不方便，膝盖老是酸胀疼痛。有一次擦楼梯的时候，她感觉腿上被针头扎了一下，脚底一软，整个人摔了一跤，从二楼滚到了一楼。童小桥急忙奔跑过去把她撑起。

来喜满头是汗，心里非常过意不去，说，太太，可能我不适合留在这里了，再这样下去，都成你来伺候我了。童小桥说，瞎三话四,一下子讲到哪里去了。我让老金送你回去，休息几天就好了。

但是回到家里的来喜，此后就再也没有回去过唐家。

这年夏天，老金有次开车送童小桥去办事，从法国公园门口经过。在此起彼伏的知了声中，他和童小桥都见到了路边梧桐树下开了馄饨铺的来喜。童小桥于是走下车，从坤包里抓出一把钞票，数都没数，就走上去摆在了来喜的桌上。她说你还有一个月的工钱没结，我今天身上就带了这么多，以后有需要你再过来拿。

来喜望着那堆花花绿绿的钞票，心里有点儿慌。她顾不上锅里已经煮熟的馄饨，急忙把钞票给推了回去，说，根本没有这么多，太太的心意我收了。

那时候头顶梧桐树上的知了使劲地叫唤，童小桥真希望它们能把声音降低一点儿。她后来想了想说，你总这样下去也不是个办法，女人得有个家。

宝山这天下完棋从唐公馆回去的时候，在路上给来喜买了一个旧的电吹风。他在家里牵着来喜坐下，打开电吹风后呼的一声，吓得来喜脸都白了，差点儿从藤椅上掉下来。

宝山挽起来喜的裤管，用电吹风对着她膝盖吹。来喜闭上眼睛，身子一直发抖，最后猛地叫了一声，烫。宝山就把电吹风移得远一点儿说，这样可以吗?

来喜后来在藤椅上慢慢地坐稳。她看见宝山举着电吹风像是停电的夜晚举了一个手电筒。宝山对来喜说，汤婆子焐膝盖没这个方便，你以后直接对着吹就行。

上床的时候，来喜看着宝山后脑还没痊愈的伤口说，你以后上街别穿便服了，记得要穿警服，省得他们不把你当回事。她想现在仗打得那么厉害，以后上海可能会越来越没有规矩。

宝山却替她盖好被子说，警服有什么好穿的，留在柜子里就行。

来喜把灯给关了，抱着宝山，整个身体紧紧地贴着宝山，跟他一起听苏州河里的机船马达声，以及机船经过后激起的水花声。她觉得日子就像苏州河的河水，就这样不分昼夜地流淌着，从来也不会感觉到疲倦。

8

宝山第二天叫上炳坤，两个人又去了一趟赫德路。

牙科诊所里丁医生在忙，他现在病人很多。宝山望着他灯泡一样的头皮，拍拍他肩膀说，头皮上擦生姜已经不管用，以后最好能试试马鬃膏。丁医生于是又一阵惊讶，怎么又被宝山说中了？因为他前两天刚看了一本中医书，书上讲曹操的儿子曹丕对付脱发用的就是马鬃膏。只是他现在还没搞清楚，到底什么才是马鬃膏。

在张静秋遗留的钢琴旁，宝山眯着眼睛，很长时间想象着一名男子，神鬼不知地在中午时分攀爬进窗口。那肯定是个老手，大白天闯进来都没有惊醒张静秋，要不然她早就喊了。他并且能躲开众多街坊邻居的视线，从窗口很轻松地翻出去，说明对这一切很有把握。

昨天是礼拜三，夜里宝山和几个便衣警员守候在街边，他还特意让炳坤将房间里的床头灯开着。但是一直没有人过来敲门，就连几声狗叫，听着也似乎很遥远。

在张静秋的梳妆盒里，宝山翻寻了很久，最终发现一枚子弹头。他让炳坤查一查，张静秋有没有亲人在部队上。炳坤觉得比较难，在静安分局的户口档案里，张静秋的那一栏只有她原来丈夫的名字。但是就连这个男人，分局查了好多天，现在还是没有一个结果，不晓得他去了哪里。

炳坤说，凶手会不会就是她丈夫，畏罪潜逃？

宝山没有吭声，他也就是在这时候想起了张静秋的那只皮箱。

在周正龙办公室，炳坤将从物证科里领出来的皮箱打开。宝山顿时愣住了，里面竟然凌乱得一塌糊涂。他确定这不是张静秋的风格，因为那是一个多么整洁的女人。

有没有人动过？宝山说。

炳坤茫然地摇头。箱子送到物证科时还贴了封条。

凶手肯定是奔着皮箱来的，宝山说，里头一定少了什么。

周正龙想了想说，少的不会是钱吧？

宝山笑了说，钱又不值钱的。

说不定是戒指或者手镯什么的呢。周正龙说，周兰扣就是将值钱的东西都塞在皮箱里。她还有一根很粗的意大利项链。

宝山不响，捡起皮箱里一根细细的头发。他想周正龙这个当哥的，还真挺像是周兰扣的爹。

周兰扣的意大利项链宝山曾经见过，原先是抓在另外一个人的手里。

去年圣诞节，宝山一个人吃着刚买的葱油饼，满嘴热气地站在被雪包裹的行道树下，突然想起了周兰扣。他觉得是不是需要给周兰扣买一纸袋热腾腾的糖炒栗子，然后亲自给她送过去，看她惊喜地咬一下栗子壳，又咋咋呼呼剥开栗子时的表情。但是事实证明宝山迟了一步，他后来在周正龙家附近的路灯下，看见周兰扣挽着一个穿深灰色呢子大衣的男人，对方手里也捧着一纸袋栗子。两个人边走边吃栗子，快要到家的时候，周兰扣攀上男子的肩膀，声音甜得像一块巧克力。她说，唐，我要吃你嘴里的那颗栗子。宝山于是看见两人的嘴巴很快纠缠在一起，过了蛮久都不愿意分开。然后等这一切结束，男人从大衣兜里掏出个盒子，拆开来拣起一根闪闪发光的链子说，意大利进口的，喜不喜欢？周兰扣比兔子还快，一把抓了过去，在脖子前比画了一下说，真亮，是不是钻石的？

宝山一下子觉得这对男女真是登对，可能连他们咬在嘴里的栗子也是钻石的。雪开始下得纷纷扬扬，最后漫天飞舞，将宝山乌黑的眉毛遮盖住。宝山抹了一把脸，默默地转过身去。他也就是在望向两人的最后一眼里，终于看清那个斯斯文文的男人，其实是唐仲泰，也就是童小桥长袖善舞的丈夫。

后来宝山去仙浴来澡堂泡了一个澡，都快把自己给泡发芽了。离开澡堂的时候，他觉得身上特别清爽，连脚底都冒着热气。他于是在苏州河边刨开一堆雪，将那包一颗没少的糖炒栗子全都倒进了雪地里。然后他将雪盖回去，拍拍平整，并在四周踩了几下，让它看上去好像什么都没发生过一样。

可是在来喜的记忆中，这年圣诞节后的一天，却发生了一件令她难忘的事情。

那天宝山去找来喜，在老正兴面馆，两个人坐在一起各自吃了一碗三鲜面。吃面的时候一句话也没有说，等到吃完，宝山掏出一只皮夹子，推到来喜面前。

宝山说，给我当老婆行不行？这个归你管。

来喜夹好面条的筷子停在半空中，很久以后，她有点儿紧张地笑了一下，什么也没说。

宝山说我不是开玩笑，我是认真的。以后我从局里领来的工资，都由你来管。

来喜怅然若失，她无法相信眼前的一切是真的，于是也就忘记了吃面条。来喜后来低头想了很久说，给我三天时间，你让我想想清爽。

来喜后来记起，那天自己说出这些话的时候，一双眼睛是湿的。

9

按照宝山的吩咐，炳坤接下去就是找人。找张静秋的丈夫，找那个礼拜三夜里过来的男人。炳坤先去了一趟上海市卫生局的市立临时戒毒所，张静秋是那里的护士。

在护士长的嘴里，炳坤了解到张静秋和部队的关系，她是江苏靖江人，曾经在七十二军骑兵团的战地医院当过护理员，后来离开部队来到上海。在医院救护队的时候，她好像和一名伤员关系不错，有那种谈恋爱的迹象，后来回上海就没联系了。

认识她丈夫吗？炳坤问。

怎么，她还有丈夫？

于是炳坤又向一个副所长了解情况，在一个不怎么通风的办公室，这家伙一开始就支支吾吾，很快变成满头大汗。炳坤就干脆问他，每个礼拜三的夜晚，你一般在哪里？副所长突然打了个嗝，眼睛一愣，躺在椅子上涕泪交加。护士长赶紧打住，请求炳坤能不能别问了，他这是烟瘾又犯了。炳坤于是知道，这家伙自己也是三天两头偷偷跑去"燕子窝"，捧着个烟枪，没有两三个钟头满足不了瘾头。而平常在戒毒所里，他最看不惯的就是花蝴蝶一样的张静秋，好几次在会上当面骂她，建议所长把她给辞了。

炳坤离开前说，按照烟毒查缉处《治罪条例》，我该把他扣了。

宝山听完炳坤的介绍，把一直塞在口袋里的那粒子弹头拿了出来，他有一种直觉，弹头和那个骑兵团的伤员多少有点儿关系。他问炳坤，七十二军现在在哪里？炳坤却说天晓得还有没有这支部队，可能连番号都没了。

炳坤自己就是从部队里撤下来的，他原本是通信连的，负责给连队养马养信鸽。但他觉得部队里不能再待了，必须早点儿回上海，免得以后在战场上死无全尸。所以他找了个理由，七拐八拐，也不知道通过什么关系，或是送了钱，反正最后就来到了局里。

宝山记得自己娶来喜的第二天，请一帮同事在福州路上离警察局不远的老半斋吃夜宵。清蒸刀鱼上来的时候，周正龙把炳坤带了进来。炳坤皮肤有点儿黑，嘴唇蛮厚，围了一条不伦不类的旧围巾。周正龙说介绍一下，处里新来的同事，姓赵，赵炳坤，以后你来带他。炳坤不说话，只是对宝山点了一下头，犹豫着是否该坐下。宝山说你小子话不多，口福倒是不错，可能以后办案子时运气也不错。淮扬风味的蟹粉狮子头，你先来一个。

炳坤还是很拘谨。酒喝到一半时，抽出几张钞票，本来是要给八百，后来又加了两张，说是给宝山吃喜酒的礼金。宝山说你就算了，你连新娘子都没见过。但是炳坤还是把钞票推过来，虽然没有说话，样子却是很执着。宝山于是就收下，说改天去家里坐坐。我和你嫂子也养了一群鸽子。

炳坤说，应该叫师母。他后来给宝山打包了一碗水饺说，带回去给师母吃。宝山于是想起了家里的来喜，觉得心里很踏实。

寻找张静秋的丈夫就没那么容易了，炳坤花了一个多礼拜的时间，最终还是没有进展。

上海警察局一共有三十一个分局，除了水上分局，炳坤一个个按路线列好，准备都去打听一遍。他买了一包香烟，觉得去那些分局时，如果及时递上一根烟，那些警员可能就会静下心来帮他想想。那天车子开到新城分局门口，炳坤突然有点儿犹豫，当年离开上海去部队养鸽子之前，他的户口就是在这个辖区。虽然那时候档案上的名字是叫赵杨冰，但他还是担心会碰见熟人。

果然，这时候有人把他叫住，看一眼他领章上的一排警号说，七四九七，我认得你。

炳坤把车窗摇下，觉得对方也不像是个警察，说，你认错人了。

不会，我昨天在邑庙分局见过你。你拿了静安局的档案，在找人。

炳坤这才知道，对方是过来送米的一家米行老板，之前是警员，后来不知怎么的，自己出去开店。现在很多分局食堂的米，都是他送的。

炳坤于是跟他聊了起来，并且给他看张静秋丈夫的照片。

老板说，看在你是跟着陈宝山做事的分儿上，我带你去个地方。

这天差不多同样的时间里，宝山从周正龙那里得知，他之前从张静秋皮箱里发现的那根头发，不是张静秋的。宝山想，这又能说明什么？

周正龙泡了茶，从一只纸袋里倒出一堆香榧说，北平现在很紧张，据说林彪的部队提前结束休整，可能是要准备入关。还说蒋总统让傅作义率山海关和张家口一带的兵力南撤，以加强长江防线，但是傅作义却有自己的想法。

一个大活人，谁还会没有自己的想法？宝山又接着说，我对上海的意见更大，现在米价涨到了每石一亿多元，金圆券还不如草纸。

俞局长可能要退位，周正龙正色地说，我们到时候不知道何去何从。

宝山不免有点儿惆怅，心底里，他还是很敬重俞叔平局长的。但他嘴上却说，下一任局长会不会还是你老乡？要么就是你自己。

俞叔平是全国第一个警察学博士，去奥地利维也纳大学留学过两次，抗战时期回国，军统局长戴笠先邀请他去当了重庆中央警校的教官。他写了好多本刑事侦查方面的书，这年夏天还送过宝山一把枪，是比利时的花口勃朗宁。特意选了一把编号跟宝山的警号一致的枪。那次俞叔平带着很浓的诸暨乡音赞扬宝山，你是刑侦处的一块牌子，破案子我主要还是靠你。但是宝山没跟俞局长讲过，妻子来喜也是诸暨人，她老家是王家井的。宝山觉得这种事情没必要提，因为自己也没想着在局里当个不大不小的官。

周正龙后来感叹说，其实当官和当警察的道理是一样的，需要有人带。就说军统局的戴笠吧，他坠机后，现在保密局接替他位置的是之前提携起来的毛人凤，两个浙西江山县城的老乡，早年还是当地什么小学的同学。听讲戴笠被人欺负，毛人凤二话不说就上去帮他。现在你看看，就连毛人凤的弟弟毛万里，也当上了保密局浙江站的站长，少将。

宝山就笑了，说，我晓得你也是有人带的。但老实讲，其实你不适合当官。

为什么这么讲？

你心软。宝山说，心软的人手也软。

周正龙愣了一下，觉得宝山说得没错，自己确实只像个读书人，官场那一套不是很擅长。但他还是想了想说，其实我有其他人带的，以后再同你讲。

你不用跟我讲，宝山说，讲了我也记不住。

这时候，炳坤的电话打了进来，周正龙接起了电话。话筒里传出炳坤的声音，他说张静秋的丈夫找到了。

10

龙江路上污水横流，什么垃圾都有，包括死老鼠。宝山踮起脚尖，捏着鼻子，听炳坤边走边跟他说，郝运来搬到这里一年多，现在欠了三个月的房租。

房租还没补上，说明他手头没钞票。

宝山话刚说完，就被一个行色匆匆的男人撞了一下，能闻见他一身的汗臭味，跟咸鱼一样。炳坤正要发火，那人却一见他的警服，马上转了个身，慌不择路地奔跑了回去。宝山只听见哐的一声，临时房那扇摇晃的门板，已经被里头的司必灵锁给锁上了。

炳坤冲上去对着门板踢了一脚，说，郝运来，你给我死出来！

里头安静了一阵，过了一歇才吼出声道，我哪里有时间？等我有空儿了再讲。声音比炳坤还响。

宝山看了一眼四处漏风的门板，担心要是再补上一脚，整个木板房子可能就塌了。他把手插进风衣口袋，摸着那枚子弹头，干脆走远了说，聊天又花不了你多少时间的，赌场没这么早关门。

郝运来是个十足的赌鬼，混迹在大大小小的赌场。炳坤说他每趟输钱后，都会嫌龙江路太远，随便找个地方躺一下，从来也不会挑剔。炳坤就是在米行老板的指引下，找到一家赌馆开始打听郝运来的踪迹的。

宝山接着说，运来先生我晓得你很忙的，但你起码得跟我讲讲张静秋。

讲什么？讲姓张的男人？她心里就想着那个混蛋。她巴不得死在床上，现在倒好，如她所愿了，但是跟我有屁个关系！屋里传来郝运来声嘶力竭的声音。

继续讲，我在外面听着。宝山掏了掏耳朵。

我讲要同她离婚，她答应了。本来讲好的价钱，讲来讲去被她扣掉了一截。可是就这样她还耍赖，到现在还欠了我三成。你说这样的女人，守不守信用？

宝山望向院门外的一条狗，看它犹豫着在墙角撒出一泡不是很急的尿，撒完了又心事重重地把目光移过来，盯着宝山看着。

我手上有她欠条的，白纸黑字。骗你我是狗，欠条就押在好莱坞棋牌馆。

宝山又去掏耳朵，觉得天气有点儿反常，会不会又要下雨。

你们帮我把她那台钢琴给卖了，那破东西就是一堆柴火，棺材都比它值钱。

听你的，宝山说得很认真，就算是劈了它当柴火卖，剩下的钢丝也会给你留着。

说完，宝山一把推开门板，直接站到了郝运来面前。宝山早就看出，司必灵锁其实已经被炳坤给踢坏，搭进扣子的铜头锁舌只剩那么一小截。

郝运来坐在黑漆漆的墙角，见到宝山时不禁掉出一行泪。宝山说，实话同你讲，张静秋你根本配不上，所以你不用哭得那样死皮赖脸的。

这时候天空果然下雨了，宝山见到那条脏兮兮的瘦狗低头走了进来，整个过程静悄悄的，一点儿声音都没有。跟丁医生一样，郝运来也没见过张静秋私底下的那个男人。他以前只是发现，张静秋隔三岔五瞒着他去电话亭里打电话，一打就是半个多钟头。每次打完电话回来，张静秋都不让郝运来碰她，像要躲开一个漏电的插头。

后来两个人就分了，张静秋一个人住在赫德路。

宝山没有将郝运来带回局里，这让周正龙很不理解。周正龙还是觉得，暂时不能排除郝运来的作案嫌疑。宝山却一下躺倒在周正龙办公室的沙发上，说，你就是借他一百个胆他也不敢。他那双手瘦得跟鸡爪一样。

你是去破案还是去看相？周正龙说。

他要真是杀了人，就不会兔子一样躲进那间破屋子。那又不是碉堡，那简直就是纸糊的。

炳坤就是在这时回来了。他去了一趟好莱坞棋牌馆，那边有好多人做证，案发时，郝运来赌得眼珠子都快要爆开，像一只癞蛤蟆一样直接爬上五米宽的桌板说，我押大。

那天在周正龙的办公室里，一直都很安静，大家都不说话。后来周正龙看了一眼炳坤带回来的张静秋的欠条，觉得这人一笔字写得不错，抬头望去沙发时，宝山却已经睡着了。于是，办公室再次陷入了无边的寂静。

11

平安夜突然发生一件事情，周兰扣不想活了。

那天周兰扣吞下很多药片，她就跟电影里演的一样，躺在地板上一阵阵抽搐，嘴里吐出许多生动的泡泡。是童小桥打电话通知正在处里值班的宝山，那天处里的车都开出去了，宝山只好飞奔着冲向周兰扣在外面租的房子，把门撞开，一把抱起周兰扣。抬腿冲向医院时，宝山听见她迷迷糊糊地说，唐仲泰你就是个骗子。

平安夜的南京路人潮汹涌，热闹得不行。宝山抱着奄奄一息的周兰扣，边跑边叫喊，让开，让开！

这一年留在上海的洋人已经不多，替他们节日感动的，是许多看上去满脸幸福的华人。宝山差点儿被他们绊倒，一个趔趄撞向电线杆，头上隆起了一个大包。他随即朝马路方向使劲挥手，可是那么多车却没有一辆愿意停下。宝山于是冲去轨道中间，直接拦下一部叮叮当当的电车。上车时，裤管又被勾破了。他最后在车厢里扇了周兰扣一个巴掌，声嘶力竭地警告她，要是敢把眼睛给闭上，信不信我将你的衣服当众扒光。

吐着白沫的周兰扣看见摇晃着霓虹灯的街景，以及面容模糊的宝山。她还听见宝山的喘息声跟火车一样。但是她一句话也说不出来，她觉得连眨一下眼睛的力气都被一股强大的力量吸走了。

周兰扣最终没有死成。被推进病房时，她对宝山软绵绵地说，我跟姓唐的事情，你是不是早就知道了？

宝山说，我什么都不想知道。我闭上眼睛就是个瞎子。

这时候童小桥十分安静地走了进来，高跟鞋的脚步声在空旷的走廊传出去很远。她走进病房，将一网袋香蕉搁在床头柜上，目光跟静止的水一样，说，唐仲泰不肯娶你，是因为他爱你不够深。

周兰扣顿时很迷惑，感觉站在眼前的童小桥一下子变得很高深。她想了很久说，那他爱你爱得深吗？

也不深。童小桥想了想，补了一句，他只爱他自己。

说完，童小桥突然觉得很累。累到简直就要虚脱。好像那双腿脚是临时从哪里借来的，已经撑不住自己的身子。她什么也不想再说，转身离去时，只感觉一双眼睛很痛，可能是被病房的药水味刺到了。

童小桥走了以后，宝山又在周兰扣身边陪护了很久。天已经亮堂了，宝山后来离开医院，吃着早餐摊上的葱油饼，一个人走在回家的路上。街上已经很冷清，整条马路像是特意为他单独准备的。他被电车钩破的裤子迎风飘荡，像一面破败的旗。也许是因为疲倦，或者是因为黄浦江的晨雾，他感觉视线中一片模糊，好像自己已经老花了。

来喜第二天做好了从昆山带回来的螃蟹，宝山买了镇江陈醋和糖炒栗子，一起给病房里的周兰扣送去。这回唐仲泰靠在宝山之前租来的陪护椅上，捧着一本《啼笑因缘》看得很入迷。周兰扣在边上修指甲，在宝山进来之前，她已经把所有的脚趾都修好，接下去要修的是左手的无名指和小指。她低着头说，修指甲一定要很当心，宝山你别打扰我，我现在没时间同你说话。

宝山就小心翼翼地将那些螃蟹和栗子放下，然后想等等看，唐仲泰什么时候会把书合上。

唐仲泰后来终于合上了书，说，我该怎么谢你？要不咱俩喝一壶？

酒席就在病房里直接摆开。唐仲泰去楼下小东阳菜馆叫了萝卜炖羊肉的砂锅，还称了一斤油爆花生米，买了两瓶海半仙的同山高粱烧。最后揭开砂锅盖子时，他盯着那两只全身金黄的螃蟹说，其实周兰扣不喜欢吃蟹的，因为嫌剥蟹脚麻烦。

宝山说，你小子惹下的麻烦比剥蟹脚的麻烦大得多了。

两个人后来都有些喝多了。唐仲泰将宝山送到医院门口时，突然大着舌头说，周兰扣你养不起的，她这样的人，需要很多钞票。

宝山站在原地，抡起拳头猛地砸了过去，砸在唐仲泰的脸上，让他吐出一团血。

唐仲泰没有还手，摇晃着身子说，打得好，要不要再来一下？

宝山就拔出手枪，一把顶在他脑门上，说，你小子不要得了便宜还卖乖，信不信我毙了你。

唐仲泰却很没有理由地笑了，说，你要是开了枪，你还真就不是一个好警察了。

一阵风吹来，让宝山觉得反胃，后来他扶着一棵树吐了很久，觉得头很痛。等他吐完的时候，发现唐仲泰已经不见了，身边只剩下各个方向吹来的风。

这天夜里，来喜将一块热毛巾敷在宝山的额头上。宝山眯着一双眼，在那阵扑面而来的热气里，迷迷糊糊地想起了父亲陈嘉定以及祖父陈静安。宝山一家三代的警察史最早起源于光绪二十三年，祖父陈静安去南市马路工程善后局的巡捕房里当差。十年后新成立的巡警总局，陈静安是华捕分队的队长。时间到了一九二七年，陈家第二代陈嘉定又成了当时上海特别市公安局的红人，那时的局长是沈毓麟。但是陈嘉定遭遇不测，结果他在局里的拜把兄弟张三立接手了他的职务。和张三立的儿子张仁贵一样，宝山那年十五岁，亲眼看见父亲陈嘉定被张三立带领的一帮警员从苏州河里打捞了起来。父亲喝足了水，整个人膨胀得像摆在路边摊上的西瓜一样。

那次陈嘉定是对自己的水性太过自信了。春天里苏州河涨潮，他去救一个不慎落水的圣约翰大学女生时，想都没想就跟一条鱼一般跃进了水里，唯独忘记了脱掉警靴。那双警靴的鞋带扎得特别紧，涯进水以后又在脚脖子处卡住了，这让下水的陈嘉定很后悔，任凭他怎么用力也无法将靴子蹬踢下来。最后他像浸透了水的包袱，被那双冤魂一样的警靴硬生生地拽进了苏州河的河底。

后来陈嘉定的同事张三立收养了宝山，在他这幢苏州河边的房子里，宝山跟张三立的儿子张仁贵，也成了结拜兄弟一样的一对少年。宝山记得那几年只要到了夏天，张仁贵就会整天泡在苏州河里，泡得背上脱下一层层的皮。张仁贵在水中游得比船还快，又四仰八叉地躺在岸上，把自己晒成一条黑不溜秋的鱼。但是宝山没有机会下水，他一直被干娘绑在家里。干娘搓了一根稻草绳，将宝山捆扎起的时候，挥舞着手里的戒尺说，你要是敢下水，我现在就剁了你的一双脚。

所以这么多年很少有人知道，从小在苏州河边长大的刑侦处警察陈宝山，他至今不会游泳，是因为当年的河水曾经埋葬了他的父亲。

宝山后来取下额头上的毛巾，和来喜一起去屋顶平台上看鸽子。他们喜欢在漫长的夜里坐到鸽子笼旁边，打着平台上的一盏灯，看它们一眼，然后看摇曳在苏州河那些船舱里的灯火。河水在夜里流得很慢，宝山有时会想，它们从四面八方跋涉一路赶来，可能也是为了看一眼第二天的上海。

宝山的鸽子是来喜和他结婚时带过来的，总共有十来只。那次宝山看着笼子里沉默不响的鸽子，以及穿了红旗袍的来喜，笑呵呵地对她说，你一下子带这么多的嫁妆，还好我这屋子宽敞。

来喜自己都记不清已经养了多少年鸽子，总之那就像她生下来的一群孩子。鸽子大多是“云南雨点”，毛色有很多种。白色、灰色、绿色，也有绛色的。它们身上布满斑杂的花纹，一点一点地，像是刚刚下了一场雨，把它们的翅膀给淋湿了。

来喜平常喜欢跟鸽子说说话，提醒它们吃相要斯文一点儿，不要跟没见过世面一样，争抢起来很难看的。来喜说不用担心，宝山带回来的饲料还有，够你们吃的。她还会教育鸽子，飞去外头的时候，回家吃饭要早一点儿，路上千万不能耽搁。她这话其实是说给另外两只灰鸽子听的，宝山给它们取了不同的名字，一只叫佛山，一只叫东莞。

跟云南雨点不同，佛山和东莞是纯种的李梅龄鸽。来喜把它们喂饱后抱出笼子，佛山和东莞就拍拍翅膀，一路飞向来喜之前带它们去过的玉佛寺找水喝。但是曾经有两次，佛山和东莞飞了一半路就落下，直接去苏州河里解渴，这让来喜很不开心。来喜敲敲它们的脑袋说，以后记住了，河里的水不干净，吃了会拉肚子。

佛山和东莞就点点头，咕咕叫唤了两声，好像一副已经听懂的样子。

宝山第二天醒来，觉得头已经不那么痛。他走去苏州河边，看见来喜坐在船头，和一个船夫在说话。宝山站在边上等，看远处乌镇桥的桥洞，也想起附近唐家弄里的徐园又一村。据说在他爷爷那辈的时候，又一村茶楼是全上海最早的电影院。许多年前，张仁贵还没出远门的时候，宝山竟然和他在那里捡到过一张徒手画成的黑白电影海报，那个电影好像是叫《马房失火》。

来喜和船夫说完话，回头看见宝山时吃了一惊。她说船夫是她远房表兄弟，刚从诸暨姚公埠过来。宝山就对表兄弟笑了笑，让他去家里坐，中午叫来喜添两个菜。

表兄弟急忙推辞。他给来喜递上一篮诸暨年糕，对宝山说，下次。

炳坤就是在这时候开车过来的。他把车子在岸边停下，仍然没有熄火，走到宝山跟前说，又有一桩命案发生了。说完他转头看了来喜一眼，说，师母。

宝山顿时觉得，整条苏州河突然流淌得很急。

12

命案发生在一间理发店。炳坤一脚踏进去时，满地的碎头发差点儿让他滑了一跤，他突然觉得地上像是铺了一地的松针。阳光稀薄得有点儿清汤寡水，缥缈摇晃地照在墙上那面半身镜上，让宝山在光线里看见很多飘飞的灰尘。

死者仰躺在理发椅上，面部表情有点儿倔强。他的脖子上镶嵌着一把刮胡刀，刀柄朝着左手方向。跟张静秋一样，他被切开来的皮肉不情愿地翻开，像两片张开的嘴唇。

宝山瘦长的身影一直在飘飞的灰尘里站着，在炳坤眼里仿佛一张不太真切的照片。在理发师不怎么连贯的叙述里，宝山的头稍微动了一下，迎面望向那缕从窗口打进来的阳光，觉得这个上午隐隐之间有点儿虚幻。他的半边脸在阳光下瞬间显得白净起来。

死者是早上八点左右过来剪头发的。可能是睡眠不好，等到头发修剪完，理发师在剃刀布上擦拭了几回刀片，就要给他免费刮一次胡子时，他却在不经意间打起了细小的呼噜。理发师不忍心打扰他，就提起篮子先去弄堂口买菜。他挑了一把青菜，又买下两块豆腐，准备中午在煤炉上烧个青菜炖豆腐，然后再加几片大蒜。他拎上菜篮子，踩着冬日的阳光不紧不慢地回来。就要走到门口时，他愣了一下，发现那片湿润的泥地上，有两股血像两根肥胖的蚯蚓一样，从青石门槛下的缝隙里，小心翼翼地蠕动着爬了出来。

宝山久久地盯着死者那道伤口，仿佛在看着另外一个世界。他认为如果不是因为贪睡，看上去比较强壮的死者不会那么容易被割喉。但是等凶手提起刮胡刀一把切进时，他已经来不及挽救自己了，而且越是挣扎，血就喷出得越多。宝山想，他几乎是死在了梦醒时分。

炳坤戴上手套，很小心地拔出镶嵌在死者脖子上的那把刮胡刀，于是看见那道伤口非常缓慢地黏合到一起，然后又十分安静地收缩下去。炳坤还带走了伤口附近的一团烟灰，这让他再次想起了不久前死去的张静秋。

人群后来向炳坤反映，死者就住在附近的顺庆里十五弄。有一个卖早点的师傅说得更加详细，说他名叫郑金权，是个懒汉，也是个光棍，平常不太爱出门。他每天的早餐，是店里的两个肉包子，再加一碗添了葱花的咸豆浆。

和炳坤去郑金权家的路上，宝山有一种奇怪的感觉，好像有双眼睛就藏在街道两旁，很长时间细细地看着他。他回头扫视了一圈，见到的却全是目光空洞的街坊，而且也没有人低头转身。宝山相信，这个清晨，毫无防备的郑金权其实早已被凶手盯上。就在眼前这条街道，凶手也许一路在跟踪他，直到他的背影消失在理发店门口。

宝山想，这起凶案蓄谋已久。

郑金权的衣柜里有一件很旧的军队制式衬衣。宝山抽出来看了一下，发现部队的番号已经被洗烂了。他决定带走这件衬衣。

在弄堂口，一个收租婆静坐在阳光的阴影里，满脸的皱褶子。炳坤抱着一堆郑金权的物品从她身边走过时，她把一团烟丝使劲摁进烟锅，看都没看后面拎着衬衣的宝山一眼，很不屑地说，一个逃兵，能有什么值钱的东西?

宝山停下，说，他可能是个排长。

收租婆冷笑了一声说，那也是光屁股的排长。然后她抽出火柴在扎了发髻的头皮上划了一下，用那团火苗将烟锅里的烟丝点燃，又说，我昨天做了一个梦，梦见上海要变天了。

宝山就问她，那你有没有梦见其他的?

无可奉告。收租婆说完，喷出一口浓烟。

13

唐仲泰依旧很忙，忙到一两个礼拜见不着人影。宝山去唐公馆的那天，童小桥在客厅里说着说着就不屑地笑了，她说，唐仲泰会不会是上天了？他喜欢过洋节，那天上或许每天都是平安夜。

那天因为老金不在，童小桥就亲自烧了一锅阳春面。她显然没怎么下过厨，在给面条放酱油的时候，一个人手忙脚乱，抓在手里的酱油瓶来回倾斜了好几次依旧没有倒出一滴。宝山在不远处的一张椅子上四平八稳地坐着，看着她微笑。最后她鼓起勇气，决定重新来一回，宝山于是只听见咕咚一声，那碗面条就即刻被酱油浓墨重彩地覆盖住。

童小桥被自己吓到了，她回头看一眼宝山说，这样会不会太浪费？宝山笑呵呵地说，反正你洒下去的又不是金子。宝山这样说着，站起身，走到了童小桥的身边，说，我来。

宝山自己动手，给童小桥煎了两个荷包蛋。童小桥轻轻咬了一口，发现外面一层很酥脆，里头的蛋黄却像蜂蜜那样涌出来。她看了宝山一眼，什么都没说，只是笑了笑。风很轻地从他们身边走过，在这样的静止中，他们觉得有些微妙的愉悦在空气里荡漾。宝山一个人吃那碗面条，吃得很快，好像要让童小桥知道，味道还不错。不过汤实在太咸，他没敢再喝。于是他把那只晃荡着汤水的面碗，慢慢地推到了桌子的中间。

你别当警察了，童小桥说，济南警察局已经收编了好多旧警察，同时也抓了很多人。

宝山之前也陆陆续续听到些消息，知道解放军进驻济南后，之前的警察局长刘钦礼，偷偷给自己买了辆牛车，一夜之间和牛车一起消失了。

童小桥说着，走过去把留声机打开。她选的唱片还是筱丹桂的《玉蜻蜓·劝夫》。

宝山静静地听着，听了一半突然说，你离开他。可以去香港，要不你就回老家。

童小桥好像没听见，过了一阵才说，有些事体你别管，你管好你的来喜。

童小桥说一辈子太短了，人就那么回事，连筱丹桂都在去年被她男人张春帆给活活气死了，那我又还有什么事情值得不开心？童小桥还说，筱丹桂临死前喝下邻居泡脚用的来沙尔药水，车夫送去仁济医院抢救的途中，黄包车的链条又断了。

这都是命。童小桥划亮一根火柴，捧在手里接着说，女人也像一根链条，踩得太急就断了。断了就没命了。人家挖一些土，随便就把你给埋了，第二年春天就长满青草。你就像没有来过这人间一样的。见宝山没有响，沉默了一会儿，童小桥于是接着又说，不讲这些扫兴的，你还是同我讲讲破案的事情吧。那些东西是可以在报馆连载的。

宝山就讲了很多，中间看见童小桥偶尔对着火柴点燃一根烟。她也不去抽，只是侧着身子，用两根手指夹着烟，让烟雾很随意地升腾，在客厅里飘来飘去。

那天宝山讲得很晚，有一搭没一搭，慢条斯理，仿佛要把所有的时光都给消磨完。唐仲泰也一直没有回来，仿佛他并不需要回来。童小桥后来弹奏起琵琶，弹得很慢，在若有若无的声音里，宝山睡着了。而琴声没有停，童小桥拨弄琴弦的时候，她的目光就有些呆。

要回去的时候，童小桥替宝山竖起风衣领子。两个人靠得那么近，宝山闻见她头发里的香味，在夜色里很安静。童小桥的手停在宝山的风衣领子上，很长时间没有动静，她只是低垂着眼帘。

童小桥的手慢慢从风衣领子上收了回来，说，回去吧。

那天老金刚好走到大门口。在那片清凉的月光里，他停下，站在门外远远地张望着，如同张望一局别人在下的棋。老金后来开车送宝山回家。一路上，他还是没怎么说话。宝山把车窗摇下，让风稍微吹进来一点儿，吹起他和老金的头发。他望着老金说，一年又要过去了，你的头发好像也越来越少。老金不开心地回了他一句，办你的案子，别什么事情都瞎操心。

14

炳坤记得，一九四九年的元旦来得很快，那天他在《中央日报》的头版看到了蒋总统发布的一则新年文告，称“和战关键系于共党”。而与此同时，延安方面《人民日报》的社论标题则是《将革命进行到底》。这些报纸上的文字，语气平静，但是这文字的背后，全是轰隆隆的炮声。这天傍晚，炳坤开车离开警察局，在郊外沪杭铁路一段寂静的铁轨旁，他和一个陌生人见了次面。

陌生人戴着一副墨镜，从一列火车经过后渐渐消散的浓烟中走出。他手上拿了一份当天的《中央日报》，总共折了四折，并且在报眼处用红笔写了个赵炳坤的坤字。

炳坤在铁轨上坐下，感觉特别凉。他看了一眼对方，从他那两片墨镜镜片上，可以看见远处铁路信号灯的影子，像两只纽小的萤火虫。

你的代号叫藿香？炳坤说。

你怎么不穿警服？对方问。

穿不穿都一样，告诉你我的警号就行。七四九七。

炳坤和藿香的第一次见面，就这样接上了头，藿香是中共上海地下市委派来的联络员。炳坤加入中国共产党已经很多年，那段鲜为人知的历史，一直可以追溯到他那次奉命离开上海，前往国军部队入职之前。可是炳坤的上线后来牺牲了，所以有很长一段时间，他几乎成了一只断线的风筝。直到上级将他再次唤醒，然后又安排他回去上海。

藿香这天告诉炳坤，组织已经收到他送往玉佛寺的情报，关于一百多名警察局职员的年龄、职务信息以及家庭住址、身份背景等，都很有价值。现在上海市委已经决定，将炳坤的组织关系正式转入中共上海警察工作委员会，也就是上海警委。

当炳坤回头望过去时，看到远处的上海城，天空中绽放出一朵烟火，毕竟是又一个新年。

我以后跟组织怎么联络？炳坤说。

你可以去迪化路九十三号。

藿香说完，一列南下火车的灯柱已经远远地射来，将两人笼罩在巨大的光圈中。火车气势汹汹地鸣叫了一声，发出巨大的声音。两个人于是隔着那段铁轨，各自退到了路基石外面。可是等到所有的车厢离去，咔嚓咔嚓的铁轨震荡声在静谧的夜空中飘远，藿香却已经不见了。炳坤后来觉得，那个飘荡着火车烟尘和烧煤蒸汽机味道的夜晚，仿佛藿香根本就没有出现过。

令宝山奇怪的是，周正龙最近已经一连好几天没有找他，好像他已经把人命案的事情给遗忘了。直到有一天下午，周正龙把他叫去凯司令咖啡馆，跟他们一起过去的还有炳坤。

周正龙把菜单扔过来说，你们自己点。他还让服务生取来他存在这里的几瓶法国朗姆酒。

宝山上一次来凯司令喝咖啡是同周兰扣一起，两个人坐在她喜欢的一个靠窗的位子。那次周兰扣在窗玻璃上哈出一口气，随意在雾气弥漫的玻璃上涂画了一下，然后用手盖上说，宝山你猜猜看，我写了个什么字。宝山说，是周兰扣的周？上海的海？要不就是纽扣的扣。周兰扣却一直摇头，把脖子都摇痛了，最后她把手松开说，你真笨，是元宝的宝。

宝山就盯着那个宝字看，发现它因为被周兰扣的手掌捂得太久，字体四周已经在往下滴水。宝山说，元宝的宝是不是伤心了？他在掉眼泪。周兰扣说你乱讲，他只是因为没打伞，被雨淋湿了。然后她就朝柜台喊了一声，两杯白兰地!

宝山望着那个座位发了一会儿呆，周兰扣笑的样子就在座位上隐隐现现的，这让宝山觉得，每天的生活显得那样不真实。这天宝山给自己叫了一份牛腱子肉，还有一盅萝卜排骨汤。酒喝到一半，他看见周正龙放下吃牛排的刀叉，用餐布擦了擦嘴，好像要开始说一件很重要的事情。宝山就想，原来法国朗姆酒不是那么容易喝到的。

实话同你们讲，周正龙清了清嗓子，盯着宝山说，我其实是保密局的。又看了一眼埋头的炳坤，说，我今天想发展你们两个。

宝山于是才想起，周正龙曾经提过，他其实是有另外的人带的。那么这个另外的人，看来就是保密局。不过宝山觉得这件事情一点儿也不新鲜，因为据他所知，警察局里有不少人是毛人凤的亲信。而且早在戴笠时期，局里的政治处调查科就差不多清一色是军统，也就是现在保密局的前身，这几乎是公开的秘密。

周正龙摘下新配的那副吴良材近视眼镜，轻轻擦了擦。他让目光透过提起的镜片，又说，现在警察局里共产党至少有几十个，闹得很凶。所以，你们就跟着我一起干吧。

炳坤在心底里愣了一下，感觉周围的空气分量有点儿重。他刚才一直听着，也知道此时周正龙正透过镜片不动声色地看着他。他想了想，还是把目光抬起，望向周正龙时不知所措地笑了笑。

宝山也是一声不吭。他正看着窗外的一对恋人，看见他们各自骑了一辆脚踏车，骑得非常慢，仿佛是等候一种名叫爱情的东西把他们追上。这时候周正龙就把服务生叫来，说咖啡厅里很闷，为什么不来点儿音乐？宝山于是忍不住笑了，他说你要是觉得闷，完全可以把窗子打开，街上那些人又听不见你刚才说了什么。

留声机里最终播出的是一首陈歌辛的《苏州河边》，姚敏和姚莉兄妹两个合唱的。宝山仔细去听那些缠绵的歌词，觉得听起来比童小桥家的越剧要清楚多了：风儿在妒，轻轻吹起我的衣角，我们走着迷失了方向，仅在暗的河边彷徨。不知是世界离弃我们，还是我们把它遗忘。夜留下一片寂寞，世上只有我们两个。我望着你，你望着我。千言万语变作沉默……

后来周正龙还说，警察局有个代号叫猫头鹰的共党，很长时间没有查出来。等他说完，炳坤有点儿茫然地看了一眼宝山。宝山就对他说，看我干吗？我脸上是画了一只猫头鹰吗？

痛快点儿，要不要一起干？周正龙皱了一下眉头说，保密局！

我只会查案。宝山回答得心不在焉，我就适合当警察。

查案当警察没有前途。顶多说你是个神探。

我和来喜一起过老百姓的日脚，就不需要什么前途。

周正龙显得有点儿失望，随即示意服务生把留声机给关了，说，恨铁不成钢。

你们不用费力气了，天下一定是共产党的。宝山又接着说，国民党烂透了，千疮百孔，连警察局都贪腐成群。

15

这一年除夕的前两天，周兰扣突然过来寻宝山，说，你陪我走一歇。两个人沿着苏州河的堤岸来回地走，一直走到了半夜。最后走到外白渡桥上，周兰扣背对着宝山，望着外白渡桥的钢架桥梁说，我想跟你一起过夜，我在华懋饭店开了房。

宝山感觉很突然，听见桥梁上有一团很扎实的雪掉落进河里。他想，怪不得周兰扣刚才跟他说，华懋饭店的四到九层有好多个国家的装修风格，而她最喜欢的是里头印度风味的那种。

宝山把周兰扣的大衣披好，还替她抹去了因为夜里雾气凝结成的水珠。他说，回去吧。

周兰扣愣了一下，很久以后才说，为什么不去？我不好吗？

没有什么为什么。宝山说，你很好。

周兰扣没有转身，一直望着眼前的河水，好像心里特别冷。最后她说，唐仲泰不会要我的，我已经够对得起他。

两天后的一月二十八日，正好是除夕，周兰扣和唐仲泰遭遇不测的消息就是在这天传来的。因为在夜间航行没有开灯，前一天下午六点从上海启航的太平轮号，在舟山群岛海域与满载着煤炭和木材的建元轮号相撞沉船。太平轮装载了六百吨钢条、一百多吨白报纸，以及中央银行的一大批金条和银圆。船上另外还有一千多名前往台湾的乘客，五百零八名有票的人员当中，就有周兰扣和唐仲泰两个。

宝山那天正在警察局值班，从收音机里听到这则消息，他一个人在办公室坐了很久，并且破天荒地抽了一根烟。他把窗打开，望向白雾茫茫的黄浦江方向，终于明白周兰扣那天让他一起去开房，其实是为了同他告别。而那样一次不成行的告别，竟然就成了永别。这样想着的时候，宝山就听见遥远的汽笛以及黄浦江一阵一阵的潮声，潮声在漆黑的夜里由远而近地拍打过来，越来越响。

宝山后来去找童小桥，那时候街上的爆竹声一浪盖过一浪，让他心惊肉跳。他最终踩着满地碎屑，在呛人的硫黄味中一脚踏进唐公馆时，看见童小桥正一个人孤零零地站在灯火通明的客厅里。她被一片灯光笼罩着，一动不动。而留声机里正在放着的是热闹非凡的西洋圆舞曲。

那天见到了宝山的童小桥看上去很开心，还特意给自己打开了一瓶红酒。她的身子轻盈地旋转了一下，像八音盒里那种玲珑的小舞女。

宝山站着，仿佛一个初来乍到的客人，说，难道你不知道太平轮沉了吗？

知道，我高兴都还来不及。

说完，童小桥端着红酒杯在地板上又转了一圈，样子很优美。可是就在她想邀请宝山共舞一曲的时候，却一不小心脚底打滑，突然摔了一跤。红酒杯打碎了，眼前一片狼藉。童小桥终于流出一行泪，坐在地板上背对着宝山轻轻用手指头擦眼泪。等到转过头来时，她又眼中含泪面对着宝山笑了笑说，唐仲泰是在寻死。他们两个今天来个平安夜，明天来个太平轮，每时每刻都在寻死。

院子外头这时又炸开一批爆竹，声音震天动地，仿佛是要将唐公馆的屋顶掀开。宝山觉得上海是在抽风，一直要抽到明年。在爆炸声中，童小桥抱起那把琵琶，像是抱着一个亲人。她没有心情去拨弦，只是从上到下抚摸着它们，然后说，你还是给我讲讲故事吧。

宝山这天没讲案子，案子最近没有进展。他主要是回忆他们一家三代人的警察往事，还有他少年时的兄弟，养父张三立的儿子张仁贵。那年张仁贵把一个人给打死了，在上海南站爬上一列火车从此消失。一九三七年，宝山穿上了警服。报到的那天，他在福州路一百八十五号的门前，把牛皮带扎在腰间，顶着正午的阳光戴上他人生中的第一顶警帽，并且和养母一起拍了一张照片。

你的那些警服呢？童小桥说。

我都让来喜存在衣柜里。

也没怎么见过你拿枪。

可是我心里有枪。俞叔平局长也送过我一把枪。

落地自鸣钟当的一声敲响，接着又开始连续地敲了十一响。两个人转头，看见自鸣钟里新的一年到了。这时候童小桥的眼里又闪出了一些泪光，她说谢谢你陪我过年，我以后都不会忘记。

宝山说，以后的日子还很长。

那天来喜看见老金送宝山回家。宝山走进黑暗的院门，把身体靠在墙上。他觉得昏昏沉沉，头又开始很痛，像要炸开似的。来喜于是从院里出来，陪在边上站了很长时间。宝山后来都没听到老金离开时发动汽车的声音。他对来喜说，唐仲泰和周兰扣出事了。

16

宝山终于查到了，郑金权是七十二军的逃兵，他和张静秋原来是一个部队的。之前两处现场的烟灰比对，证明也都是三炮台香烟。世上没有那么多凑巧，宝山认为这是连环案，他很长时间捏着那枚子弹头，又想不出这其中究竟有什么样的关系。他去检查冰库里郑金权的尸体，这家伙运气特别好，当了那么多年兵，身上竟然没有枪伤。

炳坤带了郑金权的照片，去赫德路找丁医生，还去临时戒毒所又找了一次护士长，结果没有得到任何有用的线索。

那天宝山去档案室查资料，他想看看有没有和七十二军相关的情况。走廊里他碰到了炳坤。炳坤目光闪烁，说处长找他有事，听起来很急。宝山看着炳坤急匆匆上了电梯，电梯门合上时，他才发现平常人来人往的整个走廊上只剩下他自己，安静得跟死去了一般。档案室里也很是奇怪，很多材料被捆扎在一起，堆得跟山一样。宝山问这是要干吗。管理员看他一眼，目光讳莫如深，说你知道就行了，昨天接到的命令，很多重要的档案要抓紧送去台湾。

怎么都要去台湾，宝山看着那堆材料，心想台湾难道成了上海的亲戚？

但是宝山没有想到，此时离开警察局的炳坤，正要面临一个巨大的陷阱。

周正龙这天是让炳坤去一趟水上分局，之前他给了炳坤一个文件袋，里头是关于配合保密局出海抓捕上海地下党的行动方案。炳坤开车开得很慢，好几次想靠边停下，把文件袋给拆开，但这样的念头无数次冒出来，又被理智掐灭。处里那么多人，周正龙为何单单选择了他？万一把袋子拆开，周正龙会不会在里头做了手脚，收件人第一时间就能察觉？周正龙说局里有个共党，代号叫猫头鹰，他是不是已经对自己有所怀疑？

炳坤看着车窗外不停后退的街道，似乎所有的面孔都是心怀叵测，各有使命。他知道，上海已经到了很关键的时刻，空气中到处都是一点就着的导火索。

那天在约定地点，炳坤见到了早已等候着他的水上分局的一个警员。对方接过文件袋，仔细看了一眼封口，对炳坤面无表情地说，跟我来，有人要见你。

炳坤跟着他走了很长一段路，最终上了停泊在岸边的一条船。炳坤踩上船板，感觉脚底摇摇晃晃，眼里的水波也在不停地荡漾。

那天在船舱里等候炳坤的，竟然就是周正龙。

周正龙望着潮湿的甲板，手里拿着一本平装版的《王云五小字典》。他坐在一张四方桌旁，声音似乎从水底下漂浮起一般，说，文件里头写了什么？

炳坤想了想，说，不敢看。

周正龙笑了，看着那个原封不动的文件袋说，你的确没有拆过。但他又抬手看了一下表说，可是就在半个钟头前，有人在路边的电话亭往玉佛寺打了一个电话。而且那人在电话里只说了一句，最近有台风，不宜出海。

炳坤倒抽了一口冷气，极力压制心底的波澜。他虽然没有拆过封口，但也确实给玉佛寺的交通站打了电话。有台风不宜出海，他想这样的暗语已经足够提醒组织注意安全，及时防范保密局的抓捕。那么现在事实很明显，交通站不仅被周正龙给端了，而且里头的人员已经叛变。炳坤一直看着周正龙，他在心底里连数了三下，告诫自己要镇定，然后才咽了一口唾沫，开口说，我不懂处长在说什么，玉佛寺又是在哪里？

炳坤想，他们无法证明电话就是他打的。除了猫头鹰，周正龙之前说警局里还有至少几十个共党，那么他就可以利用这个条件，设法撇清自己和电话的关系。

你不懂是吧？周正龙按着桌板站起，说，但是你很快就会懂的。说完他打了个响指，即刻就有一名男子从另一个方向走进了船舱，船又晃荡了一下。男子提了个录音设备，他跟完成一套程序一样，按下机器按钮时，里头传出的正是炳坤的声音：最近有台风，不宜出海。

船舱里很安静，只有风经过水面的声音。炳坤知道一切已经无法挽回，但他奇怪的是，自己此刻反而更加平静了，就像一阵风在他身边突然停下。他看见周正龙把手伸进风衣口袋，里面应该有一把子弹早已上膛的枪。所以他打消了跳水的念头，干脆坐下说，没想到你这么费尽心机，何必如此，早上可以在办公室直接给我戴上手铐。

周正龙愣了一下，随即又笑了。他把文件袋打开，好让炳坤看清里头几张一个字也没有的白纸。炳坤有一种被掏空的感觉，这么长时间，自己一直低估了眼前这个高明的对手。他的喉结滚动了一下，咽了一下唾沫说，你赢了。

周正龙并不显得开心，只是上前按住炳坤的肩膀，而他从风衣口袋里掏出的，其实只有两枚炒香榧。他把香榧托在掌心上，想了想，选出其中一枚送到炳坤的手里，说，七四九七，刚才的表现不错。我代表上海警委欢迎你。

炳坤顿时觉得这个上午很不真实，如同虚设的梦境一样。他在一阵惊喜中久久地盯着周正龙，感觉自己从来没有如此认真地去看过他，仿佛急于要从他脸上寻找出一段被忽视掉的时光。

这一天是一九四九年的三月八日，也就是从保密局过来的毛森接替了俞叔平，就任上海警察局局长的第二天。炳坤记得那天周正龙同他握了一次手。来到刑侦处两年，他还从没想过自己会跟周正龙握手，而且还彼此都握得那么紧。周正龙让他不要介意，说刚才只是为了考验你的沉着和应变能力。还告诉他警委在局里有好几条线，今后你跟我是一组。

在宝山的记忆中，一九四九年三月以后的上海警察局，炳坤还是那个炳坤，周正龙还是那个周正龙，他们两个一点儿都没变。真正有变化的，是查案子在局里的工作中变得不那么重要了，重要的是队伍的管理和整顿。那段时间，宝山和炳坤每个礼拜一都要去榆林路的警察学校参加“总理纪念周”活动，聆听新来的毛森局长训话。与此同时，警察局相继成立了“保密组”“防谍组”及“生活指导组”等。新颁布的“战时禁令”还规定，凡有警察背叛国民党或弃职潜逃者，格杀勿论。警察之间要相互签订连保责任书，如有违反，连保的警员同罪。那天在会议室，周正龙也让刑侦处的警员签名连保，和炳坤一起签字的时候，宝山对周正龙说，我要是有事了，我们家还有一群鸽子，他们会不会也要格杀勿论？

你还能有什么事？周正龙说。

我是怕会被你们这些保密局的憋死。

炳坤看了一眼周正龙，转头对宝山说，我还是跟牢你查案最稳当。

17

毛森上任后，警察局内部的风声变得特别紧，整幢大楼跟丝毫不通风的铁桶一样。

宝山曾经见过这个新来的局长，就在三年前，他从无锡第一绥靖区司令部临时调来上海，追查荣德生绑架案的那次。这个目光迥异的男子，如今依旧英气逼人，他那两道浓墨重彩的眉毛，加上挺直的腰板，让人想起精力旺盛的马。他是戴笠的老乡。

在一次警员大会上，毛森信誓旦旦说，上海有一千条路，但我也有一千个特务。他告诫警察局里的赤色分子，不要心存侥幸，必须限期自首，否则后果很严重。会场里一下子鸦雀无声，所有人都目不转睛望向台上。周正龙看了一眼炳坤，又推了推身边正在打瞌睡的宝山。宝山把眼睛睁开，说，你不用担心，我在听的，你们要查的是共党。

事实证明，毛森并不是虚张声势。接下去的日子，福州路一百八十五号警察局进进出出的车子开始像鱼群一般密集，几乎每天都有人被抓捕，继而秋风扫落叶一样分批押送去了提篮桥监狱。宝山在办公室窗口冷冷地看着，望见福州路上的那排梧桐，在这场细雨飘摇的倒春寒里颤抖不已。

然而很多事情还是照样发生了。宝山那天走进警局，发现整幢大楼跟菜场一样嘈杂。众多警员面容干枯，纷纷举着一个信封跺脚骂娘，走廊上到处弥漫着干燥的油墨味。炳坤后来告诉宝山，那些警员是在家中邮筒里收到了同样一份油印传单，上面是毛泽东和朱德联名发布的《中国人民解放军布告》，也就是他们说的《约法八章》。除此之外，信封里还有一页警告信，告诫警察局顽固分子恪尽职守，保护好一应物资档案，争取立功自赎。

炳坤看上去愁眉苦脸，说事情很麻烦，连毛局长自己也收到了警告信。

排查工作随即展开，初步推算，上海一万四千多名警员中，收到警告信的不少于两千人。因为投递地址十分准确，一一对应了相关的警员姓名，调查科于是将不容置疑的目光投向了警察局内部。那天局里开始汇总信息并且上缴物证时，从档案室出来的宝山感觉风衣口袋里被人塞进了一样东西。他抽出一看，就是那封警告信，塞给他的人是站在身后的炳坤。炳坤声音很轻，说处长让我告诉你，这东西有总比没有好，如果你也收到了，至少他们就不会首先排查你。

炳坤说完，宝山看见站在远处办公室门口的周正龙，正似有似无地盯着他，随后又转身将门轻轻地合上。这样一个背影，让宝山顿时觉得意味深长。

几天后，案子告破。警察局被带走的人中，有普陀分局的老钱和老刘，还有杨树浦分局的小钱。小钱据说刚入职不久，这一年才二十五岁。那天宝山回家的路上，看见来喜在苏州河边好像是一个人偷偷掉眼泪。她的布鞋浸湿在水里，身子蹲下后徒手刨出一个坑，埋下什么东西又把那些沙石子给填回去。宝山就那样远远地望着，他不想去打扰来喜。

回到家，宝山插上电吹风，又用热风给来喜吹膝盖。他什么也没问。来喜终于忍不住了，泪水再次涌上眼角，她说，佛山没了。

佛山是在外面被一只老鹰给盯上了。它落在苏州河边稍事歇息的时候，老鹰一个俯冲，铁钳一样的爪子当即把它死死地按住。来喜说佛山只剩下一根细瘦的骨头，骨头上有血，粘住的两片羽毛连风都带不走。宝山听来喜说完，把她拥到怀里，抱得很紧，很长时间说不出一个字。没有关上的电吹风还在藤椅边呼啦啦地叫着，宝山只觉得自己和来喜一下子苍老了许多。

那天宝山轻轻地松开来喜时，来喜把眼泪擦干，然后背对着宝山，悄悄解下那双卖馄饨时经常要戴的袖套。来喜不想让宝山看见，袖套上有一块没有擦干净的污渍，虽然不是那么明显，但依旧可以看出是油墨。来喜说，解放军是不是要进城了？

宝山沉默了一下，说，上海很快要变天了。

和许多被抓捕的人士一样，老钱和老刘他们在调查科的审讯室里受尽了酷刑。那天他们被带往宋教仁公园枪决之前，宝山就站在办公室窗口。他看见曾经的三个同事已经被处理得没有了人样，他们被一路拖着，拖到天井中验明身份。警局门口很快拉起一块黑布，附近小常州面馆的伙计随即低垂着头赶了过来，他端着一个托盘，面无表情地给钱凤岐他们各自送上一碗热气升腾的阳春面。宝山知道这是“杀头饭”，一碗阳春面就是一条命，等到把面吃完，他们就会被押上车子送去宋公园。枪声响起后，那里又会多出几具尸体，然后尸体就被扔进一口土坑。

炳坤当晚就去了迪化路的九十三号，藿香告诉他的这个秘密联络地址，他还是第一次过去。

夜里上海停电，炳坤找到地址时，发现这原来是一家米行。他按照约定的方式把门敲开，随即在一圈跳动的烛光下看见，等候他的老徐竟然就是那天他在邑庙分局门口见到的那个米行老板。他对炳坤说，七四九七，我认得你。

老徐正在翻阅着一本《王云五小字典》，看上去像一个小学教员。而他手中的字典，和炳坤当初去水上分局送文件时，摆在周正龙手边的那本一模一样。

炳坤这天是带着情绪而来的，没过多久他就开口问老徐，当初的情报为什么没有及时传递出去？如果那样，老钱他们完全有机会撤离。老徐沉默着，夹在手里的香烟都忘记了抽上一口，以至于烟头已经烧出很长一截烟灰。他后来告诉炳坤，那次警委的交通员在指定地点收到炳坤送去的情报后，即刻派人利用信鸽将消息传送去下一站。可是，老徐停顿了一下说，信鸽在中途出事了。

出了什么事？

遇见了一只老鹰，就在苏州河的水边。

炳坤感觉脑袋嗡的一下，有很多虚空从脚底板升起。他了解鸽子，也懂得鸽子，所以最后他无力地说，鸽子可能是要喝水。

那天老徐没有告诉炳坤，鸽子其实就是来喜养的，它的名字叫佛山。他也没让炳坤知道，自己其实是姓邵，单名一个健字，是中共上海警察委员会的书记。他只是平静地对炳坤说，快了，咱们的队伍已经离上海不远了。

一连好几天，来喜夜里躺在床上都不敢闭眼，她怕会在梦里见到佛山。

在地里埋下佛山的那根骨头时，来喜望着之前绑在它脚上的那截小圆筒，将塞在里面没有送出的情报抽出。她虽然不懂密码，但纸条上那串阿拉伯数字还是让她触景伤情。那些排列整齐的数字，让来喜想起了屋顶平台上排成一行的鸽子，而佛山以前就翘首站立在它们中间。

来喜将纸条扔进河里，看着它漂远，直至沉入水底。然后她撩起河水，擦洗了一番袖套上的油墨痕迹。

油墨是来喜在一个地下室里沾上的。几天前，上海警委从解放区的邯郸电台里收听到了新颁布的《约法八章》，因为消息播了很多次，老徐和老钱他们就一字一句地抄写下来，并且连夜刻字油印。后来要安排人员挨家挨户送去那些警员家的邮筒时，来喜说这事情我去做也很方便，我一个到处推车卖葱油饼馄饨的，人家根本不会注意。

来喜在两年前就加入了中共暗线组织。跟宝山结婚之前，她也曾经征询过组织的意见。老徐后来问她，你想好了吗？来喜说，想好了。老徐就不再说话，过了一会儿，来喜又补了一句，我觉得他是个好人。

18

五月的一天，宝山突然站到清晨的苏州河边，像钉在那里的木桩一样，一直盯着摇晃的河水，以及映在河水中的自己摇晃着的倒影。来喜那时候远远地看着他，不知道他在想什么。

那天没什么阳光，云层压得比较低，宝山后来在河水的倒影里见到一只展翅的老鹰。老鹰从云层里冲出，起初看上去只有苍蝇那么大，但很快就跟一九三七年日本人的飞机那样滑翔了过来。宝山很安静，抽出俞叔平局长送给他的那把手枪，也没怎么瞄准，抬头时却即刻让一颗子弹朝空中追赶了过去。于是在炸响的枪声里，来喜听见那只老鹰惨叫了一声，随后就笔直坠落进了这天上午的苏州河里。

来喜想，宝山这枪法，弹无虚发。

两天后，很多上海人是在遥远的枪声中醒来的。解放军三野主力对上海的外围进攻，在五月十二号这天正式打响。来喜后来听说，这场被称为“瓷器店里打老鼠”的战役，既要歼灭国民党守军，又要保护市区免遭破坏。总之一句话，不能把上海给打烂了。

上海变成翻滚的海，许多消息像浪头一样拍打过来。那天周正龙更是从警委方面接到消息，从济南公安局抽调录用了一批警察，加上华东警校的部分学员，一支共计一千四百人的队伍，已经在华东局社会部副部长李士英的带领下，几番辗转后从济南到达江苏省的丹阳县。他们准备在丹阳集训一段时间，待条件成熟后前来接管上海市警察局。

站在苏州河边的屋顶，宝山已经能听见隐隐的枪炮声。有时候听起来很远，好像是响在收音机里。有时候又感觉非常近，近得就在头顶。声音像涨潮，有时候让人喘不过气，有时候又突然安静下来，跟河水一样悄无声息。宝山看了一眼没有去卖葱油饼和馄饨的来喜，安慰她说，不用担心，上海飞来飞去的子弹，我以前见得多了。来喜说，你也不用去上班了，咱们就待在家里。

来喜说这话的时候，低头看了一眼自己的肚子，她已经有了宝山的孩子。

但是宝山还是去了局里。

在宝山后来的记忆里，那天他去档案室归还资料的时候，看见铁门半掩着。可是里头除了正在查档案的周正龙，却没有见到管理员。周正龙告诉他，中午时间，管理员去食堂吃饭了。又说，都什么时候了，你怎么不在家陪着来喜？

宝山拎着资料退出，正要走到楼梯口时，一种直觉促使他回头看了一眼，于是就发现，刚才闪进铁门里的身影，好像是炳坤。炳坤身后的门轻轻地合上，宝山看了一下表，十二点刚过。根据他判断，过不了十分钟，管理员就会回来。宝山低头想了想，就不再急着下楼，而是站在原地，盯着表盘里的秒针，看它一格一格地跳过去。他感觉走廊里非常安静，整个警察局跟睡着了一般。

周正龙这天是故意挑中午下班前去的档案室，按照计划，他和炳坤要抓紧时间取走两份重要的情报。一个是有关政治处调查科所有警员的资料，再就是保密局即将执行的名为“永夜计划”的潜伏人员名单。此前，按照周正龙的要求，炳坤已经熟练掌握了《王云五小字典》的四角号码检索法，这也是档案室资料的排列归类法则。

负责档案管理的是个嘉兴人，他眼看到了饭点，但周正龙却沉浸在一大堆资料中不可自拔。周正龙查阅得详尽而且仔细，中间还没有忘记抄写下一些重要的内容。看见管理员左右为难，周正龙认为时机已经成熟，所以就建议他先去吃饭，回来顺便给自己带一份咸肉炖春笋，再加四两米饭。

一切都非常顺利，等候在楼下的炳坤也随即进入了档案室。他知道此次任务需要两个人联手完成，自己先一个个检索名单，然后周正龙就按照检索结果前去对应的柜子，一份份抽取出资料。接下去，炳坤需要把调查科警员的资料一份份摊开在地上，好让跪着的周正龙对着微型相机一张一张拍过去。而最重要的“永夜计划”潜伏人员名单以及组织构架，却是保存在一个胶卷中，下个礼拜就会被送去台湾。周正龙拍照时，炳坤最终在三号柜的五号抽屉里将那个富士胶卷找出，并且塞进去一个假的胶卷替代品。周正龙说过，这只是权宜之计，等到胶卷里的照片洗出，原胶卷必须在下个礼拜一把假胶卷换回来。否则到时候保密局送走档案例行检查时，一切就全都暴露了。

宝山是在十二点十三分闻到一股咸肉春笋的香味，沿着那口楼梯井热烈地蔓延上来。他随即听见管理员上楼的脚步声，中间还打了一个饱嗝。然而此时，宝山却还没有见到从档案室铁门里走出的炳坤。

炳坤正帮着周正龙整理那些拍完照的资料，并且迅速将它们一份接着一份归入原位。但所有的事情即将结束时，走廊东边方向却突然响起哐当一声，是搪瓷盆落地的声音，听起来很清脆。周正龙即刻命令炳坤，快走！说着，他蹲下身子一步步后退，用脱下来的手套擦干净两人可能会在文件柜前留下的鞋印。

阳光透过窗帘慢慢地飘移过来，空气中清晰可见一些细小的尘埃。铁门被推开时，管理员提着那个被砸扁了的搪瓷饭盆，对周正龙沮丧地说，上楼时不小心和宝山撞了个满怀，那盆咸肉春笋于是全打在了楼梯板上。周正龙有点儿气愤，说，我等下让他赔！

管理员哭笑不得，说，周处长听说了吗？后勤总部的张权和第四绥靖区的李锡佑，这两位将军，刚才也被带走了。据说是密谋兵变。

怎么个兵变?

想让西体育会路上的炮兵团突袭警备司令部。

周正龙觉得心里凉了一下，不过他说怎么会有这种事，我是不相信的。

食堂里都传开了，管理员声音很轻，说大家今天饭量特别小，好像没什么胃口。

再这样下去，我也没胃口。说完周正龙把铁门推开，手伸进口袋时，攥紧那个被他带出来的富士胶卷。

19

因为肚里的孩子，来喜现在上楼去喂鸽子时都格外小心，主要还是担心自己的膝盖。那年在童小桥家从楼梯上滚下来的经历，现在她想想都怕。

宝山也没再给她吹电吹风，吹风机那么大的声音，他说怕是要吵醒了孩子。来喜看他笑眯眯地说着，心里一下子想起了很多。事实上，如果不出意外，来喜早就有了自己的孩子。不过那是很多年以前的事，早在她认识宝山之前，也早在她去童小桥家洗衣做饭之前。

那年的一个深夜，来喜的男人突然不见了，整件事情发生得毫无征兆。来喜只是记得自己第二天醒来时，一只脚伸进圆口布鞋，觉得有点儿扎脚。她于是弯下腰，把手伸进布鞋，抽出的却是一张纸条：我不在的日子，你要多保重。

来喜跌坐在泥地上，整个人跟抽去了骨头一样软成一团。她使劲呼吸，不停地喘气，一双手胡乱抓住床板，却怎么也站不起身子。

来喜花了很长时间打听男人的下落，直到九个月以后，她听一个邻居说，送走她男人的可能是虹口锦华炒货店的老板。来喜就灰头土脸地找了过去，头发都没来得及梳理一下。老板给她抓了一把刚出炉的炒花生说，你终于还是来了，但我什么也不会说。来喜走的时候，手里不知不觉抓了一颗没有剥开来的炒花生。回去以后她使劲等，等了一年又等了两年，等到那双圆口布鞋磨烂了，等到自己到处奔波的腿都疼得撑不住了。她最后一次去锦华炒货店时，老板正提着一根木杆秤在称一堆花生。老板避开来喜的目光说，你不用再等了，人已经不在了。

他是不是牺牲了？来喜说。

老板看一眼秤杆上那排很细小的秤花，像是回首一段模糊又陈旧的岁月，他最终说对不起，我们没能把他还给你，也没让他看到胜利的那一天。来喜听他说完，从口袋里摸出那颗藏了多年的炒花生，摊开掌心仔细看了一眼，然后把手合拢说，我也想加入你们这一行，他没走完的路，我想替他走下去。

来喜就是从那年开始替组织养鸽子的，后来越养越多，越多就越喜欢鸽子。再后来，宝山在老正兴面馆给她送了一块布料和一条围裙，宝山说你给我当老婆行不行。来喜就此整整想了两个晚上，最后向组织汇报时，老徐问她，你想好了吗？

来喜说，想好了。

20

童小桥给宝山打电话的那天，北边月浦镇的枪炮声已经听得很清晰。宝山踏进唐公馆，看见她正在收拾一堆唱片，客厅里点了一盆火，她说趁解放军进城之前，她要把这些唱片给烧了。宝山问她那留声机怎么办，这么大一个客厅怎么办，难道你都要一把火给烧了？

童小桥很无奈地坐下，说留着这些东西，我怕。她还说我现在宁愿身无分文，活得跟一个棉纱厂女工一样。宝山这才发现，老金已经不在了，可能他的东西也全都搬走了。只有那辆闪亮的轿车，还一尘不染地停在车库里，散发着寂静的光。

那天宝山回到局里，炳坤想了一下还是告诉他，龙江路上又发生了一起人命案，一个老太太被杀了。宝山说，那还不快走？炳坤说，现在这局势，我们还出警吗？

宝山于是说，只要当一天警察，你就要出一天的警。

龙江路已经很安静，许多店门都关着。雨丝很细密，之前收租婆坐过的那把椅子横躺在街角，仿佛在思念着离开它的主人。但是死者不是收租婆，是另外一个老太太，人家叫她汤团太太。

汤团太太靠在太师椅上，白玉做的烟管掉落在脚旁。她是被人用手帕捂嘴给弄死的，一双眼睛十分诧异地盯着身边的麻将桌，好像那块油光发亮的桌板上就有凶手的影子。

她从小喜欢吃汤团，过来看热闹的收租婆掐了掐手指，擦亮一根火柴对宝山说，她比我大五岁，这么说吃汤团已经吃了六十三年。

老太太家里就她一个人？宝山说。

她以前有儿子，现在没了。

怎么就没了？

说来话长。收租婆两片嘴唇对着烟杆抽了一口，听见头顶一架飞机飞了过去，声音震耳欲聋。她于是很不耐烦地说，不说也罢。

宝山后来想过，那天从头顶飞过的飞机，上面坐着的会不会就是京沪杭警备总司令汤恩伯？因为据说汤恩伯最后一次联系上海市警察局长毛森时，告诫他如果接下去战况不利，警察局的交警大队也得拉去战场。而在此之前，毛森的保警总队已经被抽去市郊参加布防。这通电话以后，毛森就再也没能联系上汤恩伯。这个总司令在上海消失了。

坐在警察局五楼办公室，毛森身边的一排电话一直铃声不断。他解开风纪扣，开始担心起花费了很多心血的“永夜计划”，档案室里那份拍在胶卷中的潜伏人员名单，他想不能再等了，得抓紧转移，起早越好。

这天夜里，周正龙是在唐仲泰的火柴厂门口被调查科当场抓捕的。炳坤听说事发时，调查科科长谢小勇也没问周正龙为什么会在火柴厂，只是亮出毛森签署的逮捕令，也顾不上讲什么虚头巴脑的情面，直接就夺走了他的公文包。

谢小勇很幸运，公文包的夹层里，果然躺着令他眼前一亮的胶卷，周正龙还没来得及送回档案室去。

手铐就不必了，有什么事情按照你们的程序走。周正龙说得很坦然。他只是没有想到，自己之所以被锁定为偷换情报的嫌疑人，是因为谢小勇在档案室的内室发现一片周正龙喜欢吃的诸暨香榧的香榧衣，就在失踪胶卷的柜子夹缝里。结合管理员的证词，毛森当即在逮捕令上签了字。

审讯就地安排在火柴厂唐仲泰原来的办公室。周正龙坐在靠背椅上，一双手交叉在胸前。谢小勇简单说了一句开场白，你怎么一点儿也不慌？

周正龙调整了一下坐姿说，要不你来告诉我，我应该慌什么？他后来向谢小勇要了一根香烟，十分生疏地吸了一口，差不多把自己给呛到了。

逃去台湾的机票买好了吗？周正龙对谢小勇说，告诉你一个秘密，水路已经走不通了，所有的出口都被解放军包围了。

毛局长让我告诉你，交代出局里的其他共党，你还有机会活下去。

可是用不了几天，街上就全都是共党。你们杀得完？

除了胶卷，你还带走了什么？

你们来不及销毁的，我全带走了。

毛森的电话是在夜里十二点打过来的，他说既然骨头这样硬，那么就干脆一点儿，连夜拉去宋公园！

宝山和炳坤就是在这时候赶到火柴厂的，看见小常州面馆端来的阳春面，宝山一脚把办公室的门板踹开，说你们要是想把人给送出去，那就先踩着我的尸体过去。周正龙这时抓起桌上之前点烟的火柴，突然一个箭步冲向窗口，转眼间跃起身子撞开玻璃飞了出去。可是周正龙没有想到，就在自己从空中落下时，戴在脸上的那副吴良材眼镜却掉落在了草丛中。周正龙的视线顿时变得很模糊，他蹲在地上一阵摸索，而此时，追到窗口的谢小勇，则十分准确地向他送出了一颗子弹。

子弹不偏不倚，正好命中周正龙的大腿，并且从那块肌肉里穿透了过去。周正龙像是被人绊了一跤，整张脸扑倒在地上，满嘴是泥，并且闻到夜色下浓郁的青草气息。

谢小勇随即赶到一楼，却没有见到周正龙的身影，但他很快就放心地笑了，望着地上那些血迹的方向，他带人奔去了厂区里边。

此时周正龙一瘸一拐，正拖着那条腿艰难地前行。他试图去捂住腿上的伤口，好让那些血流得稍微慢一点儿。然后他深吸一口气，抬头想要多看几眼上海的夜空。他知道眼前的这个五月，对上海来说必定是非同一般。

五分钟后，火柴厂的仓库突然射出一道亮光，等谢小勇他们赶到时，周正龙已经将所有的灯打开，让里头恍惚成了一个白昼。

摘下一枚铜锁，周正龙努力推开一道铁栅栏，最后气喘吁吁地靠在一块硕大的防雨布上。汗珠如同雨点般坠落，腿上的血流得很猛，将他的裤管彻底打湿。他看上去是再也跑不动了，想就此停下。

宝山记得谢小勇拉动枪栓，想要朝周正龙补上一枪的时候，周正龙却猛地掀开防雨布的一角，让他看见成捆成捆扎在一起的炸药包。周正龙说，这就是你们想在败退前炸毁上海电厂的炸药，为此我整整找了两天。

谢小勇于是明白，原来周正龙来火柴厂，是为了寻找“永夜计划”里提到的那批炸药。

周正龙从口袋里掏出那盒火柴，抽出一根说，你可以开枪的，这样我就不用点火了。

炳坤听完即刻就要冲上去，宝山一把按住他肩膀，几乎用上了所有的力气。

你们可以走了。周正龙的头发耷拉在脑门上，看上去有些狼狈。但他的脸上却露出了笑容，说，我也要走了。

宝山无法忘记，那天的后来，随着震天撼地的爆炸声，一团巨大的火光从他身后的火柴厂仓库里冲天而起。他被热浪撞倒在地上，恍恍惚惚地转过头去时，看见辽阔的夜空已经被灼热的火光映红，随后就有许多烧焦的尘土从四面八方砸落，好像要将他如同废墟一般掩埋。

宝山觉得四周跟死亡一样安静，他最后看见的，是掉落在身边的周正龙的一条眼镜腿。

那天来喜在床上被爆炸声惊醒后，一直无法入眠。她干脆起身，一个人走到门口，站在那里等宝山等了很久。炳坤将宝山送回时，来喜已经坐在门口睡着了。来喜后来扶着门框用力站起，望着眼前有点儿模糊的两个男人说，你们终于回来了。炳坤看一眼来喜，她的神情和略微发胖的身子，应该是怀孕了。然后他把目光移开，对宝山说，我回去了。

来喜眼看着炳坤把车子开走，感觉身边一下子很凉，就跟赤脚站在河水里一样。宝山后来上床，躺在她身边，抱着她日渐饱满的肚子，从头到尾一句话也没说。

来喜一次次抚摸宝山的头发，说，出什么事了？

宝山把眼睛睁开又闭上，最后说，天快亮了，睡吧。

那天炳坤把车子开到苏州河边时，无法阻止绵延在心中的忧伤。他把车子停下，觉得整个人一点儿力气也没有，于是不由自主地走去水边。在流淌的河水里，他好像再次望见几个小时前牺牲的周正龙，并且记起周正龙那次坐在一条摇晃的船上，说七四九七，上海警委欢迎你。这时候炳坤终于掉下两行热泪，他捧起一把河水，想将泪水和其他一些往事一同抹去。

炳坤想起，几年后回到上海进入警察局没几天，有次值夜班，宝山请他去街上吃一碗馄饨。炳坤于是围上那条围巾，跟宝山去了宏泰电影院门口。可是在一家葱油饼馄饨铺前，炳坤一眼就见到了忙碌中的来喜。来喜正给客人端去一碗馄饨，她看上去瘦了，脸上的皮肤也没以前那么红润。炳坤感觉一阵无法抑制的惊喜，就要声音沙哑着叫出一声来喜，并且告诉她我回来了，这么多年我一直像个疯子一样到处找你时，却听见宝山说，坐吧，她就是你师母。

炳坤瞬间僵化成一截木头，他很茫然地看到来喜把头抬起，笑眯眯地擦了一把汗，望向宝山身边的自己时，好像看见的是一整片突然停止流淌的河水。

炳坤那次一下子吃了三碗馄饨，每一碗都加了很多辣椒，直到把自己吃得大汗淋漓。吃完馄饨的时候，宝山发现他一双眼睛红通通的，跟一只无辜的兔子一样。他说，你能不能吃得斯文一点儿？毕竟我是这里的老板。

炳坤就擦了一把汗，低头扶着桌子站起，然后努力让自己笑着说，你多陪陪师母，我先回去了。

炳坤一路上走得摇摇晃晃，听见风相互撞来撞去的声音。他后来突然就吐了，感觉肚子里翻江倒海。他真想在街边倒下，躺在那里跟死去一般，把什么都给忘了。就像那次他终于找到组织时，领导感叹说，我们原以为，你也已经牺牲了。

21

宝山第二天早上去局里，发现整幢大楼已经乱成一锅粥。那时候很多人惊慌失措，一路奔跑着进进出出，地上飘满各种各样来不及捡走的文件和纸片。

上午十点，一辆车子缓缓开进福州路一百八十五号，下来的是警察局员警消费合作社主任陆大公。陆大公跟宝山一样，是局里的三朝元老，这天他好像没有心情打招呼，甚至都没时间点头，只是沉沉地看了一眼宝山，然后就直接踩上了电梯。

宝山后来才知道，仅仅是过了半个钟头，等陆大公从毛森的办公室里退出时，他已经被任命为上海警察局的代理局长。分手前，毛森对陆大公说，现在必须撤退。但我还是要回来的，也许是一年，也许是再过两年。

陆大公离开警察局时，在电梯口碰到了宝山，他对宝山笑了笑说，改天聚一聚。此时很少有人清楚，事实上，陆大公和中共上海地下市委书记张承宗，两人早已是交心交底的朋友。而这天被叫去毛森办公室之前，他已经通过电话向张书记做了请示。

宝山后来去了龙江路，关于汤团太太，他想找收租婆好好聊一聊。龙江路行人稀稀拉拉，最热闹的是那家早餐店，大家把这里当成了茶楼，说来说去的都是解放军攻城。宝山在挤成一团的人头里见到了收租婆，她在喝一碗冷豆浆，喝得稀里哗啦，充满了生机。

汤团太太的儿子以前是部队里的伙夫，有一天去抱柴火，碰见了柴草堆里一条昂起头来的五步蛇。汤团太太后来一定要去部队看看儿子，可是除了一个新坟，什么也没看到。她只是听部队连长在夜里同她讲，儿子死的时候，那条被蛇咬过的手臂肿胀成小腿那么粗，整个人硬得像伙房里的一块砧板。

宝山想给收租婆再叫一碗豆浆，收租婆却吐出一口烟，摸着滚圆的肚皮说，喝不下了。她还说你这人看上去不像一个警察，会不会是冒充的？宝山就问她，汤团太太的儿子是在哪支部队？收租婆咳嗽了两声说，我只知道他是被常德的五步蛇咬死的。你晓得常德是在哪里吗？

这时候，宝山好像看见门口有一个人影急匆匆闪了过去，随后石板街上就响起一阵脚步声，听起来很仓皇。直觉让宝山即刻追了出去，但是整条狭长的街都是空的，路上只有零星的雨点。宝山仿佛闻到秘不可宣的气息，就裹在眼前凝滞的空气中，所以他继续追赶，直到追进一条弄堂里，突然被一根迎面砸来的木棍当头一棒。

宝山两眼一黑，如同被子弹射穿的身体，浑然不觉地倒了下去。

这是陆大公上任局长的第一个夜晚，宵禁时间从八点提前到了七点。来喜这天一个人坐在家里，隐约听见远处越来越急促的枪声，却始终没有听见宝山的进门声。这次她终于有了一种不祥的预感，这种预感越来越强烈，于是她套上浅口布鞋，像一阵风一样奔去了局里。

炳坤开车带她到处去找，一路上四处张望，车厢里越来越安静。

车子后来不知不觉又开到宝山家，来喜进去一看，屋子里还是空的。

要不再等等吧。炳坤说。

你别再让我等。我这一辈子，最怕的就是等。

来喜说完，整个身子软绵绵的，膝盖又止不住发抖。

炳坤什么也不敢再说，望着门口没有熄灭的车灯，眼里只有惆怅。

第二天来喜去了童小桥家。在唐公馆的客厅，来喜觉得眼前曾经熟悉的一切已经恍若隔世，但她还是急着说，宝山不见了，你说他会去哪里?

童小桥看着从来没像现在这般慌乱过的来喜，顿时把眼帘垂下去。她那时很想抽一根香烟，好像只有这样才能给自己压压惊。她奇怪日子为什么会这么荒唐，总是被自己过得一团糟。

他不会有事的，他命大。童小桥过了一阵又说，他不是唐仲泰，早晚会回来的。

来喜始终坐着，都不知道该怎么开口。她想以前炳坤消失的时候，那些街坊邻居也是这么劝她的，可炳坤那么多年还是音信全无，直至最后传来牺牲的消息。这时候，来喜觉得藏在肚里的孩子踢了她一脚，劲道十分生猛。她于是站起身子，对童小桥说，我等他回来，太太您保重。

童小桥把脸转过去，看着落地自鸣钟上好多天没有擦的灰尘，过了很久才说，以后不用再叫我太太了，你可以叫我姐。

22

一九四九年的五月二十七号和上海城的解放有关。

事实上，从两天前开始，在街上寻找宝山的来喜就见到有解放军陆陆续续地奔袭进城。来喜看见他们夜里将长枪靠在墙角，一排排地露宿在黄梅雨浸泡过的街头。他们有时候齐刷刷地躺下，有时候坐在地上背靠背入睡。有些人则一直紧抱着怀里沉重的机枪，好像生怕会在睡梦中被人抢走。那几天的报纸上说，解放军战士纪律严明，不允许打扰上海市民的生活。

来喜每天天光还未亮就出门，手上拿着宝山的警察证件照，她一条街道一条弄堂那样找过去，碰到路人就指着照片打听一次。到了后来，她干脆摇醒睡在汉口路人行道上的解放军战士，想从他们的嘴里获得一些消息。照片在解放军手里一个接着一个传递过去，悄无声息。来喜满眼血丝，看见他们纷纷揉揉眼睛，然后又摇摇头，再次疲倦地睡了过去。那天炳坤也在一边陪着她，他最终看见照片被传回来喜手中的时候，望着清晨缭绕水汽中那些熟睡的战士，陷入长久的沉默。他觉得不可思议又感到万分自豪，组织上是如何带出了眼前这样一支令人动容的队伍？

宝山那天在一阵昂扬的汽笛声中醒来，声音很遥远。睁开眼睛，他发现自己躺在一张破败的草席上，屋子里漏进来的光线跟随意生长的杂草一样。他支撑着墙角，想要让自己坐起，这时候对面门框下一个四方形的洞口被推开，有人隔着那扇门板给他递进来一碗馄饨。

宝山很虚弱，一碗面皮不够均匀的馄饨，断断续续吃了很长时间。喝汤的时候，他的脑袋痛得难以忍受，像是被人撬开，强行往里头塞进一块抹布，又狠狠挤压成一团。他摸了摸额头，才发现原来肿得很厉害，并且硬得跟鹅卵石一样。在虚无缥缈的漆黑中，宝山还发现自己的一条腿很不灵光。他于是渐渐回想起，那天自己奔跑在龙江路，突然被横空飞来的木棍击倒时，他隐约看见一个瘦小的男子身影，好像是穿一件黑布长衫。之后弄堂里便炸开一声枪响，子弹射穿他的右脚，然后他就什么都记不得了。

那天，炳坤撑着一把伞，和刚刚上任三天的新局长陆大公一起，站在雨中守望着福州路向西延伸的方向。半个钟头前，从丹阳远道而来的华东局社会部副部长李士英带着杨帆等人，已经从前一晚的住宿地交通大学出发，正在前来接管上海警察局的路上。

跟在场的所有警员一样，炳坤觉得这是一场通透的雨，将福州路上的梧桐冲洗得异常清爽。但是此时没有人察觉，就在众人身后，一辆半新不旧的黄包车正穿透出雨帘，朝警察局门口飞速奔跑过来。黄包车车夫的破帽子压得很低，一双赤脚踩踏出很多亮晶晶的水珠。等到车子停下，正好转头的陆大公刹那间愣住了，他发现扶着车夫肩膀走下来的，竟然是失踪了很多天的宝山。宝山的腿好像是瘸了，他先是左脚落地，等到大半个身子露出车篷时，才转头弯下腰去，努力抱起自己的右脚，差不多将它从车厢里给抬了出来。

陆大公一直很安静地看着宝山，看他站在雨中，一瘸一拐地走向警局时，门口有两个新来的解放军警卫伸手将他拦住。宝山诧异着停下，有点儿缓慢地抹了一把脸上的雨水。他接着抬头望向警察局大楼的一排窗口，看见那里已经挂出许多白色的小旗。旗子全都被雨水淋湿了，湿得跟雨中的苏州河一样。

那天看见宝山的炳坤即刻冲了上去，噼里啪啦的脚步声惊动了宝山。宝山茫然地看了他一眼，有点儿模糊地笑笑，随后整个人便晕倒在了警察局门口。

23

宝山再次醒来，见到的是一个完全不同的上海。

那天来喜将宝山的病房窗户打开，整座城市的欢呼声便如潮水般涌来。宝山站在窗口望去，到处都是喜迎解放军进城的人群。喧天的锣鼓声中，有人手舞足蹈，有人笑着笑着就哭了，还有人扭起秧歌踩起高跷，簇拥着笑容满面的解放军战士一排一排走过去。宝山一双眼睛有点儿忙不过来，他望着那些身穿土黄色军装的解放军，觉得他们是那样生机勃勃，仿佛是一夜之间从地底下冒出来的庄稼。他想，上海果真是换了一番天地。

宝山和来喜一起蹒跚着走上街头，他那只在龙江路上受伤的脚，不敢用力踩，一踮一踮的。两人后来站在外白渡桥边，就那样远远地看着热闹的人山和人海，好像是看一场永远也演不完的电影。

宝山后来对安静下来的来喜说，我那天听见一声枪响，以为再也见不到你了。还好子弹射偏了，射在了右脚上，没伤到骨头。

来喜身子一抖，好像也听见了那声枪响。她抓住宝山的手，抓得很紧，却一直没有转头去看他。

宝山望向来喜的肚子，说，我昨天在梦里见到，你给我生了一个儿子。

来喜就笑了，但她依旧没有看宝山，只是说，那你赶紧给他取个名字。

宝山想了一阵，最后望向那些起伏的河水说，你还是让我再想想。

那天在欢庆的人群中，两人一起见到了炳坤。炳坤已经换上解放军军装，站到宝山面前时，他将有点儿肥大的袖口卷起，又不好意思着左右拉了一回腰上的武装皮带，想让扎在里面的军装显得更加平整。宝山在阳光下看着他帽檐上闪闪发亮的五角星，说，我早看出来了，你来警察局是有目的的。

炳坤看了一眼来喜，沉默着笑了。

宝山就是在这时候突然想起了周正龙。他对炳坤说，我有点儿想处长了，我家里还留了一条他的眼镜腿。

炳坤把头低下去，想了想才说，我也是刚刚知道，处长的代号就是猫头鹰，他在局里潜伏了很多年。

宝山什么也没说，看着那些渐渐消散的人群，他感觉眼底的苏州河就像一场无声的电影，总是会让人忧伤。然后他便回想起，那天在凯司令咖啡馆，周正龙曾经放下吃牛排的刀叉，非常严肃地说，局里有个代号叫猫头鹰的共党，毛人凤查了很久也没有头绪。

宝山在回去的路上，因为受伤的缘故而走得特别慢，仿佛整个世界都是静止的，他喜欢这种静止的感觉。他让来喜不用等他，他想一个人自己走。此时不知道为何，宝山突然很想念周正龙的家乡特产，包在纸袋里的诸暨炒香榧。他想现在周正龙的办公室里，当初那些特意为他准备的好茶不知道是否还在。

上海警察局已经正式更名为上海市公安局，办公地址还是在福州路一百八十五号。

周正龙的办公室迎来了新的主人。六月十号这天，在公安局新一届中层干部的任免会上，一个名叫张胜利的男子被任命为刑侦处处长。跟接替陆大公的局长李士英一样，他之前也是从济南和公安部队一起到达丹阳集训，然后随公安部队过来的。

宝山回局里的那天，张胜利在闷热的梅雨天里满头是汗，整个人像从水里捞出来似的。为了凉快，他把鞋子扔到一边，光着一双脚在炳坤的眼前走来走去，忙碌个不停。从济南带来的哈德门香烟，他也是一根接着一根抽。他告诉炳坤，眼前有两个案子很棘手，一是接管警察局期间，有歹徒打着“解放军先遣队”以及“中共地下军”的旗号，骗走了两个分局和四个派出所的枪支弹药以及其他警用物资。另外一个，是江南造船厂附近，最近连续有国民党残匪出没，他们经常对深夜巡逻的解放军战士打黑枪。

张胜利说完打黑枪，宝山敲敲门把门推开，他看见张胜利头也没抬，只是说等一下，我很忙。

宝山觉得这新来的领导架子不小，他没去理会上前迎接他的炳坤，只是盯着张胜利的那张脸。张胜利的脸上趴着一道春蚕那么长的伤疤，让伤疤附近那只眼睛显得有点儿变形，似乎有一根绳子将它往上吊起。

宝山努力想了想，不够确定地说，张仁贵，难道真的是你？

张胜利有点儿措手不及，抬头后又很不相信似的站起，说，陈宝山？

这时候宝山就把眼睛闭上，感觉疲倦得不得了。他说，你这么多年到底死去了哪里？娘在火车站等了你一年又一年。

娘呢？她现在在哪里？

宝山说，娘在坟里。

那天宝山跟张胜利紧紧地抱在了一起，两个人百感交集。

张胜利十六岁那年爬火车离开上海，因为犯下的命案，他仓皇地逃离，后来他给自己改了个名字，而且还加入了部队，参加过很多场战役。脸上的这道疤，就是在打济南时被弹片给削的。几天前回到上海随公安部队一起接管上海市警察局，他忙得连撒泡尿的时间都没有，所以一直没来得及回家。

宝山带张胜利回了家，他陪张胜利喝酒。来喜炒了很多菜。宝山听着张胜利说起的往事就笑了，说你小子活该。张胜利一下子蒙了，那年他搬起砖头去砸弄堂里的那个小赤佬，就是因为宝山被人欺负了。宝山还是笑，说你这胆子比老鼠还小，哪来什么命案，那人躺在地上根本就是装死，只为了让咱娘多赔一点儿钞票。后来警察过来踢他一脚，他爬起来泥鳅一样溜走了。

张胜利一拍大腿，说妈拉个巴子。

宝山愣了一下。

张胜利便很后悔，扇了自己一巴掌说，怎么脏话还是张口就来。我们是有纪律的，进上海前，首长一再强调过要讲文明，野战部队打仗可以野，行为上不能野。

宝山带张胜利去了一趟沪西新泾港的息焉公墓，那里葬了张胜利的爹娘。两个人一起在坟前跪下，洒酒了好多次。张胜利说，爹，娘，上海解放了，不孝儿张仁贵回来了。

宝山忍不住有点儿心酸。他望着不远处的息焉堂，感觉钟塔楼顶的那几扇哥特式拱窗，看上去就是一排子弹头的造型。他对张胜利说，上海还有很多事情要做，你当刑侦处处长，我觉得放心。

张胜利围着墓地转了一圈，然后告诉宝山说，旧警察改编工作就要开始，李局长他们的意思，接下去的警察队伍是要“拆屋重建”，对于留用警察，一个一个需要甄选。

宝山说我没问题的，手上还有案子要查，总共死了三个人。

张胜利看了他一眼，说，这些我都知道。我们明天给周正龙开追悼会，他写的那些秘密日记里，对你评价很不错。

那天参加了周正龙的追悼会后，宝山又去了一次凯司令咖啡馆。咖啡馆几乎没有什么顾客，空荡荡的。宝山给自己叫了一壶茶，一个人默默地喝着，默默地望向周兰扣当初最爱坐的位子。茶喝到一半时，柜台里又响起了陈歌辛的那首《苏州河边》：风儿在妒，轻轻吹起我的衣角，我们走着迷失了方向，仅在暗的河边彷徨……

宝山转过头去，看见炳坤正和那个服务生站在一起，两个人同时对他淡淡地笑。

宝山觉得，仅仅是几天时间，上海的一切都变了。

24

童小桥早就已经把火柴厂关了，唐仲泰留给她的只是一屁股债。

那段时间上门催款的人很多，一批接着一批。对此，沙发上的童小桥都将旗袍下的腿架起，侧过身子留给对方一个笔直的剪影。她说的都是同一句，人要吗？

债主一般都会以为自己听错了，不相信这是真的。童小桥就十分认真地点头，好像是要鼓励他们接着往下想。等到那些人的目光从头到脚来来回回在她全身抚摸了一遍，她才站起身子掸掸旗袍，好像要掸去很多龌龊的东西。她从茶几底座里抱出一个油光发亮的黑盒子，说，都拿走吧，你想要的唐仲泰都在里面，也省得我给他找块墓地。

债主脸上顿时红一阵白一阵，说，没想到唐太太这么喜欢开玩笑的。

没开玩笑，童小桥说，债是唐仲泰欠下的，与我无关。房子和火柴厂是唐仲泰留给我的，与你无关。

童小桥点燃一根火柴，拦在手心里，慢慢看着那粒火苗长大。

债主很不高兴，说，你这样一来就变得很不友好，道理上讲不通。

讲不通你去跟天讲。不瞒你说，上海最近换了一片天，我有些时候也想静下心来，想跟它友好地讲一讲道理。

童小桥说完，一口气把手里的火苗吹灭，然后扔下火柴棍叫了一声，老金，送客！

老金也不知道是什么时候被童小桥从哪里叫回来的，总之他这段时间一直陪在她身边，像无处不在的影子。老金是江苏金坛人，虽然话不多，见过的世面却不少。按照辈分，童小桥应该叫他舅舅。童小桥现在哪里也不去，一直待在家里，似乎把一个客厅当成了整个上海。直到那天老金回来跟她说，南京路上的那些店面又重新开张了，交易还正常，没出什么大乱子。老金最后又说，宝山好像出院了。

童小桥就起身走去卧室，坐到化妆镜子前，把自己好好修饰了一番，看上去比刚刚过去的五月份精致了许多。可是等她回到客厅时，老金浅浅地看她一眼，她就什么都明白了，即刻将套在手上的白玉镯子摘下，又回去把口红也给擦了。最后才问老金，你看这样行吗？

老金却说，要不要开车？

童小桥于是又坐下来想，想的时候还给自己点了一根烟。有一阵子，她几乎想干脆就不要出门了，这种事情太伤脑筋。

车子开到南京路，童小桥买了两个铁皮圆桶装的华福牌滋补麦乳精，还有半斤补血的阿胶浆。然后她换了一家店，又买了一双孩子穿的虎头鞋，以及三片红肚兜。红肚兜她专门选那种中间绣了一头吃草的牛的，因为她问过老板，这一年出生的孩子是属牛。她还想买一双自己看中的皮鞋，觉得很合宝山的脚，但站在柜台前看了很多次还是有点儿犹豫。后来站她边上的老金说了一句，买吧。

老金把车子开去乌镇路，宝山家门口挂了一把锁。又去街上转了一圈，也没见到来喜的馄饨铺。老金扶着方向盘，抬头对着后视镜问，怎么办？

童小桥说，去他们公安局。

宝山是在办公室里接到了童小桥打来的电话。电话里，童小桥的声音比较响，连一旁的张胜利都能听得很清楚。她说陈警官，办案子也要注意身体，你都快四十的人了。宝山提着话筒走到窗前，低头看见老金的车子就停在局门口附近。老金靠在车门前，仰头发现他时，抬手按了按喇叭。宝山就对张胜利说，我出去一下。

阳光晒在身上不燥不热，宝山走出局大门，尽量让自己因为受伤而踮着脚的步子迈得自然一点儿。他望着老金，走向他车子时，两片起伏的肩膀还是有点儿像摇船的样子。

老金说，你的脚怎么了？

宝山说，被狗咬的。

老金皱了皱眉头，替宝山打开车门时说，我觉得不像。

看多了就像了。宝山说。

童小桥已经从电话亭里回来，她在车厢后排挪了挪身子，给宝山腾出一些空间。

两个人就在车上随便聊了几句，童小桥说，我就知道你不会有事，来喜那天担心得快要疯了。宝山笑笑，把车窗摇下，看见一辆迎面而来的军用卡车。

童小桥把麦乳精、阿胶浆以及虎头鞋和红肚兜推到宝山手里，说回去交给来喜补补身子，我刚才找她找了半天，硬是没有找到她的馄饨铺。又说你要同她讲一声的，等孩子出生了，我是要当干娘的。

宝山顿时有些为难，考虑了一下才说，你以后会不会跟我干娘一样，管我儿子管得很严？要是那样的话，这事情我看还是算了。

童小桥又浅浅地笑了，她想如果不是因为跟宝山在一起，这么长时间里，她都快忘记自己该怎么笑了。

阳光飘落进车厢，看上去仪态万方。宝山将车窗稍稍摇起，说，你瘦了，你最近是不是不吃饭的？

童小桥心里咯噔了一下，但她装作没有听见这一句，目光依旧停留在窗外。她觉得上海怎么会变得这么快，现在街上很多面孔都是新的，就连福州路上跳来跳去的阳光也是新的。然而，她这个女人却是旧的。

老金给宝山递上那双新买的皮鞋，童小桥说你试一试。宝山一下子就笑了，抬起那只受伤的脚说，我穿新鞋子就是浪费，我现在瘸了。老金悄悄看了一眼童小桥，看见她慢慢把脸转过去。他沉默了一刻，还是对宝山说，你就收下。

那天张胜利一直站在楼上的窗口，他看见宝山钻进车子后消失了很久。等他点燃第三根香烟的时候，他发现和宝山一起走出车厢的是一个风姿绰约的女人。女人的旗袍虽然是朴素的湖蓝色，但实在扎得有点儿紧，前凸后翘，丝毫也不含蓄。令张胜利不敢想象的还在后头。宝山就要离开时，那女的竟然弹了弹他肩头的衬衫，然后轻轻地吹了一下，最后又不得不伸出两根手指，替宝山捡走了好像是一两根碎头发。

张胜利猛地抽了一口烟，胡乱吞进肚子后就什么也没有再吐出。他看着童小桥的车子在那排梧桐树下越开越远，最终在这个惊心动魄的上午，变成一只飞走的蝴蝶那么大。

宝山回到办公室，看见张胜利满脸焦急地走来走去。张胜利说，你以后少跟这样的女人来往。

宝山愣住了，问他，那我该跟什么样的人来往？

张胜利把袖口卷起，在办公室里盘着一双手忧心忡忡地来回走了两圈。他警告宝山说，童小桥那种做派，完全就是资本家的女人。你看她车门一开，屁股冒烟，烧的都是我们现在供应很紧张的汽油。

25

上海一天一个样，每天都有五花八门的消息传来。

六月十二号，永潇号邮轮到达天津港，上海至长江以北的海运航线宣告恢复，之前《字林西报》说的“上海港不安全”也便成了个笑话。没过几天，乌烟瘴气的证券大楼也被查封了，银圆和美钞的黑市投机活动树倒猢狲散，警察局还就此抓了不少奸商。

那天宝山领到了六月份上半月的薪水，除去之前预发过的一千元现金以及十六斤大米，按他这个级别，到手的还有将近七千元。宝山把钞票全都给了来喜，说公安局蛮讲信用的，才来没多久就发了半个月的工资。

可是到了六月底，却有不好的消息传来，说是国民党已经封锁了上海的出海口。

接下去的案情分析会，轮到宝山说他手头的案子。宝山已经查明，汤团太太的儿子之前也是在国民党的七十二军，七十二军在常德时，她儿子是伙夫。宝山说，包括张静秋和郑金权，三个死者都曾经在同一支部队。

张胜利静静地听着，在本子上记下了七十二军，还特意画了一条线。他把那只往上吊起来的眼睛眨了眨说，我不相信这世界上会有这么多的巧合，宝山你继续查。

可是这天下午，局里公布了新一期的留用信息，在旧警察劝退的少部分人员中，就有陈宝山的名字。

宝山当天夜里买了两瓶酒，山东景芝的高粱大曲，去警察宿舍里找张胜利。他把酒在四方桌上搁下，说人事处长已经跟他谈过，出于照顾，安排他去重新开始生产的之前唐仲泰的那家火柴厂当门卫。

张胜利看着酒瓶，一言不发。

你去帮我问问，宝山说，我想留下，我还想当警察。我要是不当警察，就等于是半个死人。

张胜利叹了一口气说，我已经尽力了。你也不用想太多，不是因为其他的，主要是考虑到你的腿脚不方便。

宝山就一路走回家，听见树上几只知了在深夜时分鸣叫得三心二意。他走了一段，在苏州河边坐下，望着轻声涌动着的河水，觉得心里一阵阵发慌，好像水已经淹没到了他的头顶。

宝山回到家，月色很清凉。来喜看见他沉默得像个哑巴，提了一瓶酒独自去了屋顶平台。

那天宝山把自己喝醉了，他躺在地上抱着枪，好像是他身上的一根骨头。他后来什么也不去想，只是整晚睡在屋顶平台上，陪着身边笼子里那些一声不响的鸽子。来喜给他拿来一条毯子，替他盖上时，觉得他身上很烫。

宝山第二天很早就醒来，他在清晨的微光中打开院门，一个人朝苏州河走去。路上有人在刷马桶、生煤炉、听收音机、淘米。有人蹲在墙角刷牙，也有人守在摊边，等候客人过来买烧饼油条和豆浆。弄堂口那个发高烧的三岁女孩，宝山昨天夜里就听见她在屋子里哭，现在一觉睡醒还是高烧不退。宝山想，不能再拖了，孩子这时候该送去诊所。

宝山走到局里，去枪械科交还自己的配枪，但却留下了俞叔平局长送给他的那支比利时花口勃朗宁。他把枪身来来回回擦了很多次，还上了一回枪油，最后才将它装进一个布袋子，上交给了保管员。转身时，他听见保管员将铁柜子哐的一声锁上，声音让他站在原地发呆了很久。

离开公安局的时候，没有人送宝山。从大楼到门口，那段几十米的路变得跟隧道一样漫长。宝山一步一步虚弱而无力地将它走完，踩进大门外福州路路面的时候，他没忘记转头，对着门口的哨兵敬了一个礼。这时候他便望见，炳坤一直在楼上办公室的窗口看着他。炳坤那张映在玻璃窗里的脸，好像离宝山很近，一伸手就可以摸到。宝山在这个渐渐开始车水马龙的清晨，昂首对炳坤和蔼地笑了笑。

26

炳坤渐渐变得有点儿暴躁，不仅因为局里清退了宝山，还因为有人要将公安局十层顶楼上的几百只警鸽清理掉。他们的理由很简单，说警鸽曾经是国民党旧警察的帮凶，该杀。这些警员中就有张胜利，他说早就可以下手了。

炳坤那次实在不想多费口舌，他对张胜利说，你要是对这些鸽子斩尽杀绝，你就太愚蠢了。

张胜利很长时间没有把嘴合拢，那只吊起来的眼睛一眨一眨，眼睁睁看着炳坤气势汹汹地走远。他咬了咬牙，暗自朝那背影骂了一句。

炳坤去了十层顶楼，将那些济济一堂的鸽子好好看了一回。他打开笼子，看准了两只体形矫健的灰色德国鸽，将它们一把抱了出来。离开之前，他还带走了很多饲料。

在宝山家，炳坤陪他一起喝酒。两个人喝得散漫而且悠长，好像剩下的时间就是用来喝酒的。除了鸽子，炳坤还给宝山带了一只葱油饼，宝山咬下一口说，我想好了，两只鸽子，以后一只叫佛山，一只叫宝小山。

炳坤不知道鸽子为什么要叫佛山，但他听见宝小山时还是喷出一口酒笑了。这时候来喜给他们端来一碟花生米，然后她走去鸽子笼边，很长时间看着新来的佛山和宝小山。炳坤喝一口酒，见到来喜撑着腰，缓慢地蹲下身去。她来回抚摸着两只鸽子，目光很安静。鸽子也不躲开，还对她点点头，咕咕叫唤了几声。

宝山看着炳坤说，来喜和你一样，跟鸽子很合得来。

张胜利很快查到了童小桥家的住址，因为他记得那辆道奇车子的车牌号。

他原本想带上军管会的干部，以登记私家车的名义上门查访一下，但后来想了想，还是自己一个人踩上局里的脚踏车去了。

童小桥刚刚起床，正在考虑这天是继续待在家里还是出去做一次头发，这时候有个穿军装的男人提着个夹了钢笔的笔记本走进来。童小桥有点儿迷惑，她看了一眼院子树荫下晃来晃去的阳光，才发现原来老金出去买菜的时候，忘了把门给锁上了。

张胜利说，唐太太，打扰了。

你哪位？童小桥说。

我是市公安局的，想找你了解一些情况。

童小桥怔了一下，看着张胜利手里的笔记本，似乎有点儿莫名的不安。

屋子里很香，是那种女人味的香。童小桥穿了旗袍和高跟鞋，露出来的脚背上，能够看见一些细小的蓝色血管。

张胜利把目光移开，一只手摸向口袋时才发现自己忘记了带香烟。为此他有点儿沮丧，觉得如果没有了香烟，这个上午自己一定会是迷迷糊糊的。童小桥看出了张胜利的心思，她把茶几的抽屉打开，掏出里头一包女士型的纪念牌香烟，说，警官要不要试试这个？

张胜利内心有点儿惊喜。但在童小桥靠过身子就要替他点燃火柴的时候，他还是说，我自己来吧，你坐。

其实你不用叫我警官，那是旧上海的做派。张胜利抽了一口烟，觉得它怎么跟牙签一样细，然后他告诉童小桥，我叫张胜利，弓长张，不是立早章。胜是胜利的胜，利是胜利的利。他说，这两个字是不是挺好记？

童小桥笑了一下说，我去给张警官泡茶。

张胜利这天留下来的时间不长，他只是跟童小桥大概聊了几句，说局里现在要查国民党遗留下来的特务，他们刑侦处反特任务很重。他连笔记本都没打开，走的时候又来回看了一眼客厅的摆设，说上海现在真好，跟我参加革命以前完全不一样了。

可是第二天，唐公馆还是迎来了几个军管会的干部，他们要把童小桥的道奇车暂时没收。老金低头走去车库，想要收走车里的手套、香烟、雨伞以及擦玻璃的毛巾什么的。他收拾得慢条斯理，让旁边军管会带队的领导有些恼火。领导拦住他说，别磨磨蹭蹭了，钥匙给我，东西都留着。

老金茫然地看了一眼，又去看童小桥。童小桥站在树荫下，样子很端庄，说，给他。

按照周正龙当初从胶卷里洗出来的照片名单，炳坤一直在查“永夜计划”中的潜伏者，可是情况却让他一筹莫展。名单里有个叫丁力的男子，炳坤去各个分局对着户口本一个一个查过去，发现四个名叫丁力的有三个前几年已经死了。最后找到的，却又是一个七十二岁的老头，在床板上瘫痪了很多年。

炳坤那次去火柴厂门房找宝山，两个人经过分析，觉得名单上的所有人可能都是化名，类似于代号，或许只有“永夜计划”的牵涉者才知道其中的内情。

炳坤有点儿失望，觉得周正龙拿到手的情报差不多成了一张废纸。

宝山说你别急，总会有头绪的。既然有那么多人藏在上海，他们接下去肯定会有动作。只要拔出一个萝卜，就能带出一团泥。

炳坤想起上午由分管局长召集的特情分析会上，张胜利曾经汇报过有个代号叫胭脂的特务潜伏在上海，这人很难查。宝山说那就要考验张胜利的本事了。他告诉炳坤，之前在局里，他曾经去物证科又检查过一次张静秋的箱子，里头有一本相册。所以他在想，凶手会不会是拿走了一张照片？

张胜利再次去唐公馆是在五天以后，这让童小桥多少有点儿意外。

童小桥在客厅里给张胜利点烟，张胜利看着她手腕上的那对镯子说，你这个玉石怎么是红色的？童小桥就告诉他，这其实不是玉，是玛瑙。

玛瑙和玉有什么区别？

玛瑙便宜，像我这样的人都能买得起。

张胜利扑哧一声笑了，说，你还能买得起美国进口的小车。

童小桥便一下子明白了，车子可能就是张胜利让人过来没收的。但她也笑了一下，说，那东西还是你们收走好，它对我来说就是聋子的耳朵，摆设。

话不能这么讲，张胜利看着童小桥短旗袍外赤裸的手臂，目光慢慢移下来说，比方讲你这对手镯，有和没有还是不一样的。说着他把童小桥的手抓了过去，摆在掌心上慢慢欣赏了一回，说，唐太太能不能给我再讲讲玛瑙？我有点儿想不明白，它为什么就比玉要便宜？

童小桥想，果真被自己猜中了，该来的终于还是来了。她把那只伸出去的手很安分地摆着，没有一点儿要抽出的意思，好像坐她对面的，是正在替她诊脉的老中医。这时候张胜利就试探着抚摸了一下她的手背说，唐太太这双手，戴什么都好看。你放心，车子我会替你要回来的，但是你要给我时间。

童小桥什么也没说，只是安静地望向院子。她看见这天下午的阳光显得有点儿多余，此时正趴在院子里那堆肥美的枇杷树叶上，一副赖着不肯走的样子，这让她的眼神也不由自主地暗淡了下去。她后来觉得腰都挺得有点儿酸了，就挪了挪身子，把手再伸过去一点儿说，张处长要是喜欢，可以把这只手也一起带走。

张胜利显得扫兴，把她的手翻过来说，唐太太想哪里去了，我是要帮你看一看手相。我在济南跟灵岩寺的大师学过的，他们说我算得很准。

女人的命还需要算吗？童小桥笑笑，声音里透着心灰意冷，好像那只被人拿走的手上，血在一点一点凝固。

那天张胜利喘着气突然把童小桥抱住，那只吊起的眼睛里闪动着一堆堆的火焰。童小桥反抗，厌恶地把他推开。张胜利那只吊眼便有点儿狰狞，他说你还是答应了吧，如果不是我罩着你，他们天天查你。你这么大一个院子，经不起查的。

27

七月底的一场台风是百年罕见的，根据上海气象台提供的数据，台风的实际风速达到了每秒三十九米。报纸上说，因为海潮倒灌，市区最深的积水处，水深有两米。

宝山那天夜里去火柴厂的厂房加固门窗。他提着手电筒，在身上盖了一件雨披，回来经过那片当初被炸药炸毁的仓库废墟时，恍惚间又看见了周正龙的身影。他站在水流漫过膝盖的泥坑中，狂风呼啸着想把他按进水里，他好不容易抓住一堵断墙，墙却在顷刻之间倒了。

两天后，炳坤经过一路排查，发现了一名嫌疑犯。那时候局里已经给他新分配了一个助手，名叫贺羽丰，是浙西江山县城人。两个人顶着风雨追踪到长乐路的兰心戏院门口，见到一个蹲坐着卖嘉兴粽子的老太婆。他们把篮子上的围裙布掀开，发现藏在热气腾腾的粽子下面的，竟然是两颗手雷。贺羽丰当即揪住她头发，使劲一扯，果然是一团黑乎乎的假发。

对方原来是个五十多岁的糟老头，居住证上的名字叫郑春生。据他后来交代，自己就是“永夜计划”的一名潜伏成员，但在那份名单上，他对应的名字其实是叫郑海盐，因为老家是在嘉兴海盐。

郑春生很配合，想争取宽大处理。他说来兰心戏院，是为了在下午三点一刻，电影《一江春水向东流》散场时，把手雷扔进去。因为在场的观众，有好几个是军管会的干部。他还知道自己是属于“永夜计划”潜伏团的第二小组，只是组里其他人员的信息却一概不知。上头给他分派任务是通过信件通知，写信人署名二郎山，三个字落笔时用楷书。

炳坤站在窗前，看着福州路上台风肆虐过后的一切，觉得已经到手的信息跟宝山之前的判断十分吻合。但接下去如何追查二郎山，他认为是时候让他的师父宝山出马了。

宝山是咬着嘴里的葱油饼回到局里的。他踩上电梯时，看了一眼新来的贺羽丰，然后对炳坤说，把郑春生收到过的信给我。电梯在六楼停下，贺羽丰一路小跑，提前替宝山打开原来那间办公室。宝山进门，随手把灯打开，说，你们先出去，等我半个钟头。

只有宝山自己知道，接下去的时间，他根本就没有去想案子。他只是静静地坐在那张原来的办公桌前，看着曾经熟悉的一切，陷入深深的沉默。往事像照片一样从眼里掠过，宝山跟往常一样端起杯子时，才猛然发现，原来炳坤早已为他泡好了茶，现在还是热的。

半个钟头后，宝山准时将门打开。他对等候在走廊上的炳坤和贺羽丰说，去把郑春生那个片区的邮差给我叫来。

炳坤愣了一下，听见宝山又说，多带几个人，注意安全。

邮差当天傍晚就被带到了审讯室，他穿着一身草绿色制服，坐到宝山面前时，样子茫然若失。

宝山说，我问一句，你答一句。现在开始。

七月二十六号，你有没有上班？

邮差想了想，确定地点头。

那么四号弄堂，郑春生的这封信是你送的？

邮差看了一眼信封，盯着宝山说，有什么问题吗？

不是你问我，是我问你。

是我送的。

你是怎么拿到这封信的？

当然是在邮局里。写信人寄信，塞进邮筒，信最后被分拣，然后送到收信人所在邮局，我们取来后再去各个弄堂分发。

按常理是这样，可是这封信却没有按照常理。宝山又说，不要慌，你再好好想想。

炳坤这时候看见邮差额头冒出一片汗星，他落在信封上的目光也开始游移不定。

宝山接着说，我看过了寄出人的地址和邮戳，和你们是同一个分局的，信应该是投进了二百五十六号邮筒。宝山说得不紧不慢，他说同一个区域之间寄信也正常，可是我知道二百五十六号邮筒是在地势低洼区，差不多是一截下坡路的坡底，这就很奇怪。因为寄信那天，邮筒肯定被台风天倒灌的海潮所淹没。那么请你告诉我，为什么这封信一点儿没有被水泡过的迹象？它的寄出地址和邮戳是不是假的？

邮差即刻抖得像一个筛子。的确，信就是他自己写的，他拿去邮局盖了章，然后直接塞进了郑春生家的门缝。

你就是二郎山，宝山最后拍了一下桌子说，第二小组的资料全在你这里，你还给哪些人写过信？

宝山推开院门走了进来。宝山是想过来跟童小桥吹一下牛皮，夸夸自己刚帮徒弟破获了一个反特大案。可是他一脚踩进院子，就闻见一股张狂的气息，屋里的灯光下，他看见了张胜利松垮的背影。张胜利正在扎皮带，把一件衬衫胡乱塞进了裤子里。

童小桥扭过头去，避开宝山的目光，身影萧瑟着扣上一粒纽扣，又悄悄擦一把眼角。

宝山一把揪住想要离去的张胜利，将他扔在了那棵枇杷树上。枇杷树摇了摇，宝山喘着粗气说，张仁贵你再这样下去，当心挨枪子。

张胜利把嘴角的血擦去，看着滚落在地上的两颗烂枇杷说，你是不是想告密？

宝山说，滚！

宝山这天头痛得无法遏止，他看见整个院子在他眼里摇晃，天上有好几个血红的月亮。童小桥一直帮他按摩太阳穴说，宝山你醒醒。宝山过了很久把眼睛睁开说，我没事。

童小桥抱住他，宝山缓缓将她推开，说，你还是走吧，你别留在上海。

28

童小桥没走。唐仲泰却在一个阳光宣泄的日子里回来了。

唐仲泰没死，他看上去活得很好，永远把自己打扮成新郎官的样子。那天他走到火柴厂门口，怅然地往里头望了一眼，闻见熟悉的硫黄味以及干燥的火柴棍味，觉得物换星移真是往事如烟。他盯着门房宝山笑了笑说，我带你去见一个你想见的人。

宝山说，你是想带我去见阎王？你们还死回来干什么？

周兰扣依旧坐在凯司令咖啡馆那个靠窗的位子，笑得跟去年的栀子花一样。宝山先是沉默了一会儿，接着就跟她讲，你哥没了。周兰扣于是收起了灿烂的笑，也沉默了一下，说，我知道，他被炸得什么也没留下。

宝山说，不，还有一只眼镜腿留下了。

接着宝山又说，既然你没死，那你就该好好活。你不要作死！

周兰扣和唐仲泰当初的确是上了太平轮，但是售出满员五百零八张船票，上船的却有一千多人。在排队上船的时候，就有许多人被纷乱而惶恐的人群挤落到水中。唐仲泰就是那个被挤落水的人，但是周兰扣游泳游得特别好，有一年还差点儿获得上海滩游泳皇后的桂冠。唐仲泰落水后，周兰扣随即也跳入了黄浦江中，将他救上岸。那天他们湿淋淋地站在码头上，望着渐渐远去的太平轮，死而复生的唐仲泰带着哭腔说，兰扣我死也要同你死在一起。

这么长时间，你去了哪里？宝山接着问她。

你猜。周兰扣说完，将杯子里卡布奇诺的巧克力奶油一口气送进嘴里，她觉得很甜。

唐仲泰坐在另外一个卡座里，很长时间望着窗外发呆。他也想过要回去看一眼他的法定妻子童小桥，顺便看看唐公馆客厅的墙上，是不是挂了一张他的遗像。

唐仲泰这么想着的时候，周兰扣让他去买一根新出锅的油条。她后来抓着那根油条，直接浸到咖啡杯里，像咖啡勺那样荡了荡，然后提起来喜滋滋地咬了一口说，宝山你要不要也试试？

宝山没笑，唐仲泰笑了。唐仲泰说，味道怎么样？

宝山坐在旁边只喝柠檬水，很凉，把胃都给喝酸了。

周兰扣要住到宝山家里，宝山想了想答应了，后来是来喜给她铺的床。来喜还给周兰扣泡了童小桥送她的麦乳精，让她不要拘束，以后想住多久就住多久，就当是在自己家里一样。周兰扣说可惜我哥始终一个人，连个嫂子都没有给我娶回家。从现在起，我就认你当嫂子。

夜里周兰扣找宝山聊天，宝山陪她聊了很多。最后周兰扣把所有的门和窗都关上，安安静静地说了四个字：反攻大陆。

宝山以为自己听错了。周兰扣却靠到椅背上，盯着他说，你放心，两年以后毛森局长还会回来的，到时候你还是上海响当当的警察。

宝山好像听见苏州河水拍岸的声音，很吵。他把门打开，让周兰扣抽香烟的烟雾散出去，然后说睡吧，我明天还要去火柴厂门房值班的。

来喜这天夜里躺在床上一直没睡，她听见墙缝里有几只蛐蛐在叫，跟一群人在窃窃私语似的。她还知道周兰扣在天光还未亮时就起床，中间去了一趟洗手间，在里面待了很久。

来喜翻了个身，看了一眼床上的宝山，发现他睡得很好。

周兰扣是在第二天清晨离开宝山家的。走的时候她几乎没有发出声音，却把整间房子收拾得干干净净，看上去就跟她根本没有来过这里一样。

乌镇路上很安静，周兰扣换了一双布鞋，二十多年来脚步声从来没有这么轻。在宝山家的洗手间，她已经把波浪长发给剪了，额前留着不怎么平整的刘海。身上那件质地不错的白衬衫，也被她换成了一件洗得很旧的粗布短褂。周兰扣想，就让自己是一个不折不扣的农村妇女吧。

周兰扣是一九三九年加入的军统，那年她十九。从老家诸暨到了杭州，她有次在酒会上认识了毛森。毛森说你哥是杭州仓前的警察学校毕业的，但你看上去素质不比他差。毛森让手下培训了周兰扣，并且在那次自己被日本人抓走之前，一下子留给她两把手枪。毛森说，不用担心，我还会回来的。

那年在新新公司当玻璃电台播音员，有一群小报记者抓住机会拦住周兰扣采访，问她，这么好的音色怎么不去考中央广播处？周兰扣笑成一盆弯腰的水仙，她告诉记者，中央广播处需要的政治身份是国民党党员，你看我哪里像了？那些记者从头到脚看她一遍，就跟商量过一样，齐声说哪里都不像，一点儿也不像，周小姐是平头百姓中的牡丹。但是事实上，周兰扣的包里一直有一枚国民党的党徽。这种事情，她从来不让周正龙知道，也还好没让他知道。

周兰扣这天在宝山家，还将包里的一瓶法国兰蔻香水一滴不剩地倒进了马桶。那时候她毫不犹豫地按下抽水阀，眼睛一眨只听见咕咚一声，就什么都冲走了。不过她后来想想，这天被她冲走的其实还有很多，数都数不清。

位于杨浦区的杨树浦电厂是一家火力发电厂，三十多年前由英国商人投资创建，它的发电装机容量占上海总规模的百分之七十以上，堪称远东第一大电厂。周兰扣那天根据报纸上的一则食堂招工启事找到这里，从黄包车上下来时，她提着个箱子，里面装了换洗的衣服和毛巾牙刷什么的。除此之外，她的肩膀上还挂了一个青花布的褡裢。她看上去风尘仆仆，一双躲闪着路人的眼也没怎么见过世面。所以等到走进厂门后，她抬头怅惘地望向那截一百多米高的烟囱，看见直冲云层的浓烟时，整个人便觉得恍恍惚惚。

周兰扣之前对唐仲泰说，我考虑过了，咱们要换一种方式生活。唐仲泰听完了终归有点儿迟疑，主要是感觉舍不得她，他说，你真的想好了吗？周兰扣就把装了一层层物件的箱子锁上，说，哪里也别去，你待在上海等我的消息。

十分钟后，在寻找发电厂行政楼办公室的途中，周兰扣碰见了三名工人纠察队的干部，其中一名是他们的队长。队长让周兰扣停下，盯着她满是灰尘的布鞋和粗布短褂看了一阵，说了五个字，去哪里？找谁？

周兰扣也不胆怯，放下箱子举着报纸说，跟你们几个打听一下，咱们这里食堂招人，我要过去报名该往哪里走？她还擦了一把汗，感叹发电厂怎么这么大，大得像一座迷宫，发出来的电是去了哪里？

队长把报纸收起，看都没看，反而望向她搁在地上的箱子，说，打开！

周兰扣眼神一飘，抬起手指梳理了一下不够整齐的刘海，她似乎预感到了什么。这时候，一辆小车加大油门冲进了发电厂，周兰扣犹疑着回头，看见司机猛地一脚刹车，车子在她不远处停下，冲出来的正是当年她哥在刑侦处的手下赵炳坤。周兰扣觉得不该发生的还是发生了，所以她没有犹豫，一把就抓起地上的箱子，可是她伸出去的手却被纠察队队长牢牢地按住。

此时周兰扣没有慌，她干脆飞起一脚，凌空准确而凶狠地朝对方踢了过去。与此同时，被她从肩膀上抖落的褡裢里，掉出一把手枪，她在第一时间就稳稳地接住，所有动作干净利落而且一气呵成。

周兰扣又在踢出去的那只脚落地时迅即转身，子弹毫不犹豫地射向朝她奔来的炳坤。

唐仲泰听见第一声清脆的枪响后便子弹一样奔进厂门，他就是那个乔装打扮送周兰扣过来的黄包车车夫。刚才送周兰扣进厂，他没有急着离开，想看看她是不是有机会抓紧引爆藏在箱里的定时炸弹，那么在炸毁发电设备后，他就可以第一时间带周兰扣神鬼不知地消失。

零星的枪声断断续续，将近响了二十分钟。周兰扣和唐仲泰相互配合，送出的子弹让炳坤和队长他们无法靠近。周兰扣相信，自己有机会冲出包围圈，保密局还为她在上海准备了好多条退路。

宝山是坐贺羽丰的车子赶过来的，下车时，他一步步迈向躲在窗格子后面的周兰扣。宝山早就没有枪，只有两道起伏的目光，刀子一样盯向周兰扣。周兰扣朝他瞄准，说，宝山你再敢往前一步，我就废了你的另外一条腿。宝山却走得更快了，他指着自己的脑门说，最好往这里打。

周兰扣叫喊着说，宝山你混蛋！你别以为我不敢。

宝山说你敢的，这么多年，我知道你什么都敢。

周兰扣却一下子哭了，哭得很伤心，跟个孩子一样。但是她说话算话，最终还是毫不迟疑地扣动了扳机。宝山看见一缕迅猛的风奔袭过来，然而子弹却越过他的肩头，直接命中了跟在他身后的纠察队队长。不偏不倚，进弹点就在队长脑门正中。

那一刻，穿透发电厂隆隆的机器声，宝山和周兰扣对视了很久。他们可能都想起曾经有一次在外白渡桥上，下着美丽的太阳雨。那时候周兰扣踩上铁桥栏杆，张开双臂说，宝山我要是就这样跳下去，会不会像一只鸟一样飞起？宝山感觉一阵晕眩，他从来没有告诉过周兰扣，自己其实是不会游泳的。一个不会游泳的警察，从小在苏州河边长大，这听起来就是一个笑话。

透过手枪的准星，周兰扣此时心里想的比宝山还要多。她甚至想跟宝山讲，自己昨天夜里在他家虽然只睡了一个钟头，却睡得很舒心，感觉苏州河的河水听起来跟流在梦里一样。

周兰扣想到这里时，已经被射向她的第二颗子弹命中了脖子，之前的一颗是带走了她的半片耳朵皮。子弹是绕到她身后的炳坤和贺羽丰几乎同时射出的。

周兰扣倒下，没有来得及再看宝山一眼。

唐仲泰最后被逼进了一间厕所，那里栖息着很多肥硕的绿头苍蝇。苍蝇在迎接唐仲泰时，四处飞舞成加满了油的轰炸机。唐仲泰哪里也去不了了，最后一屁股坐在脏兮兮的地上，举着手枪对宝山和炳坤喊，不许进来！

宝山很长时间站在门口，听见唐仲泰声泪俱下地说，太平轮沉了，火柴厂没了。周兰扣死了，童小桥也不会再管我了。他一直喋喋不休，还说宝山你知道吗，我已经托朋友在台北买下了一个院子，院子里有两棵栗子树，长得很高。我原本准备以后就自己给周兰扣炒栗子，她肯定会喜欢。

唐仲泰缓慢地抱起枪管，顶住自己的太阳穴，让最后一颗子弹直接朝头颅里钻了进去。

宝山听见一声沉闷的枪响，就像一颗糖炒板栗，在滚烫的锅里冷不丁炸裂开来。

29

周兰扣死的那天，宝山夜里一个人去了自己家的屋顶平台。鸽子笼里宝小山的脚边，有一根断掉的白线。他接着又去检查来喜装鸽子饲料的铁桶，最终在底下发现了一捆白线，还有几根可以塞情报的小圆筒。宝山完全印证了自己的猜测，他也明白，有关周兰扣的消息，是来喜用鸽子传递出去的。炳坤能第一时间赶到发电厂，是因为公安局接到消息后派人跟踪了周兰扣。

这时候来喜已经站在他身边，宝山说，你加入共产党怎么不早点儿跟我讲？

来喜说对不起，组织不同意那样，我们有我们的纪律。

现在都解放了，你还不能亮明身份吗？

既然上海还有特务，我们就需要有许多不能公开的战士。

宝山觉得来喜是对的，不然周兰扣去发电厂就没人会发现。

周兰扣的行动是“永夜计划”的重头戏，没有了电，上海将沉入永远的黑夜。

宝山对来喜的猜疑，最早是从那个诸暨姚公埠的表兄弟开始的，那人常给他们家带来年糕。那次在苏州河边的船上，宝山看见来喜跟表兄弟聊了很久，最后来喜接过那篮年糕时，还在篮子底下递给他一样东西。宝山那时以为是来喜偷偷给老家送钞票，但后来表兄弟将那东西塞进口袋时，宝山才看清原来是一张白色的纸条。现在来喜告诉他，那是之前的上海警委书记邵健，而她开始养鸽子并且学习培训它们，也是邵书记派人教的。

炳坤也是这天才知道了来喜的身份，之前他们是属于不同的交通线。他感到庆幸的是，自己送给宝山的那两只德国鸽，最终被来喜派上了大用场。他想至少在鸽子这点上，自己和来喜始终有缘。

宝山几天后去医院检查身体，他觉得最近头痛越来越频繁了，另外眼睛也不好使。来喜给他端来的馄饨，他经常看了很久也看不大清楚，只是一片模模糊糊粘在一起的面皮。他有点儿奇怪，难道自己还没到四十，眼睛就开始老花了？

医生给他拍了 X 光片，说，这种机器能照得见你每一根骨头。结束时医生坐下，提着片子来来回回看得很仔细，然后说，有点儿麻烦。

宝山笑了，说，还能有什么大麻烦，我这脑袋就是被人敲过两次。一次在乌镇桥，一次在龙江路。都是旧伤，你只要给我开点儿药。

药不一定有用。你不是伤痛，跟被人敲过没关系。是肿瘤。没法医。

不对，你搞错了。

不会错。脑肿瘤，晚期。所以你的视力现在也不行，已经影响到了视网膜。

那天宝山终于生气了，他夺过医生手里晃来晃去的 X 光片说，你以为你这么胡闹，我就真的能被你吓倒了？老实跟你讲，一点儿可能性都没有。他还笑呵呵地问医生，那你说我还能活多久？我今天能走得出去你们医院大门吗？

乐观一点儿的话，你顶多还能再活三个月。医生扶了一下眼镜说，我是医生，你觉得我是在胡闹？

胡闹！宝山咆哮了一声说，我干娘给我算过命，我能活到七十九。

30

张胜利突然消失了，一连几天没来公安局上班。他办公桌上的台历，停止在十月二十一日这一天，上面写了两个字：出差。此后就一直没有翻过去。

可是局里没有安排过张胜利出差。

十月二十七日下午，炳坤带宝山去见了局长。局长说，张胜利有问题。

宝山叹了一口气，他后悔没有早点儿告诉炳坤，看张胜利的表现，其实这人早有问题。宝山觉得对不起局里，他跟局长说，张胜利原名张仁贵，十多岁的时候离开上海，是我的兄弟。

对张胜利的搜捕很快以秘密方式展开，整体行动由炳坤负责。

张胜利没有离开上海，十月二十八日傍晚，他带着公安人员的证件以检查安保的名义进入自来水厂，最终在正要投毒时被炳坤堵住。那时候张胜利有点儿茫然，夕阳西下时，他看着炳坤厚厚的嘴唇说，怎么你也在这里？

炳坤没有理他，只是对身边的贺羽丰他们说，带走！

那天宝山就坐在夕阳下的苏州河边。他不停地按摩头部，很模糊的视线里，河水似乎流得晕头转向。这时候炳坤来接他。炳坤说，人抓到了，局长要你过去，协助我们审。

宝山仿佛整个人苏醒过来一般，头一下子变得不痛了。他看着河水里夕阳的倒影，问炳坤，会枪毙吗？

张胜利是保密局安插的特务，他的投毒物是藏在随身携带的哈德门香烟里，整包香烟的烟丝被他掏出一截，塞进去的全是剧毒粉末。他说因为郑春生和二郎山被抓，周兰扣功败垂成，自己又被宝山发现了在唐公馆的劣迹，于是担心潜伏在市公安局的时日不多，所以就行动得有点儿仓促。这次他是想干完了自来水厂投毒这一票，从中捞点儿资本，然后趁机从舟山定海潜往台湾。

对张胜利的审讯由分管副局长亲自坐镇，副局长拿出一沓厚厚的材料说，你隐瞒了那么多历史，当初是怎么混进济南公安局的，在此之前你又是在国民党的哪个机构？

张胜利很平静，他从被逮捕那天开始就很平静了，他当过兵，知道败了就是败了。他看到宝山也被公安局邀请来了审讯现场，于是他想得更多的是，两个人曾经的少年。长久的沉默以后，宝山说，你以前在国民党七十二军的骑兵团，是不是？

张胜利想了想说，是。

宝山说，张仁贵你把衬衫脱了。

张胜利脱了衬衫，肩膀上有一处很明显的枪伤。宝山说，这里是不是取出过一枚子弹？就在你们骑兵团的卫生队。

张胜利把头低下，说没错，子弹被张静秋拿着，她是卫生队护士，那时候很爱我。她说留着弹头，她要做个纪念。

宝山深吸一口气，觉得整个人非常无力。他说看来你一点儿都不值，你都还不如郝运来。

张胜利后来承认自己就是潜伏在上海的胭脂，他以前在国军某部七十二军骑兵团当连长，他喜欢的一匹马叫胭脂。保密局当初把他当作一枚重磅炸弹来培养，抹掉他很多经历安插进济南公安局，又顺利被抽调来上海。为了扫清他进入上海公安局的绊脚石，保密局首先派人除掉了他当初的恋人张静秋，以及在他连队里当过排长的逃兵郑金权。而那个汤团太太，是因为去常德给儿子收尸时，接待她的就是儿子的连长张胜利。那次探亲，汤团太太跟张胜利很聊得来，听说连长也是上海人，她就讲回上海来家里坐，我住龙江路。

可是张胜利并不清楚三个人是谁杀的，那是保密局不会对他透露的秘密，跟他接下去的潜伏也无关。他只知道在“永夜计划”的潜伏名单里，凶手的化名可能是“老根儿”。而幕后安排老根儿杀人的，同时也是张胜利的上线，代号是叫水鬼。

水鬼都是暗线联系，这人绝对不会轻易浮出水面。张胜利又说，我只负责潜伏下，做最隐秘的隐藏在公安队伍的棋子，慢慢地，会有人向我靠拢。

水鬼用什么方法指令你？宝山听见局长问。

电台。也许是在上海，或者舟山，也有可能在台湾。

张胜利最后把眼睛闭上，缓缓地说，我真不知道水鬼是谁，只知道那人老家在浙江，是毛人凤局长一手培植的。

枪毙张胜利的时候，宝山没有在场。但在干娘留给他的屋子里，他仿佛是听见了一声枪响，非常近，震得他心惊肉跳。声音后来一直在回响，好像藏进了苏州河的水里。

宝山一个人替张胜利收尸，炳坤要过来帮忙，他把他推开说，你走。宝山将张胜利也埋在了息焉公墓，只是让他和干爹干娘的坟隔开一段距离。那天他也没有带上来喜，因为不愿让她肚里的孩子看见这一幕。跪在干爹干娘的墓碑前，他很长时间都不知道该怎么开口，没法把张仁贵的事情跟两个老人讲清楚。那样想了好久，他很疲惫地把头抬起，看见这一大片公墓的拱形门楣上，有四个字写得很清晰：天堂入口。

但是宝山想，无论是张仁贵还是张胜利，其实这两个名字都没有资格进入天堂。

31

宝山十月二十八日回局里的时候，见到过童小桥被没收的车子。那辆车就停在公安局大院一个偏僻的角落里，满身灰尘，引擎盖上都是落叶。他趴在车窗前往里面看，看见座位上留着老金没有来得及拿走的手套和毛巾什么的。他问炳坤，钥匙呢？

炳坤说，车子贴了封条，你不能开走。

宝山说，我就进去坐坐。

几天后，宝山决定去看一下童小桥。他觉得她那样整天一个人待在家里，没病也会待出病来。

院子里晾晒着童小桥的一排旗袍，跟阳光下五光十色的旗帜一样。其中一件的胸口，绣了一朵梅花，中间钉一颗纽扣，就是宝山第一次来唐公馆在童小桥皮箱里见过的那件。一排旗袍的边上，还挂了童小桥的一件红肚兜。肚兜可能从来没有穿过，看上去很新，颜色特别鲜艳。

这时候有一阵细细的风吹来，旗袍和肚兜飘来荡去的，有这个季节的桂花香。

童小桥站在宝山边上，说，都是一些女人的物件，你有什么好看的。

宝山回头，看见童小桥脸有点儿红，比较娇艳的那种。他说，张胜利已经枪毙了，他是保密局特务。

童小桥怔了一下，转头看着颤抖在风中的枇杷叶子，说，活该。然后她想着想着就笑了，觉得那些特务都是找死，包括唐仲泰。她说现在唐仲泰和周兰扣都死踏实了，那我就做梦都要笑醒了。

宝山也是到这时候才知道，张胜利还从童小桥这里拿走了不少金条和钞票。用童小桥的话说，那就是个人渣。他还了解到，老金现在回老家开了一家饭馆，听说生意还不错。

接下去宝山给童小桥烧了一碗牛肉面，里头加了两个鸡蛋。他把筷子递给童小桥说，趁热吃。

童小桥满脸的幸福，看着他说，怎么你不一起吃？

宝山说，我最近胃口不好，嘴巴有点儿淡。

童小桥夹起面条吃了一口，觉得味道很不错。宝山于是笑了笑，说，你是不是忘记了，其实今天是你生日。

童小桥听见这句，顿时把头低下去，很长时间都看着那碗面。面条里的热气熏蒸上来，把她那双眼睛也熏湿了。她依旧低着头说，为什么你对我这么好？

宝山伸手拿走沾在童小桥旗袍上的一小片淡淡的棉絮，他视力不怎么好，刚才递给童小桥筷子的时候还以为是一根白色的线头。现在他看着童小桥说，你先把鸡蛋给吃了。

那天童小桥把面条吃完，一根也没剩。擦脸的时候，她却听见宝山说，你走吧，我送你回老家。

童小桥惊诧了一下说，你是不是早就想好了？你今天是特意的，早知道这样，这碗长寿面我就不吃了。

我劝过你很多次，现在唐仲泰是保密局特务，你就更不可以留在上海。

宝山说完，童小桥听见客厅里那口落地自鸣钟当的一声敲响，好像它跟宝山是商量过时间一样的。她拿着那条毛巾，木头一般竖立在原地，感觉眼角终于掉出一行泪。

一九四九年的秋天跟往年很不一样，空气中除了挥之不去的喜庆和热闹，还有寂静的安详。宝山和童小桥换了好多趟长途汽车，汽车一直往南，像一只跳跃的蚂蚱，一路摇摆颠簸着靠近童小桥的家乡。将要到达浙江嵊县时，童小桥把头靠到宝山的肩膀上，她抱着那把带出上海的琵琶，感觉眼前的这座县城，开始有了一种忧伤的基调。

两人后来下车，踏上一条铺满银杏叶的道路。道路一片金黄，却像河流一样漫长，足足有一里路。童小桥穿了那件梅花旗袍，和宝山一步步并肩走着，她能听见银杏叶离开枝头的声音，缓慢而且清晰。宝山后来看见其中的一枚叶子，懒洋洋地飘落在童小桥的胸口，盖住那朵梅花后，就一直那样静静地躺着，似乎终于找到一铺心仪已久的床。

童小桥在嵊县崇仁镇已经没有亲人，她以为自己走得失去了方向。宝山却找到了附近一个小院子的门口，在同样的银杏叶子下，童小桥看见一排稀疏的篱笆，院子里一口水井，以及白铁皮水桶旁铺满了一地的阳光。阳光下有个清瘦的老太太，正在收拾里头空荡荡的屋子。宝山进去对她说，我就带了这些钞票，你看够不够一年的房租？

老太太很慈祥，说其实不需要这么多。

童小桥这才知道，宝山已经来过这里，房子是他早就说好租下的。老太太对着阳光把眼睛眯成一条缝，然后盯着她的旗袍说，你是上海人吧？长得真好看，跟从画里走出来的一样。我真羡慕你这么年轻。

在童小桥的记忆里，那个静悄悄的崇仁镇的夜晚简直令她窒息。她和宝山睡同一铺床，夜里月光从窗外升起，两个人一句话也没有说，只能听见彼此的呼吸。童小桥后来把自己脱光，面对那样清瘦的月色，她也一点儿没有感觉到凉。可是等她在这柔软的暗夜中钻进毯子，靠近宝山并且伸手摸向他时，却感觉宝山只是抖了一下，然后就响起了细小的呼噜声。

这一切让童小桥很意外，她知道宝山的呼噜声是假的，但自己此刻温热的身体却是真实的。她眼睁睁看着潮湿的月光沿着窗栏攀爬进来，洒到地上跟一摊水一样。月光没过多久就变得格外汹涌，童小桥怎么也无法入睡，她只是听见宝山轻轻地翻了一个身，好像他已经睡得很香。

童小桥就是在这时候感觉到一股彻底的寒凉，从她的脚底升腾起，一直往上钻。她只好把自己抱紧，睁着眼睛等待天亮。

宝山第二天清晨一个人走在铺满银杏叶的路上，脚底全是露水。他那只不怎么方便的脚，让他有好几次差点儿滑倒。童小桥没有送他，她坐在屋子里，抱着那把琵琶，不知不觉间弹奏起的是一曲《十面埋伏》。她越弹越急，越来越用力，好像有太多的力气需要释放出去。宝山记得那些声音一路冲奔过来，追赶他走了很远，震落他头顶很多的银杏叶片。

童小桥后来气喘吁吁，她恍惚想起宝山第一次在唐公馆出现的那天，在屋里一片瘦小的阳光里，他身边是一只皮箱，他说唐太太，你看看少了什么没有？现在童小桥终于觉得，她其实是真的少了一样东西，那就是从此以后再也触碰不到的宝山。宝山临走前跟她说，谢谢你送给孩子的虎头鞋，还有那些红肚兜。

童小桥现在想，宝山这句话似乎是说得意味深长。

32

来喜的肚子已经更加浑圆，宝山很兴奋，他知道自己很快就要当爹了，得抓紧给孩子准备点儿什么。

火柴厂里堆满了白杨木、核桃木，在忙碌的生产车间，这些原木被推进不同的机器，随即被切割成一截一截细小的火柴梗。火柴梗又在另外的机器上走一遍，全都戴上含有氯酸钾、二氧化锰、硫黄和玻璃粉的小红帽，最后才成为火柴，被那些街道女工一把一把包装进四方的盒子里。

来喜那天看见宝山从厂里带回家很多碎木头，宝山笑嘻嘻，一副神秘的样子。她以为宝山是拿来给她煤炉里生火用的，宝山却笑笑说，过几天你就晓得了。

接下去宝山又不知从哪里弄回来一堆卷尺、锯子、平推刨、墨斗以及其他一些七七八八的工具，他让家里一下子成了个木工作坊。他整天抱着那些木头，横看一眼竖看一眼，直到看得心里满意为止。

宝山的第一件作品是一条小木凳。凳子靠背上加了两条木挡，四条腿支撑起的凳面很平整，而且光滑。因为他用砂纸磨了好多天，经常是把头抬起时，眼里都是一些细碎的木屑粉尘。宝山不停地揉眼睛，来喜觉得他就跟掉眼泪一样，所以她说等儿子出生了，让他去给你买眼药水。宝山说不行，路上车那么多，我还怕他会摔跤。他只要一摔倒，头上肯定就是一个包，那我还得给他买紫药水。

他就喜滋滋地生活在这样的畅想中。

做完了小木凳，宝山又想做一匹小木马。小木马腿下的支撑板是弧形的，宝山想了想，对着来喜肚里的孩子说，那就跟没有长大的月亮一样，也跟荡来荡去的秋千一样。还有你看，小马的两只耳朵里会各长出一根木棍，跟你娘做馄饨的擀面杖一样，你以后坐在上面啊，只用揪住它的耳朵，它就不敢让你摔倒。

木马做好的那天，宝山兴奋着搓搓手，让来喜坐上去试一试。他推了一下木马，随口叫了一声，驾！那时候来喜抬腿踢了他一脚，说，你要是让我滚下来，那就连儿子也别想要。宝山即刻虎着一张脸说，不许胡闹，那你赶紧给我下来。

来喜说，看把你急的。宝山说，我怎么能不急？说完他愣了一下，按了按又开始疯狂疼痛起来的头，接着就不再说话了。

宝山的确有点儿急，他第二天就叫上炳坤和贺羽丰，三个人去了金坛，想要找老金。

老金的饭馆在县城城南一条偏僻的弄堂里，宝山赶到时，炉子还是热的，锅里一堆没有炒熟的豆苗。但是老金的人却不见了，整整一个晚上都没回来。

宝山让贺羽丰给炉子生火，他要把锅里的豆苗炒熟。

炳坤后来从饭馆酒缸里打出一些酒，三个人就着炒豆苗和一碟花生米，在离上海很远的金坛县喝了很长时间。

33

宝山一路赶去金坛是有原因的，那次他打开童小桥被没收到公安局的车时，在车厢里发现了一包三炮台香烟。宝山于是很奇怪，因为老金一直不抽烟，而童小桥抽的又是细细的女士型香烟。这时候宝山想起一些事情，张静秋和郑金权被杀现场，都有三炮台香烟的烟灰。特别是张静秋家的地板里，还有一根案发时掉落的头发，那根头发说长不长，说短也不短，宝山原以为是张静秋自己的。但法医的检测结果却表明，很有可能是凶手的。

宝山再次想起老金稀疏的长发时，差点儿被自己的念头吓住了。他后来在车上到处翻寻，最终在后备厢里发现了扔在那里的一件黑色长衫。宝山盯着那件裹成一团的长衫，觉得全身好像爬满了蚂蚁。他不会忘记自己在龙江路上被人砸晕的那次，眼睛闭上之前，见到的就是这么一件黑色的长衫。

从金坛回来，宝山就一直想着老金。他认为老金既然从老家逃走，那肯定是回到了上海。他等待老金的出现，就像老金当初在唐公馆里等待他过去下棋。

时间到了这个月的中旬，老金的身影终于在虹口公园出现。那天他棋瘾发作，想去公园里找人下棋，可是上海却突然下了一场来势凶猛的雨。老金提着一个布袋，仓皇间奔进一个亭子，人已经淋得跟个落汤鸡似的。他那些更加灰白的长发，挂在脸上一缕一缕，往他肩头上滴下很多水。

乌云翻滚，电闪雷鸣。老金摸着黑魆魆的围栏坐下，恍惚觉得是闯进了一场梦里。这时候他终于发现，亭子那头的石桌旁，早就有一个沉默的男人。那人好像穿一件风衣，领子高高地竖起。老金想，男人身上一滴雨水也没有，说明已经在这里纹丝不动坐了很久，所以看上去才像是一块深夜里的石头。但老金即刻愣了一下，又猛地站起，然后才在另一道闪电经过时如梦初醒。原来那块石头是宝山。

宝山对他缓缓地笑了，说老金你还是这么重的棋瘾，但你已经很久没有找过我下棋。

老金也让自己在身后雨幕的背景中笑了，嘴里那颗金牙一闪一闪的。他看一眼四周，确定除了宝山，到处都没有人影。他想，真是冤家路窄，于是就提着布袋走到石桌前说，这雨下得跟疯子一样，老天爷存心不让咱们两个回去，那就杀一局。

雨下得变本加厉，棋子从布袋中倒出，忽明忽暗的棋盘上转眼就杀得很凶险。宝山擅用马，老金擅用炮。双方都是剑拔弩张，步步紧逼。但是宝山头痛，渐感体力不支，这让老金在一路厮杀时削金断玉，最终炮口直指宝山。

眼看着就要鸣锣收兵，宝山却不慌不忙，掏出一包三炮台香烟。香烟已经拆开，里面早就少了两根。他点火抽了一口，忍不住咳嗽了一声说，味道真凶。

老金说，你以前不抽烟。

宝山说我跟你一样，偶尔会在人家看不见的地方抽烟。

老金愣了一下，盯向那包扔在桌上的烟，然后他听见宝山埋怨说，其实这烟有一股霉味，毕竟在车里存了差不多有一年。

老金一下子什么都懂了，脸色随即变青，他知道这么多年的棋是被自己彻底下输了，输得一干二净。所以他提起扔在脚边的布袋，说，有机会跟你再下一局。

宝山按住他的手，说，别动！

老金身子一提，一掌推了过去，带起一阵风。他的布袋里藏着袖珍手枪。

此刻铺天盖地的雨撞向两人头顶的亭子，亭子像是要在雨水中漂浮起来。但是老金却看见破败的雨幕中，突然冲出了炳坤和贺羽丰他们。两个人好像把雨水吃饱了，迎着劈头盖脸的雨稀里哗啦奔向亭子时，如同两条刚从河里蹦跳出来的鱼。

老金被戴上手铐，炳坤就要将他带走时，宝山说，等一下。

宝山发现老金的那粒金牙不见了。

金牙原来被老金装作用手掩咳嗽悄悄拔下，塞在了石桌的缝隙里，里头一张纸条，写了一串比蚊子还小的密码指令。

雨还是下个不停，被带走的老金心里空荡荡的，就像身后空空的凉亭。他后来跟宝山一起，回头看了一眼深陷在重重雨幕中的凉亭，依旧觉得这是一场虚无缥缈的梦境。

老金被宝山彻底锁定，是因为那根木棍。从车厢里找出那件黑色长衫的当天，宝山又去了一趟龙江路。在之前自己被击倒的那一片区域，他很幸运地发现了一根结实的四方木棍，上面还有一些陈旧的血迹。宝山将木棍带回，让局里原先的同事做了化验，果然就是他自己的血。然后痕迹科开始采集木棍上的指纹，并且和那辆车方向盘上能够取到的指纹进行比对，最终认定，其中有一组指纹完全相同。

公安局的审讯室里，老金始终一个字也没说。直到后来贺羽丰走到他身边，叫了他一声老根儿，他才仿佛一下子从梦中惊醒。

贺羽丰用十分地道的家乡方言问了老金一句，你以前是不是在我老家江山待过？

老金的眼里于是晃过一片崇山峻岭，最终定格在一个遥远的乡村。他看见一九四一年的某天下午，自己在一段崎岖的山路上风尘仆仆。那天他从军统局局长戴笠的车上下来，跟随他脚步深浅不一地踩进了一个烟雾缭绕的镇上。这里和戴局长的老家——江山县保安乡隔了一座山，一年四季，它在清晨和夜里都是隐藏在水汽迷蒙的浓雾中。那条鹅肠一样的街道上，几百户人家拥有一百多个姓氏，其中也不乏跟他一样姓金的。

那天在当地一个豪华的宅院里，戴笠亲自主持了东南办事处女特务训练班的开班仪式。在结束了一场简短的训话后，戴笠揽起老金的肩膀说，金教官，我告诉你一个秘密，在我们江山方言里，金子的金是叫根儿，银圆的银是叫鹅儿，你姓金，所以我以后就叫你老根儿。

相信我没错，戴笠望着远处雾气蒙蒙的山峦说，等到培训班结束了，你以后走出这个屁股大的县城，天下没人知道什么才是老根儿。

老金在镇上待了将近一年，他给那些女学员的授课内容是暗杀。所以在考虑除掉张静秋和郑金权他们时，保密局首先想到的人选就是他。

杀张静秋的那次，老金从窗口翻进去。杀人得手后，按照上头的指令，他又在房间里找了很久，最终在那只皮箱的相册里发现了张静秋跟张胜利的一张合照。照片里，两个人在卫生队的阳光下依偎得很紧。

所有的任务完成，老金拆开带来的一整包三炮台香烟，抽了一支烟叼在嘴上点燃了，并且深深地吸了一口。他知道这样的人命案警察局很有可能会让刑侦处的神探陈宝山接手，所以就故意留下一截烟灰，给宝山造成凶手是烟枪的假象。

老金又从窗口离去，身上带着的那张照片，出了弄堂没多久就被他烧了。

但是事实上，老金一口气杀了三个人，却并不了解上峰指令他杀人的原因。他很清楚组织的风格，所以类似这样的事情自己从来不会去问。

对老金来说，杀人仅仅是杀人。

34

宝山依旧回火柴厂的门房上班，其间他给儿子又做的一件木工是一台小汽车。

那辆车子做得特别长，有八个车轮六扇车门。等车子做好，他把那只叫宝小山的鸽子抱到副驾驶位子，指着小小的方向盘，跟来喜开玩笑说，我腿脚不好，以后就让炳坤来当司机。儿子坐他边上，让他看着炳坤叔叔是怎么把车开走的。他要看清楚离合器在哪里、油门在哪里，还有加挡是怎么加。这样子下来，不用过几年，儿子就学会开车了。

宝小山站在那个狭长的位子里，转动着脑袋，咕咕咕地叫唤着，看一眼宝山，又看一眼来喜。

宝山又告诉来喜，你以后坐车上记住手要护牢儿子的，因为炳坤说不定会刹车。以后上海街道上各种各样的车子会越来越多，交警总队也不一定能管得过来，所以临时刹车是常有的事。说完他就突然推了一把宝小山，让它从座位上掉了下去。他说，看到没？你不护牢儿子，他说不定就把下巴都给磕破了。

这时候来喜忽然想起什么，她说，那你坐在哪里？

宝山却没有听见，他拍了一下脑袋，说，你看我这记性，连车灯都忘记装了，这以后夜里还怎么开车？

事实上宝山已经开始担心，他有可能是真的得了脑肿瘤。他前两天换了一家医院检查，医生没有告诉他结果，只是说，你先回去吧。

这天夜里炳坤过来找他，通知他局里已经开过会，这么好的刑侦人才，局长同意让他回去，刑侦处的位子还给他保留着。炳坤还将宝山交给局里的那把枪还给了他，说上次留用人员名单中没有你，完全是因为张胜利在做手脚。他不希望你留在局里。

宝山抚摸着那把枪想了很久，目光停落在那片月色里，最后说，别给局里添麻烦了，我在火柴厂挺好。以后有什么事情，我作为公安顾问，照样搭把手。

远在台湾的国民党保密局一刻也没有忘记上海，除了“永夜计划”，这一年被誉为“天字特号”的刺杀案，针对的目标是上海市市长陈毅。十一月九号夜晚，杀手潜伏回上海的第七天，在山西南路一间房子的二楼被上海市公安局生擒。

许许多多的敌特案件交织在一起。十月份开始，台湾过来的飞机隔三岔五出现在上海领空，炸毁桥梁、车站、码头及工厂后逃之夭夭。因为还没有空军力量，上海方面对这样的偷袭轰炸暂时难以防范。但是炳坤他们也清楚，上海一些隐蔽的角落里，肯定有许多电台在和台湾保持着联系，他们告知上海的情况，指引飞机轰炸的目标。

炳坤有次坐在公安局电台测向监听车里，搜寻那些可疑电台的信号。在南京路上，他看见宝山一个人走进永安百货大楼。炳坤让司机把车停下，上去叫住宝山。宝山笑得有点儿不自然，说随便出来逛逛，然后又说想买一盒蜡笔，等儿子出生后，让他把家门口的苏州河给画下来。

那是宝山第一次见到局里的电台监听车，望着车顶转来转去的天线，他觉得很新奇，也很欣喜。他说炳坤你现在出息了，查案子都这么高级。

炳坤说，晚上要不要聚一聚？

宝山说不可以，晚上他在火柴厂值夜班，那里的安全也不能掉以轻心。他将炳坤送到车前，替他把车门打开，说不管怎样，以后办案子还是要多注意安全。然后他一直站在街口，目送着炳坤他们离去。他还看见车顶的那台天线，转动得跟电扇的风叶一样。

那天车子开出去很远，炳坤依旧在后视镜里看着孤零零的宝山。宝山站在繁华的南京路街头，风将他的头发吹起，他的身影有点儿萧瑟。

宝山这天去永安百货，其实是为了给来喜买一台新的电吹风。之前的电吹风太旧，声音也很响，当然最主要的是，宝山担心它以后会漏电。这样的事情，他简直连想都不敢想。

营业员给宝山介绍了三款电吹风，宝山在柜台前挑来挑去，最后摸出火柴厂刚发来的工资说，同志，你就给我一台最贵的。

宝山抱着新买的电吹风回家，走到半路上头又痛起来，而且感觉眼前的整条街道越来越糊，跟来喜用开水泡开童小桥送来的那份阿胶浆一样。他想必须走得慢一点儿，要沿着街边走。但走着走着，就听见额头上突然嘭的一声。他夹紧电吹风，抬起另外一只手摸了摸，原来自己是撞到了乌镇路上的那根电线杆。

35

宝山被查出脑肿瘤的第八十五天，炳坤来火柴厂门房找他，说监听车在徐汇区漕河泾港附近发现不明电台信号。但是试了很多次，信号最终在关键时刻消失了，对方发报时间非常短，时间点也没有规律。炳坤还把那一带的方位图翻出来给他看，说我选了三个区域，一处建筑工地、一家榨油厂、一家副食商店，你帮我看看是不是合适。宝山就认真地浏览着那张方位图，最后，他重重地点了一下头。

炳坤那天离开了火柴厂，在火柴厂门口，他让手下待命的公安侦察员开始摸排这三个区域。在他们离开火柴厂没多久，宝山突然抓住厂里的一个年轻人替他的班，然后一瘸一瘸开始了一场狂奔。

宝山的头发高高地扬了起来，有好几次他差点儿撞上迎面而来的汽车。他觉得自己很热，整个身体里灌满了沸腾的热水。他眼睛里的景物，开始变得虚幻、飘浮，汗水已经沾满了他整个的身体。这时候他闻到了漕河泾的空气中这个季节里迟开的桂花气息。他终于在自己粗重的喘息声里，看到了一家叫作惠民的轧棉厂，单调而聒噪的声音从那里面传出来。宝山看到狭小的厂子里机器声隆隆，工人们忙着把拆包的籽棉烘干清花后再轧出棉纤维。宝山冲了进去，喘着粗气停在一堆棉花旁。轰鸣的机器中，他看见空中到处飘飞着棉絮，跟冬天里一片一片的雪花一样，十分轻柔。然后他看到了架在左边墙上的一架木楼梯。

宝山想要冲上楼梯的时候，看到了拎着一只皮箱正要匆匆下楼的童小桥，而令宝山绝望的是，他的身后，突然有一辆吉普车停在了轧棉厂门口，下来的是贺羽丰和两名公安侦察员。贺羽丰清晰地记得，是烦坤突然改变了摸排方向，他的手指头按住了方位图上的轧棉厂标记对贺羽丰说，这儿先去，如果没有情况，再去其他三处摸排。

现在，宝山看到走下楼梯一半的童小桥，朝着他很淡地笑了一下。于是，宝山的耳边就急促地响起了童小桥在他离开嵊县时弹奏起的《十面埋伏》。此时他无法忘记童小桥生日那天，自己从她旗袍上摘去的，也是那样一小片柳絮一样的棉花。他之前还跟贺羽丰聊过一次老金，知道在他们老家，方言里的水鬼除了叫浴鬼，还有另外一种叫法则是红肚兜。因为在当地人的传说里，水鬼其实都是十分妖艳的女子，她们在浮出雾气蒙蒙的水面时，白里透红的身上只穿一件红肚兜，这样才能引诱村里的男人下水。而等那些男人游向水中间，已经躲到水底的红肚兜就扯住他一双脚，很轻易地把他拽了下去。

宝山知道，童小桥选择轧棉厂作为发报地点和据点，是希望轧棉机巨大的声音将她发报时的嘀嘀声盖住。

时间仿佛就在此刻停止了，童小桥看见宝山的衬衫全是湿的。他不停地喘着气，像一头累坏的公牛。

终于宝山说，你为什么要回来？你不该回来！

童小桥不响。秋天已经很深重，童小桥只是穿了一件梅花旗袍。她就安静地站在楼梯中间，宝山看到那颗花瓣中间的纽扣，安详得如同一粒美人痣。

这时候贺羽丰走到了宝山的身后。宝山对童小桥说，他可能是你老乡，他是来找水鬼的。你就是水鬼。

童小桥淡淡地说，现在说这些，一点儿都不重要了。

那什么才是重要的？

重要的是这辈子碰到什么人。碰到什么人你就会走什么路。童小桥说，人都是这样，一辈子做什么事情，是因为前面有人带着。

童小桥真正的老家并不是在嵊县的廿八都，而是江山县的廿八都，就是老金在那里待过的镇子，离戴笠的老家保安乡只隔了一座山。那里有一条枫溪河，光绪十七年时河上建了座石拱桥，当地人叫作水安桥。童小桥的母亲喜欢在水安桥上的廊亭里织布，看那些在亭角筑巢的燕子飞回来给一群叽叽喳喳的孩子喂食，所以生下她的时候就叫她小桥。

廿八都离戴笠的老家保安乡很近，连接浙闽赣三省，来往的商人很多，也是个美女云集的地方。不过这个镇上女人最多的时候是在一九四一年，那年军统局从各地召集过来的女子，在石板街上跑来跑去，跟一群燕子一样。军统女特务训练班开班的那天，戴笠带童小桥从镇上买了个皮箱，两个人后来一起踏进了那座飞檐翘角的姜姓人家宅院，宅子的主人是当时的吉林省财政厅厅长。而这座宅子，就是被临时用来办训练班的。

童小桥在特训班里很出色，当教官的老金认为她是一棵好苗子。她后来可以双枪连发，还跟特训班里一个国军师长的女儿学了一点儿柔道。在发报机前，童小桥每分钟的发报速度是一百零四个字。

那天的后来，童小桥的目光落在宝山身后的贺羽丰身上，说，小老乡，我是被带上了这条路，怎么你走的却是另外一条？

贺羽丰说，因为我碰到了另外的人。

童小桥笑了，说所以你的运气比我好。不过我还是替你高兴。她又问宝山，你觉得你是由谁带着？宝山想了想，最后很确定地说，带我的人应该是周正龙。

后来童小桥站在楼梯上给自己点了一根烟，她看到两名公安侦察人员举着手铐向她一步步走来，于是在烟雾中，她再次深情地冲宝山笑了一下。然后她突然扯下胸前那枚纽扣，塞进嘴里使劲咬了一口。贺羽丰冲上去，想要将她的嘴掰开，但显然已经迟了。宝山看见她渐渐把眼睛闭上，嘴角很平静地淌出一缕血。

童小桥贴着楼梯边那堵墙，身子慢慢委顿了下去。最后她无力地坐到楼梯板上，像枝头一朵终于凋谢下来的梅花。这时候，炳坤也带着人匆匆地赶到了轧棉厂，他看到两名侦察员把绵软的童小桥抬上了车。炳坤于是站到了宝山的身边说，师父。

宝山说，你怎么知道会是在轧棉厂？

炳坤说，因为你在看方位图的时候，目光在惠民轧棉厂停留了至少两秒。

宝山的心里不由得哀鸣了一声，终于说，你满师了。

当晚的案情汇报会上，炳坤告诉局长，童小桥已经确定是水鬼，她给周兰扣和唐仲泰下达指令，也给代号为胭脂的张胜利下达指令。但是有趣的是，根据掌握的资料证实，这三拨人其实相互之间都不知道彼此的身份，而且水鬼的身份在任何情况下都不能暴露。而唯一能够将他们连接在一起的，就是穿梭在上海夜空中的电台摩斯码。炳坤感叹说，这真是一种听起来很奇怪的特工手段。这种方式能让亲人变成陌生人，仇人变成友人，也能让近在眼前的人变得远在天边，就好像他们是被蒙上了双眼，一直摸瞎行走在永不见天光的黑夜里。

36

一九五〇年的春天还在赶往上海的路上，但是宝山那天回家，在他曾经埋下糖炒板栗的苏州河边，之前那片雪地的位置上，竟然发现了一株娇小的栗子树苗。

树苗只有豆芽那么大，在宝山的眼里晃来晃去。宝山知道炒熟的板栗是不可能长出苗来的，但是眼前的栗子苗又让他觉得不可思议。这似乎是一个神奇的季节，宝山觉得可能连脚下的石子也会发芽。他就那么守着，给栗子苗加了一点儿土，还跪下身子浇灌了一些苏州河的河水。他紧紧盯着树苗，一刻也不放松。直到脑袋轰的一声好像从里面炸开，他才两眼一黑，栽倒在了河边。

第二天下午，宝山靠在屋顶平台的藤椅上。脑袋一点儿都不痛，只是感觉冷。他在发高烧，身子却冷得令他发慌，冷得跟靠在冰山上一样。雨下得很细，飘在他脸上，他看见整条苏州河都湿了。

来喜给宝山盖了两床被子，最后又把新买的电吹风给打开。电吹风呼呼地叫着，宝山想是时候给孩子取个名字了。他对来喜说，你去把炳坤叫来，让他送我去医院。

来喜挺着肚子，叫了辆黄包车急匆匆赶去公安局。

炳坤赶到宝山家门口后把车停下，都没有熄火。他冲进屋子，找遍了每一个房间，却再也没有见到宝山。这时候，等候在一楼的来喜听见了一声枪响，就在她身后不远的苏州河里。而几乎在枪响的同时，肚里的孩子也踢了她一脚。

据乌镇路上的居民回忆，那天差不多是傍晚五点钟光景，宝山一个人走下了苏州河。他懵懵懂懂的，越走越远，直到河水漫上了脖子，他整个人就要漂浮起来。邻居们知道宝山是不会游泳的，他在落雨天的这个时候穿了鞋子下水，真是有点儿让人捉摸不透。宝山最后蹲下身子慢慢沉了下去，好像是要试一试水深，但是没过多久，水底就啪的一声传来了枪响。

枪声很闷，也很脆。子弹是宝山把枪口顶在下巴上，朝天发射的，携带着河水和宝山的血水，像一股扎实的喷泉那样冲天而起，直接奔向了辽阔的空中。在邻居们的记忆里，这天傍晚的苏州河像是下了一场红色的雨。河水泛着宝山的血，触目惊心。

宝山的尸体后来在水里浮沉，一路摇摇摆摆，被冲向外白渡桥的方向。

来喜倒在地上，昏过去很久。她是在当天夜里醒来后，才发现了宝山摆在鸽子笼前的病历单，病历单上写得很清楚：脑肿瘤，晚期。

医生诊断结果接下去的一页，宝山留了一份遗书。他说来喜，孩子不用随我姓，他跟着你一起姓苏。要不就叫苏州河吧，这名字很好记。

苏州河以后不用当警察，当警察辛苦。

遗书里还提到了炳坤，他说炳坤，来喜和苏州河以后就托付给你了，有你照顾他们，我一百个放心。我死后，麻烦你替我收尸，我希望能葬在周正龙的身边，这样我们两个就还是在一起。上海还有很多特务，我和周处长在那边看着你……

宝山的这份遗书，字写得歪歪扭扭，让人想起他在提起钢笔时是花了多少的力气，可能整个身子都在颤抖。

这天的夜里，来喜和炳坤替宝山守灵。宝山身边点了很多蜡烛，将他一张脸映照得很红。

晚上十一点，上海人民广播电台播放了一首歌曲，炳坤那时听着非常熟悉：

夜留下一片寂寞
世上只有我们两个
我望着你，你望着我
千言万语变作沉默
我们走着迷失了方向
仅在暗的河边彷徨
不知是世界离弃了我们
还是我们把它遗忘
……

一九五〇年二月四日，宝山离开人世，享年三十八岁。自从医院给他查出脑肿瘤，他一共活了一百一十七天，比医生给出的预期多活了二十七天。

37

老金在五天后被送往了刑场。离开监狱前，他让狱警给他准备了两道菜，冬笋炒咸白菜和酱烧排骨。他说一荤一素，这样搭配着比较好。老金这天没有喝酒，倒是很想让宝山跟他下一盘棋。也不知为何，他此时很想念宝山。他想起那次在龙江路上，自己提起木棍狠狠地砸向一路追赶他的宝山。宝山倒下，他拔出袖珍手枪，想就此结果了这个一直以来的对手。但那时候童小桥抬手一挡，子弹于是落在了宝山的脚上。童小桥说，别把事情做得太绝，人在做，天在看。

老金说，我是怕你以后会后悔。

童小桥后来将受伤的宝山送进了一间黑屋子里，她还给宝山做馄饨。但是童小桥在下厨方面实在是能力有限，所以她做的馄饨面皮很不均匀，跟来喜没得比。

现在，五花大绑的老金站在刑场上，风吹得很紧。他估计童小桥此时正在轧棉厂二楼的那间屋子里给台湾的毛森发报，但他哪里知道，童小桥其实走得比他还早。

下午三点，老金听见身后的行刑人员拉动枪栓。他打了一个饱嗝，昂头望向这天的西北风，想让风将他的长发吹到耳根后，不要遮住他的一双眼。但就在此时，一颗子弹已经毫不犹豫地钻进了他的身体。

38

一九五〇年的清明节，来喜抱着苏州河去给宝山扫墓，炳坤开车送她去的。

那天没有下雨，可能是觉得这个世界太新鲜，襁褓里的苏州河把一双眼睛睁得老大。她看见母亲来喜的脸上，兴奋的阳光一跳一跳的，像是一只生动而透明的蚂蚱。

苏州河没有如宝山之愿是个儿子，而是个很乖的女孩，睫毛很长，一张脸红通通的，非常好看。炳坤觉得，她就跟杨柳青年画里的娃娃一样。

在宝山的墓前，炳坤跟来喜商量说，你回来吧，我会跟亲生父亲一样，照顾苏州河一辈子。来喜沉默了一会儿，给宝山倒一杯酒，看着那块新鲜的墓碑说，你让我想想清爽。这时候贺羽丰匆匆赶了过来，他给宝山带来了两只葱油饼。葱油饼很香，让躲在来喜怀里的苏州河一直歪着脑袋很好奇地望着。

贺羽丰告诉炳坤，赫德路上开牙科诊所的丁医生，上星期见到了以前每个礼拜三去找张静秋的那个男人。男人住在一家旅馆，行动怪异，有很多疑点，他们怀疑和台湾最近派来的一个行动小组有关，行动目标是要刺杀首长。我反特科潜伏在他们中间的人员叫陈开来，代号“断桥”，他已经从隐身的七宝镇上偷偷回了一次市局，向上级汇报了对方的行动计划。

炳坤正了正头顶的帽子，深深地看了来喜和苏州河一眼，对宝山的墓碑敬了一个礼。然后他转身对贺羽丰说，走！

唯水年轻

林　森*

龙　宫

这次回乡，是接了个活儿，去拍那片些许浑浊的海。摄影还未正式开始，我跟两个队员一起划着船，在水面上寻找合适的拍摄点。晨色笼罩，船身尖锐如刀，切割荡漾的水面。我正盘算着下水后该怎么拍，便听到了曾祖母过世的消息——摄像机和我的眼睛都得闭上，螺旋桨转向，小船掉头……我得奔丧去。房屋、石磨、石棺……以海岸线为对称轴，岸上的一个个渔村，倒映下去，海里也有一个个村庄，只不过那里毫无人烟，而是鱼虾的聚集地。很多年里，那片龙宫，是我的谜，也是渔村所有人的谜。龙宫之上覆盖着的那片海，我是熟悉的，虽然对小时候的我来说，那是一处禁地——当伙伴们扑打着水花，游向传言里的龙宫，我只能在岸上，用目光追逐他们踢出的水花。当然有忍不住的时候，我扑进了苦咸苦咸的海水，双臂旋舞、双脚踢夹，可还未真正潜入水底看一眼，换来的，便是父亲用绳索绑住我的双手，把我悬挂在一棵

---

* 林森，男，1982 年生于海南澄迈，现居海口。《天涯》杂志主编。主要著作有小说集《小镇》《捧一个冰椰子度过漫长夏日》《海风今岁寒》《小镇及其他》，中篇小说单行本《海里岸上》，长篇小说《关关雎鸠》《暖若春风》《岛》，诗集《海岛的忧郁》《月落星归》，随笔集《乡野之神》等。曾获茅盾文学新人奖、人民文学奖、百花文学奖、华语青年作家奖、《北京文学》奖、《长江文艺》双年奖、中国作家鄂尔多斯文学奖等，作品入选收获文学排行榜、中国小说排行榜、《扬子江评论》文学排行榜等。

木麻黄树上。几分钟后，绳索捆着的地方，从痛变得麻木，最终，上半身都不属于自己了。很多年后，我好像还能在手腕上看到绳子的印痕，看到当年的夜晚：海风让悬挂着的我失控，月光在水面上碎成银光。我被悬着，有时会想，会不会忽然有高大身躯从海上立起，月光像水银一般从他的头顶倾倒而下？海神……顶天立地的海神……并没有身躯立起，可海面下不绝的涌动，是不是他在潜游、叹息和伺机而动？那么多年里，打骂的阻碍和拦截，没能让我完全隔绝于那片海。

小船折返，渔村扑面而来，我很少以这个角度看我们村。是的，这些年，我潜过很多地方的海：出海，又从永不止息的海里返回岸上，可那都是别处的海——甚至有不少国外的海，我何曾这么看过这个渔村呢？成了一名水下摄影师，不仅家人想不到，我有时拍摄结束，倦怠感袭来，在异国他乡的海边酒店里躺着，潮声不歇，我头脚颠倒、心神不宁，夜色把我往海底压——倒也不是孤独，就是感到荒谬。因为这工作，父亲几乎成了我的死敌，有一回我携带摄影设备回渔村，差点儿被他摔坏，还是曾祖母斜站在门槛那儿，用冷冷的眼神，抢回了我吃饭的家伙。由于我的曾祖父和祖父都曾消失于茫茫大海，曾祖母不让父亲下海，父亲则不让我下海——出海成了我们家的禁忌。

小时候，父亲打我的轻重，与我跟海水的距离成正比。父亲盘算过村人口中的那些魔咒般的风言风语，他避开了，可他害怕会转移到我身上。我一直被他强按住读书，可我最终学了美术，毕业后在北京宋庄待过两年，有半年时间不间断地看画展，把自己看得反胃了，再也画不出来——我就拿着相机乱拍。也不知怎么的，我忽然就开始拍海底，画面里尽是些鱼虾蟹贝和水草珊瑚礁。在中国，搞水下摄影的人并不多，我接到的活儿不少，许多地理杂志、手机公司都找到我……水下摄影师的稀少，很大程度上缘于很多摄影师水性不行，我无法想象，一个出生在西北黄土高坡上的摄影师，可以扛着机器在海底游弋。而我即便在父亲的拳打脚踢下，潜藏在骨子里的水性还是超过大多数人。我起先并没有跟家里说我拍的是水下，他们觉得我不好好在一个单位朝九晚五，是个朝不保夕的无业游民。后来是省内一家报纸，在一个京城的摄影展上采访了我，有些人拿着报纸找到父亲的饭店，向他竖起大拇指，我才暴露了。若不是我远在北京，父亲几乎就要操着饭店里的砍骨刀翻山越海追杀而来。从那之后，我和他的关系成了拉紧的弦，稍有不慎就会绷断。每年春节返乡过年，他差不多天天跟我摆擂台。他反复挂在嘴边的那句话是："你做什么不好，为什么一定要下水？"每到这时候，曾祖母用她的拐杖敲敲门板："我们家的人，离得了水？这些年，你不也靠海吃海？"曾祖母指的是，父亲那家饭馆是一家海鲜店。父亲看着我的强援，把别的话尽皆活埋。

可现在，我的强援永远离开了。

打电话告诉我曾祖母过世的，是父亲。当时我在小船上晃荡着，信号不是太好，风声灌耳，我接了之后，有一阵没听清，就挂断了。接着铃声又持续地响起。这情况太少见了，父亲很少主动给我打电话，有时不得不找我，也是母亲用她的手机拨通后，一阵闲聊，才试探性地说"可能你爸有什么事""跟你爸说两句"之类，把手机递给他。父亲的连续拨打，让我心生慌乱，只好接了。他的声音在风中起伏："你在哪儿？"我心想他是不是听到我回来的消息了，为避免后面的拍摄麻烦不断，我含糊着说："爸，忙着呢……"那头提高了声音："我不管你现在在哪儿，能多快就多快，赶紧回来。你——曾奶奶——过——了！"手机掉到船板上，发动机带动的船桨击水的声音，也没能压住父亲从手机喇叭上发出的吼叫。

回来这两天，为了避免跟父亲的冲突，我没跟任何熟人提及，把故乡当异乡，晚上住县城的旅馆，白天就准备着拍摄事宜。今天这一大早，晨色尚未从海面上褪尽，便听到了这个消息——我最后悔的，是没能回老家见见曾祖母。让小船回返时，队员不清楚发生了什么，可他们也看到了我的脸色陡变，拍拍我肩膀，没说什么。小船靠岸，阳光晒得沙滩发白，好像那不是沙子而是白花花的盐，眼睛一瞄就被刺伤。对，就是这种白，独属于我们渔村的白，即使看过多个国家不同的海，这里还是独一无二，这熟悉的热和白，把我掳回旧日。

在这里，我闭上眼睛也能走回自家的院子。密密麻麻椰子树的掩映下，海风长年灌入院门如风洞。

家里的十几个人站在院子里，都眼珠泛红，有人眼角的泪还没擦干。估计没人想到，父亲电话过后不到一个小时，我就回来了，眼睛齐刷刷瞪着，嘴唇颤动，想问什么话，又没有发出声来。我知道他们想问什么，直接说："省里有个任务，我刚好回来了。"母亲抹抹眼，拉了拉我的手，她也知道我最想问什么，低声说："你爸送菜回来，没看到你曾奶奶起来，推门就……昨天我回来，看她还好好的……"父亲的饭店开在镇上，家里人都在镇上住着，可曾祖母坚持住在渔村里，年过九十的她，没什么病痛，还能每天自己煮饭。家里人每天送肉送菜回来，帮她忙好一些事，又会返回镇上。今天父亲回来，看到她已经……我们永远没法知道她咽气的具体时间了。

家里人自动分开，父亲走到一边的台阶上蹲下，把一根烟塞进嘴角，发抖的手滑动打火机。曾祖母就从分开的缝隙里显露出来。一块木板放在屋子中间，铺着白布，曾祖母躺在上头。堂前八仙桌上，烧香点烛，熟悉的呛鼻味。我走到八仙桌前，取出三根线香，在燃着的蜡烛上点着，插进香炉，跪拜在曾祖母面前。眼前模糊，水雾遮挡眼睛，我试图看清楚，仍是被过滤了一些，只见到曾祖母脸色平和。她嘴角微翘，好像是笑，好像昨夜到来的死亡，是她期待已久的节日——是的，对于在时光中空耗那么多年的她，这一刻的到来，是该欢喜的一刻。她昨夜躺下之前，会不会已经知道这一刻会到来？她不像死去了，灰色还未笼罩她的脸，她的手好像还能握紧拐杖，顶向地面，在沙地上留下一个个印痕。

可能我的突然出现，打乱了家里人的计划——在他们的预计中，我至少要一两天才能赶回，他们还有时间安排曾祖母的后事，可我"说曹操曹操到"，倒给他们出了难题：如何快速而妥当地把曾祖母葬下，让人手忙脚乱。我们这个县，尤其附近村子，无论活着时多么尊贵，一旦过世，便迅速"贬值"，人人唯恐避之不及，村人很快躲避开，直到逝者下葬后，村里才渐有人烟。所以，无论谁家有人过世，族里人几乎都是当日便把人葬下，极少有停灵守灵之说，若有人因外出奔丧不及，至多宽限一两天便葬下。这习俗的由来，有老人都往前推到清末了，说是一场大瘟疫带来的心理后遗症。据说当时鼠疫横行，人都是断气即埋，迅速逃离坟坑，哪还敢停灵守灵。此时，村人已经撤光了，留下一片空荡荡，无数双耳朵正等待我们家出殡的声响。

父亲召开家族会议。因曾祖母前几年就过了九十，坟地也是她早就选定的，这就从容了一些。眼前最紧要的事有两件，一是去请主持葬礼的师傅公，安排葬礼的各个环节；二是得迅速下海，到海边水下的“龙宫”里，捞上一个什么物件，好随着棺材一同埋下。第一件好办，一个堂兄自告奋勇去邻村请人了；第二件，则是我们迫切需要解决的。某一年，村里有一个老渔工在逝世前交代，让儿孙下葬他时，把他从海边“龙宫”里捞起后一直丢在院子里的一块石磨随他葬下，这习俗便逐渐传开了，人们总会在葬礼时，埋件什么水里的东西才安心。这事，当然由家里的男丁负责。

“我下水！”父亲绷紧的神经一直没放松，这话好像是出征前的壮胆。曾祖母那么大年纪了，他心里早已预演过多次她的过世，可下水这件事，终究是他的心结——毕竟，他躲避海水躲了一辈子。父亲越是信誓旦旦，我越看出他的胆怯，若不是悲伤覆盖，我可能会笑出来。我说：“爸，我去吧。”父亲说：“你觉得我不懂水？”我说：“你是不懂水。这些年，我潜了全世界的海……”说到我的工作，父亲的脸又黑了。我说：“爸，要是你今天没给我打电话，我也会下水的，我这次回来，就是下水拍东西。反正都是要下去的，我来吧，你在水池子洗个澡都手脚发硬……”

父亲沉默。作为曾祖母的孙子和曾孙，他和我是她最亲的人了，这任务只能我们来完成。而即便他随时都有着对我没来由的暴怒，他也觉得我比他更适合下水。当然，在他心里，最适合下水的是他的父亲——那个早已消失在各种语焉不详的传说里的水手。绷紧的脸皮松懈了下来，他长叹一声：“别捞太重的，随便捡块轻便的就行。”轮到母亲脸色变得难看了，她是在担心即将下海的我。父亲猛地站起来："你下水吧。我带两个人去县城，把寿衣、棺材和香烛买回来。"

我的潜水证不是在国内学的。当时跟一个友人一同报了名，还没下海，教练还只是在泳池里跟我们讲换气和手势，那朋友热血上头，从泳池边上扑进水中，力道太猛，撞破了额头，鲜血不断涌出，他的潜水之旅便停止了。后面，天气不太好，我跟着教练下海时，海水浑浊不说，荡漾的海水把我的胆汁都摇出来了。看到眼前漂浮着的呕吐物，我特别羡慕那个在泳池里撞破头，此时正在沙滩上享受海风的朋友。小时候父亲的棍棒没能阻止我下海，可我也从没潜入过故乡的这片海。

接到省里的这一拍摄邀请之前，我查看了一些别人拍的照片和视频，也查看了一些文字材料。那些照片和视频，勉强可看而已，并不太讲究，可画面上那些水底的房屋、石磨、牌坊、石椅甚至碗碟等，还是冲击着我的心。所有的照片都在告诉我，这里，曾有人生活过，但，海里当然是没法住人的，谁会来修建这些水底建筑呢？我当然不会像村里的老人传言的一样，把这里当成龙王的宫殿或者一个海南岛版的亚特兰蒂斯；这当然也不是什么人修建的海底墓群……事实上，这时代搜索太方便，一些古旧的文字资料，若隐若现地揭示着水里的真相。

队员给我备好了潜水的装备，虽然这一趟另有任务，我还是带上了一个轻便的照相机。入水的一刻，随着水压的加重，我浑身松懈了下来，曾祖母过世的悲伤，暂时被海水隔绝开了。太阳光穿透海水，在水中形成各种光纹，像围绕在我身边的结界。很奇怪，此时我彻底安静下来了，好像这是独属于我的空间，给了我莫大的安全感，婴儿在母体里也是这样的吧？这种感受很难说清楚，我并非那种害怕见人、恐惧喧闹的人，可这些年我一次次穿着潜水服、背着氧气瓶、咬着呼吸器、扛着相机下水，倒真不仅仅是为了谋生，而是在海水里，可以变得更加自在，心里也更平静。对我们家来说，"水"是诅咒，可我没法摆脱，得一次次躲进水的包围圈。

此时的能见度不错，海水却依然有些浑浊，越往深处，越是看到各种淤泥漂浮。潜到八九米的时候，隐隐约约中，出现了传言中的龙宫。一排排残破的墙，倒塌在水中，往一侧潜游，还看到了石块垒成的水井。牌坊是保存得最完整的，毕竟它们都是以巨大的石块雕成，靠近之后，能看到上面雕刻的各种花纹。已在照片和视频上看过类似的画面，可当它们活生生出现在眼前，即使被水环绕，我还是觉得身体在燃烧。各种石块，被淤泥、海藻所覆，可它们仍倔强地显露着自己。有不少没完全倒塌的石楼，我穿行过去，进入另一个时空。在以往，我在水下拍摄，镜头和眼睛多是对着珊瑚礁、游鱼和水草，那些活物里，藏着大多数人对海底的想象。而此时，当这些毫无气息的石头出现，空荡荡之中，人是缺席的，可我好像又看到了人影憧憧。我没有打开相机——唐突的拍摄，对这一片水域的遗存，是一种不敬。我摆动双腿，在各种石墙里漂荡，把一切交给眼睛。

我没忘了自己是来干吗的，但我并不着急，我甚至找到一堵断墙，背轻轻地靠着，我需要在这里静坐一会儿。如果有人此时从我的头顶游过，看到我以某种怪异的姿势，在这海底的断墙边入定般坐着，他会不会吓破胆？他会不会以为看到了神话、漫画中的海底之人？多少年前，这墙还未断，还未泡在水中，这里应该住着一对夫妻，他们在屋内讲过悄悄话；老迈的慈母，也曾站在这堵墙前遥望儿孙的远足，挥舞的手折回，擦了擦眼角的潮湿……来不及再乱想，在氧气变得稀薄之后，我伸出手，在断墙上摸索着，抓到了块什么，已经被青苔覆盖，也没看清，不管了，缓缓释压，上浮。回到小船上，队员帮我卸下装备，我湿漉漉地呆坐着，任由海风袭来。两个队员不敢多问，别说他们，我也不知道此时自己在想什么。

我呆呆地看着拿上来的那块东西，不知道合不合适陪曾祖母下葬——那是一块石杵。

父　亲

父亲是真的没水性。

海在那里，荡漾的海面就是最大的诱惑。父亲不是没有过沉迷游水的年纪，可在村里，他是没有玩水的伙伴的。每一个与他年纪相仿的少年，都收到了家里的警告，不能跟他一同下水，否则打断腿——把一个祖父、父亲都消失在海里的人拉下海玩水，没人可以承受可能出现的意外。即使没有别人整天盯着，父亲也觉得海水有一股把他往岸上推的力道，有一圈拒绝他靠近的防护罩，当步子移到离海水还有二十米的时候，他的小腿开始颤抖，小腿内侧、后背冒涌细微的汗珠，麻痹感增强，他不得不后退到一个安全距离，望着日光在海面上碎成闪耀的金黄——他想向前，却只能退后，退到一个让自己痛哭的距离。当眼睛被苦咸苦咸的液体浸泡，眼角一阵黏糊糊，他没法分辨，这液体到底是咸风携来的海水，还是涌发自他枯竭的眼眶。

对他来讲，海水是一张巨大的口，随时要把他吞噬。我不知道当年曾祖母给他灌输过什么念头——或者，根本不需要，村人的传言，就足以把一个个宿命般的说法悬在他的头顶，毕竟，他的祖父、他的父亲虽然出海的理由不一样，但都是从海上消失的。对于海水，他有着本能般的恐惧。但即便恐惧，他会不会也幻想过，有一天跳到海水中击浪呢？或者，他会不会想去探寻他的祖父、他的父亲，到底是如何消失在海上的？海边人家，倒追起来，家家户户难免都有人葬身海底，那种全家好几代都能从海上安然归来的，反而是极为罕见的奇迹；可即便如此，曾祖母的男人、儿子全都出海未归，面对着她唯一的孙子——我的父亲——要说她不担心他下水，又怎么可能。她越是长寿，越是以不健壮却足够坚韧的身体抵御时光和海风的侵蚀，别人看她的眼光便越是怪异——好像她以多次击退阎王的长寿，熬死了家里所有的男人。

在村里的年轻人都随船往外走的时候，父亲闷着头，在自家为数不多的田里耕种。船在港口靠岸后，从渔船归来的年轻人相互簇拥着，犹如过节。船上狭窄的空间，限定了他们的步履，虽然他们可以在海水中划游，但那种摇晃与动荡，总是没那么踏实安稳，他们要回到岸上之后，才把憋在身体里的一切发泄出来。父亲也会被他们拉上，他不是太愿意参加这些聚会，但架不住那些人黝黑有力的手臂。在鱼肉焦香、鱼汤翻滚之时，父亲耳边充斥着从同龄人口中吹出的海浪和风暴。父亲闭口不言，可耳朵没法闭，话语的浪花四溅，让他有些晕。父亲的左额头，有一块清晰的疤痕，像一个畸变的“逗号”——那是他年轻时有一回，跟那些海上归来的水手吃喝后留下的痕迹。以父亲后来嘴巴锁死的脾性，当然没有仔细跟我讲过这件事，可从曾祖母的叹息中、从其他人的唾沫星子里，也不难拼贴出当年的画面。不外乎，酒多话多之后，水手们喷着酒酸鱼腥，开始打赌，开始耍横……到了最后，不知怎么的，目标就落在了父亲身上。有人嘲笑父亲是个旱鸭子，一辈子躲着水。但父亲并不反驳，他点头哈腰：“是是是……我不下水……”他的服软，并没平息水手们的“暴乱”，有人喊了一句：“把他丢水里，看看他是不是真不懂！”父亲想跑，已经被手臂抓牢、举起，离开了那个杯盘狼藉的院子，迎向跳跃着的海风。任父亲如何扭动，也没法从那一双双铁钳里挣脱而出，他恐惧地呼喊，更放飞了那群被酒精麻痹的水手。他被高高抛起，重重地落入海水之中。夜里潮汐上涨，水虽不深，父亲乱舞手臂乱踢腿脚，沉得很快。水手们指手画脚，看父亲在水中扑腾却总是没法往岸上走，笑声更大。等父亲的动作变小，身躯没入水里，水手们的笑声才变静了，惊慌爬上他们的脸。有人说：“还真不懂？”立即有好几个人扑进水里，把父亲拖了上来。当时他的额头已被水里的硬物磕碰，正冒血，没下水的慌忙脱了上衣，绑住伤口——那疤痕一直没消。对父亲来说，这疤痕不是什么坏事，至少，水手们不会觉得他的不懂水性是装出来的了；甚至，有人不再炫耀出海，开始叹气，跟他说起海上的种种不易，船太小，海面和天空太大，风暴无常，吞噬一切……说着说着，还哭起来，父亲得反过来安慰他们。

二十世纪八十年代初期结婚之后，母亲连续生了两个女儿，父亲和曾祖母都慌了，据说曾祖母暗地里拜访了很多民间的“大神”，祈求给家里留一个男丁。而母亲生下两个女儿之后，已被计生人员盯上，怀上我的时候，母亲和父亲疯狂地“吵”了一架，躲回娘家。后来又悄悄去了一个远房亲戚家躲着，直到我生下来。计生人员见我母亲长期不在，已有所察觉，但父亲一见到他们，便拉着诉苦不断：“你说，不就是吵吵架，怎么……人就不见了？丢下这俩女儿……”说得别人眼睛先红了。村里的年轻水手们，每次回来，就给他丢几斤鱼虾蟹，让给女儿们尝尝鲜。直到我生下来，生米成熟饭，计生人员也不能把我给捆了手脚扔海里，只立即把母亲拉去结了扎。后来计生人员多次上门，曾祖母倚老卖老不断周旋，该罚的也罚了，该捅的屋顶也捅过，这事算是过去了。

后来海南建省，热闹得很，父亲也跑到省城找机会。那时满大街全是夹着皮包的，有人昨晚还睡街头，醒来就成了百万富翁。父亲谨小慎微，水都不敢下，更不可能在这种时代浪潮中捞到什么，也不过是帮人打打杂跑跑腿，拿点儿辛苦钱。后来看到身边熟悉的人，暴发的有，死于非命的也不少，他总觉得好像自己也会跟某些传言里的人一样，不是死在街头就是被麻袋套住丢进海里。他慌乱乱地攒了点儿钱，就回到村里。可他发现，在省城时间虽然不久，可自己已经没法适应干农活了，便到镇上买了一块地，开早餐店卖米粉，米粉店后来成了三餐都开的饭店。

我在那个时候，跟着家里到镇上生活。当时家里的最大问题，是怎么劝曾祖母一起住到镇上。那时，祖母已经变得无比随和了，也跟着到镇上过了一段，可两个月后，她还是迁回村里了。在那两个月里，她极力适应，可没办法，她完全没法入睡，到了白天，头发大把大把地掉，人像漏气的皮球，一点点变小、变皱。父亲先开口了：“奶奶，要不，还是回村里？”曾祖母摇摇头。两个月后，瞧着曾祖母越来越没人样，父亲知道拖延不得，直接找来一辆车，就把曾祖母和她的衣物，全载回了村里。当时我还小，可多年之后，我仍旧记得她伸出手摸了摸我的耳垂：“你会回村里看曾奶奶不？”我说：“我不想上学。我想回村里给曾奶奶煮饭……”

那时的父亲母亲，就是移动的厨房，身上的油烟味盘旋在我的少年时代。每睁开眼睛，他们便在饭店里忙，除了衣裤，我甚至怀疑，油烟也渗入到他们的肌肤里，每晚无论怎么搓，无论擦多少肥皂冲多少洗澡水，他们的身体都裹着一层油腻腻，蚊子落脚都会打滑。我甚至怀疑过我身上也这样，不然有时同学们为何看到我走过，便不自觉地脚步挪动，甚至还有人抽动鼻子？我就是在那个时候，和父亲开始闹僵的。我常常从镇上跑回村里，悄悄和伙伴们浮游在海边，发现后的父亲无论多暴怒，无论用多少回的吊打，也没能阻止我一次次往海里跳——在父亲和母亲的眼中，我肯定会把自己的命丢在海里。母亲有好多回对着我叹气——我离她越来越远，终将消失于她的视力范围。当时的我，并不觉得自己有多叛逆或者说故意找碴，可能我更单纯的想法，只是想用海水一遍遍洗掉我身上也挥之不去的油烟；洗不掉，那就蒙上一层海盐的咸腥，以一种难以忍受的气味，覆盖另一种难以忍受的气味。

日子在镇上稳定之后，父亲也难免有出神的时候，他也曾在别人的鼓动之下，出过一次海。那是一条出近海的小船，大半日即回。这一次之后，父亲再不敢提出海的事，有人忍不住问他怎么样，他绷着脸没回答。后来，有人从船家那里套到了话，说是父亲从上船开始，就眩晕呕吐；船远离岸边，周围一片蔚蓝的时候，他已经没东西可吐，只是干呕。船家被他吓到，他们见过晕船的人，但晕到这程度的也是罕见，匆忙返回，连网也没撒。父亲觉得误了船家一天工，心有愧疚，点头哈腰把人家请到店里喝了几次酒。这一次后，父亲彻底死了心。我怀疑，父亲那么痛恨我下海，除了那个笼罩在我们家男人身上的“诅咒”，还有他对自己无能的不甘，有对我水性太好的嫉妒成恨。可即便是这样，大海的诱惑在他心中也未全然熄灭，他对海水如此痛恨，又在某种想象中，做着征服大海的梦。

我也是在好多年后，才知道父亲并没有我所想象的那么软弱，他也曾试图战胜恐惧，用自己的方式接近他所畏惧的大海——比如他之后与人合开过的水产养殖场。当时我们家在镇上稳定下来了，赚得不多，但饭馆一开，每天的收入也是看得到的。父亲想与人合开养殖场，母亲几乎闹得要离婚。和母亲几次“战争”之后，父亲还是把不少钱投入进去了。起初的两三年里，父亲基本放弃了饭店的生意，母亲成了掌柜。父亲时不时往海边跑——那是一个海湾，他和别人投资的网箱都在那里——沉在海水中的网箱，游着投放的鱼，也游着父亲关于大海的梦。那时的父亲，话最多，他每次开口，都是：“我们那水里……肯定……”那两年里，父亲几乎说完了一生的话，他滔滔不绝，全是关于水里的鱼虾。我能感觉到母亲的不安，可她没能寻出不安的根源，没能在父亲话语不绝的时候，送出干脆利落的反驳。那两年，养殖场也确实赚到了些钱，也带动了饭店生意，父亲从养殖场直供店里的鱼虾，鲜活不说，也比别家店要便宜得多，母亲这掌柜开始当得乐呵呵。转变出现在父亲参与养殖场生意三年多接近四年的时候，那年夏秋之交，台风将至的消息一直在收音机里蔓延，父亲变得无比焦躁，我们整天看不到他——他是在养殖场准备抗击台风。所有的准备，后来被证明都是徒劳，那场风太大，从海南岛东面扑来，席卷了一切，所有的东西，都朝西面倒。

台风过后，父亲病倒，人只剩下一副骨架，一年多没恢复过来。那一年多，父亲是和某种药味联系在一起的。曾祖母住到了镇上，每天给父亲熬药，她时常伸出带着药味和柴火烟熏味的手，摸摸我的额头。在曾祖母的只言片语里，我知道了父亲在养殖场的投资，被台风席卷而去，他们为抗击台风而做的准备，也全都葬进去了。父亲还好，人病了，在药汤的呼唤里，算是捡回一条命，与父亲合伙的那个人，所有身家都丢在这场风里了，没熬过去，趁着家人不注意，给自己灌了半瓶农药，人也没了。曾祖母像是无意中说着这些，又不时提醒我：“你啊，要看紧你爸，别让他出事了……”当时的我不明白，本不习惯镇上生活的曾祖母怎么在镇上待了那么久，后来想通了，她是要盯紧她的孙子，不让其毁灭于一场台风的尾韵。

那也是曾祖母跟我相处最多的日子，即使镇上不如村里让她舒坦，她仍会每天醒后，便把自己收拾得干干净净，头发梳理得丝毫不乱——她是一个骄傲的女人，还将继续骄傲下去。我也是在那时，听到她说她儿子我祖父的事，也听到她说曾祖父的事——在她口中，我祖父和曾祖父永远年轻，而且，曾祖父要更加年轻一些。曾祖父几乎在还算是少年的时候就离开她，于是，在她记忆里，他是永远的少年。她有时也会看着我发呆，清澈的目光从她皱纹斑驳的脸上射出，我被看得不自在——她好像看的不是我，是另外一个人。

我年纪小，不懂安慰人，可我感觉到了她心中藏有太多不为人知的幽暗角落，月色清冷，无人光临——就像她一个人住在那空荡荡、只有咸风侵蚀的海边老家。有时，我几乎就要憋出几句什么话来了，几乎要懂得怎么安慰她了，她盯着我的目光却忽然变得温柔了——她又是在看着她的曾孙了。我快要憋出的话，瞬间消散了。她用手中的木棍撩拨炉火，药罐的盖子在气泡的咕嘟咕嘟中被挺起，中药的气味排山倒海。她褐色木藤般的手指，抚摸我的脸："以后，你不要老是下海游水了，别气你爸。他病没好呢，别再气他……"那中药味飘荡的一年多里，我好像再没下海，父亲从中药中缓过来之后，没了心气，大海的诱惑再也没能抵达他。他心无旁骛地在小镇饭馆的厨房里忙前忙后，油烟一天天熏着他，他一天天被包浆，身躯肥胖，肤色黑亮。

扬　波

我曾见过飞鱼。

当它们一只只跃出海面，开始滑翔——虽然滑翔的距离并不远——你便会有挥手和呐喊的冲动。是的，它们在海水的蔚蓝里，极力想逼近天空的蔚蓝。拍水下摄影这些年，我去过不少国家，见过各种各样的海。我曾到过挪威的西沃格岛上——这已经算是北极圈内了——暮色降临，水边的木屋灯光亮起，紧挨着的雪山闪着白光，有一种蓝消融在这天色里，倾斜的屋顶上积有残雪。在这里，自然是不敢下水的，可这里也有渔船，渔夫们是如何迎着这些冰寒出海捕捞的呢？我很想多待一些时日，跟随当地的海上勇士们，在某种极限之冷中，想象我祖父在中国南海的烈日下迎战热风。我自然也去过马尔代夫，多次在海底拍过各种水下的生物，日光猛烈之时，水下十多米，仍旧能看清画面，我拍过那里的护士鲨——关闭了闪光灯，用自然光，镜头里有一种庄严的蓝，护士鲨自如的身姿，让带着沉重器械的我，顿感人之为人的某种无能。我在菲律宾的马尼拉遭遇过台风，看着风暴中的一棵棵椰子树几乎要被连根拔起，随风而去。风也把海边老家的记忆吹来，当年曾祖父，也是在海水中央，遭遇并消失于这样一场风暴吗？马尼拉风暴之前两天，我还在夜里深潜，拍摄各种色彩斑斓的鱼，它们的长相没法描述，造物主把这些怪邪的“作品”，都藏在光线不及的深海之下。我不会跟人说起，拍到这些生物之时，由于潜得太深，我脑袋眩晕，可海水的包裹，让我不觉危险，而有某种奇特的温暖……我拍的照片在不少地方展览过——其实，也不知道从什么时候开始，去哪儿、不去哪儿，好像已经不由我自己决定了，拍摄邀约前来，若恰好踩中我的兴趣点，答应后，邀请方便会安排好出行线路，我拎上行李和拍摄设备，赶往机场即可。起初，那些照片出现在那些高精度、大开本的摄影杂志上，还是挺兴奋的，可很快也就习以为常了。在不少讲座、网络视频节目里谈到水底拍摄的时候，我没多少兴奋，倒是担心这些节目辗转被父亲看到后，引来他的轰炸。我时常能收到各家手机公司宣传部门寄来的最新款手机——如果他们的手机主打的卖点是防水和摄影。他们一般还会寄出合作的邀请函，希望我能用这款手机，拍摄一些能体现出其功能和卖点的照片。我答应过两家公司三款手机的合作，我拍摄的一些水下照片，出现在那三款手机的发布会大屏幕上，也挂在其官网上，作为其宣传照。我逐渐不太接受此类合作，是因为国内的手机更新速度太快了，若专门干这个，就做不了别的任何事了。而飞鱼，我就是用一款手机拍到的，有照片，也有视频，那视频被剪辑、配乐之后，飞鱼震动水面水珠弹射的慢动作，让那家手机公司在微博上吹嘘了小半年。

有一日，我在北京一家金融企业的总部举行的分享会上介绍海底摄影——也是奇怪，我参加得最多的，是各种企业组织的文化活动——海底生物的照片在幻灯片上一张张滑过，下面一阵阵“哇”。活动结束后，参加活动的人纷纷来加微信，有一个微胖的中年人上来握手，说“老乡好，老乡好。”聊了几句才知道，他叫Z，并不是海南人，可他在海南一个景区任高管。他说景区内有一片冷泉，什么时候我回去了，请我去拍拍他们那片冷泉的水底。当时正是父亲跟我关系最僵的时候，说起回乡，顿觉山高路遥，我说：“多联系，多联系。”之后，Z在我的微信朋友圈里特别活跃，几乎在我所有发出的照片下头点赞。有一年，他察觉我即将回海南岛过春节，飞机降落之后，把我直接载走，拉到他的那片冷泉周围，说不给他完成任务，就把我软禁，不放回家过年。已是深冬，又是冷泉，这一次拍摄真是把我折腾得够惨。冷泉的那汪水很浅，最深处也不过刚到脖子，在这样的水中，要想拍出Z所期待的唯美画面，角度就变得无比重要。幸好那两天日光挺好，水草和一些小鱼在画面中无比斑斓——当我打着喷嚏把一张张照片放给他看的时候，Z说：“你帮了我的大忙，你帮了我的大忙……”那个春节，我一直在感冒的状态中度过，吃什么都觉舌尖麻木。听说了感冒的原因，父亲春节期间一直和我冷战，曾祖母没多说话，又是给我煮姜块红糖水，又是给我把甘蔗烤热，希望那些冒着热气的甜水，能驱赶我体内的寒气——那么多年，曾祖父毫无音讯，在某些身子有恙的日子里，她也是在甜水一遍遍的浇灌下，舌尖尝到一点儿甜味，才能活得下去的吧？

当Z邀请我回来拍摄龙宫，我第一时间想起那场感冒和父亲那从冬天阴到春天的脸，便说：“我给你介绍一个朋友，他也拍得很好。”Z说：“别人，我就不叫了，你再想想。”第二天，他在微信上给我回一句话：“真让别人来拍，你甘心？”当天中午，我翻来覆去没法睡，掏出手机回了一句：“你把我说服了。”倒头便睡。按照Z的说法，自年初海南宣布建设自由贸易区之后，他们公司也在加快布局、探索，在我们家附近的那片龙宫推出潜水游，便是其策划的一个新项目。按照他的计划，拟在此项目推出前，先准备一批海底的照片，搞一个摄影展，先声夺人之后，在媒体上疯狂宣传，再找几个网红来做潜水直播，如果那片海底龙宫随着直播镜头缓缓展开……哇……哇……哇——他用一连串的“哇”，代替了所有想象。

没想到的是，潜水拍摄还没开始，我得先送别曾祖母。

我从龙宫捞起来的那块石杵，被装在一个小盒子里，放入她的棺材之中。棺材从祖屋往外抬之时，村人果然全都跑空了，这是我们村最“绝情”之处。在以往，别家有人出殡，我们也照样远远跑开，按说早已习惯这场景，而当终于轮到我们身上的时候，心中还是不好受——我们被抛弃、被别人恐惧，我们离死亡如此接近以至于别人只能和我们保持距离。村里人一少，回声就特别响，点燃鞭炮，吹起唢呐，那余音的一勾，让人惆怅。主持葬礼的师傅公走在前头，指挥着抬棺人，他让停就停，让快步就快步——空荡荡的村子里，他们走得曲曲折折，好像在闪避路上的什么东西。家人跟在后头，每走几步，就丢一挂鞭炮。理性告诉我，在此时应该悲痛，可我内心的真实感受，却是某种解脱——为曾祖母能够摆脱无边苦役而欣慰。活了九十四年，她当了七十几年寡妇，多少暗黑的夜，她是睁着眼睛熬过来的呢？

出了村子，往西是一个小山坡，是不少村人安眠之处。在走到进入山坡的路口时，师傅公一摆手，队伍停下，他走到父亲面前，悄声说了几句。父亲扭头，说：“我们就送到这儿。”师傅公再次挥手，又一挂鞭炮炸响，抬棺的队伍继续往前，而我们家人就地等候。这是有着某种慈悲心的习俗——送行到此，下葬的事宜交给他们，就避免了亲朋的撕心裂肺哭断肠。等待的时间里，家人说什么话都不对，都沉默着；站着也疲累，就在路边蹲着，目光呆滞；也有憋不住的，掏出手机，闷着头刷起屏幕。我靠着一棵树，闭上眼睛，阵阵海风荡漾而来，穿过渔村，给鼻腔送来淡淡咸味。我们唯有安静地等，等师傅公叫人来传话，让我们去已经安葬好的墓地面前。风声里，我听到了家人传出了第一声哭，是谁呢？我没睁眼看，接着有多人的声音此起彼伏混杂一块儿，我还是没睁眼。当眼睑没法阻挡洪灾，泪水超出警戒线，不得不睁开了，眼前迷蒙一片。四十分钟后，有人过来，说可以过去了。

新土尚湿，隆起的土坡，那就是曾祖母了。在她的左侧，是一个墓；她的身后，还有一个墓。那两个墓，往年的清明节，我都跟来扫过。曾祖母左侧的墓，是曾祖父的；她身后那个，是祖父的。这两个，全是空墓。而最先埋下的，其实是祖父，在我还远远未出生的某一年，他驾船出海，整船人只回来了几个，一片哭声之后，各家人都寻找出自家葬海之人的一些遗物，埋下以当坟墓。也就是说，好多年里，我随父亲祭拜的，是一堆空无一物的土。曾祖父的那个墓的修建，我还有点儿零星印象。曾祖父不是水手，也不是船长，他虽然消失在海上，却并不是随船捕捞的船员，而是乘船前往东南亚谋生，起先还和家中有联系，最终却了无音讯了。数十年里，曾祖母一直在等待着他的归来，可她活到九十四岁，也没有再听到他的消息。其间，无论别人怎么风言风语，她一直坚信曾祖父还活着，也从不给曾祖父安坟、立碑。小学时的某一天，天还没亮，我被曾祖母的抽泣声吵醒。家人都疑惑不解地围聚过来，她慢慢止住哭声，用手背抹抹眼泪，又捋了捋我的头发，说："你公祖过了。"她让父亲去找人张罗，把曾祖父的一些存放了数十年的东西葬下，我们也才知道，已经在她的记忆里完全模糊的曾祖父，重现在她的梦里，跟她告别。此时，新坟立起，曾祖母也并没有跟她的丈夫和儿子真正"团聚"，她的身边和身后，仍旧只是两个空荡荡的土堆，她在另一个世界，仍得单枪匹马一个"人"。

点燃一挂鞭炮过后，家人尽皆跪倒，师傅公喊道："一叩首……"

Z 摁着电脑的回车键，一遍一遍播放幻灯片。那是他之前找人拍的海底龙宫，也不是说拍得不好，问题在于，这些照片都显得比较暗。我判断有几个原因：一是拍摄时光线不足；二是这并非专业的水下拍摄设备；三是摄影师缺少水下拍摄经验，只是把陆地上的拍摄习惯不假思索迁移到水底，对水里瞬息万变的流动感把握不住。当作纪实照片来看看，也不是不行，可若是以这样的照片来吸引人，把看客转化为游客，恐怕效果未必行。曾祖母的葬礼之后五天，Z叫辆车到渔村来把我拉到县城一个酒店里，他说话小心翼翼，怕惹到我。他也不提让我下水的事，只是拿出他之前收集到的一些照片，说是让我和他一块儿分析。

我说："这些照片都缺少色彩，可能……那片水下龙宫本身色调太单一。光就照片来说，这些画面实在是没什么诱惑力。我的想法是，这些建筑太灰暗，但可以拍一些水下生物，用水草和鱼虾的色彩，来点活画面。"Z拍拍我的肩膀说："你什么时候状态好，我这边随时安排人跟你一块儿。"我说："就明天。"

不管设备多重，一入水，我就活了过来。我是独行侠，觉得入水是一个人的事，那种被海水包裹、独自游荡的自在，没法与别人分享，所以我没有让Z喊来的两个人陪我一同下水，而让他们在船上接应。他们也乐得自在。入水之前，我习惯用潜水鞋在水面击打三次水花，一个翻身，射入水里。水下摄影就是这样，当你一直追着拍什么，你就总能在水下遇见什么：有人总能拍到水母，有人总能追到鲸鱼，有人则老是碰到珊瑚和巨大的贝。而我的眼睛，总是能看到艳丽的色彩——总是某一团色彩而不是某个活物最先击中我的眼睛。能见度很好，强烈的阳光让海水好像变浅了很多。对我来说，这样的潜水摄影，已经不是谋生的工作，而是修养身心的方式。陆地上的声音都被隔绝了，没有了人影，这是我的世界。

如果能真正忽略包裹周身的水，每一次海底潜游都是一次飞翔。下水前，一遍遍检查身上的设备，像是即将从半空跳伞。所谓水下拍摄变得越来越"专业"，意味着所携带的拍摄设备越来越沉重，这些器材，已经在某种程度上成了器官的延伸。当苦咸苦咸的海水，以浮力抵消掉器材的重量，那些沉重的器材就慢慢"消失了"。在这水下龙宫里潜游，看到一栋又一栋的残破房屋在我眼前展开，我不能不产生时空穿越的恍惚感。多少年来，村人只知道海边水下有这龙宫的存在，各种传言给它盖上层层迷雾，并不能让我了解得更多。可有了互联网之后，一切都变得没那么遥远，我也追寻线索，在一些旧县志里，翻阅到了这水下龙宫的来历。并不需要潜多深，十二三米，已经可以双脚踩到海底，那些斑驳的石块，颜色是很单一，却也刻满海水和时间侵蚀的痕迹，角度选好之后，是最好的拍摄对象。光是想想，自从这些房子潜埋入海水开始，从未有一个人像我一样缓慢地看着它，我就浑身颤抖。

就在这时，我看到了那条鱼，我很难讲那是一条什么鱼，颜色血红，犹如一团火在水中燃烧。对一个摄影者来讲，这是致命的诱惑，我很快地往前游动，靠近之后才发现，那条鱼几乎有我身体的三分之二那么大，颜色也越来越红——我正在靠近一团火。它并没有要逃离的意思，它甚至瞪着我看了看。暗淡的海底残屋断墙面前，需要这么一团火来点亮，我不断摁动快门，拍下了它很多的照片。它感受到了长镜头的侵扰，它游动，跨过一堵断墙，在水草间消逝。我只能快速划动，追过去，可它更快，主动权在它那边，火光时大时小。即使身上没有背着摄影器材，我也没法追上一条试图游走的鱼；但那条鱼显然并无意逃远，当我停下，它也停，好像在等。我不得不重新游过去。待我游近两三米之后，它又再次离开，在我的相机里变幻着各种造型——一个足够自恋的模特。

追拍了二十来分钟，我不得不放弃了，我知道，携带的氧气已经不多，我得返回水面了。那条鱼显然也看出了我准备放弃，它猛地加速，竟然撞向水底的一堵墙。没什么声音，只有轻微的一缕震动，那条鱼摇摆一下尾巴，拐弯绕过墙壁，瞬间消失了。我呆呆地看了好一会儿，那条鱼撞过的地方，墙上的石块开始缓缓掉落——这些断墙在水中泡了四百多年，早已不那么牢靠。我游近那堵石块不断滑落的墙，想拍一些微距的照片。靠近一看，发现边上有块歪歪扭扭的牌坊，我捡起一个石块，刮掉牌坊上不知道是什么的覆盖物，慢慢辨认了好一会儿，半看半猜，落款的小字已完全没法辨认，倒是可以看出那几个大字。大字是“海不扬波”。这四个字让我心里咯噔一动，我选了好几个角度，好让光线充足一些，却仍没能很清晰地拍下这四个字。

等回过神来，我暗暗叫苦，呼吸到的氧气已经变得稀薄，有着多年潜水经验的我，本不该出现这种低级错误的。潜到水下，身上承受的水压变大，是不能快速上升的，否则……我不敢多想，只能放慢吸氧的频率，边游动边上浮，动作越是缓慢，我的内心则越是焦急。不能加速，不能加速，不能加速……我靠着意念来控制自己，可……即使我想加速，也没办法了，氧气残存无几，我的身子越来越沉重，那些拍摄器材已经快要把我的身子压碎，可潜意识让我没法松手……甚至，连眼皮也睁不开了。眼前开始变得暗淡，我觉得我甚至还没办法上升，又得往下掉……暗淡开始变得光彩夺目，那是刺眼的光，天崩地裂，各种轰鸣声充斥着我的耳腔，我感到了巨大的摇晃，人间的一切，都在碎裂——我自己，也要炸裂了。

一切开始变得正常，从我重新吸到充足的氧气开始——有手臂抱住我的胸，另一只手扯掉我嘴里的呼吸器，递过来另外一个，我本能地猛烈吸氧，总算是赶走了幻觉。来人和我比画着潜水手势，我连续吸了好多口之后，摘下呼吸器递给他。过一会儿，他递给我；再过一会儿，我递给他……他松开抱在我身上的手，我们交替使用他背上的氧气瓶，慢慢上升，越靠近水面，阳光越白亮。

把头探出海面，我没有抢着吸气，反而长长舒了一口气。我知道自己刚刚死里逃生。重新坐到小船上，我才感觉到，身子像是散架了。我感谢这两个跟我一起来的队友，他们发现我潜水时间太长了，就都背着氧气下水寻我了。我此时没法说出感谢的话，闪过我脑子的念头，是让他俩保密，否则，一旦传到父亲的耳朵里……刚才的那一幕，就是那个笼罩着我们家的魔咒吧，它是蹲守猎物的好猎手，无论藏匿多久，时机一到，就杀机毕现。

——当年，那一幕也是这样出现在我祖父身上的吗？

祖 父

我总觉得，祖父有过跟我一样的压力。他的父亲——我的曾祖父，随着下南洋的船消失后，曾祖母把所有的目光都放在他身上，她肯定多次幻想过，她的丈夫若是有一天安然回来，她至少可以坦然告诉他，我帮你把儿子养得好好的。可时局动荡，疲于生计，哪里能照看得那么周全呢？祖父终于还是和村里的大多数年轻人一样，随船出海——我们村没有港口，可出水性好的水手，他上了另外一个镇子的渔船。曾祖母也不得不同意，世事多变，在岸上未必就比海里妥当。祖父每次下船，除了给他的母亲带回海货，还带回滔滔如海浪的话——那些话后来曾祖母曾不时转述给我，有的听着像真的，有的却无比荒诞，我不得不怀疑，那是曾祖母在对她儿子的多年思念中，自己编出来的对白。“你爷爷跟你这么大的时候……”她有时会以这句话开场，接下来说了半天，其实跟我的祖父——她的儿子，可能毫无关系。

也是很多年之后，我才清楚，或许她并不是要跟别人交流她的儿子，她只是在寻找一个说话的对象而已，而且，这对象还得恰好听不懂她的话才行——她就没跟家里其他人说过。也就是说，我永远没办法明白，在“丧”夫、丧儿多年里，她心里吞下过多少惊涛骇浪。她的脸出现在我眼前的时候，衣衫永远齐整，头发服服帖帖，没有任何一缕乱发强出风头。她和村里的老妇人没什么两样，可又处处不一样，她衣裳不新却特别洁净，她把自己浑身收拾得充满秩序感——如果不是以这种程序化来让一切严丝合缝各安其位，她早失控于那些起风的暗夜，哪里能熬得住那漫长辰光？

和村里的每个老妇人一样，每一个节日她都绝不疏忽，该到沙滩上燃烧纸钱祭拜未归人，她一定去；该到关二爷庙里祈求平安，她就在通书上指定的吉时准时出现。每年还有很多次，她一个人带着香烛纸钱背海朝西，去村人的坟地。那是她一个人的时间，在前往的路上，有人跟她打招呼，她也不回话，最多点点头。她是去祭拜她的儿子，但，也是一座空坟而已。祖父在海上消失，连一根头发都没能回到渔村，最后埋下的，是他的一些衣物什么的。“他冷啊，他是在海上没的，又离得那么远，一直泡在水里，得划多少年的水才能回到村里呢？方向不对，就永远回不来了……”她这么跟我讲过她的梦，我当年听的时候，左耳进右耳出，没有在脑海里些许停留；当她也走了，她讲过的话，反而不时闪烁，在我耳边强行起义，祸乱不绝。

曾祖父消失在海外，并不是孤例，周边村子也不鲜见曾祖母这样的妇人。有的熬得到尽头，她们的男人从海外归来了。可大多等不到，要么男人已在南洋重新成家，只是偶尔给寄些钱物回来；要么妇人熬不过孤独岁月，把自己的命结束于一棵树、一片水。这些空守着的女人，总是被异样的目光所包围——祖父年少时，受不了那些目光的挑衅，敏感而易怒，拳头时时青筋暴起，迎着目光和话语挥过去。无数的告状、争吵自然就丢到曾祖母身上。曾祖母叫来她的儿子，正要说出责备的话，可一在他的眉眼之间看到他父亲的模样，看到他脸上青一块紫一块，准备好的话只好吞回去。她清楚，她儿子的所有愤愤不平和无端发怒，都是替她出头，他渴望像一个真正的男人一样，挡在她的面前，隔断所有朝她赶来的伤害。

一九五〇年海南解放时，祖父七岁，曾祖母是个村妇，可她也知道，新的时代到来，一切都不一样了。曾祖父的身影是越来越渺茫，几乎所有下南洋的男人都跟老家断了音讯。不到十岁的祖父，跟村里的伙伴，一次次把自己丢进海岸边的龙宫里，从水里捞起海底之物。曾祖母的哽咽和泪水没能劝退祖父，她只能频繁地烧香拜佛，祈祷她儿子平安。祖父十四岁就随船下海，把自己晒得一身黑褐，身上只有眼白和牙齿是白色的，日光之下，肌肤闪着油光，一铁锤下去，能敲出乒乒乓乓的金属之响。女人出海是渔村最大的忌讳，祖母自然没随船出去过，祖父跟曾祖母说他的海上奇遇，曾祖母只能借助在岸边遥望的海面之景，想象海里的波涛。那些奇遇，最后都化成她的阵阵惊吓和夜夜噩梦，尤其是在祖父十八岁那年经历了一场风暴后。当时祖父已经是一个远海船上的主要船员，每年在海上至少待四个月，相比陆地上的安稳，他更习惯海里的摇晃。那次风暴出现在渔船返航的途中，捕捞的鱼虾蟹堆满舱，可风暴袭来的速度远超他们返航的速度，后来即使把渔获和一些重物抛下，渔船也还是和风暴正面相遇。依靠船长熟知海路，借助经验和罗盘的指引，快速奔往一个岛礁，总算是把船员的命保住了，可这一趟也算是损失惨重。回来后，光修复渔船就花了一个多月。风暴抵达村里的时候，曾祖母守着空荡荡的院门，目光空茫。风后三天，见到儿子衣衫破烂地出现，她的惊骇反而没了，只淡淡地说：“你要找个婆娘了。”

问到合适的人并不容易，人家一听说出海的，他父亲也消失无踪，多给吓退了。祖父结婚已经是二十岁那年了，祖母是隔壁村的，也是渔家人，家里也在海上折损过人，并不觉得有人死在海里有什么大惊小怪的。婚后也就十多天，祖父再次随船出海，此时，祖父已经能时不时帮一帮船长掌舵了。对于罗盘的指向和《更路经》上记载的海上航线，他也能多少知晓一些，最关键是，他水性好。出海的人，没有水性不好的，可像他那么好的仍是少见——若说有人能在海上徒手抓回条鲨鱼，这人只能是他。后面，便是我父亲出生了。祖父每次出海归来，家里就多了鱼汤味，肌肤颜色越来越深的祖父，双手钳子一般抓住他手脚粉嫩的儿子。他总是下手太重，捏出一阵阵号哭，引来家中两个女人的阵阵责骂。

曾祖母总算是松了一口气，若是有一天，她白发苍苍的夫君从国外归来，她可以带着她儿子、孙子，走到他面前说一句：“我对得起你。”但这样的话，是没有机会说出来的，即使她在自己内心预演了千百遍。她去问卜过一些通灵之人，想证明自己的预感。被问询之人，无论胖瘦男女，无论法力高低，总有一点是斩钉截铁的，那就是，在某种奇特的问卜仪式之后，给她的回答都很一致：曾祖父还活着。这算是好消息还是坏消息？反正，她被这个消息笼罩了数十年，直到她过世，她幻想着重逢的画面也从未出现。如果我们生活的是上古神话世界，那她毫无疑问会变成“望夫石”之类的东西。有很多无人知晓的长夜，她侧听着不远处的潮汐涌动，渴盼从月色和海风中，搜寻到那缕熟悉的体温与呼吸。这样的渴盼，在她的儿子我的祖父命丧远海之后，更加强烈。

关于祖父的死，后来一直有好几种传说。

其一：那一趟出海，祖父已算是船长，他掌舵已经两年。这一趟，渔获颇丰，船已经归航。这一次是少见的丰收，所有人也就放松了警惕。当夕光洒满海面，橙黄色让一切都显得安详而辉煌的时候，没人会想到那艘相向靠近的船会率先开枪。祖父慌忙掉头，想甩开飞射而来的子弹。他让船员搬来米袋，堆在船舵前面，他一边躲避一边转动船身。风吹船帆，船一个错身，甩开了一段距离。船员们虽也有两杆枪，可在突然的袭击面前，已经被打傻了，忙活半天，潮湿的枪管根本射不响。虽然海上摇晃，不好瞄准，可船上还是有船员中枪了，哀号声和血腥味混合在傍晚的海风中，是死亡的信号。奔逃了有二十分钟，祖父右肩中枪之后，他终于让船停下，他只希望，袭击者可以放过他的船员。后来活下来的船员也没能说清楚，袭击者到底是别国的士兵还是神出鬼没的海盗。

其二：最先，是一个首次登上这艘渔船的船员，生了某种怪病，肚腹鼓胀，呕吐不绝，在船上鬼哭狼嚎。船员们把携带的药都翻出来，土方子都用遍了，也没一点儿效果，直到那船员气力散尽，昏睡过去，呻吟越来越弱，眼看就要咽气。祖父准备以最快的速度返航，可这一次出海太远，不是想回就能回的。最可怕的，是第二天，祖父发现自己也开始出现了和那船员一样的症状——也就是说，这是某种可以快速传染的病。七月底的暴热天气，船舱这个封闭的地方，人人自危，没有人知道将会发生什么。祖父极力控制，可扭曲的身体、发紫的脸色，掩盖不住他已被传染的事实。祖父估算了归航的时间，最快的速度也得四天半，可他这个掌舵人已经染病，相当于这艘船的大脑已经迷乱，返回到岸上的时间还会拖延得更久。如果继续归航，可能还没到达港口，船上的人便无一幸免全都被传染。祖父当即做出决定，向一个离得最近的岛礁进发。他已不能掌舵，只在一旁边呻吟喊痛边指挥，大半日之后，终于看到经书上提及的那个岛礁。岛礁不大，可此时已经是唯一的救命场所了。考虑到渔船可能已经被呕吐物污染，没犯病的船员便带着粮食和淡水登上岛礁；渔船上留下了祖父和最先犯病的那个船员。渔船在岛礁附近下锚停靠，相隔不远，船和岛礁间的海水把健康之人和病号隔开，避免怪病继续传播。幸好这一趟出来还没多久，淡水还足。前两日，岛礁上的船员不时朝船上喊话，祖父听到后，都会回应。

到了第三天，船员喊了许久，没有听到任何回应。他们心慌了，有胆子大的立即登船查看，却在渔船上号哭起来。其他船员也纷纷登船，船上却没有了祖父和最先染病那船员的行踪。渔船比他们登岛礁时，还要干净整洁，显然被海水冲洗过。没有人知道祖父和那船员去哪了——其实，却又谁都知道。他们在渔船附近的水下搜寻好久，一无所获，只好放弃。他们知道祖父的水性，他既然已准备把船留给健康的船员，自然不会把染病的身体留在附近，他肯定已经带着那最先染病的船员游出很远，再沉溺于茫茫波涛。

其三：所谓的遇袭和怪病，并不真实，他们的船，仅仅是遇上了一阵渔家最常见的海上风暴，导致损失惨重，最后回来的，只有几个人。剩下的船员回来之后，大多语焉不详，彼此之间说的话都对不上号，不知道该相信谁。

这一场海上的灾难，一直都是一个谜，谁都没能证明哪种说法是真的。甚至有人说，其实，传言都是真的，那一趟他们先是遇袭，之后带伤逃离，伤号发炎，导致病毒传染，后来在岛礁上躲避，还遇到了一场不小的风暴……我父亲在很多年以后，曾抱着这个不解的疑团，去问了一位当年的幸存者，那老船员就是这么说的。他并没说谎，可关键是，他出海多年，会不会已经把诸多经历，混成了同一件事？会不会把一辈子待过的船舱、海面和岛礁压成同一回，也把一辈子的出海压缩成了同一次？

丈夫、儿子相继尸骨无存，在他人眼中，曾祖母的灾星之名怎么也洗不掉了。她不是没想过死，父亲后来跟我说过她身上的疤痕，一些纵横交错的刮痕，在她的大腿、手臂处交错，那是来自她的发钗还是梳子的自残？她甚至在身上绑了一块石块，准备自沉于海底龙宫，可绳子的脱落让石块先沉了下去，她被海水的浮力推向水面。几个在岸边摘椰子的少年发现了，慌忙下水把她拉回岸上。一次失败的寻死并不能完全抹杀她的绝望，最后让她打消念头的，是我的父亲。当时十余岁的父亲对她说：“奶奶，以后，你跳一次，我也跳一次。”父亲看到了她唯一一次痛哭。父亲见过很多场大的台风，可在他眼中，所有的风暴，都没有那次他祖母的痛哭来得摧枯拉朽——那痛哭堆叠了之前二三十年的无望，也预支了其后四十多年的泪水。

痛哭之后，曾祖母就不再寻死了。她得和我的祖母一起，带大我的父亲。祖母是在父亲十二岁那年，也就是一九七六年过世的。我也曾问过父亲，到底是怎么过世的？父亲语焉不详，憋出眼圈的通红，只抛出一个字：“病。”曾祖母也从没提过，这自然也成了我们家另一个隐秘。而这哪能藏得住呢？在村里一些上了年纪的人那里，不外乎两个字：“吃药。”至于祖母吞食农药的缘由，村人则是各种猜测。可即便没有确切答案，要猜到也并不困难。这个家两代男人都消失于海上，而两代女人都活着，带刺的风言风语、带色的奇怪眼光汹涌而来，不是所有人都承受得住的，祖母毕竟不比曾祖母命硬。而我心里怅然无比的事情是，当年曾祖母牵着我父亲的手，送走我的祖母，她心事如何？作为我们村最长寿的人，时间对她来说，是奖赏还是惩罚？或者说，这是一种惩罚般的奖赏。

地　动

“以沙滩为中轴线，水下龙宫和岸上村子，是相互对称的。”

给Z的拍摄策划方案里，我写下了这么一句话。在数百年前，那片水下龙宫，又何尝不是一片岸上的村子？对我来讲，要拍摄这片水下的龙宫，首先要解决的问题是，这地方怎么来的？它们怎么出现在这一片水域之中？龙王所居、海神藏匿之类的荒诞之语，我是不信的，无论那些传言在附近村子萦绕了多少年。无论它身上覆盖着多厚的泥沙、多沉重的海水和多混乱的人言，我都得查看清楚之后，才能开始拍摄。

对我来说，小时候的每一次扫墓，都是一场心惊肉跳。我知道祖父、曾祖父的墓穴都空荡荡，可那隆起的土堆，有着消灭一切的力量，我想不明白，活生生的喜怒哀乐，凭什么全部掩埋于这些土？凭什么归于无？凭什么一丛又一从坟上杂草这么繁茂于风霜？这两个无法被陆地捆绑的男人，消失在我们看不到的地方，那好，既然看不到，凭什么说他们死了呢？难道不是他们厌倦了这海边村子的小，于是出海远征，在我们看不到的地方开枝散叶？

曾祖母过世后一个月，是她的冥寿。往年的这一天，父亲会提前一天准备，开饭馆的他提前拟好菜单，亲自下厨。他把村里的族人都叫来，让人们在推杯换盏中称赞曾祖母的高寿和福气——在往常，族人们会因为曾祖母的“命硬”而避之不及，在这一天，则全都化为祝福。无论父亲变换多少花样搞了多少菜，曾祖母都几乎不吃，在劝人吃喝的时候，她只在面前摆放一杯刚冲好的黑咖啡，不时拿起杯子抿一抿，眉头一紧，本就皱纹斑驳的脸，更加杂线交错。她在平日里，并没有喝咖啡的习惯，可每年生日这天，那苦涩的味道就会在我们家萦绕。速溶的还不行，得是咖啡豆研磨成粉，冲泡之后黑乎乎一团，近乎药。我也是到了上大学之后，才听曾祖母说起，她第一次喝咖啡还是一九四九年前——曾祖父下南洋之后，第二年曾回来过，带回的东西就有咖啡粉。曾祖父回来两周后，曾祖母过生日时，他第一次给她冲泡了那苦涩之味。不知道是咖啡的效力还是曾祖父的话，让她一夜不眠。曾祖父低垂着头告诉她，他将在数天后，再次随船下南洋；他还说，本来想多待一些时日再做打算，可据说日本人将要到渔村来，找青壮汉子下海打捞龙宫里的东西，到那时恐怕就身不由己了。之后每年的生日，曾祖母都会让那奔腾不息的苦味，在自己的口腔里重现。可现在，曾祖母过世了，父亲说想继续搞桌宴席，母亲的脸越来越难看。

“那……就算了吧。”父亲主动认输，说完拍拍我的肩膀，“你，跟我出来一下。”

父亲点着一根烟，吞吐了好几口：“你要不要也来一根？”

“不要了，一抽上就麻烦，我老要潜水……”此前，我也抽烟的，尤其在异国之时，躺在陌生的酒店，听着陌生的海潮，烟就一根接一根，停不下。有一次潜水时忽然到来的呼吸急促，让我想到了昨夜抽掉的半包烟，还没浮上水面我就铁了心，若还想继续从事水下摄影，我需要做的第一件事，就是把烟戒了，否则我总有一天会死在这上面。父亲每吐出一口，我就觉得喉咙发涩，可又不能躲得太明显。

“有个事，我说出来，你别笑我，也别跟你妈说。”

“你外面有人了？”

“乱讲……”

“那……”

“我想让你教我学学潜水。”

——这话比在外面有人还让我惊诧，多年来一直绕水而行的他，竟然要潜水？他猛地喷出几口烟气，我被熏得咳嗽几声：“爸，你这不是没事找事嘛，哪有到这年纪了还来玩这个……”

“我倒真不一定要学会潜水，我就是也想下去看看那龙宫。村里没下水见过的男人，也就我一个人吧？邀请你回来拍照的那……什么总……要是水下旅游给他搞成了，以后来看的人肯定多，一想起我在这村子几十年了，没见过一眼，我也是不甘心。”

“爸，你一下水就紧张，心里有结，这事不好办，到时你手脚抽筋，划不动……”

“那不管，总会有办法的，实在不行给我身上绑根绳索，真上不来了，把我硬扯上来就是。反正，我得下去看看。等过几年，真开发旅游了，一是没这模样了；二是到那时，我更动不了了……”

他心意已决，我也只能应下。剩下的，则是怎么绕开母亲了。母亲不愿再给已不在的曾祖母办什么“寿宴”，说那听着都头皮发麻，父亲顺水推舟，只到祖屋祈祷一番便算完事。忙完这些后，父亲跟母亲说：“你先回店里，我下午回。”母亲从院子里翻出一辆满是灰尘锈迹的自行车，摇摇晃晃就消失在村道里。院子里变得更加安静了，我们父子俩无话可说，静得像我一个人住在院子里的这些长夜。

曾祖母过世后这段时间，我一个人住在这海边村子的院子里。母亲让我到镇上住，说什么都方便。我去了两个晚上，跟母亲说：“妈，我还是回去住，你们一大早就开店，楼下太吵……”母亲说：“你吃饭怎么办？”我说：“我一个人在国外也待过个把月，都没饿过，回到自己家了，更不会……”她跟着回村里，把家里彻底收拾了一番，有时悄悄把某些东西装到袋子里，拎出去丢掉——她是害怕曾祖母遗留的痕迹吗？夜里，我把房间的灯全打开，在电脑上处理着当日拍下的照片，灌进窗子的海风，把心跳一般的海潮声也带来了。我干脆关掉一切人工的光亮，想起小时候的幻想：那片海里，高大的海神直立而起，赤裸的上半身月光落满。海神之事，海边之人传颂不绝，可自然不会有人见过，真正的文字记录，我也只是在查询关于海底龙宫的资料时，在一本县志上见过：“琼州诸生应试，渡海归，见神人立于水面，高丈余，朱发长鬓，冠剑伟异。众惊伏下拜，神掠舟而过。次日，三舟复见，诸生大嗓拒之，神忽不见。少顷，风大作，三舟皆覆溺。”这样的话当然也是不可信的，理由很简单，要是真事，看到的人都随船覆溺了，谁来写下这样的故事？推演出这个逻辑后，我恨不得扇自己几巴掌——真是越活越无趣了。

安静让父亲显得尴尬，他丢掉烟头，去煮开水，冲了两杯浓郁的咖啡，那味道好像把曾祖母带回来了。父亲抿了一口：“苦……等一会儿日头没那么晒，我们就下水吧。”

潜水服套在父亲的身上，把他身体的轮廓更加凸显出来——他的背已经弯了，无论他怎么想挺直腰板，侧面看去还是犹如一只虾。刚开始练，不能潜深，我找了一处清澈的所在，让他站在齐胸的水中，练习咬嘴呼吸器的使用。我讲了要点，就让他在水中练习，他的头不断潜入水中、不断抬起，下午的日光斜射在他身上，反光刺得我有些发晕。没练到十分钟，他站起说：“是不是可以下去看龙宫了？”躺在沙滩上的我，抓起一把沙子丢到脚掌上：“还远着……你先把这东西练熟了，我到时跟你配合着练，练习交换呼吸器。潜水容易有危险，一般至少要两个人以上才能下潜，还有很多手势要学——水下不能讲话，得靠手势来交流……”父亲愣住了：“那么麻烦……”我说：“我当时也练了四五天，你要怕学不会，就上来吧。”父亲说：“……不是不想练，就是没想到，这事也……挺麻烦……”我没法跟他说，我学会了基本潜水技能，每次有不同的海域下潜，都还有大量的功课要做，水的可见度、光度、拍摄对象可能的出现时间、携带什么设备……都需要提前了解、准备。父亲不再说话，默默地练了半个小时，才上来沙滩，整个人陷进沙子里。此时，日光越来越温柔，海风已经带着凉意，人很容易在这样的日光和海风中犯困。好一会儿之后，父亲说：“你说，那龙宫真像你拍的那样吗？”

“你自己去看看就知道了，比我拍的要好看。”

“你说，谁在水里修了那么大的工程？真不是龙王的宫殿？”

“就是人修的，跟龙王没关系。”

“花那么大力气，在水里修那些墙做什么？”

“本来不是修在水里。原本就跟我们村子一样，是岸上的村子，一次大地震，海边的村子全沉到水下去了，变成了今天的水下龙宫。”

父亲猛地坐起，瞪着我：“你说的是真的？那以后再有地震，我们村会不会又沉下去？”

我说：“准备下水拍的时候，我查了一些资料，根据记载，应该不会错。那次地震在明朝，至今已不止四百年了。那回地震太大，海南岛伤亡惨重，沿着海边数过去，有七十多个村子，全变了海底村庄。”

父亲沉默了有几分钟才挤出几个字：“我——一定要——下去——看看。”他再次走入海水，嘴里咬着呼吸器，头部一会儿潜入水中，一会儿抬起。

我看着他，好像他是我的儿子，我是他的父亲。

除了练习潜水，父亲还让我帮他问护照怎么办、现在去东南亚方便不方便。一有空闲，他还到处探访村子周边的老人，神秘兮兮地打探着什么。为了撬开他藏着的话，我准备了一瓶上好的白酒，在砂锅里杂鱼煲咕嘟咕嘟的翻滚中，他轻抿一口之后，才泄了密：“你曾奶奶过世后，我最近老做梦。”

“梦见曾奶奶？”

“没有。”

“其实，梦中的人看不清。可我总觉得是你曾爷爷——我的爷爷。”他回头指着墙上的一张炭笔画。

从我有记忆开始，曾祖父这张遗像就悬挂在大堂的墙上。和其他人的遗像多为老年面孔不同，这是曾祖父年轻的面孔。我很难说清楚那是一张什么样的脸，目光空荡荡的，好像看着什么地方，又像哪里都不看。在很多年里，我总觉得这遗像有些奇怪，又说不上奇怪在哪，也是到了高中之后，有一次拍证件照，才发现了端倪。奇怪的地方在于：那遗像上，我看到了我父亲的模样，也看到了我的影子——某种遗传的特征，隐藏在这些脸上。

“梦见他怎么了？”

“也没别的，就是狂风暴雨，台风来了，我们这院子都要掀开了。屋门被推开，我看到一个黑影站在门口，就像泡在水中一样。”

“梦中是白天还是夜里？”

“白天。”

“白天也看不清？”

“看不清。可总感觉是他。”

“所以……”

“所以，我想找些老人问问他的事；所以，我也想到东南亚看看，他后来毕竟是留在那里了。”

“问到什么了？”

“问不到。他离开的时候，挺年轻，后来回来过一回，没多久再次走了，没什么人记得这些事。”

“我们村里都问不到，去东南亚能问到？东南亚不是一个国家，是很多个国家，连他去哪个国家都不知道，去哪找？怎么打听？他出国后，可能名字都换了。”

父亲眼圈顿时发红，说不出话。我堵死了他所有的路——通往他的祖父、通往遗存给他相似面容的血脉之路。他死活要学潜水，是不是想当一个“合格”的海边人，好逆时间之流，抓住被大地震埋藏到水下的，那更蜿蜒更漫长的根？

院子里的灯都打开了，只坐着我们父子两个，空荡荡从咕嘟咕嘟的砂锅中冒涌而出，包裹住了我们。海风是拦不住的，它们无处不在，咸腥味前赴后继。在以往，曾祖母一个人守着院子的夜，她是不是也梦见过一个看不清的黑影，在风暴中推门而来，浑身湿漉漉，披一套水的衣衫？

曾祖父

……

有自南洋归村者，传其地繁华富丽及谋生之易。心慕之，欲往一游。父亲训诫：但有不适，应速归。遂于元宵之后，步行至海口。初做此徒步远程，抵达之后，坐不思起，脚底肿热泡如火燎，筋之伤也甚矣。由海口随船至新嘉坡（注：即新加坡），海上颠簸摇荡数日，有人茶饭不思，面色黑灰；余肚腹吐尽，口鼻腥臭苦膻。途中船板传来骚乱，据闻乃有人不堪货船摇晃之苦，心智大乱，投海而没。抵新嘉坡，未及休整，又转火车去芙蓉，乃村人工作之地也。

余随村人往橡胶园内之工寮，胶工皆为华人，琼岛之人亦不少，通乡音，时有人来探故乡事、言故乡物，无不眼红洒泪。胶工每晨四点钟即起，天黑如漆，于山涧中冷水浴，全力摩擦拍打周身，使之热。曰：非如此，胶林内阴寒瘴气侵体，必患病也。未及拂晓，入林采胶，采完，急用膳。膳后速往林中收胶，不得使胶液受日晒凝固也。午后，工人中除制胶者，余则别无他事，或于寮中聚赌，或外出逛窑子。每月劳苦所得，虽甚丰裕，然因此而钱财耗尽葬身异域者，难以胜计。辰巳之际，风凉入静，属美睡之时。余不惯早起，亦不惯起身即冷水浴，更不喜其聚赌逛妓之风，便未应下胶工之活。旬余，谋寻工作尚无头绪，便因水土不服，病魔来袭，余面黄腹胀，身垮而神魄散。村人来探，知状危矣，急送救治。异域孤身，得此视护备至，感激涕零。经医治后，腹胀渐消，然全身萎靡，四肢无力，不能起身，每餐由护士以牛乳喂之；渐而能起，乃增加面包。手足不灵，屈伸莫听使唤，有如婴孩，学坐，继而扶手学立。渐改用饭，村人时备家乡菜前来，病患渐消，遂转别室疗养。疗养室园庭空阔，花木扶疏。每晨夕，余扶笻慢行于院中，心颇想家，深悔此行之谬：别父离妻，远隔重洋，尚未谋稻米一粒钱银些许，盘缠已然耗光，幸有村人援手照应，方不至客死异域。月余，复原如初。遂出院，至村人处别寻生计。

春未尽，热浪袭……

……

在电脑上把两张图片放大，再放大，也没办法看出写下这些字的是谁。相片里的纸张泛黄，字迹凌厉，每一个转笔处，没有任何逢迎，显出某种剑破长空的孤寂。写抬头的那一页没有了，有落款的那一页也没拍到——除了这空落落、没前没后的一个人，述说着他身在异域的一场病，其他全都遗失了。这不太像曾祖父写下的，在曾祖母的记忆里，他虽懂得写自己的姓名，读得一些字，也算得几个数，但也就这样了，要如此详略得当地写下异域之旅，不太可能。那，会不会是曾祖父当年让通文墨之人代写的——如果真是这样，我更感兴趣的，倒不再是曾祖父，而是那个代笔之人，他在为别人的家信琢磨词句时，会不会在其中暗藏自己的心事？可惜再也没人能说清这背后的故事了，曾祖母的过世，让一切沉入海底——就算她还在，这一切也许仍旧是谜。比如说，在数十年里，她就从没跟家里任何人说过这么一封信。

她过世后，家里人整理她的遗物，搜出一件就匆匆拿去烧掉，怕留在家里不干不净，母亲甚至不让我拍照："这些东西，拍什么拍？不怕？"看到觉得有意思的，我才悄悄用手机随便摁两张，也不敢被她发现。照片上这两张发黄的纸，就是当时随手拍下的，我记不清是不是还有其他的信笺。当时若是留点儿心，翻看两行内文，出现在我眼前的，会不会就是一个完整的故事？那陆陆续续收拾完的遗物，被父亲在曾祖母坟前点燃的打火机全送给了火光；他还顺便点了一根烟，走到一棵野树旁，在烟雾里咳嗽了几声。

也就是说，本来就对曾祖父所知不多的我，被手机里发黄的纸张搅和得更加混乱了。第一种情况：这封信跟曾祖父毫无关系，或许只是某个村人寄回，甚至有可能是当年曾祖父第一次回乡时帮人捎回的；或许，去村里问询之后，曾祖父才知道收信之人已经等不到来信，在一场病中过世或挨不住绝望而投海自尽，这封信就一直被曾祖母珍藏多年。当年曾祖父是不是还曾红着眼睛，在曾祖母面前掏出这封信念了起来？曾祖母先是静默无语，最后推人及己悲痛难抑，任由曾祖父如何劝慰也静歇不下，在他怀里像海潮一样摇荡了一夜？曾祖父后来再次下南洋，除了要出去谋生，是不是也要给委托他捎带信笺的人一个当面的回复：老家已经空荡荡。

如果这封信是曾祖父托人寄回的，那很显然，这应该是写在他唯一那次回乡之前，因为如果他回来过，家里人肯定已经了解他初下南洋之事，不需要再次离开之后，再写信告知。初次下南洋便遭重病，差点儿命丧异域，心中无比想家的曾祖父，为什么在回乡后仍旧义无反顾再次离开？对照那段时间，正是日军已经在海南岛上扎稳脚跟、横行无忌的时候，莫非他再次远逃，是要躲避日寇？或许，当年，曾祖父在外游历一番之后，发觉他国居也大不易，本是要回来的，却在回村不久，便听到日寇即将来渔村找人打捞龙宫的事，村里一些年轻的男丁只能外出躲避——曾祖父便再次随船远走了。这一次，他断了音讯，走出人世之外，再没跟我们家有过联系。关于那次日本人在渔村驻扎，曾祖母倒是讲过好几回，说他们杀了几个人，驻扎了一个多月，天天在沙滩边，把水性好的人往水底赶，可打捞上来的并没多少值钱的玩意儿，也就撤了。

曾祖父的再次离开，意味着曾祖母漫长、孤独、空荡的岁月开始了。

曾祖母永远在抿着嘴笑——时光摘走了她嘴边的话，更多的笑，就从她的眼角流出。随着年龄越来越大，她的话变少了，每次村里有什么老人生病或过世，她往往好几天一言不发。她最害怕的，是台风天。每次广播里预报台风将至，她一遍一遍细听，确定风暴临近的时间，提前杀好一只鸡，拉上我，到祖屋去祈祷。煮好的鸡、三碗饭摆放在八仙桌上，她握手默念，每个字我都懂，可我永远听不懂她的言下之意。她的祈祷有十多分钟，之后她来烧香、点烛、焚纸钱，而我则拿着一根线香，到祖屋外燃放一挂鞭炮。噼里啪啦，烟雾消散，她让我先离开，她继续在祖屋里一个人待上大半个小时。我也有好奇的时候，悄悄躲在门外，看着她站在昏暗的祖屋里一动不动，木刻一般。

风暴来了，海浪不断击打沙滩，要冲到家里来，空中掉落的雨水已经不是雨水，是下滚的浪；狂风更是要抹平一切的暴徒。在此时，电全停了，煤油灯在夜里闪烁着脆弱的光。家人躲在屋里，不时被门缝、窗缝钻进来的风所惊吓。曾祖母在此时是不睡的，她没法睡，一直靠窗坐。紧闭的窗已经封死了视线，可她好像可以看到海，看到迷失于海上的渔船，看到大海彼岸的异国他乡。风刮几天，她就那样呆坐几天，除了吃喝拉撒，她始终和那张椅子贴在一起。家里也没人问她，问了也不回答，谁也没法知晓她的心事——对于一个独守数十年的女人来说，她有太多心事寄予他乡客与未归人。

入　水

我在故乡的海里拍摄了一个多月，这是我摄影生涯里从未有过的体验。在以往，我前往某片陌生的海域，少的两三天，多则一般不超过一周，所拍摄的也不外乎海里的生物。而这一回，我所拍摄的竟然是一大片漫长的海底世界——这是因明朝万历年间一场大地震而沉入海底的村庄建筑。村庄太大、太长，没完没了。其间 Z 来看过照片，不怎么说话，只是用力地拍我的肩膀，开车载我到县城一家饭店，一杯接一杯给我灌酒。

“这事，成了。”他有些哽咽。

“我以前也从没想到，家门口就有这么一片海。想不到绕了一大圈，绕回来了。”

“你知道吗，看了你的照片，我也想跟你学潜水、学摄影了。”

“哈哈，我爸让我教他，现在也能潜一潜了。”

“大概什么时候可以梳理一个展览的思路出来？”

“还得拍一段。目前可选的照片还是不多，都花了那么多力气，那就做好点儿。”

“我不急，你按照你的感觉来。来……喝。你想想，覆盖了四百多年海水围墙的龙宫，就要被你掀开面纱了。”

“不过，我最近得停一停了。”

“停？”

“上次我跟你说过，一直找我合作的那家手机公司，又来催我了。”

“你不能把这拍摄忙完？”

“老这么拍，我也有点儿倦，出来的照片效果并不好；还有，这几年我一直在和那家公司合作，不想断了这联系……最主要的是，现在毕竟是智能手机的时代了，每次新款旗舰手机发布，网上全是热搜。我在想，要是把那新款的手机拿到我们这个项目里试拍看看，到时手机发布时，若是现场演示用上了这照片，对你的项目来讲，不也是一件好事？”

“我看行！”Z很激动，倒了一杯酒，仰头饮尽，他从口袋里掏出手机，啪一声放到桌面上，正是跟我谈合作的那个牌子。这天晚上，Z喝了不少，我也喝了不少。他摇摇晃晃坐上他的车，由代驾送走，他身后酒气经久未散。

两天后，我飞去那手机公司所在的城市，签署了保密协议，领走了一部尚未发布的新款手机。这手机套在一个造型怪异的保护壳里，一眼看上去，没法辨别其真身。其后个把月，按照计划，我又开始了满世界飞，在各个著名的海域，拍摄各种光线下的海底世界。这期间，我还悄悄回了一趟老家，带着这部手机潜入了家门口的海底村庄。以往沉重的摄影器材，置换成做了防水保护的手机，我变得如此轻盈。当那些在海底沉睡了那么多年的建筑再次出现在我眼前，我又有了那种回到母体的感觉——虽然每一个人也许都没法说出回到母体到底是啥感觉。

把照片连同手机交给那家公司后，他们送了一张国内发布会的门票给我，我接下来了，最后却没到现场去。这款新手机的发布会，在德国和国内分别举行了一场，我都在网上看了，我想寻找我拍摄的照片有没有出现。德国那场发布会，并未出现我拍摄的照片；国内那场，有一张我拍摄的海底世界，鱼群涌来，严整、密集、光线辉煌。我夹带私货所拍摄的海底村庄，并未出现在发布会的介绍里。我理解这种选择，一款明星产品的发布会，每个环节都疏忽不得，谁不愿意把手机最色彩斑斓、高清靓丽的摄影功能展示出来呢？同时签约的数十位摄影师，都拿出最好的照片给他们选择，发布会上用来展示的，不会超过十张，我已经足够幸运了——那些通体黑黝黝的海底建筑的照片，力道浑厚，可色彩太单调了些，不讨好眼球，还是把它们留给我自己吧。

十月底之后，时间愈加飞快，其间有一家做互联网课程的，通过曲曲折折的关系找来，让我参与录制了七集关于水底摄影的网络课程，每节四十分钟。当所有的后期完成，已经是春节之前了，我买票飞回了海南岛。刚出机场，还没赶回村里，在手机上看到了有人感染新冠肺炎的消息。当时也没在意，以为远隔重洋，跟我们这海南岛没什么关系。谁知道接下来，各省纷纷宣布进入紧急状态，海南也近乎封岛，网上各种消息汹涌而来。再之后，春节过去了，父亲在镇上的饭馆也没法开门，村口的路被村干部拿破渔网拦住，随时有人拿着鱼叉巡逻。家里人也都被封在村里，没法移动。

我起初还抱着幻想，以为这一波“兵荒马乱”会很快过去，可两三个月之后，疫情布满了整个世界。往年陆续到来的摄影邀约，全都消失不见了——真邀约了，能不能去、敢不敢去、去了能不能回来，都是未知数。我干脆死了心，窝在渔村里，整理以往的照片，并把一些潜水的视频剪辑出来，开通了抖音号，陆续发出来，一个多月后，竟然有了接近十万的粉丝。父亲整天跟我同处一屋，摩擦渐多；后来形势稍微缓和，他和母亲的饭馆又可以营业了，人虽很少，可毕竟开门了，我在他眼中才顺眼了些。

我有时会把抖音号的视频转给 Z，他会发来一个大拇指，可更多时候，是毫无回应。翻看他的微信朋友圈，看到他最近老转一些心灵鸡汤的文章。我给他打了个电话，他语音低沉，说："我还在老家待着，出不来，还没法去海南。现在这形势……"我本来想告诉他，被关在村里这段时间，哪儿都去不了，可海上无人，我不需要戴着口罩，就可以划着小船在海边闲荡，那时的海好像回到远古，空茫辽阔。不时潜入水中，拍一些照片，每次看到空荡荡的海底村庄，我心想，现在，整个世界也是这么空荡荡的吧？快要挂断电话的时候，他说："有些对不起你，我想……这摄影展未必还能搞，你也知道，因为疫情，旅游业都停下来了，我们那几个景区，每天……唉……"我并不觉得意外，我只是有些愧疚，怪自己口拙，不知怎么安慰他——现在，这个世界上有太多需要安慰的人。

禁足在家，刷手机的时间越来越多，不但眼睛像吹多了海风一样干涩，拇指也会隐隐生痛。把手机丢下，走出院子，海潮依旧，海风也依旧，海水之下，那个村庄依然隐蔽，暗藏千古，空茫如初。在渔村躲避疫情这段时间，我挑选好海底村庄的展览的照片，也排好了每一幅照片的顺序，连哪张照片洗多大、展厅的灯光如何布置等，我都做了规划。我甚至连展览的前言都写好了，只是暂时就不发给 Z 过目了。或许，一拖拉，这个展览永远没法成为现实了；或许，随着疫情的趋稳，好消息逐渐传出，这个世界还会回到此前的模样，该春暖花开时春暖花开，该日光辉煌就日光辉煌。是的，当我在村子里游荡，人们一切如常，我时时恍惚，好像疫情从未来到，海边的潮汐从未更改过它的节奏。好吧，我等着 Z 的电话，等着万物重开，年轻恒久——但在手机铃声响起之前，就让这场展览暂时属于我一个人，只为我自己开启。我悄然走进曾祖母的岁月，逆流而上，寻回那些消散的记忆。

“唯水年轻”摄影展前言

万历三十三年五月二十八夜，海南岛地震，海沙崩裂，琼东北起声如雷，海边七十二村庄，尽沉海底，人或为鱼虾。这些倾覆在水底的房屋，在四百一十五年过去之后，解除封印，重见天日，以另外的一种方式，回到我们的眼前。地震之前，高僧憨山德清恰好身在琼州府探寻东坡遗迹，他登上郡城之时，觉得生气不佳，曾言灾难将至，让人们躲避。可惜无人相信，死伤无数。

大震让那么多村庄瞬间沉入海水，以另一种方式，抵抗着时光的腐化。后来，岸边又重新生长出村庄，我们的先人一代一代在此生活，他们中的大多数人，并不知道海底村庄所从何来，层层传说覆盖了记忆。人们出生，活着，然后死去。“海老了 / 唯水年轻 / 凡是潮刷过的也都年轻”，这是我省老诗人云逢鹤的诗句。当我潜入水中，看到海底建筑，便觉得，这片海，确实老了；可荡漾的水纹天光，又那么年轻。这一次展览中，除了海底村庄的照片，还有一些岸上的，彼此夹击，共抗时光。摄影者也颇怀私心地放入了与曾祖母、曾祖父、祖父、父亲相关的一些照片；尤其是曾祖母，她坚硬地撑住数十年时光之潮的冲刷，她并未苍老，她如水——唯水年轻。

编后记

2021 年度的中、短篇小说年选，与以往的年选相比，最大的变化是选目范围的调整。以往的年选，为了照顾出版社的编印周期，都是从《小说选刊》上一年度的第 11 期、第 12 期到本年度第 10 期作品之中精简甄选。这样就存在两个月的时间差，再算上原创刊物的发稿日期，时间差扩大到三至四个月，甚至更长，这样结集推出就不足以充分而准确地反映年度小说发表的真实状况。所以这次年选，我们有意调整步伐，将 2021 年度全部 12 期的作品都纳入了甄选范围。自此，漓江年选的作品与《小说选刊》的年度选目将是同步对应的。

年选作品的选择标准，还是我们一贯秉承的好作品主义，披沙拣金，优中选优，同时考量作者、原刊、题材、风格的均衡和多样性，真正做到铁凝主席在《小说选刊》创刊四十周年题词中所说的："汇品类之盛，领风气之先。"

因为作者众多，题材多样，风格各异，我们在此不对琳琅满目的作品做简单的归纳和评析，留给读者原汁原味地欣赏品味。但仍然还有几点感想要与读者朋友分享。

2021 年年选入选作品的作者主体，依旧是 20 世纪 60 年代、70 年代出生的中年作家，以及刘庆邦、杨少衡、储福金等几位 20 世纪 50 年代出生但创作力依然旺盛、作品愈加炉火纯青的实力作家。同时我们还是欣喜地看到，新时期文学初期就在中国文坛叱咤风云、奉献诸多优秀作品的老一辈作家，如蒋子龙、冯骥才、谌容，宝刀未老笔力犹健，这次各有一篇作品入选。岁月赋予他们的，他们诉之于文学。冯骥才先生新近还推出了长篇小说《艺术家们》，为20世纪60年代的青年艺术家塑像，为半个世纪以来的时代风云留影，年届八旬的老作家展示了旺盛的创造力。作家将生命注入了艺术，艺术也会滋润人生。

继海外华文作家新人辈出群星璀璨之后，跨界写作已经成为中国当代文学一个新的令人惊喜的现象，诗人、散文作家写小说自不必说，往常以文学理论家、文学批评家、文学学者面目亮相的写作者，如吴亮、张柠、朱大可、王尧、项静等，纷纷涉足小说创作，且成绩斐然引发热议，他们的作品也成了文学批评、文学研究的对象。

一个以文学为业的人，不必拘泥于自身以往的角色，不要过早地给自己定位，更不要固化自己的身份角色。每个人的天赋中，都兼具形象思维、理性思维。所谓边界，是文体、学科的内在特性所决定的，而人的心智本身，是没有边界的。文学创作在文体之间可以跨界，文学研究与文学创作之间也可以跨界。

韩东早年以诗歌在文坛扬名立万，后来涉足小说、电影、话剧，他是诗人跨界写小说最早、坚持最久，同时成就也最大的一位。他不仅是“第三代诗歌”的标志性人物，也是“新状态小说”的代表作家。韩东的中短篇小说，近三五年，不仅出产量高，而且在小说技术上益见成熟，成为当今小说界珍稀的亮点。他的小说贴紧生活就近取材，叙事舒缓从容，以微妙的人物心理变化和人际关系转折，催发出源源不断的故事驱动力。本次年选选入了他的短篇小说《M市在北京和上海之间》，写几位朋友结伴出游，愉快的邀约演变成权力游戏，琐碎的日常事物在小说中散发出超拔脱俗的光芒。

中国小说界最近冒出了一位引人注目的特殊“新人”——程永新。在文学期刊界，程永新是举足轻重的资深编辑，他从“（一九）八三年出发”，在《收获》杂志工作了将近四十年，所编发的作品、推出的作家足以构成半部中国新时期文学史。因为《收获》在中国文学界的崇高地位，程永新提前中断了他的小说梦，全身心投入他的编辑事业中，让人忽略了他是一位沉潜已久的小说作家。本次年选选入了他的有武侠韵味的历史题材中篇小说《青城山记》，从中可以窥见他早年的文学滋养、他的文化关切。

每次编辑年选，都会引发我们诸多感慨。收获时节，果实满仓自然带来忙碌与欣喜，甄选时反复斟酌又不免犹疑与迷惑。年选也是一个时间刻度，提醒我们旧年将尽、新年在即。下一年度，将会有什么样的佳作惊艳问世，哪一位新人脱颖而出？会不会有新的文学现象浮出水面？所有的未知都令人期待。

《小说选刊》编辑部

2021 年 12 月 17 日

附 录

[上]

多瑙河峡谷……………… 冯骥才(2021 年第 6 期《当代》 2021 年第 12 期《小说选刊》)

过往………………………… 艾伟(2021 年第 1 期《钟山》 2021 年第 2 期《小说选刊》)

铜离子……………………… 杨少衡(2021 年第 4 期《清明》 2021 年第 8 期《小说选刊》)

我们的娜塔莎……………… 蒋韵(2020 年第 6 期《收获》 2021 年第 1 期《小说选刊》)

青城山记…………………… 程永新(2021 年第 2 期《花城》 2021 年第 5 期《小说选刊》)

我们服了魏红霞………… 范小青(2021 年第 1 期《芙蓉》 2021 年第 2 期《小说选刊》)

走出草地………… 徐贵祥(2021 年第 8 期《解放军文艺》 2021 年第 10 期《小说选刊》)

寒风中的杨啸波………… 叶兆言(2021 年第 2 期《十月》 2021 年第 5 期《小说选刊》)

丛林………………………… 胡学文(2021 年第 2 期《清明》 2021 年第 5 期《小说选刊》)

[下]

棋语·见合………… 储福金(2021 年第 4 期《上海文学》 2021 年第 5 期《小说选刊》)

三把刀……………………… 胡性能(2021 年第 3 期《芙蓉》 2021 年第 8 期《小说选刊》)

从炭火到灰烬………… 陈玺(2021 年第 8 期《中国作家》 2021 年第 10 期《小说选刊》)

祛魅者……………………… 老藤(2021 年第 5 期《芙蓉》 2021 年第 10 期《小说选刊》)

汪家的宝贝……………… 陶纯(2021 年第 5 期《福建文学》 2021 年第 6 期《小说选刊》)

乌龙球……………………… 尹学芸(2021 年第 3 期《收获》 2021 年第 7 期《小说选刊》)

你的名字…… 肖勤(仡佬族)(2021 年第 1 期《民族文学》 2021 年第 2 期《小说选刊》)

苏州河……………………… 海飞(2021 年第 7 期《人民文学》 2021 年第 8 期《小说选刊》)

唯水年轻……………… 林森(2021 年第 10 期《人民文学》 2021 年第 11 期《小说选刊》)

2021 年选系列封面绘图画家介绍

黄菁 广西艺术学院美术学院教授，中国美术家协会会员，广西美术家协会理事，漓江画派促进会理事，中国南方油画山水画派研究院研究员，北京当代中国写意油画研究院理事。

《有窗的风景》 黄菁 80 cm × 70 cm 布面丙烯、油彩 2018 年

黄菁画作短评

（黄菁）不会把自己设计在一个既得的视觉符号里，以此换得所谓风格的建立，即便建立了符号或图式，他也会在有新鲜视觉到来时搁置它而另开新局。因为黄菁忠实于自己的感受，相信作品的独立价值。他认为每个画家都有一定的概念惯性和思维，这其实是风格、特点确立的基础。然而好画家却往往是在建立概念后，打破概念，再建立概念的循环渐进中确立自己并找到快乐的。因而黄菁选择一个题材一种画法的时候，也会很在意它是否可持续发展，是否有开拓专题的前景。

——刘新（广西艺术学院教授）